复旦大学
古代文学研究书系

陈尚君　主编

陈尚君　著

唐詩求是

2018 年上海文教结合"支持高校服务国家重大战略出版工程"
资助项目

自　序

　　人生如过隙。四十年前的今天,我决定以在校生的身份报考研究生。经过两场考试,秋间入学,开始专业研究,不觉已到暮年。其间有十年治史籍,五年做行政,主要精力都放在唐诗研究上。最初的成绩有1992年出版的《全唐诗补编》,中间一段拟与人合作做全部唐诗的校理,投入甚多,终觉不爽,最近十年决定自己做,不久可完全定稿。回头看来,一路跌跌撞撞,很辛苦,也有很多愉悦。蒙师友指点,得际遇风会,享时代恩惠,也未曾敢懈怠,若稍有成绩,也算不枉此生。

　　说起来很可笑,我初读《唐诗三百首》,还是1971年在农场做知青时,借来的,大会时翻看,被点名没收,至今想起来仍觉心痛。起点如此不堪,后来专治唐诗,最初是得本校老师鼓舞。研究生第一学年作业,朱东润师出题"大历元年后之杜甫",我穷尽文献,提出杜甫为郎离蜀的新说,蒙老师过奖,大增信心。王运熙老师授基础课,指示治学途径,初知文献学之功用,最初几篇发表文字也蒙王老师推荐,理解了自己还不是全无能力。陈允吉老师推荐我考研,他对唐诗独到的观察与思考,每每与我详谈,令我神旺,虽不能及,心向往之。时代剧变,学风新替,学术多元,我选择了以唐一代基本文献为研究中心,据群籍以网罗散佚唐诗唐文,力求掌握全部典籍以考察诗人生命轨迹,以老吏断案般的严酷考证清理明以来累叠的唐诗文本,最终希望完成唐诗可靠文本与文献的重建。在这些过程中,阅读了夏承焘和傅璇琮,体会梳理诗人生平的不同方法;阅读了陈寅恪和岑仲勉,体会史家的立场,学会据常见典籍提出新说,学会掌握全局文献作细节研究;阅读了陈垣与余嘉锡,理解掌握目录、明晰史源对治学之重要;阅读王国维与梁启超,理解学术的源流和博大,理解专题研究务必追求之深入与穷尽;阅读逯钦立、唐圭璋与孙望,体会断代诗文全集的编纂办法和学术追求。还可以提到许多,近年出了《转益多师》和《星垂平野阔》两本小书,表达我对许多前辈学者的敬仰之情,以及对他们治学方法的体认。我曾认真揣摩过各家之治学方法,比如岑仲勉,曾做过多篇与他同一题目之文章,心追力效之。尤其应该说到的是,我从1986年参加中国唐代文学学会,参与一系列大型著作之编纂,得以结识师友,商榷学术,互相激励,逐次提升。周祖譔先生主编《中国文学家大辞典·唐五代卷》,我最后参与,所写条目数达全书之半。傅璇琮先生主编《唐才子传校笺》,我与他熟识时全稿已约出,在他鼓励下,陶敏先生与我合作完成第五册补笺。我常有感受,20世纪80年代至90年代,是中国近千年唐诗研究史的黄金时代,治学方法追求回归唐代,将史学方法引入文学研究,对作者生平、作品真伪、文本还原、事实阐述等方面,大大突破了明清两代为一般阅读而汇选评点唐诗的局限。多位师友已先后离世,作为这一群体中相对年轻一些的我,深感有责任将一代人的工作加以汇总,让一般读者都能便捷地理解这些成绩与突破,最近十来年一直致力于此。

收入本书者为我多年有关唐诗论文之结集。各篇均为有特见而写,没有具体的写作计划,但幸能各得心解,有所创发。分为几个单元。一为以《全唐诗》及补遗为中心者,有关唐诗通说通考者亦存此,二为作者专题,三为专书研究,四为唐诗文献叙录。各篇仅作文字讹误的校订,一般均保持原来发表时的面貌。惟《〈全唐诗〉误收诗考》《殷璠〈丹阳集〉辑考》与《花间词人事辑》三篇,1997年收入拙著《唐代文学丛考》时有较多增订,故选用第二稿。《二十四诗品》辨伪文章较多,仅收入较晚所写一篇,以存鸿迹。最近十年尽全力纂校《唐五代诗全编》,几乎对唐一代所有作者、所有诗篇都有新的认识,完成定稿大约仍需一二年时间,本次只能订正旧说中的明显讹误,难以全部参取,敬请读者鉴谅。

南宋彭叔夏著《义苑英华辨证》,自述以“实事是正,多闻阙疑”二句为治学格言;清劳格则取“实事求是,多闻阙疑”二句置于座右。力不能及,心向往之,为本书命名之所自。

高克勤社长支持本书出版,责编刘赛、彭华多匡我疏失,夏婧博士代校阅部分校样,徐俊兄再赐题签,谨此一并致谢!

2018 年 3 月 4 日写于复旦大学光华楼

目　录

唐诗文本论纲

　　1981年春夏间因为学位论文答辩推迟,开始关注唐诗文献研究,最初的工作是把唐宋典籍中引到的唐诗与清编《全唐诗》作逐篇的对核,并有所记录。至今已经三十三年,有关工作可以分为三个阶段。最初几年在披阅群籍中发现一些前人漏录的唐诗,乃据目录有计划地广览存世古籍,居然有四千多首的新发现,后汇录成中华书局1992年出版的《全唐诗补编》。从1989年始,与国内一些学者合作编纂《全唐五代诗》,我承担除200家别集以外的所有部分编纂。其间傅璇琮、章培恒先生曾分别告我如此分工,你是吃亏的,但我觉若全书能够底成,个人也不必多计较。无奈历二十年终无所成,并因无趣的人事因素迫我退出。此为第二阶段。在年近六十之际,我不能不认真考虑。前年末为某丛书作序时,我说:"在我过于自信的判断中,觉得如果在自己学识逐渐成熟、积累渐次丰富的情况下,不完成此一工作,无论是对个人还是对国家,都是巨大的损失。"乃毅然决定以一己之力,完成全书。工作量之巨大,所涉文献和问题之繁复,以及期待学术目标之讲求,确实都超过了我的预期,所幸一切都还顺利。我始终认为,每一位唐代诗人,每一首唐诗,都有各自的传播接受史,都有其文献流传衍变的特殊记录。要做彻底的清理,就必须调查所有与唐诗保存有关系的文献,包括所有的存世写本和刻本,并逐一地加以记录。检书求备,用书求善,引书求早,论断求稳,是始终坚持的原则。因为这些工作的进行,得以对所有唐诗文本流传中的问题,有不少新的认识,也不断调整工作计划和体例。我想借本次学术研讨会的机会,将一些初步想法提供出来,听取各位的高见。

　　今人引用唐诗文本,一般仍引用307年前康熙朝编定的《全唐诗》。

这部九百卷的大书,由十位江南在籍翰林用一年半时间编完。迅速成书的原因,是充分利用了明末胡震亨《唐音统签》和清初季振宜《全唐诗》的积累。胡、季二书的三种文本现在都已经影印流传,可以逐一检核其间的因袭变化。《全唐诗》虽然带动了其后三百年唐诗研究的展开,但于其书本身存在的问题,学者可能并没有完全清晰的认识。据日本学者平冈武夫《唐代的诗篇》的统计,《全唐诗》收诗为49 403首1 555句。现在知道,200多年来发现的该书以外的唐五代佚诗,已经超过8 000首,而该书已收诗中,误收唐以前和宋以后的诗,已知超过1 200首;分别见于两人或更多人名下之互见诗,佟培基统计有6 800首。至于作者小传之缺误,诗歌录文之讹误,更是所在多有,不胜枚举。举些最常见名篇的例子来说吧。《登鹳雀楼》作者,典籍记载有王之涣、朱斌、朱佐日三说,这是诗的互见。"姑苏城外寒山寺"那篇,现在一般认为题目是《枫桥夜泊》,但该诗最早记录的《中兴间气集》之武进费氏影宋本,题目是《夜宿松江》。署名杜牧的那首《清明》"清明时节雨纷纷",杜牧集和《全唐诗》都没有收,应该是南宋后出现于民间,到《千家诗》方附会给杜牧。李白《静夜思》中的两个"明月",可确认是明代李攀龙所改。陈子昂的《登幽州台歌》,是明代杨慎拟题。孟浩然的"春眠不觉晓",在保存孟集初貌的宋本中的题目是《春晚绝句》。这些都是脍炙人口的名篇,历代研究不可谓不多了,尚且如此,一般作者传误情况更为严重。比如花蕊夫人,根据浦江清之研究,旧说后蜀孟昶妃费氏是错的,根据宫词的内证,应为前蜀王建妃徐氏。徐氏姐妹二人皆事王建,旧说是姐,浦考定为妹。此为作者之纠纷。《全唐诗》收花蕊宫词156首,其中伪作近60首,包括唐王建、杜牧和宋代王珪等人诗。而《鉴诫录》所载徐氏姐妹的诗,则应并入。所涉费氏"更无一个是男儿"诗,其实本为王仁裕诗,费氏或略改以对问,或其事本出文人附会。举这些例子是要说明唐诗流传纷歧的情况,远远超过一般读者之认识,没有对文献典籍的通盘清查,很难作出令人信服的整理。

改编《全唐诗》的设想,1957年由李嘉言先生提出,当时主要设想为《全唐诗》做每篇的首句索引,以便检出全书中的重出误收情况,以便鉴别改编。后来河南大学用人工做《全唐诗每句索引》,也是立足这一设

想，即在清编《全唐诗》框架内重新编定唐诗。90 年代初《全唐五代诗》之
体例，我是参与者和执笔者，改为在以唐宋典籍所存唐诗全面普查基础上
重新编纂全部唐诗，较前进了一步。最近二十年电脑普及和古籍数字化，
在善本古籍利用、古籍文献检索以及前人研究成果利用方面，都较前有了
革命性的变化。相对应的，我们对大型断代诗文全集之编纂也应该有全
新的要求。我近年在对唐诗全部文本彻底清理基础上，认识也有许多提
升，最重要的：一是唐诗编纂应该尽可能地恢复唐人最初写诗时的面貌；
二是前代古籍校勘学更多希望通过文本校勘，改正文本流传中的讹误，写
定一个错误较少的文本，但对唐诗来说，仅此远远不够，我近年更多认为
要把唐诗文本形成、刊布、流传中的多歧面貌充分地揭示出来，为后人的
研究展开立体空间；三是一代全集编纂的目的是储材备用，要全面吸取前
人的成绩，尽可能地避免主观臆断、好奇逞气、标新立异，有层次地将文本
演变传讹的过程揭示出来。

　　以上订定原则、确定目标容易，要在五万多首唐诗的重新写定中贯彻
始终则谈何容易。在此我想主要谈几个问题，即：一、唐诗文本应该包括
哪些义项，应该如何确定收录范围；二、五万多首唐诗是通过哪些途径得
以保存至今，要尽可能地接近唐诗写作的原貌，应在群籍利用中注意哪些
问题；三、唐诗最初文本的面貌是如何的，产生歧互的原因有哪些；四、在
求全和求真难以两全其美的情况下，当然应以求真为第一要义，但也应分
层次地将各种复杂原因造成的传讹、依托、疑伪、确伪的作品揭载出来。

一　唐诗文本的收录范围

　　第一点比较容易说。我在十多年前曾有《断代文学全集编纂的回顾
与展望》（刊《四川大学学报》2005 年第 5 期）一文，曾说到收录范围，包
括空间范围、时间范围、语言范围及文体限定等原则。就唐诗来说，空间
仅限宽义的大唐帝国范围（比唐王朝有效管理地域为宽），域外人士仅收
在唐所作汉语诗和中国典籍所存外人诗。由于宋明以降都认为五代十国
是唐之馀闰，视为整体，故收录上限为 618 年唐之立国，下限只能参差一

些,以 960 年至 979 年十国陆续归宋为断限。语言范围则只能不收非汉语的作品。文体限定方面极其复杂,我现在采取的是诗词兼收、诗文循传统严断的原则。虽然今人已经另有《全唐五代词》的编纂,但纯粹的词在全书中大约不到五十分之一,诗词之间的作品数量太多,且今人编录词作对明清词家认可而其实与唐时诗集距离很远的作品,妥协太多,再次鉴别收录还是有必要的。诗歌各体的收录,仅在清人所定范围外增加具备诗歌形式的偈颂道歌,这已经为学界普遍接受,争议不大。

就诗歌本身的校录来说,我认为完整的校录应该包括以下各项:一、诗题。二、诗序(少数有启、书)。三、本文。四、署衔或附记。五、本事。

诗题看似简单,今人见到《全唐诗》里的诗题,以为全部出自唐人手笔,其实不是。诗题的最早文本是在唐诗实际形成过程中人际交流的记录,即彼此多用敬语,文本较为庄重。在敦煌、日本所存唐写本、部分刻石和少数文集中,还可以见到此类题目。稍次文本为作者或亲朋编录文集时改定的题目,庄重的敬语或已改为一般人可以理解的文本。后世诗歌流传中,题目是变动最多的部分。总集、选本编录时要划一体例而改动诗题,后人引录时经常未必需要全引作者长题,后代诗话、选本、类书中不断将原题简化或删除,而在民间流传中,则最简单地引诗,经常将作者与诗题都忽略了。许多诗歌最早见于史书、笔记、诗话的本事记录中,并没有题目,明清编录总集时,为了称引的方便,分别代为拟写题目。此类改题、拟题的诗作,在全部唐诗中大约占五分之一以上,而半数以上的唐诗都会有几个繁简不同或内容有差异的诗题。

《张说之文集》中有开元间几次大规模宫廷唱和诗的相对完整的作品保存,每一次都有一篇长序,说明此次唱和的原委。武后时的石淙唱和也是如此,刻石还在嵩阳书院附近,完整拓片也易见。日僧空海、最澄、圆珍归国送行诗原卷尚存,都有序说明原委。敦煌写本中有时诗前有书、启等不同说明文字。后世文本流传中,有的诗序始终作为整体保存,但也多有分别保存的。将诗序一并收录,对了解诗意极其重要。前人做了不少拼合,我也检出许多。估计诗、序分别由不同人执笔者,仍会有所缺漏。

诗歌本文当然是录诗的主体。需要说明的是，一首诗存在大量异文，或有完整残缺的记录，原因很复杂。必须考虑作者本人修改和作者诗意重复的因素。杜甫说"新诗改罢自长吟"，何尝不是所有诗人的写照。杜牧《张好好诗》真迹和《樊川文集》收录本的文字差异，并非流传造成，应该是此度真迹和他写给外甥裴延翰并编入文集的文本的差异。即便率性作诗的李白，也可找到确切本人改诗，乃至将原诗改得几乎完全不同的记录。至于作者本人之诗意重复，如大历诸人与晚唐李频、方干等人有许多案例，我认为原因在于才情有限而应酬不断，乃至如此。就此而言，杜甫在人生困境中大量写诗，句意很少重复，实在难得。贺知章的两首《晓发》，八句五律为："江皋闻曙钟，轻曳履还舼。海潮夜漠漠，川雾晨溶溶。始见沙上鸟，犹埋云外峰。故乡眇无际，明发怀朋从。"四句五绝为："故乡杳无际，江皋闻曙钟。始见沙上鸟，犹埋云外峰。"以及《偶游主人园》："主人不相识，偶坐为林泉。莫谩愁酤酒，囊中自有钱。"诗意当然已经完整。而《宝真斋法书赞》卷八录唐人草书《青峰诗帖》："野人不相识，偶坐为林泉。莫漫愁沽酒，囊中自有钱。回瞻林下路，已在翠微间。时见云林外，青峰一点圆。"可能是前诗的最初文本。在承认诗歌文本多原成因的前提下，我觉得这些诗歌还是以作别本的方式编录为妥。当然，绝大多数的诗歌文本歧互，是因为流传中的各类原因造成，可以通过校记加以记录揭示。

在古写本和石刻中，部分唐诗有署衔、时间或附记，这些内容虽然不是诗，但是研究诗歌写作时间、原委的重要记录，也都值得保存。总集或部分别集之附见诗，也有相关内容，有必要加以记录。

本事是诗歌写作缘起、过程以及影响等具体事实的记录，很多见于史书、笔记、诗话、小说中。有时诗歌原本也存，可以和本事记录比读，如乔知之《绿珠怨》的本事，虽然事实的三种记录稍有差异，但与诗歌本身可以印证，是理解诗意的第一手记录。有些本事本身就依据作者原诗之诗题加以敷述，如《本事诗》所录刘禹锡《玄都观》诗、元稹《黄知县》诗等即如此。有时本事记录极具传奇色彩，但核诸史实，并非虚构者，如韩翃《章台柳》、崔曙"曙后一星孤"之类。有些因为原诗和其他记录具在，可以确认传说全出虚构者,如宋之问灵隐寺作诗偶遇骆宾王指点之类。由于许多诗歌仅因本事记录得以保存,其事其诗事实已经成为一个整体,无从割离,如崔护人面桃花、顾况红叶流诗之类皆是。如神仙鬼怪、歌谣谚谶一类作品,十之八九是靠这些记录而得以保留。编录这些诗歌,最好的办法当然是录诗的同时,保存本事的最早最完整的记录。凡本事与诗歌有事实差异甚至全出虚构的,宜援据文献,作适当的辩说。我近年特别憬悟到,文学作品的传异、传讹,是文学传播中的特殊和必然现象,虽然无法完全作出合理的解释,但辑录其变化轨迹,对学者进一步研究极其珍贵。

二　五万多首唐诗的保存途径

存世唐诗的总数,就我不太精确的统计,大约为 53 000 首。这一数字的依据是,《全唐诗》存诗 49 403 首,去除重复、误收大约 4 500 首,加上补遗诗约 8 000 首(最近二十年陆续有新的发现,但感觉总数还没有达到 9 000 首),作者大约 3 000 人。虽然与明清两代数量巨大的文本比较,这一存诗数不算太大,但因为唐诗在中国诗歌史上的典范地位,历代对于唐诗阅读研究的巨大成就,以及清代已经有《全唐诗》而当下须达到足以升级换代的高度学术要求来说,唐诗文本的重新写定是一项极其繁复的学术工程,决非约几个研究生分别负责就能够完成的。而要达成上述目标,前期文本调研和学术审视极其重要,关键是弄清这些诗歌通过哪些途径得以保存,所涉典籍具备哪些特点和问题,从而确定整理方案。

就唐诗保存途径来说,最主要的是三方面,即别集、总集和其他。

今存大约三分之二的唐诗是依靠别集保留下来的。见于记载的唐人别集大约 500 种,具备第一手保存文献意义的大约不足百种。这些别集虽然似乎每一种都有许多版本,今人研究也已经很充分,但似乎没有人将这些别集所存诗与其他典籍所存诗作过彻底的对读,以确认各集的实际价值。我在初步研读后认为可以分为许多不同的层次。(一)别集中能保存唐人第一手写作原貌的别集很少,但有孑存者,如日存唐写卷子本《翰林学士集》而实为许敬宗集残卷者,如《窦氏联珠集》和《李卫公文集》

中的部分内容,其特征是诗题保持唱和应制时的原貌,并保存完整的署衔。总集中的《松陵集》也如此,因此而特别珍贵。(二)唐代由作者本人编次,或身后家人或门生编次,虽已经不具备最初人际交往时写作的面貌,但还能保存唐人原编面貌者。在此可以举出王绩、陈子昂、张说、权德舆、皎然、徐铉等集为例。根据诗人手迹校录的文本,如许浑乌丝栏诗真迹、李郢自书诗卷,皆弥足珍贵。皮日休《皮子文薮》是自定行卷文本,陆龟蒙《笠泽丛书》为自订文集,皆可珍袭。唐中后期有一些小型诗集的出现,如李咸用、罗邺、刘沧、苏拯、李中等集,皆与他集很少交集,可以信任。(三)与初编面貌已经有所不同,经过唐末、五代或宋初人改订,但基本格局未变,或稍变而未作重新编次。可以韩愈、柳宗元、白居易等集为例。以上三类别集,除极个别的作品误收外,所收诗大体无误,可以相信,且作为与他集互见考订的依据。凡出唐人原编者,其编次不分体,不分类,也很少编年,大致存前后顺序,又不太精密,另略附同时唱和诗作。这是唐人原编集的基本情况。明以后常批评编次无序者,其实是唐人之面貌。(四)北宋人编次者,有三类编次体例很常见。一是区分古体、近体但不再细分,如王洙编《杜工部集》二十卷本即如此。熟悉宋人文集的学者当可理解,如王禹偁、欧阳修、苏舜钦、司马光诸集皆如此编纂,是当时的流行。二是分类本,如李白、韦应物、孟郊、姚合诸集皆如此,各集编次水平相差较大。如同为宋敏求所编诸集中,孟郊集编纂质量最差,收进六朝的道歌、孟云卿、聂夷中的诗篇,甚至可能有五代徐仲雅(字东野)的诗。三是保存文本来源记录者,如宋敏求编《刘宾客外集》保存援据各种唱和诗集采诗的痕迹。另如贺铸补订许浑诗,南宋初年人编黄滔、卢肇诗,也能记录文本来源。(五)南宋人编次唐集,留下具体记载的不多,如杜审言集。但留下南宋刊本者较多,尤以蜀刻本唐集二十四种(上海古籍出版社影印二十三种,台湾藏欧阳詹集去年世界书局影印)和书棚本唐集为可珍贵。宋刻本不仅印制精美,时间较早,而且因当时风气,很少随意伪造、篡改唐诗文本,虽然有刊刻、校勘水平上的差别,但一般没有明人那样的随意编造甚至恶性造伪的情况。我特别要说明的是,明代以后直至近代出现大量的仿宋本、翻宋本乃至所谓影宋本,假的很多。如近代号称江标影宋书棚本《唐人五十家小集》，即属伪托，近代哪里还有五十种书棚本唐集？（六）金元至明初本唐集，大体仍存宋之遗风，大体可信。明初唐诗文献大体可以《永乐大典》《唐诗品汇》《诗渊》为断限。《诗渊》错误很多，那是水平差，不是造假。（七）弘治、嘉靖以后，为尊唐的时风所趋，出现数量很大的唐集，且经常以源自宋刻的面貌出现，其实很多出自书坊的伪托。其间佼佼者则为据唐宋常见书编录唐诗集，所据最多的文本为《文苑英华》《初学记》《唐文粹》《乐府诗集》《唐诗纪事》《万首唐人绝句》以及唐人选唐诗等。当时虽宋本不难见到，但诸书因编录草率，错互极多。其编次则一律改为分体本，即将各集的诗歌一律按照乐府、五古、七古、五律、七律、五排、五绝、七绝来分类。这当然为了明人研习唐诗的需要，但若唐人组诗分含诸体，就不免割为几篇。根据王运熙老师对唐人有关诗歌分体的看法，唐人不是如此分体的。如唐人对诗律未叶者多视为齐梁体，开、天以前诗人对于古近体诗并没有明确的划分。明代有多种唐集汇刻丛书，其内容大同小异，就是彼此因袭的结果。更恶劣的则是根据各种文献伪造唐集，如已经前人揭发的戴叔伦、殷尧藩、唐彦谦、牟融、张继诸集均包含大量从宋至明的伪诗。《全唐诗》所依据的季、胡二书，即是以这些明本为主要依据而编成的，因此造成数量巨大的重出误收情况。当然，明人编刻唐集不是一无是处，但要区别对待。多种明人编刻唐集所收诗，在唐宋类书、总集中可以找到全部文本来源，文字显然更为优长。是否还都要依据别集整理，确实值得认真斟酌。（八）《全唐诗》成书后的唐集编刻，既有学术水平很高的精校精刻本，也有根据《全唐诗》摘出而成的坊俗本，后者如褚亮、魏征各集皆是，《续修四库》收张蝓集也是后出的文本。

　　总集情况需要分别叙述。最重要的是《文苑英华》，存诗约200卷，逾万首，为保存唐诗之最大功臣，也是明人采编唐集之渊薮。明代的闽刻本错误很多，中华书局1965年以宋本140卷配明本860卷影印，且根据傅增湘校记新编目录，为通行佳本。近年国家图书馆出版社也影印了傅氏《文苑英华校记》，台湾史语所影印了271—280共十卷，给学者莫大便利。如果有学者能够根据存世的各种《文苑英华》明钞本汇校该书，当然是功德无量的好事。利用上述诸本通校全部唐诗,也足以带来许多新变化。即便杜诗,也是如此。

其他各总集,各自有通行版本优劣的问题。如《河岳英灵集》《中兴间气集》,《四部丛刊》本实在不敢恭维,好在宋本或影宋本现在较易见到。《唐文粹》的明刻本最称精刻,比读再造善本影印宋刻本差别不大。《万首唐人绝句》虽然有割裂律诗为绝句、牵扯唐前后诗编入的毛病,但唐人绝句因其得以存录的数量仍很可观。在日本去年拍卖的宋刻本没有行世前,通行的嘉靖本仍是最好的文本。明人增订四十卷万历本虽订正部分误收,但也增加不少新的错误。

《唐诗纪事》虽在分类上归于诗文评,但内容上更接近总集。通行各本仍以"中华上编"整理本为善,王仲镛校笺本改动原书太多。

宋元间的若干种地方总集、地方志和山岳寺观志,包括大量唐人佚诗,且所收诗也多与通行文本不同,尤堪重视。

其他典籍包括四部群书、佛道二藏、石刻碑拓、敦煌遗书、敦煌文献等,皆于保存唐诗各有价值,在此不一一。

三　唐诗最初文本的面貌和产生歧互、讹误的原因

唐代立国 290 年,其间出现诗人当不啻千万,但得有一卷以上诗保存至今者大约仅 200 人,有一句以上诗存世者大约 3 000 人,亡佚实多。今人编录,但凡有只言片语保存者皆当编录。至于今及见之所谓唐诗者,是依靠各种不同性质之文献保存,且得以完整或片断地为今人所知,已如前述。那么唐诗最初始面貌的文本应该是如何的呢?试举日本学者户崎泽彦校订的桂林石刻杜鹃花唱和诗为例:

山居洞前得杜鹃花走笔偶成以简桂帅仆射兼寄呈广州仆射刘公

河间张濬

幄中筹策知无暇,洞里观花别有春。独酌高吟问山水,到头幽景

属何人。

伏蒙仆射相公许崇龟攀和杜鹃花诗勒诸岩石伏以崇龟本乏成章矧恐绝唱徒荷发扬之赐终流唐突之爱将厕廷觇先叨荣被谨次用韵兼寄呈桂州仆射

前岭南东道节度使检校右仆射刘崇龟上。

碧幢红苑合洪钧,桂树林前信得春。莫恋花时好风景,磻溪不是钓鱼人。

乾宁元年三月廿七日将仕郎前守监察御史张岩书。

诗题、署衔、原诗以及刻石始末都很清楚。这是很特殊的例子,有这样幸运的唐诗数量大约不足千分之一。无论明清人所作编录,还是今人重新加以整理,最后写定的文本都较最初的文本有很大的不同,即是从当年实际写作的文本,在其后千年中在不同时间节点、通过不同层次的典籍保存引录,得以完整或部分地保存至今。记录这些文本的流传并最终写定,是很复杂的过程。如前引杜鹃花诗唱和,石刻仍在桂林七星山,今存原文是:"山居洞前得杜鹃花走笔偶成□□/桂帅仆射□寄呈/广州仆射刘公/河间张澹/□中筹策知无□洞里□花别有/春独酌高吟问山水到头幽景□/□人/伏蒙/仆射□公□□□□和杜鹃花诗□/□□石□□□□□之□□□□/绝唱□□□□□□□唐突□/爱□□□□□□□□□次用□/□寄呈桂州□□/前□□□□□□□□□□□□□□上/碧□红□合洪钧桂树林前□□春/莫□花时好风景/□溪不是钓鱼人/乾宁元年三月廿七日□仕□前守监察御史张□书/"。何堪卒读。行成前引之完整文本,是征因大量复杂文献,经过反复校订后的结果,可以说,五万多首唐诗,每一首诗都有其文本保存和传讹的轨迹,需要文献学家的复杂考订来得以完成。

至于唐诗传误之开始,可以说在唐诗写成并流布社会后就开始了。即便今存唐人的可靠著作,也已经有许多错误,到后代在家传户诵的过程中,产生的错误更不胜枚举。在我的认识中,写本时代和刻本时代一样有许多讹误产生,性质、形态或有不同,但结果是一样的。在完成全部唐诗校订后,若有馀力,我会考虑写一本《唐诗校勘述例》。内容包括：A. 作者。B. 时代。C. 诗题。D. 辨体。E. 文字讹夺。F. 互见。G. 本事。H. 分合。I. 附会。J. 依托。在此恕不一一展开。

四　兼顾求全和求真,分层次地揭载全部存世唐诗的文本变化以及各类传讹、依托、疑伪、确伪的作品

求全与求真是断代诗文全集编纂中两难的选项。即便如唐诗,从宋代以来已经经过无数学者殚精竭虑地搜寻考订,我自己也已经从役逾三十年,但当我近年利用各种手段参取文献,逐篇逐句地从唐宋元至明初典籍中校录唐诗时,几乎每天都仍会有新的发现。尽管我现在的工作不以唐诗辑佚为目标,但有新发现总是高兴的。虽然绝对的全并不容易达到,相对的全确比前人有很大的推进。

古今校勘的基本原则是以对校为主,重视他校和本校,慎用理校,且在底本确认后,他本错讹不校,异文两通者不校,底本可通者不改。在唐诗校定中情况就有些特殊。除有大量宋元旧本存世的杜、韩等集外,多数唐集以明、清本为主,且各本因袭的情况很多见,对校的意义远逊于他校。考虑到前述之诸多因素,当然更好的办法是区别对待,每一首诗确定底本和参校本。在此有许多变通。如今人整理唐集一般选择收罗作品较完整的文本为底本,我则觉得应该考虑文本的形成过程和如何更接近作者写作之原貌。如陆龟蒙诗,当然以二十卷本的《甫里集》收诗较备,但诗歌的文本业已经过宋人的改写。我的办法是以《笠泽文薮》为第一部分,《松陵集》为第二部分,其次再据《甫里集》来补充,可以尽可能地将作者写诗的原貌表达出来。如许浑的诗,则以乌丝栏诗真迹为第一部分。张籍、王建、元稹、权德舆、刘长卿诗的写定,则首先以宋刻残本为依据。

在异文记录方面,我以为宜宽不宜窄。遍校群书留下记录很不容易,除了确凿的传钞、刊本误字,如《文苑英华》明闽刻的误文而确信不是《英

华》原书的异文,《四库》本涉及民族问题的率意改写,当然一律不取,其馀在文本流传过程中形成的文字差异,仍以详尽记录为宜。

一诗互见多人之诗,大约十之八九可以得到明确鉴别。而世传唐诗而今确定为唐前宋后作品者,亦一概剔除。以上两类诗均编入存目,以保存后人可以覆按的记录。

问题是各类传讹、依托、疑伪的作品,许多属于疑似之间,欲删除而并无确证,欲保存则怎么也不像。一代文献的全面董理,董理者必然见到无数泥沙俱下,要每一首每一句都稳妥帖当,实在不是很容易的事。我现在考虑了许多特殊处理的办法,以求分层次地说明变化的轨迹,断而不删,存而有别,以便学者取资。

本文的内容今后计划写成十万字以上的详尽说明。本来仅拟写成二三千字的提纲,写出了就长了,大多仍只能点到为止,无法一一举例,幸祈鸿博谅察。

2014 年 8 月 30 日于复旦大学光华楼

(2014 年 9 月斯坦福大学欧洲与中国写本讨论会论文,收入《历史传统与当代语境——〈陈伯海文集〉出版研讨会纪念集》,上海社会科学出版社 2016 年 8 月)

试论《全唐诗》《全唐文》
校补的成就与缺失

　　很荣幸受邀参加由台北大学主办的第一届东亚汉文文献整理研究学术研讨会，并承主持会议的王国良教授指定报告上述论题。我在最近二十多年间，先后独立完成了《全唐诗补编》①和《全唐文补编》②，并参与了《全唐五代诗》编纂的努力，做过《唐文拾遗》和《唐文续拾》的校订③，对于同时出版的与此有关的论著，也一直密切关注，曾围绕全唐诗文的考订和补遗，以及断代文学总集的编纂方法和评价原则，撰写了一系列文章④。我很乐意在此报告我的研究和见解。

---

　　①　《全唐诗补编》，中华书局1992年10月版。

　　②　《全唐文补编》，中华书局2005年9月版。

　　③　均收入《传世藏书》，海南国际新闻出版中心1997年版。

　　④　笔者与此有关的论文有：《〈全唐诗〉误收诗考》，刊《文史》二十四辑，中华书局1986年4月；《〈全唐诗〉补遗六种札记》，刊《中国古典文学丛考》第2辑，复旦大学出版社1987年11月；《再续劳格读〈全唐文〉札记》，刊《选堂文史论苑》，上海古籍出版社1994年12月；《〈全唐诗补编〉编纂工作的回顾》，刊《书品》1993年第2期；《〈全唐诗〉的缺憾和〈全唐五代诗〉的编纂》（与罗时进合作），刊《古籍整理出版情况简报》第256期（1993年2月）；《述〈全唐文〉成书经过》，刊《复旦学报》1995年第3期；《读〈唐文拾遗〉札记》，刊《中西学术》第1辑，学林出版社1995年6月；《断代文学全集编纂的回顾与展望》，刊《四川大学学报》2005年第5期；以及《〈先秦汉魏晋南北朝诗〉补遗》（与骆玉明合作），刊《文学遗产》1987年第1期；《〈先秦汉魏晋南北朝诗〉再检讨》，刊香港浸会大学中文系编《人文中国》第十辑，上海古籍出版社2005年；《〈先秦汉魏晋南北朝诗〉校订释例》，刊《古籍整理研究学刊》2007年第1期；《断代文学全集的学术评价——〈全宋诗〉成就得失之我见》，刊《宋代文学研究丛刊》第十辑，丽文出版公司2005年；《〈全宋文〉的编纂难度和学术质量》，刊《文汇读书周报》2006年9月15日；《〈全唐文补编〉校后记》《〈全唐文补编〉出版感言》，刊《书品》2006年第1期；《对〈全唐文新编〉的一些看法》，收入《汉唐文学与文献论考》，上海古籍出版社2008年6月。

一　《全唐诗》和《全唐文》编修的简单回顾

以《全唐诗》和《全唐文》为标志的断代分体文学全集,虽然在清代方完成,但如果加以追溯,似乎可以提到南宋洪迈编《万首唐人绝句》101 卷和赵孟奎编《分门纂类唐歌诗》100 卷,其特点是不作选择地网罗一代作品,务求全备于一书。明嘉靖间冯惟讷编《古诗纪》,隆庆至万历初年黄德水和吴琯编成《唐诗纪》初盛唐部分 170 卷,取得实际的成就。明末胡震亨、茅元仪和钱谦益都有志作唐一代诗歌的汇辑。茅编《全唐诗》1 200 卷,可能是最早以“全”字领摄一代作品的著作,但未传世,仅存《凡例》(见《湖录经籍考》卷六);胡氏以毕生精力完成《唐音统签》1 033 卷,仅刻出戊、癸二签,全书以写本幸存,近年方影印问世①;钱以《唐诗纪事》为基础辑录唐诗,未成而稿归季振宜,季续事搜辑,成 717 卷《唐诗》进呈,稿本和清本已在两岸分别印出②。

康熙四十四年(1705),清圣祖命曹寅在扬州开馆编修《全唐诗》,由彭定求、沈三曾等十名在籍翰林负责编修,仅用一年多时间,这部多达 900 卷的大书就编修完成了。据现代学者的研究,当时几乎全靠《唐音统签》、季振宜《唐诗》二书拼接成编,所作工作大致以季书为基础,据胡书补遗,抽换了少数集子的底本,将二书校记中原说明依据的文字,一律改为“一作某”,小传则删繁就简,编次作了适当调整③。闺媛、僧道以下的部分,几乎全取《统签》,仅删去馆臣认为不是诗歌的章咒偈颂(凡删章咒 4 卷,偈颂 24 卷则仅存寒山、拾得诗 7 卷)。《全唐诗》卷八八二至卷八八八补遗 7 卷,是馆臣据新发现的《分门纂类唐歌诗》《唐百家诗选》《古今岁时杂咏》等书新补的诗篇。现在胡、季二书都已经影印,学者覆按较便。比如《全唐诗》不收王梵志诗,不收《景德传灯录》所收僧人弘法诗歌,学

---

①　上海古籍出版社 2003 年,又收入《故宫善本丛书》《续修四库全书》。
②　稿本存台湾,台湾联经事业出版公司 1976 年影印时题作《全唐诗稿本》;北京故宫博物院和中国国家图书馆尚有清写本,前者已影印收入《故宫善本丛书》。
③　详周勋初《叙〈全唐诗〉成书经过》,刊《文史》第八辑,中华书局 1978 年。

者颇感不可思议。《唐音统签》影印后,才得以知道胡氏将此类作品全部收在《辛签》中,被馆臣一律认为本非歌诗而删弃。《全唐诗》编纂虽然草率,但毕竟完成了总汇唐诗于一书的工作,并以其特殊的权威和普及向世人展示了唐一代诗歌的面貌,为此后的唐诗爱好者和研究者提供了极大的便利。据日本学者平冈武夫《唐代研究指南·唐代的诗篇》的统计,全书存诗 49 403 首又 1 555 句,作者 2 576 人。《全唐诗》不说明文献所出,缺漏讹误十分严重。岑仲勉作《读全唐诗札记》①指出错误数百处,陈尚君《〈全唐诗〉误收诗考》指出所收非唐时诗 662 首又 38 句;佟培基《全唐诗重出误收考》②则对 6 858 首重出误收诗作了鉴别。

《全唐文》于嘉庆间应诏编修,由董诰领衔,实际主其事的则是徐松、孙尔准、胡敬、陈鸿墀等人。其工作底本是海宁陈邦彦于雍正、乾隆间初编的所谓"内府旧本《全唐文》",徐松等人又据得见的四部书、《永乐大典》、方志、石刻和佛道二藏,做了大量的遗文网罗和校正工作。历时六年,先后有五十多人参与编修,终成书一千卷,存文 20 025 篇,作者 3 035 人,除首列帝王外,臣工均以时代前后为序。《全唐文》成于朴学既盛时期,主事者又颇具学识,在搜罗遗佚、录文校订、小传编次诸方面,应该说均优于《全唐诗》。但不注所出则两书相同,漏收重收、录文缺误、事迹出入等问题也所在多见。其实总纂官之一的陈鸿墀,当时对于修书的学术质量即颇多坚持。其《独坐馆中校阅〈全唐文〉制诰类迟平叔不至作诗简寄且促其到馆》长诗云:"胡为宋五惯坦率,张目不见千珠玑。有时强作解事语,武断若判公案词。古人饮泣后人笑,餐前月给真虚糜。鲰生持论少同调,赖有孙楚堪我师。纠谬时时恕吴缜,列衔往往容臣祁。"可以说将文馆中为编修事宜而发生的激烈冲突,都表达了出来。钱仪吉《抱箫山道人传》云:"道人性伉直,职文馆,巨公总其事,气焰赫然。道人意不合,辄振袂去。"③虽然争论的细节不太清楚,但焦点无疑是《全唐文》编纂中涉及体例和具体取舍的问题。在乾嘉朴学鼎盛的氛围中,学者确实会

①　《历史语言研究所集刊》第九本,又收入《唐人行第录》,上海古籍出版社 1978 年。
②　陕西人民教育出版社 1996 年。
③　诗文均收入陈鸿墀《抱箫山道人遗稿》,复旦大学图书馆藏清刊本。

有较高的学术追求,但主事的巨公必然也有其他方面的压力①。对于《全唐文》的缺失,清人劳格作《读全唐文札记》②,匡谬正失得 130 则,又补遗文目于文末;岑仲勉作《续劳格读全唐文札记》③,又得 310 则,偏于小传订误;陈尚君《再续劳格读全唐文札记》,沿其例而重在辨伪考异,又指出600 多处。《全唐文》所收石刻文本,优劣相差很大。其中如昭陵诸石,《全唐文》的录文大约是各种文本中最残缺不全的。

二 《全唐诗》《全唐文》校补的成就和批评

《全唐诗》成书不久,朱彝尊作《全唐诗未收书目》,有所批评。但朱氏所列书目来自宋人书志,多数不存,没有太多实际意义。最早从事补遗的日本人市河世宁,据日本所存《文镜秘府论》《千载佳句》《游仙窟》等书,补录 128 人、诗 66 首又 279 句,编为《全唐诗逸》三卷(有《知不足斋丛书》本)。清代虽以朴学称盛,学者可能慑于钦定的权威,始终未有人作增补。直到 20 世纪 30 年代后,始有学者从事此项工作。闻一多似曾关注于此,其遗稿到 90 年代方发表,未曾定稿,故错误颇多④。王重民利用敦煌遗书辑录佚诗,编成《补全唐诗》,收诗 104 首,1964 年发表于上海的《中华文史论丛》第三辑。他就敦煌写卷中所见录出,大致以有名作家之诗为主。孙望辑录佚诗开始较早,主要利用石刻文献、《永乐大典》和新得善本如《张承吉文集》等,编成《全唐诗补逸》二十卷,补诗 830 首又86 句;童养年利用文献的范围比较宽,涉及四部群书和石刻方志,作《全唐诗续补遗》二十一卷,得诗逾千首。三书合编为《全唐诗外编》,1982 年由中华书局出版。就以上三家之辑佚成就来说,各有侧重。王氏为敦煌学名家,其录诗在敦煌缩微胶卷发行以前,录诗大体忠实,偶有细节出入。孙氏治学审慎,取资较广,于互见诗有鉴别,但多数情况下存而未作案断。

---

① 详陈尚君《述〈全唐文〉成书经过》,刊《复旦学报》1995 年第 3 期。
② 收入《读书杂识》卷八、《月河精舍丛书》本。
③ 《历史语言研究所集刊》第九本,又收入《唐人行第录》,上海古籍出版社 1978 年。
④ 见《闻一多全集》第七册《唐诗编下》,湖北人民出版社 2004 年。

童书篇幅最大,所得称富,但鉴别考订较粗疏。该书出版时,笔者刚硕士毕业留校工作,偶然发现三家取资文献远未穷尽,唐诗遗珠尚颇多孑存,乃发愿依傍唐宋书志和存世典籍目录,有系统地披览群籍,在 80 年代前中期古籍图书利用还较困难的时期,大约通检了唐宋存世四部书,翻了 2 000 多种方志,查阅了各种石刻碑帖书,利用了《道藏》《大正藏》和《续藏经》,凡得诗 4 663 首又 1 199 句,作《全唐诗续拾》六十卷;并删订《全唐诗外编》,增加王重民录诗 62 首的《敦煌唐人诗集残卷》,重编为《全唐诗补编》,共存逸诗 6 300 多首。当时最大的遗憾,是上海没有敦煌胶卷,《敦煌宝藏》较后才见到,无法全面取资,因而仍只录了有名作者的诗。此书出版后,徐俊广泛调查敦煌诗卷,编成《敦煌诗集残卷辑考》①,大约尚可补唐人逸诗近千首。

为《全唐文》做补遗的工作,以曾参与《全唐文》编纂的阮元和陈鸿墀为最早:阮元有《全唐文补遗》一卷,录文 141 篇,多有重出误收,较草率,未刊,抄本存中国国家图书馆;陈鸿墀亦作有《全唐文补遗》,不传,在其作《全唐文纪事》中略引及一些逸文和零句。真正有所成就的是清末吴兴藏书家陆心源,以其丰博的个人藏书编成《唐文拾遗》七十二卷、《唐文续拾》十六卷②,补唐文逾 3 000 篇。陆氏作补遗涉及文献面很宽,举凡《册府元龟》《唐会要》《五代会要》等基本典籍,日本传归的《文馆词林》《蒙求》等古籍,地方文献和善本碑帖,都曾充分参考,网罗遗文,故有极丰富的收获。

笔者于 1985 年完成《全唐诗补编》后,即开始辑纂《全唐文补编》,最初的想法当然是就现有文献作全面的搜罗。但在工作开展后,获悉周绍良、赵超编《唐代墓志汇编》已经交稿,为避免重复,乃决定凡近代以来发现的墓志一般不收。广采四部群书、敦煌文献、道藏佛典、碑帖方志、域外古籍而成,至 1991 年得文近 6 000 篇,编成 160 卷。但在广搜文献的过程中,觉得地方文献和稀见典籍中的墓志不录,也很可惜,因此也兼采一些。

---

① 中华书局 2000 年出版。
② 光绪间《潜园总集》本,中华书局和上海古籍出版社影印《全唐文》均附录,另陈尚君校订本收入《传世藏书》。

其后在 1996 年处理铅字排版校样时,删掉与《汇编》重复的墓志,又采录后见遗文为《全唐文再补》八卷。2003 年改用电脑排版,又补充访日期间所得资料,编为《全唐文又再补》十卷。总计所补唐文,大约接近 7 000 篇,远远超出最初的预期。

在我的工作进行的前后,有关唐文校补的另外两套书,都是主要依靠石刻补录唐文的著作。一是周绍良等编《唐代墓志汇编》和《唐代墓志汇编续集》①。前者录墓志 3 676 方,所录以出土墓志为主,包括宋明以来有拓本传世者,而以清末至 1949 年以前出土者为主。其体例为忠实记录墓志文字,凡志盖、志题、书撰人署名以及墓志原文,均全文录出。虽与《全唐文》系列无关,但十之七八为《全唐文》和陆补所未收。后者续收墓志 1 564 件,绝大多数是 50 年代以来新出土者,弥足珍贵,仍沿前书的体例,只是校录质量稍逊于前编。这两套书都编有极其周密完整的人名索引,使用方便。二书以墓志刻埋先后为序,与《全唐文》系列以作者编次的体例不同。拙著《全唐文补编》时,曾编有《唐代墓志汇编》的作者索引。二是吴钢主编《全唐文补遗》十册(包括一至九辑以及《千唐志斋新藏专辑》,三秦出版社 1994 年至 2007 年),所取石刻占十九以上,存文超过 6 000 篇。这套书大量依据石刻拓本辑录唐人文章,许多碑志文字为首次发表,录文也严肃认真,很可珍贵。缺点是随得随录,不说明文本来源,各册间自成单元,体例不甚规范,检索比较麻烦。

在此,我还愿意稍微介绍一下近年来唐代石刻遗文发现和发表的情况。日本明治大学气贺泽保规教授《唐代墓志所在总合目录》②,初版资料截止于 1994 年,凡著录唐代墓志 5 482 品,另志盖 344 品。新版资料截止于 2003 年,收录唐代墓志 6 459 种(另志盖 369 种),是迄今为止收录唐代墓志最完备的记录。在此后数年间,较大宗的墓志发表,则有赵君平《邙洛碑志三百种》(中华书局 2004 年 7 月),收录作者在洛阳一带收集的唐代墓志 233 种;杨作龙、赵水森等编著《洛阳新出土墓志释录》(北京

---

① 《唐代墓志汇编》,上海古籍出版社 1992 年;《唐代墓志汇编续集》,上海古籍出版社 2001 年。

② 初版 1997 年 5 月,新版 2004 年 7 月,均汲古书院出版。

图书馆出版社 2004 年 10 月），所收为洛阳师范学院图书馆自 2000 年起征集到的墓志 47 种，并附新出土墓志目录，其中唐代 148 种，但除前列 47 种外，均未录文；《新中国出土墓志·河北卷》（文物出版社 2004 年 12 月），存唐五代墓志 106 种，半数左右为首次发表；同书《江苏常熟卷》（文物出版社 2007 年），存唐五代墓志 34 方；同书《河南卷三·千唐志斋一》，收录唐五代墓志 336 方；吴钢主编《全唐文补遗》第八辑（三秦出版社 2005 年 6 月），收录唐五代墓志 523 篇，其他文体 20 篇；同书《千唐志斋新藏专辑》（三秦出版社 2006 年 6 月），收录唐五代墓志 526 种，多是新安千唐志斋最近十多年在洛阳一带收集而得；同书第九辑（三秦出版社 2007 年 7 月），虽以辑录敦煌遗文为主，附录部分也收录了 135 篇墓志，首次发表者有山东淄博拿云博物馆的藏品 48 方；《西安碑林新入藏墓志汇编》（线装书局 2007 年 10 月），凡收唐五代墓志多达 353 多方，其中约半数为山西长治地区出土；赵君平、赵文成编《河洛墓刻拾零》（北京图书馆出版社 2007 年 7 月），收录洛阳一带近年出土唐五代碑志 433 种，包括大量私人收藏的石刻，大多亦属首次发表；乔栋、李献奇、史家珍编著《洛阳新获墓志续编》（科学出版社 2008 年 3 月），收录唐墓志 260 种。此外，还有一批地方文物考古专书和各种文物、书法杂志以及地方类学报中，近年也有数量可观而具有极其重要学术价值的墓志发表，其中尤以《文物》《碑林集刊》《书法丛刊》《唐研究》以及洛阳一带的多种大专学报为重要。此外，各地公私收藏的未发表墓志，估计还有一二千种。

总结以上的介绍，从陆心源迄今为止整理发表的唐人遗文，总数已经接近两万篇，接近《全唐文》的收文数，确实是很惊人的收获。对于唐代文史研究来说，这部分遗文的价值，怎么估价都不会嫌高。

三　重编全唐诗文的进展和遗憾

1956 年 12 月，李嘉言在《光明日报》副刊发表《改编全唐诗草案》，提出校订、整理、删汰、补正四项工作。他的主要想法，还是在《全唐诗》的框架内作改编。为此他从 60 年代初期开始，在任教的开封师范学院组织师生做《全唐诗》首句索引,据以查核重出互见的作品。此一工作因为"文革"而中止。到 80 年代末,重修之议再起,至 90 年代初获实际展开,书名定为《全唐五代诗》,由周勋初、傅璇琮、郁贤皓、吴企明、佟培基、陈尚君任主编,到 1997 年已经接近完成杜甫以前诗歌的编纂。其后因为各方认识的差异,始终未能定稿出版。笔者 90 年代前中期的主要精力都放在此书编纂工作上,对此深感遗憾和痛心。《全唐五代诗》的学术目标是"按照新时代的要求,充分反映我国唐诗研究整理的新水平",因此而力求做到"备征善本,精心校勘""备注出处,以求征信""全面普查,广辑遗佚""删刈伪讹,甄辨重出""重写小传,务求翔实""合理编次,以便检用",为学者提供很丰富可靠的研究文本①。笔者参与其间,并负责凡例、工作细则和样稿的起草,所承担的部分自信在平生学术工作中达到了期待的水平。世事多舛,也无法预料今后有无问世的机会。

　　《全唐文》的改编,提出来较晚。大约是 90 年代初由西北大学韩理洲提出,目标是新编并编年,在校对文本、精心勘正、交代出处、纠订讹误、补充逸文等方面都有一些规划。这一工作似乎已经全面铺开,我所熟知的一些朋友都曾参与其事,但后来消息渐渺,估计早已经停止。1999 年开始见到由周绍良任总主编,栾贵明、张锡厚、冯惠民、叶树仁、田奕主编《全唐文新编》的征订广告,到 2001 年见到吉林文史出版社一次推出。该书《出版说明》自誉为"一部全新的资料汇辑、编纂整理和研究考订三位一体的巨典",具有"作者的权威性""编纂的科学性""资料的完整性""考订的严谨性"和"装帧的精美"五大优点。但只要通翻全书,即可以发现其实是一部毫无新意、不负责任的大拼烩。首先,从劳格、陆心源算起,一个半世纪来中外学者对《全唐文》存在问题作了大量研究考证,《新编》对此很少理会,从劳格、岑仲勉以降几十位学者的研究成果,几乎全未采用。所收《全唐文》是用中华书局影印本照排,仍用句读,没有校任何文本,更没有交代文献来源。其次,该书所称补充逸文的成绩,其实也只是对已有的几项唐文补遗成果的简单粗糙的拼接。所据主要是:甲、清末

---

　　①　详见陈尚君、罗时进《〈全唐诗〉的缺憾和〈全唐五代诗〉的编纂》,刊《古籍整理出版情况简报》第 256 期,1993 年 2 月。又收入陈尚君《唐代文学丛考》,中国社会科学出版社 1997 年。

陆心源的《唐文拾遗》和《唐文续拾》,存文三千多篇,注所出,但不规范。原独立成编,《新编》将其与《全唐文》剪贴拼接到一起。乙、补录了一批石刻文献,所录全据《唐代墓志汇编》《唐代墓志汇编续集》,以及三秦版《全唐文补遗》中前二书未收的部分。丙、敦煌文献,似据几种资料汇编抄进去的,契约文书一气堆上,全无文章的取舍和处理。丁、据史籍补录者,主要辑录了一批唐代君臣间的谈话。编者似乎没有为本书做什么具体的辑佚工作,近几十年来有关唐文的大量具体补遗都没用,最显著的如王绩、王勃、沈佺期、张说、白居易几家别集的大宗补遗都没有用,至于散在四部群书、海外逸书、地志碑帖、佛道二藏中的大量唐人逸文,更全未顾及。再次,清编《全唐文》对文章收录有严格的规定,即不收专著,只收单文;不收谈话,只收写成的文章;不收敕目,不收名录帐籍之类的文书。《新编》既无力去作新的补辑,又极力希望有大量新的补录可供标榜,以上几方面的禁忌可说都打破了。如从两《唐书》和《册府元龟》补录的部分,大半是将君臣谈话作口谕补了数百篇,另外一部分是将《全唐文》已收文章的史书不同节引改写文字另录为一篇。将《旧唐书》的《天文志》《历志》分补于李淳风、一行下,极不可理喻。还有根据《永乐大典》录出的一些包括存逸古书的片段。敦煌文献中的大量契约、帐籍、簿录之类经济文书,有其特殊的意义,但其中大部分不应该收入仅录单篇文章为主的《全唐文》。该书虽号称新编,其实很少新意,只能视为以学术为名的商业操作。

四　对以往全唐诗文校补的反思

台湾前辈学者于大成曾发表《理想的古典诗集》[①],从辑佚、校勘、笺释、辨伪、有关作者的资料等方面展开论述,笺释部分又从训诂、名物制度、人名地名、史实、典故、音律、诗话等七方面加以论列。他认为:"要整理一部古典诗集,使之可读,并非易事,因为那关涉许多诗以外的知识与

———————————

① 《幼狮月刊》第44卷第3期,1978年3月。

工具。而此等知识与工具,又往往不一定为研究诗的人所共有。"他的意见虽非对于《全唐诗》一类大型断代全集而发,但就诗集整理来说,碰到的问题则是共同的。"全"字头大书由于囊括一代文献,所涉及的问题远比一般个人诗集或者选本更复杂。新编的《全宋诗》和《全宋文》出版后,都曾引起学者的一些讨论或指谬,甚至予以激烈的否定。我则始终认为这些问题虽然确实存在,也应该订正,但批评者指出一二出入不难,编纂者则要从浩瀚如山的古籍中处理数万人的数十万篇作品,每篇作品都有其特殊的流布和研究史,要处理稳妥谈何容易。对于此类著作的批评原则,应该与个别作者别集或专著整理的标准有所不同。我认为应该从搜辑追求全备、注明文献出处、讲求用书及版本、录文准确并备录异文、甄别真伪互见之作、限定收录范围、撰写作者小传及考按、编次有序等八个方面予以衡量,而不必因为个别作品的误识或作者局部事迹的失考而轻易否定全书的质量①。

我在前面详尽交代了到现在为止全唐诗文校补的情况。如果不是专门研治唐代文史且对史料积累极其关注的话,相信很难理清头绪,也很难方便快捷地加以利用。也就是说,今后仍需要有人花大气力来编纂值得信赖的、汇聚全部作品的新书,以满足学者的需求。需要更深一层发问的是,这类"全"字头大书的体例是否是最好最稳妥的处理文献的方式? 由于大陆学者比较看重这一类规模宏大且会引起较多关注的所谓标志性成果,我想特别要指出此一类著作的局限所在。

求全总是读者的愿望,更是研究者在确定课题后尽力要达到的目标。但就一书来说,其实很难达到。我在前面提到的八项标准,其一搜辑追求全备和其五甄别真伪互见就是很难两全的矛盾。历代名家如李白、苏轼都有许多伪托、传误的作品,这些作品搜辑不难,但要确认如何致误、伪托者为谁,几乎无法做到。此外,限定收录范围,我在《断代文学全集编纂的回顾与展望》一文中,曾从空间范围、时间范围、语言范围、单文与专著的

---

① 详见陈尚君《断代文学全集编纂的回顾与展望》,刊《四川大学学报》2005年第5期;《断代文学全集的学术评价——〈全宋诗〉成就得失之我见》,上海《文汇报》2004年11月14日《学林》版。

区分、文体限定等方面加以论述。同时,我认为,诗、文、词在文体区分上还不太复杂,但如小说、笔记等,由于其本身界定就相当含糊,古今的体认又有很大差别,要求全恐怕很难做得稳妥。当然,一些学者在这样的名义下,系统整理一个时期的作品,其努力还是值得肯定的。

我以前认为文的界定还比较清晰,现在则越来越感到困惑。从《文选》到《全唐文》,收录的着眼点还是在于传统文章学范围内的文。从传世文献的立场上来说,这样的处置并不太难。我在做《全唐文补编》的时候,大致掌握以下几项原则:一、与诗词区隔,凡传统文体分类中划定为文而不视为诗的各体韵文,作文收录。二、与专著区隔,仅收单篇文章。少数曾在书志中著录但仍具备单篇文章特点者,如皇甫松《大隐赋》,《新唐书·艺文志》著录一卷,仍可收入。三、与谈话区隔,只收成文的文章。两《唐书》或《贞观政要》里面的君臣谈话都不收。四、书仪不收,仅录有实际内容的文章。五、户籍契约等不收,以其已自成系列,而且篇幅太多。六、程式类文字不收,如敦煌题记中的"某某人一心供养"之类都不收。七、诏敕而仅存敕目者不收。八、题名仅收略具文意者。凡此都是尽量限定范围,避免滥收。曾有学者做严可均《全上古三代秦汉三国六朝文》的补编,将《甲骨文合集》和《两周金文集成》全部录文复制粘贴以成编,被出版社退稿。即便作了以上的限定,其实很难完全做到。比如《册府元龟》卷一〇八所收哀帝天祐二年四月,敕:"自今年五月一日后,常朝出入,取东上阁门。或遇奉慰,即开西上阁门。永为定制。"《全唐文》卷九三收录。但《册府元龟》同卷如长庆四年二月丁亥,诏:"宜令三月三日御丹凤楼,仍令所司准式。"大和四年十一月壬辰,敕:"阴雪未晴,其明年正月一日朝贺宜权停。"同光四年正月乙亥,敕:"风雪稍甚,宜放三日朝参。"是不是也要收呢? 其实类似文字很多,脱离了原来的史文,既没有欣赏价值,也减损了史料价值,完全没有必要另录。再如《通典》卷三四:"武德元年,诏以军头为骠骑将军,军副为车骑将军。又诏:太子诸率府,各置骠骑将军五员,车骑将军十员。"《册府元龟》卷四八六:"唐高祖武德二年十二月七日,敕:百姓年五十者,皆免课役。"同书卷四八七:"唐高祖武德二年,制:每一丁,租二石,绢二匹,绵三两。自兹以外,不得横有调敛。"今人或即据以补为四篇文章,而且指出《全唐文》等未收之失当①。这类文字可能也略具文意,但仅交代政策条令的实施内容,只能视作敕目吧。

同时,我也感觉到,从《全唐文》开始的录文规范,与现代学者的研究需求有很大的距离,遵循规范未必能够满足学者的要求。《全唐文》录文时,一般仅录文章的正文,其他部分如撰书者的署衔、石刻所附相关人员的职衔署名以及文章写作的时间等,一概删去,失去了大量对于研究者来说很重要的研究线索。如卷三〇四崔逸《东海县郁林观东岩壁记》,提及"我东海县宰河南元公"及"其列座同志次而镌之",所指为谁,并不明白。《八琼室金石补正》卷五一录此石刻,后有题名:"司马男清河崔逸文。朝议郎行海州司马崔惟怦字践直。朝议郎行东海县令元暧字徽明。丞阎朝宾。主簿孙克友。尉苟抱简。尉上官崇素。司宾窦晏。"对于理解文意无疑很重要。一些有名的大碑,如大足的《韦君靖碑》、正定的《李宝臣纪功碑》、西安的《郭氏家庙碑》,其碑阴题名内容都极其丰富,历来为研究者重视,对于解读碑文也有价值,但《全唐文》都不收。我在作《全唐文补编》时,对此有所弥补,但毕竟限于体例和篇幅,不可能兼取。读者或许可以提出质疑,但编者很清楚,这一体例如果一改变,就要收录造像记和陀罗尼经幢中的大量篇幅极其繁复的题名文字,远远超出了增补唐文的工作范围。现代学者在敦煌吐鲁番文献、石刻录文中,在保留行格和阙文痕迹方面都已经形成了很好的规范,但就唐文校录来说,则很难完全按此操作。

就学术批评来说,指出前人工作中存在的问题并不太难,但从事文献建设而要达到力臻妥善,确实极其艰难。就《全唐文》举例来说,即位赦文或南郊德音经常都是大文章,且以《唐大诏令集》和《册府元龟》所收较完整,后者有关各卷仅存明刊本,错误极多。几乎每一篇赦文都曾被正史、政书或类书多次引用,或节录,或改写,文本差异很大,可以据以校订

———————————

① 韩理洲《唐高祖文集辑校编年》,三秦出版社 2002 年 7 月,第 51、85、92、131 页。

文本的地方也很多。这就需要学者很认真地搜集资料,校勘文本①。我在做《全唐文补编》时,特别关注石刻文本的校订,如昭陵诸碑,都曾参校过许多碑帖和前人录文,并据传世文献补充,自信是迄今有关碑石录文最全的文本。但经常仍会感到未能臻善的遗憾。比如萧邺《高元裕碑》,《全唐文》卷七六四和《金石萃编》卷一一四的录文缺误很多,我据《八琼室金石补正》卷七五和《洛阳名碑集释》所附拓本校补,增加三百多字,自感已经很不易。但阅严耕望《唐仆尚丞郎表》卷九《辑考三上·吏尚》据史语所藏拓本,录文仍有增出的文字。

五　对于今后全唐诗文或全唐
文献新编的期待

至今为止,全唐诗文的订补当然已经有了很巨大的成就,今后还可以陆续有新的积累,但如果要做新编,就要有新的考量,要达到在学术质量上真正的提升。就全唐诗来说,一些有文集传世的大家,能够选择有代表性的善本,适当校勘,做好集外诗的增补和互见重出的甄别,也就够了。

---

①　试举去年评校订本《册府元龟》时提出的一个校例:《册府元龟》卷九三《帝王部·赦宥门》录晋高祖天福元年(936)十一月即位改元赦,在同书卷六六、卷六八、卷八一、卷四八四、卷四九二、卷四九四中有六次引及,据此可以对卷九三引文作如下校改:1.“文武官寮等又输推戴之诚”,“又”应作“各”。2.“其军府诸色职掌将吏等已及押卫职者,各与递迁职次”“各与”二字前,应据卷八一加“并与加官未及押衙职者”十字,此段应作“其军府诸色职掌将吏等已及押卫职者,并与加官;未及押衙职者,各与递迁职次”。3.前句之下,据卷八一,知脱去“应超魏府行营及系侍卫诸军将校等并已加恩处外,所有六军及诸道本城并替换在诸处将校未加恩者,凡执干戈,皆为社稷,虽守役或分等次,而倾心尽着勤劳。且被渥恩,各升官秩,用奖输忠之效,俾坚御侮之诚。其六军及诸道府本城并替换在诸处将校未加恩者,宜令并依资转官,仍令六统军及诸道州府,据前项军都自副将已上分析名衔申奏”一段。4.“盐麦之利,军府所须,倘不便放户人,宜别从于条制。”据卷四九四“麦”应作“曲”,“放户人”应作“于人户”。5.“在京盐货,元是官场出粜,自今后并不禁断,一任人户驱使杂易。”据卷四九四“出粜”应作“出粜”,“杂易”应作“粜易”。6.“弓旌聘士,岩穴征贤,式光振鹭之班,将起维驹之应。山林草泽贤良方正隐逸之事,委逐处长吏切加采访,咸以名闻。”据卷六八,知“维驹之”下脱“咏”字,“应”字应从下句读,“事”应作“士”。“士”字四库本据文意改。7.“昨以寇戎久在郊境,颇伤禾稼赋租”,据卷四九二知“赋租”二字前脱“宜减”二字,“禾稼”下应加逗号。以上七例,如4、5、6、7各例,显属传本有脱误,1例可两通,“各”字义稍胜,2则可能出于传误,但也可能出于杨亿等删节,3则最属《册府元龟》编修时各部、门分别采摭,如果校订《全唐文》时应该恢复原赦面貌,整理《册府元龟》时则可以不作处理,能够加注指出当然更好。

关键是没有别集的诗人及其诗歌,应该逐一说明其来源,交代文本的差异。至于全唐文,则要复杂得多。来自传世文献的文章,应该尽可能地利用各书的善本仔细校勘。一文而有不同来源或曾形成不同文本者,一定要互相比勘,然后写定一本。敦煌吐鲁番文献中的写本文献,则应参考原卷和今人的校读,重新写定。石刻文本最为复杂。从道理来说,石刻从原石到拓本到录文,似乎有规律可循,其实不然。大致石刻有早晚完残的区别,拓本有精粗初晚的不同,录文更有各家辨认能力的差异。即便晚出的千唐志斋藏石,一时拓本分售各处,完残也有些微区别。学者没有很好的识力和长期文本处理的积累,很难达到超越前贤的目标。不能超过原本,当然也没有新编的必要。

几年前在讨论《全宋诗》存在问题及修订办法时,我曾提出:"现代科技已经为传统的大型古籍文献编纂提供了极其便利的操作空间,这就是利用网络以展开编纂修订。比如《全唐诗》《全宋诗》这一类大型总集的修订,书面出一个新版,几十年内可能都难以实现。但如果在网络中进行,几乎每天都可以有一个新版的推出,前人难以想象的事情,现在是可以做到了。"①这是现代学者比古代或前代学者的优势所在。我在二十多年前作唐诗辑佚时,凡《全唐诗》未用古籍中提到诗歌者,与《全唐诗》反复核对,才能确定是否佚诗。李嘉言及其后学为解决《全唐诗》重出问题,不惜花气力做全书的每句索引,也仅能解决部分问题。遇到其他朝代人诗误作唐人时,其实一点办法也没有,只能靠偶然的发现来加以纠正。近年有两位青年学人利用四库全文检索,指出拙辑《全唐诗补编》的一些错误②,在我是非常感谢的。如果当年有现在的手段,我相信可以避免许多的差错。这本书1992年出版,到现在已经16年,我和出版社都有做一个新版的考虑,但新版就必须增加最近十多年增加的资料,删除当年误收的作品,我的考虑是将市河世宁以后各家的补遗全部打通,校订后统一编

---

① 《断代文学全集的学术评价——〈全宋诗〉成就得失之我见》,刊《宋代文学研究丛刊》第十辑,丽文出版公司2005年。

② 金程宇《〈全唐诗补编〉订补》,刊《学术研究》2004年第5期;袁津琥《〈全唐诗补编〉订误》,刊《新国学》第五期,巴蜀书社2005年3月。

次,录诗用较好的文本,来源有较早较完整的说明。但也担心一下子也很难达到妥当的程度。如果通过网络先期发表,听取各方意见后反复修改,我相信可以更好一些。

全唐诗文的更新,今后也可以循此途径。更希望突破全唐诗文体例的局限,今后有人认真地做全唐文献:专著有较好的校订标点文本;佚著能够汇聚遗文;敦煌吐鲁番文献应该将原写卷和录文及其相关研究一并陈列;石刻可以将拓本、录文和研究一并展示;诗文可以同时罗列不同时代不同著作引录的不同文本。这样牵涉一代文献的宏大工程,在传统的纸本书籍来说,是难以达到的目标,现在通过网络,完全可以做到。即便最初的文本有许多缺憾,但电子文本修改方便,可以不断更新完善,逐渐形成可靠的文本。

2008 年 10 月 13 日于上海复旦大学光华楼

(2008 年 11 月台北大学古典文献研究所主办第一届东亚汉文文献整理研究国际学术会议论文)

《全唐诗》误收诗考

　　《全唐诗》收录范围规定为唐五代的诗作。有唐立国以前及五代入宋以后诗作羼入，即为误收。本文即拟对《全唐诗》中误收之诗作一考证。

　　非唐五代人诗而误为唐五代人诗，在宋人编纂的《唐诗纪事》《乐府诗集》《苕溪渔隐丛话》《万首唐人绝句》《三体唐诗》等书中已肇其端。嗣后金、元、明各代学者，在唐诗的搜辑整理上都有不小的成绩，同时也不可避免地造成一些新的讹误。清康熙年间开馆纂修《全唐诗》，较好地吸收了前人的成果，将有唐一代的诗歌总为一集，为唐诗研究者提供了极大的方便。对于前人的偏失，《全唐诗》纂修者在一定程度上作了纠正。《全唐诗·凡例》云："六朝人诗误收入《全唐》（尚君按：此指季振宜编《全唐诗》）者，如陈昭及沈氏、卫敬瑜妻、吴兴神女之类，并应刊正。"又云："六朝人诗，原集误收，如吴均《妾安所居》、刘孝胜《武陵深行》误作曹邺诗、薛道衡《昔昔盐》误作刘长卿诗之类，并应刊正。"又云："唐并无其人，而考其诗乃六朝人作，如杨慎即陈阳慎，沈烟即陈沈炯，概删。"馆臣们在这方面的努力是值得称道的。但由于全书成书仓促，编修者未能逐一详加考证，以至仍有大量前人误收的诗篇未及甄别而收入。

　　对于误作唐人诗的考正，宋代的陈振孙、明代的胡震亨、清代《四库全书总目提要》的纂修者、清末民初的刘师培，都有一定的成绩。当代学者钱锺书、刘开扬、富寿荪等，也曾有所发现。但对《全唐诗》误收情况作较全面的清理，至今尚未见专著刊布。

　　由于尚有大量非唐五代诗被误作唐人诗而未得到纠正，给唐诗研究工作带来一些本可避免的偏失。有的论著误将宋人诗当作唐人诗来引证;今人所编选本如《唐诗一百首》《唐人绝句精华》《唐人七绝选》等,则误收入了若干首宋、明人诗。

当代学者已有重修《全唐诗》之议,对历代误作唐人诗进行全面考订,对重编工作具有重要的参考价值。考订《全唐诗》所收其他朝代诗作,也可为六朝诗和宋诗的研究提供一些新的资料。如北齐徐之才《下山逢故夫》、陈代郑露《彻云涧》、褚亮作于隋代的《在陇头哭潘学士》,丁福保所编的《全汉三国晋南北朝诗》均未收。宋代的李九龄、王初、郭震等原集已佚,却有不少诗作长期被视为唐诗而保存下来。

鉴于以上原因,笔者不揣谫陋,试图对此尽可能全面地作一考订。先述全文体例如次:

1. 本文仅考证其他朝代人诗误作唐诗之作。唐诗误作其他朝代诗及唐诗与其他朝代人诗互见而无从确定归属之作,概不阑入。

2. 本文力求追溯史源,找出致误始因,提供较确切的证据。前人虽曾致疑,尚无确凿证据可定谳者,只好暂付阙如,以俟续考。

3. 本文意欲求全,故于前人及今人已有论及之作,亦尽所见收入,均注明作者出处,以免掠美之嫌。笔者所见不广,容有本文所云已为前人指出而未察者,尚俟识者告之。

4. 全文按致误的类型编排。除为了行文的方便外,还有释例的意思。

5. 本文所引《全唐诗》据中华书局排印本。其他引用典籍,凡通行本均不详注版本,以节省篇幅。

一　唐以前作者因事迹失考而误作唐人收入者

本节所考唐以前作者,指在唐王朝于公元 618 年建立以前已去世的诗人。

1.1　陈昭　《全唐诗》卷一九收其《昭君词》一首,系录自宋郭茂倩《乐府诗集》卷二九。《全唐诗·凡例》称:"六朝人诗误收入《全唐》者,如陈昭……之类,并应刊正。"《全唐》指清初季振宜编《全唐诗》,钦定《全唐诗》所据底本之一。季氏误以陈昭为唐人,列为专条,编修馆臣删去,甚是。此处删除未尽,当是沿袭《乐府诗集》之误。检唐初欧阳询所编《艺文类聚》卷三〇已收此诗,署陈明(当即陈昭,"明"为后人讳改)。《艺文类聚》不收唐初尚存活者的诗作(今本收唐太宗、苏味道等诗,系后人以《初学记》补缺卷而误入),可证《乐府诗集》列陈昭于唐张文琮、戴叔伦之间为误。《文苑英华》卷二〇四以此诗归阴铿,后人编《阴子坚集》据以收入,亦误。《艺文类聚》并收阴、陈二诗,当可信从。《全陈诗》卷四收归陈昭,传谓:"昭,义兴国山人,庆之之子。庆之在梁以军功封永兴侯,卒,昭嗣位。"所据为《梁书》卷三二、《南史》卷六一。

1.2　王训　《全唐诗》卷二六"杂曲歌辞"收其《独不见》一首,卷七七四重收,以训为世次爵里无考作者。按《文苑英华》卷二一一收此诗,以训为梁人,与刘孝威、柳恽同赋此题。同书卷一九八、卷二一三另收训诗多首,并作梁人,《全梁诗》卷一〇均收入。训,《梁书》卷二一、《南史》卷二三均有传,为王俭曾孙,"能赋诗,文章为后进领袖",卒于梁大同元年(536)。《乐府诗集》卷七五收此诗于唐沈佺期之次,训名上失注"梁"字(同书卷二七注训为梁人),为王训误作唐人之始。明吴琯编《唐诗纪·初唐》卷五九据以误收,季振宜及编修馆臣复沿其失。唐代姓名为王训者有多人,如《旧唐书》卷一〇四谓王忠嗣初名训,《雍州金石记》卷八、《芒洛冢墓遗文四编》卷四有大历二年《王训墓志》,均与本诗作者无涉。

1.3　李元操　《全唐诗》卷一二四以为"开元初诗人",收入《和从叔禄愔元日早期》一首。此诗系据宋计有功《唐诗纪事》卷二〇收入,"禄"字前当据《文苑英华》卷一九〇补"光"字。明胡震亨《唐音癸签》卷三一指出:元操"为隋李孝贞字,(计氏)漫附开元中"。所言甚是。孝贞,《隋书》卷五七有传,初仕陈,入隋避文帝祖讳以字行。仕为冯翊太守、蒙州刺史、内史侍郎,开皇中卒于金州刺史任。《隋书·经籍志》著录其集二十卷,不传。《文苑英华》收其诗五首,《全隋诗》卷二均已辑入。另《全唐诗》卷三九陈子良下收《酬萧侍中春园听妓》,亦元操作,见《初学记》卷一五、《文苑英华》卷二一三。

1.4　韦道逊　《全唐诗》卷七七〇作世次爵里无考作者收入,录《晚春宴》一首。按《文苑英华》卷二一四收此诗,题作《齐韦道逊晚春寒》,署"邢邵",《全北齐诗》即作邢诗收入。详诗题,似为道逊所作,疑《文苑英华》误署。道逊,《北齐书》卷四五《文苑传》有传,杜陵人,"早以文学知名。……武平初尚书左中兵,加通直散骑侍郎。入馆,加通直常侍"。卒年不详。

1.5　徐之才　《全唐诗》卷七七三作世次爵里无考作者收入,录《下山逢故夫》一首。该卷卷首注:"以下见《玉台后集》。"编修馆臣并未获见《玉台后集》,该卷实全据季振宜《全唐诗》录入,季氏又系以明吴琯《唐诗纪》为本。之才此诗见《唐诗纪·初唐》卷五九,题下注:"见《玉台后集》。"《玉台后集》,唐天宝间李康成编,收诗起于梁陈,迄于天宝间。其书久佚,惟据宋晁公武《郡斋读书志》(袁本)卷四下与刘克庄《后村大全集》卷一七七《诗话续集》所载,尚可推知其梗概。吴琯所录,亦自他书转引,未睹原书。《玉台后集》为通代总集,采摭不慎,辄易致误。之才,《北史》卷九〇有传(今本《北齐书》卷三三《之才传》系据《北史》补入),其墓志亦已出土,见《汉魏南北朝墓志集释》卷七,知其为丹阳人,初仕梁,随豫章王综入魏,历任要职,北齐后主武平三年(572)卒,年六十八。史称其幼年为周舍、刘孝绰、裴子野等赏识,博识多艺,性喜戏谑滑稽。可信即此诗作者。《全北齐诗》不收之才诗,可补入。《全唐诗》同卷收萧意《长门失宠》,亦出《玉台后集》。佟培基《全唐诗重出误收考》五九九据《册府元龟》卷六九三,谓即南齐明帝建武二年(495)任徐州刺史之萧意。然《玉台后集》收诗起于梁陈间,不收南齐诗,恐未必即其人,暂不取。

1.6　蔡璟　《全唐诗》卷七七三收《夏日闺怨》,出《玉台后集》。唐道宣《续高僧传》卷一二称其为"江阳介士",于隋炀帝大业九年(613)为丹阳僧智琳撰碑。璟事迹可考者仅此,时距隋亡仅五年,然不详璟是否及见唐开国。姑识此以俟考。

1.7　唐怡　《全唐诗》卷七七三收二诗,均出《玉台后集》。按唐怡字君长,北海平寿人,仕北周宣帝为内史次大夫,封汉阳公。入隋,废于家而卒。见《北史》卷六七《唐永传》(名误作"悟")、《新唐书·宰相世系表》四下、《续高僧传》卷二三。

1.8　徐谦　《全唐诗》卷七七六作世次爵里无考作者收入,存《短歌二首》。按《乐府诗集》卷三〇收二诗,题作《短歌行》,署"北周徐谦",列梁人张率、隋人辛德源同题诗之间,信无误。《全北周诗》卷一已据以收入。二诗误入《全唐诗》,当本自《文苑英华》卷二〇三。《文苑英华》收诗起于萧梁,止于五代,各类诗虽略存时代先后之序,但作者名前多不署时代,故其易致误。徐谦,《周书》《北史》均无传,事迹待考。

1.9　慧侃　《全唐诗》卷八〇八录其二诗,传谓:"慧侃,晋陵曲阿人,姓汤,住蒋州大归善寺。诗二首。"唐释道宣《续高僧传》卷二六有《蒋州大归善寺释慧侃传》,云:"释慧侃,姓汤,晋陵曲阿人也。……以大业元年(605)终于蒋州大归善寺,春秋八十有二。"知其人未入唐。《全梁诗》据冯惟讷《诗纪》收其诗,《诗纪》又系转引《吟窗杂录》所引《梁词人丽句》)。二诗误作唐人,始于南宋李龏《唐僧弘秀集》卷一〇。《闻侯方儿来寇》云:"羊皮赎去士,马革敛还尸。天下方无事,孝廉非哭时。"侯方儿为梁末王琳部将,琳曾遣其寇江陵,后归陈,见《陈书·侯瑱传》《熊昙朗传》、《周书·豆卢宁传》等。慧侃梁陈间曾至邺下,复往岭南,当为其间诗。

1.10　宝月　《全唐诗》卷八〇八传谓:"宝月,开元时与无畏法师译经十馀部。诗一首。"诗题为《行路难》。按《乐府诗集》卷七〇收该诗,署"齐僧宝月"。同书卷四八又有"齐释宝月"《估客乐四首》,《全齐诗》卷四均收入。梁钟嵘《诗品》卷下,以"齐释宝月"列下品,评谓:"庾(疑作康,指宝月)、白二胡,亦有清句。《行路难》,是东阳齐廓所造。宝月尝憩其家,会廓亡,因窃而有之。廓子赍手本出都,欲讼此事,乃厚赂止之。"梁徐陵《玉台新咏》卷九收《行路难》,属宝月。今人陈延杰《诗品注》引陈释智匠《古今乐录》(原书已佚,陈氏未云引自何书)云:"释宝月,齐武帝时人,善解音律。"《行路难》为齐廓作或为宝月作,为另一问题,作者非唐人则可肯定。此诗误作唐人,似以宋李龏《唐僧弘秀集》为最早,明高棅《唐诗品汇》卷三七复沿其失,二书未录事迹。编修馆臣复以同名之开元译经僧实之,其误尤甚。任半塘《敦煌歌辞总编》四详辨此诗必出盛唐,似未注意梁时二书已有征及,其误可不待辩。

1.11　郑露　《全唐诗》卷八八七收《彻云涧》一首,传谓:"字思叟,号南湖,莆田人,太府卿。诗一首。"按宋李俊甫《莆阳比事》卷一云:"莆为文物之地旧矣!梁陈间已有南湖先生郑露书堂(原注:露一名褒,今广化寺讲堂是也),唐林藻弟蕴肄业其地。"末注:"以《郡志》《郑家谱》参出。"同书卷七云:"广化寺,梁陈间邑儒郑露之居。俄有神人鹤发麻衣夕见于堂,请易为佛宇。露诺而献之,为金仙院,时永定二年(558)也。隋升为寺,唐景云间因白泉之瑞改灵岩(原注:唐柳公权书额犹存,详见《寺碑记》),皇朝赐今额。"永定为陈武帝年号。俊甫所述,曾参据郡志、家谱、碑记,当可信从。清乾隆《兴化府莆田县志》卷二一《儒林传》,录郑露事迹较详:"郑露,字恩叟,其先自荥阳入闽。……至陈时,露与其弟庄、淑自永泰徙莆,庐护墓侧。据南山之胜构书堂,以修儒业,时作篇章以训子弟,于是莆人化之,始兴学。……露,太府卿;庄,中郎将;淑,别驾。后人因称为南湖三先生。"成书时代虽较迟,当有地方文献为依据。除表字稍异外,其馀均同《全唐诗》小传,可确定郑露为梁陈间人。《彻云涧》出处不详。《全陈诗》无郑露,似可补入。

总计本节所考,可确定时代者,南齐时一人,宝月;梁时一人,王训;陈时二人,陈昭、郑露;北齐时二人,韦道逊、徐之才;北周时二人,唐怡、徐谦;隋时三人,李元操、蔡瓘、慧侃。共确定误收诗十四首。

二　唐以前作者诗误归唐人名下而收入者

本节考证唐以前作者所作诗因载籍辗转流传或编纂唐诗者失审而误系唐人名下的诗作。

2.1　陈叔达　《全唐诗》卷三〇收其诗九首,其中《自君之出矣》二首下注:"一作贾冯吉诗。"按《乐府诗集》卷六九收二诗,前篇署"陈贾冯吉",后篇署"隋陈叔达"。《文苑英华》卷二〇二收二诗,则以前篇归陈叔达,周必大等校云"一作贾冯吉";后篇归贾,周校"一作陈叔达"。知二诗归属,宋时即有异说。按二书所收同题诗,多依作者时代先后编次。《全陈诗》卷四仅录前篇为冯吉诗,近是。冯吉事迹待考。叔达后仕唐,但此诗当为在隋时所作。

2.2　李商隐　残句:"头上金雀钗,腰佩翠琅玕。"原见宋叶廷珪纂《海录碎事》卷五,明胡震亨《唐音戊签》二(《统签》卷五七三)辑出,《全唐诗》卷五四一据以收入。清冯浩《玉溪生诗集笺注》卷三谓此二句"出陈思王《美女篇》也"。甚是。曹植诗见《玉台新咏》卷二、《艺文类聚》卷一八。又上海图书馆藏抄本《海录碎事》,二句下署"李义府",亦误。

2.3　陆龟蒙　《全唐诗》卷二〇及卷六二七收《大子夜歌二首》《子夜警歌二首》《子夜恋歌三首》,均录自《万首唐人绝句》卷一七、《甫里先生文集》卷七。胡震亨《唐音统签》卷七〇一云:"集又载《子夜警歌》一首、《恋歌》三首,考系六朝诗误入,删去。"但仍存《大子夜歌》二首及《子夜警歌》"镂椀传绿酒"一首。今检《乐府诗集》卷四五,以上三组七首诗,均次于陆龟蒙《子夜四时歌四首》之次,不署名,《万首唐人绝句》及《甫里先生文集》误连上读而收作陆诗。

2.4　郭恭　《全唐诗》卷七六九收其《秋池一枝莲》一首,列入无世次爵里可考者。此诗宋时已收作唐诗,见洪迈《万首唐人绝句》卷九九、赵孟奎《分门纂类唐歌诗》卷九二(《选印宛委别藏》残本),赵书疑即据洪书收入。《唐诗纪·初唐》卷五九收此诗,注:"一作弘执恭诗。"按《文苑英华》卷三二二所收,即署弘执恭。洪迈所编,多割裂诗章、改易作者、误置时代,深为世人所病。唐代未闻有郭恭其人,诗当归弘执恭为是。执恭,史书无传。《文苑英华》另收其所作《奉和出颍至淮应令》《和平凉公观赵郡王妓》二首,当为高齐、杨隋间人(参本文第三节蔡允恭、法宣条考证)。《唐诗纪事》卷五收执恭诗二首,"中华上编"所排印本校记已斥其非。执恭诸诗,《全隋诗》卷四均已收入。

2.5　裴延　《全唐诗》卷七六九收其诗二首,《隔壁闻奏伎》题下注:"一作陈萧琳诗。"按《艺文类聚》卷四二收此为陈萧琳诗,《全陈诗》卷四已收入,断非唐代裴延所作。误作裴诗,亦始于《万首唐人绝句》卷九九。同书录延另一诗《咏蓟花》,出唐释皎然《诗式》(《十万卷楼丛书》本)卷五,不误。

2.6　昙翼　《全唐诗》卷八五〇收其《招隐》一首，列为事迹无考僧，盖本自《唐诗纪事》卷七六。《唐音癸签》卷三一指出《纪事》将"晋释帛道猷诗误作昙翼，列僧中"。所言甚是。梁释慧皎撰《高僧传》卷五《道壹传》附载："时若耶山有帛道猷，本姓冯，山阴人。少以篇牍著称，性率好丘壑。一丘一壑，有濠上之风。"并录其与道壹书、诗各一首。诗即《纪事》误收者。《古诗源》卷九、《全晋诗》卷七均收入，题作《陵峰采药触兴为诗》。唐僧传记中未闻有昙翼其人。又胡氏称为释帛道猷，释字误增，时天下僧徒尚未统一以释为姓。

2.7　甘露寺鬼　《全唐诗》卷八六五收《西轩诗》四首，均录自冯翊子子休《桂苑丛谈》。其中房衣者诗云："赵壹能为赋，邹阳解献书。可惜西江水，不救辙中鱼。"缝掖衣者诗云："伟哉横海鳞，壮哉垂天翼。一旦失风水，翻为蝼蚁食。"南朝衣者诗云："功遂侔昔人，保退无智力。既涉太行险，兹路信难陟。"按后二诗均见《宋书》卷四四《谢晦传》、《南史》卷一九《谢世基传》，为谢晦、谢世基二人临刑联句诗。唐人采其诗入小说，《全唐诗》沿误。

2.8　谶记　《全唐诗》卷八七五收《上阳铜器篆》："长宜子孙。"云上元中韦弘机得于上阳宫。按此为汉瓦当上最常见之文字。同卷又收《司马承祯含象鉴文》三篇，均录自承祯《上清含象剑鉴图》（《道藏》本）。其三云："青盖作镜大吉昌，巧工刊之成文章，左龙右虎辟不祥，朱鸟玄武顺于旁，子孙富贵居中央。"按此为汉镜铭文，近世出土尤多，如王士伦《浙江出土铜镜》所收即与此相似者。

2.9　谚谜　《全唐诗》卷八七七收《昭潭谚》："昭潭无底橘洲浮。"按此谚见《水经注·湘水》，为北魏以前谚。

2.10　萧妃　《全唐诗》卷七收《夜梦》一首，小传云："萧妃，武陵郡王伯良妃。"《文献》1991 年第 3 期刊张亚权文，考此为梁武陵郡王萧纪诗，见《玉台新咏》卷七、《艺文类聚》卷三二。殆因"武陵郡王萧纪"之"纪"字讹为"妃"，成"武陵郡王萧妃"，后人复检《新唐书·宗室世系表》郇王房有"武陵郡王伯良"，遂以为伯良妃。《唐诗类苑》《唐诗纪》尚不收此诗，自《名媛诗归》卷一四始收入。诗为萧纪作，萧妃其人纯属传误，唐时无其人。以情况特殊,姑附于本节末。

总计本节所考,共指出误作唐人诗十五首又三句。各诗作者为:三国魏曹植诗二句、晋帛道猷诗一首、刘宋谢晦诗一首、谢世基诗一首、梁萧纪诗一首、陈贾冯吉诗一首、萧琳诗一首、隋弘执恭诗一首,又南朝民歌七首、汉镜铭一首、瓦当铭文一句、北魏前谚一则。

三　隋唐之际作者在隋代所作诗

断代总集收诗上限如何确定,已刊各书所取标准并不一致。李调元辑《全五代诗》较宽泛,凡入朱梁尚存者所作之诗即收入,甚至朱梁代唐前已故者之诗亦大量录入;丁福保辑唐前各朝诗,则将历经两朝以上作者收入其生活的最后一朝,各朝诗上限并不严格;唐圭璋先生辑《全宋词》,凡五代入宋作者所作均未收入,最为严格;《全唐诗》初唐部分基本沿用季振宜《全唐诗》与胡震亨《唐音乙签》之旧编,凡入唐尚存者诗作全部收入,而对其在隋时所作之诗加注指明,其法甚善。可惜编修者并未将此例贯穿始终,指出者仅虞世南、蔡允恭等数家,多数未指明。本节所考,即循《全唐诗》原体例,将编修馆臣疏忽失考之处予以订正。这样,或许可使治初唐诗者不致误引隋时作品,治隋诗者可获睹更多的诗什。至于诸人在隋时所作诗,重编《全唐诗》时应否收入,则须区别对待。我的看法是:一作者今存诗均为在隋时所作,重编本可不收;在隋、唐时均有诗作存世者,不妨互收,但应加注说明;唐初在各割据政权中任职者,有的始终与唐为敌,甚至为唐所杀,其诗是否收入,尚需斟酌。

3.1　陈叔达　《初年》,见《全唐诗》卷三〇。开元间徐坚等编《初学记》卷四收此,作"隋陈叔达"诗。叔达仕历陈、隋、唐三代,徐坚不称其为唐人而冠以"隋"字,当时必有根据知此诗为叔达在隋时作。同人《自君之出矣》,前节引《乐府诗集》亦作隋时诗。《乐府诗集》成书虽较迟,但曾利用过几种今已失传的唐人编乐府诗总集,所言当可信。

3.2　褚亮　《在陇头哭潘学(一作博)士》,见《全唐诗》卷三二。潘学士指潘徽,《隋书》卷六九有传,字伯彦,吴郡人。陈灭入隋,为州博士、秦王府学士,改京兆郡博士,为杨玄感所重。玄感败后被贬,卒于陇西,时为大业九年(613)。《旧唐书》卷七二《褚亮传》谓亮亦因玄感事贬西海郡司户,与潘同行,"至陇山,徽遇病终",亮"慨然伤怀,遂题诗于陇树"。即此诗。今知此诗最早收于《文苑英华》卷三〇二。同人《奉和禁苑饯别应令》诗,应太子之命称应令,《旧唐书》本传谓亮"陈亡,入隋为东宫学士",诗应即其时作。《初学记》卷一〇、《文苑英华》卷一七九均以此诗与江总、虞世南、王胄、萧悫诸人诗并列,亦可证。

3.3　刘孝孙　《全唐诗》卷三三收其诗七首。《旧唐书》卷七二本传云:"孝孙弱冠知名,与当时辞人虞世南、蔡君和(和当作知)、孔德绍、庾抱、庾自直、刘斌等登临山水,结为文会。大业末,没于王世充。"后仕唐,贞观十五年卒。《隋书》无孝孙传,然所记事迹甚多。今存七诗中,隋时作二首,没于王世充时作一首,入唐后作一首,不明作时二首,他人误入一首。试考如次:其一,《送刘散员同赋陈思王诗游人久不归》,原注:"一作贺朝诗,又作贺朝清。"按此诗今所知最早出处为《文苑英华》卷二八五;同赋诸人诗并录,许敬宗得"山树郁苍苍",刘斌得"好鸟鸣高枝",杨浚得"明月照高楼",贺朝清得"春莺送友人",刘孝孙得"游人久不归"。诸人中,贺事迹无考。《全唐诗》卷一一七附神龙间山阴尉贺朝名下,与同唱诸人相隔百年之久,其误显然。杨浚,《全唐诗》小传云"贞观时人",似权据本诗,并无他据。《新唐书》卷七一《宰相世系表》载武后时相杨执柔有子名浚,时亦不合。敬宗,《旧唐书》卷八二有传,初仕隋为直谒者台、通事舍人,江都难后投李密,入唐为秦府学士。刘斌,《隋书》卷七六有传,仕隋官至信都郡司功书佐,后仕窦建德为中书舍人、仕刘黑闼为中书侍郎,黑闼败,亡入突厥。刘斌能与敬宗、孝孙结会赋诗,只可能在隋时;至唐兴,绝无聚首之缘。《送刘散员》同赋诗当即孝孙弱冠与诸人结文会时所作诗之一。同游诸人,孔德绍事窦建德,被唐太宗所杀;庾自直死于宇文化及之乱。其二,《赋得春莺送友人》,当据《文苑英华》归贺朝清,非孝孙诗。其三,《游清都观寻沈道士得仙字》,出《文苑英华》卷二二七,同赋者为凌敬、赵中虚、许敬宗,疑亦在隋时作,惟证据尚不足以定论。其四,《咏笛》,《初学记》卷一六作隋时诗。其五,《早发成皋望河》,《初学记》

卷六作隋时诗。按成皋于大业末、武德初为王世充所占,诗中有惝恍飞魂、延伫叹逝语,当为没入世充时所作。其六,《游灵山寺》,不详。其七,《冬日宴于庶子宅各赋一字得鲜》,入唐作。

3.4　杨浚　《送刘散员赋得陈思王诗明月照高楼》,收《全唐诗》卷三三。诗为隋时作,详前条。小传以浚为贞观时人,误。

3.5　许敬宗　《送刘散员同赋得陈思王诗山树郁苍苍》,收《全唐诗》卷三五。为隋时作,详前刘孝孙条。

3.6　虞世南　《全唐诗》卷三六收其诗一卷。《奉和月夜观星应令》题下注:"此以下皆在隋时所作。"共七首。《全隋诗》卷三仅录此数诗,以严隋、唐之分。另《奉和幽山雨后应令》,见《初学记》卷三,《文苑英华》卷一五五,亦在隋。《咏蝉》,《初学记》卷三〇收入,同作者有刘孝孙、江总、李百药等,当亦在隋时作。

3.7　孔绍安　《全唐诗》卷三八收其诗七首。《全隋诗》卷三全部收入。其实诸诗并非皆作于隋时。《侍宴咏石榴》,冯惟讷《隋诗纪》据《初学记》卷二八收入,吴琯《唐诗纪·初唐》卷四以为"入唐所作",冯收非是。吴说是,《旧唐书》卷一九〇本传谓此诗为唐高祖时侍宴作。《咏夭桃》,《初学记》卷二八题作《应诏咏夭桃》。绍安在隋时未跻身侍臣之列,此诗当亦入唐作。其馀五首,则似多为在隋时所作。《赠蔡君》,出《初学记》卷一八,"君"下疑脱"知"字。君知为陈隋间名士,事迹附见《陈书》卷三四、《南史》卷二九父蔡凝传;又与刘孝孙等结文会,详前孝孙条;《文苑英华》有其诗。《结客少年场行》,《乐府诗集》卷六六作隋诗。《伤顾学士》,顾指顾彪,炀帝时秘书学士,《隋书》卷七五有传。《别徐永元秀才》,永元事迹不详。诗云:"金汤既失险,玉石乃同焚。"当为隋季乱离间作。《落叶》,注:"一作孔德绍诗。"《文苑英华》卷三二七属绍安,当因二人名相近而讹成德绍。此诗作年不详。

3.8　蔡允恭　《奉和出颍至淮应令》,收于《全唐诗》卷三八,原注:"在隋时作。"是。诗出《初学记》卷六,同卷收隋炀帝《早渡淮》及诸葛颖、弘执恭、虞世南应令诗。诸诗均作于炀帝为太子时。颖,炀帝时卒。允恭后归唐,但无唐时所作之诗存世。

3.9　陈子良　《全唐诗》卷三九收其诗十三首。《全隋诗》卷三仅录十一首,未录二首。《酬萧侍中春园听妓》,《全隋诗》另收李孝贞名下,是。《初学记》卷一五收此诗,署"李元操",与子良《赋得妓》同列,疑后人所见本有脱文而致误。孝贞字元操,详本文第二节李元操条。《游侠篇》,《全隋诗》另录陈良名下,所据当为《文苑英华》卷一九六、《乐府诗集》卷六七。按隋唐之际未闻有陈良其人。岑仲勉先生《隋唐史》第六八节据颜师古《匡谬正俗》记载,谓"隋唐间人凡二字名者喜省作一字"。陈良当即子良之省名。《乐府诗集》以此诗为隋诗。《全隋诗》所录十一首中,可确定在隋所作者仅四首。《上之回》,《乐府诗集》卷一六作隋诗。《赋得妓》,《初学记》卷一五置陈隋人之间。《赞德上越国公杨素》,素,《隋书》卷四八有传,炀帝大业二年(606)卒。小传谓子良"在隋时为杨素记室",即其时作。诗云:"匈奴轶燕蓟,烽火照幽并。天子命薄伐,受脤事专征。"接着即盛称杨素塞外征伐之功,末云:"小人愧王氏,雕文惭马卿,滥此叨书记,何以谢过荣。"杨素于开皇十八年(598)受命出塞征讨突厥达头可汗,子良为其记室约即在此前后。《于塞北春日思归》,为子良随军出塞思归而作。另七首均难以决断为何时所作。《七夕看新妇隔巷停车》《咏春雪》二诗,出《初学记》卷二、卷一四,皆署陈子良。胡震亨《唐音乙签》二二云:"《玉台新咏》作陈伯材,或其字也。"隋唐时均未见有陈伯材其人,伯材、子良义可互训,胡说可从。

3.10　庾抱　《别蔡参军》,见《全唐诗》卷三九。诗云:"今日欢娱尽,何年风月同?"述与同游诗友惜别之情。蔡参军即在隋时与刘孝孙、庾抱同结文会之蔡君知,详前刘孝孙条引《旧唐书·刘孝孙传》及后文孔德绍、陈政条。

3.11　李百药　《全唐诗》卷四三收其诗一卷。百药历事隋、唐二代,其诗可考定在隋作者有四首。《咏蝉》,《初学记》卷三○作隋诗。《渡汉江》《途中述怀》《郢城怀古》,皆贬官桂州司马途中作,时在炀帝即位之初(事详《旧唐书》卷七二本传)。诗中提及的汉江、衡阳、郢城,皆自京洛赴桂州必经之地。诗云:"客心既多绪,长歌且代劳";"伯喈迁塞北,亭伯之辽东";"拔心悲岸草,半死落岩桐";"客心悲暮序";"仍睹贤臣逐";均为逐臣之词。百药入唐后未经此数地,高祖时流泾州亦属宽宥之典,知数诗并在隋贬桂时作。

3.12　李密　《全唐诗》卷七三三收其《淮阳感怀》一首,原注:"本传云:初,密与杨玄感同反。玄感败,密被获,用计得脱。诣淮阳,变姓名为刘智远,聚徒教授。郁郁不得志,为五言诗。诗成,泣下数行。"所引本传为节录《隋书》卷七〇、《旧唐书》卷五三《李密传》,诗亦载此传。唐初刘仁轨所著《行年河洛记》(原书已佚,此处据《太平广记》卷二〇〇、《容斋四笔》卷一一)亦引录此诗。据《通鉴》卷一八二、卷一八三载,玄感事败在炀帝大业九年(613),李密亡命民间在大业九年至十二年(616)间。诗作于隋代可无疑。

3.13　孔德绍　《全唐诗》卷七三三收其诗十二首,小传云:"德绍,会稽人。有清才。事窦建德,初为景城丞,后为内史侍郎,典书檄。建德败,太宗诛之。"此传几全录《隋书》卷七六本传,惟事窦职《隋书》作中书令。《旧唐书》卷五四《窦建德传》载德绍武德元年为景城丞,为隋时署;武德二年为内史侍郎,窦署。《初学记》《文苑英华》均以德绍为隋人,《全隋诗》卷三将其诗全部收入(《落叶》一首系孔绍安诗误入,丁氏不收甚是)。德绍在隋时尝与刘孝孙、蔡君知等结文会,大部分诗如《送蔡君知入蜀二首》、《观太常奏新乐》(与卞斌同作,见《初学记》卷一五)、《南隐游泉山》(德绍事窦后不复南归)、《行经太华》(事窦后无机会经过)等,均可确定为在隋时所作。《登白马山护明寺》,其地为窦所有,尚难确定何时所作。

3.14　刘斌　《全唐诗》卷七三三存诗四首。《隋书》卷七六有斌传,谓其初仕隋,后"窦建德署为中书舍人。建德败,复为刘闼中书侍郎,与刘闼亡归突厥,不知所终"。斌活至武德间,并未仕唐。今存四诗,皆事窦前在隋时作。《和谒孔子庙》,原注:"一作李百药诗。"作李诗误。诗出《文苑英华》卷二三〇,与李百药同作。百药于隋末乱离后,避地江左,与在河北事窦的刘斌不复晤面。《和许给事伤牛尚书》,《文苑英华》卷三〇二所收,末多"弘"字。此诗为斌和许善心哭牛弘之作。弘卒于大业六年(610),善心死于宇文化及之难,均见《隋书》本传。《送刘散员同赋陈思王诗得好鸟鸣高枝》,详前刘孝孙条。《咏山》,《初学记》卷五作隋诗。

3.15　贺朝清　《全唐诗》卷七七〇收其诗二首,列为世次爵里无考作者。《南山》,《文苑英华》卷一五九收入。《全唐诗》卷一一七又收入贺朝名下,误。《赋得友人早不归》,为刘孝孙诗,此误入,详前孝孙条。朝清与孝孙等同赋诗,得"春莺送友人",《全唐诗》误收入贺朝名下。今仅知朝清在隋时与孝孙等有过往,是否入唐,尚无明证。

3.16　陈政　《全唐诗》卷七七〇收其诗一首《赠窦蔡二记室入蜀》,列为世次爵里无考作者。按诗出《文苑英华》卷二四八,原置孙万寿、王绩间,知政亦为隋唐之际人。《隋书》卷六四《陈茂传》云:"子政嗣。政字弘道,倜傥有文武大略。……炀帝时,授协律郎,迁通事谒者、兵曹承务郎。帝美其才,甚重之。宇文化及之乱也,以为太常卿。后归大唐,卒于梁州总管。"唐设总管在武德初,旋即改都督,知政虽入唐,未久即卒。诗即为其所作。诗中不及隋末乱离,应作于大业前期。题中蔡记室即指蔡君知,孔德绍有《送蔡君知入蜀二首》,孔绍安有《赠蔡君(知)》,庾抱有《别蔡参军》,均一时之作,已见前引。窦某不详。《全隋诗》卷四已收此诗,惜失考陈政事迹。

3.17　法宣　《全唐诗》卷八〇八收其诗二首,《爱妾换马》出《乐府诗集》卷七三,署"隋僧法宣"。《和赵王观妓》,《唐诗纪事》卷七二题作《和赵郡王观妓应教》。弘执恭有同题诗,见《文苑英华》卷二一三,《唐诗纪事》卷五题为《和平凉公观赵郡王妓》。赵王、赵郡王,皆指宇文招,《周书》卷一三有传。平凉公指元亨,事详《隋书》卷五四。弘、法二诗,约作于周隋之际。《全唐诗》小传云:"法宣,常州弘业寺沙门,隋末人。入唐,常敕召至东都。"殆据《续高僧传》卷一四。《全唐诗》卷八〇八慧宣收三诗又二句,传云"常州法师,与道恭同召"。为法宣之误,详《唐才子传校笺》第五册《补正》卷三拙撰部分。此三诗二句为其贞观间作。

3.18　海顺　《全唐诗》卷八〇八收其《三不为篇》三首,小传云:"姓任氏,蒲阪人。隋代出家仁寿寺,武德初元示化。"诗、传均出《续高僧传》卷一三,其卒日为"武德元年八月十五日"。唐受隋禅在是年五月。《续高僧传》谓《三不为篇》为顺平日自戒而作,非临终前作,知必作于隋时。

三篇皆为"我欲……将恐……是以……"结构,虽四言联缀,隔句用韵,只能算作有韵的骈文,与联珠体相近。严可均辑《全隋文》收入,而丁辑《全隋诗》不收,均较《全唐诗》别择精审。

3.19　贺朝　《全唐诗》卷一一七收其诗八首,多与贺朝清诗相混。《旧唐书》卷一九〇谓贺朝神龙中与贺知章、万齐融、张若虚、邢巨、包融"俱以吴越之士,文词俊秀,名扬于上京。朝万(万字衍)止山阴尉"。天宝中芮挺章纂《国秀集》,目录称"会稽尉贺朝"。自隋亡至神龙,约为九十年,可确定贺朝与贺朝清非一人。今存八诗,《赋得游人久不归》,系刘孝孙作;《赋得春莺送友人二首》,系贺朝清作,均详前刘孝孙条。同唱诸人所作皆八句一首,此分作四句二首,亦误。《南山》,贺朝清诗,见前朝清条。《从军行》,《搜玉小集》署贺朝,《文苑英华》卷一九九署贺朝清,尚难论定。馀三首见《国秀集》卷中,为贺朝作。朝非隋唐间人,因此条内容难以归类,姑附于此。

总括本节所考,共指出隋唐之际作者在隋时所作诗六十二首(其中重见者六首、《全唐诗》已注出者九首,作于隋唐之际割据政权者约三四首)。其中杨浚、蔡允恭、李密、孔德绍、刘斌、贺朝清、陈政、海顺八人,无入唐后作品。褚亮、陈叔达、刘孝孙、杨浚、许敬宗、虞世南、庾抱、李百药、贺朝清九人十八首诗,为《全隋诗》失收。

四　宋及宋以后人因事迹失考而误作唐人收入者

由五代入宋作者及宋初太祖、太宗二朝作者,本文将另节考证,本节仅考真宗以后诗人误作唐人者。

4.1　朱仲晦　《全唐诗》卷三八收《答王无功问故园》,小传云其为"王绩乡人"。按此诗为南宋朱熹作,见《晦庵先生朱文公文集》卷四,题作《答王无功在京思故园见乡人问》。熹字仲晦,诗为其拟答之作,非唐初别有朱仲晦其人。详《中华文史论丛》1984年第四辑刊曹汛文。

4.2　胡宿　《全唐诗》卷七三一收其诗十九首,卷首注:"以下四人

（指宿及杜常、滕白、王嵒），或云宋人，诸本并附唐末，今仍旧。"小传却云："胡宿，唐末人。"按金元好问纂《唐诗鼓吹》卷八录宿诗二十三首，胡震亨《唐音癸签》卷三一已斥其"宋人胡宿诗亦误入"，《唐音戊签》摒而不录。《全唐诗》收十九首，均出《鼓吹》，另四首未录。后《四库全书总目》卷一五二胡宿《文恭集》提要云："今考好问诸诗，大半在《文恭集》内。且其中有和朱况一首，其人为胡氏之婿，与宿同籍常州，具见所撰《李太夫人行状》，确凿可据。好问乃不能考证，舛错至此。"同书卷一八八《唐诗鼓吹》提要又申言之。所论甚是。宿，字武平，仕宋仁宗、英宗朝，治平四年（1067）卒，年七十三，谥文恭，事详《欧阳文忠公文集》卷三四《赠太子太傅胡公墓志铭》及《宋史》本传。《全唐诗》所收十九诗，清辑《永乐大典》本《文恭集》均收入：《古别》《赵宗道归辇下》《塞上》《感旧》《函谷关》，见卷三；《寄昭潭王中立》《雪》《冲虚观》《淮南发运赵邢州被诏归阙》《天街晓望》《淮南王》《忆荐福寺牡丹》《次韵和朱况雨中之什》《城南》《早夏》《残花》《次韵徐爽见寄》，见卷四；《津亭》《侯家》，见卷五；未收之《长卿》《洞灵观纳凉》《送林学士知明州》《芙蓉湖泛舟》，均见卷四。诸诗事实亦多可考。如赵宗道，韩琦《安阳集》卷四九有其墓志，《宋史》卷三〇一有传；王中立，《文恭集》卷三有《寄清漳护戎王中立》，卷一五有《王中立可屯田员外郎制》；徐爽，应作徐奭，大中祥符五年状元，见《续资治通鉴长编》卷七八、《文献通考·选举考》；林学士，《乾道四明图经》卷一二"知州"，有"林殆庶，屯田郎中、集贤校理，景祐年"。诸诗为宋胡宿作可论定。清李调元《全五代诗》卷一七谓胡宿为"周末人"，除《唐诗鼓吹》所收以外，复从《文恭集》中录出七诗，可谓大谬。

　　4.3　杜常　《全唐诗》卷七三一录其《华清宫》七绝一首，小传云："唐末人。"按此诗最早见载于北宋末蔡絛著《西清诗话》卷下："世有才藻擅名而辞间不工者，有不以文艺称而诗或惊人者。近传《留题华清宫》一绝云（诗略），乃杜常也。又《武昌阻风》一绝云（见《全唐诗》卷七七四，略），乃方泽矣。二人不以文艺名世，而诗语惊人如此，殆不可知矣。"（据清钞本，"二人"以下十五字据《苕溪渔隐丛话前集》卷二四补）胡仔《苕溪渔隐丛话前集》卷二四录此条入"唐人杂记"。后宋末周弼《三体唐诗》卷

一、明初高棅《唐诗品汇》卷五五、清沈德潜《唐诗别裁集》卷二〇均收杜、方二诗,当均沿胡书而定为唐人。元释圆至注《三体唐诗》,已指出唐无杜常其人,"惟《孙公谈圃》以杜常为宋人",又谓《西清诗话》称"世有""近传","则杜常、方泽皆宋人"。明胡应麟《诗薮·外编四》沿其说,今人富寿荪校《唐诗别裁集》,亦据《宋诗纪事》订其失。所说甚是。常,《宋史》卷三三〇有传,字正甫,卫州人,昭宪皇后族孙,登进士第,元符元年知青州,二年改郓州,崇宁二年自徐州移镇州,崇宁末以龙图阁学士知河阳军,卒,年七十九(参吴廷燮《北宋经抚年表》)。明隆庆进士朱孟震著《河上楮谈》据华清宫宋代刻石,录杜常诗四首,《华清宫》亦在其间,谓诗前题:"权发遣秦凤等路提刑狱公事太常寺杜常。"后跋云:"正甫大寺自河北移使秦凤,元丰三年九月二十七日过华清宫,有诗四首。词意高远,气格清古。邑人曹端仪既亲且旧,因请附本,勒诸方石,以垂不朽。闰九月初一日,颍川杜诩记。"(转引自《宋诗纪事》卷三〇)常为宋人可无疑。方泽事迹详后考。

4.4　王周　《全唐诗》卷七六五收其诗一卷,凡六十首,小传云:"王周,登进士第,曾官巴蜀。"附注引胡震亨语,出《唐音戊签馀》六一(《统签》卷八一六)。胡氏原文为:"唐宋《艺文志》并无其人,惟《文献通考》载入唐人集目中。今考《峡船诗序》内,引陆鲁望《茶具诗》,其人盖在鲁望之后。而诗题纪年有戊寅、己卯两岁,近则梁之祯(当作贞)明,远则宋之太平兴国也。而自注地名,又有汉阳军、兴国军,为宋郡号。周殆为宋人无疑。以前人收入唐人内,不敢删去,姑列五代末,示存其旧。"态度尚属审慎。《全唐诗》改末二句为"殆五代人而入宋者",未免武断。《全五代诗》卷七径云"梁贞明间人",更显得鲁莽。《全唐文》卷八五五录周《蚋子赋》(收入书棚本《王周诗集》)一篇,小传谓:"周,魏州人。事后唐明宗,以战功拜刺史。晋天福中,历贝州、泾州节度使,迁武胜、保义、义武、成德四镇。杜重威降契丹,欲自引决,家人迫以出降,授武胜军节度使、检校太师。汉祖入立,徙镇武宁,加同平章事,乾祐二年卒,赠中书令。"系节录《旧五代史》卷一〇六传文。核以诗集,多有不合。其一,胡氏列举二地名,汉阳军始建于后周,兴国军则为宋太平兴国二年析鄂州三县置(见

《文献通考·舆地考》），而此人卒于后汉，未入宋。戊寅、己卯，据胡氏所推，一在梁时，一已入宋，亦无关系。其二，周诗有《下瞿塘寄时同年》。同榜进士称同年，诗人王周显然为进士出身，而此人则系以武功入仕，数历大镇。其三，《全唐诗》所收周诗，均源出宋刻《王周诗集》（江标影宋书棚本《唐五十家小集》尚存此集），诸诗保持原次第。《志峡船具诗序》云："予祗命宪局，沿沂巴賨，抵瞿塘。"诗中所记地名依次为姑熟口、湖口县、岳州、兴国军、汉阳军、巫山、夔州、武宁县、巴东等，为自江东至巴蜀沿江地名。可知诸诗为王周奉刑部或江东刑使命，溯江西上巴蜀沿途纪行之作。武夫王周历事三朝，皆官于中原、河北。其时江南至蜀中之地分属南唐、荆南、马楚、孟蜀诸小朝廷所有，必无奉使溯江之可能。《全唐文》误以同姓名者为《蚋子赋》作者。今按，诗人王周应为宋真宗、仁宗朝人，方志中尚有事迹可考。据《乾道四明图经》卷一二"选举"，大中祥符五年（1012）徐奭（当作奭）榜进士，有王周，知为明州人。嘉庆《浙江通志》卷一二三"选举"同，注："奉化人。"《咸淳毗陵志》卷一〇载，王周曾二任无锡知县，第一次在乾兴元年（1022），以大理寺丞知，第二次在宝元二年（1039），以尚书虞部员外郎知。《乾道四明图经》卷一二、《宝庆四明志》卷一"知州"，均载："王周，司封郎中，庆历年知，土人也。"王周前任为陆轸，据《嘉泰会稽志》卷二载，轸为庆历二年自越州移知明州。以此可知王周知明州，约始于庆历四、五年间。王安石知鄞县时作《上明州王司封启》（《王文公文集》卷三三），王司封即王周，知其庆历七年（1047）尚在明州任。陆心源《宋诗纪事小传补正》卷一谓王周官至知明州，未详何据。胡宿《文恭集》卷一九有《虞部员外郎致仕王周男某可试将作监主簿制》，时代亦合。胡震亨以诗中戊寅、己卯二纪年为梁贞明或宋太平兴国时，均嫌过早。以前考事迹推算，当为仁宗宝元元年、二年。王周奉使巴蜀归，即改知无锡县。其奉使时之职务，尚待稽考。自南宋始，王周世次已不为人所知。陈振孙《直斋书录解题》卷一九收《王周集》一卷，云"未详何人"，《文献通考·经籍考》引陈书，附于唐人集末，均未深考地方史乘。今存南宋陈氏书棚本《王周诗集》，似即作唐集刊行，《笺注唐贤三体诗法》卷一七收周诗，知传误甚早。明清间不少唐诗汇集、总集均录周诗，皆失考,当改正。

4.5　曹修古　《全唐诗》卷七七〇收《池上》一首,列世次爵里无考作者。按此诗最早见收于宋吴处厚《青箱杂记》卷八:"又曹修古立朝最号刚方謇谔。常见池上有所似者,亦作小诗寓意曰(诗略)。"同条复录张咏、韩琦、司马光等诗,以说明文章艳丽不害其为正臣,诸人皆北宋名臣。修古,《宋史》卷二九七有传,字述之,建安人。大中祥符元年(1008)进士。"所至以直气闻。天圣中以御史知杂司事,立朝慷慨有风节。当刘太后临朝,权幸用事,修古遇事辄言,忤太后,出知兴化军。会赦复官。明道二年(1033)卒。"《渑水燕谈录》卷四记修古因请太后还政而遭贬。另罗愿《新安志》卷九、嘉靖《延平府志》卷九亦有修古传。诸书载其事迹,与处厚所记相合,修古可信为宋真宗、仁宗时人。《宋诗纪事》卷八已收修古诗。《增修诗话总龟前集》卷二三引《青箱杂记》,仅录修古诗,不注时代,置唐僖宗条前,当即因此而误为唐人。明刻本《总龟》是明及清初学者辑唐诗的渊薮之一,不少失误均与其有关。

4.6　李谨言　《全唐诗》卷七七〇收其《水殿抛球曲二首》,列为世次爵里无考作者。按二诗均录自洪迈编《万首唐人绝句》卷六九。《唐音癸签》卷三一批评洪书:"宋人诗如李九龄、李慎言……之属,皆浑入。"慎言即指谨言,洪迈因其名犯宋孝宗讳而改。此二诗宋代有两种大同小异的传说。沈括《梦溪笔谈》卷五云:"海州士人李慎言,尝梦至一处水殿中,观宫女戏球。山阳蔡绳为之传,叙其事甚详。有《抛球曲》十馀阕,词皆清丽。今独记两阕(略)。"系录自蔡传,诗二首似为慎言感梦而作。沈括至和间曾任海州沭阳县主簿,所记或为当时见闻。后彭乘《墨客挥犀》卷七、李颀《古今诗话》、《增修诗话总龟前集》卷三三、何汶《竹庄诗话》卷二二(误注出《刘贡甫诗话》)所引,均本沈书。赵令畤《侯鲭录》卷二载:"余少从李慎言希古学,自言昔梦中至一宫殿,有仪卫,中数百妓抛球,人唱一诗,觉而记得三首云(略)。"此出梦者自言,诗为诸妓所唱,存三首。后《苕溪渔隐丛话前集》卷五八、《诗人玉屑》卷二一引录。惟名作真言,误。综二说可知慎言字希古,海州人,曾为赵令畤之师。令畤,字德麟,宋宗室,元祐中签书颍州公事,从苏轼为诗,有唱和。后因累入党籍,卒于南渡初(据《四库全书总目》卷一四一)。以此推之,慎言应为仁宗、神宗时人。诗云梦中作,恐系其托辞。

4.7 王揆 《全唐诗》卷七七〇收其《长沙六快诗》,列为世次爵里无考作者。按此诗最早见收于北宋释文莹《湘山野录》卷上:"《六快活诗》,长沙致仕王屯田揆讥六君子而作也。六人者,即帅周公沆、漕赵公良规、宪李公硕、刘公舜臣、倅朱景阳、许立是也。其诗略曰(略)。馀几联,皆呫呫猥驳,固不足纪。愚后至长沙,访故老,皆云:'岂有兹事!'"文莹,熙宁间人。周沆,字子真,益都人,《宋史》卷三三一有传。其帅潭州时间,《北宋经抚年表》定在庆历八年(1048)至皇祐三年(1051)间。赵良规,字元甫,曾任荆湖南路转运使,年代待考,事迹附见《宋史》卷二八七《赵安仁传》。李硕等四人未详。王揆,《宋史》无传。隆兴《临江府志》卷五宋知军州有王揆,列庞籍后,时约在景祐、庆历间。《欧阳文忠公文集》卷七九有《虞部员外郎卢士宏太常博士王揆祠部员外郎秘阁校理张璪丁忧服阕复旧官制》,庆历四年(1044)初作。《全唐诗》所录,系据《增修诗话总龟前集》卷三七,诗题均缺"活"字。诗与文莹所录同,亦未完。唐有王揆,大和六年(832)任宁都县令,详嘉靖《赣州府志》卷五、卷七,但非此诗作者。

4.8 唐温如 《全唐诗》卷七七二收《题龙阳县青草湖》一首。《中山大学学报》1987 年第一期刊陈永正文,据元赖良《大雅集》卷八、清钱谦益《列朝诗集》甲前集一一,考知温如名珙,会稽人,元末明初在世,非唐人。

4.9 杨彝 《全唐诗》卷七七二收《过睦州青溪渡》诗一首。《河南大学学报》1992 年第 2 期刊佟培基《〈全唐诗〉无考卷续考》,谓此诗因《嘉靖淳安县志》卷一一列李白、韩愈诗间而误为唐人作,并据《列朝诗集》乙八、《小腆纪传》卷五八、《明诗综》卷一二等书,考知彝字宗彝,馀姚人,明洪武中举为沔阳仓副使,累擢吏部主事。

4.10 麻温其 《全唐诗》卷七七二录《登岳阳楼》一首,列为世次爵里无考作者。按北宋王辟之《渑水燕谈录》卷三云:"端拱初,太宗诏访天下高年,前青州录事参军麻希梦,年九十馀,居临淄,召至阙下,延见便殿……诏以为尚书工部郎中致仕,赐金紫。工部好学,善训子孙。……孙温其、温舒,祥符中相继登进士第,为天下第三人,衣冠以为盛事。……予祖母长安县君,工部孙也,故闻之详。"所述翔实可信。元于钦《齐乘》卷六即采此为诸麻立传。宋祁《景文集》卷三一有《尚书员外郎直集贤院麻温其可开封府判官制》,仁宗时作,可知温其仕历之一二。《登岳阳楼》,《唐音统签》卷八六七录自岳阳楼石刻。麻温其姓名皆僻,唐代恐不致另有同姓名者。

4.11　方泽　《全唐诗》卷七七四录其《武昌阻风》一首,列为世次爵里无考作者。按泽此诗出处及传误原因均与杜常《华清宫》同,已详前杜常条。今考《宋史》无泽传,《莆阳比事》卷三有《方泽诗集》,注:"字公悦,多与黄鲁直唱和。《山谷诗集》有呈方公悦诗。"检《山谷诗集注》卷一八,有《南楼画阁观方公悦二小诗戏次韵》《庭坚以去岁九月至鄂登南楼叹其制作之美成长句久欲寄因循至今呈公悦》,为庭坚建中靖国元年(1101)贬居江陵、鄂州时作。任渊注:"方公名泽。"前诗云:"大斾重来一日新。"后诗云:"庾公风流冷似铁,谁其继之方公悦。"可知泽时为鄂州一带的地方长官。《武昌阻风》当即其时作。另嘉靖《邵武府志》卷四,有元祐五年知州方泽。陆心源《宋诗纪事小传补正》卷二据《长编》谓泽熙宁八年为大理寺丞,旋除江西路提举常平事,元符元年入为吏部郎中。其卒年不详。《方泽诗集》今已不传。

4.12　姚揆　《全唐诗》卷七七四收《村行》《颍川客舍》二诗,卷八八六又录《晚步》《秋日江东晚行》二首,均不言事迹。拙辑《全唐诗续拾》卷五三复补《谢客岩》一首又二句。按《全宋诗》卷七四据《宋会要辑稿·选举》二六二,考知揆为宋太宗端拱二年(989)进士,为颍州团练推官,改曹州观察推官。自南宋时即传揆为唐人,《三体唐诗》《分门纂类唐歌诗》皆录其诗,实误。《全宋诗》仅录揆一诗又一句,尚可补四诗又一句。

4.13　张怀　《全唐诗》卷七七五收《吴江别王长史》一首。宋范成大《吴郡志》卷二一列宋之问《渡吴江别王长史》后,无题。佟培基《全唐诗重出误收考》六一三谓诗中有"见说新桥好风景"句,《吴郡图经续记》卷中载新桥为北宋神宗元丰中知苏州章岵建,张怀为元丰以后人。其说可从,惟怀事迹尚俟考。

4.14　赵湘　《全唐诗》卷七七五收《题天台石桥》,列世次爵里无考作者。按宋林师蒧《天台续集》卷下收此诗,以湘为北宋人。祝穆《方舆胜览》亦作宋人,但以为系咏南岳莲花峰方广寺石桥之作。林、祝之说是。苏轼《东坡集》卷三九《赵清献公(抃)神道碑》云:"祖讳湘,庐州庐江尉,始家于衢,遂为西安人。"赵抃为北宋仁、英、神三朝名臣。嘉庆《浙江通志》卷一二三"选举",载湘为淳化三年(992)进士。湘有《南阳集》,为抃贵后编成,宋祁作序,欧阳修为跋,原集已不传。清时从《永乐大典》辑出,编为六卷,宋序欧跋亦存。宋序谓湘字叔灵,淳化中贡进士,未试而春官已题其警句于都堂之壁。俄中第,调庐江尉,阅期卒于官。前引诗见收于辑本卷二,题作《方广寺石桥》。湘生卒年均无从确考,大约卒于太宗末、真宗初,生年约在五代末至宋初时。

4.15　徐介　《全唐诗》卷七七五收《耒阳杜工部祠堂》,列世次爵里无考作者。按此诗北宋时两见称引。王得臣《麈史》卷中云:"予熙宁初调官,泊报恩寺。同院阳翟徐秀才出其父屯田忘其名(三字原本应为小注)所为诗,见其清苦平淡,有古人风致,不能传抄。其《过杜工部坟》一诗云(略)。"以此推之,诗作者应为仁宗时人。稍迟的刘斧《青琐高议前集》卷九,谓"衡州耒阳县有杜甫祠堂……留咏莫知其数。欧阳永叔尤赏徐介之休诗曰(略)。"欧阳修熙宁五年(1072)卒。蔡襄《忠惠集》卷九有《前光化军乾德令同监西溪盐仓徐介可著作佐郎制》,仁宗后期作。综上所述,可考知介字之休,阳翟人。仁宗时历任乾德令、同监西溪盐仓,改著作佐郎,终屯田(郎中或员外郎),熙宁前卒。有诗集,已失传。《宋诗纪事》卷二五收介此诗,所载事迹甚略。此诗误为唐人作,恐系因《杜集》附录题咏诗误署而致。

4.16　令狐挺　《全唐诗》卷七七八列无世次爵里可考作者,收诗一首《题郴州相思铺》,注:"一作令狐楚诗。"同书卷三三四又收作楚诗,失注互见。宋江少虞《皇朝事实类苑》卷三八"相思河"条云:"郴州东百里,有水名相思河。岸有邮置,亦曰相思铺。令狐挺题壁以诗曰(略)。"未注出处,应是据张师正《倦游录》,详后。彭乘《墨客挥犀》卷六、《万首唐人绝句》卷五一、《宋诗纪事》卷三一所引,均属令狐挺。惟明刻《增修诗话总龟前集》卷一五引《倦游录》,作令狐楚诗。唐无令狐挺其人,今人或疑挺为楚字形近而讹,实误。楚,两《唐书》有传,仕历未及鄜延一带。《倦游录》作者张师正为熙宁元丰间人。《郡斋读书志》(袁本)卷三下载其书序云:"倦游云者,仕不得志,聊书平生见闻,将以信于世也。"所记为当时事。《皇朝事实类苑》亦为专录北宋遗事之书(阑入少量唐五代事)。今检北宋末年人毕仲游《西台集》卷一二,有《令狐公墓志铭》,记挺事迹极详:挺,字宪周,山阴人,天圣五年(1027)进士。历吉州军推,通判延州,知彭州,迁提点两浙刑狱公事,移江东路,官至司封员外郎知单州。嘉祐三年(1058)卒,年六十七。诗当为其倅延州时作。《总龟》《万首唐人绝句》均误。

4.17　太上隐者　《全唐诗》卷七八四收其《答人》一首,原注:"《古今诗话》云:太上隐者,人莫知其本末,好事者从问其姓名,不答,留诗一绝云。"当据《增修诗话总龟前集》卷一八转引,《唐诗纪·盛唐》卷一〇八已收入。《王状元集注分类东坡先生诗》卷四《赠梁道人》注援引此诗,十朋曰:"《池阳集》载滕宗谅《寄隐者诗序》云:'历山有叟,无姓名,为歌篇。近有人传《山居书事》诗。'诗与上四句同。"宗谅字子京,仁宗时名臣,庆历中卒,事详《范文正公集》卷一三《天章阁待制滕君墓志铭》及《宋史》本传。所谓太上隐者,应为其同时或稍早些时候人。《池阳集》及滕序全文,均已佚。《永乐大典》卷三〇〇六引此诗归曹邺,亦未谛。

4.18　郭思　《全唐诗》卷七九五收其《白石镇古城》,仅存二句,未录作者事迹。检陆心源《宋史翼》卷三八有其传:字得之,河阳人,著名画家郭熙子。元丰五年(1082)进士。历任通议大夫、徽猷阁待制、秦凤路经略安抚使,仕至龙图阁直学士。建炎中,提举嵩山崇福宫。《宋诗纪事补遗》卷三七收其诗。又纂唐宋人诗为《瑶溪集》,间附评陟语,《宋诗话辑佚》新版收入(尚有三十馀条评诗语未收)。《白石镇古城》,殆出《方舆胜览》卷七〇。白石镇,宋属秦凤路岷州,即今甘肃省西和县治。诗当即宋郭思经略秦凤时作。唐代未见有郭思其人。

4.19　史瑜　《全唐诗》卷七九五收《青泥山》诗二句,不载事迹。佟培基《全唐诗重出误收考》六七四谓北宋韩维《南阳集》卷一七有《都官郎中史瑜可职方郎中》制,知瑜为宋仁宗、英宗时人。

4.20　赵鸾鸾　《全唐诗》卷八〇二收七绝五首,传云为"平康名妓"。按唐宋典籍中未见其人。明李昌祺《剪灯馀话》卷二有《鸾鸾传》,载其字文鸂,为东平赵举女。元顺帝至正间,初嫁缪氏,缪卒,复嫁才子柳颖。至正十八年遇乱相失,历难得聚,遂共隐徂徕山。后柳颖遇贼被杀,其赴火而死。传中引其六诗,五首见《全唐诗》,仅缺《香钩》一首。其误作唐人,似始于《名媛诗归》卷一五。《全唐诗》同卷录史凤诗七首,卷八〇〇收晁采诗二首,前者出《情史类略》卷五,后者出同书卷三及《艳异续编》卷四,云大历中人,疑二人及诗均出元明人之手。未得确证,附识于此。

4.21　悟清　《全唐诗》卷八五〇仅云为"唐僧",录逸句:"鸟归花影动,鱼没浪痕圆。"按《青琐高议前集》卷九《诗渊清格》(原注:本朝名公品题诗)载:"河北僧清晗《春月即事》诗云:'鸟归花影动,鱼触浪痕圆。'又有《郊外野步》诗……僧以诗上贾侍中,褒称为佳句。"贾侍中指贾昌朝,字子明,获鹿人,庆历时入相,后出为判大名府兼河北安抚使。自嘉祐初起,兼侍中八年馀,治平二年卒,年六十九,事详《王文公文集》卷八三《贾魏公神道碑》及《宋史》卷二八五本传。悟清上诗疑在贾使河北时。《竹庄诗话》卷二三将悟清与魏野、惠崇等并举,是。《诗人玉屑》卷三误收入"唐人句法"。悟清、清晗,以孰为正,尚难确定。

4.22　任玠　《全唐诗》卷八六八收其《梦中和句》,原注:"蜀人任玠字温如,晚寓宁州府宅,一夕梦一山叟贻诗,玠和之。既觉,自笑曰:'吾其死乎!'数日,不疾而卒。"和句(玠与山叟各一)及注当均出《增修诗话总龟前集》卷三三引《古今诗话》,《古今诗话》又系转录《渑水燕谈录》卷六原文,二者均不言玠为何时人。按宋仁宗时人黄休复《茅亭客话》卷一〇云:"任先生名玠,字温如,蜀人也。学识渊博,人皆师仰之。大中祥符初,乐安公中正镇蜀日,请先生于文翁石室,大集生徒,讲授六经。……大中祥符末,有谏议大夫凌公策莅蜀,闻先生之名,表荐于上,诏入京。先生进《龙图纪圣诗》一千韵,酬以汝州团练判官。……天禧元年,就居嵩山,

(与张逵中)同访愚茅亭,观旧题之处……先生留一绝于亭壁云(诗已收《宋诗纪事》卷九,略)。天圣二年(1024),先生游宁州,卒于旅舍。"休复及与玠游,所叙事迹,与《渑水燕谈录》可印证,玠为宋人无疑。乐安公为任中正,《宋史》有传。凌策详本文第六节安鸿渐条。

4.23　胥偃　《全唐诗》卷八六八收其《梦中诗》,注:"胥偃应举时,梦徐将军斩头项,作诗云云。以为不祥。明年,徐奭榜第二人及第。"按此诗及注均出钱易《南部新书》(《增修诗话总龟前集》卷三三引),"胥偃"下多"内相"二字,无"以为不祥"四字。偃,《宋史》卷二九四有传,字安道,长沙人,举进士甲科。授大理评事,通判湖、舒二州,累迁翰林学士、知开封府。欧阳修为其婿,《欧阳文忠公文集》附载偃文,有关事迹亦甚详。"内相",唐宋人对翰林学士的俗称。徐奭,为真宗大中祥符五年(1012)殿元,已见前王周条。此条今本《南部新书》不收。检今本卷首易子明逸序,知今本已非原帙。易为真宗、仁宗间人,《南部新书》以纪唐五代事为主,间及宋初,如本条及本文第七节引梁补阙条。疑编唐诗者见此条出《南部新书》,不知此书亦载宋初事,未加详察,遂径作唐人诗收入。

总计本节所考,共指出宋及宋以后人所作诗一百零四首又八句。

五　宋人姓名与唐人相同而误收其诗为唐人诗

以下几人致误原因较特殊,故另归一类以考之。

5.1　郭震　《全唐诗》卷六六收其诗一卷,共二十三首。震字元振,为唐武后至玄宗初显宦,两《唐书》均有传。今存诸诗,分别出于《初学记》《文苑英华》《古今岁时杂咏》《乐府诗集》《万首唐人绝句》诸书。南宋陈振孙《直斋书录解题》卷一五评《万首唐人绝句》时指出:"多有本朝人诗在其中,如李九龄、郭震、滕白、王嵒、王初之属。其尤不深考者,梁何仲言也。"同书卷二〇著录《渔舟集》一卷,解题云:"处士成都郭震希声撰,自称汾阳山人,李畋为作集序。淳化四年(993)忽作诗曰(诗略)。诣阙献书言蜀利病。未几,顺贼已作矣。"李畋为真宗时人,著有《该闻录》。

顺贼指李顺,淳化末在青城与王小皤起义。此为宋初太宗时成都处士郭震,字希声,亦能诗。王称《东都事略》卷一一八、陆心源《宋史翼》卷三六均有其传,《全蜀艺文志》卷五三《郭氏族谱》亦有其名。与唐之郭震姓名全同,而时代、身份、字号则不同。元振尝官梓州通泉尉,希声成都人,二人均曾居蜀地。陈振孙得阅《渔舟集》,指出洪迈误收,当可相信。《万首唐人绝句》收郭震诗十五首,即卷七二收七绝七首,卷八八收五绝八首。五绝八首中,《王昭君》见收于《文苑英华》卷二〇四、王安石《唐百家诗选》卷一、《乐府诗集》卷二九;《春江曲》《子夜四时歌六首》,分别见收于《乐府诗集》卷七七及卷四五。上引三书均早于洪书,诸诗可信为唐郭元振所作。七绝七首,洪书以前未见作唐诗收录。南宋吕祖谦《皇朝文鉴》卷二七收入《云》一首,《宋诗纪事》卷五据以录为希声诗。《增修诗话总龟前集》卷二一引《青琐后集》云:"郭希声《纸窗诗》曰:'偏宜酥壁称闲情……'《闻蛩诗》曰:'愁杀离家未达人……'"《闻蛩诗》,《万首唐人绝句》题作《蛩》,诗同。洪迈录诗,为足万首之数,遂滥及异代而作者事迹稍晦的诗篇。七绝部分末数卷(卷七二至卷七五),误入之诗甚多。见于宋人称引之希声诗虽仅《云》《蛩》二首,但七绝七首风格一致,可断定皆为希声作。《皇朝文鉴》《锦绣万花谷》等另录《渔舟集》中诗多首,可比看。宋季赵孟奎编《分门纂类唐歌诗》(《选刊宛委别藏》残本)卷九二收郭震《莲花》,卷九三收《米囊花》,疑均据洪书录入。赵书后出,不足证二诗为元振所作。

　　5.2　周渭　《全唐诗》卷二八一收其诗二首,小传云:"渭,大历十四年(779)登第。"其登第年,系据《文苑英华》卷一八八收其《赋得上林花发》诗,参《唐诗纪事》卷三二"王表"条而定。其事迹详见《权载之文集》卷二三《唐故朝散大夫秘书少监致仕周君(渭)墓志铭》,其人字兆师,淮阴人。及第后,历任襄城、富平、长安尉、监察御史、殿中侍御史、膳部员外郎、祠部郎中等职,永贞元年(805)卒,年六十六。康熙时,五十卷足本《权集》尚未出,故小传甚略。其另一诗《赠龙兴观主吴崇岳》,最早出处为宋初潘若冲《郡阁雅谈》。潘书已佚,《增修诗话总龟前集》卷三〇引逸文云:"吴崇岳,泉州人也,为龙兴观道士,辟谷多年。……福建漕使周谓因请随行,抵于德化县。县治之东有古松一株……乃命崇岳登之,宛若猿狖。……周谓乃为诗赠云:'楮为冠子布为裳……' 太平兴国中诏入。"嘉靖《惠安县志》卷一三谓崇岳为邑人,有传,叙其事甚详。此周渭(形误作谓)乃宋初人,《宋史》卷三〇四有传,字得臣,昭州恭城人。建隆初召试,赐同进士出身。太平兴国末为广东转运副使,咸平初为彰信军节度副使。其为福建漕使,传不载。《宋诗纪事》卷二收入,是。《全唐诗》误将二人合为一人。至清人编《粤诗搜逸》卷二,将二诗同归宋初之周渭,亦误。

5.3　王初　《全唐诗》卷四九一收其诗十九首,小传云:"初,并州人,仲舒之长子也。元和末,登进士第。"十九首中,七律七首出金元好问《唐诗鼓吹》卷六,七绝十二首出洪迈《万首唐人绝句》卷七三,实均误收宋仁宗时人王初之诗。陈振孙指出《万首唐人绝句》误收本朝王初诗,已详前郭震条引。《直斋书录解题》卷二〇著录《王初歌诗集》一卷,解题云:"王初撰,未详何人。有《延平天庆观》诗,当是祥符后人也。"其说是。明嘉靖《延平府志》卷四"寺观"云:"南平一,玄妙。在溪南九峰山之麓,五代周显德六年建,名招仙道院。宋大中祥符二年(1009)改为天庆观。元元贞二年赐额玄妙观。"同书卷九收初《天庆观》(误作唐人)与朱熹《延平水南天庆观夜作》。王初事迹亦可考。嘉靖《建宁府志》卷五"选举",天圣二年(1024)宋郊榜有"王初,瓯宁人"。《全唐诗》所收诸诗,《延平天庆观》尚在。《送叶秀才》云:"重游西洛故人稀。"唐都长安,以洛阳为东都,宋京汴梁,以洛阳为西京。此称西洛,显为宋人口吻。《送陈校勘入宿》,校勘为宋官名,唐无此称。《送王秀才谒池州吴都督》,"都督",《唐诗鼓吹》作"都官",是。此人为吴中复,《宋史》有传,尝以都官郎中知池州,嘉靖《池州府志》卷六作"至和(1054—1056)中任"。梅尧臣、王安石、司马光皆有赠诗,各见本集。《宋诗纪事》卷九据明李蓘《宋艺圃集》,录王初《青帝》、《书秋》、《自和书秋》、《春日咏梅花》(之一)、《即夕》、《舟次汴堤》六首,均见《全唐诗》。疑明中叶《王初歌诗集》尚存,李蓘得据以收入。以上已列举十首诗为宋人之作,可由此而确定《全唐诗》所收十九首皆非唐人诗。《全唐诗》小传,皆本高棅《唐诗品汇》卷首"诗人爵里详节"原文。《昌黎先生集》卷三三《太原王公(仲舒)墓志铭》,长庆四年作,称仲舒有子七人,"长子初,进士及第"。《太平广记》卷二六一引李冗《独异志》云:"长庆、大和中,王初、王皙俱中科名。"除登第时间尚有疑问(徐松《登科记考》卷二七不取元和末说),小传基本不错,所误在于将宋代王初所作诗归于唐人王初名下。今《王初歌诗集》已不存,此十九首诗尚可供今贤编《全宋诗》时采撷。

总计本节所考,共指出误收作唐人的宋人诗二十七首。

六　宋初人误作唐末五代人收入者

本节所考宋初人,指现存史料仅记载其在宋太祖、太宗朝事迹者。尽管按情理来说,这些人中有较大一部分可能出生在五代十国时期,但其入宋前活动未见记载,只能作宋人看待。凡在五代时期有事迹可考者,另详下节。

6.1　李九龄　《全唐诗》卷七三〇收其诗一卷,共二十三首。小传云:"李九龄,洛阳人。唐末进士。入宋,登乾德二年进士第三人。"此传显然矛盾:自唐亡(907)至乾德二年(964),近六十年,九龄不可能再中进士。诸诗皆出《万首唐人绝句》卷七三。陈振孙斥此书误收本朝李九龄诗,已见前节郭震条引。《直斋书录解题》卷一九有《李九龄集》一卷,解题云:"洛阳李九龄撰。乾德二年进士第三人。"元方回《瀛奎律髓》卷四八则作"乾德五年进士第三人。"未详孰是。陈振孙藏有《宋登科记》,时代稍早,或近是。《宋诗纪事》卷二作"乾德五年进士第一人",显误,此年第一人为刘蒙叟,见《文献通考·选举考》。九龄事迹可考者尚有:《舆地纪胜》卷一八八"蓬州景物""透明岩"条,录县令李九龄诗,不云任职年代,但可推定在其登第以后(蜀地归宋在建隆末)。《渑水燕谈录》卷六谓九龄与卢多逊、扈蒙等同受诏修《五代史》,"而蒙、九龄实专笔削"。检李焘《续资治通鉴长编》卷一四、卷一五,事在开宝六、七年(973、974)。九龄生于五代可无疑,但其登第年及可考事迹均在宋代,当然应视为宋人。《宋艺圃集》《宋诗纪事》录其诗,甚是。《李九龄集》至《宋史·艺文志》尚著录,后不传,洪迈当将其集中绝句全数收入,对研究宋初诗歌尚有价值。

6.2　滕白　《全唐诗》卷七三一收诗二首,小传云:"滕白,官郎中,历台省,有《工部集》一卷。"二诗均出《万首唐人绝句》卷七二。陈振孙以为系本朝人而误入,已见前节郭震条引。《直斋书录解题》卷二〇著录《滕工部集》一卷,解题云:"滕白撰。篇首《寄陈抟》,知为国初人。又有《右省怀山中》及《台中寄朱从事》诗,则其扬历清要亦多矣。史传亡所见,未有考也。(《文献通考·经籍考》仅引及此。)后见《实录》载,尝以户部判官为南面前转运使,坐军粮损折免官。"《实录》当指《宋太宗实录》。《宋诗纪事》卷五作"太宗时"人,近是。另参下条。

6.3　王昰　《全唐诗》卷七三一收诗六首,小传云:"王昰,蜀人,曾避地荆南。有集一卷。"诸诗均出《万首唐人绝句》卷七四。陈振孙以为系本朝人误入,已详前节郭震条。《直斋书录解题》卷二十有《王昰集》一卷,解题云:"王昰撰。集中有《春日感怀上滕白郎中》,盖亦国初人。又有《圣驾亲征河东》。及有'甲午避寇,全家欲下荆南'之语,则李顺乱蜀之岁,昰盖蜀人也耶?"所引诸诗今均不传。"圣驾亲征河东",指宋太宗太平兴国四年(979)亲讨北汉之役。甲午为淳化五年(994),"避寇"指避王小波、李顺事。《分门古今类事》卷一四引《该闻录》云其字隐夫,居武都山,与《该闻录》作者李畋同时。畋谓"其后均寇婴城,昰以名大,为其所胁,坐是流于荒服,晚节不完",指其陷咸平三年(1000)益州王均兵变而遭流逐。《全蜀艺文志》卷八有宋王岩《残冬客次资阳江》,王岩即王昰,诗为其在蜀时作。《宋诗纪事》卷五收入,是。《全五代诗》卷八八增《八拍蛮》一首,未云所出,实系误收孙光宪词。孙词见《花间集》卷八、《全唐诗》卷八九七。

6.4　马致恭　《全唐诗》卷七三八收其《送孟宾于》一首,小传仅云:"南唐时人。"按宋龙衮《江南野录》卷八,谓孟宾于在南唐后主时抵法当死,李昉寄诗,后主见而宥宾于,"复官未几,归老连上,号群玉峰叟。吉守马致恭以诗送。"仅录末联二句。叙事简略,似南唐时作。宋初王举《雅言系述》(《增修诗话总龟前集》卷五引)谓宾于"兴国中致仕归连上,过庐陵,吉守赠诗曰(略)。"引全诗而不言作者姓名。马令《南唐书》卷二三

《孟宾于传》谓："金陵平,归老连上,秘阁马致恭以诗送之。"亦录全诗。宾于为连州人。秘阁为马致恭所带京职。二书均指明为入宋后事。《全唐诗》所录,当即以以上三书为本。最早记载宾于事迹的是王禹偁《孟水部诗集序》(《小畜集》卷二〇),谓宾于南唐末致仕后,"以本曹郎中分司南都","太祖平吴,以老病不任朝谒,听还乡里"。南唐之南都在洪州,吉州为自洪赴连必经之路。致恭为吉守,为宋所除官,非南唐署。所带秘阁之职,即是明证。诗作于太平兴国初,时宋立国已十六年。

6.5 王元 《全唐诗》卷七六二收其诗五首又二句,小传云:"王元,字文元,桂林人。隐居不仕。"列马楚时。小传所据为《郡阁雅谈》(《增修诗话总龟前集》卷一〇引)、《雅言系述》(同书卷一一引)记载。五首诗亦出二书。末附《赠廖融》句,注:"见《纪事》。"实误,亦见《雅言系述》。嘉靖《建宁府志》卷五"知州"有:"王元,太平兴国间任。"姓名、时间均相合,惟文元隐居不仕,恐非一人。另详下廖融条。

6.6 廖融 《全唐诗》卷七六二小传云:"廖融,字元素,隐居衡山。诗七首。"列马楚时。实收诗仅六首,又零句三联。《增修诗话总龟前集》卷一〇云:"廖融字元素,隐于衡山,与逸人任鹄、王正己、凌(当作陆,详后)蟾、王元,皆一时名士,为诗相善。湘守杨徽之代归阙,枉道出南岳,宿融山斋留诗曰:'清和春尚在……'融《赠天台逸人》云:'移桧托禅子……'又《题古桧》云:'何人见植初……'《梦仙谣》云:'琪木扶疏系辟邪……'《退宫妓》云:'神仙风格本难俦……'左司谏张观过衡山留诗曰:'未向漆园为傲吏……'融卒,刺史何承矩葬之,进士郑铉表其墓。"这是关于廖融生平最早且较完备的记载,原书未注出处,疑出潘若冲《郡阁雅谈》。融今存诗除上引四首外,另二首见《雅言系述》(同前书卷一一引)。廖融是当时以南岳为中心的一群湖南隐逸诗人的核心人物,同游诗人有王元(有《赠廖融》《怀翁宏》《哭李韶》等诗)、王正己(有《赠廖融》)、任鹄(有《送王正己归山》)、翁宏(有《送廖融处士南游》)、陆蟾、李韶、狄涣(详后)、曾弼等人。胡震亨《唐音戊签》不收诸人诗。《全唐诗》以诸人为马楚时作者,疑系据《诗话总龟》参《十国春秋》而定。今考诸人事迹,均已入宋,属之五代实误。试述如次:其一,杨徽之为后周进士,未仕马楚。

其守湘确年已难考详,约在宋太宗时,详第七节杨徽之条。其二,张观为左司谏经衡山的时间,在太平兴国末至雍熙间。详第七节张观条。其三,何承矩,传附《宋史》卷二七三《何继筠传》,字正规,河南人,太平兴国五年(980)知河南府,"徙知潭州,凡六年,囹圄屡空,诏嘉奖之"。入为六宅使,端拱元年领潘州刺史。景德三年(1006)卒,年六十一。据其知潭时间推测,廖融约卒于雍熙(984—987)间。其四,《雅言杂载》(《增修诗话总龟前集》卷二六引)云:"兴国中,潘若冲罢桂林,经南岳,留鹤一只与廖融。……若冲到京授维扬通理,复有诗寄融。……后至维扬,闻融与鹤相继而亡。"若冲即《郡阁雅谈》作者。其仕维扬确年不可考,以前后时间推算,与《郡阁雅谈》合。其五,《雅言系述》(同前书卷一一引)云:"开宝中,衡山处士廖融南游,(翁)宏有诗云:'病卧瘴云间……'宏以百篇示融,融谢宏云:'高奇一百篇……'王元怀云:'独夜思君切……'皆佳句也。"开宝(968—975),宋太祖年号。其六,伍彬辞官居隐时,廖融曾作诗题其屋壁,详第七节伍彬条,其事至早在乾德以后。其七,陆蟾"雍熙中服毒卒",见《增修诗话总龟前集》卷一五引《雅言杂载》及宋契嵩《镡津文集》卷一四《陆蟾传》。其八,周本淳校点五十卷本《诗话总龟前集》卷二八引《雅言系述》云:"王正己寓衡州,不以仕进为意,介起一室,不与尘俗往来,四十未娶,随行唯筇竹杖、鹤羽扇而已。与廖融、任鹄、王元交游。虽诗笔不及鹄,而辞藻亦擅一时。"下录正己二诗,又录潘若冲、廖融赠正己诗,又录廖融赠狄涣诗。其九,宋夏竦《文庄集》卷二八《朱昂行状》云:"先有廖图者,与弟凝、侄融居南岳,皆工诗,有名于代,世有家法。"杨亿《武夷新集》卷二《阁门廖舍人知袁州》注则谓融为凝弟,陈田夫《南岳总胜集》卷中"兜率寺"条云:"廖处士书斋据湘江之滨,图、凝、融数世能诗,自唐天祐末居此。"以上差不多是廖融等人今存的全部有年代可考的事迹。湖南之地在建隆四年(963)即入宋版图,上列诸事,分别在其后几年、十几年,甚至二十多年后。诸人在马楚时无事迹可考。以情理揆之,显然均应视作宋初人为是。《崇文总目》卷五(原卷六三)收《廖融诗集》二卷,列宋初。《宋艺圃集》《宋诗纪事补遗》收其诗,甚是。王士禛《香祖笔记》指责李蓘误收廖诗,《四库全书总目》因之,均失于未详考。

6.7　王正己　《全唐诗》卷七六二收其诗一首又句二。正己为宋初人，潘若冲、廖融皆有诗相赠，已见上则所引。《全唐诗》收诗、句皆残，可据周校《总龟》补足。

6.8　翁宏　《全唐诗》卷七六二收诗三首又句六。除《湘江吟》二句外，均见《雅言系述》（《增修诗话总龟前集》卷一一引）。《湘江吟》为裴谐诗，《全唐诗》卷七一五已收。宏应为宋初人，详前廖融条。

6.9　刘兼　《全唐诗》卷七六六收其诗一卷，凡八十一首，小传云："长安人，官荣州刺史。"胡震亨《唐音戊签馀》六二（《唐音统签》卷八一七）云："兼集诸志不载，各选亦无之。近云间朱氏得宋本，刻《唐百家诗》中。今详其诗句，似是关中人仕为蜀守者。有《初至郡界》一篇诗云：'锦字莫嫌归路远，华夷一统太平年。'而集中又有《长春节》诗，为宋太祖诞节。其人盖五代入宋者，姑存五代之末云。"其说甚是，惜未尽。《刘兼集》，宋代各种书志未见著录，但《万首唐人绝句》卷三九已录其七绝三首，《分门纂类唐歌诗》残本尚有其七律三首，知宋时已有视其为唐人者。江标影南宋书棚本《唐五十家小集》有《刘兼诗集》一种，有错页，比《全唐诗》多出八首，为唐刘威诗误入。《渑水燕谈录》卷七载受诏修《五代史》诸臣中，有刘兼。时在宋太祖开宝六、七年，详前李九龄条。又开宝七年为盐铁判官，见《续资治通鉴长编》卷一五。胡氏列举刘兼入宋二证，甚有力。另如《蜀都春晚感怀》云："梦断云空事莫追。""宫阙一城荒作草。"《蜀都道中作》云："千载龟城终失守，一堆鬼录漫留名。"显然作于蜀亡后。《到郡后寄西川从弟舍人……》（此据影宋书棚本，《全唐诗》注为别本）、《……寄呈成都府从弟舍人》（"呈成都府"四字据《唐音戊签馀》补），称西川、称成都府，亦为入宋后作。从"一承兑泽莅方州"（《春晚寓怀》）、"去年今日到荣州，五骑红尘入郡楼。貔虎只知迎太守，蛮夷不信是儒流"（《去年今日》）、"依稀樊川似旭川，郡楼风物尽萧然"（《郡斋寓兴》）、"郡印已分炎瘴地，朝衣犹惹御炉香"（《初至郡界》）等诗看，作者是长安人，从京城改（贬?）官知荣州。全集凡有事迹可考之诗，均系在蜀、在荣州任内作。诸诗排列虽不及《王周集》中纪行诗那样井然有序，但为一时一地之作则可论定。民国《荣县志·秩官第十》定刘兼莅荣在宋初,是。疑即为修《五代史》后之事。兼在五代未见有事迹记载。

6.10　狄焕　《全唐诗》卷七六八收三诗又二联,传云:"狄焕字子炎,梁公仁杰之后,隐于南岳。"传本《增修诗话总龟前集》卷二〇引《雅言系述》,但据同书卷三四、卷四三及卷二八,其名皆作狄焕。卷二八六廖融有赠狄诗,则其亦应为宋初人。其今存诸诗,均见上引《总龟》各卷及《类说》卷二七引《唐宋遗史》、《万首唐人绝句》卷五一、《分门纂类唐歌诗》卷九五。

6.11　李韶　《全唐诗》卷七七〇收《题司空山观》一首,列世次爵里无考作者。按诗出《雅言系述》(《增修唐诗总龟前集》卷一一引),同条谓韶为郴州人,苦吟固穷,既卒,王元有诗悼之。元为宋初人,已详前考。唐代见于记载的李韶有五六人,均非此诗作者。

6.12　安鸿渐　《全唐诗》卷七七〇收《题杨少卿书后》一首,列世次爵里无考作者。按此诗最早见载于宋初张齐贤《洛阳缙绅旧闻记》卷一《少师佯狂》条。杨少卿(疑当作少师)指杨凝式,诗作于凝式卒后。张世南《游宦纪闻》卷一〇转引凝式年谱,谓凝式卒于周显德元年(954)冬。鸿渐,五代及宋各种史书均无传,事迹散见于宋元人笔记中。欧阳修《六一诗话》记国初安鸿渐与僧赞宁相嘲事。吴处厚《青箱杂记》卷二载世传有潘阆安鸿渐八才子图。释文莹《湘山野录》卷中谓鸿渐畏内。同人《玉壶清话》卷八载凌策童年被鸿渐嘲辱,"后长立,颇衔之。鸿渐老为教坊判官,凌公判宣徽院,乐籍隶焉,亦微憾之",斥鸿渐"偶免一烹焉"。元盛如梓《庶斋老学丛谈》卷下载宋初有"洛阳才子安鸿渐,天下文章李庆孙"之语。核诸事皆在宋初四五十年间。赞宁为宋初著名僧传作者,潘阆为太宗时著名诗人,均为世人熟知。凌策(957—1018),《宋史》卷三〇七有传,为雍熙二年进士。以其仕历考之,判宣徽院约在咸平(998—1003)前后。李庆孙,泉州惠安人。宋太宗时尝作诗吊钱熙,谒翰林学士宋白。咸平元年登孙仅榜进士,授江州推官,官至水部郎中。犹子处讷,仕神宗朝。(据嘉靖《惠安县志》卷一二、《玉壶清话》卷七、《庶斋老学丛谈》卷下、《宋诗纪事》卷七、《宋诗纪事补遗》卷二六)鸿渐应为宋初人。《全唐诗》同卷冯少吉《山寺见杨少卿书壁因题其尾》,与鸿渐诗出处同。作者姓名当作冯吉,疑因原文"冯少卿吉"夺"卿"字而致误。吉为冯道少子,《宋史》卷四三九有传,诗为其在后周末年作。

6.13　周濆　《全唐诗》卷七七一收其诗四首。四诗均出《万首唐人绝句》卷七三。《直斋书录解题》卷十九有《周濆集》一卷,列唐人之末,但言"莫详出处"。《新唐书·艺文志》无。《粤诗搜逸》卷二据《连州志》谓:"濆,连州人,渭弟。"周渭本连州人,南汉末被掳入广南,后逾岭归宋,仕宋数十年,官位显达。(据《涑水纪闻》卷一及《宋史》本传)濆若为其弟,则应为宋初人。记载较后出,且为孤证,尚难证定,姑附存于此,以俟知者定之。另《永乐大典》卷二八〇九尚存濆佚诗《红梅》。

6.14　王玄　《全唐诗》卷七七八收《听琴》一首,为五绝。诗出《万首唐人绝句》卷二一,实即王元同题五律之前半首。王玄当即王元,宋初人,已详前考。

6.15　玄宝　《全唐诗》卷八五〇收《路》一首,不录事迹。按此诗出《唐僧弘秀集》卷一〇,然唐五代未闻有此僧。《金石续编》卷一三录宋初石刻《南岳宣义大师梦英十八体书》,中有"文畅大师赐紫玄宝"《赠英公大师》诗一首,同作有宋白、贾黄中、吕端等,皆宋初名臣。《路》当亦此僧所作。

6.16　尚能　《全唐诗》卷八五〇收其诗一首《中秋旅怀》,又句二,云见《万花谷》。《中秋旅怀》出《唐诗纪事》卷七四,句见《锦绣万花谷前集》卷三,均未录事迹。《皇朝事实类苑》卷三七引《杨文公谈苑》,载杨亿所称赏的"近世释子工诗者",中有浙右僧尚能,并摘录其诗五联。其中有《全唐诗》所收二句,题作《送僧归天台》。《杨文公谈苑》为杨亿同乡门人黄鉴记录杨晚年(约大中祥符末至天禧初)言论的笔记,后由宋庠整理作序刊行(详原本《说郛》卷二一)。前引条末载:"公又言,因集当代名公诗为《笔苑》。辇下江吴僧闻之,竟以诗为贽。择其善者,多写入《笔苑》中。"《笔苑》当即《杨氏笔苑句图》,《直斋书录解题》卷二〇著录,已佚。可知尚能于宋真宗时居汴京,曾以诗谒杨亿。所录另有《孙大谏知永兴》,孙指孙仅,《宋史》卷三〇六有传,大中祥符初为陕西(即永兴军路)转运使(参欧阳修《归田录》卷一)。《大正新修大藏经》四六册《四明尊者教行录》卷六收东京僧职赠法智诗二十三首,其中有"《五言四十字奉寄四明礼师道人》,东京左街讲经文章应制同注御集赐紫尚能上",赞宁等同作。法智卒于雍熙四年(987)。《宋诗纪事》卷九一据《宋高僧诗选》录尚能《送简长师陪黄使君归江左》。简长,宋初九僧之一,《圣宋九僧诗》录其诗有《寄丁学士》,丁即丁谓,为学士在真宗时。据上考,尚能应为宋太宗、真宗时东京诗僧。《唐诗纪事》系沿袭宋绶《岁时杂咏》之误(见《古今岁时杂咏》卷三〇),以尚能《中秋旅怀》列唐人间。

6.17　吴黔　《全唐诗》卷八八七收《失题》一首,未举事迹。按《圣宋九僧诗》收惠崇《赠吴黔山人》,当即此人。诗云:"风泉得句心。"知黔亦能诗者,可证。惠崇为宋太宗、真宗时人,生卒年不详。《失题》出处待查。

6.18　徐昌图　《全唐诗》卷八九八收词三首,传云:"莆田人。入宋,终殿中丞。"按《莆阳比事》卷二云:"徐昌图,寅之曾孙,太祖朝守国子博士,累迁殿中丞。"昌图入宋前事迹无考,宜作宋初人。其词均出《尊前集》,《全宋词》失收。

总计本节所考,凡指出宋初人所作诗一百四十一首(内重见一首)又二十句,词三首。

七　由五代入宋者入宋后所作诗

断代总集收作品的下限,亦有宽严之分。《全宋词》较宽,凡宋亡时已满二十岁者,除在元为显宦者外,均作宋人收入。这主要是顾及遗民的作品。《全唐诗》与《全隋诗》均较严格,一般不收易代后作品。如徐铉诗,《全唐诗》仅收在南唐时所作五卷,入宋后二卷则不收。《全隋诗》也不收虞世南在唐所作诸诗。这样限定的考虑大约有两点:一是由隋入唐、由五代入宋,基本不存在遗民问题;二是有关作者在后朝所作诗数量较大,难以兼收。其例甚善。但在具体作品的鉴别时,仍存在不少问题。本节考证的目的,与第三节相同,对于今后重编《全唐诗》时诸诗的处理意见,也与前述对隋唐之际诗作的意见相类,在此不再复述。

7.1　李涛　《全唐诗》卷七三七收《春社从李昉乞酒》一首。原注引叶梦得《石林诗话》，谓李昉为翰林学士时，涛戏作诗乞酒。李颀《古今诗话》（《类说》本）但云："兵部李涛字社翁，寄翰林求酒一绝。"二书均本李昉子李宗谔记其父所述之《李文正公谈录》，原文为："吾为翰林学士，月给内酿。兵部李相涛好滑稽，尝因春社寄此诗。"（据《宋诗纪事》卷二引）李涛字信臣，《宋史》卷二六二有传，建隆元年（960）拜兵部尚书，次年卒。涛虽历事后唐、后晋、后汉、后周四朝，此诗则为入宋后作。《唐音戊签》不收，是。又存断句三联，前二联注出《诗人玉屑》，实本王定保《唐摭言》卷一〇，为咸通间长沙进士李涛作，与此字信臣者非一人。另二句《谏晋主不从作》，出《吟窗杂录》卷二八，为信臣在五代时作。

7.2　李昉　《全唐诗》卷七三八收《寄孟宾于》一首，小传云："南唐时人。"实误。昉，《宋太祖实录》卷九六、《宋史》卷二六五有传，字明远，深州饶阳人，汉乾祐中进士，周显德中仕至翰林学士。入宋后，尝因事外放。开宝四年（971），复拜翰林学士。复入相，至道二年卒，谥文正。昉为宋初显宦，既非江南人，亦未仕南唐，仅显德中从征淮南及建隆间出使湖湘两次南行。此作南唐时人，未谛。诗出龙衮《江南野录》卷八，谓孟宾于"事李后主为滏阳令，因抵法当死。会昉迁翰林学士，闻在缧绁，以诗寄之。"后主见诗而宥宾于。未交代昉仕何朝，恐即致误所自。马令《南唐书》卷二三仍其说，但指出"时李昉事皇朝为翰林学士"，则较明确。其事约在开宝四年。昉寄诗南唐，本人则仕宋，当归宋诗。《唐音戊签》不收，是。

7.3　孟宾于　其《湘江亭》诗一首，见《全唐诗》卷七四〇。宾于事迹已详前节马致恭条。此诗云"樊笼得出事无心"，知为宾于去官归连上，途经湘江亭时作。"霜叶满林秋正深"，也与马致恭送诗"行随秋渚将归雁"相合。诗当作于太平兴国初。

7.4　伍彬　《全唐诗》卷七六二收诗一首又句二联。《雅言系述》（《增修诗话总龟前集》卷一一引）云："伍彬，邠阳人。初事马氏，王师下湖湘，授官为安邑簿。秩满归隐，《题全义分水岭》云（略）。《夏日喜雨》云（略）。《辞解牧》云（略）。泊居隐，廖融书其屋曰：'圆塘绿水平……'

路振赠诗云:'考终秋鬓白……'"《全唐诗》所录彬诗,均出此条,皆为其仕宋去职时作,约在乾德、开宝间。《宋诗纪事》卷五收入,是。廖融,已详前节。路振,《宋史》卷四四一有传,为淳化进士,大中祥符七年卒。

7.5　杨徽之　《全唐诗》卷七六二收其诗一首句二联。小传云:"楚马殷时人。"实误。徽之,字仲猷,浦城人。自南方潜入汴洛,登周显德二年(955)进士。宋初为朝散大夫,累官右拾遗,真宗时官至翰林侍读学士,咸平三年(1000)卒,年八十,事详苏颂《苏魏公集》卷五一《文庄杨公墓志铭》及《宋史》卷二九六本传。传谓马殷时人,因其《留宿廖融山斋》诗而误。此诗出处,已详前节廖融条。徽之从未仕马氏,其为湘守确切年代尚难考定,已入宋则可肯定。另句二联:《秋日》《哭江为》,注见《纪事》,检《唐诗纪事》并无二诗,当属误注。二联实出《渑水燕谈录》卷七。《秋日》,题应作《湘江舟行》,亦徽之守湘时诗。江为,建州人。乾祐中,闽乱,有故人将奔南唐,间道谒为,为代草投江南表。其人未出境被拘,牵连到江边,为因此被杀。事见《五代史补》卷五,时在徽之北行前。《哭江为》当在闽中作。

7.6　张观　《全唐诗》卷七六二收《过衡山赠廖处士》一首,传云:"楚马殷时人。"实误。此诗出处已详前节廖融条引,为观任左司谏过衡山时作。观,《宋史》卷二七六有传,字仲宾,毗陵人。南唐进士。归宋,为彭原主簿。太平兴国初,移兴元府掾。后三改官,始以监察御史充桂阳监使。岁馀,迁左司谏。后历知黄、扬、道州,卒于广西漕使任。其诗当即自桂阳调任左司谏时途出衡山作,时约为太平兴国末至雍熙间。《宋诗纪事》卷二收入,是。但云"开宝中左司谏"则误。

7.7　何象　《全唐诗》卷七六八收《赋得御制句朔野阵云飞》一首,事迹仅云"遂宁令",列为有爵里无世次作者。按《四部丛刊》影明嘉靖刻本《增修诗话总龟前集》卷四引《古今诗话》云:"唐太宗征辽师还途中,御制诗有'銮舆临紫塞,朔野阵云飞'之句。遂宁令何象进《銮舆临塞赋》《朔野云飞诗》。召对嘉赏,授赞善大夫。"下录诗。《全唐诗》所引,当即出此条,实误甚。《古今诗话》此条为抄录释文莹《玉壶清话》卷八,首句原作"太宗亲征北虏","何象"作"何蒙"。太宗指宋太宗,同条下文有县尉宋捷"进上官家赵"语,可证。"唐"字显系妄人所加。何蒙,《宋史》卷二七七有传,字叔昭,洪州人。南唐后主时,献书言事得官。入宋授洺州推官。"太平兴国五年(980),调遂宁令。时太宗亲征契丹还,作诗以献,召见赏叹,授右赞善大夫。"后历知梧、鄂、太平、袁、濠等州,大中祥符六年(1013)卒,年七十七。《江南馀载》卷上收何蒙在南唐为进士时赠赵曳诗一首,《全唐诗补逸》收之。

7.8　秦尚运　《全唐诗》卷七七〇收其《题钟雅青纱枕》一首,列无世次爵里可考作者。尚运,《全五代诗》卷三六作"南运",是,系用《庄子·逍遥游》语。钟雅,《全五代诗》作"舒野",亦误。诗出《清异录》卷下:"舒雅作青纱连二枕,满贮酴醾、木犀、瑞香散蕊,甚益鼻根。尚书郎秦南运见之留诗曰(略)。"舒雅,宣城人,南唐进士,后仕宋近四十年,马令《南唐书》《宋史·文苑传》有传,较略,《新安文献志》卷九四载《舒馆直传》较详。南运事迹无考,诗当为入宋后作。《唐音戊签》不收,是。

7.9　梁补阙　《全唐诗》卷七八三收其《赠米都知》一首,名不详。按诗出钱易《南部新书》卷癸:"有米都知者,伶人也。善骚雅,有道之士。故西枢王公朴尝爱其警策云:'小旗村店酒,微雨野塘花。'梁补阙亦赠诗云:'供奉三朝四十年,圣时流落发衰残。贪将乐府歌明代,不把清吟换好官。'"岑仲勉先生《读全唐诗札记》以为"唐代梁补阙最知名者为梁肃,或即肃之诗欤?"此说尚可商榷。梁肃为唐代宗、德宗时人,而王朴,《旧五代史》卷一二八有传,仕后周为枢密使(即西枢),显德六年(959)卒,年五十四。二人非同时人,此不合者一。诗云"供奉三朝",云"圣时""明代",米都知显然为五代宫廷伶人而入宋者。此与梁肃不合者二。今按,梁补阙应为梁周翰,《宋史》卷四三九《文苑传》有传,字元褒,郑州管城人。后周广顺二年(952)进士。入宋,为秘书郎直史馆。乾德中为右拾遗,通判绵、眉二州。开宝三年,迁右拾遗监绫锦院,改左补阙兼知大理正事。后出知苏州等地。雍熙中,宰相李昉以其名闻,召为右补阙。仕至翰林学士、工部侍郎。大中祥符二年(1009)卒,年八十一。周翰为宋初有名诗人,诗当为其两任补阙时作。其仕历与赠米诗及王朴事迹均相合。《南部新书》为钱易在宋真宗至仁宋初年间作,所记以唐五代事为主,兼及宋初,参第四节胥偃条。

7.10　郭廷谓　《全唐诗》卷七九五收其《哭陈子昂》句"魂逐东流水,坟依独坐山"。无事迹。按诗出《陈伯玉集》附录廷(原误作延)谓重刻大历六年赵儋撰《陈公纪德之碑》后附记注语。原文云宋太祖"辟统之九载","冬十月,诏天下牧守修前代功臣贤士陵墓之毁圮者"。"廷谓权典是州,亦奉斯命。"因过子昂坟设奠赋诗,重勒碑文。时为"开宝戊辰岁十二月十五日"。戊辰为开宝元年(968)。廷谓,《宋史》卷二七一有传,字信臣,彭城人。初仕南唐,周世宗攻淮南,兵败而降。入宋,知亳州,改泽州防御使。两川平后,代冯瓒知梓州。开宝五年卒,年五十四。射洪为梓州属县。

7.11　乾康　《全唐诗》卷八四九录其二诗一断句,均出《增修诗话总龟前集》卷一一(未注出处,《全五代诗》卷六五作《唐宋遗史》)。其中《赋残雪》一首,为入宋后作。原文云:"乾德(963—968)中,左补阙王伸知永州,康捧诗见。伸睹其老丑,曰:'岂有状貌如此能为诗乎?宜试之。'时积雪方消,命为诗。康曰(诗略)。伸惊曰:'其旨不浅,吾岂可以貌相人也!'待以殊礼。"乾康早年受知于齐己,至宋初犹存,可谓耆寿。

7.12　罗颖　《全唐诗》卷八七一收其《题汉祖庙》二句,有注,皆出马令《南唐书》卷二三。原文为:"及王师问罪,后主衔璧。颖再应乡举下第,道经汉高祖庙,颖题诗,其落句云(略)。"诗为入宋后作。《宋诗纪事》卷三已收入。

7.13　何承裕　《全唐诗》卷八七一收其《戏为举子对句》,并附本事。按此诗本事出《五代史补》卷五,云为承裕知商州时,一举人投卷,承裕戏为改之。《宋史》卷四三九有承裕传,知商州在宋太祖开宝三年以后。

总计本节所考,共指出由五代入宋者入宋后所作诗十首又十二句。其中伍彬、杨徽之、张观、秦尚运、梁周翰、郭廷谓、罗颖、何承裕等八人,今存诗未见入宋前之作。

八　宋及宋以后人诗误作
唐五代人诗收入者

8.1　高適　《重阳》一诗见《全唐诗》卷二一四高適卷中。今人钱锺书《宋诗选注序》小注指出此为北宋程俱《九日写怀》诗,见《北山小集》卷九,自《后村千家诗》卷四始误作高诗;今人刘开扬《高適诗集编年笺注》沿其说,考证较详,均可参看。

8.2　戴叔伦　《全唐诗》卷二七三、第二七四收其诗二卷。按戴诗最为芜杂。《宋史·艺文志》有叔伦《述稿》十卷、诗一卷,均佚。今存戴诗,未见宋本。胡震亨编《唐音统签》时,仅见嘉靖间云间朱氏刻本。《唐音丁签》六四指出:"中杂元人丁鹤年、本朝刘崧诗,而他诗亦有引用后代事者,讹伪不一。"(转引自前中央研究院《历史语言研究所集刊》七本三分俞大纲《纪〈唐音统签〉》)遂以唐宋诸书所引确然无伪者,定为正集二卷。其馀疑似之作附录于后。其态度极审慎。《全唐诗》未沿用震亨善例,诸诗仍混杂其间。今人傅璇琮《戴叔伦的事迹系年及作品的真伪考辨》(收入《唐代诗人丛考》)指出非叔伦诗二十三首,富寿荪《读唐诗随笔》(刊《中华文史论丛》1981 年第一辑)指出其他唐人诗混入者九首(六首与傅文同),唐以后人诗八首。这八首是:《北山游(当作游)亭》,北宋王安石作,见《临川集》《王文公文集》;《旅次寄湖南张郎中》,南宋周端臣作,见《江湖后集》,原题作《朱门》;《画蝉》《题天柱山图》,元末明初(应作元代)丁鹤年作,见《元诗选》《列朝诗集》;《赠徐山人》《寄司空曙》,明初刘崧作,均见《列朝诗集》,后诗原题作《寄范实夫》;《兰溪棹歌》《苏溪亭》,均明初汪广洋作,见《列朝诗集》,后诗又见收于《盛明百家诗》及《明诗综》。证据确凿,可以定谳。今尚可补充七首。王安石所作三首:《泊雁》,见《临川集》卷二六,题同;《草堂一上人》,《临川集》卷二六,题同,《王文公文集》卷六三作《草堂一山主》;《题黄司直园》,《临川集》卷二六、《王文公文集》卷六七均题作《题黄司理园》。另丁鹤年所作三首:《暮春感怀》《二灵寺守岁》二首,均见《琳琅秘室丛书》覆元刻《丁鹤年集》卷二《哀思集》,富氏已指出之二首亦见该卷,卷首题:"海滨避兵时所作。"《中华文史论丛》1985年第四辑刊蒋寅《戴叔伦作品考述》,复指出《寄赠翠岩奉上人》《重游长真寺》《晚望》《寄万德躬故居》《赠慧上人》《寄刘禹锡》《题友人山居》《过柳溪道院》《赠鹤林上人》《题稚川山水》十一首为明刘崧作,见《刘槎翁先生职方诗集》;《雨》《崇德道中》《舟中见雨》《江干》《送僧南归》《独坐》六首为明张以宁作,见《翠屏集》卷二;《忆原上人》为明刘绩作,见《明诗纪事》卷一四。除以上已指出者外,胡氏列为疑似之作尚有数十首之多,尚难遽定为谁人所作,俟续考。附带指出,光绪间江标灵鹣阁影宋书棚本《唐五十家小集》,中有《戴叔伦集》一种,上列诸伪诗均收入,各诗次第亦与嘉靖刻本、明铜活字本一致。宋刻原书未见传世,疑江氏所据本仍出明清人伪造,如为宋刻,不致收入诸多宋、元、明人作品。

8.3 令狐楚 《相思河》,见《全唐诗》卷三三四。此诗为北宋令狐挺所作,详本文第四节令狐挺条。

8.4 刘禹锡 《全唐诗》卷三六五收《楼上》一首,《刘宾客集》不收。《文学遗产》1990年第3期刊陶敏文,据《宋朝事实类苑》卷三八及《舆地纪胜》卷八四,考定为北宋刘宾诗。

8.5 李涉 《竹里》,见《全唐诗》卷四七七。今人钱锺书《宋诗选注序》考证此为宋初诗僧显忠所作,主要依据为洪刍《洪驹父诗话》。列证较详,可参看。南宋陈景沂《全芳备祖后集》卷一六、元蔡正孙《诗林广记前集》卷九均收此诗于李涉名下,知传误甚早。

8.6 殷尧藩 《春游》,见《全唐诗》卷四九二。王全《点校说明》指出系元虞集诗误入。虞诗见《道园学古录》卷三,题作《东城观杏花》。《元诗别裁集》卷五亦收此诗。胡震亨《唐音丁签》一一三《殷尧藩集叙录》云:"其集久亡。吾友屠君懋昭,以乡之前贤,不忍遗佚,讲求数年,始得宋刻本,为诗八十七篇,庶几全璧云。"(转引自俞大纲《纪〈唐音统签〉》)《全唐诗》即据以录入。季振宜《全唐诗》无此集。既云宋本,而中杂元人诗,其集又后出,可靠性尚成问题。陶敏《〈全唐诗·殷尧藩集〉考辨》(刊《唐代文学研究》三辑)考知《过雍陶博士邸中饮》、《游王羽士山房》、《暮春述怀》、《九日》、《襄口阻风》、《潭州独步》、《韩信庙》、《冬至酬刘使君》、《送白舍人渡江》、《客中有感》、《忆家二首》之二、《张飞庙》、《生公讲台》、《酬雍秀才二首》之二、《竹》、《同州端午》十六首为明史谨作,见《独醉亭集》;《帝京二首》《金陵怀古》为明吴伯宗作,见《荣进集》卷二。另陶氏在《唐才子传校笺补正》卷六中,又指出《寄许浑秀才》等三诗亦史谨作,《过友人幽居》等七诗,为宋王柏作,见《鲁斋文献公集》。佟培基《全唐诗重出误收考》三三一复指出《宫词》《旅行》《还京口》《登凤凰台二首》五诗为元萨都剌作,见《雁门集》及《萨天锡诗集后集》。其馀恐尚有伪作羼入。

8.7　许浑　《全唐诗》卷五三八收《三十六湾》一首,《丁卯集》不收。《文学遗产》1990 年第 2 期刊陈永健文,考此为南宋姜夔诗,见《白石道人诗集》。

8.8　李商隐　《金灯花》,《全唐诗》卷五四一注出《事文类聚》,系转录自《唐音戊签》二(《唐音统签》卷五七三)。冯浩《玉溪生诗集笺注》卷三谓此诗"乃又见宋晏殊集者,语意浅甚,必非义山也"。其说是。《全芳备祖前集》卷二六即收作晏殊诗,劳格《读书杂志》卷一二辑元献遗诗存目、清辑三卷本《元献遗文》均已收入。冯氏所见晏集,未详为何本。

8.9　李频　《全唐诗》卷五八九收《苏州寒食日送人归觐》《即席送许□之曹南省兄》《送罗著作两浙按狱》三诗,《黎岳集》不收,佟培基《全唐诗重出误收考》四〇二考为宋王禹偁诗,见《小畜集》卷七。

8.10　唐彦谦　《中华文史论丛》第五十二辑刊王兆鹏《唐彦谦四十首赝诗证伪》,考定《全唐诗》卷六七一《逢韩喜》《夜坐示友》《梅亭》《岁除》《闻应德茂先离棠溪》《寄同上人》《题证道寺》《夜坐》《吊方干处士二首》《宿赵岖别业》《游阳明洞呈王理得诸君》《拜越公墓因游定水寺有怀源老》《任潜谋隐之作》《晚秋游中溪》《寄陈少府兼简叔高》《过清凉寺王导墓下》《毗陵道中》《第三溪》《越城待旦》《过浩然先生墓》《赠孟德茂》《春风四首》《感物二首》《和陶渊明贫士诗七首》《舟中望紫岩》《九日游中溪》《六月十三日上陈微博士三首》等四十首诗,为元人戴表元作,均见《剡源戴先生文集》,因明人伪造三卷本《鹿门诗集》而致误。陶敏复考得

《自咏》为元人许谦诗,见《白云集》卷二,陶说见《唐才子传校笺补正》卷九。

8.11　无名氏　《全唐诗》卷七八六收《抛球诗》,原注:"一作李谨言诗。"此为北宋李慎言梦中诗,详本文第四节李谨言条。同卷《纪游东观山》,《文献》1989年第4期刊王晓树文,考此为南宋罗大经诗,见《鹤林玉露》丙编卷五。

8.12　可朋　《全唐诗》卷八四九收"虹收千嶂雨,潮展半江天""诗因试客分题僻,棋为饶人下著低"二联,注出《刘公诗话》,系据《唐诗纪事》卷七四转引。按此为北宋僧有朋诗。刘攽《中山诗话》云"予尝在福州,见山僧有朋有诗百馀首",下即引此二联。又见《宋朝事实类苑》卷三六引。有朋(?—1125),泉州南安人,《补续高僧传》卷三有传。

总计本节所考,共指出误作唐人诗一百十九首(其中重见诗二首)又四句。其中宋诗十六首又四句,为显忠、晏殊、刘宾、令狐挺、李慎言、程俱、周端臣、姜夔、罗大经各一首,王禹偁三首,王安石四首,王柏七首,有朋四句。元诗五十二首,为丁鹤年五首,虞集一首,戴表元四十首,许谦一首,萨都剌五首。明诗四十一首,即汪广洋二首,刘崧十二首,张以宁六首,刘绩一首,史谨十九首,吴伯宗三首。此类误入诗当尚有相当数量,但指出不易,证定尤难,尚俟鸿博之士续考之。

九　仙鬼之诗必出于宋及宋以后人之手者

仙鬼之事,本属荒唐,而古人或信之。《全唐诗》卷八五六至卷八六七所收仙、女仙、神、鬼、怪五类诗,所出有二,一为小说家著作,一为神仙家(即道教)著作,其中多有后代诗混入,但区别极其不易。本文仅就有较确切证据者予以鉴别。分两节,本节考证所托名之生人实已入宋的"仙鬼"诸诗。任生、贺公、曹文姬等作,《全唐诗》不收入仙诗,索其本事实相类,故亦列本节。

9.1　任生　《全唐诗》卷七八三收其《投曹文姬诗》一首,原注:"文

姬,长安中娼女,工翰墨,时号书仙。"据此,似任生亦为武后长安中人。按
宋刘斧《青琐高议前集》卷二《书仙传》云:"曹文姬,本长安娼女也。……
求与偶者,不可胜计。……有岷江书生,客于长安,闻之喜曰:'吾得偶
矣。'……遂投之诗曰(略)。女得诗,喜曰:'此真吾夫也……'家人不能
阻,遂以为偶。"后二人常相携吟诗,五年后升天成仙。传中述升天前事
云:"朱衣吏持玉版朱书篆文,且曰:'李长吉新撰《玉楼记》就,天帝召汝
写碑,可速驾无缓。'家人曰:'李长吉唐之诗人,迄今三百年,焉有此妖
也。'女笑曰:'非尔等所知。人世三百年,仙家犹顷刻耳。'"传末云二人
升天时,"观者万计。以其所居地为书仙里。长安小隐永元之善丹青,因
图其状,使余作记,时庆历甲申上元日记。"此传系刘斧移录他人之作,作
者不详。甲申为庆历四年(1044)。自李贺之卒,至此传写作时,仅约二
百三十年,三百为举其成数。如传述,任、曹之事约在其前不久,自应归宋
人。后人将"长安娼女"讹成"长安中娼女",遂误归唐人。刘斧所录,为
今见任诗的最早出处。南宋皇都风月主人《绿窗新话》卷上引《丽情集》,
载此较略,无时代。《唐音统签》卷八六七收入,云出《丽情集》,殆即据
《绿窗新话》转引。

9.2 贺公 《全唐诗》卷七九五录其诗二句:"但存方寸地,留与子
孙耕。"名下注:"石晋兵部。"按《增修诗话总龟前集》卷一九引《王直方诗
话》云:"张嘉甫云,余少年见人诵一诗,所谓'但存方寸地,留与子孙耕',
不知何人语。元符三年(1100)过毗陵汪迪家,出所藏水部贺公手书,乃
知此诗贺所作。世俗以为他人,非也。贺天圣(1023—1031)中为郎。真
宗东封,谒于道左。元祐(1086—1094)初,其二弟逾乔者来京师,云贺尝
于泰山望见东坡,意甚喜之……"《苕溪渔隐丛话前集》卷五八所引较略,
"水部"二字上多"晋"字。自石晋至真宗东封,中间约八十年;自真宗东
封至元祐初,又近八十年,以一人之享寿,似难存活如此长久。当从"天圣
中为郎"之说为是(原叙事颠倒,东封在天圣前)。元于钦《齐乘》卷六谓
贺为琅琊人,"真宗东封,谒于道左,自言晋水部员外郎,盖仙人也"。则
称晋人实出贺之狡黠。《全唐诗》作"兵部",未详何本,当因传误而致。
新旧《五代史》无贺事迹。项楚《敦煌文学杂考》(收入《敦煌文学丛

考》)谓二句又有贺知章、冯道、王梵夫作三说,并以为最初可能是王梵志诗,然所据仅为《施注苏诗》卷二〇引《鉴戒录》,今本《鉴诫录》并无此二句,显属传误。

9.3　曹文姬　《全唐诗》卷八〇一收其《题梅仙山丹井》句。按文姬为宋中叶所谓书仙,详前任生条。此诗不见前引书,出处待查。

9.4　沈廷瑞　《全唐诗》卷八六一收其诗四首。按廷瑞,高安人,南唐吏部侍郎沈彬子。其卒年,《郡阁雅谈》(《增修诗话总龟前集》卷四四引)以为在雍熙二年(985),《雅言杂载》(同上引)则作"兴国中",未详孰是,其为宋初人当无可疑。《至顺镇江志》卷一九作"淳熙二年化去","淳"为"雍"之讹字。所录四诗,仅出自《江南野录》卷六的《答高安宰》为其在南唐时作,其馀三首均出后人伪托。《赠僧昭莹》,出《郡阁雅谈》,云为其化后二年始作;《寄袁州陈智周》,出《雅言杂载》,云为其化后数年作;《垄穴遗诗》,原注出《华盖山事实》,此书全称为《华盖山浮丘王郭三真君事实》,见《正统道藏》,为元人所作。沈诗见卷五《沈道者传》,云昭莹得于其墓穴之中,其为伪托可无疑。

9.5　张白　《全唐诗》卷八六一收其诗三首,小传云:"张白,衡州人。少应举不第,入道。常挑一铁葫芦,得钱便饮酒,自称白云子。忽一日死,葬武陵城西。经半载,有鼎州官扬州勾当公事,遇于酒肆,同酌数日。众闻之,开验其棺,一空。有《武陵春色诗》三百首,今存其一。"此传系节录《增修诗话总龟前集》卷四四引《郡阁雅谈》,"衡州"为"邢州"之误。三诗亦出该条。马端临《文献通考》卷三一九《舆地考》载,唐朗州,大中祥符五年改鼎州。张白当即为此前后人。"勾当公事",亦为宋人常用语。熙宁元丰间张师正撰《括异志》卷六,据柳应辰(宝元进士)撰《祠堂记》录张白事迹稍详,前文所未及者有:字虚白,清河人。开宝(968—975)中南游荆渚。后"适武陵,寓龙兴观,郡守刘公侍郎墀、监兵张延福,深加礼重"。

9.6　段毅　《全唐诗》卷八六一收《市中狂吟》一首。按《括异志》卷七云:"段毅,许州人,累举进士。家丰于财。后忽如狂,日夕冠帻衣布袍白银带,行游廛市中,讴吟曰:'一间茅屋……'庆历末病死,权厝于野。

后数年营葬,发视但空棺耳。王允成承制在许州,亲见之。"穀为宋人,殆无疑义。元赵道一《历世真仙体道通鉴》卷四四节录而不言时代,且置唐人间,胡震亨因据以收入《唐音统签》卷九九四,《全唐诗》承其误,不云庆历病死事。

9.7　赵自然　《全唐诗》卷八六一收其诗一首,小传云:"赵自然,池州凤皇山道士。梦阴真君与柏叶,一枝九叠,食之,因不食,神气异常。"诗见《万首唐人绝句》卷九九,题作《梦阴真君》。《皇朝事实类苑》卷四四(未注出处)云自然为太平州人,述其梦阴真君事较详,末云:"太宗召赐道服。后因病,食谷如故。"《宋史》卷四六一列入《方技传》,云自然本名王九,太平繁昌人,年十三入青华观为道士。后梦阴,食其柏枝,遂不食。知州王洞表其事,太宗召赴阙,亲问之,为改名自然。后放归。大中祥符二年(1009)复召至阙下,不久即以母老求还。其事迹甚详明,作唐人者误。

9.8　石恪　《全唐诗》卷八六五收其鬼诗《赠雷殿直》一首。按石恪,字子专,成都郫县人,孟蜀时画师。蜀亡,奉宋诏入汴京相国寺画壁。事毕乞归,卒于道。事迹详宋黄休复《益州名画录》卷中、刘道醇《圣朝名画评》卷一、清陆心源《宋史翼》卷三七。诗出《雅言杂载》(《增修诗话总龟前集》卷四四引),为恪卒后,殿直雷承昊赴衡阳途中,遇其鬼所赠,时在雍熙二年(985)。诗为伪托无疑。恪既卒在宋初,诗当出北宋人手。《宋诗纪事》收入,是。

9.9　李煜　《全唐诗》卷八六六收其《亡后见形诗》,原注云:"贾魏公尹京日,忽有人来,展刺谒曰:前江南国主李煜。相见,则一清瘦道士耳。……怀中取一诗授贾,读之,随身灰灭。"按诗及注均见《增修诗话总龟前集》卷四七(未注出处)。贾魏公即贾昌朝,仕仁宗朝,事详《王文公文集》卷八三《贾魏公神道碑》。其知开封府约在景祐、宝元间,时距李煜之死已六十年,显属托名之作。李煜亦入宋后卒。另《全唐诗》所收李煜诗词,亦间有入宋后之作。

总计本节所考,共指出误收诗十一首又四句。

十　宋及宋以后人托名唐五代人(仙)所作诗

《全唐诗》所收诗中,后人托名之作数量甚可观。本节仅列有较确凿证据可断为后人所作者。凡前贤虽已指出,但所据仅为揣测者,暂不阑入。

10.1　后蜀嗣主孟昶　《全唐诗》卷八收《避暑摩诃池上作》:"冰肌玉骨清无汗,水殿风来暗香暖(一作满)。帘开明月独窥人,欹枕钗横云鬓乱。起来琼(一作庭)户寂无声,时见疏星渡河汉。屈指西风几时来,只恐流年暗中换。"卷八八九又收作同人《木兰花》词,并注云:"苏轼《洞仙歌》即隐括此词。"按此篇最早见北宋杨绘《本事曲》(《苕溪渔隐丛话前集》卷六〇引《漫叟诗话》引),云为一士人所诵。然其句意几全同苏轼《洞仙歌》词,苏序云见眉州老尼诵孟昶词,后仅记首两句"冰肌玉骨,自清凉无汗","乃为足之"成篇,即除首二句外,皆为苏补作。后人对二词关系,或以为系苏轼隐括孟词,宋张邦基、周紫芝、王明清,清朱彝尊、李调元、陈廷焯皆主此说;或谓孟诗乃有人隐括苏词而托名孟昶,清宋翔凤、沈雄、邓廷桢皆有论列。近人浦江清《花蕊夫人宫词考证》(收入《浦江清文录》)于此考订尤翔,王水照先生《苏轼选集》于《洞仙歌》附录中备列各说,亦以为后说见长。南宋赵闻礼《阳春白雪》卷二录摩诃池出土石刻,孟作确为《洞仙歌》,首二句同苏轼所记,馀均不同。上录七言一篇,为宋人隐括苏词,可无疑问。

10.2　司空图　《全唐诗》卷六三四收《诗品二十四则》,为明末人据《诗家一指》中《二十四品》节托名为图撰,详本书所收《〈二十四诗品〉伪书说再证》一文。

10.3　丰干　《全唐诗》卷八〇七收其《壁上诗》二首。余嘉锡先生《四库提要辨证》卷二〇考定此二诗为宋之俗僧所伪撰。其说甚详,不具录。

10.4　吕岩　《全唐诗》卷八五六至卷八五九收其诗四卷,凡二百五十二首又二句，同书卷九〇〇另收其词三十首。按，吕岩即吕洞宾，俗传八仙之一。今人浦江清尝作《八仙考》（收入《浦江清文录》），考吕洞宾事甚详。结论是：吕洞宾传说起于北宋庆历年间，发源地在岳阳一带。唐代有没有这样一个人，很难说。浦文举证甚富，所言较可信。今仅就浦文未决的问题略作考证。其一，吕洞宾传说的最早出现，应在宋太宗、真宗时。《皇朝事实类苑》卷四三引《杨文公谈苑》云："吕洞宾者，多游人间，颇有见之者。丁谓通判饶州日，洞宾往见之。……谓咸平初与余言其事。谓今已执政。张洎家居，忽外有一隐士通谒，乃洞宾名姓，洎倒屣见之。……（吕诗）世所传者百馀篇，人多诵之。"《杨文公谈苑》为黄鉴所记杨亿晚年议论，已详本文第五节尚能条。杨、丁二人，咸平、景德间在朝，有诗酬和，见《西昆酬唱集》。所言诸人事迹均可与史传印证。又张齐贤《洛阳缙绅旧闻记》卷三载，宋太宗时田重进移镇永兴，诣泾州，遇道士张花项，张告"昨日街市，偶见仙人……即吕洞宾"。重进信之，半夜候吕降，终未遇。《旧闻记》并云："时人皆知吕洞宾为神仙。"又云："余授右仆射，判永兴军，备知其事。"田重进（929—997），《宋史》卷二六〇有传，任永兴军节度约为淳化四年（993）事。张齐贤（943—1014），《宋史》卷二六五有传，以右仆射判永兴军为咸平四年（1001）事。据其所云，吕洞宾仙事自宋太宗时已在泾州、长安流传。其二，唐代记载未见吕岩其人。《杨文公谈苑》云："洞宾自言吕渭之后。渭四子：温、恭、俭、让，让终海州刺史。洞宾系出海州房。让所任官，《唐书》不载。"此处仅云为吕渭后人，出吕让一系，未云即渭之孙、让之子，亦不云唐时事迹。吕渭，《旧唐书》卷一三七、《新唐书》卷一六〇有传，四子事迹亦附见。吕温有子安衡，见《刘宾客集》卷一九《唐故衡州刺史吕君集纪》，恭有三子，"曰环、曰鸾、曰倩"，见《柳河东集》卷一〇《吕侍御恭墓志》。吕让（793—855）墓志已出土，见《唐代墓志汇编·大中一〇七》，刺海州约在文宗时，后累转十馀职。有五子，为焕、焜、煜、炫、烜，无岩，然向达云《新安吕氏家乘》载洞宾行三，原名煜，与墓志适合。（见《唐代长安与西域文明》附《盩厔大秦寺略记》）。似岩为让子，亦非全出道士虚构。但宋太宗时编《太平广记》，首六十卷网罗上古至五代数百名神仙事迹，不及吕岩，知当时其传说尚流布未广。其三,吕岩仙事因宋太宗、真宗时道士纷传而益炽。北宋末赵令畤《侯鲭录》卷六云:"传逸人名岩,真庙时人。"《能改斋漫录》卷一八"吕先生字元圭"条,谓世传吕先生《黄鹤楼》诗,乃吕元圭所作。诗后原记岁月:"乙丑七月二十六日。"吴曾推测"当元丰间"。另记异说:"或曰元圭乃先生之别字也。"颇疑乙丑应为天圣三年(1025)。同书同卷"吕洞宾唐末人"条又载当时有谓洞宾即《枕中记》中吕翁之异说。前引《杨文公谈苑》亦仅云为吕让后人,未必即生唐代。《宋史·陈抟传》云:"关西逸人吕洞宾,有剑术,百馀岁而童颜……世以为神仙,皆数来抟斋中,人咸异之。"成书虽较迟,所据则为北宋修国史。就以上各条看,在洞宾仙事始创时期,大约尚有实在之人,可能是太宗、真宗时道士。在真宗朝举朝奉道求仙的政治气氛下,很快完成了从人到仙的过程,但异说较多。自《吕洞宾传》《回仙录》、岳州石刻出,宋人笔记、小说、诗话不断出现他的行迹。南宋以后,全真教奉为纯阳祖师,尊为吕祖、吕帝,于是广传民间,以至家绘图像,谨事供奉,传说亦日趋诞妄。

《全唐诗》所录吕诗,出处有二,一为传为吕著的《金丹诗诀》《纯阳真人浑成集》《吕帝诗集》等书,一为宋以后各种笔记、诗话、小说。其实皆出后人伪托。《金丹诗诀》之妄,《四库全书总目》卷一四七已考及,所举证有:一、"其诗殊不类唐格,下卷歌行尤鄙俚"。二、诗中提及棋路与《棋经》所述唐人棋路不合。三、诗中提到的富郑公、赵阅道皆宋人。四、诸诗"皆言坎离交媾、婴儿姹女、道家修养之术",为宋末道士夏元鼎所编,或即为元鼎杜撰。所言甚是。近人编《伪书通考》,已采入。今检《全唐诗》所录诸诗,多载宋代人、事。如卷八五八《徽宗庙会》,乃宋徽宗时诗。《七夕》注:"元丰中,吕惠卿守单州天庆观……"惠卿,神宗时参政,曾佐王安石行新政,《宋史》有传。《牧童》,一作《令牧童答钟弱翁》。诗出《西清诗话》(《皇朝事实类苑》卷四三、《苕溪渔隐丛话前集》卷五八引),作于钟帅平凉时。弱翁,名传,《宋史》卷三四六有传。《北宋经抚年表》定其帅平凉在崇宁三、四年间。《海上相逢赵同》,苏颂《魏公集》卷三二有赵同改官制。《题凤翔府天庆观》,天庆观名为真宗大中祥符初诏各州县所改,参第五节王初条。《赠滕宗谅》,出魏泰《东轩笔录》卷一〇,为宗谅守巴陵时事。宗谅事详第四节太上隐者条,其守巴陵(岳州)在庆历四年。《宋朝张天觉为相之日……》,天觉,徽宗时宰相张商英之字。《赠陈处士》《哭陈先生》,《全五代诗》卷一四所录,诗末均多"抟"字。抟,宋太宗时隐士,《宋史》有传。《化江南简寂观道士侯用晦磨剑》《答僧见》,均出《增修诗话总龟前集》卷四四引《撅遗》,《撅遗》为北宋末刘斧所撰小说。《熙宁元年八月十九日过湖州……》,出陆元光《回仙录》(《增修诗话总龟后集》卷三九引),熙宁为神宗年号。《宿州天庆观殿门留赠符离道士》,出《古今诗话》(《增修诗话总龟前集》卷四四引),为宋太宗至道间卖墨人题。《题黄鹤楼石照》,《能改斋漫录》卷一八以为元丰间道士吕元圭诗。《为贾师雄发明古铁镜》,见《青琐高议前集》卷八,为英宗治平中贾任邵州通判时事。《谒石守道》,守道名介,庆历六年卒,事详《欧阳文忠公文集》卷三四《徂徕石先生墓志铭》。《崔中举进士游岳阳遇真人……》,《青琐高议前集》卷八称"故人季郎"所得,约为神宗时事。《摇头坏歌》,中云:"君不见洛阳富郑公","君不见九江张尚书","君不见三衢赵阅道"。富为富弼,仁宗时相。张不详。赵为赵抃,神宗时相。又如卷九〇〇所收词,《沁园春》(七返还丹)、《西江月》、《步蟾宫》、《六幺令》等出《金丹诗决》,其馀又见《吕帝诗集》。所用词牌,如《西江月》《酹江月》《水龙吟》等均至宋时始出现。《梧桐影》,《竹坡诗话》《苕溪渔隐丛话后集》卷三八均谓回仙题于景德寺,末句与柳永《倾杯》词意同。胡仔以为柳用吕语,恐非,应为作伪者袭用柳词。《促拍满路花》,《苕溪渔隐丛话前集》卷三八引山谷语,谓十年前醉道士所歌。《汉宫春》,元盛如梓《庶斋老学丛谈》卷上谓系宋亡前三年某人题于武昌黄鹤楼上。

　　今存吕诗,从其事迹全出宋及宋以后人附会,可断定皆为宋及宋以后人伪撰。这些诗是研究宋元明道教史的珍贵资料,但绝不能视作唐诗。附带提及一下,据我所知,在各种地方文献及《道藏》所存的题为吕岩所作诗,不见收于《全唐诗》及《全唐诗外编》的约尚有二千首。其中仅《道藏辑要》本《吕帝诗集》就收有约一千五百首之多。补辑唐诗者没有必要再收这些作品,而《全宋诗》《全金诗》《全元诗》等则应考虑酌情收入。

　　10.5　钟离权　《赠吕洞宾》,见《全唐诗》卷八六〇。洞宾仙事既出宋人杜撰,赠诗为伪,亦可论定。钟离为仙,固出传说,而其人则似非如吕之纯出虚构。另绝句三首,宋人云真迹在邢州开元寺,或出五代人之手。

10.6　伊用昌　《全唐诗》卷九〇〇收其词句,末注:"吕岩求斋不得,失注调名,无考。"又似为吕词,不属用昌。平冈武夫《唐代的诗人》云扬州诗局本以此词属吕岩,同文书局本始归用昌。其说是。此词为完整的《减兰》,非残句。出处俟考。

总计本节所考,凡指出后人依托唐人诗二百八十首又二句,词三十一首。

十一　结　语

本文撰成于 1983 年 3 月,1985 年发表于《文史》二十四辑,凡九十九则,考及九十七位作者,指出《全唐诗》所收非唐五代诗六百三十六首(其中重出九首)又三十八句,词三十一首。十馀年间,国内唐诗研究学者在这方面又有不少新的发现,我于读书间亦偶有所得。在收入本书时,对全文作了较大幅度的修订,增写了二十则,对原有各条也有所修订和补充,凡今人已有论列者,均注明所据,以免掠美。通计全文,凡考及一百十五位作者,指出诗七百八十二首(其中重出九首)又五十三句,词三十四首。

(初刊于《文史》第 24 辑,中华书局,1986 年。增订重收于《唐代文学丛考》,中国社会科学出版社 1997 年。)

《全唐诗外编》修订说明

应中华书局文学编辑室之约,我对 1982 年出版的《全唐诗外编》作了修订。修订工作涉及以下几个方面。

(一)校对原引各书。遇有异文,凡所据版本与原辑者所据版本一致,或版本较为单一之书,异文显为誊录、排印时所造成者,即予径改;其馀情况,或改动文字而保留原文,或出校记说明之。避讳字径予改回。俗写字可确定者,亦改为通行字。原辑本仅注书名而缺漏卷次者,亦随见补出之,不另出校记。由于条件所限,有几种典籍寻检未获,未能复校,请读者谅鉴。

(二)补录书证。提供佚诗较早的出处,对确定诸诗的可靠性十分重要。修订时就所见补录了书证,凡原据明清两代典籍而唐宋元著作中已见征引者,原引宋元典籍而唐代已见引录者,皆为注出之。原辑本有据后出典籍转引存世前代典籍者,亦尽可能复按原书,予以说明。他书中有可补录原辑各诗诗题、诗序及文字上的缺误者,也尽量录出。

(三)考订作者事迹。原辑本中作者缺事迹或事迹过略者,就所见补其事迹。原辑本列为无世次作者而今得以考知其世次者,将其人移入相应的卷次。此点一般仅限于新见作者。凡《全唐诗》有传者,一般不再考及。

(四)删除重收、误收之诗。具体又可分为以下五类情况。

(甲)重收诗。即同一作者诗,《全唐诗》已收,而辑本又重录者,概予删除。《全唐诗补逸》与《全唐诗续补遗》二书中有十馀例诗重收,一般均删后者而存前者,出处不同者另注出。有二例前者误而后者是,则保存后者。此类不另作说明。

（乙）误收诗。凡唐立国以前或五代入宋以后作者之诗,无论其人误作唐人或其诗误归唐人名下,凡可考定者,概予剔除。五代入宋诸人,情况较为复杂。修订时参酌了《全唐诗》旧例及原辑者的意见,凡一般视为唐人者,其诗仍予保留;一般视为宋人者,仅存其入宋前所作诗及作年不详之诗,其可确知作于入宋后之作则删却。此类诗删除的依据,均于后文说明之。

（丙）互见诗。此类情况最为复杂,甄别也较困难。一诗互见二人或数人名下,在唐代已然,流传千年,讹误层出不穷。仅录异说而不加甄辨,读者难以征信。修订时尽可能地对这些诗作作了考订,凡《全唐诗》是而他书所录有误者,均从删,删却的依据均于后文加以说明;凡《全唐诗》误而他书是者,仍保留之,并将考订的意见附该条下;一时尚无从断定者,仍存旧文,以俟博识。考订的主要依据,一是该诗历代的著录情况,二是诗中所涉及的史实、人事等所提供的线索。应该说明的是,《永乐大典》《古今图书集成》《渊鉴类函》等大型类书,由于部帙巨大,材料丛杂,以致错误迭出;明补本《万首唐人绝句》错误很多,而李调元《全五代诗》则是编纂态度很不严肃、带有极大随意性的著作,这些书与《全唐诗》互见之诗,除个别例子外,均以《全唐诗》为是。尽管如此,修订时还是尽可能地作了逐一的考证。

（丁）铭、赞、箴、述、戒、祭文等文体,习惯上视为文而不视为诗。《全唐诗续补遗》收入四十馀篇,于例未允。凡《全唐文》已收入者,均予剔除;个别《全唐文》未收者及五言类诗之作,仍予保存,以便参考。凡此类删除之作,不另作说明。

（戊）日本、新罗人诗作,仅保存在唐期间所作汉文诗,其馀均从删。此类一般亦不另作说明。

后人依托唐代的神仙鬼怪诗,如吕岩、何仙姑等之作,虽可断定非唐代之诗,但考虑到尚有一定的参考价值,故仍予保留。

王重民两种辑本未见重收、误收诗,互见诗为数甚少,故未作删节。

（五）改动了《全唐诗续补遗》的部分卷次。除无世次作者据已考知事迹移归相应卷次外,一些卷次因删去诗较多而并合。此外,原分散在各卷内的无名氏诗作,一律移至书末的无名氏卷中,神仙鬼怪诗多出依托,也一律移至书末,另编一卷,以引起读者注意。

（六）除前文提及的几种情况外,修订时一般不改动原辑本的文字,修订意见另加注注出。修订意见除上举各项外,还涉及其他一些有关的情况,主要是征文献,备异说,在此不一一列举。文字校勘方面,吸取了今人的一些校订意见,但未作全面校勘,望读者谅解。

（七）全书一律改用新式标点。

在修订过程中,参考了国内学者近几年来有关《全唐诗外编》的考订意见,得到很多启发。所见论著主要有:

蒋礼鸿《〈补全唐诗〉校记》(重订稿本,原刊甘肃人民出版社编《敦煌学论集》);

项楚《〈补全唐诗〉二种续校》(刊《四川大学学报》1983 年第三期);

陶敏《〈全唐诗续补遗〉辨证》(一、二、三)(刊《湘潭师专学报》1984 年第三期、第四期,1985 年第一辑);

陶敏《〈全唐诗续补遗〉重收、误收考》(此为 1985 年中国文献学会年会论文,未刊);

吴企明《〈全唐诗续补遗〉遡源志异》(节刊于《苏州大学学报》1983 年第三期,又承借未刊稿本,凡二万馀字);

王达津《读〈全唐诗外编〉》(未刊稿本);

房日晰《〈全唐诗续补遗〉校读》(《内蒙古大学学报》1984 年第四期);

房日晰《〈全唐诗续补遗〉校读续》(《西北大学学报》1985 年第二期);

赵遂之《〈全唐诗外编〉校勘记》(未刊稿本);

张忱石《〈全唐诗〉"无世次"作者事迹考索》(《文史》二十二辑,其中考及《全唐诗外编》);

熊飞《〈全唐诗外编〉"逸诗"考索》(《咸宁师专学报》1985 年第二期、1987 年第三期);

胡可先《〈全唐诗外编〉杂考》(《贵州文史丛刊》1987 年第三期);

拙撰《〈全唐诗〉补遗六种札记》（《中国古典文学丛考》第二辑）。

此外还引用了一些涉及具体作品的论著，已随文注出，在此不一一列举。修订时还就一些疑难问题请教了辽宁省文物考古研究所曹汛、厦门大学吴在庆、安庆师院周建国等，得到指点。在此谨向以上各家一并致谢。为避免行文烦琐，修订说明中仅引录了一些独到的见解，未能一一备举。引用时仅列举姓名，不举出处。修订时提及今人姓名，一律不加"先生""同志"一类敬称。

本人学植浅薄，读书不多，修订中误谬疏漏之处，幸望原辑者及海内方家批评指正。

以下将修订中删去误收、互见诗的情况，分别予以考订说明。文中引到的卷次，均指 1982 年版的卷次。

一　《全唐诗补逸》中删去诸诗的说明

卷一，虞世南《乘舆》，录自《四明丛书》本《虞秘监集》。按此为宋之问诗，见《全唐诗》卷五二，题作《泛镜湖南溪》，另《文苑英华》卷一六六、《四部丛刊续编》影明本《宋之问集》卷二亦收作宋诗。今存之问诗中，在越中所作者甚多。虞世南为越州馀姚人，而诗末云："犹闻可怜处，更在若耶溪。"显为客游者口吻。《虞秘监集》为清人所辑，较后出，诗题《乘舆》，为摘首二字拟题。

卷三，韦元旦《奉和圣制出苑游瞩应制》，录自《永乐大典》卷八八四四，《全唐诗》卷六七作贾曾诗。按《文苑英华》卷一七九、《唐诗纪事》卷十三皆作贾诗，后书并注云："时为太子舍人，使在东都。"《旧唐书》卷一九○载玄宗在东宫时，贾曾任太子舍人。韦元旦未任此职。

卷五，张说《漫湖作》，录自《永乐大典》卷二二六七，《全唐诗》卷九八作赵冬曦诗。按此为赵诗，原附收于《张说之文集》（《四部丛刊》影印明龙池草堂本）卷七，因误为张诗。张说有《和赵侍御漫湖作》诗，见《全唐诗》卷八六。

卢象《题武林临草堂》，录自《渊鉴类函·居处部七》。按此应为阳浚诗，见《文苑英华》卷三一四、《全唐诗》卷一二〇，惟二书误为杨浚。

王维《江上别流人》，录自《永乐大典》卷三〇〇六。按此为孟浩然诗，见影宋蜀刻本《孟浩然诗集》卷下、《四部丛刊》影明刻本《孟浩然集》卷一、《全唐诗》卷一五九。

刘长卿《送曲山人归衡州》，录自《永乐大典》卷三〇〇四，《全唐诗》卷二九二作司空曙诗，题中"归"作"之"。按《极玄集》、《文苑英华》卷二三一、影宋书棚本《司空文明诗集》卷中、《唐诗鼓吹》卷五皆收作司空诗，非刘作。

孟浩然《寻裴处士》，录自《永乐大典》卷一三四五〇。按此为孟郊诗，见《孟东野诗集》卷九、《全唐诗》卷三八〇。

同人《上张吏部》，辑自郑振铎校本《孟浩然集》（即《世界文库》本），《全唐诗》卷一二二作卢象诗，题作《赠张均员外》。岑仲勉《读全唐诗札记》云明刊本《孟浩然集》卷二、汲古阁本《孟襄阳集》卷一均收此诗。另影宋蜀刻本《孟浩然诗集》卷中、明铜活字本《孟浩然集》卷三亦收，知并不始于郑本。然收诗止于天宝十二载的殷璠《河岳英灵集》卷下作卢象诗，时孟去世未久，卢尚在世，最可信。后《文苑英华》卷二五〇、《唐诗纪事》卷二六皆归卢。周必大等校《文苑英华》时注："见集本。"知宋时《卢象集》亦收入。又作孟诗者缺末四句，不全。

韦应物《经无锡县醉吟寄邱丹》，录自清沈谦《临平记》卷四。按此为赵嘏诗，见《文苑英华》卷二九四、席刻本《赵嘏诗集》卷一、《全唐诗》卷五四九，题作《经无锡县醉后吟》。清人误作韦诗，"寄邱丹"三字亦疑为后人妄加。

同人《晓经荒村》，录自《永乐大典》卷三五八一，《全唐诗》卷三五二作柳宗元诗，题为《秋晓行南谷经荒村》。按《柳河东集》卷四三收此诗，是。柳集为刘禹锡编，宋人重分卷次，其诗未乱，无伪诗混入，作韦诗非是。

岑参《奉和春日幸望春宫应制》，录自《四部丛刊》影明本《岑嘉州诗集》卷四及《世界文库》本《岑嘉州集》。原按："《全唐诗》收苏颋、刘宪、李适、崔湜等人《奉和春日幸望春宫应制》诗各一首,又收阎朝隐、崔日用、韦元旦等人《奉和圣制春日幸望春宫应制》诗各一首。苏、刘、李、崔等皆武后、中宗时人,间有及于开元前期者。于时岑参尚未弱冠,与苏、刘等侍从不相接。诗,疑非岑作。"所疑是,此为岑参祖岑羲之作,见《唐诗纪事》卷九、《全唐诗》卷九三,题作《立春内出彩花应制》。诗作于景龙四年正月八日,见《唐诗纪事》卷九"李适"条。

同人《送萧李二郎中兼中丞充京西京北覆粮使》,注云:"士礼居钞本《岑嘉州集》有此诗。"按《全唐诗》卷三五七收此为刘禹锡诗,题作《送工部萧郎中刑部李郎中并以本官兼中丞分命充京西京北覆粮使》。陶敏云:"诗见未曾散佚之《刘梦得集》前集卷二八,当为刘作无疑。诗中刑部李郎中当是李石,大和五年自工部郎中改刑部郎中(两《唐书·李石传》),时刘禹锡正在长安为官。"其说是。

同人《送刘山人归洞庭》,录自《永乐大典》卷三〇〇四。按《全唐诗》卷五八八收此为李频诗,卷八八四又重收。此应为李诗,《文苑英华》卷二三二、《唐百家诗选》卷十六、《唐诗纪事》卷六十、《四部丛刊三编》影明钞《梨岳诗集》皆收入,作岑诗误。

同人《沈询侍郎除昭义节度作游仙绝句》,录自《永乐大典》卷一四七〇七。原按云:"唐丁居晦《重修承旨学士壁记》:'沈询,大中元年五月十二日自右拾遗集贤院学士充,二年正月二日,思政殿召对赐绯。其年七月六日,特恩迁起居郎,并依前充。'据此,知沈询之为侍郎,又当在大中二年后。时岑参卒已八十许年,则此诗非岑参作也甚明。"按此为《全唐诗》卷六四一所收曹唐《小游仙诗》之第十九首。沈询,两《唐书》皆有传附其祖沈既济、父沈传师后。其任昭义节度,为咸通初年事。曹唐咸通中累任使府从事,诗应为其作。

同人《送郑侍御谪闽中》,录自《四部丛刊》本《岑嘉州集》卷三。按《全唐诗》卷二一四作高适诗,《四部丛刊》影明活字本《高常侍集》卷六亦收入。刘开扬《高适诗集编年笺注》谓诗有"闽中我旧过"之语,而"岑参行迹不及江汉,遑论闽中",而高适父曾任韶州长史,其诗中亦谓曾至吴越,闽中之行或系随父南宦时事。其说可参。陈铁民等《岑参集校注》亦不取此诗。

李栖筠《桂花曲》,录自南宋范晞文《对床夜语》卷五。原书云:"李赞皇《桂花曲》云:'仙女侍,董双成,桂殿夜凉吹玉笙。曲终却从仙官去,万户千门空月明。'钱起云:'曲终人不见,江上数峰青。'虽词约而深,不出前意也。赞皇诗人少知之,而钱以此名也,亦可见幸不幸耳。"原按谓钱诗承李诗而变化之,"仲文为大历间诗人,则此赞皇公者,宜指栖筠也甚明"。此说未允。北宋许顗《彦周诗话》引此作"李卫公作《步虚词》"之前四句(首句"仙"下增"家"字),邵博《邵氏闻见后录》卷十九引作"李太尉文饶"《迎神曲》,吴曾《能改斋漫录》卷十六则云为李太白词,并云武当有石刻。《全唐诗》卷八九〇收作李白《桂殿秋》词,然治李诗者均疑为伪作。李栖筠、李德裕祖孙皆可称李赞皇,而"李卫公""李太尉文饶"则必指李德裕。钱起诗,《旧唐书》卷一六八《钱徽传》以为闻鬼吟而得。范氏所云较含糊,率尔议论,并不足据。《全唐诗续补遗》卷九收李德裕名下,近是,今删此存彼。

郭良《早春寄朱放》,录自方回《瀛奎律髓》卷十四。按《全唐诗》卷二七三作戴叔伦诗,是,《又玄集》卷上、《文苑英华》卷二三二、《唐百家诗选》卷七、《会稽掇英总集》卷十二、《唐诗纪事》卷二六皆收作戴诗。郭良,《国秀集》收录其诗,可知为天宝以前人,而朱放则为大历、贞元间人,时代相接,但并非同辈之人。

卷六,欧阳詹《宣阳所居白蜀葵花咏简诸公》,录自《分门纂类唐歌诗》残本第五册《草木虫鱼类》卷四。按此为武元衡诗,见《全唐诗》卷三一六,"宣阳"作"宜阳",又见席刻本《武元衡诗集》卷上。《欧阳行周集》保存其诗文较完备,集外之作甚罕。

皇甫曾《婕妤怨》,录自《瀛奎律髓》卷三十一,《全唐诗》卷二四九作皇甫冉诗。按唐令狐楚《御览诗》、宋郭茂倩《乐府诗集》卷四三、《四部丛刊三编》影明刊《皇甫冉诗集》卷三皆作皇甫冉诗,可从。

钱起《早朝》,录自《四部丛刊》影明活字本《钱考功集》。熊飞云此为杨巨源诗,见《全唐诗》卷三三三。熊说是。王安石《唐百家诗选》卷十二、方回《瀛奎律髓》卷二、席刻本《杨少尹诗集》皆收此为杨诗。宋葛立方已指出钱起未入中书,今人续有考辨,此诗内容显然与其经历不合,故从删。

郎士元《峡口送友人》,录自《永乐大典》卷三〇〇五,《全唐诗》卷二九二作司空曙诗。按《才调集》卷四、《万首唐人绝句》卷二八、席刻本《司空文明诗集》卷二皆收作司空诗,作郎诗恐误。

李端《秋日》,录自《又玄集》卷上。熊飞云此为耿湋诗,见《全唐诗》卷二六九,是。《极玄集》卷上、《才调集》卷四、《文苑英华》卷一五一、《唐文粹》卷十八、《唐诗纪事》卷三十、影宋书棚本及席刻本《耿湋诗集》皆收此为耿湋诗。

同人《赠秋浦张明府》,见《永乐大典》卷一一〇〇〇,《全唐诗》卷六九二作杜荀鹤诗。按席刻本《杜荀鹤文集》卷一收此诗。杜荀鹤为石埭人,秋浦去石埭不远,同属池州。诗云"吏才难展用兵时",又云"农夫背上题军号,贾客船头插战旗",知时值战乱之时,为唐末景况。诗末云:"他日亲知问官况,但教吟取杜家诗。""杜家诗"显为自指。可断定非李作。

司空曙《华清宫》,录自《唐三体诗》卷一。按此为王建诗,见《才调集》卷一、《万首唐人绝句》卷五八、席刻本《王建诗集》卷九。

同人《自河西归山》,出处同前则。按此为司空图同题二首之一,见《全唐诗》卷六三三。司空图居河中王官谷,世乱归隐,此诗即其时作,非司空曙诗。此因姓同而误。

同人《送神》,见《永乐大典》卷二九五二,《全唐诗》卷二一、卷五〇五皆作王叡诗,后者题作《祠渔山神女歌》。按《乐府诗集》卷四七、《万首唐人绝句》卷三八皆作王叡诗,共二首,此为迎神曲,另一为送神曲,二者适成一组。作司空诗误。

同人《鱼山送神曲》,见《永乐大典》卷二九五二。《河岳英灵集》卷上、《乐府诗集》卷四十七、《全唐诗》卷一二五并作王维诗,另《王右丞集》卷一、《唐文粹》卷十七亦收入。非司空曙诗。

戴叔伦《东湖作》,录自《永乐大典》卷五七七〇。按此为刘威《游东湖黄处士园林》之前四句,刘诗见《唐百家诗选》卷十九、《唐诗纪事》卷五

六、《众妙集》、《唐诗鼓吹》卷五、《全唐诗》卷五六二。

张籍《遇李山人》，见《永乐大典》卷三〇〇四。按此为施肩吾诗，见《万首唐人绝句》卷三三、《全唐诗》卷四九四。

同人《赠故人马子乔六首》，见《永乐大典》卷三〇〇五。按此六首为南朝宋鲍照诗，见梁徐陵《玉台新咏》卷四（收二首）、《鲍参军集》卷六、《先秦汉魏晋南北朝诗·宋诗》卷八。

同人《边上送故人》，见《永乐大典》卷三〇〇五，《瀛奎律髓》卷三十及《全唐诗》卷二九九并作王建诗，题作《塞上送故人》。另《唐百家诗选》卷十三及席刻本《王建诗集》卷五皆作王建诗，可从，作张诗误。

同人《兴善寺贝多树》，录自《永乐大典》卷一四五三六，《全唐诗》卷六三九作张乔诗。按《文苑英华》卷三二六、席刻本《张乔诗集》卷三皆作张乔诗，可从，作张籍似误。

同人《遇王山人》，见《永乐大典》卷三〇〇四，《全唐诗》卷四九四作施肩吾诗。按《天台前集》卷中、《万首唐人绝句》卷三四皆作施诗，非张作。

孟郊《岸花》，见《永乐大典》卷五八三八，《全唐诗》卷三八六作张籍诗。按《四部丛刊》影明刻《张司业诗集》卷五、卷七两收此诗，《万首唐人绝句》卷八四亦作张诗，作孟郊误。

王建《柘枝词》，录自中华书局校印本《王建诗集》卷二，云据席本补，诗有残缺。按《乐府诗集》卷五十六、《全唐诗》卷二十二皆收作无名氏诗，是。《乐府诗集》此诗前为王建《霓裳辞十首》，席本据以认为此亦王建诗而补入，实因未明《乐府诗集》之体例而致误。

同人《塞上》，见中华书局校印本《王建诗集》卷五，亦云据席本补，《全唐诗》卷五五五作马戴《塞下曲》诗。按《文苑英华》卷一九七、《乐府诗集》卷九二、《唐诗纪事》卷五四（录后二句）、影宋书棚本《马戴诗集》皆收作马戴诗，席本误补。

权德舆《送户部侍郎潘孟阳》，见《永乐大典》卷七三〇四，《全唐诗》卷三三〇作潘孟阳诗，题作《和权载之离合诗》。原按谓"此诗疑以属潘孟阳""为是"，其是。潘诗原附收于《权载之文集》卷八，为和权德舆《离合诗赠张监阁老》之作,《永乐大典》因而误收作权诗。

卷七,段文昌《题曾口寺》:"曾听阇黎饭后钟。"录自赵万里辑《元一统志》卷三。按此句最早见载于《北梦琐言》卷三,注云:"或云王播相公未遇题扬州佛寺诗,及荆南人云是段相,亦两存之。"《唐语林》卷六转引之。《唐摭言》卷七载王播所作,凡七绝二首,题于扬州惠昭寺木兰院。诗中有"木兰花发院新修"之句,亦与王播经历相合。此句虽自五代时已传为段文昌作,但从记载的完整性及诗中文字看,当以王作为是,《全唐诗》卷四六六已收。

徐凝《送人》,见《永乐大典》卷三〇〇六,《全唐诗》卷八〇二作徐月英诗。按《北梦琐言》卷九、《唐诗纪事》卷七九、《增修诗话总龟》卷四一引《古今诗话》《万首唐人绝句》卷六九皆作徐月英诗,作徐凝误。

白居易《题东林白莲》《观盆池白莲》,均见《分门纂类唐歌诗》残本第五册《草木虫鱼类》卷四,《全唐诗》卷八三九、卷八四七分别收作齐己诗。按齐己《白莲集》卷二、卷十收二诗,较可信。《白莲集》由齐己门人西文收集,孙光宪序行,传本未曾窜乱。作白诗误。

坎曼尔《诉豺狼》。按《文学评论》1991年第三期刊杨镰文,考定所谓《坎曼尔诗签》为20世纪60年代初伪撰,举证确凿,毋庸置疑,今据删。

卷十二,朱庆馀《岭南路》,见《新编事文类纂翰墨全书》第四十四册,《全唐诗》卷九九作张循之诗,题作《送泉州李使君之任》。原按云:"《全唐诗》卷五一四朱庆馀别有《岭南路》诗一首,题或作《南岭路》,七言四句,与此诗全异。疑此原属张循之诗,纂书者误作朱庆馀诗耳。"其说甚是。

陈上美《过洞庭湖》,录自《又玄集》卷下,《全唐诗》卷六〇三作许棠诗。按此应为许棠诗。《又玄集》目录载"陈上美、许棠",而正文中却脱漏许棠之名。此诗原次陈上美《咸阳怀古》诗后,应即许作,传本脱名。《唐诗纪事》卷七十、席刻本《文化集》皆作许棠诗。许棠世称许洞庭,即因此诗。

李群玉《感旧》,录自《又玄集》卷中,《全唐诗》卷五三四作许浑《重游练湖怀旧》诗。陶敏云:"此诗见岳珂《宝真斋法书赞》卷六许浑自书乌丝栏诗真迹,题为《尝与故宋补阙次都秋夕游永泰寺后湖今复登赏怆然有感一首》,诗为许浑作无疑。"

李频《酬彭伉明府》,见《永乐大典》卷一一〇〇〇。按此为李涉诗,见《万首唐人绝句》卷二一、《全唐诗》卷四六六,题作《酬彭伉》。《登科记考》载,李频为大中八年进士,而彭伉则为贞元七年进士,其间相隔六十馀年,作李频诗误。

曹邺《别主人》,见《永乐大典》卷三〇〇四,《全唐诗》卷八六二作木客诗。此诗出自唐人小说,《苕溪渔隐丛话前集》卷五八据《续法帖》录此诗,为鬼诗。作曹诗误。

同人《答人》,见《永乐大典》卷三〇〇六,《全唐诗》卷七八四作太上隐者诗。按《全唐诗》所据为《增修诗话总龟》卷十三引《古今诗话》。其实,所谓太上隐者为北宋中叶与滕宗谅同时的历山隐士,见《王状元集注分类东坡先生诗》卷四《赠梁道人》注引《池阳集》。作曹诗亦误。

同人《村行》,见《永乐大典》卷三五八一,《全唐诗》卷七五九作成彦雄诗。按洪迈《万首唐人绝句》卷一〇〇收此为成诗。宋时成集尚存,洪迈所录可信。

同人《伏日》,见《永乐大典》卷一九七八三,《全唐诗》卷七一七作曹松诗,题作《夏日东斋》。按《唐百家诗选》卷十九、《万首唐人绝句》卷九三、席刻《曹松诗集》卷二皆作曹松诗,是。此因同姓而误。

高骈《洞庭湖诗》,见《永乐大典》卷二二六一,《全唐诗》卷二三五作贾至诗,题作《君山》,另《太平广记》卷二〇四引《博异志》作湘中老父诗。余嘉锡《四库提要辨证》卷十八承明胡震亨说,考定《博异志》作者谷神子即郑还古。郑为开成、会昌间人,《博异志》成书时高骈年尚幼,此诗断非其作。

卷十三,许棠《赠处士》:"乾坤清气蔼山川,尽入诗人旧简编。却羡历生勤苦志,集成佳句世相传。"见《永乐大典》卷一三四五〇。原按:"历生疑谓厉霆,'集成佳句世相传',意谓厉霆有集前贤诗句之作传于世也。"集句至北宋中期始出现,厉霆应为宋或宋以后人,详后厉霆条考证。

司空图《长安门》,见《永乐大典》卷三五二七,《全唐诗》卷三〇一作王建诗,题作《长门烛》。按影宋书棚本《王建诗集》卷九、《万首唐人绝句》卷五八皆作王诗,可从。另附按云《永乐大典》卷二六〇五收《突厥三台》一首,署司空图名。《全唐诗》卷二六据《乐府诗集》卷七一收之,不署名,是。《万首唐人绝句》卷一三谓为盖嘉运天宝中所进诗,《云溪友议》卷二谓大中间李讷曾闻盛小丛歌此诗,云为其父梨园供奉南不嫌所授。作司空图诗为误署。

唐彦谦《别商明府》,见《永乐大典》卷一一〇〇〇,《全唐诗》卷六五三作方干诗,题作《别殷明府》。按《玄英先生集》卷六、《万首唐人绝句》卷五九皆作方干诗,方干另有《新安殷明府家乐方响》,为与同一人之作,非唐彦谦诗。

罗隐《仿玉台体》二首:"一寸春霏拂绮寮,蕙花江上雪初销。伤心燕子重来地,无复人吹紫玉箫。""主人流落委荒坟,燕子还来坏戟门。惟有桃花古时月,端端正正照啼痕。"见《永乐大典》卷二六〇五。按影印本《诗渊》第六册第四一三九页引此作南宋张良臣诗,是。《江湖小集》卷九十一引张良臣《雪窗小集》收此二诗。

同人《长安亲故》,见邵裴子《唐绝句选》卷九,《全唐诗》卷四百七十作卢殷诗。按令狐楚元和中所进《御览诗》已收此为卢殷诗。时罗隐尚未出生,非其诗。

韦庄《酬张明府》,录自《永乐大典》卷一一〇〇〇。按此为皎然诗,见《全唐诗》卷八一九、《万首唐人绝句》卷六三。

徐铉《和陈处士在雍丘见寄》《送汪处士还黟歙》,见《永乐大典》卷一三四五〇。按此二诗均见《徐公文集》卷二十一。按《徐公文集》三十卷,前二十卷在南唐作,《全唐诗》已收其诗;后十卷入宋后作,《直斋书录解题》卷十七、《四库全书总目》已论定,《唐音戊签馀》卷二九不录,《全唐诗》沿其例,甚是。

李昉《赠襄阳妓》,录自《宋诗纪事》引《能改斋漫录》。按《能改斋漫录》卷一一云此诗为李昉于建隆四年往南岳祭拜后,归途经襄阳时作,于例不当收。

同人《昌陵挽诗》句,录自《宋诗纪事》引《历代吟谱》。按诗题当依

《六一诗话》作《永昌陵挽辞》。永昌陵为宋太祖陵。《全五代诗》卷一五有此全诗。

符彦卿《知汴州作》，录自《宋诗纪事》卷二，最早见《青琐高议前集》卷五。陶敏谓此为王彦威诗，见《全唐诗》卷五一六，是。李宗谔《先公谈录》（《宋朝事实类苑》卷三九引）录其父李昉语云："东京明德门，即唐时汴州宣武军鼓角楼……其上有节度使王彦威诗石尚在。彦威明于典礼，仕贞元、元和间为太常博士，累官至大僚。其诗曰（诗略）。即彦威粗官男儿之言，亦有憾尔。其石至太祖重修官职，不复存矣。"《唐诗纪事》卷五一、《增修诗话总龟》卷三引《谈苑》皆采其说。王彦威于开成五年至会昌五年任宣武节度使，见《唐方镇年表》卷二。符彦卿，《宋史》卷二五二有传，未曾知汴州。又汴州自朱梁时为京城，沿及宋代，已非外镇。《青琐高议》误改，不足据。

杨徽之《嘉州作》，录自《宋诗纪事》卷二引《方舆胜览》。按《宋史》卷二九六有《杨徽之传》，为浦城人，南唐时潜入汴洛，显德中举进士，历官至右拾遗。宋平蜀后，出为峨眉令。峨眉为嘉州属县，此诗应即其时作。

同人《汉阳晚泊》，见《瀛奎律髓》卷三四。按《宋史》本传，徽之入宋前未至汉阳，宋太宗时出为山南东道行军司马，诗应即其时作。

同人《寒食中寄郑起侍郎》，见《瀛奎律髓》卷四二。郑起，《宋史》卷四三九有传，入宋前历官尉氏主簿、右拾遗、直史馆、殿中侍御史。其官侍郎，为入宋以后事。

同人《嘉阳川》四句，见《宋诗纪事》卷二。亦应为任峨眉令时作，详前。

卷一七，檀约《阳春歌》，录自明张之象《唐诗类苑》卷一〇，另《全唐诗续补遗》卷二〇亦据《文苑英华》卷一九三录此诗。按檀约应为南齐人，其诗原附收于谢朓《谢宣城诗集》卷二，署"檀秀才"。又见《乐府诗集》卷五一。《先秦汉魏晋南北朝诗·齐诗》卷六已收此诗，惟缺名应补。

裴羽仙《寄夫征衣》，见清管世铭《读雪山房唐诗钞》卷一二，《全唐诗》卷七二〇作裴说《闻砧》诗。原按引毕沅《关中金石记》卷四《寄边衣诗》条云:"乾化四年刻,唐裴说撰,释彦修草书。在西安府学。"知此诗梁时刻石,至清代犹存。又宋陈思《宝刻丛编》卷七亦著录。另《后山诗话》、《唐诗纪事》卷六五、《直斋书录解题》卷一九皆称引之,可断为裴说诗。又传云"裴羽仙,说之妻",亦似无确证。

厉霆,据《永乐大典》录诗九首,其中二首为集句。《全唐诗》无厉霆其人。按集句之作,肇自北宋,宋人或云始于王安石,或云创自石延年,唐五代之时并无此体。厉霆《野望怀故乡集句》引李中句"野外登临望",为李中《碧云集》卷一《春日野望怀故人》一诗中句。《碧云集》有孟宾于开宝六年序,其后二年南唐亡。厉霆取其句入诗,无疑应为宋或宋以后人。前录许棠诗有"却羡厉生勤苦志,集成佳句世相传"句,许为咸通间人,不可能见到厉霆以李中诗集句。许诗伪,厉霆亦非唐人,其生活时代俟考详。

茅盈《赋上清神女催妆》,见《永乐大典》卷六五二三。按《全唐诗》卷八六二已据《太平广记》卷五〇引李玫《纂异记》收此诗,茅盈为嵩岳诸仙之一。其人相传为汉哀帝时人,后仙去,润州茅山即因其而得名,见《太平广记》卷一一《大茅君》条。

何光远《催妆》二首,见《永乐大典》卷六五二三。按《全唐诗》卷八六四已据《万首唐人绝句》卷六八引《宾仙传》收于明月潭龙女下。《宾仙传》已佚。

芦中《江雨望花》,见《分门纂类唐歌诗》残本第六册《草木虫鱼类》卷六,《全唐诗》卷六七九作崔涂诗。按《宋史·艺文志七》著录《芦中诗》二卷,注云:"不知作者。"《万首唐人绝句》卷三八从该集录诗八首,均崔涂作,或即涂集。赵孟奎据此集采录诗歌,即径以集名署之,非人名。

平可正《杨梅诗》,录自清编《渊鉴类函·果部·杨梅四》。按此诗宋代两见收录。《事文类聚后集》卷二七收入,作者为可正平。同书《前集》卷八、卷十,《后集》卷四,亦录可正平诗多首。《全芳备祖后集》卷六所收,亦署可正平,列苏轼、曾几诗间。宋人著作中,未见可正平的传记。偶检《能改斋漫录》卷一七有云:"释可正平工诗之外,其长短句尤佳,世徒称其诗也。"《嘉定镇江志》卷二十云:"僧祖可,字正平,后湖苏养直之弟。

元名序,后为僧,易今名。"因知其人即列名《江西诗社宗派图》的北宋末诗僧祖可。宋人以其法名与表字联称为释可正平,省作可正平,又乙为平可正。

舒信道《甘蔗诗》,录自《渊鉴类函·果部·甘蔗五》。按舒信道即宋人舒亶,《宋史》卷三二九有传,字信道,兰溪人。治平二年省元。王安石当国时,任御史中丞。崇宁三年卒,年六十三。

高辅尧《登山顶》,录自《永乐大典》卷一一九五一。按《宋史》卷四八三《荆南高氏世家》载,高辅尧为荆南三主高保融之弟高保寅之子,入宋登进士第,太宗时历知同、汝二州,卒。其诗不应视为唐诗,应入宋。

徐壁《催妆》,见《永乐大典》卷六五二三,《全唐诗》卷七六九作徐安期诗。按徐壁为徐璧之误,《全唐诗续补遗》卷三所录不误,今删此存彼。

无名氏《水光镜诗》:"玉匣邪开盖,轻灰拭夜尘。光如一片水,影照两边人。"录自《金石萃编》卷一〇八。按此为庾信《镜》诗之前四句,诗见《庾子山集注》卷四,另《艺文类聚》卷七〇、《初学记》卷二五亦收入。唐时坊间铸镜,多喜取徐庾艳诗为铭文,详沈从文《〈唐宋铜镜〉序》。

同前《祀岳庙残诗》,录自《金石萃编》卷八〇。陶敏云此为周墀《酬李常侍景让立秋日奉诏祭岳见寄》诗,见《全唐诗》卷五六三。另《唐诗纪事》卷五五亦收。《金石萃编》录诗末有自注:"常侍曾领此郡,故有□(当是"末"字)句。"《全唐诗》缺此注。

卷一八,太易《宿天柱观》,录自《又玄集》卷下,《全唐诗》卷八〇九作灵一诗。按高仲武《中兴间气集》卷下收此为灵一诗。高仲武为灵一、太易同时人,所收较可信。另《文苑英华》卷二二六、《会稽掇英总集》卷九、《唐诗纪事》卷七二、《洞霄诗集》卷一、影宋书棚本《灵一诗集》皆收作灵一诗。又《才调集》卷九亦作太易诗,似即据《又玄集》转引。

吴筠《天柱隐所答韦应物》,录自《洞霄诗集》卷一,《全唐诗》卷二八七作畅当诗,题作《天柱隐所重答江州应物》。检《权载之文集》卷三三《吴尊师集序》,知吴筠卒于大历十四年。据今人考证,韦应物大历间仕宦未及江南,守滁、江、苏三州,均为建中、贞元间事。畅当与韦有较多过往,此诗《唐诗纪事》卷二七已录归畅当,作吴诗误。

同人《第五将军入道因寄》,出处同前则,《全唐诗》卷六六四作罗隐诗,题作《第五将军于馀杭天柱宫入道因题寄》。按《甲乙集》卷十、《文苑英华》卷二二九皆作罗隐诗,作吴诗误。

广利王女《雪溪神歌》,录自《永乐大典》卷二九五二。按《全唐诗》卷八六四已据《太平广记》卷三〇九引《纂异记》(从明钞本)收入水神《雪溪夜宴诗》,为雪溪神所歌。

二　《全唐诗续补遗》删去 诸诗的说明

卷一,李世民《破阵乐》,引自明人补本《万首唐人绝句》卷一一。按《全唐诗》卷二七收此诗入《杂曲歌辞》,云"失撰人名"。卷五一一又收张祜名下。今检此诗最早见于《乐府诗集》卷八〇,解题云:"按《破阵乐》本舞曲,唐太宗所造。"任半塘《唐声诗》下编第十三云:"李世民于《破阵乐》仅制舞,不云制辞。此辞风格远异初唐,更非李世民所有。"参《旧唐书·音乐志》、《通典》卷一四六、《唐会要》卷三三等书记载,其说可视为定论。又《全唐诗》作张祜诗,亦非是。影宋本《张承吉文集》无此诗。《乐府诗集》卷八十收张祜《上巳乐》,其后九题十二首,均无作者名,《全唐诗》均录归张祜。今检《戎浑》为王维《观猎》之前四句,《墙头花》之二为崔国辅《怨词二首》之一,《思归乐》之二为王维《送友人南归》之前四句,可知不应统归于张祜名下。此诗应归为无名氏之作。

同人《黄河》,录自《古今图书集成·山川典·河部》。按《全唐诗》卷五五八作薛能诗,是。诗收《许昌集》卷三。诗云:"润可资农亩,清能表帝恩。"为臣工语气,可断非太宗诗。

同人《登骊山高顶寓目》,录自毕沅《关中胜迹图志》卷二,《全唐诗》卷二作中宗皇帝诗。按作中宗诗为是。《唐诗纪事》卷一记此次赋诗事甚详,同作者有刘宪、苏颋、武平一等人,《文苑英华》卷一七〇另有李峤、赵彦昭、张说、崔湜和诗,诸人均为中宗时人。此诗误属太宗,始于明刻本《文苑英华》,清人复沿其失。

褚亮《梁甫吟》，注出《西溪丛语》卷上。陶敏云："按此乃乐府《梁甫吟》古辞之首六句，《乐府诗集》卷四一、《艺文类聚》卷十九均题诸葛亮作，《古文苑》卷四未题作者姓名，然非唐人褚亮作则无可疑。""意者，此诗流传时被附会为诸葛亮作，后脱去'葛'字，又讹'诸'为'褚'，遂成褚亮。"

李义府《忆伊川有赋》，录自《古今图书集成·山水典·伊水部》。按《全唐诗》卷三一八收作李吉甫诗，是。李德裕《会昌一品集别集》卷九《平泉山居诫子孙记》云："先公每维舟清眺，意有所感，必凄然遐想，属目伊川，尝赋诗曰：'龙门南岳尽伊川，草树人烟目所存。正是北州梨枣熟，梦魂秋日到郊园。'吾心感是诗，有退居伊洛之志。"李德裕为李吉甫之子，其所记必无误。

王绩《绩溪岭》："羸马缘溪湾复湾，乾坤别自一区寰。林深村落多依水，地少人耕半是山。磴道险如过栈道，丛关高似度函关。观风欲问苍生事，旋采童谣取次删。"注出康熙《徽州府志》卷二《绩溪山水》。检原书，并未云为唐人。陶敏云："嘉庆《绩溪县志》卷十一列明人诗，新发现吕才原编王绩五卷集亦无此诗。"韩理洲云："此诗又全体合律，王绩时代七律尚未完成，故不可信。"（见《王无功文集（五卷本会校）》）王绩平生似亦未到过皖南。《明清进士题名碑录》载明景泰五年进士有王绩，直隶华亭人，疑即此诗作者。

张昌龄《赠兄昌宗》句："昔日浮丘伯，今同丁令威。"出孟启《本事诗·嘲谑》。按此二句为崔融《和梁王众传张光禄是王子晋后身》中句，诗见《文苑英华》卷二二七、《全唐诗》卷六八。《旧唐书》卷七八《张行成传》云："行成族孙易之、昌宗。……时谄佞者云：昌宗是王子晋后身。……辞人皆赋诗以美之，崔融为其绝唱，其句有'昔遇浮丘伯，今同丁令威。中郎才貌是，藏史姓名非'。"《本事诗》误作张昌龄句。《旧唐书》卷一九〇《文苑传》载张昌龄于贞观间入仕，乾封元年卒，不及见张昌宗得宠于武氏。昌龄有兄昌宗，与行成族孙同名，为另一人，《本事诗》当因此而误。

张九龄《岘山汉水》："岘山思驻马，汉水忆回舟。丹壑常如霁，青林不换秋。"出《舆地纪胜》卷八二《襄阳府》。按此为《唐诗纪事》卷二五、《全唐诗》卷一二四所收徐安贞五律《题襄阳图》中二联。《云溪友议》卷中《衡阳逅》有"徐侍郎(指徐安贞)曾吟'岘山思驻马,汉水忆回舟'"云云。作张诗误。

宋之问《寒食》:"马上逢寒食,春来不见饧。洛中逢甲子,何日是清明。"出《岁时广记》卷一五。陶敏云:"按《全唐诗》卷九六沈佺期《岭表逢寒食》首云:'岭外无寒食,春来不见饧。洛阳新甲子,何日是清明?'卷五二宋之问《途中寒食题黄梅临江驿寄崔融》首云:'马上逢寒食,愁中属暮春。'此乃将宋诗首句与沈诗二、三、四句捏成一诗。"又云《刘禹锡嘉话录》中已将"马上逢寒食""春来不见饧"二句误合为一联,作宋之问诗,《能改斋漫录》卷四、《野客丛书》卷七已辨其误。

沈佺期《白鹿观应制》,《全唐诗》卷二作中宗《登骊山高顶寓目》。诗应为中宗作,详前李世民条考辨。《唐诗纪事》卷一一沈佺期名下两录《白鹿观应制》,前首为沈作,后首则属误收,同书卷一不误。

同人句:"五湖三亩宅,万里一归人。"录自《诗人玉屑》卷三。按此为王维《送丘为落第归江东》五、六两句,见《全唐诗》卷一二六。《唐诗三百首》收此诗。

同人句:"身经火山热,颜入瘴乡消。"录自《舆地纪胜》卷一〇八《梧州》、《永乐大典》卷二三四〇及卷二三四三。按此为宋之问《早发韶州》中句,文字稍异,见《全唐诗》卷五三。

同人句:"静夜思鸿宝,清晨朝凤京。"据《艺林伐山》卷一八。按此为沈佺期《同工部李侍郎适访司马子微》诗中句,《全唐诗》卷九五已收录。

卢照邻《陇头水》,出《古今图书集成·职方典·平凉府部》及《巩昌府部》。《全唐诗》卷九六作沈佺期诗。按卢、沈皆有同题之作,《文苑英华》卷一九八均收入。卢诗为"陇坂高无极"一首,《全唐诗》卷四二已收。此指"陇山风落叶"一首,应为沈作。

同人《诗》,据《韵语阳秋》卷七补题解,注云:"此诗见《全唐诗》卷四一,为《咏史》第四首中之四句。但《全唐诗》无题解,故并存以供参考。"所谓题解实为《韵语阳秋》作者葛立方对卢诗中所用典故的诠释,并非卢氏自作,不应补出。

王勃《春中喜王九相寻》,出《古今图书集成·岁功典·仲春部》,《全唐诗》卷一六〇作孟浩然诗。按作孟诗是。王九即王迥,为孟浩然在襄阳的友人,孟另有《鹦鹉洲送王九之江左》《同王九题就师山房》《赠王九》《上巳洛中寄王九迥》诸诗,可证。作王诗误。

同人《题九江英烈庙》:"碧瓦烟笼翠,朱门映日开。万邦金作栋,千片玉推阶。帝重亲书额,臣钦相篆碑。真心扶社稷,风雨应时来。"录自《古今图书集成·神异典·神庙部》。王达津云:"按九江英烈庙系明初所建,此诗似为明朝人诗。"陶敏云:"乃南宋后人作,九江清凉寺昭明太子庙,宋嘉定甲申方赐号英烈。"(《江西通志》卷七七《坛庙》)今据删。

同人《宿长城》,出《古今图书集成·职方典·大同府部》及《陕西总部》。《全唐诗》卷二〇、卷四六九作长孙佐辅诗,所据当为《唐百家诗选》卷一一、《乐府诗集》卷三七,非王勃诗。

同人《陇上行》:"负羽到边州,鸣笳度陇头。云黄知塞近,草白见边秋。"出《古今图书集成·职方典·秦州府部》及乾隆《秦州新志》卷一一。按《全唐诗》卷三四六收作王涯诗。《唐诗纪事》卷四二收此诗归王涯,卷末云:"右王涯、令狐楚、张仲素五言七言绝共作一集,号《三舍人集》,今尽录于此。"此集今尚存。复旦大学图书馆藏明钞本《唐人诗集八种》,为清初曹溶、朱彝尊旧藏,其中即有此集,题作《元和三舍人集》,存诗数与《唐诗纪事》同,益可证《陇上行》非王勃所作。

同人《田家》三首,蒋清翊《王子安集注》卷三据杨一统刊本《王勃集》补录,童氏据以辑出。《文苑英华》卷三一九、《全唐诗》卷三七均作王绩诗,五卷本《王无功文集》卷二亦收入,断非王勃作。

同人《有所思》,出处同前。《文苑英华》卷二〇二、《盈川集》卷二、《全唐诗》卷五〇皆作杨炯诗,当可从。

骆宾王《灵隐寺》:"鹫岭郁岧峣,龙宫锁寂寥。楼观沧海日,门对浙江潮。桂子月中落,天香云外飘。扪萝登塔远,刳木取泉遥。霜薄花更发,冰轻叶互凋。夙龄尚遐异,搜对涤烦嚣。待入天台路,看予渡石桥。"录自《四部丛刊》影明本《骆宾王集》。《全唐诗》卷五三收归宋之问。按

《本事诗·征异》云宋之问游灵隐寺，先成首二句，"第二联搜奇思，终不如意"。有老僧续以"楼观沧海日，门对浙江潮"二句，宋"讶其遒丽"，取以续成全篇。后寺僧告以老僧即骆宾王。骆宾王兵败后，或云被杀，或云逃遁，难以究诘。骆、宋二人有文字过从，似不应见面而不识，故此传说近人多疑之。即以《本事诗》说，亦仅二句为骆作。吴企明引《封氏闻见记》卷七："垂拱四年三月，月桂子降于台州临海县，十馀日乃止。……宋之问台州作诗云：'桂子月中下，天香云外飘。'"认为诗中所述皆台州景色，原诗应是游台州时所写，后人凑泊《本事诗》，乃妄改诗题为《灵隐寺》。其说可参。

同人《陇头水》，出《古今图书集成·职方典·巩昌府部》。《全唐诗》卷四二作卢照邻诗，是，《文苑英华》卷一九八、《乐府诗集》卷二一、《幽忧子集》卷二皆作卢诗收入。《古今图书集成》于此题诸诗下署名错位，误以沈诗归卢，卢诗归骆。

陈子昂《望荆门》，录自《古今图书集成·职方典·安陆府部》。按此为刘长卿诗，见《全唐诗》卷一四九，题作《江中晚钓寄荆南一二相识》，又见《文苑英华》卷二五二、《刘随州诗集》卷五。

薛稷《四言诗》："悠悠洛邑，渺渺伊壖。屡移寒暑，频经岁年。丹墄几变，陵谷俄迁。不睹碑碣，空悼风烟。"出《六艺之一录》卷三二五《历代书谱》。按此为《全唐文》卷二七五所收薛稷《唐杳冥君铭》之第一段铭辞。

杨敬述《婆罗门》，出《乐府诗集》卷八〇。《全唐诗》卷二八三作李益《夜上受降城闻笛》。此为唐诗名篇，作者并无异说。《乐府诗集》引《乐苑》云："《婆罗门》，商调曲，开元中西凉府节度杨敬述进。"杨所进为《婆罗门》之曲调，非指本诗，诗为后世乐师采李益诗以入此曲调。《唐声诗》下编第十三对此考订较详，可看。

李泌《赠衡岳僧明瓒》："粪火但知黄独美，银钩唯识紫泥新。尚无情绪收寒涕，谁有工夫问俗人？"见同治《湖南通志》卷二四一引《南岳总胜集》。按此为宋僧惠洪《读古德传八首》之四，见《石门文字禅》卷十五。又《林间录》卷下录明瓒事后云："予尝见其像，垂颐瞑目，气韵超然，若不可干者,为题其上曰(诗略)。"即引此首。《南岳总胜集》卷中误作"使者李侯赠诗"。

卷二,丰干《诗谒(当作"偈")》,出雍正《浙江通志》卷二〇〇,并注:"按此诗《全唐诗》八四七齐己《日日曲》首二句和末二句,文字略有出入。"按此诗见《白莲集》卷十,该集为齐己门人西文在齐己逝世后不久嘱孙光宪编次成集,时在后晋天福中,其集基本未乱。《全唐诗》卷八〇七收丰干诗二首,余嘉锡《四库提要辨证》卷二十考定为宋代俗僧伪托。此首既知为齐己诗,非丰干诗殆无可疑。

司马退之《赋罗浮山》,出《古今图书集成·山川典·罗浮山部》,《全唐诗》卷八六七作袁少年诗。洪迈《万首唐人绝句》卷九八录袁诗三首,除此首外,尚有《赋君山》《赋南岳庙》,并注袁为"猿"。其所据故事出处,今已无可考。

抛球妓《抛球诗》,为李真言梦中所得,录第二首,注云:"《诗话总龟后集》四二《鬼神门》引《侯鲭录》,原注:'《今古诗话》中载此诗,只有二首,不及此详备,故尽录之。'又《全唐诗》七七〇只有一三两首,作李谨言《水殿抛球曲二首》,又七八六无名氏有此诗第三首。"按:李真言,或作李慎言、李谨言。赵令畤《侯鲭录》卷二云"余少从李慎言希古学",赵为苏轼门人,绍兴初卒,可推知李慎言应为北宋仁宗、神宗之际人。沈括《梦溪笔谈》卷五称为"海州士人李慎言",录二首,即《全唐诗》所采者。沈括于至和间曾任海州沭阳县主簿,所记或为当时闻见。其诗收作唐诗,始于洪迈《万首唐人绝句》卷六九,胡震亨《唐音癸签》卷三一已批评洪书误取宋人李慎言之诗。详《文史》第二十四辑刊拙文《〈全唐诗〉误收诗考》)。

卷三,张谔《情人玉清歌》,出《古今图书集成·闺媛典·闺艳部》,注云:"《文苑英华》三四六《歌行》作张南容诗,疑南容为谔之字。《全唐诗》二五五作毕曜诗。"按《登科记考》卷四载张谔为景龙二年进士,卷八载张南容为开元二十三年登第,其间相去近三十年,可断非一人。《文苑英华》署张南容,《乐府诗集》卷九一署毕曜,归属较难确定。《杜工部草堂诗笺》卷一二《偪侧行赠毕曜》注谓唐李康成《玉台后集》收毕诗二首。《全唐诗》收毕诗三首,除《赠独孤常州》外,《古意》及本诗皆咏妇女生活之作,疑即李康成所取者。李、毕为同时人。

包融《浔阳陶氏别业》《送东林廉上人还庐山》,均出《古今图书集成》,前者见《职方典·九江府部》,后者出《山川典·庐山部》。按收诗迄于天宝十二载的殷璠《河岳英灵集》卷上均作刘眘虚诗,最为可靠。前诗《全唐诗》卷二五六已归刘名下,后诗则收于卷一四〇王昌龄名下,亦误。本书另录入刘名下,是。作包诗误。

张子容《送内兄李录事归故里》,录自《唐才子传》卷一,《全唐诗》卷一五一作刘长卿诗,题作《送李录事兄归襄邓》。按李录事即李穆,刘长卿之妻兄,《刘随州集》中收二人唱和诗多首,可证。周本淳《唐才子传校正》疑《唐才子传》"后值乱离"以下皆刘长卿事,"子容诗中无经乱痕迹可寻"。其说是。

崔国辅《侠客行》《清水西别李参》,分别录自《文苑英华》卷一九五、卷二八七。按《全唐诗》卷一四五皆收作李嶷诗,是。前诗,《河岳英灵集》卷下作李嶷《少年行》之三,《国秀集》卷中则题作《游侠》。后诗仅见《国秀集》,题作《读前汉外戚传》,诗云:"人录尚书事,家临御路傍。凿池通渭水,避暑借明光。印绶妻封邑,轩车子拜郎。宠因宫掖里,势极必先亡。"显然为读史而非送别之作。《国秀集》录李诗前恰为崔国辅诗,崔诗末首题为《渭水西别季仑》。由此可推知《清水西别李参》即由《渭水西别季仑》传讹而成,疑《文苑英华》编者所见《国秀集》,李嶷诗前作者名及篇名皆脱去,遂连上误作崔诗。

同人《甘州》二首、《濮阳女》、《金殿乐》、《甘州》,均录自明赵宦光、黄习远补本《万首唐人绝句》,《全唐诗》卷二七作《杂曲歌辞》,无著者姓名。除《濮阳女》外,《全唐诗》卷五一一均收张祜名下。按《乐府诗集》卷八十不署作者,应属无名氏,作崔国辅、张祜诗皆误。参前李世民、杨敬述条考证。

王维《从军行三首》《游春曲二首》《游春辞二首》《秋思二首》《秋夜曲二首》《太平乐二首》《塞上曲二首》《塞下曲二首》《平戎辞二首》等十九首,分别录自《乐府诗集》卷三三、卷五九、卷七六、卷八二、卷九二、卷九三、卷九五,《全唐诗》卷三四六、卷三六七分别录作王涯、张仲素诗。

按诸诗自明季顾元纬刊入王集,颇多争讼。赵殿成《王右丞集笺注》卷一五虽收入外编,但并不以为王维作,附跋云:"洪迈辨《游春词》等三十首为王涯所作,而诸本俨然犹载集中。虽其诗亦佳丽可诵,较之鱼目混珠,斌玦乱玉,大有径庭,然究非摩诘本来面目矣。"《文学遗产增刊》第十三辑韩维钧《王维现存诗歌质疑》,论证诸诗非王维作,证据甚有力。今尚应补充证定的是,复旦大学藏《元和三舍人集》诸诗均收入,《唐诗纪事》卷四二引《三舍人集》也作王涯等诗(详前王勃条考证),最为可信。王涯、张仲素、令狐楚三人元和中为舍人,《重修翰林学士壁记》载之甚详,可参看。以王涯等诗误归王维,始于宋刻本《乐府诗集》,因"维""涯"二字形近而误,今中华书局校点本已予改正。顺便应说及,《唐诗纪事》《乐府诗集》《万首唐人绝句》录三舍人诗,在具体篇章的归属上稍有出入,凡此均当以存本《三舍人集》为正。

同人《华清宫》,录自清毕沅《关中胜迹图志》卷五。按影宋蜀刻《张承吉文集》卷四、《全唐诗》卷五一一均作张祜诗,是。作王维诗为清人误系。

崔颢《早朝大明宫》,录自《文苑英华》卷一九〇,《全唐诗》卷二〇一作岑参诗。按早朝大明宫唱和倡自贾至,和者王维、杜甫、岑参,为唐诗人著名盛会,《杜工部集》《王右丞集》皆全收诸人诗,作者无异说。唱和时地,为乾元元年在长安。检《旧唐书》卷一九〇,崔颢卒于天宝十三载,早于唱和四年。此诗显然不是崔作。

孟云卿《赠张彪》:"善道居贫贱,洁服蒙尘埃。行行无定心,坎壈难归来。"出辛文房《唐才子传》卷三。按此为张彪《北游还酬孟云卿》中间四句,全诗见元结编《箧中集》。元结为张、孟之诗友,必不误。傅璇琮《唐才子传校笺》谓"辛氏盖误读原文"。张诗见《全唐诗》卷二五九。

闾丘晓《无锡东郭送友人游越》,出《古今图书集成·职方典·浙江总部》,《全唐诗》卷一四九作刘长卿诗。按此应为刘诗,见《刘随州集》(《四部丛刊》本、席刻本)卷五。

韦应物《金陵怀古》,出《舆地纪胜》卷一七《建康府》,《全唐诗》卷二九二作司空曙诗。按此应为司空曙诗,见《文苑英华》卷二五四、席刻本

《司空文明诗集》卷二。

　　同人《突厥三台》,出《乐府诗集》卷七五及《全唐诗》卷二六《杂曲歌辞》。注云:"《万首唐人绝句》十三作盖嘉运编进乐府词,《全唐诗》八百二又作盛小丛诗。""此一首在韦应物《三台》六言二首及未署名《上皇三台》五言一首之后。按《乐府诗集》编排通例,后二题均当为韦诗。《全唐诗》二六转抄《乐府》,一九五韦诗均只以《上皇》一首为韦诗,而遗《突厥》一首,今特补之。"按此说误。《乐府诗集》凡同时收一人的数首诗,均于每首下分别署名,如卷七五收王建《宫中三台二首》《江南三台四首》,皆署作者名。而作者不详者,则多不署作者,而并非指与前列之诗为同一作者。韦应物所作,仅六言《三台二首》而已,其次之《上皇三台》《突厥三台》皆非韦作,《韦江州集》皆不收。《全唐诗》以《上皇三台》收韦名下,已属误收。《全唐诗》另归盛小丛,亦误。据《云溪友议》卷上及《会稽掇英总集》卷一〇、《全唐文》卷四三八载李讷诗序,小丛仅为歌者,而非作者。

　　高适《感五溪莕菜》,录自《四部丛刊》影印明活字本《高适集》,《全唐诗》卷七三二作高力士诗。按此为高力士诗,首见于郭湜《高力士外传》(约成书于大历间),唐宋间笔记、诗话以至正史转引者其众。力士晚贬巫州,与诗意正合,非适诗。

　　吴筠《登二妃庙》,录自《古今图书集成·山川典·湘水部》。按此为南朝梁吴均诗,《先秦汉魏晋南北朝诗·梁诗》卷十一收入。《文苑英华》卷三二〇收此诗,置梁人间,署"吴筠","筠"为"均"之误,中华书局影印本新编目录已改正。《文苑英华》未收唐吴筠诗。

　　卷四,李白《会别难》,录自《才调集》卷六,《全唐诗》卷一五七作孟云卿《今别离》。按元结编《箧中集》收此为孟诗,当可从。元结此集编成于乾元三年,时李、孟皆在世,元、孟又为挚友,所录较可信。

　　同人《入清溪行山中》,录自《文苑英华》卷一六六,原列李白同题诗后,《全唐诗》卷一三〇作崔颢诗,题作《入若耶溪》。按此应为崔诗,见《会稽掇英总集》卷八,平冈武夫《唐代的诗歌》引静嘉堂文库藏明钞本《文苑英华》署为崔颢作。王琦《李太白全集》卷三十亦云此"当是颢作也"。

同人《鹤鸣九皋》,录自《文苑英华》卷一八五《省试》。按李白平生未赴礼部试,此诗断非其所作。明刊本《文苑英华》原未署名,中华书局影印本新编目录作李白,不详何据,不可从。《全唐诗》卷七八七作无名氏诗,较为妥当。

同人《庐山东林寺夜怀》二首。曹汛谓其一前四句为李白绝句《别东林寺僧》,见《全唐诗》卷一七四。后十句为王昌龄《送东林廉上人归庐山》,《全唐诗》卷一四〇已收。其二与《全唐诗》卷一八二所收仅有二处异文,今均删。

同人句:"玉颜上哀啭,绝耳非世有。"录自王琦辑注《太白集》附录。按此为韦应物《拟古》之四中句,见《全唐诗》卷一八六。

同人《菩萨蛮》:"游人尽道江南好,游人只合江南老。未老莫还乡,还乡空断肠。　　绣屏金屈曲,醉入花丛宿。春水碧于天,画船听雨眠。"录自《尊前集》。按此为拼合韦庄同题词而成。韦词见《花间集》卷二,凡五阕。此词以韦词第二阕的首二句为首二句,末二句作三、四两句,而以三、四两句作末句,另以第三阕的五、六两句植入,尽个别文字有所不同。显非李白词。韦词见《全唐诗》卷八九二。

杜甫《九日》,录自《岁时广记》卷三五《重九》,《全唐诗》卷五二二作杜牧《九日齐安登高》。按此诗收入杜牧外甥裴延翰所编的《樊川文集》卷三,齐安即黄州,杜牧曾任州牧,杜甫则未至该地。

同人《七夕》"腹中书籍幽时晒,肋后医方静处看"二句,录自《岁时广记》卷二八。按此为《全唐诗》卷二六一严武《寄题杜拾遗锦江野亭》中句。严诗原附于《杜工部集》,因而被误作杜诗。

薛奇童《思归乐》二首,录自明人补本《万首唐人绝句》卷二。按《乐府诗集》卷八十不署作者名,《全唐诗》卷二七收入,亦不署名,是。《全唐诗》卷五一一又作张祜诗,亦误,详前李世民条考证。此作薛奇童,恐出明人臆题,不足据。

郭良《早春寄朱放》,已详前《全唐诗补逸》同人条之考证。

程弥纶《乌江女》,出《古今图书集成·闺媛典》,《全唐诗》卷二〇三作屈同仙诗。按《国秀集》卷下载此为屈诗,同书亦载程诗,今存二人诗皆因此集始得存,必不误。

郑放《秋祭恒岳晨望有怀》,录自《古今图书集成·职方典·大同府部》《山川典·恒山部》《神异典·北岳恒山之神部》,《全唐诗》卷八八七作李复诗,题无"秋祭"二字。按顾炎武《求古录》卷二九、《金石文字记》卷六、叶奕苞《金石录补》卷二三皆据石刻定为李复诗。《金石萃编》卷七三谓此诗题于《大唐北岳府君之碑》碑阴,题作《五言晚秋登恒岳晨望有怀》,署"定州司马李复"。

包佶《岭下卧疾寄刘长卿员外》,录自明人补本《万首唐人绝句》卷二七。陶敏、吴企明均云此为包何诗,见《全唐诗》卷二〇八,题作《送乌程王明府贬巴江》。诗云:"一片孤帆无四邻,北风吹过五湖滨。相看尽是江南客,独有君为岭外人。"乃送人贬岭外而非己在岭下寄人之作,以《全唐诗》之题为是。包佶另有《岭下卧疾寄刘长卿员外》,为五言排律,原附入《刘随州诗集》,刘亦有《酬包谏议佶见寄之作》,《全唐诗》均已收。

刘长卿《重别严维》,录自董斿《严陵集》卷一。按《全唐诗》卷二六三收此为严维诗,题作《答刘长卿七里濑重送》,是。严诗原附收于《刘随州诗集》,董斿不慎作刘诗编入。

严武《巴江喜雨》,录自《蜀中名胜记》卷二五《保宁府·巴州》。道光《巴州志》卷十谓此为宋人"判府大中冯公"所作,刻石在老君洞,清时犹存。《金石苑》卷五全录此段石刻,凡存诗三十二首,题作"判府太中先生冯公诗什",无刻石年月。此诗列第二首,题作《继而稍旱祷而复雨喜而作诗》,诗全同。诗刻中有《端午前三日观坡诗首夏官舍即事因次其韵》,因知作者应为北宋中期以后人。

陆羽《陆子泉》:"千羡万羡西江水,曾向竟陵城下来。"录自《舆地纪胜》卷七六《复州古迹》。按《全唐诗》卷三〇八收陆羽《歌》之末二句云:"惟向西江水,曾向金陵城下来。"与前稍异。陆羽此诗,各书所录差异较大,《全唐诗》所据当为《唐诗纪事》卷四十,此外如《国史补》卷中、《因话录》卷三、《太平广记》卷二〇一引《传载》所引皆不同,兹录差异较大的《国史补》所引诗如次:"不羡白玉盏,不羡黄金罍。亦不羡朝入省,亦不羡暮入台。千羡万羡西江水,曾向竟陵城下来。"

卷五,皇甫冉《送陆鸿渐采茶相过》,录自明人著《金陵梵刹志》卷四,《全唐诗》卷二一○作皇甫曾诗。按《文苑英华》卷二三一、《唐诗纪事》卷四十、《四部丛刊三编》影明刻《皇甫曾诗集》皆以此为皇甫曾诗,当可从。

皇甫曾《西陵渡寄一公》,录自《文苑英华》卷二一九,《全唐诗》卷二四九作皇甫冉诗。陶敏云:"一公即诗僧灵一。《全唐诗》卷八○九有灵一《酬皇甫冉西陵见寄》,即为酬答此诗而作,故诗为皇甫冉作无疑。"

同人《同杜相公对山僧》,出《文苑英华》卷二一九,《全唐诗》卷二五○作皇甫冉诗。按《中兴间气集》卷上收此诗为皇甫冉作,当不误。

张荐《月中桂》句:"影高群木外,香满一轮中。"录自《诗人玉屑》卷三。王达津云:"见《全唐诗》卷六三八张乔《试月中桂》诗中,当是张乔作。"王说是,《唐摭言》卷十云咸通末京兆府解,张乔以此诗擅场。

张继《泊枫桥》,录自《舆地纪胜》卷一○《绍兴府》。按《全唐诗》卷二五○收作皇甫冉诗,题作《小江怀灵一上人》,是,见《皇甫冉诗集》卷六、《万首唐人绝句》卷一○一,另洪迈《容斋三笔》卷一五《六言诗难工》条,叙及张、皇甫唱和诗什时,也举此篇为皇甫之作。

韩翃《送友人喻坦之归睦州》,录自《严陵集》卷二,《全唐诗》卷五八九作李频诗。按《唐才子传》卷九云喻坦之"咸通中举进士不第","与李建州频为友"。与韩翃不同时。李频此诗,见收于《文苑英华》卷二八二、《四部丛刊三编》影明钞本《梨岳诗集》。

同人《渡淮》,出《古今图书集成·职方典·汝宁府部》,《全唐诗》卷四四七作白居易诗。按诗见《白氏长庆集》卷二四。白集为作者手编,后世传本虽已失初貌,但并无他人诗羼入。

同人《丹阳送韦参军》,录自《重修丹阳县志》卷三四。按《全唐诗》卷二六三作严维诗,是,《万首唐人绝句》卷二七及席刻本、江标影宋本《严维诗集》皆收入。

王隋句:"一声啼鸟禁门静,满地落花春日长。"录自《诗人玉屑》卷三《唐人句法》。辑者注:"韩翃有《赠王隋》诗。"此说误。此二句为宋仁宗初名臣王随之诗。江少虞《宋朝事实类苑》卷三六《王章惠》条谓:"王公随惟嗜吟咏,有《宫词》云:'一声啼鸟禁门静,满地落花春日长。'……皆公应举时行卷所作也。"《宋诗纪事》卷九据《历代吟谱》收录。《唐人句法》所录,如王胄、悟清、沈君道、庾信、刘孝标、吴均、王淡交等皆非唐人,去取并不严格。

独孤及《芜城》,录自《舆地纪胜》卷三七《扬州》。按《文苑英华》卷二五六、《唐诗纪事》卷二八、《全唐诗》卷二七二皆收作朱长文诗,题作《春眺扬州西上岗寄徐(《唐诗纪事》作"于")员外》。非独孤诗。

郎士元《早春登城》二句。曹汛谓此为《全唐诗》卷二五〇皇甫冉《奉和王相公早春登徐州城》之五、六句。

卢纶《送吉中孚校书归楚中旧山十一首》,录自明人补本《万首唐人绝句》卷四。按《全唐诗》卷二七六、《文苑英华》卷二七三、席刻本《卢纶诗集》卷一皆收此诗为五古一首,作十一首为明人误析,且《全唐诗》于篇末已注出"一本此篇分作绝句十一首",另补未允。

周郭藩《谭子池》,录自《古今图书集成·神异典·神仙部·列传》引《仙传拾遗》。按《全唐诗》卷四八八收作郭周藩,诗全同。《全唐诗》所据为《唐诗纪事》卷四九,该书并云郭为"河东人,登元和六年进士第"。作周郭藩的最早记载为谈刻本《太平广记》卷二十引《仙传拾遗》。此为一人姓名记载有异,并非别有一人,诗不必补。《唐诗纪事》曾参检唐人《登科记》一类书,或得其实。

王之涣《山行留客》,录自《古今图书集成·山川典·山总部》,《全唐诗》卷一一七作张旭诗。按洪迈《万首唐人绝句》卷七二收此为张旭诗,所据当为张旭诗草(见《宣和书谱》著录),非之涣诗。

卷六,顾况《望夫石》句,录自《后山居士诗话》。按此即《全唐诗》卷二九八所收王建同名诗之后二句,作顾诗为陈师道误记,宋人所著《能改斋漫录》卷三、《艇斋诗话》、《优古堂诗话》等均曾指出。

崔何《桃花源》,录自《舆地纪胜》卷六八《常德府》,《全唐诗》卷一四三作王昌龄《武陵开元观黄炼师院三首》之二。按此为王诗,《万首唐人绝句》卷六七、日本宽政间刊《王昌龄诗集》卷五皆收入,其集中有《武陵龙兴观黄道士房问道因题》《答武陵田太守》《武陵田太守席送司马卢溪》

《留别武陵袁丞》等诗,皆同时之作。

赵微明《古别离》,录自《文苑英华》卷二〇二。按此为张彪诗,见《箧中集》,《全唐诗》卷二五九据以收入。

韦夏卿《奉同丘院长丹题惠山寺谌茂之旧居二首》,录自《元无锡县志》卷四上,第一首《全唐诗》卷二七二已收,第二首《全唐诗》卷二八三作李益诗。按此次唱和时在贞元六年,由丘丹、吕渭首倡,同作者有湛贲、韦夏卿、李益、于頔等人,人作一首,韦夏卿不应有二首。此应为《元无锡县志》脱署李益名而致误,《咸淳毗陵志》卷二二所引不误。《二酉堂丛书》本《李尚书诗集》亦收此为李益诗。

朱长文《赠别》句:“春山子敬宅,古木谢敷家。”录自《诗人玉屑》卷三。按此为《全唐诗》卷八〇九灵一《酬皇甫冉将赴无锡于云门寺赠别》中句,此诗收入《中兴间气集》卷下。

张少博句:“惭非朝谒客,空有振衣情。”据《古今图书集成·交谊典·请托部·选句》,按此为严巨川《太清宫闻滴漏》诗末句,见《全唐诗》卷七八一。

张溢《寄友人》句:“共看今夜月,独作异乡人。”录自《诗人玉屑》卷三。王达津云:“见《全唐诗》卷七〇二张蠙《别后寄友生》。”为此诗三、四两句。王说是。王安石《唐百家诗选》卷一九、影宋书棚本《张蠙诗集》皆收此为张蠙诗。

杨凌《木槿》,录自《佩文斋咏物诗选》卷二九五。曹汛云:“原为张文姬诗,题作《双槿树》,见《全唐诗》卷七九九。”曹说是,《文苑英华》卷三二六已收为张诗。

王烈《古挽歌》,录自《文苑英华》卷二一一,《全唐诗》卷二五九作赵征明诗。按元结编《箧中集》录此为赵诗,当不误。

王建《求仙行》,录自《古今图书集成·神异典·神仙部》,《全唐诗》卷三八二作张籍诗。按此应为张诗,见《四部丛刊》本《张司业诗集》卷一、《续古逸丛书》影宋蜀刻本《张文昌文集》卷四。

于鹄《秋夕》,录自《古今图书集成·岁功典·昼夜部》,《全唐诗》卷二七一作窦巩诗。按洪迈《万首唐人绝句》卷三四已收此为窦巩诗,作于鹄诗误。

郑常《谪居汉阳白沙石阻风因题驿亭》,录自《古今图书集成·职方典·汉阳府部》,《全唐诗》卷五〇三作周贺《杪秋登江楼》。按《全唐诗》卷三一一已收郑常同题之诗。《杪秋登江楼》为周贺诗,《文苑英华》卷三一二、《唐诗纪事》卷七六已收入。

李彦远《章仇公席上咏真珠姬》,录自《古今图书集成·闺媛典·闺艳部》,《全唐诗》卷三一一作范元凯诗。按章仇公指章仇兼琼,开元末镇蜀(《全唐诗》误注"大历中蜀州刺史"),范元凯与李白同时,时正相值,李彦远为大历、贞元间人,为时稍后,恐非。

刘氏《杜羔不第将至家寄以二绝》之二,录自《万首唐人绝句》赵凡夫重订本卷四十《宫闺》,《全唐诗》卷七八六作无名氏诗。按《唐诗纪事》卷八十引唐顾陶《唐诗类选》即作无名氏诗,最早记载杜羔妻诗的《玉泉子》仅引一首赠诗,《南部新书》卷丁引二首。此诗作杜羔妻诗,当出明人附会,如《名媛诗归》卷十亦收入。诗云:"传闻天子访沉沦,万里怀书西入秦。早知不用无媒客,恨别江南杨柳春。"显然是入京应诏试失意者所作,所应科目大约是特诏求草泽遗贤,如天宝六载之考试一类,与杜羔妻诗中对杜羔下第的调侃之意并不相合。仍当作无名氏诗为是。

卷七,权德舆《金陵》,录自《古今图书集成·职方典·江宁府部》,《全唐诗》卷五二七作杜牧诗。按《景定建康志》卷五十收作杜牧诗,《唐音戊签》卷四据以采入,为《全唐诗》所本,当可从。

同人《平蔡州》,录自《古今图书集成·职方典·汝宁府部》,《全唐诗》卷三五六作刘禹锡同题诗之第二首。按刘禹锡所作凡三首,均收入《刘宾客文集》卷二五,非权诗。

同人《韦使君亭海榴咏》,录自明人补本《万首唐人绝句》卷二六。陶敏云此为皇甫曾诗,见《全唐诗》卷三一〇。其说是,《四部丛刊三编》本《皇甫曾诗集》有此诗,洪迈原编《万首唐人绝句》卷七三作皇甫曾诗,明补本误改。

张登《醉题》:"闲游灵沼送春回,关吏何须苦见猜。八十老翁无品秩,也曾身到凤池来。"录自《唐才子传》卷五。周本淳《唐才子传校正》

云："按此为宋退傅张士逊诗,辛氏误。盖因《增修诗话总龟》卷十七引《古今诗话》或误为'退傅张登',辛氏不察而致误。张士逊亦称张邓公,转抄脱误。"周说是。此诗最早见载于北宋文莹《湘山野录》卷中,作"退傅张邓公士逊"诗,其所经南薰门、金明池、宜秋门,皆汴京地名。辛文房改宜秋为宜春,即抄撮入书,失于检察。

邵偃《河出荣光》,据《古今图书集成·庶征典·光异部》,按此诗为段成式作,见《全唐诗》卷五八四。

武元衡《崿岭四望》,录自《古今图书集成·山川典·嵩山部》,《全唐诗》卷七三四作许鼎诗。按此非武元衡诗,作许鼎诗亦误。《全唐诗》卷二一〇又收作皇甫曾诗,另《万首唐人绝句》卷七三、《四部丛刊三编》本《皇甫曾诗集》亦作皇甫诗,当可从。

杨巨源《别巂州一时恸哭云日为之变色》,录自《永乐大典》卷一一〇七七,《全唐诗》卷五一八作雍陶诗。按此为雍陶所作《哀蜀人为南蛮俘虏五章》之四,所记为大和三年南诏入侵后事,《云溪友议》卷上、《唐百家诗选》卷一七、《唐诗纪事》卷五六皆收其诗,断非杨巨源诗。

令狐楚《思君恩》,录自《古今图书集成·宫闱典·宫女部》,《全唐诗》卷三六七作张仲素诗。按《唐诗纪事》卷四二据《三舍人集》收此为张诗,可从,参前王勃、王维条所考。

李锜《劝少年》,录自明人补本《万首唐人绝句》卷二七,《全唐诗》卷七八五作无名氏诗。按此诗最早见载于杜牧《樊川文集》卷一《杜秋娘诗》注,诗云:"秋持玉斝醉,与唱《金缕衣》。"引全诗后注云:"李锜长唱此辞。"按文意,杜秋娘、李锜皆为唱者,非作者,《才调集》卷二、《唐诗纪事》卷八十、影宋书棚本《无名氏诗集》皆收此为无名氏之作,当可从。《乐府诗集》卷八二误署李锜,今人校点本已驳之。王士禛《万首唐人绝句选》及孙洙《唐诗三百首》署杜秋娘作,亦未允。

王涯《太平词》,录自明人补本《万首唐人绝句》卷七,《全唐诗》卷三六七作张仲素诗。按此应为张诗,根据同前令狐楚条。

李纹《吊王涯》句,录自《南部新书》壬卷,《全唐诗》卷五六二作李玖诗之末二句。此诗最早见载于《太平广记》卷三五〇引《纂异记》,为作者悼念甘露被难诸人所作小说。作者之名,有攻、政、玫、纹、玖之异(详程毅中《古小说简目》),综合起来分析,当从《新唐书·艺文志》作李玫为是。

欧阳詹《拜母氏坟》,录自《舆地纪胜》卷一三〇《泉州古迹》。按《全唐诗》卷四九〇收作陈去疾诗。陶敏谓据韩愈《昌黎集》卷二二《欧阳生哀辞》所述,知欧阳詹卒时父母尚在。其说可从。

柳宗元《送叔平学士知青州》,录自嘉靖《青州府志》卷十八。按此为北宋名臣韩琦诗,收入其《安阳集》卷四。叔平为赵概字,《宋史》卷三一八有其传,谓其"加直集贤院、知青州",《北宋经抚年表》考定为景祐三年至宝元二年在职。

刘禹锡《重别柳柳州》《三赠柳柳州》,录自《刘梦得集》卷三七,《全唐诗》卷三五一均作柳宗元诗,题作《重别梦得》《三赠刘员外》。按诗为刘柳元和十年再贬岭南时于衡阳分歧时作,《柳河东集》卷四二全收二人三次唱和诗,此二首为柳作,刘另有和诗,《全唐诗》已收。《柳集》为刘所编,必不误。此为宋敏求编《刘宾客外集》时所误辑。

张仲素《汉苑行》,录自明人补本《万首唐人绝句》卷二七。按《全唐诗》卷三四六作王涯诗,所据为《唐诗纪事》卷四二引《三舍人集》,是。参前王涯、令狐楚条。

卷八,孟郊《岁暮归南山》,辑自《又玄集》卷上,《全唐诗》卷一六〇作孟浩然诗。按收诗迄于天宝十二载的殷璠《河岳英灵集》卷中已收此为孟浩然诗,孟郊生于天宝十载,诗显非其作。

同人《叹疆场》,录自明人补本《万首唐人绝句》卷六,《全唐诗》卷二七不署著者姓名。按《乐府诗集》卷八十收此即无著者姓名,《孟东野诗集》亦不收,作孟诗当出明人附会,不足据。

同人《过龙泉寺精舍》,录自《古今图书集成·职方典·汝州部》。按《全唐诗》卷一六〇作孟浩然诗,题作《疾愈过龙泉寺精舍呈易业二公》,是,影宋蜀刻本《孟浩然诗集》卷上收此诗,《文苑英华》卷二三四亦作浩然诗,孟浩然另有《宿业师山房期丁大不至》,业师与业公当为同一僧。

同人《行至汝坟寄卢征君》,录自《古今图书集成·职方典·汝宁府部》。按《全唐诗》卷一六〇、《文苑英华》卷二三〇、影宋蜀刻本《孟浩然诗集》卷上皆收此诗为孟浩然作,是,卢征君即卢鸿,为开元间人,与孟浩然同时。

同人《送王九之武昌》,录自《古今图书集成·职方典·武昌府部》。按此亦孟浩然诗,见《全唐诗》卷一五九,题作《鹦鹉楼送王九之江左》,影宋蜀刻本《孟浩然诗集》卷下亦收入。王九即王迥,孟浩然友人,集中赠其诗甚多。

马异《观开元皇帝东封图》,录自乾隆《泰安县志》卷二一,《全唐诗》卷五五六作马戴诗。按此应为马戴诗,《文苑英华》卷一八〇收此为马戴府试诗,席刻本《马戴诗集》亦收入。此因"戴"字缺讹而致误。

贾岛《海棠》二首:"名园对植几经春,露蕊烟梢画不真。多谢许昌传雅什,蜀都曾未遇诗人。""昔闻游客话芳菲,濯锦江头几万枝。纵使许昌持健笔,可怜终古愧幽姿。"录自《古今图书集成·草木典·海棠部》。按二诗中所提到的"许昌",均指薛能,以赋《海棠》诗著名。检《唐方镇年表》卷二,薛能帅许在乾符、广明间,而贾岛则卒于会昌间,世传苏绛所撰其墓志可证。其间相差近四十年,诗断非贾岛作。《锦绣万花谷前集》卷四前首署贾岛,后首署晏殊;陈思《海棠谱》卷中以前诗为宋初人凌景阳作,后首亦属晏殊;《全芳备祖前集》卷七收二诗皆不署名,列郑谷诗后,王禹偁诗前。当以《海棠谱》所载为是。

无可《送新罗人归本国》,录自《古今图书集成·边裔典·新罗部》,《全唐诗》卷五四四作刘得仁诗。按《文苑英华》卷二七九作刘诗,当可从。

白行简《春云》,录自《古今图书集成·乾象典·云霞部》,《全唐诗》卷四六六及《文苑英华》卷一八二皆作裴澄诗。按此为贞元间省试诗,同作者尚有焦郁、邓倚,非白行简诗。

卢贞《九老会》:"眼暗头旋耳重听,惟馀心口尚醒醒。今朝欢喜缘何事?礼彻佛名百部经。"录自明人补本《万首唐人绝句》卷二七。按此为白居易《欢喜二偈》之二,见《白氏长庆集》卷三七、《全唐诗》卷四六〇。此诗之传误,当因《香山九老诗》(今见《四库全书》本)一书。香山九老会,仅七人年逾七十,"时秘书监狄兼谟、河南尹卢贞以年未七十,虽与会而不及列"(白居易诗序)。并未作诗。而作伪者即取白《欢喜二偈》分归狄、卢二人,以应九老之数。兹录题为狄作的一首于次,以见作伪之迹:"得老加年诚可喜,当春对酒亦宜欢。心中别有欢喜事,开得龙门八节滩。"

长孙佐辅《楚州盐墙古墙望海》,录自《古今图书集成·山川典·海部》,《全唐诗》卷一四九作刘长卿《登东海龙兴寺高顶望海简演公》。按《全唐诗》卷四六九已收长孙佐辅同题之作,此首应为刘诗,《古今图书集成》收录时缺漏作者及诗题而误附长孙诗下。

李逢吉《太和初赠洛都歌妓》,录自《本事诗·情感》。《全唐诗》卷三六一作刘禹锡诗。检《本事诗》,此诗为"太和初有为御史分务洛京者"投献东都留守李逢吉诗,并非李作。《太平广记》卷二七三谓此诗为刘禹锡作,宋敏求编《刘宾客外集》时,又据《南楚新闻》连刘损的三首诗一并收入。但刘禹锡从未以御史身份"分务洛京",李逢吉留守东都在大和五年,刘禹锡仅是年冬途出洛阳时拜见过李,李设宴饯行,刘有诗申谢,后刘历守苏、汝,二人无缘相见。故此诗亦非刘作,应归无名氏。(据卞孝萱《刘禹锡年谱》、吴企明《唐音质疑录·读诗偶识》)

徐凝《普照寺》,据《咸淳临安志》卷八四《寺观》。按此为朱庆馀《与石画秀才遇普照寺》诗,见影宋书棚本《朱庆馀诗集》、《全唐诗》卷五一四。

柳公权《百丈寺》,录自《古今图书集成·职方典·南昌府部》,《全唐诗》卷五四四作刘得仁《宿僧院》。按《文苑英华》卷二三七已收此为刘诗,可从。

坎曼尔二首。为今人伪作,说见前。

卷九,李德裕《感遇》,录自《古今图书集成·草木典·萍部》。按此为梁德裕诗,见《国秀集》卷下、《全唐诗》卷二〇三。

同人《润州》《寄题甘露寺北轩》,均录自《古今图书集成·职方典·镇江府部》。《全唐诗》卷五二二、卷五二三收作杜牧诗,是,二诗见《樊川文集》卷三、卷四。

同人《缺题》二首,录自明人补本《万首唐人绝句》卷十七及席刻《唐诗百家集》。按此二诗为《全唐诗》卷五八三温庭筠七律《题李卫公诗二首》的后半截。但作温诗亦误。《太平广记》卷二五六引《卢氏杂说》首录二诗,云李德裕"武宗朝为相,势倾朝野,及罪谴,为人作诗"云云。《南部新书》卷癸谓温庭筠作。夏承焘《温飞卿系年》以为仇家嫁名于温,后人误取入集。

李绅《辛苦吟》,录自《古今图书集成·食货典·农桑部》。按此为于濆诗,《又玄集》卷下、《才调集》卷九、《唐诗纪事》卷六一、《全唐诗》卷五九九皆收录,非李绅诗。

卢宗回《及第后谢座主》,录自《古今图书集成·交谊典·主司门生部》,《全唐诗》卷四九〇作周匡物诗。按《唐诗纪事》卷四五收此为周诗,《吟窗杂录》卷二九引末二句,题作《谢恩门》,作卢诗误。

周贺《赠卢长史》、《游南塘寄王知白》句,录自《诗人玉屑》卷三。陶敏谓此二联为《全唐诗》卷五八三、卷五八二温庭筠同题诗中句,是,《文苑英华》卷二六一已收二诗为温作。

李虞《闻莺》,录自《古今图书集成·禽虫典·莺部》。按《文苑英华》卷三二九、《全唐诗》卷三一八作于敖诗,是,非李虞诗。

白敏中《桃花》,录自《古今图书集成·草木典·桃部》。按此为宋人向敏中诗,见《全芳备祖前集》卷八,《宋诗纪事》卷三据以录入。向敏中,《宋史》卷二八二有传,太平兴国进士,真宗时由参政入相。此因"向""白"形近而误。

张祜《京口》:"日月光先到,山河势尽来。地从京口断,人自海门回。"录自王象之《舆地纪胜》卷九(应作卷七)《镇江府》。按此前二句为《全唐诗》卷五一〇张祜《题润州甘露寺》中句,后二句为卷五一一卢肇《题甘露寺》中句。《云溪友议》卷上、《唐诗纪事》卷五五合引二人诗句,王象之不审,径作张祜诗收入,实误。

同人《九华山》,录自《古今图书集成·职方典·池州府部》。按本书卷十又收此为杜牧诗,凡八句,此仅四句,不全,今删此存彼。

萧倣《冬夜对妓》句:"银龙衔烛尽,金凤起炉烟。"录自《诗人玉屑》卷三。按此为北齐萧放《冬夜咏妓诗》中的三、四两句,全诗见《初学记》卷

一五、《文苑英华》卷二一三、《先秦汉魏晋南北朝诗·北齐诗》卷一。

　　刘得仁《桐江春望》,录自《严陵集》卷二,《全唐诗》卷八三六作贯休《春晚桐江上闲望》。按《禅月集》卷二一收此诗,作刘诗误。

　　卷一〇,杜牧《金陵怀古》,录自《舆地纪胜》卷四六《安庆府·景物》,《湘山野录》卷中作薛能诗。按《全唐诗》卷五三三收此为许浑诗,是。《宝真斋法书赞》卷六引许浑自书乌丝栏诗真迹中有此诗,作杜牧、薛能皆误。

　　李商隐《鱼龙山》,录自嘉靖《池州府志》卷一,《全唐诗》卷三一〇作于鹄诗,题作《秦越人洞中咏》。按此为于鹄诗,《文苑英华》卷二二五、席刻本《于鹄诗集》均收入。周建国谓李商隐平生行迹未至池州一带,故非李作。

　　同人《题剑门关寄上西蜀司徒杜公》,录自《舆地纪胜》卷一九二《剑门关》及《锦绣万花谷续集·利州路题咏》,《全唐诗》卷五四八作薛逢诗。按此应为薛诗,《文苑英华》卷二六三收入。西蜀司徒杜公指杜悰,大中间两次出镇西蜀,第一次为大中二年,与李商隐有过从。第二次于大中十三年出镇,始进官司徒,而李商隐已于其前一年辞世。冯浩《玉溪生诗集笺注》卷三亦云此诗"体格于薛极类"。

　　同人《咏三学山》,录自《锦绣万花谷续集·潼川路怀安军题咏》。陶敏云此"乃宋人王雍诗,见《宋诗纪事》卷三四"。陶说是,《宋诗纪事》所据为《方舆胜览》卷六五。《蜀中名胜记》卷八作"宋王雍《题云顶山》诗"。王雍为王旦之孙,元祐中通判濠州。

　　同人《嘉兴社日》,录自《岁时杂咏》。按《全唐诗》卷四六八、《万首唐人绝句》卷七五均收作刘言史诗,是。冯浩云:刘"集中有润州、处州之作,则当经嘉兴矣。义山虽有江东之游,未知至嘉兴否,且诸集本皆不载也"。并不以为李作。周建国云:"义山幼年漂泊两浙,成年后踪迹未至嘉兴,应删。"

　　同人《征步郎》,引自《永乐大典》卷七三二九。应从《乐府诗集》卷八〇、《全唐诗》卷二七作无名氏诗。

　　同人《骰子换酒》,《诗话总龟》卷二三引《古今诗话》作杜牧与张祜联句,注云"《南部新书》谓此诗乃李义山作"。按杜张联句首见于《唐摭言》卷一三,《全唐诗》卷七九二据以收入。陶敏云:《全唐诗》卷五七〇又收此诗为李群玉《戏赠姬人》,《四部丛刊》影宋本《李群玉诗集》卷五、《才调集》卷九亦作李群玉诗。盖李群玉字文山,《南部新书》所谓"李义山"当为"李文山"之误。今本《南部新书》无此条。

薛逢《伊州歌入破第三叠》,辑自《古今图书集成·戎政典·兵制部》。按当依《乐府诗集》卷八〇、《全唐诗》卷二七作无名氏《水鼓子》诗。《乐府诗集》卷七九收《伊州歌》十首,无此首。

元孚《寄南山景禅师》、《哭刘得仁》,录自明人补本《万首唐人绝句》卷三九,《全唐诗》卷八二三均作栖白诗。按二诗应为栖白作,均收入《唐僧弘秀集》卷八,《哭刘得仁》又见于《又玄集》卷下、《才调集》卷九、《唐摭言》卷十、《唐诗纪事》卷五三、卷七四。《吟窗杂录》卷二七引后二句作刘得仁死后赠栖白诗,亦误。

马戴《送淮阳县令》,录自《古今图书集成·山川典·淮水部》。按此为温庭筠诗,题作《送淮阴孙令之官》,见《全唐诗》卷五八二、《文苑英华》卷二七九。

裴休《灵隐寺》二句。曹汛谓此为张祜《题天竺寺》之五、六两句,见《张承吉文集》卷八、《全唐诗补逸》卷九。

张固《游东观》,录自《古今图书集成·职方典·桂林府部》,《全唐诗》卷五九七作张丛诗。按应为张丛诗。此诗最早收入唐末人莫休符《桂林风土记》,二人分别于大中、咸通间任桂管观察使,且皆在东观题诗,莫休符称张固为"前政张侍郎名固,大中年重阳节宴于此",称张丛则为"咸通年前政张大夫重游东观",后人不察,遂以为指同一人。汪森《粤西诗载》卷二二亦同此误。《全唐诗》不误。

彦升《和李讷尚书命妓盛小丛饯崔元范侍郎》,录自《诗话总龟》卷四一引《古今诗话》,《全唐诗》卷五六六作封彦卿诗。按此诗最早见载于《云溪友议》卷上,作者为"观察判官封彦冲","冲"当作"卿",《会稽掇英总集》卷十不误。封彦卿为封敖之子,《旧唐书·封敖传》附其事迹。此作"彦升",为讹误所致,并非另有一人。

崔鲁《送友人归武陵》。曹汛谓《文苑英华》卷二八三、《全唐诗》卷七〇二作张蠙诗。

庄南杰，据《才调集》卷十及影宋书棚本《无名氏诗集》补《春二首》《夏》《秋》《冬》《鸡头》《红蔷薇》《斑竹簟》《听琴》《石榴》《秦家行》《小苏家》《斑竹》《天竺国胡僧水精念珠》《白雪歌》《伤哉行》《宴李家宅》《长信宫》《骊山感怀》等十九首。《全唐诗》卷七八五均录作无名氏诗，《红蔷薇》《伤哉行》二首，《全唐诗》卷八八四、卷四七〇又收作庄南杰诗，《骊山感怀》，为李郢同题诗五首之一，见作者手书诗卷，已收入本书卷十二。按以诸诗为庄南杰作，首倡于李嘉言《〈全唐诗〉辨证》（《国文月刊》十九期），谓《春》以下十七首风格似李贺体，似同出一人之手，其中二首已知为庄作，因推测其馀十五首"亦南杰诗也"。童氏增证仅一：《明月湖醉后蔷薇花歌》，《文苑英华》署"英才"，"英才可能即南杰之字"。但《文苑英华》诸诗均署名，并不署字，所说非是。仅就风格无从定作者，晚唐学李贺为诗亦非仅庄南杰一人，如牛峤、张碧、刘言史、韦楚老、刘光远、赵牧等皆效李贺为诗。其中二首为南杰作，并不能据以推定其他诗皆属其作。《才调集》卷二、卷十录无名氏诗五十首，较为芜杂，今可考知者即有赵嘏、许浑、李郢、严恽、刘损、李白（一作高迈）等人诗，且上列十九首，在原书中即非连收于一处。书棚本《无名氏诗集》，情况也较紊乱，除录《才调集》诸诗外，另录宋之问等人诗，《题壁》一首，宋人见原题于嵩山峻极院，为唐为宋亦难确定。南宋时有《庄南杰集》一卷行世，《直斋书录解题》卷十九著录，赵孟奎《分门纂类唐歌诗》录南杰佚诗四首，当即出此集，但并未有人指出《才调集》中无名诗为其所作。赵孟奎所录四首，仅《红蔷薇》一首与无名氏诗同，而其馀三首，《才调集》及《无名氏诗集》均不收。据此分析，上列诸诗均出庄南杰之手的证据尚十分薄弱，仅可视为一种推测，不应遽断。

卷十一，温庭筠《思桐庐旧居便送鉴上人》，录自《严陵集》卷二，《全唐诗》卷五六二作方干诗。陶敏云："方干睦州人，而温未曾至睦州。"另温庭筠曾到越地行游，均自称客旅。《文苑英华》卷二二三已收作方干诗。

同人《留别裴一作"刘"秀才》、《瓜州留别李诩》,均录自席刻《唐诗百名家全集》。按此二首皆为许浑诗,见《全唐诗》卷五三三、卷五三五。前诗见《文苑英华》卷二八八及《宝真斋法书赞》卷六许浑自书乌丝栏诗真迹,后诗见《文苑英华》卷二八八,又二诗均收入《四部丛刊》影宋钞《丁卯集》卷上。

同人《华清宫二首》,录自席刻《唐诗百名家全集》,《全唐诗》卷五一一作张祜同题四首之前二首。按影宋蜀刻本《张承吉文集》卷四及《文苑英华》卷三一一皆作张祜诗,可从。

李群玉《澧州》,录自《舆地纪胜》卷七〇《澧州》,《全唐诗》卷五二四作杜牧诗,题作《登澧州驿楼寄京兆韦尹》。按此诗出《樊川外集》。缪钺《杜牧年谱》据杜《窦列女传》"大和元年予客游泞阳"之诗,定此诗为大和元年作。影宋本《李群玉诗集》无此诗,恐非其作。

曹邺《风人诗》,录自《永乐大典》卷三〇〇五。按《全唐诗》卷六二七作陆龟蒙同题四首之三,是,诗见《甫里先生文集》卷七、《松陵集》卷十,皮日休有和诗。

朱超《和于武陵夜泊湘江》,录自《古今图书集成·山川典·湘水部》。按此为于武陵《客中》诗,见《全唐诗》卷五九五,另影宋书棚本《于武陵诗集》、《文苑英华》卷二九四、《唐百家诗选》卷七、《唐诗纪事》卷五八、《瀛奎律髓》卷二八均收入。唐未闻有朱超其人。南朝梁代有朱超,恐因此而传误。

霍总《九华贺雨吟》,录自嘉靖《池州府志》卷八。按《唐诗纪事》卷六八、《全唐诗》卷七〇七作殷文圭诗,是。诗云:"陶公焦思念生灵,变旱为丰合杳冥。"陶公当即唐末景福间由杨行密署为池州团练使的陶雅。殷文圭亦事杨行密为官。

郑愚《茶》,录自《古今图书集成·食货典·茶部》,《全唐诗》卷五九七所收缺最后二句。按此为五代间郑邀诗,见《唐诗纪事》卷七一、《全唐诗》卷八五五。《全唐诗》另作郑愚,已属误收。

冯衮《子规》,录自《古今图书集成·禽虫典·杜鹃部》。按《唐诗纪事》卷四九、《全唐诗》卷四七二作蔡京诗,是。

裴虔馀《赤壁》，录自《古今图书集成·山川典·江部》，《全唐诗》卷三七一作吕温《刘郎浦口号》。按《吕衡州文集》卷二收此诗，非裴作。

缺名《有朝士同在外地睹野花追思京师旧游》，录自《诗话总龟》卷二四引《杂志》。按《全唐诗》卷七八四已收作唐末朝士诗。

缺名举子《闻许卒二千没于蛮乡》，录自《北梦琐言》卷二。按《全唐诗》卷七八四收此为懿宗朝举子诗，亦误。此诗即皮日休《三羞诗》之二，见《皮子文薮》卷十，《全唐诗》卷六〇八亦收入。《北梦琐言》所录诗不全，又未言作者。

蕙兰，即鱼玄机。《北梦琐言》卷九云："唐女道鱼玄机，字蕙兰，甚有才思。"所补二联《全唐诗》卷八〇四已收。

卷一三，陆龟蒙《松江秋书》又一首，录自《百城烟水》卷四，《全唐诗》卷五一一作张祜诗，题作《吴江怀古》。按影宋蜀刻本《张承吉文集》卷五收此为张祜诗，作陆诗误。

司空图《晉光大师草书歌》，录自《六艺之一录》卷二九〇引朱长文《墨池编》。按《全唐诗》卷八三七、《文苑英华》卷三三八、《书苑菁华》卷十七皆收此诗为贯休作，非司空图诗。

周繇《送客入庐山》，录自《古今图书集成·山川典·庐山部》，《全唐诗》卷六四二作来鹄诗，题作《宛陵送李明府罢任归江州》。按《才调集》卷七已收此为来诗，可从。来鹄当作来鹏。

张乔《过洞庭湖》，录自《古今图书集成·山川典·洞庭湖部》。按此为裴说诗，见《全唐诗》卷七二〇、《文苑英华》卷二九五。

罗邺《金陵野步望宫柳》句，据《六朝事迹编类》卷上《形势门·朱雀航》。按此为黎逢《小苑春望宫池柳色》诗中句，见《全唐诗》卷二八八。

同人《牡丹》句："可怜韩令功成后，辜负浓华过一春。"录自元李治《敬斋古今黈》卷八。按此为《全唐诗》卷六五五所收罗隐《牡丹花》末二句，仅末二字不同。罗邺另有《牡丹》诗，《全唐诗》卷六五四已收。

同人《乐府水调第三叠》，录自《古今图书集成·选举典·廙袭部》。按当从《乐府诗集》卷七九、《全唐诗》卷七九作无名氏诗。

郑谷《登第后宿平康里作诗》，录自《诗话总龟》卷三引《古今诗话》。

按《全唐诗》卷六六七收此为郑合敬诗,是,其本事见孙棨《北里志》,后《唐摭言》卷三、《唐诗纪事》卷六七皆转引之。《唐诗纪事》云合敬"乾符三年登上第,终谏议大夫"。《新唐书·宰相世系表》载其为郑涯之子。

韩偓《刺桐花》:"闻得乡人说刺桐,叶先花后始年丰。我今到此忧民切,只爱青青不爱红。"录自《舆地纪胜》卷一三〇《泉州》。按《全芳备祖前集》卷一九、《方舆胜览》卷一二均载此为宋人丁谓诗。陶敏云:"丁谓曾'以太子中允为福建路采访'(《宋史·丁谓传》),韩偓则于天祐三年避乱居闽中,玩'我今来此'句,作者当是入闽为官而非流寓者,诗风格亦与韩偓《香奁集》迥异,当为丁谓作。"

同人《柳枝词》,录自《诗话总龟》卷二四引《鉴诫录》,《全唐诗》卷五六五作韩琮诗。按此为韩琮诗,《知不足斋丛书》本《鉴诫录》卷七引作韩舍人,即指韩琮,《蜀梼杌》卷上亦作韩琮,可证。《诗话总龟》引录时误改。

栖白《闲诗》二句。曹汛谓此即《全唐诗》卷八四九修睦《秋日闲居》之三、四两句。

可朋《滕王阁》:"洪州太白方,积翠倚穹苍。万古遮新月,半江无夕阳。"录自《古今图书集成·职方典·南昌府部》。按最早记载此诗的北宋刘攽《中山诗话》云:"洪州西山与滕王阁相对,一僧尽览诗板,告郡守曰:'尽不佳。'因朗吟曰(诗略)。守异之,遣出。闽僧有朋多诗,如:'虹收千嶂雨,潮展半江天。'又曰:'诗因试客分题僻,棋为饶人下著低。'亦巧思也。"未言此僧时代。《全五代诗》卷三九作南唐西山僧,显出臆断。其实,此诗系偷用陈抟题华山西峰诗中"几夜碍新月,半山无夕阳"二句(全诗见《全唐诗补逸》卷一八)改写而成。有朋为北宋泉州尊胜院僧,宣和六年卒,见《嘉泰普灯录》卷六。《唐诗纪事》卷七四即将有朋二联诗误为可朋收入,《全唐诗》卷八四九沿之。《古今图书集成》误以《滕王阁》为可朋诗,即与上述原因有关。

弘秀《贾岛墓》,录自《蜀中名胜记》卷三〇《潼川州蓬川县》。按此为可止《哭贾岛》诗,见《全唐诗》卷八二五、《唐诗纪事》卷七七、《唐僧弘秀集》卷五。

李浣,《全唐诗》卷六八八作李沇,是,诗已收。

潼关士子《待试诗》,录自黄宗羲《行朝录自叙》(《国粹学报》第十九《朝撰录》引)。按此为孙棨诗,见其自著《北里志》,《全唐诗》卷七二七收入时题作《戏李文远》。

卷十四,杜荀鹤《叙雪寄喻亮》,据《文苑英华辨证》卷七《脱文》引《唐宋类诗》收录,《全唐诗》卷六五作方干诗,"喻亮"作"喻凫"。按《文苑英华辨证》云:"前篇《唐宋类诗》以为杜荀鹤作,而杜集亦无之。"并不认为杜作。《唐宋类诗》为北宋人编,已佚,从周必大等校录《文苑英华》时引录之该书文字看,此书错误甚多,不足为据。本诗为方干作,又见《文苑英华》卷一五五、《唐诗纪事》卷五一。

同人《春日巢湖书事》,录自嘉庆《合肥县志》卷三一,《全唐诗》卷七六四作谭用之诗。按《唐诗鼓吹》卷九作谭诗,当可从。《新唐书·艺文志》著录《谭藏用诗》一卷,今佚。今存谭诗除《塞上》二首及残句外,皆出《唐诗鼓吹》,其集当时应尚存,故得以选取。

同人诗:"世乱奴欺主,年衰鬼弄人。海枯终见底,人死不知心。"录自《古今图书集成·文学典》引《老学庵笔记》。今检见陆游《老学庵笔记》卷四,同条皆录唐人句。今检李山甫《自叹拙》三、四句云:"世乱僮欺主,年衰鬼弄人。"(《全唐诗》卷六四三)即为前二句所本,陆游引录时误记。后二句为杜荀鹤《感寓》末二句,见《全唐诗》卷六九三。

朱休之《家大(应作"犬")歌》,录自《诗话总龟》卷四六引《诗史》。按《艺文类聚》卷八六、《太平御览》卷八八五、卷九〇五引《述异记》、《太平广记》卷四三八引《集异记》,皆云为刘宋元嘉间事,《诗史》附会为梁亡之谶。

李从珂《赐李专美》,录自《南部新书》卷癸,《全唐诗》卷七三七作韩昭裔诗。按《南部新书》云:"清泰朝,李专美除北院,甚有舟楫之叹。时韩昭裔已登庸,因赐之诗曰(诗略)。"按文意自应是韩昭裔(应作"昭胤",宋人讳改)诗。"清泰朝"仅指明时间而已。

和凝句:"桃花脸薄难成醉,柳叶眉长易搅愁。"录自《诗薮·杂编》卷四引《诗话总龟》。曹汛云:此为韩偓《复偶见三绝》之二的前两句,载见

《全唐诗》卷六八三。《苕溪渔隐丛话前集》卷六〇引此二句为《香奁集》中句，《诗薮》因误以《香奁集》为和凝作而将此二句引为凝诗。

郑遨句："相看临远水，独自上孤舟。"录自《苕溪渔隐丛话前集》卷十二及《诗人玉屑》卷一〇。曹汛云：此为郑谷《别同志》之三、四两句，载见《全唐诗》卷六七四，《唐诗纪事》卷七十谓是谷诗精华。

王著《赠梦英大师》，录自《全五代诗》卷一三。按此诗为入宋后作。《金石萃编》卷一二六《赠梦英诗碑》，为咸平元年建，录宋初名公二十馀人诗，王著、许仲宣、郭从义等人诗皆在。王著诗署衔为"翰林学士中书舍人知制诰王著上"。《宋史》卷二六九《王著传》云其"宋初加中书舍人"。

许仲宣《清洛喜英公大师相访》，出处同上。亦见上举诗碑，署衔为"中散大夫给事中知河南府兼留守司事上柱国赐紫金鱼袋许仲宣"。检《宋史》本传，应为雍熙末年之职。

钟离权《草书诗》，录自《全五代诗》引《夷坚志》及《宋诗纪事》卷九〇，《全唐诗》卷八三七作贯休诗。按此为贯休《山居诗二十首》之十九，《禅月集》收卷二三。《夷坚支丁》卷一〇云为南宋淳熙间人所见，显出依托。

李涛《春昼回文》，录自《全五代诗》卷一二。按此为南宋同名之江湖诗人诗，见《江湖小集》卷八三李涛《蒙泉诗稿》。《两宋名贤小集》卷二八一有其传："李涛，字养源，临川人。"

刘兼《旅中早秋》、《塞上作》、《七夕》、《伤曾秀才马》，均录自江标影刻宋本《唐五十家小集》，《全唐诗》卷五六二作刘威诗。按此均应为刘威诗，见明朱警《唐百家诗》本《刘威诗集》，《七夕》又见《唐诗纪事》卷五六及《古今岁时杂咏》卷二六。江标影宋本《刘兼诗集》第二页误用《刘威诗集》的版页，以致第三页第一首《秋夕书事》亦误承上用刘威诗题《早秋游湖上亭》。又刘兼应为宋初人，曾预修《旧五代史》，后出知荣州。

何承裕《寄宣义英公》，录自《全五代诗》卷一五。此为宋时诗，详前王著条。诗碑署衔为"侍御史赐紫金鱼袋"据《宋史·文苑传》，此为其开宝三年后所历官。

郭从义《赠梦英大师》，出处同前。石刻署衔为"护国军节度使检校太师守中书令行河中尹"。检《宋史》本传,此为其乾德二年后官守。

王周《赤壁》:"帐前研案决大议,赤壁火船烧战旗。若使曹瞒忠汉室,周郎焉敢破王师。"录自《湖北通志》卷六《舆地志·山川》。按《全唐诗》卷七六五所收之王周,为北宋真宗、仁宗时明州人,大中祥符五年中进士,后知无锡县,庆历间以司封郎中知明州,详《文史》二十四辑拙文《〈全唐诗〉误收诗考》。此处所录之一首,不见《王周诗集》,原书亦未云时代,疑亦非《全唐诗》误收之王周。

卷十五,栖一《怀赠武昌》,录自明人补本《万首唐人绝句》卷十。曹汛云:此是贯休《怀武昌栖一二首》之二的前四句,原诗见《全唐诗》卷八三〇。后人截为绝句,且误将题下二字作作者名。

李璟《浣溪沙》,录自王国维辑《南唐二主词》引《草堂诗馀》。按此为晏殊名世之作,《珠玉词》收入,宋人亦屡有称述。检《四部丛刊》影明本《草堂诗馀前集》卷下,此词收李璟二词后,失署作者名,但词后附晏殊作此词的本事,知《草堂诗馀》编者并不谓此为李璟词。

李煜《无题》,录自《诗话总龟》后集卷四十引东坡语及同书前集卷六引《百斛明珠》。按此为顾况诗,题为《归山作》,见《全唐诗》卷二六七。又作张继诗,见《全唐诗》卷二四二。周义敢《张继诗注》考证应为顾作。苏轼语见《东坡题跋》卷二,谓"李主好书神仙隐遁之词",知此为李煜所书前人诗。

同人:"青鸟不传云外信,丁香空结雨中愁。"录自《五代诗话》引《翰府名谈》。按此为中主李璟《摊破浣溪沙》词中句,见《全唐诗》卷八八九。

同人《更漏子》,录自《尊前集》,《花间集》卷一作温庭筠词,《全唐诗》卷八九一亦作温词。按《花间集》成书于孟蜀广政三年,时李煜年尚幼,应为温词。

同人《后亭花破子》:"玉树后亭前,瑶草妆镜边。去年花不老,今年月又圆。莫教偏和月和花,天教长少年。"注出陈旸《乐书》,误。《乐书》仅云"《后亭花破子》,李后主、冯延巳相率为之",并未录词。此词见明弘治高丽刊本《遗山乐府》,王国维已断言此为元好问作。

同人《三台令》,录自《历代诗馀》引《古今词话》。《全唐诗》卷一九五作韦应物诗,亦误,当依《乐府诗集》卷七五作无名氏诗,详前韦应物条考证。沈雄《古今词话·词辨》卷上引《教坊记》谓此为后主作,殊不知《教坊记》所记为天宝间事,不可能记及后主之作。

李从益句:"咫尺烟江几多地,不须怀抱重凄凄。"录自《五代诗话》卷六引马令《南唐书》。按此为李煜《送邓王二十弟从益牧宣城》末二句,见《全唐诗》卷八。此诗最早见郑文宝《江表志》卷上,马氏《南唐书》卷七节引之,亦云后主"自为诗序以送之",引录者误解文意而视为李从益诗。

王贞白《晚夏逢友人》,录自《全五代诗》卷三〇,《全唐诗》卷二九〇作杨凝诗,卷六〇一作李昌符诗。按此应为李昌符诗,见席刻本《李昌符诗集》,而席刻本《杨凝诗集》无此首。

李建勋《泗滨得石磬》,录自《古今图书集成·乐律典·磬部》,《全唐诗》卷七八〇作李勋诗。按《文苑英华》卷一八四载此为唐人省试诗,作者李勋疑即《北梦琐言》卷三所载与薛能同时曾"策名第"官至尚书者。李建勋未历科场,《李丞相诗集》亦无此诗,非其所作。

同人《初过汉江》,录自《古今图书集成·山川典·汉水部》,《全唐诗》卷七八五作无名氏诗,卷六七九作崔涂诗。按诗云:"襄阳好向岘亭看,人物萧条值岁阑。为报习家多置酒,夜来风雪过江寒。"知作于襄阳。然南唐势力并未达到襄阳附近,建勋平生行迹亦仅限于东南一隅,显非其诗。

张泌《九日巴丘杨公台上宴集》,录自《古今图书集成·职方典·岳州府部》,《全唐诗》卷五六九作李群玉诗。按影宋本《李群玉诗集》卷二收此诗,应为李作。《全唐诗》卷二四二又收作张继诗,亦误。

同人《九日陪董内诏登南岳》,录自《古今图书集成·山川典·衡山部》,《全唐诗》卷七四〇作廖匡图诗。按此诗以廖作为是。廖氏兄弟居衡山,仕楚,诗意正合。今存张泌诗,皆出《才调集》卷四,《全唐诗》所增《送容州中丞赴镇》《赠韩道士》二首,为误收杜牧、戴叔伦诗。

同人《边上》,录自《古今图书集成·边裔典·北方诸国部》,《全唐诗》卷七四一作江为诗,题作《塞下曲》。按《乐府诗集》卷九二、《万首唐人绝句》卷三九已收此为江为诗,作张诗误。

李翱《金山寺》："万古波心寺,金山名目新。天多剩得月,地少不生尘。石室堪容膝,云堂可憩身。我来登眺处,能有几闲人?"辑自《全五代诗》卷三一。按此诗前四句为孙鲂同题诗之前四句,全诗见《全唐诗》卷七四三、《江南野录》卷七、《唐诗纪事》卷七一、《诗话总龟》卷三七。清周伯义《京口三山志·金山志》卷九录李诗,前四句作"山载金山寺,鱼龙是四邻。楼台悬倒影,钟磬隔嚣尘",亦误,此四句为马氏《南唐书》卷十三录孙鲂诗之前四句,《全唐诗》已注出。此诗后四句应为谁作,尚不详。自明郎瑛《七修类稿》提出五代另有一李翱之说后,《金山志》《全五代诗》皆从之,然参稽唐宋文献,并无其人,当属明人逞臆之说。

徐道晖《金山寺》,录自《全五代诗》卷三一,云为"南唐时人",实误。今检叶适《水心集》卷一七《徐道晖墓志铭》云:"徐照,字道晖,永嘉人。"照为永嘉四灵之一,卒于嘉定四年。此诗见其所撰《芳兰轩集》(知不足斋影宋刊《南宋八家集》本),题作《题江心寺》。《全五代诗》收诗十分紊乱,不可遽凭。

唐仁杰,《全唐诗》卷七九五作庸仁杰,皆误,当依马氏《南唐书》卷一四、《十国春秋》卷三一作康仁杰为是。所补二句,《全唐诗》已收。

行因偈:"前朝诏住栖贤寺,雪夜逃居岩石间。想见煮茶延客处,直缘生死不相关。"录自《辟寒录》。按此篇最早见于《增修诗话总龟》卷三二:"庐山佛手岩在绝顶。李氏有国日,行因禅师居焉。李氏诏居栖贤寺。未几,一夕大雪,逃归旧隐,尝煮茶延僧,起托岩扉立化。余作偈曰(偈略)。"可知偈非行因作,而是此则文字的作者有感于行因事而作,惜《诗话总龟》未注出处。行因,《宋高僧传》卷一三录其事迹。

卷一六,李翰《朱都知嘉禾屯田纪绩诗》,录自《全五代诗》卷七三引《檇李诗系》。按此为李翰《苏州嘉兴屯田纪绩碑颂》末的颂辞,文见《唐文粹》卷二一、《全唐文》卷四三○。李翰为大历间人,此误归吴越。

处默《咏西施》,录自《古今图书集成·闺媛典·闺艳部》,《全唐诗》卷八五四作杜光庭诗,卷八五五又作郑遨诗。按最早见何光远《鉴诫录》卷五,应为郑遨作,作杜光庭、处默皆误。

缺名《书陈环墓》,录自《全五代诗》卷七四引《檇李诗系》。按此为佚名撰《唐故陈府君（环）墓志铭》末的铭辞，文见《全唐文》卷九九七、《唐文拾补》卷六七。陈环卒于会昌二年，当年入葬，此云五代人题诗，尤谬。

卷一七，王衍《妆镜词》："炼形神冶，莹质良工。当眉写翠，对脸傅红。如珠出匣，似月停空。绮窗绣幌，俱涵影中。"录自《全五代诗》卷五六引《十国春秋》。按此为隋唐铜镜中常见之铭文，如《学斋占毕》卷三、王士伦《浙江出土铜镜选集》、沈从文《唐宋铜镜》、孔祥星《隋唐铜镜的类型与分期》（收入《中国考古学会第一次年会论文集》）、《文物》一九九〇年一期皆曾著录此镜铭，非王衍所撰。

牛峤《西溪子》，录自《蜀中名胜记》卷二《成都府》。按此为毛文锡词，见《花间集》卷五、《全唐诗》卷八九三。

韦庄《游牛首山》。曹汛谓此即《全唐诗》卷二二七所收杜甫《望牛头寺》，非韦诗。

杨义方《偶题》，录自《全五代诗》卷四六，《全唐诗》卷七〇〇作韦庄《即事》诗。按《万首唐人绝句》卷九四已收此为韦庄诗，作杨诗误。

贯休《送崔峒使往睦州兼寄薛司户》《九日登高》《送薛居士和州读书》《馀姚奉寄鲍参军》《谢诸公宿镜水宅》《题茅山李尊师所居》，均录自江标影宋本《唐五十家小集》。按《全唐诗》卷二六三收以上六诗为严维作，卷二六〇又收末首为秦系诗。按以上六首皆当为严维诗。六诗均见席刻本及江标影宋本《严维诗集》，《文苑英华》卷二七三、卷二三〇、卷二五五、卷二一七、卷二二六收第二首以外的五首为严诗，皎然《诗式》卷五摘引《九日登高》中的二句。诗题中崔峒为大历十才子之一，鲍参军即鲍防，皆严维同时人。作贯休诗非是。

刘保乂《闺夜曲》，录自《全五代诗》卷五九。按此即《尊前集》、《全唐诗》卷八九九所收刘侍读《生查子》词。《全五代诗》多以五代人词任意改换篇题，作诗收入，此即其一例。又以刘侍读作刘保乂，亦有待确证。

李尧夫《盆池》，录自《全五代诗》卷五九，《全唐诗》卷七〇二作张蠙诗。按《文苑英华》卷一六五收作张诗，是。李尧夫有同题二句，见《全唐诗》卷七九五。

尔鸟《春雨送僧》，录自《全五代诗》卷六十，《全唐诗》卷八三七作贯休诗,题作《春送僧》。按此诗见《禅月集》卷二四,可确定为贯休作。另《全唐诗》卷八五一收尔鸟诗二句,出《增修诗话总龟》卷八,而宋吴坰《五总志》引二句为僧鸾作,因知尔鸟二字为"鸾"字所拆开,唐并无其人。

朱长山《苦热诗》句:"烦暑郁蒸无处避,凉风清冷几时来?"录自《玉壶清话》卷六。按《能改斋漫录》卷五引宋初蜀人睦台符《岷山异事》,考定此二句应为"梓潼山人李尧夫"诗,举证较有力。《全唐诗》卷七九五已收李尧夫名下。按诸书引《古今诗话》,或作"朱山长",或作"李山长"(详《宋诗话辑佚》),疑李称山人,或作山长,"李"以形近而讹成"朱","山长"倒文作"长山",因而传误。

韦縠,据《才调集》卷十、江标影宋书棚本录诗十二首,二书皆作无名氏诗,辑者据李调元说收入。李说云:"縠选《才调集》,末卷附以无名氏,而笔有鬼工,自成一家。考之他本皆无,应是己作而附入者。且其诗实出于縠之选,而縠反无传,归之本人,亦以不没其善云。"其说显然有悖情理,缺乏求是态度。"考之他本皆无",亦为不负责任之说。据《才调集》补出诸诗中,已注出有许浑、严恽、李白之诗,未注出者,《游朱坡故少保杜公林亭》亦许浑诗,见《全唐诗》卷五三三;《经汉武泉》为赵嘏诗,见《全唐诗》卷五四九;《杂诗》三首之二、之三或云为刘损诗,见《全唐诗》卷五九七。《全唐诗》无名氏下不收诸诗,显然曾经过具体的考订。此外,辑者又据江标影宋本《无名氏诗集》补录李调元未及的五诗,亦属想当然而已。今除已知为宋之问、李郢(《宫词三首》之一"迎春燕子尾纤纤",胡可先云为李郢诗,见《全唐诗》卷五四二)所作的二首外,统移归书末无名氏诗。

卷十八,崔道融《思妇吟》,录自《古今图书集成·闺媛典》,《全唐诗》卷七一八作苏拯诗。按影宋书棚本《苏拯诗集》收此诗,非崔作。

林楚材《怨诗》,录自《全五代诗》卷六一,《全唐诗》卷七七三作李暇诗。按《乐府诗集》卷四二收此作李诗,凡三首,列初盛唐间。明吴琯《盛唐诗纪》卷一○七收入,注明出李康成《玉台后集》,因知李暇为天宝前人。非林诗。

钟允章《绝句》,出《全五代诗》卷六一,《全唐诗》卷七七二作欧阳宾《訾家洲》诗。按此诗见莫休符《桂林风土记》,作欧阳诗,是书成于光化二年,时钟尚年幼。又《全唐诗》卷七九五收钟诗二句,出《吟窗杂录》卷四八,足本《诗话总龟》卷四八引《古今诗话》作伶人诗。钟允章无诗存世。

王定保《下第题长乐驿壁》,录自《全五代诗》卷六一,《全唐诗》卷七八六作无名氏诗。按此诗出王定保撰《唐摭言》卷三,云:"大中十年,郑颢都尉放榜,请假往东洛觐省,生徒饯于长乐驿。俄有纪于屋壁曰(诗略)。"为王定保出生前事(王生于咸通十一年,见同书同卷),非其自作。

谢孚《苍梧即事》:"近岸江声急,孤舟下杳冥。峡泉飞暴雨,滩石走群星。水有潇湘色,猿同巴蜀听。令人思舜德,一望九疑青。"录自《全五代诗》卷六一。按《粤西诗载》卷一〇收此为南宋诗,置方信孺、吕愿中之间,《宋诗纪事》卷八二据收。谢孚事迹见宋胡寅《斐然集》收《谢君墓志》。《全五代诗》多将唐宋无考作者题湖湘诗录归马楚,咏岭南之作归南汉,又不言出处,均不可信。下二例同。

徐噩《绿珠渡》,录自《全五代诗》卷六一。《粤西诗载》卷六收作宋人,《宋诗纪事》卷八二据《名胜志》收入,是。陆心源《宋诗纪事小传补正》卷四载其事迹:字伯殊,白州人。仁宗朝乡举,摄宜州。讨区希范有功,授白州长史。皇祐中死于侬智高之役。诗有"日落白州城",为在白州任上作。

林衢《题广州光孝寺》:"开池曾记虞翻苑,列树今存建德门。无客不观丞相砚,有人曾悟祖师幡。旧煎诃子泉犹冽,新种菩提叶又繇。无奈益州经卷好,千丝丝缕未消痕。"录自《全五代诗》卷六一,仅云为长乐人。按《宋诗纪事》卷八二据《名胜志》收此诗。林衢事迹待考,大抵可信为宋人。据道光《广东通志》载,此寺唐代称王园寺,南宋初改报恩广孝寺,其后始改光孝寺。

王元《答史虚白》句:"饭僧春岭蕨,醒酒雪潭鱼。"录自《诗薮·杂编》卷四。按《全唐诗》卷七四〇据《增修诗话总龟》卷一四引《雅言系述》收作廖凝诗,是。《诗薮》误记为王元作。

罗道成,据《全五代诗》引《古今诗话》录《游岳》《投郭主簿》诗二首。按《增修诗话总龟》卷四五引《古今诗话》云:"庆历中有一闲人游岳,谒主簿郭及甫。既坐,视其刺乃罗道成也。询其乡里,言郴州人。"下录诗三首。《全五代诗》转录时,擅改"庆历中"为"宋初",以收入五代,殊不知庆历距宋开国已八十馀年。

伊用昌《题攸县司空观仙坛》《题黄蜀葵》二句,录自《全五代诗》卷六五引《雅言杂载》。按《增修诗话总龟》卷四五引《青琐后集》作伊梦诗,《全唐诗》卷八六二收伊梦昌名下。伊用昌、伊梦昌,大致可确定为一人名字之异传,但尚难确定以孰为正。《全唐诗》分录,恐误。

许碏《梦入琼台》,辑自明人补本《万首唐人绝句》卷四〇。按《太平广记》卷七〇引卢肇《逸史》作"进士许瀍"诗,《本事诗》则作许浑诗,《全唐诗》卷五四二、卷五三八互收之。此诗以许瀍作近是。明人误作许碏,无据。

文喜《失鹤》句:"一向乱云寻不得,几回临水待归来。"录自《五代诗话》卷七引《青琐集》。按宋刘斧《青琐高议前集》卷九《诗渊清格》(原注:本朝名公品题诗。)云:"湘南僧文喜为《失鹤》诗云(诗略)。僧曾以此诗上潭州刘相,大见称赏。"所谓"潭州刘相",指刘沆,《宋史》卷二八五有传,字冲之,吉州永新人。天圣八年进士,庆历前后两次知潭州,至和中为相。《十国春秋》卷七六已误以文喜为马楚时人。《宋诗纪事》卷九一据《历代吟谱》收文喜此二句诗,是。唐末有同名僧,见《宋高僧传》卷一二、《景德传灯录》卷一二,为另一人。

尚颜《短歌行》《汶歌行》《宿巴江》《游边》《赠南岳去秦禅师》《居南岳怀沈彬》《寄问政山聂威仪》《南中怀友人》,均录江标影宋本《唐五十家小集》《全唐诗》卷八四八均作栖蟾诗,《汶歌行》作《送迁客》,"去秦禅师"作"玄泰布衲"。按宋李龏《唐僧弘秀集》卷十收以上八诗为栖蟾作,《唐诗纪事》卷七六收《宿巴江》《游边》《短歌行》《寄南岳玄泰布衲》为栖蟾诗,二书皆收尚颜诗,成书亦不迟于宋书棚本,较可信。玄泰,《宋高僧传》卷十七有传,作去秦误。《送迁客》,诗有"谏频甘得罪,一骑入南深""蒙雪知何日,凭楼望北吟"等句,与题合;《唐僧弘秀集》作《放歌行》,"汶"为"放"之误。虚中有《赠屏风岩栖蟾上人》(《全唐诗》卷八四八)、齐己有《闻西蟾从弟卜岩居岳西有寄》(《白莲集》卷十),屏风岩在南岳,皆与前诗中"居南岳"之意合。此组诗误作尚颜，当亦为影宋书棚本错叶所致。八诗皆见该本《尚颜诗集》五、六两页。

卷十九，尹孝逸《题历城房家园》句："风沦历城水，月倚华山树。"录自《酉阳杂俎前集》卷一二《语资》。原书云："历城房家园，齐博陵君豹之山池。……曾有人折其桐枝者，公曰：'何谓伤吾凤条？'自后人不敢复折。公语参军尹孝逸曰……孝逸尝欲还邺，词人饯宿于此，逸为诗曰（诗略）。"博陵君豹，即房豹，《北齐书》卷四六有传。孝逸为其参军，自应为北齐人。"还邺"，邺为北齐京城。王士禛《池北偶谈》卷十八亦谓："此自北齐诗。《诗纪》未采。《诗薮》误作中唐。"其说是，惜《先秦汉魏晋南北朝诗》尚未及采辑。

王倚《笔管上刻从君行》句："亭前琪树已堪攀，塞北征人尚未还。"录自《诗话总龟》卷二七引《古今诗话》，云"唐德州刺史王倚家有笔一管……刻《从军行》……刊两句曰（诗略）"。按此为隋卢思道名篇《从军行》中句，诗见《文苑英华》卷一九九、《乐府诗集》卷三二、《先秦汉魏晋南北朝诗·隋诗》卷一。乐史《杨太真外传》卷下谓唐明皇曾歌此二句，知在唐代甚流行。王倚笔管上刻此二句，非其自作。

丘希范《江门洞》，录自《永乐大典》卷一三〇七四。按丘希范即南朝梁丘迟，字希范，《梁书》卷四九、《南史》卷七二有传。《先秦汉魏晋南北朝诗》缺收此首，可补入。

丘齐云《王伯固邀游赤壁》，录自《古今图书集成·山川典·江部》。按丘齐云为麻城人，明嘉靖四十四年进士，见《明清进士题名碑索引》。湖北黄冈地区博物馆编《东坡赤壁诗词选》据《吾兼亭集》录此诗，小传谓其曾任湖州知府。

朱绎《春女怨》，录自明人补本《万首唐人绝句》卷二一，《全唐诗》卷七六九作朱绛诗。按"绎"为"绛"形近而误。《才调集》卷七、《唐诗纪事》卷二八引顾陶《唐诗类选》皆作朱绛，是。

朱延龄《被褉曲》，录自《古今图书集成·岁功典·秋部》，当从《乐府诗集》卷八〇、《全唐诗》卷二七作无名氏诗。

吴象之《乐府伊州歌》，录自《古今图书集成·闺媛典》。应从《乐府诗集》卷七九、《全唐诗》卷二七作无名氏诗。

宋邕《饮马长城窟》,录自《古今图书集成·职方典·大同府部》,《全唐诗》卷二八三作李益《盐州过胡儿饮马泉》。按令狐楚《御览诗》已收此诗,时李益尚在世。

李伟《岳麓》,录自《古今图书集成·山川典·衡山部》。按诗云:"儒宫迥清肃,环堵抱山院。向来讲道地,遽尔经斗战。断荒出遗址,构木耸层殿。"按所谓"儒宫""讲道地",当皆指岳麓书院。书院始建于北宋开宝间。其地北宋末被兵甚暂,诗中所云"经斗战",疑指南宋末之战事。

李章《太和第三曲》,录自《古今图书集成·闺媛典》。当从《乐府诗集》卷七九、《全唐诗》卷二七作无名氏诗。

沈君道《应令》句,录自《诗人玉屑》卷三。按沈君道为陈隋间人,《隋书》卷六四附见其子沈光传:初仕陈为吏部侍郎,入隋,杨勇署为学士,又为杨谅府掾。所补二句,《先秦汉魏晋南北朝诗·隋诗》卷七已据《初学记》卷一四、《文苑英华》卷一七九收全诗,题作《侍皇太子宴应令诗》。

长安贫儿《镂臂文》,录自《少室山房笔丛·艺林学山》二,《全唐诗》卷八七三作宋元素诗。按此诗出《酉阳杂俎前集》卷八,云为"高陵县捉得镂身者宋元素"臂上所刺诗。杨慎引作张安贫儿,胡应麟纠其失,但未举姓名耳。

侯台《闲吟》:"学道全真在此生,愚人待死更求生。此生不在今生度,纵有生从何处生。"录自明人补本《万首唐人绝句》卷三八。按《全唐诗》卷八五二收此为徐灵府《自咏二首》之二,并注:"一作侯台闲吟。"文字稍异。按洪迈《万首唐人绝句》卷六九、赵道一《历世真仙体道通鉴》卷六皆收此为徐诗。侯台非人名,而为其吟诗之地。

查蕃仲木《题崇胜温泉》及句,录自《舆地纪胜》卷一七五《重庆府》。原书不言时代。按《宋诗纪事》卷三一据《锦绣万花谷》收入,作"查仲本"。《锦绣万花谷续集》卷一二收其诗于宋鲜于侁后。检马永卿《懒真子》卷五云:"仆尝与陈子直、查仲本论将无同。"知为南北宋之交人。

胡幽贞《喜韩少府见访》,录自明人补本《万首唐人绝句》卷二七。按此为胡令能(即胡钉铰),最早见收于《云溪友议》卷下,《全唐诗》卷七二七已收,非胡幽贞诗。

孙处《咏黄莺》,录自《古今图书集成·禽虫典·莺部》。按此为李峤诗,见《文苑英华》卷三二八,《全唐诗》卷六十收作《莺》诗之别本。孙处玄有《咏黄莺》诗,疑后之编诗者将同类诗收于一处,李峤诗缺名而顶冒为孙诗,又缺"玄"字而误作孙处。

徐资用《九鲤湖》,据《古今图书集成·山川典·九鲤湖部》收录,仅六句。按乾隆《仙游县志》卷五十收此诗,为七言排律,凡二十四句,列明人间。徐资用事迹,县志未载,似可肯定为宋以后人。诗长,不具录。

唐颖《钓台》。曹汛谓《全唐诗》卷八二三收此为神颖诗,题作《宿严陵钓台》。《严陵集》殆以唐神颖误为唐颖。

唐绩《灵岩寺呈锐公禅师》,题注:"寺在桃源县北百里。"录自同治《湖南通志》卷二四〇。按明廖道南《楚纪》卷四三载:唐绩,字公懋,零陵人,举北宋元符三年进士,除衡山令,通判鼎州,迁福建运判。宋时桃源县归鼎州辖,此诗应即其任鼎州通判期间作。

马麐,《全唐诗补逸》卷三作马友鹿,今删此存彼。

张凡《赠薛鼎臣》句,录自《诗人玉屑》卷三。按此为《全唐诗》卷五一〇张祜《赠薛鼎臣侍御》中句,《张承吉文集》卷一亦收此诗。唐未闻有张凡其人。

张侣《送王相公赴幽州》,录自《诗人玉屑》卷三。按此为《文苑英华》卷二七二、《全唐诗》卷二四二所收张继同题诗中句。唐未见有张侣其人。

张元宝《阆中山》,辑自《蜀中名胜记》卷二四《保宁府·阆中县》。按《全唐诗》卷八六六作张仁宝《题芭蕉叶上》诗。陶敏云:"张仁宝、张元宝当是一人。《太平广记》卷三五四作张仁宝,作元宝当是转录致误。"

卷二〇,陈菊南《赤壁山》:"往事何消问阿瞒,到头吞不去江山。自从羽舰随烟尽,惟有渔舟竟日闲。"录自《古今图书集成·职方典·武昌府部》。按陈菊南为元人,见《元诗选癸集》卷上。

温婉女《华山》,录自《华岳志》卷五。按此诗最早见《青琐高议后集》卷八蔡子醇《甘棠遗事后序》,事迹则见同书卷七清虚子撰《温婉传》,温婉为甘棠娟,字仲圭,司马光同时人。《华岳志》误作唐人,又于其姓名下误添"女"字。

黄孟良《九鲤湖》,录自《古今图书集成·山川典·九鲤湖部》。按《丽廔丛书》影元刻无名氏撰《三教源流搜神大全》卷七"九鲤湖仙"条云:"本朝黄孟良感其事,赋诗一律以祀之。"此所录为其中间四句。黄孟良当为宋元间人。

贾牧《送友人赴天台幕》句,录自《舆地纪胜》卷一二《台州》。《方舆胜览》卷八收二句为杜牧诗。《全唐诗》卷五二七已收,惟缺题,可据补。

刘臻《河边枯树》,录自《文苑英华》卷三二六。按刘臻为隋人,《隋书》卷七六有传,字宣挚,沛国相人,梁末举秀才,元帝时为中书舍人,历仕后梁及北周,入隋官至太子学士,开皇十八年卒,年七十二。《先秦汉魏晋南北朝诗·隋诗》卷二收此诗。

潘滔《文斤山》,录自《古今图书集成·职方典·宝庆府部》。按此为《全唐文》卷七一三所收潘滔《文公祠记》末之铭文。

蔡祯《扬雄山》,录自《蜀中名胜记》卷一一引《嘉州新志》。检原书不云时代。同治《嘉州府志》卷四一云:"蔡祯,字伯禧,嘉定州人。洪武中进士第三人。累官刑部郎中、广东布政使左参政。"即此人。

郑休范《赠妓天仙歌》,录自《唐宋白孔六帖》卷六二。曹汛云:郑仁表字休范,此诗已收入《全唐诗》卷六〇七,题作《赠妓仙哥》。

鲁三江《张超谷》,录自《华岳志》卷五。按《宋诗纪事》卷一二据《前贤小集拾遗》录此诗,题作《游华山张超谷》,小传云:"鲁交,字叔达,梓州人。仕至虞部员外郎。有《三江集》。"约为真宗、仁宗间人。

熊渠《虞庙怀古》,录自《古今图书集成·职方典·永州府部》,《全唐诗》卷七八六作无名氏《永州舜庙诗》,注云:"按志旧载谓汉戴侯熊渠作,不知何谓,诗乃唐人作。"《楚风补录》谓熊渠为西汉戴侯。另参下二条。

刘骘《和熊渠虞庙怀古作》,出处同前则。按刘骘为宋人,张忱石考定其于咸平二年由秘书丞直集贤院,五年为太常博士,大中祥符元年出监涟水军商税,著有《地理手镜》十卷。另光绪《道州志》卷四载其大中祥符二年知道州,《宋诗纪事小传补正》卷二记其为雍熙二年进士。

　　张吉甫《前题》,出处同前二则。张忱石据《宋会要辑稿·职官四三》及《续资治通鉴长编》卷二五四考定其于宋神宗熙宁二年任都官员外郎,神宗与王安石曾论其辞上界勾当公事职。

　　可齐《咏萍》:"盆池本不种青萍,春杪无根也自生。人道一宵生九叶,不知谁数得分明?"录自《古今图书集成·草木典·萍部》。按《全芳备祖后集》作可斋诗,列宋人间。宋理宗时人李曾伯号可斋,著有《可斋杂稿》。此诗即其所作。

　　处一《题黄公陶韩目录作"翰"别业》,录自《文苑英华》卷三一八。按《全唐诗》卷八〇九作灵一诗,诗题"陶韩"作"陶翰",卷七八三又归苏广文,诗题作《自商山宿陶令隐居》。从著录看,《又玄集》卷上最早,作苏诗,而《唐僧弘秀集》卷二、影宋书棚本《灵一诗集》卷下则作灵一诗。处一其人,《宋高僧传》卷二载为武后时译经僧,与陶翰不同时。《英华》错舛较多,"处一"当即灵一之误。苏广文开元末为"弘文馆学生"(据《千唐志斋藏志》开元二十九年《苏咸墓志》),灵一卒于宝应元年,均与陶翰同时。究为谁作,尚俟考详。

　　卷二一,无名氏《洛阳道》,录自《文苑英华》卷一九三。按此为李白诗,见《李太白集》卷五、《乐府诗集》卷二三、《全唐诗》卷一六四。

　　同前《云》,录自《文苑英华》卷一五六。按此为李峤诗,已收《全唐诗》卷五七。

　　同前《望仙楼》,录自《蜀中名胜记》卷一八《重庆府·铜梁县》。按原书云:"治西百步,有望仙楼,为唐刺史赵延之建。延之刺合州,破贼有功,后得道仙去。"而诗云:"奉使客来才十日,登仙人去已千秋。"显然为后代人所作,原书亦未云为唐人诗。

　　同前《听谗诗》,录自《鹤林玉露》(丙编)卷六。原书云:"世传听谗诗云(诗略)。不知何人作,词意明切类白乐天。"末句谓此诗近于白体。《鹤林玉露》为宋末罗大经作,当时所传诗,不应视为唐诗。

　　同前《咏烛》,录自《鹤林玉露补遗》。按此为唐韦承贻策试夜潜记长句之后四句,全诗见《唐摭言》卷一五、《唐诗纪事》卷五六、《全唐诗》卷六〇〇。

同前《怀木兰将军》:"出塞男儿面,归来女子身。尚能降北虏,断不慕东邻。"录自《古今图书集成·职方典·黄州府部》。按此为南宋刘克庄诗,见《诗林广记》卷六。

同前《再游木兰寺》,出处同前则。按此为唐人王播诗,见《唐摭言》卷七、《全唐诗》卷四六六。

同前《采葛歌》,录自《古今图书集成·食货典·葛部》。按此诗见东汉赵晔撰《吴越春秋》卷八,谓"采葛,越之妇人,伤越王用心,乃作若何之歌",歌十三句,此处所录为一、四、五、六、七句,不全。

同前《金谷园花发怀古》,录自《古今图书集成·交谊典·请托部》。按此为《全唐诗》卷二八一王表《赋得花发上林》诗之末四句。此处所录诗题误。

同前《鱼腹丹书》,录自《夷坚志支乙》卷一〇。按《全唐诗》卷八六七已收。

同前《题西山寺》句,录自《诗话总龟》卷四八引《遁斋闲览》。按本书卷一三已录作可朋诗,亦误,详前考。

同前《题金山寺》句,出处同前则。按此为孙鲂诗中句,见《全唐诗》卷七四三。

同前《嘲失节妇》句,录自《诗人玉屑》卷三。王达津云此为《全唐诗》卷五三六许浑《赠房千里博士》中句,同书卷八〇〇互收作赵氏诗。

同前句:"一生不得文章力,百口空为饱暖家。"录自《诗薮杂编》卷四,云为孙光宪吟昔人诗。按《三楚新录》卷下及《类说》本《荆湖近事》皆谓孙吟刘禹锡诗。按《全唐诗》卷三六〇已收刘名下,题作《郡斋书怀寄江南白尹兼简分司崔宾客》。

同前诗一首"杨柳袅袅"云云,录自《古今图书集成·文学典·诗部杂录》引《幽怪录》及《少室山房笔丛·艺林学山》一。按《全唐诗》卷八六六据《玄怪录》卷二收作夷陵女鬼诗。此处首句"杨柳"二字脱重文。

晁衡《望乡》,原出《古今和歌集》卷九,原为和文,录文为今人所译,故删去。

金地藏《陈岩诗》:"八十四级山头石,五百馀年地藏坟。风撼塔铃天半语,众僧都向梦中闻。"录自嘉靖《池州府志》卷九。按清周赟《九华山志》卷八收此为元人陈岩作,小传云:"陈岩,字清隐,生宋季,负大志,不遂而宋亡,遂隐清隐岩下,号九华山人。有《九华诗》一卷。"诗中"五百馀年地藏坟",可知作于金地藏殁后五百馀年。金地藏至德间来唐,至宋亡恰已五百馀年。

1988 年 8 月于复旦大学一舍

(收入拙纂《全唐诗补编》,中华书局 1992 年)

《全唐诗简编》述评

河南大学唐诗研究室编选的《全唐诗简编》(高文先生主编,孙方、佟培基先生副主编),自去年秋天出版后,即受到国内外唐诗研究者和爱好者的广泛欢迎,被誉为自《全唐诗》成书以来的近三百年间,最具规模和识见的大型唐诗选本,为近年唐诗研究方面不可多遇的重要收获。南京大学莫砺锋教授认为"此书定将取代《唐诗品汇》而风行百世",表达了学界对此书的评价和期待。

笔者因一直从事唐代诗文的辑佚和考订,对有关之研究颇多留心。近年又因研究兴趣的相近,与河南大学诸位先生接触颇多,对《简编》的编选过程了解较详。有机会将这一过程和我读该书的感受写出来,相信对阅读该书的读者或不无裨益。

一

唐诗选录,始于唐时,今知唐人编选之诗歌总集超过一百三十种(详拙文《唐人编选诗歌总集叙录》,刊《中国诗学》第二辑)。宋以后,从事选注者代不乏人,今人统计迄清末以前,即超过六百种(据孙琴安《唐诗选本六百种提要》)。加上近现代各种选本,数当逾千。这些选本对流布唐诗,扩大其艺术影响,研究其流变和技巧,曾产生过极其巨大的影响。

清康熙间编成的《全唐诗》九百卷,将当时能搜辑到的唐诗"咸采撷荟萃于一编之内"(《御制全唐诗序》),开创了文学总集编纂史上"断代全集"的新范例,给研究者提供了极大的方便。从文化积累的角度说,这一创例意义尤为重大。清人编《全唐文》《全上古三代秦汉三国六朝文》,近代以来成书的《先秦汉魏晋南北朝诗》《全宋词》《全金元词》《金元散曲》等,以及目前正在辑纂的全宋、元、明诗文等大书,皆承《全唐诗》之前例而各成规模。

断代全集之收录,惟求全备,不作甄选,如《全唐诗》,只要是唐五代人所作诗,无论精芜优劣,皆得存录。其编纂目的是储材备检,以津逮学者。但对中等程度的读者,如文科大学生或研究生来说,要其通读《全唐诗》来了解唐诗各家风貌和发展流变,显然是有困难的。从这一点来说,历代各种选本是否可胜此任呢? 客观地说,只能部分地解决。历代著名选本的编选者,确具识见和眼光。"熟读《唐诗三百首》,不会吟诗也会吟",即是民间对选家的礼颂。然而,因受时代、地域和用书条件的限制,旧时选家之眼界常受到局限,更何况不少选家常囿于门户之见,为张弘自家之论诗主张,不免随意轩轾,扬此抑彼。如殷璠《河岳英灵集》,选盛唐而独遗杜甫,王安石《唐百家诗选》,不及李杜韩白诸大家,王士祯《唐诗三昧集》,倡神韵而独崇王孟,孙洙《唐诗三百首》,意在课蒙,故不及李贺等人。相比较而言,高棅《唐诗品汇》和沈德潜《唐诗别裁集》,识见既高,取则也宽,在明清两代各擅时名,至今仍为世所重。但即此两书,也已是数百年前的选本,如选入大量艺术上平庸的应制、省试、应酬诗,大概是为当时士子官僚习诗参考之用,已不适应今天的读者。

有鉴于此,上海古籍出版社于80年代初确定了编选代表中国古典诗歌最高成就的唐诗、宋词、元曲三种断代全集简编本的选题,确定编选宗旨是用现代眼光客观全面地选录一代各种风格、流派和不同题材、体裁的优秀之作,以适应当今中等以上文化水平读者阅读古典诗歌的需要。其中《全宋词简编》和《全元散曲简编》即由两书原纂辑者承担,《全唐诗简编》最初拟由南方某大学承担,后确定由河南大学唐诗研究室编选。

河南大学唐诗研究室成立于60年代初(当时名称是开封师院全唐诗校订组),由李嘉言教授和高文教授主持工作。李先生于50年代曾发表《改编全唐诗草案》,引起学术界广泛的注意。60年代前期,先后完成了《全唐诗首句索引》《全唐诗重篇索引》等重要资料,后因"文革"中辍。70年代末研究室恢复时,李嘉言先生已逝世,由高文先生主持工作。高文先生于唐代文学肆力尤勤,主编的《唐文选》和选注的《高适岑参选集》,均颇得学界好评。协助他工作的孙方先生从 60 年代起即参加唐诗校订工作,所撰《关于〈全唐诗〉重出作品的类型、原因及辑录方法》《唐诗的辑佚及其问题》等论文,皆功力深厚,非浅学者所能为。佟培基先生于最近十多年内发表的唐诗互见甄辨的系列论文,尤为中外唐诗学者所关注。由他们主持《全唐诗简编》的编选工作,成书质量是可以保证的。

　　然而,《全唐诗简编》的编选工作,比宋词、元曲简编,要困难复杂得多。唐圭璋先生辑《全宋词》、隋树森先生辑《全元散曲》,均曾程功数十年,于作品录文、互见甄辨、伪作去取、作者事迹诸方面,都有精密周详的校订。由他们亲自作简编,质量既可保证,程功也非甚艰。从编纂质量上来说,《全唐诗》远逊于上举二书。《全唐诗》虽以胡震亨《唐音统签》、季振宜《唐诗》为基础,但因迫于期限,仅用一年馀即仓促成书。中华书局标点本卷首王全(即王仲闻、傅璇琮)即列举"误收、漏收""作品、作家重出""小传、小注舛误""编次不当"及不注出处、录文多伪误诸项。其中仅作品重出一项,据佟培基先生统计,即达 5 995 首,涉及 800 馀家。而误收非唐五代诗亦逾千首,漏收而为今人辑出者,数已逾 7 000。其他各端,也大致如此。显然,仅据清编《全唐诗》摘录而成《简编》,质量根本无法保证。

　　为了对读者负责,保证全书的质量,《简编》编选者没有采取省力走捷径的办法,决意花大气力,用笨功夫,从整治《全唐诗》着手,追本溯源,考索钩沉,全面展开工作。从 1982 年起,在主编高文先生指导下,唐诗研究室全力以赴,从以下几个方面展开工作。一、为澄清《全唐诗》各家诗集所用之底本及录文所出,赴北京故宫博物院抄录了海内仅存的《唐音统签》全书,又购置了台湾联经公司影印的台湾"中央"图书馆所藏季振宜《全唐诗稿本》。仅此两项,所费即逾万元。同时,还对今存唐集善本作了调查和部分的对校。二、编制《全唐诗》每句索引,以便对全书存在问题作全面的清理。三、全面调查历代重要选本收诗篇目,编成索引,并参酌宋以降名家诗话及今人选本之意见,以求客观全面地确定选目。四、建立唐诗人生平资料档案,详注文献所出,以便重写小传。五、建立《全唐诗》重出诗资料辨正卡,凡此类诗在《简编》皆以史料为依据,作出明确之辨析,以定归属。

此后历经四个寒暑,至 1986 年方完成全书编纂工作。从确定体例,甄选篇目,到校定诗篇,补写按考,重写小传,编选者付出了极为艰辛的劳动。这种严肃认真的治学态度,确实难能可贵。

二

诗文选录是古代文学研究中一门独特的学问。优秀选家不仅要有卓越的艺术鉴赏力,而且要有不畏权贵、不徇私情的品德,方能含英咀华,去芜存精,使伪体尽裁,菁华备臻。如萧统《文选》、殷璠《河岳英灵集》等优秀选本,即因选家识见超妙,故传流千载,仍为世所重。就广义说,《简编》也是选本,但与一般选本相比,又有其特殊性。选家识力虽有高下深浅之分,但无不有其独具的选录原则,并以选家主观的鉴别判断来决定去取。《简编》则要兼顾到"简"和"全"两个方面。所谓"简",即仅取录相当于《全唐诗》所收诗八至十分之一的诗作,而"全",则要能全面反映唐代诗歌的成就,即要照顾到初、盛、中、晚各时期不同风格和成就的诗人,对不同体裁、题材的作品也能够兼收并取,使读者得此一编,能尽览唐诗风神。这就要求编选者不仅要有很高的识力,且能客观全面地加以铨选,不以一己之好恶决定去取。

为达此目标,编选者对历代唐诗选本收诗情况作了全面调查和登录,所用有《唐人选唐诗十种》、宋代姚铉《唐文粹》、王安石《唐百家诗选》、郭茂倩《乐府诗集》、计有功《唐诗纪事》、赵师秀《众妙集》、李龏《唐僧弘秀集》、周弼《三体唐诗》、赵孟奎《分门纂类唐歌诗》、元代元好问《唐诗鼓吹》、方回《瀛奎律髓》、杨士弘《唐音》、明代高棅《唐诗品汇》、李攀龙《唐诗选》、唐汝询《唐诗解》、清代沈德潜《唐诗别裁集》、王士禛《唐贤三昧集》等数十种,当代重要选本如社科院文学所《唐诗选》、马茂元《唐诗选》、武汉大学《新选唐诗三百首》、复旦大学《李白诗选》、萧涤非《杜甫诗选》、苏仲翔《元白诗选》、刘学锴等《李商隐诗选》等,亦予以参酌。对《历

代诗话》及《续编》、《清诗话》及《续编》所收百馀种唐至近代诗学著作称
及之唐诗,也一一勾出,记录在案。然后将上述诸书引诗逐条注于《全唐
诗》下,在此基础上确定选目,不少篇章的去取均曾反复推求。由此而选
出的《简编》,可以说凡历代重要选本收存之诗,包罗殆尽,少有遗漏。称
其是集历代选本大成的精选之作,唐诗优秀之作均已汇萃于其中,想是不
为过誉的。

三

《全唐诗》存在之问题,前辈学者如刘师培、岑仲勉、闻一多、李嘉言
及日本丰田穰等,均曾有所考订。最近十多年来,国内学者于此肆力尤
勤,成绩亦丰。《简编》在作者小传、作品校录及归属等方面,如仍沿录旧
文,不加谠正,对读者显然是不负责任的。编选者为此而考寻文献,重加
校定,付出了艰巨的劳动,本文第一节已有所论列。

编选者的努力,使全书质量在以下几方面尤见突出。

(一)作者小传全部重写。《全唐诗》作者小传,因未能广征文献,缺
漏错误迭出,最为学者诟病。前人于此已指出者,还仅是其中的一小部
分。而研究者考索较勤者,只限于少数大中作者。《简编》小传因限于体
例,不逐一说明史料所出,又仅以《辞海》式的简略叙述存其梗概。但只
要与《全唐诗》原传作一比对,不难看出编选者用力之勤。如:

> 张敬忠,官监察御史,以文吏著称。张仁亶在朔方,奏判军事。
> 开元中,为平卢节度使。(《全唐诗》卷七五)
> 张敬忠,京兆人。睿宗朝官监察御史,张仁愿在朔方,奏判军事,
> 以文吏著称。玄宗朝,累迁吏部郎中、司勋员外郎。开元年间拜平卢
> 节度使,除河西节度使,历左散骑常侍、益州大都督府长史、剑南道节
> 度大使,摄御史中丞、本道采访经略大使等职。(《简编》第89页)

《全唐诗》所据为《大唐新语》和《唐诗纪事》,较简。《简编》据两《唐书》

及《郎官石柱题名考》《千唐志斋藏志》《唐方镇年表》等书,补其籍贯,判朔方之时间及四次迁转任职。

《全唐诗》缺传或姓名有误者,《简编》也有所发明或订正。如何瓒,《全唐诗》卷七六九无传,存《书事》一首。《简编》考知此诗最早见存于《鉴诫录》卷九,作者为何瓒,复据《新五代史》卷二八录其事迹。如此之类甚多,不一一列举。

(二)录诗据善本校订。《全唐诗》成书仓卒,未及广征善本,文字讹伪、缺脱甚多,而于胡、季二书中之校语,也均改为"一作某",使人难以知其所据。《简编》于此亦曾费力据善本别集、总集等校订。如张祜诗,据影宋蜀刻本《张承吉文集》十卷本参校,并增录了《全唐诗》以外的五首佚诗。李白诗,则据影印日本静嘉堂文库藏宋刻《李太白文集》订正了多处误字。再如畅诸《登鹳鹊楼》诗,北宋司马光、沈括等见到时,就仅馀四句,《全唐诗》又沿《唐诗纪事》之误,收归畅当名下。《简编》据敦煌遗书伯三六一九卷,录此诗全篇八句,并移归畅诸下。这些校订处理,使读者能读到完整而准确的诗篇。

(三)甄辨重出互见诗。这是全书中程力最多,也最为精彩的部分。唐诗流传千载,重出互见十分严重,不仅数量多,致误原因尤为复杂。编选者如图省力,重出者任存一处,或卷次前者存,后者删,似也是一种办法。但如此将让读者在杜牧名下读到许多许浑之诗,对杜牧诗风必有所误解。但要将数千首重出诗逐一找出歧互原因,令人信服地确定归属,又谈何容易!

《简编》的考证足以令人信服。编选者通过作《全唐诗》每句索引,列出所有重出诗目。再上溯胡、季二书,推寻致误缘由。复参证唐宋以降的各种文献,结合作者的生平、交游等线索,确定具体归属。并将这些考证写成按语,附于诗后,以便读者参考。如《古塞下曲》,《全唐诗》分收陶翰、王季友名下。《简编》据四种唐选本及《文苑英华》等书定为陶翰作,并指出《唐文粹》始署王季友,《唐诗纪事》已两存之,以较早之多种书证为据,充分可信。再如《长干行》"忆昔深闺里"一首,《全唐诗》李白、张潮名下均收入。按语指出《才调集》《文苑英华》《乐府诗集》及宋以后李白集虽皆收，但并非白作，而据宋人所引两种今已亡逸的唐人选本，考定为张潮作，用心至为深细。有的还找出致误的直接证据。如张继《阊门即事》误归柳公权，按语指出系季振宜用明刊《万首唐人绝句》剪贴成"集稿"时，因鉴别不慎而致误。对于所得书证还不足以定论者，则采取了审慎的办法。如《送宫人入道》分存韦应物、张萧远名下，按语指出唐末韦庄《又玄集》已作韦应物诗，南宋后韦集亦录入，而归张萧远则见《文苑英华》，同题另有五人作，皆元和前后在世。编选者倾向于以张作为是，但因尚无确凿证据，采取了"今姑收入张萧远诗"的审慎态度。对于《全唐诗》虽仅一见，但他书另归别一诗人者，也尽可能予以考析。如王涯《塞下曲二首》，《乐府诗集》归王维。按语引录了宋代的多种书证，以订《乐府诗集》之误，证据很充分。杜牧《秋夕》诗，宋人所编《唐诗纪事》《竹庄诗话》《十家宫词》及宋书棚本《王建诗集》，皆作王建诗。按语中列出自宋迄明十馀种归杜牧的书证，末云："今仍作杜牧诗，以备详考。"在两说旗鼓相当时，这样处理颇妥当。

四

《简编》在成书过程中，较广泛地利用了各方面的成果，并以编选者本人之研究，丰富了这些研究。但因《简编》成书于 1986 年，于其后七八年间的研究成果，仅能在全书看校时，在不改动版面的情况下作局部修订（如戴叔伦、殷尧藩诗下所注重见宋明人集中的情况，利用了今人蒋寅、陶敏的考证），未能作全面订正，因而有些诗人与作品的入选，尚未尽妥当。如王初、赵湘、姚揆、王周、太上隐者等，可确定为宋人，刘兼诗为其入宋后作（以上参见《文史》二十四辑拙文《全唐诗误收诗考》，姚揆见《全宋诗》卷七四），朱晦《秋日送别》为朱放作（见《文苑英华》卷二九三、《唐诗纪事》卷二六），朱仲晦诗当为朱熹作（参见《中华文史论丛》1984 年第 4 辑曹汛文），殷益诗应以文益列目（附按已考及）。唐彦谦下尚有数首为元人戴表元作（参见《中华文史论丛》第五十二辑王兆鹏文）。

《简编》是以《全唐诗》为主选录的，诗篇登录的原则是基本保持《全唐诗》原有的文字及校语。尽管编选者为减少错误，已做了大量考订校录的工作，但要对《全唐诗》作全面的董理，毕竟不是《简编》编选过程中所能完成。《全唐诗》某些未尽完善之处，《简编》不无遗憾地只能仍予存留。如刘采春诗，源出范摅《云溪友议》，为她所演唱的当代名公诗，非其自作。《全唐诗》以刘采春列目，其实并不妥当，《简编》沿之，按体例只能如此。当然如另加一则按语说明，更稳妥些。

　　所幸唐诗学界的有识之士已充分地认识到，要理清唐诗千年流传中的种种讹误，适应现代研究工作的需要，必须正本清源，利用现存善本典籍，广征文献，重新编纂一本新的全唐诗歌总集，以取代清编《全唐诗》。经过多方酝酿筹划，《全唐五代诗》编委会已于 1991 年成立，并得到全国高校古籍整理委员会的支持，在苏州大学和河南大学建立编纂室，编纂工作已全面展开，本世纪内可以完成。我想，待《全唐五代诗》出齐后，以现在的《全唐诗简编》为基础，保存篇目，稍作修订，编成《全唐五代诗简编》，为唐诗爱好者提供更准确精善的读本，应是不难实现的。

　　　　　　　　　　（刊《河南大学学报》1994 年第 6 期）

钱锺书先生对拙辑
《全唐诗续拾》批评的启示

  知道钱锺书先生曾阅读并批点过拙纂《全唐诗补编》，是十多年前的事，具体应在钱先生去世后一二年。中华书局徐俊先生（《全唐诗补编》责编，当时为文学编辑室主任，现任中华书局总编）为《管锥编》续约事到钱家与杨绛先生商谈，见到书橱间有这部书。他先前已经听闻钱批此书着墨很多，很想取出来翻一下，但总觉不太礼貌，没有提出。虽属传闻，但我相信应是真事，也希望此后能有机会领教钱先生的批评指点。

  不久前商务印书馆出版二十册《钱锺书手稿集·中文笔记》，其中第十册居然收有读拙纂前书的札记，L 兄知道后立即告诉我，并将有关几页复印给我，希望我谈些感受。

  《全唐诗补编》是我在 1982 年到 1987 年间的著作，1992 年 10 月由中华书局出版。从《手稿集》来看，钱先生阅读批校的著作以古籍为主，今人著作仅有很少的几部，最晚的是 1993 年中华书局出版的《郑孝胥日记》，此后大约即因病住院了。拙著能经钱先生阅读且留下记录，确是很大的荣幸，也感莫大的惶恐。此书始纂于研究生毕业第二年，因为偶然发现几位前辈学者所辑《全唐诗外编》仍有未尽，遂不知天高地厚地欲以个人之力披检群籍，广事搜罗，虽自感能够依循目录以求广征存世图书，在唐人佚篇发掘方面也较前人更为丰富，出版后也得到一些中外学人的好评，但毕竟当时读书不多，又没有科学的检索手段来避免重收误收，加上以辑佚为学术目标，虽然当时也小心地规避误收重收，但不可避免地存在侥幸多得的心理。出版二十年来，古籍检索手段发生革命性飞跃，自检发现和他人揭发误取者在两三百篇左右，大约占全书百分之四、五。正因为此,该书二十年来没有再版。而我现在对唐诗文献的认知程度,较先前有更清楚的理解,希望不久可以给读者以合适的交代。

钱先生关于拙辑的手稿,在笔记本中共五页,以抄录诗篇内容和出处为主,间附有若干按断。首题"陈尚君全唐诗续拾"。拙书 1992 年 10 月由中华书局出版,第一册为原《全唐诗外编》的修订本,后两册为我新辑的部分,题作《全唐诗续拾》,取续诸前辈所补而有得之意。估计因《全唐诗外编》钱先生前已读过,修订本有减无增,故仅涉拙辑部分。可惜在《手稿集》中没有见到有关《外编》的部分。他对摘录的诗篇有考按者,一般在诗下加星号,在当页的书眉或页末写下按语,于此可以了解钱先生平日读书之认真规范,一丝不苟。所摘录作者及诗篇凡三十多则。有的仅录作者名,如宋之问、白居易,均加按语,是因按语而存名。有些录全诗,如孙思邈、卜天寿诸诗均录全诗,估计有录而备参的用意。如录孙思邈有关养生诗四则,其中有"美食须熟嚼,生食不粗吞";"锦绣为五藏,身着粪扫袍";"怒甚偏伤气,思多太损神。神虚心易役,气弱病相侵";"夜寝鸣雷鼓,晨兴漱玉津";"侵晨一碗粥,夜食莫教足。撞动景阳钟,扣齿三十六"。当然不是着眼于诗学,而是看重其养生道理。几年前编本系刘季高先生文集,附收 1972 年 12 月《复钱锺书》信,是对钱告"婴喘疾"的回复,告以"除药物治疗、饮食节制外,尚宜有以培其本",并自述练八段锦、以盐刷牙等办法。从上述摘录,可以看到钱先生晚年对身体状况的关心。至于其他录诗的去取原因,难以一一揣度,容以后再研究。在此仅就有关的按语,略述读后的体会。

先将钱先生的全部按语,按手稿顺序全录如下(编号、按语前括号中文字为我所加。原按仅有少数标点,也均由我增加。手稿识读较为困难,承王水照老师代为辨识,也表感谢):

一、(唐太宗《焚经台》)按此诗早见《全唐诗》无名氏卷,引此诗而断为后人妄托。日本刻小字全藏《四十二章经》宋真宗注,附唐太祖《焚经台》七律,有注甚详,荒诞可笑。《法苑珠林》卷二十六《敬德篇》引《汉法本内篇传》记焚经台事,却道及此诗。

二、(静泰、李荣互嘲诗)何以漏却《太平广记》所收李荣与僧互嘲语?

三、(卜天寿)侧字不解为音同之何字。

四、(宋之问)自《诗渊》辑补多首,无一篇佳者。

五、(惠能偈)观此乃流传本《坛经》改字之妙。

六、(沈佺期)此乃《木兰词》中摘句,编类书者草率误属主名,何以不注明?

七、(孟浩然)此乃府下俗书,窜易孟之《归终南山》起二句耳。浩然布衣,安得赴"北阙"而径辞天子哉!

八、(怀素)误甚,此乃戴叔伦诗,见怀素《自叙》所引,观《自叙帖》影印本即知。(戴御史叔伦……云:"心手相师势转奇,诡形怪状翻合宜。人人欲问此中妙,怀素自言初不知。")

九、(贾岛)贾岛《忆江上吴处士》诗:"秋风生渭水,落叶满长安。"千古传诵(《全唐诗话》摘句"生"字作"吹"更佳)。俗类书窜改成此,不知秋风引起落叶、渭水,切近流走而对称,真目无珠而心无窍者。

十、(白居易)未辑《通典》卷四一赞摩尼教五律、《三国演义》104回吊孔明七律,皆伪作也。

十一、(杜牧)《老学庵笔记》载吕夷简《天花寺》诗,明本书袭之,牧翁不知,选入《列朝诗丙集》。此首亦吕诗作贼,徐氏为所欺耳。

以下就各则内容,分别略作申说。

第一则,唐太宗《焚经台》:"门径萧萧长绿苔,一回登此一徘徊。青牛谩说函关去,白马亲从印土来。确实是非凭烈焰,要分真伪筑高台。春风也解嫌狼藉,吹尽当年道教灰。"我据宋释法云《翻译名义集》卷七录出,并指出又见宋释子升、如佑辑《禅门诸祖师偈颂》卷下之下,题作太宗《题白马寺》。又加按:"《全唐诗》卷七八六以此诗归无名氏,云'其声调不类,要是后人妄托'。然此诗征引甚早。《翻译名义集》亦非伪妄之书。同卷录义净三藏诗,亦初唐时人。恐馆臣之意不在声类,而在此诗有玷太宗之盛德耳。义净诗亦误录,岑仲勉先生《读全唐诗札记》已斥其妄。初唐七律传世甚少,故重录之。"现在看来,当时的按语有失偏颇,没有考虑到初唐不可能出现这样粘对讲究的七律,已经有多位学者指出。但如果要重新编定唐一代的诗歌,我仍建议作为附录备存于太宗名下,因为此诗与我同时据《金石续编》载陕西鄠县金正大石刻《赞姚秦三藏罗什法师诗》,以及据元祥迈撰《辨伪录》卷五所辑缺名赞(《佛祖统纪》卷四五作宋太宗《佛牙赞》),都是七律体的颂佛之作,虽然断然不可作为初唐七律之资料,却是宋元佛教史的重要文献。钱先生提供了有关此诗的两则重要线索,一是关于焚经台的本事,见于《法苑珠林》卷二六《敬法篇》引《汉法本内篇》,叙汉明帝尊佛后,"诸道士等以柴荻火,绕坛临经,涕泣曰:'人主信邪,玄风失绪,敢延经义在坛,以火取验,用辩真伪。'便放火烧经,并成煨烬。道士等相顾失色。"未载诗,手稿中"却"字是"未"字之误,可知在高宗朝编《法苑珠林》时还没有所谓太宗之诗。另宋真宗注《四十二章经》,今习见者为日本《续藏经》三十七册所收本,附有署"唐太宗文皇帝制"的《题焚经台诗》,后附汉明帝夜梦金人,迎取此经的故事,当然为后世附会,"荒诞可笑"。此一出处为我所未知,只是还不能就此认为北宋前期已有此诗。

第二则,我据僧道宣《集古今佛道论衡》卷丁录高宗初期内庭僧道互嘲的一些韵语,其中包括僧人静泰、义褒、灵辩和道士李荣的作品。道宣此书是弘佛之著,与《广弘明集》性质类似,但偏于叙事,其中道士颇被丑化。钱先生录了静泰、李荣、灵辩韵语,估计是看重其中一些攻击性的比喻很特别,他所指出《太平广记》所收李荣与僧互嘲语,见该书卷二四八引《启颜录》,《全唐诗》卷八七二已经收在僧法轨名下。我只收《全唐诗》不收的作品,不是疏漏。

第三则,吐鲁番所出《论语》郑玄注后的卜天寿杂写,经郭沫若的评述而广为所知,我也据郭说录二诗于卜天寿名下。现在更赞同李正宇《敦煌学郎题记辑注》(刊《敦煌学辑刊》1987 年第 1 期)、徐俊《敦煌学郎诗作者问题考略》(刊《文献》1994 年第 4 期)的说法,卜天寿如同许多敦煌、吐鲁番的学童一样,只是据当时民间流传的诗歌,抄写于文本之末,绝不是诗的作者。钱先生所录的这首是:"他道侧书易,我道侧书[难]。侧书还侧读,还须侧眼[看]。"所缺二字据郭沫若、龙晦说补。郭沫若认为侧书就是侧身书写,钱先生似乎不太赞同,但究为何字,看来他一时也无合适解释,因而有所存疑。

第四则,是对新辑宋之问诗歌评赏的看法。宋之问去世后,友人武平一辑其诗文为《宋之问集》十卷。这个本子可能到明代前期还存世,因此在《永乐大典》和《诗渊》中存佚诗约二十首。今存嘉靖后所刻宋之问集则为明人重辑,已非原集。从存录作品的立场,当然应该求备,以适应各方研究之需求,但就唐诗欣赏的立场来看,则补录之诗艺术性是要差一些,毕竟前此已有许多选家和学者做过抉择。附带说到,《诗渊》是明前期一部规模宏大的分类历代诗集,仅有一抄本流传,归北京图书馆后,又长期未编目,到20世纪80年代方为世人所知。我曾试图证明编录者为浙江临海一位水平不高但抄书勤奋的士人,可惜未及成文,根据也不记得了。

第五则,六祖惠能受法偈,传世的契嵩本以下《坛经》作"菩提本无树,明镜亦非台。本来无一物,何处惹尘埃"。从吴越僧延寿《宗镜录》卷三一所引作"菩提亦非树,明镜亦非台。本来无一物,何用拂尘埃"来看,此一文本至少在唐末已经出现。而敦煌所出法海本《坛经》,则作二首:"菩提本无树,明镜亦非台。佛性常清净,何处有尘埃。""心是菩提树,身为明镜台。明镜本清净,何处染尘埃。"当然敦煌本更接近惠能思想的原貌,且只要稍通禅理,即可以看到两种受法偈思想的巨大差异。但从文学立场来看,则改本显然更具感染力和号召力。钱先生肯定流传本"改字之妙",正是从这一立场所作之评判。

第六则,我据宋佚名编《锦绣万花谷后集》卷一四载著名的《木兰诗》中四句"万里赴戎机,关山度若飞。朔气传金柝,寒光照铁衣"收在沈佺期名下,特为录出,并加按云:"此四句即《木兰诗》中后人以为极似唐人所作之句。《万花谷》收佺期《塞北二首》摘句后,又收此四句,署'前人',未详编者另有所据抑疏忽致误。今人或主《木兰诗》为唐初人所作。今姑录出附存佺期名下,以供研究者采择。"此四句,今人认为最似唐人诗,有宋人书标述作者,虽然我也不认为据此就可以认为是沈诗,但觉得将其举出还不是毫无意义。钱先生断定此为"编类书者草率误属主名",批评我"何以不注明",即认为我所加按语态度还不够明确,我尊重他的意见。

　　第七则,我据《吟窗杂录》卷一四收正字王玄《诗中旨格》引孟浩然《归旧隐》二句"北阙辞天子,南山隐薜萝",加按语云:"此二句疑为浩然《归故园作》'北阙休上书,南山归弊庐'之异文。"《吟窗杂录》所署南宋状元陈应行撰乃出依托,其初本应为北宋末蔡传所编,今人已有共识(参张伯伟《全唐五代诗格校考》所附《吟窗杂录考》)。正字王玄《诗中旨格》大致为五代末至宋初的诗格。唐人诗格内容都较浅俗,录诗也多错误,钱先生讥为"俗书",不算酷评。《归终南山》即《归故园作》,为本集与《河岳英灵集》诗题不同。至于责问"安得赴'北阙'而径辞天子哉",我则有所保留,盖诗人作诗,本非实录,且唐人诗歌常经数度改写,流传中更多变化,故录此以备文献。

　　第八则,我据明汪珂玉《汪氏珊瑚网法书题跋》卷二录"人人欲问此中妙,怀素自言初不知"二句为怀素诗,确属误录戴叔伦诗。

　　第九则,与前第七则类似。我据《吟窗杂录》卷一三僧虚中《流类手鉴》录阆仙诗"离人隔楚水,落叶满长安"。因为前句不见贾集而补出,后句见于一般文学史称引,当然知道,但交稿时忘加按语说明。当时因为看宋人轶事述晏殊名句"无可奈何花落去,似曾相识燕归来",写入词也写入诗,认为贾岛也有这种可能,即予录出。钱先生对诗意解读甚好,所言甚是。稍可补充的是,《全唐诗话》有署名尤袤或廖莹中等数说,其内容肯定全部抄自计有功的《唐诗纪事》,只是计书的一个节录本,虽老辈颇重此书,今人则认为一般可以不用。作"秋风吹渭水"的摘句,见《唐诗纪事》卷四〇注明"张为取作《主客图》",即唐末通行文本就是如此。

　　第十则,因白居易而提及未辑的两则伪诗,是提示线索,指为后世依托。所云"《通典》卷四一赞摩尼教五律",可能记忆有出入。杜佑《通典》成书略早于白居易之成名,今所见无论《十通》本,还是中华书局所出王文锦点校本,以及影印日本宫内厅存北宋本,卷四一仅有一则关于摩尼教的敕令,未有录诗,未知钱先生所据为何本。《三国演义》一〇四回《陨大星汉丞相归天　见木像魏都督丧胆》,述诸葛亮死后,"杜工部有诗叹曰:'长星昨夜坠前营,讣报先生此日倾。虎帐不闻施号令,麟台惟显著勋名。空馀门下三千客,辜负胸中十万兵。好看绿阴清昼里,于今无复雅歌声!'

白乐天亦有诗曰：'先生晦迹卧山林，三顾那逢圣主寻。鱼到南阳方得水，龙飞天汉便为霖。托孤既尽殷勤礼，报国还倾忠义心。前后出师遗表在，令人一览泪沾襟。'"杜、白二集皆有宋本流传，均无此诗，可知为明清间人依托，诗还不错，个别诗句可以找到来源，如"辜负胸中十万兵"为南宋华岳《翠微南征录》载《冬日述怀》末句。但绝非唐诗，盖好事者所作，托名家以求其流传。

第十一则，我据民国十三年刊徐乃昌纂《南陵县志》卷四二录杜牧《安贤寺》："谢家池上安贤寺，面面松窗对水开。莫道闭门防俗客，爱闲能有几人来。"钱先生数言，指出此诗托伪的曲折事实。我据他的指示检索文献，得到以下线索和结论。

吕夷简是宋仁宗时宰执，诗名常为其官名所掩。《天花寺》诗："贺家湖上天花寺，一一轩窗向水开。不用闭门防俗客，爱闲能有几人来。"现知北宋时至少被四次称引，分别见孔延之《会稽掇英总集》卷九、吕希哲《吕氏杂记》卷下、江休复《江邻几杂志》（《诗话总龟》卷一五引）和蔡宽夫《诗史》（前书卷二九引），其中吕希哲为吕夷简之孙，吕公著子，最可凭信。南宋较有影响的引录则有陆游《老学庵笔记》卷六和吕祖谦《宋文鉴》卷二七。吕祖谦也是吕夷简后人，颇存家族文献。

钱谦益《列朝诗集》丙集卷一六收明初人木青（号松鹤）《太素轩》诗："盘陀石畔看云屋，一一轩窗面水开。不是避门妨俗客，爱闲能有几人来。"除首句不同，后三句显然抄袭吕诗，就是不知道是木青本人抄袭还是后来传误，只是钱谦益没有察觉，仍予收入。清初王士祯《香祖笔记》卷五指出此"即宋人'贺家湖上天花寺'诗，近某亦载之明朝诗，何也？"虽未指名，即指牧斋。

此外，《六朝事迹编类》卷下收杨修《横塘》诗："早潮才过晚潮来，一一轩窗照水开。鉴面无尘风不动，分明倒影见楼台。"此杨修为杨备之误，所引诗为其作《姑苏百咏》之一。杨备与吕夷简同时而年辈稍晚，此诗从吕诗中搬用了一句。

传为杜牧诗，也不始于徐乃昌。今知《嘉靖宁国府志》卷四因前两句作古诗，《万历宁国府志》卷五录全诗而不题作者，《嘉庆宁国府志》卷一

四、《嘉庆南陵县志》卷四已作杜牧诗。徐乃昌修志时,沿袭了前志的错误,有所失察,但非有心作贼。

　　钱先生关于拙辑的读书札记虽然篇幅不多,所涉内容则极其丰富,或指示辑佚线索,或指出作品误收,或说明歧本各有可取,或提示依托在所多有,都足启发思路,指点迷津。当然我因为一直做唐诗文本的研究,在个别问题上的看法容有不同。二十年前古籍无法检索,现在可以随意地检索数千种典籍中的每一个人名和词语,当然在文本处理方面也可以更精密。但我始终相信,仅靠检索猎取文献的做法无法代替第一手的广泛阅读典籍,只有在融会贯通地阅读群籍基础上才能对学术有透彻的认知。钱先生的读书笔记为我们树立了一代学人勤勉读书、独立研究的典范,值得我们长久地学习和体悟。

2012 年 3 月 18 日于复旦大学光华楼

(《东方早报·上海书评》2012 年 4 月 8 日)

《全唐诗补编》以外新见
唐五代逸诗辑存

　　《全唐诗补编》此次出版简体字本,时间很仓促,从通知我到发稿,仅有十多天时间。其间我还得忙其他工作,来不及对全书作彻底的修订,仅能就明显的误收之作,作了删除,有疑问处,增写了若干条按语。另新见逸诗,近年颇有发现,敦煌遗书中尤多,此次也来不及采用了。谨就手中所有者,录存于次,以供读者参考。陈尚君　1997年11月初于沪寓。

　　本书已见作者十五家得补录逸诗。

　　张继,《诗渊》第六册4368页收其《送客往汉阳迎妇》:"楚水秦云连别愁,所思天末路悠悠。频年独对鸳鸯绮,计日双栖鹦鹉洲。题诗愿报西飞燕,相见无劳河汉秋。"《续拾》仅据《舆地纪胜》收"频年"二句。

　　杨衡,《文苑英华》卷二二五存《游仙》:"葳蕤三株树,杳霭仙源路。日规半隐霞,山窗未敛雾。泛琴宜秋寂,吹箫看风度。披云振轻衣,踏叶罗幽步。前溪鬼谷隐,后岭王乔住。翡翠映碧流,桂花凝清露。眇然归天理,逍遥任真趣。寄谢桑榆客,荣耀非所务。"《全唐诗》及《补编》均未收。

　　元稹《题生公影堂》诗:"我有三宝一百僧,伟哉生公道业弘。金声玉振神迹远,古窟灵龛天香縢。"见池田温《中国古代写本识语集录》收《白氏文集》卷一一日僧惠萼会昌四年题记,叙其诗云:"寒食三月八日断火,居士惠萼九日游吴王剑池武岳东寺。到天竺道生法师昔讲《涅槃经》时,五百阿罗汉化出现,听经座石上,分明今在生公影堂里,影侧牌诗。"下录元诗,并云"石龛中置影像"。

　　李涉,《诗渊》第二册863页存《酬凤翔田少尹》:"缪因章句有浮名,不料知音遇上卿。一篇见示如神貌,子细吟来刮骨清。"

张又新,日本内阁文库藏宋刊本《庐山记》卷四(转录自《福井大学教育学部纪要·人文科学》四十四号刊泽崎久和《内阁文库藏宋刊本〈庐山记〉以及〈全唐诗〉的补订》)存其作《游匡庐》:"读史与传闻,匡庐擅高称。及兹浅游历,听览已可证。气秀多异花,景闲足幽兴。泉声隐重数,狄影瞥危磴。崖壑相吐吞,林峦互绵亘。披藤入荒莽,打草成新岖。山近状渐奇,迹穷景逾胜。惬心忘险远,惫足只蹭蹬。跻岭云外晴,出山岚已憎。回途眷犹顾,浚谷皆微崚。"

张毅夫,《全唐诗续补遗》据《永乐大典》收《东林寺》,凡十句。宋刊《庐山记》卷四载此诗,题作《春暮寄东林寺行言上人》,凡十八句,重录如次:"驻筛息东林,清泉洗病心。上人开梵夹,趋吏拂尘襟。游宦情田浼,拘牵觉路沉。炉峰霄汉近,烟树荔萝阴。溪浚龙蛇隐,岩高雨露侵。猿声云壑断,磬韵竹房深。危磴随僧上,云溪策杖寻。古苔疑组绣,怪石竞钦岑。欲问吾师法,衰年力不任。"

秦韬玉,《锦绣万花谷别集》卷一存《雪》:"缭绕因风到地迟,幽庭暗户发光辉。乘槎羽客隈琼树,化石佳人着素衣。"

崔致远,《续拾》录十一首,附存十一首,按云"尚缺二十首左右"未见。今承友人张伯伟录示《东文选》中诗,阎琦印示《崔文昌侯文集》中诗,补录如次。《东文选》卷九补四首:《长安旅舍与于慎微长官接邻有寄》:"上国羁栖久,多惭万里人。那堪颜氏巷,得接孟家邻。守道唯稽古,交情岂惮贫。他乡少知己,莫厌访君频。"《赠云门兰若智光上人》:"云畔构精庐,安禅四纪馀。筇无出山步,笔绝入京书。竹架泉声紧,松棂日影疏。境高吟不尽,瞑目悟真如。"《题云峰寺》:"扪葛上云峰,平观世界空。千山分掌上,万事豁胸中。塔影日边雪,松声天半风。烟霞应笑我,回步入尘笼。"《旅游唐城有先王乐官将西归夜吹数曲恋恩悲泣以诗赠之》:"人事盛还衰,浮生实可悲。谁知天上曲,来向海边吹。水殿看花处,风楼对月时。攀髯今已矣,与尔泪双垂。"卷一二可补二首:《春晓偶书》:"叵耐东流水不回,只催诗景恼人来。含情朝雨细复细,弄艳好花开未开。乱世风光无主者,浮生名利转悠哉。思量可恨刘伶妇,强劝夫郎疏酒杯。"《和张进士乔村居病中见寄乔字松年》:"一种诗名四海传,浪仙争得似松年。不唯骚雅标新格,能把行藏继古贤。藜杖夜携孤峤月,苇帘朝卷远村烟。病来吟寄漳滨句,因付渔翁入郭船。"卷一九补七首:《邮亭夜雨》:"旅馆穷秋雨,寒窗静夜灯。自怜愁里坐,真个定中僧。"《途中作》:"东飘西转路歧尘,独策羸骖几苦辛。不是不知归去好,只缘归去又家贫。"《饶州鄱阳序》:"夕阳吟立思无穷,万古江山一望中。太守忧民疏宴乐,满江风月属渔翁。"《题芋江驿亭》:"沙汀立马待回舟,一带烟波万古愁。直得山平兼水竭,人间离别始应休。"《春日邀知友不至因寄绝句》:"每忆长安旧苦辛,那堪虚掷故园春。今朝又负游山约,悔识尘中名利人。"《留别西京金少尹峻》:"相逢信宿又分离,愁见歧中更有歧。手里桂香销欲尽,别君无处话心期。"《赠梓谷兰若独居僧》:"除听松风耳不喧,结茅深倚白云根。世人知路翻应恨,石上莓苔污屐痕。"《崔文昌侯全集·孤云先生文集》卷一补七首又三联:《泛海》:"挂席浮沧海,长风万里通。乘槎思汉使,采药忆秦童。日月无何外,乾坤太极中。蓬莱看咫尺,吾且访仙翁。"《赠希朗和尚》六首:"步得金刚地上说,扶萨铁围山间结。苾刍海印寺讲经,杂花从此成三绝。""龙堂妙说入龙宫,龙猛能传龙种功。龙国龙神定欢喜,龙山益表义龙雄。""摩羯提城光遍照,遮拘盘国法增耀。今朝慧日出扶桑,认得文殊降东庙。""天言秘教从天授,海印真诠出海米。好是海隅兴海义,只应天意委天才。""道树高谈龙树释,东林雅志南林译。斌公彼岸震金声,何似伽倻继佛迹。""三三广会数堪疑,十十圆宗义不亏。若说流通推现验,经来未尽语偏奇。"《题舆地图》:"昆仑东走五山碧,星宿北流一水黄。"《姑苏台》:"荒台麋鹿游秋草,废院牛羊下夕阳。"《碧松亭》:"暮年归卧松亭下,一抹伽倻望里青。"同上本《孤云先生续集》补五首又一联:《和李展长官冬日游山寺》:"暂游禅室思依依,为爱溪山似此稀。胜境唯愁无计住,闲吟不觉有家归。僧寻泉脉敲冰汲,鹤起松梢摆雪飞。曾接陶公诗酒兴,世途名利已忘机。"《汴河怀古》:"游子停车试问津,隋堤寂寞没遗尘。人心自属升平主,柳色全非大业春。浊浪不留龙舸迹,暮霞空认锦帆新。莫言炀帝曾亡国,今古奢华尽败身。"《友人以球杖见惠以宝刀为答》:"月杖轻轻片月弯,霜刀凛凛晓霜寒。感君恩岂寻常用,知我心须仔细看。既许驱驰终附骥,只希提拔早登坛。当场已见分馀力,引镜终无照胆难。"《辛丑年寄进士吴瞻》:"危时端坐恨非夫,争奈生逢恶世途。尽爱春莺言语巧,却嫌秋隼性灵粗。迷津懒问从他笑,直道能行要自愚。壮志起来何处说,俗人相对不如无。"《和友人春日游野亭》:"每将诗酒乐平生,况值春深炀帝城。一望便驱无限景,七言能写此时情。花铺露锦留连蝶,柳织烟丝惹绊莺。知己相邀欢醉处,羡君稽古赛桓荣。"《马上作》:"远树参差江畔路,寒云零落马前峰。"凡补二十五首又四联。

熊皎,明刊《锦绣万花谷别集》尚存三诗,卷三有《水》:"百川东注事难猜,千古悠悠竟不回。无滞自能随势去,有声多为不平来。轻浮范蠡舟何处,冷浸灵均骨可哀。举世尽知兼济物,流年争忍被君催。"卷二十一存《赠晓空大师》:"嵯峨山顶昔安禅,几度兴亡在目前。白发任生离乱世,紫衣曾看太平年。云藏圭岭经春雪,雨暗乾陵欲暮天。不受外方侯伯请,自携瓶锡住秦川。"又缺题一首:"不独世人惊换骨,也曾王母怒偷桃。明朝别我归何处,笑指三山碧浪高。"

修睦,宋本《庐山记》卷四收《留题东林寺二首》,其一《续拾》作《山北东林诗》,其二作《庐山》,仅存四句,重录如下:"底事匡庐住忘回,其如幽致胜天台。僧闲吟倚六朝树,客思晚行三径苔。明月入池还自出,好云归岫又重来。不知十八贤何在,说着令人双眼开。"

孟宾于,宋本《庐山记》卷四存其《归宗寺右军墨池》一首:"澄月夜阑僧正定,风生时有叶飘来。几人到此唯怀想,空绕池边又却回。"又收《简寂观》一首:"钱烬满庭人醮罢,西峰凉影月沉沉。到来往事碑中说,坛畔徘徊秋正深。"《续拾》误作江为诗。

翁承赞,《诗渊》尚存二诗。第四册2592页收《新栽竹》:"劲节离松坞,清风入土林。粉犹招野色,翠已结庭阴。好景堪同醉,高情莫厌吟。与君相爱久,看取岁寒心。"第五册3463页存《宿王怀州西斋(原误作"齐")》:"寒城闭暮云,对雨夜将分。更与朔风杂,还如江上闻。宿烟和羃羃,凉叶共纷纷。何幸西斋里,仍陪谢使君。"

杜光庭,明刊《锦绣万花谷别集》尚存其逸诗,卷三有《荆江》:"浸月吞山势未休,纤波不动冷光浮。润从鹦鹉洲前过,深向鹧鸪峰下流。橘柚香飘荆渚暮,蒹葭风度楚汀秋。何时得遂浮桴兴,期尔蓬壶烂漫游。"卷二存《剑门山》:"谁运乾坤陶冶功,铸为双剑倚苍穹。显门(《舆地纪胜》作"题诗")曾驻三天驾,疑(《舆地纪胜》作"碍")日长含八海风。李势雄图寻委地,刘禅霸业亦成空。须知在德非关险,二主兴亡一梦中。"《舆地纪胜》卷一九二、《方舆胜览》卷六七、《全唐诗》卷八五四均仅存前四句。另前书卷五有"北斗暗量浮世去,东篱旋报菊花黄"二句。又《全唐诗》卷八五四收《赠将军》,首二句缺。《锦绣万花谷别集》卷一一题作《赠上将军》,诗完,首二句作"不烦方岳聘贤豪,独运神机斩巨鳌"。

辛寅逊,《锦绣万花谷别集》卷一存《雨》佚句:"狂风似手拔枯树,骇波如雷劈断桥。"

李尧夫,《锦绣万花谷别集》卷三存其逸诗:"沃日涵空势自由,通天巨派出昆丘。清膺我后千年运,浊为何人万古流。"同书《前集》卷七存逸诗:"风撼孤根雪压枝,小苞香拆大寒时。群芳自莫相矜笑,止渴和羹自有期。"

欧阳炯,《锦绣万花谷别集》卷五存《七夕》:"新秋气象已恬如,牛女相逢欲渡河。星里客来应处士,月中人到是姮娥。清风袅袅鸣环佩,薄雾纷纷透绮罗。莫向一宵怀怨别,万年千载却成多。"

本书未收作者诗,就所知录如次。

李问政诗:"五文何彩彩,十影忽昂昂。"见《千唐志斋藏志》收天宝元年王端撰《大唐故右金吾卫胄曹参军陇西李府君(符彩)墓志铭》引崔日用致李问政书引。问政,陇西人,玄宗开元初任和州刺史。

先汪《题安乐山》:"碧峰横倚白云端,隋代真人化迹残。翠柏不凋龙骨瘦,石泉犹在镜光寒。一身迥向天边立,万壑皆从脚底看。莫道烟消无路上,但看仙骨到非难。"见《莲堂诗话》卷上。《全唐诗》卷四七二仅存前四句。

元季方《纪鹤林政事诗》:"但美诗书教,曾无鼙鼓喧。"见崔致远《孤云先生文集》卷一《谢嗣位表》引。季方,《新唐书》卷二〇一有传,义方弟,举明经,调楚丘尉,历度支员外郎,金、膳二部郎中,顺宗时以兵部郎中使新罗,卒年五十一。

唐懿宗赐新罗景文王诗:"礼义国为最,诗书家所传。"出处同上则。

谢迢《寓题诗》:"永夜一台月,高秋千户砧。"见《千唐志斋藏志》收咸通九年谢承昭撰《唐秘书省欧阳正字故夫人陈郡谢氏墓志铭》。谢迢(839—866),字升之,谢观女,秘书正字欧阳琳妻。

裴谐《集左氏诗》:"南山有鸟,自名啄木。饥则缘树,暮则巢宿。无干于人,惟志所欲。此盖禽兽,性清者荣,性浊者辱。"见《太平御览》卷九二三。自《古诗纪》以下作左芬诗,误。

韩溉《燕诗》:"对语春风翠满衣,碧江迢递往来稀。远空尽日和烟去,深院无人带雨归。珠箔下时犹脉脉,画堂深处正依依。王孙尽许营巢稳,惯听笙歌夜不飞。"见《锦绣万花谷别集》卷二八。

无则逸句:"石上凉多新雨歇,池边吟久好风生。"见《锦绣万花谷别集》卷三。

应之,宋本《庐山记》卷四存其《西林》诗:"寺与东林景物齐,泉通虚阁接清溪。树从山半参差碧,猿向夜深相对啼。岚滴杉松僧舍冷,月明庭户鹤巢低。徘徊寻遍幽奇处,已有前朝作者题。"应之为南唐僧,与徐铉同时。

崔匡裕《御沟》:"长铺白练静无风,澄景涵晖皎镜同。堤柳雨馀光映绿,墙花春半影含红。晓和残月流城外,夜带残钟出禁中。人若有心上星汉,乘查(槎)未必此难通。"《长安春日有感》:"麻衣难拂路歧尘,鬓改颜衰晓镜新。上国好花愁里艳,故园芳树梦中春。扁舟烟月思浮海,羸马关河倦问津。只为未酬萤雪志,绿杨莺语大伤神。"《庭梅》:"练艳霜辉照四邻,庭隅独占腊天春。繁枝半落残妆浅,晴雪初销宿泪新。寒影低遮金井日,冷香轻锁玉窗尘。故园还有临溪树,应待西行万里人。"《送乡人及第还国》:"仙桂浓香惹雪麻,一条归路指天涯。高堂朝夕贪调膳,上国欢游罢醉花。红映蜃楼波吐日,紫笼鳌极岫横霞。同离故国君先去,独把空书寄还家。"《郊居呈知己》:"车马何人肯暂劳,满庭寒竹靖萧骚。林含落照溪光远,帘卷残秋岳色高。仙桂未期攀兔窟,乡书无计过鲸涛。生成仲虺裁《商诰》，莫使非珍似旅獒。"《细雨》："风缲云缉散丝纶，阴噎濛濛海岳春。微泫晓花红泪咽，轻沾烟柳翠眉颦。能鲜石径糜踪藓，解裹沙堤马足尘。炀帝锦帆应见忌，偏宜蓑笠钓船人。"《早行》："才闻鸡唱独开扃，羸马悲嘶万里亭。高角远声吹片月，一鞭寒彩动残星。风牵疏响过山雁，露湿微光隔水萤。谁念异乡游子苦，香灯几处照银屏。"《鹭鸶》："烟洲日暖隐蒲丛，闲刷霜毛伴钓翁。高迹不如丹顶鹤，疏情应及绀翎鸿。严光台畔蘋花晓，范蠡舟边苇雪风。两处斜阳堪爱尔，双双零落断霞中。"《商山路作》："春登时岭雁回低，马足移迟雪润泥。绮季家边云拥岫，张仪山下树笼溪。悬崖猛石惊龙虎，咽涧狂泉振鼓鼙。懒问帝乡多少地，断烟斜日共凄凄。"《忆江南李处士居》："江南曾过戴公家，门对空江浸晓霞。坐月芳樽倾竹叶，游春兰舸泛桃花。庭前露藕红侵砌，窗外晴山翠入纱。徒忆旧游频结梦，东风憔悴泣京华。"均见高丽权永编《东文选》卷一二。匡裕，新罗宾贡进士，约唐末入唐。

朴仁范《送俨上人归竺乾（原作"乾竺"）国》："家隔沧溟梦早迷，前程况复雪山西。磬声渐逐河源迥，帆影长随落月低。葱岭鬼应开栈道，流沙神与作云梯。离乡五印人相问，年号咸通手自题。"《江行呈张峻秀才》："兰桡晚泊荻花洲，露冷蛩声绕岸秋。潮落古滩沙觜没，日沉寒岛树容愁。风驱江上群飞雁，月送天涯独去舟。共厌羁离年已老，每言心事泪潜流。"《马嵬怀古》："日旆云旗向锦城，侍臣相顾暗伤情。龙颜结恨频回首，玉貌催魂已隔生。自此暮山多惨色，到今流水有愁声。空馀露湿闲花在，犹似仙娥脸泪盈。"《寄香岩山睿上人》："却忆前头忽黯然，共游江海偶同船。云山凝志知何日，松月联文已十年。自叹迷津依阙下，岂胜抛世卧溪边。烟波阻绝过千里，雁足书来不可传。"《早秋书情》："古槐花落早蝉鸣，却忆前年此日程。千绪旅愁因感起，几茎霜发为贫生。堪知折桂心还畅，直到逢秋梦不惊。每念受恩恩更重，欲将酬德觉身轻。"《泾州龙朔寺阁兼柬云栖上人》："翚飞仙阁在青冥，月殿笙歌历历听。灯撼萤光明鸟道，梯回虹影到岩扃。人随流水何时尽，竹带寒山万古青。试问是非空色理，百年愁醉坐来醒。"《上殷员外》："孔明筹策惠连诗，坐幕亲临十万师。骐骥蹴云终有日，鸾凤开翅已当期。好寻山寺探幽胜，爱上江楼话远思。浅薄幸因游郑驿,贡文多愧遇深知。"《赠田校书》:"芸阁仙郎幕府宾,鹤心松操古诗人。清如水镜常无累,馨比兰荪自有春。日夕笙歌虽满耳,平生书剑不离身。应怜苦戍成何事,许借馀波救涸鳞。"《上冯员外》:"陆家词赋掩群英,却笑虚传榜上名。志操应将寒竹茂,心源不让玉壶清。远随旌斾来防虏,未逐鸾鸿去住城。莲幕邓林容待物,翩翩穷鸟自哀鸣。"《九成宫怀古》:"忆昔文皇定鼎年,四方无事幸林泉。歌钟响彻青霄外,羽卫光分草树前。玉榭金阶青霭合,翠楼丹槛白云连。追思冠剑桥山月,千古行人尽惨然。"均见《东文选》卷一二。仁范,高丽金富轼《三国史记》卷四六谓其"仅有文字传者,而史失行事,不得之传"。据诗,知为咸通中新罗宾贡进士,似曾登第。高丽李奎报《白云小说》(见《诗话丛林》卷一)称其为"学士",恐为归国后所任官。

　　崔承祐《镜湖》:"采蕨山前越国中,麴尘秋水澹连空。芦花散扑沙头雪,菱菜吹生渡口风。方朔绛囊游渺渺,鸱夷桂楫去匆匆。明皇乞与知章后,万顷恩波竟不穷。"《献新除中书李舍人》:"五色仙毫入紫微(原作"薇"),好将新业助雍熙。玄卿石上长批诏,林府枝间已作诗。银烛剪花红滴滴,铜台输刻漏迟迟。自从子寿登庸后,继得清风更有谁。"《送曹进士松入罗浮》:"雨晴云敛鹧鸪飞,岭峤临流话所思。厌次狂生须让赋,宣城太守敢言诗。休攀月桂凌天险,好把烟霞避世危。七十长溪三洞里,他年名遂也相宜。"《春日送韦太尉自西川除淮南》:"广陵天下最雄藩,暂借贤侯重寄分。花送去思攀锦水,柳迎来暮挽淮濆。疮痍从此资良药,宵旰终须缓圣君。应念风前退飞鹢,不知何路出鸡群。"《关中送陈策先辈赴邠州幕》:"祢衡词赋陆机文,再捷名高已不群。珠泪远辞裴吏部,玳筵今奉窦将军。尊前有雪吟京洛,马上无山入寒云。从此幕中声价重,红莲丹桂共芳芬。"《赠薛杂端》:"圣君须信整朝纲,数岁公才委宪章。按辔已清双阙路,搢绅俱奉一台霜。鸿飞碧落曾犹渐,鹰到金风始见扬。长庆桥边休顾望,忽闻消息入文昌。"《读姚卿云传》:"曾向纱窗揭缥囊,洛中遗事最堪伤。愁心已逐朝云散,怨泪空随逝水长。不学投身金谷槛,却应偷眼宋家墙。寻思都尉怜才子,大抵功曹分外忙。"《忆江西旧游因寄知己》:"掘剑城前独问津,渚边曾遇谢将军。团团吟冷江心月,片片愁开岳顶云。

风领雁声孤枕过,星排渔火几船分。白醵红脸虽牵梦,敢负明时更羡君。"
《别》:"入(原作"人")越游秦恨转生,每回伤别问长亭。三尊绿酒应须
醉,一曲丹唇且待听。南浦片帆风飒飒,东门驱马草青青。不唯儿女多心
绪,亦到离筵尽涕零。"《邺下和李秀才与镜》:"汉南才子洛川神,每算相
称有几人。波剪脸光争乃溢,山横眉黛可曾匀。纷纷舞袖飘衣举,袅袅歌
筵送酒频。只恐明年正月半,暗教金镜问亡陈。"均见《东文选》卷一二。
承祐,金富轼《三国史记》卷四六有传:"崔承祐以唐昭宗龙纪二年
(889)入唐,至景福二年(893)侍郎杨涉下及第。有四六五卷,自序为《䤼
本集》。后为甄萱作檄书,移我太祖。"其《春日送韦太尉自西川除淮南》,
韦太尉指韦昭度,"自西川除淮南",为龙纪元年事,见《唐刺史考》卷二二
二。承祐入唐,当在此年前,《三国史记》有误。其登第事,《登科记考》失
载。归国年不详。曾为甄萱移檄高丽太祖王建,知后唐明宗时仍在世。

张□《哭亡女二首》:"送汝出秋□,□舟临路歧。全家共来处,丹旐
独归时。抚榇肠欲绝,举觞心更悲。不知黄壤里,知此与无知。""吴兴嘉
山水,为汝不复游。终日□□后,闭门空泪流。冥然当盛暑,忽尔成高秋。
片玉想如在,一生□□□。"见《唐代墓志汇编》残志二一《张氏亡女墓志
铭》。此志仅此二诗,年代不详。友人曹汛以为元和中张士阶作。

舒□。《北京图书馆藏中国历代石刻拓本汇编》三五册有陕西华阴
残诗刻,诗存"芙蓉登临恨""时豪兴发收""中"三行,末署存"辰夏""同
长史前""乡贡进士舒"三行。同书同册有唐某年刻《嵩山六十峰诗》石
刻,署"登封令邠州傅梅元鼎撰"。按傅梅为明末人,《明史》卷二四一有
传,非唐人。

本书校后记述及高奉、蔡辅送别日僧圆珍诗未见,近承日本大阪市立
大学斋藤茂教授录寄小野胜年《入唐求法行历研究》所录日本圆城寺存
唐人送别诗,其中蔡辅十一首、高奉四首、道玄一首,本书未收,录如次:
蔡辅(大中间管道衙前散将)《大德璠心之唐国游帝京等道搜寻经教归本
国诗一首》:"判心唐国游帝京,寻得经教甚分明。无过为搜精华尽,且归
本国更朝天。"《唐国进仙人益国带腰及货物诗一首》:"大唐仙货进新天,
春草初生花叶鲜。料知今□随日长,唐家进寿一千年。"《大德归京敢奉

送别诗四首》:"鸿胪去京三千里,一驿萧条骏苦飞。执手叮咛深惜别,龙门早达更须归。""一别去后泪凄凄,心中常忆醉迷迷。看选应是多仙子,直向心头割寸枝。""一别萧萧行千里,来时悠悠未有期。一年三百六十日,无日无夜不相思。""游历天下心自知,斋前惜别不忍啼。自从一辞云去志,千里相送候来期。"《上人西游汉地将得宗旨回到本国奉诏入城送诗一首》:"吾师奉诏入皇城,巡念禅房意叮咛。莲华贝字驾龙马,明月金刚指云呈。一朝控锡飞上界,何时得见拜真容。奉辞一到天王阙,去后千回忆断肠。"《又一首》:"西游大士送天涯,君王续命便交归。惠云一去千里国,谁懈玩珠击袖衣。"《大德唐归入朝新天临途之日奉献诗一首》:"唐归入朝月腾光,新天时亮曙色霜。纵然浮云暂遮却,须臾还照莫苦伤。"《大德唐归伏承苦忆天台敢奉诗二首》:"忆昔大唐天台寺,乍离惆怅拭泪啼。忽然喜悦有情赖,应是仙德有所期。""别忆天台五岭歧,两伴森林尽松枝。辞归本国鸿胪馆,无日游戏暂相思。"高奉(大中间人)《昨日鸿胪北馆门楼游行一绝》:"鸿馆门楼掩海生,四邻观望散人情。遇然圣梨游上嬉,一杯仙药奉云青。"《怀秋思故乡一首》:"日落西郊偏忆乡,秋深明月破人肠。亭前满露蝉声乱,霜雁天边一带长。尽夜吟诗还四望,一轮桂叶落四方。一年未在鸿胪馆,诗兴千般入文章。"《今月十二日得上人忆天台诗韵和前奉上(注:点韵五十六字)》:"飞锡东流憩四龙,却赠天台五岭松。难忘众仙行道处,望思罗汉念真容。六年洗骨金刚汁,八戒薰心邀身通。谓纵法界无障碍,志缘常在五台中。"道玄(大中间镇西老释)《谨呈珍内供奉上人从秦归东送别诗》:"一时倾盖恩如旧,岂敢情论白发新。贰(疑当作"岱")岳知踪拾玉早,海藏迷路阻玄津。龙宫人者虽多客,独得骊珠宝髻珍。若遇善根分付了,台山有室待□□。"

　　无名氏诗:"荒草微,起暮云,寒郊訇訇不来人。堪伤九族哀离尽,每叹孤禽野吊频。"后周显德二年《大周田府君(仁训)墓志铭》志盖四周环刻此诗,见《隋唐五代墓志汇编·洛阳卷》十五。

　　另《隋唐五代墓志汇编》据北京图书馆藏拓本收《慈润寺故大明歃律师支提塔记》云:"律师俗姓□,生长在瀛洲。出□□具戒,问道□都游。三藏俱披□,□□□□□。□□群英□,远近□来求。四□□□□,□□

八十周。□□数十遍,释滞解玄幽。亦谓无量寿,净土业恒修。爰登于六九,七十五春秋。迁神慈润所,起庙此岸头。略记师之德,芳名万古留。"通篇押韵,亦可视作诗。

　　长沙窑所出唐诗,本书已录三十馀首。《中国诗学》第五辑刊周世荣《长沙窑唐诗录存》,除去重复,仍有数十首为本书所未收,转录如次:"幼小春闺眷,睡霄春睡重。□□□□□,□□□□□。""新妇家家有,新郎何处无。伦情好果报,嫁取可怜夫。""有僧长寄书,老□长相忆。莫作□□□,一去无消息。""□□□家日,□途柳色新。□前辞父母,洒泪别尊亲。""寒食元无火,青松自有烟。鸟啼新柳上,人拜坟古前。""□林□付之,鸿雁北向飞。今日是□日,早□□□□。""人归万里外,意在一杯中。只虑前程远(或作"人归千里去"),闻讯待好风(或作"人画一杯中")。""人归千里去,心画一杯中。莫道前程远,开坑(当作"帆")逐便风。""孤竹生南海,安根本自危。每蒙东日照,常被北风吹。""街上满梅村,春来尽不成。腹中花易发,荫处苦难生。""东家种桃李,一半向西邻。幸有馀光在,因何不与人。""岁岁长为客,年年不在家。见他桃李树,思忆后园花。""作客来多日,常怀一肚愁。路逢千丈木,堪作坐竹楼。""古人皆有别,此别泪恨多。去后看明月,风光处处过。""自从与客来,是事皆隐忍。有负平山心,崎岖在人尽。""剑缺那堪用,霞(瑕)珠不值钱。芙蓉一点污,□人那堪怜。""二八谁家女,临河洗旧妆。水流红粉尽,风送绮罗香。""衣裳不如注,人前满面修(当作"羞")。行时无风彩,坐在下行头。""凡人莫偷盗,行坐饱酒食。不用说东西,汝亦自绿直。""上有千年鸟,下有百年人。丈夫具纸笔,一世不求人。""□起自长呼,何名大丈夫。心中万事有,不□□中无。""备酒还逢酒,逃杯又被杯。今朝即不醉,满满酌将来。""终日如醉泥,看东不看西。为存酒家令,心里不曾迷。""世人皆有别,此别泪恨多。送客醉南浦,悬令听楚歌。""不意多离别,临别洒泪难。愁容生白发,相送出长安。""去去关山远,行行胡地深。早知今日苦,多与尽(当作"画")师金。""远送还通达,逍遥近道边。遇逢遐迩过,进迢道遥连。""□□□□岩,□□□崾嵫。□□巅崍裼,□□□嶙嵫。""单乔亦是乔,着木亦成乔(桥)。除却乔(桥)边木,着女便成娇。"

"闻流不见水,有石复无山。金瓶成碎玉,挂在树枝间。""熟练轻容软似绵,短衫披帛不緅缠。萧郎恶卧衣裳乱,往往天明在花前。""一暑(当作"树")寒梅南北枝,每年花发不同时。南枝昨夜花开尽,北内梅花犹未知。"另有残句若干,不备录。

（收入中华书局 1999 年 1 月刊《全唐诗》
简体横排本附《全唐诗补编》）

伏见宫旧藏《杂抄》卷十四中的唐人逸诗

2000 年春,日本学者金文京教授来复旦大学中文系讲学,见赠刚出版的《书陵部纪要》第 51 号(2000 年 3 月)收住吉朋彦先生撰《伏见宫旧藏〈杂抄〉卷十四》一文的抽印本。该文介绍的日本伏见宫所藏旧抄《杂抄》卷十四,录唐诗 36 篇(句),中国久已失传的唐诗即有 18 首,占全卷的一半。其中收有李端的多首七言歌行,世传李端诗以近体为多,得此补充,极为珍贵。另如崔国辅《霍将军妓》也属歌行,其传世之诗几乎全为五绝,也可看出诗人另一方面的创作成就。张谓逸诗《放歌行》属一字至十二字诗体,在这一体中也属较早的一首。卷中所收李南、屈晏、郑邃、刘琼四人,以往未有诗留传,是新见诗人。今所存诗,卷中所录诗在诗题、作者、文字诸方面也颇有与传世典籍较多不同处。该卷确是唐诗研究亟堪重视的新资料,应向国内学者作介绍。住吉朋彦先生大文对该卷面貌、流传、存诗价值的研究已极细致充分,因请金程宇博士译出,以便学者了解。住吉朋彦文后有全卷录文,按原卷页次和每行起讫录出,略加旁注的校订,不作标点。今略作校点,以录存逸诗为主,明显误脱者予以补改,不作详尽考校。今存诸诗,一般仅略作说明,不录全诗。

《杂抄》卷第十四

曲　下

乐　府　词　　　　　　　　令狐公[1]

秦筝慢调当秋日,玉指频移碎音律。清风分[2]作山水磬,妙曲泠泠[3]度华室。

〔1〕令狐公,应指令狐楚,也可能为令狐绹。　　〔2〕分,原卷旁注"别"字。　　〔3〕泠泠,原卷作"冷冷",径改。

妾　薄　命[1]　　　　　　李　端

〔1〕原卷仅抄"颜容南国重,名字北方闻""从来闭在长门者,必是宫中第一人"四句。按此为《乐府诗集》卷六二、《李端诗集》卷上、《全唐诗》卷二八四所收李端该诗的七、八、十五、十六四句。"颜容",诸书作"容颜"。

古　别　离[1]

〔1〕原卷仅录"远山云似〔盖〕,极浦树如毫"两句,为《乐府诗集》卷七一、《李端诗集》卷上、《全唐诗》卷二八四所收李端《古别离二首》之二的七、八两句,缺字亦据诸书补。

长　安　路[1]　　　　　　钱　起

〔1〕原卷录"高楼临积水,复道出繁花"两句。按二句见《皇甫冉诗集》卷三、《全唐诗》卷二四九所收皇甫冉同题诗,为五、六二句,"积"作"远"。《文苑英华》卷一九二作皇甫冉《长安道》,二句全同抄本。《全唐诗》注"一作韩翃(翊)诗",韩翃下未收。未见他书引作钱起诗。

画角歌送柳将军赴安西　　　　　李　端

紫髯健者凉州儿,能将画角向西吹。一声迴发思乡陌,老马回头雁垂翩。如登青陇[1]见临洮,若映黄云望张掖。风喧亭障一时暗,雪覆沙田千顷白。离离榆叶落危楼,漫漫蒲泥对弘栅。细音呜咽和幽涧,高响萧条愁远客。晓来交入玉关声,万人流渡边思生。降胡部落眠[2]中出,逦迤前胡五十城。伊西去天一万里,所亘曲尽将军起。男儿报国肯在身,苏武生还李陵死。天子如今未尚文,儒生安敢议而勋。今夜辕门歌战角,老将壮志赠将军。

〔1〕陇,原卷作"泷",径改。　　〔2〕眠,住吉朋彦疑当作"岷"。

白帝祠歌送客

苍然白帝祠,近出当三峡。合沓楚云齐,微明湘水匝。祠前山脚入江心,紫薛[1]红苔树阴阴。游商再拜向竹林,栌栝飔飔堂庑深。泉根石脉盘危径,猿吟莺啼不可听。后侣徒方击极催,前船已许焚[2]香哀。岩潭曲屈连□渴,跳沫喧豗溅薜萝。陈筵布席情转多,出门之后何过[3]。别有迎神乘夜至,鸡兼数头酒一器。女巫进舞在庭[4],罗裙转提青苔地。滟滪欲明□尽落,杜浆向晕人初醉。莒人治马哀无声,皮鼓铜盘自喧沸。□相神词,一道君重枝叠叶便氛氲。平洲迥树眼前幽,芦荻麻似虚□[5]。遥知此去应流渡,先述蛮风使尔闻。

〔1〕薛,原卷作癣,从住吉朋彦说改。　　〔2〕焚,原卷作楚,从住吉朋彦说改。　　〔3〕出门之后何过,此句当缺一字。　　〔4〕女巫进舞在庭,此句当缺一字。　　〔5〕芦荻句,此句残脱,待校。

送　春　曲

春去也留春不得,上城看草多兮树少。千里万里青漫漫,凭睥睨,渡栏[1]干,忘机辞也[2]易将老,别花难[3]。寄语天边游宦者,不如少壮在长安。

〔1〕栏,原卷作澜,据住吉朋彦说改。　　〔2〕也,住吉朋彦疑作世。　　〔3〕"忘机"以下十字,疑有脱文,姑作如此标点。

梦　仙　歌

行寻道士卧溪头,忽见昆仑十二楼。山上晴明山下雨,阿母楼中多侍女。星冠月盖尽天官,身坐云车鸟传语。床前童子十四五,并膝垂鬟调律吕。须臾白日满青天,玉管发声金凤舞。智琼臂上留香泽,引我围棋坐盘石。绿萝覆地不通人,点势开图春景夕。往时刘阮思归去,来到晋家头已白。莫□[1]人间七代孙,甘为鬼箓百年客。愚儒本不学仙经,别却花源各醉醒。觉看仙岳都无处,怅望波中一点青。

〔1〕此处原连写,从住吉朋彦说补一空格。

荆门雨歌送从兄赴夔州[1]

余兄佐郡经西楚,饯行因赋荆门雨。荆门带雨状如何? 洒桐霡枫扬素波。波心雨处纷可望,绣羽将雏竞浮飏。才离巫峡杉栝中,已在昭丘[2]

葜葵上。霹雳燮燮声渐繁,浦里人家收闹喧。重阳火点[3]过欲尽,碎[4]浪柔文相与翻。云开怅望荆衡路[5],万里青山一时暮。琵琶寺里响空廊,熨斗[6]陂前湿荒戍,沙尾长樯发渐稀。竹竿草屏涉流归,夷陵远色未成烧。汉上游仙始濯衣,船门相对多商估。葛服龙钟蓬下语,自是湘川石燕飞,非关高地商羊舞。惯为洛客念江行,肠断秋荷雨打声。摩天古木不可见,住岳高僧空得名。今朝把手临水别,遥忆荆门雨中发。

〔1〕《全唐诗》卷二八四收此篇,题作《荆门歌送兄赴夔州》,较此少六句,文字亦颇有不同,故全录之。　　〔2〕丘,原卷作亦,据住吉朋彦说改。　　〔3〕重阳火点,《全唐诗》作重阴大点,近是。　　〔4〕碎,原卷作醉,据《全唐诗》改。　　〔5〕荆衡路,原卷作荆渝路衡,据《全唐诗》乙改。　　〔6〕斗,原卷作牛,据《全唐诗》改。

玉 女 台 歌 送 客

指嵩阳以送君,对千里之秋草。三十六峰皆碧色,玉女台□号独好。古来学仙难以力,眼见仙人身亦老。武皇厌世幸山多,天下名山筑道驰。朱颜皓齿从如云,清晨侍谒玉女君。红光志气忽开散,雀扇成行两句分。笑骑斑鹿霞上立,空里箫韶次第闻。乃出素书授赤帝,汝无仙骨难天群。名马千蹄非羽翼,何须远游损颜色。金楼照耀不可亲,玉辇回时空叹息。上能方士相继死,帝学长生犹未已。年年浮海困千人,那及垂衣安万里。故有□山归未期,羡君先生隐明时。若到镮辕十二曲,为行一曲一相思。

周 开 射 虎 歌

寒山老虎眉额□,含威蓄毒牙爪长。捎人不着羞却去,突入城边最深树。垂头宛尾潜领时,占尽西郊向田路。周郎世□为将军,能弓解剑天下闻。杀贼胆成思杀虎,独立人前始武知。忽然虎腾马又盘,壮夫脚动不敢看[1]。中弦宛转未及倒,左右无声毛发寒。须臾目瞑涎满口,残喘将微却成吼。回看两箭尚有馀,始知觉诸君难出手[2]。向晚扬鞭入凤城,千车万马隘难行。将军颜色不可见,飒踏尘中有过声。鄙儒曾忝朱门客,愿以狂歌记功绩。

〔1〕看,原卷作者,据住吉朋彦说改。　　〔2〕始知觉诸君难出手,此句当衍一字。

折杨柳送别[1]

〔1〕《全唐诗》卷二八四收此诗于李端下，题作《折杨柳》，江标影宋书棚本《李端诗集》与此卷题同。此卷录诗与《全唐诗》颇有不同，较显著者，三、四句《全唐诗》作"少壮莫轻年，轻年有衰老"，此卷作"少壮莫轻老，年年有人老"。

楚　王　曲

　　章华宫殿出城墙，复道连楼斜复长。有时秋月明如昼，红粉飘飘侍楚王。舞人双起腰支弱，广袖横垂度高阁。风顾鸾移立欲高，宝钗忽动金钿落。息娇不语泪[1]长流，转面呀嗟满席愁。君王罢酒大臣惧，愿以同盟鸟[2]旧雠。昄[3]游女妓乘文马，仰望銮舆星宿下。玉珮方升玳瑁床，珠帘盖着琉璃瓦。高唐神女[4]本难逢，汉水巴江波浪重。一游云梦三千里，多在闽山[5]十二峰。谁知伍[6]员颠倒事，发掘[7]先君逞其志。爱女因将妻下臣，长男遂被诸侯弃。令尹无谋可奈何，昭君既殁祸还过。张仪夺[8]地不足恨，白起屠城怨最多。欲识楚家江上曲，请君听唱郢中歌。

〔1〕泪，原卷作渡，据前后文意改。　〔2〕鸟，住吉朋彦疑作兔。　〔3〕昄，疑当作欢。　〔4〕神女，原卷作神世，从住吉朋彦说改。　〔5〕闽山，住吉朋彦疑作蜀山，但也可能作巫山。　〔6〕知伍二字，原卷作旁注补出。　〔7〕掘，原卷作堀，从住吉朋彦说改。〔8〕夺，原卷作旧，从住吉朋彦说改。

胡　腾　歌[1]

〔1〕《全唐诗》卷二八四收李端下，江标影宋书棚本《李端诗集》与此卷同。稍有异文，不出校。

离歌辞呈司空曙[1]

〔1〕《全唐诗》卷二八四收李端下，题作《杂歌》。颇有异文，较重要者，首句"汉水"，此卷作"溪水"；第九句"照镜"，此卷作"鉴照"（可知为宋以后抄本）；第十五句"人不醉"，此卷作"神不醉"；第十七句"常闻"，此卷作"我问"。

莫　攀　柳[1]　　　　　　　　　李　益

〔1〕《全唐诗》卷二八三收李益下，题作《金吾子》，另《御览诗》、《万首唐人绝句》卷二十亦收。

落　花　词　　　　　　　　李　南[1]

桃李蹊初合,逢春遍吐花。狂风不解惜,吹落万人家。

〔1〕李南,《全唐诗》无其人,生平待考。

秋　猿　吟　送　别　　　　　　　屈　晏[1]

巴东三峡巫峡长,西陵古戍寒苍苍。双峰峭绝开石关,孤猿夜啼寒山月。沙头戍客久不归,此时相看泪沾衣。孤帆水[2]宿白波夕,绝涧深山黄叶飞。上山下山草径涩,竹阴啾啾露□湿。江清月晓夜影写,走木啼风曙声急。何时当作白头翁,拔剑入林哀叫穷。忽愁群啸不知处,唯见阳台十二峰。

〔1〕屈晏,《全唐诗》无其人,生平待考。　　〔2〕水,原卷脱,据住吉朋彦旁注补。

长　门　词　　　　　　　　朱千乘

雪澹梅枝御柳风,春莺何啭妾愁中。君王宠爱偏前殿,不许长门音信通。

霍　将　军　妓　　　　　　　崔国辅

十五羽林郎,美人邯郸倡。凋蝉七叶贵,珠翠一团香。云母帐,郁金床,真珠帘下点新妆。红轻两睑[1]桃花嫩,黛浅双眉柳叶长。媚媚[2]嬾忺半香醋,倾城拭目争一顾。商歌白璧曾几双,买笑黄金不知数。向晚懒登红粉楼,垂帘起坐弹箜篌。新声沥沥珠弦里,羌曲星星纤指头。玉户查堂[3]开枕障,风前歌管何寥亮。爱诗不放词客归,把酒先邀阿郎唱。兴中不觉夕阳倾,五马踟蹰秋月明。他日珠门君莫闭,时时来听绕梁声。

〔1〕睑,疑当作脸。　　〔2〕媚媚二字,原卷脱,据住吉朋彦旁注补。　　〔3〕查堂,住吉朋彦疑作金堂。

李尚书美人歌　　　　　　　沙门法振

昨夜巫峡山,先起阳台女。今朝香阁里,独伴楚王语。艳阳[1]灼灼河洛神,珠帘绣户青楼春。能弹箜篌弄纤指,愁杀门前少年子。笑开一面红粉妆,东园数树桃花死。朝理曲,暮理曲,独坐窗间一片玉。行亦娇,坐亦娇,日夜令人魂胆销。使君从此立五马,飞燕流心倾汉朝。玉房绣户红地炉,金樽合榼倾屠苏。解珮时时歇弦管,芙蓉帐里兰麝满。罗衣任裁香不断,灭烛仍嫌春夜短。

〔1〕阳,原卷作扬,据住吉朋彦说改。

少室山韦炼师升仙歌[1]　　　　　皇甫冉

〔1〕《全唐诗》卷二四九皇甫冉下收此诗。

蓟 门 北 行　　　　　李希仲[1]

〔1〕李希仲,原卷作李义仲,从住吉朋彦说改。仅录“前军鸟欲断,格斗尘沙昏”两句,为《全唐诗》卷一五八李希仲《蓟北行二首》其二的三、四两句。

题遐上人院画古松歌[1]　　　　　朱 湾

〔1〕《全唐诗》卷三〇六收此诗于朱湾下,题作《题段上人院壁画古松》,《中兴间气集》已收此诗。

湖 中 对 酒 行[1]　　　　　张 谓

〔1〕《全唐诗》卷一九七收此诗于张谓下。唐宋书籍引录此诗者有《河岳英灵集》《中兴间气集》《文苑英华》《唐诗纪事》等。

宛丘李明府厅黄雀吟　　　　　崔 曙

鸣琴作宰讼庭空,贺雀因巢廨宇中。决起不离当砌树,归飞时逐傍帘风。场边啄粟宁堪比,筐里衔花仅欲同。会取玉环来报德,今君四代为五公。

采 莲 女[1]　　　　　李 白

〔1〕仅录“紫骝嘶入落花去,见此踟蹰空断肠”两句,为《全唐诗》卷一六三李白《采莲曲》中的最后两句。

宫 中 行 乐[1]

〔1〕录"绣户香风暖,纱窗曙色新""柳色黄金暖,梨花白雪香"四句,为《全唐诗》卷一六四李白《宫中行乐词八首》之五的首二句和之二的首二句。

放 歌 行　　　　　张 谓

春,秋。易往,难留。夜苦长,昼苦短。秋露迎寒,春风送暖。昨见莺初啭,今看雁已飞。林花暂时昭灼,春草几日芳菲。以我老翁长寂寞,欢君少年且行乐。匣有琴兮何须不弹,樽有酒兮何须不酌。不能烧金爁玉隐青山,不能怀沙抱玉[1]沉流水。不能应聘栖遑学鲁仲连,不能著书淡薄似蒙庄子。君不见梁孝王宫中狐兔穴,君不见魏武帝台边鸟雀吟。君不见秦都门外历历荆棘墓,君不见北邙山头青青松柏林。

〔1〕玉,住吉朋彦疑当作石。

梅 花 行　　　　　郑 遂[1]

适过山头驿,梅花数朵新。一枝今在手,行路尽知春。

〔1〕郑遂,《全唐诗》无其人,生平待考。

苦 热 行　　　　　刘 琼[1]

苦热不必登火山,苦热不必居炎州。洛阳中天日当午,赫曦但畏金石流。虫蛇出穴满平地,乌鸢呵呵飞欲坠。阳精火云上连天,草木如烧川若沸。脱巾解带心欲燃,持瓶汲井思寒泉。增冰积水时未至,无可奈何徒怨天。

〔1〕刘琼,《全唐诗》无其诗。生平待考。

扶 风 行

主人弹弦正摧藏,客子抚剑心慷慷。少年奋节徇边功,流离苦心在战场。穷阴十月度绝塞,胡风吹雪天茫茫。野泉冰坚渴兽死,树枝冻落宿鸟彊[1]。连年进军至西北,径度月氏通绝域。遥望汉庭千万里,骨肉辛酸气填臆。穷边往返四十年,白首还乡人不识。将军谁得佩侯印,山中枯骨过万亿。

〔1〕彊,疑当作殭。

弹棋歌送崔参军还常山　　　　　李　颀[1]

崔侯善弹棋,巧妙尽于此。蓝田美玉滑如纸,黑白相分十二子。缘边度陇未足佳,鸟跂星悬危复斜。回摽转指连飞掣,拂四取五如趋花。合坐高声唱绝艺,仙人六博何曾计。一别常山道路赊,为余更作三两势。

〔1〕李颀,原卷作李倾。《全唐诗》卷一三三收此诗于李颀下,题作《弹棋歌》。此卷所收较《全唐诗》少五、六两句,文字颇有不同,故仍全录出。

韩大夫骢骠马歌　　　　　　　　张九龄[1]

〔1〕《全唐诗》卷一九九收此诗于岑参下,题作《卫节度赤骠马歌》。此卷较《全唐诗》少"男儿称意得如此,骏马长鸣北风起"二句,文字稍有差异,大多相同。《曲江集》不收此诗,而岑集多收入,其确属待考。

蜀道招北客吟[1]　　　　　　　　岑　参

〔1〕此篇,《文苑英华》卷三五八收于杂文下,题作《招北客文》,署岑参作,《唐文粹》卷三三作独孤及文,《全唐文》卷三八九据以收入。今人多据该文内容,认为应属岑参作。据此卷,更可得确证。以此卷看,是作诗歌收录的。文字与传本颇有不同,文长不出校。

(刊《中国诗学》第八辑,人民文学出版社 2003 年 6 月)

最近二十年新见之唐佚诗

前些时贴出一段微博《存世唐诗知多少》："清定《全唐诗》康熙爷序作四万八千九百首,约数也。日学者平冈武夫逐首统计,得 49 403 首又 1 555 句。其中误收他代诗约千首,互见约 6 800 首,精算恐不足四万五。拙辑《全唐诗补编》补 6 400 首,删伪误,加起来约五万稍过。此外近二十年新见二千馀,感觉总数似不曾超过五万三。数年后会有精算。"其实是根据我多年前一篇短文节写的。有朋友见到后,盯着问,新见二千馀首具体有哪些,收在哪里,可否奉告? 在大学混不能打诳语,我肯定有根据,且尽在我囊中,只是有些特殊原因,现在还不能全部公布。"说些精彩的总可以吧?"当然。

拙辑《全唐诗补编》,中华书局 1992 年出版,资料截止于 1988 年,所收包括三位前辈学者王重民、孙望、童养年所辑 2 000 多首,我所辑 4 000 多首。在这以后二十多年,古籍文献研究的环境和手段发生巨大的变化,一是大量古籍善本的影印流通,二是数字化带来古籍可以逐字检索的革命性变化,三是新见文献层出不穷的刊布。就唐诗辑佚来说,一切都与三十年前完全不同了。那时在书中找到一首诗,要在《全唐诗》里反复披检,以定其有无。以至河南某校发狠将每句诗做张卡片,用人工做成每句索引。但若宋或明人诗错成唐人呢,依然无可奈何。现在简单多了,输入关键词,一秒就有结果,真方便。有青年才俊替我做了一番搜索,自称读书所得,然后开始怒斥,我只能微颔而已。新见文献则包含敦煌文献的全部高清印行,域外典籍的逐次刊布,以及唐人墓志的众多发现。当年在上海看不到完整的敦煌缩微胶片,《敦煌宝藏》的影印本仅能作部分录文,因此只能总体放弃。

　　新见佚诗主要来源于敦煌文献、域外汉籍、出土文献、佛道二藏和传世善本。

　　2000年在敦煌藏经洞发现100周年之际,中华书局出版徐俊《敦煌诗集残卷辑考》,首次完成全部敦煌诗歌的校录,新增唐人佚诗估计有千首之多。唐诗人新增大宗诗篇者,首推赵嘏。《唐才子传》卷七说他有《编年诗》二卷,"悉取十三代史事迹,自始生至百岁,岁赋一首二首,总得一百一十章"。斯619存诗35首,署"《读史编年诗》卷上",序及存诗都与《唐才子传》一致。二是斯3016、斯2295存《心海集》155首,是唐中期前一位佚名僧人的诗集,以传法为主,文学价值不高。三是斯6171佚名宫词39首,大约是唐末作品,介于王建和花蕊夫人之间。四是大量敦煌本地诗人作品的整理,以及敦煌驱除吐蕃后,僧人悟真入京,两街僧人与其赠答诗集。五是大批无名氏的作品。其后张锡厚有《全敦煌诗》(作家出版社2006年),增补不多。

　　域外汉籍中的大宗唐诗,首推韩国所存《夹注名贤十抄诗》,国内已经出版查屏球整理本(上海古籍出版社2005年),其后韩国、日本先后有善本影印(韩国学中央研究院2009年影印庆州孙氏松檐藏本,日本汲古书院2011年影印北京大学图书馆和阳明文库藏本,芳村弘道编)。此集初编于高丽前期,收30人七律300首,其中唐26人,新罗4人,佚诗过百首。如韦蟾、吴仁璧、李雄补10首,章孝标、皮日休补9首,罗邺补8首,雍陶、曹唐补7首,李远补6首,堪称丰富。其次则为日本伏见宫藏《杂抄》卷十四,存李端、崔曙、李颀、朱千乘、法振等佚诗,以七言歌行为主(见《书陵部纪要》51号住吉朋彦《伏见宫旧藏〈杂抄〉卷十四》)。其他零星的发现很多,有许多中外文化交流的记录。如日本长野金刚寺藏《龙论钞》引《延历僧录·淡海居士传》(转录自后藤昭雄《关于〈延历僧录·淡海居士传〉的佚文》):"居士又作《北山赋》,主(疑当作至)长安,大理评事丘丹见赋,再三仰叹:'曹子建之久事风云,矢色不奇,日本亦有曹植耶?'自还使,便书兼诗曰(五言):'儒林称祭酒,文籍号先生。不谓辽东土,还成俗下名。十年当甘物,四海本同声。绝域不相识,因答达此情。'"丘丹为大历、贞元间著名文士,新见韦应物墓志即由他撰写。他对日本文学达到成就的赞誉,堪称珍贵。

出土文献包括面很广,大宗则是唐代墓志,近二十年新发表者逾6 000方,其中有诗存世的唐诗人墓志超过70方,包含的研究资讯极其丰富,偶有引诗。这里录一位残疾诗人的作品。拓本寇泚撰《唐故陕州河北县尉京兆韦(志洁)府君墓志铭》:"至十六,又丁资州府君艰。礼童子不杖,而君几乎灭性,水浆绝口者七日,泣血无声者三年,泪尽丧明,因少一目。""花源且盛,弃归路而甘心;春草萋其,伴王孙而一去。因赋诗曰:'江上一目龙,日中三足鸟。三足不言多,一目何嫌少。''左慈瞎一眼,师旷无两目。贤达尚悠然,如何怀耻辱?''耻贵不耻贫,贵义安贵身。故故闭一眼,不看天下人。'遗形骸而齐是非,有如此者。时文士王适、陈子昂,虎踞词场,高视天下,睹斯而叹,许以久大之致焉。"志主韦志洁(659—710),字泚,京兆杜陵人。年四十八方补官,卒年五十二。难得的是他能正视盲一目的残疾,以龙鸟和左慈、师旷为喻,不以为耻辱,自强不息,得到陈子昂的赞赏。这也是有关陈子昂当代影响的新记录。二是摩崖石刻,近年各地做文物普查,迭有发现。这里录一首河北响堂山发现的郑迥《登智力寺上方》:"鹫岭欹危路不穷,遥疑直上九霄□。□年宝刹开初地,几处花龛在碧空。回望□□迷故国,远寻烟翠到天宫。多惭理郡时□□,未去樊笼聚落中。"日本学者户崎哲彦在桂林搜岩剔洞,也有新发现,如韦瓘《游三乳洞》:"尝闻三乳洞,地远□容□。□□造化□,完与人世殊。偶此□颂诏,因兹契□图。邃□窥水府,莹静□仙都。□□□寒气,石床进碎珠。□□□□□,淅沥坠珊瑚。□□□□□,神□怪异□。兴□□□□,薄暮势称扶。□缚如初□,蒸烦得暂苏。终当辞□□,犹□侣樵夫。"(见氏著《中國乳洞岩石刻の研究》,白帝社2007年)韦瓘据说是《周秦行记》的作者。三是长沙窑瓷器题诗的完整发表,存诗逾百首。

佛道二藏,清代学者很少阅读利用。近代以来日本、韩国保存的古本刊本,所涉文献多为中土所未知。明末胡震亨编《唐音统签》,在《辛签》中曾录章咒四卷、偈颂二十四卷。可惜清编《全唐诗》认为这些都不是诗歌,除保存其中寒山、拾得七卷外,其馀全部不取,以致存世文献中的王梵志诗也一并不存。我在三十多年前曾据当时可以见到的二藏通行文本加以清理,所得甚富。近年新印罕见二典,数量极大,多有可补。较大宗的是香严智闲和玄沙师备的作品。我近日清理《唐音统签》,也有许多意外收获。如般若启柔《颂古》十二首,以前以为仅日本保存的《禅宗颂古联珠通集》有录,但胡氏也有,很感惊讶。

存世四部典籍,大体已经搜罗殆尽,但偶亦有遗珠。比如聂夷中《送友人归江南》,《全唐诗》卷六三六仅收六句,但《文苑英华辨证》卷六和傅增湘《文苑英华》校记,则存全诗:"皇州五更鼓,月落西南维。此时有行客,别我孤舟归。上国身无主,下第诚可悲。天风动高柯,不振短木枝。归路无愁肠,省家无愁眉。春日隋河路,杨柳飘飘吹。"中华书局1999年出版《全唐诗》简体横排本,附收《补编》,我曾略作删订,补了几十首,主要来源有宋本《庐山记》《锦绣万花谷别集》《诗渊》等。地方文献和家谱文献中的唐佚诗,一直心存戒备,在此不作介绍。

新见佚诗中半数以上是无名氏之作。一般学者都不太重视此类作品,但从文化社会学和文学传播学的立场,则有特殊的意义。试举二例:其一,长沙窑瓷器题诗:"竹林青付付,鸿雁向北飞。今日是假日,早放学郎归。"敦煌写卷伯2622:"竹林清郁郁,百鸟取天飞。今照(朝)是假日,且放学郎归。"吐鲁番所出卜天寿《论语郑玄注》写本末题诗:"写书今日了,先生莫咸池(嫌迟)。明朝是贾(假)日,早放学生归。"其二,长沙窑瓷器题诗:"天地平如水,王道自然开。家中无学子,官从何处来。"敦煌写卷北玉91:"高门出贵子,好木出良在(材)。丈夫不学闻(问),观(官)从何处来。""天地平如水,王道自然开。家中无学子,官从何处来。"吐鲁番所出卜天寿《论语郑玄注》写本末题诗:"高门出己子,好木出良才。交□(儿)学敏(问)去,三公何处来。"文本虽然有错讹,有差异,但可以看到,在湖南长沙的绘瓷工匠,和远在西域极边的敦煌学郎,诵读抄写的作品居然如此相似,可以理解民间流传的作品其实并不是李白、杜甫的大雅之作,而是这些诗意简单明快,语言晓畅明白,与日常生活密切相关的诗歌。现在可以见到的此类作品有数百首之多,可以从另一方面认识唐诗的民间意义。附抄几首长沙窑题诗于下,读者可以仔细品味:"作客来多日,烦烦主人深。未有黄金赠,空留一片心。""东家种桃李,一半向西邻。幸有馀光在,因何不与人。""改岁迎新岁,新天接旧天。元和十六载,长庆一千年。""忽忆边庭事,狂夫未得归。有书无寄处,空羡雁南飞。""衣裳不知洁,人前满面羞。行时无风彩,坐在下行头。"

还是说一些名家的佚诗吧。

唐初佚诗最重要的发现应该是卢照邻《营新龛窟室戏学王梵志》:"试宿泉台里,佯学死人眠。鬼火寒无焰,泥人唤不前。浪取蒲为马,徒劳纸作钱。"是唐雯博士在做学位论文时从晏殊《类要》卷三〇发现。晏殊以词名世,但平生读书极其博杂,所编类书《类要》多是他第一手阅读所得,存本仅当原书三分之一,也有近百万字。卢卒于高宗末年,此诗可以说是至今最早提到王梵志的记录,提供了王是唐初人的铁证,且可考知当时已经有梵志体诗的流行。

贺知章是盛唐大名士,与李白金龟换酒的故事为世艳称,一生作品没有保存结集,大多散失。陆续出土他撰文墓志已经超过十篇,都很庄重,可见他生活的另一面。他的佚诗也续有发现。近人柯昌泗《语石异同评》卷四存其诗《醉后逢汾州人寄马使君题抱腹寺□》:"昔年与亲友,俱登抱腹山。数重攀云梯,□颠□□□。一别廿馀载,此情思弥潹。(自注:将与故人苏三同上梯,寺僧以两匹布□□□□□□□□□□然后得上狂喜。更不烦人力直上,至今不忘。忽逢彼州信,附此一首,以达马使君,请送至寺,题壁上,幸也。)不言生涯老,蹉跎路所艰。八十馀数年,发丝心尚殷。(自注:附此一癫,此二州正俯狂痾。)"诗题下署:"四明狂客贺季真,正癫发时作。"诗末署:"庚辰岁首十二日,故人太子宾客贺知章敬呈。"原拓片未见,估计是他醉癫之际,乘兴所写,收诗人马使君也遵嘱将他的原诗原信一并刻石,保留了这位已经年近八十的诗人率真狂癫的真态。庚辰为开元二十八年(740),是贺知章请度为道士的前三年。《全唐诗补编》已收日本存其佚诗《春兴》:"泉喷(疑)横琴膝,花黏漉酒巾。杯中不觉老,林下更逢春。"也很有情味。他的《偶游主人园》:"主人不相识,偶坐为林泉。莫谩愁酤酒,囊中自有钱。"在长沙窑瓷器题诗上有发现,"囊中"作"怀中",足见此诗为民间所喜爱。南宋岳珂《宝真斋法书赞》卷八录唐人草书《青峰诗帖》:"野人不相识,偶坐为林泉。莫漫愁沽酒,囊中自有钱。回瞻林下路,已在翠微间。时见云林外,青峰一点圆。"不云作者。贺知章善草书,我很怀疑此诗即前诗之另一稿。贺的存世诗歌有两首《晓发》,一为五绝:"故乡杳无际,江皋闻曙钟。始见沙上鸟,犹埋云外峰。"一为五律:"江皋闻曙钟,轻曳履还舠。海潮夜漠漠,川雾晨溶溶。始见沙上鸟,犹埋云外峰。故乡眇无际,明发怀朋从。"两相比读,可以发现唐人文学写作中很有趣的现象,即同样的内容和感受,写成古诗或律诗,是舒缓而绵长,渐进而连续的,写成绝句,则是片断、集中但更浓烈。

　　盛唐诗人张谓,殷璠《河岳英灵集》录其诗,称许诗意在"物情之外,但众人未曾说耳",今人则赞赏他七律的创格,可惜存诗仅三十多首。这里介绍新发现的两首。一首是日本伏见宫旧藏《杂钞》卷一四所录《放歌行》:"春,秋。易往,难留。夜苦长,昼苦短。秋露迎寒,春风送暖。昨见莺初啭,今看雁已飞。林花暂时昭灼,春草几日芳菲。以我老翁长寂寞,欢君少年且行乐。匣有琴兮何须不弹,樽有酒兮何须不酌。不能烧金熠玉隐青山,不能怀沙抱玉沉流水。不能应聘栖惶效鲁仲连,不能著书淡薄似蒙庄子。君不见梁孝王宫中狐兔穴,君不见魏武帝台边鸟雀吟。君不见秦都门外历历荆棘墓,君不见北邙山头青青松柏林。"这是旧题乐府,也是一首一字至十二字的宝塔诗。在《全唐诗》中,有义净的一字至九字诗,也有杜光庭的一字至十五字诗,此诗正可补其缺。另一首缺题:"五叶传清白,由来福有基。家无阿堵物,门有宁馨儿。落日秋容惨,流泉夜响悲。个中无限思,惟有故人知。"见宋佚名《锦绣万花谷前集》卷二六。"家无"二句,写家贫而有佳儿的愉悦,将晋人口语入诗而成绝对,宋人极其称道,见于《鸡肋编》卷下、《纬略》卷一、《能改斋漫录》卷四、《云谷杂记》卷四和《考古质疑》卷六,《容斋随笔》卷四作前辈诗。我在《全唐诗续拾》卷一六补录了此二句,后来发现闻一多《全唐诗汇补》已着先鞭。《锦绣万花谷前集》成书于南宋初,那时那两句还不特别著名,录此诗时又未记作者,因而一直被忽略了。

　　女冠李冶(字季兰)是唐代女诗人之翘楚。她的死在唐赵元一《奉天录》卷一留下记录："时有风情女子李季兰,上泚诗,言多悖逆,故阙而不录。皇帝再克京师,召季兰而责之,曰:'汝何不学严巨川有诗云:"手持礼器空垂泪,心忆明君不敢言。"'遂令扑杀之。"事情是德宗建中四年(783)泾原兵变,德宗奔亡奉天,乱兵占据长安,拥立朱泚称帝。李季兰未能逃出长安,写了拥护朱泚的诗。次年德宗返京,彻查叛党,李坐逆诗被杀。这首逆诗居然在俄藏敦煌文书 Дx. 3865 保存下来:"故朝何事谢承朝,木德□天火□消。九有徒□归夏禹,八方神气助神尧。紫云捧入团霄汉,赤雀衔书渡雁桥。闻道乾坤再含育,生灵何处不逍遥。"诗当然不算好,只是以五德周始的旧说,称赞朱泚为夏禹、神尧,说乾坤含育,全国拥护,祥瑞呈现,生民逍遥。估计以李季兰的诗名,这首诗流传很广,乃至敦煌也有传本。此外,俄藏敦煌文书中还存有唐末蔡省风专选女诗人作品的选本《瑶池新咏》的几件残片,经徐俊、荣新江二位拼接,居然恢复了此集起首部分(《唐蔡省风〈瑶池新咏〉重研》,刊《唐研究》第七卷),存李季兰、元淳、张夫人、崔仲容四女诗。存李佚诗数首,其中最重要的是《陷贼后寄故夫》:"日日青山上,何曾见故夫。古诗浑漫语,教妾采蘼芜。鼙鼓喧城下,旌旗拂座隅。苍黄未得死,不是惜微躯。"《全唐诗》卷八〇五仅据《吟窗杂录》收"鼙鼓"两句,且有误字。此诗借古诗"上山采蘼芜"的故事,表达对故夫的眷恋之情。后四句写在叛军强大的声威之下,自己未能即死,实在有不得已的地方。与前诗对读,她对唐王朝与叛军的立场是很清楚的。这首诗其实就是德宗所问"汝何不学"的作品。只是在王权面前,她未必有解释的机会。此集所收佚诗还有《送阎伯均》:"相看指杨柳,别恨转依依。万里西江水,孤舟何处饭。溢城潮不到,夏口信因稀。唯有衡阳雁,年年来去飞。"《溪中卧病寄[韩]校书兄》:"卧病无人事,闲门向水清。已看云聚散,更睹木枯荣。未恐溪边老,多为世上轻。鸰原如不顾,谁复急难情。"都颇堪讽诵。

最后可以说到陇南诗人王仁裕。近年地方文化是热点,甘肃作者很多靠郡望推定,有些疑问,但清末在陇南发现了他的墓碑,近年又出土墓志,确是土生陇人。他是五代最高产的作家,平生作诗过万首,有"诗窖子"之目。可惜存诗仅一卷,以前我补过他的两首诗。一首是长兴中《题杜光寺》，见于元人骆天骧《类编长安志·寺观类》。另一首《戮后主出降诗》，旧传是后蜀花蕊夫人入宋作，其实是王仁裕在前蜀亡时作，已别撰文考订。近年又见其佚诗二首。一见元周密《浩然斋雅谈》卷中："王仁裕过关中，望春明门，乃蜀后主被诛之地，乃作诗哭之曰：'九天冥漠信沉沉，重过春明泪满襟。齐女叫时魂已断，杜鹃啼处血尤深。霸图倾覆人全去，寒骨飘零草乱侵。何事不如陈叔宝？朱门流水自相临。'"《浩然斋雅谈》不算僻书，可惜以前忽略了。王仁裕仕前蜀十多年，官至翰林学士，蜀亡前曾随王衍巡历诸州，也很可能随后主归唐，目睹后主一家被杀。蜀亡后十年他任西京留守王思同判官，重临故地，感伤王衍归降而未得善待，悲怆尤深。另一首见于韩国所存《太平广记详节》卷十引王仁裕《玉堂闲话》，叙述后晋石敬瑭委身事契丹主，"竭中华之膏血以奉之"，而契丹则赠晋异兽十数头，名耶孤儿，其肉鲜肥，但石敬瑭不忍烹食，置于沙台苑，蕃衍渐多。王仁裕以为不祥之物，作长歌咏之，其中有"同华夷，共胡越，粒食陶居何快活。虽感君王有密恩，言语不通无所说。凿垣墙，置陵阙，生子生孙更无歇。如是孳畜岁月多，兼恐中原总为穴"等句，对石敬瑭臣事契丹必将祸害中华表达强烈的不满。《玉堂闲话》最后感慨："耶者，胡王也；儿者，晋主也。言耶孤儿乃父辜其子也。""戎王犯阙，劫晋主，据神州，四海百郡皆为犬戎之窟穴，耶孤儿先兆可谓明矣。"这是后晋时期涉及民族矛盾的极其珍贵的文献。明以后中国传本《太平广记》有残缺，无此则，不知是偶然失落，还是在宋元之有意删略，幸韩国得以保存。

　　也得承认，辑佚所得，许多是历史选择中被淘汰的作品，平庸一般之作居多，残零片段居多。但一代文献汇编的目的是储材备用，牛溲马勃也可作医学检验之用啊！比方下面几句残诗。刘希夷《吴中少游》："芳洲花月夜。"（《九家集注杜诗》卷一七《赠特进汝阳王二十二韵》注）《边城梦还》："云沙扑地起。"（《杜诗赵次公先后解辑校乙帙》卷六、《九家集注杜诗》卷三《画鹘行》注）李煜《竹》："传真无好笔，写影有横塘。"（见《山谷别集诗注》卷上《题子瞻墨竹》）《中酒》："莫言滋味恶，一篲扫闲愁。"（见《东坡诗集注》卷二〇《洞庭春色》注）《秋夕》："往愁新恨有谁知？"

（《施注苏诗》卷二〇《徐君猷挽辞》注）这些对二位研究还不是全无裨益的吧！

2013 年 8 月 3 日

（《东方早报》2013 年 9 月 29 日）

最近十五年来出土石刻
所见唐诗文献举例

　　2002 年末,我在早稻田大学访问期间,曾写有《新见石刻与唐代文学研究》一文①,叙述唐代石刻自清末以来汇聚出版之概况,及其与唐代文学研究之意义,除一般之提供作者事迹线索、保存唐人佚文、有资文本校勘等传统意义之价值外,特别从丧挽文学研究、传记文学研究、文体变化研究、家族文学研究、女性文学研究、地域文学研究六方面阐述其意义。倏忽过了十四年,新出石刻数量成倍增长,石刻研究也从冷门学问成为当前的显学,我本人虽然也始终在关心新见的文献,但总的感觉是数量不断增加,具体细节多可补充与纠订,但从大端来说,前文已经说尽。在此我想就以唐诗新见文献的立场来略作补充吧。由于主体材料来自我正在编纂的一部大书,按照该书体例并不逐一标注所见引书之页码,现在也无法一一补查,敬请读者鉴谅。

　　唐代有诗存世的诗人墓志到底有多少,目前还没有准确的统计,估计仅最近三十年新见者,已经超过百种,其中最重要的是韦应物、李益、姚合三位一流诗人墓志的出土。韦应物夫妇及其子韦庆复夫妇墓志,最初经我推荐发表于《文汇报》2007 年 11 月 4 日,他本人墓志由其友人丘丹撰,载其字义博,历官与生卒年可以大致确定,但最重要的还是他亲自为夫人元蘋撰书的墓志,不仅让我们亲见这位唐代学陶最得风神诗人的书迹,还从中了解他与夫人元蘋之婚姻与深厚情感,并为他诗集中保存的近二十首悼亡诗得以准确系年。李益墓志由中唐名臣崔郾撰,初刊于《文学遗

　　①　在早稻田大学中国学会讲座,佐藤浩一日译本刊早稻田大学《中国文学研究》第 28 期,2002 年;后收入拙著《贞石诠唐》,复旦大学出版社 2016 年,第 1—25 页。

产》2009 年第 5 期①,稍后《书法丛刊》刊布了清晰的拓本。同时也出土了李益为其妻所撰墓志。李益的婚姻与婚外情因为蒋防小说《霍小玉传》而备受关注,其夫妇墓志提供了第一手记载,但学者或据以为其表白,或据以确认,看法差别仍很大。李益的生卒年则可确认为天宝五年(746)至大和三年(829),享年八十四,是唐代存活时间最长的诗人之一。他的五在军中之始末,也得以大体落实。姚合墓志初刊于《书法丛刊》2009 年第 1 期,由其族人姚勖撰,载其字大凝,官至秘书监,世称姚少监是误传。以往对他的卒年多有争议,墓志明确载为会昌二年卒,年六十六,生卒时间都与前人据存世诗歌所作推测有一定距离,可知据诗中语考证事实必须小心。其妻墓志亦姚合本人所撰,可知这也是中唐后的习惯。

　　一般诗人墓志,所见甚多。以下略举一些例子。

　　会昌三年,名臣王起再知贡举,放进士二十二人及第,华州刺史周墀是他二十年前知举时的门生,乃驰诗以贺,王起与全榜进士一并应和,《唐摭言》卷三全录这组诗作,是唐代进士及第后庆宴唱和之难得记录,且一榜进士皆存姓名、表字与贺诗。近年此榜进士有二人墓志已经出土,一是樊骧,《河洛墓刻拾零》收庾崇《有唐朝散大夫尚书仓部郎中柱国赐绯鱼袋樊公墓志铭》,载其懿宗咸通十一年卒,年六十,官至仓部郎中;二是李潜,是书家李邕的后人,大中九年卒,年四十六,官至西川观察推官。墓志特别提到他曾著《师门盛事述》,记会昌三年进士榜盛事,可以确认《唐摭言》所录,即源自该书。墓志见《洛阳流散唐代墓志汇编》305 号大中九年张道符撰《唐故西川观察推官监察御史里行江夏李君墓志铭》,道符亦同榜进士。此外,该榜进士孟球,因其兄孟璲、孟玨墓志出土,也得以知其家世始末。裴翱则据《宝刻类编》《宝刻丛编》的记载知其咸通间仕历。丘上卿则据《安徽通志金石古物考稿》卷二知其敬宗宝历二年曾游潜山石牛洞,是该榜进士中较年长者。因为石刻文献的陆续补充,使一榜进士之事迹得以逐渐明朗。

---

① 　王胜明《新发现的崔郾佚文〈李益墓志铭〉及其文献价值》,《文学遗产》2009 年第 5 期,第 130—133 页。

田章,《唐诗纪事》卷五三收其和于兴宗《夏杪登越王楼望雪山》诗,《中国文学家大辞典·唐五代卷》认为其人即魏博节度使田弘正子,文宗开成四年登进士第,官至洛阳令。但《唐代墓志汇编续集》大中 064 收卢纵之《大唐故朝议大夫检校国子祭酒侍御史兼王府傅琼渠二州刺史赐紫金鱼袋雁门郡田府君墓志铭》,载其名章,字汉风,雁门人。尚衣奉御田广子。累官左神策军推官,大中间历任琼、渠二州刺史,官至福王傅。于诗为大中间作于绵州,遍示蜀中各州,渠州相去不远,作者肯定为此田章,与远在河北的田章非同一人,据墓志足纠正误说。

唐代女诗人墓志,以前曾见谢迢和淮南长公主李澄霞墓志,近年则有上官婉儿墓志和宋若昭墓志。前者轰动一时,研究亦多;后者以五女同时入宫,宋若昭则在宫中长期担任女师,其内容同样值得关切。

网上也颇有新见墓志的线索。如友人示我《大唐故亳州城父县令王府君墓志未终前一年自号知道先生撰遗志文》,是晚唐小诗人王鲁复(字梦周)自撰墓志。《全唐诗》两收其诗,仅五六首,但今知其诗唐末已传至日本。墓志特别的地方是他自叙家世之不幸,“三岁偏罚,九岁继忧,无学可入,无家可安,飘梗飞蓬,至十三自求衣食,游而兼学,味群籍,识兴亡道理,吟古诗,知风格轻重。数粒析薪,饭藜食蘮,殆不堪忧。骨肉无助。廿五有讳,阒服无衫,以短褐行焉”。可能有些夸张,但家非显门、人生艰难亦可想见。其后述其干谒尉迟汾、成杭、刘栖楚、张权舆、李翱、皇甫湜、郑还古、裴潾、李甘、侯固、卢简求等的曲折经历,可以说是难得的小诗人人生苦账。近日又见大历宰相元载撰《木兰诗》可能作者韦元甫的墓志,其中除完整记录韦氏的宦迹,最重要的是可看到元载的文采。据说元载本人墓志已经出土,西安文物缉私队编《西安新获墓志集萃》,有会昌四年(844)刘三复撰严厚本墓志,云开成间因为严的建议,以元载有“翊戴德宗之功”,因而定谥号为忠。正史中没有此节记载,似乎一切已成铁案,居然在他死后六十年,突然因这位小人物而翻了过来。元载秉朝政十五年,他与许多文人交往亦多,韩愈兄韩会就曾是他的亲信,对他的重新研究,也希望有人如丁俊作《李林甫研究》般地重新加以审视。此外,我还在圣世收藏网站上见到崔国辅父亲《沂州司马崔惟怦墓志》,见到《花间集》编者赵崇祚岳母的墓志,赵是后蜀权臣赵廷隐之子,赵墓多年前在成都已发掘,有出墓志,但一直未刊,值得期待。

在墓志中也有不少以往未见载录的作者及佚诗的发现。《秦晋豫新出墓志搜佚续编》三八七号收卢若虚撰《大唐故通直郎行并州阳曲县令陇西李府君墓志铭》载,志主李浑金,"年廿一,乃求古岷嶓,访道巴汉,行至成都,作《春江眺望》诗曰:'明发眺江滨,年华入望新。地文生草树,天色列星辰。烟雾澄空碧,池塘变晓春。别有栖遑者,东西南北人。'时蜀中有李崇嗣、陈子昂者,并文章之伯,高视当代,见君藻翰,遂丧魄褫精,不敢举笔。则天闻其风而悦之,追直弘文馆学士"。说李、陈之失态,恐有夸张,但此诗清新可读,为初唐之佳作。拓本寇泚撰《唐故陕州河北县尉京兆韦府君墓志铭》载志主韦志洁十六岁时因丁父忧,"水浆绝口者七日,泣血无声者三年,泪尽丧明,因少一目",此后历游各地,赋诗明志云:"江上一目龙,日中三足鸟。三足不言多,一目何嫌少。""左慈瞎一眼,师旷无两目。贤达尚悠然,如何怀耻辱。""耻贵不耻贫,贵义安贵身。故故闭一眼,不看天下人。"是难得的唐代残疾人诗作。据说,"时文士王适、陈子昂,虎踞词场,高视天下,睹斯而叹,许以久大之致焉"。但他四十八岁入仕,五十二岁去世,并未有大的成就。

小说笔记作者墓志,可举两例。一是《本事诗》作者孟启家族墓的发现,可以纠正《四库提要》误认其名以棨为正的武断,且可得知他是韩愈曾有序相赠之孟琯长子,早年因其父身陷甘露事变南贬而随至梧州,中年后久困名场,为其妻撰墓志说尽不幸与自负。二是《宣室志》作者张读墓志的发现,可以清晰显示从张文成到张读五代对小说故事的热衷。张读父亲即《酉阳杂俎》作者段成式会昌间寻访长安寺庙的挚友张希复,则属首次知道。张读二十岁写成《宣室志》,其后仕宦则颇涉晚唐重大史事。我对此二组石刻皆有考证,前者刊《新国学》第六卷(巴蜀书社,2006 年),后者刊《岭南学报》复刊第七辑(上海古籍出版社,2017 年 5 月)。

一些名家的诗也偶有发现。如《洛阳新获七朝墓志》二四五号收阳润撰《唐故工部员外郎阳府君墓志铭》,谓志主阳修己"凡所交结,一时才良。至如清河崔融、琅琊王方损、长乐冯元凯、安陆郝懿,并相友善。尝遗笔于崔,并赠诗曰:'秋豪调且利,霜管贞而直。赠子嗣芳音,揽撷时相忆。'崔还答云:'绿豪欣有赠,白凤耻非才。况乃相思夕,疑是梦中来。'词人吟绎,以为双美。"崔融诗不见于存世文献,阳修己诗亦首度得见。此外,王维诗《过乘如禅师萧居士嵩丘兰若》:"无著天亲弟与兄,嵩丘兰若一峰晴。食随鸣磬巢乌下,行踏空林落叶声。陁水定侵香案湿,雨花应共石林平。深洞长松何所有?俨然天竺古先生。"刻石在登封嵩岳寺存《萧和尚灵塔铭》碑侧发现,诗题存"如和尚与贤兄""尝下山,仆窃慕焉,寄"十四字,证今题为后来所改。其下尚存其佚名友人所作《同王右丞寄萧和(下缺)》残诗:"如公锡杖倚三车,居□□□□□。□□□□□□梦,高居翠壁枕朝□。□□□□□□□,□□□□□出家。惠远惠持□□□,□□□□□□□。"详见《王维研究》第五辑刊内田诚一《萧和尚灵塔铭之新考》。虽残缺已甚,仍很珍贵。日本学者户崎哲彦在广西兴安乳洞岩石刻中发现韦瓘《游三乳洞》,我曾在《国际汉学研究通讯》创刊号撰文介绍,并将诗录出。此后作者撰《韦瓘佚诗游三乳洞及其事迹考辨》[1],复据《中国西南地区石刻汇编》更清晰一些的拓本重新录诗,多有增补,谨再录如下:"尝闻三乳洞,地远□容□。巧施造化力,宛与人世殊。偶此奉明诏,因兹契凤图。深沉窥水府,莹静适仙都。□□□寒气,石床进碎珠。□□□□□,淅沥坠珊瑚。□□□□□,神□怪异□。兴□□□□,薄暮势称扶。□缚如初□,蒸烦得暂苏。终当辞薄宦,遁世侣樵夫。"韦瓘本人墓志也已出土,徐商撰,《书法丛刊》2014 年有影印本。

　　此外,各地作文物普查,也有一些意外的收获。如河北响堂山石窟调查,发现唐人郑迥佚诗《登智力寺上方》:"鹫岭欹危路不穷,遥疑直上九霄□。□年宝刹开初地,几处花龛在碧空。回望□□迷故国,远寻烟翠到天宫。多惭理郡时□□,未去樊笼聚落中。"虽然略有残缺,大体诗意尚属清晰。山西近年所作各市(县)区文物记录,已经出版几十部大书,偶然也有诗作发现。如《三晋石刻大全·晋城市泽州县卷》载皇甫曙二诗,在泽州县碧落寺石窟外壁摩崖,末署:"开成元年十月十日,军事判官登仕郎

---

　　① 收入氏著《唐代岭南文学与石刻考》,中华书局 2014 年,第 267—282 页。

前试太常寺奉礼郎李道夷书。"其一为《石佛谷》,《全唐诗》卷三六九收作皇甫湜诗,近人《全唐诗续补遗》卷六据《古今图书集成·职方典》卷三六四《泽州部》改正,今得石刻可确认。另一首为《秋游石佛谷》,全录如下:"木枯草衰辨山径,冰峻玉竦岩峦净。临当官曹文簿闲,又值顷亩晨菽竞。出郭俯仰罢陟降,入谷暗□穿丛蒨。阴苔达滑足易跌,修约穹隆肩不并。雊兔闲暇领雌雏,涧岸饮啄遂情性。狝鼯飞跳争□栗,藤萝出没啼辽夐。半空忽闻旃檀烟,花座圆光微掩映。专专倾竭下界心,恳恳瞻礼西方听。窟室一僧护香火,严持三衣行苦行。年深昼夜豺虎俦,客到盘盂梨枣馨。我生悠悠乐幽寂,矧乃才散形骸病。止泊不得限严城,回首云峰日已暝。"以往不见任何记载,属首度发现。皇甫曙是白居易的好友,白集中与他唱和甚频繁,二诗的发现,可以了解他的具体才华。

今人谈唐诗民间传播,以往重视敦煌文书、吐鲁番文书及长沙窑瓷器题诗中的民间诗作,近年山西长治地区出土墓志志盖上发现题诗,似乎仅是当地工匠的一种习俗。石拓分播各处,以西安碑林与北京大学图书馆收藏较富。目前就本人所见,已有近百例,去其重复,仍可得三四十首佚诗。录几首:"人生渝若风,暂有的归空。生死罕相逢,苦月夜朦胧。""坟埋荒草里,月照独危峨。儿孙肠断处,流泪血相和。""流泪洫和人痛苦,发声哀惨乐连云。愁成汲处飞洪断,落日邪欺草树坟。"其中少数为据有名诗人诗节写,今知有骆宾王、于鹄之作。其中比较特别的地方是一首诗可以根据时令随意改写,常见的诗句也可以随意颠倒配搭,以合丧家之需求。如《武威郡石氏墓志铭》作"阴风吹黄蒿,苍苍渡春水。贯哭痛哀声,孤坟月明里",《大唐故夫人墓志》作"阴风吹黄蒿,挽歌渡西水。孤坟明月里,车马却归城",《田夫人墓志》作"阴风吹黄蒿,苍苍度秋水。车马却归城,孤坟月明里",《刘让墓志铭》作"阴风吹白阳,苍苍度秋水。冠哭送泉声,孤坟月明里",《刘君妻墓志》作"春风吹白阳,苍苍度秋水。贯哭动哀声,孤坟月明里",《唐故府君夫人墓志铭》作"春风吹白杨,苍苍渡春水。贯哭恸哀声,孤坟月明里",是民间工匠随意改诗以为墓志盖装饰的一些典型例子。

八十年来的唐诗辑佚及其文学史意义

从 20 世纪 30 年代孙望、王重民、闻一多等前辈开始唐诗辑佚的工作,至今已经接近八十年。有关唐诗辑佚的专著出版了多种,与此相关的考订辨伪、增补辑佚论文为数甚丰,有关的专题研究也多方位展开。笔者近期得暇整理了相关文献的总目,并希望借此对各家辑佚之得失,古籍数码化为唐诗辑佚带来的机遇和挑战,以及唐诗辑佚对于改写文学史之意义,略申所见,以就正于方家。

一

无论用古代的学术原则还是用现代的学术标准来衡量,康熙钦定的《全唐诗》都免不了因袭的干系——当代学者有机会见到胡震亨《唐音统签》全本和季振宜《唐诗》的三种不同的文本,经过认真的比读和分析,确信《全唐诗》只是将胡、季二书拼接合抄成一本书,从小传到校勘记作了粗糙的简化处理,就由十位在籍翰林在一年多时间内处理成现在见到的规模。《全唐诗》编纂期间所作唐诗增补,具有原创意义的其实只有从卷八八二到卷八八八的七卷补遗。但《全唐诗》毕竟是皇帝钦定的权威著作,成书三百多年来在唐诗研究和传播方面发挥了巨大的作用,其影响至今不衰,且至今没有可以取代的著作。对此,真不知应该为前贤的成就感到骄傲,还是为当代学术感到遗憾。

《全唐诗》收诗缺漏,在其成书后不久,朱彝尊著《全唐诗未收书目》就有所指出,只是朱氏所举书目都据宋元书志,并非清代实存书目,即其所论没有任何的实际操作价值。其后二百多年,虽然名儒硕学层出不穷,但居然没有任何一位学者为《全唐诗》作具体的补遗工作。只有远在东瀛的学者市河世宁在编纂日本奈良、平安时期至镰仓以前汉诗为《日本诗纪》的同时,利用日本保存的典籍为《全唐诗》补遗,成《全唐诗逸》三卷,补录 128 人诗 66 首又 279 句。中国学者的唐诗辑佚工作,直到 20 世纪 30 年代,始有实际的展开。

从现有资料来看,最初从事唐诗补辑工作的是孙望先生。孙望(1912—1990),原名自强,字止畺,江苏常熟人。他在 1932 年进入金陵大学学习后,就从事唐诗辑佚工作,到 1936 年,成《全唐诗补逸初稿》七卷,得诗"二百七十有奇"。此稿当时曾有排印本刊布,在学术圈内形成一定影响,日本学者铃木虎雄称赞该书"于唐诗裨益匪浅,谨为学界庆贺"(据"百度百科"孙望条引录)。闻一多编《全唐诗汇补》《全唐诗续补》二书也曾据以编录唐人佚诗。此稿后经三十多年的增补,到 1978 年编成《全唐诗补逸》二十卷,共补诗 830 首又 86 句。其文献采据,以石刻文献、《永乐大典》和四部群书为大宗,较重要的收获有敦煌存一卷本王梵志诗,宋刊十卷本《张承吉文集》存张祜诗,清刊《麟角集》存王棨诗,清刊《丰溪存稿》存吕从庆诗,《永乐大典》存宋之问、王贞白佚诗等,以及《渤海国志长编》存中日交往诗。其中部分逸诗在 1979 年第 1 期《南京师范大学学报》刊发,笔者当时刚开始研究生学业,见到后深受启发,并就阅读中的疑问就教于孙先生,承他工楷详尽致覆,并在定稿中将拙见采入。前辈风范,令我至今感怀。

王重民(1903—1973),字有三,河北高阳人。他于 1934 年受北平图书馆派遣到英法作学术考察,又以互换馆员的身份到法国国家图书馆编次法藏敦煌遗书目录,有机会第一手完整接触这部分文献,1938 年又赴英阅读伦敦博物院所藏敦煌卷子,先后历时五年,得以完成《补全唐诗》的初稿,复经王仲闻、俞平伯、刘盼遂等校阅,至 1963 年始刊布于《中华文史论丛》第三辑。在他身后整理遗稿时,又发现多种敦煌遗诗的抄校稿,并陆续予以发表。

闻一多的唐诗辑佚工作在他生前始终没有发表。直到 1994 年湖北人民出版社出版十二卷本《闻一多全集》第七册收录徐少舟根据北京图书馆藏闻氏手稿整理的《全唐诗汇补》《全唐诗续补》二稿印出,其辑佚工作方为世人所知。两稿总约十五万字,均无序跋,仅《全唐诗汇补》卷首列有引用书目,凡二十八种。闻氏所谓汇考,是将《全唐诗》卷八八二至卷八八八补遗七卷也作辑佚看待,其体例显然是拟汇录自此以后各家的唐诗辑佚,因而将此七卷及《全唐诗逸》《全唐诗补逸》中诗尽量全部采入。他本人的新得佚诗数量不算太多,但值得注意的是他已经将《翰林学士集》《会稽掇英总集》及敦煌遗书中诗有所采录。二稿显然为未完稿,若积以时日而能最终成编,必有可观。闻氏中年殉国,留下莫大的遗憾。

　　童养年(1909—2001),江苏睢宁人。原名童寿彭,字药山、药庵,号养年。1939 年至 1949 年在原中央图书馆工作,1949 年至 1959 年在上海华东师范大学图书馆任编目组长,1959 年至 1988 年在安徽大学图书馆工作,直到退休。他利用长期在图书馆工作的便利,日积月累,成《全唐诗续补遗》二十一卷。据作者前言所述,其书名为接续《全唐诗》原有补遗七卷而言,所得凡 550 家 1 000 多首,其采集文献范围极其广泛,尤以《古今图书集成》和地方文献为大宗,较重要的收获有《秘殿珠林石渠宝笈续编》存李郢自书诗卷存诗三十多首,《严陵集》存施肩吾、贯休等佚诗,《吴越钱氏传芳集》存吴越诸王诗集,《鉴诫录》存晚唐、前蜀大批佚诗等。

　　1982 年,中华书局将王、孙、童三家辑佚稿四种结集为《全唐诗外编》出版,以王重民《补全唐诗》为第一编,以同人《敦煌唐人诗集残卷》为第二编,以孙望《全唐诗补逸》为第三编,以童养年《全唐诗续补遗》为第四编。各编有重复者,则以上述各编为次第,存前而删后;同一诗而出处不同者,则后见者存目。从全书来看,童辑删落较多。

　　《全唐诗外编》的出版,可以说是我国老一辈学者唐诗辑佚工作的结集,为学者提供了自《全唐诗》成书以后近二百八十年间中国学者辑录唐诗极其可观的收获,并在其后较长时间内,引起许多学者进一步考证唐诗和继续辑佚的兴趣。20 世纪 80 年代以来,围绕该书发表的论文多达数十篇之多,足见其受关注的程度。当然,在肯定前辈辑佚成就的同时,也有必要看到各编都有一些重收误收的情况发生,其中童编问题尤多。

笔者 1981 年下半年在等待学位论文答辩期间，开始有关《全唐诗》的文献来源和文本订正的工作。由于知道已经有几位前辈完成了有关工作，最初并没有做唐诗辑佚的准备。直到 1982 年下半年见到新出版的《全唐诗外编》，欣羡前辈采辑丰备的同时，无意中发现在我曾阅读过的典籍中，似乎还有数量可观的唐诗未经采录，其中较大宗的即有《翰林学士集》存唐初佚诗 48 首（仅孙辑据《武林往哲遗书》录褚遂良 3 首），《会稽掇英总集》存唐人佚诗 80 多首。这些不过是我在读书中的无意发现，如果系统加以辑录，应该还会有可观的收获。此前研究生阶段曾从王运熙老师得悉目录书的体例和功用，又因读王梓坤院士在《天津师范大学学报》发表《科学发现纵横谈》的论述，一方面根据《全唐诗》及《外编》确定前人编录唐诗之已用书目，根据唐宋书志了解唐人著述总目及在宋元明三代的流传存逸情况，再据《四库全书总目》和《中国丛书综录》确定唐宋典籍的存世总况；另一方面，则是模仿石油勘探，先取样确定资源之有无，再在面上铺开，以便作全面的采录。由于追求文献之全备、考订之深入、人事之推敲、真伪之鉴别诸方面都作了超过前人的努力，实际的收获远远超过最初的预想。1985 年初完成《全唐诗续拾》初稿，得唐人逸诗 2 300 多首，已经超过《全唐诗外编》的规模。1987 年夏，中华书局编辑部在初审后，提出修改意见，并同时约请我修订《全唐诗外编》。这两方面工作历时一年，到 1988 年秋间交稿，1992 年出版时统名为《全唐诗补编》，共三册，其中第一册为原《全唐诗外编》的修订本，孙、童两编都有较大幅度的删削，并在书末附修订说明逐一交代考订意见。后二册则为《全唐诗续拾》。全书收录唐五代佚诗大约 6 300 首，而拙辑即达 4 600 多首。能够有如此丰硕的所得，我以为主要有以下几点原因：（一）在文献搜索范围和复核仔细方面，都较前人有所突破。其中如《文苑英华》《唐诗纪事》《万首唐人绝句》等基本唐诗典籍，在前人无数次工作以后再次利用现代索引手段加以检索，有新的发现。特别关注清中叶以后新见古籍的校核、近代以来新发现文物和典籍的追索，特别关注宋人得见而今已失传的唐代著作在宋元典籍中的遗存情况，特别关注长期被唐诗研究者忽略的一些似乎与唐诗文献没有直接关系的典籍中保存的唐诗文献。

（二）重新界定诗文的界限，否定《全唐诗·凡例》认为佛道偈颂赞咒不是歌诗的偏见，将存世佛道二藏中的有关作品作了较彻底的清理。

（三）利用了 80 年代中期一批学者唐诗辑佚的成果，其中尤以张步云、张靖龙、陶敏、汤华泉、邹志方、陈耀东、刘崇德、孔庆茂诸位采获较丰。我特别赞赏孙望先生在《全唐诗补逸》中对凡给自己工作以提示或启发的友人皆以说明的美德，在拙辑中坚持了这一体例。遗憾的是由于当时条件限制，并没有能够充分利用当时已经发表的成绩。

拙辑《全唐诗补编》出版，可以说是中国学者唐诗辑佚第二阶段成果的总汇。该书出版后，中外书评不少，基本给以积极评价，在此就不多说了。最近十年也陆续有些学者利用古籍检索手段予以纠订，这部分问题容到下节详谈。而本书最大的遗憾，是我的工作主要在上海进行，当时在敦煌文献方面仅能见到一部印得不太清晰的《敦煌宝藏》，因而于敦煌遗诗仅能据较清晰的写卷录一些相对有名作者的诗作，没有能力作完整的清理。

从 1988 年《全唐诗补编》定稿，至今已经二十多年，中国的学术环境发生了巨大的改变。与唐诗辑佚工作关系密切的，一是敦煌文献文本的完整清晰影印和敦煌文献研究全面展开，二是域外文献和石刻文献大量发现、公布和研究，三是以《四库存目丛书》《续修四库全书》和《中华再造善本》为代表的大量稀见公私典籍的印行。而最具有革命意义的则是古籍数码化完成古籍文本检索的普及化，使古籍辑佚检索更为便捷，鉴别重出互见更为准确，辨伪考订也可以更为精密科学。

最近二十年间在唐诗辑佚发掘方面最杰出的工作应该首推徐俊《敦煌诗集残卷辑考》（中华书局，2000 年），首次完成了中、英、法、俄及散见敦煌遗诗的辑录，所录诗多达 1 800 多首，其中绝大多数为唐五代时期的作品，为《全唐诗》及《补编》未收之诗在千首以上。该书虽然没有采用以人存诗的编次方法，与《全唐诗》系列没有衔接关系，由于尽可能地依据原卷或较清晰的影印卷录文，各卷能注意保存原卷钞写时的面貌，于中外已有研究成果能较充分地吸收，在作品归属和作者考寻方面都尽了很大的努力，达到很高的学术水平。如揭出李季兰上朱泚诗，补录《珠英集》

中佚诗,根据文卷钞写起讫认定《补全唐诗》所收胡皓名下误收了另一佚名作者的几首诗,都是很重要的发现。稍感遗憾的是没有能够完成敦煌所存佛赞俗颂体诗歌的整理。稍后出版的张锡厚主编《全敦煌诗》(作家出版社,2006 年),局部对徐书有所订补,总体则未有大的突破,且因不择手段地将本来一、二册书可以包含的内容,硬撑到二十册的规模,不仅影响该书的流布,而且也减损了其学术品位。

此外,最近二十年在唐诗文献方面较重要的发现有以下各项:(一)韩国所存旧本《夹注名贤十钞诗》收唐五代三十家七言律诗三百首,其中有百馀首佚诗,较重要的有皮日休、曹唐、李雄、韦蟾、吴仁璧等的作品。(二)俄藏敦煌遗书中蔡省风《瑶池新咏》残卷的发现,可以补录李季兰等女诗人的佚作,也让我们了解到这部唐代女诗人选本的大体面貌。(三)长沙窑瓷器题诗的更进一步发现。(四)日本古写本陆续有唐诗佚篇发现,尤以伏见宫存《杂钞》残卷存李端、崔曙、张谓、李顾等佚诗,后来曾编为《风藻馀言集》的圆珍送行诗卷,以及与鉴真东渡有关的几首佚诗,金泽文库藏香严智闲《香严颂》七十六首等,为较重要。(五)一些以往流通较少的古籍中,也有成批佚诗的发现,这里可以举到宋晏殊编《类要》残本、日本存宋刊《庐山记》足本、明刊《锦绣万花谷别集》等。(六)一些宋金元以及韩国人集句诗中保存的唐诗佚句,较零碎。

二

梁启超在《中国近三百年学术史》中谈到清代辑佚书的成就时,指出辑佚书的性质其实就是一种文抄公的工作,只是将散佚的古逸书资料抄在一起,同时也肯定由于许多学者的持续努力,使成百上千种久已亡逸的古籍的零爪片羽得以展现在世人眼前,有些书甚至可以恢复十之七八,实在是功德无量的工作。《四库全书》中的辑佚书约占全部入库图书之六分之一,就是很好的例子。唐人诗文集之唐宋旧本得以保存至今的大约不足 200 种,现在我们可以看到的唐诗作者已经超过 3 500 人,就是明清直至当今许多学者努力的结果。

相比起一般典籍辑佚来说,唐诗辑佚的学术难度要高得多。具体来说,一是涉及一代文献的网罗,面广量大,各种典籍引录丰富,筛检不易;二是流布广泛,家喻户诵的同时,文献引录或口耳相传造成的讹误也极其严重;三是唐诗在文学史上地位崇高,历代有意无意的伪托现象也层出不穷,很难作彻底的究诘。胡震亨以毕生精力从事唐诗搜罗辑佚工作,深切认识到唐诗鉴别难的关键,但也没有能力完全解决唐诗互见重出和疑伪诗鉴别的问题。现代学者已经指出《全唐诗》误收唐前或宋后诗逾千首,互见诗六千多首,几乎占了全书的七分之一,追溯源头,大多沿袭据为底本的胡、季二书而误。我指出这一点,无意于贬抑为唐诗搜罗结集作出巨大贡献的前贤,只是要说明,由于唐诗文献本身的复杂性,古人旧本或今人新本能够做到鉴别准确、搜罗全备或者说尽善尽美,是所有学者共同的期待,但很难真正实现。

从 1956 年末李嘉言在《光明日报·文学遗产》发表《改编〈全唐诗〉草案》后,有关全部唐诗新编的工作几经曲折。李氏的方案,其实主要是就《全唐诗》已收诗本身的鉴别改编,即便如此,他在如何确认唐诗互见篇目时仍然感到很大困惑,为此而在 60 年代初组织开封师院师生做《全唐诗》首句索引。这一工作到 80 年代由改名后的河南大学继续,体例也改为每句索引。等到编成之时,恰值古籍数码检索初兴之际,因此而失去出版的价值,但索引在唐诗鉴别或辑佚方面意义之重要,在此可以得到证明。

我与许多前辈一样,在缺乏科学检索手段的情况下,完全依靠人工检索和记忆来从事唐诗辑佚,虽然也很认真总结《全唐诗》和前辈辑佚中的规律性误失,但仍不能避免重收误收。大致修订本《全唐诗外编》经过出版后的反复考订,问题仍有,比例不算太大。拙辑《全唐诗续拾》现在已知重收误收大致二百多则,虽然仅占全书二十分之一,已很可观。由于用书条件和检索手段的限制,仍留下一些遗憾。敦煌文献没有充分利用,上节已有说明。禅宗灯录、语录中的许多对句都没有收录,因为无法确认其为引用还是自创。宋元类书、地志、诗格、笔记、诗话等类典籍中的引诗,比较注重小家特别是别集在宋元还有保存者的辑佚,许多大、中诗人的诗作是否还可辑补，就无从作精确判断。另外，所见典籍中将唐前或宋后人诗篇误署为唐人作，也不免据以误录。1999 年中华书局出版简体横排本《全唐诗》附录《全唐诗补编》时，已经作过一些删补，还很不彻底。

20 世纪 90 年代后期开始应用，现在已经很普及的古籍数码检索手段，为中国古代文史研究带来了革命性的变化，在唐诗辑佚方面尤其重要。凡辑佚所得的作品，再经过检索对核，可以很便捷地知道是否为他朝或他人诗误入，避免不必要的误收。近年尹楚兵、金程宇、袁津琥先后据以指出《全唐诗补编》的重收误收情况，在我是十分感谢的。这是科学进步带给我们的幸运。同时，在以往因为无法检索而放弃鉴别的一些唐诗遗存中，也可据以辑出许多以往忽略的作品。比如《全唐诗》卷七九六辑录唐五代无名诗人的佚句，主要依靠唐五代宋初的多种诗格类著作，所得共 101 例。今重加复核，可以发现重复收录者多达 30 多例，而在当时已经利用的《风骚旨格》《炙毂子诗格》《雅道机要》《文彧诗格》《桂林淳大师诗格》等书中，属于佚诗而至今未经辑出者，尚有数十例之多。其他各类典籍中也有类似情况。

检索当然是重要的手段，但并不能解决所有的问题。还拿《全唐诗补编》来说，在我 20 世纪 80 年代编纂时，对于哪些诗有疑问，大致有数，苦于无解决手段。现在利用检索手段，大约可以解决十之四五，无法解决的问题仍有很多。即使通过检索得到线索的诗，也需要有鉴别的过程，有时很不容易得出结论。曹汛《从一联逸句的考证看〈全唐诗〉辑佚鉴辨的艰难》（《中国典籍与文化》1999 年第 4 期），以南唐王操《白牡丹》诗为例，说明一诗在宋人典籍中引录的纷杂错乱情况，用以证明唐诗辑佚鉴别之艰难，是很好的论述。我还特别要说明，唐诗总体流传过程中的纷繁复杂，情况远比我们所能了解的要曲折迷乱得多。有些我们只能根据一般常识来做判断。比如宋代各种类书、诗注、地志中，大量引录杜甫的诗，许多只是简单标一"杜"字，错讹率很高。即使花很大的气力，从中找到杜集中没有的诗句，也很难相信那就是杜甫的诗。宋人对于杜诗推崇备至，搜罗不遗余力，很难证明南宋的类书编者还有多少特殊资源可以保存杜甫佚诗。有些可能永远也无法究明真相,只能存疑。辑佚者的责任是尽可能地保存珍贵文献,即便遇到确有疑问的作品,从为学者保存研究线索之考虑,也应作相应的保存,但应与可靠的作品有所区隔。

同时,最近二十年大量稀见古籍善本的影印,海外汉籍的介绍,出土文献的发表,也提供了许多可资辑佚的线索。中国期刊网等网络资源的开发,也让学者可以更充分地利用文献。我在80年代做《全唐诗补编》时,曾参考各家发表的论文,在当时似乎已经很充分,近期重新加以追索,还有不少发表在海外或僻见刊物上的文章,到近期才见到。虽然最近二十多年发表的唐诗辑佚文章远多于80年代,但除金程宇于域外文献中的唐人佚诗有较完整的关照,其他各类新见文献似乎并没有得到充分的开发。许多学者只是满足于偶然得到零碎资料的发表,鉴别也未必周详。甚至有刊布佚诗几乎全部都错的例子①。就此意义上来说,唐诗辑佚还有作进一步清理的必要。

三

从《全唐诗》成书至今,各家所补唐人佚诗的总数,至今还没有准确的统计。就我所作粗略的估计,在八千首左右。《全唐诗》收诗,康熙序称有四万八千九百多首,日本学者平冈武夫所作精确统计为49 403首又1 055句。如果扣除误收重收的篇目,实际存唐诗在45 000首左右。辑佚所得超过《全唐诗》存诗数的六分之一,确实是很可观的收获。

毋庸讳言,唐诗辑佚所得,很大一部分是知名度不高的小作家的诗作,文学成就并不高,将他们的作品汇集起来,更多的是备一代文献,为学者各方面的研究起储材备用的需要。就文学史研究来说,我以为可以特别提到以下几点。

(甲)重要诗人作品的补充。迄今为止的唐诗辑佚,仅《全唐诗》

---

① 详焦体检:《全唐诗补遗指瑕——兼与黄震云先生商榷》,《河南教育学院学报》2005年第6期。

已收录作者而言,至少有数百位数量不等地补充了作品。如据《古今岁时杂咏》补录杜甫佚诗《寒食夜苏二宅》,大约是南宋杜集定型后补录的唯一一首可靠佚诗。白居易、元稹补充作品数量较可观。别集方面最重要的收获当然是王绩、张祜文集足本的发现。重要作家不少都有批量作品补充,如李郢、赵嘏等。这些已为学者所熟知,在此不作一一说明。

(乙)白话诗系列文献的整理。王梵志诗,在传世文献如《云溪友议》《鉴诚录》《梁溪漫志》等书中都有收录,胡震亨《唐音统签》卷九七九《辛签》十七收录二十二首。但《全唐诗》编修时,显然因为政治方面的原因,贬斥这些"本非歌诗之流",连带胡氏已经收录成编的章咒四卷、偈颂二十四卷,除寒山、拾得七卷外,其他一并删略不取。王梵志诗在敦煌文献中的大量发现,是 20 世纪唐代文学研究方面最重要的收获之一,并由此而带动了唐代白话诗研究的高潮。关于王梵志的生平和时代,至今仍不甚清晰,一些学者认为存世的王梵志诗未必是一人所作,我甚表赞同,因为迄今发现敦煌遗书所保存的几个系列的王梵志诗,彼此并没有交集,而存世文献保存的王梵志诗,与敦煌文献又全无交集。这种现象很难得到合理的解释,似乎可以印证不同文本来自不同作者的推测。关于王梵志的生活年代,学者也有种种推测。我的学生唐雯在做博士论文《晏殊〈类要〉研究》时,发现一则关于王梵志的最早史料:初唐四杰之一卢照邻佚诗《营新龛窟室戏学王梵志》:"试宿泉台里,伴学死人眠。鬼火寒无焰,泥人唤不前。浪取浦为马,徒劳纸作钱。"(《类要》卷三〇《咎征》)卢照邻大约去世于高宗末年至垂拱之间,这一年代比迄今所有各种王梵志诗卷写本和生平记录的年代都要早,《类要》则出宋初文豪晏殊手编,其价值不容置疑。前述胡应麟所编偈颂各卷,已经将当时能见到的唐代僧人偈颂搜罗大备,如收六祖慧能 19 首、牛头法融 13 首、赵州从谂 21 首、长沙景岑 16 首、香严智闲 24 首、洞山良价 19 首、曹山本寂 11 首、云门文偃 16 首、洞山守初 31 首、法眼文益 19 首,以及道世 81 篇,庞蕴约 300 篇,此外还有佛藏以外的船子和尚《拨棹歌》39 首。由于近代以来日、韩所存佛典大大超过中土所存者,故今人之此类诗辑录,无论在数量上还是录文的质量上,都超过胡氏当年的工作①,提供了今人研究唐代白话诗的系统数据。

(丙)唐代下层社会流行诗的研究。敦煌、吐鲁番写卷中有不少钞书学子钞录的诗作,较早引起关注的如《论语郑氏注》末卜天寿钞诗,曾引起郭沫若的重视,以后发现较多,引起较多学者的研究。李正宇《敦煌学郎题记辑注》(刊《敦煌学辑刊》1987 年第 1 期)作了较完备的辑录,达144 则,其中录诗约 20 首。徐俊《敦煌学郎诗作者问题考略》(刊《文献》1994 年第 4 期)不赞同一些学者认为这些诗是学郎随兴而作的推测,认为同一首诗既出现在不同时代的各种敦煌卷子中,又出现在吐鲁番文献中,在遥远的长沙窑瓷器题诗中也有类似作品,从而确认学郎只是钞录者而非作者。同人另一篇论文《唐五代长沙窑瓷器题诗校证——以敦煌吐鲁番写本诗歌参校》(刊《唐研究》第四卷,北京大学出版社,1998 年),则从另一立场对相关文献加以校订。近年长沙窑瓷器题诗发表的篇目已经百篇,与敦煌、吐鲁番文献可以互证的篇目也更多。这些题诗中属于知名文人所作者数量很少,大多作者不详。以下参照徐俊二文以及金程宇《新见唐五代出土文物所载诗歌辑校》②,将有关诗歌的关系列表如下:

序号	长沙窑瓷器题诗	敦 煌 写 卷	吐鲁番文书	《全唐诗》(径引卷数)及其他
1	春水春池满,春时春草生。春人饮春酒,春鸟哢春声。	P.3597:春日春风动,春来春草生。春人饮春酒,春鸟哢春声。又中国书店藏本略同。 三井文库藏 103:春日春风动,春来春草生。春人饮春酒,春棒打春牛。		从梁元帝《春日》诗演变而来。

① 少数也有胡氏已录而今辑未录者,如前述牛头法融、洞山守初之作。
② 该文收入《稀见唐宋文献辑考》,中华书局 2008 年。

序号	长沙窑瓷器题诗	敦　煌　写　卷	吐鲁番文书	《全唐诗》(径引卷数)及其他
2	有僧长寄书,无信长相忆。莫作瓶落井,一去无消息。			南朝西曲歌《估客乐》:有客数寄书,无信心相忆。莫作瓶落井,一去无消息。
3		S.361:长行穷(信宫)中草,年年愁处生。时亲(侵)珠□□,此事□阶行。		卷一一九崔国辅《长信草》:长信宫中草,年年愁处生。时侵珠履迹,不使玉阶行。
4	主人不相识,独坐对林全(泉)。莫慢愁酤酒,怀中自有钱。			卷一一二贺知章《题袁氏别业》:主人不相识,偶坐为林泉。莫谩愁酤酒,囊中自有钱。《宝真斋法书赞》卷八录无名氏《青峰诗》前四句近似。
5	自入新峰(丰)市,唯闻旧酒香。抱琴酤一醉,尽日卧弯汤。			卷三一一朱彬《丹阳作》:暂入新丰市,犹闻旧酒香。抱琴酤一醉,尽日卧垂杨。
6	二月春丰酒,红泥小火炉。今朝天色好,能饮一杯无?			卷四四〇白居易《问刘十九》:绿蚁新醅酒,红泥小火炉。晚来天欲雪,能饮一杯无?
7	破镜不重照,落花难上支。行到水穷处,坐看云起时。			后二句为王维《终南别业》句。
8	万里人南去,三秋雁北飞。不知何岁月,得共汝同归。			卷四六韦承庆《南中咏雁》:万里人南去,三秋雁北飞。不知何岁月,得共汝同归。

序号	长沙窑瓷器题诗	敦煌写卷	吐鲁番文书	《全唐诗》(径引卷数)及其他
9	今岁今宵尽,明年明日开。寒随今夜走,春至主人来。			前二句参张说《钦州守岁》:"故岁今宵尽,新年明旦来。"
10	鸟飞平芜近远,人随流水东西。白云千里万里,明月前溪后溪。			卷一五〇刘长卿《苕溪酬梁耿别后见寄》中四句。
11	公子□□□□,却将毛遂比常伦。当时不及三千客,今日何如十九人。			卷二八一高拯《及第后赠试官》:公子求贤未识真,欲将毛遂比常伦。当时不及三千客,今日何如十九人。
12		P. 2566:一二三四五六七,万物兹(滋)生于此日。江南鸿雁负霜回,水底鱼儿带冰出。		卷六六三罗隐《京中正月七日立春》:一二三四五六七,万木生芽是今日。远天归雁拂云飞,近水游鱼迸冰出。
13	自从君去后,常守旧时心。洛阳来路远,凡用几黄金。	Дx. 2430:自从军(君)去后,常守旧时心。洛阳来路远,凡用几黄金。		
14	念念催年促,由如少水鱼。劝诸行过众,修学至无余。	S. 236:念念催年促,犹如少水鱼。劝诸行道众,勤学至无余。 P. 2722:念念摧(催)年促,犹如少水鱼。劝诸礼佛众,修斋至无余。		

序号	长沙窑瓷器题诗	敦　煌　写　卷	吐鲁番文书	《全唐诗》(径引卷数)及其他
15	君生我未生，我生君已老。君恨我生迟，我恨君生早。	S. 2165：身生智未生，智生身已老。身恨智生迟，智恨身生早。(下略)		
16	一日三场战，离家数十年。将军马上坐，将士雪中眠。	P. 2622：日日三长(场)战，离家数十年。将军马上前，百姓霜中恋。		
17	竹林青付付，鸿雁向北飞。今日是假日，早放学郎归。	P. 2622：竹林清郁郁，百鸟取天飞。今照(朝)是假日，且放学郎归。	卜天寿写本：写书今日了，先生莫咸池(嫌迟)。明朝是贾(假)日，早放学生归。	
18	天地平如水，王道自然开。家中无学子，官从何处来。	北玉91：高门出贵子，好木出良在(材)。丈夫不学闻(问)，观(官)从何处来。 天地平如水，王道自然开。家中无学子，官从何处来。	卜天寿写本：高门出己子，好木出良才。交□(儿)学敏(问)去，三公何处来。	
19	夕夕多长夜，一一二更初。田心思远路，门口问征夫。	P. 3597：日日昌楼望，山山出没云。田心思远客，问(门)口问贞人。		

序号	长沙窑瓷器题诗	敦煌写卷	吐鲁番文书	《全唐诗》(径引卷数)及其他
20	白玉非为宝,千金我不须,忆念千张纸,心藏万卷书。	P. 3441:白玉虽未(为)宝,黄金我未虽。心在千章至(张纸),意在万卷书。P. 2622:白玉非为宝,黄金我不□。□竟千张数,心存万卷书。		
21	□起自长呼,何名大丈夫。心中万事有,不□□中无。	P. 3578:忽起气肠嘘,何名大丈夫。心□万事有,不那手中无。		
22	自入长信宫,每对孤灯泣。闺门镇不开,梦从何处入。	P. 3812:自处长信宫,每向孤灯泣。闺门镇不开,梦从何处入。		
23		P. 3189:闻道侧书易,侧书实是难。侧书须侧立,还须侧立看。	卜天寿写本:他道侧书易,我道侧书□。侧书还侧读,还须侧眼□。	
24	借问东园柳,枯来得几年。自无枝叶茂,莫怨太阳偏。			卷八〇二刘采春《啰贡曲》六首其二:借问东园柳,枯来得几年。自无枝叶分,莫怨太阳偏。
25	去岁无田种,今春乏酒财。恐他花鸟笑,伴醉卧池台。			卷八五二张氲《醉吟三首》之一:去岁无田种,今春乏酒材。从他花鸟笑,伴醉卧池台。

序号	长沙窑瓷器题诗	敦煌写卷	吐鲁番文书	《全唐诗》(径引卷数)及其他
26		P.3322：明招游上远(苑)，火急报春知。花须莲(连)夜发，莫伐(待)晓风吹。		卷五则天皇后《腊日宣诏游上苑》：明朝游上苑，火急报春知。花须连夜发，莫待晓风吹。
27	岁岁长为客，年年不在家。见他桃李树，思忆后园花。			《唐摭言》卷一三录僧对张籍言诗引"见他桃李树，忆著后园枝"二句。
28	海鸟浮还没，山云断更连。棹穿波上月，船压水中天。	P.2622：海鸟无还没，山云收(下缺)。		卷七九一贾岛、高丽使《过海联句》：水鸟浮还没，山云断复连。棹穿波底月，船压水中天。
29		P.3666：直上青山望八都，白云飞尽月轮孤。荒荒宇宙人无数，几个男儿是丈夫。		卷五八五吕岩《绝句》三十二首之十四：独上高楼望八都，黑云散后月还孤。茫茫宇宙人无数，几个男儿是丈夫。 《弘治黄州府志》卷七收白居易《东山寺》：直上青霄望八都，白云影里月轮孤。茫茫宇宙人无数，几个男儿是丈夫。 《五灯会元》卷二〇尼无著语：茫茫宇宙人无数，几个男儿是丈夫。

　　长沙窑是唐代中后期以出品社会低档瓷器为主的大型作坊，其销售范围几乎涵盖了全部大唐疆域，并远销到南亚、中东、东非和东亚日韩等国。现在发现其有诗器物多达数百件，去其重复尚可得诗百馀首。远在西边的敦煌、吐鲁番学童钞书之际随意钞写或凭记忆写出的诗歌，

居然有那么多篇与之重复,是很值得关注的文学传播现象。可以很明确地看到,在唐代社会最下层,最日常流传、最家喻户晓的诗歌,其实就是这两批作品所涵盖的范围。我们可以看到,一部分源自六朝诗歌,一部分源自文人创作,多数曾不同程度地为工匠和学童作了更通俗化的处理。比如第6例将白居易很有风韵的诗篇,改写得更为通俗明白;第7例将王维两句灵动而富有禅趣的诗句,搭上两句很直木的常句,形成似乎民间可以理解而其实不通的诗句。这些诗中表达的劝学、惜时、送别、怀人、思乡、羡官羡富等世俗情趣,也可理解民间对文学需求的一般趣味。李白、杜甫、韩愈、李贺、李商隐等诗,几乎没有进入这个圈子。上述除李白外的几家,甚至在整个敦煌遗书中都没有出现他们的作品,更是值得玩味。从24至29的六例,今人或曾据以考订其作者,我的看法却恰好相反,恐怕更多的是民间根据世俗流行的诗篇,来附会成名人故事。24则刘采春诗出《云溪友议》,称"当代才子"所作,采春为歌者。25则张氲事不见唐代记载,是南宋方见记录的成仙者。则天皇后一则最早见《广卓异记》卷二引《唐书》:"则天天授二年腊,卿相等耻辅女君,欲谋弑。则天诈称花发,请幸上苑,许之。寻疑有异图,乃遣使宣诏曰……(诗略)于是凌晨名花瑞草,布苑而开,群臣咸服其异焉。"其事近于小说,不能视为信史。27则为僧人举俗传诗以调侃张籍。28则今知最早见《苕溪渔隐丛话前集》卷一九引《今是堂手录》:

> 高丽使过海,有诗云:"水鸟浮还没,山云断复连。"时贾岛诈为梢人,联下句云:"棹穿波底月,船压水中天。"丽使嘉叹久之,不复言诗矣。

其荒唐附会显而易见。29则之吕岩、白居易所作者皆后人附会。类似的例子还可以举出一些。如 P. 3645《张义潮变文》末有诗云:"孤猿被禁岁年深,放出城南百丈林。渌水任君连臂饮,青山休作断长吟。"钞写时间应在公元900年以前。到宋人著《雅言杂载》(《诗话总龟》卷二〇引)、《能改斋漫录》(卷一一),附会为南唐吉水隐士曾庶几作,所幸敦煌文书可以还原真相。再如五代江为临刑作诗:"衙鼓侵人急,西倾日欲斜。黄泉无旅店,今夜宿谁家?"旅日韩国学者金文京撰文指出日本8世纪诗集《怀风藻》录大津皇子临终诗作:"金乌临西舍,鼓声催短命。泉路无宾主,此夕谁家向?"唐僧智光《净名玄论略述》引陈后主诗:"鼓声推命役,日光向西斜。泉路无宾主,今夜向谁家?"①二书成书早于江为约二百年,即或江为临刑所赋即为前人诗,或其事本即为好事者所附会,甚至包括大津皇子或陈后主的故事,也不过是据民间流传诗歌附会而来。诗歌的民间传播是非常复杂的问题,敦煌吐鲁番遗诗和长沙窑瓷器题诗所揭示的上述现象,其学术意义远比补录一些作品来得更为重要,应该引起学者更多的关注。

(原载南开大学《文学与文化》2011 年第 1 期)

---

① 详京都大学《东方学报》七十三册刊《大津皇子〈临终一绝〉和陈后主〈临行诗〉》。

《唐五代诗纪事》编纂发凡

　　《唐五代诗纪事》是我近期编纂中的一部大型唐诗文献著作,其内容大约相当于全唐五代本事诗,拟收录唐五代全部诗歌的写作本事,即有关唐诗写作缘起、过程、影响的直接记录,力求全部采录最早记载,选用善本,比较同异,考辨讹误,为唐诗研究者提供准确可信的文献。这部书的编写过程有些漫长。最初是20世纪80年代中期我根据唐圭璋教授《宋词纪事》的体例,拟编录唐五代诗歌本事,上海古籍出版社随即接受了这一选题,初步的编纂工作也已经积稿过半。但在90年代初,因笔者参与《全唐五代诗》工作,考虑到两个选题不可或分的内在联系,各自完成的工作对另一个选题具有重要参考价值,而相关工作的推进,也有必然的文献依存。这一工作因此而耽搁,而《全唐五代诗》编纂工作中合作的耽搁也使本书编纂长期搁置。最近十多年间,唐诗研究的深入引起学者对于基本文献建设的更多需求,而古籍数字化的日益普及也为此一工作的展开奠定良好的基础。有鉴于此,近年投入较多精力编纂本书,有望于近期完成。

一　编　纂　缘　起

　　欧阳修最初作诗话,本意仅是录有关诗歌写作的事情以"资闲谈"。在他以前,唐五代《云溪友议》《本事诗》《抒情诗》《鉴诫录》,以及宋初《郡阁雅谈》《雅言系述》《雅言杂载》等著作,已经具备了诗话的雏形。在欧阳修以后,诗话写作蔚成风气,其基本体例,大约不脱论诗及事、论诗及辞两路。北宋末李颀编《古今诗话》①、阮阅编《诗话总龟》，都以编录诗事为主，但文献取资和编纂体例，则兼取各代，而以唐宋诗人轶事为主，且为适合当时人阅读的需要，都采用了类似《世说新语》的分类编纂办法。南宋初计有功专取唐诗文献编著《唐诗纪事》八十一卷，开创"诗纪事"这一融诗歌总集与诗话为一体的著作形式，在学术史上产生重大影响。计书以人录诗，重在网罗唐诗文献，保存作品，兼记作者事迹及作品写作本事。其自序云：

> 唐人以诗名家，姓氏著于后世，殆不满百，其馀仅有闻焉。一时名辈，灭没失传，盖不可胜数，敏夫闲居，寻访三百年间文集、杂说、传记、遗史、碑志、石刻，下至一联一句传诵口耳，悉搜采缉录。间捧宦牒周游四方名山胜地，残篇遗墨，未尝弃去。老矣无所用心，取自唐初首尾，编次姓氏可纪，近一千一百五十家。篇什之外，其人可考，即略纪大节，庶读其诗，知其人。所恨家贫缺简籍，地僻罕闻见，聊据所得，先成八十一卷，目曰《唐诗纪事》云。

有功字敏夫，号灌园居士，邛州临邛人，为南宋抗金名将张浚从舅。从今人考定他的生平经历看，他是宣和三年进士，南渡后长期参与张浚幕府。绍兴五年以右承议郎知简州，提举两浙西路常平茶盐公事。七年，受张浚委托赴临安奏对，献所著《晋鉴》②，升直徽猷阁，提举潼川府路刑狱公事。二十八年，知眉州。三十年，任利州路转运判官。三十一年，知嘉州③。从目前可以知道的他的经历来说，一生绝大部分时间都在蜀中度过，在两浙的时间也不算太长。他所说"地僻罕闻见"，大约即指此。他的书中颇存蜀中所存唐诗珍贵文献，如李白下录杨天惠《彰明逸事》，卷五○收西蜀段文昌幕府唱和诗，卷五三收于兴宗等绵州越王楼，皆是。计氏称录唐

---

① 《古今诗话》原书久佚，近人郭绍虞有辑本，收入《宋诗话辑佚》。韩国存《唐宋名贤诗话》残本，经与《古今诗话》佚文对读，可以确认二者其实是同一书，可能前者是据后者改编而另题书名。

② 此书不存。明人王祎《大事记续编》略有称引。

③ 据上海古籍出版社 1987 年版《唐诗纪事》卷首《出版说明》。

诗1 150家,据今本统计,大致准确。虽然全书收诗数还无法准确统计,大致推测在6 000首至7 000首之间,确实是很丰富的保存。

计书体例是因人存诗,并略考其人生平始末,并搜采诗歌本事的相关记录,以便学者知人论诗。就保存文献来说,计书采集大量宋以后亡佚的古籍,比如大量据唐登科记以存诗人科第诗集,据《景龙文馆记》《大历年浙东联唱集》《汉上题襟集》等大量存录唐诗。《毛仙翁唱和诗》大约是唐末五代人编造的伪书,诗虽伪而大抵可以认为宋前人作假,也有特殊的价值,也仅赖计书全录而保存。

计书的著作方式,虽然在宋元明三代皆无继嗣者,到清代开始受到许多学者的重视,且沿其体例而颇多变化。清厉鹗《宋诗纪事》一百卷,完全沿袭计书的体例,采录宋一代的诗歌文献,取资面很宽。其后陈田作《明诗纪事》、陈衍编《辽金元诗纪事》,均沿计书旧例,反映一代诗歌面貌。清末陆心源《宋诗纪事补遗》,以及今人孔凡礼编《宋诗纪事续补》,皆重在网罗宋代诗歌的遗佚,体例上与计、厉二书稍有不同。近人邓之诚《清诗纪事初编》则认为清初诗歌在民族大变动的时期,多有反映现实、关怀时事之作,因此专收反映时事的作品,其体例颇近于《清诗铎》。钱仲联主编《清诗纪事》则兼本事与评论,目标是反映有清一代诗学之隆替,可以认为是一部略存诗事、广采评论的大型清诗选本。

唐圭璋《宋词纪事》出版于20世纪80年代初,仅录宋词写作和流传影响的本事,是唐氏编录《全宋词》的副产品之一①。唐氏编例,区分选本、诗话和“诗纪事”一体著作的收录范围,重在为学者提供一代词作本事之较早、完整的可靠文献,于研究者最为方便。

我在二十多年前见到唐书,深佩体例之善,乃发愿沿其体例,汇聚唐五代全部诗歌本事,略加考辨甄别,以裨学者。因个人研究的展开深入,对此一选题之难度和意义,也有一些新的认识。唐诗比宋词在作者和作品方面数量都更多,且因为流播广泛,历代诗家多辗转称引,文献保存状

---

① 《全宋词》初版于1940年,在各家词作下多附词作本事和评议。60年代中华书局委托王仲闻修订该书,重新划定体例,将此类附录一例刊除。估计唐书有弥补删除后的缺憾而作的考虑。

况极其芜乱,理清不易。在考虑重新校录全部唐诗时,我更深切地感到,保存到今日的大约五万首唐诗,其保存途径千差万别,但举其大端,大约包括两方面。一是以作者原来写作的面貌保留到现在,包括各种别集、较早的几种总集、石刻等保存的诗歌。石刻如嵩山山麓保存的武周时期石淙唱和诗,基本完整,首有序,说明唱和始末,其次按照作者地位高低,都有完整的职衔。文集如影宋刻《窦氏联珠集》《松陵集》、唐卷子本《翰林学士集》也都完好保存唐集的原貌。这些集中的诗题大多保留唐人写作时的原貌,诗题用敬称,署名列官衔,部分唐人别集从附录的唱和诗中也可以知道其集尚存唐时面貌,如清抄三十卷本《张说之文集》、明刻《会昌一品集》《昼上人集》、宋刻《韦苏州集》等。许多后编的别集和总集,虽然编录者作过加工,但多数还能保存唐人原来的诗题,录诗也基本完整。二是靠当时和后来人的辗转称引而得到保存。其中如诗话、笔记、类书、地志一类书的引录,经常是片段而零碎的,原来的诗题、全诗都很难得到尊重。而各种正史、杂史、轶事类笔记、志怪类小说、诗事类诗话则保存大量有关唐诗写作的原委始末,少部分根据作者诗题、诗序改写,也有源出国史实录一类相对可靠的史籍的记录,但大多则偏于新奇有趣,甚至涉及仙道鬼怪,为后人保存大量唐诗故事的同时,也留下各诗写作始末的纷繁错综难以究诘的分歧。这后一部分文献的清理难度,远远超过前一部分的文献。这也就是我前面所说全面董理唐一代诗歌,必须依赖唐代诗事记载清理校录的原因。

倏忽已近六十,以往觉得可以以后做的事情,再不做可能就再没有机会做了。这是最近在香港短期任教而感觉特别强烈的。因此希望上述的设想在最近一两年就有实际的成绩。

二 编纂体例的说明

1. 本书录存有关唐五代诗歌写作、流布之本事的直接记载。所谓本事指他书所载有关诗歌事实的记载,凡作者在诗题、诗序以及诗篇中已经说明之事实则不在收录之限。大致有关诗歌写作过程、缘起、影响的记载从宽,诗歌在作者身后引发之有关故事,则仅以唐五代之事实为限。凡一般引录诗歌而不涉及事实者,皆所不取。唐人评论本朝诗之记载,亦严格甄录。

2. 收录界限。A. 时限:始于 618 年唐立国,至 960—978 年五代十国入宋为止。前后跨代作者若所涉不多,则尽量兼收,以存文献。若五代十国作者入宋创作丰富者,则入宋后诗事皆不收。B. 地域:以唐及五代十国疆域为限。日韩作者仅存在唐事迹。C. 诗体界限把握从严。凡赋、颂、箴、铭、赞、诔之类韵文,皆不收录。D. 唐五代词本事能符合本书者为数甚少,故仍予存录,且不作分编。

3. 凡同一事的相关记载,尽量选取最早、最详尽的记录。一诗而有不同本事,一事而有较大异传者,则分别采录之。

4. 全书以人立目。作者无论身份如何,一律按照作者世次先后编次。唯以皇帝为年代标志人物,故分别列于相当年代之首。十国则按各国编录。世次无考作者、无名氏作品殿于末。凡涉神仙、鬼怪、托梦之作、歌谣谚谶之作等,则列为外编。

5. 考虑到本书重点在于存录诗歌本事,所有作者仅存包括姓名、字里、科第、终官、存集的最简略之小传,且一律不说明文献所据。凡作者事迹仅见于诗歌本事者,则一律不作小传。有关内容详情可以参看《唐才子传校笺》和《中国文学家大辞典·唐五代卷》,增补内容会在其他相关著作中说明。

6. 每一作者下大致以作品写作先后为序。写作先后无从知道者,则以所引本事的记录先后为序。

7. 凡有原诗传世者,均先录原诗,次录本事。诗篇采录,尽量选录最能反映作者写作原貌的文本,大致先取唐宋原编别集,次取唐宋总集,再取他书文本。如上述诸书录诗与本事记载引诗文字有较大差异者,则两存之,以显唐诗流传变化之迹,如差异不多者,即仅存一端,不同者出校语说明之。凡本事记载所录诗篇为该诗唯一或最早来源者,即以本事所录诗摘出,在本事相关记载下括号加注"诗略""歌略"之类文字。

8. 本事原文一律选取最早最完整的记录,且一律不作节录改写。若本事原文太长,或原文中部分内容与本事无关,方于原文有所删节,删节处以括号加注"略"字。

9. 唐诗本事多出传闻,或与事实有异,或全出虚构,或时地有出入,或人事有误记,或出当时误传,或出后人增益,或因文本传讹,或出好事浅学者附会误解,错误可谓在在多有,原因复杂,历代相沿,以误为真,严重影响研究结论的正确。凡遇此类情况而得确证者,一律为之考证甄辨,以期读者可以征信。无确证者,仅将疑问写出,以供参考,并期待新证的出现。

三　文　献　取　资

计有功《唐诗纪事》虽保存了大量唐诗文献,但所录诗无本事者占十分之七,有本事者,原书存世者约占三分之二,即全书可为本书收录者尚不足全书的十分之一。本书编纂中,对存世唐诗文献作了十分广泛的调查,并做了大量基本文献的研究工作。其中较系统地处理了常见唐宋典籍中的唐代诗事,也从四部群书、佛道两藏、敦煌遗书、石刻方志、域外汉籍中搜寻相关记载,大大拓展了有关记载的收录范围,得到许多前此未知的珍贵记录。其中采集最多的是以下几类文献:甲、唐宋笔记杂史,因多存名人逸文遗事而向为治唐诗者所重视,本书亦取为最基本依据。在使用中,非常注意这些著作的流传本末,凡后出伪误书如《古今说海》、宛委本《说郛》、《唐代丛书》之类,一概不用。散佚杂书,曾在一定范围内做了辑佚工作,以使在不同途径中保存的相关文献能得到充分利用。乙、宋以后历代诗话,除常见诸书得到充分利用外,还致力于稀见书的发现和已亡书的补订,已找到至今未曾刊布的宋人诗话七种,并为郭辑《宋诗话辑佚》作了全面匡补。丙、唐宋别集、总集,以存录作品为主,凡唐宋原编别集中所存诗作,大多能保持作者原作的本题和文字,与笔记诗话偏于传说的倾向有所不同。故于有本事唐诗的本文,尽可能地选取该诗最早、最好、最接近作者写作原貌的文本。丁、史书传记,除据以写定作者小传外,也采集到大量的诗事记录及相关史实。戊、佛道两藏,对可确信年代的相关著述作了寻检,因前人利用较少,有不少新收获,但也有较难取舍者,如禅僧偈颂已具诗律特征,灯录中的偈颂本事如何收录,即颇费甄酌。己、敦煌遗书,保存了一些极珍贵的诗篇,除最有名的《秦妇吟》外,还可举一例。唐著名女诗人李季兰之死,《唐诗纪事》和《唐才子传》均不得其详,后书还称道她"不以迟暮,亦一俊媪",至近代学者始从流传不广的杂史《奉天录》中,知道她因献诗歌颂朱泚而被德宗所杀,本书则从俄藏敦煌文献中找到她献给朱泚的原诗,使今人可以知道事情的真实原委。庚、碑志石刻,宋以后是一门显学,近百年新发现者尤多,数逾万品,我因曾作唐文补录,将各类石刻作全面收集和阅读,其中述及事的虽仅有十多则,可资考订作者生平和诗事事实的记载,则极为丰富,且多可据以而得论定。辛、海外汉籍近代发现极多,与唐诗研究密切相关者为数也不少。已刊布者得以全面利用,同时还充分发掘新材料,最近新见即有宋刊本《庐山记》、伏见宫旧藏《杂抄》、奎章阁藏古抄《名贤十抄诗》等珍稀古书,在拙著《全唐诗补编》以后又新发现唐诗三百多首。

四　文献处理原则

唐诗流传千年,有关记载非常丰富,作品的传误和史实的淆乱都十分严重,前代学者多采取随得随录的方式,于文献区分不十分严格,因至多因袭承误,影响研究结论的可信度。我非常笃信陈垣先生所倡史源学的治史信念,在文献处理引用中,始终恪守以下几条基本原则:甲、引书一律注明所见卷次。乙、存世著作,一律不据他书转引文字,只有在该书已亡失或今本有缺佚的情况下,才得据他书转引。丙、同一事的记录,务求追索文献,明确源头,取用最接近事实真相的记录。丁、凡文献记载有歧异者,必须参证其他记载,以去伪存真,使结论可信。本书在文献处理中,即始终遵守以上原则,以追求较高的学术品质。许多文献的写定,曾作过多方面的反复比较,以求妥当。又曾广泛参考今人的研究成果,力求避免不必要的失误。对于相关联的事件、人物和文学活动,曾作过多方面的排比推敲,如中宗景龙年间的君臣唱和,涉及数十位作者的三十多次唱酬活动,有关记载也较纷乱。为作好本书,为集中记载此次事件的《景龙文馆记》一书作了新的辑本,并对逐日唱和活动参加人员及存世作品,作了较全面的清理,弄清了原委。对于同一事而有不同史源的记录,则理清关系,分别取舍。如初唐乔知之赋《绿珠怨》一诗的始末,在唐宋典籍有二十多处记载,作出分析后,知一共可区分为三类,分别以《朝野佥载》《隋唐嘉话》《本事诗》为源头,得以取舍妥当,又参考岑仲勉的考证,确知事件发生的时间和原委,纠订了各书记载中的传讹。

五　本书附按考证

唐诗诗事,从初唐各书即有所记载,到唐末五代出现《云溪友议》《本事诗》《鉴诫录》之类以记录诗事为主的笔记,宋元人编《唐诗纪事》《古今诗话》《唐宋名贤诗话》《唐才子传》之类专书,主要取资以上各书为主的唐宋笔记杂史,但对于这些书中记录的可信程度,则很少提出疑问,以至许多研究者以传闻为信史,以虚构编造为事实,由此发挥,不免远离真相,影响结论的可信度。本书为各诗事所加按语近千条,包括以下几方面内容:一、指出诗事叙述中部分内容失实。如《集异记》载王之涣、高适、王昌龄三人旗亭听诗故事,今人引用很多,傅璇琮《唐代诗人丛考》以为出于虚构,证据是三人共听之高适一诗作于王之涣身后。本书参用其说,指出此诗非王之涣所得见,但并不取全部叙述出于虚构的结论,因有可能属部分误记。二、指出叙事与作者生平交游不符合之处。如《唐阙史》记杜牧湖州聘妾以十年为期而迟到三年事,《唐诗纪事》记白居易在洛阳与朝贤同赋一至七言诗,《云溪友议》《本事诗》记刘禹锡赋“司空见惯”诗等,均据可靠文献作了考辨。三、对一诗而有多种诗事者,也据所知予以辨析。如李白《蜀道难》,《云溪友议》以为忧杜甫在蜀而作,可据《河岳英灵集》已收该诗而断知其误,后出的忧玄宗在蜀、虑鲜于仲通专权、送友人入蜀等说,也分别作了评述。前述乔知之诗事,也属此例。四、一事而后人有所改易、增益者,也予以指出。如王轩题诗苎萝石事,最早见《云溪友议》,虽有所虚构,但为唐时之事,至宋人《翰府名谈》增益事实和诗篇,

《全唐诗》一并收入,显然不当。再如《太平广记》载巴峡鬼诗事,为唐初调露间事,《诗话总龟》却录成宋初建隆中事,亦应纠订。五、凡原诗事不误,因后人转引称述而致误者,也予以指出。如有名的关盼盼燕子楼诗事,最早的白居易、张仲素二人诗序,并无错误,而后人误将“张仆射”说成是名气较大的张建封,又将诗话中张仲素有感于关盼盼事而作诗,误读为关盼盼本人作诗,又将白居易《感张仆射故妓》傅会为关而作,遂形成这一凄感的故事。本书将上述传误过程,逐一解析,使真相得以昭明。六、对作者原集中诗歌及诗题,与本事所述有出入者,也作了分析。七、于诗事叙述中的细节出入,也有所纠正,这部分利用石刻文献较多。

六　本书学术追求

本书力图网罗全部唐代诗事于一编,所涉极广,又以为相关学者提供信实可用的文献为预期目标,故在编纂的每一个关节上,都有较严格的学术把关和追求。首先,收录文献力求全备,于存世文献要求都能翻检利用到,务期于重要记录不至遗漏,已有研究不至忽略。其次,凡文献征引,尽可能地选用善本,并能利用各种文本作比对写定。如唐人笔记,利用了今人的各种整理本,仍还去复核历代的善本。如《河岳英灵集》,即用国家图书馆藏二卷宋刊本,《中兴间气集》用武进费氏影宋本,《文苑英华》用中华书局影印本以及国家图书馆藏近人傅增湘的汇校本、台湾史语所影印宋刊残本,《庐山记》除用到《吉石庵丛书》影印日本高山寺藏宋抄本及源自该本的《大正藏》本、《殷礼在斯堂丛书》本外,又利用了日本内阁文库藏宋刊本,这就比清人仅能见到三卷残节本,前进了许多。其他各书的使用,也努力达到了这样的程度。又次,非常重视基础文献的发掘与研究,有区别地利用前人的研究成果。如唐宋笔记小说,所记诗事极多,但今传各本,疑问很多,明清人所辑,多改易书名、卷数和作者,虽流行较广,不能轻信使用。今人整理本大多较好,少数未能臻善,或有缺漏,或有误入,应有所区别。本书进行中,发现了一些珍贵佚书,如在宋刘清之《戒子通录》中发现《柳氏叙训》《诫子拾遗》《中枢龟鉴》的残本,就是学界长期认为久已不传的重要笔记。又做了三十多种已佚唐宋笔记杂史的辑录工作,为《北梦琐言》《南部新书》《江南野录》《南唐近事》等书补录了可观的佚文。再次,在文献和史实的考证鉴别中,严格遵循公认的学术规范,充分尊重前人已有的研究积累,凡有参用,均逐一说明;有各种不同讨论意见者,在比读研究后,分别作客观的介绍,在平实的表述中,力求准确地反映前贤见解,并有分寸地表达作者的立场;所涉文献考据部分,都求务必找到可资推论的可信书证,注意考析推说中的必然逻辑联系,注意区分可作结论、能备一说、仅存疑问等研究层次上的差异,一般不作悬想式的大胆怀疑,在表述中也始终注意保持分寸,不作夸大武断的惊人之语。

2010 年 5 月 16 日于香港黄金海寓所

（2010 年 5 月参加香港中文大学主办“诠释、比较与建构：中国古代文学理论国际学术研讨会”论文。原有附录杜牧部分样稿删除。次年因确定作《唐五代诗全编》,乃决定将《唐五代诗纪事》书稿全部合为一编,不另单独成书。）

唐诗的原题、改题和拟题

　　一首完整的诗歌,应该包括诗题、诗序(部分诗歌有序)和诗歌本文几部分。诗题对于了解诗歌的写作缘起始末、考察诗歌的寓意都具有极其重要的价值。然而就清编《全唐诗》九百卷所包括的 49 403 首诗歌来说,其来源极其纷繁复杂,文本的可靠度也不尽理想,有关学者已经做过很多的研究。就大端来说,来源于唐宋原编别集和宋前总集的作品,诗歌相对完整,诗题也保存或比较接近作者写作时的原貌,其他来源的作品情况就要复杂得多。本文拟主要讨论唐诗题目存在的问题。所谓原题,指作者最初写作时所取诗题;改题则指作者或其亲属门人编订别集时,以至历代编录时对原诗题的改动增删;拟题则指宋以后学者在所得诗歌无题,或虽有题而不合适其编录体例时,另行拟定之诗题。后两种情况,大约占全部存世唐诗之 15%至 20%,总数接近一万首,尤为研读古代文学特别是唐诗者所必须了解。

一　从陈子昂《登幽州台歌》谈起

　　陈子昂《登幽州台歌》:"前不见古人,后不见来者。念天地之悠悠,独怆然而涕下。"是唐诗中流传最广的名篇。陈子昂有《陈伯玉文集》十卷存世,一般认为是其友人卢藏用编,传本较多,而以明弘治四年(1491)杨澄刻本为较早,《四部丛刊》据以影印。1960 年中华书局上海编辑所出版徐鹏校点本《陈子昂集》,认为杨澄刻本没有保存原书面貌,因此于原书次第有所改动。敦煌遗书 S. 9432、S. 5971、P. 3590 存《故陈子昂遗集》残卷,与杨本次第相同,证明徐鹏判断未允。细加翻检,不难发现该

集正编并没有收录这首诗,仅见于该集附录卢藏用撰《陈氏别传》:

> 属契丹以营州叛,建安郡王攸宜亲总戎律,台阁英妙,皆置在军麾。时敕子昂参谋帷幕。军次渔阳,前军王孝杰等相次陷没,三军震慑。子昂进谏曰(文略)。建安方求斗士,以子昂素是书生,谢而不纳。子昂体弱多疾,感激忠义,常欲奋身以答国士。自以官在近侍,又参预军谋,不可见危而惜身苟容。他日又进谏,言甚切至。建安谢绝之,乃署以军曹。子昂知不合,因缄默下列,但兼掌书记而已。因登蓟北楼,感昔乐生燕昭之事,赋诗数首。乃泫然流涕,歌曰:"前不见古人,后不见来者。念天地之悠悠,独怆然而涕下。"时人莫之知也。

所谓"感昔乐生燕昭之事,赋诗数首",所指为《陈伯玉文集》卷二《蓟丘览古赠卢居士藏用七首》并序:

> 丁酉岁,吾北征出自蓟门,历观燕之旧都,其城池霸迹,已芜没矣。乃慨然仰叹。忆昔乐生邹子群贤之游盛矣,因登蓟楼,作七诗以志之,寄终南卢居士,亦有轩辕遗迹也。
>
> **轩辕台**
> 北登蓟丘望,求古轩辕台。应龙已不见,牧马生黄埃。尚想广成子,遗迹白云隈。
>
> **燕昭王**
> 南登碣石馆,遥望黄金台。丘陵尽乔木,昭王安在哉。霸图怅已矣,驱马复归来。
>
> **乐生**
> 王道已沦昧,战国竞贪兵。乐生何感激,仗义下齐城。雄图竟中天,遗叹寄阿衡。
>
> **燕太子**
> 秦王日无道,太子怨亦深。一闻田光义,匕首赠千金。其事虽不立,千载为伤心。

田光先生

自古皆有死,狥义良独稀。奈何燕太子,尚使田生疑。伏剑诚已矣,感我涕沾衣。

邹子

大运沦三代,天人罕有窥。邹子何寥廓,谩说九瀛垂。兴亡已千载,今也则无推。

郭隗

逢时独为贵,历代非无才。隗君亦何幸,遂起黄金台。

据序知陈子昂北征蓟门时,卢藏用身在终南,没有亲见陈子昂的行迹,他所得到的陈子昂所赋诗,就是这七首。如果仔细讽读,更可以发现所谓"尚想广成子,遗迹白云隈","应龙已不见","霸图怅已矣","昭王安在哉"等就是"前不见古人";"兴亡已千载,今也则无推"就是"后不见来者";"其事虽不立,千载为伤心","伏剑诚已矣,感我涕沾衣"就是"感天地之悠悠,独怆然而涕下"。联系到屈原《远游》中的名句:"惟天地之无穷兮,哀人生之长勤。往者余弗及兮,来者吾不闻。步徙倚而遥思兮,怊惝恍而乖怀。意荒忽而流荡兮,心愁凄而增悲。"[1]可以认为卢藏用所录歌,未必是陈子昂本人的创作,很大可能是卢藏用根据陈子昂《蓟丘览古》七首的诗意,再加《远游》语意的提炼概括,而形成了这样几句歌辞。如果是陈子昂自己的诗作,而且真如后世评述的那样精彩,卢藏用没有理由不收进他为亡友编定的文集。由于卢本人在太平公主之变后贬死,陈集的编定在陈死后不久,原集也没有散乱,也可排除今本脱漏的可能。

当然,此歌是否陈子昂所作,还可以再讨论。需要进一步追问的是,《登幽州台歌》的题目则既不见于陈子昂文集,也不见于《陈氏别传》,甚至在唐、五代、宋、元的各种典籍中也绝无踪影——唐宋各种唐诗选本都没有采录此歌,更罕见有人加以评论。就现有文献的检索结果,这一诗题

---

[1]　清人凌扬藻《蠡勺篇》卷二三《古人诗不嫌相袭》:"又屈子《远游篇》云:'惟天地之无穷兮,哀人生之长勤。往者余弗及兮,来者吾不闻。'陈射洪《登幽州台歌》,实本此数语,然屈绵邈而陈则骯脏矣。"

最早见诸明代杨慎《丹铅总录》卷二一，并称"其辞简质，有汉魏之风，而文集不载"。明郑明选《郑侯升集》卷三五称此为"陈子昂逸诗"，钟惺《唐诗归》卷二可能是最早收录此诗的选本，并赞云："两不见，好眼。念天地之悠悠，好胸中。"均沿袭了这一歌题而渐为人所知，直到《全唐诗》卷八四收录此歌。

陈子昂《登幽州台歌》这样的名篇，居然有这样的疑问，我们不能不加以诘质：在《全唐诗》所存 49 403 首作者、题目、内容都完具的诗篇中，类似的情况还有哪些，这些作品是如何形成现在的面貌，这一形成过程又具有哪些主要的类型，这些无疑是研治唐诗者务必要理清的。

本文先就唐诗的题目来展开讨论。

二　唐诗最原始题目的状态

诗歌是表达情感的艺术载体，也是人际交往的重要手段。就唐诗在实际人际交往中的最初形态来考察，可以确认在一些别集、总集、石刻和敦煌文卷中，还部分保存原始题目的状态。

见于唐人别集者，如《李文饶别集》卷三录其早年与王起唱和诗（诗从略）：

　　七言九韵雨中自秘书省访王三侍御知早入朝便入集贤侍御任集贤校书及升柏台又与秘阁相对同院张学士亦余特厚故以诗赠之
　　秘书省校书郎李德裕

　　奉酬李校书雨中自秘书省归见访时早入朝便入集贤不遇顷任集贤校书及升柏台又与秘阁相对今直书张学士赏忝同席而与校书相远故瞻望之词多
　　王□

此诗王起署名及署衔，李集各本均稍有残缺。

见于总集者,如《文苑英华》卷三二〇收李吉甫诸人唱和(诗均从略):

　　癸巳岁吉甫圜丘摄事合于中书后阁宿斋常负忝愧移止于集贤院
会门下相公以七言垂寄亦有所求短章绝韵不足抒意因叙所怀奉寄相
公兼呈集贤院诸学士　　　　　　　　　　　　　　　　李吉甫①
　　奉酬中书相公至日圜丘摄事合于中书后阁宿斋移止于集贤院叙
怀见寄之作　　　　　　　　　　　　　　　　　　　　武元衡
　　同前　　　　　　　　　　　　　　　　　　　　　　裴度
　　同前　　　　　　　　　　　　　　　　　　　　　　崔曙②
　　奉和李相公摄事南郊览物兴怀呈一二知己　　　　　　韩愈

见于石刻者,如桂林七星山存张濬、刘崇龟杜鹃花唱和:

　　山居洞前得杜鹃花走笔偶成以简桂帅仆射兼寄呈广州仆射刘公
　　河间张濬
　　幄中筹策知无暇,洞里观花别有春。独酌高吟问山水,到头幽景
属何人。

　　伏蒙仆射相公许崇龟攀和杜鹃花诗勒诸岩石伏以崇龟本乏成章
矧恐绝唱徒荷发扬之赐终流唐突之爱将厕廷觐先叨荣被谨次用韵兼
寄呈桂州仆射
　　前岭南东道节度使检校右仆射刘崇龟上
　　碧幢红苑合洪钧,桂树林前信得春。莫恋花时好风景,磻溪不是
钓鱼人。
　　乾宁元年三月廿七日将仕郎前守监察御史张岩书

---

　　①　明刻《文苑英华》署"前人",前为权德舆诗。今据傅增湘《文苑英华校记》作李吉甫。
　　②　此诗明刻《文苑英华》署崔曙,傅增湘《文苑英华校记》据宋本所校无异文。《全唐诗》
卷三一八收崔备下。《新中国出土墓志·河南叁·千唐志斋壹》收洛阳1999年出土张惟素撰
《唐故谏议大夫清河崔府君墓志铭》,知癸巳岁即元和八年(813)崔备在京以考功郎中知制诰,但
并不在集贤院任职,颇可疑。

《全唐诗》卷七一五收刘诗仅题作《寄桂帅》,不收张诗。《金石续编》卷一二、《八琼室金石补正》卷七七和桂林市文管会编《桂林石刻》收录二诗,孙望《全唐诗补逸》卷一二和拙辑《全唐诗续拾》卷三四分别据以收录,但仍有缺误。以上录文据户崎哲彦《桂林唐代石刻の研究》(白帝社,2005 年 2 月)。张濬是唐末名臣,《旧唐书》卷一七九有传,他在大顺末率大军讨伐河东,因兵败再加李克用论诉,贬武昌观察使,再贬连州刺史,此诗显然因南贬而联络桂、广二节度使,且因贬黜而仅署"河间张濬"。张在光启间已拜相,资历年辈较高,故刘崇龟执后辈下属之礼,诗题极其恭敬。"桂帅仆射"为谁,至今不太清楚,但七星山刻石,则显然是其获诗后嘱张岩书刻,才有现在的遗存。

　　见于敦煌文书者,请试以伯三七二〇、伯三八八六、斯四六五四、斯九四二四存悟真受牒及两街大德赠答诗合钞为例。该卷前录悟真黄牒、告身等,谨据徐俊《敦煌诗集残卷辑考》(中华书局,2000 年)的拼合校订本,录各诗诗题和署衔如下(为省篇幅,原诗均从略):

　　　右街千福寺三教首座入内讲论赐紫大德赞奖词
　　　悟真未能酬答和尚故有辞谢
　　　依韵奉酬　　辩章大德
　　　七言美瓜沙僧献款诗二首　　右街千福寺内道场表白兼应制赐紫大德宗莒
　　　五言美瓜沙僧献款诗一首　　右街千福寺内道场应制大德圆鉴
　　　五言述瓜沙州僧献款诗一首　　右街崇先寺内讲论兼应制大德彦楚
　　　五言美瓜沙僧献款诗一首　　右街千福寺沙门子言。
　　　感圣皇之化有燉煌都法师悟真上人持疏来朝因成四韵　　报圣寺赐紫僧建初。
　　　五言四韵奉赠河西大德　　报圣寺内供奉沙门太岑
　　　奉赠河西真法师　　京荐福寺内供奉大德栖白上
　　　立赠河西悟真法师　　内供奉文章应制大德有孚。

又同赠真法师　　内供奉可道上

又赠沙州僧悟真上人兼送归　　左街保寿寺内供奉讲论大德
景导

又同赠沙州都法师悟真上人　　京城临坛大德报圣寺道钧

(上缺)悟真辄成韵句

谨上沙州专使持表从化诗一首　　杨庭贾

　　沙州归化后,大中五年悟真奉使朝长安,宣宗接见,诏许巡礼左右街诸寺,各寺僧分别作诗赞美。因属同一主题的分别写作,且各寺僧年辈地位大多高于悟真,故各诗体式不一,诗题也有异,对悟真的称呼也有差别,但大致仍保持原赠诗的面貌。

　　以上所列几例唐诗原题,主要见于几次较具规模的唱和活动中。今见唐人唱和诗原卷有两种表达习惯。一是参与唱和者各篇均逐一立题署名,如日本名古屋真福寺存唐写本《翰林学士集》[1],同题如《五言塞外同赋山夜临秋以临为韵》《五言春日侍宴望海应诏》等都重复标出,虽略显繁复,但分题如太宗《五言延庆殿集同赋花间鸟》、许敬宗《五言侍宴延庆殿集同赋得花间鸟一首应诏》就不会引起歧义。唱和诗在同一总题下,经常因为作者与寄赠者之不同,诗题有所不同。《分门纂类唐歌诗·天地山川类》收贞元七年仙岩四瀑布唱和诗[2],各诗题分别为路应《仙岩四瀑布即事寄上秘书包监侍郎七兄吏部李侍郎十七兄婺州赵中丞处州齐谏议明州李九郎十四韵》、李缜《奉和郎中游仙岩四瀑布寄包秘监李吏部赵婺州中丞齐处州谏议十四韵》、戴公怀《奉和郎中游仙山四瀑泉兼寄李吏部包

---

　　[1]　笔者近为《续修四库全书》撰该书提要(未刊),关于此集性质云:旧题《翰林学士集》,不知始于何时。唐设翰林学士在玄宗以后,唐初无此官名,书名绝非原集名。日人森立之《经籍访古志》谓"书中所载,许敬宗诗居多,而目录每题下称同作几首,似对敬宗言",因疑为"敬宗所撰"。服部宇之吉《佚存书目》则另拟题为《贞观中君臣唱和诗集》。大阪市立美术馆编《唐钞本》附福本雅一解说,则认为可称《弘文馆学士诗集》或《唐太宗御制及应诏诗集》。今人甚或认为系许敬宗所编数种大型总集之残卷。陈尚君校订本集(收入《唐人选唐诗新编》,陕西人民教育出版社1997年)认为本组诗多为太宗首唱,而目录残叶则均以许敬宗诗立目,以太宗及诸臣为附见,若敬宗自编,自应尊君抑己,断不可如此,判定本集应为敬宗子孙或门人为其所编别集之残帙。

　　[2]　按唱和时间据《金石录》卷九《唐仙岩四瀑布诗》,路应等唱和,行书,贞元七年三月。

秘监赵婺州齐处州》、灵澈《奉和郎中题仙岩瀑布十四韵》、孟翔《奉和郎中游仙山四瀑布兼寄李吏部包秘监判官》①。原集应该录自今已失传之石刻或某浙中地志，路应时为温州刺史，他对诸人之称呼，对同唱者并不合适，因此各自拟题。

另一种方式，只是在首唱或首和者之前列诗题，其次作者则或仅在诗题上交代与前诗的唱和关系，或干脆用"同前"说明与前诗的同题性质，这是唐人唱和诗原卷的最常见格式。如《张说之文集》卷二、卷三、卷四收录了大量与玄宗君臣的唱和诗，其基本格式有以下诸例：一、君唱臣和，各标诗题。如玄宗《爰因巡省途次旧居》，下附张说《奉和爰因巡省途次旧居应制》。二、君唱标题，臣和仅标《奉和》为题，如《过晋阳宫》《早度蒲关》《初入秦川路逢寒食》诸篇皆然。三、臣唱君和，群臣再奉和，如张说作《扈从南出雀鼠谷》，玄宗答诗题作《答张说南出雀鼠谷》，其后群臣和诗，宋璟首和，题作《奉和圣答张说南出雀鼠谷》，以下苏颋等九人诗皆题作《同前》。再如今存唐太宗的诗，很多是靠许敬宗集的附录而得以辗转保存。如《文苑英华》卷一七四太宗《过旧宅》二首下，收许敬宗《奉和同前应制》；卷一七八太宗《过慈恩寺》下，收许敬宗《奉和同前应制》，皆属此例。

上举在唱和诗中保存的唐人诗题原貌，可以见到以下几种现象。一是在唱和诗的命题上，较多地使用敬语，如"奉和""奉酬""奉赠""奉寄""伏蒙""谨次用韵""攀和"等。二是对对方的称呼，因为彼此的身份而有所不同。以姓与官职联称是一种较常见的方式，对地位尊崇者则多谨称官职或敬称，如"门下相公""中书相公""桂帅仆射""仆射相公""河西大德"等，以及下节引到的"府主相公""副使中丞""浙西大夫""浙东相公"等。一般情况下，在彼此唱和诗题中，不会提及对方的名讳，当然，皇帝对大臣除外。另外，僧人的法名是可以径称的。三是唱和诗的原始格式，虽然有各自立题的书法，但更多地则仅首唱者立题，附和者跟进，随皇帝唱和则书"奉和同前应制""奉和应制"之类，同

① 按孟翔生平无考。诗题中的"包秘监判官"不词，疑判官为孟之官职，赵孟奎误读为诗题中文字。

官或友人间唱和,则书"同前"之类。当然,这种方式为后人按人头编次作品带来很大的麻烦。

三　作者本人之改题

要确认哪些诗经过作者本人的改题,首先要确定原诗最初唱和时的面貌,再要确定其文集经过本人编次改定,相对来说资料寻觅有些难度。比如我曾考证杜甫诗集是他本人晚年编定,并曾作适当修改、加注,宋人编定二十卷本时曾部分保留其原集的面貌①,但由于杜甫诗歌原始投赠唱和的记录并没有保存下来,因而无法展开讨论。

《窦氏联珠集》收窦常《之任武陵寒食日途次松滋渡先寄刘员外禹锡》:"杏花榆荚晓风前,云际离离上峡船。江转数程淹驿骑,楚曾三户少人烟。看春又过清明节,算老重经癸巳年。幸得枉山当郡舍,在朝长咏卜居篇。"次收刘禹锡《奉赠窦大员外兄松滋渡见寄之作》:"楚乡寒食橘花时,野渡临风驻彩旗。草色连云人去住,水纹如縠燕参差。朱轮尚忆群飞雉,青绶初悬左顾龟。非是溢城鱼司马,水曹何事与新诗?"《刘宾客外集》卷五收入时题作《酬窦员外使君寒食日途次松滋渡先寄示四韵》,为刘本人所改。

《窦氏联珠集》收窦巩《江陵遇元九李六二侍御纪事书情呈十二韵》:"自见人相爱,如君爱我稀。好闲容问道,攻短每言非。梦想何曾间,追欢未省违。看花怜后到,避酒许先归。柳寺春堤远,津桥曙月微。渔翁随去处,禅客共因依。蓬阁初疑义,霜台晚畏威。学深通古字,心直触危机。肯滞荆州掾,犹香柏署衣。山连巫峡秀,田傍渚宫肥。美玉方齐价,迁莺尚怯飞。伫看霄汉上,连步侍彤闱。"后收元稹《酬窦七相赠依次重用本韵》:"风波千里别,书信二年稀。乍见悲兼喜,犹言是与非。身名判作梦,杯盏莫相违。草馆同床宿,沙头待月归。春深乡路远,老去宦情微。魏阙何由到,荆州且共依。人欺翻省事,官冷易藏威。剩拟驯鸥鸟,无因

---

　　① 陈尚君:《杜诗早期流传考》,刊《中国古典文学丛考》第 1 辑,复旦大学出版社 1985 年,又收入《唐代文学丛考》,中国社会科学出版社 1997 年。

用弩机。看和松叶酒，闲施稻田衣。莼菜银丝嫩，鲈鱼雪片肥。怜君诗似涌，赠我笔如飞。会遣诸伶唱，篇篇入禁闱。"《元氏长庆集》卷一一《酬友封话旧叙怀十二韵依次重用为韵》为元本人所改。

《窦氏联珠集》收窦巩《忝职武昌初至夏口书事献府主相公》："白发放夔鞚，梁王旧爱全。竹篱江畔宅，梅雨病中天。时奉登楼宴，闲修上水船。邑人兴谤易，莫遣鹤□钱。"后收元稹《戏酬副使中丞见示四韵》："莫恨暂夔鞚，交游几个全。眼明相见日，肺病欲秋天。五马虚盈枥，双蛾浪满船。可怜俱老大，无处用闲钱。"白居易《微之见寄与窦七酬唱之什本韵外勇加两韵》："旌越从夔鞚，宾寮情礼全。夔龙来要地，鸳鹭下寥天。赭汗骑骄马，青娥舞醉仙。合成江上作，散到洛中传。穷巷能无酒，贫池亦有船。春装秋未寄，漫道足闲钱。"元稹诗，《元氏长庆集》不收，《全唐诗》卷四二三题作《戏酬副使中丞窦巩见示四韵》，则显然是援据《窦氏联珠集》时，考虑到原题仅称"副使中丞"让读者不明所指，因而补加"窦巩"二字，虽然不错，但确不合唐人交往时的礼节。《白氏长庆集》卷二八所收题作《戏和微之答窦七行军之作依本韵》，诗题相信是白居易本人所改。"副使中丞"和"行军"是一官的不同称呼，前者庄重而后者随意一些。但窦、元诗均五韵八句（首句入韵），白居易所作则为七韵十二句，大约他的自存稿未必完整，在编定文集时已经忽略了当时"本韵外勇加两韵"的作为。

李德裕《李文饶别集》卷三《述梦诗四十韵》，附元稹和诗，题作《奉和浙西大夫述梦四十韵（原注：次本韵）大夫本题言赠于梦中赋诗以寄一二僚友故今所和者亦止述翰苑旧游而已》；刘禹锡和诗，题作《浙西大夫述梦四十韵并浙东相公继有酬和裴然继声本韵次用》。元稹诗不见本集。刘诗则在《刘宾客外集》卷七题作《浙西李大夫述梦四十韵并浙东元相公酬和斐然继声》，该卷诗为宋敏求录自刘禹锡自编与李德裕唱和诗集《吴蜀集》[①]，可知这一题目也是刘禹锡本人所改。李集附录应是刘禹锡酬和的原题，称李德裕为"浙西大夫"，称元稹为"浙东相公"，均仅称官职而不

①　见吴兴徐氏影宋绍兴本《刘宾客外集》附宋敏求后序。

名,既是表示对唱和者的尊重,彼此之间也不会引起任何误解。到他编次《吴蜀集》时,要考虑到一般读者的理解,因此改为"浙西李大夫""浙东元相公",另"继有酬和"删去"继有"二字,又删去题末的"本韵次用",大约也各有原因①。相比来说,《全唐诗》卷四二三收元稹诗改题为《奉和浙西大夫李德裕述梦四十韵大夫本题言赠于梦中诗赋以寄一二僚友故今所和者亦止述翰苑旧游而已次本韵》,直接补入"李德裕"全名,显然有失元稹原题之敬意。

四　《松陵集》之检讨

就今存唐代文献来说,保留唐诗唱和最原始面貌的完整记录,是唐末皮日休所编从咸通十年他随苏州刺史崔璞到苏州后一年,与陆龟蒙等人唱和诗之总汇。据日休自序,"凡一年,为往体各九十三首,今体各一百九十三首,杂体各三十八首,联句问答十有八篇在其外,合之凡六百五十八首"。四库提要则统计在皮陆二人外,参与酬唱的"颜萱得诗三首,张贲得诗十四首,郑璧得诗四首,司马都得诗二首,李縠得诗三首,崔璐、魏朴、羊昭业各得诗一首,崔璞亦得诗二首。其他如清远道士、颜真卿、李德裕、幽独君等五首,皆以追录旧作,不在数内。尚得诗六百九十八首"。此集由皮日休自编,又原集在宋以后保存完整,最能了解唐人唱和诗原题之面貌。

《松陵集》所见唱和诸人之互相称谓。卷一开卷陆龟蒙《读襄阳耆旧传因作诗五百言寄皮袭美》,皮日休和诗题作《陆鲁望读襄阳耆旧传见赠五百言过褒庸材靡有称是然襄阳曩事历历在目夫耆旧传所未载者汉阳王则宗社元勋孟浩然则文章大匠予次而赞之因而寄答亦诗人无言不酬之义也次韵》,应该是两人初识时的作品,彼此称字。陆龟蒙因皮日休是襄阳人,借读《襄阳耆旧传》以加称誉,皮日休答诗的题目很客气,显示彼此还

---

① 　姑妄推测,"继有"已包涵"酬和"意内,"本韵次用"则可能前后唱和多循此例,不必逐一说明。

不熟。在最初三次唱和中,陆称皮为"袭美先辈"①,此后一律径称"袭美"仅间或称为鹿门子(卷二《读黄帝阴符经寄鹿门子》),可以见到彼此关系之变化。皮日休则称陆龟蒙为"鲁望"。在彼此的唱和中,一部分诗歌是各标诗题,如卷七:

　　　　重玄寺元达年逾八十好种名药凡所植者多至自天台四明包山句
曲丛萃纷糅各可指名余奇而访之因题二章　　　　皮日休
　　　　奉和题达上人药圃二首　　　　陆龟蒙
　　　　以竹夹膝寄赠袭美　　　　陆龟蒙
　　　　鲁望以竹夹膝见寄因次韵酬谢　　　　皮日休

卷九:

　　　　闻鲁望游颜家林园病中有寄　　　　皮日休
　　　　袭美病中见寄次韵酬之　　　　陆龟蒙

　　更多情况下则是首唱标题,和者从简,如卷七:

　　　　开元寺佛钵诗并序　　　　皮日休
　　　　奉和　　　　陆龟蒙
　　　　夏首病愈因招鲁望　　　　皮日休
　　　　奉酬次韵　　　　陆龟蒙
　　　　新夏东郊闲泛有怀袭美　　　　陆龟蒙
　　　　奉和次韵　　　　皮日休
　　　　四月十五日道室书事寄袭美　　　　陆龟蒙
　　　　奉和　　　　皮日休

---

① 唐人称已及第进士为先辈。皮日休为咸通八年(867)登进士第。

　　这一状况,到南宋叶茵搜辑陆龟蒙遗作为《甫里先生文集》二十卷时,就有必要为诸诗改定新题。一般情况下当然是据原题稍作敷衍。前举龟蒙和日休二例,该集卷九分别题为《和咏开元寺佛钵》《酬袭美夏首病愈见招韵》,前题未能反映所和为何人,后题省略了"奉酬次韵"的内容。《全唐诗》卷六二五分别立题为《奉和袭美开元寺佛钵诗》《酬袭美夏首病愈见招次韵》,较为准确。皮和陆二诗,前诗,《唐诗鼓吹》卷五题作《奉和鲁望新夏东郊闲泛有怀》,大体妥当,应再增"次韵"二字;《全唐诗》卷六一三题作《奉和鲁望新夏东郊闲泛》,又注:"一本此下有见怀次韵四字。"显然以所注一本之改题最为完美。

　　《松陵集》卷九收入皮、陆与多位苏州友人的唱和诗,情况要复杂得多。试以表格来说明该卷诗题的演变情况:

	作　者	松　陵　集	甫　里　集	唐诗纪事卷六四	全唐诗①	备　按
1	颜　萱	过张祜处士丹阳故居并序		张祜诗序	过张祜处士丹阳故居并序	纪事又收卷五二
	陆龟蒙	和张处士诗并序	和过张祜处士丹阳故居		和过张祜处士丹阳故居	纪事收卷五二
	皮日休	鲁望悯承吉之孤为诗序邀予属和欲用予道振其孤而利之噫承吉之困身后乎鲁望视予困与承吉生前孰若哉未有己困而能振人者然抑为之辞用塞良友之意			同	纪事收卷五二

　　① 司马都见卷六〇〇,皮日休见卷六〇八至卷六一六,陆龟蒙见卷六一七至卷六三〇,其他均见卷六三一。

续　表

	作　者	松 陵 集	甫 里 集	唐诗纪事卷六四	全 唐 诗	备　按
2	张　贲	旅泊吴门呈一二同志		旅泊吴门	旅泊吴门	全唐诗从纪事
	陆龟蒙	奉酬次韵	和旅泊吴门韵		和张广文贲旅泊吴门次韵	集未云和谁
	张　贲	贲中间有吴门旅泊之什多垂见和更作一章以伸酬谢			同	
	陆龟蒙	更次韵奉酬	次张广文见酬和诗韵		又次前韵酬广文	
	皮日休	鲁望示广文先生吴门二章情格高散可醒俗态因追想山中风度次韵属和存于诗编鲁望之命也		同		
3	皮日休	寄润卿博士			同	
	张　贲	酬袭美先辈见寄倒来韵		酬袭美先辈见寄	酬袭美先辈见寄倒来韵	
	陆龟蒙	奉和袭美寄广文先生	和袭美寄广文		和袭美寄广文先生	
4	皮日休	军事院霜菊盛开因书一绝寄上谏议			同	
	崔　璞	奉酬霜菊见赠之什		奉酬皮先辈霜菊见赠	奉酬皮先辈霜菊见赠	璞为府主，不应称皮为先辈
	陆龟蒙	奉和谏议酬先辈霜菊		和谏议酬先辈霜菊	奉和谏议酬先辈霜菊	

	作　者	松 陵 集	甫里集	唐诗纪事卷六四	全 唐 诗	备　按
5	陆龟蒙	幽居有白菊一丛因而成咏呈一二知己	同		同	
	张　贲	奉和		和陆龟蒙白菊	和鲁望白菊	
	皮日休	奉和			奉和鲁望白菊	
	郑　璧	奉和		和陆龟蒙白菊	奉和陆鲁望白菊	
	司马都	奉和		和陆龟蒙白菊	和陆鲁望白菊	
6	皮日休	华亭鹤闻之旧矣及来吴中以钱半千得一只养之始经岁不幸为饮啄所误经夕而卒悼之不已遂继以诗南阳润卿博士浙东德师侍御毗陵魏不琢处士东吴陆鲁望秀才及厚于余者悉寄之请垂见和			七律题同七绝作悼鹤	
	李　毅	奉和袭美先辈悼鹤二首		和皮日休悼鹤	和皮日休悼鹤	改题称皮日休,未允
	张　贲	奉和			奉和袭美先辈悼鹤	
	陆龟蒙	奉和	和袭美先辈悼鹤	和袭美悼鹤	和袭美先辈悼鹤	"先辈"二字衍
	魏　朴	奉和		和皮日休悼鹤	和皮日休悼鹤	

	作 者	松 陵 集	甫 里 集	唐诗纪事卷六四	全 唐 诗	备 按
7	皮日休	伤开元观顾道士			同	
	张 贲	奉和			奉和袭美伤开元观顾道士	
	陆龟蒙	奉和	和伤开元观顾道士		和袭美先辈伤开元观顾道士	"先辈"二字衍
	郑 璧	奉和			和袭美伤顾道士	
8	皮日休	醉中即席赠润卿博士			同	
	张 贲	奉和次韵			奉和袭美醉中即席赠见赠次韵	所改甚好
	陆龟蒙	奉和次韵	和醉中即席赠润卿博士韵		和袭美醉中即席赠润卿博士次韵	集未云和谁
9	皮日休	偶留羊振文先辈及一二文友小饮日休以眼病初平不敢饮酒遣侍密欢因成四韵			同	
	羊昭业	奉和袭美见留小宴次韵			皮袭美见留小宴次韵	改题忽略"奉和"
	陆龟蒙	袭美留振文小宴龟蒙抱病不赴猥示倡和因次韵仰酬	袭美留振文宴龟蒙不赴次韵酬谢		袭美留振文宴龟蒙抱病不赴猥示倡和因次韵酬谢	

	作　者	松　陵　集	甫里集	唐诗纪事卷六四	全　唐　诗	备　按
10	李　毅	醉中袭美先起因成戏赠			醉中袭美先月中归	后四字错得荒唐
	皮日休	走笔奉酬次韵			醉中先起李毅戏赠走笔奉酬	称李毅不当,又失书次韵
	张　贲	奉和次韵			和袭美醉中先起次韵	是和李诗,非和皮诗
	陆龟蒙	奉和次韵	和醉中袭美先起		和醉中袭美先起次韵	
11	张　贲	奉送浙东德师侍御罢府西归		送李毅西归	送浙东德师侍御罢府西归	德师为李毅字
	陆龟蒙	同前	送浙东德师侍御罢府西归		送浙东德师侍御罢府西归	
	皮日休	同前			奉送浙东德师侍御罢府西归	
	李　毅	浙东罢府西归道经吴中广文张博士皮先辈陆秀才皆以雅篇相送不量荒词亦用酬别		浙东罢府西归酬别张广文皮先辈陆秀才	浙东罢府西归酬别张广文皮先辈陆秀才	全唐诗从纪事
12	陆龟蒙	送羊振文先辈往桂阳归觐	同		同	
	皮日休	同前			送羊振文先辈往桂阳归觐	
	颜　萱	同前		送羊振文归觐桂阳	送羊振文归觐桂阳	改题均缺"先辈"

	作　者	松 陵 集	甫 里 集	唐诗纪事 卷六四	全 唐 诗	备　按
12	司马都	同前			送羊振文先辈往桂阳归觐	
13	皮日休	褚家林亭			同	
	张　贲	奉和			奉和袭美题褚家林亭	"题"字多徐
	陆龟蒙	奉和	和褚家林亭		和袭美褚家林亭	
14	皮日休	送圆载上人归日本国			同	
	皮日休	重送			重送	
	陆龟蒙	同前	和重送圆载上人归日本国		和袭美重送圆载上人归日本国	集未云和谁
	陆龟蒙	闻圆载上人挟儒家书泊释典以行更作一绝以送	圆载上人挟儒家归日本国		闻圆载上人挟儒家书泊释典以行更作一绝以送	
	颜　萱	同前		送圆载上人	送圆载上人	改题均太略
15	陆龟蒙	文宴招润卿博士辞以道侣将至因书一绝寄之	文宴招润卿博士辞以道侣将至一绝寄之		文宴招润卿博士辞以道侣将至一绝寄之	
	皮日休	奉和			奉和鲁望招润卿博士辞以道侣将至之作	改题没有表达陆寄张诗之意
	陆龟蒙	再招	再招		再招	
	皮日休	奉和			奉和再招	

	作　者	松　陵　集	甫里集	唐诗纪事卷六四	全唐诗	备　按
15	张　贲	偶约道流终乖文因成一绝用答四篇			偶约道流终乖文答皮陆	"答皮陆"三字应作"因成一绝用答皮陆四篇"
16	张　贲	以青饲饭分送袭美鲁望因成一绝			同	
	皮日休	润卿遗青饲饭兼之一绝聊用答谢			同	
	陆龟蒙	同前	润卿遗青饲饭		润卿遗青饲饭兼之一绝聊用答谢	同前即指诗题相同，与奉和有别
17	皮日休	酒病偶作			同	
	陆龟蒙	奉和	和酒病偶作		和袭美酒病偶作次韵	集未云和谁
	张　贲	奉和次韵			和皮陆酒病偶作	和皮，非和皮陆
18	皮日休	润卿鲁望寒夜见访各惜其志遂成一绝			同	
	张　贲	奉和次韵			和袭美寒夜见访	改题变成皮访张了
	陆龟蒙	奉和次韵	和同润卿寒夜访袭美各惜其志韵		和同润卿寒夜访袭美各惜其志次韵	二书均未云和谁。"和同"所叙尤突兀
19	陆龟蒙	玩金鸂鶒戏赠袭美	同		同	

	作　者	松　陵　集	甫　里　集	唐诗纪事卷六四	全　唐　诗	备　按
19	皮日休	奉和			奉和鲁望玩金鸂鶒戏赠	所改甚好
	张贲	奉和			玩金鸂鶒和陆鲁望	应倒作：和陆鲁望玩金鸂鶒
20	皮日休	友人许惠酒以诗征之			同	
	郑璧	奉和			和袭美索友人酒	
	陆龟蒙	奉和	和友人许惠酒以诗征之		和袭美友人许惠酒以诗征之	
21	皮日休	寒夜文宴润卿有期不至			同	
	陆龟蒙	奉和	和寒夜文宴润卿有期不至		和袭美寒夜文宴润卿有期不至	集未云和谁
	郑璧	奉和		寒夜文宴张润卿有期不至	文宴润卿不至	二题都没有说明"奉和"意
22	崔璞	蒙恩除替将还京洛偶叙所怀因成六韵呈军事院诸公郡中一二秀才		蒙恩除替将还京洛偶叙所怀	蒙恩除替将还京洛偶叙所怀因成六韵呈军事院诸公郡中一二秀才	纪事从简
	皮日休	谏议以罢郡将归以六韵赐示因仁酬献			同	谏议即崔璞
	陆龟蒙	谨和谏议罢郡叙怀六韵	和谏议罢郡叙怀六韵		谨和谏议罢郡叙怀六韵	

　　本卷诗歌多达八十六首,作者涉及另外九人,共包涵二十二次唱和诗篇。从唐末以后,虽然本卷诗歌曾许多次被各种典籍引用,比如宋人所引,除本表所列《甫里先生文集》和《唐诗纪事》二书外,至少在《万首唐人绝句》《分门纂类唐歌诗》《吴郡志》等书中还有多次引用。由于所有典籍在引用本卷诗歌时,可以确认除《松陵集》外并没有其他具有第一手文献价值的来源,所有的引用只有直接引用和间接引用的差别,我们可以见到偶有文字录误,《全唐诗》录张贲《酬袭美先见寄倒来韵》,"先"字下脱"辈"字,皆可不计。各书在《松陵集》原题可以独立完整表达时,都有部分保留,在不够独立完整时,作了适度的增改。涉及问题,我在表格最后一栏"备按"中作了一些评议。从中不难看到,《唐诗纪事》于原题一般都作简化处理,原因当然是遵循其书编纂的基本要求。《甫里先生文集》只录陆龟蒙的诗,凡录应和别人的诗作,题目多有改动。《奉和谏议酬先辈霜菊》《和谏议罢郡叙怀六韵》,循前刘禹锡自改诗题之例,"谏议"为谁还应补充说明。《和旅泊吴门韵》《和伤开元观顾道士》《和醉中即席赠润卿博士韵》等题,都忽略了所和谁诗的表达。《和同润卿寒夜访袭美各惜其志韵》之改题尤为不伦,"同润卿寒夜访袭美"是陆本人之行为,所和为皮日休之诗,主语不免错位,如果陆龟蒙本人改题,我相信应为"同润卿寒夜访袭美各惜其志袭美遂成一绝龟蒙奉和次韵"。另是改题中的称谓。从整个《松陵集》来看,彼此对称都很客气,因此如改题为《和陆龟蒙白菊》《和皮日休悼鹤》《醉中先起李毅戏赠走笔奉酬》之类,就甚不妥当。崔璞为苏州刺史,是皮日休的府主,虽然他是否登第还难以确定,但他肯定不会称皮为"先辈",故《奉酬皮先辈霜菊见赠》的改题显然不妥。即便陆龟蒙,在《松陵集》中也仅开始时称为先辈。其他细节出入,不一一罗列。

五　宋以后之改题

　　宋以后唐诗之改题,在通俗类选本中经常省略原题中写作始末的过程说明,而径直以最简单的事由或所咏对象来说明,如《分门纂类唐宋时贤千家诗选》之类。因其本身无意于保存唐诗文本的原貌,而在于为一般读者提供诗歌文本,在此可以不作讨论。在明清人重新辑录原本失传的唐人诗集,特别是从《唐诗纪》到《全唐诗》为目标的断代全集的编纂过程中,改题的重点是历代文献中保存的唐人唱和诗。

　　唱和诗在各人所作不分别立题的情况下,有时原题对于所有与唱者都合适。如《元无锡县志》卷四上在《奉同丘院长题惠山寺湛茂之旧居》①下录韦夏卿、李益、于頔、吕渭四人诗,《文苑英华》卷二一五在《奉陪相公西亭夜宴陆郎中》题下收崔备、王良士、萧祐、卢士政、独孤实五人诗,就属于此类情况。有些虽然要改动,但只要按照唱和诗并列之基本格式来套,比较容易处理妥当。如《文苑英华》卷一七八收太宗《过慈恩寺》,下收许敬宗《奉和同前应制》;卷一七四玄宗《过晋阳宫》下收张说、张九龄、苏颋三人应制诗,总题作《奉和同前应制》,凡此可以分别题作《奉和过慈恩寺应制》或《奉和过晋阳宫应制》。

　　同一次唱和,在同一总集中的改题应一致,但做到很难。久视元年,武后与群臣同游石淙并刻石,其石刻今尚存登封石淙山北崖。因保存完整,拓片流传亦多,文字除偶有残阙,大多可以写定。较通行的录文有《金石萃编》卷六四之录文。其首为薛曜撰并书之《夏日游石淙诗并序》,其次为《七言御制》,即武后原作,其后为群臣和作,一律以《七言侍游应制》为题,题下各人皆署其职衔姓名。同唱凡十七人,除沈佺期一首曾收入《文苑英华》卷一六九、《唐诗品汇》卷八二,题作《嵩山石淙侍宴应制》,可能曾收入其文集而另拟诗题,其他各人诗,则都靠石刻而传留后世。后世按照作者归属载录诸诗,如武后之诗题目可以作《夏日游石淙》,诸臣之作因为是承武后诗而作,石刻放在一起,以《七言侍游应制》为题当然很清楚,但若分开,读者则无法明了原委。如果就原石刻拟题,我比较倾向以《夏日游石淙侍游应制》或《夏日侍游石淙应制》为题,比较接近原意。沈佺期诗题《嵩山石淙侍宴应制》,没有保留“夏日”的内容,基本尚属合适。《全唐诗》卷二收中宗诗,卷三收睿宗诗,卷五收武后诗,卷六一收李峤诗,卷七六收徐彦伯、张易之、张昌宗、薛曜、杨敬述、于季子,均以《石

　　① 丘,四库本作“邱”,为清人讳改,今改回。

淙》为题,没有包涵原石刻所有的内容;卷四六收狄仁杰诗,卷六四收姚崇诗,卷六九收阎朝隐诗,卷八〇收武三思诗,均题《奉和圣制夏日游石淙山》,是援据其他应制诗的格式拟题,没有考虑到原石刻的记录;卷六五苏味道诗、卷六八崔融诗以《嵩山石淙侍宴应制》,则参酌了沈佺期的诗题。

《文苑英华》卷三二四收郑澣《中书相公任兵部侍郎日后阁植四松逾数年澣忝此官因献拙什》,后附刘禹锡《奉和》,其次唐扶、姚合、雍陶和诗皆题作《同前》①。问题是郑澣诗是献赠时任中书相公的李宗闵②,并自叙历官,他人的和作无法用为诗题。《刘宾客外集》卷六收此诗时,题作《和兵部郑侍郎省中四松诗十韵》,又自注:"松是中书相公任侍郎日手栽。"应该是刘禹锡本人所改。《全唐诗》卷四八八唐扶下所收,基本沿袭刘集诗题,可见曾费斟酌。卷五〇一姚合下所收《奉和四松》,注云:"一作《和兵部郑侍郎省中四松》。注云:'松是中书相公任兵部侍郎日手栽,数年后郑澣继之,因为诗献相公。合与唐扶、刘禹锡等同和。'"《奉和四松》固未能包括此次唱和的具体内容,所注一作题即刘禹锡改题的表达,引注则据《文苑英华》郑澣及诸人诗改写。了解其文本来源,也就不必如此大费周章了。

《张说之文集》卷四收玄宗《送张说上集贤学士赐宴得珍字》,次收张九龄序,次收张说《奉和圣制送赴集贤院赋得辉字》,再次收源乾曜等十四人和诗,一律以《同前赋得某字》为题。《文苑英华》卷一六八大体相同,仅以"赋得某字"改为题注。读者当然可以明白诸臣诗是奉和玄宗送张说诗而作,但诸人诗题则不能拼接张说诗题而改定,因源乾曜等并没有赴集贤院的任务。《唐诗纪事》卷一四收源诗改题作《送张说上集贤学士赐宴赋诗得迎字》,所改没有表达"奉和圣制"的内容。《全唐诗》卷一〇七改题《奉和圣制送张说上集贤学士赐宴》,稍近是。但二书拟题都没有考虑到玄宗以皇帝之尊,可以直呼大臣之名,而源乾曜以下群臣,虽然奉和圣制,如果自己撰题,肯定称呼张说之官衔,回避直呼其名,这是基本的礼节。再举《张说之文集》的另一例。开元十七年张说与宋璟、源乾曜三相同日上官,玄宗赐宴并赠诗,题作《左丞相说右丞相璟太子少傅乾曜同日上官命宴东堂赐诗》,三相及萧嵩、裴光庭、宇文融六人奉和诗并收入该集卷四,总题作《奉和与璟乾曜同日上官命宴东堂赐诗应制》。此题显然只对张说合适,对其他五人皆不合适。《文苑英华》卷一六八题作《奉和御制说璟乾曜同日上官命宴都堂赐诗一首应制》,稍有不同。《唐诗纪事》卷一四于五人诗皆题作《奉和御制三相同日上官应制》,张说诗改题作《三相同日拜官奉和应制》,均与原题过于概括。《全唐诗》卷一〇八收萧嵩、裴光庭、宇文融三人诗,均题作《奉和御制左丞相说右丞相璟太子少傅乾曜同日上官命宴东堂赐诗》,卷六四宋璟诗题作《奉和御制璟与张说源乾曜同日上官命宴东堂赐诗应制》,卷一〇七源乾曜诗题作《奉和御制乾曜与张说宋璟同日上官命宴都堂赐诗》,是参照《张说之文集》和《文苑英华》的诗题仔细斟酌的处理。

六　唐诗拟题之讨论

所谓拟题,是指唐诗编录者所据文献提供的诗篇本来没有原题,而编录者则根据所编书之体例必须有题目出现,因此根据所据文献提供的相关资讯,为本来缺题的诗篇拟出题目。存世唐诗中此类情况甚多,且一向不作说明,给读者的印象似乎这些诗篇确实应该就是这样的题目。直到近代孙望编《全唐诗补逸》①,才在录出逸诗时凡新拟诗题一律加注"题拟"二字,给读者以提醒,体例最善。

唐诗拟题的情况,在唐代肯定已经出现,但确定的线索不多。如后蜀韦縠《才调集》卷一〇收崔莺莺《答张生》,大致可以认为是从元稹《莺莺传》中录出并为之拟题。宋人编的若干种大型唐诗总集,如《文苑英华》

---

① 孙望《全唐诗补逸》,20 世纪 30 年代曾出单行本,1981 年收入《全唐诗外编》由中华书局出版。

很少据史籍、笔记录诗①，姚铉《唐文粹》、王安石《唐百家诗选》和赵孟奎《分门纂类唐歌诗》，几乎全据别集、总集录诗，因而一般没有拟题之必要。北宋郭茂倩《乐府诗集》拟题的情况多集中在歌谣的部分，容后文再作讨论。南宋洪迈《万首唐人绝句》由于采取了以人存诗的体例，又为拼足万首之数，曾据各种史传、笔记、小说、诗话大批采录唐人绝句，为大批原无诗题的诗篇补拟了诗题。洪迈可以说是大批为唐诗拟题之第一人。到明后期黄德水、吴琯编纂《唐诗纪》、明末胡震亨编《唐音统签》、清初季振宜编《唐诗》，以及康熙间在胡、季二书基础上形成《全唐诗》，都采取了以人存诗的体例，大批为原无诗题的诗篇补拟题目。不以人编的部分，特别是《全唐诗》卷八六〇至卷八八〇所录神仙、鬼怪、梦、谐谑类诗歌以及谶记、歌谣谚语类作品，绝大多数篇题都是明清人所拟。情况之复杂，非加逐一清理，很难说明原委。

拟题诗之很大一部分，是据史传、本事之原文，摘录前后文句，拼成诗题。如下录数则：

《大唐新语》卷八《文章》：张宣明有胆气，富词翰。尝山行见孤松，赏玩久之，乃赋诗曰："孤松郁山椒，肃爽凌平霄。既挺千丈干，亦生百尺条。青青恒一色，落落非一朝。大厦今已构，惜哉无人招。寒霜十二月，枝叶独不凋。"凤阁舍人梁载言赏之曰："文之气质，不减于长松也。"宣明为郭振判官，使至三姓咽面，因赋诗曰："昔闻班家子，笔砚忽然投。一朝抚长剑，万里入荒陬。岂不厌艰险，只思清国雠。山川去何岁，霜露几逢秋。玉塞已退廓，铁关方阻修。东都日窅窅，西海此悠悠。卒使功名建，长封万里侯。"时人称为绝唱。

《云溪友议》卷下《杂嘲戏》：郑愚醉题广州使院，似讥前政。"数年百姓受饥荒，太守贪残似虎狼。今日海隅鱼米贱，大须惭愧石

---

① 现知《文苑英华》曾据武平一《景龙文馆记》大量采录景龙学士随中宗唱和之作，但该书之体制，介于笔记与总集之间，不同于一般的杂史。

榴黄。"拟权龙褒体赠鄠县李令及寄朝右,李乃因病休官。"鄠县李长官,横琴膝上弄。不闻有政声,但见手子动。"

《诗话总龟》卷二四引《杂志》:僖宗幸蜀,有北省官忘名,避地江左。元昆虿眹在蜀,因寄诗曰:"涉江今日恨偏多,援笔长吁欲奈何!倘使泪流西去得,便应添作锦江波。"后有朝士,同在外地睹野花,追思京师旧游云:"曾过街西看牡丹,牡丹才谢便心阑。如今变作村园眼,鼓子花开也喜欢。"

三则叙事中都没有引到原诗题。张宣明一则,《大唐新语》叙事中的"山行见孤松","使至三姓咽面"二语,很合适作为诗题,《全唐诗》卷一一三即分别以《山行见孤松成咏》《使至三姓咽面》为题。郑愚二诗,若"醉题广州使院""拟权龙褒体赠鄠县李令及寄朝右",可能介于原题和叙事之间,《万首唐人绝句》七言卷五五、《全唐诗》卷八七〇即据以为题,当然是顺水推舟的便事。第三则所引《杂志》指宋江休复《江邻几杂志》,《能改斋漫录》卷一一引朝士事出《唐抒情集》。《全唐诗》卷七八四录前诗于僖宗朝北省官下,拟题《寄兄》;后诗收唐末朝士下,拟题《睹野花思京师旧游》,也都称稳当。

许多本事记录比较复杂,拟题要简明扼要而能具精神,似颇费斟酌。如以下三则:

《本事诗·情感》(以《太平广记》卷二七四引校改):博陵崔护姿质甚美,而孤洁寡合。举进士下第。清明日,独游都城南,得居人庄。一亩之宫,而花木丛萃,寂若无人。扣门久之,有女子自门隙窥之,问曰:"谁耶?"以姓字对,曰:"寻春独行,酒渴求饮。"女入,以杯水至,开门,设床命坐,独倚小桃斜柯伫立,而意属殊厚,妖姿媚态,绰有馀妍。崔以言挑之,不对,彼此目注者久之。崔辞去,送至门,如不胜情而入。崔亦眷盼而归。自后绝不复至。及来岁清明日,忽思之,情不可抑,径往寻之。门墙如故,而已锁扃。因题诗于左扉曰:"去年今日此门中,人面桃花相映红。人面只今何处去?桃花依旧笑春

风。"（后略）

　　《唐摭言》卷一一《怨怒》：崔珏佐大魏公幕，与副车袁充常侍不叶，公俱荐之于朝。崔拜芸阁雠校，纵舟江浒。会有客以丝桐诣公，公善之，而欲振其名，命以乘马迎珏，共赏绝艺，珏应召而至。公从容为客请一篇，珏方怀拂郁，因以发泄所蓄。诗曰："七条弦上五音寒，此艺知音自古难。唯有河南房次律，始终怜得董庭兰。"公大惭恚。

　　《本事诗·事感》：李章武学识好古，有名于时。大和末，敕僧尼试经若干纸，不通者勒还俗。章武时为成都少尹，有山僧来谒云："禅观有年，未尝念经。今被追试，前业弃矣，愿长者宥之。"章武赠诗曰："南宗尚许通方便，何处心中更有经。好去芰荷云水畔，何山松柏不青青。"主者免之而去。

第一段即著名的人面桃花故事之前半。《万首唐人绝句》卷三九拟题为《题都城南庄》，能得其要点，成为后世通行的题目。第二则《万首唐人绝句》卷六四拟题《席间咏琴客》，也概括适宜。第三则《万首唐人绝句》卷五九拟题《戏经僧》，就不尽恰当，盖此僧既以"未尝念经"为请，李章武答诗也无轻谑之意，似以《全唐诗》卷五一六所拟《赠成都僧》为善，当然我更倾向以《赠山僧》为题。

　　虽然可以肯定一些拟题在反映诗意、尊重原文献记录方面作了努力，但拟题与作者原题毕竟不同。举原诗题有所保存及他书诗事记载三则如下，以为鉴别：

　　《续幽怪录》卷一：御史中丞薛存诚，元和末，由台丞入给事中。未期，复亚台长。宪阁清严，尘俗罕到，再入之日，浩然有闲旷之思。及厅，吟曰："卷帘疑客到，入户似僧归。"

　　《文苑英华》卷一九一收薛存诚《暮春南台承再除给事中（自注：仍是本厅，几榻杖履，宛然如旧）》：再入青琐闱，忝官诚自非。拂尘惊物在，开户待僧归。积草渐无径，残花犹洒衣。禁闱偏日近，行坐在恩辉。

《本事诗·高逸》：杜舍人牧弱冠成名，当年制策登科，名振京邑。尝与一二同年，城南游览，至文公寺，有禅僧拥褐独坐，与之语，其玄言妙旨，咸出意表。问杜姓字，具以对之。又云："修何业？"傍人以累捷夸之，顾而笑曰："皆不知也。"杜叹讶，因题诗曰："家在城南杜曲傍，两枝仙桂一时芳。禅师都未知名姓，始觉空门意味长。"

杜牧《樊川外集·赠终南兰若僧》：北阙南山是故乡，两枝仙桂一时芳。休公都不知名姓，始觉禅门气味长。

《云溪友议》卷下《和戎讽》：宪宗皇帝朝，以北狄频侵边境。大臣奏议："古者和亲之有五利，而日无千金之费。"上曰："比闻有一卿能为诗，而姓氏稍僻，是谁？"宰相对曰："恐是包子虚、冷朝阳。"皆不是也。上遂吟曰："山上青松陌上尘，云泥岂合得相亲。世路尽嫌良马瘦，唯君不弃卧龙贫。千金未必能移姓，一诺从来许杀身。莫道书生无感激，寸心还是报恩人。"侍臣对曰："此是戎昱诗也。"京兆尹李銮拟以女嫁昱，令改其姓，昱固辞焉。

《文苑英华》卷二五六戎昱《上湖南崔中丞》：山上青松陌上尘，云泥岂合得相亲。举世尽嫌良马瘦，唯君不厌卧龙贫。千金未必能移性，一诺从来拟杀身。莫道书生无感激，寸心还是报恩人。

前二则本事叙述与原诗及诗题比较接近，但经过笔记小说改写，从原诗句到叙事细节，都已经有所改变，即如原诗不存，后来的学者绝不可能根据叙事来恢复原题。第三则《云溪友议》所载错讹得比较离谱，傅璇琮《唐代诗人丛考》有详细考订，可参看。

今人校录唐诗，凡组诗而不分别命题者，多加序数以为区别，或以首句为题，或自类书或地志录出之无题诗以所在类目或所属地名命题，亦皆属于拟题，在此不作讨论。

七　《全唐诗》拟题错误举例

　　拟题错误或不当者,前文已经分别有所论列。以下以《全唐诗》为例,指出一些拟题错误的典型例子。

　　(一)拟题过于宽泛而无助诗意理解。卷八〇八义净《西域寺》:"众美仍罗列,群英已古今。也知生死分,那得不伤心。"按此诗源出义净《大唐西域求法高僧传》卷上,为义净在王舍城观那烂陀寺,惊其规模之宏伟而所发感叹之数句。义净从广州渡南海到天竺求法,非如玄奘之取途西域,诗则在天竺所作。拟题《西域寺》,显然以为凡往印度者皆经西域,印度之佛寺可统称西域寺。

　　(二)以原文献中叙事原文为诗题。卷八〇八义净诗《玄逵律师言离广府还望桂林去留怆然自述赠怀》:"标心之梵宇,运想入仙洲。婴痾乖同好,沈情阻若抽。叶落乍难聚,情离不可收。何日乘杯至,详观演法流。"又《余以咸亨元年在西京寻听于时与并部处一法师莱州弘祎论师更有三二诸德同契鹫岭标心觉树然而一公属母亲之年老遂怀恋于并州祎师遇玄瞻于江宁乃叙情于安养玄逵既到广府复阻先期唯与晋州小僧善行同去神州故友索尔分飞印度新知冥焉未会此时踯躅难以为怀戏拟四愁聊题两绝》:"我行之数万,愁绪百重思。那教六尺影,独步五天陲。""上将可陵师,匹夫志难移。如论惜短命,何得满长祇。"按三诗均见《大唐西域求法高僧传》卷上,叙江宁僧玄逵欲往天竺求法,行至广州,因病而不行:

　　　行至广州,遂染风疾,以斯婴带,弗遂远怀。于是怅恨而归,返锡吴楚。年二十五六,后僧哲师至西国,云其人已亡,有疢于怀。嗟乎不幸,胜途多难,验非虚矣!实冀还以法资,空有郁蓝之望;复欲旋归遗锷,徒怀陇树之心。乃叹曰:"淑人斯去,谁当继来?不幸短命,呜呼哀哉!"九仞希岳,一篑便摧。秀而不实,呜呼哀哉!解乎易得,行也难求。嗟尔幼年,业德俱修。传灯念往,婴痾情收。慨乎壮志,哀哉去留。庶传尔之令节,秉辉曜于长秋。于时逵师言离广府,还望桂林,去留怆然,自述赠怀云尔。五言(诗略)。净以咸亨元年在西京寻听,于时与并部处一法师、莱州弘祎论师,更有二三诸德,同契鹫峰,标心觉树。然而一公属母亲之年老,遂怀恋于并川;祎师遇玄瞻于江宁,乃敦情于安养。玄逵既到广府,复阻先心,唯与晋州小僧善行同去。神州故友,索尔分飞,印度新知,冥焉未会。此时踯躅,难以为怀,戏拟四愁,聊题两绝而已。五言(诗略)。

前半叙义净在西国闻玄逵已亡,寄言哀悼,并录玄逵在广州去留之际之自述诗。《全唐诗》在此误读原文,将玄逵诗误为义净诗。后半义净追述自己咸亨间与僧友欲往鹫峰求法,但处一、弘祎皆因故未能成行,玄逵行至广州而因病归死,仅能与小僧善行同往,因此而作两绝寄怀。《全唐诗》编者显然觉得此处文义很难概括,干脆将原文之一大段文字钞作题目,形成这样的奇观。

(三) 因所见书文本有错误而致误读。《全唐诗》卷八〇八收慧宣《咏赐玄奘衲袈裟》:"如蒙一被服,方堪称福田。"又收道恭《出赐玄奘衲袈娑衣应制》:"福田资象德,圣种理幽薰。不持金作缕,还用彩成文。朱青自掩映,翠绮相氤氲。独有离离叶,恒向稻畦分。"二诗均源出慧立《大慈恩寺三藏法师传》卷七:

〔贞观二十二年〕秋七月景申夏罢,又施法师衲袈裟一领,价直百金。观其制作,都不知针线出入所从,帝库内多有前代诸纳,咸无好者,故自教后宫造此,将为称意,营之数岁方成,乘舆四巡,恒将随逐。往十二年,驾幸洛阳宫,时苏州道恭法师、常州慧宣法师并有高行,学该内外,为朝野所称。帝召,既至,引入坐言讫,时二僧各披一纳,是梁武帝施其师,相承共宝。既来谒龙颜,故取披服,帝哂其不工,取衲令示,仍遣赋诗以咏。恭公诗曰(诗略)。宣公诗末云(诗略)。意欲之,帝并不与,各施绢五十匹。即此衲纲也,传其丽绝,岂常人所服用,唯法师盛德当之矣。

按"往十二年",《慈恩传》各本多作"往二十二年",近人校点本从宋本改。太宗于贞观十二年曾示二僧袈裟,二僧献诗欲得之,太宗并不予,至二十二年始赐玄奘。因传本一字之误,至《全唐诗》误拟诗题。

（四）拟题时并没有考虑应以作者当时的立场还是后代的立场来表达。如《太平广记》卷二四一引《王氏闻见录》:

> 蜀后主王衍（中略）至十月三日,发离成都。四日,到汉州。（中略）九日到凤州。（中略）上梓潼山,少主有诗云（诗略）。宣令从官继和。中书舍人王仁裕和曰:"彩仗拂寒烟,鸣驺在半天。黄云生马足,白日下松巅。盛德安疲俗,仁风扇极边。前程问成纪,此去尚三千。"成都尹韩昭、翰林学士李浩弼、徐光浦并继和,亡其本。至剑州西二十里已来,夜过一碛山,忽闻前后数十里军人行旅,振革鸣金,连山叫噪,声动溪谷。问人,云将过视人场,惧有鸷兽搏人,是以噪之。其乘马皆咆哮恐惧,棰之不肯前进。众中有人言曰:"适有大驾前鸷兽,自路左丛林间跃出,于万人中攫将一夫而去。其人衔到溪洞间,尚闻唱救命之声。况天色未晓,无人敢捕逐者。"路人罔不溜汗。迟明,有军人寻之,草上委其馀骸矣。少主至行宫,顾问臣僚,皆陈恐惧之事。寻命从臣令各赋诗。王仁裕诗曰:"剑牙钉舌血毛腥,窥算劳心岂暂停。不与大朝除患难,惟于当路食生灵。从来户口资饿口,未委三丁税几丁。今日帝皇亲出狩,白云岩下好藏形。"（下略）至剑门,少主乃题曰（诗略）。后侍臣继,成都尹韩昭和曰（诗略）。王仁裕和曰:"孟阳曾有语,刊在白云棱。李杜常挨托,孙刘亦恃凭。庸才安可守,上德始堪矜。暗指长天路,浓峦蔽几层。"（下略）过白卫岭,大尹韩昭进诗曰（诗略）。少主和曰（诗略）。王仁裕和曰:"龙旆飘飘指极边,到时犹更二三千。登高晓蹋巉岩石,冒冷朝冲断续烟。自学汉皇开土宇,不同周穆好神仙。秦民莫遣无恩及,大散关东别有天。"洎至利州,已闻东师下固镇矣。

《王氏闻见录》为王仁裕叙述平生见闻的著作,原书中谈到自己时应该作第一人称,《太平广记》引录时一律改作第三人称。引录的一段原文甚长,是叙述在前蜀灭亡前夕,前蜀主王衍率后妃、群臣北巡秦凤的经历。王仁裕追随后主一行,先后作诗四首。《唐音统签》卷七五五、《全唐诗》卷七三六分别拟题为《从蜀后主幸秦川上梓潼山》《奉诏赋剑州途中鸷兽》《和蜀后主题剑门》《和韩昭从驾过白卫岭》,史实并没有错误,但称"蜀后主"是前蜀亡后的口气,而"奉诏""从驾"则为追随前蜀皇帝之口气。这组拟题,显然没有考虑到这一点。

（五）多种拟题均因没有追究唱和始末而皆误。《唐摭言》卷三《慈恩寺题名游赏赋咏杂记》载:

> 周墀任华州刺史。武宗会昌三年,王起仆射再主文柄,墀以诗寄贺,并序曰:"仆射十一叔以文学德行,当代推高。在长庆之间,春闱主贡,采摭孤进,至今称之。近者,朝廷以文柄重难,将抑浮华,详明典实,由是复委前务,三领贡籍。迄今二十二年于兹,亦缙绅儒林罕有如此之盛。况新榜既至,众口称公。墀忝沐深恩,喜陪诸彦,因成七言四韵诗一首,辄敢寄献,用导下情,兼呈新及第进士。文场三化鲁儒生,二十馀年振重名。曾忝《木鸡》夸羽翼,又陪金马入蓬瀛。（原注:墀初年《木鸡赋》及第,尝陪仆射守职内廷。）虽欣月桂居先折,更羡春兰最后荣。欲到龙门看风水,关防不许暂离营。"时诸进士皆贺。起答曰:"贡院离来二十霜,谁知更忝主文场。杨叶纵能穿旧的,桂枝何必爱新香。九重每忆同仙禁,六义初吟得夜光。莫道相知不相见,莲峰之下欲征黄。"

以下在"王起门生一榜二十二人和周墀诗"的总题下,录二十二人诗,仅于诗下注姓名和表字。在后世著作的引录中,《唐诗纪事》卷五五未署题,但于诗末注云:"自肇至王甚夷,各和主司王起一章,多用起韵。"而《豫章丛书》本《文标集》卷下收卢肇诗《奉和主司王仆射答周侍郎贺放榜作》。《全唐诗》卷五五一收卢肇诗,卷五五二收丁稜等二十人诗,皆以《和主司王起》为题,卢肇下注"一作《奉和主司王仆射答周侍郎贺放榜作》",丁稜下注"一作《和主司王仆射答华州周侍郎贺放榜作》",高退之下注"一作《和主司王仆射酬周侍郎贺放榜》",孟球等十八人下注"一作《和主司酬周侍郎》"。同书卷五五三姚鹄下所收,诗题作《及第后上主司王起》。罗列这些材料,是要指出同一史源(只有姚鹄一诗可能出自其诗集)的同一次唱和,题目居然有六种之多,而且除姚鹄一题稍近事实外,其他各题居然都错了。从前引《唐摭言》的事实是,会昌三年,王起在长庆间曾知贡举后的二十年,以八十五岁高龄再主文闱而放二十二人及第。长庆间及第的周墀时任华州刺史,驰诗寄贺。《唐摭言》既言"时诸进士皆贺",又言"王起门生一榜二十二人和周墀诗",是应为新及第进士分别和周墀诗而进贺。二十二人诗中,卢肇、裴翻、樊骧、崔轩、林滋、李仙古、丘上卿、王甚夷八人诗皆次周诗原韵,分别以生、名、瀛、荣、营五字押韵,如卢肇诗:"嵩高降德为时生,洪笔三题造化名。凤诏伫归专北极,骊珠搜得尽东瀛。褒衣已换金章贵,禁掖曾随玉树荣。明日定知同相印,青衿新列柳间营。"丁稜、高退之、孟球、张道符、石贯、李潜、唐思言、金厚载八人诗则同用清韵而非次韵。不用周诗韵部者仅姚鹄、刘耕、蒯希逸、黄颇、孟宁、左牢六人,但没有一人用王起的阳韵。《全唐诗》所收各诗之拟题,虽然逐一的来源似乎还难以完全理清,但显然都沿袭了《唐诗纪事》"各和主司王起一章"的误读,认为是诸人和王起答周墀诗之作。至于拟题中直呼王起之名,亦不妥当,但为另一问题。

其他问题尚多,容以后稍作补充。

八　歌谣谚讖拟题之讨论

歌谣谚讖类作品,除了极个别作品如《黄獐歌》《得宝歌》在原始文献中有题目外,今存几乎所有作品都出自宋以后人拟题。因为理解和表达习惯的不同,各家拟题差别亦多。今以较具代表性的宋郭茂倩《乐府诗集》、明胡震亨《唐音统签》、清钦定《全唐诗》和近代杜文澜《古谣谚》之拟题来作讨论。

以下是源出《旧唐书》的四首歌的各家拟题情况:

原　文	出　处	《乐府诗集》卷八六	《唐音统签》卷九五二	《全唐诗》卷八七四	《古谣谚》卷一二
将军三箭定天山,战士长歌入汉关	《旧唐书》卷八三《薛仁贵传》	薛将军歌	薛将军歌	薛将军歌	薛仁贵军中歌
廉州颜有道,姓行同庄老。爱人如赤子,不杀非时草	《旧唐书》卷七三《颜师古传》	颜有道歌	廉州人歌	廉州人歌	廉州邑里为颜游秦歌
新河得通舟楫利,直达沧海鱼盐至。昔日徒行今结驷,美哉薛公德滂被	《旧唐书》卷四九《食货志》	新河歌	沧州百姓歌	沧州百姓歌	沧州百姓为薛大鼎歌
父母育我田使君,精诚为人上天闻。田中致雨山出云。仓廪既实礼义申。但愿常在不忧贫	《旧唐书》卷一八五上《良吏传》	田使君歌	郢州人歌	郢州人歌	郢州百姓为田使君歌

以下为四歌较早出处的文本记录:

《旧唐书》卷八三《薛仁贵传》:寻又领兵击九姓突厥于天山。将行,高宗内出甲,令仁贵试之。上曰:"古之善射有穿七札者,卿且射五重。"仁贵射而洞之,高宗大惊,更取坚甲以赐之。时九姓有众十余万,令骁健数十人逆来挑战。仁贵发三矢,射杀三人,自余一时下马请降。仁贵恐为后患,并坑杀之。更就碛北安抚余众,擒其伪叶护兄弟三人而还。军中歌曰(歌略)。九姓自此衰弱,不复更为边患。

《旧唐书》卷七三《颜师古传》:师古叔父游秦,武德初累迁廉州刺史,封临沂县男。时刘黑闼初平,人多以强暴寡礼,风俗未安。游秦抚恤境内,敬让大行。邑里歌曰(歌略)。高祖玺书劳勉之。俄拜

郓州刺史,卒于官。撰《汉书决疑》十二卷,为学者所称。后师古注
《汉书》,亦多取其义耳。

　　《旧唐书》卷四九《食货志》:永徽元年,薛大鼎为沧州刺史。界
内有无棣河,隋末填废,大鼎奏开之,引鱼盐于海。百姓歌之曰
(歌略)。

　　《旧唐书》卷一八五上《良吏传》:永徽二年,授平州刺史,劝学
务农,称为善政。转郓州刺史。属时旱,仁会自曝祈祷,竟获甘泽。
其年大熟,百姓歌曰(歌略)。

可见《全唐诗》基本因袭《唐音统签》。其中《薛将军歌》,《唐音统签》沿
《乐府诗集》之题,另三首则另拟。《乐府诗集》拟题的原则以所歌对象为
主,《唐音统签》《全唐诗》则以歌者主体以拟题,《古谣谚》则兼顾歌者主
体和所歌关系以命题,且尽量照顾原文献出处的表达。就歌意理解来说,
以《古谣谚》最为妥当。

　　谣,举三例如下:

原　　文	出　　处	《乐府诗集》卷八九	《唐音统签》卷九五三	《全唐诗》卷八七八	《古谣谚》
豆入牛口,势不得久	《旧唐书》卷五四《窦建德传》	唐武德初童谣	牛口谣	牛口谣	窦建德军中谣(卷一二,下同)
高昌兵马如霜雪,汉家兵马如日月。日月照霜雪,回首自消灭	《旧唐书》卷一九八《高昌传》	唐贞观中高昌国童谣	高昌童谣	高昌童谣	高昌童谣
岑羲獠子后,崔湜令公孙。三人相比接,莫贺咄最浑	《太平广记》卷二五八引《朝野佥载》		吏部谣	吏部谣	京师为岑羲崔湜郑愔语(卷五七)

　　窦建德一则,《旧唐书》卷五四《窦建德传》:“先是,军中有童谣曰(谣

略）。建德行至牛口渚，甚恶之，果败于此地。"可见《乐府诗集》仅记童谣发生的时间，《唐音统签》《全唐诗》仅记牛口渚恰合童谣之地名，《古谣谚》记录在窦军中之谣，但未称童谣。各拟题都有局限。高昌谣四书拟题差别不大。岑羲三人谣，《太平广记》卷二五八引《朝野佥载》，称"时崔、岑、郑愔并为吏部，京中谣曰"云云。据原文，最恰当的拟题其实是"京中谣"，殆三人虽皆任职吏部，但谣并非吏部内所传。《唐音统签》《全唐诗》皆未允。《古谣谚》改谣为语，亦不妥。

关于谚、语，也各举三例。

原　文	出　处	《唐音统签》	《全唐诗》	《古谣谚》
一人在朝，百人缓带	《太平广记》卷二五〇引《启颜录》	谚（卷九五四，下同）	路励行引谚（卷八七七，下同）	路励行亲识引谚（卷六九）
娶妇得公主，平地生公府	《新唐书》卷二〇四《张果传》①	尚主谚	张果引谚	张果引谚（卷一二，下同）
不痴不聋，不作阿家阿翁	《因话录》卷一	谚	代宗引谚	
宁食三斗艾，不见屈突盖。宁服三斗葱，不逢屈突通	《旧唐书》卷五九《屈突通传》	时人语（卷九五五，下同）	时人为屈突语（卷八七六，下同）	时人为屈突氏兄弟语
遇徐杜者必生，遇来侯者必死	《旧唐书》五九《屈突通传》	语	天授中语	时人称徐有功杜景俭来俊臣侯思止语
吏部前有马裴，后有卢李	《旧唐书》卷一〇〇《卢从愿传》	语	景云初语	时人为卢从愿语

所选诸则，一是《唐音统签》与《全唐诗》有所不同，以见后者并不完全沿袭前者，二是考虑各书拟题之差别有可讨论者。"一人在朝"谚，《唐

① 按《旧唐书》卷一九一引谚仅录前句。

音统签》有题注云："《国史补》,路励行初任大理丞,亲识贺引此,又是《鸡跖集》云云唐谚也。"今本《国史补》无此则,见《太平广记》卷二五〇引《启颜录》:

> 　　唐路励行初任大理丞,亲识并相贺。坐定,一人云:"兄今既在要职,亲皆为乐。谚云:'一人在朝,百人缓带。'岂非好事?"答云:"非直唯遣缓带,并须将却幞头。"众皆大笑。

《全唐诗》据《唐音统签》,删掉原注,误为路本人引谚。《古谣谚》检核原本,拟题妥当。"娶妇得公主"一则,《唐音统签》据谚意拟题,《全唐诗》和《古谣谚》据引者拟题,各有取则。"不痴不聋"一则,《全唐诗》标出引者,有其必要。"宁食三斗艾"一则,《唐音统签》太宽泛,《全唐诗》所拟未完全尽意,《古谣谚》较完整。"遇徐杜者必生"一则,《唐音统签》等于未拟题,《全唐诗》仅着眼于时间,《古谣谚》则将四人全部列出,虽略显繁重,但有助读者理解。"吏部前有马裴"一则,《唐音统签》《全唐诗》都缺录"吏部"二字。《全唐诗》之拟题有误。《旧唐书》卷一〇〇《卢从愿传》云:"睿宗践祚,拜吏部侍郎。(略)典选六年,前后无及之者。(略)初,高宗时裴行俭、马载为吏部,最为称职。及是从愿与李朝隐同时典选,亦有美誉。时人称曰(语略)。"卢从睿宗时典选六年,时人所称当然应在其政成以后,而非初任之际,故若标时间也是开元初了。《古谣谚》仅标卢从愿,没有考虑到此语以"卢李"并题。

　　谶记情况比较复杂,限于篇幅,在此暂不讨论。

九　结　论

　　本来还想写一节讨论志怪传奇小说所载神仙鬼怪诗之拟题,因全文篇幅已经很长,暂就不写了,待今后有机会再说。

　　就本文已经讨论之话题,我以为可提出以下几点所见:

　　就今存可见之约五万四五千首唐诗来说,虽然每一篇都有其流传之个案，并因为流传过程之不同，经常一诗而形成纷繁的面貌，但就大端来说，则可以区分为两类途径。一类以早期别集或总集为载体得以保留，虽然其文本因为各种原因也会有所差异，但基本源自作者本人、门人、裔孙编定的文本，大致保留作者写定时的面貌。另一类则依凭史籍、笔记、诗话、小说、地志、类书等引录而得保存，因为经过转引者的传讹、改写、节引、编造等过程，其文本面貌特别是诗歌题目已经去作者写作时的原貌有很大不同。称为唐诗集大成著作的《全唐诗》编者似乎对此并无足够之认识，因此其所载唐诗之录文和题目都问题很多，读者应小心加以区别。

唐诗题目的改动是一项从作者自己整理诗集就开始进行的工作，以后学者因为各种原因，包括引用、编录之需要随时有所改造，其中特别是在按类、按体、按人编录唐诗时，出于编纂体例、个人兴趣或所见文本之原因，还会作适当的改动。而尤以从《万首唐人绝句》到《全唐诗》这一类追求全面网罗唐诗且又以人属诗的著作，加工尤多。其中改题的部分，较大原因是源出别集或总集因为保存唐人唱和诗的格式，在分属个人名下时，必须补足某些内容才能成为完整诗题。由于各唱和诗提供的诗题信息从各与唱者立场来看，未必完整准确，因此在后人的改题中不免造成种种偏差。

唐诗拟题的情况，如本文所揭，有如此大规模的存在，读者在利用《全唐诗》一类书时，务请不要完全当作唐代文献来看待。类似的情况在《全唐文》中也是如此。唐人的奏议、诏令、造像、批答等一类文字，最初都是无题的，现在的题目有些为唐人所拟（如陆贽《翰苑集》），更多则是宋以后历代人所拟。笔者多年前编《全唐诗补编》《全唐文补编》，所拟题均达数百和上千篇（均加注说明）。不作拟题，读者无法翻检查阅。清人编《全唐诗》《全唐文》也是如此，只是一概不说明文本来源，给读者造成唐人本来就是如此的假想，不免贻误后学。

就来源别集、总集以外的唐诗来说，揭示并记录其文本流传的过程，特别是利用史学界奉为圭臬的史源学方法，找到其最早的几个或一个源头，对于这些唐诗的定位解读具有重要价值。虽然我们可以认为宋人看到的唐诗文献肯定比清人丰富，清人所见肯定也有今日已经失传者，但就唐诗文献来说,现在大多已经梳理清楚。比方洪迈《万首唐人绝句》所据拟题的大量唐人笔记小说,现在完全不知其文本如何者,其实只有何光远《宾仙传》等很少几种。本文列举的如武后时石淙唱和诗、王起会昌三年榜之唱和诗、《松陵集》所载皮陆苏州唱和诗,宋、清人所见与今日所见并无差别。笔者近期正编纂《唐五代诗纪事》,就是希望对此类记录有完整而尽可能追溯源头的揭示。

　　一些学者对《全唐诗》不满,很早就提出重编全部唐诗的建议,只是至今还没有实际的进展。就大端原则说,做到"备征善本,精心校勘""备注出处,以求征信""全面普查,广辑遗佚""删刘伪讹,甄辨重出""重写小传,务求翔实""合理编次,以便检用"是必需的①。仅就诗题来说,则一是要有文本依据,二是在各题纷繁时应揭示最符合作者原旨的诗题,三是改题、拟题时应考虑到纵横左右各方面的因素,在必要时可以另拟新题——如前揭会昌三年榜唱和诗之宋以来各家拟题,几乎都错了,而如景龙文馆的数十次唱和,每次唱和的题目也应大致接近吧!

2010 年 11 月 15 日于复旦大学光华楼

2011 年 3 月 27 日改定

---

① 　详见陈尚君、罗时进《〈全唐诗〉的缺憾和〈全唐五代诗〉的编纂》,刊《古籍整理出版情况简报》第 256 期,1993 年 2 月。又收入陈尚君《唐代文学丛考》,中国社会科学出版社 1997 年。

唐女诗人甄辨

二十多年前,笔者曾撰《〈全唐诗〉误收诗考》①,考及《全唐诗》误收非唐五代诗600多篇,当时所见未广,考及女性诗仅一二则。近年通盘斟酌文献,逐渐发现唐代女诗人作品的传误情况非常严重。谨将所见写出,以供治唐诗和妇女文学者之参考。若有疏误,也幸祈赐正。

一 从《瑶池新咏》残卷的发现说起

近年从俄藏敦煌遗书中发现唐妇女作品,一是导致李季兰被杀的那首上朱泚诗,全诗为:"故朝何事谢承朝,木德□天火□消。九有徒□归夏禹,八方神气助神尧。紫云捧入团霄汉,赤雀衔书渡雁桥。闻道乾坤再含育,生灵何处不逍遥。"②为研读《奉天录》卷一所载德宗扑杀李季兰的记载,提供了新的佐证。再就是蔡省风编《瑶池新咏》残卷的发现。

晁公武《郡斋读书志》卷二〇著录蔡书一卷,并云:"右唐蔡省风集唐世能诗妇人李季兰至程长文二十三人题咏一百十五首,各为小序,以冠其首,且总为序。"宋以后书志虽偶有载及,其实只是转引晁书而已。在俄藏敦煌文献刊布之初,荣新江、徐俊二位1999年首先发表《新见俄藏敦煌唐诗写本三种考证及校录》③,据Дx.3861、Дx.3872、Дx.3874三残卷录出李季兰、元淳诗若干首,并怀疑此即《瑶池新咏》残片。至2001年二人又发

---

① 陈尚君《〈全唐诗〉误收诗考》,刊《文史》第24辑,中华书局1986年4月。又收入《唐代文学丛考》(中国社会科学出版社1997年)时略有增订。
② 见Дx.3865,转录自徐俊《敦煌诗集残卷辑考》第39页,中华书局2000年6月。
③ 荣新江、徐俊《新见俄藏敦煌唐诗写本三种考证及辑录》,《唐研究》第五卷第59—79页,北京大学出版社1999年。

表《唐蔡省风〈瑶池新咏〉重研》①，根据新见的 Дх. 6654、Дх. 6722、Дх. 11050，与前见三残卷作了重新缀合，不仅有《瑶池集》的题签，也看到了《瑶池新咏集》的首题，并有"□大唐女才子所□篇什。著作郎蔡省风纂"的记录。重新缀合的诗卷，包括李季兰、元淳、张夫人、崔仲容四人诗23 首。稍后王卡发表《唐代道教女冠诗歌的瑰宝——敦煌本〈瑶池新咏集〉校读记》，又增加 Дх. 3927 一件残片，再作校录。很遗憾的是，王氏完全没有引到先此发表的荣、徐二文，录文质量稍逊，且仅存李季兰、元淳二人诗，又因此而将《全唐诗》中的李季兰诗都录出，殊无必要②。再后王三庆在参加 2006 年北京大学主办的中国古文献学与文学国际学术研讨会上，提交《也谈蔡省风〈瑶池新咏〉》③一文，更推论《又玄集》《才调集》《吟窗杂录》《唐诗纪事》等书录妇人诗，从其趋同性推测，可能都是利用《瑶池新咏》所致。他推证该集所收 23 人为李季兰、元淳、张夫人、崔仲容、鲍君徽、赵氏、张窈窕、常皓（常浩）、薛蕴（蒋蕴）、刘瑗、廉氏、张琰、崔公远（崔公达）、田娥、刘云、葛鸦儿、张文姬、鱼玄机、薛涛、薛媛、梁琼、刘瑶、程长文，根据她们的存诗，得到 114 首，几乎就是《瑶池新咏》的全貌。王文推测的大体判断，我是赞同的，细节还可以再深究。我认为因为有敦煌残卷的发现，现在可以确定在存世唐宋文献中，直接据《瑶池新咏》录诗并保留原书次第的有两书，一是韦庄唐光化三年所编《又玄集》卷下，二是北宋末蔡传所编《吟窗杂录》卷三〇至卷三一，两书各录 21 人，前四人的顺序均与敦煌残卷同，首李季兰而殿程长文，也与晁公武所叙合，前者有宋若昭、宋若茵而后者无，后者有梁琼、崔萱而前者无，互相参补，适得23 人之数。因此，可以确定的蔡省风编《瑶池新咏》所收 23 人是李季兰、元淳、张夫人、崔仲容、鲍君徽、赵氏、梁琼、张窈窕、常浩、蒋蕴、崔萱、刘媛、廉氏、张琰、崔公达、宋若昭、宋若茵、田娥、薛涛、刘云、葛鸦儿、张文

　　① 荣新江、徐俊《唐蔡省风〈瑶池新咏〉重研》，《唐研究》第七卷第 125—144 页，北京大学出版社 2001 年。
　　② 王卡《唐代道教女冠诗歌的瑰宝——敦煌本〈瑶池新咏集〉校读记》，刊《中国道教》2002 年第 4 期，又收入氏著《道教经史论丛》第 408—420 页，巴蜀书社 2007 年。
　　③ 王三庆《也谈蔡省风〈瑶池新咏〉》，刊《北京大学中国古文献研究中心集刊》第七辑，北京大学出版社 2008 年。

姬、程长文。王文所列鱼玄机、薛媛、刘瑶三人基本可以排除。这一名单确定,特别是排除了鱼玄机以后,再根据晁公武所引原书之序称"况今文明之盛乎",《又玄集》已征及《瑶池新咏》,可以推定蔡省风编《瑶池新咏》的时间不会迟至晚唐五代,应该早于唐末战乱,甚至早于鱼玄机有名之咸通年间,较合理的推定是在大和至大中间。此为另一问题,笔者或另撰文说明。

王文的《馀论》,提出"唐代诗歌总集的再整理"之任务,因此而将《全唐诗》后妃、闺媛卷与《瑶池新咏集》《又玄集》《才调集》《吟窗杂录》《唐诗纪事》《唐才子传》诸书中的作者及其记载情况作了全面罗列,所得凡138人(其中误录《吟窗杂录》中的若干宋人)。就笔者的看法,这一罗列还相当粗糙,远不足揭示唐妇女诗的复杂情况,但也因此而引起笔者对唐妇女诗研究的兴趣。多年前,笔者曾参与《全唐五代诗》的编纂,其中女性作者大多承诺整理,因此也积累一些资料。事虽不果,今后或有机缘先作《唐女诗人全编》,在笔者不甚困难,于学人或还有参考价值。

二　《全唐诗》所见唐五代女性诗人之总况

存世唐女性诗歌,当以《全唐诗》收录较备,所载一是卷五、卷七、卷九录后妃公主诗三卷,卷二唐中宗联句下有韦后及长宁、安乐、太平三位公主诗句,作者共18人;二是卷七九八到卷八〇五录名媛诗八卷,共作者117人;三是卷八六三女仙,亦偶有女道之作;四是卷八九九收女词人5人,较前增闽后陈氏、王丽真女郎、耿玉真三人。至于鬼怪卷中之女性诗,皆小说家言,可不计。市河世宁《全唐诗逸》未见女作者,出《游仙窟》者所谓崔十娘、崔五嫂诗为小说家言,亦可不计。《全唐诗补编》新增女作者,有宋家娘子、杨氏、韩氏、姜窈窕、吴二娘、凌行婆、淑德郡主等。此外,《千唐志斋藏志》存谢承昭撰《唐秘书省欧阳正字故夫人陈郡谢氏墓志铭》,志主为女诗人谢逈,并录其《寓题》诗"永夜一台月,高秋千户砧"二句。以上总约140多人。前引王文所列138人,录自《吟窗杂录》的丁氏、侯夫人一般认为是隋代人,华氏、卢氏、詹光茂妻、赵晟母、谢希孟、鲍氏、李氏、岷山妓、谢氏、赵氏、徐氏、高氏,以及《唐才子传》误录的谭意歌,都是宋人或宋人笔下人物。

以上近 140 多位女性名下数量可观的诗作,孰真孰伪,很难作明确判断。根据唐诗考证的基本规则,大约一是追溯文献来源,二是考订作者事迹,三是考察作品内容及其产生时代。就女性作者来说,情况还要更复杂一些,许多作者生活时代很难追溯,有关作品来源的记录扑朔迷离,更增添了研究的难度。我以为,在鉴别伪作以前,先应确定哪些作者及其作品是可靠的,原则确定后,再回过来谈传伪,相对会容易一些。

三　唐女诗人之可确认者

生平事迹清楚的重要人物作品也可以信任者,有文德皇后①、则天皇后②、徐贤妃、金真德、韦后、太平公主、安乐公主、长宁公主、上官昭容③、宜芳公主④、蜀太后徐氏(即花蕊夫人)、太妃徐氏⑤。

见于唐人别集、总集者,有前述《瑶池新咏》收 23 人,以及宋刻《鱼玄机诗集》之鱼玄机及附光、威、哀三姐妹联句诗。另薛瑶,见《陈拾遗集》卷六《馆陶郭公姬薛氏墓志铭》;姚月华、裴羽仙、刘瑶三人,见《才调集》卷一〇;寇坦母赵氏,《文苑英华》卷二〇七存其《古兴三首》;郎大家宋氏,《乐府诗集》四见其诗,《唐诗纪·初唐》卷六〇引《玉台后集》亦收其作。

见于唐代相对可靠的轶事类笔记者: 徐月英,见《北梦琐言》卷九;孙

---

① 即太宗长孙皇后。其诗《春游曲》甚晚出,但《吟窗杂录》卷二九已录三四两句。

② 武后名下诗,郊享乐章未必为其本人作;《腊日宣诏幸上苑》出《广卓异记》卷二,事近小说;又《如意娘》亦可疑。

③ 即上官婉儿。其名下《游长宁公主流杯池二十五首》,序称"令昭容赋诗,群臣属和",似无独作 25 首之理,《文苑英华》卷一七六仅录五律六首,《万首唐人绝句》卷七一录七绝三首而署景龙文馆学士,或近是。

④ 《全唐诗》卷七收宜芬公主,传称豆卢氏女。应从《旧唐书》卷八《玄宗纪》作宜芳公主,为玄宗杨氏外孙女。事又见《唐会要》卷六《和蕃公主》、《资治通鉴》卷二五三、《册府元龟》卷九七九。详崔明德《中国古代和亲史》第十一章,人民出版社 2005 年。

⑤ 二徐诗见《鉴诫录》卷五《徐后事》。浦江清《花蕊夫人宫词考证》(收入《开明书店二十周年纪念文集》,中华书局 1985 年)考证花蕊夫人即前蜀太后徐氏,即后主王衍生母。

氏,见同书卷六;薛媛、慎氏,均见《云溪友议》卷上;杨德麟,应作杨德邻,杨敬之少女,见《酉阳杂俎续集》卷六;尼海印,见《鉴诫录》卷一〇;王福娘、杨莱儿、楚儿、王苏苏、颜令宾五人,见《北里志》;裴淑,元稹继室,诗见《云溪友议》卷下;黄崇嘏,见《太平广记》卷三六七引《玉溪编事》;任氏,见《太平广记》卷一六八引《玉谿编事》;蒋氏,见《葆光录》卷二。另张氏,见《唐诗纪事》卷七九;林氏,见同书卷七八。

以下四人,或出处稍晚,或事迹无考,大致尚可凭信。魏氏,《全唐诗》卷七九九称其为"求己之妹",录《赠外》一首。此诗最早见载于《唐诗纪·盛唐》卷一一〇,然诗格属唐,求己事迹亦可征,疑源出《玉台后集》。乔氏,《全唐诗》卷七九九称其为"冯翊人,左司郎中知之之妹"。录《咏破帘》一首。此诗最早见载于《唐诗纪·初唐》卷六〇,然诗格属唐,知之负诗名,疑源出《玉台后集》。赵虚舟,《全唐诗》卷八〇一录《赋赠》:"砌下梧桐叶正齐,花繁雨后厌枝低。报道不须鸦鸟乱,他家自有凤凰栖。"按诗出《吟窗杂录》卷三一,列程长文后,鱼玄机前,或唐后期人。王氏,见《游宦记闻》卷三,云代宗新创永泰县后,县令潘君有遗爱,祖钱盘桓数日,其妻王氏解舟久候不至,乃作诗刻于石壁。事颇离奇,然宋人云其时石刻尤在,当属可信。

唐人小说所载略具传奇色彩,但诗作可以相信为唐人所作,其人亦或实有者。

七岁女子,《全唐诗》卷七九九收《送兄》一首,事见《诗话总龟》卷四三引《唐宋遗史》,为唐如意中人。《唐宋遗史》为宋詹玠撰,错误较多,但《唐诗纪事》卷七八、《万首唐人绝句》卷二四均已收,当可信。

柳氏,《全唐诗》卷八〇〇收《答韩翃》,卷八九九作词题作《杨柳枝》。诗事见《太平广记》卷四八五收许尧佐《柳氏传》及《本事诗》。事虽曲折离奇,但涉韩翃生平者则可与文献印证①。

太原妓,《全唐诗》卷八〇二收《寄欧阳詹》一首。事见《太平广记》卷二七四引《闽川名士传》,欧阳詹因恋此女,得其遗诗悲恸而亡。传则主

---

① 详傅璇琮《唐代诗人丛考》第 449 页收《关于〈柳氏传〉与〈本事诗〉所载韩翃事迹考实》,中华书局 1980 年。

要据孟简所作哭欧阳詹诗及序,应可信。

若耶溪女子,《全唐诗》卷八〇一收《题三乡诗》一首。事见《云溪友议》卷中《三乡略》,述女子会昌壬戌题诗三乡驿,自称居"本若耶溪东",随夫入关,夫亡东归,抵陕郊而题诗,"以翰墨非妇人女子之事,名字是故隐而不书"。壬戌即会昌二年(842),此诗晚唐人和作颇多,当可信。至宋张君房《丽情集》(《类说》卷二九引),述女子自叙有隐语,并解读为李弄玉,可备一说。

侯氏,《全唐诗》卷七九九收《绣龟形诗》一首。事见《太平广记》卷二七一引《抒情诗》,叙"会昌中,边将张暌防戍十有馀年,其妻侯氏绣回文,作龟形诗诣阙进上"。"敕赐绢三百匹,以彰才美"。

武昌妓,《全唐诗》卷八〇二收《续韦蟾句》一首,事见《太平广记》卷二七三引《抒情诗》,述韦蟾罢镇鄂州离筵上书《文选》句,宾从皆不能续,女妓起而续之。

京兆女子,《全唐诗》卷八〇一收《题兴元明珠亭》:"寂寥满地落花红,独有离人万恨中。回首池塘更无语,手弹珠泪与春风。"《竹庄诗话》卷一五:"是一长安士族女子,遭乱失身,牢落之思。乃节度杨守亮败军之年,兴元城西明珠亭上自题。"《吟窗杂录》卷三一引王仁裕曰:"女为乱兵所掠,有诗。"知源出王仁裕某书。

前列《全唐诗》以外女诗人,宋家娘子见敦煌遗书,谢迢、杨氏见石刻,皆可信。吴二娘词见《吟窗杂录》卷五〇称及,白居易《白氏长庆集》卷二五《寄殷协律》"吴娘暮雨萧萧曲,自别江南更不闻"自注:"江南吴二娘曲词云:'暮雨萧萧郎不归。'"可证。唯尚无法排除吴仅为歌者之可能。凌行婆见《景德传灯录》,仅据其名推测可能为女性。另韩氏、姜窈窕皆后人依托。

四　唐女诗人之应存疑者

本节所谓存疑作者,指现存文献确有许多疑问,但还不能断定必无其人或其诗者。

甲、唐五代小说所载，乖违史实，人、事、诗可能均有虚构。

王蕴秀，《全唐诗》卷七九九收诗三首。其诗最早见《云溪友议》卷下《窥衣帷》，云蕴秀为大历丞相元载妻，"王缙相公之女，维右丞之侄"，并称王缙镇北京时"以韫秀嫁元载"。后叙载从微至显事及蕴秀诗事。及载败，蕴秀自称"王家十三娘子，二十年太原节度使女，十六年宰相妻"。检两《唐书》本传及其他史籍，元载妻王氏为天宝间河西陇右节度使王忠嗣女，忠嗣未镇河东，王缙镇河东在大历三年，时载任相已久。《唐诗纪事》卷二九为弥缝传误，改王缙为王忠嗣，《全唐诗》卷七九九沿之，仍错误迭出。大致可以认为此为唐人依据元载败亡史实所杜撰的小说，其诗出于王氏本人所作之可能很小。

江妃，《全唐诗》卷五收《谢赐珍珠》一首。诗事均出《梅妃传》。此传虽有唐末曹邺作或宋人作的争议，但就内容来说，杜撰的可能性很大。

李舜弦，《全唐诗》卷七九七传称"李舜弦，梓州人，珣之妹。蜀王衍纳为昭仪"。今按叙述李珣事迹较早之书如《鉴诫录》卷四、《茅亭客话》卷二及《碧鸡漫志》卷五，皆不载舜弦事，仅见于明末之《蜀中广记》卷六、《名媛诗归》卷一七及清初《十国春秋》卷四四诸书，颇可疑。所录三诗《随驾游青城》《蜀宫应制》及《钓鱼不得》，均见《万首唐人绝句》卷六八引何光远《宾仙传》，本事虽不详，从《随驾游青城》"因随八马上仙山，顿隔埃尘物象闲。只恐西追王母宴，却忧难得到人间"来看，大致应有升仙故事。

乙、唐人小说所载，事涉虚构，未必实有其人者。

郭绍兰，《全唐诗》卷七九九收《寄夫》一首，出《开元天宝遗事》卷下，云郭夫商人任宗经商数年不归，郭托燕传书寄情故事。事颇奇幻，且《开元天宝遗事》所述颇不契史实，然此则末云"文士张说传其事而好事者写之"，或即据此改写。

崔莺莺，《全唐诗》卷八〇〇收三诗，皆出《莺莺传》，其中《答张生》又见《才调集》卷一〇，另二诗亦见《万首唐人绝句》七言卷六五、五言卷二〇，是唐宋人亦或以莺莺为作者。自宋赵令畤《侯鲭录》以降，学者多认为《莺莺传》为元稹自述经历，至莺莺为何人，则颇多争议。传中三诗，以元稹自作的可能为大,然就《才调集》中所存《赠双文》诸诗看,该女应亦是通诗者。

崔素娥,《全唐诗》卷八〇〇收其《别韦洵美诗》,并附洵美答诗,殆录自《万首唐人绝句》卷六九,小传则录《侍儿小名录补》引《灯下闲谈》。《灯下闲谈》今存《适园丛书》本和《宋人小说》本,可以确定是五代后期人作小说集,内容可靠者不足十之一二。崔素娥事见卷下《行者雪冤》,叙韦于开平二年张策下进士及第后,受魏博罗绍威辟为从事,罗以崔姝丽,强夺之。后得一行者相助,崔得复归。此故事似抄袭《柳氏传》许俊夺柳氏归韩翃事,真伪难以究诘。

步飞烟,《全唐诗》卷八〇〇收诗四首。事见《太平广记》卷四九一引皇甫枚《非烟传》,描写细致,虽不能断其人之必无,但若写非烟与赵象以诗传情之细腻,显属小说家之辞。

《全唐诗》卷七九七收天宝宫人,又收德宗宫人、宣宗宫人,均为红叶题诗故事。此事较早出处,一是《本事诗》,叙顾况在洛得苑中流出梧叶上题诗,二是《云溪友议》卷下《题红怨》,既述顾况事,又述宣宗时卢渥得红叶事,是一事已有不同传说。《北梦琐言》卷九载僖宗时进士李茵曾遇宫中侍书家云芳子,即曾有诗书红叶上流出御沟者,则又一传说,唯未录诗。宋刘斧《青琐高议前集》卷五引张实《流红记》,为宋人铺排此一故事,男女名字改为僖宗时儒士于祐和宫女韩氏。宋王铚《侍儿小名录补》又作贾全虚与"翠筠宫奉恩院王才人养女凤儿"事,贾全虚之名已透露属虚构,唐时亦未有翠筠宫之称。《全唐诗》同卷收开元宫人,为边军于宫人所制袍中得诗,明皇赐婚事,亦出《本事诗》。另僖宗宫人《金锁诗》,事见《诗话总龟》卷二三引《翰府名谈》,为宋人编录故事,与前事类似。《本事诗》二事,已在疑似之间,后出诸事,更多文人附会之辞,不能完全凭信。

丙、宋人笔记所载,其人是否唐代真事难以确认者。

崔氏,《全唐诗》卷七九九收其《述怀》诗一首。事见《南部新书》卷丁:"卢家有子弟,年已暮而犹为校书郎。晚取崔氏子,崔有词翰,结褵之后,微有嫌色。卢因请诗,以述怀为戏,崔立成曰:'不怨卢郎年纪大,不怨卢郎官职卑。自恨为妻生较晚,不见卢郎年少时。'"

李主簿姬,《全唐诗》卷八〇一收其《寄诗》。事见《诗话总龟》卷一四引《南部新书》："越水李主簿游广陵,迨春未返。其姬寄诗曰:'去时盟约与心违,秋日离家春不归。应是维扬风景好,恣情欢笑到芳菲。'答曰:'偶到扬州悔别家,亲知留滞不因花。尘侵宝镜虽相待,长短归时不及瓜。'"《南部新书》今本无此则。该书虽多述唐事,但亦涉宋前期事。此二则时代较难确定。

丁、事出宋人或宋以后叙述而真伪难以遽定者。

窦梁宾,《全唐诗》卷七九九收其诗二首,均出王铚《侍儿小名录补》:"窦梁宾,夷门人。词笔容态,皆可观。进士卢东表念其才藻,缘而录之。尝为《喜东表及第》诗云:'晓妆初罢眼初睏,小玉惊人踏破裙。手把红笺书一纸,上头名字有郎君。'又有《雨中看牡丹》诗:'东风未放晓泥干,红药花开不奈寒。待得天晴花已老,不如携手雨中看。'"

王霞卿,《全唐诗》卷七九九收诗二首,亦出王铚《侍儿小名录补》:"王霞卿者,蓝田人。才华清赡,节行尤高。进士郑殷彝旅于会稽,寓唐安寺楼,见粉壁间有题云:'琅邪王氏霞卿,光启三年阳春二月,登于是阁。临轩轸恨,睹物增悲。虽观焕烂之华,但比凄凉之色。时有轻绡捧砚小玉观题。其诗曰:"春来引步暂寻幽,恨睹烟霄簇寺楼。举目尽为停待景,双眉不觉自如钩。"'郑子依韵继之曰:'题诗仙子此曾游,应是寻春别凤楼。赖得从来未相识,免交锦帐对银钩。'霞卿乃故邑宰韩嵩自京师挈之任所,嵩缘遇暴寇而卒。郑子怡然而往谒之,霞卿竟辞以疾而不见,只令总角婢子轻绡持诗以赠之。诗曰:'君是烟霄折桂身,圣朝方切用良臣。正堪西上投知己,何必留程见妇人?'郑得诗,抱惭而去。"宋人多称王铚喜伪造古书,《侍儿小名录补》中部分无法追溯文献之记载,颇可疑。

五　唐女诗人之可以排除者

本节所考,涉及人物及其类型颇复杂,试分别述之。

甲、因他人作品传误或篡改另立人名,其人可以确定为出于杜撰者。

萧妃,《全唐诗》卷五在其名下收《夜梦》诗,传称"萧妃,武陵郡王伯良妃"。按此诗见《玉台新咏》卷七,为武陵王纪《和湘东王夜梦应令》。宋本《艺文类聚》卷三二误作梁武陵王妃《夜梦》诗。录唐诗者,复据《新唐书·宗室世系表》查得有武陵郡王伯良,遂据以杜撰此萧妃。

张瑛,《全唐诗》卷八〇一录《铜雀台》《望月》二诗,无事迹。今知前诗为张琰作,后诗为刘云作。张瑛始见于《唐诗归》卷一四,其人殆出杜撰。

王丽真,《全唐诗》卷八九九录其词《字字双》,初见《花草粹编》卷一。按此词实即《太平广记》卷三三〇引《灵怪集》载崔常侍官坡馆与三鬼联句诗,《全唐诗》卷八六六已载。王丽真名为后人虚构。

乙、有其人而诗可排除为其所作者。

杨贵妃,《全唐诗》卷五收《赠张云容舞》一首。此诗见《太平广记》卷六九引《传记》(即裴铏《传奇》),称元和末平陆尉薛昭因侠义事得田山叟赠仙药,后于兰昌宫西见三美女,其一即张云容,自称"开元中杨贵妃之侍儿",曾于绣岭宫独舞《霓裳》,贵妃赠其诗。昭与三女欢会一宵,晨见宫殿为一大穴而多冥器,昭与云容因得药而成仙。此为唐人游仙遇艳故事之常例,所谓贵妃赠诗显为小说家杜撰。

宋若华,《全唐诗》卷七收其《嘲陆畅》诗。最早见《云溪友议》卷中《吴门秀》,称云阳公主下嫁,陆畅为《催妆》诗,"内人以陆君吴音,才思敏捷,凡所调戏,应对如流,复以诗嘲之,陆亦酬和,六宫大咍。凡十馀篇,嫔娥皆讽诵之。""此篇或谓内学宋若兰、若昭姊妹所作也,宋考功之孙也。"是当时即未知作者,传闻也未及若华。《名媛诗归》卷一五署元和内人,较稳妥。

闽后陈氏,即陈金凤,《全唐诗》卷八九九录其《乐游曲》二首。事见明徐𤊹《榕阴新检》卷一五引《金凤外传》,传末附王宇跋,称万历间高盖山得于土穴中石匣。此传属《南部烟花录》一类,史实稍有误失,但大多可与史参证,或为有识者所杜撰。王宇跋即称与徐𤊹参史乘而写定。金凤,《新五代史》卷六八《闽世家》叙及。

丙、以男性代拟诗,以为妇女所作,该妇女或有其人而未必曾作诗,或未必即有其人。

关盼盼,《全唐诗》卷八〇二收《燕子楼三首》《和白公诗》一首,又

《临终口吟》二句。传详不录。诸诗均出《唐诗纪事》卷七八"张建封妓"引《长庆集》，云"昨日，司勋员外郎张仲素绘之访余，因吟新诗，有《燕子楼诗三首》，辞甚婉丽，诘其由，乃盼盼所作也。"白居易和此三诗。"又赠之绝句：'黄金不惜买娥眉，拣得如花四五枝。歌舞教成心力尽，一朝身去不相随。'后仲素以余诗示盼盼，乃反复读之，泣曰：'自公薨背，妾非不能死，恐百载之后，人以我公重色，有从死之妾，是玷我公清范也，所以偷生尔。'乃和白公诗云：'自守空楼敛恨眉，形同春后牡丹枝。舍人不会人深意，讶道泉台不去随。'盼盼得诗后，往往旬日不食而卒，但吟诗云：'儿童不识冲天物，漫把青泥污雪毫。'"似乎是白居易赠关诗，责其张公死而不能以身殉，以致关绝食而死。但检《白氏长庆集》卷一五《燕子楼三首》序："昨日司勋员外郎张仲素缋之访予，因吟新诗，有《燕子楼三首》，词甚婉丽。诘其由，为盼盼作也。缋之从事武宁军累年，颇知盼盼始末，云尚书既没，归葬东洛。而彭城有张氏旧第，第中有小楼，名燕子。盼盼念旧爱而不嫁，居是楼十馀年，幽独块然，于今尚在。予爱缋之新咏，感彭城旧游，因同其题作三绝句。"盼盼在此作盼盼，张所吟新诗为其自作，"为盼盼作也"是指有感于关事而作，并非关作，故后白居易称"予爱缋之新咏"，其意甚明。至于所谓赠关诗，也见同集卷一三，题作《感故张仆射诸妓》："黄金不惜买蛾眉，拣得如花三四枝。歌舞教成心力尽，一朝身去不相随。"现代学者朱金城、罗联添等早已考清，关盼盼所事者为张建封之子张愔，作张建封妓为传误。《感故张仆射诸妓》之张仆射未必就是张愔，且白是感慨张为诸妓费尽心力而身后不能相随，不是赠关之作。因此可以认为，《唐诗纪事》所载关盼盼诸诗，是在白居易诸诗基础上发挥而成，关的前三诗为张仲素所作，另《和白公诗》及二句，则为好事者附会。只是后蜀韦縠《才调集》卷一〇已收"楼上残灯伴晓霜"一首于关之名下，知其传误大约起于唐末。

舞柘枝女，《全唐诗》卷八〇二收《献李观察》。此诗最早见《云溪友议》卷上《舞娥异》，叙李翱在潭州席上见到韦夏卿庶女委身乐部，为择士人嫁之。"舒元舆侍郎闻之，自京驰诗赠李公曰：湘江舞罢忽成悲，便脱蛮靴出绛帏。谁是蔡邕琴酒客？魏公怀旧嫁文姬。"《全唐诗》既以此为舞女诗,又将同时殷尧藩赠诗作李翱答诗附录。

赵氏,《全唐诗》卷八〇〇收其《寄情》。此诗最早见《云溪友议》卷上《南海非》,述房千里自进士韦滂处得妾赵氏,因宦未能同行,后托许浑探访,许知赵复归韦滂,乃"为诗代报"。《才调集》卷一〇作无名氏。

平康妓。《北里志》及《唐摭言》卷三均载:"裴思谦状元及第后,作红笺名纸十数,诣平康里,因宿于里中。诘旦,赋诗曰:'银釭斜背解鸣珰,小语偷声贺玉郎。从此不知兰麝贵,夜来新惹桂枝香。'"此赋诗者明确是裴思谦,但诗意则借妓人贺玉郎来表达。《名媛诗归》卷一五增写为"诘旦,一妓取红笺赋诗云",以平康妓立目。《全唐诗》卷八〇二沿之。

韩续姬①,《全唐诗》卷八〇〇收《赠别》诗。此诗最早见宋僧文莹《湘山野录》卷下,称严续以"位高寡学,为时所鄙",因赠珍货美姬,邀韩熙载为其父撰神道碑,欲其美言而取誉。韩仅述其"谱裔品秩及薨葬褒赠之典",严封还,韩拒改,"呕以向所赠及歌姬悉还之。临登车,止写一阕于泥金双带曰:风柳摇摇无定枝,阳台云雨梦中归。他年蓬岛音尘断,留取樽前旧舞衣。"是诗作者为韩熙载,如《诗话总龟》卷一七引《古今诗话》、《诗人玉屑》卷七皆以为韩作。至《名媛诗归》卷一五改写为"姬因题诗于泥金双带",遂以韩仆射姬为作者。《全唐诗》沿其误。

陈玉兰,《全唐诗》卷七九九收其《寄夫》:"夫戍边关妾在吴,西风吹妾妾忧夫。一行书信千行泪,寒到君边衣到无?"小传云:"陈玉兰,吴人,王驾妻也。"案后蜀韦縠《才调集》卷七、宋王安石《唐百家诗选》卷一九均收此为王驾诗,题作《古意》,即是拟古的闺妇怀夫之作,未必有实指。唐宋典籍中绝无陈玉兰其人的记录,其人恐全出明人虚构,小传也仅据诗意揣测。

长孙佐转妻,《全唐诗》卷八〇一收《答外》,有注云:"佐转戍边不归,寄书与妻,作诗答之。"今检宋王安石《唐百家诗选》卷一一长孙佐辅《答边信》:"征人去年戍辽水,夜得边书字盈纸。挥刀就烛裁红绮,结作同心答千里。君寄边书书莫绝,妾答同心心自结。同心再解心不离,书字频看

---

①　韩续姬,中华书局标点本《全唐诗》卷八〇〇改为严续姬。

字愁灭。结成一夜和泪封,贮书只在怀袖中。莫如书字固难久,愿学同心长可同。"小传云:"德宗时人。弟公辅为吉州刺史,佐辅往依焉。"《唐诗纪事》卷四〇亦作佐辅作。《全唐诗》长孙佐转肯定是长孙佐辅之误。代拟女性口吻写边思,是古诗中常见之作,佐辅类似作品还有《古宫怨》《代别后梦别》《对镜吟》等。明以前未有称其妻作者。《全唐诗》之题注,殆据诗意揣测。

丁、以歌女所歌诗篇,以为歌者所作;或以无名氏诗归于创曲者名下。

刘采春,《全唐诗》卷八〇二录六首,均出《云溪友议》卷下《艳阳词》,原叙元稹镇浙东时,"有俳优周季南、季崇及妻刘采春,自淮甸而来,善弄陆参军,歌声彻云"。"采春所唱一百二十首,皆当代才子所作"。则明确非其本人所作。自《万首唐人绝句》五言卷二四起,即以诸诗为刘作。

盛小丛,事见《云溪友议》卷上《钱歌序》云:"李尚书讷夜登越城楼,闻歌曰:'雁门山上雁初飞。'其声激切。召至,曰:'在籍之妓盛小丛也。'曰:'汝歌何善乎?'曰:'小丛是梨园供奉南不嫌女甥也。所唱之音,乃不嫌之授也。今色将衰,歌当废矣。'"是小丛仅为歌者。《全唐诗》卷八〇二录《突厥三台》一首,原出《乐府杂录》卷七五,不署名,殆为唐乐部旧曲。

李玉箫,《全唐诗》卷七九七云其为"蜀王衍宫人",录《宫词》"鸳鸯瓦上霎然声"一首。此诗别作王建或花蕊夫人,尚待定。《蜀梼杌》卷上云乾德三年三月王衍"命宫人李玉箫歌衍所撰《宫词》送宗寿酒",所歌为另一首。

武后宫人,《全唐诗》卷七九七录《离别难》一首。今检《乐府杂录》,叙士人妻配掖庭而撰此曲,诗则见《乐府诗集》卷八〇,未必即此士人妻作。

宝历宫人,《全唐诗》卷七九七录句,事见《杜阳杂编》卷中,称"由是宫中语曰:宝帐香重重,一双红芙蓉。"按《全唐诗》通例,此应收入歌谣谚语,不当以作者立目。

戊、唐人虚构神仙鬼怪小说中,有大量以女性口气吟诵的诗歌,其中真出女性创作者,恐怕很少。

湘驿女子,《全唐诗》卷八〇一收其《题玉泉溪》,殆录自《万首唐人绝句》卷二〇。今知此诗出《树萱录》(《苕溪渔隐丛话前集》卷五八引):"番禺郑仆射尝游湘中,宿于驿楼。夜遇女子诵诗云:'红树醉秋色,碧溪弹夜弦。佳期不可再,风雨杳如年。'顷刻不见。"郑仆射为郑愚,咸通间镇岭南。《树萱录》一书则宋以后人多质疑其伪,所叙亦唐人述鬼诗惯例。《全唐诗》卷八六六又收鬼诗。

刘氏妇,《全唐诗》卷八〇二录《题明月堂二首》:"蝉鬓惊秋华发新,可怜红隙尽埃尘。西山一梦何年觉? 明月堂前不见人。""玉钩风急响丁东,回首西山似梦中。明月堂前人不见,庭梧一夜老松风。"出《万首唐人绝句》卷六五。《全唐诗》卷八六六又收鬼诗中,标为"刘氏亡妇",殆据诗意推测。《万首唐人绝句》此诗当录自今不传之唐宋小说,本事待考,很可能为小说家附会。

越溪杨女,《全唐诗》卷八〇一录与谢生联句两篇,其中《联句》和《春日》前半见《万首唐人绝句》五言卷二四。据今人程毅中《〈丽情集〉考》[1],事见《类说》卷二九引《丽情集》,故事则源出唐南卓小说《烟中怨》。因南卓原文不存,很难究诘诸诗为唐时作品还是宋人增益。但小说写杨女为女仙,很可能出于虚构。

孟氏,《全唐诗》卷八〇〇录诗二首,卷八六七又收作怪诗。事见《太平广记》卷三四五引《潇湘录》,叙维扬商人万贞妻与某怪所化少年偷情事。

鲍家四弦,《全唐诗》卷八〇〇录诗二首,出《太平广记》卷三四九引《纂异记》,叙开成间酒徒鲍生以妾换马而惊动鬼怪之故事,其间叙鲍生命四弦侑酒歌曲事,殆出小说家虚构。

红绡妓,见《太平广记》卷一九四引《传奇》,述崔生与一品家之红绡妓恋情事。

---

[1]　程毅中《〈丽情集〉考》,刊《文史》十一辑第 207 页,中华书局 1980 年。

张立本女,《全唐诗》卷七九九收诗一首,卷八六七又在妖怪诗中收高侍郎下。事见《太平广记》卷四五四引《会昌解颐录》:"唐丞相牛僧孺在中书。草场官张立本有一女,为妖物所魅。其妖来时,女即浓妆盛服,于闺中如与人语笑,其去即狂呼号泣不已。久每自称高侍郎。一日,忽吟一首云:'危冠广袖楚宫妆,独步闲庭逐夜凉。自把玉簪敲砌竹,清歌一曲月如霜。'立本乃随口抄之。立本与僧法舟为友,至其宅,遂示其诗云:'某女少不曾读书,不知因何而能?'舟乃与立本两粒丹,令其女服之,不旬日而疾自愈。其女说云,宅后有竹丛,与高锴侍郎墓近,其中有野狐窟穴,因被其魅。服丹之后,不闻其疾再发矣。"属小说家附会。

谁氏女《题沙苑门》:"昔逐良人去上京,良人身没妾东征。同来不得同归去,永负朝云暮雨情。"别本:"昔逐良人去上京,良人登第却东征。同来却得同归去,免负朝云暮雨情。"《万首唐人绝句》卷六九注:"二首,见《闻奇录》。"今人李剑国《唐五代志怪传奇叙录》考《闻奇录》当成于哀帝时,"所记大抵怪异",考得 38 则,尚缺此则。据其书推测,亦属怪异故事。

葛氏女,《全唐诗》卷八〇一收《和潘雍》诗一首,并附潘诗。出《万首唐人绝句》卷六八引何光远《宾仙传》,本事不存,但可以推知是叙潘雍与女仙葛氏恋情故事①。

耿玉真。《全唐诗》卷八〇二录词一首。事见《马氏南唐书》卷二二《卢绛传》,云卢绛早年梦见白衣妇人歌《菩萨蛮》劝酒,自称名玉真,云绛日后富贵将见于固子坡。后绛官南唐仕显,南唐亡后,因反复而被杀,刑地即固子坡,同刑有通奸女子即耿玉真。此殆马氏采小说入传。《分门古今类事》卷七引出《洞微志》。

戊、以后代女性顶冒或窜改为唐人,并收录其诗作。

赵鸾鸾,《全唐诗》卷八〇二收诗五首《云鬟》《柳眉》《檀口》《纤指》《酥乳》五诗,传称"赵鸾鸾,平康名妓也"。来源可以追溯到明钟惺《名媛诗归》卷一五。唐人诗中几乎没有这样直接而细致的身体描写。今检明

① 详见拙文《何光远的生平和著作——以〈宾仙传〉为中心》,刊《江西师大学报》2010 年第 5 期。

人李昌祺《剪灯馀话》卷二《鸾鸾传》:"赵鸾鸾,字文鸑,东平赵举女也。幼时家人以香屑杂饮食中,啖之,长而体香,故又名香儿。有才貌,喜文词,犹精于剪制刺绣之事。又欲以嫁近邻之才子柳颖,而鸾亦深愿事焉,许而未聘。会颖家坐事,日就零替,鸾母悔之,以适缪氏。缪虽富室,而子弟村朴,目不知书。鸾既嫁而郁郁不得志,凡佳辰令节,异卉奇葩,辄对之掩镜悲吟,闭门愁坐,景之接于目,事之感于心,一寓于诗,积而成帙,名曰《破琴稿》。既三月而缪生死,鸾回父母家。次年冬,颖亦丧耦,乃遣人复申前约,而求娶之。"迭经曲折方得如愿。后"颖中表兄弟有自都下回者,录得贯学士《兰房谑咏六题》,曰《云鬟》《檀口》《柳眉》《酥乳》《纤指》《香钩》凡六首。颖借归,与鸾观之,将效其体制,而构思未就。鸾辄先赋曰(诗略)。"所录诗顺序为《云鬟》《柳眉》《檀口》《酥乳》《纤指》《香钩》,前五首与《全唐诗》全同,仅《香钩》一首:"春云薄薄轻笼笋,晚月娟娟巧露锥。簇蝶裙长何处见,秋千架上下来时。"估计因裹脚为宋以后事,作伪者怕破绽太明显而不取。所谓贯学士,即元诗人贯云石。《鸾鸾传》下文云"明年至正戊戌田丰破东平,颖与鸾相失"。益可知赵鸾鸾为元末人。所谓"平康名妓"全出虚构,《馔史》卷五六作"宋妓"也属误记。

襄阳妓,《全唐诗》卷八〇二收其《送武补阙》:"弄珠滩上欲销魂,独把离怀寄酒尊。无限烟花不留意,忍教芳草怨王孙。"传云:"贾中郎与武补阙登岘山,遇一妓同饮,自称襄阳人。"宋吴曾《能改斋漫录》卷一一《妓赋诗送武补阙》:"李昉,建隆四年以王师平湖外,除给事中,往南岳伸祭拜之礼。途次长沙,时通判贾郎中言自京师与岳州通判武补阙同途,至襄阳,遇一妓,本良家子,失身于风尘,才色俱妙。二公迫行,醉别于凤林关,妓以诗送武云:'弄珠滩上欲销魂,独把离怀寄酒樽。无限烟花不留意,忍教芳草怨王孙。'武得诗,属意甚切,有复回之意。时太守吕侍讲尝叹恨不识之,因请李赋一诗以寄云:'岘山亭畔红妆女,小笔香笺善赋诗。颜色共推倾国貌,篇章皆是断肠辞。便牵魂梦从今日,得见婵娟在几时?千里关河万重意,夜深无睡暗寻思。'"事在宋初。李昉,《宋史》有传。《宋诗纪事》卷九七收此诗。

李节度姬,《全唐诗》卷八〇〇收其诗三首。本文初稿置于存疑者,考云：

> 其诗事最早见明徐应秋《玉芝堂谈荟》卷六："京师宦子张生,因元宵游乾明寺,拾得红绡帕裹一香囊,有细书绝句三首,云:'囊裏真香谁见窃? 鲛绡滴泪染成红。殷勤遗下轻绡意,留与情郎怀袖中。''金珠富贵吾家事,常渴佳期今寂寥。偶用志诚求雅合,良媒未必胜红绡。'诗尾书曰:'有情者若得此,欲与妾一面,请来年灯节于相蓝后门车前,有双鸳鸯灯者是也。'生叹赏久之。如期往候,果见雕轮绣毂,挂鸳鸯灯一盏,乃诵诗于车后,氏遂令尼约生,次日与之欢合。生问之,女口占一诗云:'门前画戟寻常设,堂上犀簪取次看。最是恼人情绪处,凤凰楼上月华寒。'吟毕,告曰:'妾乃节度使李公侍妾,李公老迈,误妾芳年。'遂与侍婢彩云随生逃隐姑苏,偕老焉。"《全唐诗》所录,又有张生和姬诗:"自睹佳人遗赠物,书窗终日独无聊。未能得会真仙面,时看香囊与绛绡。"徐应秋所录,尚不完整,他将此附于红叶题诗故事后,视为前事的流亚,尚属有识。

承叶国良教授评议时指出,此间所云"相蓝"即北宋东京大相国寺,乾明寺亦在东京。认为此诗事较早见载于宋元间人罗烨著《新编醉翁谈录》壬集卷一《红绡密约张生负李氏娘》,虽注云"事见《太平广记》",但今本《太平广记》中并无此篇。该篇故事亟详,其间如称"秀州知郡张大夫""张解元宅""包公待制之厅",在在可以证明是宋代故事,可以确定非唐五代诗歌。明熊龙峰刊小说《张生彩鸾灯传》、《喻世明言》卷二三《张舜美灯宵得丽女》皆演其事。另程毅中先生来函告此事最早见《岁时广记》卷一二引《蕙亩拾英集》,载明为宋仁宗"天圣二年(1033)元夕"事。匪我不逮,感铭何如,故移至此节,并略存考镜始末。

曹文姬,《全唐诗》卷八〇一录《题梅仙山丹井》二句:"凿开天外长生地,炼出人间不死丹。"拙作《〈全唐诗〉误收诗考》据《青琐高议》卷二《书仙传》知其为北宋人,未详其诗所出。今知出《明一统志》卷七六。另《弘治八闽通志》卷五存全诗,前两句为"鹤驭云軿去不还,乱云深处旧仙坛"。二书皆作宋人。

周仲美，《全唐诗》卷七九九载《书壁》一首。《诗话总龟》卷四五引《王直方诗话》："余于一杂编中，见有书邮亭事，既不晓其谁作，但其诗有足哀者，故载之于此。其末云周仲美，不知何许人。自言世居京师，父游宦家于成都，既而适李氏子，侍舅姑宦泗上，从良人赴金陵幕，偶因事弃官入华山，有长住之意。仲美即寄身合肥外祖家，方求归未得。会舅遽调任长沙，不免共载而南。云水茫茫，去国益远，形影相吊，洒涕何言，因书所怀于壁。诗曰：'爱妾不爱子，为问此何理？弃官更弃妻，人情宁可已。永诀泗之滨，遗言空在耳。三载无朝昏，孤帷泪如洗。妇人义从夫，一节誓生死。江乡感残春，肠断晚烟起。西望太华峰，不知几千里。'"王直方为北宋末年人，此段叙事虽未载年代，但也没有任何证据为唐时事。《宋诗纪事》卷八八亦收，似乎更稳妥一些。

刘元载妻，《全唐诗》卷八〇一载《早梅》一首。《吟窗杂录》卷三一作刘元载母。《诗话总龟》卷一〇引《金华瀛洲集》："天圣中，礼部郎中孙冕咏三英诗，刘元载妻、詹茂光妻、赵晟之母，《早梅》《寄远》《惜别》三诗。刘妻哀子无立，詹妻留夫侍母病，赵母惧子远游，孙公爱其才以取之。"下录《早梅》等三诗。另注引《摭遗》记《梅花》诗是女仙题蜀州江梅阁。《竹庄诗话》卷二二则引出《倦游录》。此三女可以确认是孙冕同时人。《倦游录》为张师正著，仅载宋时事。

己、宋人杜撰或增写唐代风情故事，其诗大体可以确认为宋人依托。

程洛宾，《全唐诗》卷八〇〇收《归李江州后寄别王氏》一首。王铚《侍儿小名录补》："程洛宾，长水人。为京兆参军李华所录。自安史乱，常分飞南北。华后为江州牧，登庾楼，见中流沿棹，有鼓胡琴者，李丧色而言曰：'振弦者，宛如故旧。'令问之，乃岳阳郡民王氏之舟。询其操弦者，是所录侍人也。王氏寻令抱四弦而至，李转加凄楚。问其姓，对云：'是陇西李氏，父曾为京掾。自禄山之乱，父仓皇剑外，母程氏乃流落襄阳。父母俱有才学，所著篇章，常记心口。'因诵数篇，乃李公往年亲制，泫然流涕。且问洛宾所在，投弦再拜，呜咽而对曰：'已为他室矣。'李叹曰：'是知父子之性,虽间而亲,骨肉之情,不期而会。'便令归宅,揖王君别求淑姬,赍币诣洛宾。使回,洛宾寄诗曰:'鱼雁回时写报音,难凭冰蘖数年心。虽然情断沙咤后,争奈平生怨恨深。'"此虽称安史乱后故事,所谓江州牧李华别无可考,与作《吊古战场文》之李华也无涉。从诗中用"情断沙咤"典,即以唐小说《柳氏传》典故入诗看,显然为宋人编造。又《全唐诗》拟题亦误。

崔紫云,《全唐诗》卷八〇〇收其《临行献李尚书》诗。宋王铚《侍儿小名录补》云:"崔紫云,兵部李尚书乐妓,词华清峭,眉目端丽。李公罢镇北都,为尹东洛,时方家宴盛列,诸府有宴,台官不赴。杜紫微时为分司御史,过公,有宴,故留南行一位待之。为访诸妓,并归北行三重而坐。宴将醉,杜公轻骑而来,连饮三觥,顾北行回顾主人曰:'尝闻有能篇咏紫云者,今日方知名不虚得,倘垂一惠,无以加焉。'诸妓皆回头掩笑,杜作诗曰:'华堂今日绮筵开,谁召分司御史来。忽发狂言惊满座,三重粉面一时回。'诗罢,升车鞅鞪而归。李公寻以紫云送赠之。紫云临行,献诗曰:'从来学得斐然诗,不料霜台御史知。愁见便教随命去,恋恩肠断出门时。'"杜牧狂言惊坐事见《本事诗·高逸》,无紫云赋诗事。后人结合杜牧生平史实分析,殆属传闻而不可信。胡仔《苕溪渔隐丛书后集》卷一五在引此后认为"《侍儿小名录》不载此事出于何书,疑好事者附会为之也。"是宋人更加附丽。

薛琼,《全唐诗》卷八〇一收《赋荆门》诗。按事出《丽情集》,叙天宝间乐供奉杨羔助狂生崔怀宝与内筝手薛琼琼结合故事。《丽情集》原文不存,《类说》卷二九、《绀珠集》卷一一、《绿窗新话》卷下皆有摘引,而以《岁时广记》卷一七所叙最为周详,《吟窗杂录》卷三一也已收录。但就内容分析,为宋人编造的可能较大。

莲花妓,《全唐诗》卷八〇三收《献陈陶处士》一首。事见《类说》卷二九引《丽情集》,云南唐时严宇镇豫章,陈陶隐西山,宇遣小妓莲花往挠之,因有诗。按豫章为南唐重镇,一度曾称南都,而两《南唐书》皆无严宇其人。诗人陈陶为大中间人,见于南唐杂史中之陈陶或为另一人。《青琐高议前集》卷八以此为僖宗赐陈抟宫女,陈为此诗以谢绝。无论何者为是,大致均为宋人编造之故事。

庚、明代后出诗,知其伪而造伪过程尚不清楚者。

刘淑柔,《全唐诗》卷八〇一收《中秋夜泊武昌》:"两城相对峙,一水向东流。今夜素娥月,何年黄鹤楼? 悠悠兰棹晚,渺渺荻花秋。无奈柔肠断,关山总是愁。"此诗最早见《诗女史》卷七,没有明以前记录。

史凤,《全唐诗》卷八〇二称其为"宣城妓",录《迷香洞》《神鸡枕》《锁莲灯》《鲛红被》《传香枕》《八分羊》《闭门羹》七诗。按史凤,唐宋记载仅见《云仙杂记》卷一引《常新录》:"史凤,宣城妓也。待客以等差,甚异者有迷香洞、神鸡枕、锁莲灯,次则交红被、传香枕、八分羊,下列不相见,以闭门羹待之。使人致语曰:'请公梦中来。'冯垂客于凤,罄囊有铜钱三十万,尽纳,得至迷香洞,题《九迷诗》于照春屏而归。"《云仙杂记》虽见宋人著录,但其内容及引书皆甚不经,前人多视为伪书,今人或称为伪典小说①。无论如何,其书不足视为唐代真实史料。前引《常新录》既不知为何书,所谓《九迷诗》即便真有,亦为其客冯垂所作。《情史类略》卷五所存即以七诗嵌入《云仙杂记》之文本。

晁采,《全唐诗》卷八〇〇传称其"小字试莺,大历时人。与邻生文茂约为伉俪。"及长,常寄诗通情,后成婚。其人及诗不见于元以前记载。最早似见于传为元伊世珍著的《琅嬛记》,仅有零星记载,称其为试莺,作贞观时人,所恋者为宋迁。《琅嬛记》一书,《四库全书总目》卷一三一斥其"语皆荒诞猥琐","所引书名大抵真伪相杂,盖亦《云仙散录》之类,钱希言《戏瑕》以为明桑怿所伪托,其必有所据矣。"试莺数则分别记为《真率斋笔记》《谢氏诗源》《玄散堂诗语》《采兰杂志》等,即属此类。而其《秋日再寄》与文茂酬答诗,该书卷中引《本传》则作灌氏与梅璋唱和。《全唐诗》收晁采诗多达23首,至今还无法完整复原故事原委。就我所知,目前仅见《情史类略》卷三中有相对详细的叙述,但也不完整。

辛、唐有其人或其事而后世更踵事增华者。

姚月华,《全唐诗》卷八〇〇收六诗,其中《才调集》卷一〇收《古怨二

---

① 见罗宁《论五代宋初的"伪典小说"》,刊《中国中古文学研究》,学苑出版社2005年12月。

首》(《全唐诗》题作《怨诗寄杨达》)与《乐府诗集》卷四二收《怨诗效徐淑体》三诗可信为唐人姚月华作,但元明人伪造《月华本传》(《琅嬛记》卷上有节引,《情史类略》卷四稍完整),附会她与杨达的爱情故事,述月华尝梦月坠妆台,觉而大悟,聪慧过人。少失母,随父寓扬子江。见邻舟书生杨达诗,命侍儿乞其稿。达立缀艳诗致情,自后屡相酬和。会其父有江右之行,踪迹遂绝。其唱和诗中,今知《有期不至》为白居易诗,《楚妃怨》为张籍诗,另一首《制履赠杨达》亦伪。

六　馀　论

综括本文所考,在今知有名录记载的约 140 位唐女诗人中,可以确认唐代实有其人的女性作者为 76 人,在传闻疑似之间者凡 18 人,可以确认虚构、误认或后出者为 43 人。这样的结论,是笔者在准备写本文以前都没有估计到的,仅在写作过程中,逐一分析每位作者的生平记录和文本来源,尽量公正客观地分析史料而作出判断,因此而形成以上的看法。

妇女文学是当代学术的热门,但就基本文献来说,似仍有澄清的必要。《新唐书·艺文志》著录唐人别集 505 家 537 种①,女性仅有武后和上官昭容的三种。宋以后有别集留存的,大约只有薛涛、李冶、鱼玄机和花蕊夫人四家。在全部存世唐诗中,女性写作的诗歌所占比例,大约仅百分之一稍强。如果不是蔡省风编《瑶池新咏》保存了一批不著名的女性诗歌,能传世的作品更少。另一方面,男女情爱毕竟是社会生活中极其重要的内容,在唐诗中占了很大比重。许多著名诗人都有代内述怀的作品,如李白、李商隐都有。言情或艳遇小说中男女诗酒唱和的作品也很多,但唐人的虚构小说多有写实成分,征实笔记中又颇有离奇情节,真伪常很难区分。至少从《才调集》卷一〇收录盱眙、崔莺莺诗来看,当时即视她们为作者。宋人能看到的唐人作品当然比今人要多得多,我们不能轻易地

---

① 详陈尚君《〈新唐书·艺文志〉补——集部别集类》,刊《唐研究》第一辑,北京大学出版社 1994 年 12 月。

认为仅见于宋人书者就是宋人编造,但就前举红叶题诗到张实《流红记》的例子,以及韩愈贬潮州赠韩湘诗到韩湘仙事的形成,从《云溪友议》卷上《苎萝遇》叙王轩遇西施故事到刘斧《翰府名谈》(《诗话总龟》卷四八引)的进一步渲染,可以认为宋人在唐代传奇故事上颇有再创作的热情,他们的作品为后人提供了许多新的话题。但就女性作者来说,宋人还不是有意作假。

明代中后期市民社会发达,文学的情欲描写成为风尚,出现一些专门编录历代风情故事的小说丛钞类著作,如王世贞《艳异编》、冯梦龙《情史类略》、梅鼎祚《青泥莲花记》等,也出现了一批历代女性诗歌总集,今知者有田艺蘅《诗女史》、郑文昂《名媛汇诗》、郦琥《彤管新编》、钟惺《名媛诗归》等书,其中互相因袭和故意作伪的现象甚为严重,将前代典籍中的与女性有交涉的诗歌,经过任意的改写,形成从上古到元明的阵容浩大的女性作者队伍。就唐以前作品来说,《琴操》一般认为是蔡邕或汉代人所作,其中包含大量拟古人口气所作歌辞;《拾遗记》是王嘉编写的小说,所述魏晋前事颇荒诞不经。但在上述总集中,据以标列作者有皇娥、陶婴、杞梁妻等。在唐诗方面,也搜括出大批女作者。明末胡震亨编《唐音统签》时,参据了这些著作,删除了一些显然的伪作,但也保存了基本的结构。《全唐诗》依据胡书和季振宜《唐诗》编成,有关妇女作品,则基本沿袭胡书。今以《名媛诗归》和《唐音统签·庚签》对读,可以发现胡震亨将夷陵女子、苎萝川女、故台城妓、嵩山女、王氏、韦璜等改入鬼怪类,没有将杜秋娘、周德华、段东美、玉箫列为作者,将戚逍遥、杨鉴真、眉娘、卓英英等改归女仙,删去了宋人曹文姬《送春》和薛氏,不取若耶溪女子名李弄玉之说,也不取慎氏称慎三史之误读,在作品鉴别和作者考订方面尽了努力。毕竟在当时条件下,要完全解决作者的时代或作品之是非,几乎是不可能达成的任务,因此而仍沿袭了许多前代的错误。《全唐诗》全盘沿袭胡书,形成今日学者研究的基本资料。

本文所考,虽尽量区分问题的层级,说明文本形成和流传过程的复杂性,但为篇幅所限,仅能列举最重要的史料,作较简捷的判断,不能尽意,也不免主观武断,幸祈方家鉴宥和指正。我希望稍晚能有完整的表述奉献给各位。

2009 年 8 月 2 日于复旦大学光华楼

2010 年 10 月 11 日修订

附记：本文为参加台湾大学 2009 年 9 月中国唐代学会年会论文，略作改订首发于《文献》2010 年第 2 期，再改订后刊《淡江中文学报》二十三期。2014 年 2 月大幅增写后，由海豚出版社出版。本书所收为第三稿，即《淡江中文学报》所刊者。谨此说明。

唐诗人占籍考

　　唐圭璋先生于 40 年代初撰《两宋词人占籍考》，久为学界所称道。但于唐诗人之占籍，虽探讨具体作者之论文刊出极多，只是迄今仍未见有全面之梳理。迹其原因当有二：一是唐人喜标门第，称郡望，于实际占籍何地则常疏于记载，仅存的记载也常望、贯不分；二是文献董理为难，不仅涉及头绪众多，且难断是非，仅能暂备一说者在在多有。今人研究唐代文化地理，于诗人之地域分布，仍只能以《全唐诗》的粗疏记载为据，不能不说是件憾事。

　　适复旦大学历史地理所周振鹤教授主持《中国文化地图集》的编纂，请我们编写唐代诗人地域分布图组，并提出欲显示安史乱后文化南移之趋势，除唐一代诗人地域分布之总图外，另将中晚唐诗人别绘一图，以见变化之迹。我们感到，仅利用《全唐诗》的材料，必多疏漏谬误，不足反映现代学者的研究水平。而最近十多年中，国内学者于唐代诗人生平研究的巨大成果，已为我们撰写《唐诗人占籍考》提供了有利的条件。有鉴于此，我们不揣冒昧，撰成本文，并以此为基础，完成了上述图组的编绘。

　　略述本文编例如次：

　　一、本文所收诗人，以有诗存世且为《全唐诗》及《全唐诗补编》收录者为限。

　　二、本文确定诗人占籍，除参据两《唐书》《唐诗纪事》《唐才子传》《全唐诗》等基本典籍的记载外，主要利用了《唐才子传校笺》五册（傅璇琮主编，中华书局 1987 年至 1995 年）、《唐诗大辞典》（周勋初主编，江苏古籍出版社 1990 年）、《中国文学家大辞典·唐五代卷》（周祖譔主编，中华书局 1992 年）的成果。凡已见上引诸书者，均不说明所据。我们此次有所订补者,略加简注说明所据。

三、唐人望、贯混称,本拟仅取贯而不取望,但有鉴于唐代如京兆韦、杜,闻喜裴,荥阳郑,范阳卢等大姓,虽多称郡望,久离乡邦者固不乏其人,然诸姓于郡望所在,仍常保有相当规模的家族聚居地。故本文之取舍,采取先贯(占籍)而后望(郡望)之原则。

四、本文于望、贯互存、记载歧互而诸说不一者,一律仅取一说,不备列各说。取舍的原则是：1. 望、贯并知者,取贯而舍望。2. 三世居于某地者,即以其地为占籍之所在。3. 记载有纷歧者,尽量选取较早或较可征信之一说。4. 仅知为出生地、家居地者,也酌情予以采录。5. 占籍或家居地全无可考,始得以郡望编入。

五、李唐皇室,自称源出陇西,而今人研究,当为赵郡李氏之破落户,且长期与鲜卑通婚,颇染胡习。且自立国,绵历十馀世,多居京师,支脉或徙他处,颇难究诘。故除李贺等少数确知居地者外,均另立唐宗室一节,并略注所出支系。

六、诗人间之亲属关系,均加注说明。

七、本文以《新唐书·地理志》所载唐开元十五道州县之先后次第编排,并于州名下加注天宝郡名及今地名。各州府之下,可知具体属县者居前,属县不详者次后,即以州府名列目。所据记载仅知为古地名或开元前后迁改地名者,酌情略作处理。

八、四裔及域外作者次于末。域外作者仅限《全唐诗》收录及入唐有诗者。

本文所涉头绪过繁,我们虽已尽力而为,但为学识所限,必多讹误,去取间也不免有主观失当处,敬希方家予以赐正。

第一　京畿道(二百二十六人)

1.1　京兆府(雍州,今陕西西安)一百八十六人

〔万年〕 王珪　王茂时珪孙　王遘茂时孙　颜师古　阎立本　王易从　李适　李叔卿适子　李元纮　李晔　宇文融　郭慎微　辛替否　王

昌龄　豆卢回　于邵　于尹躬邵子　于德晦邵孙　陈京　王绍　李伉　于武陵　韩仪　韩偓仪弟　李涛　李瀚涛弟　王易简　卢文纪　韦皇后　韦元旦　韦希损　韦安石　韦斌安石子　韦同则斌孙，见《隋唐五代墓志汇编》收《杨公及夫人韦媛合袝墓志》　韦抗　韦坚　韦铿　韦镒　韦应物镒侄　韦式应物曾孙　韦庄式侄　韦述　韦元甫　韦渠牟　韦曾　韦膺　韦丹　韦皋　韦行式皋侄　韦绶　韦贯之绶弟　韦澳贯之子　韦纾　韦处厚　韦执中　韦建　韦迢建弟　韦夏卿迢子　舞柘枝女韦夏卿女　韦瓘夏卿侄　韦蟾　韦承贻　韦说　杜淹　杜倚淹四世孙　杜元颖淹六世孙　杜昆吾　杜牧

〔长安〕　李密　袁朗　萧德言　萧至忠德言曾孙　释道世　石抱忠　于经野　韩休　韩倩休弟　韩滉休子　韩章滉侄　韩察滉孙　崔沔　崔成甫沔子　朱子真　郭绍兰　颜允南　颜真卿允南弟　颜岘真卿侄　颜浑真卿从弟　颜颙真卿从侄　颜须真卿从侄　颜顼真卿从侄　颜舒真卿族人　戎昱　第五琦　李泌　刘商　许孟容　薛郧　薛涛郧女　刘阜　于濆　鱼玄机　李郢　李峄郢子　李洞　郑冠卿　韩昭　杨昭俭　刘兼

〔咸阳〕　王光庭　王宠光庭子　王枳

〔金城〕　祝钦明　窦叔向　窦常叔向子　窦弘余常子　窦牟常弟　窦群牟弟　窦庠群弟　窦巩庠弟　窦蒙　窦参　窦洵直

〔云阳〕　韩思复　韩朝宗思复子

〔泾阳〕　李迥秀

〔三原〕　李靖　田游岩　林琨　林璠琨从弟　韩泰　路应　路黄中应侄

〔高陵〕　于志宁　于休烈志宁曾孙　于敖休烈孙　于瓌敖子　于结休烈族人

〔蓝田〕　苏晋　苏广文晋侄　崔护　卢钧　王霞卿

〔奉天〕　赵存约　赵光逢存约孙　赵光远存约孙

〔武功〕　富嘉谟　苏瓌　苏颋瓌子　苏绾瓌从弟　苏源明

〔华原〕　令狐德棻　令狐峘德棻族裔　令狐楚德棻族裔　孙思邈　柳公绰　柳公权公绰弟　柳珪公绰孙

〔京兆府〕　荣九思　杜之松　王德真　释复礼　袁晖　张敬

忠　杜伟　郭虚己　刘全白　杜奕　常衮　韦洪　郭求　杜周士　李褒　韦氏子　张孜　刘象

1.2　华州(华阴郡,今陕西华县)十三人

〔郑县〕　郭子仪

〔华阴〕　严武　吴筠　骆峻　杨续　杨师道 续弟　杨思玄 师道侄　杨炯　杨容华 炯侄女　杨谏

〔下邽〕　白居易　白行简 居易弟　白敏中 居易从弟

1.3　同州(冯翊郡,今陕西大荔)十四人

〔冯翊〕　徐惠　徐坚 惠侄　乔知之　乔侃 知之弟　乔备 侃弟　乔氏 知之妹　严识玄　寇泚　寇坦 泚子　寇埴 坦弟　吉皎

〔朝邑〕　严向

〔郃阳〕　赵昂　秦韬玉

1.4　岐州(凤翔郡,今陕西凤翔)十人

〔雍县〕　李播　杨炎　窦威　窦怀贞　窦希玠　马总　马植

〔岐山〕　元载

〔麟游〕　释元安

〔宝鸡〕　杨衡

1.5　邠州(新平郡,今陕西彬县)三人

〔新平〕　陶穀 唐彦谦孙　陶敞 穀族子　陶彝之 穀侄

第二　关内道(六人)

2.1　泾州(安定郡,今甘肃泾川)五人

〔安定〕　牛凤及　张翔　胡杲　皇甫曙

〔鹑觚〕　牛仙客

2.2　夏州(朔方郡,今陕西靖边)一人

〔朔方〕　长孙佐辅

第三　都畿道(二百人)

3.1　河南府(洛州,今河南洛阳)一百二十人

〔河南〕　房元阳　房融元阳弟　房琯融子　房孺复琯子　房由　房千里　赵仁奖　库狄履温　元德秀　萧昕　元晟　孟云卿　王季友　刘方平　房益　房夔　豆卢峰　纥干著　马异　穆寂　万俟造　贾竦　贾悚竦弟　宇文鼎　杨茂卿　杨牢茂卿子　杨宇牢弟　曹汾　刘崇龟　刘崇鲁崇龟弟　于頔　于季友頔子　于兴宗頔侄

〔洛阳〕　长孙皇后　长孙无忌后兄　长孙贞隐　长孙铸　释静泰　元万顷　元希声　张循之　张渐循之侄　卢鸿　张说　张均说子　张垍均弟　张濛均子　王湾　胡皓　陆坚　陆据　陆士修据子　贾曾　贾至曾子　阴行先　屈同仙　冯用之　裴谞　祖咏　李岑　李峰岑弟　独孤及　独孤寔　独孤申叔　卢载　羊士谔　李涉　李渤涉弟　刘禹锡　元稹　元晦　崔耿　周贺　元淳疑　黄子棱　释亚栖　李度　李九龄

〔巩县〕　刘允济　杜审言　杜甫审言孙

〔偃师〕　毕曜

〔缑氏〕　释玄奘　武元衡　武翊黄元衡子　武少仪元衡同宗　吕牧　吕炅牧子　吕敞牧从弟

〔陆浑〕　丘悦

〔福昌〕　李贺

〔长水〕　程洛宾

〔河阴〕　皇甫镛

〔河阳〕　韩愈　韩弇愈从兄　韩湘愈侄孙

〔济源〕　裴休　裴澈休侄

〔王屋〕　烟萝子

3.2　汝州(临汝郡,今河南汝州)十一人

〔梁县〕　柳浑　孟简　卢贞

〔郏城〕　孙佺

〔鲁山〕　元结　元友直结子　元友让元直弟　元季川结从弟

〔临汝〕　沈仲昌

〔汝州〕　刘希夷　畅诸

3.3　陕州(陕郡,今河南三门峡)十三人

〔陕县〕　上官仪　上官婉儿仪孙女　张齐贤

〔硖石〕　姚崇　姚係崇曾孙　姚伦崇曾孙　姚合崇曾侄孙　姚岩杰崇裔孙

〔芮城〕　侯道华

〔夏县〕　阳城

〔陕州〕　贾彦璋　卢诰　陆宬

3.4　郑州(荥阳郡,今河南郑州)四十九人

〔荥阳〕　李日知　崔恂　李揆　李益揆族子　李当益子　李拯当子　李蔚揆从曾孙　李渥蔚子　阎敬爱　阎济美敬爱侄　郑颐　郑世翼　郑蜀宾　郑虔　郑繇　郑审繇子　郑绍　郑旷　郑袞　郑翱　郑儋　郑韫玉　郑余庆　郑瀚　郑纲　郑颢纲孙　郑还古　郑嵎　郑据　郑师贞　郑蕡　郑畋　郑仁表　郑损　郑綮　郑合敬

〔阳武〕　韦承庆　韦嗣立承庆弟　韦济嗣立子

〔新郑〕　崔何　释普愿　徐商　徐彦若商子　徐仁嗣彦若弟

〔中牟〕　胡令能

〔郑州〕　凌敬《元和姓纂》卷五　崔尚　程行谌　李逢吉

3.5　怀州(河内郡,今河南沁阳)七人

〔河内〕　王琚　张谓　李商隐　荆浩

〔温县〕　司马逸客　司马承祯　王智兴

第四　河南道(一百五十七人)

4.1　虢州(弘农郡,今河南灵宝)十八人

〔弘农〕　杨齐悊《珠英学士集》　杨凭　杨凝凭弟　杨凌凝弟　杨敬之凌子　杨德邻敬之女　杨於陵　杨嗣复於陵子　杨汝士　杨知至汝士子　杨虞卿　杨汉公虞卿弟　杨玢虞卿曾孙　杨夔　杨氏

〔阌乡〕　释万回

〔湖城〕　杨监真

〔虢州〕　陶晟

4.2　滑州(灵昌郡，今河南滑县)十二人

〔白马〕　郑遨

〔卫南〕　李标　释玄则

〔灵昌〕　卢怀慎　崔日用　崔宗之_{日用子}　崔日知_{日用从兄}　崔元翰_{日用从孙}　卢元辅　卢顺之_{元辅子}

〔滑州〕　张抃　李昂_{《茫洛冢墓遗文》卷中《李昊墓志》}

4.3　颍州(汝阴郡，今安徽阜阳)一人

〔汝阴〕　萧颖士

4.4　许州(颍川郡，今河南许昌)十二人

〔长葛〕　李简

〔鄢陵〕　崔泰之　崔备_{泰之孙}　马希振

〔舞阳〕　王建_{前蜀太祖}　王衍_{建子}

〔许州〕　郭纳　陈秀才　大颠　王建　周庠　魏承班_{参《九国志》卷六}

4.5　陈州(淮阳郡，今河南淮阳)五人

〔西华〕　殷寅　殷佐明

〔太康〕　释辨才

〔陈州〕　袁俢　谢翱

4.6　豫州(汝南郡，今河南汝南)九人

〔郎山〕　袁郊

〔西平〕　鞠瞻

〔平舆〕　许浑

〔蔡州〕　许天正　邵升　邵炅_{升弟}　周愿　周墀　赵鸿

4.7　汴州(陈留郡，今河南开封)十八人

〔浚仪〕　吴兢　白履忠　于逖

〔开封〕　郑元琦　郑愿_{《隋唐五代墓志汇编》收《郑高墓志》}

〔尉氏〕　刘仁轨　释神秀　李澄之　刘晃　刘公舆

〔陈留〕　韩思彦　濮阳瓘　李翱

〔汴州〕　崔颢　吕从庆　释神晏　杜四郎　窦梁宾

4.8　宋州(睢阳郡,今河南商丘)七人

〔宋城〕　潘求仁　魏元忠　郑惟忠

〔宁陵〕　刘宪

〔宋州〕　崔曙　陈希烈　许昼

4.9　亳州(谯郡,今安徽亳州)六人

〔谯县〕　李敬玄　李纵　李纾_{纵弟}　张鲁封　夏侯孜

〔真源〕　陈抟

4.10　徐州(彭城郡,今江苏徐州)十四人

〔彭城〕　刘怀一　刘知几　刘秩_{知己子}　刘迥_{秩弟}　刘升　刘湾　刘辟　刘猛　刘山甫　郭廷谓

〔沛县〕　刘轲

〔下邳〕　余鼎　伍彬

〔符离〕　刘庭琦

4.11　郓州(平昌郡,今山东东平)三人

〔须昌〕　毕诚　和凝

〔郓州〕　蔡京

4.12　齐州(济南郡,今山东济南)十人

〔历城〕　于季子

〔山茌〕　释义净_{王邦维《义净生平编年》}

〔全节〕　员半千　崔融　崔禹锡_{融子}　崔翘_{禹锡弟}　崔或_{翘子}　崔岐_{翘曾孙}　崔安潜_{翘曾孙}

〔齐州〕　林氏

4.13　曹州(济阴郡,今山东菏泽)四人

〔宛句〕　黄巢

〔南华〕　刘晏　释义玄

〔曹州〕　释从谂

4.14　濮州(濮阳郡,今山东鄄城)四人

〔濮阳〕　杜鸿渐　吴士矩

〔范县〕　张直　张昭

4.15　青州(北海郡,今山东青州)九人

〔益都〕　崔信明　高辇

〔临淄〕　房玄龄　释善导　李伯鱼　张道古

〔北海〕　韩熙载　史虚白

〔青州〕　释智闲

4.16　淄州(淄州郡,今山东淄博)一人

〔邹平〕　田敏

4.17　莱州(东莱郡,今山东莱州)一人

〔莱州〕　王无竞

4.18　兖州(鲁郡,今山东兖州)十一人

〔瑕丘〕　徐彦伯

〔曲阜〕　孔温业　孔纾温业侄　孔颙

〔乾封〕　羊滔

〔龚丘〕　刘沧

〔金乡〕　释福全

〔兖州〕　叔孙玄观　南巨川　南卓巨川孙　卢象

4.19　海州(东海郡,今江苏连云港)十一人

〔朐山〕　徐知证　李昪　李璟昪子　李景遂璟弟　李弘茂璟子　李煜弘茂弟　李从善煜弟　李从谦从善弟

〔东海〕　徐巍　徐准　何光远

4.20　密州(高密郡,今山东诸城)一人

〔莒县〕　庄若讷

第五　河东道(一百四十九人)

5.1　蒲州(河东郡,今山西永济)七十五人

〔河东〕　宗楚客　宗晋卿楚客弟　赵良器　吕令问　敬括　敬湘括曾

孙　敬新磨　耿沣　畅当　裴延龄　裴淑　裴皞　胡证　樊宗师　薛少
殷　薛巽　薛逢　薛昇　柳宗元　柳道伦　柳登　郭周藩　剧燕　聂夷
中　陆禹臣

〔解县〕　裴谈　王福娘

〔桑泉〕　陈述　戴休珽　王岳灵

〔猗氏〕　陈政　张嘉贞　张弘靖_{嘉贞孙}　张文规_{弘靖子}　张彦修_{弘靖孙}

〔永乐〕　杨玉环

〔虞乡〕　柳中庸《隋唐五代墓志汇编》收《柳默然墓志》　司空图

〔安邑〕　卫中行　封敖　封彦卿_{敖子}　封特卿_{敖侄}

〔宝鼎〕　薛克构　薛元超　薛曜_{元超子}　薛奇童_{曜侄}　薛晏_{曜侄}
孙　薛稷_{元超从子}　薛据　薛蒙_{据孙}　薛蕴_{据从孙女}　薛戎　薛苹　薛存
诚　薛昭纬_{存诚孙}

〔蒲州〕　释海顺　冯待征　卢羽客_{即虞羽客，此据蓝田新出卢缓墓志}　卢
纶_{羽客四世孙}　卢汝弼_{纶裔孙}　卢嗣业_{汝弼弟}　吕太一　王维　王缙_{维弟}　王
驾　吴豸之　阎防　吕渭　吕温_{渭子}　吕恭_{温弟}　吕让_{恭弟}　吕岩_{传为让裔}
孙　张正元　杨巨源　赵节

5.2　晋州(平阳郡,今山西临汾)三人

〔神山〕　张氳

〔晋州〕　贾言淑　梁洽

5.3　绛州(绛郡,今山西新绛)二十九人

〔正平〕　马吉甫

〔万泉〕　薛宜僚

〔龙门〕　王绩　王勃_{绩侄孙}　王勔_{勃兄}　王质

〔闻喜〕　释翛然　裴潅　裴士淹　裴通_{士淹子}　裴济　裴澄　裴
度　裴诚_{度子}　裴杞　裴次元　裴潾　裴思谦　裴谟　裴坦_{谟弟}　裴
贽　裴廷裕

〔稷山〕　裴守真　裴耀卿_{守真子}　裴延_{耀卿子}

〔绛州〕　释本净　王景　王之涣_{景侄}　王纬_{景孙}

5.4　太原府(并州,今山西太原)三十一人

〔太原〕　弓嗣初　狄仁杰　狄涣仁杰裔孙　王泠然　乔琳　王涯　王氏　王彦威　王涣　王涤涣从兄　马重绩

〔晋阳〕　王翰　王邑　唐扶　唐彦谦扶侄

〔祁县〕　张楚金　温翁念　温庭筠　温庭皓庭筠弟　温宪庭筠子　王熊　王韫秀　王仲舒　王溥

〔文水〕　武则天　武三思则天侄　武平一则天从孙　李憕　李景让憕曾孙

〔交城〕　释惟岸

〔并州〕　安守范

5.5　汾州(西河郡,今山西汾阳)三人

〔西河〕　宋之问　宋务光

〔汾州〕　薛能

5.6　潞州(上党郡,今山西长治)六人

〔壶关〕　苗晋卿　苗发晋卿子

〔涉县〕　孙逖　孙纬逖四世孙　孙棨逖四世孙　孙偓逖侄曾孙

5.7　泽州(高平郡,今山西晋城)二人

〔高平〕　徐泳　徐源

第六　河北道(二百四十五人)

6.1　魏州(魏郡,今河北大名)二十二人

〔贵乡〕　郭震　罗弘信　罗绍威弘信子

〔元城〕　解琬　冯伉

〔馆陶〕　魏徵　魏谟徵五世孙　释志闲

〔冠氏〕　路单　路岩单侄　路德延岩侄

〔昌乐〕　张大安　张文琮　张文收文琮从父弟　张锡文琮子

〔魏州〕　谷倚　李如璧　公乘亿　刘赞　冯晖　释泰钦　皇甫继勋

6.2　博州(博平郡,今山东聊城)七人

〔聊城〕　梁载言　魏颢

〔茌平〕　马周

〔博州〕　崔惠童　崔敏童惠童弟　崔元略　崔铉元略子

6.3　相州(邺郡,今河南安阳)十四人

〔安阳〕　戴至德　邵大震　王丘

〔临漳〕　源乾曜　源光俗乾曜从孙　卢从愿　卢僎

〔洹水〕　杜正伦　杜兼正伦五世孙　杜羔兼从弟

〔滏阳〕　崔玄亮

〔内黄〕　沈佺期　沈东美佺期子　释利踪

6.4　卫州(汲郡,今河南卫辉)五人

〔卫县〕　谢偃

〔共城〕　光温古

〔黎阳〕　王梵志

〔卫州〕　赵谦光　崔居俭

6.5　贝州(清河郡,今河北清河)十九人

〔清河〕　房从心　崔膺

〔清阳〕　宋若昭　宋若宪若昭妹

〔宗城〕　范质

〔漳南〕　周思钧

〔武城〕　崔善为　崔珪　崔郔　崔郾郔弟　崔群　崔枢　崔璐　崔璞　张彻　张复彻弟　张贾　张浑

〔贝州〕　赵神德

6.6　邢州(巨鹿郡,今河北邢台)七人

〔龙冈〕　孟昶

〔巨鹿〕　魏求己　魏氏求己妹

〔柏仁〕　李怀远　李景伯怀远子

〔南和〕　宋璟　宋华璟子

6.7　洺州(广平郡,今河北永年)九人

〔邯郸〕　刘言史

〔洺州〕　高正臣　宋昱　宋鼎　阎宽　阎士和　司空曙　程序　刘真

6.8　恒州(常山郡,今河北正定)五人

〔真定〕　释慧净

〔获鹿〕　贾纬　徐台符

〔恒州〕　张莒　赵延寿

6.9　冀州(信都郡,今河北冀州)七人

〔信都〕　潘炎　潘孟阳炎子

〔南宫〕　戚逍遥

〔武强〕　刘幽求

〔冀州〕　贾耽　贾全耽弟　贾稜

6.10　深州(饶阳郡,今河北深县)二十五人

〔陆泽〕　魏知古　张鷟　张荐鷟孙　张又新荐子　张希复又新弟

〔饶阳〕　宋善威　李昉　李沼昉父

〔安平〕　李百药　李菩百药五世孙　李序百药五世孙　崔文邕　崔璘　崔瑾　崔峒　崔季卿峒从孙　崔恭　崔少玄恭女　崔立之　崔澹　崔涯　崔湜　崔远　崔棁

〔深州〕　韩定辞

6.11　赵州(赵郡,今河北赵县)三十三人

〔平棘〕　李竦

〔昭庆〕　苻蒙

〔高邑〕　李鹏　李从远鹏弟　李岩从远子

〔房子〕　李乂

〔赞皇〕　李峤　李华　李端　李虞仲端子　李昂端从父,官至仓部员外郎,与开元诗人李昂有别　李冑端从昆　李栖筠　李吉甫栖筠子　李德裕吉甫子　李绛　李慎微绛孙

〔栾城〕　苏味道　阎朝隐

〔赵州〕　李君武　李顾　李嶷　李希仲　李清　李应　李敬彝应子　李伦　李嘉祐　李行敏　李播　李续　李体仁续子　李达

6.12　沧州(景城郡,今河北沧州)七人

〔清池〕　贾耽

〔无棣〕　李愚

〔东光〕　袁恕己　袁高恕己孙

〔景城〕　王晙

〔沧州〕　郑愔　皇甫澈

6.13　德州(平原郡,今山东陵县)十四人

〔平原〕　赵璜

〔平昌〕　孟彦深　孟迟

〔蓨县〕　高士廉　高瑾士廉孙　高绍瑾侄　高峤士廉孙　高元裕士廉六世孙　高璩元裕子　高迈　高适　高云　高蟾　封行高

6.14　棣州(乐安郡,今山东惠民)二人

〔厌次〕　东方虬

〔棣州〕　任希古

6.15　定州(博陵郡,今河北定州)十五人

〔安喜〕　崔湜　崔液湜弟　崔涤液弟

〔义丰〕　张易之　张昌宗易之弟　齐澣　齐玗澣子　齐推澣孙

〔新乐〕　郎馀令

〔鼓城〕　魏玄同　郭正一　赵冬曦　赵居贞冬曦弟

〔定州〕　郎士元　李章武

6.16　易州(上谷郡,今河北易县)一人

〔易县〕　梁德裕

6.17　幽州(范阳郡,今北京)三十二人

〔安次〕　扈载

〔范阳〕　张南容　张南史　汤清河　贾岛　释无可贾岛从弟　释可止　释恒超　马郁　卢照邻　卢崇道参《魏书》卷四七　卢藏用　卢幼平　卢群　卢殷　卢景亮　卢士玫　卢真　卢求　卢邺　卢拱　卢献卿　卢携　卢渥　卢延让

〔幽州〕　王适　高崇文　高骈崇文孙　释玄寂自称高骈族人　高越　王

思同　潘佑

6.18 **瀛州**(河间郡,今河北河间)八人

〔河间〕　尹悆　冯著　邢群

〔高阳〕　许碏　毛文锡

〔景城〕　冯道　冯吉道子

〔乐寿〕　尹元凯

6.19 **莫州**(文安郡,今河北任丘)七人

〔鄚县〕　张震　张栖贞　张仲素栖贞曾孙　张浚仲素孙　张格浚子　张署

〔任丘〕　毕乾泰

6.20 **蓟州**(渔阳郡,今天津蓟县)二人

〔渔阳〕　窦仪　窦俨仪弟

6.21 **平州**(北平郡,今河北卢龙)一人

〔卢龙〕　田章

6.22 **营州**(柳城郡,今辽宁朝阳)三人

〔柳城〕　徐知仁　徐放知仁孙　史思明

第七　山南东道(七十七人)

7.1 **襄州**(襄阳郡,今河北襄樊)二十三人

〔襄阳〕　释法琳　释灵辨　杜易简　张柬之　张敬之柬之弟　张轸柬之孙　孟浩然　张子容　王迥　席豫　袁瓘　朱放　鲍防　释法常　李质　释善会　何涓《永乐大典》卷五七七〇引《长沙府志》　皮日休　皮光业日休子

〔宜城〕　韩襄客　郑祥

〔襄州〕　张继　崔郊

7.2 **邓州**(南阳郡,今河南南阳)二十五人

〔穰县〕　赵骅　赵宗儒骅子

〔南阳〕　刘斌　韩翃　谢良弼　谢良辅良弼弟　景审　张巡　张建

封　张登　张祜　张晔　张贲　张毅夫　张祎_{毅夫子}　张曙_{祎侄}

〔新野〕　邹象先　邹绍先_{象先弟}　庾光先　庾敬休_{光先侄孙}　庾承宣_{光先侄孙}

〔内乡〕　范传正　范传质_{传正弟，《全唐文》卷四九五}　范鄈_{传正子，《八琼室金石补正》卷七一}　范的

7.3　复州(竟陵郡,今湖北仙桃)三人

〔竟陵〕　陆羽　刘虚白

〔复州〕　陆岩梦

7.4　荆州(江陵郡,今湖北江陵)十九人

〔江陵〕　郑德玄　刘洎　蔡允恭　岑文本　岑羲_{文本孙}　岑参_{羲侄}　周颂　李令　卢汪　李昭象

〔石首〕　李讷

〔荆州〕　刘孝孙　卫象　段文昌　段成式_{文昌子}　崔珏　崔橹　崔道融　高若拙

7.5　峡州(夷陵郡,今湖北宜昌)一人

〔宜都〕　赵惠宗

7.6　归州(巴东郡,今湖北秭归)二人

〔秭归〕　繁知一

〔巴东〕　黄万祐

7.7　夔州(云安郡,今四川奉节)三人

〔云安〕　刘敬之　李远　幸夤逊

7.8　万州(南浦郡,今四川万县)一人

〔南浦〕　释行满

第八　山南西道(四人)

8.1　梁州(汉中郡,今陕西汉中)一人

〔城固〕　崔觐

8.2　果州(南充郡,今四川南充)二人

〔西充〕 程太虚 释宗密

8.3 涪州(涪陵郡,今四川涪陵)一人

〔涪州〕 孙定

第九 陇右道(二十七人)

9.1 秦州(天水郡,今甘肃秦安)十二人

〔成纪〕 李行言 李幼卿 李兼 李正封 李景 李廷璧 苻子珪

〔上邽〕 姜晞 姜皎_{晞从弟}

〔秦州〕 赵微明 赵象 王仁裕

9.2 渭州(陇西郡,今甘肃陇西)二人

〔陇西〕 独孤铉

〔渭州〕 任宇

9.3 甘州(张掖郡,今甘肃张掖)一人

〔张掖〕 赵彦昭

9.4 瓜州(晋昌郡,今甘肃安西)一人

〔晋昌〕 唐暄

9.5 沙州(敦煌郡,今甘肃敦煌)八人

〔敦煌〕 释日进 李敬方 李毅_{敬方子} 李琪_{毅子} 释悟真 张永进 张盈润 翟奉达

9.6 西州(交河郡,今新疆吐鲁番)一人

〔高昌〕 麴崇裕

9.7 安西都护府(今新疆库车)二人

〔安西〕 哥舒翰

〔碎叶镇〕 李白

第一〇　淮南道(六十人)

10.1　扬州(广陵郡,今江苏扬州)二十六人

〔江都〕　来恒　来济恒弟　王绍宗　李邕　李沇

〔海陵〕　张怀瓘

〔高邮〕　乔匡舜

〔扬州〕　邢巨　张若虚　释灵一　王播　王炎播弟　王铎炎子　王镣铎弟　王起播弟　王龟起子　朱昼　孙子多　释智真　释昙域　谢建　李建勋　冯延巳　冯延鲁延巳弟　徐铉　徐锴铉弟

10.2　楚州(淮阴郡,今江苏淮安)五人

〔山阳〕　赵叚

〔淮阴〕　吉中孚　周渭　周澈渭弟　李珏

10.3　滁州(永阳郡,今安徽滁州)一人

〔全椒〕　张洎

10.4　寿州(寿春郡,今安徽寿县)五人

〔寿春〕　季广琛　谢观　安凤　程逊

〔安丰〕　释智通

10.5　庐州(庐江郡,今安徽合肥)七人

〔合肥〕　杨溥

〔庐江〕　樊忱《元和姓纂》卷四　伍乔　许坚

〔舒城〕　洪子舆

〔庐州〕　李家明　李羽

10.6　舒州(同安郡,今安徽潜山)一人

〔舒州〕　曹松

10.7　光州(弋阳郡,今河南潢川)十一人

〔固始〕　陈元光《开漳陈氏族谱》　丁儒　王审知　王延彬审知侄　王继鹏审知孙　王继勋延彬侄　王十八郎　詹敦仁　詹琲敦仁子

〔乐安〕　任华　孙氏

10.8 **安州**(安陆郡,今湖北安陆)一人

〔安陆〕 许圉师

10.9 **黄州**(刘安郡,今湖北黄冈)一人

〔黄冈〕 周万

10.10 **申州**(义阳郡,今河南信阳)一人

〔义阳〕 胡元范

第一一　江南东道(四百又四人)

11.1 **润州**(丹阳郡,今江苏镇江)四十三人

〔丹徒〕 马怀素　申堂构　张众甫　权澈　权器澈子　权德舆器侄　权审德舆从侄

〔曲阿〕 丁仙芝　蔡希逸　蔡希周希逸弟　蔡希寂希周弟　谈戣　周瑀　张彦雄　张潮　张晕　陶翰　皇甫冉　皇甫曾冉弟　释延寿

〔金坛〕 戴叔伦

〔延陵〕 包融　包何融子　包佶何弟　储光羲　储嗣宗光羲曾孙

〔句容〕 沈如筠　殷遥　樊光　周元范　祝元膺　刘三复　刘邺三复子

〔江宁〕 庾抱　释玄逵　释智威　余延寿　孙处玄　冷朝阳　戴偃　印崇粲　卢郢　朱存

11.2 **常州**(晋陵郡,今江苏常州)二十九人

〔晋陵〕 释义褒　高智周　刘祎之　吴丹疑　胡徽

〔武进〕 宋维

〔义兴〕 薛登　许景先　蒋挺　蒋洌挺子　蒋涣洌弟　蒋防

〔无锡〕 李绅　李虞绅族侄

〔常州〕 刘子翼　释灵默　胡伯崇疑　郭郧　喻凫　慎氏　魏朴　谬独一　萧钧　萧嵩钧孙　萧华嵩子　萧做华孙　萧遘嵩五世孙　萧祐　萧建自萧钧以下,均望出南兰陵

11.3 **苏州**(吴郡,今江苏苏州)六十九人

〔吴县〕 陈子良 陆揔 朱子奢 董思恭 陆馀庆子 陆海馀庆孙 陆长源馀庆孙 陆象先 陆翚疑象先四世孙 陆龟蒙象先六世侄孙 陆善经 陆涓 陆翱涓孙 陆希声翱子 张旭 崔国辅 陈羽 麴信陵 归登 归氏子登曾孙 归处讷登四世孙 李观 陈谏 沈传师 沈询传师子 裴夷直 谭铢 羊昭业 郑宾 沈颜

〔嘉兴〕 丘为 丘丹为弟 朱巨川 朱宿巨川子 陆涯 陆贽涯侄 陆亘 殷尧藩 释文喜 释文偃 唐希雅

〔昆山〕 张后胤 陶岘

〔海盐〕 顾况 顾非熊况子 屠瓈智

〔苏州〕 朱佐日 孙翌 张诚 陈润 陆质 释鉴空 戴察 张籍 张萧远籍弟 张聿 李谅 严休复 朱景玄 陆贞洞 顾在镕 杨发 杨乘发子 杨收发弟 杨凝式收侄孙 吴仁璧 崔庸 释无作 范赞时

11.4 **湖州**(吴兴郡,今浙江湖州)二十九人

〔乌程〕 丘光庭光绪《乌程县志》卷三一

〔武康〕 沈叔安 释明解 姚发 姚康 孟郊

〔长城〕 陈叔达 陈商 释皎然 钱起《太平寰宇记》卷九三 钱徽起子 钱可复徽子 钱珝徽孙

〔德清〕 释赞宁

〔湖州〕 沈颂 沈千运 沈亚之 沈韬文 潘述 陆畅 陆肱 石贯 丘上卿 严恽 姚赞 吴党 释自在 释洪谭 释令参

11.5 **杭州**(馀杭郡,今浙江杭州)三十四人

〔钱塘〕 褚亮 褚遂良亮子 褚琇遂良从孙 释玄览 范燈 徐灵府 郑巢 朱冲和 释洪寿

〔盐官〕 许远 许玫 马湘 释慧稜

〔馀杭〕 朱君绪 金昌绪 罗邺 释文益 释延沼

〔临安〕 钱镠 钱元瓘镠子 钱元球镠子 钱弘僔元瓘子 钱弘佐元瓘子 钱弘倧元瓘子 钱弘俶元瓘子 钱俶元瓘子 钱信元瓘子 钱昱弘佐子 钱惟治弘倧子

〔新城〕　许敬宗　袁不约　罗隐　杜棱　杜建徽棱子

11.6　睦州(新定郡,今浙江建德)十八人

〔清溪〕　皇甫湜　皇甫松湜子　方干　赵崇《郎官石柱题名考》卷八

〔寿昌〕　李频

〔桐庐〕　章八元　章孝标一说八元子　章碣孝标子　周朴

〔分水〕　徐凝　施肩吾　何希尧施肩吾婿　罗万象

〔睦州〕　奚贾　孙颀　喻坦之　翁洮　许彬

11.7　越州(会稽郡,今浙江绍兴)二十八人

〔会稽〕　孔德绍　陈允初　康造　秦系　释清江　释灵澈　罗珦　罗让珦子

〔山阴〕　孔绍安　贺敳　严维　吴融

〔诸暨〕　陈寡言　释良价　周镛

〔馀姚〕　虞世南

〔剡县〕　徐浩　叶简

〔永兴〕　贺知章

〔越州〕　万齐融　贺朝　朱庆馀　朱可名　庄南杰　范氏子　若耶溪女子或云即李弄玉　诸葛觉　释遇臻

11.8　歙州(新安郡,今安徽歙县)九人

〔歙县〕　许宣平　释清澜

〔休宁〕　查文徽　查元方文徽子

〔歙州〕　吴少微　吴巩少微子　汪万於　汪极　王希羽

11.9　明州(馀姚郡,今浙江宁波)六人

〔奉化〕　邢允中　释宗亮　孙郃　释契此

〔明州〕　胡幽贞　吴商浩

11.10　衢州(信安郡,今浙江衢州)三人

〔龙丘〕　徐安贞

〔须江〕　释大义

〔常山〕　江景防

11.11　括州(缙云郡,今浙江丽水)三人

〔括苍〕　叶法善

〔缙云〕　杜光庭

〔龙泉〕　释德韶

11.12　婺州(东阳郡,今浙江金华)十七人

〔金华〕　张志和　张松龄志和兄　舒道纪　释处默疑

〔义乌〕　骆宾王

〔东阳〕　楼颖《善慧大士语录》　滕玽　滕迈玽子　滕倪迈宗人　舒元舆　冯宿　冯衮宿侄　冯涓

〔兰溪〕　释贯休

〔永康〕　彭晓

〔婺州〕　刘昭禹　方龟精

11.13　温州(永嘉郡,今浙江温州)十人

〔永嘉〕　释玄觉　释玄宗　薛正明　朱著　朱褒著弟　释永安

〔安固〕　吴畦

〔温州〕　释道怤　释晓荣　释本先

11.14　台州(临海郡,今浙江临海)八人

〔临海〕　释清观

〔黄岩〕　释重机

〔乐安〕　项斯　蒋琰　张文伏

〔宁海〕　释怀玉

〔台州〕　林元籍　罗虬

11.15　福州(长乐郡,今福建福州)四十八人

〔闽县〕　陈诩　邵楚苌　陈通方　许稷　陈彦博　释希运　李滂　林滋　欧阳衮　欧阳玭衮子　释卿云　陈峤　张为　柯崇　何瓒　释师备　陈文亮　释怀浚　陈觊　杨邑仅知为闽人者均附此

〔侯官〕　黄子野　陈去疾　萧膺　林杰　林宽　释道虔　林无隐

〔福唐〕　释义忠　王棨　李颜　翁承赞　释道溥　释神禄

〔连江〕　王鲁复　张莹

〔长溪〕　薛令之　释灵祐　林嵩　释志懃　释惟劲　释常察

〔永泰〕　释清豁

〔福州〕　释神赞　詹雄　释文炬　宋光嗣　释皎然_{五代闽僧}　释志端　黄夷简

11.16　建州(建安郡,今福建建瓯)十三人

〔建安〕　江文蔚　孟贯　陈德诚

〔邵武〕　释隐峰

〔浦城〕　章文谷　杨徽之

〔建阳〕　江为　释可勋　刘洞　钟谟《十国春秋》卷二六

〔剑浦〕　陈陶_疑

〔建州〕　陈岩　王感化

11.17　泉州(清源郡,今福建泉州)三十四人

〔晋江〕　欧阳詹　欧阳澥_{詹孙}　王肱　释玄应

〔南安〕　陈黯　释全豁　释义存　钱熙

〔莆田〕　江采苹　林披　林藻_{披子}　林蕴_{披子}　释无了　陈嘏　余镐　郑准　黄滔　黄蟾_{滔从弟}　黄璞　黄克济　释本寂　萧项　释光云　释慧救　徐寅　徐昌图_{寅孙,见《莆阳比事》卷二}

〔仙游〕　释慧忠　陈乘　郑良士　郑元弼_{良士子}　释省僜

〔泉州〕　李郁　刘乙　颜仁郁　谭峭　康仁杰

11.18　汀州(临汀郡,今福建长汀)一人

〔长汀〕　梁藻

11.19　漳州(漳浦郡,今福建漳浦)二人

〔漳浦〕　潘存实

〔龙溪〕　周匡物

第一二　江南西道(一百五十九人)

12.1　宣州(宣城郡,今安徽宣州)十三人

〔宣城〕　梅远　邵拙　高元矩

〔当涂〕　张惟俭

〔泾县〕　左难当　许棠　汪遵

〔旌德〕　江全铭

〔溧水〕　刘太真《全唐文》卷五三八裴度《刘府君神道碑铭》　刘太冲太真兄

〔宣州〕　刘处约　刘长卿处约孙　罗立言

12.2　池州(今安徽贵池)十三人

〔秋浦〕　高霁　卢嗣立　武瓘　顾云

〔青阳〕　韦权舆　费冠卿　周繇　殷文圭　汤悦殷文圭子

〔石埭〕　杜荀鹤

〔池州〕　王季文　张乔　康轺

12.3　洪州(豫章郡,今江西南昌)十八人

〔南昌〕　徐玄之　徐元弼玄之曾孙　熊曜　熊孺登　来鹏　钟朗　孙鲂　钟蒨　罗颖　徐熙

〔丰城〕　释法达　毛炳

〔高安〕　任涛　欧阳持　沈彬　沈廷瑞彬子

〔新吴〕　刘眘虚

〔洪州〕　何蒙

12.4　江州(浔阳郡,今江西九江)四人

〔浔阳〕　李中　李□中弟　江直木

〔江州〕　陈蜕《郡斋读书志校证》卷一七

12.5　饶州(鄱阳郡,今江西波阳)四人

〔鄱阳〕　程长文

〔贵溪〕　释智常　吴武陵

〔永丰〕　王贞白

12.6　抚州(临川郡,今江西抚州)六人

〔临川〕　杨志诚

〔南城〕　释居遁　危仔昌　元德昭危仔昌子

〔抚州〕　左辅元　张顶

12.7　虔州(南康郡,今江西赣州)七人

〔虔化〕　廖匡图　廖凝匡图弟　廖匡齐匡图弟　廖融凝侄

〔南康〕 释法藏 孙岘

〔虔州〕 綦毋潜

12.8 吉州(庐陵郡,今江西吉安)十人

〔庐陵〕 宋齐丘 胡元龟 夏宝松 萧结

〔新淦〕 释匡仁 欧阳董 释隐微

〔吉水〕 陈甫 曾庶幾

〔吉州〕 陈谊

12.9 袁州(今江西宜春)三十三人

〔宜春〕 彭伉 张氏彭伉妻 湛贲 宋迪 贾谟 黄颇 潘唐 李潜 卢肇 潘图 郑史 郑启史子 郑谷史子 袁皓 易重 易思 彭蟾 蒋肱 王毂 李旭 释虚中 伍唐珪 李徵古

〔萍乡〕 唐禀 张咸同治《萍乡县志》卷四

〔袁州〕 崔江 刘望 刘松 李咸用 陈峤 赵防 刘廓 戴光义

12.10 鄂州(江夏郡,今湖北武昌)二人

〔江夏〕 李升

〔鄂州〕 罗公远

12.11 岳州(巴陵郡,今湖南岳阳)一人

〔湘阴〕 任鹄

12.12 潭州(长沙郡,今湖南长沙)十二人

〔长沙〕 欧阳询 释怀素 刘蜕 王璘 李涛 徐仲雅 曾弼 卢承丘

〔益阳〕 释齐己《宋高僧传》卷三〇

〔湘潭〕 潘纬湘南

〔潭州〕 王仲简 韦鼎

12.13 衡州(衡阳郡,今湖南衡阳)五人

〔衡阳〕 庞蕴 曹崧

〔衡山〕 欧阳彬

〔攸县〕 张子明

〔衡州〕　王正己《诗话总龟》卷二八引《雅言系述》

12.14　永州(零陵郡,今湖南永州)八人

〔零陵〕　史青　蒋密　蒋维东　释乾康

〔祁阳〕　路洵美

〔永州〕　张颙　张文宝颙子　张仲达文宝从子

12.15　道州(江华郡,含湖南道县)四人

〔营道〕　何仲举　蒋钧

〔延唐〕　李郃

〔道州〕　何坚

12.16　郴州(桂阳郡,今湖南郴州)二人

〔郴州〕　李韶　罗道成

12.17　邵州(邵阳郡,今湖南邵阳)一人

〔邵阳〕　胡曾

12.18　连州(连山郡,今广东连县)十二人

〔桂阳〕　张鸿

〔连州〕　黄匪躬　吴霭　陈用拙　黄损　石文德　邓洵美　骆仲舒　孟宾于　孟归唐宾于子　孟岈　胡君防

12.19　澧州(澧阳郡,今湖南澧县)四人

〔澧阳〕　李宣古疑　李群玉《直斋书录解题》卷一九　李鄷

〔安乡〕　段弘古

第一三　黔中道(无)
第一四　剑南道(六十六人)

14.1　益州(蜀郡,今四川成都)三十二人

〔成都〕　间丘均　苑咸　仲子陵　白元鉴　雍裕之　苻载　李徐　卓英英　雍陶　尔朱翙　徐氏前蜀太妃　徐氏前蜀太后,即花蕊夫人　尹鹗　勾令玄　杨鼎夫　蒲禹卿　卞震　周仲美疑为宋人

〔华阳〕　鱼又玄　欧阳炯　王处厚

〔郫县〕 周敬述名据《临川集》卷九六《周氏志》补

〔益州〕 苏涣 杨郇伯 姚鹄 朱休 何兆 释僧鸾 陈曙 李太玄 徐光溥 张峤以上十人仅知为蜀人,姑附此

14.2 彭州(濛阳郡,今四川彭州)一人

〔九陇〕 范禹偁

14.3 蜀州(唐安郡,今四川崇庆)二人

〔青城〕 唐求

〔新津〕 张立

14.4 眉州(通义郡,今四川眉山)五人

〔通义〕 杨义方

〔丹稜〕 释可朋

〔洪雅〕 释知玄

〔青神〕 陈咏 拓善疑

14.5 嘉州(犍为郡,今四川乐山)一人

〔犍为〕 释道会

14.6 邛州(临邛郡,今四川邛崃)三人

〔临邛〕 罗衮 黄崇嘏

〔依政〕 梁震

14.7 资州(资阳郡,今四川资中)一人

〔内江〕 范元凯

14.8 梓州(梓潼郡,今四川三台)十三人

〔射洪〕 陈子昂 于观文

〔盐亭〕 严震 严公弼震子 严公贶公弼弟

〔永泰〕 李义府 李湛义府子

〔梓州〕 冯戢 柳棠 勾龙逢 李珣 李舜弦珣妹 李尧夫

14.9 遂州(遂宁郡,今四川遂宁)四人

〔方义〕 张九宗

〔长江〕 马彦珪

〔遂州〕 释德诚疑 宋自然

14.10　绵州(巴西郡,今四川绵阳)二人

〔巴西〕　李荣

〔绵州〕　任氏_{侯继图妻}

14.11　陵州(仁寿郡,今四川仁寿)一人

〔贵平〕　孙光宪

14.12　泸州(泸川郡,今四川泸州)一人

〔合江〕　先汪

第一五　岭南道(二十七人)

15.1　广州(南海郡,今广东广州)五人

〔南海〕　七岁女子　卢宗回　卢眉娘　黎瓘

〔广州〕　郑愚

15.2　韶州(始兴郡,今广东韶关)五人

〔曲江〕　释法海　张九龄　张仲方_{九龄侄孙}

〔翁源〕　邵谒

〔浈昌〕　释慧寂

15.3　端州(高要郡,今广东肇庆)一人

〔高要〕　释希迁

15.4　新州(新兴郡,今广东新兴)一人

〔新州〕　释慧能

15.5　封州(临封郡,今广东封开)一人

〔封州〕　莫宣卿

15.6　潘州(南潘郡,今广东高州)一人

〔潘州〕　高力士

15.7　龚州(临江郡,今广西平南)一人

〔平南〕　梁嵩

15.8　藤州(感义郡,今广西藤县)一人

〔镡津〕　陆蟾

15.9　桂州(始安郡,今广西桂林)七人

〔临桂〕　曹唐

〔灵川〕　欧阳膹

〔阳朔〕　曹邺

〔桂州〕　裴说　裴谐说弟　翁宏　王元

15.10　贺州(临贺郡,今广西贺县)一人

〔富川〕　林楚材

15.11　昭州(平乐郡,今广西恭城)二人

〔恭城〕　周渭　周溃渭弟

15.12　交州(交趾郡,今越南河内)一人

〔交州〕　廖有方

第一六　唐宗室(五十三人)

高祖李渊　太宗李世民　李元嘉　李元轨以上三人高祖子　高宗李治　李贞以上太宗子　李贤　中宗李显　睿宗李旦以上高宗子　太平公主高宗女　李重茂中宗子　长宁公主　安乐公主以上中宗女　玄宗李隆基　李范以上睿宗子　肃宗李亨　李璬　李瑝益王以上玄宗子　德宗李适肃宗孙　文宗李昂德宗四世孙　宣宗李忱文宗叔　懿宗李漼宣宗子　昭宗李晔懿宗子　释普闻传为懿宗孙　李君房以上定州刺史房　李林甫　李回　李损之以上郇王房　李暠　李程　李廓程子　李昼廓子　李昌符廓孙　李蝘以上大郑王房　李祐以上蜀王房　李约　李夷简　李宗闵以上小郑王房　李翔以上江王房　李適之以上恒山愍王房　李祎　李岘祎子　以上吴王房　李巘　李聿巘子　李之芳以上蒋王房　李皋以上曹王房　李瑾　李璆瑾弟　以上许王房　李景俭以上让皇帝房　李秘以上惠庄太子房　李肱　李夷邺以上不详何房

第一七　确切州县不详者(三十二人)

17.1　关中　裴迪　李范　李平

17.2　**咸秦**　释智晖

17.3　**郑滑**　史松

17.4　**河北**　郑郊

17.5　**幽并**　尉迟匡

17.6　**河朔**　刘叉

17.7　**峡中**　李冶

17.8　**江淮**　蒋贻恭

17.9　**江南**　释法振　释栖白　郭鄩　孙革　颜荛　颜萱尧弟　崔涂　张蠙　成彦雄　朱贞白　韩溉　蒋吉　陈季卿

17.10　**江东**　张芬　韩浚　刘驾

17.11　**江左**　刘章

17.12　**海隅**　释常达

17.13　**江吴**　刘道昌

17.14　**江西**　吴涵虚

17.15　**荆衡**　苑咸

第一八　四裔(十三人)

18.1　**吐蕃**　名悉猎　论惟明

18.2　**南诏**　酋龙即南诏骠信　赵叔达　杨奇鲲　段义宗

18.3　**渤海**　杨泰师　王孝廉　释仁贞　释贞素

18.4　**回鹘**　王镕

18.5　**沙陀**　李存勖

18.6　**契丹**　李赞华

第一九　外国(十九人)

19.1　**天竺**　释利涉

19.2　**新罗**　金真德　薛瑶　释慧超　金地藏　金立之　金云

卿　金可记　王巨仁　崔承祐　朴仁范　崔匡裕^{以上三人据《东文选》卷一一}

补　崔致远　释灵照

19.3　日本　释道慈　释辨正　长屋　晁衡　释空海

1991 年 6 月

（刊《中西学术》第 2 辑,复旦大学出版社 1996 年 11 月）

从长沙窑瓷器题诗看唐诗在
唐代下层社会的流行

一　长沙窑瓷器题诗的发现和整理

从1957年开始,湖南省文管会、湖南省博物馆等单位开始对湖南长沙望城县铜官镇至石渚湖的唐代窑址展开调查,初步确认该地为古代瓷器釉下彩的发源地①。至1974年、1978年间,又两次较大规模地展开发掘,获得近两千件器物。1980年,长沙市文化局文物组《唐代长沙铜官窑遗址调查》在《考古学报》该年第1期发表,就窑址的分布及特点、出土遗物、器物分期、器物纹饰以及器物墨书文字等方面,作了详尽介绍,并首次披露了见于出土器物上的墨书题诗二十三首以及一些谚语俗语。该文根据出土器物的形体特征以及题书的纪年文字,将器物分为唐初至元和为第一期,元和至大中为第二期,大中以后为第三期。有题诗的器物大都属于二三期。

我从1982年开始辑录唐诗,见到这些题诗,感到很难得,也很可靠,除个别已见《全唐诗》者外,得唐人佚诗超过二十首。1985年夏陪同王运熙老师到扬州参加王小盾博士论文答辩,任半塘先生知道我在辑录唐诗,示我以香港《大公报》1985年10月26日刊傅举有《长沙窑新发现的唐诗》一文,较前略有增补。其后见上海某出版社出版《长沙铜官窑》大型画册,提到有诗瓷器超过百件,但没有全录,很感遗憾。1992年7月,我与湘潭师院陶敏教授为编纂唐诗之需要,专程到湖南省文物考古工作队,

---

① 《文物》1960年第3期刊湖南省博物馆《长沙瓦碴坪唐代窑址调查记》、冯先铭《从两次调查长沙铜官窑得到的几点收获》。

拜访主持有关发掘工作的周世荣先生,得到证实已出土器物上的题诗大约七十首左右,并承诺可以全部整理发表。直到 1995 年冬,周先生将全部诗歌录文寄我,并写了初步考释文章,由我稍作整理后,在《中国诗学》第五期(南京大学出版社 1997 年)发表,我也在同期发表《长沙窑唐诗书后》,表述校读后的看法。

从九十年代以来,长沙窑陆续又有不少新的发现,地方收藏家所藏器物也陆续发表,其中比较重要的有李效伟《长沙窑——大唐文化辉煌之焦点》(湖南美术出版社 2003 年)、长沙窑编辑委员会编《长沙窑》(湖南美术出版社 2004 年)和刘美观《解读长沙窑》(文物出版社 2006 年)等,且均附有大量图版,便于学者比读校勘。金程宇博士撰论文《新见唐五代出土文物所载诗歌辑校》,将前述周世荣录诗以外的诗歌辑录成编,所得凡三十七篇①。

到目前已经发现的长沙窑瓷器题诗,总数已经超过一百篇,均见本文附录一《长沙窑瓷器题诗汇录》。原则上以曾刊原器照片或题诗图录者为优先。为便于称引,分为五言、六言、七言及对语俗语四部分,每部分下均以首字音序排列,逐首编号。下文引录时,仅在引诗后在括号注明该诗在《汇录》中的编号。

二　长沙窑瓷器的特点、年代和地域分布

长沙窑最突出的技术创新是釉下彩的广泛运用。所谓釉下彩,是指"在胎体上用彩色的釉汁绘制图案和文字,再在上面罩上一层透明的青釉,而后一起进窑烧结",得以"色泽永固,经久不衰"②。

长沙窑瓷器从品类来说,有杯、碗、壶、盂、钵、勺、罐、缸、枕头、盒、香炉、灯具、笔洗、镇纸、砚台、烛台、算盘珠、扑满、铃铛、水滴、鼓架、埙、腰

---

①　金程宇《新见唐五代出土文物所载诗歌辑校》,2007 年 9 月参加浙江工商大学举办"东亚文化交流的源流"暨纪念遣隋使、遣唐使 1 400 周年国际研讨会提交论文,收入《稀见唐宋文献丛考》,中华书局 2008 年。

②　刘美观《解读长沙窑》,第 2 页,文物出版社 2006 年。

鼓、笛子,以及人物、独角兽等,可谓应有尽有,满足唐人日常生活的所有需要。器物一般以青黄蓝褐为主色,配有各种不同风格的图案。其中既有白釉绿彩具有大写意特征的山水画,也有具体入微的各种动植物造型。题诗的器物多数见于壶上,应与唐人品茶饮酒的风气有关,且茶酒是日常生活中最具有文化品位的饮食。以诗题壶,正适应了社会上此方面的需求。

20世纪70年代长沙窑发掘时,发现了有元和三年(808)、大中九年(854)、大中十年(856)纪年文字的器物,基本确定了出土物的年代。1983年又发掘八个地方的窑炉十座,出土器物七千多件,其中有会昌六年(846)、大中二年(848)、大中五年(851)模具。湖南省博物馆在当地的收集品有贞明六年(920)双鸾枕、天成四年(929)碾槽,此外宁波1975年发掘砖石墓出土有大中二年鸟纹碗、1977年出土有乾宁五年(898)鱼纹壶,日本东京国立博物馆收藏有开平三年(909)花枕。因此认为长沙窑的绝对年代最早不晚于元和三年,最迟约稍晚于天成四年,是合理的推断。五代中期以后,长沙窑完全衰落,衡山窑逐渐取代其地位,并在宋代持续发展①。因此,凡长沙窑所出器物上的题诗,除个别据六朝诗歌改写的作品外,一般都可以视为唐诗。

长沙窑瓷器的出土记录,最早可以追溯到五代南唐。《太平广记》卷三九〇引《稽神录》:"周显德乙卯岁,伪涟水军使秦进崇修城,发一古冢,棺椁皆腐,得古钱、破铜镜数枚,复得一瓶,中更有一瓶,黄质黑文,成隶字云:'一双青鸟子,飞来五两头。借问船轻重,寄信到扬州。'其明年,周师伐吴,进崇死之。"《全唐诗》卷八七五据收,题作《涟水古冢瓶文》。此诗在出土器物中也有发现(74)。笔者1996年撰《长沙窑唐诗书后》曾指出:"乙卯为周世宗显德二年(955)。秦进崇所见古冢,当为相隔百年左右的唐墓,古钱、铜镜、诗瓶均属陪葬物。录诗与长沙窑题诗仅一字之异(寄作附)。"②今见长沙窑题此诗者为黄褐釉彩之宽口长颈壶,习惯上也

---

① 此段据长沙窑课题组编《长沙窑》第三章《国内出土和收藏的长沙窑产品》、第六章第四节《长沙窑的年代问题》,紫禁城出版社1996年。

② 陈尚君《长沙窑唐诗书后》,刊《中国诗学》第五辑,南京大学出版社1997年。

可称作瓶,墨书题字也略存隶意。

　　由于长沙窑瓷器以青色釉下多彩为主要特色,与其他地方所出瓷器有显著差别,在全国乃至世界范围内都曾有出土的记录。据长沙窑课题组编《长沙窑》第四章《国内出土和收藏的长沙窑产品》、第五章《国外出土的长沙窑产品》所载①,国内曾出土长沙窑器物的有江苏、浙江、上海、安徽、广东、广西、陕西、河南、河北、江西、湖北、湖南十二个省区,其中广东曾发现题有"孤竹生南岭,安根本自危。每蒙东日照,常怨北风吹"(21)的瓷壶②。惟其来源包括广东出土和在海关扣留者,若在广东出土,则其内容正与岭南风物相合。长沙窑瓷器在海外的发现,目前所知在韩国、日本、印尼、泰国、菲律宾、斯里兰卡、巴基斯坦、阿曼、沙特阿拉伯、伊朗、伊拉克、肯尼亚、坦桑尼亚等国都有出土,但没有汉文题诗的记录。估计外销部分在形制内容方面都根据要求而有所不同③。1999 年德国某打捞公司在印度尼西亚海域打捞出一艘唐代驶往阿拉伯的沉船,其中有长沙窑瓷器五万多件,其形制多数为青釉褐彩,包括大量有阿拉伯文字和《古兰经》内容的器物,点彩装饰也具有典型的伊斯兰风格,应该是按照阿拉伯世界订货方的要求特别制作④。

三　长沙窑瓷器题诗与敦煌吐鲁番 学郎诗的趋同性分析

　　我们特别关注到,长沙窑瓷器题诗已经发表的逾百篇诗作,与敦煌吐鲁番文献中学郎抄写的诗作有许多相同或相近的作品。长沙窑地处湖南湘江流域,已经发现流传到敦煌和西域的器物并不太多,而偏处西边的敦煌、吐鲁番的少年学郎在日常杂写中居然有许多诗篇,与长沙窑题诗交叠,则是很特别的文学流布现象,应该引起学者的关注。

---

① 　长沙窑课题组编《长沙窑》,紫禁城出版社 1996 年。
② 　详长沙窑课题组编《长沙窑》第 162 页。
③ 　详长沙窑课题组编《长沙窑》第五章《国外出土的长沙窑产品》。
④ 　据李效伟《长沙窑——大唐文化辉煌之焦点·长沙窑与伊斯兰教文化的渊源》,湖南美术出版社 2003 年。

敦煌、吐鲁番写卷中有不少抄书学子抄录的诗作，较早引起关注的如《论语郑氏注》末卜天寿抄诗曾引起郭沫若的关注，以后发现较多，引起较多学者的关注。李正宇《敦煌学郎题记辑注》（《敦煌学辑刊》1987 年第 1 期）作了较完备的辑录，达一百四十四则，其中有录诗二十多首。徐俊《敦煌学郎诗作者问题考略》（《文献》1994 年第 4 期）不赞同一些学者认为这些诗是学郎随兴而作的推测，认为同一首诗既出现在不同时代的各种敦煌卷子中，又出现在吐鲁番文献中，在遥远的长沙窑瓷器题诗中也有类似作品，从而确认学郎只是抄录者而非作者。唐代下层社会流行诗的研究，同人另一篇论文《唐五代长沙窑瓷器题诗校证——以敦煌吐鲁番写本诗歌参校》（《唐研究》第四卷，北京大学出版社 1998 年），则从另一立场对相关文献加以校订。

以下参照徐俊二文以及金程宇《新见唐五代出土文物所载诗歌辑校》（收入《稀见唐宋文献辑考》，中华书局 2008 年），将有关诗歌的关系罗列如下：

1. 长沙窑瓷器题诗："春水春池满，春时春草生。春人饮春酒，春鸟咋春声。"（8）敦煌写卷伯 3597："春日春风动，春来春草生。春人饮春酒，春鸟咋春声。"又中国书店藏本略同。三井文库藏敦煌文书 103："春日春风动，春来春草生。春人饮春酒，春棒打春牛。"

2. 长沙窑瓷器题诗："自从君去后，常守旧时心。洛阳来路远，凡用几黄金。"（86）俄藏敦煌写卷 Дх. 2430："自从军（君）去后，常守旧时心。洛阳来路远，凡用几黄金。"

3. 长沙窑瓷器题诗："念念催年促，由如少水鱼。劝诸行过众，修学至无余。"（45）敦煌写卷斯 236："念念催年促，犹如少水鱼。劝诸行过众，劝学至无余。"伯 2722："念念摧（催）年促，犹如少水鱼。劝诸礼佛众，修斋至无余。"

4. 长沙窑瓷器题诗："君生我未生，我生君已老。君恨我生迟，我恨君生早。"（32）敦煌写卷斯 2165："身生智未生，智生身已老。身恨智生迟，智恨身生早。（下略）"

5. 长沙窑瓷器题诗："一日三场战，离家数十年。将军马上坐，将士雪中眠。"（73）敦煌写卷伯2622："日日三长（场）战，离家数十年。将军马上前，百姓霜中恋。"

6. 长沙窑瓷器题诗："竹林青付付，鸿雁向北飞。今日是假日，早放学郎归。"（83）敦煌写卷伯2622："竹林清郁郁，百鸟取天飞。今照（朝）是假日，且放学郎归。"吐鲁番所出卜天寿《论语郑玄注》写本末题诗："写书今日了，先生莫咸池（嫌迟）。明朝是贾（假）日，早放学生归。"

7. 长沙窑瓷器题诗："天地平如水，王道自然开。家中无学子，官从何处来。"（61）敦煌写卷北玉91："高门出贵子，好木出良在（材）。丈夫不学闻（问），观（官）从何处来。""天地平如水，王道自然开。家中无学子，官从何处来。"吐鲁番所出卜天寿《论语郑玄注》写本末题诗："高门出己子，好木出良才。交□（儿）学敏（问）去，三公何处来。"

8. 长沙窑瓷器题诗："夕夕多长夜，一一二更初。田心思远路，门口问征夫。"（67A）敦煌写卷伯3597："日日昌楼望，山山出没云。田心思远客，门口问贞人。"

9. 长沙窑瓷器题诗："白玉非为宝，千金我不须，忆念千张纸，心藏万卷书。"（2）敦煌写卷伯3441："白玉虽未（为）宝，黄金我未虽。心在千章至（张纸），意在万卷书。"伯2622："白玉非为宝，黄金我不□。□竟千张数，心存万卷书。"

10. 长沙窑瓷器题诗："忽起自长呼，何名大丈夫。心中万事有，不愁手中无。"（24）敦煌写卷伯3578："忽起气肠嘘，何名大丈夫。心□万事有，不那手中无。"

11. 长沙窑瓷器题诗："自入长信宫，每对孤灯泣。闺门镇不开，梦从何处入。"（89）敦煌写卷伯3812："自处长信宫，每向孤灯泣。闺门镇不开，梦从何处入。"

12. 长沙窑瓷器题诗："海鸟浮还没，山云断更连。棹穿波上月，船压水中天。"（22）敦煌写卷伯2622："海鸟无还没，山云收（下缺）。"

在长沙窑题诗的百馀首作品中，居然有十二首与远在西边的敦煌吐鲁番学童抄书之际随意抄写或凭记忆写出的诗歌，有那么多篇与之重复，这是很值得关注的文学传播现象。我们可以认为，在唐代社会最下层，日常流传、最家喻户晓的诗歌,其实就是这两批作品所涵盖的范围。具体文本的细节出入,当然可以作进一步的校勘,更重要的则是可以看到在如此广大的地域中,在民间社会中流传的诗歌具有一些共同的特征。

四　长沙窑瓷器题诗所见唐代下层社会的文学趣尚

长沙窑瓷器是唐代中下层社会日常生活所需的商品,其制作器物的形制、用途和装饰,都必然要考虑到购买者的实际需求和鉴赏趣味。在瓷器这类日常商品中大量题写诗歌,正说明一般唐代民众对于诗歌的欣赏和喜爱。而所写诗篇的内容,也在一定程度上迎合了民间的阅读心理。这些诗中表达的劝学、惜时、送别、怀人、思乡、羡官羡富等世俗情趣,也可理解民间对文学需求的一般趣味。

如果将全部长沙窑题诗作分类研究,不难发现饮酒、送别、思乡、怀人等类所占比例很大,这与一般文人诗创作的主题是一致的。这些诗中当然有许多值得关注的现象。如饮酒诗大约有十来首,但没有出现饮茶诗,尽管在长沙窑瓷器中已经出土有大量茶具,可知饮茶还没有成为诗人吟咏的重要话题。男女爱情诗主要是诉说分别后的相思,如:"自从君去后,日夜苦相思。不见来经岁,肠断泪沾衣。"(87)"孤雁南天远,寒风切切惊。妾思江外客,早晚到边亭。"(20)"忽忆边庭事,狂夫未得归。有书无寄处,空羡雁南飞。"(25)"君去远秦川,无心恋管弦。空房对明月,心在白云边。"(33)相比较来说,风情诗出现较少,可以举到的有:"二八谁家女,临河洗旧妆。水流红粉尽,风送绮罗香。"(15)"君弄从君弄,拟弄恐君嗔。空房闲日久,政要解愁人。"(31)后首金程宇提到可与《游仙窟》载十娘诗"昔日曾经自弄他,今朝并悉从他弄"参读。这可能与长沙窑诗大多题于日常用具上有关,情爱毕竟是比较私密的事。思乡诗如:"岁岁长为客,年年不在家。见他桃李树,思忆后园花。"(60)从后文所引《唐摭言》来说,此诗流传很广,也有较高的造诣。述怀诗如:"男儿大丈夫,何用本乡居。明月家家有,黄金何处无。"(43)也颇为豪迈。上述这些诗歌,就内容和成就虽然没有新的突破,但大致可以看作从南朝乐府以来民间俗歌之总汇,具有特别的意义。

岁时节庆当然是民间生活的重要内容,长沙窑题诗中至少有四首与此有关。一首是贺春的作品,前文已引,据梁元帝诗改写。此首春意盎然,诗意欢快,在敦煌文书中也曾多次出现,应该是唐代民间传播极广的诗歌。"寒食元无火,青松自有烟。鸟啼新柳上,人拜古坟前。"(23)此首在文化史上应具有很重要的意义。从宋人所编《古今岁时杂咏》所收寒食、清明诗可以看到,唐前期仍偏重寒食,但中期开始逐渐变化,即从寒食禁火转而更为重视清明之祭扫先人茔墓。此诗提到寒食,但后二句既写鸟啼新柳之春景,而"人拜古坟前"更突出了节俗转变的迹象。"今岁今宵尽,明年明日开。寒随今夜走,春至主人来。"(30)是一首除夕诗。论者或认为源自张说《钦州守岁》"故岁今宵尽,新年明旦来。愁日随斗柄,东北望春回"(《张燕公集》卷九),或有可能,但就二诗比较,不难发现长沙窑诗可以认为是较成功的再创作,不仅前二句的"今岁今宵"、"明年明日"更为谐和晓畅,后二句更表达除旧布新的喜悦之情,与张说诗困守南方的悒郁情怀完全不同。另一首"改岁迎新岁,新天接旧天。元和十六载,长庆一千年"(17)。是长庆改元的贺岁诗。宪宗卒于元和十五年初,穆宗继位,到第二年岁旦才改元。估计改元诏书到湖南地方,已经在元日后多日,因此诗中有"元和十六载,长庆一千年"的表达。

咏史类的只有一首:"去去关山远,行行胡地深。早知今日苦,多与画师金。"(50)此首当然是吟咏王昭君故事的。前两句说她远嫁胡地,道路艰难。后两句"早知今日苦,多与画师金",可能在历代歌咏王昭君的诗歌中,立意是最为卑下的,但却符合下层民众的生活逻辑:他们没有宏伟的政治抱负和人文关怀,在日常生活中习惯逆来顺受,因此设想王昭君远嫁单于,一定后悔当初没有厚贿画师。

写到商业活动的有一首:"买人心惆怅,卖人心不安。题诗安瓶上,将与买人看。"(40)能够从买卖双方的心理,来说明题诗瓶上的缘由,对了解瓷器题诗有所助益。

劝学类的诗歌,在长沙窑诗歌和敦煌吐鲁番学郎诗中都较多,这是唐代蒙学教育社会化所留下的一些痕迹。从先秦两汉以来,在儒学为主导的社会秩序中,进学为官就是学子始终追求的目标。长沙窑诗如"天地平如水,王道自然开。家中无学子,官从何处来"(61),就是这一思想的表达。"白玉非为宝,千金我不须。意念千张纸,心存万卷书。"(2)其实就是汉代韦贤"遗子黄金满籝,不如教子一经"(《艺文类聚》卷八三)的诗化表达。另二首诗:"念念催年促,由如少水鱼。劝诸行过众,修学至无余。"(45)强调修学是一生生死以之的责任。"上有千年鸟,下有百年人。丈夫具纸笔,一世不求人。"(56)强调男子通书达文是立身处世之必须具备的能力,立意均甚好。

劝善是民间诗歌的另一主题,长沙窑诗歌此类内容很丰富,留下一些值得注意的社会记录。"东家种桃李,一半向西邻。幸有馀光在,因何不与人。"(13)此首表达了邻里之间和睦相处的原则。东家种树,西邻也得其馀荫,自己的善业,馀光可与别人分享,利人而不损己,何乐而不为呢?"客来莫直入,直入主人嗔。扣门三五下,自有出来人。"(34)此首讲主客关系,说客人造访,不要径直入内,而应先扣门三五下,主人自会出来迎接。虽是小事,也强调了主客互相尊敬的道理。"有僧长寄书,无信长相忆。莫作瓶落井,一去无消息。"(76)"来时为作客,去后不身陈。无物将为信,留语赠主人。"(35)两诗都讲人际交往的基本道理。前诗说分别后要及时来信,不要瓶落井中般绝无消息,以致让亲朋担心。后诗说即使没有礼物,留几句话也就可以了。"凡人莫偷盗,行坐饱酒食。不用说东西,汝亦自绦直。"(16)"剑缺那堪用,瑕珠不值钱。芙蓉一点污,□人那堪怜。"(26)前诗教人不要偷盗,后诗强调德行之重要,小节之出入也是人生的缺憾。"衣裳不知洁,人前满面羞。行时无风彩,坐在下行头。"(75)则说衣如其人,如果衣裳不整洁,在外没有风彩,见人羞愧难当,必然影响社会地位。上述这些诗歌,从各种不同角度劝人向善向美,强调日常社交细节之重要,是唐代民间教化的真实记录,也是传统伦理社会的普遍原则。在传世唐诗中,类似作品很少,因而尤可珍惜。

长沙窑瓷器中包括很大一部分人生格言,部分可以看作两句的诗句。其中强调得比较多的,一是忍,如"悬钓之鱼,悔不忍饥"(113)、"罗网之鸟,悔不高飞"(105)、"人生误斗,悔不三思"(109)、"行满天下无怨恶"(133)、"言满天下无口过"(134)等。诗中也多类似内容。如:"忍辱成端政,多嗔作毒蛇。若人不逞恶,必得上三车。"(53)讲忍辱而事业能有所成,多嗔易怒是人生之毒蛇。"自从与客来,是事皆隐忍。若有平山路,崎岖何人尽。"(88)说作客他乡,必然道路崎岖艰险,只能事事隐忍。二是感恩。如"羊申跪乳之志"(130)、"慈乌反哺之念"(126)、"牛怀舐犊之恩"(127)、"古人车马不谢,今时寸草须酬"(131)等。存诗如"频频来作客,扰乱主人多。未有黄金赠,空留一量靴。"(47)"作客来多日,烦烦主人深。未有黄金赠,空留一片心。"(91)也是同一主旨。三是对社会势利的认识。如"为君报此训,世上求名利"(124)、"有钱水亦热,无钱火亦寒"(125)等。存诗如:"男儿爱花□,徒劳费心力。有钱则见面,无钱不相识。"(42)但友情超越金钱的界限,也不断被歌颂:"从来不相识,相识便成亲。相识满天下,知心能几人。"(9)"小水通大河,山高鸟宿多。主人看客好,曲路也相过。"(69)

从诗歌形式来说,长沙窑题诗几乎包括了中古民间诗歌的各种法门。"春水春池满,春时春草生。春人饮春酒,春鸟咏春声。"(8)每句用二"春"字,前文已作分析。离合诗如"夕夕多长夜,一一二更初。田心思远客,门口问征夫"(67A),是比较有特色的一首。"冬日多长夜,一天二更初。问心思逐客,门口问经夫。"(67B)是该诗的变体。从诗意来说,我更倾向认为后一首是前一首的初作。迭字诗如"日日思前路,朝朝别主人。行行山水上,处处鸟啼新"。(54)也差可称道。拆字诗如"单乔亦是乔,着木亦成桥。除却乔边木,着女便成娇"(10)。其实就是介绍了乔、桥、娇三个字的构成方式,虽然没有太多诗意,但对于学郎识字来说,则不能不说是富有启发的做法。另一首诗"天明日月霸,立月已三龙。言身一寸谢,千里重金锺"。(62)首句"天明"二字组成第五字,中间重复"日月"二字,末句则先述"千里"为"重",再配"金"为"锺"。另二句则前四字都是最后一字的分解。虽然诗意稍逊,也足以启迪童蒙。六朝乐府民歌的最常见的双关手法,长沙窑诗中也有一例:"道别即须分,何劳说苦辛。牵牛石上过,不见有蹄痕。"(11)此处以蹄痕谐音啼痕。六朝民歌《读曲歌》

中也有一例:"奈何不可言。朝看莫牛迹,知是宿蹄痕。"是同一用例①。

全诗用同一偏旁的诗组成,是宋人喜欢的技巧,在存世唐代以前诗歌中,并不多见。在长沙窑诗中有两首。如"远送还通达,逍遥近道边。遇逢逴迤过,进退随遛连"(79)。尚能略备诗意。另一首由全部"山"旁组成的诗(95),残缺已甚,且从残文来分析,毫无诗意可言,就是一种文字游戏罢了。

五　长沙窑题诗对文人诗之改写

在长沙窑瓷器上保留的百馀首诗中,今知大约有十一首取自有名诗人的诗篇,但都曾作适当修改。

1. 长沙窑题诗云:"有僧长寄书,无信长相忆。莫作瓶落井,一去无消息。"(76)案唐僧皎然《诗式》卷五录宋孝武帝刘骏《客行乐》:"有使数寄书,无信心相忆。莫作瓶落井,一去无消息。"即为此诗的原形。逯钦立《先秦汉魏晋南北朝诗》未收此诗,可补入。

2. 长沙窑题诗云:"春水春池满,春时春草生。春人饮春酒,春鸟咔春声。"(8)敦煌遗书伯3597存诗:"春日春风动,春来春草生。春人饮春酒,春鸟咔春声。"日本三井文库藏敦煌文书103:"春日春风动,春来春草生。春人饮春酒,春棒打春牛。"按诸诗皆据梁元帝《春日诗》演变而来。梁元帝诗见《艺文类聚》卷三:"春还春节美,春日春风过。春心日日异,春情处处多。处处春芳动,日日春禽变。春意春已繁,春人春不见。不见怀春人,徒望春光新。春愁春自结,春结讵能申。欲道春园趣,复忆春时人。春人竟何在,空爽上春期。独念春花落,还似昔春时。"每句皆用春字,首二句及中间三句每句两见春字。前列三件唐人诗,即据以改写,集中表达春日风情,应该是唐人贺春的常用诗句。

3. 据白居易诗改写。《白氏长庆集》卷一七《问刘十九》:"绿蚁新醅酒,红泥小火炉。晚来天欲雪,能饮一杯无?"是白诗之名篇。此首在长沙

---

①　参王运熙师《论吴声西曲与谐音双关语》,收入《乐府诗述论》,上海古籍出版社1996年。

窑中有两个文本。其一云:"八月新丰酒,红泥小火炉。晚来天色好,能饮一杯无?"(1A)另一云:"二月春丰酒,红泥小火炉。今朝天色好,能饮一杯无?"(1B)二诗一、三两句不同,首句可能因为不同时令制售的器物,会有叙述之不同,第三句则可以见到据白诗逐渐改写的痕迹。问题在于白居易本来情怀蕴藉的邀约友人会聚饮宴的诗篇,被改成了通俗而缺乏韵味的作品。如果说首句"绿蚁新醅酒"是因为文辞稍微艰深,可能一般读者无法理解,而第三句"晚来天欲雪"则叙述约友人的特定环境,即将晚欲雪,剧寒即至,因此而请友人在和暖而温馨的气氛中欢聚,更衬托彼此情谊之真切。改后的文本,无论"晚来天色好"还是"今朝天色好",都韵味全无,从中可以窥见民间对白居易诗的理解和接受程度。

4. 长沙窑题诗:"借问东园柳,枯来得几年。自无枝叶茂,莫怨太阳偏。"(28)在传世文献中首见《云溪友议》卷下《艳阳词》所叙元稹在浙东节度使任上遇歌女刘采春,"采春所唱一百二十首,皆当代才子所作。其词五六七言,皆可和者。词云:'不喜秦淮水,生憎江上船。载儿夫婿去,经岁又经年。'一、'借问东园柳,枯来得几年? 自无枝叶分,莫怨太阳偏。'二、'莫作商人妇,金钗当卜钱。朝朝江口望,错认几人船。'三、'那年离别日,只道往桐庐。桐庐人不见,今得广州书。'四、'昨日胜今日,今年老去年。黄河清有日,白发黑无缘。'五、'闷向江头采白苹,尝随女伴祭江神。众中羞不分明语,暗掷金钗卜远人。'六、'昨夜北风寒,牵船浦里安。潮来打缆断,摇橹始知难。'七、采春一唱是曲,闺妇行人莫不涟泣,且以藁砧尚在,不可夺焉。"此七首诗,《云溪友议》说明是"当代才子所作",后人仅据《万首唐人绝句》卷三六知道七言一首为唐于鹄《江南意》,另六首作者不详。《全唐诗》卷八〇二收六首五言诗于刘采春名下,未当。今可知刘所歌诸篇,也如同长沙窑瓷器题诗那样,是民间传诵颇广的作品,至其作者,则可能因辗转传写,无从究诘了。

5. 长沙窑题诗:"主人不相识,独坐对林泉。莫慢愁酤酒,怀中自有钱。"(84)《文苑英华》卷三一八贺知章《题袁氏别业》:"主人不相识,偶坐为林泉。莫谩愁沽酒,囊中自有钱。"对原作改动甚少。宋岳珂《宝真斋法书赞》卷八有唐人草书《青峰诗帖》:"野人不相识,偶坐为林泉。莫漫愁沽酒,囊中自有钱。回瞻林下路,已在翠微间。时见云林外,青峰一点圆。"末题云:"近见崔法曹书此诗,爱之,不觉下笔也。"书者不知为谁,从末题看,决非作者。大历、贞元间与戴叔伦、陆羽、权德舆等来往密切的崔法曹即崔载华,若即此人,则书者亦得为中唐以前人。《青峰诗帖》诗意完整,很可能即为贺知章原诗,而后来流传的四句诗则为节引。

6. 长沙窑题诗:"自入新丰市,唯闻旧酒香。抱琴酤一醉,尽日卧弯汤。"(90)此为朱彬《丹阳作》诗,见《唐诗纪事》卷三九、《全唐诗》卷三一一:"暂入新丰市,犹闻旧酒香。抱琴酤一醉,尽日卧垂杨。"《唐诗纪事》称朱彬为"大历、贞元间诗人",事迹别无可考。《全唐诗》卷三一一又作陈存诗,误。

7. 长沙窑题诗:"破镜不重照,落花难上枝。行到水穷处,坐看云起时。"(46)后二句为王维名句,原诗《河岳英灵集》卷上、《唐文粹》卷一六上、《文苑英华》卷二五〇题作《入山寄城中故人》,《国秀集》卷中题作《初至山中》,各本王集则题作《终南别业》,全诗云:"中岁颇好道,晚家南山陲。兴来每独往,胜事空自知。行到水穷处,坐看云起时。偶然值林叟,谈笑无还期。"李肇《国史补》卷上称"维有诗名,然好取人句。'行到水穷处,坐看云起时。'《英华集》中诗也。"此《英华集》指萧统编《古今诗苑英华》或唐初慧净编《续古今诗苑英华》。以往学者多重视李肇的揭发,但没有具体的证据。瓷器题诗提供了一个新的文本。但就此四句诗具体分析来说,前两句将镜破不能再照面,花落难以再上树枝,是事过无法恢复的基本道理。后二句则为另一情调。显然是一种民间的拼合,似乎相关,其实没有内在的生活逻辑或情感联系。王维的诗写山中感受,充满禅机和感悟。即便二句为前人成句,在他的诗里也已经点铁成金了。

8. 长沙窑题诗:"万里人南去,三秋雁北飞。不知何岁月,得共汝同归。"(63)也是唐诗中的名篇。此即初唐韦承庆《南中咏雁》,见《文苑英华》卷三二八、《唐诗纪事》卷九、《万首唐人绝句》卷一一、《全唐诗》卷四六。《全唐诗》卷八〇又作于季子诗,殆因《国秀集》卷下传本之缺页而致误。本诗在瓷器题诗上一字不改,可见当时影响之大。

9. 长沙窑题诗:"公子求贤□□真,却将毛遂等常伦。当时不及三千客,今日何如十九人。"(98)为高拯《及第后赠试官》:"公子求贤未识真,欲将毛遂比常伦。当时不及三千客,今日何如十九人。"见《唐诗纪事》卷三九、《全唐诗》卷二八一。拯为大历十三年进士,诗写其及第后感恩之情。

10. "鸟飞平无远近,人随流水东西。白云千里万里,明月前溪后溪。"(96)此即刘长卿《刘随州集》卷八《苕溪酬梁耿别后见寄》中四句,原诗为:"清川永路何极,落日孤舟解携。鸟向平芜远近,人随流水东西。白云千里万里,明月前溪后溪。惆怅长沙谪去,江潭芳草萋萋。"唐末康骈《剧谈录》卷下谓唐人演此诗为《谪仙怨》词,元杨士弘《唐音》卷六将此诗分割为六言二首。而瓷器题诗取中四句单独成篇,应该说是最有韵味的部分。

11. 长沙窑题诗:"今岁今宵尽,明年明日开。寒随今夜走,春至主人来。"(30)前文已经说到可能参酌张说《钦州守岁》,若然,则优于原作。我认为当别有所本。

就本节之分析,我觉得可以谈到以下两点。

唐代堪称一流诗人之作品,为题诗采据者,其实只有白居易、王维、刘长卿三人,且都有删改,使之更为通俗化。虽然白居易诗有妇孺能解的说法,但就长沙窑工匠看来,还有必要作更通俗化的处理。李白、杜甫、韩愈、柳宗元、刘禹锡、杜牧、李贺、李商隐等一流诗人作品,几乎没有进入这个圈子,是在民间的影响力尚有欠缺。从另一个角度来看,上述除李白外的几家,甚至在整个敦煌遗书中都没有出现他们的作品,更是值得玩味。民间对诗歌的最基本要求是通俗易懂,一流大家的追求则在诗歌史上的开拓创造,取径不同,结果自异,不能因此而认为杜甫等人在唐代缺乏影响力。

在长沙窑工匠的认识中,这些诗是谁所作,原题如何,都没有表达的必要,因此所有题诗都没有作者和题目。当然,也不必考虑忠实原文,部分作品可以视为再创作了。在这方面,我特别要提到敦煌文献中的一个例子。伯4660收《故李教授和尚赞》，署"释门法将善来述"，赞末附诗："凤植怀真智，髫年厌世华。不求朱紫贵，高谢帝王家。削发清尘境，被缁蹑海涯。苍生已度尽，寂默入莲花。"同一首诗又见伯3720署"龙支圣明福德寺僧惠苑述"之《前敦煌郡毗尼藏主始平阴律伯真仪赞》末，且题作"小人敢赠和尚五言诗一首"，内容几乎全同，末增"愿为同初会，诸佛遍恒沙"二句；伯3726《故前释门都法律京兆杜和尚写真赞》，署"释门大蕃瓜沙境大行军衔知两国蜜遣判官智照撰"，末附诗略同善来。虽然分别自称"述"或"撰"，如分别写作不可能如此相同。较合理的判断只能出一人之手，很可能三人都是照抄旧文，都不是原作者。下层作者并没有很清晰的著作权之认识。如敦煌书仪之大量存在，正给这些下层文士依样画葫芦的方便。

上述诸诗，大多具有一定的诗意和可读性，在民间受到一定程度的欢迎，因此而得入工匠们的选择。

六　附述民间诗歌回流为文人诗

今人每见敦煌吐鲁番文献中有无名氏诗而见于《全唐诗》者，即据后者以考订该诗之作者。其实从唐诗流传的立场来加以研究，结论可能正好相反。本节拟即结合长沙窑与敦煌吐鲁番文献所见唐诗，略申所见。

长沙窑瓷器题诗有："海鸟浮还没，山云断更连。棹穿波上月，船压水中天。"(22)敦煌遗书伯2622有残诗，存"海鸟无还没，山云收"八字，应为同一诗，知其流传甚广。《苕溪渔隐丛话前集》卷一九引《今是堂手录》："高丽使过海，有诗云：'水鸟浮还没，山云断复连。'时贾岛诈为梢人，联下句云：'棹穿波底月，船压水中天。'丽使嘉叹久之，不复言诗矣。"《全唐诗》卷七九一即收贾岛下，题作《过海联句》。按《今是堂手录》在《苕溪渔隐丛话》中引录三则，另二则皆叙北宋中期事，大致为北宋后期之著作。此事不见更早记录，且贾岛诈为高丽使过海梢人，尤涉荒唐，显属后人据唐时流行诗附会。

长沙窑题诗："去岁无田种，今春乏酒财。恐他花鸟笑，佯醉卧池台。"（51）《全唐诗》卷八五二为张氲《醉吟三首》之一："去岁无田种，今春乏酒材。从他花鸟笑，佯醉卧池台。"考张氲事最早见《新唐书》卷五九《艺文志》著录张说《洪崖先生传》一卷，注："张氲先生，唐初人。"窦泉《述书赋》卷下云田琦曾"写洪崖子张氲云楼并雪木，行于世。"较早的传记则为《三洞群仙录》卷七引《高道传》，仅记唐玄宗问其尧舜许由事。唐人虽屡称及，如《太平广记》卷五四引《仙传拾遗》韩湘称师为洪崖先生，《国史补》卷上记李泌称"今夜洪崖先生来宿"，《因话录》卷四李寰"求得一洪崖先生初得仙时幞头"，其人皆在虚无缥缈间，难以决其有无。传为其所作之《醉吟三首》，则一见于洪迈《万首唐人绝句》卷二一，再收于元赵道一《历世真仙体道通鉴》卷四一。与其认为张氲诗流传民间，我更愿意相信是后人采民间诗附会于张氲仙事。

　　长沙窑题诗："岁岁长为客，年年不在家。见他桃李树，思忆后园花。"（60）后二句曾有一则有名之故事。《唐摭言》卷一三："元和中，长安有沙门（不记名氏），善病人文章，尤能捉语意相合处。张水部颇恚之，冥搜愈切，因得句曰：'长因送人处，忆得别家时。'径往夸扬。乃曰：'此应不合前辈意也。'僧微笑曰：'此有人道了也。'籍曰：'向有何人？'僧乃吟曰：'见他桃李树，思忆后园春。'籍因抚掌大笑。"张籍二句见其作《蓟北旅思》："日日望乡国，空歌白纻词。长因送人处，忆得别家时。失意还独语，多愁只自知。客亭门外柳，折尽向南枝。"（《张司业集》卷三）《唐摭言》所述未必实事，但颇可玩味。以往学者于此颇不得要解，如洪迈《容斋五笔》卷七《东坡不随人后》举此认为东坡之善创新意，"与夫用'见他桃李树，思忆后园春'之意，以为'长因送人处，忆得别家时'，为一僧所嗤者，有间矣。"因为长沙窑题诗之发现，可知此二句诗全诗文本原貌，且知为民间流传最广之作品，几乎人人皆知，故张籍刻意所作诗被沙门以此相嘲，可谓颜面尽失。

　　类似情况还可以举敦煌文献和传世文献中的例子。

　　《全唐诗》卷七六八收曾麻几《放猿》诗，源出宋吴曾《能改斋漫录》卷一一："吉水与敝邑接境。有曾庶几者，隐士也。五代时，中朝累有聘召，不起。故老有能记其《放猿》绝句云：'孤猿锁槛岁年深，放出城南百丈林。绿水任君连臂饮,青山不用断肠吟。'"以及《诗话总龟》卷二〇引《雅言杂载》:"曾庶几,吉州人。一猿诗甚切云:'孤猿锁槛岁年深,放出城南百丈林。绿水任从联臂饮,青山不用断肠吟。'"曾麻几显然是曾庶几之误。《雅言杂载》为北宋前期张靓著,原书不存。按敦煌文书伯3654《张义潮变文》末录诗八首,其二云:'孤猿被禁岁年深,放出城南百丈林。渌水任君连臂饮,青山休作断长吟。'显然与曾作为同一诗。《张义潮变文》抄写时间应在唐亡以前,其时距离南唐建立尚有数十年,在敦煌流传的诗作居然附会到南唐隐士名下,当然是很有趣的现象,值得关注。

敦煌遗书伯3322:"明招游上远,火急报春知。花须莲夜发,莫伐晓风吹。"错字较多。《广卓异记》卷二引《唐书》:"则天天授二年腊,卿相等耻辅女君,欲谋弑。则天诈称花发,请幸上苑,许之。寻疑有异图,乃遣使宣诏曰:'明朝游上苑,火急报春知。花须连夜发,莫待晓风吹。'于是凌晨名花瑞草,布苑而开,群臣咸服其异焉。"《全唐诗》卷五收则天皇后下,题作《腊日宣诏游上苑》。然《广卓异记》所述,迹近传奇,且卿相欲谋弑亦非事实,所据未必即唐国史。是此诗是否武后所作,尚可斟酌。

敦煌遗书伯3666:"直上青山望八都,白云飞尽月轮孤。荒荒宇宙人无数,几个男儿是丈夫。"《全唐诗》卷八五八吕岩《绝句三十二首》之十四:"独上高楼望八都,黑云散后月还孤。茫茫宇宙人无数,几个男儿是丈夫。"《弘治黄州府志》卷七收白居易《东山寺》:"直上青霄望八都,白云影里月轮孤。茫茫宇宙人无数,几个男儿是丈夫。"《五灯会元》卷二〇录宋尼无著语:"茫茫宇宙人无数,几个男儿是丈夫。"也是一诗而敷衍为多人所作之范例。

敦煌遗书斯4358《李相公叹真身》:"三皇掩质皆归土,五帝藏形化作尘。夫子域中称是圣,老君世上也言真。埋躯只见空坟冢,何处留形示后人。唯有吾师金骨在,曾经百炼色长新。"宋释志磐《佛祖统纪》卷四五引宋仁宗赞宣律师佛牙云:"三皇掩质皆归土,五帝潜形已化尘。夫子域中夸是圣,老君世上亦言真。埋躯只见空遗冢,何处将身示后人。唯有吾师金骨在,曾经百炼色长新。"虽然有六七个字不同,基本可以确信是同一诗。敦煌藏经洞封存于仁宗成年以前,原诗作者是否李相公还别无确证,但非仁宗所作则可确认。

　　再如《五代史补》卷五《江为临刑赋诗》:"江为,建州人。工于诗。乾祐中,福州王氏国乱,有故人任福州官属,恐祸及,一旦亡去。将奔江南,乃间道谒为。经数日,为且与草投江南表。其人未出境,遭边吏所擒,仍于囊中得所撰表章。于是收为,与奔者俱械而送。为临刑,词色不挠,且曰:'嵇康之将死也,顾日影而弹琴。吾今琴则不暇弹,赋一篇可矣。'乃索笔赋诗曰:'衔鼓侵人急,西倾日欲斜。黄泉无旅店,今夜宿谁家?'闻者莫不伤之。"历来都视此为江为的创作,故《全唐诗》卷七四一据以收入。旅日韩国学者金文京撰文指出日本8世纪诗集《怀风藻》录大津皇子临终诗作:"金乌临西舍,鼓声催短命。泉路无宾主,此夕谁家向?"唐僧智光《净名玄论略述》引陈后主诗:"鼓声推命役,日光向西斜。泉路无宾主,今夜向谁家?"①二书成书都早于江为约二百年,江为临刑所赋即为前人诗,或其事本即为好事者所附会,甚至包括大津皇子或陈后主的故事,也不过是据民间流传诗歌附会而来。

　　诗歌的民间传播是非常复杂的问题,敦煌吐鲁番遗诗和长沙窑瓷器题诗所揭示的上述现象,其学术意义远比补录一些作品来得更为重要,应该引起学者更多的关注。

2010 年 12 月 12 日于复旦大学光华楼

2011 年 3 月 27 日改定

附录一　长沙窑瓷器题诗汇录

说明:

(一)根据图版优先的原则录诗。

(二)分体后按照首字音序排列,并统一编号,以便引录。

(三)题诗原本有错误者,以改正字为正文,将原诗文字附注于后。

---

　　①　详京都大学《东方学报》第七十三册刊金文京《大津皇子〈临终一绝〉和陈后主〈临行诗〉》。

不能决断者加注疑作某字。一诗而见于多器而文字有异者,亦加注说明。各家录诗有误认者,不作逐一说明。

（四）出处皆用简称,具体如下：

焦点：李效伟《长沙窑——大唐文化辉煌之焦点》,湖南美术出版社,2003年。

解读：刘美观《解读长沙窑》,文物出版社,2006年。

紫禁城图版：长沙窑课题组编《长沙窑》卷末所附图版,紫禁城出版社,1996年。

紫禁城图：长沙窑课题组编《长沙窑》书内线描图,紫禁城出版社,1996年。

文字：长沙窑课题组编《长沙窑》第三章第六节《文字》,紫禁城出版社,1996年。

湖南图版：长沙窑编辑委员会《长沙窑》所附图版,湖南美术出版社,2004年。

综述：长沙窑编辑委员会《长沙窑》综述录诗,湖南美术出版社,2004年。

珍图：李效伟《长沙窑珍品新考》,湖南科学技术出版社,1999年。

周录：周世荣《长沙窑唐诗录存》,《中国诗学》第五辑,南京大学出版社,1997年。

安徽：李广宁、张勇《安徽省出土的长沙窑瓷器》,《中国古陶瓷研究》第九辑,紫禁城出版社,2003年。

（五）各题诗器物所存数,据长沙窑课题组编《长沙窑》第三章第六节《文字》,仅能反映当时情况。

一、五言诗

1A. 八月新丰（原作风）酒,红泥小火炉。晚来天色好,能饮一杯无?（焦点284）

1B. 二月春丰酒,红泥小火炉。今朝天色好,能饮一杯无?（紫禁城图版194、图442。此器两件）

2. 白玉非为宝,千金我不须,意念千张纸,心存万卷书。(紫禁城图版 177)

3. □□行来久,寻常暖寄衣。今寒□莫送,来急自言归。(湖南图版 98)

4. 避(原作备)酒还逢酒,逃杯又被杯。今朝酒即醉,满满酌将来。(紫禁城图 443)

5. 不短复不长,宜素复宜妆。酒添红粉色,杯染口脂香。(湖南图版 107)

6. 不意多离别,临分痕泪难。愁容生白发,相送出长安。(文字 28。此器两件)

7. 春来花自笑,春去叶生愁。千金(原作今)乍可得,年年枉为流。(湖南图版 85)

8. 春水春池满,春时春草生。春人饮春酒,春鸟咔春声。(文字 48)

9. 从来不相识,相识便成亲。相识满天下,知心能几人。(湖南图版 94)

10. 单乔亦是乔,著木亦成桥(原作乔)。除却乔边木,著女便成娇。(紫禁城图版 205)

11. 道别即须分,何劳说苦辛(原作新)。牵牛石上过,不见有蹄痕(原作啼恨)。(紫禁城图版 210)

12. 东阁多添酒,西关下玉阑。不须愁日夜,明月送君还。(焦点 286、湖南图版 170)

13. 东家种桃李,一半向西邻。幸有馀光在,因何不与人。(紫禁城图版 212)

14. 地接吾城近,闻君遇夕杨(疑当作阳)。白云留不住,万里独归乡。(湖南图版 82)

15. 二八谁家女,临河洗旧妆。水流红粉尽,风送绮罗香。(紫禁城图版 201)

16. 凡人莫偷盗,行坐饱酒食。不用说东西,汝亦自绦直。(紫禁城图版 204)

17. 改岁迎新岁,新天接旧天。元和十六载,长庆一千年。(焦点180)

18. 古人皆有别,此别泪痕多。送客城南酒,愁令听楚歌。(解读62)

19. 古人皆有别,此别泪恨多。去后看明月,风光处处过。(紫禁城文字15。此器三件。参上则及只愁啼鸟别一则)

20. 孤雁南天远,寒风切切惊。妾思江外客,早晚到边亭(原作停)。(湖南图版547。为黑石号沉船器物)

21. 孤竹生南岭(图版作街),安根本自危。每蒙东日照,常恐(图版作被、广东所出作怨)北风吹。(解读35、焦点200、紫禁城图版196)

22. 海鸟浮还没,山云断更连。棹穿(图版192作川)波上月,船压水中天。(紫禁城图438、图版192。此器两件)

23. 寒食元无火,青松自有烟。鸟啼新柳上,人拜古坟前。(紫禁城图版68)

24. 忽起自长呼,何名大丈夫。心中万事有,不愁手中无。(焦点页11)

25. 忽忆边庭事,狂夫未得归。有书无寄处,空羡雁南飞。(收藏快报2005年9月14日刊罗平章藏瓷器。转录自金程宇校录)

26. 剑缺那堪用,瑕(原作霞)珠不值钱。芙蓉一点污,□人那堪怜。(文字30)

27. 街下满梅树,春来画不成。腹中花易发,萌处苦难生。(紫禁城图版195)

28. 借问东园柳,枯来得几年。自无枝叶茂,莫怨太阳偏。(湖南图版101、焦点197)

29. 近入新丰市,唯闻旧酒香。抱琴酤一醉,终日卧垂杨。(紫禁城图420)

30. 今岁今宵尽,明年明日开。寒随今夜走,春至主人来。(湖南总录页102。见黑石号沉船瓷器)

31. 君弄从君弄,拟弄恐君嗔。空房闲日久,政要解愁人。(湖南总

录 103 页）

32. 君生我未生，我生君已老。君恨我生迟，我恨君生早。（紫禁城图 427、428。按此器十四件）

33. 君去远秦川，无心恋管弦。空房对明月，心在白云边。（焦点 196、湖南图版 95）

34. 客来莫直入，直入主人嗔。扣（紫禁城图版 181 作打）门三五下，自有出来人。（解读 36、焦点 190、紫禁城图 426。按此器七件）

35. 来时为作客，去后不身陈。无物将为信，留（原作流）语赠主人。（焦点 188、湖南图版 62）

36. 龙门多贵客，出户是贤宾。今日归家去，无言谢主人（文字 22 别作将与买人看）。（焦点 189、紫禁城图 434）

37. 澧河青石水，安居湖里边。有心相（疑当作想）故家，将书待客来。（湖南图版 92）

38. 岭上平看月，山头坐唤风。心中一片气，不与女人同。（湖南图版 173）

39. 柳色何曾见（原作具），人心尽不同。但看桃李树，花发自（原作白）然红。（焦点 191、湖南图版 105）

40. 买人心惆怅，卖人心不安。题诗安瓶上，将与买人看。（焦点 185）

41. 那日君大醉，昨日始自醒（原作星）。今日与君饮，明日用斗量。（湖南图版 18）

42. 男儿爱花□，徒劳费心力。有钱则见面，无钱不相识。（湖南图版 39）

43. 男儿大丈夫，何用本乡居。明月家家有，黄金何处无。（湖南图版 182。按此器有三件）

44. 年年同闻阁，天天下欢笔。□□□□□，□□□□□。（综述）

45. 念念催年促，由如少水鱼。劝诸行过众，修学至无余。（紫禁城图 457）

46. 破镜不重照，落花难上枝（原作支）。行到水穷处，坐看云起时。

（湖南图版 108）

47. 频频来作客，扰乱主人多。未有黄金赠，空留一量靴。（焦点
186、湖南图版 63）

48. 千里人归（一作人归千里）去，心画一杯中。莫虑（一作道）前途
远，开帆（原作坑）逐便风。（周录）

49. 青骢饮渌水，双吸复双呼。影里蹄相踏，波中觜对□（或录作
焉）。（湖南图版 103）

50. 去去关山远，行行胡（原作湖）地深。早知今日苦，多与画师金。
（紫禁城图版 191。此器八件）

51. 去岁无田种，今春乏酒财。恐他花鸟笑，伴醉卧池台。（紫禁城
图版 190。此器三件）

52. 人归万里外，意在一杯中。只（文字 12 别作莫）虑前程（图版
211 作逞。文字 12 别作途）远，开帆待好（文字 12 别作坑逐便）风。（紫
禁城图版 211、文字 12。此器两件）

53. 忍辱成端政，多嗔作毒蛇。若人不逞恶，必得上三车。（综述）

54. 日日思前路，朝朝别主人。行行山水上，处处（图 414 作夜夜）鸟
啼新。（紫禁城图版 178、图 144。按此器有二十三件）

55. 入池先弄水，岸上拂轻沙。林里惊飞鸟，园中扫落花。（湖南图
版 90）

56. 上有千年鸟，下有百年人。丈夫具纸笔，一世不求人。（焦
点 198）

57. 上有东流水，下有好山林。主人去（图 431 作居）此（图版 188 作
有好）宅，可以（图 431、图版 188 作日日）斗量金。（解读 35、紫禁城图版
188、图 431）

58. 圣水出温泉，新阳万里传。常居安乐国，多报未来缘。（焦
点 25）

59. 世人皆有别，此别泪痕多。送客溅南酒，□吟听楚歌。（紫禁城
文字 31）

60. 岁岁长为（图 441 作与）客，年年不在家。见他桃李树，思忆后

（图 441 作故）园花。（紫禁城图版 193、图 439、440、441）

61. 天地平如水，王道自然开。家中无学子，官从何处来。（紫禁城图版 180。此器三件）

62. 天明日月奇，立月已三龙。言身一寸谢，千里重金锺。（图版 189。此器九件）

63. 万里人南去，三秋（图 435 作春）雁北飞。不知何岁月，得共汝同归。（紫禁城图版 185。此器两件）

64. 闻流不见水，有石复无山。金瓶成碎玉，挂在树枝（文字 26 别作木）间。（紫禁城图版 207。此器两件）

65. 我有方寸心，无人堪共说。遣风吹却去（图 179 作云），语向天边月。（紫禁城图版 184、图 179、210。按此器三件）

66. 无事来江外，求福不得福。眼看黄叶落，谁为送寒衣。（湖南图版 106）

67A. 夕夕多长夜，一一二更初。田心思远客，门口问征（焦点作经、安徽作贞）夫。（湖南图版 102、焦点 195、安徽）

67B. 冬日多长夜，一天二更初。问心思逐客，门口问经夫。（珍图 179）

68. 新妇家家有，新郎何处无。论情好果报，嫁取可怜夫。（解读 63）

69. 小水通大河，山高（图 417、418 作深）鸟宿（焦点作兽）多。主人看客好（文字 7 又作主人居此宅），曲路也（图 417、418 作亦）相过。（紫禁城图版 184、焦点 183。按此器有二十件）

70. 小小竹林子，还生小小枝。将来作笔（原作必）管，书得五言诗。（解读 5、焦点 202、湖南图版 99）

71. 夜夜携长剑（文字 53 作钩），朝朝望楚楼。可怜孤（一作今）夜月，偏照客心愁。（解读 135 二件、焦点 201、文字 53）

72. 一别行千（一作万）里（文字 9 引堆子山所出作八千里），来时未有期。月中三十日，无夜（图 424 作日）不相思。（解读 122、紫禁城图 421、422、423、424。按此器二十一件）

73. 一日三战场,离家数十年(文字 60 别作曾无赏罚为)。将军马上(文字 60 别作前)坐,将士雪中眠。(紫禁城图 446)

74. 一双青鸟子,飞来五两头。借问船轻重,附信到扬州。(紫禁城图版 202)

75. 衣裳不知洁,人前满面羞(原作修)。行时无风彩,坐在下行头。(紫禁城图版 198)

76. 有僧长寄书,无信长相忆。莫作瓶落井,一去无消息。(紫禁城图版 203)

77. 幼小深闺眷,昨宵(原作霄)春睡重。□□□□□,□□□□□。(文字 37)

78. 欲到求仙所,王母少时开。卜人舡上坐,合眼见如来。(湖南图版 84、86、87)

79. 远送还通达,逍遥近道边。遇逢趄迤过,进退随遛连。(周录)

80. 终日池边走,无有水云深。看花摘不得,屈作采莲人。(焦点 194、湖南图版 89)

81. 终日醉如泥,看东不辨西。为存酒家令,心里不曾迷。(紫禁城图版 200、焦点 140)

82. 只愁啼鸟别,恨送古人多。去后看明月,风光处处过。(紫禁城图版 187)

83. 竹林青付付(疑作郁郁),鸿雁北向飞。今日是假日,早放学郎归。(紫禁城图版 66)

84. 主人不相识,独坐对林泉(原作全)。莫慢愁酤酒,怀中自有钱。(周录)

85. 住在渌(原作录)池边,朝朝学采莲。水深偏责就,莲尽更移船。(湖南图版 169)

86. 自从君去后,常守旧时心。洛阳来路远,凡用几黄金。(紫禁城图版 206、图 425。此器七件)

87. 自从君去后,日夜苦相思。不见来经岁,肠断泪沾衣。(湖南图版 37)

88. 自从与客来,是事皆隐忍。辜负(文字 34 作忍)平生心(一作若有平山路),崎岖向人尽。(解读 41)

89. 自入长信宫,每对孤灯泣。闺门镇不开,梦从何处入。(紫禁城图版 199)

90. 自(图 420 作近)入新丰(原作峰)市,唯闻旧酒香。抱琴酤一醉,尽(图 420 作终)日钓(文字 8 又作卧)垂杨。(紫禁城图 460、420。此器三件)

91. 作客来多日,烦烦主人深。未有黄金赠,空留一片心。(焦点 186、湖南图版 58、60)

92. 作客来多日,常怀一肚愁。路逢千丈木,堪作望乡楼。(紫禁城图版 197)

93. 昨夜垂花宿,今朝荡路归。面上无花色,满怀将与谁?(解读 125)

94. □□□家日,□途柳色新。□前辞父母,洒泪别尊亲。(解读 63)

95. □□□□岩,□□□巇嵼。□□巆峥㟻,□□□巆㠐。(文字 36。据周世荣录残文,有崤崦二字,应亦属此器)

二、六言诗

96. 鸟飞平无远近,人随流水东西。白云千里万里,明月前溪后溪。(紫禁城图版 113)

97. 三伏不曾摇扇,时看涧下树阴。脱帽露顶拆腹,时来清风醒心。(解读 127)

三、七言诗

98. 公子求贤□□真,却将毛遂等常伦。当时不及三千客,今日何如十九人。(焦点)

99. 离国离家整日愁,一朝白尽少年头。为转亲故知何处,南海南边第一州。(解读 132)

100. 日红衫子合罗裙,尽日看花不厌春。更向妆台重注口,无那萧郎铿煞人。(紫禁城图版 146)

101. 熟练轻容软似绵,短衫披帛不纵缠。萧郎恶卧衣裳乱,往往天明在花前。(文字50)

102. 七贤第一祖:须饮三杯万事(原作士)休,眼前花搽四枝柔(原作桑)。不知酒是龙泉剑,吃入肠(原作伤)中别何愁。(紫禁城图版103)

103. 一暑寒梅南北枝,每年花发不同时。南枝昨夜花开尽,北内梅花犹未知。(紫禁城图413)

104. 造得家书经两月,无人为我送将归。欲凭鸿雁寄将去,雪重天寒雁不飞。(解读130)

四、俗语警句

(甲)四言句

105. 罗网之鸟,悔不高飞。(紫禁城图版216、图449。此器五件)

106. 蓬生麻中,不扶自直。(紫禁城图版215。此用荀子语)

107. 人非珠玉,谈者为贵(焦点下有精字)。(紫禁城图版218,焦点215)

108. 人能弘道,非道弘人。(焦点204)

109. 人生误斗,悔不三思。(焦点213)

110. 人生壹世,草生壹秋。(焦点216)

111. 人须济急,付一滴如。(解读44。解读以为当补作人须济急〔难〕,付一滴如〔泉〕)

112. 屋漏不盖,损其梁柱。(焦点210)

113. 悬钓之鱼,悔不忍饥。(焦点211、解读34。此器四件)

(乙)五言句

114. 好酒无深巷。(紫禁城图版71)

115. 一别行千里。(周录)

116. 幼小深闺养。(周录)

117. 不知何处在,惆怅望东西。(紫禁城图版222)

118. 不知春早晚,折取柳条看。(解读120)

119. 君子喻于义,小人喻于利。(图版221)

120. 流水何年尽,青山老几人。(焦点207,解读36)

121. 富从升合起,贫从不计来。(周录)

122. 仁义礼智信。(紫禁城图版92,焦点208)

123. 上有千年树,下有百年人。(周录)

124. 为君报此训,世上求名利。(周录)

125. 有钱水亦热,无钱火亦寒。(周录)

(丙)六言句

126. 慈乌反哺之念。(紫禁城图版214、图448。此器四件)

127. 牛怀舐犊之恩。(周录)

128. 惟有行刘之次。(周录)

129. 言满天成端政。(焦点219)

130. 羊申跪乳之志。(焦点218)

131. 古人车马不谢,今时寸草须酬。(紫禁城图版69)

132. 小人之浅志短,道者君之深识。(周录)

(丁)七言句

133. 行满天下无怨恶。(焦点206)

134. 言满天下无口过。(解读36,紫禁城图版213、图447。此器三件)

(戊)杂言句

135. 日月升明,不照覆盆之下。(紫禁城图450)

另据周世荣介绍,瓷器碎片中还有"酒处处""地心""深识""画詹""郎娘""不恋""言戒""垠从"等文字,紫禁城版《长沙窑·文字》提到有"不平息""夜雨""上柳"等文字,皆疑为题诗器物之残片。

附录二　长沙窑题诗研究论著存目

李知晏《唐代瓷窑概况与唐瓷的分期》,《文物》1972年第3期。

长沙市文化局文物组《唐代长沙铜官窑址调查》,《考古学报》1980年第1期。

傅举有《长沙窑新发现的唐诗》，香港《大公报》1985年10月26日。

长沙窑课题组编《长沙窑》，紫禁城出版社，1996年。

周世荣《长沙窑唐诗录存》，《中国诗学》第五辑，南京大学出版社，1997年。

周世荣《唐五代长沙窑瓷器题诗概说》，《中国诗学》第五辑，南京大学出版社，1997年。

陈尚君《长沙窑唐诗书后》，《中国诗学》第五辑，南京大学出版社，1997年。

徐俊《唐五代长沙窑瓷器题诗校证——以敦煌吐鲁番写本诗歌参校》，《唐研究》第四卷，北京大学出版社，1998年。

李效伟《长沙窑珍品新考》，湖南科学技术出版社，1999年。

蒋寅《读长沙窑瓷器所题唐俗语诗札记》，《咸宁师专学报》1999年第4期。

萧湘《唐诗的弃儿》，中国文联出版社，2000年。

周世荣《长沙窑彩瓷》，福建美术出版社，2002年。

李效伟《长沙窑——大唐文化辉煌之焦点》，湖南美术出版社，2003年。

《湖南望城县长沙窑1999年发掘简报》，《考古》2003年第5期。

李广宁、张勇《安徽省出土的长沙窑瓷器》，《中国古陶瓷研究》第九辑，紫禁城出版社，2003年。

长沙窑编辑委员会《长沙窑》，湖南美术出版社，2004年。

周世荣《长沙窑作品集》，湖北美术出版社，2004年。

刘美观《长沙窑咏叹调》，湖南美术出版社，2004年。

周世荣《湖南古墓与古窑址》，岳麓书社，2004年。

成琢《世俗的真率与民间的丰富——长沙窑书法赏读》，《书法杂志》2005年第2期。

刘美观《长沙窑诗书杂记》，《书法杂志》2005年第2期。

刘美观《解读长沙窑》，文物出版社，2006年。

萧湘、李建毛《瓷器上的诗文与绘画》，湖南美术出版社，2006年。

金程宇《新见唐五代出土文物所载诗歌辑校》,收入《稀见唐宋文献丛考》,中华书局,2008 年。

（2010 年 12 月台湾清华大学唐代物质文化研究学术研讨会论文,收入张学松主编《流寓文化与雷州半岛流寓文人研究》,中国社会科学出版社 2013 年）

他山攻玉　各拥玲珑

——《日本唐代文学研究十家》的学术示范意义

　　去年夏秋间，见到中华书局出版蒋寅教授主编《日本唐代文学研究十家》，喜不自胜，见出一种就买一种。十多年前曾到日本访学半年，翻了许多书，对许多题目都感新鲜有趣，因我不懂日文，只能浑沦地去猜其大意，虽然也得到许多启发，但毕竟相隔一层。现在能够就目前最活跃的中坚学者十人，选其代表作，译成中文，当然值得欢迎。稍作翻检，觉得最重要的是日本同行的研究，对今日中国学者之研究具有很大的启示意义。不是一直在困惑于古代文学研究达到一定程度，究竟如何寻求新的突破和学术生长点，讨论来讨论去，大家似乎很难取得共识。其实看别人如何做，我们应可受到许多启发。就在这时，蒋寅来电话，嘱我写书评，并让责编给我寄来一套书。能看到整套书当然很高兴，但要落笔又很犹豫。最近二三十年，国内的书评声名狼藉，受嘱的书评堆砌好评，最多有几句微疵附于篇末；有意挑衅的书评就一点大肆鞭笞不及其他，立说也很难客观。我一直的态度是希望书评作者对原著有理解之同情，成就与问题都能充分展开，最好书评作者对此课题能与被评者达到同样的研究深度，方能对作者与读者都能有所帮助。我现在正遇到这样的难题。如果评价这些论著的中文翻译，我对日文全无所感，当然无从说起。就各书之研究成就来评述，我对其中多数研究只能瞠乎其后，何能妄议。斟酌再三，觉得还是就这些论著的学术示范意义，谈些自己的感受吧。

　　所收十家，按总目顺序为赤井益久《中唐文人之文艺及其世界》、市川桃子《莲与藕的文化史——古典诗歌中的植物名研究》、斋藤茂《文字觑天巧——中晚唐诗新论》、下定雅弘《中唐文学研究论集》、户崎哲彦

《唐代岭南文学与石刻考》、深泽一幸《诗海捞月——唐代宗教文学论集》、松原朗《中国离别诗形成论考》、松本肇《韩柳文学论》、丸山茂《唐代文化与诗人之心》、芳村弘道《唐代的诗人研究》。十位中至少有五位与我过从较多,有一二位见过但已久无联系,大约有三四位没有见过。为表示客观,我一律不用尊称,后文引及其中论文时,也仅称作者,不引原书了。

一　十位学者的学术趣尚

如前所列书名,十位学者的学术兴趣和治学方法有很大差距。但如仔细分析,在差异中又有一些共同的趋向。其中多数为专题论文结集,仅市川、松本、松原三著接近专论,所谓接近,其实与中国学者所云有完整体系或集中主题者还是不同,松本、松原二著其实也只是相对集中的论文汇编。我所任教的复旦大学治古代文学的许多前辈,也更主张写论文,而不太提倡写专著,原因在于论文可以集中表达有独到体会的新见,而专著必然要做许多常识叙述和未必有意义的铺排。日本学者是否如此考虑,我不能揣测,但就近年国内从课题申请、社科评奖等方面来说,似乎更认可专著,而排斥论文集,实在有些令人担忧。

再从十本书的选题倾向分析,也可看出一些共同性。以下试列表予以分析。

作　者	宏观	语词	作家	作品	文献	生平	比较	社会	宗教	专书	综述
赤井益久	○		○	○							
市川桃子		○		○			○				
斋藤茂			○	○				○			
下定雅弘			○	○			○			○	○
户崎哲彦	○	○	○	○	○	○		○			
深泽一幸		○	○	○				○	○	○	

作　者	宏观	语词	作家	作品	文献	生平	比较	社会	宗教	专书	综述
松原朗			○	○							
松本肇			○	○							
丸山茂	○		○	○		○		○		○	
芳村弘道			○	○	○	○					

　　所列各项，大多按照中国学者之一般认识，为便于叙述而加以区分，可能日本学者并无此分割。"宏观"指议论较为宏大的话题，如赤井益久《论"中唐"在文学史上的位置》、户崎哲彦《唐人所发现的山水之美与岭南地区》、丸山茂《唐代诗人的日常生活》，其实都还是与具体文学现象相关的讨论，但在日人已属大题目了。"语词"则指对诗歌中具体语词之释义或阐发，市川桃子因着意研究莲花与藕的诗歌演变，有专章讨论与莲花有关的"莲花""芙蓉""荷花""藕花""菡萏"五种诗语的产生、衍变和寓意，包括其所表达的气氛和色调。深泽一幸有二文讨论"海月"和诗中蜂、蝶的寓意，户崎哲彦有文讨论"桂林山水甲天下"一语的来源，因列入此项。其实他们的工作都与文学研究密切相关，与此间多见的语词辨识、释读仍有很大不同。"作家""作品"几乎每家都涉及，下文分别加以分析。"文献"专指新见文献介绍，及与作品真伪、文本流传有关的工作，户崎哲彦、芳村弘道两位是成就突出的大家，其他各家也都有类似研究，惟此套丛书多未收。"生平"专指作家生平基本脉络之勾勒，与作家之专题研究有别。"比较"则专指中日文学或中西文学之比较研究。"社会"指与文学家生活环境或生存状态有关之研究。"宗教"专指文学与佛道关系之研究，十家中仅深泽一幸专收"宗教文学"，其他各家涉及较少。但据我所知，日本学者在中国中古佛、道研究方面的水平和成就，远在中国学者以上，未能充分展开，很可惜。"专书""综述"都可以理解，十家集所涉重点其实都是《白氏文集》。

　　就以上分析可以理解，日本学者更着重关注具体作家、作品的研究，关注文学专题的深入探讨，多数所涉课题与中国学者相近。以下就各点展开分析,就会发现同中有不同,所述大多有强烈的问题意识和阅读感受,对文学现象的认识不受固定框架之束缚,而能独立随性地表达所见。

二　做最坚实的文献工作

十家中,户崎哲彦、芳村弘道研究侧重于文献考辨,其他各家偶有涉及。

户崎哲彦早年作柳宗元研究,认真踏勘了永州、柳州柳宗元当年曾履历的山水,进而将论著会聚为《柳宗元永州山水游记考》(京都中文出版社 1996 年),对柳文解读有重大意义。晚近二十年做桂林历代石刻研究,先后出版《桂林唐代石刻の研究》(白帝社 2005 年)、《中国乳洞岩石刻の研究》(白帝社 2007 年),由于南宋以后特别是清代传拓广泛,地方研究校录也卓有成就,似乎很难突破,但他坚持多年在当地作田野踏勘,将石刻现状、传世碑拓和历代文献作全面的占有和考镜,找到许多当地学者都不知道的刻石,在文本校录、流传叙述和事实探究诸方面都达到空前成就。我已另撰文介绍(刊北京大学国际汉学研修基地编《海外汉学研究通讯》创刊号,中华书局 2009 年)二书。收在《唐代岭南文学与石刻考》中的十三篇论文,两篇为前二书之前言,以及《唐人所发现的山水之美与岭南地区》,较系统表述他用历史地理学和石刻文献学方面研究山水文学和石刻文学的心得。其他各文,多数写于最近几年,部分是对前二书的补充。如《韦瓘佚诗〈游三游洞〉及其事迹考辨》,又利用《中国西南少数民族地区历代石刻汇编·广西省博物馆卷》所收民国初年拓本,重新校录韦瓘佚诗录文,较前著录诗增加十字,改动二字。对韦瓘在桂林的经历,则通过对其家世仕历的详尽考索,揭示他在桂林二处石刻的真义。顺便说到,韦瓘墓志已经在《书法丛刊》2014 年 4 期刊出,由徐商撰文。考察韩愈名文《柳州罗池庙碑》之二文,利用罗振玉 1913 年影印此碑宋拓本,复原原碑文字,就柳宗元逝世后三四年间地方崇祀述及韩愈撰文之原委,并考定原碑佚失于北宋中期。无论对韩、柳研究还是对柳州地方文化研究,都很重要。该书最重磅的文字当属压轴之《广西上林县唐代石刻〈韦敬辨智城碑〉考》，近十万字，两度增订而成。其中碑文校录据44种古今文本写定，并进而研究宾州韦氏之族源及世系，宾州、澄州、廖州等羁縻州设立始末及管理机制，考定碑文作者韦敬一为当地文人，碑文受到《文选》影响，特别是陶渊明《桃花源记》和孙绰《游天台山赋》之影响，达到很高文学水平，对自然具独特审美观，表达与他族和平共存的思想。这样的研究，不仅在文学史重要，在地方史和民族史方面都有特别重大的意义。我自己也一直在做唐文献，自问有没有一篇文章达到这一高度呢？实在还没有。

　　芳村弘道早年对李白文集和宋类书《锦绣万花谷》版本的研究，曾引起中国学界较多关注。收入此套丛书的《唐代的诗人研究》，是他在日本2008年出版《唐代诗人和文献研究》的前半部分，主要论述孟浩然、储光羲、王昌龄、韦应物和白居易的诗歌。虽然为篇幅所限，后半部分文献研究没有收入，但收入各篇仍能见到很好的文献考证能力。举例来说，岑仲勉考白居易《醉吟先生墓志铭》为伪作，举十项极重要的内外证，几乎已可作结论，我所知国内多数学者皆从岑说，川合康三《中国的自传文学》也举那波本不收、绍兴本置于卷末，倾向为伪。芳村则举日本内阁文库藏《白氏文集管见抄》有此篇墓志，录自北宋景祐本，题下有注："开成四年，中风疾后作。"证明文本渊源有自。进而对岑氏十点质疑逐一加以解释，证明传本虽然有后人妄改和补笔的内容，但既已为《旧唐书》本传所采据，则主体部分仍出白氏手笔。

　　其他各家虽不以文献研究为主，但凡论述所及，首先也都在基本文献的搜集和鉴别工作中花过大气力。市川桃子研究莲与荷的文化史，在后记中讲到80年代前中期曾花大力气翻检基本典籍，1989年得知深圳大学做出《全唐诗》全文检索系统后，立即采购试用。她回忆当年工作虽然辛苦，但随时能感受"沐浴在绚烂诗雨中的乐趣"，确是心得之言。她在附录中将涉及芙蓉的非植物用法、含宗教意味用法、文章中的莲花等项逐一列出，也可知她的工作并非浮泛之论。

三　从细微处切入

　　我曾在日本读到许多文史方面的论文,最深刻的印象是日本学者喜欢做即小见大的文章,从细微处插入,向深处开掘,颇有意想不到的收获。十家集中可举二例。

　　户崎哲彦《桂林华景洞〈李珏题名〉石刻与许浑〈寄李相公〉两首诗考》是因小见大的很有新意的研究。许浑诗集中有《闻昭州李相公移拜郴州因寄》和《寄郴州李相公》二诗,至今中国学者专治许浑者数家,都认为两位郴州李相公为同一人,即李珏,诗皆作于会昌六年(846)。户崎根据华景洞李珏会昌五年五月署衔郴州刺史的题名,认为前诗作于会昌五年,这是微调,订正了《通鉴》以来的失误,也知道此年白敏中入相后立即着手量移牛党五相,与党争史实有关。《寄郴州李相公》与前诗比读,发现二诗基调有很大不同,前诗因量移而乐观,后诗反而景色暗淡,显得情况很严重。进一步探究,户崎发现柳宗元《奉和杨尚书郴州追和故李中书夏日登北楼十韵之作依本诗韵次用》与此诗用韵多同,认为柳诗为元和十一年户部侍郎、判度支杨於陵贬郴州,追和故相李吉甫诗而作。根据《云溪友议》,许浑曾在元和三或四年入杨之岭南幕府,有可能在杨贬郴州后复和杨诗。但也可能此诗根本与许浑无关。这样的探究,确定旧传许集诗题有误,原题当与柳诗接近。又据柳诗,知道许名下诗仅八韵,较柳诗在深韵后缺岑、阴二韵。就唐人次韵诗来说,此诗也是较早的一首。诗中的"李中书"为李党魁首李德裕的父亲,元和名相李吉甫。据柳诗,可以知道旧史所载杨於陵受李吉甫排挤而出守郴州,并以此事为牛李党争起因,则显属误传。许、柳二诗均可见李、杨关系密切,迫害杨的人应为裴均。因一小段题名和两首诗的解读,解决了如许多细小或重大的问题,确令人感佩。

　　深泽一幸《引导李商隐到茅山的人物——从叔李褒》,与此篇值得对读的是《李商隐与〈真诰〉》。李褒,两《唐书》无传,晚唐算不上第一等人物,李商隐诗有《郑州献从叔舍人褒》,相互关系很清楚,以往对李商隐诗文中与其有交涉的部分,也得到部分的确认。岑仲勉《翰林学士壁记注补》、傅璇琮《唐代翰林学士传论·晚唐卷》对其生平有所勾稽,拙纂《全唐诗补编》因辑出李褒存世唯一诗作,也曾为其立传。深泽的工作是从道教文学名著《真诰》中大量女仙故事及其所咏诗歌,大量出现在韦应物、白居易、李贺等人诗篇中,在李商隐诗中出现更为频繁,因此引起深究的兴趣。他的工作一是对李褒生平的全面勾辑,认为他出于宗室绛郡房,生于贞元十二年(796),在浙东任内有大量崇道记录,没有任过黔南观察使,这几点可以补充中国学者之未及。二是李商隐与他的交往,涉及一首诗、四篇代作上四相启,以及十篇致李褒的书状,这些作品虽然都写于会昌后期,但其中透露李商隐从小就得到李褒的"抽擢""庇庥",即提携关照,信中反复表达对茅山道教的倾倒信仰。今知李褒长于李商隐约十八岁,李商隐年轻时曾在济源附近王屋山玉阳观出家求道,并因与某女冠之私情而引发终生难以忘怀的思念(从苏雪林《李商隐恋爱事迹考》),而此观恰是茅山道在中原的圣地。由此推证李褒早年对李商隐的影响,因此而将他引入茅山道,是合理的认识。从道教层面解读李商隐,无疑是很有兴味的工作。

四　文本解读是文学研究的基础

日本古代文学研究深受西方学术的影响,但又一直保持着与中国文化相关的学术传承。深泽一幸后记写到他曾得到前辈学人小川环树、福永光司、吉川幸次郎的提携照拂,记录下多个温馨而难得的画面,即是这一学术传承的缩影。另外,在日本教授中国文学,需要向日本学生讲解作品,在日本出版学术著作,引到中国作品经常要附日文语译,这些都需要学者对古代作品有更深入准确的理解。在十家集中,对具体作品的解读占了较大篇幅,十家无一例外全部涉及这部分内容。

比如松原朗解读李白《灞陵行送别》,先是分析历来的解释,如安旗认为是送王昌龄的,但得不到确切的证明。与一般送别诗比较,此诗题中没有送别对象,诗句间也没有被送者的形象叙述,对被送者之前程也不大关心。松原提出李白赐金还山之际自送作诗的可能,实在是很大胆的预设,但所作论证则从客观条件(地点西京,时间春日)和内在条件(出京之路线、其后之诗作、对长安的回顾、对紫阙的眷恋、浮云之寓意)来求证,又让人不能不认可他举证之充分。分析送别诗的大量叙述手法,揭示自送诗的不同,也很细腻。如此解读,李白这首诗得到重新解释,也有助于理解李白出京的心况。

赤井益久对唐人《送衣曲》的解读,从六朝《捣衣曲》溯其源,从府兵制实行后的戍边防人制度明其事,也是很精彩的解读。丸山茂《张籍的〈伤歌行〉及其背景——京兆尹杨凭左迁事件》,根据席刻《唐诗百名家全集》本《张司业诗集》和《全唐诗》所注:"元和中,杨凭贬临贺县尉。"详尽分析杨凭左迁事件的原委,杨的交友圈和弹劾者,努力还原真相,从而解读原诗,张籍对杨既不同情,也非讽刺,而只是由此事件感慨"官界无常"。这样的结论令人信服。可以补充的是,前引那段注不是作者自注,因而多数较早张集都没有。来源可能是北宋魏泰《东轩笔录》卷一三:"杨凭自京兆尹贬临贺尉,张籍咏之云:'身着青衫骑恶马,东门之东无送者。'"

下定雅弘对《枕中记》主题的认定,不赞成历来所说"人生如梦"的解释,从卢生做梦之前的想法,谈到梦中世界的经历,再说他梦醒后的感悟,认为其主题是适生,虽然功名富贵可以满足无穷的欲望,但也会不可避免地伴随生命的危险,只有抑制这些欲望,才能无苦无恙地生活,从而认识平凡生活的可贵。他认为作者要想表述卢生的生活态度始终是积极的,根本不是消极的出世思想。

斋藤茂对于孟郊系列组诗的解读,特别关注诗中所表达的作者心境和感情变化。他从《石淙十首》中体会作者情调稳定而心情宁静,《立德新居十首》可能是献呈郑馀庆而作,描写居宅之结构景致,流露迁入新居之安乐心情。而以《杏殇九首》为转折,因为爱子之早逝,心情转为悲苦哀伤,以自然景物为伤害人的恶者,并深刻延续到他晚年的创作。至《寒溪九首》因元和六年大寒而命题。写大寒肃杀,万物凋零,无辜动物遭害,诉于天而企盼春天。《峡哀十首》《感怀八首》《秋怀十五首》,都纠订前人系年,认为作于元和六年韩愈、郑馀庆离开河南以后,友朋离去加上老病孤独,使其诗充满孤寂、饥饿、衰暮之感,时时感到对加害己身的自然的恐惧感,并发展为对社会的恐惧,将其寒苦诗风发挥到极端。通过对孟郊组诗的评析,斋藤的结论是:以十首左右篇幅,以五言古诗为主的组诗,写一个专题,是孟郊新创的表达方式,也与前此阮籍《咏怀》、陈子昂《感遇》、李白《古风》等非一时一地所作的组诗,有很大的不同,更接近杜甫联章律诗的结构。组诗在整体上有结构性,力避平板,也不涣散凑合,经常能表达自觉的创新功夫,是孟郊诗歌中用力最深也是成就最高的作品。组诗除《石淙十首》或以为作于贞元中(斋藤倾向作于元和初),都是孟郊人生最后七八年的创作。由于孟郊没有百句以上长诗的创作,与同时的元白韩卢诸人有很大不同,组诗是他表达复杂情感和经历的主要载体。而对他晚年影响最大的婴儿之死和韩愈、郑馀庆离开河南,都极大地改变了他的晚年心境,更多的感到人生的悲哀和生命的无常。在组诗语言上,也更多地增加表达的个性化,将以前联句中曾经尝试过的复杂技巧,作更进一步的发挥。斋藤认为组诗最能代表孟郊的诗歌成就。

五　作家研究的展开

十家论集中涉及唐代几十位作者,以中唐诗文作者为多,尤其以白居易研究最为集中。

丸山茂《〈白氏文集〉在日本》是一篇概括日本学者基本看法,也强烈表达他的见解的综述。白集在白生前已几度传到日本,所据为太田晶二郎的研究;白集在日本流行的原因,用冈田正之所见,认为白诗在唐代很盛行,白诗平易流畅,白诗带有佛教味道,再引青木正儿"我邦人也很容易理解其中的妙处",再引金子彦二郎所说白居易的社会环境、地位身份、性格趣味都与日本平安时代投合,其集的规模、质量都可当文学事典来运用。还有晚近猪口笃志、太田次男的见解。加上白集在日本有数量巨大的古抄、笔切、善本,更引起日本学者投入巨大的热情。大致可以认为,白居易在日本的地位,比杜甫宋以后确立的诗圣地位还要崇高,日本学者在白居易研究方面达到的深度和广度,在中国作家研究方面还很少有可以企及者。此套丛书中,至少有六家论到白居易,虽不足见全貌,仍颇有可观处。

下定雅弘为目前日本一线学者中在白居易研究方面成就最突出的学者之一,在《中唐文学研究论集》中仅有不大的篇幅谈白氏文学,且多为随笔,但其中仍颇多精彩见地。他不太赞同日本前辈学者平冈武夫、花房英树认为白是体现天下世界观的端正官员,具有崇高人道思想的说法,认为白"什么时候都很忠实于自己的欲念",早年因兼济之志太强而压抑独善爱好,退居洛阳后将诗酒作朋友,欣赏雪月花,听音乐,爱妓女,充分享受长长的晚年。他从诗中分析白居易心中的理想人物是裴度,即便他自居中隐,追求闲适时,仍然没有放弃做宰相的愿望。

还可以说到芳村弘道白居易研究,包括八章,前四章是生平研究,但没有作全面叙述,仅撷取了四段时期,即因居母丧而退归下邽时期、江州忠州时期、掌制诰到外放杭州时期。我相信并不是他没有能力完整地叙述白居易的一生,而是因为他在读白集以后,认为这几个阶段是白居易一生最重要的转折时期,也是作为研究者最有独特体悟的阶段。在这几章叙述中,我想特别提到以下几点的独见。一是认为白居易自定诗集之分讽喻、闲适、感伤、杂律四类,是最初在江州对早期诗自编十五卷本文集的区分,以后创作变化,长庆间编五十卷集和晚年编后续集没有再按此分类。白居易母亲的心疾和不幸死亡,日本学者讨论较多,芳村对白居易从读书科第到仕宦孝养过程中的家庭隐情及其思想变化,分析极其细致。退居下邽四年,则分析白的家事处理,以及连续遭遇丧弟、失女的打击,内心极其悲伤,在出仕和退隐的人生选择上极其�恓惶。从再度出仕到贬官江州,叙述甚简,大约因前人论述已多,不易有更新发明故。此后对白历仕诸州闲适诗的具体心境和心理差别的分析,任中书舍人后再度参与政治的坚守和作为,以及外放杭州前后的心情起伏,也都有很深入的分析。几乎所有的分析都有很详密的文献依据和他人研究的参考,也可以看到治学之不苟。

六　文学与性：绕不开的话题

性是人类基本需求之一，也是人类生生不息的根本。唐代作家生活在物欲横流、多姿多彩的社会中，享受人生，歌唱爱情，性是大量涉及的内容。也许是中日文化的差异吧，日本作家可以尽情表达对"好色一代男"的向往，中国的雅文学在宋以后越来越远离性欲的叙写，而俗文学则不可避免地走向扭曲变态，纵欲暴露。近代以来的性解放昙花一现，虽然底层极度恣肆，场面上还得扫黄。至于学术研究更很少涉及，实在回避不了，那就用时代局限一笔带过。许多年前有学者很严肃地研究明清色情小说对传统房中术之歪曲，怎么也找不到可以发表的刊物，只能寄往海外。可以说，严肃地研究古代文学中的性描写和性寓意，国内目前可以举出来的典范著作仍稀若晨星。

十家论集因挑选出来在中国出版，何者合适，主编与作者应有所斟酌，但仍有几篇可说。

丸山茂《"妾换马"考》是一篇有趣的文字。74岁的前相裴度给67岁的诗人白居易写诗："君若有心求逸足，我还留意在名姝。"戏告：你若羡慕我的好马，就用你家美女来换吧！白居易答："安石风流无奈何，欲将赤骥换青娥。不辞便送东山去，临老何人与唱歌？"（《酬裴令公赠马相戏》）你老官大，意有所属，我不能不送，但临老没人替我唱歌，很寂寞啊！丸山茂就此展开论述，马和妾妓在这里都是属于主人的财产，可以随便处置，偶或也认可她们是人而有所同情，但更多地视为满足自己生活必不可少的一部分。拥有多少马和宠妓，对了解诗人的经济状况、生活状态以及心境变化，当然有很重要的意义。丸山没有停留于此，继而搜集从魏晋到明清爱妾换马的各类故事和诗歌，看到梁、隋间作品多据此渲染名马和爱妾离开主人的悲哀，二者地位是对等的，李白则据此写出英雄豪士的豪奢磊落，倜傥奔放，宋代则作为贵物交换的对句使用，元以后则在模仿六朝乐府以外，分别写美女之香艳与边塞骏马之勇壮气氛。

斋藤茂早年曾作过《北里志》的笺证,他写《士人与妓女》一章三节,大约也在此前后。他试图从六朝后期至唐一代咏妓诗、赠妓诗、悼妓诗的变化轨迹中,揭示唐中期以后的诗风变化。从汉魏时期诗中偶然写到歌妓的服饰仪容,到齐梁间大批文人热衷写听妓、观妓、咏妓一类作品,但此类诗更多的是音乐、舞蹈的欣赏,或者是对拥有妓人的主人的赞美,没有对妓女个人的赞美,更没有对其命运的关心。唐诗就不同了,诗题中大量出现妓女的名字,且更多地赞美其身段、仪容和歌舞技能,更多地出现妓女演奏乐器及其艺能。在安史之乱以后,则更多地出现关切妓女命运,甚至写出一批女妓传奇经历而与小说并行的长篇歌行。至于赠妓诗,则认为六朝时期的赠诗对象主要为宫妓与家妓,而唐代则扩大到官妓、营妓和民妓,所赠作品也大胆直率地写出彼此的亲密关系,以及思念的情感和对其命运的关切。在这些作品中,斋藤看到士人与妓女之间的精神距离明显缩短了,从六朝的主奴贵贱关系,发展为客人与妓女的平等关系,并进而发展为爱情关系。斋藤特别举到欧阳詹与太原妓的传奇,因为眷恋而相约迎取,为官职或亲意难以践约,太原妓久思成疾,临终寄诗抒怨,欧阳读诗感恸,卒然逝世。这样的诗人与诗作,在唐以前是没有的。悼妓诗的研究则更多地深入了士大夫个人家庭生活的私密空间。悼亡诗在《诗经》和汉魏诗歌中都有,对亡妻的悼念虽然也涉及个人情感,但还在礼教的规范以内,但悼妓诗的情况则有所不同。斋藤注意到刘禹锡存悼妓诗众多,如《伤秦姝篇》《泰娘歌》都是对命运不偶的风尘女子坎坷经历的同情之作,且包括受朋友委托写其与妓人之情感变化和丧妓后的悲痛。在围绕杨虞卿丧妓英英的一组唱和中,则不仅自述与此妓人之相见印象,并将一人之丧妓作为互通的情感来连锁唱和,显示中唐士人与妓女的亲密关系。

深泽一幸《蜂与蝶——李商隐诗的性意象》,从李商隐看似平淡无奇的《二月二日》诗中"花须柳眼各无赖,紫蝶黄蜂俱有情",似乎只是初春景色的客观描写。但再举《春日》:"欲入卢家白玉堂,新春催破舞衣裳。蝶衔花蕊蜂衔粉,共助青楼一日忙。"用蜂蝶写出青楼男女的狂态毕露,共助男女秘戏。又《闺情》:"红露花房白蜜脾,黄蜂紫蝶两参差。春窗一觉风流梦,却是同袍不得知。"认为"蜂配以饱含红露的花房,蜂配以贮满乳白色蜜的脾脏形的蜂巢,更提高了性的意象"。这当然是大胆的解读,可能中国学者不容易完全接受,但深泽更进而列举六朝以来见于大量诗歌中蜂、蝶并用的诗句,并举《游仙窟》《医心方》的旁证,以及印第安原始部落的用例和法国象征派诗人的诗句,证明以蜂蝶比喻男女性事的普遍性,让人不能不信。

爱情当然与性有关,唐诗中有许多情色内容也众所周知。在唐代这样士庶地位有着巨大落差的时代,全社会又始终充沛着享乐热情,士人私生活之丰富多彩,乃至扭曲变态,都是客观存在。无论就作家研究和作品研究来说,文学与性都是不可回避的事实。

七　坚持文学本位的研究

松本肇《韩柳文学论》篇幅不大,仅谈了韩愈、柳宗元、孟郊、贾岛四位作者,但视角独特,立说新警。他对韩愈的诗勾勒出轮廓,用"攻击性的变容"来概括。在早期作品中,看到韩自比为非凡的怪物,曾有光荣追求和青春的理想之梦,但在担任监察御史,即负有官纪的督察权后,他自比为利剑,以一系列的设喻表达他对邪恶者的攻击,心如冰,剑如雪,刺谗夫,也斩恶龙。在遭遇挫折后,将压抑的攻击性像开闸洪流般地宣泄出来。他认为韩愈诗中大量丑恶的、变态的、怪异的形象叙述,正是他情感宣泄的对象,或者人身攻击的目标,其中既有政敌、朋党的阴影,也更多地纠缠他对现实的反抗。他在攻击中越挫越勇,但心中的阴影始终无法完全地排遣,因此常变成对恶的拯救和失败者的心火。无论这样解说是否能为多数读者接受,他的解读是在仔细玩味韩愈诗作后的独特感受,至少足成一家之言吧!他在孟郊诗中读出自虐的快感,把悲愁当快乐,在天地万物间看到了恶意,并把这些恶意和自己从精神到肉体的受害相联系,因此而自喻诗囚,充满自我惩罚。他将柳宗元寓言概括为"败北之逆说",从柳文读出"自我惩罚的文法"。凡此种种,都看到作者的独特体悟。

市川桃子所著专门研究中国文学中荷花的文化史,与荷有关的则有莲叶、莲子以及其水中的部分即藕。她分析荷之审美变迁,可以见到《诗经》中是作为爱情的信物,楚辞里常作为美好的事物来吟咏,但在六朝以后则出现许多新的意象。一是衰荷,与作者对于时光流逝的感觉和生命忧虑相关,二是芙蓉死,则常寄寓美好生命无法恒久的悲哀。大约因为荷花的鲜艳开放,让人们有青春绚丽的美好联想,经常与男女情爱相关联,虽然也有借以表达欢愉,但也不免与死亡、衰败和生命的无常相联系。她对乐府《采莲曲》的研究用力甚勤,从汉乐府追溯其源头,看到乐府《江南》在充满生命力的纯朴歌唱中的寄意,也看到六朝民歌和文人作品对其改写的多种姿态,特别是借双关语用莲花以述思怜,借折莲花以寄远,并逐渐因讲究形式而丧失个性。到唐代《采莲曲》被赋予新的生命,融入离别的悲哀和绝美以后的感伤。李白的《采莲曲》,则将强烈爱慕而无法实现的理想,演变为刻骨断肠的无尽思念。最后分析李白此诗传到西方,经多次改写后成为新古典音乐的离奇面目,虽已经与李白关系不大,却是文化传播的经典个案。

松原朗《中国离别诗形成论考》以十多篇各自独立又分别有关联的论文,系统研究汉魏以来直到唐中期离别诗的发展变化,着意表彰各代不断出现的递承和新变。人生聚少离多,无论亲属或朋友的分别都是令人伤感的,也是最能触动真情的,因此也成为诗人最经常叙写的主题。松原从送别时景物的渲染来表彰鲍照的贡献,是以鲍诗与魏晋古诗比较得出的结论。而对唐前期各名家送别诗的创新,则从各自的生活地位、人生境遇以及写作技巧上来加以揭示。其中有大量的例句分析,并由此归纳出从永明到大历时期,送别诗由于有多人参与,主题集中,前作众多,因而更刺激诗人以竞争性的创作寻求更富表现力的诗歌意境和达到手法的努力。

八 结语:学术与修行

多年来形成的购物习惯,无论机械产品或是电子产品,在规格、质地都相同的情况下,日本原装的产品常常更受消费者欢迎。而但凡在日本生活过的人也都能感受到,日本无论从事任何职业,无论社会地位尊卑相差悬殊,常都能安于职位,追求完美。如果接触深谈,更能发现他们常把职业当作人生的修行,以极其庄重的态度来对待自己的工作。在十家论集中,我也常能感受到他们将学术当作求道的过程,有从容的心态,求深的追求,以及独具个性的姿态。

日本学术研究的特别方式,可以提到读书班,经常由一位或几位年长者发起,以共同的兴趣定期在一起读书,经常选一部书或一位作者诗文为中心,一次读一篇文章,或两三首诗,先期各自准备,到时集中讨论,反复推敲求证,质疑商榷,务求确解。一些读书班也能得到项目经费的支持,多数则是参加者自掏腰包。有些班有各地学者参加,每次都花费不菲,因此也特别认真。其中当然有中坚人物定夺是非,但年轻学生也能参加,参与意见,得到提高。

还应该说到图书馆的条件。日本近代教育之普及比中国早很多,图书馆的国际化程度也很高,加上数量可观的公私图书馆和文库,能够充分满足学术研究的文献资料需求。尤其是最近二十年,由于现代网络的普及,日本在上世纪末已经实现全日本藏馆之文献共享和信息交换,近几年更加快重要特藏和珍贵文本的全部上网。当图书资料的获得不再有任何人为障碍的时候,对学术研究的完善、精密、独特势必提出更高的要求。就此而言,中日学术的差距也就可以理解了。

再次是学术著作之审慎。日本学位教育曾经有很长时间实行课程修读与论文答辩分离的制度,学位授予在论文通过以后许多年,而论文之出版则是极其庄重的事情,不妨修改十几年甚至几十年,真正觉得成熟了再问世,作为个人学术水平的代表留给后世。由于如此庄重审慎,日本学术著作之出版也是最为严肃而讲究的,装帧大气,价格高昂,印数不多,且不求急售。这些,都与此间靠数量和时效造成的学术快餐式繁荣大相径庭。如果理解学术不是娱乐,不是群众运动,不是大众游戏,那么日本对学术的讲究当然应该得到更多的尊重。

因十家论集之阅读,引出这些感慨,总觉得可以思考者很多,但又无法尽言。已经写得很长了,就此打住吧。

2015 年 4 月 23 日

(刊《北京大学学报》2015 年第 5 期)

贺知章的文学世界

　　贺知章是唐代知名度很高的文人。他最为人称道的事迹,一是对李白的赏识和称扬,称李白为谪仙人,又有金龟换酒的豪气;二是官至三品之秘书监,年近八十,忽然申请出家为道士,南行返乡,玄宗亲自作诗宠行,满朝公卿一起赋诗赠别,刚赐金离朝的李白在半途有诗相送(据敦煌本伯 2567);三是传世有贺知章草书《孝经》卷,为唐代草书之代表作。这些都为历代所称赞,为学者研究,为大家所熟知。当然也可以有更进一步探讨的空间。贺知章赏识李白,在于好道好酒且以豪爽处世,他与李白几乎完全相同,因而能独加揄扬,不遗馀力。他的弃官入道,是否有政治方面的忧虞,或个人身体状况的担心,都值得分析,天宝间陷狱冤死的李邕诸人和他名声相仿,而他归乡不久即病故,也属事实。

　　不过贺知章在文学方面,虽然有几首传世的名篇,但因他的诗文在生前身后都没有结集,估计一是因他生性率意,所作可能随作随弃,没有很好保存,身后也无人作用心搜辑,保留至今者不多,这是很可惜的。因此而使他享重名,有佳什,但难以跻身一流作家之列。我对其作品关心经年,长期积累,本次有幸提交新编贺知章集,较清编全唐诗文所收诗文,不啻倍之,且来源广泛,多存佳作,因此而得对其文学成就有许多新的认识。谨此报告于诸位高明。

　　先谈贺知章的诗歌。

　　《全唐诗》卷一一二存贺诗一卷,共收诗十九首又二句。近代张寿镛编《四明丛书》,有《贺秘监集》一卷,增加《董孝子黯复仇》一首,虽来历不明,但也难以证伪。这些诗中,稍有一些疑问。一是《开元十三年禅社首山祭地衹乐章》,全组诗八首,最后一首为源乾曜作,其他七首是否都是贺知章所作,因早期文本署名的不统一,稍有疑问。《云溪友议》卷下《杂嘲戏》载贺知章与顾况答朝士诗,因为二人之年辈相差太大,恐难有同时在朝班的经历。事伪,诗有疑问,但考虑到唐人传闻故事颇有据原诗敷衍事实之例,也很难完全否定不是贺诗。另外南宋俞文豹《唾玉集》说传诵名句"但存方存地,留与子孙耕"是贺知章作,显然记错了,可以否定。而今可据日本所存唐抄本《新撰类林抄》卷四补录五绝《春兴》一首,据陕西抱腹寺石刻补五言古诗《醉后逢汾州人寄马使君题抱腹寺□》一首,据《分门纂类唐歌诗·天地山川类》将《晓发》诗区分作二首看待,另外《宝真斋法书赞》卷八收唐人草书《青峰诗帖》:"野人不相识,偶坐为林泉。莫漫愁沽酒,囊中自有钱。回瞻林下路,已在翠微间。时见云林外,青峰一点圆。"可能是贺知章《偶游主人园》一诗的全篇。这样增减之下,今存贺诗约为二十三首。

贺知章存世诗歌中,《开元十三年禅社首山祭地祇乐章》是为玄宗封禅泰山所作祭祀乐章,庄重肃穆,为此类诗之套式。开元间的应制诗三首,分别因《张说之文集》和《文苑英华》之引录而得保存。同时唱和者人数众多,贺知章所作中规中矩,未必很出色。这些诗从写作行为来说都属于工作职责,并不显示贺之个人风格,可以不必深究。但其他十多首诗,则均很有特色,足以传世。就内容来说,可以分以下几类。

《望人家桃花》一首,是沿袭六朝初唐乐府歌行风格的一篇七言长诗,我很怀疑是贺知章早年的作品,因为类似的作品在刘希夷、骆宾王等诗集中很多见,流连风景,稍涉风情,流丽宛转,文辞讲究,但没有太多的开创意义。贺知章年轻时,正是这类歌行主导的时代,他必然受其影响而有所试作。

他的最好诗歌,是抒写豪爽洒脱的个性和情怀。贺知章自称四明狂客,终身嗜酒,生性豪迈,风流俊爽,在诗中有许多表达。唐僧皎然《诗式》卷一录其《放达诗》残句:"落花真好些,一醉一回颠。"写其在落花时节饮酒之醉态,生动传神,可惜全篇不存。日本藏唐抄本《新撰类林抄》卷四存其《春兴》:"泉喷(疑)横琴膝,花黏漉酒巾。杯中不觉老,林下更逢春。"原卷为行草,不易辨识,故"喷"字有待校定。诗所写为对清泉而横琴，落花黏上漉酒巾，诗人生活其间，感叹酒乡岁月不觉流逝，欣然于优游林下而又见满园春色。此诗写出在琴酒林泉间诗人的惬意生活，表达的是率性而不受羁绊的放达情怀。《国秀集》卷上录《偶游主人园》，《文苑英华》卷三一八题作《题袁氏别业》："主人不相识，偶坐为林泉。莫谩愁酤酒，囊中自有钱。"所写也是随兴而行，因见林泉佳景而流连徘徊，虽主人不相识，也无妨他赏景的兴致。后面两句，是说只要囊中有钱，可以随处酤酒畅饮。这种情怀，和他与李白金龟换酒的豪情是一贯的。近年长沙窑瓷器发现大量题有诗歌的瓷壶，其中即有此诗，仅"林泉"误作"林全"，"囊中"作"怀中"，足可见此诗流传之广，为民间所喜爱。山西抱腹寺石刻《醉后逢汾州人寄马使君题抱腹寺□》一诗，末有两段尾题，一云："四明狂客贺季真，正癫发时作。"一云："庚辰岁首十二日，故人太子宾客贺知章敬呈。"庚辰为开元二十八年（740），贺知章已经到了"八十馀数年"的高龄，也可能是他今存最后的诗作。诗云："昔年与亲友，俱登抱腹山。数重攀云梯，□颠□□□。一别廿馀载，此情思弥潺。不言生涯老，蹉跎路所艰。八十馀数年，发丝心尚殷。"因逢汾州人，想到早年曾与亲友登临抱腹山，想到道途之艰难，虽然相隔二十多年，但此情依然流水般潺潺不绝。最后说到自己虽然年近暮年，但依然雄心殷殷，颇有老骥伏枥的感慨。诗中有大段自注，叙述当年攀登的细节，似乎是应彼州来信索诗，因醉后作此寄马使君，并嘱其送寺题壁上。虽然再三说到"醉后""正癫发时作""狂痫"，但诗中很强烈的表述执着殷切的入世态度，正可看出他精神世界积极的一面。

　　抒写回乡思旧之感，有《回乡偶书二首》，现代较称道的是第二首："幼小离家老大回，乡音难改鬓毛衰。家童相见不相识，却问客从何处来？"直白如话，将近乡之情娓娓道来，当然是一首好诗。从"老大""鬓毛衰"的叙述，应该是中年以后回乡，而非暮年辞官归隐所作。但在唐宋时期流传更广的，则是第一首："离别家乡岁月多，近来人事半消磨。唯有门前镜湖水，春风不改旧时波。"感叹离家日久，人事消磨，时光流逝，事业无成，诗意更为蕴藉深沉。后二句从镜湖依旧春风涟漪，反衬年光过隙，自己已老，寄意遥深，感慨无限。关于此诗有两段故事。一是南唐静、筠二僧撰《祖堂集》卷一〇载唐末闽僧雪峰义存的法嗣师郁,在回答门人问禅时,举"唯有门前镜湖水,清风不改旧时波"二句作答,可见此诗流传甚广,且诗意蕴藉而含禅趣,故为僧人所引用。二是北宋文学家苏轼撰《东坡志林》卷二曾叙述一故事云:

> 虔州布衣赖仙芝言,连州有黄损仆射者,五代时人。仆射盖仕南汉官也,未老退归。一日,忽遁去,莫知其存亡,子孙画像事之。凡三十二年,复归坐阼阶上,呼家人,其子适不在,孙出见之,索笔书壁云:"一别人间岁月多,归来人事已消磨。惟有门前鉴池水,春风不改旧时波。"投笔竟去,不可留。子归问其状貌,孙云:"甚似影堂老人也。"连人相传如此,其后颇有禄仕者。

这应该是苏轼贬窜南方期间听到的一个传说。黄损是五代时期连州人,事迹见《五代史补》卷二、《诗话总龟》卷一〇引《雅言杂载》、《广州人物传》卷四,为后梁龙德进士,南归后仕南汉。所谓退归后三十二年忽然回家,作诗一首而不见,殆为传闻故事,其时似已入宋。苏轼说"连人相传如此",就是说他本人也不大相信。虽然与贺知章诗有几处文字出入,但显然是同一诗。《全唐诗》卷七三四另收黄损名下,显属误录。但贺诗在五代到宋初传闻如此,且引起苏轼之兴趣,足见其流布之广,影响之大。

　　送别行旅诗歌。《送人之军中》云:"常经绝脉塞,复见断肠流。送子成今别,令人起昔愁。陇云晴半雨,边草夏先秋。万里长城寄,无贻汉国忧。"开元时期边疆战争的规模虽还不大,但始终未曾间断。此诗之写作原委不详,因送别而起离愁,是古诗中常见内容。从前四句推测,贺知章也曾有过边塞的经历,因友人之远行而触动愁绪。五、六两句写边塞景色,寓关怀之意。最后则曲终奏雅,要求努力边事,不要让朝廷担忧。顺便提到"万里长城寄"中"万里长城"一词,是古代典籍中首次提到这一当代耳熟能详的伟大建筑,不过贺诗与此无关,他则是说国家把边事托付给边将,责任重大。万里言其广阔,长城是为国干城,极言边事之重要,并非当时已有万里长城之存在。《晓发》二首,写行旅感受,下文还要说到。

五律一篇写晨钟初动,理舟将行,写海潮夜涌,川露晨溶,近舟沙鸟,绰约远峰,每句都写景寓情,最后以思乡怀朋作结,是很有情韵的诗歌。但五绝一篇则将五律中的四句重新组装,突出晨行闻钟,怀乡情切,将写景两句作结,将此情此景定格于画面,引人无限感叹。二诗是同一事之不同诗体表达,其文体意义容下文另述。

　　贺知章是出身南方的诗人,他对从六朝以来南方流行民间诗歌肯定很熟悉,并写作清新晓畅的民歌。今存二首,都是很优秀的作品。如世所传诵的《柳枝词》:"碧玉妆成一树高,万条垂下绿丝绦。不知细叶谁裁出,二月春风是剪刀。"此诗诗题和文本都颇有异文,这里选用今知最早的《云溪友议》卷下、《才调集》卷九的文本。《唐诗纪事》卷一七、《全唐诗》卷一一二都题作《咏柳》,可能是原题。《云溪友议》云元稹在越州时,歌女刘采春歌此为《柳枝词》,可能《才调集》即据以收入。本诗之异文,较重要的是"二月春风是剪刀"的"是"字,《唐诗纪事》《全唐诗》作"似",诗意更为摇曳,《锦绣万花谷前集》卷七作"作",则更有动感,都可以成立。因见春来柳绿,满树新叶,忽发奇想,以春风为剪刀,裁出万条绿绦,设喻新妙明白,得从唐代传唱至今而不衰。另一首《采莲曲》:"稽山罢雾郁嵯峨,镜水无风也自波。莫言春度芳菲尽,别有中流采芰荷。"也以越州采莲女的生活,以稽山、镜水为背景,前二句写湖光山色之秀丽,后二句有淡淡的忧伤,后以中流采荷为结,诗意健康而明朗。

　　这里还应说到存世贺诗的一个有趣现象,即有两组诗各有繁简二本。一是《晓发》,四句五绝为:"故乡杳无际,江皋闻曙钟。始见沙上鸟,犹埋云外峰。"八句五律为:"江皋闻曙钟,轻曳履还舼。海潮夜漠漠,川雾晨溶溶。始见沙上鸟,犹埋云外峰。故乡眇无际,明发怀朋从。"从宋初即有二本之流传,显非传误所致,应该是诗人所作即有繁简二本。五绝取五律之七、一、五、六四句以成篇,虽然省略了夜行到晨景的描写,省去了怀友的内容,但诗意更为凝练强烈,可以看到唐人推敲诗意,或者说从律诗到绝句技法之进步。《全唐诗》以五律为正文,以五绝为注,我认为还是《分门纂类唐歌诗·天地山川类》作二诗收录更为妥当。另一例是前引《偶游主人园》:"主人不相识,偶坐为林泉。莫谩愁酤酒,囊中自有钱。"诗意当然已经完整。而《宝真斋法书赞》卷八录唐人草书《青峰诗帖》："野人不相识,偶坐为林泉。莫漫愁沽酒,囊中自有钱。回瞻林下路,已在翠微间。时见云林外,青峰一点圆。"这首诗书者不详,可能是中唐前人抄写前人诗。与前引贺诗比较,前四句仅有首句一字不同,而后半段则是前诗的延续,即前半写得见园林之愉悦,后半回看来路,再放眼远望,因此而有联想和感悟,诗意是连续而完整的。因此我倾向认为此即贺之全诗。而《偶游主人园》最早见载于《国秀集》,该书收诗止于天宝三载(744),即贺知章辞官归道那年,即贺知章生前流行文本就是如此。此又一例。类似情况还有畅诸《登鹳鹊楼》诗的两本,即北宋司马光、沈括在鹳鹊楼上所见"迥临飞鸟上,高谢世人间。天势围平野,河流入断山"四句,以及敦煌遗书伯3619号所载八句:"城楼多峻极,列酌恣登攀。迥林(临)飞鸟上,高榭(谢)代人间。天势围平野,河流入断山。今年菊花事,并是送君还。"也属此例。可能还可补充几例。我认为这一改写,正是以古诗为主的六朝诗歌向近体律绝过渡时期,在同一诗题写作中,更为集中更为强烈地表达某种感受的努力,显示绝句具有更为特殊的魅力。有理由相信,贺知章在盛唐诗风形成过程中,做过许多这方面的努力。

虽然贺知章诗歌存世仅二十多首,但具备了从初唐到盛唐诗歌的各种体式和内容,无论抒情写景都达到很高的成就,其中至少有七八首可以列入唐代最优秀作品的行列。从这些诗中,我们可以看到他对越中风光和民歌的深厚感情,诗中表达对家乡的热烈情怀,同时,他的豪迈洒脱个性和嗜酒重道偏好,在诗中也有强烈抒发。而这一切,与大诗人李白的个性和才华完全相通,甚至可以说如出一辙,难怪两人一见,能如此相知,彼此推挽,惊为天人,许为知己。我相信贺知章平生所作诗歌数量应该很巨大,证据是从其今存诗歌的流播史来分析,既曾编入《国秀集》《才调集》等唐人选唐诗,也曾流传越中歌女之口,为长沙窑工匠书于瓷壶,为禅宗僧人所引据,写本流入东瀛,石刻存于汾州,在各类文献中都有保存,足见影响之广。可惜存世数量毕竟不多,大约因为他的个性率意,大约生前身后都没有结集,终至大多亡佚。相比较来说,李白晚年病中授稿于李阳冰,前此曾得魏颢帮助编次文集,因为二人的努力,得有近千首作品流传至今。诗人之幸或不幸，即此可知。贺知章以一流名士而有诸多名篇，但却无法在文学史上占据一流地位，可发浩叹。

以下谈贺知章的文章。

贺知章文章当时也很有名，可惜传世者不多。《全唐文》卷三〇〇仅收二篇，《上封禅仪注奏》是开元十三年(725)随玄宗登泰山时的奏议，《唐龙瑞宫记》残缺过甚，难以卒读。清末陆心源编《唐文拾遗》，据《汝帖》和《宝真斋法书赞》录短简四则，文意较简单。笔者二十多年前编纂《全唐文补编》，据唐王泾著《大唐郊祀录》补开元十一年(723)与张说共进言南郊大礼仪注之奏议一篇；据清末人著《越州金石记》和《浙江文物考古资料》刊绍兴市南宛委山南坡飞来石上摩崖石刻，相对完整地写定了龙瑞宫记之文本(后半残损)，知原题为《龙瑞宫山界至记》，是记载开元二年(714)越州怀仙馆敕改龙瑞宫后，其管辖之四至范围及其周边之名胜。据此可以知道贺知章之信道可以追溯到开元初年，而此碑所记越州诸胜迹对地方史研究具有重要价值，但本身的文学价值并不高。真正具有文学研究价值的，是近代以来出土的贺知章撰文的唐代墓志，多达六篇之多，内容也极其丰富。笔者曾对唐代墓志作者作过详尽记录(陈尚君编《唐五代文作者索引》，中华书局 2010 年)，出土墓志在五篇以上者人数大约不足十人。就墓志出土的偶然性来分析，贺知章曾撰文的墓志应该数量非常巨大，总数应该在五十篇以上，相信今后还会有新的发现。

贺知章撰墓志最早的一篇是开元二年(714)撰《唐故朝议大夫给事中上柱国戴府君墓志铭》，当时贺知章任太常博士，地位尚低。志主戴令言，湖南长沙人，先世仕陈、隋，官职随时渐降，但其颇禀湘人梗概之个性。贺知章写他"及数岁，有若成童。垂髫能诵《离骚》及《灵光》《江》《海》诸赋，难字异音，访对不竭"，可称神童。而其性格则"颇侠烈"，自称"吾不能为小人儒"，"好投壶、挽强、击刺"，"历览群籍，尤好异书，至于日历卜筮，无所不晓。味老庄道流，蓄长往之愿，不屑尘物"。州乡欲推荐他参加科举，他傲然便曰："大丈夫非降玄纁，不能诣京师，岂复碌碌从时辈也。"不愿追随俗流，附会平庸以晋身，因"家近湘渚，地多形胜，每至熙春芳煦，凛秋高节，携琴命酌，棹川藉墅，贵游牧守，虽悬榻入舟，不肯降志"。颇具傲岸之性格。直到三十多岁,武后降诏旌表,方应召入京,但他不愿受官场局促,"犹怀江湖,因著《孤鹤操》以见志",乃弃宦归乡。此后五六年,大约四十以后,再被征召,且得宣室召对,方脱褐从官,先后任右拾遗、□补阙、长社令,都有善政。睿宗景云初,历任左台侍御史、三原令、库部郎、水陆运使,官至给事中,卒年五十六。戴令言一生经历从隐到仕的过程,任官的实际建树并不十分清楚,贺知章的叙述也难免因墓志文体而有所溢美。但志文用较大篇幅叙述他博学、任侠、好道、孤傲的性格,写他在归隐与为官之间的追求自由人格、不愿受尘俗羁绊的兀傲表现,在一定程度上寄托贺知章本人的人生选择与好恶。这些性格,在李白身上表现最为强烈,而贺知章写下以上文字时,李白还仅是蜀中一位未成名的少年。可以说这是盛唐的初声,也可以理解贺知章赏识李白的深层原因。

《大唐故中散大夫尚书比部郎中郑公墓志铭》撰成于开元十五年(727),志主郑绩出身世家大族,是一位勤勉的学者。墓志称赞他"行先王之道,读圣人之书。观其仪形,朗如明月;挹其文藻,晔若春华",从仪貌、重道、文彩三方面写其个性。他在对策后,即授越州永兴主簿,在今萧山任官。后来担任吐蕃分界使,因撰《柘州记》一卷,柘州在今四川松潘一带,是唐与吐蕃常发生冲突的地区。郑绩因出使而详记其风土地理,墓志称"深明长久,有识称之",似乎还提出与吐蕃之经营方略。墓志又称其任秘书郎后,"讨论七阁,综核九流",可能参加开元前期整理群书之工作,并"著《新文类聚》一百五十卷,依《春秋》作《甲子纪》七十篇"。仅就书名推测,我觉得《新文类聚》是仿《艺文类聚》体例而主收唐人诗文的大型类书,而《甲子纪》应属《春秋》以来历史大事记一类著作,类似司马光在著《资治通鉴》前编《稽古录》一类著作。郑绩续任职方员外郎,掌管天下地志图籍,乃撰《古今录》二百卷,应该是古今地理沿革或汇聚地图之著作。此外,贺知章还提到他"有书一万卷藏于家,有集五十卷传于代",是关于唐人藏书的重要记录,文集五十卷也颇具规模。十分可惜的是,郑绩的所有著作没有留下任何只言片纸,史籍中也没有郑的任何记录,若非贺知章详细加以记录,我们无从知道这位学者的存在。

贺知章撰《唐银青光禄大夫使持节曹州诸军事曹州刺史上柱国颍川

县开国男许公墓志铭》所记志主许临,其曾祖许胤、祖许叔牙、父许子儒,都是陈隋以来的著名学者,世为帝师。许临早年曾任相府骑曹,也算睿宗潜邸之门客。后来历官谘议、虢州长史、邠王府司马等。开元初任羽林将军、右武卫将军,参与平定常元楷之乱。官至曹州刺史。墓志最有学术价值的记录是提到其长子为嵩,应该就是六朝史专著《建康实录》的作者许嵩,解决了学术史上一个长期悬而未决的问题。一是可知许嵩得承家学,专存南朝事实;二是许临开元三年卒时年五十三,许嵩居长而下有七弟,估计年龄应近三十。《建康实录》叙事止于肃宗至德间,知成书时应已年过七旬。

《大唐故银青光禄大夫行大理少卿上柱国渤海县开国公封□□□□》撰于开元九年(721),署"秘书□□会稽贺知章撰",所缺疑为"少监"二字,为贺知章在秘书监前之任职。封氏是十六国前后燕至北朝以来河北沧景一带的大族,近代出土墓志很多。墓志记载封祯在武后末年任大理丞,"时有恩幸之臣,宠狎宫掖,履霜冰至,将图不轨。公案以直绳,处之严宪,犯颜固执,于再于三"。可称廉吏,在酷吏盛行的时代尤属不易,对武后宠昵的幸臣坚决处置更加难得。较特别的是封祯在神龙、唐隆二次政变中皆有立功。"寻而北军袒左,乘舆反正,褒公忠壮,锡以殊章。"是说张柬之等五王逼武后退位,中宗复辟,封祯立场坚定而得表彰。"今上剪除凶悖之夕,擢授御史中丞,与大夫东平毕构连制,夜拜明朝,急于用贤,宵分轸虑。"则指玄宗起兵诛除韦后母女之政变,封祯在当晚被授以御史中丞要职,在关键时刻发挥了重要作用。就我所知,在这两次重要政变中都参与并立功者,很为少见。

另两篇墓志,《皇朝秘书丞摄侍御史朱公妻太原郡君王氏墓志》是一位女性墓志,较特别的是其卒于"侍御所职沧州海运坊之官第",留下唐代海运史的重要文献。《大唐故金紫光禄大夫行鄜州刺史赠户部尚书上柱国河东忠公杨府君墓志铭》是六篇墓志中规模最大的一篇,志主杨执一出身显耀,历官通显,墓志叙述周详,价值很高,今人已多有研究,在此从略。

以上略述贺知章撰文墓志六篇的内容、价值,特别强调这些墓志在今已发表的唐人大约八千篇墓志中,是有很高文学造诣的作品。虽然墓志的特点就是记录志主的生平经历,并叙丧葬始末,表达哀挽之情,也难免溢美掩恶,以歌颂为主。但贺知章所作如戴令言墓志,着重写出他傲兀的个性和追求自由的性格,着力写有独特精神世界的不平凡人物,明确表达自己的好恶,是难得的佳作。而郑绩墓志写其勤于学问,奋力著述,也具特点。许临、封祯、杨执一三篇墓志也各具学术和历史价值,值得肯定。在文风上,贺知章虽然还没有摆脱唐初以来的骈俪文风,但叙事明快晓畅,骈散兼行,具有转变时期的文章特点。

2011 年 10 月 26 日

(《杭州师范大学学报》2012 年第 3 期)

唐诗人李昂、綦毋潜、
王仁裕生平补考

近年国内学者对唐五代诗人事迹的考证，肄力甚勤，创获尤多。然尚有一些重要作者的基本史料，因出处稍僻，尚不为人所知。本文拟提供李昂、綦毋潜、王仁裕的有关史料，并略作考订，以供治唐诗者参考。

李 昂

李昂是盛唐时期重要诗人，所作《戚夫人楚舞歌》等为世所称，敦煌遗书中亦多存其诗。开元二十四年（736），他以考功员外郎知贡举时，因刚急不容物而激起举子闹事，尤为唐代科举史上划时代的大事。但传世文献有关他的事迹记载仅寥寥数则。傅璇琮先生在《唐才子传校笺》卷一以这些文献为依据，勾勒出其生平的大致轮廓，是迄今为止最详尽的论述。但因史料不足，如籍贯、世系、生卒年等重要关节，尚付阙如。

民国初年在洛阳近郊曾出土《大唐故吉州刺史陇西李府君墓志铭》，后为罗振玉收入《芒洛冢墓遗文》卷中。李府君即李昊，为诗人李昂之兄。这方墓志对考证李昂生平极其重要，全录如次：

> 大唐故吉州刺史陇西李府君墓志铭并序
>
> 夫命过中寿，何必期颐，位列诸侯，何必银艾。效议年至于是，议职又于是，孰不鼪之。府君讳昊，字守贤，陇西成纪人也。道德有后，模楷相承，蔚能文为世家，茂清阀为士族。曾祖和州刺史纲，大父绛州别驾寿，烈考左羽林卫长上令终。惟和州克济□美，惟绛州克和□

中,惟羽林克成□终。府君即羽林之第二子也。与季弟考功员外、吏部郎中昂,幼差肩学诗,寻比迹入仕。考功以文词著称,而府君兼忠信知名,有硕德,有琦行,自强仕至大官,辟书相交,幕府更入。万岁登封年,以门子宿兰锜,寻拜婺州武义县主簿,充海运判官。天堑无涯,连樯百里,风涛之下,舟楫所难,军实指期,不差一息。授太原府交城县尉、支度判官。边鄙或耸,糇粮是务,毂击辚辚,动盈千箱,克赡军储,常积馀□。授怀州司士、会宁郡长史,充朔方推覆判官,加朝散大夫,特赐绯鱼袋。□安北都护府城兼朔方推按。单于咫尺,万夫成城,锤声殷天,横制绝塞,庀徒画一,廉察生风。授银川郡司马。无何,拜灵武郡长史,兼本道防御使,兼采访判官。寻拜庐江郡长史,知郡事。淮海之服,土风浇醨,抚宁此人,如辔在手,易俗齐礼,洋洋颂声。至德元年,除黄州刺史。又除吉州刺史。自一尉八从官日,十数年至二千石,得为不达矣夫! 春秋七十有三,以至德二年闰八月,考终于浔阳县客舍。远迩悲恻追惟,朱绂鹤发,皤皤如丝,画戟森然,眉寿益贵,得为不永年矣夫。且葆光于和,同尘于物,不以寒暑从俗,不以轩冕待人,时行则行,能适其适。常立言曰:“名教之地,宴乐所崇,况乐能和人,声可知变。”故清丝急管,泠泠中堂,轻盈舞罗,间以清唱,达人之不拘常节也,公家之从政如彼,私室之自娱如此。衍衍君子,贤哉大夫,奄忽逝川,长辞昭世。呜呼哀哉! 以乾元元年岁次丙戌八月庚子朔廿一日庚申,安措于河南县伊洛乡之南原。夫人博陵郡君崔氏,故洛州肥乡丞覡之女。长女,饶州长史房正谏妻。子巽哀哀号天,卜此宅兆,乃刻石纪德,传之无穷。铭曰: 长河东直,滑台孤峙。世有明德,及于君子。君子维何,行仁由己。曾是果行,曾是济美。亦既入幕,三河允理。亦既作牧,六条作美。厚德在人,徽音盈耳。声穷《白雪》,音善“绿水”。当年取适,以合□止。时称达者,今则亡矣。刻此贞石,与贞坚而终始。

《新唐书·宗室世系表》蜀王房有李昂,为延州司马友谅子;《宰相世系表》赵郡李氏东祖房及辽东李氏皆有李昂,前者为都水使者陳子,官仓部员外郎,后者为承休子。今得《李昊墓志》,知以上三人皆与诗人李昂无关。李昂曾祖李纲,官和州刺史,祖李寿,官绛州别驾,父李令终,为左羽林卫长上。长上为羽林军下层官员。谓其家世日渐衰微,当无问题。李昊为令终之次子,昂为季子,其兄弟辈当不少于三人。

李昊卒于至德二年(757),年七十三,则其生年应在武后垂拱元年(685)。墓志云昊与昂"幼差肩学诗",是昂之生年,迟于昊不会太久,估计当在垂拱末年前后。如定为垂拱四年(688),则其开元二年(714)登第时年约二十七,二十四年(736)以考功员外郎知举时年约四十九。

再次为李昂之历官。《墓志》称李昂历官为"考功员外、吏部郎中",是任吏部郎中在考功员外郎以后。今陕西西安碑林所存郎官石柱,吏部郎中栏尚有李昂题名,其前一人为孙逖,后一人为韦述。《旧唐书·苗晋卿传》载,孙逖于开元二十四年自吏部郎中拜中书舍人。《韦述传》则谓韦述自开元十八年后,历任屯田员外郎及职方、吏部郎中、集贤院学士,二十七年转国子司业。学士为兼职,可知韦述二十七年正在吏部任上。据此可知李昂任吏部郎中,即在二十五、六年间,当由考功员外郎迁升。

这里尚应附带考及与李昂历官及卒年有关的两个问题。其一,郎官石柱有李昂题名五处,分别见于吏部郎中、司封员外郎、户部员外郎、金部员外郎及仓部员外郎栏。除吏部郎中可定为诗人李昂历官,司封、金部、仓部三职,从其前后题名看,均应为赵郡李昂(都水使者李暕子)历官。惟户部一职,因原题名已窜乱,较难确定。赵郡李昂比诗人李昂时代稍迟,历官在天宝末至肃代间,事迹详《芒洛冢墓遗文》卷中《李方乂墓志》及《千唐志斋藏志》收《李邕墓志》。其二,敦煌遗书伯2552卷末,《驯鸽篇》下署李昂名,后篇《塞上听弹胡笳作》仅存序,其中云:

故天子命我柱史韦公,括□□□。监统□余。韦公谓我不忝,奏充判官。天宝七载(748)十有一月,次于赤水军,将计□□。时有若尚书郎苏公,专交兵使,处于别馆。是日也,余因从韦公相与谒诣,既尽筹画,且〔开〕(门)樽俎。

《补全唐诗》即收李昂名下。如前所考,诗人李昂至天宝七载,当已年逾六十,在任吏部郎中后十馀年,是否还会远赴赤水军,做官位并不太高的"柱史韦公"的运粮判官,且如此恭敬地去"谒诣""尚书郎苏公"。据其可考知事迹看,此诗显非考功李昂作。伯2552与伯2567本为一长卷,后者收诗多有漏署作者处,且后者卷首已收李昂诗。此首诗的作者也可能即赵郡李昂,其肃代间为仓部员外郎,天宝中为运粮判官,时间正相接。此尚待进一步研究。就现有史料说,诗人李昂终官为吏部郎中,可能即卒于天宝最后数年间。

最后应考及李昂之占籍。《李昊墓志》称"陇西成纪人",仅指郡望。值得注意的是铭词中的以下几句:"长河东直,滑台孤峙,世有明德,及于君子。""长河"指黄河。"滑台"在滑州。《元和郡县图志》卷八云:"(滑州)州城,即古滑台城,城有三重,又有都城,周二十里。相传云卫灵公所筑小城,昔滑氏为垒,后人增以为城,甚高峻坚险,临河亦有台。""滑台孤峙"即指此。铭词此数句意谓山川蕴秀,诞生君子。从《李昊墓志》看,滑州并非其上世及其本人之历官地。由此可以断定,李昂应为滑州(今河南滑县)人。

綦毋潜

綦毋潜生平,今人研究较多,马茂元先生《綦毋潜里贯仕履及其诗》(收入《晚照楼论文集·唐诗札丛》)、傅如一先生《綦毋潜生平事迹考辨》(刊《中国社会科学》1984年第四期)及陈铁民先生在《唐才子传校笺》卷二中所作考证,尤为重要。综合诸家所考,其生平可作定论者有以下数点:字孝通,虔州人,排行三,开元十四年(726)登进士第,曾官校书郎,后弃归江东。又曾任拾遗,入集贤院待制,官著作郎。其生卒年,因文献不足,已难考详,今人虽有推测,皆不足定谳。至其历官之先后始末,尤多疑问。

这里先揭出一则诸家皆未引及而有确切系年之史料。元王应麟《玉海》卷一一二引《集贤注记》云:"天宝十三载八月,杨冲、綦毋潜迁广文博士。"同书卷一六五引《集贤注记》云:"天宝十三载五月戊申,綦毋潜迁广文博士。"二处引文稍有出入。检此年五月戊申为十三日,八月无戊申,当作五月为是。《集贤注记》三卷,韦述撰,《新唐书·艺文志》著录,今不存,《玉海》引录较多,卷四八尚存韦述自序,记书成于天宝十五载二月,专记开元、天宝间集贤院故事。韦述在集贤院前后近四十年,故所记最为可靠。据以上引文,知綦毋潜于天宝十三载(754)五月,自集贤院职,改迁广文博士。《唐会要》卷六六及《旧唐书》卷九载,天宝九载七月,国子监设广文馆,领生徒为进士业者,以郑虔为博士。从杜甫《戏简郑广文兼呈苏司业》诗可知,十二、三载间,郑虔仍为广文博士。杨冲、綦毋潜当即继郑虔之后而为博士者。此点诸家皆未考及。傅如一考知其天宝十一载任右拾遗,并推测"当卒于天宝末"。大致可从。今知其十三载历官,其后是否得遭安史之乱,已无以考知。

　　其次,綦毋潜何时入集贤院待制,也应予讨论。《新唐书·艺文志》云:"开元中,繇宜寿尉入集贤院待制。迁右拾遗。"如前所考,綦毋潜自集贤院职迁广文博士,非迁右拾遗,《新志》所载显误。傅如一据高適《同崔员外綦毋拾遗九日宴京兆府李士曹》诗,考知其任拾遗在天宝十一载,此后方入集贤院。前考可证傅说是正确的。这里尚可补充一点。《唐诗纪事》卷二〇引殷璠语,有"拾遗诗举体清秀"云云。殷璠语出《河岳英灵集》,此书收诗止于天宝十二载,拾遗显为潜此前不久所任官。该书宋刻二卷本及明刻三卷本皆经称"潜诗"云云,《唐诗纪事》当录自古本,较可靠。

　　陈铁民认为张九龄《在洪州答綦毋学士》《同綦毋学士月夜闻雁》诗,当作于开元十五年(727)至十八年(730)九龄任洪州都督时,当然是不错的。但由此而推测綦毋潜此时已任集贤院学士,则非是。《河岳英灵集》卷下收王湾《哭补阙亡友綦毋学士》诗,此綦毋学士当即与张九龄有过从者。从王湾现可考知事迹看,似卒于天宝以前(详傅璇琮先生《唐代诗人丛考·王湾考》)。《河岳英灵集》收诗止于天宝十二载,而綦毋潜十三载仍在世,王湾岂能预作悼诗。与张九龄、王湾交往之綦毋学士,可断定不是綦毋潜。湘潭师范学院陶敏教授近年肆力于《全唐诗》人名考证,笔者就此与他交换了看法,他十分赞同笔者的这一意见。至于与张九龄、王湾交识的綦毋学士为谁，我们认为今存史料中尚难考知，只能存疑。

再次，还有綦毋潜任宜寿尉的问题。此事最早见于《新唐书·艺文志》，云开元中任，已见前引。傅如一指出宜寿县为天宝元年自盩厔县改，开元中不可能任宜寿尉，甚是。但据李颀《送綦毋三谒房给事》诗，推测为天宝五载因房琯推荐而任宜寿尉，也仅属揣度。今检宋孙逢吉《职官分纪》卷一〇引韦述《集贤注记》云："（天宝）十三年，窦叔展以宜寿尉迁左拾遗，入院待制。寻李（二字疑衍）叔展则中书舍人华之子，父母相次入院。"值得注意的是，窦叔展历官与綦毋潜竟如此相似：自宜寿尉，迁拾遗（仅左、右有异，为传抄所致），入集贤院待制。进一步追究，《集贤注记》是部分编年的著作，该书天宝十三载下既载綦毋潜事，又载窦叔展事。《新唐书·艺文志》中关于綦毋潜生平的记载，有可能即录自《集贤注记》，其时代既错，迁官又误，进一步推测其将窦叔展之历官误抄为綦毋潜的历官，并非没有可能。《元和姓纂》卷九载："（窦）庭华，中书舍人。生叔展、申、昱。叔展，右拾遗。"《新唐书·宰相世系表》载"庭华，中书舍人"，子"叔展，太子正字、左拾遗"。皆可证《职官分纪》所载之不误。綦毋潜是否曾任宜寿尉，值得怀疑。

今人证明綦毋潜任宜寿尉，多举李颀《寄綦毋潜三》诗："新加大邑绶仍黄，近与单车去洛阳。顾眄一过丞相府，风流三接令公香。南川粳稻花侵县，西岭云霞色满堂。共道进贤蒙上赏，看君几岁作台郎。"宜寿为畿县，与"大邑"合，但五、六两句所云，则显与关中景物不合。傅如一以为李颀此诗作于嵩山东溪，所云为少室南溪一带景象。但从全诗看，首二句云除官赴职，次二句称其得上官赏识，再二句为称道将赴职之县景物之美好，末以为政有成，预期升迁为祝。五、六两句显非言送别时眼前之景。傅璇琮先生《唐代诗人丛考·李颀考》引姚鼐《今体诗钞》，谓南川即南江，指章贡水，西岭指洪州西山，较为合理。綦毋潜任职之县，应在南方，故其取道洛阳赴任。从"新加大邑绶仍黄"句看，此前他已服黄绶，领县职，故李颀诗中用"加""仍"的字眼。曾任何职，领何县，则已无可考知。

据以上所考，并参诸家之说，綦毋潜仕历可知者为：开元十四年（726）登进士第。除校书郎（正九品上），约于开元十七年（729）弃而归江东。后曾历任县职,服黄绶。天宝十一载(752)为拾遗(从八品上)。寻入集贤院待制。十三载五月,迁广文馆博士(正六品上)。官至著作郎(从五品上)。

王仁裕

王仁裕平生作诗万馀首,时称"诗窖子",在五代时无人可匹。只可惜诗作大多佚失,今人或不以大家视之。两《五代史》皆有其传,但《旧五代史》本传已失全篇,仅存二则残简。《新五代史》本传虽完,但叙事较简。胡文楷先生撰《薛史〈王仁裕传〉辑补》(刊《中华文史论丛》1980年三辑)采掇甚广,虽所录并非薛史旧文,而仁裕生平,历历考明,足为知人论文之助。

王仁裕神道碑清代已出土于甘肃天水,后收入《陇右金石录·宋》卷上,胡文楷先生未及征引,颇可惜。碑文长达二千馀字,在此不备录,仅摘其中可补史文之缺者,略加说明,以供治五代文学者参考。

此碑立于宋太宗雍熙三年(986),为仁裕卒后三十年,其孙永锡请仁裕门人李昉所撰,碑首题《周故通奉大夫守太子少保上柱国太原县开国公食邑七百户赐紫金鱼袋赠太子少师王公神道碑铭》(以下简称《碑》)。

《碑》述仁裕祖籍云:"其先太原人,后世徙家秦陇,今为天水人也。"后"归葬于秦州长道县"先茔。两《五代史》仅云"天水人",不及此详。

《碑》记仁裕先世为:曾祖洋州录事参军约,祖成州军事判官义甫,父阶州军事判官实,母元氏。自其祖以下,皆有封赠,不备录。有二兄:秦州观察推官仁温、秦州仓曹参军仁鲁。自曾祖以下,皆为秦陇间诸州之州佐官。

仁裕早年经历,《新五代史》云:"少不知书,以狗马弹射为乐。"《碑》所载较详:"当童稚之年,失怙恃之爱,兄嫂所鞠,至于成人。唐季乱离,关右斯盛,俎豆之事,蔑无闻焉。既乏师友之规,但以畋游为事。"知因父母早亡,又适逢乱世,故惟事畋游。仁裕生于僖宗乾符六年(879),年二十五前正当唐季大乱。

《碑》、史皆云仁裕年二十五感梦而能文,时应在昭宗天复三年(903)。《碑》复云:"岁馀著赋二十馀首,甚得体物之妙。繇是乡里远近,悉推重之。"此为史所缺载。

仁裕以文辞知名后,史云"秦帅辟为秦州节度判官",不载秦帅姓名及召辟之年。《碑》云:"秦帅陇西公继崇闻之,以书币之礼,辟为从事。"李继崇为岐帅李茂贞犹子。继崇帅秦,不知始于何年。天祐中,秦帅为李继勋,见《通鉴·天祐元年》。《旧五代史·刘知俊传》云知俊于梁太祖乾化初寓居岐下时,继崇为秦帅。仁裕受辟,当在入梁后,可能即在乾化初。乾化五年(915),继崇以秦州降蜀,仁裕因此入成都。

《碑》云仁裕归蜀后,"连佐大藩"。又云其任翰林学士后,"蜀后主衍好文工诗,偏所亲狎,宴游和答,殆无虚日。后主昏湎日甚,政教大隳,公屡陈谠言,颇尽忠节。"此处恐有夸饰之词。《太平广记》卷二四一引仁裕《王氏闻见记》,录其随王衍宴游和答诗,并无规诫之意。但他将蒲禹卿谏表全文录入,可见其于蜀亡后对后主为政之态度。

蜀亡后,仁裕复为秦州节度判官。《碑》云:"职罢,归汉阳别墅,有终焉之志,著《归山集》五百首以见其志。"此"汉阳别墅"当亦在秦州至梁州间。

仁裕复起事兴元帅王思同及降唐末帝事,史载甚简,《碑》叙尤详,录如次:

> 无何,南梁主帅王公思同以旧知之故,逼而起之,密奏授兴元节度判官。不获已而受命,非其志也。泊居守镐京,复参赞留务。时岐帅潞王据有坚城,将图义举,阴遣间使,会兵于王公。王公依违之间,可否未绝,犹豫方甚,召公谋之。公曰:"事君尽忠,事父尽孝之道,奈何弃之。"王公勃然而起曰:"吾其效死于王室矣。"于是戮岐阳之使,驰驿上奏。忠规正论,闻者义之。俄而王师倒戈,奉潞王为主,王公果死于难,虽寮吏悉罹其祸。潞王下命军中曰:"获王某者不得杀。"遂生致于麾下。潞王素闻公名,喜见公,而文翰之职一以委之。公自陈曰:"府主渝盟,臣所赞也,请就鼎镬,速死为幸。"词直色厉,潞王

壮之。

《旧五代史》有《王思同传》,其镇兴元(山南西道)在明宗长兴二年(931)三月。仁裕若此年入幕,距蜀亡已六年。思同于三年八月复为西京留后,仁裕随至长安,"参赞留务"。潞王即后唐末帝李从珂,明宗义子。长兴四年(933)明宗卒,子从厚嗣位,即闵帝。从珂时镇凤翔,因遭闵帝猜忌,遂举兵向阙,于应顺元年四月入洛阳,即位,闵帝被杀。当潞王起兵时,曾致书关陇诸帅。思同依违之际,仁裕劝其效忠闵帝。思同兵败过程,《旧五代史》载之甚详,但未及仁裕之言。

仁裕从末帝入京后,《碑》云:"旋为近臣排斥,出为魏博支使,改汴州观察判官,数月征拜尚书都官郎中,召入翰林充学士。"其后事迹史载较详,不一一。

《碑》载仁裕妻室子嗣颇详:前夫人为弘农杨氏,后夫人为渤海郡夫人欧阳氏,皆先仁裕而亡。有二子:成州军事判官传珪、秦州长道县令传璞。三女,分适校书郎党崇俊,殿中丞刘湘、河东薛昇。二孙:绵州西昌令全禧、秘书郎永锡。

《碑》载仁裕著作有:《秦亭篇》(疑为李继崇幕下作)、《锦江集》(应为仕蜀时作)、《入洛记》(蜀亡入洛时作)、《归山集》(退归汉阳别墅时作)、《南行记》、《东南行》(应为出使荆南时作)、《紫泥集》(应为任翰林学士后作)、《华夷百题》、《西江集》(《新五代史》仅举此集),共六百八十五卷。又撰《周易说卦验》三卷、《转纹回轮金鉴铭》、《二十二样诗赋图》等。《碑》所未载者,今知尚有《开元天宝遗事》《玉堂闲话》《王氏闻见录》《国风总类》等。《碑》云"著述之多,流传之广,近代以来,乐天而已",并非虚词。可惜仁裕生逢乱世,所著大多佚亡。专书仅存《开元天宝遗事》一种,诗文存者,仅及白居易之百一。另《玉堂闲话》、《王氏闻见录》二书,《太平广记》《类说》《分门古今类事》等书中引录尚多,可辑以成编。

(刊《铁道师院学报》1993 年第 4 期)

跋王之涣祖父王德表、妻李氏墓志

　　李根源先生曲石精庐所藏靳能撰《王之涣墓志》,经岑仲勉先生《续贞石证史》介绍于世后,引起唐诗研究者极大的兴趣。近年傅璇琮先生又撰《靳能所作王之涣墓志铭跋》(收入《唐代诗人丛考》),据这方墓志详细考证了王之涣的家世和生平,发明颇多。然而,与《王之涣墓志》差不多同时出土,后收入张钫先生《千唐志斋藏志》的其祖父王德表、妻李氏的两方墓志,则因志文中未明确载明与王之涣的关系,以致一直未引起研究者的重视。以下拟将这两方墓志内容作一介绍,并据以略申管见。错误未允之处,幸祈方家教正。

一

　　《王德表墓志》收入文物出版社影印本《千唐志斋藏志》四六二页,全文长达一千二百馀字,今节录如次:

　　　大周故瀛州文安县令王府君墓志铭并序
　　　凤阁舍人兼控鹤内供奉河东薛稷篆。第四子前河内县主簿景书。
　　　公讳德表,字文甫,太原晋阳人。高祖隆,后魏行台尚书、开府仪同三司、安阳县开国伯、绛郡太守,子孙因家焉。曾祖纂,齐华州别驾、汾州刺史;祖子杰,宇文朝建威将军、徐州刺史,袭封安阳伯;父信,隋国子博士,唐安邑县令。公幼挺奇伟,聪明懿肃,年五岁,日诵《春秋》十纸。贞观十四年,郡县交荐,来宾上国。于时太学群才,天下英异，中春释菜，咸肆讨论。公以英妙见推，当仁讲序，离经辩义，独居重席。即以其年明经对策高第，左仆射梁国公房玄龄奏公学业该敏，特敕令侍徐王读书，寻迁蜀王府参军。俄以家艰去职，庐于墓左，柴毁骨立。太夫人朝夕谕及，仅免灭性。后迁鄜州洛川县主簿、定州新乐县丞。麟德之岁，薄伐辽阳，支度使营州都督李冲寂、司庾大夫杨守讷，以公清白干能，时议金属，乃奏公监河北一十五州转输，不绝粮道，边兵用给，卉服俄清，玺书褒慰。迁泽州端氏县令。丁内忧，如居府君之丧。服阕，迁丹州汾川县令。平迁沧州鲁城县令，秩满，授瀛州文安县令。属狂寇孙万斩等作梗燕垂，公县当冲要，途交水陆，接剧若闲，军兴是赖。既乃犬羊之党，侵国城邑，公励声抗节，誓志坚守。而孤城无援，俄陷凶威，虽白刃交临，竟无所屈。贼等惮公忠烈，不之加害，寻为俘系，幽于虏庭。潜图背逆，夕遁幽府，遂首陈谋议，唱导官军。廓清巨孽，公之力也。清边道大总管建安郡王奏公忠果特异，请加超奖，仍命军司，优以钱帛。瀛州刺史、高平郡王、神兵军大总管河内郡王等，复以公化若神君，功逾健令，咸嘉其事，时即奏闻。旋降明旨，俾令甄擢。公饬巾祗虑，解印辞荣，功成不有，乐天知命，以圣历二年三月二日寝疾，终于遵教里私第，春秋八十。公博综经史，研精翰墨，冠冕五常，被服六艺。至于释氏空相，玄门宗旨，莫不澄源挹澜，必造其极，凡所历任，皆著异能，蚕绩蟹筐，讴谣四合。初新乐之任也，太夫人遇有疮疾，公尝自吮痛，应时痊愈。司马张文琮以公孝行纯深，奏课连最，河朔之地，人知慕德。尝注《孝经》及著《春秋异同驳议》三卷，并注《道德》上下经、《金刚般若经》，有集五卷，并行于世。粤以其年岁次己亥三月景辰朔二十九日甲申，权厝于合宫县伯乐原，礼也。嫡孙之豫，次子前左台监察御史洛客、前怀州河内县主簿景、前洛州洛阳县尉昌等，咸以名才，并臻显禄。三张之敏，生事爱敬；二连之孝，死事哀戚。号纂徽业，存之铭典，用托凤阁舍人河东薛稷为其铭曰(略)。内供奉南阳张元敬镌，外孙弘农杨伋书。

按《王之涣墓志》云:"公名之涣……即后魏绛州刺史隆之五代孙。曾祖信,隋朝请大夫、著作佐郎,皇蒲州安邑县令;祖表,皇朝散大夫、阳翟丞、瀛州文安县令。父昱,皇鸿胪主簿、雍州司士、汴州浚仪县令;公即浚仪第四子。"持与《王德表墓志》作一比较,可确定王德表即《王之涣墓志》所云之"祖表",后者误脱"德"字。《王德表墓志》可订正《王之涣墓志》中的一些缺误脱漏,补充王之涣的家世资料。分述如次。

(一)据《王德表墓志》,王隆为王德表的高祖,应为王之涣的六世祖。《王之涣墓志》云为王隆"五代孙",误漏一代。又《千唐志斋藏志》一〇九六页《唐故处士太原王府君(翱)墓志铭》,称"九世祖讳隆"。翱为之咸的曾孙。所记世次,与《王德表墓志》合。

(二)之涣五世祖纂、高祖子杰,《王之涣墓志》不载,可据《王德表墓志》考知。

(三)之涣曾祖信,二方墓志所记其在隋代官守不同,可互为补充。据《王德表墓志》,王信约卒于贞观末。

(四)《王之涣墓志》载王德表为"皇朝请大夫、阳翟丞、瀛州文安县令"。《王德表墓志》不云为朝请大夫,疑为追赠官;又载其仕历至为详尽,但无阳翟丞之任,疑为靳能误记。官终文安县令,二志所载一致。《王德表墓志》所云"麟德之岁,薄伐辽阳",应指龙朔间刘仁轨伐百济或乾封间李勣攻高丽事。孙万斩陷河北诸州,为万岁通天元年(696)事,时德表已七十七岁。志文中提到的高平郡王指武重规,建安郡王指武守官。德表的五种著作,历代均无著录。德表卒时,王之涣已十二岁。这位学贯三教、著述丰富的祖父,对于王之涣的成长,无疑曾起过积极的作用。

(五)傅璇琮先生考证王之涣父王昱与王之咸父王景为兄弟,王之涣、王之咸为同祖不同父的堂兄弟,其说甚是。今据《王德表墓志》所载,王德表至少应有五子一女:长子某,次子洛客,景兄某,第四子景,再次子昌,女嫁杨某,生杨伋。《墓志》首记"嫡孙之豫",知嫡子已先逝,故以嫡长孙领衔。颇疑此未载及之长子,即之涣父昱。理由是之涣为昱第四子,当德表卒时,之涣已十二岁,据推昱之年岁,当不少于四十岁,故不应不叙及。较合理的解释即是昱已先卒,故《德表墓志》未述及。景为第四子,因知其前另有一兄未叙及,疑亦早夭,今姑附洛客后。

以下据王德表、王之涣、王翱、李氏四方墓志,并参取傅璇琮先生所考,列王之涣家族世系如次:

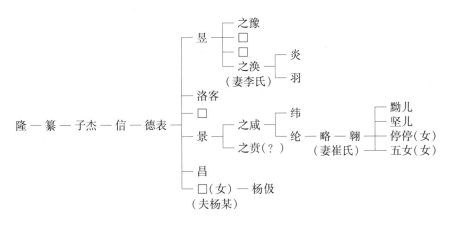

二

《千唐志斋藏志》八四二页载《李氏墓志》,全录如次:

> 唐故文安郡文安县尉太原王府君夫人勃海李氏墓志铭并序
> 夫人其先勃海人也。祖彦,皇青州司马;父涤,皇冀州衡水县令。夫人即衡水公第三女。载十八,适于王氏。时王公衡水主簿,因而结婚也。夫人凡生一子。王公天宝二载终于文安,夫人以天宝七载十一月四日遘疾终于河南县孝水里私第,春秋卅有四。惟夫人性含谦顺,德蕴贤和,惜乎!以天宝七载十一月廿四日葬于洛阳北原,礼也;盖未合也,盖从权也。嗣子羽,哀哀在疚,栾栾其棘。铭曰:佳城郁郁,春复其春,穷山苍苍,松柏愁人。泉扃一闭兮开无辰,呜呼哀哉兮思慕终身!
> 大理丞王缙撰。

按《王之涣墓志》云之涣"以门子调补冀州衡水主簿","在家十五年"

后，"复补文安郡文安县尉"，卒后"葬于洛阳北原"，有"嗣子炎及羽等"，与《李氏墓志》无不相合。因此，可确定李氏即王之涣之妻。

据《李氏墓志》，可补充《王之涣墓志》未述及的一些事迹。

《广韵》卷三"六止"韵载李氏有十二望，渤海为其一。墓志称李氏"其先勃（即渤）海人"，指其郡望而言。李氏之祖彦、父涤，他书未见事迹。李氏卒于天宝七载（748），年四十四，当生于长安五年（705），比王之涣年轻十八岁。李氏十八岁嫁王之涣，其时应在开元十年（722）。墓志云："父涤，皇冀州衡水县令……时王公衡水主簿，因而结婚也。"因知开元十年，王之涣正在衡水任上，时李涤任衡水令，遂将第三女嫁给之涣。又墓志云："夫人凡生一子……嗣子羽哀哀在棘。"《王之涣墓志》则云"嗣子炎及羽等"。羽为李氏所生，炎长于羽，应为嫡子而非妾生子，据此可知之涣三十五岁娶李氏前，另有一段婚姻经历，只是具体情况已无从考索了。

《李氏墓志》云"王公天宝二载终于文安"，比《王之涣墓志》迟一年。按《王之涣墓志》云："以天宝元年二月十四日遘疾，终于官舍。……以天宝二年五月廿二日葬于洛阳北原。"唐代墓志通例，卒、葬在同一年者，述葬期均云"以其年某月某日葬"。据文意，应为《李氏墓志》误以葬年为卒年。但其中也有一可疑之处。二方墓志均称之涣为"文安郡文安县尉"，而据两《唐书》及《通鉴》所载，天宝元年二月二十日改州为郡，时在之涣去世后数日。唐人在追叙死者历官时，一般均沿用原授官名，而不用其身后改用之官名。据此推测，似又以《李氏墓志》为长。故此点尚可存疑。

《李氏墓志》撰者王缙，为著名诗人王维之弟，两《唐书》均有传，但未言及其官大理丞之事，可据志补传。王维兄弟与王之涣的交往，诸书未见记载，墓志提供了有关线索。从《李氏墓志》看，之涣身后颇为萧条，以至家人无力为其夫妇合葬。王缙在当时以文词擅名，但《李氏墓志》行文则较草率，又未提及之涣之诗名，其中原因，似颇可玩味。

作者补记：

本文写完后，笔者又有幸找到了王之涣祖母薛氏的墓志，题作《瀛州文安县令王府君周故夫人薛氏墓志铭》，见《千唐志斋藏志》四三五页。墓志载薛氏家世云："夫人姓薛氏，河东龙门人。……曾祖朗，随颍川郡太守，袭封都昌县公。……祖安，唐海州录事参军。……父卿，唐朝议大夫、眉州长史。"诸人皆不见史乘记载。薛稷为王德表撰墓志，疑薛氏与薛稷为近亲，只是具体关系尚难以考索。墓志称薛氏"傍罗艺圃，隐括书林。飞铅洒墨，触象而成篆画；艳锦图花，寓情而发词藻"，知其工书画，能诗文，多才多艺。薛氏"以万岁登封元年（696）壹月式拾式日终于洛阳遵教里之私第，春秋漆（通柒）拾"。其卒时，之涣仅八岁。王德表比薛氏晚卒三年，其墓志亦称"终于遵教里之私第"。据此推测，之涣的少年时期，很可能即住在洛阳。薛氏葬于卒后之次年，即万岁通天二年（697）二月，墓志载其子嗣有"嫡孙之豫、哀子左肃政台监察御史洛客、怀州河内县主簿景、并州太原县尉昌等"，与《王德表墓志》所载可印证。其中洛客、景之官职，《王德表墓志》均冠以"前"字，知德表卒时均已去职；昌，《王德表墓志》作"前洛州洛阳县尉"，应为自太原迁洛阳后去职。这些均可补前文之未及。

傅璇琮先生附记：

陈尚君同志从《千唐志》中查检到盛唐诗人王之涣祖王德表、之涣妻李氏的两方墓志，乃参稽史籍，对王之涣的家世及其若干事迹作了考证，又因我曾对之涣行迹作过一些考索，遂将这篇考证文章寄给我，使我得有先睹的机会。关于王之涣的生平事迹，过去只不过根据《唐诗纪事》《唐才子传》等书所载，不仅多有缺漏，且间有误记。自从岑仲勉先生据曲石藏志查到靳能所作墓志，介绍于世，之涣生平乃大略可稽。今陈尚君同志又从易为人所忽略的唐人墓志遗存中作了细致的考析，使这位盛唐诗人的事迹更为人所知。由此可知考史对于文学的研究实颇多助益，而文物考古与文学研究确有进一步结合的必要。过去我们的古典文学研究在如何更好地利用文物发掘和考古成果上，是注意得不够的，遂致古典文学研究未能及时而充分地利用近邻学科已经获得的成就，实在是很可惜的。

陈尚君同志查检到的这两方墓志，不仅对进一步了解王之涣有好处，而且还可帮助我们从中获知唐代前期士人的某些活动和思想线索。如王德表在贞观十四年明经登第后,由房玄龄奏荐为徐王侍读,又迁蜀王府参军。徐王当指唐高祖第十子元礼,据《旧唐书》卷六十四,元礼于"贞观六年,赐实封七百户,授郑州刺史,徙封徐王,迁徐州都督。十七年,转绛州刺史"。蜀王为太宗第六子愔,贞观十年封蜀王,有传见《旧唐书》卷七十六。唐初士人初仕时往往在诸王府第中谋事,王勃、卢照邻等是如此,王德表也是如此。唐初诸王间的矛盾争斗是很厉害的,而士人也往往陷于这些纷争,有时就受到牵累而受到贬斥,王勃即是如此。这点颇可注意。又墓志载王德表的著作,有注《孝经》及著《春秋异同驳议》,此外还注有《道德上下经》及《金刚般若经》,前两种是表述儒家经典的,后两种则一道一佛,他的所著书可以说综包儒道佛三教。我们知道,唐朝统治者,从唐太宗起就提倡儒道佛并修的,从这里可以见出,三教并修,既是朝廷的政治文化政策,又是当时的社会文化思潮。这对于研究唐代的士风与文学,也足可参考。

尚君同志比较之涣及妻墓志所载之涣卒年的不同记载,以天宝元年改州为郡而致疑于靳志记载的确实性。我个人猜想,靳志所谓文安郡文安县尉,作为文安县尉,则州郡名之改异对它无甚影响,而这里所称之文安郡,恐沿古称,不一定是依天宝初改郡名的诏令。未知尚君同志以为然否?尚君同志还从群籍中辑补唐文,当可更有所获。

(《文学遗产》1987 年第 5 期)

李白崔令钦交游发隐

署名李白的两首词：《菩萨蛮》和《忆秦娥》，具有极高的艺术成就，宋黄昇《唐宋诸贤绝妙词选》尊之为"百代词曲之祖"。由于两词不见于李白本集，北宋前没有记载（《尊前集》为明人顾梧芳所乱，不足据），其真伪问题，长期纷争，悬而未决。近人证其确为李白所作，最有力的一条证据是：天宝末年崔令钦所著《教坊记》中，有"菩萨蛮"的曲名，李白已具备作词的条件。至于李白和崔令钦本人的交往，典籍中未有明确记载，所以一直不为人们注意。其实，从现存的零星材料中，两人的交往情况尚可探索出来。

《李太白全集》卷二十八《赵公西侯新亭颂》，天宝十四载作。其中一段提到共建新亭的人有："长史齐公光义，人伦之师表；司马武公幼成，衣冠之髦彦；录事参军吴镇，宣城令崔钦，令德之后，良材间生。"这位"宣城令崔钦"，应该就是《教坊记》的作者崔令钦。

宋周必大《二老堂杂志》提到："秘阁画有小本《李白写真》，崔令钦题，苏轼书赞。"此画《宋中兴馆阁续录》中亦著录，但云"不知名氏"，指作者而言。"苏轼书赞"见于《东坡后集》卷四，题作《书丹元子所示李太白真》，是北宋时此画尤未入秘阁。同时人饶节《倚松老人集》卷一《李太白画像歌》："宣州长史粉黛工，谁令写此人中龙。"周昉曾任宣州长史。陈师道《后山集》卷三有《和饶节咏周昉画李白真》，可确信此画为周昉写真，崔令钦署题。

周昉是唐代杰出的人物画家。据《唐朝名画录》，他于大历中曾任越州长史、宣州长史，创作活动主要在大历贞元年间，生卒年无可考。但他是张萱的学生，张萱于开元年间任史馆画直；他的哥哥周晧天宝年间曾随哥舒翰出征吐蕃。因此，至迟到天宝末叶，他应已开始创作。从李白晚年行踪来看,作画像的时间,也以安史乱前为宜。《李太白全集》卷二十八有《宣城吴录事画赞》,"吴录事"即前引《赵公西候新亭颂》中的"录事参军吴镇"。吴镇画像是否周昉所作,无从稽考。但据此可知,李白与崔、吴同游之时,确有画师(极可能是周昉)在宣城,如同时为李、吴二人写真,李白为吴镇像作赞,崔令钦为李白象署题,实属情理中事。

崔令钦在《教坊记》序中自述作书过程:"开元中,余为左金吾,仓曹武官十二三是坊中人。每请禄俸,每加访问,尽为余说之。今中原有事,漂寓江表,追思旧游,不可复得;粗有所识,即复疏之,作《教坊记》。"

任半塘先生《教坊记笺订》指出:"'今中原有事,漂寓江表',谓天宝末年,安禄山乱作,两京继陷,令钦避地江南,遂作此记。"前引李白《赵公西候新亭颂》作于安史乱前夕。《李太白全集》中另有两处提到"崔宣城":卷十二《经乱后将避地郯中,留赠崔宣城》,卷十九《江上答崔宣城》,二诗写作时间稍晚,王琦《李太白年谱》和詹锳《李白诗文系年》均系为天宝十五载春作,可信。从诗题中可知,安史乱作,崔尚在宣城职。宣城地处江南,以任外职为"漂寓",其例甚多。从时间、地点来看,"崔宣城"和崔令钦的经历,恰恰相合。

崔令钦的仕履,据任先生考证是:开元年间始官左金吾,天宝中迁著作佐郎,天宝十一载时任礼部员外郎(二职从六品上),肃宗时,改仓部郎中(从五品上),然后入蜀,刺万州,游绵州,入为国子司业(二职均四品),终。他的官阶逐渐迁升,中间并无离职之迹,安史初乱时所任职,似有空缺。宣城,唐为望县,县令的官阶,约为正六品下[1],和上述崔令钦的官阶,恰好契合。《全唐文》卷三二〇李华《润州天乡寺故大德云禅师碑》:"礼部员外郎崔令钦常(通尝)为丹徒,宗仰不怠。"丹徒为润州属县,碑文作于天宝十一载,比《赵公西候新亭颂》早三年。崔令钦当系从丹徒令徙为宣城令。

李白在《经乱后将避地郯中留赠崔宣城》中,特地提到崔善吹笛:"崔子贤主人,欢娱每相召。胡床紫玉笛,却坐青云叫。"崔令钦任左金吾时,

----

[1]　唐县分七等:赤、畿、望、紧、上、中、下。望县县令官阶,两《唐书·职官志》皆不载,此据畿县和上县县令官阶估计。

了解到音乐机关教坊中许多珍闻,从《教坊记》看,他对音乐、舞蹈有很深造诣。诗中的描述,正反映了他的音乐特长。

宋吴曾《能改斋漫录》卷五"匡山非庐山"条引《杜田拾遗》云:李白"宅在清廉乡,后废为僧房,号陇西院。……院有太白像及唐绵州刺史高忱及崔令钦记"。任先生认为崔令钦作记在官万州后,时为游客。以游客而为李白旧居作记,或为景慕其人,或为曾与交游。此亦崔、李曾有交往的一个佐证。

《赵公西侯新亭颂》中的"宣城令崔钦",可信就是崔令钦。原文作"崔钦"而不作"崔令钦",应有脱误。疑编李白集的人以为既已称为"宣城令",不应再称"崔令钦",将"崔令钦"视为崔令名钦,误指"令"字为衍文而删去。

从李白赠崔令钦的两首诗来看,两人过往交谈十分投机。在《江上答崔宣城》中,李白记下了崔"问我将何事,湍波历几重"的关切询问,并明确地给以回答:"貂裘非季子,鹤氅似王恭。谬忝燕台召,而陪郭隗纵。水流知入海,云去或从龙。树绕芦州月,山鸣鹊镇钟。还期如可访,台岭荫长松。"说自己是神仙中人,不配当官。应诏供奉翰林是一大错误,现在终于明确了归宿,打算归隐名山茂松之下。从答语方式特别是"谬忝"两句看,两人可能在长安时已结识。在另一首诗中,李白向崔表露了对时局动乱的担心和苍生凌夷的感喟,并将避地隐居的私意告诉他。可见,两人情怀相向,交谊甚笃。

崔令钦熟谙教坊内幕,所著《教坊记》一书,记载教坊制度及乐舞盛况极详,著录教坊新声达三百多调,是研究盛唐艺术及词的起源的重要依据。崔李交游,不仅间接指示了诗人李白和音乐机关教坊的联系,也提供了李白作词的新的佐证。两人交游,恰值崔令钦正在或即将撰写乐舞专书之际。燕乐新声,词调曲谱,自然会成为他们交谈的内容之一。曾努力钻研乐府民歌,探索诗歌发展的大诗人,获新的诗歌形式后,试作一二首,是合乎情理之事。

(刊《复旦学报》1980 年第 4 期)

李白诗歌文本多歧状态之分析

　　唐诗文本,流播千载,传讹衍脱,在所不免。误文各家都有,在学者据善本仔细斟酌,不难定夺,所难者在作者曾反复校改,一诗或有数本流传,此其一;时贤后哲,或吟诵而别得感悟,率尔轻改旧章;或编次而求文本划一,不免添枝增叶;或剪接而就乐章,或涂乙以饰器皿,其用不同,其变多方,此其二;今人喜谈钞本时代,然就唐诗言,钞胥固不免手民之误,刻本更难免射利之求。明人刊售唐诗,编次之喜分律古,鉴别更难以精当,胡、季诸书直至清定《全唐诗》,接续明人之芜编,虽称集大成,其实亦集传误之大成,此其三。

　　就唐诗各家文本之大端言,有文本稳定,歧互较少者,若柳宗元、李贺、李商隐、温庭筠诸家可称之,大约集本流传单一,宋刻之善者又早经流布,故文本之歧异相对较少。流传文本多途,各本差异较多,不经会聚众本,难以定夺者,若孟浩然、李白、杜甫、白居易、韩愈诸家皆然,其中尤以李白为甚,且其中有许多特例为他家所无,不能不作深入之探究。

一　宋人编校李白诗文集之回顾

　　李白生前,曾托友人魏颢编《李翰林集》二卷,临终又托李阳冰编《草堂集》十卷,均不传。宋初乐史编《李翰林集》二十卷、《别集》十卷,亦失传。北宋学者宋敏求据上述诸集,复广求文献,编成《李太白文集》三十卷,包括序碑记一卷、诗歌二十三卷、杂著六卷。元丰三年(1080)晏知止刻于苏州,为李集最早刻本。今存宋蜀刻本两种,均源出晏本:一为足本,今藏日本静嘉堂文库,有日本京都大学人文科学研究所影印本、台湾学生书局1967年影印本、巴蜀书社1987年影印本等(后简称宋蜀本);一本藏中国国家图书馆,有上海古籍出版社1994年影印本。另清康熙五十六年(1717)缪曰芑刻本,称据晏本翻刻,今人考定所据即今静嘉堂文库本。后《四库全书》本等均据缪本。又宋咸淳刻《李翰林集》三十卷本,源出乐史编本,凡诗二十卷、文十卷,有1980年江苏广陵古籍刻印社影印本(后简称咸淳本)。最早为李集作注的是南宋宁宗时人杨齐贤,作《李太白集注》二十五卷,原书不传,元萧士赟作《分类补注李太白诗》二十五卷,存杨注颇多。此书以元余氏勤有堂刻本为最早,日本汲古书院已影印尊经阁文库存至大三年(1310)刊本,有芳村弘道解题;明嘉靖二十二年(1543)郭云鹏宝善堂刻本有所删简,附刻文集,《四部丛刊》据以影印,较常见。旧注以清王琦《李太白诗集注》三十六卷为通行,中华书局1977年出版标点本,题作《李太白全集》。今人注本有瞿蜕园、朱金城《李白集校注》(上海古籍出版社1980年)、安旗主编《李白全集编年注释》(巴蜀书社1990年)、詹锳《李白全集校注汇释集评》(百花文艺出版社1996年),均比前人注本更为精密完足。

李白生前的两次结集都未得保存。李阳冰序编《草堂集》十卷在李白易篑前后,玩其叙云:"临当挂冠,公又疾亟,草稿万卷,手集未修,枕上授简,俾余为序。"又云:"公避地八年,当时著述十丧其九,今所存者皆得自他人焉。"大约"草稿万卷"仅是亟言其多,"手集未修"则指其未经本人审定,"十丧其九"亦云丧乱前后作品散佚严重,与韩愈"流落人间者,泰山一毫芒"之述同,不可泥执。所谓"得自他人",又似所据并非李白本人存稿,而出他人保存者。乐史得见魏、李二集,又别得白歌诗十卷,所得诗766篇,另纂杂著为十卷。宋敏求在乐史基础上重新编录,自序称得诗"千有一篇,杂著六十五篇",增益的同时也必有大量传误之作收入,今知宋蜀本误采同时代他人诗为李白者至少有六首,即《长干行(忆妾深闺里)》(卷四,误收张潮诗)、《去妇词》(卷六,顾况诗)、《送别》(卷一五,岑参诗)、《谒老君庙》(卷一九,玄宗李隆基诗)、《观放白鹰二首之二》(卷二三,高适诗,题作《见薛大臂鹰作》)、《军行》(卷二三,王昌龄诗)。此外疑伪作,宋元以来聚讼纷纭,对此本文不拟加以讨论。

虽然乐、宋二编初刊不传,但静嘉堂刊本源出晏本,基本反映宋敏求初编的面貌。咸淳本源出乐史本,学者一般都认可。二本都有大量原校,多数应可反映乐、宋二人初编时的文本定夺。其中宋蜀本所校一作某,部分可以从咸淳本得到反映,正可见乐史本为宋氏参校时所据本之一。此外,也有一些异文与《河岳英灵集》《文苑英华》《唐文粹》《乐府诗集》等书一致。

李白在唐代名气很大,托名、传误之作多有,流布到宋人编次之间又产生一些新的讹误。宋以后有关李白诗歌的辨伪有大量议论,从苏轼、黄庭坚开始且有许多名家参与,其中大多从诗风推测,可备一说,难成定论。有些近年提出的伪作,因有较坚强的反证,意外地可以坐实,比如《送贺监归四明应制》:“久辞荣禄遂初衣,曾向长生说息机。真诀自从茅氏得,恩波宁阻洞庭归。瑶台含雾星辰满,仙峤浮空岛屿微。借问候栖珠树鹤,何年却向帝城飞?”因敦煌本知李白未参与长乐坡送贺知章之会,至阴盘驿方得送贺,而《会稽掇英总集》卷二所存当时送贺佚诗和晚唐拟送贺诗三十多首之发现,更可知当年应制之作皆五言,晚唐拟作则多七言律诗,如严都、姚鹄诗都押衣、机、归、微、飞韵,与此首同。详考可见陶敏《李白送贺监归四明应制诗为伪作》(收入《唐代文学与文献论集》,中华书局2010年)。

宋蜀本编次中也有一些失检处。如卷七收《白云歌送刘十六归山》:“楚山秦山皆白云,白云处处长随君。长随君,君入楚山里,云亦随君渡湘水。湘水上,女萝衣,白云堪卧君早归。”与同书卷一五收《白云歌送友人》,仅“皆”作“多”,“长随君,君入楚山里”作“君今还入楚山里”,馀均同,信为一诗之传异。再如卷一五收《送赵云卿》,与卷一一《赠钱征君少阳》,也基本相同。有时诗题与内容有出入,如卷一二收《春日归山寄孟六浩然》:“朱绂遗尘境,青山谒梵筵。金绳开觉路,宝筏度迷川。岭树攒飞栱,岩花覆谷泉。塔形标海日,楼势出江烟。香气三天下,钟声万壑连。荷秋珠已满,松密盖初圆。鸟聚疑闻法,龙参若护禅。愧非流水韵,叩入伯牙弦。”《李诗通》认为诗写一官员出家为僧,与孟浩然生平完全无法合辙,因此改诗题为《阙题》。

此外,李白所作徒诗,也有转为乐府的例子。如《还山留别金门知己》,宋蜀本校:"一本云《出金门后书怀留别翰林诸公》。"诗云:"好古笑流俗,素闻贤达风。方希佐明主,长揖辞成功。白日在青天,回光瞩微躬。恭承凤凰诏,欻起云罗中。清切紫霄迥,优游丹禁通。君王赐颜色,声价凌烟虹。乘舆拥翠盖,扈从金城东。宝马骤绝景,锦衣入新丰。倚岩望松雪,对酒鸣丝桐。方学扬子云,献赋甘泉宫。天书美片善,清芳播无穷。归来入咸阳,谭笑皆王公。一朝去金马,飘落成飞蓬。宾友日疏散,玉樽亦已空。长才犹可倚,不惭世上雄。闲来《东武吟》,曲尽情未终。书此谢知己,扁舟寻钓翁。"诗为天宝初李白赐金还山,既行而回寄翰林诸公所作。《东武吟》为刘宋鲍照的名篇,李白引此而感怀自己的不得展其志,后之编乐府者因此而改题为《东武吟》,宋蜀本卷五重收。

本文所要讨论的,是以上几种类型以外李白诗歌的多歧景况及其形成原因。

二　《古风五十九首》之讨论

李白集中有许多组诗,其定型过程如何,颇可讨论。先讨论《古风五十九首》,各集皆列于李白诗之首卷,即最足代表李白诗歌成就者。因其中多涉时事,今人也多认可非一时一地之作,殆即陆续而成编者。咸淳本分为二卷,分题《古风上》《古风下》,共收六十一首,知还没有《古风五十九首》之总称。到宋敏求编录时,将乐本之二卷并为一卷,并增《古风五十九首》之总题。可以有把握地说,此题出于宋敏求,其考虑可能受《古诗十九首》之影响。咸淳本被他踢掉的两首,一是其八:"咸阳二三月,宫柳黄金枝。绿帻谁家子,卖珠轻薄儿。日暮醉酒归,白马骄且驰。意气人所仰,冶游方及时。子云不晓事,晚献长杨辞。赋达身已老,草玄鬓若丝。投阁良可叹,但为此辈嗤。"二是其十六:"宝剑双蛟龙,雪花照芙蓉。精光射天地,雷腾不可冲。一去别金匣,飞沉失相从。风胡灭已久,所以潜其锋。吴水深万丈,楚山邈千重。雌雄终不隔,神物会当逢。"二首在《唐文粹》卷一四上所收,皆题作《古风》,宋敏求改编入卷二二,题作《感寓二首》。作《感寓》也有较早的书证,见托名陶穀《清异录》卷下《武器》引"玉剑谁家子?西秦豪侠儿"二句,知非宋氏杜撰。此二首在宋蜀本和咸淳本之间也有较多修改痕迹,是李白的用心之作,最终未列入《古风》,很可遗憾。

《古风》与《感兴八首》重合者三首,列表如次:

《古风》其二十七(宋蜀本卷二)	《感兴八首》其六(宋蜀本卷二二)
燕赵有秀色,绮楼青云端。眉目艳皎月,一笑倾城欢。常恐碧草晚,坐泣秋风寒。纤手怨玉琴,清晨起长叹。焉得偶君子,共乘双飞鸾。	西国有美女,结楼青云端。蛾眉艳晓月,一笑倾城欢。高节夺明主,炯心如凝丹。常恐彩色晚,不为人所观。安得配君子,共成双飞鸾。

二诗前半相似,"常恐"二句及末二句诗意亦大约相同。王琦云:"此篇与二卷中古诗之二十七首互有同异,想亦是其初稿,编诗者不审,遂重列于此耳。注已见前者,不复重出。"相比较言,可能《古风》为定稿。

《古风》其三十六(宋蜀本卷二)	《感兴八首》之七(宋蜀本卷二二)
抱玉入楚国,见疑古所闻。良宝终见弃,徒劳三献君。直木忌先伐,芳兰哀自焚。盈满天所损,沉冥道为群。东海泛碧水,西关乘紫云。鲁连及柱史,可以蹑清芬。	竭来荆山客,谁为珉玉分。良宝绝见弃,虚持三献君。直木忌先伐,芬兰哀自焚。盈满天所损,沉冥道所群。东海有碧水,西山多白云。鲁连及夷齐,可以蹑清芬。

两篇的差异仅在一些细节方面,都从荆山得玉起兴,差别仅在卞和因三度献玉不售且遭祸的命运,比较鲁仲连等人高蹈避祸的态度,认为后者更显得高尚。《感兴》连用鲁仲连和伯夷、叔齐的典故,《古风》则似乎觉得以老子西行出关典故与鲁连放在一起,比伯夷、叔齐采薇西山更为恰当,因而有改动。《分类补注李太白诗》卷二四萧士赟曰:"按此篇已见二卷《古风》三十六首,但有数语之异,编诗者不忍弃,故两存之。"大致符合

实情,二诗确为一诗之前后稿。

《古风》其四十七(宋蜀本卷二)	《感兴八首》之四(宋蜀本卷二二)
桃花开东园,含笑夸白日。偶蒙东春荣,生此艳阳质。岂无佳人色,但恐花不实。宛转龙火飞,零落早相失。讵知南山松,独立自萧飀。	芙蓉娇绿波,桃李夸白日。偶蒙东春荣,生此艳阳质。岂无佳人色,但恐花不实。宛转龙火飞,零落互相失。讵知凌寒松,千载长守一。

《分类补注李太白诗》卷二四萧士赟曰:"按此篇已见二卷古诗四十七首,必是当时传写之误,编诗者不能别,姑存于此卷。观者试以首句比并而论,美恶显然,识者自见之矣。"二首除细节区别外,重要区分在首尾各二句。《古风》直接写桃花绽开时的得意诩夸,《感兴》则先写芙蓉,再写桃李,虽然众花纷纷,但意象显然并不统一。末二句皆写松之对比,《古风》显然更为形象,也更为独立不移,与桃花之零落适成强烈对比。《感兴》末二句则稍显抽象,所谓千载守一也无法在对比中展示。咸淳本作"今删彼存此",选择有所不同。

就此分析,《感兴八首》应该不是李白原题,估计是一些无法归属作品的拼合,而其中一部分改写后并入《古风》。

《古风》所存校记,则至少四首有别本。亦列表如下:

《古风》其三十九(宋蜀本卷二)	同前别本(宋蜀本卷二校记)
登高望四海,天地何漫漫。霜被群物秋,风飘大荒寒。荣华东流水,万事皆波澜。白日掩徂辉,浮云无定端。梧桐巢燕雀,枳棘栖鸳鸾。且复归去来,剑歌行路难。	登高望四海,天地何漫漫。霜被群物秋,风飘大荒寒。杀气落乔木,浮云蔽层峦。孤凤鸣天霓,遗声何辛酸。游人悲旧国,抚心亦盘桓。倚剑歌所思,曲终涕洄澜。

此诗受阮籍《咏怀》影响明显,写登高远望后的岁末衰瑟之感。别本夹杂着思乡悲旧国之情,正本则集中表达人生漂泊不定、岁暮伤时之感。

《古风》其四十六(宋蜀本卷二)	同前别本(宋蜀本卷二及校记)
一百四十年,国容何赫然。隐隐五凤楼,峨峨横三川。王侯象星月,宾客如云烟。斗鸡金宫里,蹴踘瑶台边。举动摇白日,指挥回青天。当途何翕忽,失路长弃捐。独有扬执戟,闭关草《太玄》。	帝京信佳丽,国容何赫然。剑戟拥九关,歌钟沸三川。蓬莱象天构,珠翠夸云仙。斗鸡金城里,走马兰台边。举动摇白日,指挥回青天。当途何翕忽,失路长弃捐。独有扬执戟,闭关草《太玄》。

此诗述帝京今古之感,"当途"二句是中心,末二句概括卢照邻《长安古意》"寂寂寥寥杨子居,年年岁岁一床书。独有南山桂华发,飞来飞去袭人裾"之意。正本首句改为"一百四十年",写出自唐开国后之盛况,也点明作于安史乱后。中间长安城的景象有所改变,诗旨则更为强烈。

《古风》其五十五(宋蜀本李太白文集卷二)	同前别本(宋蜀本李太白文集卷二校记)
倚剑登高台,悠悠送春目。苍榛蔽层丘,琼草隐深谷。凤皇鸣西海,欲集无珍木。鷽斯得匹居,蒿下盈万族。晋风日已颓,穷途方恸哭。	倚剑登高台,悠悠送春目。苍榛蔽层丘,琼草隐深谷。翩翩众鸟飞,翱翔在珍木。群花亦便娟,荣耀非一族。归来怆途穷,日暮还恸哭。

诗咏登高伤春,亦仿阮籍《咏怀》,感慨世俗奔竞,贤人不受时重,自感途穷而恸哭。别本中间出现"众鸟""群花"之不同物象,正本则改为凤皇与鷽斯之雅俗之比和命运之分,更集中表述贤人途穷之无奈运命。

第四例似乎存有三本,其实出于明清人的误录:

《古风》其七(宋蜀本卷二)	同前别本(宋蜀本卷二校记)	《李诗通》、《全唐诗》校
客有鹤上仙,飞飞凌太清。扬言碧云里,自道安期名。两两白玉童,双吹紫鸾笙。去影忽不见,回风送天声。举首远望之,飘然若流星。愿餐金光草,寿与天齐倾。	五鹤西北来,飞飞凌太清。仙人绿云上,自道安期名。两两白玉童,双吹紫鸾笙。飘然下倒景,倏忽无留行。遗我金光草,服之四体轻。将随赤松去,对博坐蓬瀛。	客有鹤上仙,飞飞凌太清。扬言碧云里,自道安期名。两两白玉童,双吹紫鸾笙。飘然下倒景,倏忽无留形。遗我金光草,服之四体轻。将随赤松去,对博坐蓬瀛。

诗述对游仙之向往,别本到正本的改动较大,但《李诗通》《全唐诗》校记所引,前六句同宋本正文,后六句与宋本校仅一字不同,殆撮合二本

以成，不足为训。

　　与《古风五十九首》定型较晚相似的例子还有宋蜀本卷二二所收《拟古十二首》，咸淳本卷一四作《拟古十三首》，差别是增加以下这篇："君为女萝草，妾作兔丝花。轻条不自引，为逐春风斜。百尺托远松，缠绵成一家。谁言会合易，各在青山崖。女萝发清香，兔丝断人肠。枝枝相纠结，叶叶竞飘扬。生子不知根，因谁共芬芳。中巢双翡翠，上宿紫鸳鸯。若识二草心，海潮亦可量。"其中"轻条""中巢"各二句下，皆校"一本无此二句"，是李白曾反复修改过。宋蜀本收此诗于卷七，题作《古意》。此外，此组诗之十一："涉江弄（玩）秋水，爱此荷花（红蕖）鲜。攀荷弄其珠，荡漾不成圆。佳期（人）彩云重（里），欲赠隔远天。相思无由（因）见，怅望凉风前。"宋蜀本又重见于卷二四，题作《折荷有赠》，仅六字不同，已括注于前引文后。

　　以上分析《古风五十九首》以外未列入的二首《古风》，并分析五十九首中七首诗之别本与其改订情况，可以相信宋蜀本、咸淳本及《分门纂类李太白诗》皆以此组诗列为李白诗集卷首，确是李白一生的精心之作，大多当均曾经过反复推敲与修改，绝非率尔之作。因为内容已经接近李白暮年，且宋蜀本和咸淳本在收录篇目上有所不同，可能最后的编定在宋敏求之手。剔除的两首是否妥当可以再议，而以五十九首之数表达对《古诗十九首》传统的继承，无疑具有积极意义。

三　咸淳本校记所引一本增删之讨论

　　咸淳本既知基本保存宋初乐史本之面貌，乐自南唐归宋，太平兴国五年（980）复登进士第，历武成军掌书记、水部员外郎，使两浙巡抚，判西京留司御史台，卒，见《宋史》卷三六《乐黄目传》及《隆平集》卷四《乐黄目传》。其编太白集在入宋后，序作于咸平元年，署职衔为"朝散大夫行尚书职方员外郎、直史馆"，职方司主地方之图经簿籍，直史馆亦得缘接触史馆图书，故其得便编地方图经为《太平寰宇记》，复得李白集之古本会编其集。咸淳本多存原注，虽未如方崧卿订韩集般备载各本之异文，其所采据亦甚堪重视。其中既注一本之异文,以及一本之缺文,凡仅记一二字同异,及诸本文句错互者,在此均不作讨论。其中最为特别的记录,是有关参校之"一本",较其所录诗底本,少两句及两句以上之记录。试就所见列表如下:

咸淳本卷次	诗　题	无者句数及位置	所　无　文　字
二	古风下之十三	末二句	永随长风去,天外恣飘扬。
五	出自蓟北门行	中二句	明主不安席,按剑心飞扬。
五	豫章行	中二句	精感石没羽,岂云惮险艰。
六	赠张相镐二首之二	中二句	英烈遗厥孙,百代神犹王。
六	经乱离后天恩流夜郎忆旧游书怀赠江夏韦太守良宰	中二句	祖道拥万人,供帐遥相望。
六	同前	中二句	片辞贵白璧,一诺轻黄金
六	同前	中二句	君登凤池去,勿弃贾生才。
六	赠宣城宇文太守兼呈崔侍御	中六句	回旋若流光,转背落双鸢。胡虏三叹息,兼知五兵权。枪枪突云将,却掩我之妍。
八	雪谗诗赠友人	中六句	白璧何辜,青蝇屡前。群轻折轴,下沉黄泉。众毛飞骨,上陵青天。萋斐暗成。
八	赠清漳明府侄聿	中二句	白玉壶冰水,壶中见底清。
八	赠嵩山焦炼师	中六句	道在喧莫染,迹高想已绵。时餐金鹅药,屡读青苔篇。八极恣游憩,九垓长周旋。
八	自梁园至敬亭山见会公谈陵阳山水兼期同游因此赠	中四句	冰谷明且秀,陵峦抱江城。粲粲吴与史,衣冠耀天京。
八	赠友人三首之二	中二句	其事竟不捷,沦落归沙尘。
八	陈情赠友人	中二句	观风历上国,暗许故人深。
八	同前	中二句	斯人无良朋,岂有青云望。

咸淳本卷次	诗　　题	无者句数及位置	所　无　文　字
八	同前	中二句	沉忧心若醉,积恨泪如雨。
八	赠黄山胡公求白鹇	首四句	请以双白璧,买君双白鹇。白鹇白如锦,白雪耻容颜。
九	闻丹丘子于城北山营石门幽居中有高凤遗迹仆离群远怀亦有栖遁之志因叙旧以寄之	中二句	迷津觉路失,托势随风翻。
九	同前	中四句	人生信多故,世事岂惟一。念此忧如焚,怅然若有失。
九	江上寄元林宗	末二句	幽赏颇自得,兴远与谁豁。
一〇	送杨燕之东鲁	末二句	因君此中去,不觉泪如泉。
一〇	送张秀才谒高中丞	中二句	高公镇淮海,谈笑廓妖氛。
一二	五月东鲁行答汶上翁	中二句	西归去直道,落日昏阴虹。
一二	酬崔五郎中	中二句	海岳尚可倾,吐诺终不移。
一四	古意	三四两句	轻条不自引,为逐春风斜。
一四	同前	倒三四两句	中巢双翡翠,上宿紫鸳鸯。
一五	自广平乘醉走马六十里至邯郸登城楼览古书怀	中四句	提携袴中儿,杵臼及程婴。立孤就白刃,必死耀丹诚。
一五	同前	中四句	毛君能颖脱,二国且同盟。皆为黄泉土,使我涕纵横。
一五	同前	中四句	诸贤没此地,碑版有残铭。太古共今时,由来互衰荣。伤哉何足道。
一五	南奔书怀	中四句	南奔剧星火,北寇无涯畔。顾乏七宝鞭,留连道边玩。
一五	上崔相百忧章	中二句	见机苦迟,二公所咍。
一五	同前	中二句	星离一门,草掷二孩。

续　表

咸淳本卷次	诗　题	无者句数及位置	所　无　文　字
一五	万愤词投魏郎中	中六句	兄九江兮弟三峡,悲羽化之难齐。穆陵关北愁爱子,豫章天南隔老妻。一门骨肉散百草,遇难不复相提携。
二〇	寄远十二首之一	中二句	肠断若剪弦,其如愁思何。

　　所记凡三十四例,涉及二十五首诗,所涉皆古诗或乐府,没有句式多少之规定,故此间之增删必与声律无关。限于篇幅,在此没有将各诗全篇录出,因为就我目前之能力,还无法判断存诗多者与存诗少者二本间到底是何种关系,即不知谁先谁后,何者为定本。但就以揭出部分言,则可以认为校记如果出自乐史本人,则所揭"一本"当为南唐或更早之古本。各篇缺少诗句之位置,除一例在首四句,三例为末二句,其他二十九例均在诗的中间,每例少则二句,多则四或六句。二十五首诗中仅二首为乐府,似乎也不能用乐工剪截以就乐来加以解释。其中许多为长篇,似乎并非抄写者为偷懒而作之节抄,这一可能尽管不能说并非必不可能,但就我所知,宋人所载唐诗各本中几乎没有这种大面积脱落的记载。类似的情况则在敦煌本李白诗中也可以找到类似个案,可见后述,似乎指示这些特殊痕迹仅仅是李白诗歌的专属。也就是说造成李白诗歌文本的这种大面积覆盖的诗句多寡的记录,是诗人本人对诗歌加以补充订正的记录。我还可以指出上举诗篇中的多数,属于人际具体应酬之间所作,如《上崔相百忧章》《万愤词投魏郎中》是在寻阳陷狱后为自己表白而写,酬赠寄答更皆为偶发之人际交往而写,即一日或数日间即当投寄,容不得放在手边反复修改。以上文本差异出现的原因,似乎更多是在准备结集的存稿间所作加工,由于不同文本都在一段时间里得到流传,使得乐史或他稍后的编校者加以记录。虽然我们到现在还无法做出判断,文本全足者和文本稍缺者到底那一部分是作者的原稿,哪一部分是修改后的定稿。如果文本全足者为定稿,则知作者在原稿基础上有所润饰补足,使诗意更完整准

确;如果文本稍缺者为定稿,则作者或有意删去一些诗意平弱或表述欠妥的诗句,期望以更挺拔精神的作品留播后世。到底原因何在呢,我以为都有可能,或者说持不同立场的学者若求符合自己结论,都能展开论述。

至于从辑佚的立场来说,认为诗句多者就一定是足篇,稍少者就一定是传抄有缺,其实并不能这样简单地做结论。以李白之个性,写作时有些冲动,特别在"百忧""万愤"之际,"陈情""书怀"之时,诗意有欠完足周到,自不能免,事后躬省,稍作润饰,应在情理之中。"我志在删述,垂辉映千春。"史籍如《春秋》当然要删述,诗歌难道不也一样吗? 举一个晚近的例子以为佐证。朱东润师早年作古近各体诗,自少年时开始积稿,大约在五六十年代有过两次手自删定,旧稿也很偶然得以保存,因此可以见到删述取舍的具体细节。其中有早年在南通任教时所作古诗《从军十四首》,初稿每首二十句,到定稿时删取为《从军十二首》,总数删掉二首,每首各删四句,这样删取的原因显然是出于诗意更集中、更警拔,而决非为篇幅多寡计。我在编校朱师《文存》时,没有将删去各句补入,而是分别出校记录,以存师取舍之旨。对李白诗,我们是不是也要作如是观呢? 希读者有以教我。

四　敦煌本伯2567之讨论

敦煌本伯2567存李白诗四十三首,较早为罗振玉收入《鸣沙石室佚书》,题作《唐写本唐人选唐诗》。1958年中华书局上海编辑所编《唐人选唐诗十种》时列为第一种,流布遂广。其实该写卷抄诸家诗,仅有王昌龄、丘为、陶翰、李白、高适五家题名,今知至少尚有李昂、孟浩然、荆冬倩、常建四人诗,且李白名署在诸诗中间,体例特殊,与选集有别。后到巴黎访读原卷的赵万里、王重民早年也即发现该卷与伯2552本为一卷之前、后半卷,伯2552另存高适诗四十八首,末二残诗则为另一仓部李昂所作,可详徐俊《敦煌诗集残卷辑考》所考。

伯2567所收十家诗,最迟为高适《同吕员外范司直贺大夫再破黄河九曲之作》,作于天宝十二载哥舒翰破吐蕃尽收九曲部落时。原卷不避顺宗讳,卷背有贞元九年(793)题记,大约最晚写于德宗前期,应为敦煌陷蕃前所写。

下文拟讨论此卷李白诗异文之多且复杂,类似情况在同卷所抄高适诗中则较少,其文本与存世文本之差异几乎可以肯定不是因为传抄原因而造成(论述从略)。

伯2567所存李白诗,我比较认为出自李白的初稿,重要证据是诸诗诗题提供了一些有关各诗写作时不为人知的细节。一是蜀本卷一四收李白《送贺宾客归越》:"镜湖流水漾清波,狂客归舟逸兴多。山阴道士如相见,应写黄庭换白鹅。"如咸淳本卷一〇、《分类补注李太白诗》卷一七、《文苑英华》卷二六九、《书史》、《万首唐人绝句》卷二、《全唐诗》卷一七六所录诗题皆同。但天宝三载初贺知章请自度为道士,辞官归乡,玄宗亲作诗为送,并诏百官饯送于长乐坡。李白此前已经赐金还山,并没有参与此会,诗题稍有疑问。惟伯2567题作《阴盘驿送贺监归越》,其地在长安、洛阳之间,是李白与贺在中道相遇的记载,他书不载,必有所本。

伯2567《赠赵四》,宋以后各本皆作《赠友人三首》之二,录如下:

赠友人三首之二(宋本卷一一)	赠赵四(伯2567)
袖中赵匕首,买自徐夫人。玉匣闭霜雪,经燕复历秦。其事竟不捷,沦落归沙尘。持此愿投赠,与君同急难。荆卿一去后,壮士多摧残。长号易水上,为我扬波澜。凿井当及泉,张帆当济川。廉夫唯重义,骏马不劳鞭。人生贵相知,何必金与钱。	我有一匕首,买自徐夫人。匣中闭霜雪,赠尔可防身。防身同急难,挂心白刃端。荆卿一去后,壮士多凋残。斯人何太愚,作事误燕丹。使我衔恩重,宁辞易水寒。凿石作井当及泉,造舟张帆当济川。廉夫唯重义,骏马不劳鞭。丈夫贵相知,何必金与钱。

此诗可能还有第三本,即咸淳本卷八所收,大体同宋蜀本,但在"其事竟不捷,沦落归沙尘"二句下注:"一本无此二句。"不知作者何故将友人名字隐去。但从专指赠某人,到合数首统称《赠友人》,符合一般编诗的习惯。《赠赵四》有两句七言,显得芜累,当然并无必要。诗用《史记·刺客列传》和《燕丹子》故事,因徐夫人匕首而咏及荆轲事,写朋友重义相知的情感。二本意同,宋本所收显属写定本。

伯2567《鲁中都有小吏逢七朗以斗酒双鱼赠余于逆旅因鲙鱼饮酒留诗而去》，诗题叙小吏姓名，叙事亦较详。《河岳英灵集》卷上题作《酬东都小吏以斗酒双鳞见赠》，较简，隐去小吏姓名。宋本题作《酬中都小吏携斗酒双鱼于逆旅见赠》，介于前二题之间，略去“鲁”字，殆其诗后补注所作之地。伯2567提供的细节，显然为写诗时的最初文本。

前已讨论咸淳本校记所引一本有大量较通行本少二句或四句的情况，在伯2567所存四十三首诗中，则另有八例，比例甚高。

《效古二首》，宋蜀本卷二二作：“朝入天苑中，谒帝蓬莱宫。青山映辇道，碧树摇烟空。谬题金闺籍，得与银台通。待诏奉明主，抽毫颂清风。归时落日晚，躞蹀浮云骢。人马本无意，飞驰自豪雄。入门紫鸳鸯，金井双梧桐。清歌弦古曲，美酒沽新丰。快意且为乐，列筵坐群公。光景不可留，生世如转蓬。早达胜晚遇，羞比垂钓翁。”伯2567题作《古意》。有四五处异文，“入门”二句下，多“佳人出绣户，含笑娇铅红”二句。今人以句多者为胜，认为今本必然是因为传抄脱落而致缺，故据伯2567补二句。

《月下独酌四首》前二首，宋蜀本卷二一分别作：“花间一壶酒，独酌无相亲。举杯邀明月，对影成三人。月既不解饮，影徒随我身。暂伴月将影，行乐须及春。我歌月徘徊，我舞影凌乱。醒时同交欢，醉后各分散。永结无情游，相期邈云汉。”“天若不爱酒，酒星不在天。地若不爱酒，地应无酒泉。天地既爱酒，爱酒不愧天。已闻清比圣，复道浊如贤。贤圣既已饮，何必求神仙。三杯通大道，一广记作五斗合自然。但得酒中趣，勿为醒者传。”伯2567则二首并为一首，题作《月下对影独酌》，但缺“已闻清比圣，复道浊如贤。贤圣既已饮，何必求神仙”四句。可以指出的是，《太平广记》卷二一引《本事诗》引后一首题作《醉吟》，恰好也没有这四句。

宋蜀本卷一六《酬中都小吏携斗酒双鱼于逆旅见赠》：“鲁酒若琥珀，汶鱼紫锦鳞。山东豪吏有俊气，手携此物赠远人。意气相倾两相顾，斗酒双鱼表情素。酒来我饮之，鲙作别离处。双鳃呀呷鳍鬣张，跋刺银盘欲飞去。呼儿拂几霜刃挥，红肥花落白雪霏。为君下箸一餐饱，醉着金鞍上马归。"凡十四句。伯2567 题作《鲁中都有小吏逢七朗以斗酒双鱼赠余于逆旅因鲙鱼饮酒留诗而去》,没有"意气"二句。咸淳本、《分类补注李太白诗》及《河岳英灵集》卷上则皆无"酒来"二句。

《临江王节士歌》,宋蜀本卷四作:"洞庭白波木叶稀,燕雁始入吴云飞。吴云寒,燕雁苦,风号沙宿潇湘浦。节士悲秋泪如雨。白日当天心,照之可以事明主。壮士愤,雄风生。安得倚天剑,跨海斩长鲸。"伯2567 无"白日"二句。

《前有樽酒行二首》之一,宋蜀本卷三作:"春风东来忽相过,金樽渌酒生微波。落花纷纷稍觉多,美人欲醉朱颜酡,青轩桃李能几何。流光欺人忽蹉跎。君起舞,日西夕,当年意气不肯倾,白发如丝叹何益。"伯2567 无"美人"句。

《陌上桑》,宋蜀本卷五作:"美女渭桥东,春还事蚕作。五马飞如花,青丝结金络。不知谁家子,调笑来相谑。妾本秦罗敷,玉颜艳名都。绿条映素手,采桑向城隅。使君且不顾,况复论秋胡。寒螀爱碧草,鸣凤栖青梧。托心自有处,但怪旁人愚。徒令白日暮,高驾空踟蹰。"伯2567 无"寒螀"二句。

《胡无人》,宋蜀本卷三作:"严风吹霜海草凋,筋干精坚胡马骄。汉家战士三十万,将军兼领霍嫖姚。流星白羽腰间插,剑花秋莲光出匣。天兵照雪下玉关,虏箭如沙射金甲,云龙风虎尽交回,太白入月敌可摧。敌可摧,旄头灭,履胡之肠涉胡血。悬胡青天上,埋胡紫塞傍。胡无人,汉道昌。陛下之寿三千霜,但歌大风云飞扬,安用猛士兮守四方。"伯2567 诗末无"胡无人"以下五句。

此外,《蜀道难》,伯2567 所录较传世文本少"锦城虽云乐,不如早还家"二句,诗长且常见,不全录。

此处的八例和咸淳本所见三十多例相加,超过四十例,可以肯定不会是传写者的抄脱,而是作者修改的结果。如果伯2567 所录李白诗为其初期诗歌文本的判断不错的话,则可以认定他在诗歌定稿中,于原作有增有删,增写一、二句或四、五句的比例应稍高于删去诗句的比例。

五　对李白几首有名诗歌写作过程的讨论

一是《蜀道难》,其本事前人聚讼纷纭,近人举出收诗止于天宝十二载(753)之殷璠《河岳英灵集》已收此诗,因此确认其与玄宗幸蜀及严武将危房琯、杜甫皆无关。伯2567收此诗,有几处重要的异文。一是诗题作《古蜀道难》,明为拟古乐府而作。二是"尔来四万八千岁,不与秦塞通人烟。"不,伯2567与《又玄集》作"乃不",《乐府》《唐诗纪事》则作"乃",似补"乃"字为是。三是"上有六龙回日之高标",伯2567与《又玄集》《唐文粹》皆作"横河断海之浮云",应是较早之文本。四是"连峰去天不盈尺",伯2567作"连峰入烟几千尺",《又玄集》作"连峰入云几千尺",也较接近。四是"锦城虽云乐,不如早还家"二句,是否后补,也可再酌。

二是名篇《将进酒》,伯2567题作《惜樽空》,《文苑英华》卷三三六题作《惜空樽酒》,知此题为初题。其中重要异文,"君不见高堂明镜悲白发",伯2567"高堂"作"床头";"天生我材必有用",伯2567作"天生吾徒有俊才",《文苑英华》校一作"天生我身必有材",看到此一名句之递改痕迹;"岑夫子,丹丘生,将进酒,君莫停"几句,是明清通行文本,但宋蜀本后二句作"进酒君莫停",《李诗通》《文苑英华》《乐府诗集》《全唐诗》"进"前有"将"字,《英华》《乐府》后一句作"杯莫停",而伯2567与《英灵》《文粹》无此二句,知此二句为后补,且各本差异很大;"与君歌一曲,请君为我倾耳听",纷歧在后句,伯2567此句作"请君为我倾",意为我为你歌曲,你为我倾酒,《英灵》《文粹》作"请君为我听",《分类补注李太白诗》《全唐诗》作"请君为我侧耳听"。从诗意来说,"为我听""侧耳听""倾耳听"都算不上好句,何况前面正说杯莫停,我既忙于唱歌,则劳你倒酒是在情理间。其他细节尚多,不一一罗列。

再如《梦游天姥吟留别》,诗题缺少谓语。咸淳本此题作《梦游天姥吟留别诸公》,宋本《河岳英灵集》卷上题作《梦游天姥山别东鲁诸公》,似以后者为是,诗是李白离开东鲁时所作。原诗细节出入尤多,不录。

六　李白某些诗篇两稿之分析

理解李白诗歌大量存在两歧现象的主要原因在于他本人的反复修改，以及大量存在一诗两稿的事实，对李白生平和创作研究都很重要。以下再列举几篇。

《叙旧赠江阳宰陆调》是李白赠旧友陆调的长诗，因其中回忆早年参加长安城中斗鸡徒群殴一节而常为学者引及。宋蜀本此诗正文所录，与校记所采别本差异很大，分录如下：

宋蜀本卷九（甲本）	宋蜀本卷九校所引别本（乙本）
泰伯让天下，仲雍扬波涛。清风荡万古，迹与星辰高。开吴食东溟，陆氏世英髦。多君秉古节，岳立冠人曹。风流少年时，京洛事游遨。腰间延陵剑，玉带明珠袍。我昔斗鸡徒，连延五陵豪。邀遮相组织，呵吓来煎熬。君开万丛人，鞍马皆辟易。告急清宪台，脱余北门厄。间宰江阳邑，蔚棘树兰芳。城门何肃穆，五月飞秋霜。好鸟集珍木，高才列华堂。时从府中归，丝管俨成行。但苦隔远道，尤由共衔觞。江北荷花开，江南杨梅熟。正好饮酒时，怀贤在心目。挂席候海色，当风下长川。多酤新丰醅，满载剡溪船。中途不遇人，直到尔门前。大笑同一醉，取乐平生年。	泰伯让天下，仲雍扬波涛。清风荡万古，迹与星辰高。开吴食东溟，陆氏世英髦。夫子时峻秀，岳立冠人曹。风流少年时，京洛事游遨。骖骝红阳燕，玉剑明珠袍。一诺许他人，千金双错刀。满堂青云士，望美期丹霄。我昔北门厄，摧如一枝蒿。有虎挟鸡徒，连延五陵豪。邀遮来组织，呵吓相煎熬。君披万人丛，脱我如貔牢。此耻竟未刷，且食绥山桃。非天雨文章，所祖记风骚。苍蓬老壮发，长策未逢遭。别君几何时，君无相思否。鸣琴坐高楼，渌水净窗牖。政成闻雅颂，人吏皆拱手。投刃有馀地，回车摄江阳。错杂非易理，先威挫豪强。城门何肃穆，五月飞秋霜。好鸟集珍木，高才列华堂。时从府中归，丝管俨成行。但苦隔远道，无由共衔觞。江北荷花开，江南杨梅熟。正好饮酒时，怀贤在心目。挂席拾海月，乘风下长川。多沽新丰醅，满载剡溪船。中途不遇人，直到尔门前。大笑同一醉，取乐平生年。

甲本在咸淳本卷七、《分类补注李太白诗》卷一〇亦收录，《文物》一九六一年八期刊启功《碑帖中的文学史资料》引明《剑合斋帖》收董其昌

据宋帖临本,录'好鸟'句以下为一首,虽有文字可校改,如末句作"取乐平生缘",但只可以帖本不全视之,未可以后半为独立一首。乙本仅此一本,个别缺误已经据《李诗通》补足。如果说乙本为初稿,则甲本作过较大幅度的删节润饰,一是对陆调年轻时的容貌、性格叙述从省,二是对当年北门厄自己狼狈不堪,也作了大幅改写。三是对分别后彼此经历,则作了很仔细的润饰改动。大约李白与陆调仅此一度遭遇,分别后再不通音问,待陆调任职江阳,李白习惯性地"直到尔门前",欢聚平生,叨扰多多,并作诗为赠。唐代官员对少年行为之失检,有不介意及不愿提之区别。李白之改写,或与此有关。

再为《过彭蠡湖》一诗之二稿:

入彭蠡经松门观石镜缅怀 谢康乐题诗书游览之志(甲本)	过彭蠡湖(乙本)
谢公之彭蠡,因此游松门。余方窥石镜,兼得穷江源。将欲继风雅,岂徒清心魂。前赏逾所见,后来道空存。况属临泛美,而无洲渚喧。漾水向东去,漳流直南奔。空蒙三川夕,回合千里昏。青桂隐遥月,绿枫鸣愁猿。水碧或可采,金精秘莫论。吾将学仙去,冀与琴高言。	谢公入彭蠡,因此游松门。余方窥石镜,兼得穷江源。前赏迹可见,后来道空存。而欲继风雅,岂唯清心魂。云海方助兴,波涛何足论。青嶂忆遥月,绿萝鸣愁猿。水碧或可采,金膏秘莫言。余将振衣去,羽化出嚣烦。

此二篇孰先孰后,较难判断。宋蜀本《李太白文集》卷二〇认为"二篇或同或异,故并录之",平等对待;《分类补注李太白诗》卷二二同宋蜀本;咸淳本则分别收入卷一四、卷一九,显示在早期流传中,曾分别编次,宋敏求编校时发现相同处为多,乃归并一处。《李诗通》及《全唐诗》卷一八一皆以甲本为正,附存乙本。但就二诗阅读比对,我比较倾向认为甲本为原作,且能明显看出李白寻访谢灵运旧迹,且努力模仿康乐体诗的章法。乙本则删节多于增写,造句更为精致,但精神则不如甲本。如出李白本人改写,亦不能认为成功。

又如《独酌》:

独酌(甲本)	春山独酌二首之一(乙本)
春草如有意,罗生玉堂阴。东风吹愁来,白发坐相侵。独酌劝孤影,闲歌面芳林。长松尔何知,萧瑟为谁吟?手舞石上月,膝横花间琴。过此一壶外,悠悠非我心。	春草变绿野,新莺有佳音。落日舞尽欢,恐为愁所侵。独酌劝(对)孤影,闲歌面芳林。清风寻空来,碧松与共吟。手舞(抚)石上月,膝横花下(间)琴。过此一壶外,悠悠非我心。

甲本见宋蜀本卷二一及咸淳本一八、《分类补注李太白诗》卷二三、《全唐诗》一八二,是宋以来的通行本。乙本见宋蜀本甲本下校记,又见日本存唐写本《新撰类林钞》卷四,题目亦据该卷,异文注于括号内,是该本在唐代已经传到日本,也足证明宋蜀本编校时所据古本之可靠。二本皆因春草起兴,写独酌之感怀,末四句几乎全同,前半大多不同,是一诗之两次写作,具体关系不明。

此外,《白头吟》亦存两稿,诗稍长,在此从略。

结　　论

李白是天才的诗人,诗思纵横,才思敏捷,言出意表,想牵天外,历代论之多矣。清人黄周星甚至有太白写诗用胸口一喷即成的夸张称许。其实天才纵逸的另一面,则是极度勤奋地学习与修改。相传李白早年曾拟《文选》数遍,今存文集中之《拟恨赋》即其孑存。其于自存诗稿反复修改,本属情理中事。本文列举诸多内证,希望学者理解李白诗集中有定稿,有初稿,尽管二者皆存者只是其中很少一部分,但这些记录如能得到正确认识,并据以梳理李白创作和修改的思路,无疑是很有意义的工作。我在最近写定李白诸诗时,不仅逐一出校记录,且努力将文本相近的诗篇归并在一起,以便学者研读。当然,牵涉几十首诗的改写,难以展开讨论,学者谅之。

2015 年 12 月 6 日于复旦光华楼

(《学术月刊》2016 年第 5 期)

郁贤皓先生《李太白全集校注》述评

　　还记得 1998 年在贵阳召开的唐代文学年会上，郁贤皓先生针对刚出版不久的詹锳先生主编的《李白全集校注汇释集评》一书提交论文，就学术规范问题有所批评，并表示自己会另外新做李白全集的校注。那年郁先生已经过了六十五岁，我对他的豪情顿生敬佩，对在如此高龄有如此之决心，更感难得。经过近二十年的努力，这部大书不久前终于由凤凰出版社出版，厚厚八大册，真为他献身学术的热情和孜孜不休的精神所感动。祝贺这部大书的出版，也敬祝郁先生健康长寿，学术日新！

　　如果我没有记错的话，本书是最近四十年第四部李白全集校注。前三部是瞿蜕园、朱金城《李白集校注》（上海古籍出版社 1980 年 7 月）、安旗主编《李白全集编年注释》（巴蜀书社 1990 年 12 月）、詹锳主编《李白全集校注汇释集评》（百花文艺出版社 1997 年 5 月），本书的成就，当然应该在与前三部的比较中得出。最近特别忙，全面比读只能留待来日，初步翻阅，则有以下感受。

　　郁贤皓先生研究李白，始于 20 世纪 70 年代后期，他后来汇集为《李白丛考》的诸论文在各重要学术期刊发表，利用当时还很难阅读的北京图书馆藏大批唐代墓志拓本，对李白生平的一系列问题，如李白待诏翰林不是出于吴筠推荐，李白诗中崔侍御是崔成甫而不是崔宗之，李白初入长安走的是卫尉张卿即宰相张说子张垍的门路，李白与元丹丘交往三十年曾多次会晤，等等，无不举证坚确，结论可信。用孙望先生为该书所作序说，是以一个个细节的研究，"为李白生平勾勒了一个新的轮廓"。此后，他又编著《李白选集》，对李白主要代表诗文作了详尽的释读，主编《李白大辞典》，对与李白有关的词语、人物、地理、事件、著作以及前人研究，作了具有集大成意义的总结。在此基础上为李白全集作注,确实驾轻就熟,愉快胜任,且足悬出较高的学术目标。

就全书披览,最直接的感觉是体例周善,新义纷呈。就体例来说,每一篇诗文下都有题解、本文、校记、注释、评笺、按语各部分组成。题解解释诗题中所涉之人事地名,并就该篇之写作时间及前人意见作出说明,从而揭出该篇主旨。本文是录李白的作品,并对校记和注释之相对文句用不同注记加以标识。校记工作做得较细致,大约以宋蜀本《李太白文集》为底本,以宋元以降各本参校。此项工作因前人也已经做得很完备了,本书符合规范,并没有大的突破。注释是用力甚勤的部分,下文还要说到。评笺则为宋元以来评点赏鉴意见的汇录,内容较前此各书以及《中华大典》《唐诗汇评》各书皆更为丰备。最后的按语则一为对全诗章节和内容的概述和分析,并就各诗之历代争议问题展开讨论。所谓新义纷呈,除前述《李白丛考》发明各项外,又补充了一些近年新发表墓志,如用何昌浩墓志对其生平的记载,重新确定《赠何七判官昌浩》《泾溪南蓝山下有落星潭可以卜筑余泊舟石上寄何判官昌浩》二诗之作年与寄意。

本书最重要的成就,还是重在对李白作品之释读。集部书笺注之两难,在唐人注《文选》时就显露无遗。李善尽最大努力将诗文中语词和典实的来源揭示出来,但提供了这些来源,原文表达的文意如何,则读者之理解偏差很大。五臣强作解人,已属不易,但要让多歧的文意用明白的话说清楚,也实在难燮和众口。最近几十年出了大量新注本,水平相差很大,在旧注新解的融合方面,较难令人满意。李白集从宋元以来,注释和讨论之深入丰富,虽然不如杜甫,但也堪称丰沛。郁先生在专治李白和唐代文史以前,曾长期从事汉语语词研究,是《辞海·语词分册》的主编。本书之注解与考按,最大限度地发挥了作者的所长。旧注明语源,宋元以来大多已经得到落实,可补充者有限,新注则要准确解读句意章旨,进而明确全篇文意脉络,似易实难。举一篇为例,《答王十二寒夜独酌有怀》,元萧士赟曰:"按此篇造语叙事,错乱颠倒,绝无伦次。董龙一事尤为可笑,决非太白之作,乃先儒所谓五季间学太白者所为耳,具眼者自能别之,今厘而置诸卷末。"(《分类补注李太白诗》卷一九)《唐音统签》卷一七一附集末伪作。郁认为此诗作于天宝八载（749）冬，将全诗分为四段，一"写王十二寒夜独酌"；二写王不"以斗鸡取宠，以军功邀赏，只会吟诗作赋，因此久不得志"；三写"己曲高和寡，被谗而仕途困踬"，四"抒发对不合理现实的愤慨"。全诗后再有总按，对全诗文脉加以概括，认为"仔细品味，可知意脉一贯，一气呵成，浑然一体"，澄清了古人的误读。对董龙一句，也有合理解释。对一首三百字的诗，以六千字篇幅，作了详尽而无剩义的解读，虽不与萧氏讨论，但所疑尽释。全书对李白一千多篇诗文的解读，都达到这样的水平，令人叹服。说句闲话，郁先生身形魁岸，做事细心，无论手稿或书信，皆细密娟丽，常让人联想到北宋末的词人与学者贺铸，虽侠气盖一座，饮酒如长鲸，"然遇空无有时，俯首北窗下，作牛毛小楷，雌黄不去手"（程俱《贺方回诗序》）。惟饮酒不合，其他皆能移作写照。

再则全书成于一手，故能前后照应，坚持始终。前此三部李集注，瞿、朱是合作，且主体完成于"文革"前，优点是旧学根柢好，诗旨体会妥当，较清王琦注确有很大推进。安、詹主编的两部，都有自己的特色。安旗是著名女作家，对诗意有卓越的体悟。詹锳则受西学影响甚深，早年所作《李白诗论丛》《李白诗文系年》则坚守传统，多有创获。他于书末将全部参与者之分工逐卷说明。合作完成的著作，好处是集思广益，能从多角度审视问题，缺憾是体例难统一，偶或全书缺乏照应。郁著也曾得到他的友人和门生的帮助，在前言中有鸣谢，只是没有说明哪些友人和门生参与，各自承担了怎样的责任，但就全书来看，体例划一，文风统一，全书之主体工作由郁先生一人完成，从而最大限度地保证了全书的学术质量。

对李白疑伪和补遗诗作，能仔细考订、认真分析后，截断众流，明确取舍。李白名震天下，其作品在他生前就广泛流传，文集历几度聚散，前人更多指出其中多有伪作，而后世传说、补遗更不衷一是。前人编集，以多为胜，即有疑伪，多未深究。本书对前人疑伪所见，能折衷独断，务求客观。在存真去伪方面，能不为前说所囿，体现了截断众流、务求必是的胸襟气魄。具体来说，对前人虽曾怀疑，但无确证者，仍认可为李白所作。如《姑孰十咏》，苏轼、陆游、刘克庄等都认为李赤之诗，其实证据只是"其语浅陋不类太白",郁先生认为柳宗元《李赤传》未提及李赤作此组诗,《文苑英华》在不同卷次收此诗八首,皆作李白诗,从而判断"苏轼伪作之说无据"。对《笑歌行》《悲歌行》之宋人怀疑也认为"并无实据"。《猛虎行》,王琦曾疑伪,瞿、朱、詹皆辨非伪作,郁断为天宝十五载三月由宣城赴剡中途经溧阳时作。以上这些,我以为都是稳妥的认识。对后出据说为李白之作品,凡无确凿内证者,一律改入存目。附录存目诗包括两个部分,一是《宋本集内存目诗文》,凡删十篇,多有较确切证据为他人如高适、李翰、王昌龄、唐玄宗所作,另三诗题存诗亡,仅在《上安州李长史书》中述及。惟一我有所保留的是《留别贾舍人至二首》,由于二人行迹错互而疑为伪作,但今人吕华明《李白留别贾舍人至二首辨伪》(刊《古籍研究》2000年第4期)认为其二作于乾元二年秋,非伪诗。似尚可再酌。二为《宋本集外存目诗文》,凡106则,由于充分利用90年代前期苏州大学为《全唐五代诗》普查的资料,加上学界多年的发掘考订,所涉较前代大为丰富。其中包括传误诗、依托诗及后世附会诗等,品目极杂,考订不易。目前所附诸诗辨正,都有较有力的证据,足令人信服。可补充者,如宋初《该闻录》所载李白见崔颢《黄鹤楼》后作"眼前有景道不得,崔颢题诗在上头"二句,也仅属传说。另同样出于宋人《彰明遗事》录李白微时所作几则诗,分别处理,未及统一。将世传李白词而为《尊前集》所收者,除《菩萨蛮》《忆秦娥》二篇外皆列入存目,大体可以赞同,但细节仍多可讨论。如《清平乐》"禁庭春昼"一首,收入《尊前集》《唐宋诸贤绝妙词选》卷一,后者题作《清平乐令》,且注"翰林应制"四字,前人或推测当出吕鹏《遏云集》,不能排除为李白供奉翰林期间之试作。

此书出版后,微信圈内有朋友感叹,这可能是李白集的终极版了。但我觉得本书确较前几家注本有很大推进,是李白研究近年最重要的收获,它会带动今后很长一段时间李白研究的深入,不是终极,而是新的起点。就我所知,至少还有以下工作值得进行。一是李白诗歌的会校集释。本书校勘认真,值得肯定,但由于没有就每首诗的文本来源作详尽记录,李白诗歌在唐宋时代的流布演变史仍有继续展开的空间。二是郁先生早年利用当时还很难见到的出土墓志考订李白诗歌,取得重大突破。最近三十年新出墓志数量数倍于郁先生当年可见者,个别显而易见者有所揭出,但似乎至今还没有人像郁先生当年那样全面利用后出墓志补订李白诗歌。三是李白诗歌多别本异文,在全部唐诗中显得很突出。以往一般认为是在流传过程中所造成,我年初有机会向薛天纬教授请教,比较倾向认为其中很大一部分为李白本人所改,即有可能几种不同文本都出李白本人手笔。郁先生坚持传统,解释主要为别集所收者,但如送贺知章归越诗,已经认识到敦煌本《阴盘驿送贺监归越》应该是李白原题,但未能改题,对阴盘驿也仅简注今方位,未展开讨论。敦煌本第一句:"镜湖流水春始波。"宋米芾《书史》和邵博《邵氏闻见后录》文本相同,而李白集宋以后各本皆作"镜湖流水漾清波",正可见到宋人所见李集古本之可贵,也足证明李诗他校之重要。类似情况大约有几十例。如《叙旧赠江阳宰陆调》所存两本,宋本所注别本中如"骖骊红阳燕,玉剑明珠袍。一诺许他人,千金双错刀。满堂青云士,望美期丹霄";"此耻竟未刷,且食绥山桃。非天雨文章,所祖记风骚。苍蓬老壮发,长策未逢遭。别君几何时,君无相思否。鸣琴坐高楼,渌水净窗牖。政成闻雅颂,人吏皆拱手。投刃有馀地,回车摄江阳。错杂非易理,先威挫豪强"等句为正文所无,"我昔北门厄,摧如一枝蒿。有虎挟鸡徒,连延五陵豪。邀遮来组织。呵吓相煎熬。君披万人丛,脱我如貔牢"等句也与正文有很大不同。仔细琢磨,应该认可这些别本仍是出于李白本人手笔,至少可以看到他写诗从初稿到定稿的变化。适当加以分析和解读,还不能认为全无必要。

此外,我对全书大量引用的严羽评点《李太白诗集》的可靠与否表示困惑。一般认为评点始于宋末刘辰翁,严羽大约要早几十年,其时未必有此事。若真从南宋以来流传有自,则至少亦源出宋代,又未见该本文字入校。因全书没有引用书目,困惑难解,以后或有便向方家请教。另外,该书在排版时,多将李白各长诗分段,虽目的在读者阅读方便,但似不免引起诗体方面的歧异,如《东武吟》"声价凌烟虹"下在逗号后换行,更显不当。

近年因为一些说不清道不明的原因,与郁先生书问稍疏,但敬畏之忱,始终未变。出版社寄下大书,邀请参加研讨,适有台中之行,不克预盛,略书所见,稍补愆失,唐突难免,高明谅诸。

2016 年 4 月 17 日

（刊《中华读书报》2016 年 4 月 21 日,题作《李白研究近年最重要的收获》）

杜甫为郎离蜀考

一 问题的提出

永泰元年(765)春夏间,杜甫离开成都草堂,沿江东下。此后数年间,漂寓寄居于云安、夔州、江陵、公安、长沙等地,最后病死于湘江孤舟中。离蜀出走,从暂时稳定变为长期漂寓,成为杜甫晚年生活的重要转折点,对其晚年的诗歌写作也有极大的影响。因此,找到杜甫此行的契机,是研究其晚年生活、思想和诗歌创作的关键问题。

唐人对杜甫离蜀原因的叙述很不一致。最初记录杜甫事迹的樊晃《杜工部小集序》(《钱注杜诗》附录),以为是"东归江陵"。其实,杜甫在江陵没有家园,无以言归。樊序于杜甫卒后数年间作于润州,所据为当时的传闻之辞,未能征实①。元稹根据杜甫孙杜嗣业提供资料写成的《唐检校工部员外郎杜君墓系铭序》云:"剑南节度使严武状为工部员外参谋军事。旋又弃去,扁舟下荆楚间。"所述不免因简略而显得含混。晚唐范摅《云溪友议》卷上则以为严武与房琯、杜甫构隙,"武母恐害忠良,遂以小舟送甫下峡"。又谓李白作《蜀道难》讥讽严武。范书所记,迹近小说家言,多与史实乖谬,前人已有驳斥,此处不赘述。五代官修的《旧唐书·文苑传》,始对杜甫此行作了较详细的叙述:

> 上元二年冬,黄门侍郎、郑国公严武镇成都,奏为节度参谋、检校尚书工部员外郎赐绯鱼袋。……永泰元年夏,武卒,甫无所依。及郭

---

① 樊晃编《杜工部小集》的详细考证,请参看拙作《杜诗早期流传考》(见《中国古典文学丛考》第一辑)。

英乂代武镇成都,英乂武人粗暴,无能刺谒,乃游东蜀依高适。既至而适卒。是岁,崔宁杀英乂,杨子琳攻西川,蜀中大乱。甫以其家避乱荆楚,扁舟下峡。

《旧唐书》所述杜甫事迹系后晋史臣采摭元稹《杜君墓系铭》《云溪友议》《明皇杂录》《本事诗》等编成,舛误极多。北宋王洙曾持与《杜集》《唐实录》比勘,指出错误多条。上举一段,不见唐人记载,为《旧唐书》作者杜撰还是沿袭旧说,今已无从考知。显然的错误有:严武再镇蜀,在广德二年春。"上元二年"云云,将两次镇蜀事混淆。杜甫避徐知道乱出走东川,在宝应元、二年,不在严武卒后。高适广德二年调京职,永泰元年正月卒,英乂五月始受命理蜀,杜甫不可能弃郭而依高。蜀中大乱在该年十月,其时杜甫已抵达云安。对此,北宋学者已有所认识。宋祁作《新唐书·文艺传》,就剔去《旧唐书》讹误,仅云:"武再帅剑南,表为参谋、检校工部员外郎。……武卒,崔旰等乱,甫往来梓、夔间。大历中,出瞿唐,下江陵。"惜仍厘革未尽。至南宋吴若校理杜集、鲁訔为杜诗编年,始纠正了武卒往东川之误①。经宋、清二代治杜学者不断努力,杜甫生平事迹已基本清楚。但对杜甫离蜀原因的解释,多仍恪守《旧唐书》"武死,甫无所依"之说。只有浦起龙《读杜心解》从《去蜀》诗中,看出其说之未当:

> 旧谱:严武以四月卒,公以五月去。此说殊不确。公于严交谊何如,岂有在蜀亲见其殁,无一临哭之语见于诗者。且此后去蜀诸诗,亦绝无严卒始去明文也。愚意公之去,在四月以前严未卒时。

又于该诗"安危大臣在"下注:

> 公为严幕军事参谋。今谢事他往,则"大臣"定指严武,可见武

---

① 吴若意见据《续古逸丛书》影宋本《杜工部集》卷十三、卷十四。鲁訔《编次杜工部诗》已失传,但影宋本《王状元集百家注编年杜陵诗史》和《杜工部草堂诗笺》均据鲁訔编年本编次,可据以考见鲁訔的意见。

　　未卒。仇谓郭子仪,无涉。

　　浦说颇具见地,可惜其后二百多年间,罕为世人采用。个别治学谨严的学者,对出行原因仅持阙疑态度。直到近年,曾枣庄先生著《杜甫在四川》,始对浦说作了一些发挥。萧涤非先生在 1979 年版《杜甫诗选注》、1980 年修订本《杜甫研究》中,亦注意及此,认为"杜甫最后离开成都在严武以前或以后,是一个有待研究的问题"。惜都未提出新的证据和结论。

二　杜甫离蜀与严武之死无关

　　今按,《去蜀》一诗,王洙本、王琪本、吴若本《杜工部集》均不收①,蔡梦弼《杜工部草堂诗笺》收入,云出朝奉大夫员安宇所收②。清前各家系年不一,郭知达《九家集注杜工部诗》始置于永泰元年初离蜀诸诗间,黄鹤则编在广德二年阆州诗内,蔡梦弼、朱鹤龄诸家置于集外,不予系年,钱谦益撰《年谱》次于永泰元年,以后仇、浦、杨诸家均从之。今人亦多以为初离蜀时作。其实,细按本诗,并无初离成都时所作的确凿证据,诗中"大臣"何指,不能成为杜甫何时出走的证据③。确定杜甫出走与严武之死有无关系,关键在于弄清严武卒日与杜甫出行的具体时间。

　　《旧唐书·代宗纪》载,永泰元年夏四月"庚寅,剑南节度使、检校吏

----

　　①　《续古逸丛书》影宋本《杜工部集》包括两个宋本:绍兴翻刻王琪本,和吴若本或吴本翻刻本。王琪本基本保存了王洙本的收诗情况,另增补诗五首、文四首。本文引及二王本即据此本,吴若本则据此本和《钱注杜诗》参订。

　　②　员安宇,四川仁寿人,宋进士,累官朝奉大夫知眉州。其兄安舆为皇祐进士。事迹详宋员兴宗《九华集》卷二一《员公墓志铭》。

　　③　《去蜀》云:"五载客蜀郡,一年居梓州。如何关塞阻,转作潇湘游。万事已黄发,残生随白鸥。安危大臣在,不必泪长流。"杜甫广德二年春初归成都,旋入严幕,诗不可能作于该年。若作前年冬诗,"五年"又无着落。浦起龙驳诸家论,颇具见地,惜仍囿于首二句年数,未详考全诗。按三、四两句,云因关塞阻绝只得转作湖南之行。永泰元年十月前,蜀中未乱,剑阁之路尚通,不存在"关塞阻"之事。杜甫广德元年拟赴江东,提到青草湖,并非欲入湖南;离草堂之初亦未拟入湘,后从岳阳赴衡、潭,为出于无奈的临时决定。"万事"以下四句,自述众事无成,馀生只能随水漂流,国事自有大臣负责,何劳自己操心,与他出行之初急于入朝的心情完全不合。综观全诗,疑为大历三年出江陵后拟赴湖南时作。首二句,追述客两川事。次二句,自诘何以步入穷途,似已自省为郎离蜀之非。"万事"二句,自言年老体衰,朝廷弃忘,事业无着,残生惟与白鸥为侣。末二句为反语。联系杜甫晚年全部诗作看,这样解释较为合理。

部尚书严武卒"。《通鉴·唐纪三九》谓同年同月"辛卯,剑南节度使严武薨"。检《二十史朔闰表》,该年五月壬辰朔,因知四月庚寅为二十九日,辛卯为三十日。所差一日,疑为卒日与朝廷得报日之异。严武卒于四月末,可无疑问。

杜甫离成都时间,从宋赵次公、鲁訔、蔡兴宗等撰年谱到清人各种年谱(浦本除外),均定于五月①。其证据均自严武死于四月而推定。今检该年杜甫草堂诸诗,均作于春间,无入夏之迹。其《戎州杨使君东楼》有"轻红擘荔枝"句②,次年作《解闷十二首》有云:"忆过泸戎摘荔枝,青枫隐映石逶迤。"均述此行经戎州(今四川宜宾)、泸州(今泸州市)时事。黄鹤曰:"黄山谷在戎州食荔枝诗云:'六月连山荔枝红。'可知荔枝熟于六月也。"范成大《吴船录》卷上载,淳熙四年六月辛巳(十三日)过眉州时,"荔子已过"。泸戎与眉州纬度相差仅一度,荔枝成熟时间当相仿,可知杜甫在六月上旬已到达戎州。以当时舟行速度,自成都至戎、泸,约需十馀日。从嘉州所作《狂歌行赠四兄》③所述情况看,杜甫在嘉州有较长时间的停留。综上所述,杜甫离成都的最早时间可以在三月底或四月初,最迟当在五月上旬。检讨之下,武死出走说的可疑处除浦说外尚可提出以下几点。

杜甫离开成都的最晚时间,离严武之死仅十天左右。在如此短的时间内出走,于挚友旧谊固然无法交代,仓促中也难以做好挈妇将雏长途旅行的准备。此其一。

严武死后,代知府事的杜济为严武旧部,天宝末杜甫有《示从孙济》诗相赠。后任剑南节度使郭英乂与杜甫在凤翔时结识,杜有长诗相赠。郭死后,杜在《别蔡十四著作》中有哀悼之意,并称郭为"正臣",为"知己"。杜甫与杜、郭交谊固不及严武,但若仅在草堂隐居,并未形成威胁,

---

① 鲁、蔡二谱见《分门集注杜工部诗》卷首,赵谱据鲁谱转引。

② 本文所引杜诗,主要依据《续古逸丛书》本《杜工部集》,并曾参校其他各本,因无重大歧异,故不详注异文。杜诗版本众多,卷次分合多不同,学术界一般均仅注篇名,不注卷次,本文亦循此例,引及各家注亦不注卷次。

③ 郭沫若先生《李白与杜甫》认为此诗为岑参作,未见确证。此诗收入《文苑英华》卷三五〇,不能因王洙不收而遽断为伪。

不必仓皇出走。此其二。

川中大乱,是同年十月间事,实质是郭和严武旧部的冲突。从严武之死,杜甫可以预期大乱在即。然而,他一路多处停留,在嘉州甚至痛饮狂歌,绝无仓促出走之迹。此其三。

严武死后,杜甫有二诗哀悼,分别作于云安、夔州。《哭严仆射归榇》云:"素幔随流水,归舟返旧京。……一哀三峡暮,遗后见君情。"《八哀诗·赠左仆射郑国公严公武》云:"炯炯一心在,沉沉二竖婴。颜回竟短折,贾谊徒忠贞。飞旐出江汉,孤舟转荆衡。虚横马融笛,怅望龙骧茔。空馀老宾客,身上愧簪缨。"皆言在峡中得噩耗,不及成都诀别。此其四。

综上诸证,可知杜甫出行与严武之死在时间上只是偶然的巧合,并无必然的联系。其出行时间,当在四月末严武卒前。从以下二诗推测,杜甫于春间已准备东下,四月间已出行。(1)《绝句三首》。王洙本不收,宋人得于吴越写本,后各种编年本均系永泰元年春间。其一云:"闻道巴山里,春船正好行。都将百年兴,一望九江城。"杨注:"九江城谓江陵,时盖已有出峡之志。"仇亦谓"欲往荆楚而作"。其三云:"谩道春来好,狂风太放颠。吹花随水去,翻却钓鱼船。"仇注:"见春江风急,叹不得远行也。"浦注:"三诗一串,胸中素有下峡之志。"诸说如不误,是杜甫春间修葺草堂的同时,已决计下峡。(2)《喜雨》"南国旱无雨"一首,鲁訔本系于江陵,钱注列于广德二年春,黄鹤、朱鹤龄及仇、浦、杨诸家均编入永泰元年,惟次第稍异。黄鹤注:"史:永泰元年自春不雨,四月己巳(八日)乃雨。诗云巢燕林花,皆四月间事。"引史为《旧唐书·代宗纪》。诗云:"南国旱无雨,今朝江出云。"似江中舟行时作。鹤说如不误,则杜甫在四月初已离成都出行。

三　杜甫本人对离蜀原因的陈述

杜甫《秋日夔府咏怀寄郑监李宾客一百韵》云:

两京犹薄产,四海绝随肩。幕府初交辟,郎官幸备员。瓜时拘

（一作犹、仍）旅寓,萍泛苦黂缘。

此诗作于大历二年(767)秋,时郑审、李之芳均在江陵,杜甫客夔,作长诗向二人陈述遭际。引诗前二句谓京洛虽有薄产,而家园久荒,亲友日疏,欲归无依。后四句,仇谓"叙客夔之由",甚是。"幕府"两句,赵次公注:"严武东西川为节度使,辟公为参谋,故云交辟。时公为尚书工部员外郎。备员,公自谓也。"后各家注均无异辞。问题在后两句。"瓜时"语出《左传》庄公八年,各家注本均已引,指职务交接之时。"萍泛",喻漂寓。"黂缘",旧注引《韵会》:"连络也。"二句谓职务交接之际拘于旅寓,只能如浮萍断梗般不断地漂流。"瓜时"何指? 蔡、黄、钱、仇、杨诸家均未言,唯浦注云:"此借作授职用,即指严幕。"按:瓜时可指接职时,亦可指卸职时,但杜甫入参严幕,离开严幕,均无"拘旅寓"之事,与"羁夔"（浦注"萍泛"句语）也无必然的联系,浦误显然。杜甫同时作《夜雨》诗谓:

　　通籍恨多病,为郎忝薄游。

　　浦注谓两句"衍滞峡之由"。"通籍"指取得官位,"为郎"指为工部员外郎。二句并列意通,谓虽通朝籍而憾于多病,出行有愧于为郎。将为郎、通籍作为此次出行的原因。以此看《秋日夔府百韵》"幕府"下四句,似应解作:幕府供职不久,有幸备位郎署;卧病旅寓延误了官职交接,只能漂泊寄寓为生。"瓜时"所指,为郎职而非幕职。对此,杜甫在诗文中曾反复加以申述:

　　泊船秋夜经春草,伏枕青枫限玉除。(《寄岑嘉州》)
　　画省香炉违伏枕,山楼粉堞隐悲笳。(《秋兴八首》。画省即尚书省,见《汉官仪》。工部属尚书省。)
　　针灸阻朋曹,糠秕对童孺。(《雨》,朋曹指郎署同僚。)
　　归朝跼病肺,叙旧思重陈。(《敬寄族弟唐十八使君》)
　　伤时君子,或晚得微禄,辙轲不进,因作此诗。(《种莴苣序》)

旷绝含香舍，稽留伏枕辰。(《奉赠萧十二使君》。《汉官仪》：尚书郎握兰含鸡舌香奏事。)

病隔君臣议，惭纡德泽私。(《夔府书怀四十韵》)

蹉跎病江汉，不复谒承明。(《送覃二判官》)

报主身已老，入朝病见妨。(《入衡州》)

名岂文章著，官应老病休。(《旅夜书怀》)

为郎未为贱，其奈疾病攻。(《赠苏四徯》)

才尽伤形骸，病渴污官位。(《送顾八分文学适洪吉州》)

伏枕因超忽，扁舟任往来。(《秋日荆南述怀三十韵》)

卧疾淹为客……(《大历三年春白帝城放船……》)

在这些诗中，杜甫自述因卧病伏枕而稽留峡中，以致未能北归朝廷，隔断了与尚书省及郎署的联系，失去了与皇帝面议的机会，并因此失去了官位，淹留成客，随舟漂流。与《秋日夔府咏怀百韵》和《夜雨》所述是一致的。

元稹《杜君墓系铭》和新旧《唐书》本传都明确记载，杜甫以检校工部员外郎任严武剑南节度幕府参谋。郎职只是检校官，是虚衔，具体职务是幕职，不是京官。这是一千多年来治杜学者几乎完全一致的看法。但是杜甫本人诗篇中表述的意见，与这一传统看法显然是相左的。为找出杜甫离蜀动机的真正答案，我们不能不对为郎入幕说提出诘责。为此必须考察其所除官职的全称和是否以郎官入参严幕。

四　杜甫永泰元年除官的全称及其实际意义

元稹《杜君墓系铭》和新旧《唐书》本传所载杜甫官称都作了删削，不是全称。郎、幕二职的排列亦不相同。保留杜甫官称全称的，惟有几种宋本杜集卷首结衔。《续古逸丛书》影宋绍兴翻刻王琪本《杜工部集》每卷前均有结衔一行：

前剑南节度参谋宣义郎检校尚书工部员外郎赐绯鱼袋京兆杜甫

同书配本南宋吴若本同。《四部丛刊》影印南宋坊本《分门集注杜工部诗》目录前所载,无"京兆"二字,馀同。贵池刘氏影宋刻《王状元集百家注编年杜陵诗史》,每卷前署衔"宣义郎"作"宣仪郎",无"京兆"二字,末增"子美撰"三字,馀同。杜甫集最初有六十卷,宋时仅存亡逸之馀。王洙裒聚各本辑校杜集,所据本中有一部分当属原集残帙①。这行官称当即据原集移录,绝非宋人所伪署。持与《旧唐书》所载官称比较,不同处仅二:幕职上多一"前"字,增出宣义郎的散官阶。其馀均同,排列次第亦同。二者所出可信为一,只是后晋史臣编史时有所删削而已。

唐代官制极其复杂,有必要对此稍作诠释。

"前剑南节度参谋。"岑仲勉先生云:"凡职事官早已开去,遇到重新授官的时候,提及他的旧官,都用'前'字来表示。"②这在唐人制诰、史书纪传中存例甚多。《旧唐书·职官志三》述节度幕府属官甚多,参谋为幕中地位较低、不定员数的从官,其品秩不详,《唐六典》、《唐会要》等书亦无记录。"宣义郎"为散官。岑云:按唐初《贞观令》规定,文武入仕者皆带散位,谓之本品,其品阶高低,仅作为班位、俸给、章服的制限,与职事官的升降没有必然联系③。《旧唐书·职官志一》载文散官,宣义郎为从七品下。"检校尚书工部员外郎。"按官制次第,此指职事官,即执行具体事务的官。工部为尚书省六部之一,工部员外郎为从六品上,其职为辅助郎中"掌经营兴造之众务"。关于检校官,拟于下文再谈。"赐绯鱼袋",应读作"赐绯、鱼袋"。岑云:唐代"京官散阶未及三品者有赐紫。未及五品者有赐绯之特典"。开元后"赐绯、紫者例兼鱼袋"。"绯、紫是指所穿官服的颜色,鱼袋是指所佩的劳什子,赐绯服的鱼袋只饰银。"④据《唐六典》

---

①　六十卷本杜集编集、流传的可能情况和宋人编次杜集所据各本面貌,请参看拙文《杜诗早期流传考》。

②　岑仲勉《从唐代官制说明张曲江集附录诰命的错误》,见《中山大学学报》1958 年第2 期。

③　岑仲勉《从唐代官制说明张曲江集附录诰命的错误》,见《中山大学学报》1958 年第2 期。

④　岑仲勉《从唐代官制说明张曲江集附录诰命的错误》,见《中山大学学报》1958 年第2 期。

及《旧唐书·舆服志》《唐会要》所载贞观制规定,从七品之宣义郎只可著绿袍。有此赐典,可著绯袍、佩银鱼。

唐代制诰所载幕府官称的次第,盛唐时多为先列散官、职事官(兼使、充使附后)、勋、爵、赐或借。玄宗朝苏颋、孙逖,肃宗朝贾至,代宗朝常衮,所作多属此类型。中唐后检校京官大量地作为虚衔授予节度幕府官员,制诰所述官称次序一般均为先幕职,然后为散官、京官虚衔及勋、爵、赐、借等。杜甫正值官称逐渐变化之际,上列官称可作两种解释:其一,幕职为职事官,郎官为虚衔。起首的"前"字统摄全称,表示杜甫在离成都前已将幕职郎衔一概辞去。其二,幕职、郎职均为职事官,"前"字仅领摄"剑南节度参谋"一职,表示杜甫在被授检校工部员外郎前曾任幕职,或因其检校郎官未能即真而追叙其前任职官。前一解为历代研究者所信从,但无法解释杜诗自述为郎出走、因病失官的大量记载。后一解似乎牵强,联系杜甫自述看,却较为合理。孰是孰非,要看杜甫接受郎职的时间。

五　杜甫在严武幕府期间无除郎职之事

前人所撰的各种杜甫谱传中,绝大多数都以为严武同时为杜甫奏请郎、幕二职,杜甫以检校郎官入参严幕,只是时间上稍有不同。吕大防谱作严武再镇西川后,浦起龙定在夏末至冬间,均较宽泛。鲁訔定在"六月已入幕",清代钱、朱、仇、杨诸家均从之,今人著作如闻一多《少陵先生年谱会笺》、冯至《杜甫传》、郭沫若《李白杜甫年表》、四川文管会《杜甫年谱》亦从之。就笔者所见,惟北宋末蔡兴宗撰《年谱》(《分门集注杜工部诗》卷首)将郎、幕二职分开,以为"广德二年春晚,自阆携家归蜀,再依严郑公,奏为节度参谋"。永泰元年春,"时授检校工部员外郎赐绯,见之《春日江村》诗中"。

诸说是非,惟检索杜甫本人诗可定。

《通鉴·唐纪》载,广德二年正月"癸卯(四日),合剑南东西川为一道,以黄门侍郎严武为节度使"。杜甫时客东川,拟泛舟下荆楚,得讯甚喜,自阆州领妻子径归成都。其抵成都时间,有春初、春末之异。从《春归》《四松》《登楼》诸诗看,春间已归成都无疑。入参严幕始于何日,无确切记载,春间无入幕诗。《扬旗》自注:"二年夏六月,成都严公置酒公堂,观骑士试新旗帜。"各谱传定六月入幕,所据似均为此注。然据注仅可知六月杜甫已在幕府,入幕却未必始于六月。其离幕时间为永泰元年岁初,有《正月三日归溪上有作简院内诸公》为证。

　　杜甫晚年诗中,提到"郎官""省郎""台郎""银章""朱绂""赏鱼"的约有数十首,颇受后人非议。而其确定作于严幕诸诗中,却从未提到郎官①。谓在幕中受约束,但云:"白头趋幕府,深觉负平生。"(《正月三日归溪上简院内诸公》)与严武酬唱时自称:"胡为来幕下,只合在舟中。"(《遣闷奉呈严公二十韵》)"何补参军事,欢娱到薄躬。"(《陪郑公秋晚北池临眺》)暂归草堂时称:"老去参戎幕,归来散马蹄。"(《到村》)均仅言幕职。离蜀后追述幕中事,也仅云:"顷壮戎麾出,叨陪幕府要。"(《哭王彭州抡》,杨谓二人同辟参谋。)同时提到郎、幕二职的有三诗。《夔府百韵》已见前引,另二诗均分述二职。《八哀·严武》前云:"记室得何逊,韬钤延子荆。四郊失壁垒,虚馆开逢迎。"何逊曾为梁建安王记室,孙楚曾参石苞骠骑军事,杜甫引以自比。接着述军中生活、严武之死及己之悼念,末始云:"空馀老宾客,身上愧簪缨。"以未能尽故交之情,而己身尚承奏请簪缨居官为愧。湖南作《奉赠萧十二使君》首述同参严幕:"昔在严公幕,俱为蜀使臣。艰危参大府,前后间清尘。"次称萧之进用,己之不幸,末段始及"旷绝含香舍,稽留伏枕辰"云云。杜甫显然没有把入幕与为郎视为同时之事。

　　同样,杜甫在幕所作诗也从未提及绯袍、银鱼。诗中提及幕中服饰的有三首:(1)《遣闷奉呈严公二十韵》:"黄卷真如律,青袍也自公。"述幕

---

　　① 明铜活字本《严武诗集》收《杜员外兄垂示诗因作此寄上》,为郭受诗,各本《杜集》皆附入。诗云:"春兴不知凡几首,衡阳纸价顿能高。"作于衡阳,时严武已死数年。又仇注等本幕中诗有《村雨》《独坐》二首提及朱绂,实属误系。《村雨》,王琪本、郭知达本、钱注本均载于夔州诗内,《草堂诗笺》用鲁訔编年本,系于大历二年夔州作。自黄鹤以为"当是广德二年在草堂作",朱鹤龄、仇兆鳌、浦起龙、杨伦均从之,但皆未举证,实均误。《独坐》在王、蔡、钱、杨诸本中均不作幕中诗,详诗意当为夔州时作。

中事,作于秋间。杨释上句为"簿书督责之严",下句"谓幕府之礼亦同于朝廷也"。仇注二句:"言为官守所拘。"关于青袍,朱释:"公时已赐绯,而云青袍者,以在幕府故耳。旧注谓青袍九品服,误矣。"浦责朱说"欠分晓",以为"青袍者,盖供事之便服也"。(2)《初冬》:"垂老戎衣窄,归休寒色深。"节度参谋为军职,而其时西边有战事,杜甫归休时尚著戎衣。(3)《至后》:"冬至至后日初长,远在剑南思洛阳。青袍白马有何意?金谷铜驼非故乡。"诗因至日而萌思乡之情,各家均系幕中。后二句云在幕不得展志,而故乡亦非复旧观,欲归不能。所服仍为青袍。按唐人舆服色等,由散官官阶决定,宋人王楙、清人钱大昕、今人陈寅恪、岑仲勉均有详确考证。杜甫的散阶为七品的宣义郎,当服绿袍。因有赐绯的特典,可服绯袍(即红袍)。诸家注杜,囿于为郎入幕说,于青袍只能委曲求解。然细审二诗,并非述日常细故,作形象描绘,而是引青袍代指己之职守,抒在幕受拘束不得意之情,岂能用便服来借代!唐代是官阶、舆服等级分明的时代,杜甫后来对为郎、赐绯又一直乐道不厌。节度参谋品阶不明,但其官位较低则可肯定。青袍当即杜甫在幕的公服,其品阶在八九品间。据此可知杜甫在幕时并无为郎赐绯之事。

　　杜甫未以郎官入参严幕的另一根据,是同时人和杜甫自己对其郎官身份的提法。同时人称杜甫为:"杜员外院长"(杜集附录韦迢诗。《国史补》卷下:外郎、御史、遗补相呼为院长)、"杜员外兄"(杜集附录郭受诗)、"杜员外甫"(《文苑英华》卷九五九符载《犀浦县令杨府君墓志铭》);贞元元和间人称为:"杜工部"(《国史补》卷下)、"工部"(窦牟《奉酬杨侍郎十兄见赠之作》)、"甫,检校工部员外郎"(《元和姓纂》卷六)、"员外"(白居易《读李杜诗集因题集后》),均称郎职而不称幕职。此固可用唐人重京官、重郎官的世俗之见来解释。而杜甫本人,如郎官仅为幕职的虚衔,当他决然弃幕归草堂时,郎衔自当随幕职同时放弃。但他离蜀后诗中一直以郎官自居:"身觉省郎在"(《复愁十二首》);"莫看江总老,犹被赏时鱼"(同前);比自己为朝班中之一员:"愁寂鹓鹭断,参差虎穴邻"(《太岁日》);"寒空见鸳鹭,回首忆朝班"(《自瀼西荆扉且移居东屯茅屋四首》)。

称其他郎官为同僚："万里皇华使，为僚记腐儒"（《寄韦有夏郎中》①。《左传》：同官为僚）；"分符先令望，同舍有馀光"（《潭州送韦员外迢牧韶州》）；抱怨未能得到郎官应有的待遇："合分双赐笔，犹作一飘蓬"（《老病》）；"飞霜任青女，赐被隔南宫"（《秋野五首》）；"鸳鹭回金阙，谁怜病峡中？"（《社日两篇》）（赐笔、赐被及社日分祭肉均用汉典。）用"杜甫的功名心很强，连虚荣心都发展到了可笑的程度"来解释杜甫这些诗篇，显然是不行的。

六　杜甫受命为郎在离严幕以后，为郎是其离蜀的直接原因

杜甫究竟何时受命为检校郎官呢？我以为，蔡兴宗的说法是正确的，应在永泰元年春。受命之际有《春日江村五首》记事，先摘录其三、四两首于次：

> 种竹交加翠，栽桃烂漫红。经心石镜月，到面雪山风。赤管随王命，银章付老翁。岂知牙齿落，名沾荐贤中。
> 扶病垂朱绂，归休步紫苔。郊扉存晚计，幕府愧群材。燕外晴丝卷，鸥边水叶开。邻家送鱼鳖，问我数能来。

这组诗各编年本杜集均系辞幕后。赤管典出《汉官仪》："尚书令仆丞郎月给赤管大笔一双。"银章亦汉典，非唐制，黄鹤以为"特指鱼袋而言"，甚是。据"赤管""扶病"二联，诗当作于初授郎官之际。赵次公注："银章方赐来，故次篇有垂朱绂之句。"亦是。"名沾荐贤中"，知为郎由严武向朝廷奏请。"幕府愧群材"，以先于幕府诸人得官为愧。授官前后经过，云安诗《客堂》后半段所叙较详：

① 今存各本此诗题皆作"韦有夏"，实误。当据《元和姓纂》卷二、《郎官石柱题名》、石刻颜真卿《东方先生画赞碑阴记》（劳格《郎官石柱题名考》卷九引）作"韦夏有"为是。据上列记载，此人曾官朝城主簿、户部员外郎、考功郎中。是否任过工部郎中，未见他书记载。

　　台郎选才俊，自顾亦已极。前辈声名人，埋没何所得！居然绾章
绂，受性本幽独，平生憩息地，必种数竿竹，事业只浊醪，营茸但草屋。
上公有记者，累奏资薄禄。主忧岂济时，身远弥旷职。循文庙算正，
献可天衢直。尚想趋朝廷，毫发裨社稷，形骸今若是，进退委形色。

　　诗作于卧疾云安、进退维谷之时。前半段叙出行卧疾及云安生活状况，未
录。上录前四句，以得任台郎而矜喜。次六句言出仕与归隐的矛盾心理，
与《春日江村》"扶病"四句可参看。是年春初辞幕后，杜甫修茸整缮草
堂，《营屋》《除草》《长吟》诸诗中，颇有归隐终老之志。"上公"，指严武，
可能还有在朝他人。"累奏"句同"荐贤"，承上谓己欲退归而严武等累荐
于朝，竟除郎官。"主忧"四句谓时危君忧，当以济世为己任，不甘旷职。
末四句则言因病而进退两难。可见其初受郎职后的复杂心理及最终出行
的考虑。出行前所作《春日江村五首》之五记述当时心情云："群盗哀王
粲，中年召贾生。登楼初有作，前席竟为荣。宅入先贤传，才高处士名。
异时怀二子，春日复含情。"诗以王粲避乱客居异乡自喻，历来无异辞。自
比贾生，如何理解，看法有异。师尹谓："子美以晚年得严武荐检校工部，
故比之贾生前席之故也。"黄鹤以为："群盗，中年，皆不必事实，政是作
者。"诗以贾谊中年获召为荣，春日含情感怀，如系自拟，则杜甫亦当有被
召事。然各书均无记载，清人不得不另求解答。朱注："公依严武似王粲
荆州，官幕僚似贾生王傅，故此诗以二子自况，因以自悲也。"仇释为："老授
郎官，未蒙见招，叹不得为贾生。"浦注："前席，比当年左掖之授官。"宋人注
杜，对杜甫事迹的了解远不及清人的细密，解诗常不免就诗本身作主观的发
挥。师、黄所解，于诗近是，对被召事则不作交代。清人治杜用力甚多，对杜
甫事迹有较详密的考证，注诗多得要领，缺点是常为已定的事迹所囿，曲解
诗意以适应事迹。朱、仇、浦所解，均嫌牵强，于诗意不合。如前所考，杜甫
自述因为郎而拟入朝，似有被召事。其离蜀后诗一再以暮年被召为郎的冯
唐自喻，如云："冯唐毛发白，归兴日萧萧"（《哭王彭州抡》）；"冯唐虽晚达，
终凯在皇都"（《续得观书迎就当阳居止……》）。或直云曾被召，如湖南作
《奉赠卢五丈参谋琚》："孤负沧洲愿，谁云晚见招？"以本诗与江陵所作《久

客》比较,该诗亦并用王贾典:"去国哀王粲,伤时哭贾生。"一用贾之被召,一用贾之哭时,显然不同。如以被召事迹来理解,全诗就豁然清楚了。杜甫春初离幕,退归草堂,初授郎职,随即出行,也显然有被召事。我在另文论述杜甫离蜀后的行止原因时,对此还将列举众多证据。

七　附考元稹《杜君墓系铭》的信值 与唐代检校官制的演变

《杜君墓系铭》称"严武状为工部员外郎参谋军事",所叙与两《唐书》及杜集署衔的先幕职后郎职不同,为后世持为郎入幕说的最主要依据。元稹早年嗜读杜诗,作志依据又直接由杜甫孙杜嗣业提供,时距杜甫之卒仅四十馀年,所述具有一定的权威性。但不能必其无误。今按,杜甫死后,二子漂泊江汉。宗文据传复归成都,其后人避乱迁青神,宋时颇为繁衍①。所传杜甫事迹,但云:"流落剑南,严武待之甚厚,表为节度参谋。"(吕陶《净德集》卷二四《朝请郎潼川府路提点刑狱杜公墓志铭》)不言为郎事。宗武于临殁之际,嘱子归葬事,未必能备述其详。细审元稹所作,长达九百馀字,其中述杜甫本人事迹仅有一百馀字,大部分是元稹对诗歌流变及杜诗地位的议论。可知杜嗣业向元稹提供的杜甫事迹并不详尽,元稹恐亦未能详加考索。所记事迹,也间有失误。如云:"出为华州司功,寻迁京兆功曹。"杜甫乾元元年(758)出为华州司功,次年弃官入蜀。至广德元年(763),始有京兆功曹之命。距华州弃官已隔五年,既非寻迁,后亦未赴职。从盛唐到中唐期间,检校官的意义有所变化。元稹生当贞元元和之世,所述杜官职,发生错误是难免的。

历来认为,杜甫所受检校郎官,只是一道虚衔,并非实除职事官,实因未详考唐代官制的实际状况而致误。检校一词,初见于《抱朴子・袪惑》《世说新语・规箴》,疑为魏晋间口语,意为察看、办理。隋代始用于官称,唐代沿用之。检校官的实际职守,经后代学者研究,初盛唐时常作为

---

①　详见下引吕陶文及《琬琰集删存》卷二查龠《杜御史莘老行状》、王十朋《梅溪后集》卷二九《杜殿院墓志》、陆游《剑南诗稿》卷五《野饭》注。

职事官未实授的称谓,中唐后均用作虚衔,没有实职。清末劳格《郎官石柱题名考·例言》对此论述较详:

> 又有称检校者,有称判者。《唐志》云:员外、判、试、检校,自则天、中宗后始有之,皆不佩鱼。(尚君按,此撮录《新唐书·车服志》大意。)盖虽以阶级未至,故称此以别之,未实授而实办本职,故金外有徐浩名。中叶以后,藩镇从事往往检校郎官而实未尝至省,故传中每以还朝二字别之,则与前所称检校者名虽同而实异。考《旧书·陈少游传》,充使检校郎官,自少游始也。《谈宾录》五载亦同。云宝应元年入为金部员外郎,寻除侍御史、回纥粮料使,改检校职方员外郎,则检校衔始于代宗朝。今自代宗以后,所称检校郎官,悉不载入。

此处阶级指散官官阶。实际除授时,并不局限于散阶低于官品时。如张九龄以正议大夫检校中书侍郎(《曲江集》附录诰命)、徐浩以朝议大夫检校金部员外郎(劳考引石刻),均是。劳述未详。安史乱后,朝廷为笼络文臣武弁,不惜抛赐各种虚衔,官制更趋紊乱。检校官由未实授转为虚衔的具体时间,钱大昕《廿二史考异》卷六十谓“肃代以后”,岑仲勉先生以为前者“至玄宗朝为止”[①],劳格则以代宗初年为界,实均未谛。细核史籍记载,肃宗后期检校尚书、侍郎、仆射等较高虚衔已开始出现,如田神功上元二年为检校工部尚书(《旧唐书》本传)、高昇同年为检校刑部尚书(于邵《观世音像赞》)。代宗朝各节度使遂普遍加领检校京职。而郎中、员外郎一类较低检校官职作虚衔授人时间则较晚。陈少游宝应元年始以充使检校郎官,但从《文苑英华》所收贾至(天宝末至乾元初、宝应元年后两度任中书舍人)、常衮(宝应二年为翰林学士,永泰元年迁中书舍人,大历元年迁礼部侍郎,仍为学士)二人所作制诰看,并未普遍实行。如贾至乾元间作《授韦少游祠部员外郎制》(卷三九一),即除“检校祠部员外郎”。常衮大历初作《授郗昂知制诰制》(卷三八一),述其前职为“朝散大夫检

---

①　岑仲勉《从唐代官制说明张曲江集附录诰命的错误》,见《中山大学学报》1958 年第 2 期。

校尚书司勋郎中"。仍用未实授之原义。有的初为检校郎官,后即真,如李规大历初由检校户部郎中真除户部郎中(卷三八九常衮制)、郑叔则大历三年在王缙河东节度幕府时,"拜检校吏部员外郎,使罢而真"(卷三九一常衮制。引文见同书卷九三九穆员《福建观察使郑公墓志铭》)。代宗初年一些节度幕府从官兼郎职,所除并非检校虚衔。如韦环以"司封郎中充淮南行军司马兼召募使"(卷三八九贾至制),岑参大历元年以"职方郎中兼侍御史"入佐杜鸿渐剑南幕府(杜确《岑嘉州集序》),均属这一类型。杜甫除检校郎官在永泰元年初,早于前举郗、李、郑、岑等人,所除非虚衔可基本肯定。至于所除是未实授意义的郎官,还是因幕府奏请,先除检校之职,随即召其入朝即真,因杜甫受官制词未传世,右司郎官石柱又于金元之际湮没不传,尚难作出明确的结论。

八 结 论

综上所考,可作出以下结论:杜甫永泰元年离开成都草堂携家东下,在四月末严武去世以前。旧说以为杜甫因严武死失去依靠才出走不能成立。前一年杜甫入严武幕府任参谋时,并不带郎职。杜甫离幕后,严武奏请朝廷任命他为检校工部员外郎,并召他赴京,杜甫因而改变了归隐终老于草堂的初衷,于春夏间买舟东下。

以上事实的考定,使我们对杜甫最后五年的行止原因、生活思想和诗歌创作都将得到新的认识。学术界对杜甫羁峡、居荆及入湘原因,一直有不同看法。初行动机的澄清有助于对其后行踪的认识。其晚年生活日益穷蹙,思想上交织着出仕与归隐的矛盾,忧国与恋职的作品交替出现,对皇帝和朝廷的态度从忠恋发展为怀疑不满,与其出行后遭遇有关。以为郎离蜀为出发点深入考察,可得到较合理的解答。离蜀后杜诗存六百馀首,夔州又是其诗歌创作的高峰时期。本文结论不仅有助于不少诗作的系年和解释,也有助于探讨其晚年诗歌风格的形成原因。

(原载《复旦学报(社会科学版)》1984 年第 1 期)

杜甫离蜀后的行止原因新考
——《杜甫为郎离蜀考》续篇

　　永泰元年(765)杜甫弃成都草堂出走,是其晚年生活和诗歌创作的重要转折点。其离蜀原因,唐人说法不一,自《旧唐书·文苑传》提出"(严)武卒,甫无所依"而出走说后,几为历代治杜学者所一致接受,仅清人浦起龙曾提出质疑,近年亦有学者注意及此,惜未提出新说。拙文《杜甫为郎离蜀考》(刊《复旦学报》1984 年第 1 期)对此重新作了考察,指出严武卒于该年四月末,杜甫离成都在三月底至五月初之间,不可能在严武初死的数日内即出走。当时两川形势亦未对他构成威胁,而他哀悼严武之诗作于滞峡时,在此年春间已在筹备出行,因此可以肯定其离蜀在严武死前。那么其离蜀原因究竟何在呢?拙文从杜甫本人诗中找到线索,出行与其为检校工部员外郎有关。旧说以为杜甫除郎职在严武幕府时,所除只是虚衔,实误。拙文考察了杜甫除官的全称和唐代检校官制的演变,指出杜甫所得官为未实授的郎官,并非纯属虚衔。杜甫居幕期间,从未以郎官自称,所著官服亦非绯袍,以后诗中提到郎幕二职时均分别叙述,弃幕后仍一直以郎官自居,可知除郎官并不在居幕期间。从杜甫本人诗看,除郎职时间应在永泰元年春间,同时即召他入京。为郎是他离蜀的直接原因。

　　杜甫离蜀后,在云安居住半年,在夔州住了将近两年,出峡后在江陵、公安又滞留近一年,折而入湘,又往返于潭、衡二州间。这一系列行止的原因究竟何在,前人已提出种种解释,但仍存有不少疑点,其关键在于初行动机未曾澄清。为郎离蜀说的提出,使这一长期悬而未决的问题可以得到较为合理的解释,对其后期的生活、思想、创作的研究,也有一定的意义。本文作为《为郎离蜀考》的续篇,拟在前文基础上,详细考察其离蜀后行止的原因,同时也对其思想、生活、创作的变化附带加以解释。本文提供的证据和结论,也是对前文结论的补充和支持。为避免行文冗长,凡前文已述及者从简,凡与今人见解相同者从略。错误不当之处,尚祈方家赐正。

一　离开成都草堂

永泰元年初,杜甫辞严幕归草堂,修缉整缮,作《除草》《营屋》《长吟》诸诗,有退隐闲居、终老草堂之志。《春日江村五首》之四所云"郊扉存晚计",云安所作《客堂》云"事业只浊醪,营茸但草屋",也是这个意思。但在朝廷郎官之命到达后,即改变初衷,意欲出仕。其中原因,《为郎离蜀考》在考释《春日江村》《客堂》诸诗时已曾涉及,因篇幅所限,未能详述。此为杜甫晚年行止的关键转折,须详加考析。

有必要简单追溯一下杜甫在玄、肃两朝的遭际。杜甫素有兼济天下之志,以忧国忧民为己职,此为世人所共知。欲济世,除了入仕,别无他途。天宝间,杜甫汲汲求官,除食俸养家外,主要是希图有所作为。献赋得出身,除右卫率府胄曹参军。安史乱起,适在奉先料理家事,归陷长安,为第一次脱仕。后逃归凤翔,拜左拾遗,因疏救房琯,遭墨制放还。收京后立朝未久,又因事出为华州司功参军。这一时期,他在政治上属房琯一党,与房琯、张镐、严武、贾至、王维、岑参等关系较好。至华州未久,因岁饥,又不屑吏务,遂弃职入川。是为第二次脱仕。两次脱仕,均为情势所迫,不全出于自愿。在川中数年,忧国忧民之念未息,从政之志则日趋淡泊。这大约与他对官场腐败已具认识有关。在房琯一派遭贬斥之际,他也不可能有重入朝廷的机缘。时两川不宁,故杜甫屡有出川之想。严武与他交情久契,两镇西川,生活上给予种种照顾。杜甫入幕,只是"暂酬知己分"(《到村》)。俗务纷繁,同僚猜忌,终使他辞幕而归。

代宗于宝应元年四月即位后,推恩海内,追复肃宗朝贬黜的官员,房琯从汉州刺史被命为刑部尚书,张镐自辰州司户迁至江西观察使,贾至自岳州司马入朝,旋除尚书左丞,严武入朝未久,即任黄门侍郎。在这种政治形势下,杜甫也被任命为正七品下的京兆功曹,地位略高于华州司功。但他并不满意,原因是"功曹非复汉萧何"(《奉寄别马巴州》),虽得入京,但不得在朝言事,只能复困于簿书,遂不赴。永泰元年初之被除检校工部员外郎,固出严武荐奏,与朝政的上述变化也显然有关。工部郎官虽仅"掌城池土木之工役程式"(《新唐书·职官志》),但可立朝言事,时人亦素重郎官之选。杜甫对此颇为满意,诗中常露矜喜之色,如云:"台郎选才俊,自顾亦已极。前辈声名人,埋没何所得!"(《客堂》)"郎官未为冗。"(《晚登瀼上堂》)"不才名位晚,敢恨省郎迟?"(《夔府书怀四十韵》)"郎官列宿应。"(《寄峡州刘伯华使君四十韵》))《春日江村》《客堂》二诗直率陈述了他受除郎官后在出仕和退隐问题上的思想矛盾,最后,为朝廷、为国家排难解忧的决心占了主导,放弃了终老草堂的打算。这和杜甫的一贯精神是一致的。安史乱后,唐王朝虽幸免于覆亡,亦无复往日之强盛。河北诸镇名附实抗,吐蕃、回纥不断侵扰,各地军阀争夺地盘,战乱频仍。朝廷财政拮据,加紧向民间搜括。人民在战乱、重赋双重压迫下,大批逃亡,辗转沟壑,农事日废。杜甫目睹及此,不甘独善己身,希冀以自己的力量"毫发裨社稷"(《客堂》),正是他早年致君尧舜理想的必然延续。同时,当然还有经济方面的考虑。封建时代脱离生产的知识分子,生活来源主要有两方面,或当官食俸,或拥田食租。舍此二途,只能寄居权门当食客。杜甫入川后,失去了官俸,遗弃了两京产业,仅靠他人接济为生,处境极为艰窘。尽管当时京官的俸料钱极其有限①,对长期寄人篱下的杜甫来说,仍具一定吸引力。另外,他在蜀一直怀念故土,诗中多次提到两京产业。时大乱甫定,入京为郎,与他乱定归乡之志相契。"故园当北斗,直指照西秦"(《月三首》),正透露出其间消息。

此年春夏之交,杜甫买舟东下,拟绕道荆襄入长安赴职。当时自蜀入朝主要有二途:北行出剑阁,越秦岭,距离较短,但多为山路,行旅甚艰;沿江东下,再溯汉水,改陆路由武关入长安,或经洛阳自潼关入秦中,此行

---

① 玄宗朝京官俸厚于州郡官。安史初乱时,郡县官给半俸,京官不给俸料。乾元二年,始给京官冬季俸料,至大历中始复俸。详《唐会要》卷九一、《册府元龟》卷五〇六。

途程较长,但多为舟行,对老人较适合。《闻官军收河南河北》设想归途云:"即从巴峡穿巫峡,便上襄阳向洛阳。"即取此路。房琯、严武、郭英乂的棺柩也取此道归葬京洛。

二 初　　行

杜甫从成都到云安,舟行约四个月,中途在嘉、戎、泸、渝、忠各州均曾停留,有纪行诗。诗中表达的情绪,虽间有伤感之情,基调却是趋于乐观的。

在嘉州,有《狂歌行赠四兄》。诗中云:"今年思我来嘉州,嘉州酒重花绕楼。楼头吃酒楼下卧,长歌短咏迭相酬。四时八节还拘礼,女拜弟妻男拜弟。幅巾鞶带不挂身,头脂足垢何曾洗。"可见当时杜甫的生活情况。后四句只是说二人间不拘世俗之礼,脱巾蒙垢,狂歌豪饮。又云:"兄将富贵等浮云,弟窃功名好权势。"虽戏语,可知杜甫此行确负功名之责。郭沫若先生谓此诗为岑参作,无确据。此诗王洙本不收,王琪后据《文苑英华》卷三五〇收入。诗中述及长安困居事,亦与杜甫经历相合。

至犍为,有《宿青溪驿奉怀张员外十五兄之绪》,末云:"中夜怀友朋,乾坤此深阻。浩荡前后间,佳期赴荆楚。"之绪为高宗相张大安之孙,曾任金部员外郎、都官郎中,德宗时卒,事详劳格《郎官石柱题名考》卷十六。《高力士外传》谓之绪因李辅国弄权而贬黔中。朱鹤龄注此诗,推测之绪"当以辅国败后复官员外郎也"。详诗意,二人似初拟结伴归京。

在戎州,有《宴戎州杨使君东楼》,首云:"胜绝惊身老,情意发兴奇。"属应酬之意。至渝州有《渝州候严六侍御不到先下峡》,云:"闻道乘骢发,沙边待至今。……船经一柱观,留眼共登临。"二人亦曾约伴同行。一柱观在江陵。可知舟行至渝州,杜甫仍未有居峡之意。

在忠州诗有数首。《宴忠州使君侄宅》云"殊方此日欢","系助长歌逸",仍为应酬之作。《闻高常侍亡》,自注:"忠州作。"高适卒于是年正月,杜甫至七、八月间始在忠州得其死讯,当因舟行间消息不通之故。首云:"归朝不相见,蜀使忽传亡。"仇注谓:"不相见,不得面别也。"未谛。

"归朝"为就杜甫己身言,谓高既亡,己虽入朝而不得晤面。杜甫在忠州憩息达一二月之久,从"淹泊仍愁虎,深居赖独园"(《题忠州龙兴寺所居院壁》)推测,时似已染疾。

《去蜀》《旅夜书怀》二诗,与前述诸诗表达的感情差异甚大。今人多以此二首为初行之际诗,实可商榷。《去蜀》为员安宇所出集外诗,宋时诸家说法不一,郭知达始置于初离蜀诸诗间,至钱、仇、浦、杨诸家均从其说。其实,细按本诗并无初离成都时所作的确凿证据。从诗意看,似为出江陵欲往湖南时所作。《为郎离蜀考》已有较详论列,此处不再复述。《旅夜书怀》一诗,鲁訔、蔡梦弼定为大历四年三月在湖南作,黄鹤以为"当是永泰元年去成都,舟下渝、忠时作"。后钱、仇、浦、杨各家均系为渝、忠间诗。今按,此诗前段云:"细草微风岸,危樯独夜舟。星垂平野阔,月涌大江流。"为夜间身处孤舟中所见景物。江水流经戎、泸诸州,多在群山中穿行。至渝、忠二州,已渐入峡谷,两岸山势更为险峻。舟中很难见到"星垂平野阔"这样开阔的平原景色。后段云:"名岂文章著,官应老病休。飘飘何所似? 天地一沙鸥。"今人或释"官应老病休"为疏救房琯被贬斥罢官事,显属附会之说。按拙文考证,杜甫初离蜀时,确拟入朝为郎,后因病卧峡而不果行,失去官职。此句所述,为出峡后事。联系前半段景物的描写,此诗应作于客居江陵前后舟行之际。以漂泊天地间的沙鸥自比,也与当时处境相合。鲁、蔡定为湖南诗,亦未谛,诗中提及"大江",习惯上不能视为湘水。

三　云　安

杜甫抵达云安时日已无从考知,有《云安九日郑十八携酒陪诸公宴》,知至迟九月初已到达。由于旅途劳顿,舟行受潮,多年旧疾病肺与消渴症同时发作,病情极其严重。次年所作《客堂》诗叙病情较详:"栖泊云安县,消中内相毒。旧病廿(一作甘,非)载来,衰年得无足。死为殊方鬼,头白免短促。"不得不卧枕养病,暂留云安,将下峡计划推迟。云安为峡中小邑,养病、居住均不便。《峡中览物》云:"舟中得病移衾枕,洞口经春长薜萝。"即指出这一点。至次年(大历元年)暮春,病势稍轻,即迁居夔州,继续养病。直至入秋以后,始稍得恢复。

初抵云安时,杜甫时时想着赴朝廷就职。入冬作《将晓二首》云:"壮惜身名晚,衰惭应接多。归朝日簪笏,筋力定如何?"在云安为暂留,杜甫生活上曾得到郑贲兄弟、常征君等照顾,"应接"即指与诸人之应酬。后二句,自揣体力衰弱,归朝后能否胜任繁冗的朝务,甚感忧虑。季冬有《十二月一日三首》云:"明光起草人所羡,肺病几时朝日边?"前句用汉王商借明光殿草制典故。汉制,尚书郎掌文草,此借用以自喻,谓郎官之职,众所瞩望,希肺病速愈,以便入朝就职。《又雪》云:"愁边有江水,焉得北之朝?"为睹江水而动归愁。

次年春所作诗,仍期望入朝,只是体力不支,心理极其矛盾。《客堂》云:"尚想趋朝廷,毫发裨社稷。形骸今若是,进退委行色。"《赠郑十八贲》云:"心虽在朝谒,力与愿矛盾。抱病排金门,衰容岂为敏?"意思都很明显。可知他初到云安时,病体孱弱,担心归朝难承应接。入冬病大作,欲行而力不可,徒有遥想之情。翌年春,归愿尚未泯,但形骸枯槁,进退皆非,不得不移枕夔州,暂作稽留。

四　夔　州

从大历元年暮春到大历三年初春,杜甫在夔州居住了近两年时间。离峡前所作《写怀二首》,将滞峡原因作了明白的交代:"鄙夫到巫峡,三岁如转烛。全命甘留滞,忘情任荣辱。"为了养病,为了生命的存留,不得不改变行程,在峡中住下去。他初行既拟入京,所携川资未必富足。峡中卧疾,出于意外,滞留时间之久,也非初料所及。移居夔州之际所作《客居》已自叹:"我在路中央,生理不得论。""路中央",指旅程的半途,"生理"即生计。可知滞峡仅半年,杜甫及一家的生计已极为拮据。夔州虽为峡中最大州城,但踞地高峻,气候恶劣,瘴疠盛行,并不适宜居住疗疾。杜甫在当地既无亲友,又得不到必要的饵药治疗,只拟暂住将息,故初到不久,即思出峡。但因病体未曾康复、经济拮据、朝廷联系中断等原因,一再延宕改期。处在这种心境之中,他对峡中的山水与民俗都感到讨厌,不断在诗中诅咒。郭沫若先生在《李白与杜甫》中对此已曾指出,只是未能深悉杜甫滞峡的实际状况,因而指责杜甫"以地主贵族的眼光在看当时的四川",实未允。

杜甫居夔之初,王崟与崔某相继为夔州刺史,与杜甫有过交往,但接济恐不会很多。直到柏茂琳任夔府都督,杜甫生活才稍得安定,自西阁迁居瀼西,稍作留住。

柏茂琳即柏贞节,两《唐书》均无传。只能依据史传中零星材料,知其片断经历。茂琳,蜀郡人,原是邛州牙将。严武死后,投在郭英乂麾下,与严武旧部崔旰作战。郭被杀后,又纠合泸州、剑州牙将共攻崔旰,蜀中大乱。杜鸿渐入蜀理乱,受贿为诸将请官,他与崔旰抗礼,分领邛南节度使。朝廷姑息,授他夔府都督,实质是别割五州之地以分开二虎之斗①。茂琳抵夔时间,大约在大历元年冬间②。杜甫称他为"故人"(见《览镜呈柏中丞》),可能在严幕或旅止邛州时,曾有交识。柏初至夔,即命杜甫草谢表,作颂诗,参预宴会,陪阅将士。作为报酬,给杜甫瀼西的几间草屋,四十亩果园,又"频分月俸"(《峡口两首》自注),生活上稍予关照,另为安排检校东屯百顷公田的差使。检《旧唐书·职官志》,尚书省工部屯田司管"天下诸军州营屯"九百馀处,由屯官执掌。东屯当即其一,屯官即行官张望,杜甫的责任是察看屯田情况。估计为柏茂琳因其检校工部员外郎身份,权委此职,并未通过朝廷。对困拘旅寓的诗人来说,这一切已相当优适了。尽管他为此也付出了代价③,但毕竟得到将息调养,身体逐渐

----

① 柏茂琳事迹,据《旧唐书》卷十一《代宗纪》、卷一一七《崔宁传》、《郭英乂传》、卷一〇八《杜鸿渐传》、《通鉴》卷二二三至卷二二五及岑仲勉先生《唐集质疑》参订。

② 茂琳抵夔时间,诸史皆无记载。据《文苑英华》卷四一九常衮《授柏贞节夔忠等州防御使制》,知是从邛州刺史、邛南招讨使徙夔。《旧唐书·代宗纪》载:永泰二年(766)八月,以"邛南防御史、邛州刺史柏茂林为邛南节度使"。大历二年(767)五月,"以邛州刺史鲜于叔明为梓州刺史"。因知茂琳徙夔约在大历元年冬间。贞节即茂琳,《唐集质疑》有较详考证。

③ 杜甫《览柏中丞兼子侄数人除官制词因述父子兄弟四美载歌丝纶》云:"纷然丧乱际,见此忠孝仍。蜀中寇亦甚,柏氏功弥存。深诚补王室,戮力自元昆。三止锦江沸,独清玉垒昏。高名入竹帛,新渥照乾坤。"其实,柏茂琳正是蜀中大乱的魁首之一,以武力要挟朝廷以成一方之割,杜甫指责"争权将帅诛",即当包括柏在内。但为了求其庇荫,不得不违心地谀颂,其自云"忘情任荣辱",即指此类事。以后在江陵,对卫伯玉也不能如此。

康复。

卧疾夔州的最初半年,杜甫仍期望北趋朝廷,只是自感行期渺茫,哀叹之意增多。见于诗中的有:

> 回首周南客,驱驰魏阙心。(《晴二首》。周南客,用司马谈留滞周南未预封禅事。)
> 群公苍玉佩,天子翠云裘,同舍晨趋侍,胡为此淹留?(《更题》。同舍,指郎署同僚。此诗以己因病留峡未预朝谒为憾。)
> 一卧沧江惊岁晚,几回青琐点朝班?(《秋兴八首》之五。几回,几时。二句慨叹卧疾已迫岁晚,不知何日方得入朝供职。历来释后句为忆拾遗时事,未谛。)
> 渭水秦川得见否?人今罢病虎纵横。(《愁》)
> 长怀报明主,卧病复高秋。(《摇落》)
> 时危思报主,衰谢不能休。(《江上》)

同时所作诗中,自矜为省郎之句,屡见不鲜。他不仅以郎官自居,将自己视为朝班中之一员,称其他郎官为同僚,甚至经常抱怨朝廷未给予郎官应有的待遇。有关诗篇,《为郎离蜀考》已曾列举,兹不赘。这一时期,大约是杜甫后期忠君怀阙之情最为炽烈的时期,诗中屡有表现。从杜甫当时特定的处境来考察,这些都是可以理解的。

大历二年秋所作《秋日夔府咏怀百韵》有"瓜时拘旅寓,萍泛苦夤缘"句。旧时官员到任时限虽较宽缓,但总有一限期。从永泰元年初出行,至此已栖迟二年有馀。"瓜时"确在何时,今虽无从考知,但在大历二年以前,大约不成问题。瓜时虽误,杜甫归朝之志并未泯灭,从大历二年诗中仍可读到以下的诗句:

> 抱病江天白首郎,空山楼阁暮春光。衣冠是日朝天子,草奏何时入帝乡?(《承闻河北诸节度入朝……》)
> 欲陈济时策,已老尚书郎。不息豺狼斗,空惭鸳鹭行。(《暮春

题瀼西新赁草屋五首》)

　　我多长卿病,日夕思朝廷。(《同元使君〈舂陵行〉》)

　　尉佗虽北拜,太史尚南留。(《奉送王信州崟北归》)

　　职当忧戚仗衾枕,况乃迟暮加烦剧。(《醉为马坠群公携酒相看》)

　　杖藜雪后临丹壑,鸣玉朝来散紫宸。心折此时无一寸,路迷何处是三秦?(《冬至》)

　　只是希望日见微茫,语气更形衰飒。在这一期间,他曾试图与朝廷取得联系,似未有结果(详下节)。将离夔州时,尚有诗云:“冯唐虽晚达,终觊在皇都。”(《续得观书迎就当阳居止……》)不改入朝初旨。

　　夔州时期是杜甫后期诗歌创作的高峰时期。病痛的折磨,生活的艰难,寄人篱下的屈辱,郎官的责任,国事日危的忧虑,是形成这一时期诗风的几项不可忽略的因素。

五　江　陵

　　大历三年三月,杜甫到达江陵。离峡前有诗题云其弟杜观“迎就当阳居止”,却并未实现。依靠李之芳、郑审等人的关系,他在荆南幕府留住了半年左右。其时诗中自矜为郎之意已很少出现,间或有“肝肺若稍愈,亦上赤霄行”(《送覃二判官》)一类亢奋之声,基本格调是日趋衰飒。

　　江陵之地,向北可经襄阳抵两京,东可下吴越,南行可到湖南、岭南,溯江而上,为入两川、黔南、南诏的重要通道。杜甫在江陵盘桓半年多,显然是有所等待的。等待各方面的消息,以谋进退之路。

　　杜甫等待的,首先是朝廷的消息。滞留云安、夔州、江陵的三年间,杜甫曾多方设法与朝廷联系。《别蔡十四著作》云:“若凭南辕使,书札到天垠?”《寄韦有夏(应作“夏有”)郎中》云:“万里皇华使,为僚记腐儒。”《惜别行送向卿进奉端午御衣之上都》云:“卿到朝廷说老翁,漂零已是沧浪客。”都是托人向朝廷说情之作。《寄岑嘉州》云:“泊船秋夜经春草,伏枕青枫限玉除。"则是向友人通报情况。同时,又曾请人带信给时任礼部侍郎的故友贾至①,多次给入川料理兵乱的宰相杜鸿渐及其幕僚寄诗,多次向夔府都督柏茂琳和荆南节度使卫伯玉献诗颂德,其目的显然是希望得到这些有力者的援引。

　　然而,在他滞峡期间,朝中人事已发生了急遽变化。高适、严武在他出行前后相继谢世。岑参立朝未久,即奉使入川,继任嘉州刺史。汉中王李瑀亦放外任。房琯、张镐均在数年前起复未久即离世。唯一在朝任职的故友,只有贾至,代宗时历任尚书左丞、礼部侍郎、兵部侍郎、京兆尹等职,官位较显要。杜甫寄诗给他,下文如何,现存文献中未有记录;杜甫在长沙述海内忘形故人时,贾至尚在世,却未提及,疑二人大历间关系已甚疏隔,贾未为杜出力。"乱离朋友尽,合沓岁月徂,吾衰将焉托,存没再呜呼!"(《遣怀》)当时失去友朋也就失去了依靠。朝廷的形势,正如《秋兴八首》之四所云"王侯第宅皆新主,文武衣冠异昔时,"一切都已变了。其时执掌朝柄的是元载、王缙、杜鸿渐为首的一群新贵。《通鉴》载:"三人皆好佛,缙尤甚,不食荤血,与鸿渐造寺无穷。"不顾初经战乱,社会凋敝,加紧对民间的搜括。元载以奢侈贪污著称,被诛后籍没财产,仅胡麻即有八百石之多。杜鸿渐入蜀理乱,唯受贿为诸将请官而已。朝中货贿公行,除官往往非私即贿。代宗庸主,唯群贵是从。杜甫与元载没有关系。与王缙兄王维曾有较好的友谊,在《诸将五首》中称赞王缙"肯销金甲事春农",但未见有直接联系。在夔州作《季夏送乡弟韶陪黄门从叔朝谒》《送李八秘书赴杜相公幕》,"黄门从叔""杜相公"均指杜鸿渐。从叔只是唐人对同姓长者、尊者的通称。鸿渐出濮阳杜氏,与望出襄阳的杜甫没有亲戚关系。尽管杜甫在诗中称颂鸿渐"南极一星朝北斗,五云多处是三台",有意献款其门下,而鸿渐却毫无援引之情。至于柏茂琳、卫伯玉,名

---

①　杜甫《别唐十五诫因寄礼部贾侍郎》,各编年本均据《旧唐书·贾至传》系于广德二年冬。按诗末云:"为吾谢贾公,病肺卧江沱。"决非广德二年在严幕中事,当为永泰元年卧疾云安后作。唐诫时赴东京待选,杜甫托他向知举的贾至陈情。《旧唐书·贾至传》云:"广德二年,转礼部侍郎。……永泰元年,加集贤院待制。大历初,改兵部侍郎。"徐松《登科记考》卷十载,贾至永泰元年大历元年知都举,但臆改其官为尚书右丞,实误,仍当从《旧唐书·代宗纪》作礼部侍郎为是。杜甫此诗,作于贾至主东京选的二年间。

为朝廷命臣,实际上拥地自守。柏对杜生活上尚稍有照顾,卫除让杜做过几首颂诗外,资助似甚有限。二人似均未尽力向朝廷荐举杜甫。在夔州、江陵期间,杜甫时时期待着朝廷的消息。然而朝廷对这位病居峡中的省郎,却早已不复顾问。这是动乱的时代、昏暗的朝政下的必然结果。

同时,杜甫也在寻求其他方面的出路。诗中可考知的有以下几个方面。一、打听故乡消息。杜甫在洛阳附近有产业。《秋日夔府咏怀百韵》云:"两京犹薄产。"长安产业大约指客居十年及为拾遗期间所置,数量恐无许多。洛阳附近的土娄旧庄,则为父祖传下之产业。安史乱起,洛阳一带遭到破坏。乾元元年杜甫自华州归洛,其意显然是欲乘乱定之隙回乡收拾旧业。"昔归相识少,早已战场多。"(《复愁十二首》)前句即写当时境况。其后九节度兵溃相州,洛阳一带战事几经苍黄,所受破坏,最为惨剧。《旧唐书·郭子仪传》载:"东周之地,久陷贼中,宫室焚烧,十不存一,百曹荒废,曾无尺椽。中间畿内,不满千户,井邑榛棘,豺狼所号。……人烟断绝,千里萧条。"土娄旧庄,自然亦不能幸免。杜颖自成都北归后,只能寄住阳翟(据《远怀舍弟颖观等》),知旧庄已不堪居住。对此,杜甫不容不知,但却始终未放弃归理旧业的计划。在东川时作《闻官军收河南河北》云:"直下襄阳向洛阳。"自注:"余田园在东京。"在夔州,适孟十二仓曹赴东京候选,作《凭孟仓曹将书觅土娄旧庄》云:"平居丧乱后,不到洛阳岑。为历云山问,无辞荆棘深。北风黄叶下,南浦白头吟。十载江湖客,茫茫迟暮心。"似有知故乡确信即作归计之意。中原破坏已甚,孟去而期年无讯,是在所必然的。二、寻访江东亲属。杜甫在江东有五弟杜丰、韦氏妹与几位姑母。在东川时,曾得到江东诸亲属消息,当时准备出川,恐即拟赴江东。其后似即失去联系。在夔州曾多次觅人传书,均无下落。《解闷十二首》云:"为问淮南米贵贱,老夫乘兴欲东游。"《第五弟丰独在江左近三四载寂无消息觅使寄此二首》云:"明年下春水,东尽白云求。"虽屡动江东之兴,但江东寂无消息,终难成行。其弟杜颖、杜观曾入峡相见,杜观迎杜甫出峡,初拟寄住当阳,后未果。二人能提供的资助,恐不会很多。三、怀念成都草堂。在夔州作《怀锦水居止二首》云:"朝朝巫峡水,远逗锦江波。""惜哉形胜地,回首一茫茫。"对草堂一直耿耿不忘。入朝不果,杜甫可仍回草堂。但不幸的是,他出行未久,严武旧部杀郭英义,崔旰、杨子琳、柏茂琳等军阀发生激战,川中大乱。成都事实上已为兵戎之地,不可能再折回。杜甫在湖南时对入蜀者云:"愿子少干谒,蜀都足戎轩,误失将帅愿,不知亲故恩。"(《别李义》)对别人的忠告,也正是他本人的认识。据宋人记载,杜甫出行不久,成都草堂即为崔宁(旰)妾任氏所占,留居草堂的杜氏家人不得不徙居青神以避乱①。

　　杜甫在江陵等待各方面的消息,以观进退。半年过去了,什么消息也没有。他寄居江陵,主要倚靠的是李之芳。之芳于秋间死去,荆南幕府中已难以容身。他与卫伯玉根本说不上有什么关系。《秋日荆南述怀三十韵》中"苦摇求食尾,常曝报恩鳃"二句,形象地表现了他的实际处境。

六　从公安到湖南

　　杜甫驾舟离开江陵,随水飘行,嗣后在公安、江陵曾短暂停留。其间,他的心情悲愤到了极点。在诗中写道:

> 我行何到此?物理直难齐!(《水宿遣兴奉呈群公》)
>
> 更欲投何处?飘然去此都。形骸元土木,舟楫复江湖。社稷缠妖气,干戈送老儒。百年同弃物,万国各穷途。(《舟出江陵南浦奉寄郑少尹审》)
>
> 亲朋无一字,老病有孤舟,戎马关山北,凭轩涕泗流。(《登岳阳楼》)

在遍地干戈的动乱时代,他举目无亲,欲行无路,凄凉一身,携妻将雏,确实已面临绝境了。在公安,他在《别董颋》中曾萌念欲往汉阳、襄阳一带

---

　　① 此处参酌吕陶《净德集》卷二四《朝请郎潼川府路提点刑狱杜公墓志铭》、《琬琰集删存》卷二《查龠杜御史莘老行状》、王十朋《梅溪后集》卷二九《杜殿院墓志》、陆游《剑南诗稿》卷五《野饭》注、《成都文类》卷四六任正一《游浣花记》、《全蜀艺文志》卷十二葛琳《和浣花亭》诗注等记载而考知。

隐居。襄阳为杜甫族望所在地,但他这一枝久已占籍他地,襄阳亦不可能有栖息之地。与"迎就当阳居止"有无关系,已无从证实。在岳阳,大约念及故友韦之晋正为湖南观察使,遂决意南行相依。大历四年春间,他自岳阳放舟溯湘而上,直赴衡阳依韦。不巧的是,他南行之际,韦之晋自衡州刺史调为潭州刺史①。他只得随韦再北上。但韦莅潭未数月,旋即弃世。杜甫只得暂留潭州。至次年臧玠乱起,再经南行北徙,终因病谢世,唱完了人生的哀歌②。

　　应该指出的是,自矜为郎或以郎自许的诗篇,在夔州诗中几乎俯拾皆是,但在湖南诗中已不复出现。在夔州时经常见于吟咏的银鱼、朱绂,在湖南诗中仅一处提到:"银章破在腰。"(《奉赠卢五丈参谋琚》)颇具讽刺意味。在江陵到湖南期间所作诸诗中,他对当初因为郎而离蜀事,不止一次地提到,并时时流露出追悔之情。他自述因病而未及入朝:

　　　　报主身已老,入朝病见妨。(《入衡州》)
　　　　蹉跎病江汉,不复谒承明。(《送覃二判官》)

因卧疾失去官位以至淹留成客:

　　　　伏枕因超忽,扁舟任往来。(《秋日荆南述怀》)
　　　　卧疾淹为客。(《大历三年春白帝城放船》)

他觉得初行时的考虑有失周到:

　　　　得丧初难识,荣枯划易该!

————————————

　　① 《旧唐书·代宗纪》载大历四年二月辛酉(廿二日)韦之晋徙任潭州,杜甫南行经长沙时恰值清明,约为二月廿四日。诏命由快马传递,与逆水行舟的杜甫到达衡州的时间差不许多。杜甫《哭韦之晋大夫》云"南过骇仓卒",知其抵衡后即随韦北上。
　　② 杜甫之死,向有饫死耒阳与病死岳阳二说。笔者主后说,并已另撰文提出新证,此处不赘述。

这是愤辞,人生荣枯只能归咎于命运,得失祸福岂能预知。离峡以后,他日益感到为郎出走违背了自己的初愿:

> 沧溟恨衰谢,朱绂负平生。(《独坐》)
>
> 孤负沧洲愿,谁云晚见招?(《奉赠卢五丈参谋琚》)

杨伦注前诗云:"言出、处两无当也。"注后诗:"言己处不成处,出不成出。"出指出仕,处指处隐。所说甚谛。其时他不再以郎官为荣,归隐之志重又占了主导。除了去襄、汉,他似乎还有志希踪葛洪勾漏求丹砂的胜事,以避世乱,但都未实现。

杜甫的忠君思想。在云安、夔州时期表现得最为炽烈。"长怀报明主"(《摇落》)、"时危思报主,衰谢不能休"(《江上》)、"霜天到宫阙,恋主寸心明"(《柳司马至》)一类诗句,不断出现。将皇帝等同于国家,视为至高无上的偶像,这是杜甫的认识。同时也应看到,他既受命为郎,急于入京却因病留滞,对于国势安危、京师动息,至为关心,并时时感觉到自己的责任。思主恋阙诸诗,表现的正是这一情绪。眼见朝纲日紊,民生凋敝,中兴无望,他在江陵、湖南诗中更多地流露出对朝廷、皇帝的怨悱之情。他以为皇帝不能起用贤才是导致世乱的重要原因:

> 谁重斩邪剑?致君君未听!(《奉酬薛十二丈判官见赠》)

他认为朝廷和皇帝对他所持的弃而不问的态度,是导致他走投无路的直接原因:

> 养拙江湖外,朝廷记忆疏。(《酬韦韶州见寄》)
>
> 天意高难问,人情老易悲。(《暮春江陵送马大卿公恩命追赴阙下》)
>
> 天高无消息,弃我忽若遗。(《幽人》)

所谓"天",即指皇帝。皇帝对自己弃之若敝屣,自己的孤忠又由谁来鉴识呢? 杜甫在湖南诗中,对朝廷更多地表现出消极、不满的情绪,如云:

> 皇舆三极北,身世五湖南,恋阙劳肝肺,论材愧杞楠。(《楼上》)
>
> 扁舟空老去,无补圣明朝。(《野望》)
>
> 老病南征日,君恩北望心。百年歌自苦,未见有知音。
> (《南征》)

在这种情绪下,归隐之志重新占了主导地位,是很自然的。

本文第一节曾指出,促使他离蜀出仕的原因之一,是他尚希冀以自己的力量"毫发裨社稷"。入朝未果,他将自己的政治见解写入诗章中。他希望朝廷重振纪纲,君臣共济,文武合力,以贞观为元龟,开中兴之伟业。希望引用贤俊,罢黜奸邪,使诸镇归附,兵戈偃息。以民生为邦本,销兵铸农器,重新均田,轻赋薄敛,使民生苏息,万邦安业,重致升平。这些见解多数来自儒家经训,能实现的可能性无疑是很渺茫的,杜甫的政治才干,似也值得怀疑。但他离蜀之初,确是带着这些理想,怀着可能实现的微薄希望,准备进京干一番事业。入朝受阻,他多次向入朝友人和朝廷要人申述,希望引起重视。在江陵、湖南,他意识到自己年老多病,已无能为力时,又屡次将责任托付年轻一辈:"致君尧舜付公等,早据要路思捐躯。"(《暮秋枉裴道州手札率尔遣兴寄递呈苏涣侍御》)杜甫忧国忧民的赤子之忱,是至死未渝的。

(刊《草堂》1985 年第 1 期)

杜诗早期流传考

在北宋诗文革新推动下，杜诗受到世人普遍的推崇。王洙(原叔)校辑二十卷本《杜工部集》问世，适应了这一时尚。嗣后，以王本为基础，杜诗的补遗、增校、分类、系年、笺注、批点、集注、汇评等研究工作蓬勃兴起，蔚为洋洋大观。40年代初，洪业先生撰《〈杜诗引得〉序》；60年代初，万曼先生作《杜集叙录》(收入《杜甫研究论文集》第三辑及《唐集叙录》)，分别对宋以后杜诗的版本流传及注解研究工作，作了较为系统的总结。从杜甫去世到王洙本结集近三百年间杜诗流传的情况，洪、万两先生虽曾论及，但因载籍零落，原本无存，均言之未详。由于这一缺憾，一些研究者只能依据存世的唐人选唐诗来考察唐人对杜诗的态度，对杜诗在唐代诗坛的崇高地位及给予中晚唐诗人的巨大影响，未有足够的认识。

本文试图钩稽各方面史料，考察王洙本结集前杜诗流传情况。为叙述方便，首先考察宋人所见唐至宋初各种杜集的面貌，其次考述杜甫手稿、早期碑刻及各种选本入选杜诗的情况，在此基础上，进一步探索六十卷本杜集的编次、散佚情况，考察杜诗在唐五代社会各阶层和各流派诗人间的流传和影响。传世各种杜集，历代著录较详，洪、万两先生已作系统介绍，本文不拟复述。

一

《旧唐书·杜甫传》谓"甫有文集六十卷"，后《新唐书·艺文志》《通志·艺文略》均据以著录。其实，不仅欧阳修、郑樵未亲见该集，《旧唐书》作者也无缘获见(详后)，唯据他文移录而已。北宋仁宗时编《崇文总目》,仅载"《杜甫集》二十卷"。王洙在崇文院编目期间,利用"秘府旧藏"和"通人家所有"的各种杜集,于宝元二年(1039)结集为《杜工部集》二十卷。此集后于嘉祐四年(1059)由王琪增订刊刻于苏州,成为宋以后各种杜集的祖本。此本存绍兴初年翻刻本十五卷(简称"二王本"),张元济先生以另一宋刻残本(张元济先生定为绍兴初年建康刊吴若本,元方先生《谈宋绍兴刻王原叔本〈杜工部集〉》定为翻刻吴若本。简称"吴本")相配景印,刊入《续古逸丛书》。

王洙《杜工部集记》记载所用杜集凡九种。试分别加以考察。

1. 古本二卷。列于各本杜集之首,当为唐时本。

2. 蜀本二十卷。王得臣《增注杜工部诗集序》(附见蔡梦弼《杜工部草堂诗笺》,《古逸丛书》本,简作《蔡笺》)谓仅十卷,疑误。严羽《沧浪诗话·考证》指出:"旧蜀本杜诗,并无注释,虽编年而不分古近二体,其间略有公自注而已。"南宋初有南海蜀本及镇江蜀本两种新蜀本杜集。陈振孙《直斋书录解题》谓"蜀本大略同(王琪本),而以遗文入正集中,则非其旧也"。严羽亦指出新旧蜀本之异。所谓旧蜀本,或即王洙所据本,疑出于五代时前后蜀所刊行。韦縠《才调集叙》:"暇日因阅李杜集。"是杜集蜀时流传之证。据严、陈二氏说,此本编年、不分体、诗文分刊。

3.《集略》十五卷。列于樊晃《小集》前,时代较早。

4. 樊晃序《小集》六卷。《崇文总目》《新唐书·艺文志》均著录。南宋初,胡仔尚有收藏。绍兴初,吴若在建康府学刊杜集;嘉泰中,蔡梦弼著《草堂诗笺》,均曾据以校刻。同时的晁、陈二家书目不载。宋末王应麟《玉海》、元修《宋史·艺文志》均著录,然前者系据《唐志》,后者系拼合宋代各种书目而成,不能证明此集入元尚存。

吴若刊杜集时,收入樊晃《杜工部小集序》。今存吴本残卷,无樊序。明末钱谦益得吴本全书,据以撰成《杜诗笺注》(康熙静思堂原刊本,简称《钱注》)。后吴本全书毁于绛云楼火灾,赖《钱注》保存了部分面貌,樊序亦得幸存(《全唐文》失收)。序署"唐润州刺史樊晃",前半述杜甫事迹,为今存记载其生平的最早文字;后半部分述编集过程:

　　文集六十卷,行于江汉之南。……属时方用武,斯文将坠,故不
为东人之所知。江左词人所传诵者,皆公之戏题剧论耳,曾不知君有
大雅之作,当今一人而已。今采其遗文凡二百九十篇,各以事类为六
卷,且行于江左。君有子宗文、宗武,近知所在,漂寓江陵。冀求其正
集,续当论次云。

　　樊晃,两《唐书》无传。据岑仲勉先生《元和姓纂四校记》考证,晃为进士
出身,历任汀州、润州刺史。其刺润时间,《宋高僧传》卷一五《金陵元崇
传》载在大历五年(770),柳识《琴会记》(《文苑英华》卷八三二)载大历
七年正月,浙西观察使李栖筠路经润州,曾约"刺史樊公"饮咏。杜甫逝
世于大历五年冬。《小集》编成,当即在其后二三年间。据序,杜甫晚年,
江东一带仅传其"戏题剧论"之作,不足反映其全面成就。樊晃尊杜甫为
"当今一人",惜未见其全集。润州地当长江、运河交会处,为东南经济文
化的中心之一。樊晃得以就地采撷到大量杜诗,编为《小集》。

　　《小集》虽已失传,宋人辑校杜集时,多次引用该集,记下了若干异
文,保留了部分面貌。现存各种杜集校语有"樊作某"者,吴本有十五首,
《蔡笺》二十首,黄鹤《集千家注杜工部诗史补遗》(《古逸丛书》本,简称
《补注》)十首,《钱注》五十八首,仇兆鳌《杜少陵集详注》(康熙刻本,简
作《仇注》)三十九首。去其重复,共得六十二首(以组诗计,共九十八
首),相当于原集的五分之一强。今汇目于次:《城西陂泛舟》、《上韦左
相二十韵》、《夏日李公见访》、《戏简郑广文兼呈苏司业》(《蔡笺》)、《自
京赴奉先县咏怀五百字》(以上五首安史乱前作)、《悲青坂》、《哀王孙》、
《送樊二十三侍御赴汉中判官》、《奉送郭中丞兼太仆卿充陇右节度使》
(吴本)、《送李校书二十六韵》、《行次昭陵》、《送许八拾遗归江宁觐省甫
昔时常客游此县于许生处乞瓦棺寺维摩图样志诸篇末》、《至德二载甫自
金光门出间道归凤翔乾元初从左拾遗移华州掾与亲故别因出此门有悲往
事》、《月夜忆舍弟》、《寄彭州高三十五使君适虢州岑二十七长史参三十
韵》、《寄岳州贾司马六丈巴州严八使君两阁老五十韵》、《寄张十二山人
彪三十韵》、《新婚别》、《遣兴三首》之一、《幽人》、《梦李白二首》之一、

《有怀台州郑十八司户虔》、《后出塞五首》之三、《两当县吴十侍御江上宅》、《木皮岭》(《仇注》。以上二十首入蜀前作)、《江村》、《和裴迪登蜀州东亭送客逢早梅见寄》、《村夜》、《赠蜀僧闾丘师兄》、《病橘》、《入奏行》、《楠树为风雨所拔叹》、《喜雨》(春旱天地昏)、《陪章留后惠义寺饯嘉州崔都督赴州》、《将适吴楚留别章使君留后兼幕府诸公得柳字》、《寄题江外草堂》、《韦讽录事宅观曹将军画马图》、《丹青引》、《严氏溪放歌行》、《发阆中》、《莫相疑行》、《有感五首》之二、《送陵州路使君赴任》、《奉寄别马巴州》、《江亭王阆州筵饯萧遂州》(吴本。以上二十首在成都及东川时作)、《谒先主庙》、《入宅三首》之二、《秋兴八首》之四、《复愁十二首》之八(以上四首夔州作)、《秋日荆南述怀三十韵》、《山馆》(以上二首流寓江陵、公安时作)、《白凫行》、《上水遣怀》、《宿凿石浦》、《早行》、《铜官渚守风》、《岳麓山道林二寺行》、《送重表侄王砅评事使南海》、《人日寄杜二拾遗》(高适诗)、《追酬故高蜀州人日见寄》、《送魏二十四司直充岭南掌选崔郎中判官兼寄韦韶州》、《暮秋将归秦留别湖南亲友》(以上十一首湖南境内作。《小集》原为"以事类"编次,今改作分阶段编次,以便考述。凡见于《钱注》者一律不注出处)。虽非全貌,仍可看到樊编《小集》的若干特点:第一,包括了杜甫一生各时期的诗歌。以安史乱后到流寓成都、东川时期诗最多,湖南诗次之,安史乱前与夔州时期诗较少。值得注意的是,现存杜诗三分之一作于夔州,而已知该集所收仅四首,比例甚微。所收杜甫大历四、五年湖南所作诗,多达十首,以比例推测,数量当更多。樊晃编集时,去杜卒仅二三年,地在润州,距湖南有千里之隔。未睹正集,所获如此丰富,足见当日杜诗流布之速。第二,兼收各体,偏重古诗。所收各诗以体分,计五古廿三首、七古十三首、五排十一首、五律九首、七律五首、五绝一首。今存杜诗,古诗不及总数的十分之三,五律则占了将近一半。大历间诗人,也以五律为最擅长。已知诗数虽不完备,樊晃重古体、轻近体,借杜诗以扭转时风的意向仍十分清楚。第三,樊晃推崇杜甫"有大雅之作",从此集已知各诗看,有不少反映现实、忧国忧民之作,能够反映出杜诗沉郁顿挫的风格。与历代著名唐诗选本及近几十年来各种杜诗选本作一比较,可见多数属于历来传诵的名篇。樊晃别择之精,令人叹服。此集在唐、宋两代流传较广,对杜诗流布起过积极的作用。

　　5. 孙光宪序本二十卷。光宪,《宋史》《十国春秋》有传,唐末为陵州判官,天成初(约926年)避地江陵依高季兴,累官南平。卒于宋初。此本当为其在荆南时序行。

　　6. 郑文宝序《少陵集》二十卷。王得臣云:"郑文宝《少陵集》,张逸为之序。"疑王洙记有误。文宝,《宋史》有传,初仕南唐,廿四岁入宋,后仕宋近四十年。此集当成于宋初。万曼先生谓此本系南唐本,疑误。

　　7. 别题小集二卷,不详。

　　8. 孙仅一卷。与孙仅《读杜工部诗集序》(《蔡笺》附)所述,显非一种。疑为其别录本。孙仅仕宋太宗、真宗二朝。

　　9. 杂编三卷,亦不详。以上三种,从各本排列次序看,当均为宋初本。

　　王洙本行世前,整理搜辑杜诗者有苏舜钦、王安石、刘敞三家。舜钦《题杜子美别集后》(《苏学士集》卷一三)云:"天圣末,昌黎韩综官华下,于民间传得号《杜工部别集》者,凡五百篇。予参以旧集,削其同者,馀三百篇。"景祐中居长安,又于王纬处得一集,复增八十馀首,编为《老杜别集》,拟"俟寻购仅足,当与旧本重编次之"。后未果。安石皇祐二年(1050)《杜工部后集序》(《临川集》卷八四)云:"予之令鄞,客有授予古之诗世所不传者二百馀篇。"断为杜诗,编成《后集》。刘敞《寄王二十》(《公是集》卷二四)诗序:"先借王《杜集外集》,会疾未及录。近从吴生借本,增多于王所收,因悉抄写,分为五卷。"诗称"近从雪上吴员外,复得遗文数百篇"。另有《编杜子美外集》纪此事。

　　三家所据各集,王洙均未取用,今存各种杜集,亦未引及三家所编(《蔡笺》、吴本、《钱注》所引"荆作某",均指王安石元丰间编《四家诗选》。《四部丛刊》景宋本《分门集注杜工部诗》引"刘敞曰""安石曰"等,研究者多以为系书贾伪托,不足据)。王洙本以外,宋人得逸杜诗仅四十馀首,三家所记,各有数百首之多。其诗存佚,为杜诗研究长期未决之谜。今按,舜钦所编,早于王洙;安石稍迟,但其时王洙本编成而未刻印,无由获睹;刘敞所编,年代不明,疑亦在嘉祐前(刘敞卒于熙宁元年)。万曼先生推测早于苏、王(洙),实误,敞年辈略后于二人。三家鉴别佚诗,所据均为当时的通行本,即所谓"旧集"。舜钦谓"今所存者才二十卷,又未经学者编辑,古律错乱,前后不伦",疑即《崇文总目》所著录者及王洙所用蜀、孙、郑三本中的一种,所收诗数必然比王洙本要少得多。舜钦文中引集外诗《大历三年白帝城放船》及《追酬高蜀州见寄》,安石引《洗兵马》,今均见二王本,可证。元丰五年,宋谊为陈浩然《析类杜诗》作序(《蔡笺》附)述及:"顷者,处士孙正之得所未传二百篇,而丞相荆公继得之,又增多焉。及观内相王公所校全集,比于二公,互有详略,皆从而为之序,故子美之诗,仅为完备。"正之名侔,为安石挚友。《析类杜诗》不传,吴若曾引及,《钱注》提到"浩然作某"二十多处,有王洙本未收诗,可知安石所收杜诗未佚。舜钦与王洙有诗文交往,又同因进奏院事件遭贬斥。削籍后,居苏州沧浪亭。既卒,妻杜氏抱其遗文归南京,由妻父故相杜衍及欧阳修衰序成集,见欧《苏氏文集序》及《宝真斋法书赞》卷九杜衍致欧诸帖。欧阳修亦曾董理杜集(见《蔡笺》跋)。嘉祐中,王琪在苏州聚古今诸集校理王洙本,又得吴江宰裴煜相助,并提供逸文四篇诗五首为补遗。其时苏集已编成,王琪、裴煜与欧阳修均有较好关系,苏州刻书时尚有书简来往。《别集》不被利用,是不太可能的。刘敞与上述诸人,也有较多的来往,所编湮没不传的可能性亦不大。韦骧《钱塘集》卷四有诗题作"简夫丈昔遗老杜别集而骧以外集当之久而亡去近承多本因以诗请"。骧,皇祐五年(1053)进士,徽宗时卒。可知苏、刘二编北宋中后期尚留存世间。

南宋初吴若刊杜集《后记》(《钱注》附)述引用书:"称晋者,开运二年官书也。"后蔡梦弼《草堂诗笺跋》亦提及"晋开运二年官书本"。开运为后晋出帝年号,二年为公元945年。此本卷数不详,宋以后公私书志均未著录。吴、蔡突出其为"官本",显然不同于私家辑抄传写本,其意当为官刊本。值得一提的是,印刷术在隋唐时期虽已开始应用,大规模刊刻书籍则始于五代时期,最著名例子是冯道主持刊刻九经,历时二十馀年(932—953)方藏事。开运官本杜集,可列为我国最早刻印书籍之一。杜诗为时人重视,可以想见。

各本杜集校语有"晋作某"者,吴本有三十二首、《蔡笺》廿一首、《补注》十五首、《钱注》九十九首、《仇注》四十六首,去其重复,尚得一百十五首。以组诗计,共一百九十二首。虽非全数,尚可窥见该集面貌之一二。今辑诗目如次。《钱注》所引最多,不另注出处。原集编次不详,今分阶段排列,以便考察。

安史乱前诗二首:《冬日洛城北谒玄元皇帝庙》《夜宴左氏庄》。

入蜀前诗廿四首:《送长孙九侍御赴武威判官》、《送韦十六评事充同谷郡防御判官》、《塞芦子》、《彭衙行》、《九成宫》、《垂老别》、《夏日叹》、《贻阮隐居昉》、《昔游》("昔谒华盖君")、《佳人》、《西枝村寻置草堂地夜宿赞公土室二首》、《有怀台州郑十八司户虔》、《忆幼子》、《一百五日夜对月》、《喜闻官军已临贼寇二十韵》、《郑驸马池台喜遇郑广文同饮》、《望岳》(西岳崚嶒竦处尊)、《日暮》、《曲江二首》之一(吴本)、《曲江对雨》(吴本)、《玉华宫》(《蔡笺》)、《遣兴五首》之三(同前)、《佐还山后寄三首》之二(吴本)。

成都、东川时期诗三十首:《杜鹃行》("君不见昔日蜀天子")、《赠蜀僧闾丘师兄》、《楠树为风雨所拔叹》、《观打鱼歌》、《相从歌赠严二别驾》、《陈拾遗故宅》、《谒文公上方》、《棕拂子》、《寄题江外草堂》、《送韦讽上阆州录事参军》、《丹青引》、《严氏溪放歌行》、《南池》、《释闷》、《太子张舍人遗织成锦段》、《西郊》、《徐步》、《寒食》、《范二员外邈吴十侍御郁特枉驾阙展待聊寄此作》、《赠别郑炼赴襄阳》、《绝句漫兴九首》之三、《江畔独步寻花七绝句》之五、《丽春》、《水槛遣兴二首》之二、《寄题杜二锦江野亭》(严武诗)、《春日梓州登楼二首》之二、《奉和严中丞西城晚眺》(吴本)、《寄李十四员外布十二韵》(吴本)、《大麦行》(《蔡笺》)、《草堂》(同前)、《望兜率寺》(吴本)。

夔州诗五十八首:《寄裴施州》、《柴门》、《贻华阳柳少府》、《课伐木》、《催宗文树鸡栅》、《种莴苣》、《忆昔二首》(其一见《补注》)、《八哀诗》之一、之二、之五、之六、之七、《园官送菜》、《写怀二首》之二、《往在》、《壮游》、《同元使君春陵行》、《虎牙行》、《奉酬薛十二丈判官见赠》、《船下夔州郭宿雨湿不得上岸别王十二判官》、《雨不绝》、《阁夜》、《暮春题瀼西新赁草屋五首》之三、之四、之五、《自瀼西荆扉且移东屯茅屋四首》之四、《谒先主庙》,《夔州歌十绝句》之五、之十,《秋兴八首》之八、《秋日夔府咏怀奉寄郑监审李宾客之芳一百韵》《复愁十二首》之一、《承闻河北诸道节度入朝欢喜口号绝句十二首》之三,《喜闻盗贼蕃寇总退口号五首》之一、之二、之三、之四,《能画》《孟氏》《远游》《晴二首》之一、《热三首》《九日五首》之二、《得舍弟观书自中都已达江陵今兹暮春月末行李合到夔州悲喜相兼团圆可待赋诗即事情见乎词》《季秋苏五弟缨江楼夜宴崔十三评事韦少府侄三首》之二、《别崔潩因寄薛据孟云卿》、《送田四弟将军将夔州柏中丞命起居江陵节度阳城郡王卫公幕》《见王监兵马使说近山有白黑二鹰罗者久取竟未能得王以为毛骨有异他鹰恐腊后春生骞避飞暖劲翮思秋之甚眇不可见请余赋诗》之一、《江雨有怀郑典设》(《补注》)、《园人送瓜》(《蔡笺》)、《牵牛织女》(同前)、《暇日小园散病》(同前)、《鸥》(《补注》)、《哭严仆射归榇》(吴本)、《树间》(《仇注》)。

出峡后诗一首:《别张十三建封》。

从中我们可看到该集的部分面貌。第一,各类体裁、题材诗皆备。其中虽有《垂老别》《佳人》《壮游》《八哀》等名篇,只是比例不高,看不出曾经选择的痕迹,不似《小集》裁择精审。第二,仅有诗,无文、赋。第三,与《小集》互见诗仅七首,异文相同者仅一例。二集显非一线所传。第四,收有严武《寄题杜二锦江野亭》。《小集》已知有高适诗一首。可见他人诗附入杜集,自唐已然,与其他唐人文集同一体例。第五,该集收诗,始于天宝末。以安史乱后到夔州期间诗为多,达一百十三首。其中夔州诗最多,有五十八首,约占总数的三分之一。而安史乱前诗仅二首,出峡后诗仅一首。所收各期诗比例如此悬殊,值得注意。

《草堂诗笺跋》述校雠之例,又有"唐之顾陶本"。顾陶,大中校书郎,纂《唐诗类选》二十卷,见《唐志》。《蔡笺》所据为何,万曼先生存而未决,其实即指《类选》。证据为:吴曾《能改斋漫录》五处引及此书,或称"顾陶所编杜诗"(卷三、卷四),或称顾陶《类选》(卷一一);《钱注》亦五次引及,或称《类选》,或称"顾陶本",均与曾季貍《艇斋诗话》所引《类选》相合。曾氏引此集杜诗近三十首,实际收数当更多,南宋时或录其中杜诗单行,亦未可知。另详下节。

另外,见于记载的宋人所见唐五代杜诗抄本,尚有多种。苏轼《东坡题跋》卷二记他与刘斯立曾于管城人家叶子册中,得到古抄《杜员外诗集》;张耒《明道杂志》记王仲至(名钦臣,洙子)家有古写本杜诗;《诗说隽永》(《苕溪渔隐丛话后集》卷八引)谓王铚曾见唐人写本杜诗;同书及周紫芝《竹坡诗话》分别记载所见盛度收藏讳"流"字的吴越钱氏时写本杜诗;黄伯思《东观馀论》自述曾在洛阳上阳门外佛寺中得到旧抄杜诗册帙;龚颐正《芥庵随笔》谓王明清曾在宣城得到南唐李后主建邺文房藏澄心堂纸抄本杜甫诗三帙。这些写本,性质当与敦煌所出唐诗残卷相类似,是杜诗在民间辗转传抄的见证。古写本保留了不少逸诗,文字亦颇多歧异,宋人多已录出,值得重视。

王洙本收杜诗一千四百零五首。后人续搜逸诗,得五十馀首。对此,前人多疑有伪。甚者如金王若虚《滹南诗话》录其舅周昂语,以为仅三四首可信,"其馀皆非真本"。实因不明王洙编集时,并未能搜罗完备,不应以诸"集外诗"后出而遽谓为伪。如《蔡笺》附录朝奉大夫员安宇所收逸诗二十七首,为王洙本以后数量最大的一批逸诗。安宇,四川仁寿人,登进士第,累官朝奉大夫知眉州,事迹附见南宋初员兴宗《九华集》卷二一《员公(安舆)墓志铭》。安舆为其兄,皇祐进士,官至屯田员外郎,与苏洵、文同交甚厚。因知安宇亦为神宗朝人。诸诗北宋时已出。《李希声诗话》(《王直方诗话》引,《宋诗话辑佚》失收)谓存"老杜遗诗二十九首",周紫芝称收杜逸诗古律二十八首,均与员出相侔。李引《哭台州郑司户苏少监》《柳边》,周引《巴西闻收京》二首,亦见员出。另《逃难》见陈浩然本(据《钱注》)、《遣忧》见顾陶《类选》(据《能改斋漫录》),亦可证。杜诗在长期流传中,有伪诗误入,是不可避免的,需审慎地加以鉴别。以"语似不类"(黄庭坚语)、"浅近"(胡仔语)、"凡浅"(邵宝语)、"词旨纤仄"(杨伦语)一类标准来考定伪诗,是不足为训的。

二

别集以外，杜诗在北宋前还以多种方式流布世间。试分别加以考述。

（一）手稿

杜甫书迹，宋人所见有三：王洙曾得到《吹笛》诗稿（《钱注》引），释惠洪有《跋杜子美〈祭房太尉文〉稿》（《石门文字禅》卷二七），《漫叟诗话》载李彭曾听徐俯说见到杜甫《曲江对酒》墨迹。记载均有可疑处，后皆无传。《蔡宽夫诗话》载："杜子美云：'书贵瘦硬方通神。'予家有其父闲所书《豆卢府君德政碑》，简远精劲，多出于薛稷、魏华，此盖自其家法言之。"以此推测，杜甫书迹亦当以瘦硬精劲为特色。传为李白的《上阳台》帖近年自海外购回，使后人获见诗人风采。元陶宗仪《书史会要》卷五谓杜甫工于楷、隶、行草，但其手迹，虽经海内外学者多方寻访，迄未有得。现就所知，附辑几条记载，以供进一步查访。

《钱注》谓明初胡俨自称"常于内阁见子美亲书《赠卫八处士》诗，字甚怪伟，'惊呼热中肠'作'呜呼热中肠'"。后未见收藏。近人邓之诚《骨董三记》录清初许志进《谨斋诗稿·丙申年稿》："少陵《贺城阳王太夫人加寿邓国太夫人》诗卷，后有山谷跋尾，为宣城蒋氏珍藏物。卷中题广德元年冬十月，正史本集皆无之。"今杜诗有《奉贺阳城（按：各本杜集皆作"阳城"，新旧《唐书》作"城阳"）郡王太夫人恩命加邓国太夫人》，未佚，邓记误。城阳郡王为卫伯玉，《旧唐书·代宗纪》载其大历二年六月始封王，此卷显属后世伪造。又香港上海书局 1963 年版《杜甫》，卷首附影印石刻拓本《野望》与《冬到金华山观因得故拾遗陈公学堂遗迹》，行草书，署"杜甫"，注出"四川省射洪县"。香港书谱出版社 1976 年 2 月出版的《书谱》总第八期亦影印二诗拓本，附梅荸华先生《杜甫和书法》一文，仅谓系四川省射洪县的题刻拓本。原刻今存何处，拓本传自何人，均未作说明。洪业先生《再说杜甫》（收入《洪业论学集》）据一字之异疑伪，证据尚不足。今按：《永乐大典》卷三一三四引宋人《潼川志》载牛峤光启三年（887）《登陈拾遗书台览杜工部留题慨然成咏》诗，有"工部曾刻石"句；

王象之《蜀碑记》卷八载:"《图经》载杜甫《题陈拾遗宅》诗跋。"《图经》当指北宋真宗时所修的《梓州图经》。可见杜甫此诗在唐代确有题书勒石之举。《野望》有"金华山北涪水西"句,亦作于射洪。石刻书法浑熟流畅,受王羲之影响很深,接近怀仁集王书《圣教序》的风格,为唐代最流行的书体。杜甫曾云:"学书初学卫夫人,但恨无过王右军。"(《丹青引》)"凤凰池上应回首,为报笼随王右军。"(《得房公池鹤》)可见其对王书之景慕。他推重的薛稷、李邕,行书亦深受王书影响。他论书重瘦硬通神,亦在石刻中有所反映。经向射洪县委宣传部询问,承告知陈子昂故居"文革"间遭破坏,现正修复,但杜甫诗刻原石尚未发现,今后将组织人力寻访。因石刻宋以后不见著录,来历不明,尚难遽定真伪。如确系唐刻,将是现能看到的唯一的杜甫书迹。

（二）碑刻

唐五代刻杜诗碑石,欧阳修《集古录》、赵明诚《金石录》未著录,但从唐宋人其他记载中,可考见的有十几处。列目如次:1.《岳麓山道林二寺行》。唐扶《使南海道长沙》(见《侯鲭录》卷一):"两祠物色采拾尽,壁间杜甫原少恩。"即指此诗。唐扶诗长庆末年作。米芾《书史》载裴度(《宝章待访录》作裴休)曾书此诗于松板,宋时尚存一"甫"字。2.《古柏行》,长庆四年段文昌刻于成都,见王象之《舆地碑目》卷四及田况《儒林公议》。3.《冬日洛城北谒玄元皇帝庙》,咸通十一年,陆肱刻于洛阳,见《宝刻类编》卷六。4.《万丈潭》,咸通十四年,西康州刺史赵鸿刻于同谷,见《钱注》。5.《冬到金华山观因得故拾遗陈公学堂遗迹》,见前引牛峤诗及王象之引《图经》。6.《游修觉寺》,见宋祁《景文集》卷八《题蜀州修觉寺》注及赵抃《清献集》卷八《留题修觉山》注。7.《闻惠子过东溪》,北宋中叶在凤翔出土,见《东坡题跋》卷二。8.《过洞庭湖》,北宋末发现于湖中,王直方、李希声、潘子真三家诗话均言及,见《舆地碑目》卷三。9.《送王十五判官扶侍还黔中》,见《苕溪渔隐丛话前集》卷九引《雪浪斋日记》。10.《宴戎州杨使君东楼》,见范成大《吴船录》卷下。11. 押天字韵的七言缺题诗,在巆峡道中,见《竹坡诗话》。杜甫峡中七言诗仅《十二月一日三首》之一押天字,未知然否。以上除一二例仅称石本、碑本,或出北宋时刻,多数为唐人所刻。刻石地域有洛阳、关中、秦州、两川、夔峡、湖南等地,是杜甫行迹所到处,均曾刻石。其诗为世人推重,并不限于一隅。诸石刻异文,前人有引录,因其离杜甫时代较近,最为近真。

《湖南通志》卷二六四《金石六》著录"唐怀素书杜诗《秋兴八首》"。称"石刻在绿天庵","此帖亦近人临摹,不知蓝本所出"。香港中外出版社 1976 年出版《中国书法大字典》亦收此帖。帖末署"壬辰三月二日怀素书"。壬辰为元和七年(812)。怀素生于开元末叶,贞元间尚在世。此帖真伪尚待鉴定。如非赝品,可视为存世最早的杜诗写本。

（三）选本中的杜诗

在完整存世的九种唐人选唐诗中,仅韦庄《又玄集》收有杜诗,论者多据以推论杜诗在唐代诗坛受到冷落,不为时人推重(冯至《论杜诗和它的遭遇》、曾枣庄《论唐人对杜诗的态度》等文均持此看法),其实未尽妥当。首先,见于唐宋各种书志的唐人自选诗(不包括同人倡和集),有四十六种之多,现能看到的完本仅九种,加上敦煌遗书中的四五种残卷,只及总数的很小一部分,不足以准确反映一代的认识。其次,选本除有一定的选诗标准外,还受时间、地域、人事诸方面限制。如《珠英学士集》《搜玉小集》仅收初唐诗,元结《箧中集》仅收私箧所存七位友人诗作,殷璠《丹阳集》仅收润州人诗,当然都不录杜诗。姚合《极玄集》以闲淡幽远为宗,专选王维一派诗作,以致李、杜、高、岑、韩、柳、元、白皆不预选。令狐楚《御览诗》目的在于"集柔翰以对宸严",故只收贞元、元和间的"研艳短章"(毛晋跋)。韦縠《才调集》编选时曾阅李杜集,而杜诗竟不入选。冯舒《才调集评注》以为系"崇重老杜",《四库提要》驳其说,认为"实以杜诗高古,与其书体例不同",持论近是。细审该集选诗,以闲适艳情之作为多,标举"韵高""词丽",反映了西蜀小朝廷宴乐文学的欣赏趣味。杜诗鲜涉艳情,多言国事,韦縠只得割弃。再次,选本收诗情况与选者的认识有时并不一致。如顾陶《唐诗类选序》(《文苑英华》卷七一四)称元白"擅名一时","其家集浩大,不可雕摘,今共无所取";宋人曾慥《乐府雅词》不选苏轼词,则因另集有《东坡居士长短句》。姚铉《唐文粹》收唐诗近千首(九六九首),仅收杜诗十一首,比例甚微,而该集自序称"由是沈宋嗣兴,李杜杰出,六义四始,一变至道"。可见不能仅以入选诗数论定选者的态度。

《国秀集》等三种选本,不收杜诗,情况较复杂,有必要分别作一说明。

《国秀集》兼收初盛唐诗。据楼颖序,此集系芮挺章受"秘书监陈公"和国子司业苏预(后避代宗讳改名源明)嘱托而选,收诗止于天宝三载,后中途辍业,由楼颖续成,约成书于安史乱前后。其时杜甫诗名初起,未获入选,似可理解。需提及的是,此集所收樊晃、严维、郑审,年辈均晚于杜甫,而当时诗名籍甚的李白、岑参,皆弃而不取;芮、楼自作诗阑入,而指使编集的陈、苏诗却未编入,可见此集收罗未备,似仅据所见而编录。苏预与杜甫关系密切,开元末曾同游齐赵。

《河岳英灵集》收诗止于天宝十二载,不收杜诗,今人多以其诗名初起为解,似尚可商榷。岑参比杜年幼,王季友、薛据行年与杜相仿,均得入选,何以独缺杜甫?天宝中,杜甫与高、李同游梁宋齐鲁,与高、岑、储、薛同赋登慈恩寺塔诗,诗名盛极一时。殷璠不收,显然是有所缺失,不能说明杜诗其时未成熟或无人问津。失收原因,与殷氏所处地域有关。殷璠为丹阳人,曾集润州十八人诗为《丹阳集》,《河岳英灵集》亦编于丹阳(《全唐诗》卷六八四吴融《过丹阳》注:"殷文学于此集《英灵》"),故集中对在江南吟咏的诗人如常建、李白、刘眘虚、王昌龄、储光羲、王湾等,极致推崇。据樊晃说,直到大历年间,江东流传的杜诗仍多为戏题剧论之作。杜甫弱冠游吴越,后从未涉历。殷璠为条件所限,不可能全面占有材料,所见杜诗不合其"风律兼备"的标准,只能阙而不录。

高仲武《中兴间气集》自序称收诗"起自至德元首,终于大历暮年"。恰是杜诗创作的高峰时期。不收杜诗的原因,论者或认为此集收诗专取钱、郎为首的大历诗人,或认为因杜诗"很少歌颂肃、代中兴之作"。其实均未允当。高氏自称"朝野通取,格律兼收",立旨不似元结、姚合那样狭窄,虽推许钱、郎,也收孟云卿、苏涣等复古诗人之作。集中纯属歌颂中兴之作并不多,反叛者苏涣不满现实之作得收入,何况写过"君诚中兴主,经纬固密勿"(《北征》)一类颂功之作的杜甫呢？其真正原因在于,高氏此集,意在上承《河岳英灵集》,编次、分卷,均沿殷氏旧例,收诗起始时间,也与《英灵》相接。《英灵》所收诗人李白、王维、岑参、高适、张谓、王季友、薛据等,至德后吟咏不绝,有的活到大历中后期,高氏均不收录。入选者均为至德后崛起于诗界的青年诗人。杜甫年辈与高岑相仿,开元间已"声名颇挺出"(《赠韦左丞》),因而不在高氏选录之列。

今存唐人选诗,仅韦庄光化三年选《又玄集》收有杜诗。该集录诗三百首,一百四十三家,以杜甫、李白、王维置于卷首,显寓尊崇。其中杜诗列为第一,入选有七首之多,也是集中之最。韦庄显然视杜甫为有唐诗人之冠冕。入选诸诗,足以表现杜诗沉郁风格,鉴择尚不肤浅。唯仅选近体,不录古诗,不免遭后人指责。

已佚唐人选本,也有收录杜诗的记载。宋赵令畤《侯鲭录》卷三云:"刘路左车尝收唐人新编当时人诗册,有老杜数十首,其间用字皆与今本不同。有《送惠二过东溪》诗,集中无有。"此集性质当与敦煌残本唐人选唐诗相类。唯集名已佚,无从索考。尤应提出的,是唐宣宗时顾陶所编《唐诗类选》。据该集自序,收诗"起于唐初,迄于近殁",共一千二百馀首,二百馀家,分为二十卷,为唐人自选诗中规模最大的一种。此集宋代流传颇广,南宋后失传。《艇斋诗话》录该集所收杜诗异文卅四例,共廿七首。(同书录逸诗《风凉原上作》,各本杜集均不收,洪业先生据诗中既云"余忝南台人",又云"海内方晏然",疑非杜诗。今按此诗《全唐诗》卷一四一收王昌龄名下,"南台"作"兰台"。唐高宗曾改秘书省为兰台,王昌龄开元间任秘书省校书郎。此诗可断为王作,今不录。)录目如次:《重过何氏五首》之三、《冬日洛城北谒玄元皇帝庙》、《一百五日夜对月》、《孟冬》、《和裴迪登新津寺寄王侍郎》、《天河》、《遣兴》(骥子好男儿)、《寄高三十五詹事适》、《酬高使君相赠》、《送梓州李使君之任》、《遣兴》(干戈犹未定)、《不见》、《秦州杂诗》之二、《哭李尚书之芳》、《病马》、《田舍》、《倦夜》、《题新津北桥楼》、《上白帝城二首》之一、《九日蓝田崔氏庄》、《至日遣兴奉寄两院补遗二首》之二、《奉和早朝大明宫》、《少年行》、《赠献纳使起居田舍人》、《送韩十四江东觐省》、《同诸公登慈恩寺塔》、《梦李白二首》之一。另《能改斋漫录》卷一一录《遣忧》一首。同书及《钱注》录异文五条,与《艇斋诗话》重出。已知廿八首诗,仅是有异文及文集不收者,《类选》实际收杜诗,当远不止此。廿八首诗中,有五律十六首、七律五首、五排四首、七绝一首、五古三首,可看出顾陶的选诗倾向。大中以后,姚、贾诗风靡衍,以致晚唐多数诗人均重律诗,轻古诗,重五言,轻七言,五律尤为时人钟尚。顾陶大中间为校书郎,无诗传世,选诗显然受到时风影响。所选杜诗,虽有不少忧国忧民的佳作,但如三吏三别、《秋兴八首》及七言歌行均不收入,顾陶的鉴赏力似远不及樊晃。

宋初选本,以《文苑英华》、《唐文粹》最著名。《文粹》成于真宗时,前已述及。《英华》为太宗时编。录杜文十二篇,诗二百四十六首。收诗数仅次于白居易(二百七十二首),超过李白(二百三十二首)。入选诗五律最多,达八十四首;五古、七古次之,各五十八首,其馀各体较少。虽收入佳作颇多,而三吏、三别未收,《秋兴八首》仅录一首,终为缺憾。其中《瞿唐怀古》《呀鹘行》《狂歌行》等诗,王洙本未收,是李昉等所据本,有为王洙未及采者。

(四)唐五代其他著作引杜诗

唐五代人著作提及杜诗者甚众,引及原文者尚有二十馀种之多,其中有正史如《旧唐书》,笔记如《摭言》《剧谈录》《刘宾客嘉话录》《苏氏演义》等,小说如《明皇杂录》《云溪友议》等,诗评如《诗式》《风骚旨格》等,画论如《唐朝名画录》等,文繁语长,在此不一一引录。

(五)杜诗在唐时传至日本

日僧圆仁《入唐新求圣教目录》中有《杜员外集》二卷,应即杜甫诗集。日人大江维时(887—963)所编《千载佳句》中,收有杜诗六联,即《清明》"秦城楼阁烟花里,汉王山川锦绣中",《蓝田崔氏庄》"蓝水远从千涧落,玉山高对两峰寒",《曲江遇雨》"林家着雨燕脂落,水荇牵风翠带长",《早朝大明宫》"五夜漏声催晓箭,九天春色醉山桃",《城西泛舟》"鱼吹细浪摇歌扇,燕蹴飞花落舞筵",《陪阳传贺兰长史会乐游原》"数茎白发那抛得,百罚深杯也不辞"。与通行本文字稍有不同。

三

　　最早记载六十卷本杜集的,是大历中樊晃的《杜工部小集序》:"文集六十卷,行于江汉之南。属时方用武,斯文将坠,故不为东人所知。……君有子宗文、宗武,近知所在,漂寓江陵,冀求其正集,续当论次云。"可知杜甫卒后二三年间,其集已出,因世乱仅传于其晚年寄寓的江汉一带。樊晃身处江东,未获亲见,就地搜集,编成《小集》。"冀求正集"之举,未存下文。宗文后重返成都,其后裔宋时颇蕃衍,未有家集传世记载(参吕陶《净德集》卷二四《杜敏求墓志铭》,《琬琰集删存》卷二查龠《杜御史莘老行状》)。宗武子嗣业奉父遗命于元和八年归葬杜甫于首阳山,经江陵请元稹作《唐检校工部员外郎杜君墓系铭》,文中竟未提到有集传世,似非元稹失书,而是其时宗文、宗武所持正集已不存。元和七年,元稹作《叙诗寄乐天书》称"又久之,得杜甫诗数百首"。指早年所得。白居易元和十年作《与元九书》谓"杜诗最多,可传者千馀首"。元白频通声气,元稹所得不会超过此数,而千馀首尚不及现存数。唐人读过杜集者很多,韩愈、杜牧、罗隐、贯休等均在诗中提及,惜未有具体记载。晚唐苏鹗《苏氏演义》卷下云:"杜诗'畏人千里井'注:'谚云:千里井,不反唾。'"引诗见《风疾舟中伏枕书怀三十六韵》。宋以后各种杜集均无此自注,注家多引《玉台新咏》《资暇集》《金陵记》以作释。可知唐时杜集的点滴情况。《旧唐书·杜甫传》载:"甫有文集六十卷。"系从他处移录,并非后晋时尚存。晋开运官本杜集南宋治杜者尚引用,绝非六十卷本,可证。以后苏舜钦、王洙、欧阳修、郑樵提到六十卷本,又系转录《旧唐书》和樊晃的记载。

　　杜甫全集的失传,是中国文学史上的一项重大损失。应该感谢宋代学者在搜集整理杜集上所做的巨大努力,使"亡逸之馀"的一千四百五十馀首杜诗尚能存留后世。在唐代诗人中,杜诗存世数仅次于自编全集存世的白居易,确实显示了其本身潜在的巨大生命力。然而,要研究杜甫一生诗歌创作的全貌和思想艺术发展的完整过程,研究者不能不因全集失传和记载阙如而感到遗憾。

以下试图综合前两节的一些结论,利用有关的零星材料,对杜甫原集的诗数、编次及散佚状况,作几点推测,以供杜诗研究者参考。

苏舜钦以为宋初杜诗已"坠逸过半",王观《芍药谱·后论》、黄庭坚《题韩忠献诗杜正献草书》(《豫章黄先生文集》卷二八)谓杜甫一生作诗"数千首",其实均是未见六十卷本的推测之词。唐时书籍多凭抄写流传,卷次分合有一定的限度,卷数与诗数的多少有一定的联系。六十卷杜集中当然有一定数量的辞赋杂文,但杜甫不以文名世,卷数不会很多。今以五十卷为诗推算。樊晃编《小集》六卷,收诗二百九十首。以此推测,杜甫全集收诗约二千五百首。以现存的白居易《白氏长庆集》、杜牧《樊川集》、张九龄《曲江集》、陈子昂《陈伯玉集》、李贺《歌诗编》、权德舆《权载之集》等六种基本保持原状的唐集为例,平均每卷收诗数在四十首到七十首之间。每卷诗数近体诗较多,长篇古诗及排律则少些。今存杜诗中五七言律绝诗超过三分之二。据此推测,六十卷集收诗当在二千五百首至三千首之间。综合以上两方面估计,已亡杜诗数在一千首以上,是不成问题的。

亡佚杜诗情况如何呢?天宝十一载,杜甫《进雕赋表》称:"自七岁所作诗笔,向四十载矣,约千有馀篇。"今存此前作杜诗,仅三十馀首。我们虽不能肯定早年所作千馀首诗笔(笔指文)皆收入六十卷集,但可以断定早期杜诗亡逸数量相当巨大。见于记载的亡篇有:《壮游》:"七龄思即壮,开口咏凤凰。九龄书大字,有作成一囊。"此幼作而失传者。天宝初,杜甫与李白、高适同游梁宋齐鲁,历时一年多,仅存《赠李白》二首。李白存《沙丘城下寄杜甫》《鲁郡东石门送杜二甫》及《戏赠杜甫》等诗,高适存《同群公题郑少府田家》《同群公题中山寺》《同群公出猎海上》《同群公十月朝宴李太守家》《同群公题张处士菜园》《同群公登濮阳圣佛寺阁》等,所赋无同题之作。杜甫《昔游》忆及与二人同游单父台,《遣怀》述同游吹台,有"两公壮藻思,得我色敷腴"句,是凡登览皆有赋咏。晚唐吴融《题兖州泗河中石床》(《全唐诗》卷六八六)注:"李白、杜甫皆此饮咏。"仅此次同游逸诗已在十首以上。安史乱后杜诗,也有亡佚记录。如赵鸿《栗亭》宋人注:"赵鸿刻石同谷曰:'工部题栗亭十韵,不复见。'盖鸿时

已无公诗矣。"(《古逸丛书》本《集注草堂杜工部诗外集》附)鸿,咸通间
人。栗亭在同谷,杜甫《木皮岭》有"首路栗亭西"句,可证。仇兆鳌据郭
受《杜员外兄垂示诗因作此寄上》及杜甫酬谢诗意分析,以为"公必先有
诗寄郭,故受作此以答,但原诗未载集中"。可信。仇氏从《合璧事类》等
书辑杜逸句,因原书题名多误,未必可靠,但如《杨文公谈苑》载杜句"狱
掷寒条马见惊",当可信。《增修诗话总龟前集》卷一六引陶岳《零陵总
记》录杜陵《朝阳岩歌》,仇兆鳌因杜甫游迹未尝至永州而疑为后人所托。
今按,余嘉锡先生《四库提要辨证》卷五《五代史补》考证,陶岳为祁阳人,
雍熙二年进士,约仁宗初年卒。岳时代较王洙为早,所录当别有所据,尚
难遽断为伪。杜甫是否到过永州,其诗是否一定作于永州,均有待考证。
宋初杜诗抄本较多,必有秘而不宣以至亡佚的。

　　从现存各时期杜诗中,也可窥见佚诗情况。早年诗大量亡佚,已见前
述。《峡中览物》诗自述:"曾为掾吏趋三辅,忆在潼关诗兴多。"追忆华州
司功任上诗作较多。但他从乾元元年六月初赴华州,至次年秋弃官,在华
州一年有馀(中间曾赴洛阳),存诗仅三十二首。弃官后往秦州,复经同
谷入川,三月有馀,存诗达百馀首。这种内在抵牾说明,华州诗已大量失
传。再如,杜甫在夔州近两年,存诗四百馀首;进入湖南后,亦近两年,存
诗仅九十馀首,悬殊甚明显。从存世各阶段诗精杂情况看,存诗较多阶
段,如立朝时及成都、东川、夔州时诗,均显得精杂并存。而存诗较少的华
州诗,则多数为名篇。早期诗尚未成熟,存诗除投赠干谒之作(此类诗颇
受时人器重)外,也颇多佳作。另如安史乱起到陷贼居长安约一年半,存
诗仅三十三首,数量较少,名篇却超过半数。这些阶段的诗作都可看到曾
经审择的迹象。杜诗存佚的这一状况,与其原集的编次与散佚,有着必然
的联系。

　　万曼认为,杜甫年谱创始于北宋中期的吕大防,杜诗编年则始于北宋
末叶的蔡兴宗、黄伯思(万曼系黄本于1136年,即绍兴六年,误将李纲作
序之年作为黄本成书之年。据李序,绍兴六年黄氏殁已十七年,成书当在
北宋末),至南宋鲁訔、黄鹤等人始蔚为大观。蔡、黄(伯思)二本失传,鲁
訔本虽不存,《蔡笺》及南宋坊刻《王状元集百家注编年杜陵诗史》(贵池

刘氏景宋本)均据鲁氏编年。其实,黄、鲁二人并非杜诗编年的创始者。据李纲序,黄伯思有感于"杜诗旧集,古律异卷,编次失序","乃用东坡之说,随年编纂,以古律相参,先后始末,皆有次第"(《梁溪集》卷一三八)。鲁訔《编次杜工部诗序》(《蔡笺》附)说:"余因旧集略加编次,古诗近体,一其后先。摘诸家之善,有考于当时事实及地理、岁月,与古语之的然者,聊注其下。"可见二人所做编次工作,只是打破旧集古律诗分列的次第,完全按年次排列。而今存二王本、吴本及稍晚的郭知达《九家集注杜工部诗》虽分成古体、近体两大类,每体又分别按写作年代排列。王洙、王琪、吴若、郭知达均未做杜诗编年工作,那么,各本杜诗编年的依据何在呢?

从以下几方面证据推测,六十卷本杜甫原集曾经过杜甫本人的整理,编次方式应是以写作时间为序或分体后再以写作时间为序的。

证据之一是,樊晃在杜甫死后二三年间,即获悉六十卷正集流行于江汉一带,可知杜集编成行世与其去世差不多同时。如待其死后方由他人裒理成集,不会如此迅速。因此,杜甫生前已将诗文董理成帙,死后由宗文、宗武结集传世的可能性是很大的。

证据之二是,现存杜诗自注中,有不少重加整理的痕迹。试举若干条如下(均据二王本、吴本,后世杜集刊落较多):

《同诸公登慈恩寺塔》:"时高适、薛据先有此作。"

《大云寺赞公房》:"时西郊官军拒逆贼未已。"

《官定后戏赠》:"时免河西尉,为右卫率府参军。"

《早秋苦热堆案相仍》:"时任华州司功。"

《奉寄别马巴州》:"时甫除京兆功曹,在东川。"

《忆弟二首》:"时归在南陆浑庄。"

《奉寄别章梓州》:"时初罢梓州刺史东川留后,将赴朝廷。"

这类句式的自注,共有十九例,均为追述口气,恐后人不明诗旨而加。

《新安吏》:"收京后作。虽收两京,贼犹充斥。"

《寄题江外草堂》:"梓州作,寄成都故居。"

《倚杖》:"盐亭县作。"

《舟前小鹅儿》:"汉州城西北角官池作。"

《闻高常侍亡》:"忠州作。"

此类注共有十三处,也是后来追加的。

《伤春五首》:"巴阆僻远,伤春罢,始知春前已收宫阙。"

《说旱》:"初,中丞严公节制剑南日,奉此说。"

《苦雨奉寄陇西公兼呈王处士》:"陇西公即汉中王瑀。"

前二条甚为明显。据《旧唐书·睿宗诸子传》,李瑀为玄宗长兄李宪之子,初为陇西郡公,安史乱起随玄宗入蜀,始封汉中王。《苦雨……》作于天宝间,注为杜甫晚年所加。今存杜诗中,在夔州有小胥抄诗的记载,湖南有整理书帙的纪事,没有留下自编文集的记录。上引诸自注说明杜甫晚年曾自理过诗文,具体年代已不可考。

证据之三是,若干杜诗自注有准确的记时。如《自京赴奉先县咏怀五百字》:"天宝十四载十一月初作。"《白水县崔少府十九翁高斋三十韵》:"天宝十五载五月作。"《三川观水涨二十韵》:"天宝十五年七月中避寇时作。"《发秦州》:"乾元二年自秦州赴同谷县纪行十二首。"《发同谷县》:"乾元二年十二月一日自陇右赴剑南纪行。"诸注叙时间准确到月日,王洙、王琪是不可能臆加的,显然出于杜甫之手。从中可看出杜甫对诗篇写作年代极其重视,自编诗集,是可能按年次编排的。从秦州到同谷、从同谷到成都的各十二首纪行诗,从自注和二王本编次来看,在原集中显然是按写作先后排列在一起的。

证据之四是,王洙《杜工部集记》谓所编杜集分古近二体,"起太平时,终湖南所作,视居行之次,若岁时为先后,分十八卷"。今存二王本,古近二体都依写作先后为序,虽在具体篇章的先后次第上,远不及清人考证之绵密,但总的来说,编排处理是恰当的。王洙曾参考杜诗及《唐实录》,考索杜甫生平,驳正《旧唐书》的错误,并未详细考证每一首杜诗的年代。王琪仅在王洙本基础上,用三个月时间做了些增补校理工作。二王本的编次,显然有所承继。据前文考证,王洙所据本之一的蜀本,已为编年本,是杜诗编年唐时已然。二王本卷二《述怀》下注:"此已下自贼中窜归凤翔作。"同卷《北征》注:"归至凤翔,墨制放往鄜州作。"两诗间仅隔并非凤翔作的《偪仄行》一首。从抵凤翔到归鄜州间杜诗,今存十馀首。王本的编次方式,与某些北宋人文集如王禹偁《小畜集》、苏舜钦《苏学士集》、欧阳修《居士集》、司马光《温国文正司马公集》等是一致的,与编年的蜀本不同。《述怀》注与二王本的编次不合,显然不是二王所加,而是从编年本杜集中移录下来的自注。今存唐人旧集,尚存唐时编年旧规的,有白居易、韦庄、韩偓三人诗集。《白氏长庆集》系白居易晚年手定,诗分四门,每门下又不同程度地按年编排。编年方法或明注:"自此后诗,为畿尉时作。""自此后诗,江州路上作。"或注年岁:"元和十二年作。""时年十五。"或仅注官守:"时尉盩厔。""时为校书郎。"或注时事:"时淮寇初破。"(引文分别见该集卷一二至一七)韦庄《浣花集》为其弟韦霭编。据夏承焘先生《韦端己年谱》考证,全书按作诗年代编次。今本虽经后人析为十卷,原序未变。如卷二首诗注:"庚子季冬大驾幸蜀后作。"卷四首诗注:"浙西作。"卷五首诗注:"时在婺州寄居作。"卷九首诗注:"及第后出关作。"均统括每卷作诗时地。韩偓集较复杂。胡震亨《唐音戊签》卷七五谓其离朝入闽后诗"皆手自写成帙"。嘉祐中其裔孙韩奕取其早年诗附后,故仅其自定本为编年本。《戊签》分体编次,已非旧观。《四部丛刊》影印旧抄本《玉山樵人集》分体后复刊落多数自注。惟《全唐诗》所据本尚存初貌。其编次或直书:"此后庚午年。""此后在桃林场。"或仅记时间:"丙寅年作。"或仅记地点:"在湖南。""在醴陵,时闻家在登州。"或年次地点并述。各集编年记写作时地的自注,与上引各例杜诗自注体例基本一致。孟启《本事诗》谓杜诗"当时号为诗史",恐不仅因杜诗善纪时事,而且其集以年系诗,天宝、大历间史事,历历可睹,故有此称。

王洙编杜集时说:"甫集初六十卷。今秘府旧藏、通人家所有称大小集者,皆亡逸之馀,人自编摭,非当时第叙矣。"所谓"亡逸之馀,人自编摭"的各种杜集,最早依据应包括两部分,一是杜甫生前已流传于世的作品,一是六十卷本原集的散存部分。后者虽无存世的记录,绝不至于完全湮灭,否则一千四百馀首诗能在二百七十年后重新结集,是难以想象的。现知部分面貌的唐五代杜集,仅樊编《小集》及晋开运官本两种。前者曾经樊晃以"大雅之作"的标准加以裁择,兼收各阶段诗,惟夔州诗较少。后者则不同,安史乱前和出峡后诗都只有一两首,夔州时期诗独详,约占半数,所收诗看不出别裁的痕迹。这一现象提供了前述杜诗存佚状况形成原因的重要线索。如前考证,六十卷本杜集是经过杜甫本人整理的,收诗按写作时间为序的文集。全集散出后,如果部分卷次得以较完整地保存下来,部分卷次则散佚不存,势必出现某些阶段所作诗保存较多、某些阶段存诗甚少的现象。宋人重辑杜集时所能得到的杜诗包括两部分。一部分是未经选择的杜集残帙,晋本收诗较多阶段与今存诗较多阶段基本一致,可能即属此种。王洙所取用蜀本及其他几种卷帙较大的杜集,可能也属此种。王洙所编本在年次上错误较多,是因他重加编次又综合各集造成的,但其所据有早期本为据,仍有值得重视之处。另一部分则经过前人的选择,其中有樊编《小集》一类经过精择的别集,有唐至宋初各种选本收录的诗篇,有宋人所见的各种"人自编撮"的传抄本,以及杜甫手稿、碑刻、法帖等。这部分诗数量虽较少,但经多次鉴择,反复流传,保存了较多佳作。前述存诗较少而较精的几个阶段的杜诗,当因原集有关卷次失传,仅靠各种选本得以部分留存。这一点,对于研究杜诗创作发展过程和分阶段的成就,是值得注意的。

本节所述,多为推测疑似之词。杜甫原集久湮,文献无征,而要深入研究,不能不追溯本源。故不揣浅陋,略陈管见,以期引起进一步的探讨。

四

作为盛唐诗歌集大成者的杜诗,在唐人心目中究竟处于怎样的位置?对唐代中后期诗产生过什么影响? 长期以来,由于杜诗在唐五代流传情况不明,研究者仅仅根据同时人称述和唐人选杜诗的数量,认为杜诗在唐代中后期大部分诗人中受到了冷遇,因而对杜诗给予中晚唐诗歌的巨大影响缺乏应有的认识。有流布才能产生影响。本节拟综合前文考述的结论,考察杜诗在杜甫生前和死后近三百年间,在社会各阶层和各流派诗人间的流传情况,作为进一步研究杜诗给予宋以前诗歌影响的基础。

杜甫作诗始于少年时代。青年时期锋颖崭露,得到前辈作者崔尚、魏启心、李邕、王翰的推许,他自己也认为已逼近屈原、贾谊、扬雄、曹植等历史上伟大作家的墙垒。天宝年间,所作诗笔已逾千首,自谓"虽不足以鼓吹六经,先鸣数子,至于沉郁顿挫,随时敏捷,而扬雄、枚皋之徒,庶可跂及也"(《进雕赋表》)。自期虽有夸大,多数仍应属实。这一时期,他曾与北海太守李邕酬唱论诗,得到太常卿张垍的提携,尚书左丞韦济常在僚属中称赏他的诗篇,更重要的是与盛唐第一流大诗人李白、王维、高适、岑参等人缔结了诗交。从盛唐诗人的几次盛会,可看出杜甫当时在诗界的地位。一是天宝初年与李白、高适同游梁宋及往北海访李邕,历时一年多;二是天宝十一载秋与高适、岑参、储光羲、薛据诸人同赋《登慈恩寺塔》诗;三是乾元元年与王维、岑参同和贾至《早朝大明宫》诗。这三次盛会与著名的旗亭唱诗故事,是盛唐文学史上值得纪念的大事,后人多以此鉴定一时诗人的高下。与杜甫同时吟咏的七人,有六人诗收入《河岳英灵集》。杜甫跻身其间,诗作并不逊色,其当时地位并不因殷璠失收而有所贬损。有的研究者根据时人赠杜诗篇中很少赞扬其诗作的现象,认为杜甫生前在诗坛受到冷遇,显然忽视了杜甫获交众多大诗人,首先是确立在诗歌交往的基础上。杜甫在诗中给予前代和同时诗人以中肯批评和高度评价,开了以诗论诗风气。杜甫以前,以诗品诗、相互推许的风气尚未盛行,李白和王孟高岑诗作中对杜诗很少称誉,相互间称赏诗作的例子也不多。杜甫不持文人相轻的陋习,提供了文学批评的新方式。不能因此而得出相反看法,忽视了杜甫当时的诗誉。

安史乱后,杜诗沉郁顿挫的艺术风格逐渐成熟,并取得与李白齐名的地位。入蜀后,其诗受到的称誉日高。任华《杂言寄杜拾遗》(《又玄集》卷上)谓:"昔在帝城中,盛名君一个,诸人见所作,无不心胆破。"系述杜甫客居长安时诗声。又说:"昨日有人诵得数篇黄绢词,吾怪异奇特相问,果然称是杜二之所为。"可知杜甫入蜀,其诗在长安仍有流传。任华又盛称杜诗风格雄伟,足使"曹刘俯仰惭大敌,沈谢逡巡称小儿"。任诗仅存三首,另二首为《杂言寄李白》《怀素上人草书歌》,赠咏三人正为唐人称许的"文星酒星草书星"(裴说诗),可谓卓识。其赠李杜二诗,题同,体同,遣词造语亦相类,为一时之作,可视作《旧唐书·杜甫传》"天宝末诗人李白与甫齐名"的佐证。同时,杜甫的几位友人也留下了推许其诗的作品。在西川,严武称杜甫"最能诗"(《巴岭答杜二见忆》)。在湖南,韦迢称他"大名诗独步"(《潭州留别杜员外院长》),郭受称道其"春兴不知凡几首,衡阳纸价顿能高"(《杜员外兄垂示诗因作此寄上》,三诗均见杜集附录)。这一阶段,杜诗在社会上流布已较广泛。郭受同诗谓杜甫"新诗海内流传遍",今人或疑夸大不实,恐不然。杜甫《公安送韦二少府匡赞》叮嘱:"念我能书数字至,将诗不必万人传。"《泛舟送魏十八仓曹还京》时关照:"将诗莫浪传。"杜甫不愿诗作流传,应有所顾虑,从中可知杜诗当时确已"万人传""浪传"了,否则何必反复叮咛呢?

　　杜甫死后不久,六十卷集行世,因战乱频起,在江汉流传未远,即散佚不传。同时的大历十才子热衷举业,奔走权门,杜诗似未引起他们注意。元结、沈千运为首的复古派诗人,吟咏持续到大历以后。其中孟云卿、王季友、张彪与杜甫有诗歌往还;元结天宝六载与杜甫同应诏试被黜,但两人直接交往却不见记载。杜甫在夔州作《同元使君舂陵行》,可能因孟云卿得见元诗。云卿旋离荆州赴南海,元结在道州有诗文送之,有可能获见杜诗。僻处江东的樊晃,为杜甫身后第一个知音,收集杜诗,细加审择,编成《杜工部小集》,为杜诗保存和流传做了有益的工作。所收偏重古体,与元结一派看法接近。

　　贞元以后,李杜齐名,为举世推崇和师法。从有关记载看,杜诗在中晚唐社会各阶层都有流传,产生了积极的影响。朝廷中,得到不少著名政治家称赏。宪宗时名相裴度曾为杜诗书板,残迹宋时犹存。封疆大员唐扶、沈传师曾追和其《岳麓山道林二寺行》。韩愈《顺宗实录》卷五载,永贞革新首脑王叔文当革新垂败时,反复吟诵杜诗"出师未捷身先死,长使英雄泪满襟",以抒悲愤。皇帝中也有杜诗爱好者。《旧唐书·文宗纪》载,文宗好作诗,常吟诵杜甫的《曲江行》(即《哀江头》),从中了解到开天盛世曲江一带的繁华。社会下层也能看到杜诗的传布。高彦休《唐阙史》有潞妓铅正残阙杜诗事,即一例。佛门缁流中宗杜者亦不乏其人。怀素书《秋兴八首》,其真伪尚待考证。晚唐诗僧贯休有《读杜工部集》二首,齐己凭吊杜坟诗多达三首,皆可证。宋人整理杜集时可找到十多种古本,见于记载的唐五代杜诗碑刻也达十多处,均可见其流传之盛。

更值得注意的是,杜诗在中晚唐诗人中流传殆遍,影响巨大。

韩愈贞元十四年作《醉留东野》(《昌黎先生集》卷五)追述:"昔年因读李白杜甫诗,常恨二人不相从。"所谓"昔年",当指其宣城读书或京兆应试时,已熟谙杜诗。时距杜卒仅十馀年。韩愈诗文多次以李杜并称,至有"光焰万丈"之比,其诗力学李杜,于二人成就之外另辟蹊径。宋人每以杜韩为法,由学韩而溯杜,可见其间关系。与韩并称的孟郊,一生贫苦,经历吟咏,与杜甫相近。宋初孙仅《读杜工部诗集序》谓"孟郊得其气焰"。其存诗仅一处以李杜并提,未留下更多记载。

稍晚于韩孟崛起于诗坛的元稹、白居易,从思想深度和艺术发展方面,给予杜诗以超过李白的评价,并在一定范围内搜集了较多数量的杜诗。元稹认为杜诗"上薄风骚,下该沈宋,古傍苏李,气夺曹刘,掩颜谢之孤高,杂徐庾之流丽,尽得古今之体势,而兼人人所独专矣"(《唐检校工部员外郎杜君墓系铭》)。是集古今大成之作。白居易《与元九书》推重杜甫的"《新安》《石壕》《潼关吏》《芦子》《花门》之章,'朱门酒肉臭,路有冻死骨'之句"。元稹《乐府古题序》(《元氏长庆集》卷二三)也认为:"近代唯诗人杜甫《悲陈陶》《哀江头》《兵车》《丽人》等,凡所歌行,率皆即事名篇,无复倚傍。"他们的新乐府创作,从体例到内容,都受到杜诗的启发和滋养。元好问诟责元稹推崇杜甫的排比声韵之作,有"可惜微之识珷玞"之叹,实为片面之词。

韩、白两派以外的中唐诗人,也程度不等地受到杜诗熏育。刘禹锡刺夔数年,《竹枝词》和一些古律诗风格神近杜诗,而集中无一语及杜。幸其门人韦绚撰《刘宾客嘉话录》中,记录有他平日研讨杜诗的见解,如谓杜甫、王维、朱放所作九日诗,均用茱萸,"杜公为最优也"。又谓自作《秋水咏》《石头城下作》"有愧"于杜甫的《过洞庭》(今题《清明二首》之二)。可见其学杜之勤。张籍乐府诗关心民瘼,浑成简朴,逼近杜垒。五代冯贽《云仙杂记》云:"张籍取杜甫诗一帙,焚取灰烬,副以膏蜜,频饮之曰:'令吾肝肠从此改易!'"语固诞妄,其对杜诗之推崇尚可窥见。今人方管《读杜琐记》(载《杜甫研究论文集》第三辑)揭示了李贺诗歌在遣词造语及意境提取方面学杜的隐脉,见解颇允。李贺虽从未言及杜甫,而杜诗有《公安送李二十九弟晋肃入蜀余下沔鄂》，晋肃为贺父，则其间本有脉络可寻。

会昌、大中间诗人以后世称为"小李杜"的李商隐、杜牧最著名。二人诗风均近杜甫。杜牧《冬至日寄小侄阿宜》（《樊川文集》卷一）云："李杜泛浩浩，韩柳摩苍苍。"在历史上最早把李杜韩柳并提，视为唐代诗文的最高成就。其《读韩杜集》（同前卷二）对二人推崇备至："天外凤凰谁得髓？无人解合续弦胶。"商隐《樊南甲集序》（《李义山文集》卷四）称时人目其所作为"韩文杜诗"，都已开了苏轼以杜诗韩文颜书为古今"集大成"说的先声。商隐虽主张"李杜操持事略齐"（《漫成五章》，《李义山诗集》卷六），而善以诗言时事，寄慨寓愤，似更近杜甫。其诗拟杜之作甚多，七律尤得杜律精神。

晚唐诗人几乎无人不谈杜甫，只是学杜的着眼点各有不同。罗隐、杜荀鹤、顾云等颇师杜诗刺时忧民处（罗有《题杜甫集》，顾诗有"杜甫歌诗吟不足"句），皮日休、陆龟蒙除这点外，还在长律、吴体等诗体上有所发展。韦庄编《又玄集》以杜为冠，入蜀卜居杜甫浣花故居，诗集称《浣花集》，有祖述之意。所作丧乱诗，多受杜甫影响。闲适诗人司空图、吴融、郑谷等人，似更服膺杜诗的韵律，所作亦间有杜诗的遗风逸响。晚唐影响最大的是姚合、贾岛一派诗人。孙仅《读杜工部诗集序》以为"姚合得其清雅，贾岛得其奇僻"。这是宋初姚贾诗盛行时的认识，可惜今存姚贾诗未留下明确记载。晚唐姚贾后劲李洞、曹松等，均有诗述及杜甫。杜甫五律闲适诗状物抒情的细致精微，对扩大他们幽微细碎情趣的表现，也能产生一定的作用。

五代诗风只是晚唐的延续。其时，中原的后晋有官本杜集行世；吴越的杜诗写本入宋仍为人收藏；荆南的孙光宪曾序行杜诗；西蜀的韦縠曾得阅杜集；蜀本杜集二十卷王洙尝据以辑校；南唐抄本杜诗一直保存到南宋；自南唐入宋的郑文宝有刊《少陵集》之举。可见即使在战乱的年代，杜诗仍在全国相传不衰。其间未出现杰出的大诗人，故杜诗的具体影响可不予赘述。

宋初七十年间，以浅俗为特征的白乐天体、以姚贾诗为代表的晚唐体和标举学李商隐、以富丽典雅含蓄为特征的西昆体，相继为时所尚。除少数有识者外,杜诗不大为世人重视。苏舜钦所说"不为近世所尚",即指这一时期。仁宗初年欧梅倡导诗文革新后,杜诗的价值重新为世人认识。学习、整理、研究杜诗的风气勃然兴起,形成前所未有的盛况。杜甫很快就被推尊为"诗圣",以后历元、明、清各朝都未动摇其地位。

　　王禹偁《日长简仲咸》(《小畜集》卷九)诗说:"子美集开诗世界。"这是时距唐代不久的宋初人对杜诗的评价,他清楚地看到了杜诗在唐诗发展中承先启后的伟大影响。当然,我们无须讳言以下事实:杜诗在唐代的流传,远不及宋代的广泛;杜诗为唐人推尊,也未达到宋代举世尊为极则的程度。这是由于两个时代的不同特点造成的。唐代印刷术的运用,远不及宋代的普遍。书籍靠抄写流传,必然有很大的局限性。唐代诗人思想自由,多主张博采兼收,不像宋人那样有意识地形成宗派,推尊盟主,以一两个诗人为追仿的宗主。从本文提供的大量史料出发,我们可以清楚地看到,杜诗在唐五代的流传极其广泛,受到唐代有成就诗人的普遍推重,并对中晚唐诗歌发展产生了深远的影响。研究杜诗对中晚唐诗歌的影响,是一个很大的论题。本文只是在考察杜诗流传情况时简略述及,不可能展开论述,这是需要说明的。

1980 年 1 月初稿

1982 年 5 月三稿

(原刊《中国古典文学丛考》第一辑,复旦大学出版社 1985 年 7 月)

复旦大学
古代文学研究书系

陈尚君　主编

陈尚君　著

唐詩求是

新发现杜甫佚诗证伪

　　杜甫一生所著诗文,在他死后不久编成六十卷文集行世。这个六十卷本,仅樊晃记载说大历间曾流行于江汉一带,以后再也没有人见到过。北宋中叶,王洙(原叔)搜集当时能得到的杜集,整理成二十卷本的《杜工部集》,成为宋以后各种杜集的祖本。王洙所辑尚有遗漏,宋人不断增补,到蔡梦弼《杜工部草堂诗笺》,共收诗1 456首(其中有四首他人诗,反缺《九家集注杜工部集》中的一首),杜诗补辑已基本完成。当然这不可能与六十卷本所收相等,杜诗失传数在千首以上是可以论定的。后代治杜学者亦不满足于宋人成果,续有补辑。这样就出现了一个问题,即宋时是否尚有散佚而未结集的杜诗,这是确定后代补辑之诗是否可靠的前提。

　　对此学术界的看法基本是肯定的,如洪业先生《杜诗引得序》、万曼先生《杜集叙录》都指出北宋时尚有为王洙、王琪等未曾寓目、后人亦未采用的杜集,如苏舜钦所编《别集》、王安石所编《后集》,均说有大量佚诗,其存亡难以判断。对此,我的看法是,北宋时散佚的杜诗当然有,但数量不会太多。有大宗佚诗的苏、王二集,其确定集中不收的杜诗,是五代宋初流行的二十卷本,比王洙本所收要少得多。王洙整理时未用苏本,但王苏二人有较深交往,苏死后遗稿由妻杜氏抱归杜衍家,由欧阳修与杜衍整理成集,补辑王洙本并在苏州刻印行世的王琪、裴煜,为欧的朋友,其地又系舜钦晚年所居,故苏本所收诗失传的可能性不大。王安石所编《外集》,陈浩然编《析类杜诗》时曾得寓目,绍兴初吴若校杜集时曾参用陈本,故《外集》诗并未失传。另外,周紫芝所收佚诗廿八首,与员安宇(皇祐进士)所出诗基本相同,也未失传。在北宋中叶后举世嗜杜成癖的风气下,杜诗散佚不被重视的可能性是极小的。对此,拙文《杜诗早期流传考》（刊复旦大学中文系编《中国古典文学丛考》第一辑）已作了详尽考证，这里只是述其大意。

宋代杜诗散佚的可能性极小，后代补辑的杜诗的可靠性便成了问题。仇兆鳌《杜诗详注》所收逸诗七首五联又一句，可以看作明清两代杜诗补辑的总结。但这些诗中可信为杜甫所作的，大约只有《杨文公谈苑》所引"狱掷寒条马见惊"一句。其中有郑獬、戎昱、秦观、狄遵度诗，已经前人指出。《瑞鹧鸪》一首，仇氏已致疑非真，今人又于《文史》第二辑撰文证定为伪。出《云仙杂记》（仇引《诗话类编》为后出之书）、《零陵总记》的《石文诗》、《朝阳岩歌》，虽可确定为唐五代时的作品，但前者显然出于依托，后者则与杜生平经历不合，都难视为杜甫本人作品。另外几篇，分别出于《合璧事类》《事文类聚》一类宋末类书，这两种书本身错误极多，明刻本张冠李戴的讹误更是层出不穷，这些均为学人所共知。这几篇虽尚不能确定是何人之诗误入，出于杜甫本人手笔的可能性是极微小的。

《草堂》一九八三年第一期刊周采泉同志《略谈历代杜诗的辑佚工作和近代发现的杜甫佚诗》一文，对历代杜诗辑佚工作做了总结，是很有价值的。对于杜诗在宋代散佚情况的认识，该文与笔者的意见不尽相同。在相信宋代尚有散佚杜诗未入集的前提下，周同志翻阅了大量资料，找到五首杜甫的佚诗（其中一首仅存题），付出了艰巨的劳动。然而，辑佚工作的目的不在于仅提供佚文，还必须确定佚作的可信程度，如若不然，则正如周同志批评仇兆鳌所说的"贪多务得，兼收并蓄，殊属无谓"。就周同志所补几首诗来看，如果是真，对杜甫生平研究将有重大的突破，如"余忝南台人"，南台指御史台，杜甫从无在御史台供职的记录；在京山的《寒食日经秀上人房》诗刻石，杜甫并未到过京山。可惜周同志只采取了"由读者自行审定"的态度，未加考辨，不免启人疑窦。

我在仔细审读了所补诸诗后，翻检了部分有关资料，觉得这几首诗差不多都可以肯定不是杜甫的作品。试述所见如次。各诗仍按原次序排列。

一、《凉风原上作》，原注："《艇斋诗话》引硕陶《唐诗类选》。"这里有两处笔误，检《琳琅秘室丛书》本和《历代诗话续编》本《艇斋诗话》，"凉风原"当作"风凉原",其地在长安南郊少陵原附近。"硕陶"应作"顾陶"。顾陶《唐诗类选》编成于唐宣宗大中年间,原书已失传,《文苑英华》卷七一四尚收该集的两篇序。南宋初年《唐诗类选》尚存,吴曾、计有功均曾有征引。《艇斋诗话》作者曾季貍比吴、计年事稍晚,他曾见到顾书是确信无疑的。30年代时,洪业先生作《〈杜诗引得〉序》,已注意及此诗,指出:"既云'余忝南台人',又云'海内方晏然',疑非杜甫诗也,恐是王原叔辈唾馀。"所疑甚是。《文苑英华》卷一六一、卷三一八、《全唐诗》卷一四一均收此诗于王昌龄名下,"余忝南台人"作"余忝兰台人"。检《唐会要》卷六五,唐代秘书省于高宗龙朔二年改名兰台,咸亨元年又改回。兰台作为秘书省的代称,是承用汉代的官署名称。王昌龄于开元中进士登第后,再试宏博,曾任秘书省校书郎多年。"余忝兰台人",正指这一段经历。此诗为王昌龄所作无疑。曾季貍所据顾陶书虽成书较早,但因是分类编选的,如乙的诗收在甲的诗后而失署名,很容易误作甲的诗。吴曾《能改斋漫录》卷一一也曾从《唐诗类选》中辑杜佚诗,只指出《遣忧》一篇,不提《风凉原上作》。可知以此诗属杜甫,不是顾陶的失误,而是曾季貍所见本有误。

　　二、《寒食日经秀上人房诗》,注云:"《永乐大典》八二三《朝野遗事》谓工部在京山,又有《寒食日经秀上人房》诗,其诗篆书,刻石在县多宝寺中。"其实,此处的工部,并不是指杜工部,而是指郑工部郑文宝。《朝野遗事》是宋末人抄撮各种笔记而成的书,这段的最早记载见北宋王得臣《麈史》卷中:"郑工部文宝,谪监郢州京山县税,过信阳军白马驿作绝句,郢州工部诗集无之,诗云(略)。在京山,又有《寒食经秀上人房》诗云(略)。诗篆书,刻石多宝寺中。"文宝,字仲贤,由南唐入宋,真宗时官至工部侍郎,《宋史》卷二七七有传。文宝宋初诗名甚盛,故时人称为郑工部。

　　三、《绝句》,注云:"叶大庆《爱日斋丛抄》卷四,《浣花集》绝句,题不详。"按杜甫所居称浣花草堂,但宋时并不以浣花名其集。以浣花作为集名的,是晚唐诗人韦庄。《四部丛刊》影明刊韦庄《浣花集》卷六,收有这首诗,题为《江行西望》,为韦庄自三衢赴江西途中作。《全唐诗》卷六九八也收韦庄名下。《爱日斋丛抄》的作者叶寘①只说《浣花集》中诗,并未归于杜甫。

四、《峡中铁锁诗》,辑自光绪《奉节县志》卷三六。此诗为何人诗尚难确定,但绝非杜甫诗。如首句"世代兴亡事有由",唐人避太宗讳不用"世"字,多以他字代,杜甫不会写出这样的句子。全诗语言浅近,诗意索然,毫无杜作风味。

五、《贺城阳王太夫人加寿邓国夫人诗》,注:"诗未见。"辑自邓之诚先生《骨董三记》,系邓先生迻录清初许志进《谨斋诗稿·丙申年稿》记载,说"该卷后有山谷跋尾","卷中题广德元年(763)冬十月,正史全集皆无之"。为石涛所藏。按此卷实为伪作。《奉贺阳城郡王太夫人恩命除邓国太夫人》一诗,各本杜集皆收入。诗题中的阳城郡王当依《旧唐书》卷十一作城阳郡王,指卫伯玉,其受封时间在大历二年(767)六月。作伪者只检《旧唐书》卷一一五《卫伯玉传》的记载,署广德元年冬,其实广德元年为伯玉拜江陵尹的时间,并非封王时间。广德元年冬杜甫在东川,也无必要给远在江陵的卫伯玉写诗。此诗显然是商贾为牟利而捃扯杜诗、伪填年月而作的赝品。

又去年出版的童养年同志辑《全唐诗续补遗》(收入《全唐诗外编》)卷四,也辑有杜甫的一首律诗、一首绝句和三联诗句,经检查也有问题。《九日》为杜牧的名作,收入其甥裴延翰所编《樊川文集》卷三,无可置疑。《画象题诗》一首,北宋末黄伯思所编杜集曾收入,胡仔《苕溪渔隐丛话后集》卷八、严羽《沧浪诗话·考证》均已斥为伪作,周采泉同志也已提到,毋庸详辨。辑自《岁时广记》的"晓莺工迸泪,秋月解伤神"两句,是杜甫《赠王二十四侍御契四十韵》中诗句,各本杜集均收入。《七夕》"腹中书籍幽时晒,肘后医方静处看",也辑自《岁时广记》。这两句不是杜甫的诗,而是严武的诗,题为《寄题杜拾遗锦江野亭》。严武此诗一直附收于杜集,陈元靓误作杜诗,辑者又沿其误。"君看墙头桃树花,尽是行人眼

---

① 《爱日斋丛抄》原书失传,今传各本(包括《守山阁丛书》本)均系清人从《永乐大典》中辑出,仅知作者姓叶,名失传。经余嘉锡先生《四库提要辨证》卷十五考证,作者为宋末闽人叶寘。寘字子真,与作《考古质疑》的叶大庆不是一个人,周文所引有误。

中血"，出南宋中期俞成《萤雪丛说》卷下。《四库提要》认为《萤雪丛说》"穿凿附会，无可取也"，仅列入存目。其成书时间亦较迟。两句为何人所作，尚难确定，要确定为杜甫诗，可能性并不大。

最后附带说及一下，《全唐文》卷三六〇增收的杜甫佚文《越人献驯象赋》，所据当为《文苑英华》卷一三一。在《文苑英华》中，该赋前一篇是杜甫的《天狗赋》，《越人献驯象赋》不署名。按《文苑英华》的体例，无名氏之作不署名，与前文同人所作则署"同前"，《全唐文》编者不明此例，误作杜文收入，也是应该纠正的。

（刊《草堂》1984 年第 1 期）

喜读《杜诗赵次公先后解辑校》

一

宋人喜治杜诗，"千家注杜"虽是夸大之辞，即如元好问《杜诗学引》所云"杜诗注六七十家"，已颇可观。持论严苛的钱谦益指斥宋人所注"大抵芜秽舛陋，如出一辙"（《钱注杜诗略例》），虽失于偏激，但各家水平相差悬殊，多因袭逞臆之说，确是不争的事实。在众多注家中，独赵次公注受到广泛的好评，元好问称其"所得颇多"，宋人曾噩许其为"少陵忠臣"（《九家集注杜诗序》），林希逸称其"用功极深"（《竹溪鬳斋十一稿续集》卷三〇），刘克庄甚至以其与杜预《左传注》、李善《文选注》、颜师古《汉书注》相提并论，以为"几于无可恨矣"（《后村大全集》卷一〇〇《跋陈教授杜诗补注》），钱谦益也不能不承认其为"善于此者三家"之一。赵注虽曾付刻，但流布不广，南宋人已称难觅。明清以降学者，仅能于各种宋人集注本的引录中见到赵注。直至民国间，赵注的两种残本始为人所知。其一为明前期钞本，有李东阳印鉴，为明内府收藏，民国初年流出，为傅增湘所得，今归北京图书馆；其二为前本之传钞本，有民国间许承尧跋，初藏安徽省文史馆，现归成都杜甫草堂。80年代初，四川师院雷履平先生先后发表了《赵次公的杜诗注》（《四川师院学报》1982年第1期）和《记成都杜甫草堂所藏赵次公杜诗注残帙》（《草堂》1982年第2期）二文，除对赵次公其人、其书作了研究外，并列举三证，考定上述残帙确为赵注原书。同时提出：

> 赵注残帙，仅存杜晚年诗作，许承尧《后记》惜其"神龙见尾"，真

一憾事。前此诗作,宜取宋人"集注"所引赵注,加以辑录,以与残帙
相配,使成完璧。

引起学术界的广泛关注。笔者当时方从事于杜诗早期流传情况的研究,
对赵注残帙的整理出版属望尤殷。可惜雷先生不久即因病逝世,未能卒
业。其后获读《中华文史论丛》1988 年第 1 辑刊林继中先生长文《赵次公
及其杜诗注》,始知其自 1984 年春起,即在山东大学著名杜诗研究家萧涤
非教授指导下,从事赵注的辑校工作,历时二年,已初步告成,并因此获文
学博士学位。经过修订,这部 107 万言的《杜诗赵次公先后解辑校》(简
称《辑校》)终于 1994 年由上海古籍出版社出版。笔者怀着欣喜的心情
读完全书,不仅感佩赵次公解读杜诗用力之勤、用思之细、征引之博,不愧
宋代治杜之巨擘,同时也不能不对辑校者为恢复赵书旧观所作的巨大努
力而深怀敬意。《辑校》体例之精善、搜罗之全备、去取之严谨、校勘之审
慎,在国内近年出版的同类著作中是罕见其匹的。可以毫不夸张地说,
《辑校》的出版在杜诗研究史上具有十分重大的意义,也是近年以来国内
古籍整理工作最重要的收获之一。

二

由于赵注原书所存残帙,仅约当全书之一半。欲恢复全编,须从各种
杜诗集注本中搜求遗文,工作量相当繁重。今存残帙仅为钞本,两种钞本
又实出一源,错讹衍脱在在多有,又无他本可校,只能参引他书所引及注
文所据书以校订文字。《辑校》无论是辑佚还是校勘,都有相当的难度。
除了一般古籍整理所应具备的抄录、对校、标点等程序,还要求辑校者对
存世古籍有广泛的了解,并对宋、元、明、清各代的杜诗注本作全面的调
查,在此基础上方能订定体例,网罗遗逸,校订文字,编录成帙。辑校者既
具备深厚的学术功力,又为此付出了艰辛的劳动,使全书达到了很高的学
术水平。

首先,是体例完善。明钞本赵注仅存丁帙七卷、戊帙十一卷、已帙八

卷,凡二十六卷,仅占赵注全书五十九卷的五分之二强。全书前半为辑佚,后半为校点,体例上很容易产生分歧。辑校者很好地处理了这一矛盾。后半所存原帙,在比对了两种钞本的优劣、源流后,选用北京图书馆藏明钞本为底本,以杜甫草堂本参校,除将原编分注于各句下之注文,加序号统一移注于诗后外,基本保存了原编的面貌。甲、乙、丙三帙为辑逸,情况则要复杂得多。《辑校》为使辑逸部分尽可能地接近赵注原编的面貌,《凡例》规定"前三帙复原尽量依明钞本体例"。具体规定了以下几点:一、辑录逸文,以存录逸文最多的《九家注》本为主,据其他各书所引校补。二、前三帙的分卷编次,以"《百家注》目录所标示之时地,兼及篇幅长短酌定",并据明钞本赵注中提及前三帙卷次之零星记录作适当调整。之所以采用《百家注》编次为主,是辑校者反复研究,确信南宋各集注本多采用鲁訔编年,而鲁訔编年仅在赵注本编年的基础上作了少量调整,保留鲁訔编年原序者首推《百家注》。以明钞本赵注残帙与《百家注》编年作一比对,可证其最接近赵注原貌,稍有出入处当为鲁訔改订。三、前三帙所录杜诗正文,依《九家注》,凡与注文有歧互者,则据赵注为正。四、明钞本题下注明古体、近体,且有题解等,尽量予以补足。上述规定,使辑逸部分最大可能地接近赵注的原貌。至于《九家注》引录赵注时,增入的"见前""见某篇"之类文字,虽知非赵注所有,删削又易造成新的混乱,故仍予保留,处理至为审慎。为便于读者与《九家注》对读,在目录各诗下加注《九家注》的卷次,"足见惨淡经营之苦心"(萧涤非先生语)。

其次是搜罗之全备。古籍流布过程中,其文字常为他书钞录征引。古人引录古籍,不像今人严格规定应忠实原文,常带有极大的随意性,或全录,或节录,或撮述大意,或辗转袭引。散逸古籍的遗文,如同流星形成的陨石雨般散落在群书之中。更何况杜诗注本繁多,相互因袭至为严重,网罗遗文谈何容易。辑校者在比对南宋各注本引录赵注情况后,考知最早引录大量赵注的是《十家注》本,但稍迟的《九家注》则引"赵注比他本最详"(《沧浪诗话》),也最近真,故前三帙的辑逸以《九家注》为主,并据《十家注》《百家注》《分门集注》《黄氏补注》等宋人杜诗集注本广搜遗逸,明清时人所著如《杜臆》《钱注杜诗》《杜诗详注》《杜诗辑注》等,虽无缘直接从赵注原书中引录遗文,但其所引亦偶有宋注本未见之遗珠,于赵注引文之校订亦间有心得,故也予以逐一披检,逐条对校,庶使天壤间尚存之赵注文字得以收存无漏。即如后三帙明钞本所缺的《秋兴八首》注,也据《九家注》补齐,偶见之缺文,也尽量为之补足。

再次为校勘之精审。赵注残帙仅存明钞,夺讹衍倒多不胜举,辑佚所得更引录不一,文字多有歧互,何况赵注大量征引古籍,引录又非尽原文,故《辑校》成书过程中,校勘任务极为繁重,要臻善境更为不易。从现在出版的全书来看,校勘工作确实达到了很高的学术水平。举其大端,有几点尤见突出。一是讲究用书之版本。除两种原帙钞本外,凡据以辑逸或参校之用书,均尽可能地选用存世最好版本。如《九家注》用影印宝庆元年曾噩刊本、《百家注》用贵池刘氏影宋本、《杜诗详注》用康熙五十二年后刻本,均颇见别择之功。所用北京图书馆藏宋刻残本《门类增广十注杜工部诗》、宋刻《黄氏补千家集注杜工部诗史》,均为存世孤本,尤称难得。即便校核原文时所据校之子史类书籍,也极重版本,如《水经注》用影印《大典》本、《庄子集释》用思贤书局本、《陶渊明集》用焦刻本等,绝无苟且随意之病。当然,如作严苛的要求,《钱注杜诗》用宣统刊本似不及康熙刊本。二是会校各本,处理审慎。前三帙以《九家注》为主辑录,凡他书所引者,均曾会校,有价值之异文出校,引录注文有较多不同时则予兼存,遇有异说者也给予交代。如第616页据《百家注》录:“赵云:抨,披耕切,训击弹也”一则,校云:“《分类集注》标郑曰。《十家注》《百家注》《分门集注》咸作赵曰。”第417页据《百家注》所录一则,校记指出据《九家注》应为王洙注。于明钞本所存后三帙亦曾据宋人集注本会校。这些工作看似烦琐,其实很有意义。三是于赵注引书引文,尽可能地检核所引原书,以订正缺讹。此类例子较多,全书近千条校记,大多属此类,不可枚举。四是于赵注本身在引史实不符合诗意、文理欠通等方面的错误,及引据史文与今本有所不同者,皆保留原貌,或加校语,不随意改动,因前者可见赵注之不足,后者容为赵氏别有所据。全书校勘程力至多,而所出校记显然经过由繁至约的处理,故皆简洁得体,无枝蔓芜杂之病。

梁启超在论述清代学者辑逸工作的成绩时,曾提出辑本优劣之四条标准:"(一)佚文出自何书,必须注明;数书同引,则举其最先者。能遵此例者优,否者劣。(二)既辑一书,则必求备。所辑佚文多者优,少者劣。""(三)既须求备,又须求真。若贪多而误认他书为本书佚文则劣。""(四)原书篇第有可整理者,极力整理,求还其本来面目。杂乱排列者劣。"(《中国近三百年学术史》十四节)以此检核《辑校》全书,在上述四个方面无疑皆可列为优等。仅以第二点来说,除非发现赵注全编,在《辑校》以外恐很难再找到赵注的遗文了。

三

《辑校》的问世,使世人得以充分了解赵注的庐山真面目,杜诗学史上许多传误或模糊的记载和批评,也因此而可得到澄清。林继中先生在《辑校》的长篇前言中,对此作了大量深入而令人信服的研究,如考定赵注成书于绍兴十七年左右,而非宣和年间,指出赵注有初稿、定稿之分,初稿可能称《正误》,定稿则称《先后解》,举证都很有说服力。再如南宋的编年本杜诗注本,多称"嘉兴鲁訔编次",今人洪业、万曼等对杜集源流的研究中,也认为鲁訔对此有开拓之功。林继中将赵注明钞本编次,与保存鲁訔编年本次第的《百家注》《草堂诗笺》对核后,确信杜诗编年的最初工作是由赵次公完成的,鲁訔仅是在赵编的基础上作了局部的调整。后世鲁氏编次本盛传,而赵注则不显,以致产生误解。

对赵注在杜诗学史上的地位,林氏《赵次公及其杜诗注》一文指出:"在赵次公之前已有……多家之注,但称得上全面、完整地阐释杜诗,集北宋注杜之大成,启后世注杜之法门者,自当首推赵次公。"这一评价很有见地。今知杜诗注释约始于北宋元祐间,似以邓忠臣(慎思)为最早,在赵注以前已有王得臣、伪王洙、杜田、鲍彪、薛苍舒、王至、郑卬、蔡兴宗、师尹、李歆及樗叟、东溪先生等十馀家。这些注家于杜诗研究虽有开创之功,但所作多不能尽惬人意,或学力不足胜任,或多随意解说,或仅注部分,或秘而不传。当时还处于杜诗笺注的草创时期,研究水平普遍还不高。赵次公对杜诗注解倾注心力,积功十多年,在编年、注出典、笺史事、解诗旨等方面,都取得了可观的成绩。从其注文看,他对上述杜、薛、师、蔡、李等家的注说均曾有所参取,对各家之误说也多有纠驳。赵注的特色,林继中曾将其归纳为重出处、重整体性、重真实性、重文学性、重实践性五个方面,并举了大量例子来予以说明。本文限于篇幅,对此不拟作全面介绍,仅就《辑校》中略举几个例子以见其用功之深。

赵氏生于江西诗说盛行之际,坚信杜诗字字有出处,故对杜诗出典的考求十分严肃认真,虽有求之过深过细之病,但确实多有发明,并指出用典有许多变化,以能混成如己出者方为最高境界。故于杜诗活用前典处,有许多很好的解说,如对《诸将五首》"早时金碗出人间"一句的两个语源,一为卢充出崔女墓中金碗,一为沈炯所云"茂陵玉碗,遂出人间",皆似是而又有所不合。赵氏平章二说,解说较为圆通。对于杜甫误用典实处,赵氏也有所揭发。再如《望岳》"西岳崚嶒竦处尊"句,赵氏列举宋武帝、范云、庾肃之诗文中用"竦"字的例句。以明其用例,有助于理解。《送重表侄王殊评事使南海》"海胡舶千艘"句,赵注云:

> 舶,大舡也。《番禺杂录》曰:"番商远国,运宝货非舶不可。"刘恂《市舶录》曰:"独樯舶,深五十馀肘;三木舶,深一百馀肘。"肘者,西域以为度也。舡总名曰艘,犹今言几只也。

王殊将往广州,杜甫诗中述及胡商商船之盛。赵注所引《番禺杂录》为宋初郑熊著,刘恂为唐末人,另有《岭表录异》《市舶录》则罕见称引。二则均记广州事,可见胡商以巨舡运货之盛况,于理解杜诗,最为贴切。

钱谦益曾批评赵注"边幅单窘,少所发明,其失也短"(《钱注杜诗略例》)。林继中指出钱氏仅见《九家注》之类摘引之赵注,未见原编,因而批评失当,并举《杜鹃》一诗为例,指出赵注笺解至为充分而可信,后来王嗣奭、钱谦益所解,其实仅复述赵氏剩义而已。钱注的最大特点是以史证诗,其实这一方面赵注已花了极大气力,以揭示杜诗的"诗史"意义。对杜诗中所见人物的考释,赵氏亦颇留心。如《送鲜于万州迁巴州》,赵氏引卢东美《鲜于氏冠冕颂序》，以考知鲜于万州名炅，是鲜于仲通子，从而使"京兆先时杰，琳琅照一门"两句得以落实。对于杜甫在蜀中所到之处，赵氏似多曾亲往踏访。如《观薛稷少保书画壁》有云："仰看垂露姿，不崩亦不骞。郁郁三大字，蛟龙岌相缠。"赵氏注云：

> 稷所书《惠普寺碑》上三字，字方径三尺许，笔画雄劲，傍有赑屃缠捧，乃龙蛇相缠也。今在通泉县庆寿寺聚古堂，余亲到寺观之。三字之傍有赑屃缠捧，诗人道实事为壮观之句耳。

记其亲见碑字，使杜诗可得确解。

赵注引书之博，还可从其保存的今已散佚的诗文和古籍中获知。前引林文已揭出赵注所存唐以前及唐代散佚诗文多例，对此我还可作些补充。唐代李康成辑《玉台后集》，明以后散亡，我近年为《唐人选唐诗新编》（陕西教育出版社 1996 年）所作辑本，所得有百首之多。但赵注引及六例，除董思恭一诗外，其馀上官仪、乐昌公主、沈君攸、虞茂、卢思道五诗，均为拙辑所失收，为赵注所独有。再如其注中三次引及沈佺期《祭李侍郎文》："思含飞动，才冠卿云。"《全唐文》无此文。北京图书馆存清抄《沈云卿文集》五卷本中，收《故工部侍郎李公祭文》，其中确有此二句（见《文献》1995 年第 2 期程有庆文），知赵氏直接录自沈集。又《喜闻盗贼蕃寇总退口号五首》之四释"勃律天西采玉河，坚昆碧碗最来多"两句，引杜时可《补遗》云：

> 晋平居诲为张郊使于阗判官，作《行程记》云："其国采玉之地，玉河在于阗城，其源出昆山，西流一千三百里，至于阗界牛头山，乃流为三河：一为白玉河，在城东三十里；二曰绿玉河，在城西二十里；三曰乌玉河，在绿玉河西七里。其源虽一，而其玉随流而至。玉之多寡，由水之大小。至秋水退，乃可采。彼人谓之捞玉。"

平居诲于后晋天福间随张匡郊出使于阗，归作行记，载所历山川诸国。原文不传，欧阳修将其节录入《新五代史·四夷附录》，是今人研究五代时于闽历史文化最重要的文献。赵注所引，"平"可纠正《新五代史》作"高"之误，张郇即张匡郇，多为欧所删节，有极高的史料价值。前人常称宋人所注唐宋诗词集，多引世所不见之书，其价值与类书等。赵注正具此等价值。《辑校》一书，不仅为治杜诗者当留心，同时也为有志辑录宋前古籍的学者所当宝重。

四

毋庸讳言，辑校者为恢复赵注全编的面貌，虽已尽了极大的努力，但因九家注以降各本对赵注的引录，均有较大程度的删削，甲、乙、丙三峡辑录而得的赵注文字，与后三峡相比，多较简略，距原峡毕竟还有距离。全书六峡仅五十二卷，也未达到五十九卷的总卷数。赵注中一再提及卷首有《句法义例》，因原文不存，也只能暂付阙如。这些缺憾，如果今后没有可能发现赵注全帙或前三峡的传本，也就永远难以弥补了。萧涤非先生称《辑校》"为今后杜甫研究提供了一个至今为止最为完善的赵注本"，是最为恰当不过的评价。

《辑校》对赵注的研究，多有创获，但在个别问题上，也仍有可作进一步探讨处。如《前言》中推测赵注底本"应是与吴若本相近的一个注本"，"说赵注底本为'吴若注本'，虽或不中，当亦不远"，即值得深究。自清初钱谦益揭出吴若本并据以参校后，引起一些学者的怀疑，但自张元济影刊《宋本杜工部集》，以绍兴翻刻王琪本和吴若本两种残本合成全璧，吴若本的面貌已为世所熟知，即其虽阑入少数北宋末年人之注文，而其主要特征为会校本而非注本。《前言》虽列举了一些赵注本与吴若本相同的文字，但吴若本最习见的"樊作某""晋作某""荆作某"一类校记，在赵注本中却全无痕迹，且吴若本于绍兴三年刊板于建康府学，赵次公则于绍兴前期在蜀中进行杜诗注（《前言》推测当在绍兴四年至十七年之间），时间虽相接，也可能得见吴若本，但其对前代及同时注杜者提及多人，却从未提到吴若。因而我认为，赵注本的底本不大可能是吴若本。

　　此外,本书的校点工作,间亦有可议处。如 1229 页"谢朓和萧子良《高松赋》有卷风飚之欻吸,积霰雪之岩皑是已"。似《高松赋》为两人所作。检《谢宣城集》,此篇题作《高松赋奉竟陵王教作》。竟陵王即萧子良,赵注引录时于赋题有所改动,标点时应作"谢朓《和萧子良高松赋》"。1082 页有"余知《渚宫故事》","余知"未标人名号。其实此处脱落"古"字,余知古为《渚宫故事》作者。1326 页有"王褒《与郭弘让书》","郭"应校改作"周",赵注曾多次引及此文。1400 页有"《太平》总类于寒食门",应作《太平总类》,为《太平御览》之原名。376 页"如宋齐丘化书有云",于"宋"及"齐丘化"下分标专名号,误,应作"宋齐丘《化书》"。至如 995 页"刘劲《赵都赋》","劲"为"劭"之误,134 页"乔知道《从军行》","道"应作"之",则不详为失校抑排误。前人云校书如扫落叶,旋扫旋落,无有竟时,信然。《辑校》的校勘程功甚巨,学术质量上堪称上乘,辑校者严肃、认真的治学态度和深厚的学术功底于全书大量细节问题的处理上随处可见,上述失校情况在全书中所占比例极微,并不影响全书的质量。

五

　　古代典籍在长期流布过程中,因天灾人祸、兵燹虫蚀等众多原因,许多重要典籍遗佚不传,在文化学术史上造成重大损失。从群书中网罗遗文,部分或全部地恢复失传古籍的面貌,这一工作在宋代开始,至清代达到鼎盛,形成古籍辑佚学。清人所辑如《旧五代史》《元和姓纂》《宋会要辑稿》等,或恢复原编,或规模大备,成为学术史上的名著,为后人广泛地利用。利用原书的部分残卷,网罗遗逸,以恢复旧观,清人虽已有先例,但所做并不太理想。如《唐语林》原编为十卷五十门,至清代仅存齐之鸾刻本二卷十七门。清人辑本将二卷残本析为四卷,据《永乐大典》辑录佚文编为后四卷,因难以区分门类,只能以时代先后编录,虽粗成卷帙,距原编相去尚远。现代学者掌握资料之全面深细,治学方法之科学严谨,都足以超迈前人,在古籍整理方面也应做出不逊于前人的工作。近年所见如尚志钧《唐新修本草》辑复本(安徽科学技术出版社 1981 年)、史金波等辑复唐于立政《类林》(宁夏人民出版社 1993 年,《类林研究》附),都是利用残卷恢复古籍原编的成功范例。《辑校》则在集部古籍的整理复原方面,做出了具有开创意义的有益尝试,使沉晦七百多年的赵注全编得以重为世人所知。著名文学史家程千帆先生称许《辑校》治学之征实严谨,"如乾嘉诸老之治经者,盖未有第二家也"。程先生早年曾专治杜诗版本,撰有《杜诗伪书考》等文,对《辑校》之评价自属心得之谈。《辑校》一书在古籍整理复原方面的宝贵经验,也为同类著作的整理提供了良好的范例。近悉复旦大学王水照教授利用几种宋刻残本,已完成了施、顾注苏诗宋本的复原工作,即将交付出版。我们也希望更多的这类典籍有起死回生、重见天日的机会。

(刊《杜甫研究学刊》1996 年第 2 期)

近期三种杜诗全注本的评价

　　一个月内见到两种新出的杜诗全注本,一部是清华大学谢思炜教授的《杜甫集校注》(上海古籍出版社 2015 年 12 月,简称谢注),另一部是日本下定雅弘、松原朗教授主编的《杜甫全诗译注》(讲谈社 2016 年 6 月,全四册,已出二册,简称《译注》),加上两年前萧涤非主编《杜甫全集校注》(人民文学出版社 2014 年 3 月,简称萧注)的问世,说最近两年是杜甫研究的丰硕时期,应该不会有太大的异议。

　　那么,这三种杜集各有哪些学术定位和编纂特点呢,这是读者希望了解的。

　　请让我从相对独立而自具特色的《译注》说起。该书作为讲谈社学术文库创刊四十周年重点书,执笔者多达 37 位,是继铃木虎雄《杜少陵诗集》(《续国译汉文大成》,国民文库刊行会 1928—1931 年)后的第二部杜诗日文全译本。吉川幸次郎的《杜甫诗注》是一项计划二十二卷的宏大工程,到他去世仅出版五卷,2012 年兴膳宏教授据遗稿整理开始在岩波书店出版新补,远难很快完成。《译注》是一部吸取中日学界研究成绩,以一般读者为阅读对象的普及性大型读本,读本选用仇兆鳌《杜诗详注》为依据,将萧注列为重要参考书。其内容包括以下几项:一是原诗附训读,二是诗型和押韵的简单说明,三是题意,讲述主旨,写作时间、地点等,四是现代日语翻译,五是语释,择要解释杜诗中的语辞和用典,六是补说,对历代异说,择其重要者作出交代。可以说,其编纂目标是为普通日本民众提供全面阅读杜诗的读本,不在学术原创,但在简明定位下,也包含许多刻意的追求。如为说明杜甫的任官,"右卫率府兵曹参军"条,用王勋成《杜甫初命授官说》(《唐代文学研究》2006 年第 11 辑)、《杜甫授官、贬官与罢官说》(《天水师范学院学报》2010 年第 4 期),韩成武、韩梦泽《杜甫献赋出身而未能立即得官之原因考》(《杜甫研究学刊》2008 年第 3 期)三家之说;"检校工部员外郎"条,用拙文《杜甫为郎离蜀考》(刊《复旦学报》1984 年第 1 期,日译本见《生诞千三百年记念杜甫研究论集》,研文出版 2013 年)。对杜诗的解读,因为要逐句日译,体会也特别深切。如《兵车行》,认为第 9 句"行人但云"的讫止范围,异说纷呈,有谓直至诗末皆行人语的,有谓当句而止的,有谓到第 29 句"反是生女好"为止的,有谓到第 31 句"生男埋没随百草"为止的,中国注家常会忽略。日本学者的独到见解,也多有揭示,如《三川观水涨二十韵》,《草堂诗笺》认为杜甫之意不在水,每句触及时局。吉川认为是避难山中作,不能及时获得朝廷消息,无必要附会时事。《喜闻官军已临贼境二十韵》"左将吕虔刀"所指,仇注认为指仆固怀恩,吉川以为指王思礼。《三吏》《三别》,中国学者都认为作于归华州途中,铃木虎雄以为写于秦州。一些细节的解读,有许多特别的发明,如《别赞上人》"杨枝晨在手,豆子雨已熟"两句,引铃木虎雄说,谓"杨枝"是僧侣剔牙之具,"豆子"是僧侣洗澡洗衣服的豆粉(不是吃的),就很特别。日本对中国古典诗歌的解读,在追溯语源、考究真相、解释制度、体会诗意方面,用力很深,发明亦多,吉川幸次郎《杜甫诗注》即为典范著作。加上现代语译更要求对诗中的任何细节都要作出处置,无法回避,这些都值得我们仔细体会。顺便说到,美国宇文所安教授(哈佛大学)、车淑珊教授(科罗拉多大学)正分别做杜诗全英译的工作,同样值得期待。

　　主要还是谈萧、谢二书。两年前,我曾在《文汇报》2014 年 4 月 14 日撰文《杜甫研究的里程碑著作——祝贺〈杜甫全集校注〉出版》介绍萧注。萧注启动于 1978 年,主体完成于其后几年,中间停顿约二十年,方由张忠纲教授终审通稿完成。谢氏则在他完成白居易诗文集校注后展开,估计最初也有感于萧注似无缘问世,到 2012 年杜甫逝世 1 300 周年之际初步完成,其后定稿、出版则绵历三年有奇。两部书是在不同时期独立完成的,萧注出版后,谢氏有机缘参考,但因大端已经底定,估计只能是一些细节的修订。

　　萧注的学术目标是对唐宋至清末的历代杜注作彻底的清理,其工作具有集大成的意义。但因历代注杜的成就实在太过丰富,宋即有千家之称,明清两代更是十数倍于宋元,诸家所见,何为发明,何为偏见,要遴选就有眼光的不同。就我之认识,萧注有几点特别值得称道。一是汇校,对十四种宋元旧本作了极其精致准确的校勘,这一工作以 60 年代王利器、舒芜等所作十一种宋元旧本校记为基础,复补校三种,可说杜集文本之具第一手价值者大多已网罗无遗。二是备考,对各诗附录有关资料,特别是各诗涉及语意之解读、事实之追究、异文之斟酌、真伪之讨论等,皆备录前此各家重要见解,向后人提供进一步讨论的可能。三是解题,对各诗所涉人事、事件、作年、寄意等予以介绍和分析,征引丰备,足资参考。四是注释,几乎对杜诗逐句作充分的解读,说明用典和语源,梳理诗意。以往读萧先生《杜甫诗选注》,很佩服他解诗之绵密与精准,以为足可为初学者指示读诗门径。全集继承了这种注诗的精神,自然精彩。如果借用况蕙风论词的见解,足当重、拙、大之评。这里的拙只是借用,在世风学风浇漓的时代,三代学人坚持数十年,完成如此厚重的工作,没有这种拙的坚持,是很难完成的。

　　谢注为个人著作,学术定位与前书有很大不同。《前言》说:“本书没有采用集解会注和资料汇评形式,是因为杜诗的有关资料太多,如果全书篇幅过大,头绪过繁,势必给阅读带来某种干扰。”这样的考虑是恰当的。因此,有几方面内容没有涉及。一是“旧注有关诗歌作法、章法的一些繁琐讲解”,如金圣叹、浦起龙讲诗都是这一套路;二是诗歌用韵和诗律问题的讨论;三是不采取逐诗附评点的做法,评点不仅太多,且或浮泛,或繁碎,徒增篇幅,价值不大。此外,在版本对校、编年考证、注释解读、语源典故的揭示等方面,也都作了简明处理。尽管如此,全书篇幅仍多达 210 万字,虽仅萧注的不足三分之一,仍超过仇注近一半篇幅。

　　以下从校勘、编年、注释、考证,以及今人研究和新见文献采据等方面,比较二种全注本的同异。

　　杜诗底本,二家均采取《古逸丛书》影印涉喜斋旧藏《宋本杜工部集》为底本,此本主体源出二王本,配本是吴若本或源出吴若本,其地位确实无法动摇。萧注参校以宋元本为主,校记极其详密,同一字而字形有异者皆出校,虽非全有必要,但也符合清人校勘原则。蔡梦弼《草堂诗笺》用了三种宋本,将三本之细微差异均揭出。没有用钱笺,但用了很难得见到的钱遵王述古堂影宋抄本。谢注定位不作全面繁校,我是赞同的,但认为九家本、《草堂》本及其他大量宋本,多出自宋人手笔,我则有所保留。尽管宋人确有主观改诗的个案,但无论李、杜、韩、柳诸集,还是《文苑英华》《乐府诗集》等总集,宋人校记的分寸把握是很严格的,很少如明人那样为射利而随意改变窜乱。但谢注选取三种参校本,即九家本、《草堂诗笺》本和钱笺本,我则基本赞同。两年前曾请教张忠纲先生宋本杜集最具代表性之文本,大约也近似。钱笺据吴若本为底本,校记还保留大量樊晃《杜工部小集》和晋开运二年官本的异文,确实很重要,前引述古堂影宋抄本并非钱笺底本,不能取代。

杜诗编年,也是注杜的大问题。一般说始于黄长睿、鲁訔,但追索到二王本,依循北宋通行的分古今体编次中,大约有作诗先后的痕迹,可以确认始于唐代,且源于作者存稿的大致次第。萧注采取打破各集原有顺序,按照今人考订重新编次,当然是一种处理方式。谢氏认为杜诗仅有半数可以准确编年,其他可大致确定作于某一时期者则占十之三四,无法编年者仍占一定数量,因此采取保存《宋本杜工部集》原来次第,在注释之前就作年及本事有一大体说明,其例甚善。在许多方面,都有新的发现。如《塞芦子》,旧说都认为在至德初叛军陷两京时,谢氏则据诗中"思明割怀卫"句,认为指乾元二年九节度兵溃邺下,史思明杀安庆绪后,遣安太清取怀州事,系年作了较大改动。类似的发明还有很多。

谢氏注释能整合前代诸家成绩,删繁就简,片言得要,值得肯定。就宋、清学者解读所见的采据来说,于赵次公、蔡梦弼、黄希黄鹤父子,以及明清王嗣奭、钱谦益、仇兆鳌等家引用较多。旧注忽略的官制、科举、军事等专门知识,有较多的补充。对近代以来在唐史研究领域和唐代语言研究方面的成绩,也有所参考。对于前人过分发挥杜诗中的微言大义和时事比附,则仅取有确凿证据者。其中对钱笺的解读有较多回应,则因钱说影响较大。就这些来说,谢注注意继承旧说,又不为古人所囿,充分吸取现代学术各方面的进益,使全书注释达到很高水平。

　　谢注所引文献,尽可能依据第一手文献,尽量不据他书转引。比如最早记载杜甫死于耒阳牛肉白酒的郑处晦《明皇杂录》,原书已不传,通行本为清人补录,此段记载讹脱很多。谢注所录为据《太平御览》卷八六三所引,可见讲究。

　　新见文献之利用,谢注较萧注有很大推进。韦济墓志,两家都已经引及,以为《奉赠韦左丞丈二十二韵》可断作于天宝九载韦任左丞后,萧注更据"即将西去秦"以为作于十一载春,似更合理。郑虔墓志,萧注仅在张忠纲后记中述及,未能逐篇征引,谢注则利用较充分。《寄董卿嘉荣十韵》,前人对董为何人没有解释,谢注引杨潭《兵部奏剑南节度破西山贼露布》,知董姓为西山羌族部落首领,又引敦煌所出《历代法宝记》,知道杜鸿渐入蜀时,有"归诚王董嘉会",疑嘉会、嘉荣为一人,是悉州归诚郡首领,从而对该诗所述事实,以及杜甫与严武幕中羌人酋长的交往,提供确证。《历代法宝记》是记载禅宗保唐一系的重要典籍,其中提到永泰二年杜鸿渐蜀幕诸人对无住禅师的崇仰,提到与杜甫交涉人物有杜济、鲜于叔明、吴郁、李布、韦夏有、狄博济等,时虽在杜甫离成都以后,但对杜甫蜀中交往和诸诗的解读,实在是太重要了。如《寄狄明府博济》《寄李十四员外布十二韵》《寄韦有夏(当乙作夏有)郎中》等诗,都可见到杜甫出峡前后与蜀幕诸人仍保持紧密联系,实在很可玩味。

　　可以认为,谢注是综括历代注杜精华,融贯古今治杜创获,并在繁复选择后完成的一部杜集新注本,且为读者考虑,注释力求体现当代学术水平,适合具备大专文化程度以上读者到专业学者的阅读和研索杜诗的要求,是一部值得信赖的注本。

　　我在两年前评介萧注时曾说:"因为本书的出版,将千年以来杜甫研究的主要见解陈列出来,今后的研究应以本书为起点,将杜甫研究提升到新的高度。"读到谢注,仍有此感。就杜诗来说,今后若有人愿意仿《经籍纂诂》或《说文诂林》的做法,下大力气总结古今解杜的见解,也不是没有意义的工作。特别是近百年来中外各家治杜的专著、论文、选本、传记的丰沛见解,确有会聚总结的必要。此外,我还想指出两家注本最大的优点是严格遵循古籍整理的基本规范,细节处理都可圈可点,但也与大多唐集注本一样,似乎对唐集文本屡经聚散、别集未必具有绝对权威的特殊性估计不足,留下可以进一步讨论的馀地。

校勘方面,我觉得两家注都重视本集校,对他校重视不够,特别是早期引用文本据校不够。如《文苑英华》《唐文粹》所据皆宋初前古本,其可信程度绝不逊色于本集。如《留别贾严阁老两院补阙》,有自注:"严武、贾至。"《文苑英华》题作《留别严贾二阁老两院遗补诸公》,有三处应据改。一是自注既列严贾二人名,诗题也当作"严贾";二是"遗补"包括拾遗、补阙,与两院提法合;三是前既称"阁老",用敬称,后必有"诸公"二字,诗题方完整,可惜两家均未据以改补诗题。再如《行次昭陵》,《英华》题作《行次昭陵十二韵》;《八哀诗》中《故右仆射相国张公九龄》,张公前当据《英华》补"曲江"二字,方与《赠秘书监江夏李公邕》之类诗题一致,都应出校。《狄明府》,应据赵次公本、百家本、分门本、千家本题前补"寄"字,诗题方完整。再如宋本诗题《路逢襄阳少府入城戏呈杨员外绾甫(注:赴华州日许员外茯苓)》,《英华》题作《路逢襄阳杨少府入京城戏题四韵附呈杨四员外绾(甫赴华州日许员外为求茯苓)》,两相比较,《英华》诗题有六处不同,似乎更接近作者最初写作的原题。谢注于"阳"下据钱笺补"杨"字,不及萧注据宋本目录补字之得更早书证。"入城"之意显然不如"入京城"所指更明确;"戏呈"与"戏题四韵附呈",后者更庄重,符合人际酬唱时诗题面貌,但"戏呈"也可能自定文集时改定。注文中的"许员外茯苓",意思不够完整,我总怀疑九家本在"许"下补"寄"字,未必有文本依据,《英华》作"许员外为求茯苓"应该是写诗时候的意思。萧注之校未征及《英华》,谢注以《英华》出校而未据改补。

涉及系年,还有进一步斟酌的馀地。如旧说郑虔卒于广德二年,主要依据是杜甫《哭台州郑司户苏少监》一诗中有"谷贵没潜夫"句,与《旧唐书·代宗纪》云广德二年自七月至九月"大雨未止,京城米斗值一千文"推定,其实大乱期间,哪年米价不贵呢?证据显然是很单弱的。现在因《郑虔墓志》发现,知道郑虔卒于乾元二年九月,即杜甫自华州西行首途之时,则问题来了,他一直在担忧郑虔的安危,虽然一处浙东,一西行入蜀,但会相隔五年方知道吗?而且根据此诗,杜甫是同时得到两位的凶问的,即两位去世差不多同时。谢氏似乎觉得苏卒广德二年当别有依据,仍断此诗作于该年,旁证是苏在代宗即位后改以字行。其实新帝即位,已亡者通行名也要改,如《顺宗实录》记陆淳卒于宪宗即位前,日本藏其给最澄过所仍署陆淳,但宪宗即位后,所有公私记载都改称陆质,即一例。我从杜甫此诗述及"绵谷""雪山",怀疑得二人消息为到成都初期。

　　辨伪、辑佚方面,我认为两家注都还较多依违,判断都不够果决。大约就前人之研究,可以做结论的伪诗为四首,即《虢国夫人》(张祜诗)、《军中醉歌寄沈八刘叟》(畅当诗)、《杜鹃行》(司空曙诗)、《哭长孙侍御》(杜诵诗),怀疑有伪诗还有近十首,多数确难做结论。但如《狂歌行赠四兄》"今年思我来嘉州,嘉州酒重花绕楼","四时八节还拘礼,女拜弟妻男拜弟",与杜甫行迹家事确难兼容,谢注没有说明,似可再酌。杜甫佚诗,可靠者不多,我觉得可以认可者仅有一首又一句。一首是《寒食夜苏二宅》:"寒食明堪坐,春参夕已垂。好风经柳叶,清月照花枝。客泪闻歌掩,归心畏酒知。佳辰邀赏遍,忽忽更何为?"出《古今岁时杂咏》卷一一。该书今本出南宋蒲积中手,其中古诗部分全据宋绶《岁时杂咏》,后者成书应在王洙集杜诗以前。明至清初,此书流传不广,《全唐诗》编录时方从该书辑若干佚诗。一句是"狱掷寒条马见惊",见黄鉴《杨文公谈苑》,是宋初引录,与后人出自传闻和摘自类书者不同。两家注对此皆不认可,有些遗憾。

　　最近三四十年,国内外唐代文学研究发生巨大的变化,有一段时期杜甫研究则相对寂寞,大约因为积累太厚,突破为难。我特别希望几部杜集新注的出版,能带动杜诗研究的新潮——在中国诗歌史上,杜甫太重要了,是任何研究都无法回避的。

2016 年 8 月 20 日

(《文汇学人》2016 年 10 月 21 日)

李杜齐名之形成

    中国诗歌史发展到盛唐,无疑达到巅峰之成就,而站在峰顶的人物,当然是被誉为双子星座的李白与杜甫。李白生前就已经取得举世公认的地位,而比他年幼十二岁的杜甫则成名过程要复杂得多。今人根据通行的几种唐人选唐诗没有收录杜甫诗歌,因此而认为杜甫在唐代诗人中地位不高,影响不大,实在是皮相之见。本文则力图根据第一手文献,证明李杜齐名在杜甫生前已经为部分人所认可,其最终获得举世公认,则在杜甫身后三五十年间完成。李杜地位的确定,是中古诗学史上的重大事件,也是引导唐宋诗歌转型的关键所在。

一　李杜交谊与诗歌交集

    古人凡德行、成就相当者,常有齐名并称情况的出现。李白、杜甫并称"李杜",当然因为他们是一个时代最杰出的诗人,但同时也因为在他们以前已经有数度并称"李杜"者,一是东汉李固、杜乔;二是李云、杜众,皆是大臣而有直声者;三是李膺、杜密,则属于汉末清流,身陷党锢而得留名者。范滂也被通缉,挺身赴死,其母告曰:"汝今得与李杜齐名,死亦何恨。既有令名,复求寿考,可兼得乎?"(《后汉书》卷六七《党锢列传》)更为此增添悲怆的色彩,为后世广泛称道。东汉的三位"李杜",皆属人伦典范,与文学无涉,但流布甚广。据说杜甫祖父杜审言与李峤也曾并称"李杜",但影响很有限,可以忽略不计。

    杜甫比李白年幼十二岁,他与李白的同游在天宝三载(744)李白赐金还山后不久,当时李白诗名满天下,杜甫此前写《饮中八仙歌》对李白已经有一段传神的描写:"李白一斗诗百篇,长安市上酒家眠。天子呼来不上船,自称臣是酒中仙。"(《杜工部集》卷一,《续古逸丛书》影宋本。后引杜诗皆据此本)可能是根据传闻所写,未必亲见。李杜同游历时一年多,中间高适也曾参与,杜甫晚年多次回忆当年的情景:"昔者与高李,晚登单父台。寒芜际碣石,万里风云来。桑柘叶如雨,飞藿去徘徊。清霜大泽冻,禽兽有馀哀。"(《昔游》)"忆与高李辈,论交入酒垆。两公壮藻思,得我色敷腴。气酣登吹台,怀古视平芜。芒砀云一去,雁鹜空相呼。"(《遣怀》,《杜工部集》卷七)要真实还原二人交往的实情,因为当年作品保存下来的很少,已经很困难,但根据已有作品,仍可略知一二。杜甫当时写给李白的诗,有三首,即《赠李白》:"秋来相顾尚飘蓬,未就丹砂愧葛洪。痛饮狂歌空度日,飞扬跋扈为谁雄?"(《杜工部集》卷九)《赠李白》:"二年客东都,所历厌机巧。野人对膻腥,疏食常不饱。岂无青精饭,使我颜色好。苦乏买药资,山林迹如扫。李侯金闺彦,脱身事幽讨。亦有梁宋游,方期拾瑶草。"(《杜工部集》卷一)《与李十二白同寻范十隐居》:"李侯有佳句,往往似阴铿。余亦东蒙客,怜君如弟兄。醉眠秋共被,携手日同行。更想幽期处,还寻北郭生。入门高兴发,侍立小童清。落景闻寒杵,屯云对古城。向来吟《橘颂》,谁欲讨莼羹。不愿论簪笏,悠悠沧海情。"(《杜工部集》卷九)李白赠杜甫的诗有二首:《沙丘城下寄杜甫》:"我来竟何事,高卧沙丘城。城边有古树,日夕连秋声。鲁酒不可醉,齐歌空复情。思君若汶水,浩荡寄南征。"(《李太白文集》卷一一)《鲁郡东石门送杜二甫》:"醉别复几日,登临遍池台。何言石门路,重有金樽开。秋波落泗水,海色明徂徕。飞蓬各自远,且尽林中杯。"(《李太白文集》卷一四)

当然,历来有关李杜交际有许多传说,一是《秋日鲁郡尧祠亭上宴别杜补阙范侍御》:"我觉秋兴逸,谁云秋兴悲。山将落日去,水与晴空宜。鲁酒白玉壶,送行驻金羁。歇鞍憩古木,解带挂横枝。歌鼓川上亭,曲度神飙吹。云归碧海夕,雁没青天时。相失各万里,茫然空尔思。"(《李太白文集》卷一三)从唐末段成式《酉阳杂俎前集》卷一二称此诗为"李白祠亭上宴别杜考功诗",以为杜即杜甫,宋以后更反复论述,喋喋不休。其实杜甫没有做过补阙或考功之类官职，更不是入仕前的天宝初与李白同游时的身份，李白当别有所指。另一首是关于《本事诗》所载李白戏赠杜甫诗："饭颗山头逢杜甫，头戴笠子日卓午。借问别来太瘦生，总为从前作诗苦。"宋以来讨论极多，或以为李白讥杜甫寒俭拘束，郭沫若《李白与杜甫》则认为关心很亲切。问题是饭颗山其地绝无可考。五代南汉王定保《唐摭言》卷一二所录此诗文本题作《戏赠杜甫》，诗云："长乐坡前逢杜甫，头戴笠子日卓午，借问形容何瘦生？只为从来学诗苦。"长乐坡在长安郊外，邻近浐水和灞桥，很可能是李杜初见时的作品。

除了以上诸诗，李杜同游时期的作品以高适文集保存最丰富，计有《同群公登濮阳圣佛寺阁》《同群公十月朝宴李太守宅得寒字》《同群公宿开善寺陈十六所居》《同群公秋登琴台》《同群公题张处士菜园》《同群公出猎海上》《同群公题郑少府田家(此公昔任白马尉，今寄住滑台)》《同群公题中山寺》(均见《高常侍集》卷七)。

根据上述诸诗，可以基本还原李杜同游年馀所经历的名胜，曾造访的高士，曾有的分别和思念，共同的情趣和追求。那时杜甫刚过而立，正是裘马轻狂的时候，他的好酒、好道、好诗，与李白极其投契。痛饮狂歌，飞扬跋扈，是二人最真实的生活写照。不知道是否随顺李白的雅兴，杜甫这一时期似乎是对炼丹砂、求瑶草、买大药等崇道求仙行为最着迷的时期，当然这一兴致维持了他的一生，直到临终还有"家事丹砂诀，无成涕作霖"(《风疾舟中伏枕书怀三十六韵》，《杜工部集》卷一八)的失望，是对"未就丹砂愧葛洪"的重申。当然更重要的是在论诗畅游中增进的友谊，所谓"醉眠秋共被，携手日同行"，这种亲密无间的兄弟之情，在两位伟大诗人人生经历中都是难以忘怀的经历。当然，李白是主观豪放的诗人，人生精彩纷呈，每天不断有新的朋友，很少静下来独自回味往日之友情；杜甫最后十年，绝大多数时间都处于独处无侣的状态，有充分的时间回忆往事、记录友情。对曾经与李白的友谊，杜甫晚年所写有十多首，仅从诗题来说，就有《梦李白二首》《冬日有怀李白》《天末怀李白》《不见(近无李白消息)》《春日忆李白》《寄李十二白二十韵》等。李杜分别后相互叙述的差异，其实只是彼此为人和写作兴趣的不同而已，其实并无此热彼冷的感情厚薄之分。其实我们通读盛唐到大历、贞元诸人诗集，很少有人像杜甫那样经常沉浸在往事和友朋的追想中，也很少有人像杜甫那样广泛地评说同代诸贤，或者说，这是杜甫的创格。

二　杜甫生前的诗誉与李杜齐名之萌芽

杜甫在诗坛地位的提高，当以天宝后期到肃宗时的几次唱和诗为标志。一是天宝十二载的《同诸公登慈恩寺塔》，今知同时作者有高适、岑参、储光羲、薛据等人，除薛据外，四人诗得以保存下来。成就高下当然可以任由后人评说，在杜甫则显然已经达到可以与诸位一流诗人一较高下的机缘。二是肃宗返京后由贾至发起的《早朝大明宫》唱和，今存王维、杜甫和岑参的和作，是显示盛唐七律恢弘气象的名篇。这两次唱和显示杜甫已经达到当时诗坛一线诗人的地位。当然，在岑参、高适写给杜甫的诗中，只有一般的应酬，没有涉及对杜诗成就的评价，这是很正常的情况，何况诸人诗都佚失很严重，如高适在安史乱起后十年的诗保存下来的很少。

杜甫晚年自定诗集，保存了一些友朋来往诗，涉及对他诗歌成就的评价。一是他在成都的府主严武，广德间赠诗有《巴岭答杜二见忆》："卧向巴山落月时，两乡千里梦相思。可但步兵偏爱酒，也知光禄最能诗。江头赤叶枫愁客，篱外黄花菊对谁。跋马望君非一度，冷猿秋雁不胜悲。"（《杜工部集》卷一二）这是以阮籍、谢庄来比喻杜甫之爱饮酒，能赋诗，虽属用典，但阮、谢二人诗皆收入《文选》，对杜甫是很高的评价。二是大历四年在长沙，韶州刺史韦迢赴任经过，与杜甫有两诗唱和，其一题作《潭州留别杜员外院长》："江畔长沙驿，相逢缆客船。大名诗独步，小郡海西偏。地湿愁飞鹏，天炎畏跕鸢。去留俱失意，把臂共潸然。"（《杜工部集》卷一八）"大名诗独步"也就是后引樊晃语之"当今一人而已"的意思。这是韦迢的认识，当然这也是当时给以高度评价的套语，杜甫在高适去世后写《闻高常侍亡》也有"独步诗名在"（《杜工部集》卷一四）的评价。三是湖南观察判官郭受有《杜员外兄垂示诗因作此寄上》："新诗海内流传遍，

旧德朝中属望劳。郡邑地卑饶雾雨,江湖天阔足风涛。松醪酒熟旁看醉,
莲叶舟轻自学操。春兴不知凡几首,衡阳纸价顿能高。(衡阳出五家纸,
又云出五里纸。)"(《杜工部集》卷一八)郭受生平不清楚,事迹仅靠杜集
附诗而保存。诗云"新诗海内流传遍"当然有所夸张,就如同此句"旧德
朝中属望劳",其实杜甫入湘前后最大的困惑就是所谓"天高无消息,弃
我忽若遗"(《杜工部集》卷三《幽人》),朝中根本没有人记惦他。当然郭
受说杜诗为人传诵,在湖南的新作更可能导致衡阳纸贵,也并非完全失实
之辞。

　　那么,在杜甫生前是否已经出现李杜齐名的评价呢? 我认为至少已
经有人提出这样的话题。在此应特别关注杜甫大历四年或五年秋在长沙
所作《长沙送李十一衔》(《杜工部集》卷一八)一诗:

　　　　与子避地西康州,洞庭相逢十二秋。远愧尚方曾赐履,竟非吾土
倦登楼。久存胶漆应难并,一辱泥涂遂晚收。李杜齐名真忝窃,朔云
寒菊倍离忧。

此诗作年有些争议,在此不讨论。李衔事迹别无可考。西康州唐初建州,
不到一年即废,其地即同谷,知李为杜甫乾元二年(759)西行秦州、同谷
间所识朋友,到长沙重见,已隔十二年。"李杜齐名"当然是用东汉的典
故,受诗者恰姓李,因而历来解此诗皆认为此处杜甫自比与李衔之交契。
如张溍《读书堂杜书注解》云:"忝窃,公自谦不能称也。"卢元昌《杜诗阐》
云:"子固李膺、李固,我非杜乔、杜密,从来李杜本是齐名,今日齐名,诚为
忝窃。"(均转录自《杜甫全集校注》卷二〇)努力为此句寻找合适的解释。
"李杜齐名真忝窃"一句,用现在的话来说,意思是李杜齐名,我是完全不
够格的。这当然是自谦之辞。但偶然遇到一位李姓朋友,对方也没有太
大的名声和地位,杜甫突然没有来由地说出这句全无来由的自谦之语,有
这样的必要吗? 我认为较合理的解释,李衔从同谷到长沙,中间一定经过
许多地方,得到不少传闻,谈论所及,因此杜甫必须自谦一番。如果这样
说,即在杜甫生前已经有了与李白齐名的说法。

能不能找到更进一步的佐证呢？可以有一些。

杜甫天宝间作《赠特进汝阳王二十韵》云："学业醇儒富，辞华哲匠能。笔飞鸾耸立，章罢凤骞腾。精理通谈笑，忘形向友朋。寸长堪缱绻，一诺岂骄矜。已忝归曹植，何知对李膺。招要恩屡至，崇重力难胜。"汝阳王李琎为睿宗之孙，让皇李宪长子，开元间封汝阳郡王，天宝三载服阕后封特进，九载（750）卒。杜甫《壮游》云："快意八九年，西归到咸阳。许与必词伯，赏游实贤王。"一般认为这位贤王就是汝阳王。前引诗前几句说李琎学艺造诣很高，待朋友真诚，接着就说李琎对自己的期待，认为可以达到曹植那样的成就，可以与李膺并称李杜。末两句自云多次受邀，恩遇至隆，而推崇之至，则为己力所不能胜任。当然前人解读也有认为曹植、李膺都比李琎，而"何知"句，张𬘓《杜律本义》认为："何知者，公谦言不敢并也。"（转录自《杜甫全集校注》卷一）杜甫自己不是也说过："赋料扬雄敌，诗看子建亲。"（《杜工部集》卷一《奉赠韦左丞丈二十二韵》）李琎以此期待，正为合适。这里当然都与李白无关，但可以理解对杜姓人物的期待，是可以经常举出东汉时的先例来作比况的。这是开元末期或天宝前期的诗，仅是涉及李杜的一个有趣话题而已。

明确将李白、杜甫拉到一起顶礼膜拜的是任华。任华今存诗三首，都是长篇歌行，分别写李白、杜甫和僧怀素；文章存十多篇，靠《唐摭言》和《文苑英华》的引录而得保存，内容多为投赠公卿显要者，性耿介狷直，傲岸不羁，故仕途屡不得意。唐末韦庄《又玄集》收录他赠李白、杜甫的二诗，显示以任华之狂介，能入他法眼的人很少，但对李白、杜甫，则是倾心崇拜，竭力歌颂。二诗很长，且不作于同时，估计前后相隔十多年，但诗风一致，都以跳荡的语句倾诉自己对二人的追星经历和崇仰热情。录《杂言赠杜拾遗》一首如下："杜拾遗，名甫第二才甚奇。任生与君别，别来几多时，何曾一日不相思。杜拾遗，知不知？昨日有人诵得数篇黄绢词，吾怪异奇特借问，果称是杜二之所为。势攫虎豹，气腾蛟螭，沧海无风似鼓荡，华岳平地欲奔驰。曹刘俯仰惭大敌，沈谢逡巡称小儿。昔在帝城中，盛名君一个。诸人见所作，无不心胆破。郎官丛里作狂歌，丞相阁中常醉卧。前年皇帝归长安，承恩阔步青云端。积翠扈游花匼匝，披香寓直月团栾。

英才特达承天眷,公卿谁不相钦羡。只缘汲黯好直言,遂使安仁却为掾。如今避地锦城隅,幕下英寮每日相随提玉壶。半醉起舞捋髭须,乍低乍昂傍若无。古人制礼但为防俗士,岂得为君设之乎! 而我不飞不鸣亦何以,只待朝廷有知已。亦曾读却无限书,拙诗一句两句在人耳。如今看之总无益,又不能崎岖傍朝市,且当事耕稼,岂得便从尔。南阳葛亮为友朋,东山谢安作邻里。闲常抱琴弄,闷即携樽起。莺啼二月三月时,花发千山万山里。此中幽旷无人知,火急将书凭驿吏,为报杜拾遗。"(见《又玄集》卷上,据《文苑英华》卷三四〇、《唐诗纪事》卷二二所引校定)大体为代宗初年所写,对杜甫诗歌的成就极度歌颂,评价极高。由于任华仅三诗存世,二首类似的长诗分别赠李白、杜甫二人,可以昭示二人诗歌成就在他心中至高无上的地位。不过任华诗中显示他几乎可以说是盛唐时期最傲兀激情的人物,书启显示他对达官贵人的公然藐视,存诗则显示他对独造人物的激情崇仰。《唐诗纪事》卷二二保存高适《赠任华》:"丈夫结交须结贫,贫者结交交始亲。世人不解结交者,唯重黄金不重人。黄金虽多有尽时,结交一成无竭期。君不见管仲与鲍叔,至今留名名不移。"是否任华也曾给高适写过类似的诗歌而没有保存下来,当然是有可能的。虽然任华的评价中充满今日追星族般的激情和不理智,他给李白和杜甫的长诗在二家诗集中都看不到回应,但至少可以认为,在任华心目中,他个人认为李白、杜甫是代表他那个时代最伟大的诗人。虽然不属于公认,至少他可以这样认为。

三　大历至贞元前期杜甫在诗界之影响

唐代宗大历五年(770),杜甫去世于湘中。虽然他是因牛肉白酒饫死于耒阳,还是最终病故于岳阳,从唐代以来即聚讼纷纭,难衷一是,但有一点可以肯定,即他晚年远离唐代政治、文化的中心,从离开成都后即依凭孤舟,漂泊为生。尽管我们无法确知他所雇船的规模形制,也不能确定他在夔州和长沙相对稳定的时期是否更换舟船,但在他写下《风疾舟中伏枕书怀三十六韵》的绝笔时,显然他的生活状态很差,他的生计和家什几乎都在船上,他的一生积累的诗稿应该也都在船上。我在三十多年前曾撰文《杜诗早期流传考》(刊《中国古典文学丛考》第一辑,复旦大学出版社1985年7月),根据以下几方面线索,认为杜甫晚年曾自己编订文集:一、在他去世后三五年间,樊晃编《杜工部小集序》,就认为"文集六十卷,行于江汉之南,常蓄东游之志,竟不就"。如果身后他人编录,未必能如此快地完成。二、杜诗自注中有不少重加整理的痕迹,如《同诸公登慈恩寺塔》:"时高适、薛据先有此作。"《奉寄别章梓州》:"时初罢梓州刺史东川留后,将赴朝廷。"《新安吏》:"收京后作。虽收两京,贼犹充斥。"《忆弟二首》:"时归在南陆浑庄。"《伤春五首》:"巴阆僻远,伤春罢,始知春前已收宫阙。"《苦雨奉寄陇西公兼呈王处士》:"陇西公即汉中王瑀。"《说旱》:"初,中丞严公节制剑南日,奉此说。"这些注都不是写诗当时所加,而是后经整理时所加,最后三则尤其明显,《伤春》说明写诗时尚不了解已收宫阙,陇西公李瑀安史乱后封汉中王,加注补充他后来的王位。三、若干杜诗自注有准确记时。如《自京赴奉先县咏怀五百字》:"天宝十四载十一月初作。"《三川观水涨二十韵》:"天宝十五年七月中避寇时作。"准确到月日,不可能是宋人臆加,显然出于杜甫本人之手。四、王洙《杜工部集记》谓所编杜集分古近二体,"起太平时,终湖南所作,视居行之次,若岁时为先后,分十八卷"。此即杜集祖本的面貌,古近二体都依写作先后为序,虽在先后次第上还不尽绵密,但大体恰当,绝非王洙用三个月编次所能完成,一定有前人的基础,即古本已具编年之次第。

虽然杜甫晚年已有自编文集的努力,但他旅卒中途,他的文集如何得以保存下来,目前看不到明确的证据,只有宋人编次校勘杜集时保存的樊晃《杜工部小集序》,保存了些微线索,极其珍贵。先将全序校录如下:

> 工部员外郎杜甫,字子美,膳部员外郎审言之孙。至德初,拜左拾遗。直谏忤旨,左转,薄游陇蜀,殆十年矣。黄门侍郎严武总戎全蜀,君为幕宾,白首为郎,待之客礼。属契阔湮厄,东归江陵,缘湘沅而不返,痛矣夫。文集六十卷,行于江汉之南,常蓄东游之志,竟不就。属时方用武,斯文将坠,故不为东人之所知。江左词人所传诵

者,皆君之戏题剧论耳,曾不知君有大雅之作,当今一人而已。今采其遗文凡二百九十篇,各以志类,分为六卷,且行于江左。君有宗文、宗武,近知所在,漂寓江陵,冀求其正集,续当论次云。

樊晃,《元和姓纂》卷四载其郡望南阳湖阳(今河南唐河),为卫尉少卿樊文孙。《国秀集》目录载其为前进士,并存其诗一首,约为天宝初登进士第。《郎官石柱题名考》卷一四载其曾任祠部、度支员外郎。《新唐书》卷二〇〇《林蕴传》、《永乐大典》卷七八九三引《临汀志》,载其历汀州刺史,在肃、代间。代宗大历五年任润州刺史,与诗人刘长卿、皇甫冉为友,刘长卿有《和樊使君登润州城楼》,皇甫冉有《同樊润州秋日登城楼》《同樊润州游郡东山》。因皇甫冉卒于大历六年,仅比杜甫晚一年,因此自《嘉定镇江志》卷一四至今人郁贤皓《唐刺史考全编》,都定樊刺润为大历五年至稍后一二年事。集序亦署其职务为润州刺史。目前能够见到的樊晃最晚记录为大历十年(775)撰《怪石铭》(见《金石录》卷八)。无论此集编于其在润州刺史任内,抑或去职以后,编次时间可以确定在大历五年杜甫卒后,十年以前,即杜甫去世三五年间。从称杜甫"薄游陇蜀,殆十年矣"的记载来看,最大的可能即在大历六年,即杜甫去世次年,时距杜甫华州去职西行秦州已经十二年。

樊晃对杜甫生平的叙述,虽然简略,但大体准确,远胜于两《唐书》本传之错讹多有。他称杜甫的官职为"工部员外郎",称"黄门侍郎严武总戎全蜀,君为幕宾,白首为郎,待之客礼。属契阔湮厄,东归江陵,缘湘沅而不返",是在对杜甫事迹仅知梗概,深层原因和具体细节仍不完全清楚的情况下,最清晰恰当的记录,与明清以来的杜甫事迹考证几乎没有任何违格,与拙考《杜甫为郎离蜀考》认为杜甫离蜀初行目的为入京为郎的新说也颇契合。所谓"东归江陵"是说东归经过江陵,而不是以江陵为终点。至于"缘湘沅而不返",则是对杜甫去世两说最稳妥的折衷。

更重要的是,樊晃当时已经知道杜甫有文集六十卷,流传于江汉之南,即荆湘之间。樊称杜甫"常蓄东游之志",与杜甫在夔州、江陵诗,如《解闷十二首》云:"为问淮南米贵贱,老夫乘兴欲东游。"《第五弟丰独在江左近三四载寂无消息觅使寄此二首》之二云:"闻汝依山寺,杭州定越州。风尘淹别日,江汉失清秋。影著啼猿树,魂飘结蜃楼。明年下春水,东尽白云求。"所表达的欲往江东之行的愿望是一致的。可能樊晃也是杜甫曾联系者之一。杜甫在岳阳作《登岳阳楼》诗有"亲朋无一字,老病有孤舟",正是临歧犹豫的记录,估计是因为故人韦之晋出镇湖南的任命改变了他的行程。

《新唐书·艺文志》《通志·艺文略》均著录杜甫集六十卷,我相信只是根据樊晃序所作的辗转记录。就我对唐宋典籍中所有关于杜甫文集和诗歌的阅读记录所作分析看,除了樊晃的记录,没有任何人留下曾阅读杜甫六十卷文集的可靠记录。樊晃所述虽也属传闻,但时杜甫刚殁,且他已经得到杜甫二子在江陵的确实消息,因此记载是可信的。

假如杜甫确实是在大历五年岁末的冬日卒于岳阳附近的洞庭湖边,那么与他在一起的至亲只有他的夫人杨氏和二子宗文、宗武。今人根据杜甫诗中的线索和提及二子的年龄,推测杜甫成婚约在天宝中期,夫人杨氏当时如果二十岁,大约比杜甫年轻十六七岁。元稹《杜甫墓系铭》称杨氏卒年四十九,即在杜甫卒后仍存活约七八年。二子的年龄,在杜甫卒时应该已经在二十岁左右,杜甫诗中曾反复夸奖二子能作诗,并以"诗是吾家事"(《宗武生日》)相勉。有理由相信,杜甫卒后,二子将其遗骸暂瘗于岳阳,即北行抵江陵,并为乃父文集的保存和流传,作出了非常艰苦而有效的努力。樊晃得到的消息,应该即间接来源于杜甫家人。唐代士族将养生送终作为子孙对先人应尽之最大责任,特别当先人亡殁于道途,暂瘗于他乡时,家人常将先人骨殖归葬故土当作人生之首要大事,即使倾家荡产、累死道路也在所不计。杜甫则在亡殁后近四十年,方由其孙杜嗣业完成归葬的责任,即宗文、宗武兄弟终其一生仍然没有完成将父亲归葬的使命。虽然宋以后自称杜甫后人的记录有宗武归蜀的记录,目前仍无法确知杜甫二子的行迹、仕宦、寿卒的可靠情况,但我认为可以相信,二子或共同,或分别,为亡父文集的保存和流传,作出了难能可贵的努力,可以相信杜甫入蜀以后的诗歌得以大多保存,应该首先铭记二子宗文、宗武的努力。

樊晃序中特别提到，"江左词人所传诵者，皆君之戏题剧论耳"，即在江南一带流传的杜甫诗歌都只是一些游戏之作，这就能很好地解释殷璠《河岳英灵集》不收杜甫诗歌的原因，即他在天宝间在润州编录该集，当时杜甫成就还不高，即有所见也不足称道。所谓"戏题剧论"，我相信就是《云溪友议》卷中《葬书生》或《唐摭言》卷四所载"广文到官舍，系马堂阶下。醉则骑马归，频遭官长骂。垂名三十年，坐客寒无毡。赖得苏司业，时时与酒钱"一类作品。

樊晃对杜甫的评价是："君有大雅之作，当今一人而已。"即在大历前期李白、王维都辞世以后的十年间，杜甫足以代表代宗前期诗坛的最高成就，其他京洛、江东诗人都无法与杜甫比肩。这是樊晃的卓识，可以说是在任华、严武、郭受、韦迢等人以后，对杜甫诗歌地位的再次肯定，也可以认为李杜齐名代表当代最高水平，在江东也有支持者。

樊晃《杜工部小集》在宋代很流行，因其结集甚早，宋人多取以校勘杜诗，留下许多零星记录。我三十多年前撰前引《杜诗早期流传考》，考得吴若本《杜工部集》引录十五首，蔡梦弼《杜工部草堂诗笺》引录二十首，黄鹤《集千家注杜工部诗史补遗》（《古逸丛书》本）引录十首，《钱注杜诗》引录五十八首，仇兆鳌《杜少陵集详注》（康熙刻本）引录三十九首，去其重复，共得六十二首，相当于原集的五分之一强，若以组诗计，则含九十八首，约当全书三分之一。樊集所收篇目，前期杜诗则包括《自京赴奉先县咏怀五百字》《悲青阪》《哀王孙》《新婚别》《后出塞五首》等名篇，入蜀后诗则包括《丹青引》《秋兴八首》《秋日荆南述怀三十韵》《岳麓山道林二寺行》《追酬故高蜀州人日见寄》等名篇，最晚者则为杜甫在长沙所作《暮秋将归秦留别湖南亲友》，可以说，杜甫各个时期的代表作，樊晃都注意到了。正是基于这些作品，樊晃给以杜甫以高度评价。樊序又云："冀求其正集，续当论次云。"即他所作编录者为他没有看到正集前，就他在江东所得编次而成。杜甫诗歌当时流传情况，可以据以推见。

樊晃本人诗歌，仅存《国秀集》所载《南中感怀》一首："南路蹉跎客未回，常嗟物候暗相催。四时不变江头草，十月先开岭上梅。"是他早年所作。皇甫冉、刘长卿与他交往密切，彼此唱和，可惜樊诗不传。《全唐诗》

卷一一四另据《吟窗杂录》卷二六录"巧裁蝉鬓畏风吹,画作蛾眉恐人炉"二句为樊晃诗,我认为此诗为殷璠《丹阳集》收开元间硖石主簿樊光诗,与樊晃不是一人。

虽然有樊晃之如此推崇,但杜甫的成就和地位,并没有得到以钱起、郎士元为首的京城诗人群体,和以颜真卿、皎然为核心的浙西唱和群体的认可,在他们的诗文集中,还看不到对杜甫的客观评价和合适揄扬。这一时期较特立独行的诗人如韦应物、顾况诗中,也没有杜甫的踪迹。仅在皎然贞元间所编《诗式》中,引录有杜甫《哀江头》的前半节引:"杜陵野老吞声哭,春日潜行曲江曲。江头宫殿锁千门,细柳新蒲为谁绿?""辇前才人带弓箭,白马嚼啮黄金勒。翻身向天仰射云,一箭正坠双飞翼。明眸皓齿今何在? 血污游魂归不得。清渭东流剑阁深,去住彼此无消息。"《旧唐书》卷一七下《文宗纪》引此诗题作《曲江行》,说文宗吟此诗而想见安史乱前曲江一带的景色,可知该诗为唐代杜诗流传最广者之一。

四 李杜齐名之确认在贞元、元和之间

经过大历后期到贞元前期对李杜尊崇的近二十年的沉寂,从贞元十年开始,有关李杜并提的说法悄悄但理所当然地出现在多位诗人的笔下。以下是根据现知文献,排列出的大体年表:

贞元十年(794),元稹作《代曲江老人百韵》(原注:年十六时作):"李杜诗篇敌,苏张笔力匀。乐章轻鲍照,碑版笑颜竣。"(《元氏长庆集》卷一〇)元稹出生于大历十四年(779),年十六岁为贞元十年。《代曲江老人百韵》是一首长达百韵的长诗,写作上显然受到杜甫《秋日夔府咏怀百韵》的影响,在长诗中顺便提到"李杜诗篇敌",看作举世认可的常识来叙述,且这时并无有意的轩轾。

贞元十四年(798),韩愈作《醉留东野》:"昔年因读李白杜甫诗,长恨二子不相从。吾与东野生并世,如何复蹑二子踪。东野不得官,白首夸龙钟。韩子稍奸黠,自惭青蒿倚长松。低头拜东野,愿得终始如駏蛩。东野不回头,有如寸莛撞巨钟。吾愿身为云,东野变为龙。四方上下逐东野,

虽有离别无由逢。"(《昌黎先生文集》卷五)此诗系年稍有异说,宋樊汝霖以为元和六年(811)作,王俦谓元和二年(807)作,清王元启谓元和元年(806)作,今人屈守元、常遇春《韩愈全集校注》以为贞元十四年作,看法的差异其实都在对诗中"东野不得官"一句的理解,即是在孟进士及第未及授官前,还是在元和间两次休官时。但从诗中"昔年因读李白杜甫诗",则为写诗前若干年即已认可李杜二人之地位,大量阅读后,韩与孟二人共同将"如何复蹑二子踪"作为各人诗歌写作努力的方向。

贞元十七年韩愈作《送孟东野序》云:"唐之有天下,陈子昂、苏源明、元结、李白、杜甫、李观皆以其所能鸣。"(《昌黎先生文集》卷一九)没有专讲李杜,但将二人放在等量的位置。

元和元年(806),韩愈作《感春四首》之二:"近怜李杜无检束,烂漫长醉多文辞。"(《昌黎先生文集》卷三)

元和二年(807),韩愈作《荐士》:"周诗三百篇,丽雅理训诂。曾经圣人手,议论安敢到。五言出汉时,苏李首更号。东都渐弥漫,派别百川导。建安能者七,卓荦变风操。逶迤抵晋宋,气象日凋耗。中间数鲍谢,比近最清奥。齐梁及陈隋,众作等蝉噪。搜春摘花卉,沿袭伤剽盗。国朝盛文章,子昂始高蹈。勃兴得李杜,万类困凌暴。后来相继生,亦各臻阃奥。"(《昌黎先生文集》卷二)

元和五年(810),杨凭作《窦洛阳见简篇章偶赠绝句》:"直用天才众却瞋,应欺李杜久为尘。南荒不死中华老,别玉翻同西国人。"窦牟作《奉酬杨侍郎十兄见赠之作》答:"翠羽雕虫日日新,翰林工部欲何神?自悲由瑟无弹处,今作关西门下人。"二诗均据《窦氏联珠集》录。根据窦牟任洛阳令的时间,知诗作于本年。

前后历时十七年,没有任何的争议和提倡,没有任何的论说或非议,李杜在诗歌史上的地位已然稳如磐石,不容讨论地似乎成为诸人之共识。从韩愈《醉留东野》"昔年因读李白杜甫诗",当然还可以往前追溯若干年,可能在大历末他从韶州回到宣州的时候,也可能在贞元初期他在京城准备进士考试的时候,总应在贞元八年(792)登进士第前吧。另一方面,贞元前期尚未成年但已经在作诗歌习作的元稹,也顺理成章地看到李杜至高无上的地位。这一切,似乎一切早有结论,无须再作讨论,早已形成定论。因此,我认为李杜齐名在杜甫生前已经开始有此一看法,但未必成为共识。经过二十年的过渡,一切已经很自然地得到公认。有没有特别加以提倡的人呢?在存世文献中没有记录。

李杜齐名当然首先是提升了杜甫的地位,但对李杜成就的评说也开始滋生。从目前记载看,贞元末年白居易、元稹、李绅等开始试作新题乐府时,首先在杜甫诗中找到了新的艺术表达形式。元稹元和十二年(817)撰《乐府古题序》:"近代唯诗人杜甫《悲陈陶》《哀江头》《兵车》《丽人》等,凡所歌行,率皆即事名篇,无复倚傍。予少时与友人乐天、李公垂辈,谓是为当,遂不复拟赋古题。"(《元氏长庆集》卷二三)旧题乐府是李白热心写作的体裁,如《蜀道难》《行路难》《乌夜啼》《将进酒》等,虽然李白给这些诗歌赋予新的气象,但毕竟格局形式还是汉魏以来的旧格,这让诸人不能满足,他们从杜甫新题乐府中看到可以努力的方向,从而开创中唐新乐府写作的辉煌。

因为曾在杜甫诗集中找到新乐府的武库,因此到元和七年(812)杜甫哲孙杜嗣业请元稹撰写《唐故工部员外郎杜君墓系铭并序》时,元稹从诗歌史发展的角度,充分肯定杜甫的成就,结论是:"诗人以来,未有如子美者。"写墓志而称誉志主的成就,当然是题内应有之意,即便夸大一些,也可以谅解。似乎元稹馀兴不减,进而贬斥李白的成就:"时山东人李白,亦以奇文取称,时人谓之李杜。予观其壮浪纵恣,摆去拘束,模写物象及乐府歌诗,诚亦差肩于子美矣。至若铺陈终始,排比声韵,大或千言,次犹数百,词气豪迈,而风调清深,属对律切,而脱弃凡近,则李尚不能历其藩翰,况堂奥乎!"肯定李白与杜甫有相当成就的同时,特别指出李白不会写排律,特别是"大或千言,次犹数百"的百韵长篇方面,差得实在太远。这当然因为元稹早年曾努力模仿杜甫的长韵,但因此而贬低李白,显然失之偏激了。

稍晚三年,白居易在贬官江州时负气写给元稹的论诗长信《与元九书》,再次重提李杜优劣的话题:"又诗之豪者,世称李杜。李之作,才矣奇矣,人不逮矣,索其风雅比兴,十无一焉。杜诗最多,可传者千馀首,至于贯穿今古,覙缕格律,尽工尽善,又过于李。然撮其《新安》《石壕》《潼关吏》《芦子关》《花门》之章,'朱门酒肉臭,路有冻死骨'之句,亦不过十三四。杜尚如此,况不逮杜者乎!"(《白氏长庆集》卷二八)几乎完全否定李白诗歌的思想价值,即便杜甫也没有将此一"风雅比兴"的责任贯穿始终。写这封长信时,白居易还没有从政治热衷中冷静下来,因此而批评李杜不免偏激,而他此后个人的诗歌写作走向另一极端,适可以他此时的议论来加以谴责。

无论怎么说,中唐韩愈、白居易、元稹三大家对李杜的评说,最终奠定李杜在唐代诗歌史上的典范地位。至于为什么是此三大家,我认为除了三家各自的诗歌趣尚以外,还有一些更特殊的因缘,也应在此稍作说明。

元稹娶贞元名臣韦夏卿女为妻,即《遣悲怀》所谓"谢公最小偏怜女,自嫁黔娄百事乖"者。据《新唐书》卷七四上《宰相世系表》、吕温《吕衡州文集》卷六《故太子少保赠尚书左仆射京兆韦府君神道碑》所载,韦夏卿即为杜甫晚年挚友韦迢之子。元稹早年得读杜集,杜嗣业专程请他为杜甫撰写墓志,或者都与此层原因有关。

韩愈在登第前四年,曾有《与张徐州荐薛公达书》。登第后,曾长期在徐州节度使张建封幕府任职,有《汴泗交流赠张仆射》《贺徐州张仆射白兔书》《上张仆射书》等诗文为证。白居易亦曾客徐州。《燕子楼诗序》云:"徐州故张尚书有爱妓曰盼盼,善歌舞,雅多风态。予为校书郎时,游徐泗间,张尚书宴予。酒酣,出盼盼以佐欢。欢甚,予因赠诗云:'醉娇胜不得,风嫋牡丹花。'一欢而去,迩后绝不相闻,迨兹仅一纪矣。"白居易客徐幕的时间晚于韩愈,所谓"徐州故张尚书"为张建封子张愔,时间在贞元十六年后一二年。韩、白二人早年虽看不到亲密来往的痕迹,但都曾客居徐州幕府则一。

张建封(735—800),《旧唐书》卷一四〇、《新唐书》卷一四八有传,他早年好属文,又慷慨负气,以功名为己任。宝应中曾说降苏、常乱民数千归化。大历十年后入河阳三城使马燧幕府为判官,建中间因军功迁濠寿庐观察使。贞元四年授徐泗濠节度使,镇徐州达十二年之久。权德舆撰《徐泗濠节度使张公文集序》称他"歌诗特优,有仲宣之气质,越石之清拔"。是方帅而能诗之人物。大历四年,杜甫到长沙,张建封也受湖南观察使韦之晋辟为参谋,授左清道兵曹,但不乐吏职而去。杜甫撰《别张十三建封》送行:"尝读唐实录,国家草昧初。刘、裴建首义,龙见尚踟蹰。秦王拨乱姿,一剑总兵符。汾晋为丰沛,暴隋竟涤除。宗臣则庙食,后祀何疏芜。彭城英雄种,宜膺将相图。尔惟外曾孙,倜傥汗血驹。眼中万少年,用意尽崎岖。相逢长沙亭,乍问绪业馀。乃吾故人子,童丱联居诸。挥手洒衰泪,仰看八尺躯。内外名家流,风神荡江湖。范云堪晚友,嵇绍自不孤。择材征南幕,湖落回鲸鱼。载感贾生恸,复闻乐毅书。主忧急盗贼,师老荒京都。旧丘岂税驾,大厦倾宜扶。君臣各有分,管葛本时须。虽当霰雪严,未觉栝柏枯。高义在云台,嘶鸣望天衢。羽人扫碧海,功业竟何如。"(《杜工部集》卷八)张建封是唐初名臣刘文静的外曾孙,故杜甫从刘助唐开国说起,赞誉张秉承先人之英雄气,虽然沦落不偶,但一定会有一展管、葛之业,为国栋梁的时候。而所谓"乃吾故人子,童丱联居诸",在杜集中也留下记录,即杜甫开元末所作《题张氏隐居二首》:"春山无伴独相求,伐木丁丁山更幽。涧道馀寒历冰雪,石门斜日到林丘。不贪夜识金银气,远害朝看麋鹿游。乘兴杳然迷出处,对君疑是泛虚舟。""之子时相见,邀人晚兴留。霁潭鳣发发,春草鹿呦呦。杜酒偏劳劝,张梨不外求。前村山路险,归醉每无愁。"(《杜工部集》卷九)宋以来都认为张氏即张建封之父张玠,时杜甫父杜闲为兖州司马,张玠亦客居兖州,这时张建封大约仅六七岁,已经给杜甫留下深刻印象。在长沙告别杜甫后,张建封又经历多次曲折,方能在建中平乱中脱颖而出,成为长期镇守一方的诸侯。以他的英雄侠气和文学秉赋,对世交且曾在自己人生困顿之际给以鼓励的诗人杜甫,努力加以揄扬弘传,应属情理间事。尽管因为文献湮没,事实不彰,但这一推测当与事实相去不会太远。

五　韩愈《调张籍》之再解读

　　韩愈《调张籍》一诗,后人系年有作长庆间者,则为韩愈平生最晚的诗歌之一,也有系在元和十一、二年间者,亦晚于前引元白贬抑李白之二文。无论如何,这首诗为李杜在诗歌史上至高无上的地位下了最终的定

论,则可以论定。诗意甚显豁,前人解读也几乎再无剩意可讲,但作为本文之结论,我还是想再稍作发挥。先录全诗如下:

> 李杜文章在,光焰万丈长。不知群儿愚,那用故谤伤。蚍蜉撼大树,可笑不自量。伊我生其后,举颈遥相望。夜梦多见之,昼思反微茫。徒观斧凿痕,不瞩治水航。想当施手时,巨刃摩天扬。垠崖划崩豁,乾坤摆雷破。惟此两夫子,家居率荒凉。帝欲长吟哦,故遣起且僵。翦翎送笼中,使看百鸟翔。平生千万篇,金薤垂琳琅。仙官敕六丁,雷电下取将。流落人间者,太山一豪芒。我愿生两翅,捕逐出八荒。精诚忽交通,百怪入我肠。刺手拔鲸牙,举瓢酌天浆。腾身跨汗漫,不著织女襄。顾语地上友,经营无太忙。乞君飞霞佩,与我高颉颃。(《昌黎先生文集》卷五)

诗题中的"调",为"调笑"之意,即与张籍的游戏之作。首二句力拔千钧,不容辩说地确认李杜的成就,这是韩愈一贯霸气文风的习惯。下四句批评否定李杜者愚不可及,如同蚂蚁撼动大树般地不自量力。白居易比韩愈年轻四岁,元稹年幼十一岁,但无论如何二人均已四十上下,且在诗坛已经取得突出成就,似不宜斥为"群儿"。再说《与元九书》只是私人之间的通信,《杜甫墓系铭》也仅为应私家邀约而撰写,韩愈可能根本都没有见到过。不过元白的见解,在当时范围不大的朋友圈中,或有别的方式的流传,就如同今日在饭桌上的谈论一样。就今存文献看,没有其他贬损或谩骂李杜诗歌的记录可查,今人或以元白当之,也可以作为一种解释。何况张籍恰是元白、韩孟两大诗派间的彼此关系均甚好的人物,借给张籍写一首游戏诗的方式,表达对轻易批评李杜二人成就的意见表达不满,当然是一种合适的方式。诗末的"地上友",可以是指张籍,虽有批评,但更多的是期待,呼唤一同追随李杜的成就,开拓诗歌新的境界。此诗延续韩愈雄强奇幻的诗风,以巨刃开河、乾坤震荡譬喻李杜的巨大创造力,后半表述自己追随李杜飞翔天地间,拓新诗境的体悟。诗是说自己精诚交通,百怪入肠,即得李杜附体而得体悟他们空前的文学开拓力量,但诗的潜台词,则明显流露出不甘居李杜之后,希望开拓新天地的志向。在此举一首类似的诗歌。黄庭坚《子瞻诗句妙一世乃云效庭坚体盖退之戏效孟郊樊宗师之比以文滑稽耳恐后生不解故以韵道之》:"我诗如曹邻,浅陋不成邦。公如大国楚,吞五湖三江。赤壁风月笛,玉堂云雾窗。句法提一律,坚城受我降。枯松倒涧壑,波涛所舂撞。万牛挽不前,公乃独力扛。诸人方嗤点,渠非晁张双。但怀相识察,床下拜老庞。小儿未可知,客或许敦庬。诚堪婿阿巽,买红缠酒缸。"(《山谷内集诗注》卷五)因为苏轼写了效黄体的诗,黄作此诗戏之。三十多年前朱东润师带我们读苏黄诗,特别举此诗为例,说明粗看黄很自谦,对其师推崇备至,但如仔细回味,则曹、邻虽为小国,然在十五国风中各占一国,虽小国而不失为正声,然楚虽大邦,在《诗经》中并无自己的位置,楚虽"吞五湖三江",但不能笼罩曹、邻这样的小国,即自己虽然局促浅陋,则正可成自己的面目,不必尽随乃师。我想,对韩愈《调张籍》,也宜作如是解。韩愈是真正读懂李杜之第一人,但以韩愈之雄强豪气,又怎肯跼伏于二人盛名下而无所作为? 后人认为韩愈因此开奇崛一路,开议论一路,开不避俗恶一路,都是一种解释。北宋前期人谈到唐诗的最高成就,喜欢讲"李杜韩"(梅尧臣《宛陵集》卷四六《读邵不疑学士诗卷杜挺之忽来因出示之且伏高致辄书一时之语以奉呈》:"作诗无古今,唯造平淡难。……既观坐长叹,复想李杜韩。愿执戈与戟,生死事将坛。")正是看到了这一发展变化。

摆脱政治是非的白居易,对李杜的看法也可以更客观一些。如他的《读李杜诗集因题卷后》:"翰林江左日,员外剑南时。不得高官职,仍逢苦乱离。暮年逋客恨,浮世谪仙悲。吟咏流千古,声名动四夷。文场供秀句,乐府待新词。天意君须会,人间要好诗。"(《白氏长庆集》卷一五)认可了李杜并雄的地位。

六　馀论:文学典范之成立

李杜齐名,无疑是中国文学史上在《诗经》、楚辞以后,文学最高典范之确立。前人对此的讨论已经汗牛充栋,以至本文若要作学术史的叙述,真不知从何说起。然而基本的真相似乎又从来没有梳理清楚，因此而作学术争辩或理论阐发似乎都不完全能令人信服。本文梳理从杜甫出道到李杜齐名基本定谳的八十年间所有第一手文献，以求还原典范成立的具体真相。

李杜齐名是唐人众所周知的熟典，事出东汉，且仅停留在人格道德的层面，与文学评价无涉。本文揭出之《赠特进汝阳王二十韵》中"何知对李膺"是一段有趣的记录，显示杜甫早年就有朋友以李杜并称以勉励。杜甫与李白漫游逾年，在共同的兴趣中，年长也成就更高的李白无疑是他敬仰的大诗人，也是他追随的目标。"千秋万岁名，寂寞身后事。"（《杜工部集》卷三《梦李白二首》之二）同情李白，也知道李白必然享有千秋盛名。杜甫认识李白的价值，努力追踪，但却绝不随人依仿，而是努力开拓自己的新的道路，以巨大的创造力开创属于自己的诗歌天地。安史乱后杜甫的诗歌影响不断扩大，陆续有朋友的赞誉。可以确认这些赞誉都是杜甫自己编录文集时保存下来，可以说他是很在意别人对他的看法的。在人生最后十年，杜甫始终处于漂泊不定的动荡中，身体多病再加上前途的不确定，人生困顿至极，在这种状况下，杜甫始终坚持诗歌写作，他的伟大人格和艺术创造力在人生困境中达到巅峰。尽管在他生前是否已经得到李杜齐名的声誉，本文提供的证据还有些单薄，但我是宁信其有。

虽然杜甫去世前后的一两年间已经有了"大名诗独步""当今一人"的极评，但此后二十多年的寂寞也是不容怀疑的事实。但到贞元十年后，李杜齐名似乎已经成为举世公认、无须讨论的事实，为诗人们普遍承认。元稹《代曲江老人百韵》是目前看到最早的确凿无疑的记录，这首二百句长诗以几乎全诗对仗的诗句写曲江边上一位老人回忆开天繁华的故事，在叙述那时全盛时期无数风光往事时，提到"李杜诗篇敌"，没有特别强调，只是客观叙述。当然，这首诗自注"年十六时作"是作者追记，或许有作者后来改动的可能。然而韩愈的几处记录也是随意提到，显然这是当时的共识。可以说，没有任何人特别的提倡，没有引起特别的争议，作为文学典范的李杜地位，就这样确定了。

当然，李杜齐名在大历、贞元间之完成，对于李杜二人的意义是不同的。李白在开元天宝间就名满天下,杜甫则稍显落寞,李杜齐名的成立奠定了杜甫的地位。从敦煌吐鲁番遗书、唐人选唐诗、日本古写本和长沙窑瓷器所见唐诗传播文本来看,杜甫诗歌确实流传不广,这与他的诗歌内容深曲不易普及有关,也可以说他的诗歌超越了一个时代,开创了中唐和北宋文人诗的先声。这一意义,体悟最明确的是韩愈,他因此发出最频繁也是最强烈的肯定。元白从诗歌的现实意义和声律技巧上,强调杜甫的价值,因此而褒杜贬李,毕竟是一隅之见,难成定论。

2014 年 5 月 23 日于复旦大学光华楼

（原载《岭南学报》复刊号,2015 年）

戴叔伦诗补订

　　我与蒋寅认识是 1988 年 9 月在太原。此前一年在《中华文史论丛》1986 年第四辑上看到他的《戴叔伦诗考述》，极其钦佩。戴叔伦集是著名诗人中窜乱得最昏天黑地的集子。从明末胡震亨《唐音统签》开始，就说戴集中有大量伪诗，后来傅璇琮、富寿荪、周本淳又有不少纠订，知道其中有宋王安石、元代丁鹤年、明初汪广洋、刘崧等诗。比方曾收入《唐诗一百首》的《兰溪棹歌》："凉月如眉挂柳湾，越中山色镜中看。兰溪三日桃花雨，半夜鲤鱼来上滩。"其实是汪广洋同题三首之一。但伪诗主要来源还不太清楚。蒋寅查明其中误收了张以宁、刘绩等大批伪诗，将戴集整理推进了一大步。那年头古籍数码化还没有发明，所有书都要一本一本地去翻，有这些发现，不仅对戴诗都熟，还不知翻了多少宋、元、明人文集，方有这些收获。勤奋如此，当然值得交往。认识后知道，这些都是他硕士期间的工作。博士毕业到中国社会科学院文学所工作后，他于 1989 年 3 月完成《戴叔伦诗集校注》，分三编，正编为可信戴诗 184 首，其二为备考，即怀疑而无从确证者，得 60 首，其三为伪诗，凡 54 首。这当然是极精密而稳妥的处理，出版后即备得好评。2010 年该书出版修订本，参考今人熊飞、方孝玲之考证，据钱谦益《列朝诗集》和曹学佺《石仓历代诗选》，确认《早春曲》《白苎词》《过贾谊旧居》三篇为明人苏平作；又据杭州径山云居寺为唐代宗时法钦建，因而确认《题净居寺》云"玉壶山下云居寺，六百年来选佛场"，为代宗后六百年人作，时已至元明之际。补充一句，拙辑《全唐诗续拾》卷二二据光绪《松阳县志》卷一一录武元衡《云居寺》，与戴集下所收为同一诗，唯寺庙所在从玉壶山移至玉峰山，此自是方志存诗之常见伎俩。

　　近年料董唐诗,在蒋寅所知外又有一些新的发现。先说辨伪。《泛舟》:"风软扁舟稳,行依绿水堤。孤尊秋露滑,短棹晚烟迷。夜静月初上,江空天更低。飘飘信流去,惧过子猷溪。"《宿灵岩寺》:"马疲盘道峻,投宿入招提。雨急山溪涨,云迷岭树低。凉风来殿角,赤日下天西。偃腹虚檐外,林空鸟恣啼。"二首皆元初张弘范诗,见其所著《淮阳集》。前首题作《泛舟继韵》,仅"绿水"作"绿柳"之异。后首《淮阳集》仅题作《宿》,显有夺文,或可据戴集补。全诗仅"檐"作"帘",馀均同。此张弘范即厓山之战元军主将,后人讥为"宋张弘范灭宋于此"者。谁想其诗还能混入《全唐诗》,不能不佩服其力气之大。

　　《泊雁》:"泊雁鸣深渚,收霞落晚川。柝随风敛阵,楼映月低弦。漠漠汀帆转,幽幽岸火然。垫危通细路,沟曲绕平田。"为王安石诗,见《临川集》卷二六。

　　《宫词》:"紫禁迢迢宫漏鸣,夜深无语独含情。春风鸾镜愁中影,明月羊车梦里声。尘暗玉阶綦迹断,香飘金屋篆烟清。贞席(本作真心)一任蛾眉妒,买赋何须问马卿。"为明初苏伯衡《儗唐宫词》,见《明文在》卷一二,《列朝诗集甲集》卷一二作苏编修伯衡集外诗。伯衡字平仲,苏辙十世孙,婺州金华人。明初为处州教授。

　　《宿无可上人房》:"偶来人境外,何处染嚣尘。倘许栖林下,僧中老此身。"仅因无可与戴时代不相及而断为伪诗。今人王佃启《戴叔伦若干诗作辨伪补正》(刊《中国社会科学院研究生院学报》2006年第3期)认为四句为集权德舆、王勃、刘长卿、卢纶诗而成。另《山居》,蒋寅录入备考,王文也认为是据杜荀鹤、刘长卿、祖咏、张祜诗集句而成。虽不知何人所集,因集句肯定起于北宋石延年、王安石,故决为宋后诗。王文刊于蒋寅供职单位社科院之学生刊物,恰应了失诸眉睫的古语。

　　《晖上人独坐亭》:"萧条心境外,兀坐独参禅。萝月明盘石,松风落涧泉。性空长入定,心悟自通玄。去住浑无迹,青山谢世缘。"蒋断为伪诗,但又疑陈子昂集屡见晖上人,因疑"即晖上人赠子昂之原唱"。今人熊飞则谓明曹学佺《石仓历代诗选·明诗次集》七收有明郭廛《晖上人独坐亭》,与此或为同时作。

《听霜钟》二首,皆无名氏诗,《文苑英华》卷一八四收戴《晓闻长乐钟声》后失署名,后无归戴集。蒋一入备考,一入伪诗,殊无必要。

次说存真。蒋书列入备考的《九日与敬处士左学士同赋采菊上东山便为首句》:"采菊上东山,山高路非远。江湖乍辽复,城郭亦在眼。昼日市井喧,闰年禾稼晚。开尊会佳客,长啸临绝巘。戏鹤唳且闲,断云轻不卷。乡心各万里,醉话时一展。乔木列遥天,残阳贯平坂。徒忧征车重,自笑谋虑浅。却顾郡斋中,寄傲与君同。"见国图藏明抄本宋蒲积中编《古今岁时杂咏》卷三四。该书之四库本于卷三三至卷三五录九日重阳诸诗,删略过甚,唯明抄尚存全貌,或为蒋寅披检偶疏。

略作补订,增戴真诗 1 首,删伪诗 7 首,备考待定者还有 50 首。所谓作案容易破案难,信然。

古人文集之今注本,最近三十年出版已经不下数百种,质量参差不齐,一般评价上海古籍出版社和中华书局两套古典文学丛书中的多数堪称精品。近年因作者与出版社之努力,仅唐集已经见到卢照邻、孟浩然、岑参、韦应物、戴叔伦、李商隐各集出版了增订本,如陶敏增订韦集篇幅增加三分之一,实在是很好的事情。笺注者深研有悟,得失自知,书出后读群书另有感受,有生之年得机缘增补两三次,留给后世极其难得的学术经典。

(刊《东方早报》2015 年 1 月 25 日)

徐凝、徐嶷诗甄辨

　　唐诗人徐凝,生前得元白褒扬,身后遭苏轼讥贬,以致后世谈唐诗者,颇称及之。其集一卷,《宋史·艺文志七》著录,后不传,《全唐诗》卷四七四尚存百馀首,《全唐诗补编》又得数首,亡佚者当不会太多。

　　早于徐凝数十年,有徐嶷亦能诗。《宋高僧传》卷一五《唐馀杭宜丰寺灵一传》云:"一(指灵一)迹不入族姓之门,与天台道士潘志清、襄阳朱放、南阳张继、安定皇甫曾、范阳张南史、吴郡陆迅、东海徐嶷、景陵陆鸿渐为尘外之友,讲德味道,朗咏终日。"

　　灵一与朱放、张继、皇甫曾、张南史,《全唐诗》各存诗一卷,陆鸿渐即陆羽,亦有诗传世。徐嶷与上列诸人同时提及,知亦为能诗者。然通检《全唐诗》,却不收徐嶷之诗,他人诗中亦未提及其名。

　　徐嶷诗似乎已全部亡佚了,其实不然。大约自宋代始,因其事迹罕为人知,且姓名又与世人熟知之徐凝相近,其诗遂与徐凝诗相混了。

　　《文苑英华》卷二三六收徐嶷《宿冽上人房》,卷二七一收嶷《送马向入蜀》,卷二七四收嶷《送李补阙归朝》,卷二九七收嶷《送日本使还》。至宋计有功《唐诗纪事》卷五二已收《送马向游蜀》(诗同而题稍异)、《送李补阙归朝》、《宿冽上人房》三首于徐凝名下,明周复俊《全蜀艺文志》诗二〇收《送马向入蜀》为徐凝诗,《全唐诗》卷四七四并收四诗于徐凝下,实均误。上引《文苑英华》卷二三六、卷二九七两卷为宋本,确作徐嶷,非刊误也。日本大江维时编《千载佳句》(成书于 10 世纪中期,东京大学藏钞本)卷下引《宿僧房》:"觉后始知身是梦,更闻寒雨滴芭蕉。"即《宿冽上人房》后二句,作"徐山嶷",显为"嶷"字读破为"山疑"二字,后人复改"疑"为"凝"。另《万首唐人绝句》卷三九录凝七绝六十二首,殆据凝本集,并无《宿冽上人房》。据此可知上四首,皆徐嶷诗。

皎然《诗式》卷五收徐凝《观竞渡》:"乍疑鲸喷浪,忽似鹢凌风。呀呷汀洲动,喧阗里巷空。"按《诗式》成书于贞元初,徐凝元和后方以诗名,此首当亦徐嶷作。

宋孔延之《会稽掇英总集》卷一四收《秋日宴严长史宅》诗,为嶷与严维等九人联句,代宗初,作于浙东幕。

综上所考,徐嶷诗存五首,又联句一首。其望出东海,天宝至大历间在世,与灵一、朱放、严维等为友,不应与徐凝相混。

1996 年

(刊《中华文史论丛》2008 年第 2 辑)

大梅法常二偈之流传轨迹

大梅法常是中唐的一位禅宗僧人，平生存世仅二禅偈。《全唐诗》收入二偈，但都不在他本人名下，再仔细斟酌，其偈居然为僧、道二家皆乐于引申发挥。幸亏日本尚存其语录，可以据而恢复真相。在唐诗流布史上，是很特殊的案例。请述其始末。

一

释法常(752—839)，俗姓郑，襄阳(今属湖北)人。幼出家于荆州玉泉寺。年二十，于龙兴寺受具足戒。后师马祖道一，得嗣禅法。德宗贞元十二年，自天台移居明州馀姚南七十里之大梅山，其地即汉梅子真旧隐处。世称大梅和尚，习称大梅法常。文宗开成初建成寺院，四方僧侣请学者达六七百人。开成四年九月卒，年八十八。事迹见《祖堂集》卷一五、《宋高僧传》卷一一、《景德传灯录》卷七本传。

法常谈禅语录，门下辑为《明州大梅山常禅师语录》，中国不传，日本金泽文库藏有旧抄本，今存称名寺，日本学者日置孝彦撰《明州大梅山常禅师语录之相关考察》有校录本，刊《金泽文库研究纪要》第十号(临川书店 1998 年)；贾晋华《传世洪州禅文献考辨》(《文史》2010 年第二辑)也有考及。

《明州大梅山常禅师语录》存法常偈二首。其一有写作始末之叙述："唐贞元中，盐官会下有僧因采拄杖迷路，偶到庵所，遂问云：'和尚住此山多少时？'师云：'只见四山青又黄。'僧云：'出山路向什么处去？'师云：'随流去。'僧归，举似盐官，官云：'我在江西时，曾见一僧，自后不知消息,莫是此僧不?'遂令僧去招之,师答以偈云:'摧残枯木倚寒林,几度逢春不变心。樵客遇之犹不顾,郢人那得苦追寻?'"盐官和尚姓李,法名齐安,也是马祖弟子,与法常算是前后同学,他振锡传法之地在杭州盐官镇海昌院。他的门下有僧人迷路,偶然涉足法常所在之地,于是询问:"和尚住此山多少时?"法常不作正面回答,仅云四季循环,四山春则见青,秋则转黄,周而复始。也就是说自己已经记不得经过了多少岁月,同时也包含远离世俗,不记岁月多少之态度,因为计算年月仍是俗虑不忘。僧进而问具体之问题,即从你所住寺院,如何出得山去,这是迷路者希望给以指点道途。法常答曰"随流去",也就是随着溪流下山,自然可以找到下山的道路,同时也包含任随自然,不作刻意矫行的态度。僧人回到盐官,将此段经历说给齐安禅师,齐安马上认准这位高僧应该就是他在江西马祖席上的同学法常,于是再令僧到大梅山礼请法常,法常作此偈为答。

偈是一种僧人所作的韵文,早期翻译佛经中也多有之,但多不押韵,文采也不甚讲究。但唐代僧人则以说偈来传达佛理,所作也多采取古今体诗歌的格式,法常此偈就属于这类作品,已经是很成熟,且严格讲究押韵和平仄协调的一首七言绝句了。前二句说自己在山间看到四季的变化,但始终没有放弃远离尘俗的信念。冬天来了,北风峭冷,摧残群芳,万树凋零,自己独倚寒林,坚守寂寞。春暖花开,万物昭始,自己的内心也没有任何变化。偶然遇到山间打柴的樵夫,自己仍旧修法,从来没有受外物的影响。郢人用《庄子》里舞斤成风的郢客来比喻关心自己的齐安法师,是说齐安当然是比樵夫更具才能的高人,但是你坐你的庙,我修我的禅,我不麻烦你,可否请你也不要苦苦相逼。言下之意,我坚持自己的修道,请你不必影响于我。

第二首,《明州大梅山常禅师语录》殿于卷末,仅题《迁居颂》,其文云:"一池荷叶衣无尽,数树松花食有馀。刚被世人知住处,更移茅舍入深居。"仅就文意说,与前偈似有连续性,即前偈说自己坚持自己的选择,不愿意随人左右,此偈则说既然已经被世人找到了自己的居处,只能将茅舍迁入更远的山间居住。偈仍然是讲究平仄变化的七言绝句。前二句说虽然山居生活艰苦,但有满池荷花,即便以荷叶为衣,自己也已一生穿用不匮,而数树松花,也足以饱啖为生。衣食无忧,自是修禅的好居处,又何必踏足红尘呢?《语录》虽然没有叙述此偈的本事,但南宋人撰《宝庆四明志》卷一三则叙述甚详:"大寂闻法常住山,乃令一僧到问云:'和尚见马师得个什么,便住此山?'法常云:'马师向我道即心是佛,我便向这里住。'僧云:'马师近日佛法又别。'法常云:'作么生别?'僧云:'近日又道非心非佛。'法常云:'这老汉惑乱人,未有了日。任汝非心非佛,我只管即心即佛。'其僧回举似马祖,祖云:'大众,梅子熟也。'法常又有诗云(诗略)。"引偈此称诗,文字仅"更"作"又",故此处从略。大寂即马祖道一,是法常的授法师,可能在齐安追问未果后,更将所知告马祖,马祖乃更遣僧去询问,这回法常不能不见了。马祖所问是,你在我这里得到了什么禅法,以致远避尘世,远住此山以修禅。法常的回答是,老师要我"即心是佛",即通过自己的内省而修法,自己于是就到山间居住。来僧说,马师近日佛法已经大变,不讲即心是佛了,转而讲非心非佛了。这应该是一代宗师马祖禅法前后的重要变化,也可知法常应是马祖早期的弟子。法常闻僧说如此,情绪有些激动,大呼"这老汉惑乱人",你怎么可以一会儿变一套禅法,简直是在糊弄人。但我只相信以往所得到的即心是佛的禅法,你去说你的非心非法,我还是相信当年听闻的那一套。马祖听闻后,不以为非,乃对僧众宣布:"梅子熟也。"即认为由于法常的坚持,他的修法已经获得了正果,给以高度礼赞。

法常虽仅存此二偈,但此二偈不同于一般僧人偈颂之喜谈佛理,过于抽象,而是用很具体生动的形象来表达自己执拗的追求,绝不随波逐流。二偈文辞讲究,声韵谐和,连二三句间的粘连也很规范,可以见到作者驾驭文辞的娴熟能力。如果他平日坚持写作,应该有许多作品。

二

然而以上二偈,《全唐诗》收了,却全部在他人名下。前一首,《全唐诗》卷八二三误收于耽章(即曹山本寂)名下。南唐静、筠二僧撰《祖堂集》卷八《曹山和尚》云:"钟陵大王向仰德高,再三降使迎请,师乃托疾而

不从命。第三遣使去时，王曰：'此度若不得曹山大师来，更不要相见。'
使奉旨到山，泣而告曰：'和尚大慈大悲，救度一切。和尚此度若也不赴王
旨，弟子一门便见灰粉。'师云：'专使保无忧虑。去时贫道附一首古人偈
上大王，必保无事。'偈曰：'摧残枯木倚青林，几度逢春不变心。樵客见
之犹不顾，郢人那更苦追寻？'使回通偈，王遥望山顶礼曰：'弟子今生决
定不得见曹山大师也。'如是二处法席咸二十年，参徒冬夏盈于二百三
百。"曹山之地在临川，即今抚州。钟陵大王指唐末割据江西的军阀钟传，
其人礼敬文士，重视佛法，有许多轶事为人称道。他听闻曹山本寂之名，
心向往之，因而有些霸王硬上弓般地再三派使者去邀请。曹山巧妙应对，
引法常偈作为自己不受邀约的原因。在使节认为和尚若不赴请，可能会
殃及自己生命时，曹山引此偈，说明不赴约完全是因为自己修禅的缘故。
曹山法名本寂，俗姓黄，出生于法常去世之次年，但他似乎仅知此为僧界
流传之古人偈，也不一定能确切了解作者及本事。所引偈有几字不同，这
是正常的现象。

　　《祖堂集》既说曹山所引为古人偈，则显然非其本人作。但以后辗转
流传的著作，如《禅林僧宝传》卷一即作曹山诗，忽略了引他人诗的事实。
而《莆阳比事》卷七、《莲堂诗话》卷上、《八闽通志》卷八六、《唐音统签》
卷九〇八则取曹山别名耽章以传。《全唐诗》编修于清康熙间，那时的学
者多数对僧史很生疏，于是不加鉴别地收在耽章名下。《明州大梅山常禅
师语录》当然是可靠的最早记载，其实在《景德传灯录》卷八、《祖堂集》卷
八、《五灯会元》卷三、《苕溪渔隐丛话后集》卷三七引《传灯录》等记载中，
皆作法常不误，可惜当时未作深究。《迁居颂》的传误情况更复杂。《全
唐诗》卷八六〇收于许宣平下，题作《见李白诗又吟》，诗云："一池荷叶衣
无尽，两亩黄精食有馀。又被人来寻讨着，移庵不免更深居。"最早记录见
《云笈七签》卷一一三："天宝中，李白自翰林出，东游经传舍，览诗吟之，
叹曰：'此仙人诗也。'诘之于人，得宣平之实。白于是游及新安，涉溪登
山，累访之不得，乃题诗于庵壁曰：'我吟传舍诗，来访仙人居。烟岭迷高
迹，云林隔太虚。窥庭但萧索，倚杖空踟蹰。应化辽天鹤，归当千载馀。'
宣平归庵，见壁诗，又吟曰：'一池荷叶衣无尽，两亩黄精食有馀。又被人

来寻讨着,移庵不免更深居。'其庵后为野火烧之,莫知宣平踪迹。"更早且较完整记载许宣平故事者为南唐沈汾《续仙传》卷中,记许为新安歙人,睿宗景云中,隐于城阳山南坞,结庵以居。时或负薪以卖,常挂一花瓢及曲竹杖,每醉则吟诗。历三十馀年,或济人艰危,或救人疾苦,人访之则不见。李白曾见访不遇,乃于其庵壁题诗,许见而作此诗。从目前所知说,李白、许宣平诗事大体为唐末人附会成篇。现既知"一池荷叶"篇本为大梅法常所作,而被神仙家编派为许诗。本来,法常此偈即颇有道风,如荷蓧丈人本为古仙,以松花为食更近道家行为,因而稍加改动而成神仙事迹,也就不奇怪了。

到南宋初董棻编《严陵集》卷二,更收此篇为罗万象《白云亭》,诗云:"一池荷叶衣无尽,数树松花食有馀。刚被世人知住处,不如依旧再移居。"前三句全同,仅末句文字几全异,但意思则同。沈汾《续仙传》卷中云:"罗万象,不知何所人。有文学,明天文,洞深于《易》,节操奇特。惟布衣游天下,居王屋山。久之,游罗浮山,遂结庵以居。"《舆地纪胜》卷八引晏殊《类要》云:"唐罗万象者,分水县人也。隐于紫逻山。节度使李德裕使人召之,闻之,更移入深山,依白云而居,终身不出。"看来至少在宋初,法常偈已经附会到罗身上去了。《全唐诗续补遗》卷六据以补为罗佚诗,看来也有问题。今人曹汛撰《全唐诗续补遗订补剩稿下编》(刊《文史》第三十四辑)谓《五灯会元》卷三收大梅法常偈,与此多同。虽引书证稍晚,但结论是对的。

此外,清邓显鹤编《沅湘耆旧集》卷一〇引此颂作隐山和尚偈,亦误。据《祖堂集》卷二〇载"洞山行脚时,迷路入山,恰到师处"。估计因故事相近而传误。所出较晚,不详辨。

<h1 style="text-align:center">三</h1>

以上略述大梅法常禅师二偈之流传始末,足为唐代文学作品流传的特殊个案。若非日本金泽文库本《明州大梅山常禅师语录》的完整保存,可能二偈到底为谁所作,还会有许多的争议。而清编《全唐诗》虽称皇家

工程,且能接续明末清初多位学者的工作,但疏于考订,鉴别不精,且迫于皇命,仓促成编,虽流传甚广,其可信程度实在很值得怀疑。禅僧偈颂,再三被误传为道教神仙家的故事,也确属难得的个案。今人喜谈写本时代的文本形态,我仅能作部分的赞同。其实,从法常二偈的个案故事来说,我则认为写本、刊本以及谈论之类口耳相传的民间流播,都会造成作品的传误与变形,特别是后者,几乎每一时代都有许多变讹或再创作的例子。若不究根寻源,区分信值和主次,区分可靠文本与传说文本,去伪存真,还原真相,总难让读者充分信任。这项工作,正是负责任的唐诗研究者应该担负的责任。

2016 年 12 月 12 日

(《古典文学知识》2017 年第 1 期)

斋藤茂著《孟郊研究》述评

　　斋藤茂教授任教于日本大阪市立大学,是日本研究唐代文学的中坚学者。他在二十多年前,与几位友人一起发起中唐文学读书会,后来参加的人越来越多,遂形成现在的中唐文学研究会,成为日本研究唐代文学最重要的学术团体。我们曾有机会参加研究会的活动,亲身感受到他们探讨学术的认真和热情。

　　本书后记叙述,作者与孟郊神交已经超过三十年。当时他在东京大学修读博士课程,最初很想研究李商隐,后来与前野直彬教授商谈的结果,决定以《孟郊研究》为论文题目,并得到山之内正彦教授的具体指导。经过近三十年的增订补充,近年方得定稿,并向京都大学申请学位。本书分为《序章》、第一章《事迹检讨》、第二章《联句检讨》、第三章《组诗检讨》四部分,最后附《孟郊略年谱》,总约40万字。

　　《序章》重点探讨孟郊所处时代和对他的历史评价。作者采取史学界以安史之乱区分唐前后期的一般说法,认为中唐复古思想是经历战乱后的士人阶层自觉摸索的文学追求,形成一时的风气。孟郊出生士族寒门,一生郁郁不得志,追随这一思潮并加以努力实践,成为复古诗风的代表。而中唐时期文学氛围与初盛唐之最显著的不同特点,则是士大夫文学圈的出现,由于血缘关系、地缘关系、科举师友等因素,形成各种大小不同的士人团体,因缘各自不同的文学追求和心理感受,展现以价值多样性为特色的中唐诗歌风貌。作者分析孟郊的文学特征,一是文少诗多,诗则近乎全部是五言古诗(今存孟诗,近体仅8首,杂言4首,七古25首,五古则多达467首,占93%),复古倾向很强烈。二是理论能力较弱,很少作完整的系统阐述,只有观念和情绪的流露,而且他的诗很少长篇,最长也就四十多句,取而代之的是组诗很多,形成他的诗体特点。三是孟郊诗歌的语言独特性,最突出的是多造语,表达生硬,在同时代显得很突兀而不协调。最不同常流的是他的诗中显露出来的自然观,别人诗中赏心悦目的风花雪月,在孟郊诗中则是霜露寒风、冷月冻波,这些无不成为对诗人有意伤害的恶者。这些分析,吸取了前人读孟郊诗的一般感受,进而加以仔细的分析和准确的体悟,将孟郊的基本特征揭示出来。至于历史评价,作者特别注意到唐代同时人的充分肯定和宋代以苏轼为代表的贬抑批评,但在后者的不满中,则又包含着对孟郊生硬诗风的有意模仿,是很有趣的文学现象。

第一章《事迹检讨》,由于早前已经有华忱之《孟郊年谱》,孟郊生平的主要轮廓前此经已大致勾出,因而作者主要探讨对孟郊一生特别是文学道路有影响的事件。所论诸事都颇为特别。

一是孟氏族人间的交流。孟郊同时代族人中,以孟简地位最为显赫。作者根据李观《贻先辈孟简书》,推证孟简进士及第应该在兴元元年(784)或稍前。孟郊在孟简及第前,有《山中送从叔简赴举》《山中送从叔简》二诗送行,在孟郊贞元十二年(796)及第前,另有数诗赠简。从孟简佚文《送东野奉母归里序》(详后引)来看,直到贞元二十年孟郊辞溧阳尉时,两人仍有密切的来往。但从此后直到孟郊元和九年(814)去世的十来年间,孟简先后历任司封郎中、谏议大夫、常州刺史、浙东观察使,地位颇显要,但却看不到两人来往的痕迹,至少在孟郊困穷之时,看不到孟简实质的帮助。虽然其间原因还无法做出合适的解答,但问题的提出无疑很有意义,可以了解孟郊家族孤寒、无人党援的处境。

二是孟郊与诗僧皎然以及浙西诗坛的交流。皎然与孟郊为同乡,年辈长于孟郊,且因在大历时期主盟浙西诗会而在诗界有崇高地位和重大影响。作者通过对孟、皎两家诗集的筛选,确认贞元三年皎然有《五言答孟秀才》赠孟郊,其后又有两组诗唱和,并通过《逢江南故昼上人会中郑方回》《送陆畅归湖州因凭题故人皎然塔陆羽坟》等诗的分析,指出虽然孟郊的诗比皎然诗更艰辛难懂,但可以了解他通过皎然而与浙西诗会诸人有所交流,不仅留下珍贵的回忆,而且对他的文学道路有重要影响:联句的创作方式正是浙西诗人所擅长的写作,而崇尚建安诗歌、提倡复古文学,也与此派文学主张有密切联系。其中分析《送陆畅归湖州因凭题故人皎然塔陆羽坟》的"江调难再得,京尘徒满躬",将江南风调概括为与"京尘"相对的"江调",充满追思和向往,更是很敏锐的揭示。

三是孟郊与韩愈文学圈的关系,论及他与韩愈、李观、张籍、李翱、贾岛、卢仝等人的交谊,前人对此论列较多,本书也有不少独到的揭发,在此不一一评述。作者注意到一个有趣的现象,孟郊是贞元十二年及第的,此年主持贡举的是著名诗人吕渭(大历初浙东诗会的主持者,其诸子温、恭、俭、让均以文学名),同年进士中李程、冯审、张仲方、崔郾、湛贲、崔护皆为中唐有名文士,但孟郊与诸人几乎看不到交往的痕迹,在崇尚同门师友的时代,实在显得很特别。

就孟郊的文学研究来说,本书主体部分分别论述其联句和组诗的创作,是有特别考虑的选择。

韩孟联句共 13 首,分别赖韩、孟两家别集保存。孟集存《有所思》《遣兴》《赠剑客李园》,都是交替联句有规则而较短小的作品,钱仲联《韩昌黎诗系年集释》系前二首于元和元年(806),斋藤茂则认为作于贞元十四年(798)初春,是两人联句中较早期的作品。韩集中所存 10 首,作者的系年也与钱氏颇多不同,认为大抵作于贞元后期到元和初年,在形式和内容上都有了很大的变化。内容上出现了如《征蜀联句》这样以战争时事为要素的作品,形式则多篇幅宏大的作品,如《城南联句》甚至长达306 句,联句各人担当的句数也不固定,有很多变化,而在诗风上则多用险韵和生字、难字,追求生硬奇崛的表达效果,造语极富冲击力。对韩孟联句的评价,作者认为就他们各自的诗歌道路来说,联句带来二人元和间诗歌的新变:韩愈此后大量写作长篇古诗,而孟郊则写作了许多组诗,都找到了新的适合表达的方式。在古诗联句发展史上,则由韩孟再经皮陆的发挥,完成向宋诗的过渡。

组诗部分,本书将孟郊全部 12 组组诗(一题下包括两三首者不算入),分为八节来展开,篇幅占了全书的三分之二,是用力最勤的部分。就《孟东野诗集》全书来说,这些组诗大约占其全部存诗的五分之一强,的确是他的创作中最具个人特点,也最能体现他的特别诗风的作品。本书也循日本学者研究中国古代文学的一般体例,首先做这 12 组诗的原文日译、原诗大意和诗旨解说,凡此都能体现日本学者治学中先仔细阅读作品再加评论分析的基本规范。

作者特别关注孟郊组诗中所表达的作者心境和感情变化。他从《石淙十首》中体会作者情调稳定而心情宁静,《立德新居十首》可能是献呈郑馀庆而作,描写居宅之结构景致,流露迁入新居之安乐心情。而以《杏殇九首》为转折,因为爱子之早逝,心情转为悲苦哀伤,以自然景物为伤害人的恶者,并深刻延续到他晚年的创作。至《寒溪九首》因元和六年大寒而命题,写大寒肃杀,万物凋零,无罪动物遭害,诉于天而企盼春天。《峡哀十首》《感怀八首》《秋怀十五首》,作者都纠订前人的系年,认为作于元和六年韩愈、郑馀庆离开河南以后,友朋离去加上老病孤独,使其诗充满孤独、饥饿、衰暮之感,时时感到对加害己身的自然的恐惧感,并发展为对社会的恐惧,将其寒苦诗风发挥到极端。

通过对孟郊组诗的评析,斋藤的结论是:以十首左右篇幅,以五言古诗为主的组诗,写一个专题,是孟郊新创的表达方式,与前此阮籍《咏怀》、陈子昂《感遇》、李白《古风》等非一时一地所作的组诗,有很大的不同,更接近杜甫联章律诗的结构。组诗在整体上有结构性,力避平板,也不涣散凑合,经常能表达自觉的创新功夫,是孟郊诗歌中用力最深也是成就最高的作品。组诗除《石淙十首》或以为作于贞元中(作者倾向作于元和初),都是孟郊人生最后七八年的创作。由于孟郊没有百句以上长诗的创作,与同时的元、白、韩、卢诸人有很大不同,组诗是他表达复杂情感和经历的主要载体。而对他晚年影响最大的婴儿之死和韩愈、郑馀庆离开河南,都极大地改变了他的晚年心境,更多地感到人生的悲哀和生命的无常。而在组诗语言上,也更多地增加表达的个性化,将以前联句中曾经尝试过的复杂技巧,做更进一步的发挥。作者认为组诗最能代表孟郊的诗歌成就,很具识见。

作家研究一直是唐诗研究的主要课题,至今大约凡是重要的作家,都有了很充分的研究,剩义无多,似乎很难继续开拓。就孟郊言,虽然论述专著仅知有尤信雄《孟郊研究》（文津出版社 1984 年），其全集注本则已经有四种，即陈延杰《孟东野诗注》（商务印书馆 1939 年），韩泉欣《孟郊集校注》（浙江古籍出版社 1995 年），华忱之、喻学才《孟郊诗集校注》（人民文学出版社 1996 年），邱燮友、李建昆《孟郊诗集校注》（新文丰出版公司 1997 年），要发掘新资料、谈出新见解，很不容易。日本学者之研究文学，非常重视文本的阅读和分析，从基本文本的解读中分析作者的生活道路和感情变化，在与前后代文学的比较中确认其创作的文学地位，分析细腻，评议公允，常在缓缓叙述中有很亲切的体会。本书就是这样的一本专著，是值得向中国学者介绍的。同时，在孟郊人事交往和作品系年方面，本书也有许多重要的发明，前面已经举到一些。就文献挖掘来说，从清凌锡麒《德平县志》卷一一找到孟简《送东野奉母归里序》："秋深木脱，远水涵空，升高一望，而客思集矣。而东野于此时复奉母归乡，临崖歧袂，赠别之诗于是焉作也。夫道茂者随物而安，学至者缘情而适。东野学道守素，既以母命而尉，宜以母命而归，应不效夫哭穷途歌式微者矣。若夫悲秋送远之际，瞻顾黯然，此江淹之所以销魂也，况吾侪乎！"《全唐文》及各家补遗都未收此篇，对于了解孟简与孟郊的交谊，对于知悉孟郊的母子深情，甚至解读《游子吟》那样的名篇，都有特别的意义。

（本文与朱刚合撰，刊《唐研究》十五卷，北京大学出版社 2009 年 12 月）

瞿蜕园解读刘禹锡的人际维度
——瞿蜕园《刘禹锡集笺证》评述

  瞿蜕园先生去世于1973年,遗稿有《刘禹锡集笺证》,定稿稍残,整理者据其初稿补足,由上海古籍出版社1989年出版。我第一时间购置了该书,原书没有自序,仅有简单的整理说明,因此没有特别地阅读,对其成就也一直缺乏深入的理解。2001年为傅璇琮、蒋寅主编《中国古代文学通论·隋唐五代卷》(辽宁人民出版社2005年)撰写《隋唐五代文学的基本文献》一篇,介绍此书"为刘集第一个全注本,着重于名物典章和史实人事的诠证,引征丰富,精要不烦,颇具功力",只是浮泛的肯定。近年因全面校订唐诗,方得缘仔细阅读此书,很惊讶于此书达到的成就。虽然书出已经二十六年,仍感到有必要介绍此书之成就,以及瞿氏独到的治学方法。

一 瞿蜕园的人生经历与《刘禹锡集笺证》之成书

  瞿之生平,复旦大学2012年田吉博士论文《瞿宣颖年谱》有详尽考定。述其大略,则可概括如下:瞿宣颖(1894—1973),初字锐之,后改兑之,晚号蜕园,湖南善化人。是清末重臣瞿鸿禨幼子。一生涉足政、学两界,往来南北各地,交游和治学的兴趣都极其广泛。更具体些说,则他出生在甲午战败那年,在他少年时期,其父瞿鸿禨历任署吏部尚书、充中日议约全权大臣,授协办大学士、军机大臣、外务部尚书,充核定官制大臣,地位接近宰相。欲引岑春煊与袁世凯相抗,反为袁所噬而出缺回乡。瞿蜕园因为父亲的缘故得以广交天下名士,也深切体会官场之波谲云诡,瞬息万变。他在清季民初有深厚的旧学积累,但进入大学则接受的是现代教育。进入圣约翰大学是学生团体的骨干,转学复旦大学后更遭逢五四学运席卷全国,他积极参加上海成立的全国学生联合会,并充满激情地亲自起草《学生联合会宣言》,引一节如下:"期合全国青年学生之能力,唤起国民之爱国心,用切实方法,挽救危亡。远近各地,请即日响应,互通声援,以为全国学生自动的卫国之永久组合。自由与公理,为吾人同赴之目标,死生以之,义无返顾。"但毕业要谋职养家,他只能在父亲熟悉的人事环境中谋发展,到北京政府任职,曾任国务院秘书、司法部秘书、国史编纂处处长,署印铸局局长、国务院秘书长等。国府南迁后,他以文教活动为主。1937 年后留滞北京,下水担任诸多伪职,还曾短暂署理过伪北大校长,虽无大恶,但毕竟不甚光彩。1949 年后一直没有固定职位和生活来源,冒广生曾欲推荐他进上海文史馆而不果,只能靠为报社写稿,为出版社写书来谋生,后者较重要的有科学出版社约请整理清末王先谦遗著《新旧唐书合注》,为中华书局上海编辑所(今上海古籍出版社前身)撰写《李白集校注》(与朱金城合作)及《刘禹锡集笺证》。他努力希望适应新社会,但身份只是社会闲杂,要交代历史问题还是自己努力投递上去,1955 年得到"不予追究刑事责任"的决定。但 1968 年仍因私下议论惹祸,以七十五岁高龄获刑十年,八十岁瘐死狱中。

周劭《瞿兑之与陈寅恪》:"中国学术界自王海宁(国维)、梁新会(启超)之后,够称得上'大师'的,陈、瞿两先生可谓当之无愧。但陈先生'史学大师'的称号久已著称,瞿先生则尚未有人这样称呼过,其实两位是一时瑜亮、铢两悉称的。"这一说法可以从陈三立、陈寅恪父子的文字中得到印证。陈三立 1936 年为瞿《丙子诗存》题词:"抒情赋物,悱恻芬芳,而雅韵苍格,阶苏窥杜,无愧健者。"以为得窥杜甫、苏轼之门阑。次年陈三立去世,瞿作挽诗五首,《吴宓诗话》云:"寅恪言,散原丈挽诗,以瞿兑之宣颖所作为最工,惜宓未得见。"足见评价之高。其后瞿、陈二人的交谊唱和一直维持到"文革"前夕。

从目前看到的上海古籍出版社存档,瞿蜕园在 1961 年 12 月 26 日致函称"《刘禹锡集校注》工作亦望酌量提出",但版本及其他资料请提供利用便利。到 1963 年 9 月 16 日告该集笺校已毕,称"逐细考订,大致无遗,字数在 30 万以上",请预支稿费。到 1964 年 7 月 16 日再告"现已接近最后阶段。除已交之部分外,增加注文及补充笺证,约计为十万字"。1965 年 1 月 11 日,告"此稿阅时三年有余,几经修订,合计全稿约五十二万言",前交稿外又"钩考群书,补撰《刘禹锡集传》一卷、《刘禹锡交游录》一卷、《永贞至开成时政记》一卷",请求结清稿酬。同年 11 月 8 日寄去最后修改稿,总计约六十万字。巧合的是,恰是在这前后一二天,姚文元批判《海瑞罢官》之文发表,"文革"爆发,瞿不幸遭劫,这部书稿因已交出版社而得以保存。

陈寅恪《元白诗笺证稿》出版后,瞿蜕园特作长庆体诗《陈六兄寅恪自广州寄诗见怀杂述答之》相赠,诗末云:"料君养目垂帘坐,听我翻诗转轴成。格律香山元不似,或应偷得句中声。"自注:"君近著《元白诗笺证》,持论精绝,故拟其格以博一笑。"在笺校刘集时,他还通过吴宓,"有二三诗史上问题请于寅恪"(《吴宓日记续编》1964 年 5 月 13 日)。陈寅恪同年作《赠瞿兑之四首》有云:"三世交亲并幸存,海天愁思各销魂。开元全盛谁还忆,便忆贞元满泪痕。"表达关切思念,以及共同的借开元、贞元历史研究寄寓家世、时代沧桑之感的志趣。

二　《刘禹锡集笺证》之学术追求

一定程度上可以认为,《刘禹锡集笺证》是瞿蜕园晚年卖文为生的一部书稿,在基本交稿后,他即提出"已陆续借支部分稿酬。兹值写定成书,可否惠予结清,藉以应付个人生活所需,实深感盼",其困顿可想而知。但同时他又说:"关于刘集之资料,仍在继续搜集研究中,今后如有所得,尚拟补入稿中,以期尽量充实。必要时仍当分批取回该稿一用,用毕即归还。"已交稿仍未必满意,希望不断充实提高,绝不因卖文谋生而应付了事。

从表层来说,《刘禹锡集笺证》是一部符合古籍整理基本规范的著作。刘集唐时凡四十卷,到北宋已缺十卷,宋敏求另采《刘白唱和集》《彭阳唱和集》《汝洛集》《名公唱和集》《吴蜀集》等书所存刘诗 407 篇,另得杂文 22 篇,编为外集十卷,成为后世刘集的通行文本。瞿氏以日本崇兰馆藏宋蜀刻本为底本,参校绍兴间董棻刻本以及明清几种刊本。两种宋本虽珍贵,但前者为董康 1913 年影印,后《四部丛刊》收入,后者则 1923 年徐森玉曾影印,皆易见。瞿氏复参校《文苑英华》《唐文粹》《乐府诗集》《万首唐人绝句》等书,校勘认真,这在今日一般古籍整理者都能做到。全书没有辑佚,是志不在此,因此缺收可靠文章如《文苑英华》存拟翰林制诰,存疑作品如《陋室铭》与“司空见惯”的那首诗,稍存遗憾。值得称道的是涉及文本异文时,瞿氏每能追踪经史文本加以定夺,显示熟稔旧籍的深厚功力。如《哭王仆射相公》诗首句,诸本多作“于侯一日病”,瞿校以为崇兰馆本作“子侯”为是,盖用《史记·封禅书》载霍去病子子侯暴病一日死之事,切王播之暴卒。再如《再经故元九相公宅池上作》,《全唐诗》所录有句作“蛙螟衣已生”,瞿认为宋本“螟”作“蟆”,是用《庄子·至乐》“得水土之际,则为蛙蟆之衣”,是宋本不误。又如《咏古有所寄二首》之二“遗基古南阳”,一本作“南方”,瞿认为咏东汉阴丽华事,必不作南方。《金陵五题引》“遒尔生思”,朱氏结一庐本作“乃尔”,瞿谓“遒尔”用班固《答宾戏》语,“乃尔”为误解。《征还京师见旧番官冯叔达》,宋蜀本作“旧曹官”,瞿谓当依《文苑英华》卷二一八、《万首唐人绝句》卷五、《全唐诗》卷三六五作“番官”是,并引《唐六典》为证,知其人为刘官屯田时的掾史。再如《元和甲午岁诏书尽征江湘逐客》首句,宋本作“云雨江湘起卧龙”,似乎可通,瞿认为此处用《易解卦》,当依朱氏结一庐本和《全唐诗》作“云雷”。再如刘禹锡为何字梦得,他认为取名是据《禹贡》“禹锡玄圭”,而梦得则可能据纬书《孝经钩命诀》“命星贯昴,修纪梦接生禹”。凡此之类,非熟谙旧籍、典实、制度、地理等,难以臻此。

　　就全书构成来说,则主体为刘集所有诗文的校订解读,每篇下分诸栏,一为“校”,乃求文本之真,操作规范,已如前述;二为“笺证”,非一般之注释文义,而是各就人事、事件、地望、制度等展开讨论,部分篇章称“注”,体例未及划一,亦有“注”与“笺证”兼有者,则“注”明细节,“笺证”

则发挥该篇写成时间、背景及所涉寓意之讨论。各篇详略各异,详者或至数千言,可作一篇论文看。全书之末,则有四项附录,一为《刘禹锡集传》,以刘氏自撰《子刘子自传》为本,据本集勾稽事迹以成新传,总二万馀言,类年谱而将传主一生大节揭出。二为《刘禹锡交游录》,凡收五十五人,总约九万言,以刘之作品解读为依凭,稽考诸人之生平出处,重点交代与刘之交往始末及恩怨情隙,仔细阅读,方知为全书最精彩之部分。三为《永贞至开成时政记》,首末三十八年(叙至刘卒),为刘禹锡一生与朝廷政治最密切的时期。似为他考查刘诗文人事交集与政治纠葛之长编大纲。四为《馀录》,为治刘集之随感而各篇难以归属者。估计以上部分皆最后完成,是总结笺证心得而尤望加以发挥者。

刘禹锡存诗约八百首,存文约二百二十篇,颇为可观。因他学问浩博,为人强项,交游至广,大多为特殊原因或人际交往而作,寄意深远,解读不易。瞿蜕园早年即成长于同光馀风的氛围内,于骈散文和古今各体诗皆称擅场,特别善于体会微妙的人际应酬和复杂的政治角逐中的含蓄表达,何况他的先人曾深陷政争,他本人又曾长期周旋官场,这些独特的经历和学养使他的解诗能有许多切肤凿骨的揭发。

举一首诗之解读为例。刘禹锡《代靖安佳人怨二首》有引:"靖安,丞相武公居里名也。元和十年(815)六月,公将朝,夜漏未尽三刻,骑出里门,遇盗,薨于墙下。初,公为郎,余为御史,�是有旧故。今守于远服,贱不可以诔,又不得为歌诗,声于楚挽,故代作《佳人怨》,以裨于乐府云。"诗云:"宝马鸣珂踏晓尘,鱼文匕首犯车茵。适来行哭里门外,昨夜华堂歌舞人。""秉烛朝天遂不回,路人弹指望高台。墙东便是伤心地,夜夜秋萤飞去来。"诗旨在诗引(禹锡父名绪,故序皆作引)已经说明,丞相武元衡因主张平叛,为方镇遣刺客杀于上朝途中。禹锡与武有宿怨,此时恰在南赴连州的路上,得讯而作此二语,托武姬人口气表达哀悼。前人对此诗之评论,如宋葛立方《韵语阳秋》卷三即认为"其伤之也,乃所以快之欤",刘克庄《后村诗话续集》则比较柳宗元同时所作《古东门行》,认为二人虽皆与武有隙,柳"犹有嫉恶悯忠之意",刘则"似伤于薄"。然则恩怨是个人间之事,武之平叛是为国家,牺牲更属壮烈,借此泄愤,更属不堪。瞿蜕园则认为刘之怨怼仅在诗引中"公为郎,余为御史,繇是有旧故",谓二人名位本相埒也,"今守于远服,贱不可以谏",明己之贬斥由于武也。不作挽诗而托于乐府,"虽不为快意语,亦固不许其为人矣"。这样的解读显然比宋人更为精当,更为刘诗之"微而婉"提供具体的注脚。附录柳《古东门行》,认为柳"不以元衡为力主讨淮西者",诗意但"慨唐室之无能","与禹锡之制题隐约略同"。

文章即便明白者,其本事如何,也很难得到确解。如刘禹锡祭柳宗元文有"近遇国士,方申眉头",当然是说柳在病亡之际,得到有力者之赏识,可望起用。但国士为谁呢,瞿蜕园排比元和十三、十四年之秉政者,只能举出令狐楚、李夷简二人,但柳与令狐无交往之迹,李居相短暂也未见推挽之事,因而竟难以究明。

三　人际维度解读一:杜佑

读其诗需知其人,知其人需明其世,知人论世尤要辨其人之识见作为及奉公或谋私。瞿蜕园对刘禹锡进入仕途后国家大势的认识是:"自贞元政主姑息,唐之衰亡分裂已肇其端。德宗既卒,继事者不得不思矫其弊。王叔文辅顺宗,首折韦皋、刘辟割据之谋,移宦官典兵之权。及宪宗嗣位,杜黄裳始谋伐蜀,李吉甫继谋经画两河,吉甫殁而裴度继之。(李)德裕秉其父训,始终以富强为务,观其会昌中措施,皆叔文、黄裳、吉甫与度一脉相承之旨趣也。至于主安静,戒生事,汲汲以容身保位为务,因而忌功害能,党同伐异,则又张弘靖、韦贯之、令狐楚、钱徽、萧俛以及李逢吉、牛僧孺、李宗闵、杨嗣复诸人凤所主张者也。"(《刘禹锡交游录·李德裕》)这是一段刘禹锡从入仕到去世四十多年政局总体走向的提纲挈领的大文字,一方面是在宦官、节帅和朝臣交互影响下,经历了七位皇帝的权力更迭,另一方面是大臣与文士因为家族、科第、仕宦、婚姻、师友等原因形成各种犬牙交错的利益集团,展开此伏彼起的政争和纠缠。政治斗争的原因经常并不是因为施政方针或原则有什么不同,焦点经常只是由谁来做,通过什么途径和方式来做。这是读这段政治史所必须了解的。

刘禹锡的仕宦和文学就是在此大背景下展开。请先从他早年与府主杜佑的关系说起。

　　杜佑是德宗朝的名臣,从贞元五年(789)起任淮南节度使,镇守扬州十五年,保证唐东南财赋之运达。刘禹锡从贞元十五年(799)始,入其幕府为掌书记,极受信任,且私人关系也甚密切,《上杜司徒书》曾自述:"小人自居门下,仅逾十年,未尝信宿而不侍坐,率性所履,固无遁逃,言行之间,足见真态。"今存刘为杜起草的表奏尚多达29篇。贞元末杜入朝为相,直到元和七年去世,其间刘亦入为监察御史,并因卷入永贞党争而长期被贬。用现在的话来说,刘是杜的部属,因杜之入朝而授京职,但在刘遭遇政治挫折长期被贬过程中,杜虽高居相位但从来没有发声,这当然是很特殊的情况。

　　瞿蜕园勾稽文献揭示,杜佑早年从事浙西,与禹锡父刘绪为同事。当杜以善理财而得擅东南财赋时,更乐于以世善财计的故人之子为掌书记。刘禹锡自叙与杜之相得无间,正因此特殊原因。当叔文用事时,杜已入朝为同平章事,充度支盐铁等使,禹锡以屯田员外郎判度支盐铁案,即仍为杜之助手,且充杜与叔文之间的联络人。杜佑兼山陵使,禹锡亦为其判官。瞿蜕园认为:"佑与禹锡,恩谊之深应非寻常可比","不意此时佑忽为流言所中,使禹锡陷于王叔文、韦执谊之狱,不加营救"。换句话说,在新政期间,刘禹锡一直仍是杜佑的助手,杜佑以位高德重,在永贞内禅以后到去世的六七年间,一直居相位而未曾改移,但刘禹锡深陷党案,遭到长期贬黜的处分,杜佑对他没有任何援接,几乎一言不发。

　　解开二人隐情的关键是禹锡到朗州贬所后给杜佑所上长信,其中有"飞语一发,胪言四驰,萌芽始奋,枝叶俄茂,方谓语怪,终成祸梯"之语。瞿蜕园认为飞语发自何人,语为何语,皆难以究明,但绝非王、韦之狱,而应该是起于私嫌,甚至可能借王、韦之狱为报复之举。他再参以禹锡给武元衡之启有"本使有内嬖之史",直指谗谤始于杜佑之左右。瞿蜕园怀疑此人或即杜自淮南升为正室的嬖妾李氏,即闺门中人干预公事,认为杜本为"位重而务自全者","尤易入肤受之言",以至刘禹锡虽百般解释终难获谅解。

近年由于杜佑撰李氏墓志的发现(详《文史》第一○○期拙文《杜佑以妾为妻之真相》),瞿氏所疑仍可再检讨,一是永贞间李氏随杜已经三十多年,禹锡既经常出入其府第,自属旧所熟悉之人;二是其人时年已逾五十,且元和二年(807)即去世,而杜佑直到六年后致仕,方驰函于刘,稍有见谅之意。虽事实仍多不明,但杜在关键时期对自己的薄情,是让刘深感失望的。瞿蜕园从刘禹锡所述杜佑一段自污的佚事中,读出刘对杜之为官仅为容身之计的鄙夷,也是一种理解。

四　人际维度解读二:二王八司马

今人所言永贞革新,是指顺宗即位后,他所倚信的以王叔文、王伾为首的文人集团试图改变德宗末年的慵堕朝风,改良政治的一系列举措。但因德宗逝世于贞元二十一年(805)初,顺宗即位后当年未改元,待禅位宪宗后方改元永贞,故史称永贞内禅。王叔文等用事时并无永贞年号。顺宗退位后,他所信任诸人或被杀,或长期贬窜,史称"二王八司马",刘禹锡、柳宗元皆在其内。其实二王八司马只是一个松散的文人集团,形成有一很长的过程,彼此之间也不免有许多分歧,在失败后各人之命运更有很大不同,唯刘、柳始终如一,友情不变。瞿蜕园对诸人关系有许多精彩揭示。

王叔文集团之形成,瞿蜕园所考虽承旧说,但精细过之。他指出叔文侍太子即唐顺宗逾十八年,柳宗元与叔文相交亦逾十年,禹锡因宗元而得识叔文,相识虽晚而相知甚切,故虽叔文败亡,仍在《自传》中给王以积极评价。瞿蜕园认为顺宗之立,宦官间已存异议,而其得权之方式,则因顺宗即位时已得风疾不能视事,由牛美人侍病,美人受旨于帝,复宣于亲信宦官李忠言,李授王,王与亲信文士图议后再下中书,交韦执谊施行。所恃为病入膏肓之顺宗,且又采取如此特殊之方式,虽施行之策颇有特见,一时权倾天下,内外则不免树敌太多。至其欲谋夺宦官兵权,必招致宦官群起反对。瞿蜕园云:"永贞之变,肇于宦官之分党,而成于藩镇之固位。"诚为卓识。台湾学者王怡辰认为,在顺宗继位前,宦官中已有拥立舒王李谊之一派在。而德宗后期怠于政事,方镇节帅或至二十年未迁改者。在新皇布新之际,各有利益必须维持,王叔文等峻急行新政,不遑顾及各方实力和利益,其覆亡自是不旋踵即可逆料者。瞿蜕园的这些分析,很好地解释了何以宪宗朝之举为与顺宗朝并无大的不同,而于王、韦诸人则严谴如此,盖历来政治之是非重点不是做什么,而是由谁及采取何种次序来做。

韦执谊为叔文集团外朝宰相,地位重要,但在刘、柳文集中皆很少提到,其人面貌颇显模糊。瞿蜕园据各种点滴记载力图追踪其人之真相,知道他出身世家,进士登科,人物俊美,但其早年官微时即因缘得在德宗前论朝士之是非,二十多岁即任翰林学士而得宠任,瞿认为德宗性本猜忌,他的这些所为必然遭致朝士之"妒宠播谗",无端敛怨,为后来的永贞事变埋下祸根。再者在顺宗居位时,执谊"既为叔文引用,不敢负情,然迫于公议,时时立异",导致与叔文渐成仇怨。特别在永贞内禅之重大分歧点上,执谊首鼠两端,直接导致叔文之败。瞿蜕园分析说:"盖叔文孤寒新进,故专倚顺宗,自谓能行其志。执谊甲族进士出身,熟于宫府党援之习,不肯为直情径行之举。"是从出身背景判断两人行事风格之差异。执谊不反对太子继位,但宪宗掌政后,则仍不能谅其所为,虽最晚贬出,但所至也最荒僻之地。瞿推测"刘、柳亦恶执谊之持两端而有以致叔文之败",虽还难断言,但执谊子韦绚则长期得到刘禹锡、李德裕的如子弟般的关照,刘之"笃念故交盖未尝稍懈",尤属可贵。韦绚记录二人所谈为《刘宾客嘉话录》和《戎幕闲谈》二书存世,为古代较少见的私谈记录。

柳宗元为刘挚友,放在后文叙述。

二王集团其他人,王伾则刘几未提及,原因不明。韩晔为旧相韩滉族子,虽参与较深,以累叶卿相,及祸稍轻。凌准在贬后三年即去世,最为不幸,瞿蜕园认为就所见文献考察,其人绝非禄禄者,特别是在贞元末为翰林学士,与闻德宗遗诏之草定,并进而分析同时诸人皆出生南方,"南人联袂而居禁密之地,宜为当时士论所骇","愈足见南北地域之见亦有以召永贞之变也"。韩泰,瞿蜕园认为是八司马中最具干才之人物,最善筹画,能决阴事,故叔文派其为神策行营节度司马,是二王谋夺宦官军权的关键人物。其虽被贬,但从韩愈元和末在袁州敢举其自代,似被谤不及刘、柳为深。其与刘交谊保持到大和间身故,更属难得。程异是八司马中最早起复者,大约在元和四年即因李吉甫保荐而起为扬子留后,当时给刘、柳看到重出的希望。更特别的是他在元和十三年(818)意外入相,是八司马中历官最高者,但仅半年多即卒于任。瞿蜕园分析他虽居高位,但因本属党籍,畏祸谨慎而不敢援引朋侪,大约其人之所长在输纳理财,得有力者推挽而得大用。陈谏之名不见于刘集,瞿蜕园认为其人为八司马中最少表见者。可以补充的是,他早年为刘晏属史,著《彭城公故事》推许刘为管仲、萧何一类人物,永贞间以仓部郎中领度支,盖亦善财税者。

五 人际维度解读三:元和诸相

刘禹锡因永贞政败而贬朗州司马,元和十年(815)曾短暂归京,旋再出守连州。从表面看,他远离京城,闲居外郡,无所事事,其实他一直在观察人事变化,寻找机会,希望得到有力者的汲引,虽没有大的突破,但一直在努力。瞿蜕园通过大量具体作品的解读,揭示了他的种种作为,以及最终未能成功的深层原因。

权德舆于元和五年(810)至八年(813)间为相,时禹锡贬朗州,无一语相交。瞿蜕园考出权早年曾为扬子盐官,与禹锡父刘绪同官,禹锡当视其为父执。禹锡初登第,权作《送刘秀才登科后侍从赴东京觐省序》,禹锡亦有诗赠权。禹锡晚年与德舆子权璩唱和,璩诗已佚,从刘和诗分析,有念旧之意,而刘和诗仅述与璩之交集,不涉先世旧谊。瞿蜕园引《旧唐书》德舆传"循默罢相"之评价,认为他"庸谨而已","庸庸自保","非能深知禹锡",更难为其争一头地。

李吉甫,元和前期曾两度入相,且其进入中枢在宪宗即位以后,与永贞党争无涉。虽然八司马被贬时有"纵逢恩赦,不在量移之限"的严厉处分,但当八司马之一的程异被李吉甫召为扬子留后时,柳宗元、刘禹锡都看到了希望,分别致书启于李吉甫,请其代为缓颊进言。瞿蜕园从文本中读出以上史实,更进一步探究为何都难以实现。他从点滴记载中读出刘早年或曾识李，李首唱讨叛，视其政治主张与王叔文等并不扞格，又从李之为人与行事作风判读，他未必不肯援手，但最后办不成，瞿的判断是"非得解于（武）元衡不可"，即要为刘、柳解套仍要当年关键人物武元衡表态。

武元衡，可能是与刘禹锡中年经历最具关系，而事实真相最不显朗的一位。瞿蜕园在《交游录》中未列其专节，但各诗文释读时则议论较多，但仍多难解处。武年长于刘十四岁，但贞元十九年（803），武为左司郎中，刘为监察御史，地位相当，但次年武任御史中丞，则为刘之主官。史云德宗死后，杜佑为山陵使，武为其副即仪仗使，刘求为仪仗判官，以助王叔文等拉拢武，为武拒绝，因此挟嫌罢武为右庶子。对此瞿蜕园有所质疑，即刘于杜佑人事为亲，且山陵使地位为高，何以弃亲重而求疏轻，认为史载不足信。瞿蜕园另注意到李吉甫指点刘仍须有求于武，并亲自抄示与武唱和诗，由刘继和。刘于是再走武的门路，有《上门下武相公启》，瞿蜕园特别注意到启中有"山园事繁，屡僝力竭，本使有内嬖之吏，供司有恃宠之臣"，本使必指杜佑，其时已死，刘为自明，不惜揭其短以自解。刘柳诸人元和九年（814）得召至京，瞿认为非经武同意不办，但入京后二月，关系则再度恶化，以至宰相票拟新任地方，要让刘去最偏远的播州。原因何在，瞿以为难有确解，肯定其间有不可解之事发生。旧传刘此年春初游玄都观看桃花赋诗"玄都观里桃千树，尽是刘郎去后栽"，为人诬其有怨愤，白于执政，因致嫌隙。瞿蜕园认为此诗本只是一般咏怀，因一时传诵，"恶之者从而加谤，谅亦事实"，但真相必不如此简单。

还要说到裴度。执政既要刘禹锡去播州，母老难于行，柳宗元提议以自己的柳州对换，自是朋友相助的无奈之举。出来仗义执言者为裴度，乃至冲撞宪宗亦在所不惜，终为刘改至连州。瞿蜕园详考二人行迹，有同时在朝之经历，但不见交往之记录，若然则尤见裴度秉公处事之可贵。其后裴度入相后出征，平定淮西，建不朽之殊勋，功绩震于朝野，刘禹锡既贺其功业，亦申述旧恩，希望得到他的提携。柳宗元作《平淮西雅》等，亦怀同样目的，但都没有盼到，两年后柳捐馆柳州，刘丁忧去职。瞿蜕园对此分析朝中权力变化，认为裴度在中书职主军事，未必有馀暇顾及人事，而与同时诸相各不相得,终于难有作为。他还分析禹锡在南方所得传闻是裴度得到宪宗的倚重,但没有可能理解裴立朝期间的阢陧不安。此类分析,诚非老于官场者不办。

瞿对文宗时裴度因迎立之功而得掌朝事,对刘的几次照拂也都有揭示。对二人退居洛阳时虽唱和频繁,鲜及时事,认为"经甘露之变,亦必相戒以多言贾祸"而致然。

最后要说李绛。他进士比禹锡早一年,贞元末任监察御史与禹锡同官,前此则先后任渭南尉,颇存交谊。元和间为宪宗信任,以直言敢谏著名,自翰林学士入相,前后多历年所。禹锡对他寄予厚望,曾上书叙及李在私下说到对自己的哀悯,但李也始终没有给以援手。晚年彼此有唱和,但似已颇生分。后李绛因兴元兵变遇害,可说以身殉国,禹锡既为祭文述哀恸之情,又为其文集作《集纪》,即序,尽到自己的责任。瞿蜕园从祭文历述二人之交际始末,读出离合始终之感喟,更从"虽翔泳势异,而不以名数革初心",读出"不足之意"。

六　人际维度解读四:韩柳元白

中唐文学,韩愈、柳宗元、元稹、白居易最称大家,诸人间卓然自立而可与抗衡者,亦仅禹锡一人,即称并世五家亦可。刘与四人均有极密切之交往,虽早晚、亲疏、事功及文学建树各有不同,要为中唐最可称道的文学风景。瞿蜕园对此解读至为精彩,不能不为之分疏一二。

柳宗元为禹锡一生最心会之朋友,其为人心气极高,亦最为耿介重义。瞿蜕园特别注意到柳在长期流贬中,对王叔文始终推重,未尝有异辞,并认为其《寄许京兆孟容书》称与王叔文等"共立仁义,裨教化","勤勤勉励,唯以中正信义为志,以兴尧舜孔子之道、利安元元为务",这是共同的目标和理想,但失败则在于:"加以素卑贱,暴起领事,人所不信,射利求进者填门排户,百不一得,一旦快意,更造怨讟,以此大罪之外,诋诃万端,旁午构扇,尽为敌仇,协心同攻,外连强暴失职者以致其事。"相信这是他外贬多年冷静思考后的总结,瞿蜕园认为"此数十语于永贞政变内幕揭发无遗"，可以揭示许多隐情。至于柳与韩、刘之关系，瞿蜕园认为"韩非真知柳者"，"柳于韩殆亦非心服"，对刘在柳去世后一系列文章中，不道其性行，评价文章亦仅借他人之言，瞿认为"盖禹锡知宗元深，决其志事必不湮没，故不为赘词，且哀之极亦不暇文也"。

韩愈与刘柳关系的解读，大约是瞿著中最精彩的文字。众所周知，韩与刘、柳在贞元后期已有深交，但因言得罪而贬阳山，于路有"同官尽才俊，偏善柳与刘。或虑语言泄，传之落冤仇。二子不宜尔，将疑断还不"的猜疑。永贞党败，韩则作《永贞行》丑诋之，今论者或谓韩与刘、柳政治立场迥异，并进而斥其人品。瞿蜕园则认为贞元末同官中，刘所最亲者即为柳、韩，待其结交王叔文、韦执谊时，则韩已南贬，因此而廓清韩之贬因得罪王之曲解。并梳理韩遇贬之缘由，一为言天旱人饥而指斥京兆尹李实，二或为言宫市，皆与永贞诸人所见相同，王叔文等无论成党与否，皆不至排韩。至永贞败后韩所作诸诗，瞿认为确有许多"无以自解"处，如比王、韦为共工、驩兜，瞿认为是因颂圣而"运用故实不无过甚"。对《永贞行》则认为一为"宦官之拥兵者张目"，二则述"求官不得者忿嫉之词"，三则将王、韦等比为董贤、侯景，有"天位未许庸夫奸"，"谓王、韦将谋篡，其谁信之"。这些过分甚至诬枉之词，瞿的解读是韩既要颂圣以让"君、相见此诗必深许其忠"，又要尽量撇清关系，"汲汲以不与刘、柳同党自明"，同时也留与刘、柳今后相见之馀地。对韩之诸诗，刘、柳皆未曾以为忤，也无怨韩之辞，瞿认为乃二人与韩在政治取径上虽不同调，"乃更望愈之仕途亨遂，早据要津，始有弹冠相庆之可冀"。这样解读虽似有些俗见，但可能正是元和间三人升沉各异，始终没有"损及私交"的合理解答。柳宗元殁于贬所，韩愈为其撰墓志、祭文及《罗池庙碑》，尽了朋友之责任。刘禹锡先后有祭文悼念柳、韩，都反复述及三人之交谊。在政治风潮中人生命运会有起伏荣黜，三人虽曾稍有龃龉，而最终能友道始终，诚为不易。瞿之设身处地为古人着想，不掩恶，不苟求，极具学人之识见。

元稹为中唐大家，无论其出身、仕历及交往，当时与后世皆有较多争议，瞿蜕园则广征文献，为其辩白。一是《旧唐书》本传云元和初元稹针对王叔文等故事，奏请东宫官宜选正人，瞿则引元稹原奏，所针对者为以沉滞僻老及疏弃斥逐之人,并非针对二王而发。二是他的进用因得宦官崔潭峻推荐之力,朝论鄙之,因此而为武孺衡于朝官聚食时侮之。瞿以为虽然元谄事潭峻为事实,不必曲护,但其时显宦而得交宦官者并非仅此特例,个人之间的交往有和有不和,任何时代都一样。崔奏进元诗,瞿认为元之新艳诗体为当时广传,"中官进以为娱",皇帝也未必理解其中谏诤之意。他认为朝官对元之不屑,并非因缘宦官,而是出身明经,进身太速所致。并举出元和十年刘、柳等被召入京,元亦被召者之一,认为事出李吉甫,不能以召永贞党人为名,故一并召及,但诸人到京而吉甫已亡,秉政者武元衡不赞成诸人起复,因而有再贬远州之处置,元亦再贬通州司马。武孺衡为元衡从父弟,有仇隙借机发挥也很正常。三是裴度对元的极度反感,瞿分析说:"至于稹与度似已至不可调和之程度。盖度腾章诋稹,非有深憾不至于此。以常理而论,度在平淮西以后,被推为元老重臣,似不应有轻率忿激之章奏,殆必有交扇其间者也。"原因难以究竟。瞿的这些分析,对理解中唐政事也很重要。至于元、刘间的交往,瞿认为二人在贞元末即可能结识,对顺宗时变政的举措,元亦应可赞成。其后元之贬官,刘颇表同情,元贬江陵,与朗州不远,来往更显密切。到长庆间元稹与李绅、李德裕同在翰林,因各自友人之关系,交往更深,刘除夔州,也可能得三人之助。其后十年,刘与元稹、李德裕关系密切的程度,几近无话不谈,且多有心曲之交流与时政之感慨,可另详下节。唯元死得突然,殊为可惜。此外,元、白齐名且交谊密切数十年,但刘与元、李走近以后,元似无意牵扯白入局,也是有趣的事情。

白居易与刘禹锡同年出生,登进士第则晚了七年,但贞元、元和间文学声名鹊起,他亦勇于言事,但大多泛言时政得失,偶及中贵,因不似禹锡之结党抱团,多数情况下并无大碍。至元和十年(815)因越职言事得罪宰执,贬居江州,用世之心发生根本转折。瞿蜕园追踪刘、白二人之家世渊源与早年轨迹,认为结交于弱冠应属可能。元和、长庆间二人诗名各得擅场,有文字交往之痕迹,但绝无彼此私谊可言,是甚为可怪者。白居易云二人初逢在宝历二年秋,时白自苏州因病去职,刘则和州任满,不期而遇于扬州,时二人皆已五十四岁。瞿蜕园虽认为"初见""初逢"都是泛言,但也找不出二人前此同游之确证。不可思议的是,此后十六年,二人似乎一下子都认可了对方的价值,成为最好的诗友。特别是大和五年(831)元稹去世以后,与刘唱和更频繁。《淳熙秘阁续帖》在白与刘书云:"微(元稹)既往矣,知音兼勍敌者非梦(禹锡字梦得)而谁。"

瞿蜕园认为白、刘二人志趣颇有不同,禹锡始终未忘用世,而居易中年后敛尽锋芒;在人事上,居易因婚杨氏,与杨汝士兄弟亲好,而诸杨则属李宗闵、牛僧孺一党,禹锡则与李德裕为莫逆之交。虽然有这些不同,但瞿蜕园认为元、白、刘三人同为开元和新派之人物,为诗各成壁垒,居易尤能知人,能服善,特别称赏刘禹锡"雪里高山头白早,海中仙果子生迟","沉舟侧畔千帆过,病树前头万木春"二联,得其神妙。挽刘诗"杯酒英雄君与操,文章微婉我知丘"二句,"概括刘禹锡一生遭际,与二人之契合,其旨甚深"。也就是说二人唱和诗虽很少涉及时政,但"感往伤今,惊心触目,殆只相遇于无言"。二人之友谊,与刘、柳之深交,虽在不同的层面,但有特别的境界。可以说是脱尽铅华,勘破事功,在风花雪月中悟出人生的真谛,在心照不宣间彼此惺惺相惜。

七　人际维度解读五:牛李诸人

长庆以后,牛李党争激烈,此升彼降,势如水火,士人各有取舍,趋避为难。如白居易即因此自称朝隐,尽量规避。刘禹锡个性强烈,好恶分明,此时既与李党之李德裕、李绅、元稹等交往密切,曾编与德裕唱和诗为《吴蜀集》一卷,与牛党之牛僧孺、令狐楚交谊亦密,与令狐唱和十九年,往返七十九次,有《彭阳唱和集》三卷,此外与李逢吉、杨嗣复、杨虞卿等也有过往。怎么解释这一独特的文学现象呢? 瞿蜕园各有很具体的解说。

李党的几位关键人物,如李德裕、李绅、元稹等,与刘禹锡都堪称挚友。

李德裕是晚唐最有作为,也最多争议之政治家,其一身亦关涉唐后期之诸多重大事件。瞿蜕园特别关注德裕二事,一为以门荫出身,为进士出身之清流所不喜,二是欲成就事业而不能不笼络宦官,甚至平定泽潞后追戮甘露蒙难诸人之遗族,以求欢于宦者。但引拔寒素,平定叛藩,经略边事,振刷有为,也确无他人可比。刘禹锡与他结交大约始于长庆至大和初,接识虽晚,很快就结为莫逆,颇为知遇。瞿蜕园读出李德裕初镇浙西,有《霜夜对月听小童薛阳陶吹觱篥歌》,述听乐后之沦落之感,时白居易、刘禹锡、元稹皆在东南,各和此诗,元诗已佚,白诗专就听乐铺写,不涉德裕之心事,禹锡和诗则直指德裕心境,乃至为唐末罗隐所激赏。李德裕随即作《述梦四十韵》,叙述担任翰林学士承旨,接近权力中心的感受,并及外守后的凄凉抑塞,仅寄翰林同官元稹,元稹唱和后,李再示禹锡,禹锡虽未曾入翰林,但被二人视为知己,亦步韵相和。李德裕后来将此组诗收入其本人文集。此组诗显示三人间亲密无间的友谊,且因涉及翰林院景致与制度,四十韵皆次韵,也在史实与文学层面上有重要价值。接着李再作《晚下北固山喜径松成阴怅然怀古偶题临江亭》长诗分寄二人应和,但三人诗仅刘诗完整保存,李、元诗皆仅存残句。仅就刘诗看,李因凭吊六朝故地而述强烈的用世之心,刘则感同身受,以"用材当构厦,知道宁窥牖?谁为青云高,鹏飞终背负"为结,对李寄托希望。那年李三十六岁,比刘年轻十五岁。其后二人唱和不绝,李改镇滑州,作《吐绶鸟词》示刘,刘和诗借鸟之遭遇喻李之屡为异党排斥。李入镇四川,游房琯故地,诗再示刘,刘和诗有"目极想前事,神交如共游",瞿蜕园认为刘"洞悉其心事",即感慨李与房命运相似,难展长才。大和七年(833)李德裕入相,赋《秋声赋》以结好令狐楚,刘和此赋,瞿蜕园认为他虽不肯作衰瑟语,但亦自知难有机会行其志。果然仅一年有馀,李即为李训、郑注等所挤,罢相再度出镇浙西。刘禹锡方守汝州,乃出州境为其送行。李虽再度蹉跌,但因此躲过甘露之难,乃不幸中之大幸。李、刘后来的命运是大家熟悉的。瞿蜕园说:禹锡虽一直"望德裕之相汲引,不谓德裕得势于会昌初,禹锡已老病且死矣"。

李绅早年与元白因首倡新乐府诗而得名,长庆初与李德裕、元稹同为翰林学士,因声气相类,结为党援,此后其历官大起大落,皆与党争有关。他与刘禹锡年岁相同,会昌二年(842)入相,即德裕所引,若禹锡时方健朗,未始没有机会。禹锡与绅元和中相识,大和末一镇越州,一守苏州,因有唱和。瞿蜕园推测"必常有书问往来",惜并无明证。

李逢吉登第较禹锡晚一年,但元和后期入相,与裴度为敌,长庆间再入相,则与李德裕等为敌。瞿蜕园认为禹锡周旋其间,因身不与政局,得虚与委蛇,交情不深。从唐末开始,有逢吉夺禹锡家妓之说,始则《本事诗》载之,继则《南楚新闻》演之,瞿蜕园认为二人其间仅一度相见,逢吉虽凶暴,必不至如此无礼。我赞同其说,且以为瞿考尚未尽言,当别文详辨之。

牛党另一要人杨嗣复,其父杨於陵与禹锡元和间颇多往还,故与嗣复亦有唱和。瞿蜕园认为所作"语皆谀颂,非有深意",并进而认为"禹锡此时年老,怵于朝端南北司及党祸之烈,必亦无意于进取",故与党争诸人"无不虚与委蛇"。是较妥当的解释。类似的情况在李珏、杨虞卿等人身上亦复如此。其中杨虞卿与白居易为姻亲,与刘也为旧识,大和间因有私人来往,比较奇特的是杨之小姬英英亡故,刘、白乃至从未谋面的姚合一起唱和哀伤,展示其时士人私生活的情景。

但牛党中令狐楚、牛僧孺二人,刘禹锡是真心相交的,情况比较特殊。

令狐楚今人多视为牛党人物,瞿蜕园从科第和宦迹分析,他因河东兵变后助严绶继任而得擢扬,与李宗闵、李逢吉、杨嗣复相交尤彰,奇特的是他之所敌皆禹锡所厚者,他与禹锡虽订交甚晚,但交谊甚笃,至死不改。瞿蜕园分析,他与刘禹锡初见并订交在元和十五年(820),时楚遭遇重大挫折,自宣歙观察使再贬衡州,与刘经历相似,故有同病相怜之感。对二人之交谊,瞿认为二人"似止于文章,而不及政事",令狐对刘的前途虽颇关切,也曾数度相约欢聚,但并没有实质的援借。结论是:"楚之为人,小有文名,而务营党结私,所昵近多非端士,即与禹锡气类不同有明征。而私交顾始终无间。"虽感对令狐贬斥稍过,但气类不同自亦可成为笃友,人之交往本可以有多种类型。

牛僧孺于刘、白皆为后辈,元和初急切言事虽起波澜,但仕途则颇亨畅,方过四十即入相,为牛党魁首人物。据《云溪友议》卷中《中山诲》所载,牛登第前投卷于刘,刘率性褒贬,因此有隙。直到大和、开成间得缘相见,彼此赠诗述及往事,时牛已两度入相,刘则以幕府署郎职,至此居然相隔近四十年,仍为郎官,彼此地位相差悬殊,牛赠诗有"莫嫌恃酒轻言语,曾把文章谒后尘"句,虽略憾于往节,但对先进仍存礼数,刘则以"追思往事咨嗟久"表达歉意,以"待公三入拂埃尘"请牛见谅,终能尽释前嫌。瞿蜕园对牛之为人为政皆颇多批评,但也认为待诸人退居洛阳时,皆以年高无复宦情,牛亦不忌二人,"聊为游伴,只谈风月"而已。且在唱和中,白因曾为牛座主,有恃旧之意,"刘则词句多含谀颂,自处亦极谦抑,足征其惩前车之覆,力求解释旧嫌也"。

八　人际维度解读六:其他诸人

永贞至会昌初三十八年,曾居相位者约四十六人,与刘有个人交往者多达二十五人,实在很可观。其他仆尚丞郎、方镇大员、文臣名士来往者更不可胜数。瞿蜕园的解读,颇关切刘禹锡与诸人之交往始末,及其人之为政大节及人品末行。略举数人如下。

王播,中唐时长期镇淮南,领盐铁,长于理财,但为政名声不佳。禹锡与他谈不上私交,但在他去世后有三篇哀挽随感之诗文。瞿蜕园认为祭文为代诸郎中作,照顾场面时偶存调侃。而挽诗则自抒己意,既以霍子侯为比,以及"歌堂忽暮哭,贺雀尽惊飞"句,见其平日声势之煊赫,以及暴卒后之门庭冷落。另认为《有感》:"死且不自觉,其馀安可论?昨宵凤池客,今日雀罗门。骑吏尘未息,铭旌风已翻。平生红粉爱,惟解哭黄昏。"为感王播暴卒作,讥其"不存士行,奸邪并进",仅知留连红粉,"不务荐达士类"。

王彦威,为中唐后很少不以进士出身而致身通显者之一。瞿蜕园分析其为元和相李郦之内姻,或因此致身通显。又分析其政治立场,为依附李宗闵一党者。禹锡既为其父撰碑,又与其有诗歌唱和,瞿蜕园认为:"禹锡于宗闵之党方得势时,不显与立异,亦不绝往还,要之胸中非不辨泾渭者。"

甘露四相中王涯年辈最长,历官亦久,与禹锡亦最为旧交。甘露之祸无辜蒙难,如白居易早已淡忘世情,所作《九年十一月二十一日感事而作》"当君白首同归日,是我青山独往时",用潘岳事,哀王涯之不幸。但禹锡全无述及。瞿蜕园认为:"及涯被祸,禹锡甫到同州刺史任,于甘露事变之始末,仅能得之官报,故默无一言矣。"又说:"要之禹锡与涯相交岁久,甘露之祸,人所同愤,虽无一言,亦不能不隐为之悲也。"稍有些强作解释。

李程,宗室,贞元末任监察御史时与禹锡有过一段同事经历,二人友谊似乎一直保持始终。柳宗元亡于柳州,韩、刘各在南方,李程适为鄂岳观察使,居南北通衢,故刘托其料理柳之后事。李程成名早,历居要职,敬宗时短暂为相。刘禹锡可能有两次到他任所探访。瞿蜕园对此都有具体的解读,比较有趣的是还在韩愈诗中读出一段露骨地对李程表达不满的话:"我昔实愚蠢,不能降色辞。""公其务贳我,过亦请改事。"(《除官赴阙至江州寄鄂岳李大夫》)虽寄了诗仍绕过武昌,取道安陆归京。虽事实不明,但韩之为人木强,于此可知。

瞿蜕园也承认,有些人事解读由于文献欠缺,仍多不可解处。如刘禹锡贞元末任屯田员外郎时举柳公绰自代,这虽是贞元初确定的官场惯例,但推荐者必须对被推荐者有为人为政方面的认可,误举将遭连坐。瞿推测可能是因柳宗元的缘故,但公绰与宗元并非同一房支,而其后公绰致位显达,与禹锡并无过从。瞿蜕园认为"不可解",是合适的。

九　结　语

《孟子·万章》云:"颂其诗,读其书,不知其人,可乎? 是以论其世也,是尚友也。"知人论世遂成为后世评论文学的重要原则。唐宋以后,诗文在人际交往中发挥了越来越重要的作用,在中唐时期的风气转变越来越明显,诗文写到的内容越来越广阔,涉及的人事越来越具体,制题、加注等方面所作交代也越来越详密,而诗歌本身在语词方面的凝练、雅洁,特别是古典和今典的大量运用,要表达的意见除当事人以外,越来越不易为一般读者所理解。一个人一生要结交无数特定的人物,诗人与各种人等因家族、科第、仕宦、师友、恩怨情仇等各种原因,形成错综复杂的人际关系网。梳理人事,解读作品中渗透出来的或显或隐交际维度,是准确而深入解读作品的关键。要臻于此,则要学者对诗文不仅要读通读懂,更要读穿读透,即以娴熟的古典诗歌驾驭能力,深厚的人生阅历特别是官场体悟,体会作品表达的表层意思和深层蕴含,并广参史籍,在准确定时定地定人的基础上,还原历史原貌,给作品以深度阐释。瞿蜕园大约是古典诗歌最后的娴熟掌握者,加上他的家世渊源、仕宦经历,以及历尽沧桑后的人生参悟,发为学术,因而能大大超越前人的研究。他的好友陈寅恪治元白诗而得享誉学林,瞿蜕园治刘禹锡,是不是有与好友一较高下的想法呢,目前看不到具体的记录。但可以判断的是,他在六十六岁高龄,且生计窘迫,只能卖文为生的情况下,坚持数年,完成如此高水平的学术专著,实在应该令我们肃然生敬。

与瞿蜕园同时,卞孝萱著《刘禹锡年谱》,1963 年出版,瞿应能得见。80 年代后则蒋维崧等有《刘禹锡诗集编年笺注》(山东大学出版社1997 年);陶敏、陶红雨有《刘禹锡全集编年校注》(岳麓书社 2003 年),细节比瞿书肯定有所超过。瞿为当时条件所限,文本未及校,辨订未精密,不免仍有,但瞿当年达到的深度和高度,似也很难为后人超越。无愧经典,令人景仰。

瞿蜕园出身名门,熟谙文史,擅各体诗词,兼习水墨丹青。其治学博洽多通,长于治史,于秦汉史料、历代掌故、社会风俗、职官制度、方志编纂及唐诗文笺证,均造诣独到,各有专著。才情学养,为近代所罕见。其亲历近现代诸多历史事件,交游者亦皆一时贤杰。然以文人从政,不免蹉跌,回归学术,又遭逢坎坷,晚年卖文为生,不能尽展平生所学,这是他个人之不幸,也是一个时代的不幸。即便如此,他仍留下了极其丰厚学术遗著,值得作全面系统的整理研究。

2015 年 11 月 17 日于复旦大学光华楼

(刊《东方早报》2016 年 2 月 21 日)

许浑乌丝栏诗真迹与传世许集
宋元刊本关系比较分析

许浑是唐后期与杜牧、张祜齐名的大诗人,他的诗歌存五百多首。他的自书诗卷,即习惯所称乌丝栏诗真迹,为他在大中四年(850)自己编纂,南宋时期还有部分保存,且因岳珂之详尽记录,得以保存一百七十一首诗的基本面貌。他的文集,今存宋元本三种,其一为《续古逸丛书》影印南宋蜀刻《许用晦文集》二卷,附《许用晦拾遗篇》(凡四十四篇,见乌丝栏诗真迹者二十六篇,存十八篇)、《许郢州诗拾遗》(凡十七篇,见乌丝栏诗真迹者一篇,与集二重复一首,归上卷一首,凡存十四首)各一卷(简称蜀本),末附北宋贺铸跋,记录部分遗诗之来源。另有南宋书棚本《丁卯集》二卷(简称书棚本),《四部丛刊》据以影印。元刊祝刻《增广音注唐郢州刺史丁卯诗集》二卷(简称元本)。今人罗时进著《丁卯集笺证》,是目前最通行的注本。罗著的做法是全书基本保存《全唐诗》的次第,但每首诗则分别选取最好的文本做底本,会校他本,以形成新本。罗本在唐集文本处理体例上颇有新意,但可讨论处也有,此不具。我近年重新编次许诗,前三卷以乌丝栏诗真迹为底本,其次各卷分别用蜀本、书棚本、元本另见诗为底本,以求最大限度地还原许诗的初始面貌。是否妥当,殊无把握。在此拟充分讨论乌丝栏诗真迹之流传、价值及其与宋元各本之关系,重点揭示该本的独特价值。

一　许浑乌丝栏诗真迹的基本情况

今见许浑乌丝栏诗真迹,仅能据南宋岳珂《宝真斋法书赞》卷六所

录,真迹早已不存。岳珂跋云:

> 右唐郢州刺史许浑所书乌丝栏诗一百七十一篇真迹,分上下凡二卷,织组间错,辞格华古,笔妙烂然,见为三绝。浑本丹阳人,居丁卯涧。予再仕是邦,每过其旧居,遐揽云山,慨想清致,未尝不过车而式也。安阳刘泾巨济故与宝晋同时,博雅尚古,诗藏其家,盖与太冲序俱在秘笈第一物之数。尝剪一幅,易与杜介,又一幅在驸马都尉王诜第,《书史》具焉。字法柳而不俗,信乎其确论也。予家旧传《幅绢帖》,知其为晚唐诗。嘉定癸未岁,客有自中都携来者,始见首卷,制作吻合,序著五百馀篇,合两者才得六十五首。冥搜逾年,复得后一卷,略计所存,未及半,岂犹有待耶? 然《书史》谓泾所藏止百篇,又岂未尽睹耶? 度王、杜之所分蓄,固已具是矣。剑津再合,已焕龙文;珠浦复还,益彰蛛贡。两卷皆印绍兴御玺,又有一半印,盖唐诗之存,而帝玺之信,莫此若者。

他所云宝晋,为北宋末书家米芾之斋名,米所著《书史》云,刘泾收许浑《乌丝栏诗真迹》一百篇,以"湘潭云尽暮烟出"为第一篇,"剪前一幅易与杜介,一幅在王诜处"。岳珂认为自己所得即杜介、王诜所得者,但米芾明确说刘泾所得一百篇以"湘潭云尽暮烟出"为首句,今检此句见许浑《春日思旧游寄南徐从事刘三复》:"风暖曲江花半开,忽思京口共衔杯。湘潭云尽暮山(《书史》作烟)出,巴蜀雪消春水来。怀玉尚悲迷楚塞,捧金犹羡乐燕台。蓟门高处极归思,陇雁北飞双燕回。"该诗因《文苑英华》卷二六一所收而得传,且为各传本许集所不收。岳珂所见真迹,首为许浑自序,首篇为《登凌歊台》,其第三句亦作"湘潭云尽暮山出",因此可以作两种判断:一是刘泾所得百篇,为写卷中间一段,与岳珂所见没有交集;二是米芾所记之百篇,未作准确记录,仅记首篇中之一句,若然,则刘泾所见与岳珂所见部分相同。许浑作诗有许多自己重复的内容,此即可见才情逊于杜甫、杜牧之处,容后再作讨论。

许浑真迹在元明两代还有一些零星的痕迹,如《秘殿珠林石渠宝笈续编》录李郢自书诗卷后有元柯九思题识云："仆仅见宣和所收许浑诗稿，精致亦如之，足以见唐人所尚，流风馀韵，令人兴起。"明张丑《清河书画舫》卷五上载此帖后归秋壑，即南宋末权相贾似道，后不知所踪。但两家所见，为刘泾所藏，抑或岳珂所见，今已难以追索。《至顺镇江志》卷一二引许浑《诗序》："于朱方丁卯涧村舍，手写于乌丝栏，戏目之为丁卯集。"内容溢出于岳珂所录，当别有所据。

岳珂所见，为该真迹前半截，首有许浑本人自序：

> 余艸岁业诗，长不知难，虽志有所尚，而才无可观。大中三年，守监察御史，抱疾不任朝谒，坚乞东归。明年少间，端居多暇，因编集新旧五百篇，置于几案，聊用自适，非求知之志也。时庚午岁三月十九日，于丁卯涧村舍手写此本。

今知许浑大约出身于贞元中期，文宗大和六年登进士第，后授当涂令，移摄太平县令，以病免归。后授监察御史。宣宗大中三年，以疾不任朝谒，辞官东归，次年编录此卷。他这时大约已近六十岁，在唐时说来，壮岁已逝，仕宦也不甚得意，人生苦短，恰因退闲，得以整理平生所作，期能留传后世。他在自序中表达甚简淡，但寄意可以体会。

岳珂《宝真斋法书赞》宋刻本不存，所幸明初《永乐大典》大多抄录，清开四库馆时复辑出，得以保存文本。今习见者为《四库全书》本及与前者同出一脉的《武英殿聚珍丛书》本。清人校录时虽完整保存岳珂校录时的原貌，连原书记录的手迹校改痕迹也都保留，但凡涉及民族歧视文字，也作了部分删改。以下为显见的几例：《登蒜山观发军》首四句：殿本引真迹作"犬羊忧破竹，貔虎极飞蓬。定系猖狂辈，何烦矍铄翁。"犬羊，四库本改为"虫沙"，蜀本、书棚本、元本皆作"犬羊"；辈，蜀本、书棚本、元本以及《唐诗品汇》卷八〇、《全唐诗》卷五三七皆作"虏"，知乾隆修四库书时讳改尺度较康熙间更严。《吴门送振武李从事》第五句，真迹作"代马近秋侵紫塞"，代，蜀本、书棚本、元本以及《文苑英华》卷二八〇皆作"胡"。《伤虞将军》第四句"代马调多解汉行"，代，蜀本、书棚本、元本皆作"胡"。

二　宋元三刻本所存许浑诗之分析

南宋蜀刻《许用晦文集》二卷,上卷收七言诗一百八十卷,下卷收五言诗一百九十六篇,为北宋时传本。著名词人兼学者贺铸自称为集外诗"求访二十年,得白沙沈氏本增多三十七篇","得京口沈氏本增多五篇","得华亭曾氏本增多六篇","《拟玄集》增多十一篇","《天竺集》增多一篇","《本事集》增多一篇",其中仅《本事集》即《本事诗》存,其他皆佚。贺跋作于政和辛卯(1111),他将各本所得篇目都作了罗列,十分珍贵。显然他当时并没有见到许浑自书诗卷。

南宋书棚本《丁卯集》二卷,《四部丛刊初编》和《中华再造善本》均已影印,较易见。相对来说,该本存诗数仅三百首,最少,王瑄序元本谓"今之书肆见于板行者才逾一半",似即指该本。该本有而他本未收者,今知仅《破北虏太和公主归宫阙》《和浙西从事刘三复送僧南归》二首。

元刊祝得甫刻《增广音注唐郢州刺史丁卯诗集》二卷,据王瑄大德丁未(1307)序,他的主要依据是"《郢州类稿》若干卷",估计是某种已佚的许浑诗集分类本,重新编次,再加音注而成。此本虽然较晚,但仍有二十三首诗为真迹与宋二本所未收。

尽管宋元人刊布三本尽了很大努力,但唐宋典籍中存许浑诗而未及采据者尚多,可述者有《才调集》卷七存《洛阳道中》一首,《文苑英华》存十八首,《万首唐人绝句》存十八首,《事文类聚别集》卷二五存《早行》一首,《天台前集别编》存《陪郑使君泛舟晚归》一首,《咸淳毗陵志》卷二二存《题慧山寺》一首。此外,宋人所见题为杜牧撰的《樊川续别集》,其实全为许浑诗,也存一些佚诗。

宋元三本也均未援据乌丝栏诗真迹入校,证据是真迹存各本所无之许氏佚诗二首,其一为《茅山题徐校书隐居》:"深居四十年,语旧泪潺潺。官满春辞省,兵来夜出关。思随江鹤远,心寄海鸥闲。莫讶频相访,前峰似故山。"其二为《宣州开元寺赠惟直上人》:"曾与径山为小师,十年僧行众人知。夜深月色当裨处,斋后钟声到讲时。经雨绿苔侵古画,过秋红叶落新诗。劝君莫厌江城客,虽在风尘别有期。"《全唐诗》卷五二六误收此诗作杜牧诗,诗题惟直作惟真。今人认为该卷所收杜牧诗均为许浑撰,因明人所见而今已失传之《樊川续别集》以许浑诗误题杜牧作而致大误,论证甚多,因此可增一旁证。二诗在近代丹徒陈庆年刊《横山草堂丛书》本《许浑诗真迹录》和孙望《全唐诗补逸》卷一二均已作披载。据此可知几种宋元刊许集对真迹没有能够充分利用。至于真迹对于许诗甄别、校订以及文本还原方面的价值,可说者更多。

可以说,在胡、季二书基础上编成的《全唐诗》,虽然仍存在不少错讹,但无疑是历史上搜罗许诗最完备的文本。

三　乌丝栏诗真迹的独特价值

1. 可以见到作者本人对自己最重要作品的认可及首选。

如果仔细分析乌丝栏诗真迹之排列,不难发现该卷不分体,不编年,但在写定过程中反复修改,可以看作是作者本人审定的可以存世的定本。该卷首列十诗为:

《登凌歊台》

《途经骊山》

《咸阳西门城楼晚眺》

《送萧处士归缑氏别业》

《元日》

《金陵怀古》

《南海府罢南康阻浅行侣稍稍登陆而遇宴饯至频暮宿东溪》

《闻开江相国宋公下世二首》

《题汴河亭》

从体裁说都是七律,从内容说,五首为登临怀古之作,另五首一送别,一行旅,一岁时,二咏时事,可以看到他本人最看重的足以传世作品的情况。

2. 岳珂记录真迹面貌多存修改痕迹。

真迹原卷虽不存,但岳珂认真记录了各诗勾改补订的痕迹,可资了解作者改诗的具体过程。

《行次潼关驿》:"红叶晚萧萧,长亭酒一瓢。残云归太华,疏雨过中条。树色随关迥,河声入海遥。帝乡明日到,犹自梦渔樵。"岳珂校:"内残云、疏雨联,元作'远帆春水阔,高寺夕阳条',内阳字易字不成,上有补绢,已不存,其笔画犹隐然在纸上云。"

《送前东阳于明府由鄂渚归故林》"帆背夕阳溢水阔"句,岳珂校:"内溢字元作秋字,注改。"

《南海府罢南康阻浅行侣稍稍登陆而遇宴饯至频暮宿东溪》,岳珂校:"而遇二字,元作至而,频字系注改。"

《蒙宾客相国李公见示和宣武卢尚书以吏部高尚书自江南赴阙觊大梨重以将雏白鹇因赠五六韵之什辄敢献和一首》,岳珂校:"内'自江南赴阙'五字元系添注。"

3. 真迹可资恢复诗歌本来面目。

《与郑秀才叔侄会送杨秀才昆仲东归》,蜀本一(书棚本上、元本上)、《文苑英华》卷二八〇、《全唐诗》卷五三三录全诗为:"书剑功迟白发新,异乡仍送故乡人。阮公留客竹斋晓,田氏到家荆树春。雪尽塞鸿南翥少,风来胡马北嘶频。洞庭烟月如终老,谁是长杨谏猎人。"各本均有两"人"字押韵。《英华》宋周必大校:"押两人字疑有误。"但无从纠正。乌丝栏诗真迹后一"人"字作"臣",从而纠正各本之错误。

4. 真迹及宋元本许集所见许浑写诗自我重复之分析。

以真迹与宋元本许诗比读,不难发现许浑自作诗重复处,有些可能是初稿与改稿并存而致,但有时也不免因过于喜欢而重复使用,或因构思贫乏而重复使用。先举数例:

重复之句	甲 例	乙 例	说 明
湘潭云尽暮山出,巴蜀雪消春水来	登凌歊台	春日思旧游寄南徐从事刘三复	甲、乙作颔联,但二诗甲为登台怀古,乙为春日怀旧寄在润州幕府之友人,但均与润州交涉

重复之句	甲　例	乙　例	说　明
一樽酒尽青山暮,千里书回碧树秋	京口闲居寄两都亲友	郊园秋日寄洛中友人	甲作颈联,乙作颔联。以上二首甲篇见乌丝栏诗真迹
楚客送僧归桂阳,海门帆势极潇湘。碧云千里暮愁合,白雪一声春思长	和友人送僧归桂州灵岩寺	和浙西从事刘三复送僧南归	前四句同
江村夜涨浮天水,泽国秋生动地风	酬郭少府先奉使巡涝见寄兼呈裴明府	汉水伤稼	甲作颈联,乙作颔联
林晚鸟争树,园春蜂护花	下第寓居崇圣寺感事	献白尹	均作颈联
书剑功迟白发新	与郑秀才叔侄会送杨秀才昆仲东归	送崔珦入朝	甲见乌丝栏,七律,乙为七绝。似作者喜此句而两用。诗意无重叠处

两诗而有较多篇幅相同者,今见三例:

甲　例		乙　例	
暝投灵智寺渡溪不得却取沿江路往	双岩泻一川,回马断桥前。古庙阴风地,寒钟暮雨天。沙虚留虎迹,水滑带龙涎。却下临江路,潮深无渡船	晚投慈恩寺呈俊上人	双岩泻一川,十里绝人烟。古庙阴风地,寒钟暮雨天。沙虚留虎迹,水滑带龙涎。不及曹溪侣,空林已夜禅
闻开江相国宋公下世二首之二	月落清湘棹不喧,玉杯瑶瑟奠蘋蘩。谁令力制乘轩鹤,自取机沉在槛猿。位极乾坤三事贵,谤兴华夏一夫冤。宵衣旰食明天子,日伏青蒲不为言	大和初靖恭里感事	清湘吊屈原,垂泪撷蘋蘩。谤起乘轩鹤,机沉在槛猨。乾坤三事贵,华夏一夫冤。宁有唐虞世,心知不为言

续　表

甲　　例		乙　　例	
行次潼关驿	红叶晚萧萧,长亭酒一瓢。残云归太华,疏雨过中条。树色随关迥,河声入海遥。帝乡明日到,犹自梦渔樵	行次潼关逢魏扶东归	南北断蓬飘,长亭酒一瓢。残云归太华,疏雨过中条。树色随关迥,河声入塞遥。劳歌此分手,风急马萧萧

　　甲例三首均见乌丝栏诗真迹,乙例三首则否。其中前列二首皆写黄昏投寺,但有五句相同。就二题比较,应该乙例为初稿,且有具体投呈对象,即曾出示友僧。甲例则写投另一寺改路的经历,似乎觉得自己更为满意,因存此篇。次列二首,有七律、五律体式之不同,乙例以《大和初靖恭里感事》,似乎有些闪烁其词,很可能为当时所作,怯于时事而不能明言;甲例很可能为后来写定,扩为二首,且均为更谙熟的七律,显然为在五律基础上增写而成。末列二首,皆叙到潼关驿之经历,乙例有具体事实,即过关时恰逢魏扶东归,末句"劳歌此分手,风急马萧萧"且写出友朋分手之感慨,但在真迹虽仍写过关,但不涉具体人事,也省略了友人分手之内容。魏扶在大中三年入相,而其间许浑方任监察御史,自称"抱疾不任朝谒,坚乞东归",应该说是与前次在潼关与魏扶行迹恰好相反。次年写定真迹时,魏仍在相位,而许浑着意将二人来往痕迹抹去。这种改写,似乎已经不是着眼于艺术表达之得失,更多包含人生交际之认识。

四　真迹所见许诗诗题与宋元本之不同

　　诗题,是提示诗歌写作原委之重要记录,对于诗歌文本之解读,关系尤为重大。根据真迹,可以知道宋元人在编校许集诗,对原题改动甚多。就真迹所存各诗题与三宋元本对勘,可见彼此差异甚大。以下罗列真迹与蜀本、书棚本、元本以及《全唐诗》所存之同一诗题,可以见到以下几类情况。一是有详略之分,但并不影响对诗意的理解,如:

真　迹	蜀　本	书棚本	元　本	全唐诗
咸阳西门城楼晚眺	咸阳城东楼	咸阳城东楼	咸阳城东楼	咸阳城东楼
途经骊山	骊山	骊山	骊山	骊山
夜泊松江渡寄友人	夜泛松江	无	夜过松江渡寄友人	夜过松江渡寄友人

二是语序有别,或意思有所不同,但基本事实接近(以下所列各栏版本同前,不逐一标注):

题张司马灞东郊园	灞东题张司马郊园	灞东题司马郊园	灞东题司马郊园	灞东题司马郊园
孟夏有怀	闲居孟夏即事	闲居孟夏即事	孟夏有怀	闲居孟夏即事
题韦山人山居	题韦隐居西斋	题韦隐居西斋	题韦隐居西斋	题韦隐居西斋
早春怀江南	长安早春	无	长安早春	长安早春怀江南

真迹部分诗题补充了具体细节,使诗意更为明晰,如:

津亭送张崔二侍御府散(府)北归	京口津亭送张崔二侍御	京口津亭送张崔二侍御	无	京口津亭送张崔二侍御
送张厚浙东谒丁常侍	送张厚浙东修谒	送张厚浙东修谒	送张厚浙东修谒	送张厚浙东谒丁常侍

真迹部分诗题提供了赠诗对象的准确姓名,补充了诗人的交往线索,也有资于系年的落实。如:

将赴京师津亭别萧处士二首之一	将赴京师蒜山津送客还荆渚	无	将赴京师蒜山津送客还荆渚	将赴京师蒜山津送客还荆渚
经李俵殿中旧宅	经李给事旧居	经李给事旧居	经李给事旧居	经李给事旧居
送武全通处士归章洪山居	送武处士归章洪山居	送武处士归章洪山居	送武处士归章洪山居	送处士武君归章洪山居

竹林寺与李德玄别	竹林寺别友人	竹林寺别友人	竹林寺别友人	竹林寺别友人
送薛洪秀才南游访山习业	送薛秀才南游	送薛秀才南游	送薛秀才南游	送薛秀才南游

少数诗歌,真迹诗题简略,宋元本也有更具体的实例可以补充:

行次潼关驿	秋日赴阙题潼关驿楼	秋日赴阙题潼关驿楼	秋日赴阙题潼关驿楼	秋日赴阙题潼关驿楼
始至潼关	行次潼关题驿后轩	行次潼关题驿后轩	行次潼关题驿后轩	行次潼关题驿后轩
寄袁校书	寄袁都校书	无	寄袁都校书	寄袁校书

真迹与宋元三本因文本不同或来源不同,造成受诗对象或全诗主旨之不同。如:

送张处士	送鱼思别处士归有怀	送鱼思别处士归有怀	送鱼思别处士归有怀	送鱼思别处士归有怀
陵阳送客	送李秀才	无	送李秀才	送李秀才
将赴京师津亭别萧处士二首之一	送客归峡中	无	送客归峡中	送客归峡中
送苏协律从事振武	送楼烦李别驾	送楼烦李别驾	送楼烦李别驾	送楼烦李别驾
题李元之幽居	赠高处士	赠高处士	赠高处士	赠高处士

真迹有时可纠正宋元本之讹误,如:

与群公宴南亭	南亭与首公宴集	南亭与首公宴集	南亭与首公宴集	南亭与首公宴集
奉陪少师相国李公宾客相国李公宴居守仆射狄公池亭	陪少师李相国崔宾客宴居守狄仆射池亭	陪少师李相国崔宾客宴居守狄仆射池亭	无	陪少师李相国崔宾客宴居守狄仆射池亭

前一例,真迹诗题与宋元本同宴对象有群公与首公之异,作首公疑误;后一例,少师相国李公与少师李相国为同一人,而宾客相国李公指曾任相而现为太子宾客者,与"少师相国李公""居守仆射狄公"为同一语气的称呼,更得其实,宋元本作"崔宾客"似误。

比较复杂的诗题差异,我想举以下一例:

南邻樊明府久不还家因题林亭	湘南徐明府余之南邻久不还家因题林馆	湘南徐明府余之南邻久不还家因题林馆	湖南徐明府余之南邻久不还家因题林亭	湖南徐明府余之南邻久不还家因题林亭

还可以再补充的是,蜀本附贺方回跋据白沙沈氏本录诗题作《湘南徐夷府余之南邻久不还家因题林馆》,《千载佳句》卷下题作《同游樊明府林亭》,《文苑英华》卷三一六作《同孙卢二仙侣游樊明府林亭》,《夹注名贤十抄诗》卷上同真迹。诗云:"湘南官罢不归来,高阁经年掩绿苔。鱼溢池塘秋雨过,鸟还洲岛暮潮回。阶前石隐棋终局,窗外山寒酒满杯。借问先生独(蜀本、书棚本作在)何处,绕篱疏菊又花开。"就各本分析,林亭当属樊明府,曾官湘南,但罢任后久不归居所。《文苑英华》增加"同孙卢二仙侣"的内容,因其成书于宋初,有更古老的唐五代文本可以依凭。以上包括了中、日、韩所存之不同文本,时代均甚早,足证真迹之可靠。

此外,许浑与元白一样,写诗喜用长题,真迹多存原貌,宋元本凡遇原题较详,多另拟新题,以原题为序。举例如下:

乌丝栏诗真迹	蜀 本	书棚本	元 本	全唐诗
和祠部杨员外以仆射杨公拜官致仕旧府宾僚及礼部杨侍郎同年门生先辈合宴申贺座中饮后书事	和人贺杨仆射致政	和人贺杨仆射致政	无	和人贺杨仆射致政
尝与故宋补阙次都秋夕游永泰寺后湖今复登赏怆然有感	重游练湖怀旧	重游练湖怀旧	重游练湖怀旧	重游练湖怀旧

续　表

乌丝栏诗真迹	蜀　本	书棚本	元　本	全唐诗
山行至双岩溪访元隐居隐居已榜舟诣开元寺水阁见送棹回已暮因赠	访别韦隐居不值	访别韦隐居不值	无	访别韦隐居不值
蒙宾客相国李公见示和宣武卢尚书以吏部高尚书自江南赴阙觊大梨重以将雏白鹇因赠五言六韵之什辄敢献	和李相国	和李相国	和李相国	和李相国

虽然仍有许多仅见宋元本而不见真迹的许诗,我们无从恢复原题的面貌,但以上情况之揭示,对判读这些许诗具有启示意义。

五　乌丝栏诗真迹对鉴别许浑与
他人互见诗之关键作用

由于前述在有宋一代,虽然有多种许集流传,但始终没有能够完成全部许诗的校录,而许诗之传误严重,在有唐一代诗歌中,大约是最为严重的。仅以乌丝栏诗真迹所收一百七十一首诗来说,传误导致许诗误收他人名下者,多达四十二首次。其中仅与杜牧互见者,即达二十五首之多。仅将双方书证罗列如下。左栏为作许浑诗者,以乌丝栏诗真迹诗题列目,第二列为三种宋元本和清编《全唐诗》所收情况。

乌丝栏诗真迹作许浑		他书作杜牧	
诗　题	宋元本及全唐诗收录	诗　题	书　证
金陵怀古	蜀本卷一、书棚本卷上、元本卷上、《全唐诗》卷五三三	金陵怀古	《湘山野录》中、《诗话总龟》卷一六引《古今诗话》作杜牧诗,《舆地纪胜》卷一七

续　表

乌丝栏诗真迹作许浑		他书作杜牧	
诗　题	宋元本及全唐诗收录	诗　题	书　证
闻开江相国宋公下世二首	蜀本拾遗、元本续集、《全唐诗》卷五三三	闻开江相国宋公下世二首	季振宜稿本、《全唐诗》卷五二六
出关	书棚本续补、元本续补、《全唐诗》卷五三六	出关	《全唐诗》卷五二六
暝投灵智寺渡溪不得缘江路	蜀本卷二、元本续集、《全唐诗》卷五三二	暝投云智寺渡溪不得却取沿江路往	《全唐诗》卷五二六
过鲍溶宅有感	元本续集、《全唐诗》卷五三二	过鲍溶宅有感	《全唐诗》卷五二六
寄兄弟	蜀本拾遗、元本续集、《全唐诗》卷五三二	寄兄弟	《全唐诗》卷五二六
秋日	蜀本拾遗、元本续集	秋日	《全唐诗》卷五二六
卜居招书侣	蜀本拾遗、元本续集、《全唐诗》卷五三二	卜居招书侣	《全唐诗》卷五二六
西山草堂	蜀本拾遗、元本续集、《全唐诗》卷五三二	西山草堂	《全唐诗》卷五二六
贻隐者	蜀本拾遗、元本续集、《全唐诗》卷五三一	贻隐者	《全唐诗》卷五二六
夜泊松江渡寄友人	蜀本拾遗、元本续集、《全唐诗》卷五三八	泊松江	《吴郡志》卷一八、《全唐诗》卷五二六
送人归吴兴	蜀本卷二、元本卷下、《全唐诗》卷五三一	出守吴兴	《全唐诗》卷五二七录前六句
宿松江却寄苏州一二同志	蜀本卷一、书棚本卷上、元本卷上、《文苑英华》卷二九八、《全唐诗》卷五三五	宿松江却寄苏州一二同志	《吴郡志》卷一八
石池	蜀本拾遗、元本续集、《全唐诗》卷五三二	石池	《全唐诗》卷五二六
宣州开元寺赠惟直上人	无	宣州开元寺赠惟真上人	《全唐诗》卷五二六

乌丝栏诗真迹作许浑		他书作杜牧	
诗　题	宋元本及全唐诗收录	诗　题	书　证
留题李侍御宅	蜀本拾遗、元本续集、《全唐诗》卷五三二	留题李侍御书斋	《全唐诗》卷五二六
行次白沙馆先寄上河南王侍郎	蜀本拾遗、《全唐诗》卷五三二	行次白沙馆先寄上河南王侍郎	《全唐诗》卷五二六
贵游	元本续补、《全唐诗》卷五三六	贵游	《全唐诗》卷五二六
越中	元本续补、《全唐诗》卷五三八	越中	《全唐诗》卷五二六
宿东横山濑	蜀本拾遗、元本续集、《全唐诗》卷五三二	宿东横山濑	《全唐诗》卷五二六
贻迁客	蜀本拾遗、元本续集、《全唐诗》卷五三二	贻迁客	《全唐诗》卷五二六
赠桐江隐者	蜀本卷一、书棚本卷上、元本卷上、《全唐诗》卷五三三	寄桐江隐者	《全唐诗》卷五二六
长兴里夏日寄南邻避暑	蜀本卷二、元本卷下、《全唐诗》卷五三〇	长兴里夏日寄南邻避暑	《全唐诗》卷五二六
送太昱禅师	蜀本卷二、书棚本卷下、元本卷下、《全唐诗》卷五二九	送太昱禅师	《全唐诗》卷五二六

　　由于可以确认乌丝栏诗真迹确为许浑本人所写定,是为铁证,作杜牧诸书显然均出传误。与他人互见者,多达十二人十六首,也依前例表述如下。

　　与张祜互见者:

送岭南卢判官罢职归华阴别墅	蜀本卷一、书棚本卷上、《全唐诗》卷五三三	送岭南卢判官罢职归华阴别墅	《夹注名贤十抄诗》卷上
冬日登越王台怀归	蜀本卷一、书棚本卷上、元本卷上、《全唐诗》卷五三三	冬日登越台怀归	《夹注名贤十抄诗》卷上

续 表

寄题商山王隐士居	蜀本卷一、书棚本卷下、《全唐诗》卷五二八	寄题商洛王隐居	《全唐诗》卷五一〇

与李洞互见者：

岁暮自广江至新兴往复道中留题峡山寺四首之二	蜀本卷二、书棚本卷下、元本卷下、《全唐诗》卷五三七	岁暮自广江至新兴往复道中留题峡山寺	《全唐诗》卷七二三

与李群玉互见者：

尝与故宋补阙次都秋夕游永泰寺后湖今复登赏怆然有感	蜀本卷一、书棚本卷上、元本卷上、《全唐诗》卷五三四	感旧	《又玄集》卷中

与曹唐互见者：

自洛东兰若夜归	蜀本卷二、书棚本卷下、元本卷下、《全唐诗》卷五二八	洛东兰若归	《全唐诗》卷六四〇

与刘长卿互见者：

将渡固城湖阻风夜泊水阳戍	蜀本卷一、书棚本卷上、元本卷上、《全唐诗》卷五三三	岳阳楼	《全唐诗》卷一五一。《唐音统签》卷二三九云见滕宗谅岳阳楼石刻

与杨炯互见者：

汤处士返初后卜居曲江	蜀本卷二、书棚本卷下、元本卷下、《全唐诗》卷五二八	送杨处士反初卜居曲江	《杨盈川集》卷二、《全唐诗》卷五〇

与刘得仁互见者：

过鲍溶宅有感	元本续集、《全唐诗》卷五三二	过鲍溶有感	《文苑英华》卷三〇四、《全唐诗》卷五四四

与李郢互见者：

钱唐青山李隐居西斋	蜀本卷一、书棚本卷上、元本卷上、《全唐诗》卷五三三	钱塘青山题李隐居西斋	《文苑英华》卷三一七、《李楚望集》、《全唐诗》卷五九〇

与姚合互见者：

李定言自殿院衔命归阙拜员外郎俄迁右史因寄	蜀本卷一、书棚本卷上、元本卷上、《全唐诗》卷五三五	寄右史李定言（录中间四句）	《事文类聚新集》卷二四、《唐音统签》卷五二六、《全唐诗》卷四九七

与马戴互见者：

留别裴秀才	蜀本卷一、书棚本卷上、元本卷上、《全唐诗》卷五三三	别刘秀才	《夹注名贤十抄诗》卷中
题四皓庙	蜀本卷一、书棚本卷上、《全唐诗》卷五三四	题四皓庙	《夹注名贤十抄诗》卷中
京口闲居寄两都亲友	蜀本卷一、书棚本卷上、《全唐诗》卷五三三	京口闲居寄京洛亲友	《夹注名贤十抄诗》卷中

与李商隐互见者：

| 游楞伽寺 | 蜀本卷一、书棚本卷上、元本卷上、《全唐诗》卷五三八 | 游灵伽寺 | 《唐音戊签》、《全唐诗》卷五四一 |

与薛能互见者：

| 金陵怀古 | 蜀本卷一、书棚本卷上、元本卷上、《全唐诗》卷五三三 | 金陵怀古 | 《湘山野录》卷中 |

另有作无名氏互见者一首：

| 留赠偃师主人 | 蜀本卷二、书棚本卷下、元本卷下、《全唐诗》卷五二九 | 留赠偃师主人 | 《才调集》卷一〇、《无名氏诗集》、《全唐诗》卷七八五 |

此外，还有《和祠部杨员外以仆射杨公拜官致仕旧府宾僚及礼部杨侍郎同年门生先辈合宴申贺座中饮后书事》一首，清汪森编宋末汪元量《湖山外稿》收本诗，王国维批鲍廷博刊《水云集》以为汪贺参政杨居宽致仕作，今人孔凡礼《增订湖山类稿》编入该书卷三，断此诗作于至元二十四年。今知南宋岳珂《宝真斋法书赞》录许浑真迹已有此诗，则决非汪作。罗时进《丁卯集笺证》以为杨员外为杨汝士，仆射杨公指杨於陵，礼部杨侍郎为杨嗣复。《唐摭言》三曾载此诗本事云：“宝历年中，杨嗣复相公具庆下继放两榜。时先仆射自东洛入觐，嗣复率生徒迎于潼关，既而大宴于新昌里第。仆射与所执坐于正寝，公领诸生翼坐于两序。时元白俱在，皆赋诗于席上。”宝历年误，岑仲勉《跋唐摭言》、朱金城《白居易研究》分别有考，应为大和元年事。

六　馀　论

许浑乌丝栏诗真迹之价值既如上述，可以说许多方面是其他各本所无法取代的。我校录辑补唐诗,始于1981年夏研究生将毕业之际,积三十六年之努力,希望在近年完成全诗的校订。所定目标,希望尽最大努力接近唐人写诗的本始面貌,尽量去除《全唐诗》因沿袭明人工作而造成的大量误改误收的情况。我理解罗时进教授《丁卯集笺证》保留《全唐诗》次序,但每首诗逐次确定底本之无奈选择,因为按照目前古籍整理的一般原则,是尽可能选择存留作品较完整的文本作为底本。然而这样也有局限,即许浑自写诗卷前后排列的内在次序无法得到反映,在文本写定时也不免沿袭许多明清人的误传。我反复斟酌后,最后决定许浑诗的写定,以殿本《宝真斋法书赞》卷六所录乌丝栏诗真迹为前三卷,贵其出许浑本人所书;以蜀本所收真迹以外诗为四至六卷;以书棚本所增诗为第七卷;以元本所增诗为第八卷;以唐宋人总集所见前此各集未见诗为第九卷;季振宜稿本及《全唐诗》卷五二六杜牧下所收诗,今人确考源出《樊川续别集》,皆误收许浑诗,今据编为第十卷。

2017年3月22日初稿于复旦

(2017年4月斯坦福大学主办中古写本研讨会论文)

曹唐《大游仙诗》考

    晚唐诗人曹唐是桂州人,年轻时做过道士,后来还俗,科场或仕途不太得志,但一直热衷写游仙诗,影响很大。有两则故事可见他当时地位。《北梦琐言》卷五说诗人李远读其诗才情缥缈,吟其诗而思其人。"一日,曹往谒之,李倒屣而迎。"遽见其人肥壮充伟,乃戏之云:"昔者未睹标仪,将谓可乘鸾鹤;此际拜见,安知壮水牛亦恐不胜其载。"另五代初卢瑰《抒情诗》(《诗话总龟》卷三九引)云:

> 曹唐、罗隐同时,才情不殊。罗曰:"唐有鬼诗。"或曰:"何也?"曰:"水底有天春寂寂,人间无路月茫茫。"唐曰:"罗有女子诗。"或曰:"何也?"曰:"若教解语应倾国,任是无情也动人。"此盖罗《牡丹》诗也。

女子诗当依他书作"女障子诗",另传为周繇事,他书或云曹唐因这充满鬼气二句诗而死。虽属传闻,大体可知他作品流布之广。

    曹唐曾著大小《游仙诗》若干首。《小游仙诗》较简单,南宋洪迈编《万首唐人绝句》时几乎全部钞录,得以完整保存至今。至于《大游仙诗》,宋初陶岳《五代史补》卷一《曹唐死》云其"为大小《游仙诗》各百篇",元辛文房《唐才子传》卷八则记录"作《大游仙诗》五十篇",大约是当时能够见到的总数。

    《全唐诗》卷六四〇、卷六四一收曹唐诗二卷,没有标《大游仙诗》之目。《才调集》卷四凡录《大游仙》十一首,篇目为《刘晨阮肇游天台》《刘阮洞中遇仙人》《仙子送刘阮出洞》《仙子洞中有怀刘阮》《刘阮再到天台不复见诸仙子》《张硕重寄杜兰香》《玉女杜兰香下嫁于张硕》《萧史携弄玉上升》《黄初平将入金华山》《织女怀牵牛》《汉武帝思李夫人》，后录《小游仙》三首。《文苑英华》卷二二五录《大游仙十三首》，篇目为《汉武帝将候西王母下降》《汉武帝于宫中宴西王母》《刘晨阮肇游天台》《刘阮洞中偶仙子》《仙子送刘阮出洞》《仙子洞中有怀刘阮》《刘阮再到天台不复见仙子》《织女怀牛郎》《玉女杜兰香下嫁于张硕》《王远宴麻姑蔡经宅》《萼绿华将归九疑留别许真人》《穆王宴王母于九光流霞馆》《紫河张休真》，又录《小游仙诗》十三首。此皆明确标为《大游仙》者，皆七律，与《小游仙诗》皆七绝者不同，知大小皆以诗体分。以上二书重见者七首，故《全唐诗》卷六四〇所收实为十七首。

　　除《全唐诗》已收十七首外，《大游仙诗》还可以有许多新的补充。南宋人编《天台前集别编》，尚存《真人酬寄羡门子》一首，亦七律；《五代史补》卷一录曹唐《汉武帝宴西王母》诗"花影暗回三殿月，树声深锁九门霜"二句，《吟窗杂录》卷二八引作《汉武游西王母》，为七律中联，应皆属《大游仙》，拙辑《全唐诗续拾》卷三二据以收录。南宋人编《仙都志》卷下录"运使、起居舍人曹唐二首"，官名误，其一云："蟠桃花老华阳东，轩后登真谢六宫。旌节暗迎归碧落，笙歌遥听隔崆峒。衣冠留葬桥山月，剑履将随浪海风。看却龙髯攀不得，红霞零落鼎湖空。"席本《曹从事诗集》《全唐诗》卷六四〇题作《仙都即景》。但《唐诗纪事》卷五八引《诗人主客图》录《游仙诗》二句："看却龙髯攀不得，九霞零落鼎湖宫。"有误字，但可以确认此诗亦属《大游仙诗》中的一首。诗咏鼎湖，鼎湖传为黄帝之归葬处，可能为黄帝一组之最后一首。此外，《唐诗纪事》卷五八引《主客图》引《游仙》诗有"箫声欲尽月色苦，依旧汉家宫树秋"二句，另录"一曲哀歌茂陵道，汉家天子葬秋风"，"谁知汉武无仙骨，满灶黄金成白烟"，可能也是《大游仙诗》的残句。

　　此外，韩国藏高丽初期唐人七律选本《十抄诗》卷中，录曹唐七律十首，见于中国文献者仅《萼绿华将归九疑山别许真人》《汉武帝将候西王母下降》二首，其他八首皆为佚诗，篇目为《黄帝诣崆峒山谒容成》《穆王却到人间惘然有感》《穆王有怀昆仑旧游》《再访玉真不遇》《王母使侍女许飞琼鼓云和笙以宴武帝》《武帝食仙桃留核将种人间》《张硕对杜兰香留赆织成翠水之衣凄然有感》《汉武帝再请西王母不降》。前引《五代史补》引"花影"二句，为《王母使侍女许飞琼鼓云和笙以宴武帝》一首之颈联，前引诗题有误。

综上所考，今存《大游仙诗》完诗当有二十七首，残句三则显然分属三首诗，则完残共存诗三十首。

就以上诸诗分析，不难看出《大游仙诗》皆以数诗讲一故事，属于联章体七律组诗。其中以前所见完整的一组是咏刘晨、阮肇遇仙故事的五首，即《刘晨阮肇游天台》《刘阮洞中遇仙人》《仙子送刘阮出洞》《仙子洞中有怀刘阮》《刘阮再到天台不复见诸仙子》五篇，本事见宋刘义庆《幽明录》，述汉明帝永平五年（62）剡县人刘晨、阮肇入天台山，迷不得返，为仙女留十日。既归，则已为晋太元八年（383）。那么是否恰好是每组五首，分别咏十个或二十个游仙故事呢？虽然没有记录，但大抵可以推定包含有另外几组故事。以下是我对其他一些组诗的推测复原，并略述故事原型之来源。

《黄帝诣峒峒山谒容成》："黄帝修心息万机，峒峒到日世情微。先生道向容成得，使者珠随象罔归。涿鹿罢兵形欲蜕，洞庭张乐梦何稀。六宫一闭夜无主，月满空山云满衣。"本事见《列仙传》卷上："容成公者，自称黄帝师，见于周穆王，能善补导之事，取精于玄牝，其要谷神不死，守生养气者也。发白更黑，齿落更生，事与老子同，亦云老子师也。"《夹注名贤十抄诗》引唐梁载言《十道志》有肃州峒峒山，注："黄帝访道处。"虽还不完整，已经大体清晰。涿鹿罢兵、洞庭张乐都是有名故事，见《史记·黄帝本纪》及《庄子》。《全唐诗》所收题作《仙都即景》的那首，应该是黄帝组诗之最后一首，即以黄帝葬地鼎湖展开发挥。

《穆王却到人间惘然有感》《穆王有怀昆仑旧游》《穆王宴王母于九光流霞馆》，本事见《穆天子传》。本组诗或缺二首。

《汉武帝将候西王母下降》《汉武帝于宫中宴西王母》《王母使侍女许飞琼鼓云和笙以宴武帝》《武帝食仙桃留核将种人间》《汉武帝再请西王母不降》五首，本事见《汉武故事》，以及据以敷衍之《汉武内传》。

《玉女杜兰香下嫁于张硕》《张硕对杜兰香留觊织成翠水之衣凄然有感》《张硕重寄杜兰香》三诗,本事见东晋曹毗《杜兰香别传》。原传不存,各书引录甚多,以今人李剑国校订本为最善(收入《唐前志怪小说辑释(修订本)》,上海古籍出版社 2011 年 10 月)。后据以改写者,则有唐杜光庭《墉城集仙传》卷五《杜兰香》一则。曹毗传叙愍帝建兴四年(317)春,神女杜兰香是西王母养女,忽诣南郡张硕,自称家昔在青草湖,风溺舟没,兰香时年三岁,西王母养于昆仑山,已历千年。兰香携婢女二人,赍酒食器具,"常食粟饭,并有非时果味"。硕每食,常"七八日不饥"。《玉女杜兰香下嫁于张硕》应是组诗的第一首,说两人之偶然遇合与珍重。兰香离去时,"与硕织成袴衫"。《别传》此处大多不存,曹唐《张硕对杜兰香留觊织成翠水之衣凄然有感》云:"端简焚香送上真,五云无复更相亲。魂交纵有丹台梦,骨重终非碧落人。风静更悲青桂晚,月明空想白榆春。麟衣鹤氅虽然在,终作西陵石上尘。"是说张硕庄重送别兰香,但此时他仍修道未成,骨重难以相随,只能在风静月明之夜遥怀追想。是年八月兰香复来,告硕:"本为君作妻,情无旷达,以年命未合,其小乖。"硕问祷祀是否有效,兰香告要经常服食。此后兰香数度降于张家,并为硕妻治妒,硕遂生数男。后兰香不至。硕偶船行,遇兰香乘车山际,硕遥述悲喜,欲攀车被拒。《张硕重寄杜兰香》云:"碧落香销兰露秋,星河无梦夜悠悠。灵妃不降三清驾,仙鹤空成万古愁。皓月隔花追叹别,瑞烟笼树省淹留。人间何事堪惆怅,海色西风十二楼。"是述别后的相思,但不知为哪次别后。今存《别传》无张硕诗,仅有兰香诗二首。如果组诗为五首,所缺当在后半数度遇合间。

以上四组诗,仅汉武帝一组五首完整,另三组当也有五首,稍有残缺。此外仅存一首,推测应该有一组作品者,有以下几首。

《黄初平将入金华山》:"莫道真游烟景赊,潇湘有路入金华。溪头鹤树春常在,洞口人家日易斜。一水暗鸣闲绕涧,五云长往不还家。白羊成队难收拾,吃尽溪边巨胜花。"宋陈葆光《三洞群仙录》卷八引《神仙传》:"黄初平家使牧羊。有道士将入金华山不归,兄初起求之不得。后于市中见一道士,问之。道士曰:'金华山下一牧羊小儿,非是耶?'初起随道士往见其弟,问:'羊何在?'初平曰:'羊在山东。'起往视之,但见白石。初平叱之,白石皆化为羊。"《神仙传》卷二作皇初平。从诗题看,也有可能为组诗。另曹唐《小游仙诗》之四十云:"共爱初平住九霞,焚香不出闭金华。白羊成队难收拾,吃尽溪头巨胜花。"后二句全同。

《萧史携弄玉上升》:"岂是丹台归路遥,紫鸾烟驾不同飘。一声洛水传幽咽,万片宫花共寂寥。红粉美人愁未散,清华公子笑相邀。緱山碧树青楼月,肠断春风为玉箫。"此为唐诗常咏故事,较早记录见《列仙传》:"萧史者,秦穆公时人也。善吹箫,能致孔雀、白鹤于庭。穆公有女,字弄玉,好之,公遂以女妻焉。日教弄玉作凤鸣。居数年,吹似凤声,凤凰来止其屋,公为作凤台。夫妇止其上,不下数年。一旦皆随凤凰飞去,故秦人为作凤女祠于雍,宫中时有箫声而已。"其后如《墉城集仙录》卷六、《太平广记》卷四引《仙传拾遗》,引故事稍繁。从诗题看,曹唐可能写有组诗,此首可能为最后一首。

《王远宴麻姑蔡经宅》:"好风吹树杏花香,花下真人道姓王。大篆龙蛇随笔札,小天星斗满衣裳。闲抛南极归期晚,笑指东溟饮兴长。要唤麻姑同一醉,使人沽酒向馀杭。"本事见晋葛洪《神仙传》卷三:"王远字方平,东海人也。……逆知天下盛衰之期,九州吉凶,观诸掌握。后弃官入山修道。道成,汉孝桓帝闻之,连征不出。"其于蔡经宅遇麻姑故事,亦载此书:"过吴,往胥门蔡经家。经者,小民也,骨相当仙,方平知之,故住其家。""去十馀年,忽然还家,去时已老,还更少壮,头发还黑。"既归,"麻姑至蔡经,亦举家见之,是好女子,年十八九许,于顶中作髻,馀发散垂至腰"。麻姑自说已"见东海三为桑田,向到蓬莱,水又浅于往昔"。方平乃出仙酒,云:"此酒乃出天厨,其味醇酿,非俗人所宜饮,饮之或能烂肠。今当以水和之,汝辈勿怪也。"于是宴于蔡经宅。原故事曲折而悠长,是写组诗的好素材,诗题也可确认曾写组诗。

《织女怀牛郎》,此为有名故事,不赘述。但故事始末为逐渐演变。从诗题看,有可能为组诗。

《萼绿华将归九疑留别许真人》:"九点烟霞黛色浓,绿华归思颇无穷。每愁驭鹤身难住,长恨临霞语未终。花影暗移云梦月,歌声闲落洞庭风。蓝丝动勒金绦远,留与人间许侍中。"萼绿华故事首见《真诰》卷一九《翼真检》第一,述萼绿华以升平三年(359)降真事,后《无上秘要》卷八三称她是"九疑山女真罗郁,升平年中来降羊权",《云笈七签》卷九七录其《赠羊权诗三首》,有序自述始末。《真诰》本为东晋杨羲、许谧、许翙等人的通灵记录,萼绿华仙事为其中一节。从诗题看,曹唐肯定为其写了一组诗。

《真人酬寄羡门子》:"云洞烟深意自迷,忆君肠断武陵溪。三山未觉家中远,九府那知路甚低。绛阙有时申再会,赤城何日手重携?唯愁不得分明语,惆怅长霄月又西。"《艺文类聚》卷七八引《真人周君传》:"紫阳真人周义山,字委通,汝阴人也。闻有栾先生得道,在蒙山,能读《龙蹻经》,乃追寻之。入蒙山,遇羡门子,乘白鹿,执羽盖,佩青毛之节,侍从十馀玉女。君乃再拜叩头,乞长生要诀。羡门子曰:'子名在丹台玉室之中,何忧不仙。远越江河,来登此何?'"

《再访玉真不遇》:"重到瑶台访旧游,忽悲身事泪双流。云霞已敛当年事,草木空添此夜愁。月影西倾惊七夕,水声东注感千秋。唯知伴立魂非断,何处笙歌醉碧楼。"玉真为杨玉环的道号,知曹唐也咏本朝事。"月影西倾惊七夕,水声东注感千秋。"可以说就是《长恨歌》的缩写。就全诗看,似乎把《长恨歌》后半鸿都道士访海上仙山事,敷衍出明皇曾亲自往寻而不遇的故事。遗憾的是没有合适的组诗可以搭配。今存残句:"一曲哀歌茂陵道,汉家天子葬秋风。""谁知汉武无仙骨,满灶黄金成白烟。"从押韵看应属二诗。前引汉武故事五首已全,疑此二残句或即咏明皇事,借汉喻唐也。若然,则咏及明皇之死。

据这样推测,也就可能有另外七组诗。连前五组,就有了十二组作品。那么,也许真有《五代史补》所云百首《大游仙诗》。当然,也可能后举七首每组并不足五首。文献不足征,随他去吧。

此外,还有一首《紫河张休真》:"琪树扶疏压瑞烟,玉皇朝客满花前。山川到处成三月,丝竹经时即万年。树石冥茫初缩地,杯盘狼藉未朝天。东风小饮人皆醉,从听黄龙枕水眠。"本事不详。

曹唐《大游仙诗》是唐代游仙诗中的杰作,虽然佚失较多,但陆续增补,有较多新的发现,这是我们的幸运。稍作梳理介绍,与读者分享。有未尽允当处,幸博识赐教。

2017 年 1 月 19 日

(《文史知识》2017 年第 4 期,刊出时稍有删节)

张碧生活时代考

张碧诗存二十首(《全唐诗》卷四六九收十六首、卷八八三收三首,另《文房四谱》卷二存一首,《全唐诗续补遗》卷八据以收入),其中无纪年文字,甚至连涉及时事、交游而可资考索的痕迹也没有。不过这似无碍于对其生活时代的确定,因为作为正史的《新唐书·艺文志》中,已明确记载:"《张碧歌行集》二卷,贞元人。"对此还可以找到一个很有力的支持。孟郊《孟东野诗集》卷九有《读张碧集》云:

> 天宝太白殁,六艺已消歇。大哉国风本,丧而王泽竭。先生今复生,斯文信难缺。下笔证兴亡,陈词备风骨。高秋数奏琴,澄潭一轮月。谁作采诗官,忍之不择发。

《韩昌黎集》卷二九《贞曜先生墓志铭》载,孟郊卒于宪宗元和九年。孟郊既已读到张碧的诗集,张碧生活时代应与孟郊同时或稍早,为德宗贞元(785—805)间人,似无可疑。后《唐诗纪事》卷四五、《直斋书录解题》卷一九、《唐才子传》卷五、《全唐诗》卷四六九,皆沿《新唐书·艺文志》之说。然而,张碧为贞元之间人之说,实是大可怀疑的。

疑点之一,《唐诗纪事》卷四五谓张碧自序其诗云:

> 碧尝读《李长吉集》,谓春拆红翠,霹开蛰户,其奇峭者不可攻也。及览李太白词,天与俱高,青且无际,鹏触巨海,澜涛怒翻,则观长吉之篇,若陟嵩之巅视诸阜者耶。余尝锐志狂勇心魄,恨不得摅文阵以交锋,睹拔戟挟辀而比矣。

此即《张碧歌诗集》之序,因原集不传,序仅存此。李贺(长吉)卒于宪宗元和十一年(816),年二十七。其诗集生前未行,临终方以遗稿交友人沈子明。沈至文宗大和五年,持以求序于杜牧,其刊布行世,当更在此以后(详《樊川文集》卷一〇《李贺集序》)。张碧如为贞元间人,即不可能见到李贺。当然也不能排除以下两种可能性:其一,张碧贞元间已成名,文宗时尚存活;其二,张碧所见李贺集,并非杜牧所序之遗集,而为李贺生前已传之诗卷。后一可能性我们无从找到别的佐证,但从张碧自序看,显为后人读前人之作,而非读同时人且比自己年辈为低者之诗集,因为序中仅有评骘,并无相识愿交之意。前一可能性虽不乏可举之例,如白居易、刘禹锡、李绅等皆然,但却与孟郊得读张碧集显然矛盾,孟郊比李贺尚早死两年,不可能见到张碧于大和后自序的诗集。

疑点之二,《诗话总龟》卷一一引《雅言系述》云:

> 张瀛,碧之子也。事广南刘氏,官至曹郎。尝为歌赠琴棋僧,同列见之,曰:"非其父,不生其子。"

"广南刘氏"即五代时期占据岭南,建立南汉政权的刘隐、刘龚兄弟及其后人。即以刘隐封南海王之年,即后梁太祖乾化元年(911)计,距贞元末年也已一百又六年。张碧如为贞元间人,其子不可能仕南汉;反之,其子既仕南汉,张碧则不可能为贞元间人。《雅言系述》为北宋人王举所撰的一部诗话,多记五代十国诗事,颇为翔实可信。原书不存,《诗话总龟》引录较多。《十国春秋》卷六三《张瀛传》,即据此。

疑点之三,《直斋书录解题》卷一九《张碧歌诗集》解题云:

> 唐张碧太碧撰。《艺文志》云贞元时人。集中有《览贯休上人诗》,或剿入之也。

《览贯休上人诗》,今不存,但陈振孙所见张碧集中,显然是有这首诗的。陈振孙既信《新唐书·艺文志》之说,因疑该诗或伪,其实并无别证。

张碧今存二十首诗,分别源出于《唐百家诗选》卷一四,《乐府诗集》卷九四,《唐诗纪事》卷四五,《万首唐人绝句》卷六九、卷九一,《分门纂类唐歌诗》卷三二、卷九一、卷九五,《韵语阳秋》卷三及《文房四谱》卷二,皆为宋人自《张碧歌诗集》中录出,除《山居雨霁即事》一诗曾或误为长孙佐辅诗外,均可信为张碧作,并无伪诗。《览贯休上人诗》既见其集,应为其所作,不容怀疑。贯休生卒年略有异说,陈垣《释氏疑年录》卷五考定生于文宗大和六年(832),卒于前蜀太祖永平二年(912)。张碧既曾见贯休诗,其生活时代应在懿宗咸通以后。

就以上三点提供的线索,张碧生活时代应在晚唐时期,曾得读文宗后行世之李贺集,得览懿宗后方成名之贯休诗,有子仕南汉,也都顺理成章。

问题又回到本文开头所提出的两条似无可疑的史料。以张碧为贞元间人的所有记载,都源自《新唐书·艺文志》,能支持其说的,仅题为孟郊作的《读张碧集》一诗。进一步探究,不难发现此二条材料实同出一人之手。

《新唐书》纪、表、志署为欧阳修撰,但实际执笔者,据《春明退朝录》卷下、《云麓漫抄》卷四载,乃范镇、王畴、宋敏求、吕夏卿、刘羲叟、梅尧臣分撰。其中王畴长于礼仪,分领《礼》《仪》《兵志》,吕夏卿长于谱学,撰《世系表》,梅尧臣修《方镇表》等,刘羲叟撰《天文》《律历》《五行志》(详《复旦学报》1985年第3期拙作《欧阳修著述考》)。宋敏求家富藏书,本人又长于目录校勘之学,从上述可考知之诸人分工情况看,《艺文志》应由其执笔,而经欧阳修最后笔削而成。《琬琰集删存》卷二范镇《宋谏议敏求墓志》云:

> 三馆、秘阁书,类多讹舛,所藏虽博,而往往无稽考。公请先以《前汉艺文志》据所有,用校七史例,下诸路购求善本,重复校正,然后自后汉以来至于唐,依逐书志目,以次雠对,取其堪者,馀悉置之,使秘府文集得以完善也。

此虽非专言修《新唐志》事,而其对目录校雠之专精,足证《艺文志》

必出于其手。又王安石《唐百家诗选》是据宋敏求家藏唐集编选而成的，其中收录张碧诗，亦可知敏求藏有张碧集。

而今存之孟郊《孟东野诗集》，亦出自宋敏求所编。敏求为该集所作序，称所据为汴吴镂本、周安惠本、别本、蜀人蹇浚编《咸池集》本及"自馀不为编帙"者，"总括遗逸，撝去重复"，分类编次而成。该集收罗孟诗，甚为完备，自问世以后，其馀诸本皆废而不传。但因曾网罗遗逸，鉴别上不能必定无误，如今本有与贯休、聂夷中及《韵补》引《道藏》歌诗相重见者，即有待进一步之甄定。

我们有理由相信，《新唐书·艺文志》中称张碧为"贞元人"一句，出自宋敏求之手笔，而宋氏之依据，当即因孟郊有诗涉及张碧，据以推知其时代。

如果《读张碧集》非孟郊所作，即《孟东野诗集》中该诗为宋敏求误收他人之作，则以张碧为贞元间人的说法，也就不能成立了。

而如前文已列举的诸多例证，张碧生活时代显然迟于孟郊、李贺，孟郊不可能写出《读张碧集》这首诗。

《读张碧集》的作者应是谁呢？

由于该诗最早仅见于孟集，在传世文献中也无别一人所作之记载，本文只能提出一种推测：此诗作者应为五代马楚时人徐仲雅。

徐仲雅，字东野，其先秦中人，徙居长沙。事湖南马氏，文昭王时为天策府学士。生平事迹散见于《五代史补》卷三、《三楚新录》卷二、《诗话总龟》卷二一引《零陵总记》，又卷二一、卷二二引《湖湘故事》，卷三八引《雅言杂载》。《十国春秋》卷七三有传，即据上列诸书。《雅言杂载》云："湖南徐仲雅与李宏皋、刘昭禹齐名，所业百馀卷并行于世。"可知其所作颇丰。但至北宋时，其集似已不甚传，仅靠各种笔记、杂史、诗话引录，得以保存少量篇什及残句。宋人对其姓名，或称徐仲雅，或称徐东野，甚或径称东野，以致明胡震亨收罗唐诗时，对其为一人抑二人，颇费了一番考证（详《唐音戊签馀》卷四七）。

徐仲雅与孟郊皆字东野，多诗作，但至北宋时名已不甚显。其诗传为孟郊之作，可能性应是很大的。从徐仲雅存世诗作看，其诗风与《读张碧

集》也甚近似。抄录二首,以资比对:

> 张绪呈风流,王衍事轻薄。出门逢耕夫,颜色必不乐。肥肤如玉洁,力拗丝不折。半日无耕夫,此辈总饿杀。(《耕夫谣》,出《诗话总龟》卷三八引《雅言杂载》)
>
> 半已化为石,有灵通碧湘。生逢尧雨露,老直汉风霜。月滴蟾心水,龙遗脑骨香。粗于毫末后,曾见几兴亡。(《东华观偃松》,出《诗话总龟》卷二一引《零陵总记》)

如这一推测得以成立,张碧之生活时代,可断非中唐,而应为唐末,甚至可能存活至五代初。种种之疑点,也皆可迎刃而解。

1990 年 6 月

(刊《文学遗产》1992 年第 3 期)

温庭筠早年事迹考辨

温庭筠,字飞卿,以诗、词、骈文的成就,驰名唐代后期文坛。两《唐书》均有传,《旧唐书》列在卷一九〇《文苑传》,《新唐书》附于卷九一《温大雅传》。但两传纪事简略,失误颇多,对其一生评价,片面性较大。作为研究温诗、温词的根据,显然是不够的。30 年代,夏承焘先生撰《温飞卿系年》①(以下简称《系年》),穷搜博引,钩幽发微,对其生平作了系统考察。嗣后,顾肇仓先生撰《温庭筠〈感旧陈情五十韵献淮南李仆射〉诗旧注辨误》(以下简称《辨误》)、《新旧唐书温庭筠传订补》(以下简称《补传》)等文②,作了进一步的发掘考证。两位先生的努力,纠正了旧史稗说的不少偏颇谬误,使温庭筠生平得以概见,功不可没。稍感不足的是,由于确定温庭筠生年有误,诸作对其早年事迹,未能展开考述。

本文以考辨温庭筠会昌以前活动为主,分三个方面论述:(一)重新考订其生年;(二)考察其漫游南方和从军出塞的时间、路线;(三)分析其开成、会昌间与当时政治斗争的关系。其大中以后事迹,夏、顾两先生考证已详,除个别遗误问题外,一般不拟复述。

一

庭筠生年,史籍失载。唯一可资稽考的,只有其《感旧陈情五十韵献淮南李仆射》(以下简称《感旧》,见顾嗣立等《温飞卿集笺注》卷六,后引温诗,均据此集,不再注出,仅标卷次于后)起首数句:"嵇绍垂髫日,山涛

---

① 收入《唐宋词人年谱》,中华书局上海编辑所 1957 年,上海古籍出版社 1979 年修订。
② 刊前西南联大师院《国文月刊》1947 年,第 57、62 期。《温飞卿系年》节录二文甚多。

笫仕年,琴书陈上座,纨绮拜床前。"其年龄和这位"淮南李仆射"的仕历
形成对照。

"淮南李仆射"是谁呢? 清人顾嗣立注此诗,以为是李蔚。查《旧唐
书·李蔚传》,李蔚任淮南节度使在咸通末年(约公元 873);其初仕年在
开成末(约 840)。《系年》据此核以庭筠行实,揭出其大相径庭者三事。
证据确凿,顾氏之误显然。

《系年》《辨误》对此诗分别考察后,得出同样结论:庭筠赠诗对象
"淮南李仆射",是李德裕。证据有以下几点:其一,《感旧》所叙李的仕
历,与德裕大致契合。其二,《感旧》自注:"余尝忝京兆荐,名居其副。"庭
筠为京兆荐名,在开成四年(839);德裕镇淮南,在开成二年至五年,时间
上似亦吻合。其三,庭筠诗有《首春与丞相赞皇公游止》(卷五)、《题李相
屏风二首》(卷五),是与德裕在开成、会昌间曾有交往。其四,元和末,德
裕在太原任掌书记,而庭筠"隶籍太原,又为名公之后,温、李二族,定属通
家。髫龄拜谒,或系记在太原时之事。二人年龄相悬且三十岁,则嵇绍、
山涛之喻,自甚切合"(《辨误》)。《系年》按照德裕仕历,推算庭筠生年
约在宪宗元和七年,即公元 812 年。

然而,细案《感旧》全诗,核以德裕、庭筠二人行事,可以看出以德裕
为赠诗对象仍有很多抵牾不合之处。先看德裕仕历。《感旧》述李仕历
为:"既矫排虚翅,将持造物权,万灵思鼓铸,群品待陶甄。视草丝纶出,持
纲雨露悬,法行黄道内,居近翠华边。""耿介非持禄,优游是养贤。冰清
临百粤,风靡化三川。委寄崇推毂,威仪压控弦,梁园提毂骑,淮水换戎
旃。"《系年》《辨误》列举与之契合的德裕仕历,两《唐书·李德裕传》所
载甚详,以时间为序是:元和十一年(816),受张弘靖辟在太原为掌书记;
穆宗即位,召入翰林充学士;长庆二年(822),第一次出为浙西观察使;大
和三年(829)九月,除郑滑节度使;大和四年(830),授成都尹、剑南西川
节度使兼云南招抚使;大和九年(835),授太子宾客,分司东都,当月再贬
袁州长史。此后再镇浙西,始转淮南节度使。这些事迹虽有与诗中相合
处,而明显不合者,至少有三:德裕分司东都,为时仅十馀天,旋遭贬去,
不能说"风靡化三川"。此其一。德裕兼云南招抚使,官廨驻成都,是为

蜀地;三镇浙西,乃越地。汉以前自交趾至会稽一带,百粤杂处,确有其事,而唐人所谓百粤,皆指岭南,韩、柳诸人诗文中,其例甚多,罕有称越、蜀为百粤之例。德裕会昌前,未涉足岭南。"冰清临百粤"句,无从着落。此其二。诗中"梁园提毂骑,淮水换戎旃",谓李自梁宋一带调镇淮南。郑滑节度辖地与梁宋相接,只是很少用"梁园"指代。姑谓此处可代,而德裕自郑滑任到移镇淮南,相隔八年之久,用一"换"字,似嫌唐突。此其三。德裕时负盛名,庭筠如赠诗给他,不应错舛如是。

　　史称庭筠为太原祁人,系指郡望,并非家居所在。温氏先世在太原的封地,到庭筠时已"采地荒遗野,爰田失故都"(卷六《书怀百韵》)。故庭筠一生,从未涉足太原一带,所作诗文,也不以太原为乡土。他常提到的故乡,均在江南。《补传》考论及此,推测庭筠"恐幼时已随家客游江淮"。那么,太原谒德裕的假设,显然不能成立。长庆间,德裕仕临浙西。而庭筠游越时,自称为客,可证非幼居其地。其间二人似亦无缘相见。

　　尤应确定的,是《感旧》诗投赠的时间。诗中自注:"余尝忝京兆荐,名居其副。"即《开成五年秋以抱疾郊野不得与乡计偕至王府将议遐适隆冬自伤因书怀奉寄殿院徐侍御察院陈李二侍御回中苏端公鄠县韦少府兼呈袁郊苗绅李逸三友人一百韵》①(简作《书怀百韵》,卷六)自注:"予去秋试京兆,荐名居其副"一事,在开成四年秋。《感旧》另一自注"二年抱疾,不赴乡荐试有司",指受荐名的当年和次年均未赴选。全诗主旨,在于向李陈述自己的遭遇,希望李顾及旧谊,援手汲引,故叙及失试原因。后段复云:"旅食逢春尽,羁游为事牵。"当为暮春客游淮南时作②。开成五年(840)春,庭筠无法预卜是年秋能否赴试,故此诗至早也应作于次年会昌元年(841)春末。据《旧唐书·武宗纪》,开成五年九月,李德裕自淮南节度使入京为相。此时,庭筠尚卧疾郊野。及至赠诗时,德裕离淮南已逾

____

　　① 《系年》据诗题以为庭筠"此年不第后即归乡里",疑误。试京兆详本文第三节。"抱疾郊野"的"郊野",当即庭筠《郊居秋日有怀一二知己》(卷四)、《鄠杜郊居》(卷五)、《经李处士杜城别业》(卷七)诸诗所及的居处,在长安南郊鄠杜一带,为其友人李羽别业。题中所寄八人均在关中,可证。参见注②。
　　② 此行《系年》失考。《书怀百韵》题中说"将议遐适",诗中说"行役议秦吴",意欲由秦适吴。《春日将欲东归寄新第苗绅先辈》(卷四):"几年辛苦与君同,得丧悲欢尽是空。"苗绅为前诗受赠者之一,足证庭筠会昌元年春东归。

半年。唐人重官称,尤尊京职。干谒诗绝不会用较低的旧衔称谓。

十分清楚,《感旧》诗不是投赠李德裕的。按其仕历推得的庭筠生年,也就失去了成立的依据。

检《旧唐书·武宗纪》,德裕淮南卸职后,"以宣武军节度使、检校吏部尚书、汴州刺史李绅代德裕镇淮南"。会昌二年(842)二月,李绅自淮南入相。同书卷一七三《李绅传》:"武宗即位,加检校尚书右仆射、扬州大都督府长史,知淮南节度大使事。"是李绅也可称为"淮南李仆射",其任职起讫时间,与庭筠赠诗时间,也可吻合。以李绅仕历和《感旧》中的叙述相参,确凿无疑地表明李绅为受赠诗者。试以新旧《唐书·李绅传》有关记载与《感旧》诗作一比证。《旧唐书·李绅传》:"能为歌诗。乡赋之年,讽诵多在人口。"《新唐书·李绅传》:"于诗最有名,时号短李。"正是《感旧》"赋成攒笔写,歌出满城传"的注脚。《旧唐书·李绅传》:"元和初(806),登进士第,释褐国子助教。"①"穆宗召为翰林学士,与李德裕、元稹同在禁署,时称三俊。""长庆元年(821)三月,改司勋员外郎、知制诰。三年二月,超拜中书舍人。"《感旧》自"既矫排虚翅"以下,即指李绅这段经历。《旧唐书·李绅传》载,李绅在朝与李逢吉对立。逢吉勾结宦官王守澄,利用敬宗年幼,"言绅在内署时,尝不利于陛下"。敬宗"不能自执,乃贬绅端州司马"。《感旧》:"耿介非持禄,优游是养贤,冰清临百粤。"谓李绅立朝耿直持正,遭权奸排挤而远贬。"冰清",喻洁身无过。"百粤",指岭南,唐为流黜地。端州当今广东肇庆,时属岭南道。《新唐书·李绅传》:"开成初,郑覃以绅为河南尹。河南多恶少,或危帽散衣,击大球,户官道,车马不敢前。绅治刚严,皆望风遁去。""风靡化三川"即谓此。唐河南尹治洛阳,为秦三川郡故地。《旧唐书·李绅传》:开成元年"六月,检校户部尚书、汴州刺史、宣武节度、宋亳汴颍观察等使"。至武宗即位,徙淮南节度。两地均带军职。《感旧》云:"梁园提毂骑,淮水换戎旆。"地点、职衔均吻合无差。梁园,西汉梁孝王所筑兔园,在汴州附近,时归宣武军辖。

---

① 《旧唐书》此处有误,详后文引《李绅年谱》。

　　参照两《唐书·李绅传》及卞孝萱先生《李绅年谱》①，李绅初仕情况是：元和元年（806）登第后，旋即东归。途经润州，镇海军节度使李锜留为掌书记。次年十月，李锜谋反被杀。李绅以不附锜而免罪，归无锡县家居，直到元和四年，受召为校书郎入京。此后任国子助教等职，均在长安。庭筠家居江南，冲年拜谒李绅，不会远离乡土。李绅初仕数年间，在江浙一带留住甚久。从"琴书陈上座"看，时正赋闲。今姑定庭筠见李绅在元和三年（808），李绅时年三十七岁，辞掌书记职家居②。嵇康《与山巨源绝交书》："男（指嵇绍）年八岁，未及成人。"③庭筠《上令狐相公启》："嵇氏则男儿八岁，保在故人。"④庭筠以嵇绍自比，时年约八岁，比李绅年幼近三十岁。嵇绍、山涛之比，言年岁悬殊，甚为恰当。以此逆推庭筠生年，约在德宗贞元十七年，即公元801年。

　　《系年》定庭筠生于元和七年（812），现重订结果提前十二年，核以庭筠诗文及亲友年龄，尚无阻格。试举数证。《书怀百韵》自述"收迹异桑榆"，谓己未至暮年。既发此言，当已届中年。诗作于开成五年（840），时年约四十。《上封尚书启》⑤自谓："崇朝览镜，壮士成衰；暇日欹冠，玄鬓变白。"封尚书指封敖，《旧唐书》有传，大中四年至八年（850—853）为山南东道节度使时，加检校吏部尚书。庭筠时约五十初度，正值年衰发白之际。"温李"并称，庭筠仕宦与诗誉皆逊于商隐，疑以年长居前。庭筠与段成式、程修己为挚交，修己生于贞元二十一年（805）⑥，成式长庆间随父入川，约生于贞元末⑦，是友执年龄相近。庭筠为温彦博六世孙，温璋为温大雅六世孙，二人同辈。璋父温造，大和九年（835）卒时年七十⑧，比庭筠年长约三十五岁，是亲族年辈相仿。

①　载《安徽史学》1960年第3期。
②　《李绅年谱》据李绅《龙宫寺碑》："元和三年，余罢金陵从事，河东薛公苹招游越中。"其子李潜《慧山寺家山记》：李锜败，"遂退归慧山寺僧房"考定。
③　《嵇中散集》卷二。
④　《文苑英华》卷六六二。
⑤　《文苑英华》卷六六二。
⑥　据温宪《程修己墓志》，见《文物》1963年第4期。
⑦　见《新唐书》卷八九《段志玄传》附《段文昌传》。
⑧　据《旧唐书》卷一六五《温造传》。

　　庭筠的占籍和婚配时间,《系年》存疑未决,附考于次。

　　唐承南北朝门阀制度,极重郡望,称某地人,常非占籍所在,多指郡望,至有移住他处历十馀世尚不改者①。史载庭筠太原祁人,即指温氏郡望。《补传》指出:"庭筠诗中,言其故乡太原者绝少,而言江南者反甚多。恐幼时已随家客游江淮,为时且必甚长。"列举其以江南为故乡诗十馀例,以为"庭筠在江南日久,俨以江南为故乡矣"。所见甚谛。自唐初温大雅、彦博"晋阳佐命,食采于并汾"后,其裔孙云居各地,族望所在则"采地荒遗野,爰田失故都"了(均见《书怀百韵》)。温造一系,自其祖景倩起,即移家河内②。庭筠一系,徙江南当亦历数世。当其拜谒李绅时,尚在髫龄。《感旧》云:"邻里才三徙,云霄已九迁。"其家居与李绅为比邻。《旧唐书·李绅传》谓其先世"本山东著姓","父晤,历金坛、乌程、晋陵三县令,因家无锡"。李绅入仕后,曾多次返回无锡故乡。据此,庭筠占籍应即在无锡附近。庭筠有两首诗,《寄裴生乞钓钩》(卷五)、《寄湘阴阎少府乞钓轮子》(卷四),在太湖附近向千里外的友人乞渔具。如暂居一地,萍迹不定,是不能办到的。无锡,在太湖北滨。

　　《系年》因《感旧》云"婚乏阮修钱",系庭筠子温宪生于会昌元年(841)。修订版改为会昌二年(842)。考虑到温宪名列"咸通十哲",咸通四年(863)曾撰《程修己墓志》,龙纪元年(885)及第前赋诗:"鬓毛如雪心如死,犹作长安下第人"③,已是皤然一叟,定其生会昌间,终觉未妥。今按:庭筠作《感旧》时年逾四十,早过了婚配之年。前一年作《书怀百韵》有云:"妻试踏青跌。"又云:"危巢莫吓雏。""雏"非自喻,当指温宪。定庭筠婚配及宪生之年,在开成以前,与温宪经历正相称。"婚乏阮修钱"云云,或为《系年》推测的"尝丧妻再娶",或系借喻无钱为进身之资。

----

　　① 参岑仲勉《唐史馀渖》卷四"唐史中之望与贯"条,《唐集质疑》"韩愈河南南阳人"条。
　　② 据《旧唐书》卷一六五《温造传》。
　　③ 《全唐诗》卷六六七温宪《题崇庆寺壁》。

二

庭筠游历相当广泛,《系年》据其可考行迹诸诗指出:"综其游迹,东至吴、越,南极黔、巫,西抵雍州,经行不为不广;惜卷中少题甲子,无从考其确实年代矣。"《补传》将各诗按地域作了编排,"可略知飞卿在各地客游之久暂"。

考定庭筠客游各地的时间、路线,确有相当困难。但以现有材料分析,尚非绝无踪迹可寻。庭筠《赠蜀将》(卷四)一诗就提供了若干线索。原诗抄录如下:

> 十年分散剑关秋,万事皆随锦水流。志气已曾明汉节,功名犹自滞吴钩。雕边认箭寒云重,马上听笳塞草愁。今日逢君倍惆怅,灌婴韩信尽封侯。

题下自注:"蛮入成都,颇著功劳。"①《系年》参考《补传》意见,认为"蛮入成都"指咸通十一年(870)南诏攻入成都事,推断庭筠此年尚健在。施蛰存先生《读温飞卿词札记》②据宋人《宝刻丛编》记载:"唐国子助教温庭筠墓志,弟庭皓撰,咸通七年(866)。"考定了庭筠卒年。庭筠不可能看到死后的南诏入侵。施先生复引《南诏野史》"咸通三年(862),世隆亲寇蜀,取万寿寺石佛归",交代了"蛮入成都"事件。

细绎诗意,参以史实及庭筠行年,这一交代尚不足释疑。诗赠蜀将,系感慨其在"蛮入成都"时功劳卓著而不得封赏。将蜀将喻为灌韩,叹惋其"功名犹自滞吴钩",意虽夸大,蜀将立有战功,则可以确信。咸通三年南诏入寇事,正史仅记其侵邕州、安南等地。入成都仅见野史,前引取石

---

① "颇著功劳",《温飞卿集笺注》《全唐诗》均作"频著功劳",据《四部丛刊》影宋钞本《温庭筠诗集》卷四和《文苑英华》卷二六一、卷三〇〇改。南诏入成都,史载仅两三次,相隔甚长,作"颇"是。

② 载《中华文史论丛》第八辑。

佛归,另有归俘记载,唐军在这一事件中,显然失利。正史失载,疑为地方官讳言败绩所致。庭筠如为此感叹别人不得封侯,似不相宜。其次,诗的颈联写即景所见,以增叹惋气氛:"雕边认剑寒云重,马上听箛塞草愁。"可信作于边塞。庭筠曾出塞,详见下文。咸通三年时,庭筠已年逾花甲,难以骑马拉弓、随军出塞。此后三四年,他下江陵东归,过广陵受辱,入长安雪冤,再贬方城,入为国子助教而卒,行迹清楚,无出塞事。退一步说,假定诗为其间作,据诗中"十年分散剑关秋"推其入蜀时间,当在大中六年至十年(852—856)前后。其间庭筠皆在长安。大中六、七年间,作《上杜舍人启》①、《和杜舍人华清池》(卷九),杜舍人指杜牧,时任中书舍人②。《题杜邠公林亭》(卷五),同时作③。九年,试宏词,为人假手作赋。试有司,不第,上考官书千言。《系年》已考之凿凿。李商隐大中五年至九年在东川梓幕。庭筠若入蜀,必相与酬唱,不应无片言提及。庭筠《秋日旅舍寄义山李侍御》,有"渭城风物"语,寄在梓幕的商隐。商隐《闻著明凶问哭寄飞卿》《有怀在蒙飞卿》二诗,张采田据诗中写景语,定为东川作④,甚确。可证其间庭筠均在关中。又,庭筠《送崔郎中赴幕》(卷四)谓:"一别黔巫似断弦……雨散云飞二十年。"黔巫当入川蜀要冲。庭筠经游,不应迟于会昌年间。

今按,中晚唐间,南诏侵入成都,正史记载凡两次。除咸通十一年外,前一次在大和三年(829)十一月。据史载,是次南诏入侵,声势很大,攻陷数州,占据成都外郭十日,东西两川为之震动。朝廷急发神策军和七道节度使入川增援,南诏始引退⑤。这次事件中,成都守军和赴援诸军,皆可记功。庭筠诗中称蜀将"蛮入成都,颇著功劳",可确定是指这一事件。诗当作于此后不久。

---

① 《文苑英华》卷六六二。
② 《和杜舍人华清池》,共三十韵。杜牧《樊川文集》卷四有《华清宫三十韵》,可证庭筠此诗与杜牧唱和而作。温、杜交谊,仅见此一诗一启中,《系年》失考,故附识于此。
③ 题下自注:"时公镇淮南,自西蜀移节。"《系年》定为大中三年后,九年七月前,不确。杜悰大中六年自西川移淮南,九年七月去职,吴廷燮《唐方镇年表》卷五、卷六有考。诗作于杜悰移淮南后不久。
④ 见《玉溪生年谱会笺》。
⑤ 参《旧唐书·文宗纪》、《通鉴》卷二四四《唐纪》六〇。

据《赠蜀将》颈联,可定此诗作于塞上。唐宋史传稗说均未及庭筠出塞事,《系年》《补传》亦未顾及,但现存庭筠诗中,作于边塞或写到边塞的有十馀首。按这些诗中的节候、地名考察,其出塞路线尚可勾勒出来。

《西游书怀》(卷七):"渭川通野戍,有路上桑乾。""高秋辞故国,昨日梦长安。"为初离长安在渭川一带作。桑乾,顾注谓指漯水,恐非。当是用汉代代郡桑乾,代指北方边塞。诗题为西游,目的地是西行后北上。《题端正树》(卷五),未提及出塞。据《题望苑驿》(卷四):"东有马嵬坡,西有端正树。"三地皆属兴平,当长安西行入川或出塞的孔道。庭筠在三处均有题诗,惟此诗秋日作,与上首似同属此次西行诗。

庭筠边塞所作诗有《回中作》(卷四):"千里关山边塞暮,一星烽火朔云秋。夜来霜重西风起,陇水无声冻不流。"回中为汧阳出萧关的通道。《遝水谣》(卷一):"天兵九月渡遝水,马踏沙鸣惊雁起。……虏尘如雾昏亭障,陇首年年汉飞将。"遝水不详。二诗皆暮秋陇首一带作。《敕勒歌塞北》(卷三):"敕勒金帷壁,阴山无岁华,帐前风飘雪,营前月照沙。羌儿吹玉管,胡姬踏锦花。却笑江南客,梅落不归家。"为冬末春初在军中作。《边笳曲》(卷三):"朔管迎秋动,雕阴雁来早。上郡隐黄云,天山吹白草。嘶马悲寒碛,朝阳照霜堡。江南戍客心,门外芙蓉老。"为初秋在边堡作。《过西堡塞北》(卷三),亦秋日作。塞址不详,或即前诗的"霜堡"。阴山、雕阴、上郡,均汉地名,其地唐属夏绥节度领。以季节看,庭筠出塞已经年,故诗中时露倦戍思归之情。

此外,《苏武庙》(卷八),据诗意,庙址似在边塞;《塞寒行》(卷一),用新乐府写军中生活;《咏春幡》《春日》(卷三),提到"从来千里恨,边色满戎衣"。《花间集》所收温词,《定西番》"汉使昔年离别"阕,《番女怨》"碛南沙上惊雁起"阕,皆写塞外生活。这些诗词,或亦出塞从军时作。

综上各诗,庭筠出塞是由长安出发,沿渭川西行,取回中道出萧关,到陇首后折向东北,在绥州一带停留较久。估计在边塞时间,在一年以上。诸诗多及军中生活,自称"江南客""江南戍客",当系从军出塞。《过陈琳墓》(卷四)云:"莫怪临风倍惆怅,欲将书剑学从军。"墓在今江苏邳县。疑为出塞前,自江南赴长安途中作。诗中投笔从戎书剑赴军志向,可说明其出塞目的。至其军中职务,已无法考知。

　　《赠蜀将》有关边塞生活的描写,和上引诸诗对照,信为同时所作。诗中感慨蜀将著功未得封赏,犹且身佩吴钩,转守边关,时距成都事件不会很久。大和六年(832),庭筠在长安有诗送渤海王子。其后留住长安,活动较多。庭筠《上杜舍人启》说:“某弱龄有志。”《书怀百韵》自述:“奕世参周禄,承家学鲁儒。功庸留剑舄,铭戒在盘盂。经济怀良画,行藏识远图。未能鸣楚玉,空欲握隋珠。定为鱼缘木,曾因兔守株。”其后才攻书应试。可见其从军在开成以前。

　　今姑定《赠蜀将》作于大和五年(831),距成都事件两年。诗中“十年分散剑关秋,万事皆随锦水流”,十年非确数,但据此逆推其入蜀在长庆、宝历间,与事实相去不会甚远。庭筠时年二十馀岁,正值少年俊迈之时。唐代诗人多于此时行漫游壮举。庭筠客游,多与仕宦无关。皆可证。

　　先谈入蜀。庭筠有几首纪行诗,可考见其自关中入蜀所取路线。《题望苑驿》(卷四),驿在兴平。《经五丈原》(卷四),原在郿县南,为诸葛亮驻军及卒地。《过分水岭》(卷五),岭在略阳东南,为汉水和嘉陵江分界山。《利州南渡》(卷四),利州即今四川广元。以上四地,为入川必经孔道。诸诗时令,均在春日,唯利州诗似夏初作。

　　庭筠蜀中诗存两首。《锦城曲》(卷一)有“蜀山攒黛留晴雪”“文君织得春机红”云云,是春初在成都作。《旅泊新津却寄一二知己》(卷八):“维舟息行役,霁景近江村。并起别离恨,似闻歌吹喧。高林月初上,远水雾犹昏。王粲平生感,登临几断魂。”新津在成都西南。据颔联,诗是离成都后行舟中寄游宴之友的。庭筠在成都耽留时间不详,从结识一二知己,结交蜀将看,不会甚暂。离成都后,即经新津沿岷江南行。

　　庭筠离蜀后游踪所向,以现存诗分析,应是下黔巫,游江汉、潇湘,归吴越。因缺少明确、完整的经行纪事,从零星材料中难以确指其全过程和停留久暂。在荆南,可断定曾两次经游,但所有行程是否属早年一次完成,尚无法确定。以下试分地域考察其在各地客游情况。

　　(一)游黔巫。《书怀百韵》:“羁游欲渡泸。”《巫山神女庙》:“古树芳菲尽,扁舟离恨多。"系经行庙下作。疑庭筠自新津南下,渡泸不果,遂放舟东下出峡。《送崔郎中赴幕》(卷四):"一别黔巫似断弦,故交东去更凄然。心游目断三千里,雨散云飞二十年。""黔巫"一作"黔南"。黔南当时人烟稀少,游人罕到①,庭筠别无黔南诗,当以"黔巫"为是。黔指黔州(今四川彭水),巫指夔州(今四川奉节)。庭筠与崔话别,当在两地之间。

(二)游江汉。庭筠在江陵、武昌、襄州一带所作诗颇多,仅次于关中诗和吴越诗。大中末,贬随县尉、入襄州徐商幕诸诗,皆可辨认。咸通初,自襄州南下,尝客居江陵②。集中荆南诗,如《东归有怀》(卷八):"晴川通野陂,此去惜伤离。一去迹常在,独来心自知。"《和友人盘石寺逢旧友》(卷七):"楚寺上方宿,满堂皆旧游。"《西江贻钓叟骞生》(卷四):"事随云去身难到,梦逐烟销水自流。昨日欢娱竟何在,一枝梅谢楚江头。"可证其至少两次到此。庭筠离襄幕后,年衰体病,心境颓丧,多凄苦之辞。追迹初游,当风流蕴藉之时,故宴游艳唱歌诗,如《黄昙子歌》(卷一)、《三洲词》、《罩鱼歌》(卷二)、《西州词》(卷三)等,当皆其时作。其馀江汉诗,除《补传》所列六、七首,尚有《西陵道士茶歌》(卷三)、《盘石寺留别成公》(卷九)、《西江上送渔父》(卷四)等,已无从确指为何次作。

(三)游潇湘。《系年》《补传》均未言及。从现存诗中,可找到其在湖南的足迹。《湘宫人歌》(卷一)、《湘东宴曲》(卷二),诗题已提及。《猎骑》(卷三)云:"早辞平甸殿,夕奉湘南宴。"系乐府旧题,不能径断其由京入湘。《赠楚上人》(卷九)末云:"岳寺蕙兰晚,几时幽鸟还。"蕙、兰皆产于楚地。岳,当指南岳衡山。有的诗中,尝忆及湘游:"借问含嚬向何事,昔年曾到武陵溪。"(卷三《经西坞偶题》)"惟忆湘南雨,春风独鸟归。"(卷八《题造微禅师院》)③日人河世宁《全唐诗逸》据《千载佳句》辑

___

① 参见韩愈《柳子厚墓志铭》中刘禹锡授播州事。

② 《系年》定庭筠离襄阳在咸通元年(860),不确。《赠袁司录》(卷四)自注:"即丞相淮阳公之犹子,与庭筠有旧也。"淮阳公即蒋系,咸通元年九月出任山南东道节度使时封,见《旧唐书·蒋乂传》。此诗云:"一朝辞满有心期,花发杨园雪压枝。"又云:"不堪风景岘山碑。"为冬末春初欲离襄阳时作。据此,其离襄州应在咸通二年春。又,《文苑英华》卷六五七有庭筠《上蒋侍郎启》二首。蒋系大中初为吏部侍郎。前诗中有"刘尹故人"之谓,蒋侍郎当指蒋系。蒋系为韩愈婿。

③ 二诗南宋蜀刻《张承吉文集》亦载,确属待考。

庭筠佚句有《次洞庭南》："自有晚风推楚浪,不劳春色染湘烟。"为其游湘的确证。综观各诗,庭筠在湖南游历甚广,到过岳阳、衡山、朗州等地。咸通初年,庭筠由江陵下淮南,似未南行入湘。湖南之行,疑在初游江汉后。

（四）游吴越。庭筠在金陵作诗有云："寂寞湘江客,空看蒋帝碑。"（卷七《题竹谷神祠》)越州诗有云："飘然篷艇东归客,尽日相看忆楚乡。"（卷四《南湖》)知其江汉、潇湘之行后,顺江东归游吴越。其间曾小憩庐山,见《送僧东游》（卷九）。

庭筠以江南为故乡,家居约在无锡。金陵、常州、苏州、广陵,均有其纪游题咏诗。诸地离其家居较近,经行必不止一次。今知庭筠离乡后,曾回江南三次:第一次在结束漫游后;第二次在会昌元年,未赴省试后抵淮南献诗李绅;最后一次为咸通初离襄幕经广陵东归。这一带所作诗,《补传》已开列,不复引。庭筠后两次东归,留住甚暂,推测其间多数诗,特别是金陵的宴游艳曲,太湖附近家居时的闲适诗,应为早年或首次东归后作。

庭筠游越,在荆湘之行后。游历地域和时间,可查据的有:杭州作《苏小小歌》《钱唐曲》（卷二）,时值春日。《题萧山庙》（卷七）,已是夏初景色。会稽、馀姚一带诗较多。《赠越僧岳云二首》（卷七）:"一室故山月,满瓶秋涧泉。禅庵过微雪,乡寺隔寒烟。"《题陈处士幽居》（卷七）:"闲看镜湖画,秋得越僧书。"二诗同时作,已入秋深。《南湖》:"野船著岸偎春草。"湖在越州境。在舜庙附近,与隐士李先生从游颇久。《敬答李先生》（卷九）:"七里滩声舜庙前,杏花初盛草芊芊。"另有数首与李同游及题贺知章故居的双声迭韵诗。现存庭筠这类诗皆作于越中,可能是投李某所好。据上述,庭筠在越地客游,为时超过一年,足迹仅及杭、越二州①。吴越相邻,来去颇便,只是无法找到两次入游之迹。

出塞从军和漫游全国,是唐代诗人建立功名和培养声誉的通常途径。庭筠自矜是并汾世族后裔,以绍继远祖功业为己任,早年活动的目的,是十分清楚的。然而,多方努力似乎并未带来功名。弱龄壮志未酬,不得不

① 《补传》列温诗在越中所涉地,有湖州和台州。庭筠行迹实未到两地。《送人南游》（卷七）:"角悲临海郡,月到渡船。"是送友人渡淮南行。《江南曲》（卷二）系乐府歌辞。

谋求新的出路。

三

《旧唐书·温庭筠传》载:"大中初,应进士试,苦心研席,尤长于诗赋。初至京师,人士翕然推重。然士行尘杂,不修边幅,能逐弦吹之音,为侧艳之词。公卿无赖子弟裴诚、令狐滈之徒,相与蒲饮,酣醉终日,由是累年不第。"其中讹误极多。如庭筠初入京师,当在大和前;应进士试,始于开成间;与裴游,见范摅《云溪友议》,"裴诚"为裴诚之误,称"举子温岐",尚在改名前;与令狐游,约在大中间。尤其突出的是,这段记载竭力贬责庭筠中年品行,后世多视为信评,如《新唐书》本传责其"薄于行,无检幅"。《郡斋读书志》言其"为行尘杂"。《唐诗纪事》谓其"士行玷缺,搢绅薄之"。文人无行,成了庭筠一生定论。

各书所举其"无行"事例,一是逐音填词,二是蒲饮酣醉;其三或指"钱帛多为狎邪所费"事①。诸事皆可信,庭筠不拘细行当非虚构。然而,联系当时文人生活和庭筠一生遭遇,仅此数端尚不足释疑。当时赴试举子、失意文人,流落青楼、留连风月者甚多,士大夫中也是司空见惯,并不妨碍仕进,何以独对庭筠责之过甚呢?逐音填词为时风所趋,皇帝宰辅皆热衷此道,庭筠只是屈身与伶伦为伍而大畅其声罢了。《云溪友议》卷下"温裴黜"条,载二人席间小词,温词尚沿吴歌遗风,以双关语诉情思,裴词则猥亵偷怜,不下齐梁宫体,却无妨裴入仕登台。庭筠一生所受迫害,极惨重酷烈。《书怀百韵》自诉:"积毁方销骨,微瑕惧掩瑜。蛇矛犹转战,鱼服自囚拘。欲就欺人事,何能逭鬼诛。"畏谗负讥之状可见。大中间,遭宣宗和宰臣直接贬斥,从白衣进士特制发落,为唐代罕见之事。其后,过广陵受折辱,入京诉冤遭再贬,终至窜死,死后且祸延子孙。种种迫害,显非"不修边幅"能解释,应有更深刻的政治原因。

庭筠大中六年(852)《上杜舍人启》自述:"某弱龄有志,中岁多虞。"

① 《太平广记》卷九九八引佚名《玉泉子》。

此前遭际的不虞之事,详情不见记载。以其诗文中若干零星线索与中晚唐政治斗争联系起来考察,尚可强释一二。可考者依时间为序如次。

（一）对甘露事变的态度。甘露事变(835)是中晚唐之交重大的政治事件。唐文宗引李训、郑注等,谋除宦官,事泄,宦官反扑,李郑二人及宰相王涯、贾餗、舒元舆均遭族诛。事发后,杜牧、李商隐皆有诗寄慨,谴责宦官擅政。可是,现存温诗中没有类似作品。庭筠对此态度如何呢?

庭筠有《题丰安里王相林亭二首》(卷七):

> 花竹有薄埃,嘉游集上才。白苹安石渚,红叶子云台。朱户雀罗设,黄门驺骑来。不知淮水浊,丹藕为谁开?

> 偶到乌衣巷,含情更惘然。西州曲堤柳,东府旧池莲。星坼悲元老,云归送墨仙。谁知济川楫,今作野人船。

题下自注:"公明《太玄经》。"《新唐书·艺文志三》有"王涯注《太玄经》三卷"。《唐语林》卷一谓:"王相涯注《太玄》,常取以卜,自言所中多于《易》筮。"[1]诗中王相即指王涯。丰安里,顾予咸补注谓:"在建业城南。"实误。里在长安,为朱雀街以西第二排南起第三坊,因清明渠流贯其间,坊中多园池林亭[2]。王涯仕历未及江南,大和九年兼领江南榷茶使,实未出阁,不得在金陵置地[3]。疑顾氏以诗中言及诸地在建业而致误。其实,二诗全用东晋王、谢凋零事,隐喻对王涯被杀的哀悼。诗意颇晦。"安石渚""乌衣巷",指丞相住游地。"不知淮水浊,丹藕为谁开?"顾注谓用郭璞占筮语:"淮水绝,王氏灭。"甚是。改"绝"为"浊",隐喻宦官势横,世事昏浊。二句凄恻悲惋,寄意深沉。其二叙林亭零落,偶到惘然动怀。王涯门下多延致诗客[4]。从"嘉游集上才""东府旧池莲"看,庭筠似曾随王涯游。王涯未参与谋诛宦官事,但为宦官所恶,遂牵连遇害。庭筠哀悼,固

---

① 此条出李肇《国史补》卷中。《国史补》缺"涯"字。
② 见徐松《唐两京城坊考》卷四。
③ 据《旧唐书·王涯传》。
④ 参钱易《南部新书》壬卷"李纹"条。

然有知遇之感,也间接流露了对事变的看法。

(二)随圭峰宗密学禅。《重游圭峰(一作东峰)宗密禅师精庐》(卷四):"百尺青崖三尺峰,微言已绝杳难闻。戴颙今日称居士,支遁他年识领军。暂对杉松如结社,偶对麋鹿自成群。故山弟子空回首,葱岭唯应见宋云。"作于宗密卒后重游旧地时。《宿云际寺》(卷八):"白盖微云一径深,东峰弟子远相寻。"东峰即圭峰,在长安西南终南山中,宗密建精舍于此。庭筠自称"故山弟子""东峰弟子",是曾从宗密问学。另《东峰歌》(卷二)、《宿秦生山斋》(卷九,有"结室在东峰"语),当作于受学时。宗密卒于会昌元年(841)正月①,庭筠此年春东归。东峰受学当在大和、开成之间。

宗密是影响较大的华严宗宗主,政治上极有势力。重臣温造、裴休等,屈身师事之②。著名文士白居易、刘禹锡等,频繁来往③。一时名流,以得闻宣教,称俗弟子为幸。庭筠随其受学,与时代风气有关,从多次称弟子,自谓"戴颙今日称居士"看,在东峰为时颇长,非偶涉僧寺者。宗密与李训交契。《旧唐书·李训传》载,甘露事败,李训单骑投宗密。宗密"欲剃其发匿之"。事后被拘捕,承认"识训年深,亦知反叛",参预了密谋。宦官慑于其声名,不敢加害。"支遁他年识领军",或与此有关。

(三)入东宫从庄恪太子李永游。庭筠有《庄恪太子挽歌词二首》(卷三),其一云:"迭鼓辞宫殿,悲笳降杳冥。影离云外日,光灭火前星。郏客瞻秦苑,商公下汉庭。依依陵树色,空绕古原青。"庄恪太子名永,《旧唐书》卷一七五有传。他是文宗长子,大和六年(832)册为太子,"开成三年(838),上以皇太子宴游败度,不可教导,将议废黜"。得群臣劝解,责归少阳院。事在九月。至十月遂暴死。庄恪贬死的真正原因,一是"母爱弛,杨贤妃数谮之"④,后宫争宠所致;二与南北司之争有关。司马

---

① 见《景德传灯录》卷十三。
② 见《景德传灯录》卷十三。
③ 刘禹锡《刘宾客文集》卷二九有《送宗密上人归南山草寺因诣河南尹白侍郎》。
④ 《新唐书》卷八二《十一宗诸子传》。

光《通鉴考异》谓:"按文宗后见缘橦者而泣曰:'朕为天子,不能全一子。'遂杀(宦官)刘楚材等。然则太子非良死也。然宫省事秘,外人莫知其详。"前引诗"商公下汉庭",用商山四皓谏留太子事,喻朝臣努力失败。文宗时有受制家奴,不如赦、献之叹;追究庄恪事,杀宦官数人后不久,宦官发动政变,文宗抑郁而死①。可见,庄恪之死是甘露变后宦官干预朝政的又一严重事件。

庭筠挽歌作于庄恪死后不久。"邺客瞻秦苑",用建安诸子为魏太子客事,说自己瞻望宫苑,悼念太子,知其曾从太子游。《太子西池二首》(卷三),《雍台歌》(卷一)首云:"太子池南楼百尺。"均与太子有关,当属从游时作。

庭筠入东宫游,疑出于李翱荐举。《谢襄州李尚书启》②说:"某栎社凡材,芜乡散质,殊无绩效,堪奉恩明。曷当紫极牵裾,丹墀载笔,顾循虚,实过津涯。岂知画舸方游,俄升于桂苑;兰扃未染,已捧于紫泥。此皆宠自升堂,荣因著录,励鸿毛之眇质,托羊角之高风。"大和至咸通间,堪称"襄州李尚书"者,仅李翱一人③。此启谢李荐己"升于桂苑","丹墀载笔",核以庭筠生平,如此荣耀事,只有随太子游相称。"画舸方游"云云,谓资历尚浅,亦合。李翱大和九年出镇襄州,次年七月前卒④。庭筠入东宫陪游,当始于开成元年(836)。从挽歌看,可能三年九月始离去。

太子居储位时,常集结一批人才。希图用世者,往往由此从政,唐代各朝不乏其例。庄恪喜宴游。庭筠陪游诗均写宴乐,在东宫大约只是陪游文士。但其主观上却另有目的。《书怀百韵》自述试京兆前:"经济怀良画,行藏识远图。未能鸣楚玉,空欲握隋珠。定为鱼缘木,曾因兔守株。"《感旧》则谓"投足乖蹊径"后,才"冥心向简编"。知其确有走东宫捷径的意图。

庄恪死后,庭筠作挽歌二首,隐约提及废立内幕。其后诗歌中,仍不

---

① 据《通鉴》卷二四六《唐纪》六二。
② 《文苑英华》卷六五三。
③ 其间,李程、李景让曾为山南东道节度使,均不带尚书职。景让后自襄州转官礼部尚书,不能称"襄州李尚书"。
④ 《旧唐书·李翱传》载翱卒于会昌初,实误,已另文考订。

忘此事,如《生禖屏风歌》(卷一)、《达摩支曲》(卷二)等。东宫从游是其生平中值得注意的事,此后负谤畏讥,物议纷纭,似皆与之有关。

(四)"等第罢举"前后。东宫路径失败,庭筠转攻简编,改应科举,走一般知识分子入仕道路。开成四年(839)秋,"试京兆,荐名居其副"。试京兆情况,《唐摭言》卷二"京兆府解送"条有介绍:"神州解送,自开元、天宝之际,率以在上十人,谓之等第。……小宗伯倚而选之,或至浑化,不然,十得其七八。"得京兆荐名者,及第已成功在即。同卷"等第罢举"条载,元和到乾符六十多年间,罢举者仅三十三人,庭筠亦在其中。庭筠热望功名,对获京兆荐举颇为矜赏,诗中屡次言及。而在攫第在握时,却放弃了大好良机。原因何在呢?

《感旧》自注:"二年抱疾,不赴乡荐试有司。"然而,开成四年秋试京兆成功,冬末即可随计赴省,均在长安。次年秋,住京郊鄠杜,与长安仅隔咫尺。不赴有司的同时,却在"将议遐适"。"抱疾"云云,只是向李绅陈情的遁词。《书怀百韵》追叙开成四年冬不赴省试的原因说:"正使猜奔竞,何尝计有无。镏惔虚访觅,王霸竟揶揄;市义虚焚券,关讥谩弃缯。至言今信矣,微尚亦悲夫!白雪调歌响,清风乐舞雩。胁肩难龟勉,搔首易嗟吁。角胜非能者,推贤见射乎。兕觥增恐悚,杯水失锱铢。"未提卧疾,而用刘惔、王霸、冯骥、终军四个典故,谓自己高才良图全部落空。"至言"以下,说大试临近,心中充满恐惧,不能勉为谄笑,只得搔首长叹,放弃角胜机会。

庭筠的这种心理,显然与政局有关。是年十月,文宗立陈王成美为太子。次日,追究庄恪事,"上因是感疾"。宦官乘机政变。仇士良、鱼弘志等不顾朝臣反对,矫诏立李瀍为太弟。隔两日,文宗死,武宗立。"时仇士良等追怨文宗,凡乐工及内侍得幸于文宗者,诛贬相继。"①庭筠对宦官曾致不满,从庄恪游为时颇长,在长安"人士翕然推重",名气颇振,在政局动荡,宦官再次屠杀异己时,不能没有顾忌:礼部放名,将带来杀身之祸。他的退却,原因当在此。

————————

①　据《通鉴》卷二四六《唐纪》六二。

次年不赴试,《书怀百韵》说:"致身伤短翮,骧首顾疲驽。班马方齐骛,陈雷亦并驱。昔皆言尔志,今亦畏吾徒。有气干牛斗,无人辨辘轳。……积毁方销骨,微瑕惧掩瑜。蛇矛犹转战,鱼服自囚拘。欲就欺人事,何能逭鬼诛。是非迷觉梦,行役议秦吴。"生病卧疾或为原因之一,主要原因则是负谗畏讥,谤毁销骨,是非难辨,陈诉无门。此年,武宗召李德裕为相,宦官炽焰稍敛。庭筠负谤的具体事件,已无从确考。

(五)在牛李党争中浮沉。牛李党争始于元和间,其后明争暗斗,势力消长,持续四十多年。开成以前,与庭筠有些关系的大臣,有王涯、李翱、裴度、刘禹锡等①,皆负时望而党派色彩不明显。《旧唐书》本传谓其"初至京师,人士翕然推重",是可信的。开成五年秋,李德裕执政,庭筠却离京师向远在淮南的李绅求荐。可见其时尚未卷入党派之争。

李绅是李党重要人物,于会昌二年春入相。庭筠向他投诗的结果无考。从挽刘禹锡的诗估计,二年秋已回京洛一带。

武宗在位六年,李党柄政,二李并相。庭筠其间所作诗有《屭篥歌》(卷一),自注:"李相伎人吹。"当指二相之一。《会昌丙申丰岁歌》(卷二)、《赠郑征君家匡山首春与丞相赞皇公游止》(卷五),"一抛兰棹逐燕鸿,曾向江湖识谢公"。谢公,指赞皇,即德裕。据诗,庭筠曾获识德裕。《题李相公敕赐屏风》(卷五):"丰沛曾为社稷臣,赐书名画墨犹新。几人同保山河誓,犹自栖栖九陌尘。"李绅卒于会昌六年,未及大中之贬,诗为德裕贬朱崖时作。李党会昌间政绩,一是剪平泽潞,一是禁佛教,令僧尼还俗,在庭筠诗中均未提及。但上引各诗已可看到,他对会昌之政持赞颂态度;与李党二魁交识,曾在其门下参预歌宴;视德裕为社稷臣,为其贬黜而叹惋。十分清楚,他和李党关系是较深契的。

武宗既死,宦官拥立宣宗李忱。不久,解佛教之禁,贬黜李党。李党从此一蹶不振。大中年间,形成牛党独政局面。令狐绹居相位十年。庭

---

① 庭筠《中书令裴公挽歌词二首》(卷三)其一末云:"从今虚醉饱,无复污车茵。"似曾游其门下。《秘书刘尚书挽歌词二首》(卷三),未提交游。今存挽刘诗,仅存庭筠与白居易所作。刘、白晚年为挚友,温、刘关系可推知。

筠有《上令狐相公启》①，《补传》定为咸通初荆州作，似未允。启云："今者野氏辞任，宣武求才，傥令孙盛缇油，无惭素尚；蔡邕编录，获偶贞期。微回馨欬之荣，便在陶钧之列。"懿宗承父位，庭筠不会称宣宗为"野氏"。宣宗即位后，指武宗为逆，正与此合。启当作于大中四年（850）令狐绹入相后，庭筠应进士试时。"微回"两句，是希望令狐汲引。其间，庭筠与令狐父子过往甚密。《唐诗纪事》卷五四载令狐绹假手庭筠作《菩萨蛮》进献宣宗，向庭筠询访事典，求庭筠作诗对，当皆此时事。史载其子滈当父辅政时，"骄纵不法，日事游宴"②。庭筠与其蒲饮酣醉，亦在此时。从双方利益看，令狐绹假庭筠词献宣宗，以求宠固位；庭筠则冀借令狐父子力打开仕进道路。

然而，大中年间庭筠仍累年不第。《旧唐书》以为系酣饮终日所致，于理难通。大中末谏议大夫崔瑄上疏揭发："令狐滈昨以父居相位，权在一门。求请者诡党风趋，妄动者群邪云集。每岁贡闱登第，在朝清列除官，事望虽出于绹，取舍全由于滈。喧然如市，旁若无人，权动寰中，势倾天下。"③庭筠随饮，意当在投其所好，以图援引，绝不会因此妨碍登第。

追迹庭筠沦落的原因，当与大中间政局有关。宣宗是宪宗子，上台后指穆、敬、文、武诸帝为逆，斥李党为奸邪。庭筠在文宗时入庄恪门下，有从逆之嫌；会昌时与李党魁首过往密切，在附邪之列。在党同伐异的时代，仅此足使他终身沦落。而他在李党失势后，又转求牛党首领令狐绹汲引。这种依违两党的立场，必然引起物议。"士行尘杂""薄于行"一类指责，或即由此而发。另一原因，则在于他恃才傲物，好讥诃权贵，讽刺时政。《云溪友议》卷中"白马吟"条谓："后温庭筠亦以为赋讥刺，少类于平、贾。"《全唐诗话》卷五"温宪"条谓："以其父文多刺时，复傲毁朝士，抑而不录。"今存温诗，刺时之作甚少。其赋、文以《文苑英华》保存为多，几乎都是投启。《全唐文》仅增辑律赋一首、书信数札。是其讥时之作，几

---

① 《文苑英华》卷六六二。
② 《旧唐书》卷一七二《令狐楚传》附《令狐滈传》。
③ 《旧唐书》卷一七二《令狐楚传》附《令狐滈传》。

无存者。讥刺的内容,在唐、宋诗话笔记中保留了一些。如孙光宪《北梦琐言》卷四载:

> 令狐绹曾以旧事访于庭筠,对曰:"事出《南华》,非僻书也。或冀相公燮理之暇,时宜览古。"绹益怒,奏庭筠有才无行,卒不登第。

钱易《南部新书》庚卷载:

> 令狐绹以姓氏少,族人有投者,不吝其力,由是远近皆趋之,至有姓胡冒姓令狐者。进士温庭筠戏为词曰:"自从元老登庸后,天下诸胡悉带令。"

计有功《唐诗纪事》卷五四"温庭筠"条载:

> 宣皇帝爱唱《菩萨蛮》词,丞相令狐绹假其修撰密进之,戒令勿泄,而遽言于人,由是疏之。温亦有言云"中书堂内坐将军",讥相国无学也。

诸说可信程度不一,而庭筠讥刺对象皆为令狐绹,刺其不学无术,结党营私,对其人其政,表示了公开的不满。《旧唐书·李商隐传》:"与太原温庭筠……为当涂者所薄,名宦不进,坎壈终身。"与《北梦琐言》一样,点出了庭筠不第的真相。

毋庸讳言,庭筠不是政治家。混迹政治斗争的目的,主要是打开个人仕途。在个人品行和党派立场上,都有可指责处,但绝不能用"文人无行"一言以定其终身。他中年坎坷多虞,及至晚年,谗毁迫害更是纷至沓来。据《系年》《补传》考定,大中九年(855)他以搅扰场屋,代人作赋,惊动宣宗,特制贬随县尉。咸通初,被令狐绹手下虞候折辱,入京雪冤无路,再贬方城尉。去世前得授国子助教,最终死于非命①。处处可看到统治集团对他的仇视。其实,庭筠傲毁朝士的同时,颇能同情寒素。他任国子助教时,奖掖出身寒贱的诗人邵谒,榜其诗于礼部,称其"识略精微,堪裨教化;声词激切,曲备风谣"②。《唐摭言》卷十"海叙不遇"条:"温飞卿任太学博士,主秋试,(李)涛与卫丹、张郃等诗赋,皆榜于都堂。"可见他反对权贵垄断科举,取人重才不畏势的态度。他贬随县时,裴坦草制词,谓"放骚人于澧浦,移贾谊于长沙"③。以屈、贾相比。进士纪唐夫为之鸣冤作诗"凤凰诏下虽承命,鹦鹉才高却累身","人多诵之"④。死后二十多年,还有人为他叫屈,请雪冤"以厌公议"⑤。可见,庭筠为当权者迫害时,公议是寄同情于他的。

1979年9月初稿12月二稿

1980年8月删定

(刊《中华文史论丛》1981年第二辑)

---

① 庭筠死因,《新唐书》本传说:"徐商执政,颇右之,欲白用。会商罢,杨收疾之,遂废卒。"徐商入相,在咸通六年六月。《全唐文》卷七八六有庭筠任国子助教时《榜国子监》一文,署为"咸通七年十月六日"。疑其任国子助教,出自徐商荐引。徐商罢相在咸通十年,庭筠时已卒数年,《新唐书》之误明显。《补传》曾推测,"观榜文有'声词激切'及'时所难著'之语,或是翁韶(当指邵谒)诗篇讽刺时政,而庭筠榜之,遂触忌而遭废耶!"颇有见地。今按:《唐才子传》卷九"温宪"条谓:"词人李巨川草荐表,盛述宪先人之屈,辞略曰:'娥眉先妒,明妃为出国之人;猿臂自伤,李广乃不侯之将。'上读表恻然称美。时宰相亦有知者,曰:'父以窜死,今孽子宜稍振之,以厌公议,庶几少雪讥之恨。'上领之。"李巨川草表事,本于《唐摭言》卷十,后段不详所出,辛文房当别有据。此处明言庭筠为负冤窜死。据《宝刻丛编》著录,庭筠墓志撰于咸通七年,是庭筠之卒距榜诗都堂不超过两个月。其贬死的最明显原因,当即为榜诗触及时讳。可能与杨收有关。温宪及第在龙纪元年,上距庭筠死已二十年,公议尚且难厌,可见这件冤案当时颇令人注目。惜事实久湮,只能推知其大概。

② 事见《唐才子传》卷八"邵谒"条;文见《全唐文》卷七八六。

③ 裴庭裕《东观奏记》卷下。庭筠《上裴舍人启》,载《文苑英华》卷六六二。裴舍人即裴坦。

④ 裴庭裕《东观奏记》卷下。庭筠《上裴舍人启》,载《文苑英华》卷六六二。裴舍人即裴坦。

⑤ 《唐才子传》卷九"温宪"条。

也谈温庭筠生平之若干问题
——答王达津先生

温庭筠,两《唐书》均有传,惜纪事简略,失误颇多。明末曾益和清代顾予咸、顾嗣立父子相继为温诗作笺注,其中顾氏父子尤注重温诗本事考证,为研究温氏生平提供了不少资料。筚路蓝缕,功不可没,讹误亦不可免。30 年代以来,夏承焘、顾肇仓、施蛰存诸先生分别对温氏生平作了多方面研究,成绩斐然,为研究温诗、温词提供了翔实依据。拙作《温庭筠早年事迹考辨》(刊《中华文史论丛》1981 年第二辑),对温氏生年提出新说,并进一步考察其早年经历,以补诸先生所未及。最近,王达津先生撰《温庭筠生平之若干问题》(刊《南开学报》1982 年第 2 期),坚守清人注温诗的意见,不同意夏、顾、施诸先生的结论,并对拙文提出批评。温氏事迹,史乘记载甚略;深入研讨,提出异说,无疑是有益的工作。然而,我在仔细审核了王先生的新说后发现,其说除个别地方尚有精见外,对其生卒年、占籍、经历等一系列重要问题的考证,均难以成立。试述所见以作答,不妥之处,恳请王先生教正。

一 温庭筠的生年

庭筠生年,史籍失载。今知唯一线索为其《感旧陈情献淮南李仆射五十韵》(简称《感旧》)首四句:"嵇绍垂髫日,山涛筮仕年,琴书陈座上,纨绮拜床前。"其年龄与李形成对照。李仆射是谁?顾嗣立以为是李蔚。夏、顾二先生驳其说,认为是李德裕,并据以推定庭筠约生于元和七年(812)。拙文以为诗中所述李的仕历及作诗时间,均与德裕仕历不合,而与迟于德裕任淮南节度使的李绅则吻合无缝。因据李绅初仕时间,推定庭筠生年约在贞元十七年(801)。王先生重新提出顾嗣立说,多方求证,认为"李仆射为李蔚无疑"。并据李蔚初仕时间推定筠庭约生于长庆元年(824)。核以史实,殊难成立。

首先,《感旧》所述李仆射仕历,与李蔚只有个别地方相合,多数并不相合。王先生考察李蔚生平,主要依据《旧唐书·李蔚传》。其实,五代修《旧唐书》时,宣宗后各朝实录均不存,又加仓促成书,故所纪晚唐史事,错讹极多,不可尽信,这是治唐史者之常识。王先生说《李蔚传》"大都确实",其实不然。清人王鸣盛《十七史商榷》、沈炳震《新旧唐书合抄》、近人吴廷燮《唐方镇年表》及岑仲勉先生《唐方镇年表正补》均曾对该传讹误作过考证。今据两《唐书》本传及《旧唐书》懿、僖二宗纪、《新唐书·宰相表》《樊川文集》《唐阙史》《资治通鉴》《唐登科记考》《郎官石柱题名考》的记载,参以王、沈、吴、岑各家之说,将李蔚仕历排比如次:开成五年(840)擢第,释褐襄阳从事。大中六年(852)自殿中侍御史迁侍御史。次年,以员外郎知台杂。寻知制诰,转考功郎中,拜中书舍人。咸通五年(864),权知礼部贡举。六年,拜礼部侍郎,转尚书右丞。七年,任京兆尹。其后可能出任过山南东道节度使。九年(868),任宣武节度使。十一年末,迁淮南节度使。乾符元年(874),由前淮南节度使为吏部尚书。次年四月,为太常卿。三年(876)三月,入相。五年九月,罢相,为检校尚书左仆射充东都留守。六年(879)八月,任河东节度使,到任三日卒。试与《感旧》原诗作一比对,不难发现其中的抵牾。

"邻里才三徙,云霄已九迁。"下句用车千秋一月九迁典故,称李仕进之速。王先生以为李蔚迁官极速,李德裕、李绅则不然。其实,李蔚从擢第到入相,经过三十七年。德裕元和中入仕,大和、会昌两度入相,仅隔二十馀年。李绅元和初进士,会昌二年入相,历三十六年,均较李蔚为速。

"法行黄道内,居近翠华边。"王先生以为"指李蔚官京兆尹,防卫京师;后迁太常卿同平章事,加中书侍郎"。其实,后二职在李蔚官淮南以后,与诗无涉。京兆尹是京兆府的地方官,不可能"法行黄道内"。"闲宵陪雍畤,清暑在甘泉。"王先生以为指李蔚官太常卿,职管祭祀宗庙山川。

其实,李蔚官太常卿在淮南罢职后,与诗无关。以上四句,与同诗"视草丝纶出","白麻红烛夜",均指李任翰林学士事。唐制,翰林学士掌内制,中书舍人掌外制。李绅于长庆、宝历间任翰林学士多年,内廷供直,外行陪侍,为其职守。李蔚仅官中书舍人,负责中书门下省的诏敕文告,与诗不合。

"冰清临百粤",王先生以为指李蔚为襄州刺史、山南东道节度使,"管辖区直到湖南、江西,部分已属越地"。实大谬。唐山南东道的南境,为峡、复、荆诸州,均不出今湖北境,与湖南、江西无涉。安史乱后置荆南节度使,领地更窄。百粤,唐人多指岭南地,与指浙西的越地无关。李绅宝历间曾受诬贬端州(今广东肇庆)司马。李蔚仕履未及岭南。

"风靡化三川",王先生以为指李蔚"官汴州刺史、宣武军节度使,三川属汴州管辖地"。亦误。三川指河、洛、伊三水,秦置三川郡,在洛阳一带。宣武节度仅领汴、宋、亳、颍四州。洛阳,唐为东都,置留守和河南尹,直属朝廷,不受宣武军管辖。李蔚任东都留守,在罢相以后。李绅开成初为河南尹,正与诗合。

"梁园提毂骑,淮水换戎旃。"李绅于开成五年(840)由宣武节度使改任淮南节度使,李蔚于咸通十一年由宣武节度使改任淮南节度使,只是偶然的巧合。

为了证明李仆射即李蔚,王先生还举出两条旁证。一是《感旧》称李"书迹临汤鼎","李蔚还是书法家","李德裕、李绅均不以书名"。二是庭筠《觱篥歌》自注:"李相伎人吹。"唐人《桂苑丛谈》记李蔚曾于淮南得到善吹觱篥的小校薛阳陶。实亦未尽可据。李绅工书,尝书《法华寺》诗刻石,《集古录》《金石录》《墨池编》均著录。德裕工篆、隶、八分、草书,自书《平泉山居诗》《平泉草木记》《大孤山赋》,欧阳修《集古录》曾收入,朱长文《墨池编》盛赞其书法之工,《续书断》列二人为能品。李蔚虽曾以书判拔萃,各家金石、书法论著均未道及其书法。今人编《中国美术家人名大辞典》,收罗宏富,亦无李蔚名。王先生以李蔚为书法家,所据不知为何?至于后者,《桂苑丛谈》称李蔚"喜其(指薛阳陶)姓同曩日朱崖李相(指李德裕)左右者,遂令询之,果是其人矣"。薛阳陶原为李德裕伎人。德裕于宝历间任浙西节度使时,曾为赋《霜夜听小童薛阳陶吹觱篥(《全唐诗》作"吹笛",误,据刘禹锡和诗题改)歌》,同时刘禹锡、白居易、元稹均有和诗。今刘、白诗存,元诗佚,李诗仅赖宋人《事文类聚》存残诗六句。据白诗,薛时年十二。庭筠诗注称"李相伎人",当为会昌间作。李蔚得薛时,尚未入相,而庭筠已前卒,因知庭筠《觱篥歌》实与李蔚无涉。

温诗中的"淮南李仆射"不是李蔚,还可从李蔚任职淮南时的官称和温诗写作年代上得到进一步证实。据《旧唐书·懿宗纪》,李蔚出任宣武节度时的虚衔是检校刑部尚书,出守淮南时官职全称是"检校吏部尚书、扬州大都督府长史兼淮南节度副大使知节度事"。所谓"检校尚书左仆射",为其罢相出任东都留守时所带虚衔。《旧唐书·李蔚传》误将其入相置于任职宣武、淮南前,将罢相后的职衔置于宣武任上。顾嗣立偏信本传,未与本纪互参,遂以淮南李仆射属李蔚。王先生复沿其误。庭筠如确有淮南献诗李蔚事,其称呼应是"淮南李尚书"而不是"淮南李仆射"。《感旧》投赠时间,拙文前已考定在会昌元年(841)暮春。证据为该诗自注:"余尝忝京兆荐,名居其副。""二年抱疾,不赴乡荐试有司。"庭筠获京兆荐名在开成四年(839),因故罢试,见《唐摭言》。另有《开成五年秋以抱疾郊野不得与乡计偕至王府将议遐适隆冬自伤因书怀……一百韵》(简称《书怀百韵》)自注:"予去秋试京兆,荐名居其副。"可互参。献诗目的是向李陈述遭际,希李念及旧谊,援手汲引,故叙及失试事。李蔚开成五年方擢第,会昌初仅官襄阳从事,庭筠投诗于他有何用处?所述李仕历又何从而来?王先生以此诗为咸通末李蔚官淮南时献,显然忽视了该诗的作年。咸通间,庭筠已两任县尉,一任国子助教,曾主试国子监试,何必再诉"稷下期方至,漳滨病未痊"一类不第举子的怨情呢?

《感旧》首句以嵇绍自比,以山涛比李。嵇康《与山巨源绝交书》称"男儿八岁",庭筠《上令狐相公启》亦云:"嵇绍则男儿八岁。"检《晋书》,山涛四十岁出仕,嵇康死时嵇绍十岁。是为这一典故所指双方年龄的大约范围。李蔚生年不可考。王先生谓其四十岁出仕,纯属主观推测。但谓李蔚开成末出仕时庭筠仅八岁左右,显然说不通。故王先生另找出三国时毛玠"垂龆执简"的典故,以为十七八岁亦可称垂髫,已稍嫌牵强。

即如其说,能否与庭筠生平事迹无扞格呢? 仍然不能。庭筠于大和三年(829)前后曾与蜀将交识并寄诗慰悃,大和九年(835)前曾随王涯游,开成三年(838)前曾从庄恪太子游,开成四年获京兆荐名,同年前曾从裴度游,会昌元年(841)前曾从宗密受学。按王先生推算,开成五年庭筠年十七,生于长庆元年(824)。上举事迹,分别是他在六岁、十二岁、十五岁、十六岁、十八岁以前完成的,能令人信服吗?

综上所述,"淮南李仆射"可断定不是李蔚。拙文考定是李绅,列举了较多证据,原文可参看,此不赘。王先生以为"多不合",却未举出任何像样的反证。据卞孝萱先生《李绅年谱》考定,李绅生于大历七年(772),元和元年(806)登第时年三十五。拙文定庭筠谒见约在元和三年(808),时李绅年三十七,正符合嵇绍、山涛之比。所定生年可能有一二年误差,相去不会很远。

二　温庭筠的卒年

施蛰存先生从宋人《宝刻丛编》中找到当时出土碑刻的记录:"唐国子助教温庭筠墓志,弟庭皓撰,咸通七年(866)。"提供了庭筠卒年的确证。《邵谒诗集》附录庭筠《榜国子监文》,署"咸退七年十月六日,试官温庭筠榜"。五代后蜀赵崇祚《花间集》,称庭筠为"温助教",乃其终职。庭皓咸通九年死于庞勋之变,墓志时间不致大误。《新唐书》《唐摭言》《唐才子传》谓庭筠遭杨收疾恨,负冤窜死。均与墓志时间相合。

王先生则提出了完全相反的看法,断定此墓志为庭筠生前预作,不足为凭,又提出若干证据,推测庭筠之卒在中和二年(882)。核以史实,亦难成立。

首先,王先生以杜牧自作墓志后五年方去世为证(王先生据杜牧作李讷除浙东制,断定杜牧大中十年尚未卒,系偏信《旧唐书·宣宗纪》而致误。《嘉泰会稽志》谓李讷除浙东在大中六年,九年九月贬官,与《通鉴》所载吻合。《旧纪》之误,岑仲勉《会昌伐叛集编证》、缪钺《杜牧卒年考》有较详考辨,可参看),断定"唐代人常常预作墓志,但不一定就死去"。

显然将自作墓志与他人所作混为一事了。晋代陶渊明、唐代王绩、颜真卿、杜牧、清代王夫之,均曾在生前自撰墓志或祭文,而生前即请人预作墓志的,在已出土的数千块唐人碑志中,尚未有先例,未知王先生另有所据否?自作墓志是一种参透生死的达观行为,而旁人代作,则无异于诅咒志主早死,揆以情理,必不可能,何况温志早经勒石入土了呢?故仍应以墓志为信。

王先生为证明庭筠咸通七年后尚在世,列举了众多证据。其中赠李蔚诗前已辨明;乾符二、三年随李蔚到京师,中和二年死于流亡或饥馑中,均属没有证据的推测,可置而勿论。其他三条证据需略作考辨。其一,《投翰林萧舍人》诗,王先生以为指萧遘。遘乾符三年(876)入翰林,后充承旨、入相。因断庭筠乾符四年尚健在。此说王鸣盛《蛾术编》及顾予咸补注已提出,岑仲勉先生《唐史馀瀋》、夏承焘先生《温飞卿系年》均尝驳其非。据唐人丁居晦《重修翰林壁记》载,大中间萧姓翰林学士有:萧邺,大中二年至三年、五年至八年两度入任;萧寘,大中四年至十年任。二人均兼任中书舍人。岑、夏二先生均以为必非萧遘,而于萧邺、萧寘,则不能论定,治学态度是严谨的。王先生未举证据,遽定为萧遘,不免轻率了些。其二,《经故翰林袁学士居》,王先生以为指袁郊。按郊为袁滋子,开成间与庭筠有过往。《新唐书·袁滋传》载"郊,翰林学士"。《唐诗纪事》称郊"昭宗时为翰林学士"。袁滋元和十三年(818)卒,袁郊如活到昭宗时,已年逾八十,《纪事》之误显然。《新唐书·宰相世系表》载袁郊仅仕至虢州刺史,《旧唐书·袁滋传》则云:"子都,仕至翰林学士。"《重修翰林壁记》录开成间任翰林学士者为袁郁,无袁郊。岑仲勉先生《翰林学士壁记注补》以为郊、郁均误,以作袁都为是。同人《补僖昭哀三朝翰林学士记》亦无袁郊。王先生认为袁郊任翰林学士在懿宗朝萧遘前,纯属臆测。袁郊是否进过翰林尚成问题,其不足证庭筠咸通末尚存,更无须辨。其三,《题翠微寺》有"乾符初得位"句,王先生谓"必写于乾符改元之后"。今按,此诗注:"太宗升遐之所。"为追怀太宗而作。"乾符"一词,出《后汉书·班固传》:"于是圣皇乃握乾符,阐坤珍。"李贤注:"乾符、坤珍,谓天地符瑞也。"温诗意指太宗承天命而即皇位,与以后的乾符年号只是偶然巧合。

古诗文中此类情况甚多。如杜甫《遣遇》有"元和辞大炉"句,李商隐《韩碑》有"相与烜赫流淳熙"句,元和为唐宪宗年号,淳熙为宋孝宗年号,我们不能据以认为杜、李活到那时候,也不能认为其诗为后人伪作。

三　温庭筠的占籍

《旧唐书》谓庭筠为太原人,《新唐书》以为并州祁人,均指温氏郡望。唐承六朝遗习,士俗甚重门户所出,凡称某地人,多指郡望而非占籍所在。温氏一系,自汉代温何居太原祁县,至庭筠已绵历二十馀世。庭筠诗中自述"采地荒遗野,原田失故都",从不以太原为故乡。顾肇仓先生据温诗自述,认为其占籍在江南。拙文据其童年拜谒李绅事,认为当在无锡附近,太湖之滨。王先生则力反众说,据其《鄠杜郊居》《鄠杜别墅》诸诗,断定庭筠"应家鄠县",并籍以考述其行踪事迹。细审其说,实因未将庭筠全部诗文作一通盘考虑,而误将临时卜居之地与举家占籍之地混作一事。以杜甫为例,源出襄阳,生于巩县,田产在偃师,后曾卜居长安、鄜县、成都、夔州等地,显然不能认为他是长安、鄜县等地人,庭筠《鄠杜郊居》云:"槿篱芳援近樵家。"《鄠杜别墅寄所知》:"持颐望平绿,万景集所思。"仅说明他在鄠郊居住过。所谓"鄠郊别墅",疑是其友人李羽的产业。《经李处士杜城别业》云:"忆昔几游集,今来倍叹伤。"《李羽处士故里》,一本上有"宿杜城亡友"五字,里一作墅,均可证。庭筠仅借居而已,故鄠杜一带所作诗,均自称"游人""客"。如《宿城南亡友别墅》:"水流花落叹浮生,又伴游人宿杜城。"《宿澧曲精舍》:"客舍停疲马。"《自有扈至京师……》:"杜陵游客恨来迟。"可见其绝非鄠县人。从温诗提供的线索看,其家居肯定在江南。试举有关诗篇如次。关中诗有《春日将欲东归寄新及第苗绅先辈》。《渭上题》云:"轻桡便是东归路。"在塞外称"江南戍客"(《边笳曲》),又云:"却笑江南客,梅落不归家。"(《敕勒歌塞北》)在汉阳有《东归有怀》诗。《送卢处士游吴越》称"羡君东去见残梅,唯有王孙独未回"。参以史书记载,《唐摭言》称庭筠"咸通中,失意归江东。"《旧唐书》同。《新唐书》亦谓:"不得志,去归江东。"其家居在江南可基本论定。顾先生谓"飞卿在江南日久，俨以江南为故乡矣。"是正确的结论。王先生由于错考了庭筠家居地，以致在考述其行踪时造成一系列失误。如认为庭筠咸通初第一次游江淮，咸通七年后第二、第三次游江淮（时庭筠已卒），在家乡作《会昌丙寅丰岁歌》等均是。前项辨明，这些失误也就不须详加辨析了。

四　温庭筠与令狐父子的关系

温庭筠生平前期，牛李党争激烈。会昌年间，他曾出入李党二魁李德裕、李绅门下，对会昌之政持歌颂态度。后有诗对德裕被贬表示同情。大中年间，牛党专权，令狐绹入相。他上启令狐绹请求汲引，又与其子令狐滈蒲饮酤醉，目的显然是希望借令狐父子之力打开仕途。这种依违两党的立场，势必招致"土行尘杂"之类物议。同时，他又恃才傲物，好讥诃权贵，讽刺时政。从《北梦琐言》《南部新书》等书提供的事实看，他对大中之政深致不满，讥刺对象皆为令狐绹。正史称他"为当涂者所薄，名宦不进"。晚年又遭到一系列迫害，大约均与令狐有关。拙文对此已作了较详论述。

王先生既把《感旧》误作投赠李蔚之诗，又对《会昌丙寅丰岁歌》《题李相公敕赐屏风》等诗采取了回避态度，从而否认庭筠陷入牛李党争的事实。同时，又对他与令狐父子的关系作了较详尽的叙述。其中一部分是夏、顾二先生已考明的史实，一部分则为王先生所发见。有几处考述显然有误，必须加以澄清。

《旧唐书》说庭筠与"公卿家无赖子弟裴诚、令狐滈之徒，相与蒲饮酤醉终日，由是累年不第"。将与二人游宴置于一处，是史书求简略而屡合。与裴诚交游出于《云溪友议》，在会昌改名以前。与令狐滈蒲饮，不见他处记载。《旧唐书·令狐滈传》载，滈于会昌二年始应举，大中间因父柄政，避嫌不应试，恃父权势，"骄纵不法，日事游宴，货贿盈门"。庭筠与游约在其时。王先生断定与二人来往在早年应京兆试时，未尽允当。继而认为庭筠京兆罢举系受令狐父子诬陷，开成五年作《书怀一百韵》已及时改过,决心不与令狐父子来往,则更为大误。按令狐绹大和四年擢第,开成初为左拾遗。张采田《玉溪生年谱会笺》考证,他开成五年任左补阙、史馆修撰,会昌元年任库部员外郎,二年改户部员外郎,四年为右司员外郎,官职未超过六品,势力尚未形成,不可能对庭筠的仕进构成威胁。庭筠受谤而罢试,当别有原因,可能与开成末宦官政变有关。大中间,庭筠与令狐父子有较多交往。

唐代中后期科举考试为权贵重臣把持,请托货贿,行卷干谒,成为风气。庭筠一系,中唐时已告式微,没有奥援。要打开仕途,只有奔走权门,请求汲引。时代风气如此,不必苛责也毋庸讳言。王先生谓裴诚、令狐滈中举与其出身相门有关,是正确的,但在述及庭筠大中间累试不第原因时,尚有可商榷处。

王先生认为令狐绹为洗涮儿子的名誉而将轻薄的罪名加到温庭筠身上,见解过于主观而不合常理。我们姑且不论光靠令狐绹能否把轻薄罪名强加于"士林翕然推重"的名士身上而为世人普遍接受,只要指出,洗涮令狐滈名誉何必非诬陷庭筠呢?陷庭筠一人于轻薄,又怎能洗涮令狐滈的名誉呢?显然说不通。何况当时令狐父子大权在握,公行不法,根本不需要顾惜名誉。

王先生又提出令狐绹、裴坦、沈询是一丘之貉,合力排斥温庭筠。证据是令狐滈在裴坦知贡举时中第,裴坦早年曾入沈传师幕府,而沈询又是沈传师之子,实在牵强得很。大中九年沈询知举,庭筠因搅扰场屋被斥。其原因,据裴庭裕《东观奏记》述,系因主试宏词的裴谂试前泄题于京兆尹之子柳翰,柳翰托温庭筠预作。柳翰中选,其事败露,激起应试者哗变,惊动了宣宗。结果试官被贬黜,已登科十人并落下。庭筠为此曾上书沈询辩白,后又多次为举子假手。其假手作文、搅扰场屋的动机或出于对现实的不满,但这种行为本身并不值得赞颂。由此而认为沈询打击庭筠,亦未必允当。

至于裴坦,曾因令狐绹荐为职方郎中,他知举在咸通元年,即庭筠贬随县以后。据《旧唐书·令狐滈传》,令狐绹罢相出守河东后,上书乞与其子一第。"诏令就试。"令狐滈登第后,崔瑄上疏弹劾,奏疏留中不下。

可见,其登第实出懿宗授意。庭筠贬随县尉,《唐摭言》谓因场屋事件,《南部新书》以为令狐绹所沮,《旧唐书》则云杨收所为,《北梦琐言》至谓因忤宣宗。当以前二说近是。对此,裴坦与令狐绹看法并不一致。庭筠贬词,出于裴坦之手。《登科记考》云:“执政间复有恶奏温庭筠扰场屋,黜随县尉。时中书舍人裴坦当制,怅怏含毫久之。”唐制,中书舍人掌中书门下省的诏敕。执政有所决定,例由轮直舍人草制。舍人最多只能在草制措词时表示些主观好恶而已,并不参与决定。王先生谓裴坦参与贬温阴谋,实因不明唐代典章制度而致误。《东观奏记》载裴坦所草制词云:“敕乡贡进士温庭筠:早随计吏,夙著雄名;徒负不羁之才,罕有适时之用。放骚人于澧浦,移贾谊于长沙,尚有前席之期,未爽抽毫之思。可随州随县尉。”《北梦琐言》《唐诗纪事》所载略有不同。凡贬词,一般均历数过恶。这篇制词却不同,比庭筠为屈原、贾谊,称他有雄才大略,只是不适时用。虽暂蒙冤贬黜,君王仍将特诏召回,前席顾问,切勿自弃。从中不难看到裴坦对庭筠的同情。唐宋笔记乐于转录,当因此制不同常例。庭筠另有《上裴舍人启》,称“常奉绪言”,与裴有旧。称裴“不陋幽沉”,自谓“今则阮路兴悲,商歌结恨”,“敢持幽款,上诉隆私”。希裴“济溺”援手。疑即遭贬后上裴坦之作。

咸通中庭筠在淮南遭令狐绹虞侯折辱,王文基本沿用顾肇仓先生的见解,未有发明,可不置辨。

五　游历年代、作诗地点及其他

王先生在考述温庭筠游历各地的时间和一些诗篇的写作地点时,也有不少讹误。下面择要作一些考辨。

王先生认为庭筠会昌元年至五年间由秦地出塞,实无根据。庭筠开成五年作《书怀百韵》时,“将议遐适”,诗云:“行役议秦吴。”次年(会昌元年)在淮南上诗李绅。可见他会昌初南行江淮,并未出塞。会昌二年七月刘禹锡卒于洛阳,庭筠有诗哀悼,也可证其间无出塞事。又王文第五节云咸通七年后庭筠第三次游江淮,第六节则称该年第二次南游,前后相抵牾。

庭筠《题丰安里王相林亭》,王先生定为在建业时作,系沿用曾益之说。其实,诗中用了几个南朝典故,并非作于建业(今南京)。建业为吴置县,晋后易名,并非唐代地名。拙文据徐松《唐两京城坊考》,丰安里在长安朱雀街以西第二排南起第五坊,定此诗作于长安。王先生谓未见确证,不知尚需何证? 又,王文断此诗为大中初作,亦无据。《醉歌》,王先生谓入川时作,当据诗中"临邛美人连山眉"句。同诗又有"洛阳卢生称文房"句,似也可定作于洛阳。诗中用典,不一定即作于该地。《和赵嘏题岳寺》,王先生以为湘中作,恐亦未当。岳寺,顾予咸以为指"两岳华山寺"。赵嘏曾任渭南尉。渭南距华山甚近,顾说近是。

李商隐《有怀在蒙飞卿》,王先生定蒙属卫地,未列证。其实,今山东的蒙阴、安徽的蒙城,历史上都可称蒙。汉晋所置蒙县,因蒙泽得名,在今河南商丘附近。蒙阴、太原、新喻、荆门等地都有蒙山。李诗"在蒙"何指,殊难确指。冯浩、张采田对此均未下确诂。王先生遽断在卫地,未知有他证否?

又,庭筠《感旧》:"婚乏阮修钱。"王先生云:"陈尚君认为这是指他儿子未婚,却是十分牵强的。"拙文仅指出会昌初温宪当已出生,并未提及其婚事,原文可以覆案。

徐州师院中文系黄震云同志为本文提供了不少有价值的意见,谨致谢意。

(刊《南开学报》1982 年第 6 期)

"花间"词人事辑

　　《花间集》所收十八位作者中,近代以来研究较多的是温庭筠、韦庄两位。相比之下,其馀十六位词人的研究则较为薄弱。《旧五代史》《宋史》《十国春秋》等书中虽有他们中一部分人的传,但一般均较简略,缺误亦较多。明清至近代的词学研究者对他们的生平事迹作了一些订补,但至今尚未见系统全面的考察。有鉴于此,本文拟对温、韦以外的十六位花间词人及《花间集》编者赵崇祚的生平事迹及著述存佚情况,作尽可能全面的辑录考证,以供研究者参考。

　　本文以《花间集》所收各词人先后为序。行文详略,视现存史料多寡而定,大抵事迹繁富者考订从简,生平隐晦者勾稽从详,有歧说者亦间申管见。所据以唐、五代、宋人记载为主,尽可能不引后出之书。明清人沿误之说,除少数较有影响者外,一般均不予辩驳。《唐人说荟》所收诸书,或误题花间词人所作,程毅中先生《古小说简目》已分别作了考订,本文亦不再絮及。

皇甫松

皇甫松,字子奇,自号檀栾子,睦州新安人。

　　《直斋书录解题》卷一一称"皇甫松子奇"。《新唐书·艺文志》三称"檀栾子皇甫松"。简作栾子,见《大隐赋》。其名或作嵩,误。

父湜,官至工部郎中。

　　湜为唐代著名散文家,《新唐书》卷一七六有传。《唐文粹》卷一八收松《自纪》云:"我家世道德,旨意匡文明。家集四百卷,独立天地经。"湜之父祖,今已不可考。

松约生于元和间。

> 《唐阙史》卷下云:"(湜)又常命其子松录诗数首,一字小误,谇詈且跃,呼杖不及,则擒啮其臂,血流及肘而止,其褊急之性率此类也。"据朱金城先生《白居易年谱》考证,湜卒于大和四年(830)。如前引,松年当不少于十岁,当生于元和间。另详后。

应进士举,表舅牛僧孺不荐。会昌元年(841)襄阳大水,僧孺罢职,松作《大水辨》以刺之。

> 《唐摭言》卷一〇:"或曰:松,丞相奇章公表甥,然公不荐。因襄阳大水,遂为《大水辨》,极言诽谤,有'夜游真珠室,朝游玳瑁宫'之句。公有爱姬名真珠。"真珠原为李愿姬,僧孺以计取之,事在宝历初,详《续谈助》卷三引《牛羊日历》。襄阳大水在会昌元年秋七月,详杜牧《牛僧孺墓志》。松对僧孺之不满,另详后《续牛羊日历》附考。

会昌五年(845)冬,撰《醉乡日月》三卷。

> 详后引《醉乡日月叙》。

久试进士不第。

> 《太平广记》卷二六一云松咸通中为举子时作《无名子》以刺主司。
> 《剧谈录》卷下:"自大中、咸通之后,每岁试春官者千馀人,其间章句有闻,亹亹不绝,如何植、李玫、皇甫松……以文章著美;温庭筠……以词赋标名;贾岛、平曾……以律诗流传;张维……以古风擅价,皆苦心文华,厄于一第,然其间数公,丽藻英词,播于海内,其虚薄叨联名级者,又不可同日而语矣。""大中、咸通"仅为泛指,如李玫、温庭筠皆为开成、大中间应试,贾岛卒于会昌间,平曾长庆二年府元落第,皆不至咸通后。《大隐赋序》云:"萍漂上国,殆逾十年。"知就试时间颇长,韦庄光化三年"请追赠不及第人近代者",亦提及松(《容斋三笔》卷七)。

尝客居河北数年。

> 《大隐赋序》:"酒泛中山,适逢千日。"《唐文粹》卷一五收松《登郭隗台》诗,台在幽州,知松尝客游河北数年。陈寅恪先生《唐代政治史

述论稿》谓中晚唐"举进士不中而欲致身功名之会"的士人，多"北走河朔"，依附藩镇以求出路。松河北之行，或亦含有此种目的。

终身未仕。

《大隐赋序》："栾子进不能强仕以图荣，退不能力耕以自给，上不能放身云壑，下不能投迹尘埃，似智似愚，人莫之识也。"又云："遨游不出于醉乡，居处自同于愚俗。"又云："诗轻《招隐》，赋陋《归田》。……亦何必拂衣丹峤，散发清流。"知其未能入仕，亦不愿归隐山林，似于市井间生活以终。卒年不详，大致在咸通至光化之间。《说郛》卷五八云："唐宣、懿、僖间人。"未详何据。

张为《诗人主客图》推松为广大教化主下之及门。

见《唐诗纪事》卷六五。为，大中间在世。

松著有《大隐赋》一卷、

《新唐书·艺文志》著录。收入《文苑英华》卷九九，《全唐文》失收。

《醉乡日月》三卷、

《新唐书·艺文志》《宋史·艺文志》均著录，今佚。《唐摭言》卷一〇："皇甫松著《醉乡日月》三卷，自叙之矣。"《直斋书录解题》卷一一云："唐人饮酒令，此书详载，然今人皆不能晓也。"今知《类说》卷四三录十九则，《说郛》卷五八存十四则，又录全书三十篇总目，另宋人所著《容斋续笔》卷一六、《宋朝事实类苑》卷六一引《赞宁要言》等亦有征引。清陈鸿墀《全唐文纪事》卷三三据《永乐大典》录存此书叙，末云："余会昌五年春，尝因醉罢，戏纂当今饮酒者之格，寻而亡之。是冬闲暇，追以再就，名曰《醉乡日月》，勒成一家，施于好事，凡上中下三卷。"闻扬州师院童进有辑本，未见。

《续牛羊日历》、

《新唐书·艺文志》小说家类录"刘轲《牛羊日历》一卷"，注："牛僧孺、杨虞卿事。檀栾子皇甫松序。"《续谈助》卷三《牛羊日历》末附晁伯宇跋云："右抄大和九年秋季《牛羊日历》，其后有檀栾子皇甫松续记云：'太牢作《周秦行纪》，呼德宗为沈婆儿，谓睿真皇后为沈婆，此乃无君甚矣。'"《资治通鉴考异》卷二〇引松《续牛羊日历》佚文一段,凡二百五十六字,末段与晁氏所引同。《藕香零拾》本《牛羊日历》误作刘轲原文。今据前举二证,知松为刘轲书作序,又作续记。松此书不见于宋人公私书目,疑未曾单独刊行。

《酒孝经》一卷、

见《宋史·艺文志》小说家类。《崇文总目》卷六未署名。今佚。

《无名子》、

《太平广记》卷二六一:"唐咸通中……举子中每年撰《无名子》,前有举人露布,后皇甫松作,齐夔凌篆要。"

词存二十二阕。

《花间集》存十二阕,《尊前集》存十阕。

薛昭蕴

薛昭蕴,当即薛昭纬。

《花间集》卷三收薛词十九阕,署"薛侍郎昭蕴"。《尊前集》收《谒金门》一阕,殆即据《花间集》转录。唐、五代、宋人著作中,绝无薛昭蕴事迹的记载,后人对其生平,终无从详悉。王国维《庚辛之间读书记·花间集》据《唐书·薛廷老传》及《北梦琐言》卷四(王氏误作卷一〇)记载,疑即薛昭纬,其说云:"今此集载昭蕴词十九首,其八首为《浣溪沙》;又称为薛侍郎,恐与昭纬为一人。纬、蕴,二字俱从系,必有一误也。"王氏所举凡三证:其一,《北梦琐言》云昭纬"爱唱《浣溪沙》词",今存昭蕴词正以此调居多。其二,皆为侍郎,官职同。其三,纬、蕴二字形近易误。王说提出后,治词学者疑信参半,莫衷一是。今按:王说是,今另举数据,以证成其说。其一,薛词有《喜迁莺》词云:"金门晓,玉京春,骏马骤轻尘。桦烟深处白衫新,认得化龙身。　九陌喧,千户启,满袖桂香风细。杏园欢宴曲江滨,自此占芳辰。"参《唐摭言》有关唐人进士登第后活动的记载,知作者曾登进士第,此点亦与昭纬合。其二,薛词云:"记得去年寒食日,延秋门外卓金轮。"(《浣溪沙》之三)延秋门为长安禁苑西门。又云:"忆昔在

昭阳。""至今犹惹御炉香。"(《小重山》之二)又云:"茂苑草青湘渚
阔,梦馀空有漏依依,二年终日损芳菲。""楚烟湘月两沉沉。""正是
断魂迷楚雨,不堪离恨咽湘弦。"(均见《浣溪沙》)知作者在朝为官时
间颇长,曾被贬黜客游湖南一带地方。今知昭纬在朝达十馀年之久,
中和间曾流寓南方,天复后被贬澄州,最后客死洪州,湖南为必经之
地,亦相合。其三,《花间集》前半所收诸词人,略按世次先后为序。
昭蕴置于温庭筠、皇甫松、韦庄之后,而次于牛峤以前,知应为唐末至
五代初年人。今考昭纬年齿,约后于韦庄,而与牛峤相近,其卒年则
比韦、牛略早数年,亦相合。其四,侍郎为正四品官,已颇通显,而除
《花间集》外,唐宋典籍无一字述及昭蕴,甚不可解。而因公私避讳、
传闻讹误等原因造成的名字讹误,史乘中不胜枚举。岑仲勉先生《元
和姓纂四校记》考及的唐人名讹误例,即逾千数。花间词人温庭筠、
欧阳炯、李珣等,均曾传讹。因此,昭纬讹作昭蕴,并不足为奇。后蜀
孟氏祖讳及赵崇祚家讳,今均无考,颇疑作昭蕴即因讳改。

以下将薛昭纬生平略考如次。

薛昭纬,字纪化,河东人。

曾祖存诚,元和间终于给事中、御史中丞。

祖廷老,开成三年终于给事中。

父保逊,亦官至给事中。

> 均据《旧唐书》卷一五三《薛存诚传》、《新唐书》卷七三《宰相世系
> 表》薛氏西祖房。

昭纬性轻率,气貌昏浊。文章秀丽,常恃才傲物。

> 据两《唐书》本传及《北梦琐言》卷四、卷一〇。

登进士第。

> 《北梦琐言》卷一〇云"薛侍郎未登第前,就肆买鞋",知曾登进士第。
> 前引《喜迁莺》词,即登第后作。《登科记考》失收。按其仕历,时当
> 在咸通、乾符间。又逆推其生年,约当在会昌、大中间。

黄巢占领长安后,飘寓南方。

> 原本《说郛》卷七三引尉迟枢《南楚新闻》云:"薛昭纬经巢贼之乱,流

离道途,往来绝粮,遇一旧识银工,邀昭纬饮食甚丰,以诗谢之。"下录
诗略。时约在中和间。

文德前曾官祠部员外郎。

《唐摭言》卷一二:"昭纬颇有父风,尝任祠部员外,时李系任小仪,王
莪任小宾。"今从岑仲勉先生《郎官石柱题名新考订》所考,定为任礼
部员外前事。

文德元年(888)四月,任礼部员外郎,上奏议论褅祭四庙事。

见《旧唐书》卷二五《礼仪志》五。

乾宁三年(896)十月,以中书舍人、权知礼部贡举,为礼部侍郎。

见《旧唐书》卷二〇《昭宗纪》。

乾宁四年(897)在华州放进士二十人。作《示诸门生》诗。

见《唐摭言》卷三、《登科记考》卷二四。

光化二年(899)六月,自户部侍郎迁兵部侍郎。

见《旧唐书·昭宗纪》。昭纬自礼部改户部的时间不详。

光化间衔命出使汴州朱全忠。

《北梦琐言》卷一一载"于时梁太祖已兼四镇……薛公衔命梁园",叙
其事较详。朱全忠兼领宣武、义成、天平、河中四镇,始于天复元年
(901)。昭纬出使,应在此前一年六月以前,详后。

复授御史中丞。

《文苑英华》卷三九三收钱珝《授前兵部侍郎薛昭纬御史中丞制》,中
有"且属多梗,使于列藩,与诸侯言系安危"云云,知为使朱全忠后
除。同书卷七〇七收珝《舟中录序》,谓光化三年六月罢舍人职。昭
纬之除授,当即在本年稍前些时。

天复中,自御史中丞贬为澄州司马。

《唐摭言》卷一二:"天复中,自台丞累贬登州司马,中书舍人当制,略
曰:'陵轹诸父,代嗣其兄。'"《旧唐书》本传云"为崔胤所恶,出为磻
州刺史"。磻州,《元和郡县图志》《新唐书·地理志》未见,疑误。登
州亦非是,今从《北梦琐言》卷四及《郎官石柱题名考》卷二〇作澄
州。其地在今广西上林。从前引诸词看,昭纬在湖南停留时间较长,

是否曾抵澄州,尚无明证。

卒于洪州。

> 《太平广记》卷一四五引《稽神录》云:"南平王钟传(误作傅)在江西,有衙门吏孔知让,新治第,昼有一星陨于庭中,知让甚恶之,求典外戎,以空其地。岁馀,御史中丞薛昭纬贬官至豫章,传取此地第以居之,遂卒于此。"疑昭纬客滞湖湘后即折行入江西。钟传死于天祐三年(906),昭纬当即卒于其年前后。

词存十九阕。

> 均见《花间集》。

牛　峤

牛峤,字松卿,一字延峰。

> 《唐诗纪事》卷七一:"峤字松卿,一字延峰。"《郡斋读书志》卷一八、《唐才子传》卷九仅云"字延峰",后人多两存之。

安定鹑觚人。

> 峤籍贯,《唐诗纪事》《唐才子传》《十国春秋》卷四四皆云"陇西人"。按牛氏为后周寮允所改姓,托称为汉陇西主簿牛崇之后,称陇西人即出此,不足据。今从《隋书·牛弘传》及《新唐书·宰相世系表》。杜牧《牛僧孺墓志铭》云僧孺高祖为凤及,《元和姓纂》卷五谓凤及贯出富平,然岑仲勉《元和姓纂四校记》谓高祖凤及只当作高祖辈解。今暂不取富平说,以俟续考。

牛僧孺之孙,牛丛之子。

> 《唐诗纪事》谓"自云僧孺之后",后各书多沿之,殊欠清楚。《旧唐书》卷一七二《牛僧孺传》附子牛丛传云:"子蛴,位至尚书郎。"蛴为峤之误,尚书郎为峤仕唐之终职,《新唐书·宰相世系表》不误,今更参以《樊川文集》卷七《牛僧孺墓志铭》《文苑英华》卷八八八李珏《牛僧孺神道碑》,列牛峤、牛希济世系表如次:

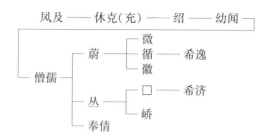

约生于会昌、大中间。

> 峤生年难以确考。今知其乾符五年登第,光启三年诗有"谁怜鬓双
> 白"句,其父丛于开成二年登第,峤非其长子,推其生年,约在会昌、大
> 中间。在西蜀词人中,年甲似仅次于韦庄。

少年刻苦为文,志尚颇高。

> 峤诗(详后)云:"伊余诚未学,少被文章役。兴来挥兔毫,欲竞雕
> 弧力。"

乾符五年(878)登进士第,名列第四。

> 《唐诗纪事》:"乾符五年进士。"《唐才子传》:"乾符五年孙偓榜第四
> 人进士。"知贡举者为中书舍人崔澹。牛丛此年前已历任兵部尚书、
> 剑南西川节度使等职。

随驾奔蜀,历官拾遗、补阙、尚书郎。

> 明洪楩刻本《唐诗纪事》云"历遗、补、尚书郎"。汲古阁本"遗"前有
> "拾"字。中华上编本"补"字连下读,误。《郡斋读书志》《唐才子
> 传》均作"历拾遗、补阙、尚书郎"。峤光启三年诗云:"虽是含香吏,
> 犹是飘蓬客。"《汉官仪》载,尚书郎握兰含鸡舌香奏事。唐人多用此
> 典,如杜诗"不道含香贱"(《西阁二首》)、"旷绝含香舍"(《奉赠萧二
> 十使君》),皆是。因知峤历三职,为乾符五年至光启三年间事。郎
> 官柱无峤名,未详属何司郎官。另参后考。

遭逢世乱,漂泊东川。光启三年(887)曾登临梓州射洪陈子昂书台,慨然
赋诗。

> 《永乐大典》卷三一三四引《潼川志》收峤《登陈拾遗书台览杜工部留
> 题慨然成咏》:"步出县西郊,攀萝登峭壁。行到蕊珠宫,暂喜抛火

宅。羽帔请焚修,霜钟扣空寂。山影落中流,波声吞大泽。北厢引危槛,工部曾刻石。辞高谢康乐,吟久惊神魄。拾遗有书堂,荒榛堆瓦砾。二贤间世生,垂名空烜赫。逸足拟追风,祥鸾已镋翮。伊余诚未学,少被文章役。兴来挥兔毫,欲竞雕弧力。虽称含香吏,犹是飘蓬客。薄命值乱离,经年避矛戟。今来略倚柱,不觉冲暝色。袁安忧国心,谁怜鬓双白?"末注:"光启三年九月二十六日。"陈子昂书台在梓州射洪金华山,宋代属潼川府,此诗即赖已佚的宋修《潼川志》得以保存。峤所见杜甫诗刻,指《冬到金华山观因得故拾遗陈公学堂遗迹》一诗,元时曾重刻,"文革"间毁失,香港《书谱》杂志第八期曾刊有石刻拓本。峤诗对陈、杜诗歌极为钦重,可见其中年时期的文学态度。后半自述经历,极堪重视。前文已引二则。诗云"经年避矛戟",知此前漂泊已久。唐朝廷自广明元年(880)奔蜀,在蜀五年始归长安。峤父牛丛随驾幸蜀,历任太常卿、礼部尚书、护军从事诸职(据《旧唐书·礼乐志》《益州名画录》)。唐人进士释褐,一般仅授尉佐之官。峤登第后第三年即遇世变,其所任拾遗、补阙、尚书郎皆京官,以年时推之,应即在僖宗幸蜀期间。其超迁之速,除因其父关系外,与行在官员缺乏,也应有关。《旧唐书》谓牛丛"驾还,拜吏部尚书。襄王之乱,避地太原,卒"。襄王之乱在光启二年四月。峤于次年飘寓东川,显然与其父失势有关。峤是否曾随驾归京,已无从考详。从诗中看,峤对时局仍颇为关心。

王建镇蜀,辟为判官。

　　《唐诗纪事》:"王建镇蜀,辟判官。"建领西川节度使,始于大顺二年(891),经营蜀地,则始于其前数年间。峤入建幕,在此数年间。

前蜀开国,任秘书监,迁给事中,卒。

　　《唐诗纪事》:"及(王建)僭位,为给事中"。《郡斋读书志》:"及开国,辟给事中,卒。"均谓王建称帝后峤即任给事中。按后蜀何光远《鉴诫录》卷六《旌论衡》载武成中前蜀佑圣国师与道士杨德辉互相作诗攻讦,"举子刘隐辞"与"牛秘监峤"分别作诗咏之。武成为王建即位次年所改之年号,凡三年(908—910)。据此可知峤初除之职应为秘书监。《花间集》称"牛给事",《太平广记》卷一五八引《北梦琐言》称"给事中峤",皆指其终官。峤卒年约在武成后数年间,即永平(911—915)年间。

原有集三十卷,宋时仅存《歌诗》三卷,今已佚。

《郡斋读书志》卷一八著录《牛峤歌诗》三卷,云:"集本三十卷,自序云:'窃慕李长吉所为歌诗,辄效之。'"是三十卷集晁公武亦未见。《秘书省续四库书目》《文献通考·经籍考》均作三卷。《唐才子传》云:"有集,本三十卷……今传于世。"从该书其他各传看,此说不足据。峤诗今存三首,除前引《鉴诫录》《永乐大典》所存二首外,《唐诗纪事》存《红蔷薇》一首。

词存三十二阕。

均见《花间集》。

张　泌

张泌,非南唐入宋者张佖。

《花间集》收张泌词,称为"张舍人泌"。宋人对张泌生平记载未详。元伊世珍《琅嬛记》卷下以为即南唐人,其说云:"张泌,江南人,字子澄,仕南唐为内史舍人。初与邻女浣衣相善,经年不复睹,精神凝一,夜必梦之。尝有诗寄云:'别梦依依到谢家,小阑回合曲廊斜。多情只有春庭月,犹为情人照落花。'浣衣计无所出,流泪而已。"注出《虚楼续本事诗》。《全五代诗》卷三六引作"张佖"。引诗即《才调集》所收《寄人》诗。后《唐音戊签馀》卷三二、《全唐诗》卷七四二、《宋诗纪事》卷三、《历代诗馀》卷一〇一、《唐五代词》诸书皆因之。《十国春秋》卷二五有张泌传,卷三〇又列张佖传,分为二人。李调元《全五代诗》卷三六沿之,以《才调集》所收诸诗为南唐舍人张佖作,而以为另有任句容尉的淮南人张泌,"非此泌也"。今人编《全唐五代词》沿其说,以为五代时有三张泌,二仕南唐,一为前蜀时人,即词人张泌。今按,以上诸说,错误颇多,应分别澄清之。首先应确认,

《花间集》《才调集》所收诗词作者为同一个张泌,词作时间应早于后
蜀广政三年(940),即《花间集》结集之年。据笔者推考,其生活时间
应在唐末至五代初年,另详下。其次应指出的是,南唐只有一个张
佖,《十国春秋》误析作二人。其占籍一云淮南,一云常州,其实淮南
只是泛指,与常州并不抵牾。据四库本《江表志》、影宋本《徐公文
集》、中华本《续资治通鉴长编》等书,其名应作佖。诸书或作泌,为
传误。再次,南唐张佖仕历,可考者大致如次:登南唐进士第,除句
容尉(《徐公文集》卷一九《送张佖郭贲二先辈序》)。建隆二年
(961)上后主书言事,后主优诏慰答(《江表志》卷三、《续资治通鉴长
编》卷二)。除监察御史(《马氏南唐书》卷五、《弘治句容县志》卷
六)。后历任考功员外郎、中书舍人。开宝五年(972)改内史舍人,
知贡举(《十国春秋》卷三〇、《全五代诗》卷三六)。南唐亡入宋,官
右赞善大夫、判刑部(《续资治通鉴长编》卷一七、卷二七)。淳化间
任右谏议大夫、史馆修撰(同书卷三三、卷三五)。其生年无考,但徐
铉序约作于建隆初,称佖"调高才逸,年少气盛",知其时约二十岁。
推其生年,约当《花间》结集之时。诸词断非其作。后人仅因泌、佖
形近,又曾官舍人而致误。

张泌约唐末至五代初年在世。曾在长安、成都居住,又曾游历湘桂一带。
官至舍人。

《花间集》收泌词于牛峤后,毛文锡前,因知泌生活时代当于二人相
邻。《才调集》卷四收泌诗十八首。《才调集》收唐一代诗,五代初尚
存者,仅钱珝、韦庄、郑谷、罗隐、韩偓、贯休等数人,无后唐以后人诗,
亦可证。泌《江城子》云:"浣花溪上见卿卿。"《南歌子》云:"数声蜀
魄入帘栊。"知尝居成都。《浣溪沙》云:"晚逐香车入凤城。"《酒泉
子》云:"紫陌青门。三十六宫春色,御沟辇路暗香通。杏园
风。　咸阳沽酒宝钗空。笑指未央归去,插花走马落残红。月明
中。"《长安道中早行作》后半云:"浮生已悟庄周蝶,壮志仍输祖逖
鞭。何事悠悠策赢马,此中辛苦过流年。"《题华岩寺木塔》后半云:
"休将世路悲尘事,莫指云山认故乡。回首汉宫楼阁暮,数声钟鼓自

微茫。"知作者当因应进士试而长期留滞长安。从《酒泉子》看,似曾登第。又有《洞庭阻风》《春日旅泊桂州》《晚次湘源县》《秋晚过洞庭》诸诗,知曾客游湘、桂一带。《花间集》称为张舍人,以仕前蜀为舍人的可能性较大,但也不排斥从宦马楚、南汉的可能。

疑与唐末诗人张曙为同一人。

《北梦琐言》卷八:"唐张祎侍郎,朝望甚高,有爱姬早逝,悼念不已。因入朝未回,其犹子右补阙曙,才俊风流,因增大阮之悲,乃制《浣溪沙》,其词曰:'枕障熏炉隔绣帏,二年终日两相思,好风明月始应知。　天上人间何处去?旧欢新梦觉来时,黄昏微雨画帘垂。'置于几上。大阮朝退,凭几无聊,忽睹此诗,不觉哀恸,乃曰:'必是阿灰所作。'阿灰,即中谏小字也。"《花间集》以此词为张泌作,"好风"作"杏花",馀皆同。张曙生平,可据诸书钩稽如次:张曙,吏部侍郎裴之子,祎之侄(《北梦琐言》卷四)。广明年避乱随叔父自长安奔成都,作《鄠郊赋》纪所见(同上,又《金石苑》卷二张祎《南龛题名记》)。中和初在成都应进士试,不第(《唐摭言》卷一一)。四年(884),随叔张祎至巴州,作《击瓯赋》(前引张祎文、《学斋占毕》卷二)。大顺二年(891)进士及第(《登科记考》卷二四)。与崔涂、杜荀鹤善,有诗唱和(《全唐诗》卷六七九、卷六九二)。仕唐官至右补阙(《北梦琐言》卷四、卷八)。与张泌经历作一比较,相合处颇多:一、时代相合。二、均曾客居长安、成都。三、均为在科场多年始得登第。四、均能诗词。五、均为有才华而风流轻薄之人,此从诸书所载曙事迹及泌词中可知,不详引。颇疑曙仕唐至右补阙,唐亡后易名仕前蜀(或马楚等)。此点虽不能作定论,但值得研究者重视,故附考如前。

词存二十八阕。

《花间集》存二十七阕,《尊前集》存一阕。诗存十八首,均见《才调集》卷四。《全唐诗》卷七四二据《唐诗鼓吹》卷一〇收《赠韩道士》,为戴叔伦作,见《才调集》卷四,非泌诗。又收《送容州中丞赴镇》,为杜牧诗,见《樊川文集》卷二。《全唐诗续补遗》卷一五补三诗又二句,皆不足信。

毛文锡

毛文锡,字平珪,高阳人。

　　《直斋书录解题》卷五《前蜀纪事》解题:"伪(通行本皆作"后",今从
　　《文献通考》改)蜀学士毛文锡平珪撰。"《资治通鉴》卷二六八称"高
　　阳毛文锡"。华钟彦《花间集注》作南阳人,误。

父龟范,咸通间为岭南东道节度使郑愚幕府从事,后历任潮州刺史、太
仆卿。

　　文锡先世不详。《直斋书录解题》:"文锡,唐太仆卿龟范之子。"《北
　　梦琐言》卷九叙郑愚镇南海时,杨收贬死岭外,收鬼曾请愚以酒馔素
　　钱祭之。末云:"蜀毛文锡司徒先德前潮(《云自在龛丛书》本校:"一
　　作湖。")牧龟范,曾趋事郑尚书,熟详其事。愚于毛氏子闻之。"杨收
　　赐死,在咸通十年(《旧唐书》本传误作九年,今从《通鉴》)三月,《唐
　　方镇年表》考愚镇岭南始于咸通九年,知龟范趋事其幕府,适当其时。
　　《嘉泰吴兴志》卷一四《郡守题名》载唐时湖牧较完整,无龟范。当作
　　"潮牧"是。太仆卿应为其终官。

弟文晏,仕前蜀官至兵部侍郎。

　　《十国春秋》卷四一有文晏传。

子询,仕前蜀任司封员外郎,后流维州。

　　详后。前引《北梦琐言》所云"毛氏子",似应为文锡子,未详即询否。

文锡精通音乐,尤妙于七弦。

　　贯休《和毛学士舍人早春》云:"雅得琴中趣。"自注:"舍人妙于
　　七弦。"

能诗工词,时名颇重。

　　前引贯休诗:"新作继《周南》。"又云:"大朝名益重。"文锡诗今均佚,
　　仅贯休诗题中保存《早春》一题。

年十四,登进士第。初似曾仕唐,任职不详。

《直斋书录解题》："十四登进士第。"《登科记考》卷二七据以收入附
考。其生年无考。据其父仕历及文锡生平考察,大致可推知约生于
咸通、乾符间。前引贯休诗云:"丹心空拱北。"其时唐已亡。王建已
称帝,因知文锡初似曾为唐臣。

后仕前蜀,任中书舍人、翰林学士。与贯休时有诗歌唱和。

《禅月集》卷一八《和毛学士舍人早春》:"陋巷冬将尽,东风细杂蓝。
解牵窗梦远,先是涧梅谙。茶癖金铛快,(自注:舍人有《茶谱》。)松
香玉露含。书斋山帚撅,盘馔药花甘。雅得琴中妙,(自注:舍人妙
于七弦。"七弦",《四部丛刊》本作"七经",今从《全唐诗》。)常按脸
似酣。雪销闻苦蛰,气候似宜蚕。密勿须请甲,朝归绕碧潭。丹心空
拱北,新作继《周南》。竹杖无斑点,纱巾不著簪。大朝名益重,后进
力皆单。至理虽亡一,臣时亦说三。不知门下客,谁上晏婴骖。"检昙
域《禅月集后序》,贯休"闻大蜀开基创业","遂达大国"。王建称帝
在天祐四年(907)九月,贯休入蜀,即在其后不久。其卒年,昙域云
在壬申岁十二月,即蜀永平二年(912)岁末。其和毛文锡《春日》诗,
即此数年间。所谓"学士舍人",当即翰林学士兼中书舍人之简,为
文锡在蜀开国不久所任职。诗中提到文锡的生活状况及性格好尚,
尤为可贵。

旋迁翰林学士承旨。永平三年(913)七月,为太子元膺所怒而遭贬逐,又
被拘捕,挝之几死,囚诸东宫。太子败死,仍复旧位。

事详《资治通鉴》卷二六八《后梁纪》三,是月蜀主王建将议出游,太
子召诸王大臣宴饮,集王宗翰等不至,太子以为因文锡、潘峭等人离
间所至,故进谮蜀主而贬逐之。时少保唐道袭告太子谋反,召兵宿
卫。太子拘囚文锡等,举兵相抗,旋兵败被杀。此为前蜀立国后的一
次重要事件,《通鉴》载之甚详,以上仅节录梗概。文锡复官,《通鉴》
不载,但谓与之同贬的潘峭在乱平次日,即复为枢密使,文锡当亦同
此例。这次事件后,文锡等人在前蜀政权中的势力得到了巩固。

永平四年(914)八月,自翰林学士承旨,迁礼部尚书、判枢密院事。

见《资治通鉴》卷二六九。蜀以枢密使掌兵权,地位仅次于宰相。文

锡判院事,而其同党潘峭同时同平章事,权势日隆。

时议决峡堰灌江陵,文锡谏止之。

《资治通鉴》卷二六九:"峡上有堰,或劝蜀主乘夏秋江涨,决之以灌江陵,毛文锡谏曰:'高季昌不服,其民何罪? 陛下方以德怀天下,忍以邻国之民为鱼鳖食乎?'蜀主乃止。"系于上条后。

通正元年(916)八月,兼文思殿大学士。

《新五代史》卷六三《前蜀世家》:"通正元年……八月,以清资五品正员官购群书以实之,以内枢密使毛文锡为文思殿大学士。"《通鉴》载文锡次年官,仍称"判枢密院事",《直斋书录解题》亦云"仕建至判枢密院",而此称"内枢密使",未详所据,疑有误。清万斯同《历代史表》卷五七《蜀将相大臣年表》不取《新史》之说,近是。

进位司徒。天汉元年(917)八月,贬茂州司马。

《资治通鉴》卷二七○载梁贞明三年事:"蜀飞龙使唐文扆居中用事,张格附之,与司徒、判枢密院事毛文锡争权。文锡将以女适左仆射兼中书侍郎、同平章事庾传素之子,会亲族于枢密院用乐,不先表闻,蜀主闻乐声,怪之,文扆从而谮之。八月庚寅,贬文锡茂州司马,其子司封员外郎询流维州;贬文锡弟翰林学士文晏为荣经尉。"文锡进位司徒,约在本年或前一年。《花间集》卷五称"毛司徒",《北梦琐言》称"毛文锡司徒",均指此。

或云前蜀亡后,随王衍入洛而卒。

《直斋书录解题》云"随衍入洛而卒"。但从天汉元年贬黜至前蜀灭亡的八年间,未见文锡活动记载。光天元年(918)六月王衍即位后,即诛杀唐文扆,文锡当可得起复,其弟文晏官兵部侍郎,即王衍时事。但以文锡在天汉前的显位、文名,如得起复,当不至默默无闻。陈振孙所云,未详何据,今姑存疑。

《十国春秋》卷四一《毛文锡传》云:"复事孟氏,与欧阳炯等五人以小辞为后蜀主所赏。"同书卷五六《鹿虔扆传》云:"与欧阳炯、韩琮、阎选、毛文锡等以小词供奉后主(指孟昶),时人忌之者,号曰'五鬼'。""五鬼"之说,不见宋人记载,似始见于明蒋一葵《尧山堂外纪》、杨慎

《词品》卷二。《蜀中广记》卷一〇四谓出自《梼杌》,但今本《蜀梼杌》并无此记载。在所列五人中,韩琮显为误入。琮事迹详《唐诗纪事》卷五八、《郎官石柱题名考》卷六、卷一一,长庆四年进士,大中十二年已官至湖南观察使,约卒于其后不久。其诗在唐末五代颇为人称道,《云溪友议》卷下、《又玄集》卷上、《才调集》卷八皆有所称录,《蜀梼杌》卷上载王衍曾唱其《柳枝词》。孟蜀开国,为琮身后六七十年之事,琮焉能预"五鬼"之列。如前考,文锡是否及见前蜀灭亡,尚难论定,云其得事孟昶,显然更不足信。时南唐有冯延巳等五鬼(见《南唐书》),宋初有丁谓等五鬼(见《宋史》卷二八三)。孟蜀五鬼,当即后人受前二事影响附会而成。

文锡所作词,今存三十二阕。

《花间集》卷五存词三十一阕,《尊前集》存《巫山一段云》"貌掩巫山色"一阕。近人王国维辑为《毛司徒词》一卷。今人张璋等编《全唐五代词》卷五,复据《历代诗馀》增收《鞓红》一阕。此词始见于宋黄大舆《梅苑》卷七,为宋无名氏作。《全宋词》第3635页收归无名氏词,是。

著作有《前蜀王氏纪事》二卷,已佚。

书名从《崇文总目》卷三。各书所引略异,《资治通鉴考异》卷二五作《王建纪事》,《直斋书录解题》卷五作《前蜀纪事》,《史略》卷四作"毛文锡《纪事》"。所称书名,"前蜀"为后起之称,文锡亦不至直称王建之名,因知皆出宋人改题。原书名已不可考。此书内容,《史略》卷五云为"伪蜀毛文锡记王建采僭号前事",《直斋书录解题》云"起广明庚子,尽天福甲子,凡二十五年",天福为天复之讹,甲子为天复四年(904),距广明庚子(880)适二十五年。《资治通鉴考异》卷二五光启二年下引有佚文二则,三年下亦称及,未录原文。

又著《茶谱》一卷,亦已佚。

前引贯休诗注云"舍人有《茶谱》",知此书为文锡永平前著。此书为继陆羽《茶经》后,记录茶事最为重要的著作,影响超过其前的裴汶《茶述》、温庭筠《采茶录》。《崇文总目》卷六、《郡斋读书志》卷一

二、《通志·艺文略》四、《直斋书录解题》卷一四、《宋史·艺文志》四均著录，约亡于宋元之际。宋人著作引录此书者，今知有乐史《太平寰宇记》、吴淑《事类赋注》、佚名《宣和北苑茶录》、胡仔《苕溪渔隐丛话》、陈景沂《全芳备祖后集》等书，笔者别有辑本，得四十馀则，刊《农业考古》1995 年第四辑。《郡斋读书志》谓此书"记茶故事，其后附以唐人诗文"。其所附诗文，今均无考。从所存佚文看，此书内容侧重于两方面，其一为茶人故事，今存陆羽、张志和、胡钉铰、陆龟蒙、僧志崇五则。其二为对各地所产茶特点及优劣的介绍。《茶经·八之出》列举各产地，分为等次，殊为简略。《茶谱》涉及地域及茶品要丰富得多，今知凡论及扬州蜀冈、常州义兴、阳羡、湖州顾渚、婺州举岩、池州凤岭、睦州鸠坑、宣州阳坡、袁州界桥、江州云居、福州方山、柏岩、建州北苑、洪州西山、鹤岭、衡州衡山、长沙石楠、封州西乡、寿州霍山、峡州碧涧、明月、东川兽目、绵州松岭、雅州蒙顶、邛州火井、彭州蒲村、蜀州晋原、蜀州雀舌等数十种名品。对茶品的评价，也极为具体，节引三则，以见一般："绵州龙安县生松岭关者，与荆州同。其西昌、昌明、神泉等县连西山者，并佳。独岭上者，不堪采撷。""袁州界桥，其名甚著，不若湖州之研膏紫笋，烹之有绿脚垂下。故公淑赋云：云垂绿脚。""婺州有举岩茶，片片方细，所出虽少，味极甘芳，煎之如碧玉之乳也。"凡此之类，均非深谙茶事及阅历广博者不能办。疑文锡早年游历极为广泛，故能著成此书。

牛希济

希济，峤之兄子。

《太平广记》卷一五八引《北梦琐言》："蜀御史中丞牛希济，文学繁赡，超于时辈。自云早年未出学院，以词科可以俯拾。或梦一人介金曰：'郎君分无科名，四十五已上，方有官禄。'觉而异之。旋遇丧乱，流寓于蜀，依季父也。大阮即给事中峤也。仍以气直嗜酒，为季父所责，旅寄巴南。旋聆开国，不预劝进，又以时辈所排，十年不调。为先主所知,召对,除起居郎,累加至宪长。是知向者之梦,何其神也。"
《分门古今类事》卷七《希济金介》一则,"累加至宪长"作"累加御史
大夫",其馀大致相同,但注出《成都记》。此条对考察希济生平,极
有价值,容后分别讨论之。峤为希济季父,于理希济应为峤兄子,但
唐人习惯,从叔、从侄亦常去"从"字而径称叔、侄者,故希济亦有可
能为牛蔚之孙。今仍从旧说。《新唐书·宰相世系表》载牛蔚有孙
希逸,天祐二年官职方郎中,见《旧唐书·哀帝纪》。与希济同辈。

约生于咸通末年。

　　《北梦琐言》所记,剔去神异内容,可知希济在王建称帝后十年,方得
　　晋用,时年已四十五岁。王建称帝在 907 年(蜀称天复七年),顺延十
　　年为通正元年(916),逆推四十五年,为咸通十三年(872)。其生年
　　约在此年前后。

早年入学院,有志于试词科。后遭遇世乱,流寓入蜀,依季父峤。

　　详前。广明奔蜀时,希济年方十岁左右,在学拟攻词科,当为其少年
　　时志向。自峤寓蜀至王建称帝,其间长达二十年,未详希济何时
　　依峤。

直气嗜酒,为峤所责,旅寄巴南,十年不调。

　　详前。《北梦琐言》云"以时辈所排,十年不调",知其在巴南亦有职
　　守,只是地位较低,尚不能称已"有官禄"。

约于通正(916)间,为前蜀先主王建所知,召对,除起居郎。

　　详前。通正间据开国后十年不调推知。

又曾任翰林学士。

　　《北梦琐言》卷八:"仆早岁尝和南越诗云:'晓厨烹淡菜,春杼织橦
　　花。'牛翰林览而绝倒,莫喻其旨。牛公曰:'吾子只知名,安知淡菜
　　非雅物也。'后方晓之。学吟之流,得不以斯为戒也。"孙、牛交识,在
　　孙光宪依荆南以前。因知希济任翰林,当在除起居郎后,任御史中丞
　　前。约当后主前期。

仕前蜀官至御史中丞。

　　前所云"累加至宪长",即指御史中丞。另详后。《分门古今类事》改

"宪长"为"御史大夫",非是。《十国春秋》卷一一四《十国百官表》
载前蜀官制,无御史大夫。

前蜀亡,随后主入洛。天成初,作诗为明宗所赏,拜雍州节度副使。

《鉴诫录》卷七《雪废主》:"天成初,明宗临朝,宣亡蜀旧宰臣王锴、张
格、庾传素、许寂、御史中丞牛希济等,各赐一韵,试《蜀主降臣唐》
诗,限五十六字成。王锴等皆讽蜀主僭号,荒淫失国。独牛希济得川
字,所赋诗意,但述数尽,不谤君亲。明宗览诗曰:'如牛希济才思敏
捷,不伤两国,迥存忠孝者,罕矣!'当日有雍州亚事之拜。至今京洛,
无不称之。诗曰:'满城文物欲朝天,不觉邻师犯塞烟。唐主再悬新
日月,蜀王还却旧山川。非干将相扶持拙,自是吾君数尽年。古往今
来亦如此,几曾欢笑几潸然。"峤诗仅存此一首。"雍州亚事",《十国
春秋》卷四四作"雍州节度副使",是。其后希济事迹无考,约不久后
即卒,卒年约在五十五岁至六十岁之间。

著有《理源》二卷、

《新唐书·艺文志》收入子部儒家类,《崇文总目》卷三、《宋史·艺文
志》亦著录。此书今佚。《文苑英华》卷七四一收希济《本论》,卷七
四二收《文章论》《表章论》,卷七四六收《治论》,卷七四九收《刑论》
《褒贬论》《赏论》,卷七五〇收《时论》,卷七五七收《荀息论》,卷七
六〇收《荐士论》《贡士论》,皆讨论为政之道之作,应即出自《理源》
一书。《全唐文》卷八四五、卷八四六录为二卷,除上举数篇外,另收
《崔烈论》《石碏论》《寒素论》《铨衡论》《不招士论》《小功不税论》,
亦均出《文苑英华》,前二篇见卷七五七,后四篇见卷七六〇,但皆未
署名。从行文风格和论述内容看,与希济诸论较接近,但是否均出希
济之手,尚应存疑。《时论》云:"希济以为治乱无时,为人君所行,求
治则治,忘理则乱。"可视为《理源》一书的旨归。诸论对时弊斥言极
尖锐,但所倡致治主张,亦不免迂远而未切实用。从内容分析,应作
于唐亡以前。

《治书》十卷。

见《宋史·艺文志》,附《理源》后,颇可疑。

词存十三阕。

> 《花间集》存十一阕。《词林万选》卷四存《生查子》三阕,其中"裙拖安石榴"一阕,为宋韩玉作,详《全宋词》第 2059 页附考。另二阕亦颇可疑。

欧阳炯

欧阳炯,益洲华阳人。

> 炯,《宋会要辑稿·职官》四六、《翰苑群书》卷一〇《学士年表》、《宋史》卷四七九本传均作迥,苏易简《续翰林志》卷下、林师蒧《天台前集别编》误作炳,今从《花间集》《尊前集》《野人闲话》《益州名画记》《锦里耆旧传》《唐诗纪事》《续资治通鉴长编》《图画见闻志》。《十国春秋》分迥(误作迥)、炯为二人,大误。《太平广记》卷二一四引景焕《野人闲话》作"渤海"人,为欧阳氏旧望,今从《宋史》本传。本节凡据《宋史》本传者不另注出处。

父珏,通泉令。

炯生于唐昭宗乾宁三年(896)。

> 据开宝四年(971)卒,年七十六推定。

少事王建、王衍,为中书舍人。尝作《应梦罗汉歌》赠诗僧贯休。

> 《太平广记》卷二一四引《野人闲话》云:"唐沙门贯休……王氏建国时,来居蜀中龙华之精舍,因纵笔,用水墨画罗汉一十六身并一佛二大士,巨石萦云,枯松带蔓,其诸古貌,与他人画不同。或曰:梦中所睹,觉后图之,谓之应梦罗汉。……蜀主曾宣入内,叹其笔迹狂逸,供养经月,却令分付院中。翰林学士欧阳炯亦曾观之,赠以歌。"歌中有云:"休公休公始自江南来入秦,于今到蜀无交亲。"知作歌时贯休尚存。贯休于王建称帝后入蜀,永平二年(912)岁末卒(详前毛文锡节)。时炯年仅十六七岁。《宋史》本传仅云事王衍,据此知及事王建。翰林学士为炯孟蜀时官,景焕借用之。后《益州名画录》卷下又沿用之。

前蜀亡,随王衍至洛阳。补秦州从事。

孟知祥镇蜀,炯复入蜀。知祥称帝,以为中书舍人。

>孟知祥于前蜀亡之次月镇西川,长兴二年(931)奄有全蜀,清泰元年
>(934)称帝。

与景焕为忘形之交,尝同游应天寺,作《应天寺壁天王歌》,与景焕画、梦
龟草书并称"应天三绝"。

>《太平广记》卷二一四引《野人闲话》:"景焕其先亦专书画,尝与翰林
>欧阳学士炯乃忘形之交。一日联骑同游兹寺,偶画右壁天王以对之,
>渤海在旁观其逸势,复书歌行一篇以纪之。续有草书僧梦龟后至,又
>请书之于廊壁上。故书画歌行,一日而就,倾城人看,阗咽寺中,成都
>之人,故号为应天三绝。"并录歌行全篇。《图画见闻志》卷六谓孟蜀
>时事,今从之。

后主孟昶广政三年(940)四月,官武德军节度判官,为赵崇祚编《花间集》
作叙。

>据《花间集叙》。武德军即梓州。

十二年(949),拜翰林学士。

十三年(950),知贡举,判太常寺。

迁礼部侍郎,领陵州刺史,转吏部侍郎,加承旨。

>以上诸职,迁礼部侍郎为广政十七年前事,其馀为其后至二十四年间
>事。据"加承旨"及下引数事看,炯其间一直守翰林学士职。

十六年(953),应诏作《蜀八卦殿壁画奇异记》。

>《益州名画录》卷上:"广政癸丑岁,新构八卦殿,又命(黄)筌于四壁
>画四时花竹兔雉鸟雀。其年冬,五坊使于此殿前呈雄武军进者白鹰,
>误认殿上画雉为生,掣臂数四,蜀主叹异久之,遂命翰林学士欧阳炯
>撰《壁画奇异记》以旌之。"记中云:"仍令宣付翰林学士欧阳炯纪述
>奇异。"末署:"时广政十六岁岁次癸丑十二月记。"《全唐文》未收此
>记,劳格《读全唐文札记》已指出,《唐文拾遗》卷四八收入。

十七年(954),应诏作《十二仙真形赞》。

>《益州名画录》卷上:"甲寅岁十一月十一日,值蜀主诞生之辰,安公

（思谦）进（张）素卿所画《十二仙真形》十二帧。蜀主耽玩欲赏者久，因命翰林学士、礼部侍郎欧阳炯次第赞之。"甲寅即广政十七年。《太平广记》卷二一四引《野人闲话》亦载此事，无纪年文字，又素卿画为《八仙真形》八幅。炯作诸赞不传。

十九年（956）夏，与同僚纳凉于净众寺，诗僧可朋作《耘田鼓》诗赞之。

　　《唐诗纪事》卷七四："孟昶广政十九年，赐诗僧可朋钱十万，帛五十匹。孟蜀欧阳炯与可朋为友，是岁酷暑中，欧阳命同僚纳凉于净众寺，依林亭列樽俎，众方欢适。寺之外皆耕者，曝背烈日中耘田，击腰鼓以适倦。可朋遂作《耘田鼓》诗以赞欧阳，众宾阅已，遽命撤饮。……君子谓可朋谏而欧阳善听焉。"同书又载炯以可朋诗与孟郊、贾岛为比。

二十四年（961）五月，拜门下侍郎兼户部尚书、平章事、监修国史。

　　参《续资治通鉴长编》卷二。时毋昭裔、范仁恕致仕，仅李昊尚在相位。万斯同《后蜀将相大臣年表》失书炯名。

二十八年即宋乾德三年（965）元月，后主孟昶降宋，后蜀亡。炯随昶至汴京。六月，宋除炯为左散骑常侍。

　　《锦里耆旧传》卷四载宋除蜀降臣官目载"欧阳炯，左散骑常侍"。今从之。《续资治通鉴长编》卷六及《宋史》本传作右散骑常侍，疑误，详下。

八月，除翰林学士。

　　《续资治通鉴长编》卷六："辛酉（廿五日），以左散骑常侍欧阳炯为翰林学士。"《翰苑群书》卷一〇《学士年表》："乾德三年……欧阳迥，八月以左散骑常侍拜。"《宋史》本传则云："从昶归朝，为右散骑常侍，俄充翰林学士，就转左散骑常侍。"炯自归朝至入翰林，仅二月有馀，未有别拜，前二书亦皆云自左貂拜，疑无右散骑常侍之除，也不存在"就转"之事，"右"皆"左"之误。

开宝四年（971）六月，罢翰林学士，以本官分司西京。

　　《续资治通鉴长编》卷一二："上欲遣翰林学士、左散骑常侍欧阳炯祭南海，炯闻之，称疾不出，上怒。六月辛未（七日），以本官分司西京。"炯时已年迈,本年即卒,似非故意"称疾"而辞使事。据《学士年表》载,与炯同守翰林之职者,先后有窦仪、陶谷、卢多逊。炯所作制词,今均不存,宋人记炯在翰林时事迹有:《续资治通鉴长编》卷六载:"炯性坦率,无检束,雅喜长笛。上闻,召至便殿奏曲。"御史中丞刘温叟谏止之。苏易简《续翰林志》卷下云:"放诞则王著、欧阳炳。""炳以伪蜀顺化,旋召入院。尝不巾不袜,见客于玉堂之上。尤善长笛,太祖尝置酒,令奏数弄。后以右貂,终于西洛。""炳"皆"炯"之误。

同年卒于西京洛阳,年七十六。赠工部尚书。

好为歌诗,今存诗五首。

二首前已引及。另《天台前集别编》存《大游仙诗》一首,《事文类聚前集》卷四二存《棋》一首(《韵语阳秋》卷一七、《全唐诗》卷七六一仅存二句),《锦绣万花谷别集》卷五存《七夕》一首。《全唐诗》卷七六一收《杨柳枝》一首,为和凝作,见《花间集》卷六。《宋史》本传云:"尝拟白居易讽谏诗五十篇以献,昶手诏嘉美,赍以银器锦采。"《儒林公议》卷下:"伪蜀欧阳炯尝应命作《宫词》,淫靡甚于韩偓。"诸诗今皆不存。

词存四十七阕。

《花间集》存十七阕,《尊前集》存三十阕。《尊前集》另收《春光好》("苹叶嫩")一阕,《花间集》作和凝词,仅末三字不同,似以凝作为是。

又,《舆地纪胜》卷一五五《遂宁府·碑记》载炯广政间撰《武信军衙记》,《十国春秋》卷五六云"传世",今未见。

和 凝

和凝,字成绩,郓州须昌人。

凝,《旧五代史》卷一二七有传,较详。为节省篇幅,本节凡引《旧五代史》本传及本纪而无须附考者,不另注出处。

九代祖逢尧,唐睿宗时官御史中丞,曾奉使突厥,以功迁户部侍郎。以附
会太平公主,贬朗州司马。开元中,官终柘州刺史。

> 《旧五代史·和凝传》:"九代祖逢尧,唐高宗时为监察御史。"今从
> 《旧唐书》卷一八五《良吏传》。《旧唐书》云逢尧为"岐州岐山人"。

自逢尧之下,仕皆不显,凝曾祖敏、祖濡、父矩,皆不仕。

> 《旧五代史》云:"矩性嗜酒,不拘礼节,虽素不知书,见士未尝有慢
> 色,必罄家财以延接。"知为地方豪富之家。

唐光化元年(898)生。幼而聪敏,姿状秀拔。少好学知书。

> 生年,以显德二年(955)卒年五十八推定之。

梁乾化四年(914),年十七,举明经至京师,感梦而改应进士举。

贞明二年(916),年十九,登进士第,名列第十三。

> 《玉壶清话》卷二、《渑水燕谈录》卷六、《邵氏闻见录》卷七、《东都事
> 略》卷一八、《宋史》卷二四九皆云凝以第十三名登第,《新五代史》卷
> 五五本传作第五名。检《容斋四笔》卷四据《三朝史》范质传及《登科
> 记》证《新五代史》之误,可信。

为宣义军节度使贺瑰辟置幕下。

> 据《旧五代史》卷二三《贺瑰传》,瑰以贞明三年十二月授宣义军节度
> 使(镇滑州)。凝入其幕,当在贞明四年(918)。

贞明四年十二月,瑰与晋人战于胡柳陂,败北,凝以善射护瑰脱险。瑰感
而以女妻凝。

> 胡柳陂之战时间,据《旧五代史·末帝纪》及《贺瑰传》。

后历郓、邓、洋三府从事。

> 《旧五代史·末帝纪》载,贺瑰卒于贞明五年(919)八月。凝由滑府
> 改从郓府,当在此间。其在郓、邓二府事迹无考。《方舆胜览》卷六
> 八《洋州》载:"和凝,天成中以检校工部员外郎来为掌书记。"洋州原
> 为前蜀奄有。同光三年(925)十一月,后唐灭蜀,次年四月改元天
> 成。凝为洋府掌书记,约当此时。《舆地纪胜》卷一九〇、《方舆胜
> 览》卷六八收凝《游醴泉院》《题真符县》《兴势观》《洋川》诸诗,皆在
> 洋州作。《洋川》有云:"自陪台旆到洋川,两载优游汉水边。"知其在

洋逾二年,当在天成元、二年至三年初期间。其府主待考。凝与蜀词
人过往,亦以此一时期可能性较大。

天成三年(928),入拜殿中侍御史。历礼部员外郎。十一月,进奏言补斋
郎事。

《旧五代史·明宗纪》节引奏文,不全。《五代会要》卷一六收全文。

迁刑部员外郎。长兴二年(931)六月,上奏请减明法科选限。

奏文见《册府元龟》卷六四二。《五代会要》卷二三载此年七月一日
敕,即从此奏而颁。

改主客员外郎、知制诰,寻诏入翰林充学士,转主客郎中充职。

凝入翰林,约在长兴二年末至三年间。

长兴四年(933),权知贡举,放进士二十四人,多才名之士,时议以为
得人。

参《五代会要》卷二三、《册府元龟》卷六四二、《登科记考》卷二五。

门生知名者,有范质、李澣、申文炳等。

清泰二年(935),以翰林学士、中书舍人为工部侍郎,并依前充职。

《旧五代史》本传云明宗时"迁中书舍人、工部侍郎",误。今从《末
帝纪》。

三年三月,上奏请置医学。

见《五代会要》卷一二。《全唐文》卷八五九录奏议全文。

四年,随唐末帝北讨石敬瑭。后唐亡,降后晋。

见《资治通鉴》卷二八〇。

晋天福二年(937)正月,改礼部侍郎,仍充学士。

六月,改端明殿学士。

三年(938)正月,兼判度支。撰《圣德神功碑》以美契丹。十一月,改户部
侍郎,仍充职。

参《辽史·太宗纪》。

四年(939)三月,奉旨宣谕刘知远。

见《旧五代史·汉高祖纪》及《资治通鉴》。

四月,为翰林学士承旨。八月,奉诏撰《调元历序》。

　　参《旧五代史·历志》、《五代会要》卷一○。序今已佚。

五年(940)六月,奉诏为新雕《道德经》撰序。

八月,为中书侍郎平章事。

　　《花间集》编成于本年四月,故仍称"和学士"。《北梦琐言》卷六云凝
　　曲子词皆少年时作,大致可信。称"契丹入夷门,号为曲子相公",则
　　为晋亡时事。

六年(941)秋冬间,从晋高祖至邺都,献策平安从进之乱。

七年(942)八月,加右仆射。十一月,撰晋高祖谥册、哀册文。

八年(943)四月,撰《吴越文穆王神道碑》。

　　文穆王即钱元瓘。碑见《两浙金石志》卷四。

开运二年(945)八月,罢相,守右仆射。

三年(946)十一月,改左仆射。十二月,契丹入开封,后晋亡。

后汉天福十二年,即辽大同元年(947)正月,为辽翰林学士。四月,随辽
主离汴州北行。闰七月,留住镇州。旋随冯道、李崧等南还归后汉。九
月,除太子太保。

　　辽除学士及北行,据《辽史·太宗纪》。《旧五代史》卷一三七作为辽
　　宰相,似误。南还事,据《旧五代史》白再荣、李崧、冯道等人传。

后周广顺元年(951)正月,上奏请从礼官议立四亲庙。二月,改太子
太傅。

　　参《五代会要》卷二。《新五代史》本传误作汉高祖时为太子太傅。

显德二年(955)七月,以背疽卒于私第,年五十八。诏赠侍中。

凝有集百卷,自篆于板,模印数百帙,分惠于人。今知有《演纶集》三
十卷、

　　见《宋史·艺文志》,"纶"误作"论",今从《梦溪笔谈》改。

《游艺集》五十卷、

　　见《崇文总目》卷一一、《宋史·艺文志》。《梦溪笔谈》引此集序云:
　　"余有《香奁》《籝金》二集,不行于世。"

《疑狱集》二卷、

　　《崇文总目》卷三、《宋史·艺文志》皆作三卷。《直斋书录解题》谓上

一卷为凝撰,后二卷为其子嶸所续(转引自《四库全书总目》卷一〇
一)。四库本为四卷,系据天一阁藏本。《提要》以为"疑后人所分",
是。书末附嶸序云:"先相国鲁公尝采自古以来有争讼难究、精察得
情者,著《疑狱集》二卷,留于箧笥。小子嶸得遗编而讽读……因敢
讨寻载籍,附续家编,期满百条,勒成四轴。上二卷,先相国编纂,下
二卷,小子嶸附续。"但此本卷二引及《玉堂闲话》,似非凝所得见,而
卷四述及韩亿、包拯、司马光、范纯仁事,亦均为嶸身后数十年之事,
为后人附会无疑。凝所编者,可信者仅一、二卷,而今本及嶸序既经
后人淆乱,已无从窥其原貌。

《香奁集》、

沈括《梦溪笔谈》卷一六云凝有此集,于《游艺集序》中言之,括在秀
州时,于其曾孙和惇家见之,并谓世传韩偓《香奁集》,"乃凝所为",
"后贵,乃嫁名韩偓"。《韵语阳秋》卷五据该集序,驳沈氏说,证为偓
所撰,所言甚详。范正敏《遁斋闲览》(《苕溪渔隐丛话前集》卷二三
引)则据吴融和韩偓《无题诗》及偓亲书诸诗,以证沈氏之误。皆堪
作定论。但沈括至秀州,为元丰末事,见《梦溪笔谈》卷二一及《长兴
集》卷一六,亦无可疑。大约凝本有此集,沈氏亦得见,但误以为与偓
集为一种。范氏谓"凝之《香奁集》,乃浮艳小词",或近是。

《孝悌集》、《金籝集》、

均见《梦溪笔谈》引,未见宋公私书目著录。

《红药编》五卷、

见《宋史·艺文志》。

《赋格》一卷、

见《宋史·艺文志》。

《宫词》一卷、

有毛晋《十家宫词》本。宋代未见著录。

《红叶稿》一卷、

刘毓盘刊唐宋词集四十四种,有凝《红叶稿》,附记曰:"秀水杜方伯
筱舫……所藏有宋大字本《红叶稿》一卷,凡百馀首。末附宋人跋

曰：'鲁公相晋,位高,悔其少作,悉索而毁之,其存者曰《红叶稿》。'"
仅存词二十阕,馀为宫词。凝词今存二十七阕:《花间集》存二十阕,
《尊前集》存七阕。另有《解红歌》一首,或亦视为词作。

顾　复

顾复,字里不详。事王建,见其亲骑军皆拳勇之士,尝作大顺二年武举榜
以谑之。

　　见《太平广记》卷二五二《顾复》条引《北梦琐言》,今本残缺颇多,兹
据宋马永易《实宾录》卷六所节引者补订如次:"伪蜀王先主起自利
阆,号亲骑军,皆拳勇之士。四百人分[为十团,皆]执紫旗,凡战阵,
若前军将败,麾紫旗以副之,莫不□□□靡,霆骇星散,未尝挫衄。此
团将卒多达,或至节将,□□□□至散员,亦享官禄。以之定霸,皆资
福人。于是□□□□□淮南黑云都,皆紫旗之类也。此[徒](从)各
有[曹](名)号,时顾[复]者将之,顾("顾"字意补)亦尝典郡,多杂
谈谑,曾造武举[榜](助)曰:大顺[二年兵部]侍郎李吒吒(《实宾
录》作"咤咤")下进士及第三[十三人:张大剑,马癞子、魏]憨子、姜
癞子、张打胸、[张少剑、青蒿羹]、□□□□□□□ 许 □□
□□□□□李嗑蛆、李破肋、李吉了、樊忽雷、日游神、王跳跎、郝
牛屎、□□贡、陈波斯、罗蛮子,试《亡命山泽赋》《到处不生草诗》。
斯亦麦铁杖、韩擒虎之流也。"此榜极可能即为大顺二年(891)时造。
蜀通正元年(916),为内庭小臣,作诗咏大秃鹙。

　　《鉴诫录》卷六《怪鸟应》"又通正年,有大秃鹙鸟飏于摩诃池上。顾
太尉(注:复)时为小臣直于内庭,遂潜吟二十八字咏之。近臣与顾
有隙者上闻,诏顾责之,将行黜辱,顾亦善对,上遂舍之。至光天元年
(918)帝崩,乃秃鹙之征也。诗曰:'昔日曾看《瑞应图》,万般祥异不
如无。摩诃池上分明见,子细看来是那胡。'"通正仅一年。
又曾为茂州刺史。

　　《北梦琐言》卷一二载,前蜀东川节度许存子承杰"骄贵僭越,少有伦

比"。"流辈以为话端,皆推茂剌顾敻为首。许公他日有会,乃谓顾曰:'阁下何太谈谤?'顾乃分疏,因指同席数人为证。顾(疑应作"许")无以对,逡巡乃曰:'三哥不用草草,碧暖座为众所知。至于鱼袋上铸蓬莱山,非我唱扬。'席上愈笑,方知鱼袋更僭也。"许存即王建养子王宗播。顾敻刺茂年代无考。

乾德六年(924),为副使至洛阳贺唐庄宗即帝位。

《鉴诫录》卷一《诛利口》:"同光初,庄宗灭梁,将行大礼,蜀遣翰林学士欧阳彬持礼入洛,顾太尉远为之副焉。"顾远即顾敻。《旧五代史·唐庄宗纪》载此事在同光二年(924)七月,《锦里耆旧传》卷六载,欧阳彬于咸康元年(925)聘唐回。太尉位在翰林学士上,凝为叙终职。

官至太尉。

《花间集》《鉴诫录》皆称敻为"顾太尉",未详何时除。清人著作,如《十国春秋》卷五六、《历代诗馀》卷一〇一、《全唐诗》卷七六〇,皆云敻后事孟知祥官至太尉。今检五代、宋人著作,未见确证,不可从。又,笔者颇疑顾敻即顾在珣,述理由如次。敻名,《碧鸡漫志》卷三作顾琼,琼与在珣可互训,疑敻原名琼,字在珣,间以字行,故后人指称不一。在珣为顾彦朗子,彦朗弟彦晖有养子琛(即王宗弼)、瑶,知其子名皆从玉。《北梦琐言》卷二〇即称"顾珣"。此其一。文献所记二人事迹,皆为前蜀之弄臣。此其二。敻工词能诗,性诸谑,《鉴诫录》卷七载在珣请林罕代作《十在文》,以戏语谏后主,自述云"唱亡国之音,炫趋时之妓,每为巫觋,以玩圣明,致君为桀纣之年,昧主乏唐虞之化,有臣在。"亦相合。此其三。敻、在珣时代相合,敻官至太尉,在珣亦历官检校太尉。此其四。但要断定二人即一人,证据尚不足,今姑分列。在珣,《十国春秋》等书皆无传,兹据诸书所及,列其事迹如次,以资参证。在珣,丰州人(《新唐书》卷一八六),昭宗时东川节度使彦朗子(《通鉴》卷二七二)。后主时官武勇军使,为狎客陪侍游宴,艳歌唱和,谈嘲谑浪,无所不至(同上系在乾德五年,又《新五代史》卷六三)。咸康元年(925)任特进、检校太傅,以《十在文》进谏,后主大悦,赐绢五百匹,进加右金吾卫将军、开府仪同三司、检校太尉(《鉴诫录》卷七,《十国春秋》卷三七系在四月)。同年十一月,蜀亡。时任嘉州刺史,倾家财赂王宗弼,始得免死(《通鉴》卷二七四)。

词存五十五阕,皆凭《花间集》得传。

《碧鸡漫志》卷三云复有《倒排甘州》,今不传。

孙光宪

孙光宪,字孟文,号葆光子,陵州贵平人。

见《宋史》卷四八三本传。光宪占籍,除陵州贵平外,尚有三说:一、《北梦琐言》各卷署"富春孙光宪纂集"。富春应为光宪先祖所居之地。齐己《白莲集》卷七《寄荆幕孙郎中》云:"珠履风流忆富春,三千鹓鹭让精神。"可证。二、《三楚新录》卷三云"本成都人也",与他书或泛称蜀人相同。三、明曹学佺《蜀中广记》卷一〇四作"蜀之资州人"。然《太平广记》卷二六二引《北梦琐言》云:"孙光宪在蜀时,曾到资州。"知曹氏误。今从《资治通鉴》及《宋史》。《北梦琐言序》云"仆生自岷峨",卷一〇云"鄙夫蜀乡",皆可证。《太平广记》卷二八九引《北梦琐言》述及"陵州贵平县牛鞞村民"事,当即其乡里之事。《北梦琐言》卷一一云"愚幼年曾省故里",故里如指贵平,则光宪少年时期并非在故里度过。

世业农亩。

见《宋史》本传。光宪先世不详。《宋史·荆南世家》载荆南归宋后"右都押衙孙仲文为武胜军节度副使"。仲文疑为光宪弟,以字行。

光宪约生于唐乾宁(894—897)间。

《三楚新录》卷三云"光宪与(梁)延嗣年甲相亚",又云延嗣谓光宪曰:"孰谓大卿年老而弥壮?"《宋史·荆南世家》载延嗣"开宝九年(976)卒,年八十一",逆推生年在乾宁三年(896)。光宪约生于其前后,可定在乾宁间。

少好学。广游蜀中,居成都较久。与蜀中文士,交往颇频。

　　《太平广记》卷四七九引《北梦琐言》有"愚始游成都,止于逆旅"云云。又光宪《浣溪沙》:"十五年来锦岸游,未曾何处不风流,好花长与万金酬。　　满眼利名浑信运,一生狂荡恐难休,且陪烟月醉红楼。"此词为光宪早年生活自述,"锦岸"指锦江边,十五年未必确数,但其在成都居留在十年以上,大致可确定。《生查子》云:"乍占锦江春,永认笙歌地。"亦同时作。从《北梦琐言》自记行迹看,他在蜀中游历颇广。永平五年(915)王建初并秦凤时,光宪适游凤州,识山人强绅(《太平广记》卷八〇引)。又曾到资州、绵州、叙谷、剑州、利州等地。与著名文士牛希济、毛文锡之子(均另详)等有过往。《北梦琐言》提及蜀中结识的官绅有杨玭、元颃、王迢等十数人。

在蜀官陵州判官。

　　《资治通鉴》于天成元年(926)称光宪为"前陵州判官"。《北梦琐言》卷一〇载,钟大夫流寓陵州,"葆光子时为郡倅,钟公惠然来访"。郡倅即指判官。倅陵时间,《十国春秋》卷一〇二云在"唐时",显误。唐亡时光宪年方十岁左右。光宪于前蜀亡后数月抵江陵,疑陵倅为前蜀后主时任,因蜀乱而去职。

天成元年(926),离蜀至江陵,梁震荐于荆南武信王高季兴,季兴使掌书记。季兴治战舰欲攻楚,光宪谏止之。

　　据《资治通鉴》卷二七五,附系于此年四月。《三楚新录》云:"旅游江陵,方图进取,从诲辟之,用为掌书记。"《宋史》本传云:"游荆渚,高从诲见而重之,署为从事。"时从诲尚未即位,误。诸书皆云光宪三世在幕府,未允。连季兴计之,应为历四世五主。

清泰二年(935),梁震固请退居,自是高从诲悉以政事属光宪。

　　《资治通鉴》卷二七九系此事于十月,又载光宪戒从诲勿骄侈语,皆较详。有关光宪在荆南初期的事迹,《三楚新录》云:"自是凡笺奏书檄,皆出其手,(李)载仁备位而已,由是载仁遂与光宪有隙。光宪犹能避之,故论者多光宪。"《北梦琐言》又载与王贞范论《春秋》意见多合(卷一)、记司空薰议论(卷一二)、娶王保义孙女为子妇(《太平广记》卷二○五引)、与柳坤结为亲家(卷一二),皆当为荆南前期事。

天福三年(938)三月,为诗僧齐己遗集《白莲集》作序。

序见《白莲集》卷首。题衔为"荆南节度副使朝议郎检校秘书少监试御史中丞赐紫金鱼袋孙光宪撰",末署"天福三年戊戌三月一日序"。可据知光宪其时的官守全称。序云:"鄙以旅宦荆台,最承款狎,较风人之情致,赜大士之旨归,周旋十年,互见阃域。"《白莲集》中与光宪往还诗凡十首:《和孙支使惠示院中庭竹之什》(卷三),《夏满日偶作寄孙支使》(卷四),《因览支使孙中丞看可准大师诗序有寄》《孙支使来借诗集因有谢》(卷六),《题画鹭鸶兼简孙郎中》《寄荆幕孙郎中》《谢孙郎中寄示》(卷七),《贺孙支使郎中迁居》(卷八),《中秋夕怆怀寄荆幕孙郎中》(卷九),《谢荆幕孙郎中见示乐府歌集二十八字》(卷一○)。齐己在光宪前至荆南,约卒于天福元、二年间。光宪云"十年周旋",知其至荆南后即与齐己相识,颇多过往。据齐己诸诗,可推知二人诗歌酬唱的概况。据诸诗题推测,光宪为掌书记不久,即加郎中衔。《夏满日偶作寄孙支使》自注:"其年闰五月。"检《二十史朔闰表》,知为长兴二年(931)作,时光宪已任节度支使。此后又试御史中丞。

仕荆南累官至检校秘书监兼御史大夫,赐金紫。

见《宋史》本传。《十国春秋》录《白莲集》署衔,非是。光宪在荆幕后期事迹较重要者有:一、《太平广记》卷二七九引《北梦琐言》载建隆元年(960)高保融卒前光宪感梦事。二、《续资治通鉴长编》卷二建隆二年(961)九月载光宪劝高保勖奉宋安民。三、同书卷四乾德元年(963)二月载高继冲即位后,"刑政、赋役委节度判官孙光宪"。四、《三楚新录》卷三云:"(光宪)自负文学,常怏怏如不得志,又尝慕史氏之作,自恨诸侯幕府,不足展其才力,每谓交亲曰:'安知获麟之笔,反为倚马之用。'因吟刘禹锡诗曰:'一生不得文章力,百口空为饱暖家。'"《类说》卷二二引《荆湖近事》载此事较略。所吟刘诗,为《郡斋书怀寄河南白尹兼简分司崔宾客》句。五、《三楚新录》又载与梁延嗣互嘲致隙事,梁与光宪同秉荆南后期政事。

乾德元年(963)二月,宋军假道荆南,光宪劝高继冲尽以荆南三州之地归宋,继冲许之。

　　《续资治通鉴长编》卷四载此事始末极详,可参看。《新五代史·南平世家》《宋史·荆南高氏世家》所载同,但较略。

宋以光宪为黄州刺史。

　　《续资治通鉴长编》卷四系于乾德元年二月辛亥(廿八日)。《宋史》本传:"太祖闻之甚悦,授光宪黄州刺史,赐赉加等。"

乾德六年(968),卒。

　　见《宋史》本传。另云"在郡亦有治声",未见具体纪事。又云:"时宰相有荐光宪为学士者,未召,会卒。"《学士年表》载,时学士仅陶穀、欧阳炯二人。

光宪博通经史,尤勤学,聚书数千卷,或自抄写,孜孜雠校,老而不废。

　　录《宋史》本传。《三楚新录》云:"光宪每患兵戈之际书籍不备,遇发使诸道,未尝不厚加金帛购求焉。于是三年(疑应作三十年)间致书及数万卷。"《北梦琐言》卷五载其致书归州衙校李玩求覃正夫《巢居子》事,可见其求书之一斑。同书同卷又云陈陶《癖书》"闻其名而未尝见之"。同书卷八引及《摭言》,为王定保在南汉所著书,当亦访求得见者。

尤好著撰。所著有《续通历》十卷、

　　《宋史》本传:"又撰《续通历》,纪事颇失实,太平兴国初,诏毁之。"然《崇文总目》《遂初堂书目》《宋史·艺文志》皆著录该书。《郡斋读书志》卷五:"《续通历》十卷,荆南孙光宪撰。辑唐泊五代事,以续马总《历》,参以黄巢、李茂贞、刘守光、阿保机、吴、唐、闽、广、[吴](胡)越、两蜀事迹。太祖诏毁其书,以所纪多非实也。"今存《宛委别藏》本《通纪》,为阮元避清高宗讳改,仅十五卷。前十卷为马总撰,首三卷缺,卷四起自晋宣帝,卷十迄于隋。后五卷无署名,卷一一记唐诸帝事,末附安禄山、朱泚、黄巢等传。卷一二为后梁诸帝,卷一三为后唐诸帝,卷一四为后晋、后汉诸帝,卷一五为后周诸帝,末附《承袭》《僭伪》两大类。《承袭》录钱镠、马殷、高季兴三家,《僭伪》录李茂贞、李仁福、韩逊、赵德钧、杨行密、李昪、王审知、王建、孟知祥、刘守光、刘陟、刘崇诸割据政权事。参以晁《志》所云,值得注意的有以下几点:一、今本卷次与宋人所载相较,缺少五卷。二、今本与宋人所记不合。晁公武所云阿保机事,今本无。《资治通鉴考异》卷二七录孙光宪《续通历》云:"濮王名绌,昭宗之子,母曰太后王氏。哀帝被杀,朱全忠册绌为天子,改元天寿。明年,禅位于梁。"今本亦无。而今本记周恭帝"开宝六年春崩",记南汉"至皇朝开宝四年,凡五十五年而亡",皆光宪身后事。三、今本所载五代十国,与《旧五代史》对核,不难发现系据《旧五代史》本纪及《承袭》《僭伪》各传节写而成。《旧五代史》成书于开宝七年(973),时光宪已卒。综以上诸证,知今本《通纪》后五卷与光宪《续通历》并无关系。

《北梦琐言》三十卷、

作者自序、《宋史》本传及《崇文总目》卷四、《直斋书录解题》卷一一皆作三十卷,《郡斋读书志》卷一三、《宋史·艺文志》作二十卷,是南宋时或已缺十卷。今本二十卷,缪荃荪复自《太平广记》中辑出佚文四卷。上海古籍出版社1981年出版林艾园校点本,于此书内容及版本考证颇详,兹不备述。以下就林氏未及者申述如次。一、本书成书时间,据作者自序,知为荆南时作,但确年不详。自序云所记为"自唐至后唐、梁、蜀、江南诸国"事,未及后晋。从全书看,后梁、后唐事记载甚详。知主要部分约作于后晋时。书中记及后晋事者凡五则(标点本29、110、329、378、401条),记事最后者有两则,一则称及"周先帝"(同上183条),另一则记建隆元年(960)高保融卒时事(同上369条)。知作者在后周以至入宋后,续有增订,但为数并不多。二、按作者自序,全书应为按时代编次,"事类相近"者附入。检全书,卷一至卷一五主要记晚唐事,卷一五末存自注残文"自唐至梁□",应即分限的记录。卷一六至卷二○主要记后梁、后晋事。逸文四卷,则以记前蜀事为主。自序提及"江南"事,书中仅寥寥数则。《太平广记》始编于太平兴国二年(977),距南唐亡仅二年。书中除徐铉《稽神录》、沈汾《续仙传》等外,采录十国事甚少。《北梦琐言》

已佚十卷中,应有较大一部分系记录西蜀、吴、南唐事迹,《太平广记》多未采录,以至佚失。三、除缪辑佚文外,林艾园又增补一条。据笔者所知,《诗话总龟》《类说》《绿窗新话》等书中尚存若干佚文,应予补录。

《蜀武成永昌历》三卷、

　　《蜀中广记》卷九三《著作记》云:"宋经籍系孙光宪名下。武成,王建年号也。"《宋史·艺文志》未署名。

《蚕书》二卷、

　　见《直斋书录解题》卷一〇、《宋史》本传及《艺文志》。《蜀中广记》卷九四、《补五代史艺文志》作三卷。《崇文总目》卷五作《孙氏蚕书》二卷。已佚,未见宋人征引。

《荆台集》四十卷、

　　见《崇文总目》卷五及《宋史·艺文志》。《宋史》本传作三十卷。

《笔佣集》十卷、

　　同前。《宋史》本传作三卷。

《纪遇诗》十卷、

　　见《宋史·艺文志》。《秘书省续四库书目》作一卷,同书又有《纪遇录》二卷,疑"录"为"诗"之误。

《巩湖编玩》三卷、

　　见《崇文总目》卷五、《郡斋读书志》卷一八、《宋史》本传及《艺文志》。

《桔斋集》二卷、

　　见《宋史》本传及《艺文志》。

　　以上五书,应均为光宪诗文别集,今均佚。光宪文,今仅存《〈白莲集〉序》及《〈北梦琐言〉序》二篇,后者《全唐文》失收。《全唐诗》卷七六二录诗八首又二句,其中《竹枝词》《杨柳枝词》《八拍蛮》共七首,均出《花间集》,应视作词。《采莲》,《花间集》卷二作皇甫松词,非光宪作。可信者仅出自《北梦琐言》卷七之《和南越》二句。同书卷八七一又收《自落便宜》诗二句,《北梦琐言》卷七以为"世传逸诗",亦非光宪自作。另《舆地纪胜》卷六四《江陵府》"荆台"条下引孙光宪诗云:"百尺荆台草径荒,如何前日谓云阳? 古今不尽迁移恨,依旧台边水渺茫。"《全唐诗》《全唐诗外编》均失收。

《乐府歌集》、

《白莲集》卷一〇有《谢荆幕孙郎中见示乐府歌集二十八字》云:"长吉才狂太白颠,二公文阵势横前。谁言后代无高手,夺得秦皇鞭鬼鞭。"据此,知光宪所示乐府歌集中作品,为继承李白、李贺风格之作,今均不传。

《荆台佣稿》一册。

清季刘毓盘辑唐宋词集四十四种,有《荆台佣稿》,跋谓"乙酉(1885)春,过黄文恪公家,见所藏《荆台佣稿》一册,无序目,为鼠齿所馀,古色尽然,字皆完好,宋本也"。今未详此本存何处,然就刘氏所刊,颇有可疑处。书名不见宋人著录,但显为据《荆台》《笔佣》二集名拼合而成,此其一。今存光宪词凡八十四阕,六十一阕见《花间集》,二十三阕见《尊前集》。此册所收,恰合此数,似为取二集所收词而成,非宋人之旧,此其二。此册中词,异文误字较多,胜义极少,此其三。疑此册为后人所辑,非宋时原刻。又《补五代史艺文志》又著录光宪《太元金阙三洞八景阴阳仙班朝会图》五卷和《贻子录》一卷,皆误。前者见《崇文总目》卷四,无署名;后者见《容斋续笔》卷一三,仅推测为荆南"宾僚如孙光宪辈者所编",未必即光宪编。

魏承班

魏承班,许州人。

据《九国志》卷六《王宗弼传》。

父弘夫,中和间入王建帐下,建收为养子,改名王宗弼。屡立军功,前蜀时官至中书令,封齐王。

王宗弼,《九国志》卷九、《新五代史》卷六三、《十国春秋》卷三九有传,《资治通鉴》等书载其事迹亦颇详,兹不备引。弘夫改名王宗弼,未详在何年。王建孙辈,悉以承字命名,知承班非其原名。五代时人称王建诸养子,多仍称其本名,如《北梦琐言》即是。《花间集》称魏承班而不作王承班,或尚与宗弼叛后主,时人鄙其行有关。承班一生,多随其父,以下仅录有较确切证据者。

承班生年不详。

宗弼中和间依王建。承班之生,当在此前后数年间。

乾宁二年(895),宗弼为东川顾彦晖所获,收为养子,承班或亦随侍。四年(897),彦晖败,宗弼仍从王建。

据《通鉴》卷二六〇、卷二六一,《九国志》卷六。《九国志》云"一日城陷……宗弼与诸子尚在","诸子"中当亦包括承班。《新唐书·顾彦晖传》载,宗弼为彦晖养子时,改名顾琛。承班其间当亦改易姓名。

蜀光天元年(918)六月,宗弼剪除唐文扆后,以兼中书令秉政。承班为驸马都尉、太尉,约在此后数年间。

蜀先主末年,内飞龙使唐文扆典禁兵,颇专权。宗弼于先主病危时,削去文扆,拥立王衍。《通鉴》卷二七〇云:"蜀主不亲政事,内外迁除皆出于王宗弼。宗弼纳贿多私,上下恣怨……蜀由是遂衰。"顾在珣献《十在文》云:"受先皇之付嘱,为大国之栋梁,既不输忠,又不能退,恣一门之奢侈,任数子之骄矜,徒为饕餮之人,实非社稷之器,有王宗弼在。"此云"一门""数子",当亦含承班。《花间集》称"魏太尉承班"。驸马都尉,见下引《锦里耆旧传》。

乾德六年(924),宗弼与谋废立未果。承班颇忧之。

《通鉴》卷二七三载:"蜀前山南节度使兼中书令王宗俦以蜀主失德,与王宗弼谋废立,宗弼犹豫未决。庚戌,宗俦忧愤而卒。宗弼谓枢密使宋光嗣、景润澄等曰:'宗俦教我杀尔曹,今日无患矣。'光嗣辈俯伏泣谢。宗弼子承班闻之,谓人曰:'吾家难乎免矣!'"

咸康元年(924)十一月,后唐军攻蜀,宗弼叛蜀归唐,先据成都,自称留后,承班奉父命犒唐军。

《通鉴》卷二七四载之甚详。《九国志》云:"及王师至,令其子承班赍衍玩用直百万献于魏王(继岌),并犒郭崇韬,请以己为西川节度使。

魏王曰：'此我家之物也，焉用献来。'"《通鉴》又云"留其物而遣之"。

唐军入成都后，族诛王宗弼家，承班亦罹难。

《九国志》云："魏王入城，翌日数其不忠之罪，并其子斩之于球场，军士取其尸脔而食之。"《通鉴》云："（郭）崇韬征犒军钱数万缗于宗弼，宗弼靳之，士卒怨怒，夜，纵火喧噪。崇韬欲诛宗弼以自明。己巳，白继岌收宗弼及王宗勋、王宗渥，督数其不忠之罪，族诛之，籍没其家。"唐军于十一月乙卯（廿六日）至成都，己巳为十二月十日，《九国志》作"翌日"误。二书未明言诛承班。《锦里耆旧传》卷六云："闰十二月己丑朔，斩伪齐王宗弼并男附马都尉承班等。"并录榜文。时间比《通鉴》迟二十日。疑《通鉴》误。检《二十史朔闰表》，闰十二月己丑为公历 926 年 1 月 17 日。宗弼子可考者尚有承涓，见《通鉴》卷二七四。《全唐五代词》云承班"约公元九三〇年前后在世"，殆误。

词存二十一阕。

《花间集》存十五阕，《尊前集》存六阕。

鹿虔扆

鹿虔扆，一作禄虔扆，唐昭宗天复间事王建，为永泰军节度使。

宋黄休复《茅亭客话》卷三《勾居士》云："瓦屋和尚名能光，日本国人。嗣洞山悟本禅师。天复年初入蜀，伪永泰军节度使禄虔扆舍碧鸡坊宅为禅院居之。"禄虔扆应即鹿虔扆。禄有汉姓，唐居泾阳。又有吐蕃禄东赞之后，亦以禄为姓。虔扆居蜀，地近吐蕃，或即其裔。"洞山悟本禅师"指曹洞宗开创者洞山良价，卒于咸通间。能光天复间入蜀依虔扆，时正相接。时唐尚未亡，蜀中已为王建奄有。虔扆当即事王建而官显。

加太保。

《花间集》称其为"鹿太保"。

或云其后蜀孟昶时为永泰军节度使，进检校太尉，为五鬼之一，未必可信。

《历代诗馀》卷一〇一云虔扆孟昶时为永泰军节度使,进检校太尉。《尧山堂外纪》又云为孟昶时"五鬼"之一。自天复至孟昶即位,逾三十年。虔扆是否及见前蜀之亡,尚无他证,孟昶时为官,恐出传误。沈雄《古今词话·词评》卷上引《乐府纪闻》:"鹿为永泰军节度使。初读书古祠,见画壁有周公辅成王像,期以此见志。国亡不仕,词多感叹之语。"《全五代诗》卷五八引《诗史》云"虔扆工小词,伤蜀亡"。所据书皆较后出。"小词"指虔扆《临江仙》,有"暗伤亡国,清露泣香红"云云,但从词意上亦难以分别为悼唐抑为悼蜀。

词存六阕。

均见《花间集》卷九。

阎　选

阎选,蜀处士。

《花间集》卷九称"阎处士选"。《十国春秋》卷五六、《全唐诗》卷八九七定为后蜀处士,但《花间集》后半并不完全按世次先后排列,如魏承班同光末被杀,却次于孙光宪后,尹鹗、李珣前蜀时在世,却次于全书之末。选于《花间》结集时是否在世,别无佐证。《尧山堂外纪》云选为后蜀五鬼之一,《十国春秋》沿之,实不足信,已详前毛文锡条考。

今存词十阕。

《花间集》存八阕,《尊前集》存二阕。

尹　鹗

尹鹗,成都才士。仕前蜀为校书郎。

《鉴诫录》卷四《斥乱常》:"宾贡李珣,字德润,本蜀中土生波斯也。少小苦心,屡称宾贡,所吟诗句,往往动人。尹校书(注:鹗)者,锦城烟月之士,与李生常为善友。遽因戏语嘲之,李生文章,扫地而尽。

诗曰:'异域从来不乱常,李波斯常学文章。假饶折得东堂桂,胡臭熏
来也不香。'"所谓"锦城烟月之士",仅知其为成都才士,为蜀人抑为
客蜀者,则未详。《十国春秋》卷四四作"成都人也",未允。唐制,弘
文馆、秘书省、集贤院、著作局等官署下皆有校书郎。《十国春秋》遽
定为"翰林校书",亦未允。据李珣生平,可定鹗为前蜀时人。《花间
集》卷九称为"尹参卿鹗",参卿为参佐官的敬称,非具体官守。明清
人著作多称其"官至参卿",亦不妥当。

今存词十七阕。

《花间集》存六阕,《尊前集》存十一阕。

毛熙震

毛熙震,仕后蜀,官秘书郎。

《花间集》卷九称"毛秘书熙震"。《全唐诗》卷八九五作"蜀秘书
监",误。唐五代人习惯,秘书监简称秘监,《花间集》作"毛秘书",知
其官仅为秘书郎。唐制,秘书省有郎三人,从六品上,"掌四部图籍"
(《新唐书·百官志》)。蜀承唐制,大致相同。

蜀亡时尚在世。

熙震有《后庭花》词:"莺啼燕语芳菲节,瑞庭花发。昔时欢宴歌声
揭,管弦清越。　　自从陵谷追游歇,画梁尘黦。伤心一片如珪月,
闲锁宫阙。"知曾遭遇世变。《茅亭客话》卷三《兰亭客序》云"乾德中
有鬻彩笺王七郎",多藏魏晋名家真迹,"好书者毛熙震、王著、勾中
正"等人,"尝访之,阅其所藏,终日忘倦"。后蜀亡于乾德三年
(965),熙震时仍居蜀。前词收入《花间集》,或为悼前蜀而作。《舆
地纪胜》卷一五七《资州》录"唐毛熙圣《题孟岩》"云:"资中多秀异,
自古出贤良,川岳炳灵气,烟霞舒瑞光。家家习诗礼,处处闻丝簧。"
颇疑熙圣为熙震之误,或为熙震之昆仲。

词存二十九阕,均凭《花间集》而传。

李　珣

李珣,字德润。

见前尹鹗条引《鉴诫录》卷四。

其先为波斯国人,随僖宗入蜀,授率府率。

据《茅亭客话》卷二。《鉴诫录》云"本蜀中土生波斯也",然按《茅亭客话》所云,在蜀仅得为其父祖辈事。《升庵外集》卷八二《词品》、《蜀中广记》卷一○二《诗话记》云为梓州人,未详何据。陈垣先生《回回教入中国史略》疑珣为《旧唐书·李汉传》所云波斯贾人李苏沙之裔,亦仅属推测。

弟玹,字延仪,以鬻香药为业。

见《茅亭客话》卷二。

妹舜弦,为王衍昭仪,亦能诗。

见《词品》《蜀中诗话记》及《名媛诗归》卷一七。《万首唐人绝句》卷六八收舜弦七绝三首,有《随驾游青城》,应即咸康元年(925)王衍陪太后、太妃游青城山时同作(参《鉴诫录》卷五)。又有《蜀宫应制》诗。《词品》又云舜弦有"鸳鸯瓦上"一首,或作花蕊夫人诗。

珣少小苦心,唐末屡为宾贡进士。

《茅亭客话》卷二:"兄珣有诗名,预宾贡焉。"《鉴诫录》卷四:"少小苦心,屡称宾贡。"宾贡为宾贡进士之简称,指异域人而在唐应进士试者。《花间集》卷一○称"李秀才珣",秀才即进士。前蜀未闻开科举事,珣为宾贡,应为唐末事。似亦屡试而未第。尹鹗嘲诗云:"假饶折得东堂桂,胡臭熏来也不香。"即讥其屡次从试而言。

有诗名。所吟诗句,往往动人。与成都才士尹鹗相善,鹗曾作诗嘲之。

详前尹鹗条。珣生卒年不详,据前考,知为唐末至前蜀时在世,尝居成都。又据其词,知行迹曾至巫山、湖南一带,暮年似为隐沦渔樵间。《本草纲目》卷一以为肃代时人,陈垣先生驳之已详。

著有《海药本草》、

又称《南海药谱》。《经史证类大观本草》卷三〇云此书"杂记南方药所产郡县及疗疾之验,颇无伦次,似唐末人所作,凡二卷。"《宋史·艺文志》作一卷。《本草纲目》卷一云"凡六卷,唐人李珣所撰"。陈垣先生自云曾有辑本,未见刊。今人马海月有辑本,刊《文献》十七辑,凡得一百十八条,搜采颇丰。间亦有误入者,如引及员安宇《荔枝诗》,安宇为宋仁宗时人,事迹详员兴宗《九华集》。珣引书达四十馀种,于汉籍颇为熟悉。其中如《酉阳杂俎》《岭表录异》,皆晚唐人所著。

《琼瑶集》。

《碧鸡漫志》卷五:"李珣《琼瑶集》有《凤台》一曲,注云:'俗谓之《喝驮子》。'不载何宫调。"又云:"伪蜀李珣《琼瑶集》亦有之(指《长命女》曲)。"知此集为词别集。同书又云珣有《后庭花》《何满子》《倒排甘州》诸曲,当皆见《琼瑶集》,今均不存。珣词今存五十四阕,其中三十七阕见《花间集》,十八阕见《尊前集》(与《花间集》重见者一阕)。另沈雄《古今词话》卷下引有"猺女鬌松万字髻"一句,未详何据。

赵崇祚

赵崇祚,字弘基,开封人。

字据《花间集叙》。占籍据《九国志》,《宋史》卷四八九《西蜀孟氏世家》作并州太原人。

父庭隐,初仕后梁、后唐,随孟知祥入蜀。后蜀开国,任六军副使。后主广政初加中书令,封宋王。广政十一年(948)末卒,年六十六。

《九国志》卷七《赵庭隐传》云:"子崇祚、崇韬。"庭隐,或作廷隐,除《九国志》外,《宋史》卷四八九、《十国春秋》卷五一亦有传。

崇祚生年不详。

以其父庭隐享寿推之,崇祚约生于唐末至后梁初年。

以门第为列卿,而俭素好士。

《实宾录》卷六:"五代后蜀赵崇祚,以门第为列卿,而俭素好士。大理少卿刘昌、国子司业王昭图,年德俱长,时号宿儒,崇[祚]友之,为忘年友。"

与当时词人,颇多过往,常"广会众宾,时延佳论"。广政三年(940)官银青光禄大夫行卫尉少卿,集晚唐以来十八家曲子词五百首为《花间集》十卷。

据欧阳炯《花间集叙》及明正德覆宋晁谦之刊《花间集》卷一署衔。

附录 花间词人年表

(一)本年表仅收入花间词人有较确切年代可考的事迹。与花间词人有较密切关系的人物、事件,间亦采录。

(二)为节省篇幅,本年表仅取公元纪年,不另注旧时纪年的庙号、年号。凡遇旧历岁末而公历已入次年岁初之事,仍从旧历,但于括号内注明公历时间。

(三)年表中,温庭筠事迹参取夏承焘先生《温飞卿系年》、顾学颉先生《温庭筠行实考略》(《唐代文学论丛》第四册)、施蛰存先生《读温飞卿词札记》(《中华文史论丛》第八辑)及拙作《温庭筠早年事迹考辨》(前刊1981年第二辑),韦庄事迹据夏承焘先生《韦端己年谱》,馀均从本文。

801 年　温庭筠约生于本年。

820 年　皇甫松约生于本年前数年间。

837 年　韦庄约生于本年。

838 年　温庭筠约于本年或本年前从庄恪太子游。

839 年　温庭筠获京兆府解,荐名居其副。

840 年　温庭筠等第罢举,不赴礼部试。

841 年　皇甫松作《大水辨》,刺牛僧孺。温庭筠至扬州投诗李绅。请求汲引。

845 年　皇甫松撰《醉乡日月》。

850 年　温庭筠代令狐绹作《菩萨蛮》,约在此后数年间。

855 年　温庭筠代人作宏词赋,事发。

859 年　温庭筠以搅扰场屋,贬方城尉。

860 年　温庭筠入襄阳徐商幕,任巡官。与段成式等诗歌唱和后编为《汉上题襟集》。

866 年　温庭筠任国子助教。本年卒。

872 年　牛希济约生于本年。

878 年　牛峤进士及第。

880 年　黄巢占领长安,牛峤、张曙奔蜀,韦庄因病留城中。

882 年　韦庄移居洛阳。

883 年　韦庄作《秦妇吟》。张曙在蜀应进士试。

884 年　张曙客居巴州,作《击瓯赋》。

887 年　牛峤漂泊东川,登射洪陈子昂书台赋诗。

888 年　薛昭纬任礼部员外郎。此年前后,韦庄避地江南。

891 年　顾敻造大顺二年武举榜。张曙登进士第。

894 年　韦庄进士及第,为校书郎。孙光宪约生于本年后数年间。

895 年　王宗弼为东川顾彦晖养子,魏承班或随侍。

896 年　薛昭纬任中书舍人,改礼部侍郎。欧阳炯生。

897 年　薛昭纬在华州放进士榜。韦庄奉使入蜀。

898 年　和凝生。

899 年　薛昭纬自户部侍郎迁兵部侍郎。

900 年　韦庄任左补阙,编《又玄集》成。十二月(901 年初),奏请追赐温庭筠、皇甫松等进士及第。薛昭纬任御史中丞。

901 年　韦庄入蜀为王建掌书记。薛昭纬约于本年贬澄州司马。

902 年　韦庄卜居成都浣花草堂。

903 年　韦蔼编成《浣花集》。鹿虔扆此年前后任永泰军节度使。

907 年　王建称帝,韦庄定开国制度。薛昭纬卒于本年前。

908 年　韦庄为蜀门下侍郎同平章事。牛峤为秘书监。贯休入蜀,与韦庄、毛文锡唱和。牛希济旅寄巴南。

910 年　韦庄卒。

912 年　贯休卒,此前与欧阳炯有过从。

913 年　毛文锡官翰林学士承旨,遭太子元膺之乱。

914 年　毛文锡迁礼部尚书、判枢密院事。牛峤约卒于此年前后。

915 年　孙光宪客游凤州。

916 年　牛希济受王建诏对,除起居郎。毛文锡兼文思殿大学士。顾敻为内庭小臣,作诗咏大秃鹙。和凝进士及第。

917 年　毛文锡进位司徒,贬茂州司马。

918 年　王宗弼秉蜀政,魏承班此后数年间为驸马都尉。和凝入滑州贺瑰幕。

924 年　顾敻为副使至洛阳贺唐庄宗即位。

925 年　李珣妹李舜弦从王衍游青城山。顾在珣献《十在文》,进位检校太尉。十一月,前蜀亡。魏承班奉父命赂唐军。十二月(926 年初),魏承班被杀。孙光宪任陵州判官,约在本年或本年前。

926 年　牛希济、欧阳炯等随王衍至洛阳。牛希济应明宗诏赋诗称旨,除雍州节度副使。欧阳炯补秦州从事。和凝于本年或明年任洋州从事。孙光宪入荆南幕为掌书记。

928 年　和凝任殿中侍御史、礼部员外郎。

931 年　和凝任刑部员外郎。

933 年　和凝权知礼部贡举。

934 年　孟知祥称帝,以欧阳炯为中书舍人。

935 年　和凝任翰林学士、工部侍郎。荆南以政事属孙光宪。

938 年　孙光宪作《白莲集序》,此前与齐己唱和颇多。

939 年　 和凝为翰林学士承旨。

940 年　卫尉少卿赵崇祚编《花间集》十卷成,欧阳炯为之作序。和凝为中书侍郎平章事。

945 年　和凝罢相,守右仆射。

947 年　和凝为辽翰林学士,被挟北行,旋南还。汉除凝为太子太保。

949 年　欧阳炯任翰林学士。

950 年　欧阳炯知贡举,判太常寺。

953 年　欧阳炯作《蜀八卦殿壁画奇异记》。

954 年　欧阳炯作《十二仙真形赞》。

955 年　和凝卒。

956 年　可朋作《耘田鼓》诗赘欧阳炯。

961 年　欧阳炯拜门下侍郎兼户部尚书、平章事。孙光宪劝高保勖
　　　　奉宋安民。南唐句容尉张佖上书李煜言事。

963 年　孙光宪劝高继冲以荆南之地归宋。宋除光宪为黄州刺史。

965 年　后蜀亡,欧阳炯随孟昶至汴京。宋除炯为左散骑常侍,旋拜
　　　　翰林学士。毛熙震居成都,尝访王七郎观魏晋名家真迹。

968 年　孙光宪卒。

971 年　欧阳炯罢翰林学士,旋卒于洛阳。

975 年　南唐亡,张佖随李煜归宋。

1986 年 8 月撰写

1996 年 1 月增订

(刊《俞平伯先生从事学术活动六十五周年纪念文集》,巴蜀书社
1992 年。1997 年收入《唐代文学丛考》时有所增订)

唐人编选诗歌总集叙录

　　唐代诗歌创作空前繁荣,各类诗集的编纂选录也蔚为风气。然而随着岁月的流逝,现在能看到的唐人诗集,只是历劫仅存的很少一部分。就别集来说,见于著录者有近千家之多,今存仅二百种左右,且多出后人重编,唐人原编而得存者,仅七八十种。唐人编选诗歌总集,今存者惟十馀种,仅占曾见著录之集的十分之一左右。仅仅依据今存唐集来研究唐代诗选学的特点和成就,显然是很不够的。

　　笔者有感于此,乃广稽文献,力图列出全部唐人所编诗歌总集的总目,并对各集的集名、卷数、编者、编纂过程、内容编次及著录存佚予以记录考订,已佚者尤注意网罗散佚文献,以期为研究唐代诗歌及诗学的学者,提供一定的方便。

　　应该说明的是,近十来年间,国内学者对唐人选唐诗的研究,已取得十分显著的成就,如吴企明先生撰《唐人选唐诗传流散佚考》(收入《唐音质疑录》)考及三十七种,孙琴安先生《唐诗选本六百种提要》考及三十九种(重出一种、误收宋人一种未计),论列大多翔实可从。其他学者对各个诗集也有很好的考订。本文撰写中,从这些著作得到许多有益的启发,在此谨表谢意。同时也应指出,本文在以下几方面与时贤看法有所不同。其一,"唐人选唐诗"的说法只能指唐人编选诗歌总集中的一部分,不能概括全部。本文分为七大类,前四类可视为选集,后三类只能说是合集。其二,唐至明各代书志所载唐集,其存佚与否,须视各书之性质与著录之依据而定。如《诗薮》及《唐音癸签》所载,多据他书转录,未可据以认为明代尚存。馀可类推。本文所记著录,仅引较原始出处,不予备载,且于存佚之判断,也循此原则。其三,本文考及一百三十七种总集,较今人已论及者多出八十馀种,另存目五十馀种。在各集考订中,也提供了大量今人尚未注意的材料。

为篇幅所限,本文所引材料,多为节引,有些仅交代出处,读者可自去复核。各集考订中,凡与前哲时贤不同之看法,除少数几种有所订补申述,一般仅直述己见,以免冗费。今存之集及今人研究已多之集,如别无新见,一般仅述结论。本文所据的唐宋几种主要书目,文中用了简称,各书目著录之依据,在此略作说明,文中即不再重述:

《旧唐书·经籍志》(简作《旧志》),据毋煚《古今书录》,为玄宗开元中内府藏书目录。

《新唐书·艺文志》(《新志》),据《旧志》《崇文目》及史传文集所载编成,成书时(1060)未必皆存。

《宋史·艺文志》(《宋志》),据宋代历朝国史及公私书目汇编而成,体例较芜杂,错误较多,所收并非元时尚存。又此志所载,如无他书可征,未尽可信。

《崇文总目》(《崇文目》),北宋仁宗时崇文院藏书目录。

《通志·艺文略》(《通志》),以钞撮《新志》及《崇文目》为主,但保存了部分今本《崇文目》佚去的各书解题。

《日本国见在书目》(《日本目》),唐昭宗时日本国所存书目。

为识见所囿,文中错误恐所不免,敬望识者教正。又知其集名而未能考知者,统列入末节,以俟鸿识。

一　通　代　诗　选

1.1 《古今类序诗苑》三十卷　刘孝孙编。两《唐志》著录。《新志》"类序"作"类聚"。《旧唐书·刘孝孙传》云:"贞观六年,迁著作佐郎、吴王友。尝采历代文集,为王撰《古今类序诗苑》四十卷。"卷数与两《唐志》不同,未详孰是。《玉海》卷五四引《中兴馆阁书目》谓慧净《续古今诗苑英华》,为续本书之作。

1.2 《续古今诗苑英华》十卷　僧慧净(一作惠净,误)编。《续高僧传》卷三载其生平甚详,云"净以人之作者,嗟非奇挺,仍搜近代藻锐者,撰《诗英华》一帙十卷"。并录刘孝孙所撰序。《大唐新语》卷九谓慧净自言:"作之非难,鉴之为贵。吾所搜拣,亦诗三百篇之次矣。"可见其编选之旨。《大唐新语》复谓时另"有诗篇十卷,与《英华》相似,起自梁代,迄于今朝,以类相从,多于慧净所集,而不题撰集人名氏。"两《唐志》皆著录作二十卷,似就二集并合言之。若然,则另编之成,应在开元以前。至此集内容,《玉海》卷五四引《中兴馆阁书目》云"集梁大同至唐永徽,合一百五十四人,诗五百四十八首",《郡斋读书志》卷二○所载,作者、诗篇数同,起讫则为"梁武帝大同年中《会三教篇》至唐刘孝孙《成皋望河》之作"。刘孝孙卒于贞观中,谓"至唐永徽"显误。此集在唐时影响颇大,曾有注本及节本,《日本目》有《注续诗苑英华集》廿卷、《续诗苑英华抄》一卷,即是。批评者如高仲武则谓"《英华》失于浮游"。此书虽南宋尚存,直接引用者则不多,今见仅《国史补》《北户录注》有引。

1.3　《续古今诗集》三卷　释玄鉴编。《宋志》著录。玄鉴姓焦,高宗时泽州清化寺僧,《续高僧传》卷一七有传。

1.4　《古今诗类聚》七十九卷　郭瑜编。《旧志》《新志》皆著录。内容不详。瑜,高宗显庆中为太子洗马,龙朔中为崇贤馆学士,见《旧唐书·文苑传》《方伎传》。

1.5　《玉台后集》十卷　李康成编。《新志》《崇文目》《宋志》皆著录。《郡斋读书志》卷二云:"右唐李康成采梁萧子范迄唐张赴(疑为张起)二百九人所著乐府歌诗六百七十首,以续陵编(指徐陵《玉台新咏》)。"可略见此集规模。刘克庄《后村诗话续集》卷一据郑子敬家藏本摘录此集中诗数十则,并云为"天宝间李康成所选"。《永乐大典》中多引此集,知明初尚存。明末吴琯《唐诗纪》、胡震亨《唐音统签》均多次引及该集,但据两书全书考察,吴、胡均未见到该集原本,所引系据他书转引。此集之亡,当在明中叶前后。笔者有此集辑本,据以上提及诸书及《乐府诗集》《草堂诗笺》等书,考知作者六十馀人,辑得诗九十多首,收入《唐人选唐诗新编》。后读宋人杜诗注,知尚可补五人七首,即梁沈君攸《采莲诗》(见赵次公《杜诗注》戊帙卷六《秋日夔府百韵》注)、陈乐昌公主诗

(《九家注》卷二一《王司马弟出郭相访》注)、隋卢思道《和徐参卿秋夜捣衣》(赵《注》己帙卷六《冬晚送长孙渐舍人》注)、虞世基《衡阳王斋阁奏妓》(同前戊帙卷九《秋兴八首》注)、董思恭《王昭君》(同前丁帙卷六《月》注)、唐上官仪《八咏应制二首》(《九家注》卷二三《江畔独步寻花》注)。《唐诗纪》《唐音统签》尚有二三十首闺情诗,不见前代典籍,疑均出此书,惜未注所出,无从确知。

1.6　**《丽则集》五卷**　李吉甫编。《新志》《崇文目》《宋志》皆著录。《通志》注云:"自梁到唐开元间歌诗。"《郡斋读书志》卷二〇云:"右唐李氏撰,不著名。集《文选》以后至唐开元词人诗,凡三百二十首,分门编类。贞元中,郑馀庆为序。"盖晁氏所见本适缺编者名。《玉海》卷五四引《中兴馆阁书目》云:"李吉甫集梁陈迄唐开元歌诗三百二十首。"内容与晁氏所云同,而确署为吉甫撰。此集宋以后不存。

二　断代诗选(唐人选唐诗)

2.1　**《珠英学士集》五卷**　崔融编。《新志》著录云:"崔融集武后时修《三教珠英》学士李峤、张说等诗。"《日本目》《崇文目》亦著录。《郡斋读书志》卷二〇云:"右唐武后朝诏武三思等修《三教珠英》一千三百卷,预修书者凡四十七人,崔融编集其所赋诗,各题爵里,以官班为次。融为之序。"按武后诏修《三教珠英》,始于圣历中,至大足元年(700)修成。《唐会要》卷三六云张昌宗领修,同撰者为李峤、阎朝隐等二十六人。人数与《郡斋》所言不合。此集当即编于大足前后。《玉海》卷五四云"诗总二百七十六首"。宋以后不存。清末于敦煌遗书中,发现此集二残卷(伯3771、斯2717),为卷四后半及卷五前半,存沈佺期、李适、崔湜、刘知幾、王无竞、马吉甫、元希声、房元阳、胡皓、乔备、杨齐悊十一人诗,另有四首作者不详。其中李适、胡皓二人,《唐会要》缺载。友人徐俊有校录本。

2.2　**《正声集》三卷**　孙翌(字季良)选编。《新志》《日本目》《崇文目》《宋志》皆著录,宋以后佚。《类说》卷五一录李淑《诗苑类格》"孙翌论诗"条云:"孙翌曰:汉自韦孟、李陵为四、五言之首,建安以曹刘为绝唱,阮籍《咏怀》、束皙《补亡》,颇得其要。永明文章散错,但类物色,都乏兴寄。晚有词人争立别体,以难解为幽致,以难字为新奇。攻乎异端,斯(下衍"无"字,据《记纂渊海》卷一六九删)亦太过。"此节应即孙翌《正声集》之序论,颇可见其论诗之旨。唐人对此集甚推重,如顾陶《唐诗类选序》以其与《英灵》《间气》《南薰》三集并列,以为"朗照之下,罕有孑遗,而取舍之时,能无少误"。凡入选者,时以为荣。如《大唐新语》卷八云:"后孙翌撰《正声集》,以(刘)希夷为集中之最,由是稍为时人所称。"《全唐文》卷七三二赵儋《鲜于公为故右拾遗陈公(子昂)建旌德之碑》云:"有诗十首入《正声》。"《白氏长庆集》卷四二《王士宽墓志》谓士宽父王昇"诗入《正声集》"。另《北户录注》卷三谓《正声集》录陈贞节诗。孙翌同时人沈如筠有《正声集》诗三百首,见《嘉泰吴兴志》卷一六,指如筠别集,适与翌书同名。

2.3　**《搜玉集》十卷**　编者不详。《新志》及《崇文目》皆著录。《通志》注云:"唐人集当时诗。"到南宋时,仅存《搜玉小集》一卷。《直斋书录解题》卷一五云:"自崔湜至崔融三十七人诗六十一首。"《宋志》及《晁氏宝文堂书目》卷上所收《搜玉集》,均指《小集》。《小集》今存,首数与宋人所言合,惟作者稍有错讹。今本收诗,以开元中裴漼、韩休、许景先、余延寿等人为最迟。今人颇疑《小集》系从《搜玉集》中节出,大致可从。因知《搜玉集》之编成,不得早于开元中后期。

2.4　**《国秀集》三卷**　芮挺章编选。北宋前不见著录。元祐中曾彦和跋谓刘景文得于鬻古书者。《直斋书录解题》卷一五始著录云:"唐国子进士芮挺章撰。集李峤至祖咏九十人诗二百二十首。天宝三载(744),国子进士楼颖为之序。"今本卷首序不署作者,据此知为楼颖撰。据序,挺章编此集系受"秘书监陈公(疑为陈兼)、国子司业苏公(苏预,即苏源明)"影响,收诗"自开元以来,维天宝三载",方编选之时,"而陈公已化为异物,堆案飒然,无与乐成,遂因绝笔。今略编次,见在者凡九十人,诗二百二十首,为之小集,成一家之言"。是芮挺章编此集未完遂绝笔,积稿由楼颖编次成集。又此集收诗止于天宝三载,而编成时间则当在天宝末或肃宗时。苏预为国子司业,在天宝十二载(753)后,见其自撰二诗序;目录有"尚书右丞王维""绛郡长史高适",皆非天宝前期官,可证。又今本目录凡八十八人,较楼序所云少二人,而诗数则合,疑楼颖所计有误。今本卷下缺一页,以至正文作者缺三人,诗缺四首,韦承庆《南行别弟》诗,也因此误顶于于季子名下。

2.5 《丹阳集》一卷 殷璠编选。《新志》著录,并注出入选十八人之爵里。《日本目》《遂初堂书目》《宋志》亦著录,是南宋时仍存。《唐诗品汇》《唐诗类苑》引用书目中均有本集,但二书中均未见直接引用该书之迹。《诗话总龟后集》引《丹阳集》甚众,实为《韵语阳秋》之别称,亦非此集。今知直接摘引本集者,为托名南宋陈应行,而实出北宋蔡传的《吟窗杂录》。该书卷四一录《丹阳集序》云:"李都尉没后九百馀载,其间词人不可胜数。建安末,气骨弥具,太康中,体调尤峻,元嘉筋骨仍在,永明规矩已失,梁、陈、周、隋,厥道全丧。盖时迁推变,俗异风革,信乎人文化成天下。"卷二四至卷二六录殷璠对诸家诗之评语,并摘引部分诗句。另吴琯《唐诗纪》也引殷璠评语,似即转引《吟窗杂录》。拙文《殷璠〈丹阳集〉辑考》(《唐代文学论丛》第八辑)据《新志》所载诸人官位,推定此集约成于开元末至天宝初,论诗尤重风骨,与《英灵》稍有不同。

2.6 《河岳英灵集》二卷 殷璠编选。唐宋书志著录,多作二卷,仅《崇文目》作一卷,殆传刻有误。北京图书馆存宋本二种,亦皆为二卷本。通行之三卷本,为后人重加析分,已失殷氏原貌。又殷璠自序,集本与《文镜秘府论》南卷、《文苑英华》卷七一二所引,文字上有较大差异。如记本书所收人数、诗数及起讫时间,集本作二十四人、诗二百三十四首,"起甲寅(开元二年,714),终癸巳(天宝十二载,753)",《英华》则作三十五人,诗一百七十首,"起甲寅,终乙酉(天宝四载,745)",《秘府》亦作三十五人,诗二百七十五首,起讫同集本。今人或以为"终乙酉"者为殷璠初稿,"终癸巳"方为定编,可备一说。至人数、诗数,亦不能以今本断《秘府》《英华》所载为误文。此集历代影响较大,今人研究亦多,此不一一。

2.7 《荆扬挺秀集》二卷 疑殷璠编选。《日本目》著录,"扬"作"杨",次殷璠《河岳英灵集》后,似亦璠编选。《河岳英灵集》卷中评储光羲诗云:"此例数百句,已略见《荆扬集》,不复广引。"即指此集。

2.8 《箧中集》一卷　元结编选。今存。据元结序,为乾元三年(760)作,盖取箧中所有之友人诗,故名。凡七人诗,二十四首。

2.9 《金门集》　编者不详。《太平广记》卷二〇四引《广异记》云开元中会稽人陈利宾"诗入《金门集》"。《金门集》不见别书著录。《新志》总集类有刘允济《金门待诏集》,允济约卒于中宗时。利宾若开元中已入暮年,则其诗或得为允济所选。姑存疑。《广异记》作者戴孚为至德中进士,知此集不迟于肃、代间。

2.10 《起予集》五卷　曹恩编选。《新志》及《崇文目》著录,前书云恩为"大历人"。《宋志》作一卷。《唐音癸签》卷三一云此集"选盛唐诗"。然检《唐音统签》,知胡震亨并未见到此集,其所云未必可信。

2.11 《同题集》十卷　柳玄编。《新志》《通志》及《秘书省续编到四库阙书目》著录,均不言内容。宋以后不存。《唐音癸签》卷三〇收此集于省试诗下,未详何据,恐出臆解。玄生平不详,《新志》列中唐间,姑附此。

2.12 《奇章集》四卷　编选者不详。《新志》《崇文目》《宋志》皆著录,均无说明。《文献通考·经籍考》引《中兴艺文志》云:"集李林甫至崔湜百馀家诗奇警者。"今知该集仅此。所谓"李林甫至崔湜",当指该集卷首及卷末诗之作者,并非以世次为序。《唐音癸签》卷三一谓此集"选初唐",今人或疑李林甫为李义府之误,皆未允。牛僧孺别集亦名《奇章集》,见《北梦琐言》卷七。

2.13 《中兴间气集》二卷　高仲武编选。唐宋书志多著录,今存。仲武序称"起自至德元首,终于大历暮年",限于肃代两朝。就起讫及体例言,均有延续《河岳英灵集》之意。序云收作者二十六人,收诗数则有一百三十二首(何义门校本序)、一百三十四首(武进费氏影宋本)、一百四十首(《文苑英华》卷七一二)。版本较多,常见本以武进费氏影宋本为佳,《四部丛刊》本错脱较多。

2.14 《丽文集》五卷　刘明素编选。《新志》著录云:"兴元中集。"后《崇文目》《宋志》均著录,知宋时尚存。《窦氏联珠集》收褚藏言《窦群传》云:"适贞元十年(784)诏征天下隐居丘园不求闻达之士;韦公遂荐焉,与桂山处士刘明素同表。"明素事迹仅见此。韦公指韦夏卿,时任常州刺史。明素兴元中编《丽文集》时,尚未仕,贞元十年当在常州,故夏卿得荐之。《窦群传》云:"时天下慰荐九人,公独不除授。"知明素此次得除官。

2.15 **《贞元英杰六言诗》三卷**　编者不详。日僧空海于元和初携归,进上之,云"元是一卷,缘书样大,卷则随大,今分三卷"(《遍照发挥性灵集》卷四《书刘希夷集献纳表》)。

2.16 **《御览诗》一卷**　令狐楚编选。今存,卷首署"翰林学士朝议郎守中书舍人赐紫令狐楚奉敕纂进"。检岑仲勉《翰林学士壁记注补》,知为楚元和十二年(817)三月到八月间所任官,集即编于其时。北宋前不见著录。陆游《渭南文集》卷二六有跋,云"凡三十卷,二百八十九人",与《直斋书录解题》及今本皆合,陆跋引卢言《卢纶墓碑》(《金石录》卷一〇著录),云收三百一十篇,与今本不合。如非卢言所记有误,则今本有缺。

2.17 **《南薰集》三卷**　窦常编选。唐宋书志多著录。《郡斋读书志》卷二〇谓"集韩翃至皎然三十人约三百六十篇"。宋以后不传。其序今存二节,《郡斋读书志》引云:"欲勒上中下,则近于褒贬,题一二三,则有等衰,故以西掖、南宫、外台为目,人各系名系赞。"可见本书之编次及作者态度。另《记纂渊海》卷三四又引序云:"《文选》以何水部在世不录。"顾陶《唐诗类选序》以此集与《正声》《英灵》《间气》并列,甚加推崇,失传颇可惜。

2.18 **《极玄集》一卷**　姚合编选。《新志》《崇文目》《直斋书录解题》均作一卷,上海图书馆藏明毛氏汲古阁影宋写本,亦作一卷。中华上编所《唐人选唐诗十种》本,云出元至元刊本,作二卷,显出后人所析。二卷本诗人名下均有小传,影宋本无,诸传当亦为后人所加,如云钱起为"太清宫使"、李嘉祐"泉州刺史"、戴叔伦"大历史抚州刺史、容管经略使",均误。合序称收诗一百首,凡廿一人,影宋本及二卷本均仅九十九首,但戴叔伦诗有一首二本不同。二本并合,适当一百之数。

2.19 **《唐诗》三卷**　李戡编选。《樊川文集》卷九《唐故平卢军节度巡官陇西李府君墓志铭》引录李戡批评元白诗"纤艳不逞"一段议论后，谓戡"欲使后代知有发愤者，因集国朝已来类于古诗，得若干首，编为三卷，目为《唐诗》，为序以导其志"。知戡此集有感而作，收唐初以来古诗，并自为序。后《新志》著录，恐即据杜牧文，未必北宋时尚存。明孙敤《荆溪外纪》卷六收戡《陪侍叔相公游善权》诗，为《全唐诗》及各家补遗均失收，录如次："洞中龙气寒侵骨，石上僧谈露入心。十里乱山留俗客，自嗟无计到禅林。"

2.20　**《唐诗类选》**二十卷　顾陶编选。唐宋书志多著录，元以后不传。《文苑英华》卷七一四存顾陶二序，可据知本集编选始末及内容编次。前序作于大中十年（856），称"始自有唐，讫于近殁，凡一千二百三十二首，分为二十卷"。后序作年似稍迟，称时年七十四，"为《类选》三十年"，始编约在文宗初。当成书时，陶"一官已弃"，自称"僻远孤儒"，故于文宗以来作者，多有缺漏。后序于未收者多有说明，前序称道初唐以来诗人甚众，显为书中入选者。今据二序，并参宋代《唐诗纪事》《能改斋漫录》《艇斋诗话》《直斋书录解题》等书，知此书入选者有陈子昂、沈佺期、宋之问、张循之、张说、张九龄、张潮、孟浩然、王昌龄、李白、杜甫、金昌绪、储光羲、高适、严维、刘长卿、韦应物、李益、畅当、顾况、于鹄、钱起、司空曙、李端、皇甫冉、皇甫曾、王建、孟郊、韩愈、张籍、姚合、杨郇伯、朱绛、李敬方等三十四人，另《唐音统签》卷二六八引宋吕夏卿序，云收秦系诗八首，未录者有元稹、白居易、令狐楚、李贺、李逢吉、李绅、刘禹锡、柳宗元、杨茂卿、卢仝、沈亚之、刘猛、李涉、李璆、陆畅、章孝标、陈罕、杜牧、许浑、张祜、赵嘏、顾非熊等廿馀人。不录原因，顾陶或云"家集浩大不可雕摘"，或云"文集未行"，或云"身没才二三年"，恐皆系托词，云"今共无所取，盖微志存焉"，知其取舍之间，颇存褒贬。

2.21　**《垂风集》**十卷　编者不详。《崇文目》云"张籍等撰"，《通志》则云"采张籍等十人诗"。《宋志》作一卷。宋以后佚。

2.22　**《彩笺诗集》**　张彦远编。《历代名画记》卷一○云："郑审，事具彦远所撰《彩笺诗集》。"知此为张彦远所编诗歌总集。此集未见著录。

2.23　**《前辈咏题诗》**二卷　张为编选。《崇文目》著录。《通志》不署编者,注云:"集唐开元到大中以来咏题之诗三百五十首。"《秘书省续编到四库阙书目》作《咏题集志》三卷。《宋志》亦作三卷。

2.24　《中书省试咏题诗》一卷　编者不详。《通志》云:"集唐中元以来中书省试诗笔。"

2.25　《又玄集》三卷　韦庄编选。《崇文目》《通志》《宋志》著录,《唐诗纪事》引录较多。元以后似不传。清代复有一本,如《竹垞行笈书目》即著录,王士禛《十种唐诗选》亦有《又玄集选》,均出依托。日本存江户官版本,60年代传归,已影印、排印出版。据韦庄光化三年(900)自序,此集为续姚合《极玄集》而作,收一百五十人诗三百首。今本略少于此数。

2.26　《瑶池新咏》二卷　蔡省风编选。《新志》著录云:"集妇人诗。"《崇文目》亦录。《通志》作三卷。《郡斋读书志》作《瑶池新集》一卷,云:"集唐世能诗妇人李季兰至程长文二十三人题咏一百十五首,各为小序,以冠其首,且总为序。"并略引序文。《宋志》作《瑶池集》。宋以后不存。《吟窗杂录》所收《历代吟谱》有"古今才妇"一栏,收唐妇人诗,多不见于他书,疑即出此集。

2.27　《临沂子观光集》三卷　梁王毂编。《崇文目》著录,《通志》云:"梁王毂集礼部所投诗卷。"另《遂初堂书目》亦载。南宋后不传。

2.28　《宜阳集》六卷　五代刘松编。《新志》著录云:"松字秫美,集其州天宝以后诗四百七十篇。"另《崇文目》《通志》亦载。《宋志》作十卷,恐有误。今佚。今知此集收录者有:卢肇,宋童宗说《文标集序》云:"得古律诗二十六首于刘松《宜阳集》。"《嘉靖袁州府志》卷八云:"(彭)伉所著诗及柳柞判语二篇,见《宜阳集》中。"又云郑史"有诗十二首见《宜阳集》"。另明胡震亨《唐音统签》卷八五七崔江下注云:"以下十一人并见唐刘松《宜阳集》。江及伉并官宜春郡,未详何秩。"伉指李伉,其次为郑启、刘望、彭蟾、易思、赵防、刘廓、姚倕,末为宋迪,注云:"名在《宜阳集》中,而无其诗,当亦郑启同时人也。"所录仅十人。民国《万载县志》存刘望诗一首,注出《宜阳集》,殆据前志转引。

2.29　《诗纂》三卷　梁陈匡图(一作康图,为宋人讳改)编。《崇文目》《通志》著录。

2.30 《拟玄类集》十卷 梁陈匡图编。《崇文目》《宋志》均著录，《通志》作《拟玄集》。以上匡图二集久佚，内容皆不详。

2.31 《资吟集》五卷 吴越钟安礼编选。《葆光录》卷一云："郎中钟安礼好学多能，著《武成王备载》十卷，选诸家诗为《资吟集》五卷。"后大醉而卒。《崇文目》《通志》《宋志》均载此集。宋以后佚。今仅《天台前集》卷中据《资吟集》收《送台州唐兴陆明府》一首，作者不详。

2.32 《烟花集》五卷 前蜀王衍编选。北宋前不见著录。《直斋书录解题》卷一五云："蜀后主王衍集艳诗二百篇，且为之序。"元以后佚。

2.33 《才调集》十卷 后蜀韦縠编选。始见于《崇文目》著录，今存。署"蜀监察御史韦縠集"，所收诗人有熊皎、江为、沈彬等，知此集编成当在广政中后期。《十国春秋》卷五六谓其"仕高祖父子"，"又升□部尚书"，不知何据。序谓"今纂诸家歌诗，总一千首，每一百首成卷，分之为十目"。收作者一百八十人。此集选录编次，甚为粗疏：既以人立目，而重见者十人，三见者二人；同一首《惆怅诗》，分收于王涣、朱庆馀名下；刘禹锡《别荡子怨》，为隋薛道衡《昔昔盐》误入。其他问题尚多，此不一，又《通志》作《才调集》《天归集》十卷，《天归集》不知何指。

2.34 《国风总类》五十卷 五代王仁裕编选。《崇文目》《通志》著录，宋以后佚。内容不详。《陇右金石录》录李昉撰《王仁裕神道碑》，载仁裕著作甚多，未及此集。

2.35 《洞天集》五卷 荆南王贞范编选。《直斋书录解题》卷一五云："汉王贞范集道家神仙隐逸诗篇，汉乾祐中也。"《宋志》亦著录。宋以后不传。今见《太平广记》卷四〇五引"严遵仙槎"一则，《天台前集别编》据《洞天集》收逸人不顾《注葛仙公气诀赠友人》一首。

2.36 《续正声集》五卷 荆南王贞范编选。《崇文目》作"王正范编"，《通志》作"后唐王正范编"，正范即贞范，宋人讳改。《十国春秋》卷一〇三有其传，《北梦琐言》颇载事迹。此集续孙翌《正声集》而作，南宋后佚，内容不详。

2.37 《备遗缀英》二十卷 《崇文目》作王承范编，《通志》作伪蜀王承范编。《宋志》作《备遗缀英集》,署陈正图编。正图当作匡图,宋人讳改,恐有误。《诗薮·杂编》卷二作伍承范,误。此集久佚,内容不详。

2.38　《江南续又玄集》十卷　南唐刘吉编选。《崇文目》《通志》《宋志》皆著录。仅知为续韦庄《又玄集》之作,内容不详。《诗话总龟》卷一引《丛苑》,谓吉初事李煜为传诏承旨,归宋后塞河有方略,有《钓鳌集》,徐铉为序。

2.39　《联璧诗集》三十二卷　五代檀溪子道民编。《崇文目》《通志》《宋志》皆著录。宋以后佚,内容不详。

2.40　《正风集》十卷　编者不详。《崇文目》《通志》著录,后者注:"集唐人诗。"南宋后不传。

2.41　《道涂杂题诗》一卷　编者不详。《崇文目》著录,《通志》云:"采唐人道涂间诗。"宋敏求《刘宾客外集后序》云自《道涂杂咏》辑刘禹锡一首,即《刘宾客外集》卷七所收《题淳于髡墓》。知此集当成于宋仁宗以前。

2.42　《名贤绝句》一卷　编者不详。《崇文目》著录,《通志》云:"并唐人诗。"知成书于仁宗前,馀不详。

2.43　《文章龟鉴》一卷　倪宥撰。《新志》列为集部文史类,未予说明,显为文评之作。《唐音癸签》卷三一录此集,注云:"倪宥集前人律诗,卷亡。"是胡震亨并未见此集,所云不知何据,疑有误。

2.44　《采玄集》一卷　《秘书省续编到四库阙书目》收录,不署作者。《宋志》作韦庄撰,别无可考,疑误。

2.45　《丛玉集》七十卷　《宋志》次于刘松《宜阳集》后,不署作者,按史例并非刘松作。《诗薮·杂编》卷二作五卷,谓刘松编,恐不足信。

2.46　《唐诗卷》　日本存唐卷子本,写于《白氏长庆集》卷二十二之背面。存诗二十七首(重出一首,残四首,缺题二首),作者有陈羽、李嘉祐、苏味道、武三思、郑常、崔峒、张栖贞、张说、王渐、孟浩然、郎士元、韩翃、高适等十三人。诸诗皆为咏僧寺之作。此卷有可能仅为某类诗之杂抄,也可能为大型分类唐诗选本(如顾陶《唐诗类选》之类)之一部分残卷。姑附此。

2.47　《唐写本唐人选唐诗》　此即敦煌遗书伯2567卷。伯希和携所得敦煌写卷归法后，以此卷影本寄罗振玉，罗题此名，收入《鸣沙石室佚书》。中华上编所编《唐人选唐诗十种》据以收入。按此卷存二断片，伯2567为前半，后半为伯2552卷，二卷首尾皆残，中间可拼合。《敦煌宝藏》即将二卷合印于一处。二卷共存诗一百十三首，原署作者六人，另可考知者四人，依原卷顺序为李昂三首、王昌龄七首、孟浩然九首、荆冬倩一首、丘为六首、陶翰一首、常建一首、李白四十四首、高适四十首、李昂二首。所收皆开元天宝间人，为中唐时所写。此卷为选本中之一段，抑为诸人诗之杂钞，已难考详。从全卷看，抄写较为草率，难有编例可寻诸点看，似以后者为是。

又敦煌遗书中带有诗歌总集性质之写本，为数尚多，友人徐俊告约有四十种。其中存诗较多者有斯555、伯3619、伯3812、伯3885等卷。这些写本多数还只能视为杂钞，不能轻易断言即唐人选唐诗，但也不能排除其中有唐人所编诗歌总集残片的可能性。

按：本节所列各集中，《垂风集》《中书省试咏题诗》《临沂子观光集》大致介于选本与合集之间，姑存此；《丽文集》《国风总类》《洞天集》《备遗缀英》等集，所收是否仅限于唐诗，尚乏确证，因明人已视为唐人选唐诗，姑收入。

三　诗　文　合　选

3.1　《文馆词林》一千卷　许敬宗等编。两《唐志》著录。《新志》谓预撰者尚有刘伯庄等。《唐会要》卷三六云显庆三年（658）十月修成上之。又云武后垂拱二年（686），"采其词涉规诫者，勒成五十卷"，以赐新罗。至宋代，仅存残本。《崇文目》有《弹事》四卷，《宋志》有《诗》一卷，《中兴馆阁续录》有"元和名贤书"一卷。宋后残本亦佚。此集唐时传至日本，《日本目》著录。自清中叶起，日本发现残本多种，并陆续传回刊出，卷帙较多者有《适园丛书》本及董康影印本。近年日本古典研究会出版影印弘仁本《文馆词林》，存残本三十馀卷，为今存本之集大成者。据残本,知该书所收,始于汉魏,迄于唐太宗时,分体收录各体诗文。今存诗四卷,即卷一五二、卷一五六至卷一五八,均为四言诗,皆唐前之作。

3.2 《芳林要览》三百卷 许敬宗等编。两《唐志》著录。《新志》云预撰者有许敬宗、顾胤、许圉师、上官仪、杨思俭、孟利贞、姚琦、窦德玄、郭瑜、董思恭、元思敬(即元兢)。《旧唐书·元思敬传》云为总章中修。《文镜秘府论》南卷陆机《文赋》前有唐初文一篇,日本铃木虎雄以为即《芳林要览序》,然尚无确证。同卷收元兢《古今诗人秀句序》,称"今剪《芳林要览》,讨论诸集",编成《古今诗人秀句》二卷,因知此书亦选录诗作。

3.3 《续文选》十三卷 孟利贞编。《旧唐书·文苑传》云其"又撰《续文选》十三卷"。《新志》亦著录。利贞,华州华阴人。高宗时为太子司议郎,预修《瑶山玉彩》。累加弘文馆学士,垂拱初卒。

3.4 《词苑丽则》二十卷 康显编。见《旧志》,署"康明贞撰"。《新志》既录"康明贞《辞苑丽则》二十卷",又录"康显《辞苑丽则》三十卷"。按颜真卿撰《康希铣神道碑》(《全唐文》卷三四四)云:"元昆修书学士显府君文集十卷,撰《词苑丽则》二十卷、《海藏连珠》三十卷、《累璧》十卷"。知显为希铣兄,曾任修书学士,中宗前后在世。《旧志》称康明贞,殆避中宗讳而以字行。《新志》不察而重收。其书名,卷数,均当从《旧志》。

3.5 《续文选》三十卷 卜长福编。《新志》著录,注云:"开元十七年(729)上,授富阳尉。"殿本《新唐书》作二十卷,误。《秘书省续编到四库阙书目》卷一著录此书,似宋时仍存。

3.6 《拟文选》三十卷 卜隐之编。《新志》著录,注云:"开元处士。"《宋志》有"卜邻《续文选》二十三卷",疑即此书。

3.7 《文府》二十卷 徐坚等编。《新志》著录,注云:"开元中,诏张说括《文选》外文章,乃命坚与贺知章、赵冬曦分讨。会诏促之,坚乃先集诗、赋二韵为《文府》上之,馀不能就而罢。"《玉海》卷五四引韦述《集贤注记》云:"燕公初入院,奉诏搜括《文选》外文章,别撰一部。于是徐常侍及贺、赵分部检讨。徐等且集诗、赋二类,独简杂文,历年撰成三十卷。燕公以所撰非精,更加研考。"韦述在集贤院多年,故所记较具体。《旧唐书·

贺知章传》载此书始修于开元十年(722),书名《文纂》。《曲江集》卷一九《徐文公神道碑》则作《续文选》。

3.8　《文府》二十卷　徐安贞等编。《唐会要》卷三六:"(开元)十九年(731)二月,礼部员外郎徐安贞等撰《文府》二十卷上之。"《玉海》卷五四引《集贤注记》所记较详:"及萧令嵩知院,以《文选》是先祖所撰,喜于嗣美,(注:十九年,嵩为学士知院事。)奏皇甫彬、徐安正、孙逖、张环修《续文选》。徐、孙所取,与常侍相乖,别为二十卷。张始兴嫌其取舍未允,其事竟寝。"常侍指徐坚,其书于张说入院后始修。十八年说卒,次年萧嵩知院事,故另奏安贞(宋人讳改安正)等修之。"张始兴"指张九龄,继萧嵩为相,因嫌此书"取舍未允",事乃寝。萧嵩复欲注《文选》,见《大唐新语》卷九,亦未果。

3.9　《大和通选》三十卷　裴潾编。《旧唐书·文宗纪》云:大和八年(834)四月,"壬辰,集贤学士裴潾撰《通选》三十卷,以拟昭明太子《文选》。潾所取偏僻,不为时论所称"。本传云:"集历代文章,续梁昭明太子《文选》,成三十卷,并音义、目录一卷,上之。当时文士,非素与潾游者,其文章少在其选,时论咸薄之。"其弊一为"所取偏僻",一为多收素与游者,故不为时所取。《新志》著录,《唐会要》卷三六亦记及,恐北宋时此书已不存。

3.10　《大还丹照鉴登仙集》一卷　后蜀佚名编。《通志》及《秘书省续编到四库阙书目》著录。今收入《正统道藏·洞神部·众术类》,题作《大还丹照鉴》。序作于广政二十五年(962),云:"偶因闲暇,采摭仙经,重删先圣格言,留为后人轨范,名曰《照鉴登仙集》,总成一卷,分作三十三篇。"所收皆还丹修炼之诗歌、口诀,其中收诗四十多首,多为唐人作。

3.11　《唐登科文选》五十卷　南唐乐史编。《崇文目》及《宋志》著录,宋以后佚。乐史初官南唐,后归宋,此书未详何时编。宋敏求《刘宾客外集后序》,云自此书录诗一首,即《刘宾客外集》卷七《省试风光草际浮》。《文苑英华》录唐时省试诗赋甚众,或即录自本书。

按:本节所收十一集,六集为唐人续《文选》之著。《文选》诗文兼收,故收此。

四　诗句选集

4.1　《古文章巧言语》　褚亮编。元兢《古今诗人秀句序》云："皇朝学士褚亮,贞观中奉敕与诸学士撰《古文章巧言语》,以为一卷,至如王粲'灞岸',陆机《尸乡》、潘岳《悼亡》、徐幹《室思》,并有巧句,互称奇作,咸所不录。"并批评其选录谢朓诗句之不当。知此书为诗句选集。

4.2　《古今诗人秀句》二卷　元兢撰。《旧唐书》本传及《新志》皆载录。宋以后佚。日僧空海元和初携归日本,曾书之,见《遍照发挥性灵集》卷三《敕赐屏风书了即献表》。《文镜秘府论》南卷存此书序,记其有慨于褚亮《古文章巧言语》选录未当,自龙朔元年(661)后,与刘祎之、范履冰历时十年,方成此集,所收"时历十代,人将四百,自古诗为始,至上官仪为终"。知始于汉代,讫于唐初。《日本目》著录,疑即空海所书者。

4.3　《续古今诗人秀句》二卷　元鉴编。仅见《宋志》著录。皎然《诗式》卷一称越僧元鉴,约稍迟于元兢,馀不详。

4.4　《文场秀句》一卷　王起撰。《新志》著录。《旧唐书》本传云:起于文宗开成初兼庄恪太子侍读后,"为太子广《五运图》及《文场秀句》等献之"。其他不详。宋以后不传。

4.5　《梁词人丽句》一卷　李商隐编。《直斋书录解题》云："唐李商隐集梁明帝萧岿而下十五人诗并鬼诗、童谣。"明刻《吟窗杂录》卷二有此集,与陈振孙所言不尽合,殆为节本之故。

4.6　《唐诗主客集》六卷　张为编。此当即张为《诗人主客图》,而以一派为一卷。据《唐诗纪事》所引,《主客图》各家皆选录诗句。《秘书省新编到四库阙书目》卷一著录作《唐诗主客集》,视为总集,姑附此。

4.7　《泉山秀句集》三十卷　黄滔编。《新志》著录,并云："编闽人诗,自武德尽天祐末。"知为滔归闽后编。宋以后佚。

4.8　《千载佳句》二卷　日本大江维时编。成书约当我国五代时。录唐人一百五十三家之七言诗句一千零八十二联,以内容分为七十五部二百五十八门。白居易诗收录独多,约占全书之半。日本存抄本多种,以宫内省藏本为佳。此书虽为日本人编,而时当闰唐,姑附此。

五　唱　和　集

5.1　《高氏三宴诗集》三卷　旧题高正臣编。唐宋书志未著录。《四库全书》收入,云录自北宋本。检《唐诗纪事》卷七,三宴以时间为序是:"《上元夜效小庾体诗》六人,以春字为韵,长孙正隐为序。""《晦日宴高氏林亭》,凡二十一人,皆以华字为韵。陈子昂为序。""《晦日重宴》,八人,皆以池字为韵,周彦晖为之序。"皆调露二年(680)初之事。与会者另有《三月三日宴王明府山亭》之聚,六人为诗,分韵,孙慎行为序,见《古今岁时杂咏》卷一六。今本《三宴集》上元宴缺高正臣诗,《晦日重宴》缺周彦晖序。疑今本即从《古今岁时杂咏》卷七、卷九录出,未必有所谓北宋本。

5.2　《龙池集》　蔡孚编。《册府元龟》卷三七:"玄宗开元二年(714)六月,左拾遗蔡孚献《龙池集》,王公卿士以上凡百三十篇,请付太常寺。其词合音律者为《龙池乐章》,以歌圣德。从之。"又见同书卷五六九。《旧唐书·音乐志》收《享龙池乐章》十首,即自此集中选出合律者。龙池显祥及君臣属和、选辞入乐事,详见《大唐郊祀录》卷七、《乐府诗集》卷七。

5.3　《偃松集》一卷　疑蔡孚编。仅见《日本目》著录。《唐文拾遗》卷一八韦璞玉《韦希损墓志》云:"尝应制和蔡孚《偃松篇》曰:'大厦已成无所用,唯将献寿答尧心。'作者称之,深以为遗贤雅刺矣。"希损时仅为京兆府功曹,知应制和诗者甚众。《张说之文集》卷七有《遥同蔡起居偃松篇》,在岳州作,故称"遥同"。《偃松集》疑即和蔡孚《偃松篇》诸诗之结集。

5.4　《岳阳集》　张说编。《唐摭言》卷六王泠然《上燕公书》云:"相公昔在南中,目为《岳阳集》。"《岳阳集》当为张说开元三年(715)至五年任岳州刺史时,与友人门客唱和诗之结集。《太平寰宇记》卷一一三云:"岳阳楼,唐开元四年,张说自中书令为岳州刺史,常与才士登此楼,有诗百馀篇,列于楼壁。"《通志》所收《岳阳楼诗》一卷,即指此。《张说之文集》收说岳州诸诗,并附赵冬曦、王琚、尹懋、梁知微等人之和诗,即《岳阳集》所收者。

5.5 **《辋川集》一卷** 王维编。《旧唐书·王维传》云:"得宋之问蓝田别墅,在辋口,辋水周于舍下,别涨竹洲花坞,与道友裴迪浮舟往来,弹琴赋诗,啸咏终日。尝聚田园所为诗,号《辋川集》。"此集向附收于《王摩诘文集》,为王维、裴迪咏辋川景物之五言绝句各二十首,维有序。明清时有单行本,如宛委山堂本《说郛》及《水边林下》所收,即从文集中抽出。

5.6 **《大历年浙东联唱集》二卷** 编者不详。《新志》《宋志》皆著录。《崇文目》作《浙东联句》,注云:"李逢吉、令狐楚撰。"殆因今本脱去《断金集》一则而顶冒致误。贾晋华撰《〈大历年浙东联唱集〉考述》(《文学遗产增刊》第十八辑)考定此次唱和在广德元年(763)至大历五年(770)鲍防任浙东从事时,预唱者有五十七人。就贾文所考,再加上《会稽掇英总集》《古今岁时杂咏》《野客丛书》等书所引,今知此集诗凡联句十四首,《忆长安》《状江南》二组诗共二十四首,偈十一首,凡四十九首,作者约四十人。

5.7 **《吴兴集》十卷** 颜真卿编。《新志》收此为颜真卿别集之一,令狐峘《颜真卿墓志》(《颜鲁公集》附)亦作别集。贾晋华撰《大历年浙西联唱:〈吴兴集〉考论》(《宁波大学学报》1991年第1期),据殷亮《颜鲁公行状》(《全唐文》卷五一四)云:"此外饯别之文及词客唱和之作,又为《吴兴集》十卷。"以为系真卿与诸词客之唱和诗集,并参《皎然集》之记载,考出预唱者凡八十六人,诗一百九十六首(今存六十三首)。然唐人别集,多有附收唱和诗之例,即如殷亮所云,亦难必其为总集。真卿另有《庐陵集》《临川集》,显以一地之作编为一集,与《吴兴集》同。贾文可备一说,姑附此。

5.8 **《华阳属和集》三卷** 郑钢编。此集不见著录。《文苑英华》卷七一二于邵《华阳属和集序》云:"大历初,尚书左仆射冀国崔公。"受命镇蜀后,"殿中侍御史荥阳郑公道同斯应,参乎理戎,以玉帐之暇,而清词间作。……故自相府及冀公达于储公,凡所献酬,缵为三卷,仍以'属和'为集之目"。"冀国崔公"指崔宁,自大历二年(767)任西川节度使,十四年(779)方受代。见《旧唐书》本传。"荥阳郑公",据《全唐文》卷六九〇符载《剑南西川幕府诸公写真赞》,有"殿中郑侍御钢字砺甫",应即其人,是此集应为大历中郑钢在崔宁幕中与诸人献酬诗之结集。钢今无诗传世。

5.9　**《秦刘唱和集》**　秦系编。《文苑英华》卷七一六权德舆《秦征君校书与刘随州使君唱和诗序》云贞元七年(791)遇秦系于南徐(润州),系惜刘长卿已"长往",遂取箧中二人唱酬诗若干首,编为此集,德舆为作序。此集不见著录。今秦、刘二集中,皆有赠答之作。

5.10　**《集贤院诸厅壁记诗》二卷**　编者不详。《宋志》云:"李吉甫、武元衡、常衮题咏集。"《唐志》作《集贤院壁记诗》,《崇文目》作《集贤院诗》,《秘书省续编到四库阙书目》作《集贤厅壁诗》,皆不署作者。今存常、武二人诗中,有述及集贤院者,但未必即出此集。

5.11　**《诸朝彦过顾况宅赋诗》一卷**　编者不详。《通志》著录。《崇文目》末缺"诗"字。唐人与顾况过从诗存者较多,但未见有与本集题适合者。

5.12　**《寿阳唱和集》十卷**　裴均编。《新志》著录。《新唐书·裴均传》:"张建封镇濠寿,表团练判官。时李希烈以淮蔡叛,建封扞贼,均参赞之。"建封镇濠寿,在建中末至贞元初,见《唐刺史考》卷一三〇。希烈叛在兴元元年(784)。此集即其时均与友人之唱和集。

5.13　**《诸宫唱和集》二十卷**　裴均编。《新志》著录。《新唐书·裴均传》谓均以平李希烈功,"加上柱国,袭正平县男。迁累膳部郎中,擢荆南节度行军司马,就拜荆南节度使"。《旧唐书》本纪云均于贞元十九年(803)拜荆南节度使,元和三年(808)改判度支。此集即其间均与友人之唱和集。

5.14　**《荆潭唱和集》一卷**　裴均编。《新志》著录。《韩昌黎集》卷二十有《荆潭唱和诗序》,云"今仆射裴公开镇蛮荆"时,"常侍杨公领湖之南壤",相酬唱而为此集。杨公指杨凭,贞元十八年(802)至永贞元年(805)镇湖南,见《旧唐书》本纪。此集即其时作。《全唐诗》卷二八九存凭诗一卷,无与均唱和者,仅《送客往荆州》云:"正逢元凯镇南荆。""元凯"即谓裴均。

5.15 《荆蘷唱和集》一卷　裴均编。《新志》著录。"荆"指裴均,贞元十九年至元和三年镇荆南,已见前考。据《唐刺史考》卷二〇〇,贞元十九年(803)至永贞元年(805)任蘷州刺史者为唐次。此前唐次为开州刺史,有《盛山唱和集》。此与裴均唱和者,断为唐次。

5.16 《岘山唱咏集》八卷　裴均编。《新志》著录。《旧唐书·宪宗纪》谓均以元和三年(808)九月"充山南东道节度使",六年卒。山南东道治所在襄州,岘山亦在襄州,知此集为裴均在山南东道任上与友人唱和集。以上裴均唱和集五种,宋以后皆不传。均别有《海昏集》,吕温为作序。裴均今无一诗一文传世,甚可惜。

5.17 《王氏伯仲唱和诗》　编者不详。《柳河东集》卷二一有此集序,谓"王氏子某,与余通家","乙亥岁,某自南徐来,执文贽予,词有远致"。乙亥为贞元十一年(795)。序中未言王氏伯仲之名,然谓"况宗兄握炳然之文,以赞关右"。宋人注谓即贞元十年自浙西除诸道盐铁转运使之王纬。《柳河东集》卷一二《先君石表阴先友记》有王纾、王绍兄弟,或即此"王氏伯仲"。绍,《旧唐书》有传。此集不见著录。

5.18 《盛山唱和集》一卷　权德舆编。《新志》著录。《文苑英华》卷七一二权德舆《唐使君盛山唱和集序》谓唐次(字文编)于贞元八年(792)为开州刺史,十九年(803)受代,在州十二年,"其属诗多矣","凡汉庭公卿、左右曹、方国二千石、军司马、部从事,暨岩栖处士、令弟才子,稽合属和二十三人,共若干篇"。由德舆编成此集。开州又名盛山郡,故名。今唐次无诗存世,武元衡、权德舆有与唐次过往诗,未详曾入此集否。

5.19 《盛山十二诗》　韦处厚编。《韩昌黎集》卷二一《韦侍讲盛山十二诗序》,谓"韦侯昔以考功副郎守盛山(指开州)",作十二诗,"于时应而和者凡十人",序中提及六人:"通州元司马"即元稹,"洋州许使君"为许季同(详《唐集质疑》),"忠州白使君"即白居易,"李使君"为李景俭,"黔府严中丞"为严谟,"温司马"为温造。韦侯即韦处厚,刺开州在元和十一年至十三年(818)。时上举诸人皆在巴东,故得和之。至长庆二年(822),诸人"皆集阙下",以盛山和诗"联为大卷",乃"大行于时"。韩愈为作序,并预言,"慕而为者,将日益多"。张籍《张司业集》卷五有《和韦开州盛山十二首》,籍未官巴东,当即长庆中在京城追和者。处厚原唱,见《唐诗纪事》卷三一。初和十人诗,均佚。

5.20 **《僧灵澈酬唱集》十卷** 编者不详。《新志》著录,注云:"大历至元和中名人。"《刘宾客集》卷一九《澈上人文集纪》云:"自大历至大和,凡五十年间,接词客闻人酬唱,别为十卷。"《新志》疑即据刘集著录。《全唐诗》中存与灵澈酬和之诗,有二十馀篇。

5.21 **《僧广宣与令狐楚唱和》一卷** 编者不详。《新志》著录。《全唐诗》卷三三四及卷八二二,存令狐楚、广宣诗各一卷,皆无交往之迹。

5.22 **《元和三舍人集》一卷** 编者不详。《唐诗纪事》卷七二:"右王涯、令狐楚、张仲素五言七言绝句共作一集,号《三舍人集》,今尽录于此。"三人分别于元和九年(814)、十二年(817)、十四年(819)任中书舍人,见岑仲勉《翰林学士壁记注补》六。集名即缘此。另宋人所辑《乐府诗集》《万首唐人绝句》及宋蜀刻《王摩诘文集》均据该集录诗,各诗归属颇有出入。复旦大学图书馆存明抄《唐人诗集八种》,曾经清初曹溶、朱彝尊收藏,中有此集。后半自《宫中行乐词》以下残缺,与宋人所见本同。以各题列目,每诗下分署三人之字"广津""彀士""绘之"。另日本静嘉堂文库尚存一本,未见。又《新志》有《翰林歌辞》一卷,无说明。今检《宋志》有王涯《翰林歌词》一卷,《遂初堂书目》有张仲素《歌词》。因知《新志》著录之《翰林歌词》,即《三舍人集》。三人曾同任翰林学士(元和十一年八月至十二月),但并未同时任中书舍人。书名似以作《翰林歌辞》为是。

5.23 **《断金集》一卷** 令狐楚辑。《新志》注:"李逢吉、令狐楚倡和。"《郡斋读书志》卷二○云:"右唐令狐楚辑其与李逢吉酬唱诗什。开成初,裴夷直序之。"《旧唐书·李逢吉传》云逢吉大和九年(835)卒。楚辑此集,当在此年或翌年(即开成元年)。《唐诗纪事》卷四七存裴序残文云:"二相未遇时,每有所作,必惊流辈。不数年,遂压秉笔之士。及入官登朝,益复隆高,我不求异,他人自远。"又录楚《题断金集》诗。今存二人诗中,逢吉赠楚之作有五首,楚赠逢吉诗存六首(《奉送李相公重镇襄阳》,《全唐诗》误归逢吉),加上《题断金集》,是此集诗尚存十二首。

5.24 《元白还往诗集》 元稹、白居易编。白居易《与元九书》:"当此之时,足下兴有馀力,且与仆悉索还往中诗,取其尤长者,如张十八古乐府、李十二新歌行、卢、杨二秘书律诗,窦七、元八绝句,博搜精掇,编而次之,号《元白往还诗集》。"此书作于元和十年(815)贬江州之际。据上引文,知此前居易与元稹拟编此集,兼收诸人为张籍、李绅、卢拱、杨巨源、窦巩、元宗简(参朱金城《白居易集笺校》卷四五)。元白酬和集,以此最早。然白书后云,因二人相继贬官,"心期索然,何日成就",似已编而未得完成。

5.25 《三州唱和集》一卷 编者不详。《新志》著录,注:"元稹、白居易、崔玄亮。"《唐诗纪事》卷三九:"玄亮与元微之、白居易皆贞元初同年生也。……后白刺杭州,元为浙东廉使,而崔刺湖州。……三郡有唱和诗,谓之《三州唱和集》。"居易刺杭,在长庆二年至四年(824);稹镇越,在长庆三年至大和三年(829);玄亮守湖,在长庆三年至宝历元年(825),均见《唐刺史考》。因知三州唱和,在长庆三、四年间。《崇文目》有此集,而《唐诗纪事》虽称及,却未据该集录诗,知约亡于南北宋之际。此次唱和,元、白今存诗尚多,而崔诗皆佚。

5.26 《杭越寄和诗集》一卷 编者不详。《通志》及《秘书省续编到四库阙书目》均著录,不言作者,唯《宋志》云为"元稹、白居易、李谅"三人唱和。元、白刺越、杭在长庆后期,已见上则;谅时方刺苏。此集佚于宋以后,今元、白诗存者尚多,且多及李谅(复言),而谅诗均已不存。宋敏求曾自此集录出刘禹锡诗二首,收入《刘宾客外集》卷二。又此集唐时流传甚广,日僧圆仁归国时,即携有此集,见《慈觉大师在唐送进录》及《入唐新求圣教目录》。《日本目》作"《杭越寄诗》二十二",卷次恐误。

5.27 《元白唱和集》十四卷 元稹或白居易编。《白氏长庆集》卷二二《和微之诗二十三首序》:"况曩者《唱酬》,近来《因继》,已十六卷,凡千馀首矣。"此序作于大和二年(828),时《因继集》方成二卷,收诗二百十四首(详下)。因知《唱和集》凡十四卷,收诗八百馀。《白氏长庆集后序》云"《元白唱和》《因继集》共十七卷",则以《因继集》三卷已成,合为十七卷。参下《因继集》考,知此集编成于大和元年前。《新志》有《元白继和集》一卷,疑为本集或《因继集》中散出者。

　　5.28　《因继集》三卷　元稹编。《白氏长庆集》卷六九《因继集重序》云:"去年,微之取予《长庆集》中诗未对答者五十七首追和之,合一百一十四首寄来,题为《因继集》卷之一。"自注:"因继之解,具微之前序中。"白序作于大和二年(828),知元稹初编此集在大和元年,并作序。今元序不存。白序又云:"今年,予复以近诗五十首寄去,微之不逾月,依韵尽和,合一百首,又寄来,题为《因继集》卷之二。"是卷二编于大和二年。白序复谓元批卷末云:"更拣好者寄来。"乃"又收拾新作格律诗五十首寄去"。后云:"微之转战,迨兹三矣。"又云:"《因继集》卷,且止于三可也。忽恐足下懒发,不能成就至三。"知白序为随诗寄去,尚未见元稹三和之作。居易《白氏长庆集后序》云:"又有《元白唱和》、《因继集》共十七卷……其文尽在大集内录出,别行于时。"知此集当时曾单行。然唐宋书志皆无著录,知亡佚甚早。

　　5.29　《刘白唱和集》三卷　白居易编。《新志》著录。《白氏长庆集》卷六九《刘白唱和集解》云:"至大和三年春已前,纸墨所存者,凡一百三十八首……勒成两卷。"作于大和三年(829)三月。《日本目》作二卷,即此初编本。至大和六年作《与刘苏州书》,称以大和五年后之作,为《刘白吴洛寄和卷》,与前二卷合为三卷。(《白氏长庆集》卷六八)那波道圆本《白氏文集》附居易会昌五年(845)作《白氏长庆集后序》称"《刘白唱和集》五卷……其文尽在大集内录出,别行于时"。疑自大和六年后唱和诗,又编为二卷附入。宋以后佚。北宋宋敏求编《刘宾客外集》时,据此集录诗107首,联句8首,编为两卷。白诗大致皆存。

　　5.30　《洛下游赏宴集》十卷　仅见白居易会昌五年作《白氏长庆集后序》提及,应为居易退居香山后,与诸友游赏宴会之集。

　　5.31　《香山九老会诗》一卷　白居易编。《四库全书》收此集,附《高氏三宴集》后,云出北宋鲍慎由刻本。检《白氏长庆集》卷三七及《唐诗纪事》卷四九,知此组诗为会昌五年(845)三月二十一日在洛阳履道坊白宅作,与宴者有胡杲、吉皎、郑据、刘真、卢真、张浑、白居易,皆年过七十。另有狄兼谟、卢贞以年未七十,"与会而不及列"。作诗者仅七人。《四库》本作九首,其中狄兼谟、卢贞二首,实即《白氏长庆集》卷三七之《欢喜二偈》,为白作,与狄、卢无涉。

5.32 《吴越唱和集》 编者待考。《苕溪渔隐丛话前集》卷三八引《蔡宽夫诗话》:"文饶镇京口,时乐天正在苏州,元微之在越州,刘禹锡在和州,元、刘与文饶唱和往来甚多,谓之《吴越唱和集》。"文饶指李德裕,镇京口指任浙西观察使,时为长庆二年(822)至大和三年(829)。此集即收其时与元、刘之唱和诗。此集不见著录。

5.33 《吴蜀集》一卷 刘禹锡编。《新志》著录,云"刘禹锡、李德裕唱和"。《刘宾客外集》卷九《吴蜀集引》云:"长庆四年(824),余为历阳守,今丞相赵郡李公时镇南徐州。每赋诗,飞函相示,且命同作,而后出处乖远,亦如邻封。凡酬唱始于江南,而终于剑外,故以《吴蜀》为目云。""终于剑外"指李德裕大和四年至六年间任西川节度使事。知此集收诗,始于长庆四年,迄于大和六年(832),前后共九年。《宋志》及《秘书省续编到四库阙书目》皆著录此集,知南宋时尚存。宋敏求录此集中刘禹锡诗十七首,编入《刘宾客外集》卷七。《会昌一品集》中,存《述梦诗四十韵》《汉州月夕游房太尉西湖》《重题》《房公旧竹亭闻琴》《上巳忆江南禊事》《洛中士君子多以平泉见呼……》《潭上喜见新月》《初归平泉过龙门南岭遥望山居即事》等八首,另残句存者尚有三首。

5.34 《汝洛集》一卷 刘禹锡编。《新志》著录,云"裴度、刘禹锡唱和"。未允。《刘宾客外集》卷九《汝洛集引》云:"大和八年(834),予自姑苏转临汝,乐天罢三川守,复以宾客分司东都。未几,有诏领冯翊,辞不拜职,换太子少傅分务,以遂其高。时予代居左冯。明年,予罢郡,以宾客入洛,日以章句交欢。因而编之,命为《汝洛集》。"知此集收诗始于大和八年,时禹锡刺汝,白居易分司洛阳,故以"汝洛"名集。禹锡罢郡入洛,在开成元年(836),集即其时或稍后编。《宋志》作《汝洛唱和集》三卷,是分卷有异。《诗话总龟》卷六、《唐诗纪事》卷三九称及此集,知宋时尚存。宋敏求录此集中禹锡诗二十七首,联句三首,编入《刘宾客外集》卷四,即自该卷卷首,至《予自到洛中与乐天为文酒之会……》止,与唱者,尚有裴度、吴士矩等。《新志》当因此误为裴、刘唱和。

5.35　**《洛中集》七卷**　疑白居易编。《新志》著录，无说明。影宋绍兴本《刘宾客外集》附宋敏求《后序》，云自《洛中集》录刘禹锡诗三十首，联句五首。即《外集》卷四自《洛中早春寄乐天》，至此卷卷末，写作时间始于开成二年(837)春，上接《汝洛集》，讫于会昌初元，与唱者有白居易、牛僧孺、王起、裴度等。

5.36　**《彭阳唱和集》三卷**　刘禹锡编。《新志》著录。注云："令狐楚、刘禹锡。"《刘宾客外集》卷九有《彭阳唱和集引》及《后引》二篇。《引》作于大和七年(833)，称是年因令狐楚所请，"缉缀凡百有馀篇，以《彭阳唱和集》为目，勒成两轴"。《后引》称大和八年后诗编为卷三，开成二年(837)末令狐去世后，禹锡遂编定二人唱和为三卷，其中令狐楚"以诗见投凡七十九首"。《宋志》录此集二卷，《后集》一卷，与禹锡所叙合。宋敏求编《刘宾客外集》时，从此集中录诗五十二首，编为卷三。卞孝萱先生《令狐楚、刘禹锡〈彭阳唱和集〉复原》(《中华文史论丛》1980 年第一辑)，录此集中刘诗六十三首、令狐诗五十七首，已得原集十之八九。可订者有三：一、卞辑据《全唐诗》录刘诗，未据保存原集先后之《刘宾客外集》，故各诗次第尚有出入。二、其中有十首，见《刘宾客外集》卷一、卷二，录自《刘白唱和集》，是否亦重收于《彭阳唱和集》尚乏确证。三、令狐诗今存者，卞辑注明者为七首，另有《九日黄白二菊花盛开对怀刘二十八》一首，见《古今岁时杂咏》卷三五，《全唐诗》失收，可补入。

5.37　**《名公唱和集》二十二卷**　编者不详。《新志》著录，无说明。《宋志》作四卷，仅为残卷。今不存。宋敏求《刘宾客外集后序》云自此集录刘禹锡诗八十六首，即《刘宾客外集》卷五至卷六所收者。从刘诗诗题看，相与唱和者约近四十人。就卷次之多，唱和者之众来说，此集为唐代唱和集中规模最大之一种。

5.38　**《元和唱和集》一卷**　《崇文目》著录，编者、内容皆不详。

5.39　**《汉上题襟集》十卷**　段成式编。唐宋书志如《新志》《宋志》《崇文目》及晁、陈二家书录皆著录。《直斋书录解题》卷一五云："唐段成式、温庭筠、逢(当作"庭")皓、余知古、徐商等倡和诗什、往来简牍，盖在襄阳时也。"参其他文献,知此集为诸人大中末在襄阳徐商幕府中唱和诗歌及来往简牍之结集。明叶盛《菉竹堂书目》卷四、杨士和等《明书经籍志》皆著录,后者注:"一册,完全。"清初王士禛《分甘馀话》云时人有藏本,是明至清初尚存。今已佚。佚文散见于《文房四谱》《事类赋注》《唐诗纪事》《类说》《万首唐人绝句》《西溪丛话》《海录碎事》等书中。

5.40　《松陵集》十卷　陆龟蒙编。今存,为咸通十年(869),皮日休为苏州从事时,与龟蒙之唱和集,与唱者尚有崔璞、张贲、崔璐、李縠、魏璞、羊昭业、颜萱、郑璧等八人。共存诗685首,皮日休作集序。版本较多,常见者以陶氏涉园影宋本为佳。

5.41　《集道林寺诗》二卷　袁皓编。道林寺在长沙。《新志》《崇文目》及《秘书省续编到四库阙书目》皆著录,知南宋时尚存。今存唐人题道林寺诗,有杜甫、沈传师、唐扶、刘禹锡等。据杜诗,宋之问亦有留题。

5.42　《唱和集》　高辇编。齐己《白莲集》卷四《谢高辇先辈寄新唱和集》云:"敢谓神仙手,多怀老比丘。编联来鹿野,酬唱在龙楼。洛浦精灵慑,邙山鬼魅愁。二南风雅道,从此化东周。"知为辇在洛阳与"龙楼"高官唱和,编集后远寄在荆南之齐己。《册府元龟》卷二七〇云:"秦王从荣为诗,与从事高辇等更相唱和,自谓章句独步于一时。有诗千馀首,号曰《紫府集》。"《五代史补》卷二亦载此事。从荣为后唐明宗次子,天成四年(929)后为河南尹,明宗卒前以谋逆被杀,高辇亦坐诛,见《新五代史》本传。辇寄齐己者,即在从荣幕下之唱和诗。从荣诗均不存,辇诗仅存一首,见《事文类聚前集》卷四二、《全唐诗》卷七三七。

5.43　《文英院集》　编者不详。《宋史·李昉传》云后周显德中,世宗"见相国寺《文英院集》,乃昉与扈蒙、崔颂、刘衮、窦俨、赵逢及昉弟载所题,益善昉诗而称赏之曰:'吾久知有此人矣。'"相国寺在汴京。此集不见著录,当即后周时编。

5.44　《虎丘题真娘墓诗》一卷　编者不详。《崇文目》著录,知成书于宋仁宗前。《通志》注:"唐刘禹锡等二十三人。"今存唐人题真娘墓者有刘禹锡、白居易、李绅、沈亚之、张祜、李商隐、谭铢、罗隐等八人诗。

5.45　《翰林学士集》一卷　日本尾张国真福寺藏唐卷子本,约写于唐代宗时。原卷无集名，卷末题"集卷第二，诗一"，《经籍访古志》云另有墓志下一卷，知原集兼收诗文。此卷存诗十三组，其中九组为唐太宗与诸臣唱和诗，另四题皆许敬宗作。旧题《翰林学士集》，显误，太宗时尚无此官。日本服部宇之吉《佚存书目》拟题为《贞观中君臣唱和诗集》，福本雅一以为作《唐太宗御制及应诏诗集》更为妥当(见大阪市立美术馆《唐钞本》附解说)。今检此卷各组诗皆有许敬宗诗作，原卷存目录残叶，均以许诗列目，而以太宗及诸臣唱和诗作为附录，正文诗题也颇存此迹。据此，此卷似应为许敬宗别集之残卷。别集中附收同时唱和之作，唐集中多有之。以今人皆视此集为总集，姑附存之。

5.46　《赵志集》一卷　日本天理图书馆藏唐卷子本。存诗十首，首题"赵志集一卷"。日本学者花房英树据诸诗所用辞语，考知应为初唐人作。卷中诗共为四组，前二首为张皓兄与刘长史酬赠之作，次二首为郑司马等《秋日在县望雨》酬赠诗，再次三首为裴草然等《秋晚感时》寄和之作，末三首为徐长史等《闲厅晚景》唱和之诗。周绍良先生认为此卷为诸人唱和集，并非皆赵志之诗，赵志可能只是抄录者，卷中最多只有三首为赵志作，也可能一首也没有。(《艺文志》第一辑《赵志集》并跋)此集为别集抑是唱和集，尚难定论。姑附此。

六　送　别　集

6.1　《存抚集》十卷　编者不详。《唐会要》卷七七："天授二年(692)，发十道存抚使，以右肃政御史中丞、知大夫事李嗣真等为之。阎朝有诗送之，名曰《存抚集》十卷，行于世。杜审言、崔融、苏味道等诗尤著焉"。《南部新书》卷丙所载稍简。唐宋书志皆无著录。《全唐诗》卷六二杜审言《和李大夫嗣真奉使存抚河东》，即此集中诗。

6.2　《白云记》　徐彦伯编。《旧唐书·文苑传》云："睿宗时，天台道士司马承祯被征至京师。及还，(李)适赠诗，序其高尚之致，其词甚美。当时朝廷之士，无不属和，凡三百馀人。徐彦伯编而叙之，谓之《白云记》，颇传于代。"《大唐新语》卷一〇云入选为三十一首。《南部新书》卷庚谓书名因"承祯曾号白云子也"。《唐诗纪事》卷九亦载之。此书不见唐宋书志著录。今存此次送别诗,仅宋之问、李峤二首。

6.3　《朝英集》三卷　编者不详。《新志》著录,注云:"开元中,张孝嵩出塞,张九龄、韩休、崔沔、王翰、胡皓、贺知章所撰送行歌诗。"孝嵩开元七年(719)后曾任安西都护。今人或疑此集应为开元十年(722)送张说赴朔方军诸诗之结集,即《张说之文集》卷四所载者。此可备一说。然尚有可疑者五:一、送张说为玄宗先作,诸臣和之,《新志》不应不提玄宗。二、《新志》有崔沔,《张说之文集》所附无其诗。三、送张说诗有贾曾序,未提到编为《朝英集》事。四、《日本目》有《大周朝英集》十卷,则似应为武周时事。或为另一集。五、今知张孝嵩约于开元七年后任安西都护,兼北庭节度使,十二年迁太原尹,寻卒。是否自京师赴任安西,都护安西后曾否归京,皆不详。以上均有待研究。

6.4　《送贺监归乡诗集》一卷　编者不详。《通志》著录。《宋志》及《秘书省续编到四库阙书目》均作《贺监归乡诗集》。贺知章于天宝三载(744)初自请归乡,玄宗及公卿数百人赋诗送行,唐宋典籍所载甚备。《全唐诗》仅存四首。宋孔延之《会稽掇英总集》卷二,存送贺诗三十七首,始于玄宗,讫于卢象,并附贺知章、朱放、李白有关之诗。北京大学图书馆有清抄本《贺秘监归乡诗》一卷,据《木樨轩藏书书录》所载,与《会稽掇英总集》所收相同。宋代著录者,疑亦即此集。《会稽掇英总集》所收,包括晚唐姚鹄、严都、王铎之拟诗,则此集编成,不会早于唐末。

6.5　《送邢桂州诗》　萧昕编。仅见《宋志》著录。邢桂州即邢济,肃宗上元二年(761)任桂州都督,见《旧唐书·李范传》。《唐文粹》卷九八收萧昕《夏日送桂州刺史邢中丞赴任序》,送诗存者仅王维《送邢桂州》一首。

6.6　《谢亭诗集一卷》　李逊编。《崇文目》著录《宋志》作许孟容编。《通志》作《谢亭诗》,注云:"唐李逊镇襄阳,以所送行诗笔于襄阳谢亭。"逊镇襄阳在元和十年(815),见《旧唐书·宪宗纪》。《韩昌黎集》卷一〇《送李尚书逊赴襄阳八韵得长字》,即此次作。

6.7　《相送集》四卷　日僧最澄贞元二十一年(805)五月作《传教大

师将来越州录》有《相送集》四卷,注:"甲乙丙丁戊己庚,百纸。"为最澄入唐将离台、越等州时僧俗人送别诗,当即最澄编。最澄《显戒论缘起》卷上录吴觊《送最澄上人归日本国序》及吴觊、孟光、毛涣等九人诗,即此集之一部分。

6.8　《送白监归东都诗》一卷　《宋志》及《秘书省续编到四库阙书目》著录,不详编者。朱金城《白居易年谱》考定,白居易于大和元年(827)三月任秘书监,岁暮曾归洛阳。二年春归京,旋改刑部侍郎,至三年三月,罢职分司东都,裴度等于兴化里第置酒送行。此集当即此时诸人送行诗集。《唐诗纪事》卷三九载:"乐天分司东洛,朝贤悉会兴化亭送别。酒酣,各请一字至七字诗,以题为韵。"录存王起、李绅、令狐楚、元稹、魏扶、韦式、张籍、范尧佐送诗及居易答诗。此组诗应即录自是集。卞孝萱先生《元稹年谱》以为时王起、李绅、令狐楚、元稹皆不在京,疑此组诗出于依托。

6.9　《通州缁素相送诗》一卷　见日僧圆珍大中八年(854)撰《福州温州台州求得经律论疏论外书等目录》,注云:"或题福、温、台州相送诗乙三十六首。"今日本圆城寺藏唐写送圆珍诗卷,存高奉三首、蔡辅十一首、道玄一首、李达一首、詹景全二首,但未能断即福、温、台三州相送者否。《全唐诗逸》卷二收天台僧清观《赠圆珍和尚》诗二句,当即源出此集。

6.10　长安两街名僧送悟真归瓜沙诗　悟真编。大中五年(851),河西僧悟真于河湟收复后不久入长安献款,诏许巡礼两街僧寺,两街名僧多赠诗颂美,并为其送行。悟真归后,累任河西副僧统,咸通十年(869)升河西僧统,遂将大中至咸通间朝廷诏敕及长安名僧赠行诗汇集成卷。此集今存伯3720、伯3886、斯4654等卷,存诗十馀首,作者有辨章、栖白、彦楚、建初等。

6.11　朝贤赠昙光歌诗　编者不详。《宋高僧传》卷三〇《后唐明州国宁寺昙光传》:"有朝贤赠歌诗,吴内翰融、罗江东隐等五十家,仅成一集。"《宋志》总集类有"《僧昙光上人诗》一卷",当即指朝贤赠诗集,非指昙光本人诗集。今《全唐诗》存吕融、司空图、陆希声、罗隐、贯休、张觊赠诗,《宝真斋法书赞》存崔远诗,另《宣和书谱》卷一〇载卢知猷有《送晋光序》,卷六载卢汝弼有《赠晋光诗》,卷三、卷五载杨钜、薛贻矩均有《赠晋光草书序》,卷三载陆宸有《赠晋光草书歌》,均不存。

6.12　《送毛仙翁诗集》一卷　杜光庭编。《宋志》著录,注云:"牛僧孺、韩愈等赠。"按《唐诗纪事》卷八一将此集全部收入,包括杜光庭序及诗十七首、序五篇,作者二十一人。杜序述毛仙翁神迹及与诸贤来往始末甚详。然所收如韩愈、刘禹锡均多自称弟子,但与二人生平颇不合。

七　家　集

7.1　《李氏花萼集》二十卷　《旧唐书·李乂传》:"兄尚一,清源尉,早卒;尚贞,官至博州刺史。兄弟同为一集,号曰《李氏花萼集》,总二十卷。"编者不详。《新志》著录此集,《崇文目》不收,似北宋时已不存。尚一、尚贞皆无诗存世,又诗《全唐诗》存一卷,溯其出处,亦无引及《花萼》之迹。尚贞墓志已出,北图有拓本。

7.2　《韦氏兄弟集》二十卷　《新志》著录,注云:"韦会、弟弼。"编者不详。两《唐书》无二韦传。《元和姓纂》卷二载弼为主客郎中,称出东眷龙门公房。《郎官石柱题名考》卷一二载弼字国桢,历户部员外郎及莱、济、商三州刺史,与沈佺期同时。会历官不详。此集宋后不传,二韦均无诗传世。

7.3　杜氏家集　杜佑编。杜牧《樊川文集》卷一《冬日至寄小侄阿宜诗》:"家集二百编,上下驰皇王。多是抚州写,今来五纪强。尚可与尔读,助尔为贤良。"《唐刺史考》卷一六〇载牧祖杜佑于代宗大历十三年(778)为抚州刺史。此杜氏家集,即杜佑于其时写定。

7.4　《窦氏联珠集》五卷　大中间褚藏言编。收录窦叔向五子常、牟、群、庠、巩诗。以人列目,各人诗前皆有传。录五窦诗一百首,人各二十首,并附同时唱和诸人诗,是此集虽为五窦合集,编录时藏言亦有所取舍。今存多本,以《四部丛刊三编》影宋本为善,唯稍有错叶。

7.5　李逢吉《家集》　仅见北宋陈舜俞《庐山记》卷二引及,不见著录。

7.6　皇甫氏家集　《唐诗纪事》卷五二皇甫松《古松感兴》:"我家世道德,旨意匡文明。家集四百卷,独立天地经。"松父湜以文名,其先世不可考。

7.7　《廖氏家集》一卷　廖匡图编。《新志》《崇文目》《通志》皆著录。《新志》注:"廖光图,唐末人。"《通志》注:"唐末廖光图集其家诗。"光图即匡图,宋人讳改。生平详《唐才子传校笺》卷一〇,约生于唐末,仕马楚,五代后期卒。称"唐末",未允。匡图父爽,弟匡凝、匡齐、偓,皆能诗,此集当收诸廖诗。匡图子侄辈能诗者,有融、邈,孙辈有昼,再后有倚、偶(详《唐才子传校笺补正》卷一〇拙文),似皆此集所不及收。此集宋以后不传。

八　待　考

唐人编选诗歌总集,上文已考及之一百三十七种。此外尚有若干种,或因时代不详,或因作者无考,或因内容缺如,或因部类归属及是否收诗尚难判断,暂未列目考订。以下附录待考之集目及出处,以俟博识:

8.1　《诗林英选》十一卷

8.2　《丽正文苑》二十卷　许敬宗撰

8.3　《歌录集八卷》

8.4　《金门待诏集》十卷　刘允济撰

（以上《旧志》）

8.5　《海藏连珠》三十卷　康显撰

（以上《新志》）

8.6　《翰林院等集》一卷

（以上日僧最澄《传教大师将来越州录》）

8.7　《仆(疑当作"濮")郡集》一卷

8.8　《台山集》一卷

（以上日僧圆仁《入唐新求圣教目录》）

8.9　《福州往来集》一卷

8.10　《温州台州往来集》一卷

8.11　《景丹英鸾束庐山胜事》联句成四十一卷

8.12　《诗集》一卷　七十二首,题《李山人所居》为初。

8.13　《杂诗》一卷　册子,七十八首,《寄韦(原误"娄")渠牟》为初。

8.14　《杂句》一卷　一百二首,《送刘大皂》为初。

8.15　《旧诗》一卷　《题仙坛》为初,总三十首。

　　　　（以上日僧圆珍《福州温州台州求得经律论疏记外书等目录》）

8.16　《文林丽藻集》百卷

8.17　《文房丽藻》十卷

8.18　《镜中集中集》十卷

8.19　《镜中观妓集》一卷

8.20　《天宝集》三卷,又九集

8.21　《金华瀛洲集》三十卷

8.22　《朝士近代大才集》二十卷

8.23　《词林警句集》三十卷

8.24　《玉相集》一卷

8.25　《关成集》三十卷

8.26　《文箱集》三卷

8.27　《河南集》十卷

8.28　《凤岩集》十卷

8.29　《豫章集》十五卷

8.30　《贞观集》一卷

　　　　　　　　　　　　　　　　　　（以上《日本目》）

8.31　《九华山录》一卷　僧应物

8.32　《杂编类诗编》二十卷

　　　　　　　　　　　　　　　　　　（以上《崇文目》）

8.33　《唐五僧诗》一卷　鸿渐笔

8.34　《唐十哲僧诗》一卷　　清江等

8.35　《雁荡山诗》一卷

8.36　《麻姑山诗》三卷

8.37　《留题慧山诗》一卷

8.38　《许昌诗》一卷

8.39　《桃源诗》一卷

8.40　《池阳境内诗记》一卷

8.41　《江夏古今记咏》一卷

8.42　《青城山丈人观诗》一卷

8.43　《庐山简寂观诗》一卷

8.44　《湖州碧澜堂诗》一卷

8.45　《庐山瀑布诗》一卷

（以上《通志》）

8.46　《广玉台集》三十卷

8.47　《文选后名人诗》九卷

8.48　《清体诗》五卷

（以上《秘书省续编到四库阙书目》）

8.49　《桂管集》二十卷　　李商隐撰

8.50　《遗风集》二十一卷　　刘从义撰

（以上《宋志》）

8.51　《韵苑》十卷　　王贞撰

（以上《千唐志斋藏志》四一一页）

（刊《中国诗学》第二辑,南京大学出版社 1992 年 12 月）

殷璠《丹阳集》辑考

一

　　见于历代著录的唐人选唐诗,约有近五十种之多,有姓名传世的唐代选家,也有三四十人之众。在这些众多的选家选本中,自唐代以来最受好评的是殷璠及其所选诗集。如晚唐郑谷《读前集(指李白集)二首》之一云:"殷璠裁鉴《英灵集》,颇觉同才得旨(一作契)深。何事后来高仲武,品题《间气》未公心。"(《全唐诗》卷六七五)吴融《过丹阳》云:"藻鉴难逢耻后生(原注:殷文学于此集《英灵》)。"(前书卷六八四)以世无殷氏之才为憾。五代孙光宪则推殷氏为唐代选家之冠。"有唐御宇,诗律尤精列姓氏,掇英秀,不啻十数家。唯丹阳殷璠,优劣升黜,咸当其分,性之深于诗者,谓其不诬。"(《四部丛刊》本《白莲集》序)据说南汉连州诗人石文德,早年极力为诗,终不工,"及阅殷璠诗选,模仿久之,遂出侪辈上"(康熙《连州志》卷五,上海图书馆藏缩微胶卷)。宋、明诗人,多推尊唐诗,殷选也颇受重视。近几十年来,殷璠及其所选《河岳英灵集》受到研究盛唐诗歌和唐代文学批评的学者们的充分重视,得到高度的评价。

　　史书上记载的殷璠著作有两种,一是《河岳英灵集》二卷,今存,流传甚广。通行的《四部丛刊》本、《唐人选唐诗十种》本均作三卷,实误,当以唐宋著录作二卷为是。一是《丹阳集》一卷,亡佚已久。除了这两种著作外,殷璠未留下一诗一文,而唐宋史书、笔记、诗话中关于殷璠的记载,也极其罕见。前引四条唐五代人涉及殷璠的记载,差不多是今知唐五代关于殷璠的全部记载了(另有高仲武一条详后)。由于这一原因,辑考已失传的《丹阳集》一书,为殷璠研究和唐诗研究提供新的资料,是很有必要的。

唐代关于《丹阳集》的记载,只有高仲武《中兴间气集序》"《丹阳》止录吴人"一句。《河岳英录集》储光羲评语提到《荆扬集》,清人宗廷辅以为即《丹阳集》,尚有可疑之处(详见本文第三节)。宋人所纂《崇文总目》《新唐书·艺文志》《通志·艺文略》《遂初堂书目》皆著录该集,《新唐书·艺文志》在《包融诗》一卷下,有一条较详细的注(全文详后),介绍了《丹阳集》的内容,可知该集收润州所属五县十八位诗人的作品。《文史》十七辑刊吴企明先生《唐人选唐诗八集传流散佚考》一文,对上述著录考证已详,可参看。

《丹阳集》亡佚于何时?明代胡应麟《诗薮·杂编》卷二以为该集与另外十馀种唐人自选诗,"至陈、晁二氏书目,概靡谭及者,则诸选自南渡后淹没久矣"。但尤袤《遂初堂书目》既经著录,知南渡后尚有孑存。吴企明认为"此书明代尚存",所举宋以后提及《丹阳集》的证据有如下几条:1. 元修《宋史·艺文志》著录该集。2. 明初高棅《唐诗品汇》卷首"引用诸书"有《丹阳》一集。3. 明胡震亨《唐音癸签》卷三〇云:"一方人士诗有《丹阳集》。开元中,丹阳进士殷璠汇次润州包融……十八人诗,前各有评,一卷。"细究之下,不无疑问。

元修《宋史》,体例极紊乱。《艺文志》主要是采取宋代各种书目杂糅而成,错误极多,为治目录学者诟病已久。《宋志》著录不能证明元代某书尚存,故可勿论。《唐诗品汇》共收入《丹阳集》十八人中十一人诗共一百二十一首,其中储光羲九十一首,其集存,可不论。其馀十人诗,均已见载于《文苑英华》《唐诗纪事》《乐府诗集》《万首唐人绝句》等书,未见采自《丹阳集》之迹。《丹阳集》人各有评,《唐诗品汇》采《河岳英灵集》殷璠评语多条,而无一条出自《丹阳集》。卷首"诗人爵里详节"录诸人事迹,显然系抄录《新唐书·艺文志》,间有讹误。云高棅得见该集,尚无明证。卷首开列,恐仍不脱明人虚冒之习。胡震亨对《丹阳集》"开元中"编次与"前各有评"的介绍,未见前人述及,与本文考证的结论(详后),基本是一致的。能否认为胡氏曾见该集呢?不能。《唐音癸签》卷二八述《丹阳集》内容,亦仍《新唐书·艺文志》,未叙及包融、储光羲二人官守。《唐音丙签》仅故宫博物院存抄本,未见,但《全唐诗》是充分利用了《唐音统签》的,其所收诸人诗,《吟窗杂录》所录零句并未补出全篇,马挺、张彦雄无诗,申堂构仅存二句,如胡氏获见该集,当不至遗落如是。胡氏所云,当系据《吟窗杂录》推测而知。

清人孙涛《全唐诗话续编》,收有注出《丹阳集》的文字九条,其中二条注明为"殷璠《丹阳集》"。吴企明指出各条多记中唐后事,各人占籍各异,属《本事诗》一类议论,与殷集大相径庭,孙氏实误录。所言甚是。孙氏所录各条,今皆见于葛立方《韵语阳秋》,张籍条见卷二,白居易、贾岛、许浑、武元衡条见卷三,卢纶、钱起条见卷四,宋之问、元结条见卷六。《增修诗话总龟后集》录《韵语阳秋》,或称"葛立方""葛常之诗话",或称"丹阳""丹阳集",皆指一书。孙氏不察,遂与殷书相混。葛立方为胜仲子,丹阳人,绍兴进士。

清季镇江人宗廷辅,为标举乡邦文献,重辑殷璠《丹阳集》,卒后由其子刊入《宗月锄先生遗著》。宗辑系以《新唐书·艺文志》为目,缺张彦雄、马挺二人诗,除储光羲外,其馀十五人均据《全唐诗》全录其诗,少数人据他书补录事迹。储光羲诗则将《河岳英灵集》所录诗全部收入,又以为殷璠所云《荆扬集》"当即《丹阳》之伪",另录入殷氏提及的二诗。宗辑本是至今唯一的《丹阳集》辑本,开辟之功,不可尽没,但其所辑,与殷集原貌,相去实甚远。

综括以上所考,可知《丹阳集》亡佚的时间约在南宋后期。南宋仅尤袤藏有该集,而《中兴馆阁书目》《四库阙书目》《秘书省续编到四库阙书目》,晁、陈二家书目,马端临《文献通考》皆不载,知南渡后传本甚罕见,终至泯没。明人虽提到该集,但无引用该集的确证。清代虽有重辑该集之举,却并未窥知该集的真貌。

二

笔者近年因研究工作需要,较广泛地涉猎了与唐诗有关的一些古籍,意外地发现了殷璠《丹阳集》的一些残文。将这些残文与文献记载对照研究,可考知该集的一些情况。这对殷璠研究、唐诗及唐代文学批评研究,当不无裨益。

笔者最初发见载有《丹阳集》残文的,是明万历年间刊吴琯纂辑的《唐诗纪》盛唐部分(后称《盛唐诗纪》)。在该书卷三、卷五、卷四八、卷一〇二,收有殷璠对包融、蔡希周、蔡希寂、储光羲、丁仙芝、张潮、周瑀、谈戭、沈如筠、余延寿、张晕、殷遥等十二人诗的评语,但未言出处。检《新唐书·艺文志》,此十二人皆收入《丹阳集》,因知所引为该集佚文。从吴琯所收诸人诗来看,可肯定他并未亲见《丹阳集》。虽然他在自序中称"先主宋版诸书,以逮宋本,有误斯考,可据则从,其疑仍阙,不敢臆断",在明代堪称卓识,而所录殷评来源,终存疑窦。

最近在上海图书馆读到明刻本《吟窗杂录》,前疑始得尽释。吴琯所引十二条诗评,均收入卷二四至二六《历代吟谱》,吴琯未及的张彦雄、蔡隐丘、申堂构、樊光四人诗评亦收录其中。更可贵的是,该书还收有殷璠《丹阳集序》一段,另抄录十六人诗三十五则,多有他书未见之作,有数则为《全唐诗》失收,可知皆为抄录者直接从《丹阳集》中抄出(仅储光羲二联出《河岳英灵集》)。这些残文,是辑考《丹阳集》的珍贵资料。

有必要对《吟窗杂录》一书纂辑者及成书时间作一说明。该书全称为《陈学士吟窗杂录》,明刻本卷首题"状元陈应行编"。又有绍兴五年(1134)浩然子序。《四库提要》收入"诗文评类存目",斥为"伪书",根据是所收各家诗格"率出依托,鄙倍如出一手"。《魏文帝诗格》尤伪。王重民先生《中国善本书提要》续申其说,以为"实出宋代坊贾之手"。今按,该书所收有托名之作,不足定全书为伪。从《文镜秘府论》可知,唐代民间讨论诗律句对之书极其流行。《吟窗杂录》所收录近三十种诗格诗评,虽有托名之作,但产生的时代在唐五代至宋初,则可以肯定。《直斋书录解题》卷二二有《吟窗杂录》三十卷,解题云:"莆田蔡传撰,君谟之孙也。取诸家诗格诗评之类集成之。又为《吟谱》,凡魏晋而下能诗之人,皆略具其本末。总为此书,麻沙尝有刻本,节略不全。"毛晋《跋风骚旨格》也以为蔡氏编。宋本《吟窗杂录》今未见著录,宋单刻本《历代吟谱》,闻中山大学图书馆尚有藏,惜未见。或题陈应行,罗根泽先生推测"原出蔡传,而此本或由陈氏重编"(《中国文学批评史》第三册)。然《文献通考·选举考》引《宋登科记》载宋一代殿元、省元,皆无陈应行,则明刻本所署,出坊贾伪托无疑。蔡传,事迹详《莆阳比事》卷六、《莆阳文献传》卷九及《仙溪志》卷四,字永翁,仙游人,襄孙。襄卒时方二岁,当生于治平三年(1066),后历朝奉郎、通判南京留守司,年四十三致仕,时在大观二年(1108)。《吟窗杂录》的编纂当即在此前后。该书虽有随意删削旧文之病,但蔡氏生于文献之家,又勤于采撷,时去唐未久,故保存资料甚丰。如王维《上党苗公德政碑》录苗晋卿诗二联,《全唐诗》失收,《吟窗杂录》早已摘出。胡震亨从该书中辑出唐人佚句甚多,惜仍未尽。得见殷璠《丹阳集》并摘抄其中文字者,今知仅《新唐书·艺文志》作者及蔡传二人,其价值不容否定。

<h1 style="text-align:center">三</h1>

　　本节辑考《丹阳集》,主要分三个方面:一是辑录《丹阳集》中殷璠自序及诗评。二是推定《丹阳集》收诗情况,主要依据《吟窗杂录》。《全唐诗》据《搜玉小集》《国秀集》《诗式》《文苑英华》《唐诗纪事》《乐府诗集》《万首唐人绝句》等书所录诸人诗,有可能亦出《丹阳集》,但不能确定,因各书当有其他来源。三是考察该集十八位作者生平事迹,这对探考该集总况和研究诸人诗作,是很有必要的。以下分别述之。

《丹阳集》一卷,唐曲阿殷璠编

　　该集集名及卷数,唐宋书志著录皆同。或称"丹杨","杨"为刊误。该集收润州人士诗作,润州为汉丹阳郡故地,因名集。《河岳英灵集》卷首署"唐丹阳进士殷璠"。《旧唐书·地理志》载,曲阿县于武德八年归润州,"天宝元年改为丹阳县"。璠于此集当署曲阿为是。其应进士试未详何年,不录。

序

《吟窗杂录》卷四一"杂序"首录殷璠《〈丹阳集〉序》：

> 李都尉没后九百馀载，其间词人不可胜数。建安末，气骨弥高，太（原误作"大"）康中，体调尤峻，元嘉勋骨仍在，永明规矩已失，梁、陈、周、隋，厥道全丧。盖时迁推变，俗异风革，信乎人文化成天下。

所录仅此，似为原叙之首段。同卷录《〈河岳英灵集〉序》仅"夫文有神来、气来、情来，有雅体、野体、鄙体、俗体，编记者能审鉴诸体，委详所来，方可定其优劣，论其取舍"一段，可证。"化成天下"以次，当述及唐代诗风及取舍标准范围、起讫时间等，今皆不存。

目录(?)

《新唐书·艺文志》(后简称《新志》)《包融诗》注云：

> 润州延陵人，历大理司直。……融与储光羲皆延陵人，曲阿有徐杭尉丁仙芝、缑氏主簿蔡隐丘、监察御史蔡希周、渭南尉蔡希寂、处士张彦雄、张潮、校书郎张晕、吏部常选周瑀、长洲尉谈戭、句容有忠王府仓曹参军殷遥、硖石主簿樊光、横阳主簿沈如筠，江宁有右拾遗孙处玄、处士徐延寿，丹徒有江都主簿马挺、武进尉申堂构，十八人皆有诗名，殷璠汇次其诗，为《丹杨集》者。

这段注，当据《丹阳集》本书写成。《崇文总目》著录该集，欧阳修等得以获见，所记诸人官职，均非终职，必出原书。颇疑系史臣直接汇抄该集目录成文。以今存之唐人自选诗来考察，《国秀集》目录注出结集时各人官守，《珠英学士集》于各诗下结衔署作者官守、郡望、姓名(据王重民先生《敦煌古籍叙录》《补徐唐诗》)，《河岳英灵集》诗评或称官职。以今残存之殷评看，皆直呼作者名。上引官称、占籍，或为具载于目录，或为注集中名下，二者相较，当以前说为长。原集当以各人占籍为序排列。包、储二人官职,缺录,疑大理司直为《丹阳集》录包融官职,储光羲职无考。

延陵二人

包融

《吟窗杂录》卷二四《历代吟谱》云:"殷璠称之曰:'融诗青幽语奇,颇多剪刻。'"《盛唐诗纪》卷三"青"作"情",是。

《吟窗杂录》同卷录融诗二联:"春梦随我心,摇扬逐君去。""荒台森荆杞,朦胧无上语。"(均依原文,下同)为《送国子张主簿》《阮公啸台》句。二诗收入《丹阳集》。

《新志》著录《包融诗》一卷。《全唐诗》卷一一四录其诗八首,五首出《文苑英华》,二首出《国秀集》。《武陵桃源送人》,出《吟窗杂录》卷四六,仅四句,未全。《文苑英华》卷三三二存全诗,失署名,可补入。《全唐诗续补遗》卷三补二诗,皆误。同治《九江府志》卷四九存其《登庐山峰顶寺》一首,系误录唐刘昚虚诗,刘诗见《河岳英灵集》卷上。

《旧唐书》卷一九〇《文苑传》云融在神龙中与贺知章等以"文词俊秀,名扬于上京","融遇张九龄,引为怀州司户、集贤直学士"。但称"湖州包融",疑指郡望。《新唐书》卷一四九《包佶传》云:"父融,集贤院学士。"《新志》及《国秀集》目录均称为大理司直。开元十三年,始从张说议改集仙殿为集贤院,《职官分纪》卷一五引韦述《集贤纪注》录该年学士名,无融,当晚于此年。张九龄于开元二十四年罢相,其荐融当在此前。《旧唐书·职官志》载大理司直为从六品上,疑为融终官,时当在天宝前。

储光羲

《吟窗杂录》卷二六《历代吟谱》云:"殷璠曰:'光羲诗宏瞻纵逸,务在直置。'"《盛唐诗纪》卷五同。

《吟窗杂录》同卷录光羲诗六联:"日暮闲园里,团团荫榆柳",为《田家杂兴八首》之句;"当暑日方昼,高天无片云""桑间禾黍风,柳下牛羊群",为《行次田家澳梁作》句;"河洲多青草,朝暮滋客愁",为《夜到洛口入黄河》句。另二联,系录自《河岳英灵集》储光羲诗评:"《述华清宫》诗云:'山开鸿蒙色,天转招摇星。'又《游茅山》诗见:'山门入松柏,天路涵空虚。'此例数百句,已略见《荆扬集》,不复广引。"(校以《唐诗纪事》卷二二引)宗廷辅以为《荆扬集》即《丹阳集》,有三点可疑:一、二集名不同,各本亦无异文;二、《丹阳集》仅一卷,而《荆扬集》却收"此例数百句",显然不合;三、《全唐诗》卷一三六《述华清宫五首》自注:"天宝六载冬十月,皇帝如骊山温泉宫,名其宫曰华清。"诗为其后作。而据本文所考,《丹阳集》为开元末编。检《日本国见在书目》,有《荆扬挺秀集》,当即此《荆扬集》,疑亦璠编。今知《丹阳集》收储光羲诗仅三首。

光羲生平,今人考证已详,兹不赘及。

曲阿九人

馀杭尉丁仙芝

《吟窗杂录》卷二六《历代吟谱》云:"殷璠曰:'仙芝诗婉丽清新,迥出凡俗,恨其文多质少。'"《盛唐诗纪》卷四八同。

《吟窗杂录》同卷引仙芝诗四联:"庭闲花自落,门闭水空流",为《长宁公主旧山池》句;"山空响不开,溪静曲宜长",为《剡溪馆闻笛》句;"穷花常闭户,秋城闻捣衣""树迥早秋色,川长迟落晖"二联,全诗已佚。今知《丹阳集》收仙芝诗,当不少于四首。

光绪《丹阳县志》卷三五"书籍"著录"丁仙芝《丁馀杭集》二卷"。《全唐诗》收仙芝诗十四首,《渡扬子江》为孟浩然诗误入,《越裳贡白雉》,与孙昌胤互见,尚难确归。馀诗出自《国秀集》《文苑英华》《唐诗纪事》《乐府诗集》等书。《全唐诗逸》卷上录《陪岐王宅宴》句。

储光羲《贻丁主簿仙芝别》自注:"丁侯前举,予次年举。""同为太学诸生。""同年举而丁侯先第。"《文史》十二辑陈铁民先生《储光羲生平事迹考辨》据以考定仙芝开元十一年应进士试,未第,旋入太学,于十三年登第。《登科记考》卷七亦作十三年。《至顺镇江志》卷一五作"开元十二年进士第",差一年。《千唐志斋藏志》收仙芝开元十八年撰《唐故随州司法参军陆府君墓志铭》,署"前国子进士丁仙之撰",知其及第后五年仍未授官。储诗称为"丁主簿",当为开元十八年后事。《新志》及《国秀集》目录均署官馀杭尉,当为其终官。长宁公主开元十六年更嫁,卒年不详。仙芝有《长宁公主旧山池》诗,知其卒当不早于开元二十年。

缑氏主簿蔡隐丘

《吟窗杂录》卷二六《历代吟谱》:"殷璠曰:'隐丘诗体调高高(原衍一字)险,往往惊奇,虽乏绵密,殊多骨气。'"

同书同卷录隐丘诗三联:"山上天将近,人间路渐遥",为《石桥琪树》首二句;"整巾千嶂耸,曳履百泉鸣""草径不闻金马诏,松门唯见石人看",全诗已佚,后二句《全唐诗》失收,可补入。

《全唐文》卷三六五蔡希综《法书论》云:"第四兄缑氏主簿希逸,第七兄洛阳尉希寂"并工书。宗廷辅以为"隐丘原名希逸",今人编《中国美术家人名辞典》以为隐丘即希逸。按二处载官守相同,"隐""逸"义可互训,其说是。唐人有以字行之习惯,隐丘或即希逸之字。

监察御史蔡希周

《吟窗杂录》卷二六《历代吟谱》云:"殷璠曰:'希周词彩明媚,殊得风规。'"《盛唐诗纪》卷三同。

《吟窗杂录》同卷录希周诗二句:"彩殿氛氲拥香溜,纱窗宛转闭春风。"为《奉和扈从温泉宫承恩赐浴》句。《全唐诗》仅存此一首,出《文苑英华》卷一七一。光绪《丹阳县志》卷三五著录"《蔡希周诗》一卷"。

《隋唐五代墓志汇编·洛阳卷》一一,收张阶撰希周墓志,题作《唐故朝请大夫尚书刑部员外郎□□□蔡公墓志铭》,载其先世为:"曾祖衍,随晋王府东阁祭酒;王父元凯,皇清河郡漳南县令;列考勖之,汝南郡吴房县令。"希周为勖之第四子,玄宗开元中,就常调补肥乡尉。奏课第一,改蜀郡新繁尉,迁剑南采访支使,兼节度判官。李林甫知选时,擢京兆泾阳尉。岁满改监察御史里行,充兖济北道支度营田判官。转殿中侍御史,进膳部员外郎,改刑部员外郎。"天宝五载,以举主得罪于朝,异时推毂居中者等比皆罢",因贬咸安郡司马。次年(747)四月卒,年六十。推其生年,当为武后垂拱四年(688)。《唐仆尚丞郎表》卷三考定李林甫于开元二十年至二十一年为吏部尚书知选,希周于其时被选为泾阳尉。《新唐书·艺文志》称希周官监察御史,约为开元二十五年前后之官守。《御史台精舍题名考》卷三载该碑左棱及侍御史兼殿中侍御史栏有希周名,与墓志契合。

其天宝五载之得罪贬官，显因李林甫诬陷韦坚、李適之等交构东宫一案之牵连。至《润州唐人集》卷一引康熙《镇江府志》云：“蔡希周，曲阿人，开元十三年举进士，历官监察御史。”据墓志可知希周由常调补官，未登进士第。

渭南尉蔡希寂

《吟窗杂录》卷二六《历代吟谱》云：“殷璠曰：‘希寂词句清迥，情理绵密。’”《盛唐诗纪》卷三同。

《吟窗杂录》同卷录希寂诗二联：“河水流城下，山云起路傍”，为《陕中作》句；“象筵列虚白，幽偶清心胸”全诗已佚，《全唐诗》亦失收。

《全唐诗》收其诗五首，均出《文苑英华》。另《补全唐诗》又自敦煌残卷补诗一首。

《元和姓纂》卷八蔡姓载：“丹阳。状云：质后，唐司勋郎中希寂。”而窦蒙《述书赋注》卷下云：“蔡希寂，济阳人，金部郎中。玩学润身，假借盈箧。”《历代名画记》卷二云：“金部郎中蔡希寂，济阳人也。”岑仲勉先生《元和姓纂四校记》谓“济阳是旧望”，甚是。前引《蔡希周墓志》署：“第七弟朝议郎行洛阳县尉希寂字季深书。”中云：“授公京兆泾阳尉。公之令弟曰兹洛阳尉希寂季深，渊英茂异之士，初射策高第，尉于渭南，公与并时焉，人望双高，晖映公府，时来一举，昌大私门。”知其字季深，为希周七弟。《嘉定镇江志》卷一七云其“登进士第”，无年代。《至顺镇江志》卷一九谓“开元十二年登进士第，后官至御史”。可与墓志中“射策高第”一语相印证。《新唐书·艺文志》称希寂为渭南尉，在职之时与希周尉泾阳同时，即开元二十一年后数年间。洛阳尉为天宝六年官守。蔡希综《法书论》称“第七兄洛阳尉希寂”，近人李根源曲石藏石有天宝七载《李琚志》，为“洛阳尉蔡希寂书”，为同时之作。《郎官石柱题名》“司勋员外郎”“司勋郎中”皆有希寂题名。其勋外题名前一人为崔圆，《旧唐书·玄宗纪》载其为勋中在天宝十五载。希寂任二职，约在此前后。《述书赋》天宝中作，疑其任金中在勋中以前。《至顺镇江志》云“官至御史”，疑系牵合希周之历官。

处士张彦雄

《吟窗杂录》卷二六《历代吟谱》云:"彦雄诗但责潇洒,不尚绮密。至如'云壑凝寒阴,岩泉激幽响',亦非凡俗所能至也。"

《全唐诗》不收彦雄诗。彦雄诗今仅存殷氏所引二句。

处士张潮

《吟窗杂录》卷二六《历代吟谱》云:"殷璠曰:'潮诗委曲怨切,颇多悲凉。'"《盛唐诗纪》卷四八同。

《吟窗杂录》同卷录潮诗四句:"日暮情更来,空望去时水。孟夏麦始秀,江上多南风。"为《江风行》句。天宝末李康成《玉台后集》也收潮此诗(见《后村诗话续集》卷一,"潮",原误作"晁"),知此诗当时甚受重视。

《全唐诗》存潮诗五首,出《文苑英华》及《唐诗纪事》。《长干行》一作李白、李益诗,皆误。顾陶《唐诗类选》收归张潮,见《艇斋诗话》引,可从。另句二,为周瑀诗误入。

《唐诗纪事》卷二七谓潮(误作朝)为"大历时处士",《全唐诗》因之,今存史料中无潮大历时犹存之证,应作开元时处士为是。

校书郎张晕

《吟窗杂录》卷二六《历代吟谱》云:"殷璠曰:'晕诗巧用文字,务在规矩。'"《盛唐诗纪》卷一〇二同。

《吟窗杂录》同卷录晕诗"茫茫烟水上"四句,《全唐诗》收入,题作《绝句》。

《全唐诗》收晕诗二首,另一为《游栖霞寺》,出《文苑英华》卷二三六。

晕,《全唐诗》作"翚",今人张忱石《全唐诗作者索引》,已疑其非是,举证颇详,可参看。《唐诗纪事》卷一五云:"晕,开元进士,萧颖士同年生也。"《登科记考》卷八系于开元二十三年。其任校书郎当在登第后。

吏部常选周瑀

《吟窗杂录》卷二六《历代吟谱》云:"殷璠曰:'瑀诗窈窕鲜洁,务为奇巧。'"《盛唐诗纪》卷一〇二同。

《吟窗杂录》同卷录瑀诗三句,"寒深包晚桔,风紧落垂杨",为《潘司马别业》句;"'孤山日暮清',亦为清唱。"所引为《送潘三入京》末句。

璠诗存三首,出《文苑英华》及《天台集》。

除《新志》外,未见其他周璠生平资料。《全唐诗》卷一三八储光羲《送周十一》云:"复问子何如? 自言之帝乡。岂无亲所爱,将欲济时康。"疑即送璠诗。

长洲尉谈戣

《吟窗杂录》卷二六《历代吟谱》云:"殷璠曰:'戣诗精典古雅。'"《盛唐诗纪》卷一〇二同。

《吟窗杂录》同卷录戣诗四句"云蔽望乡处,雨愁为客心",为《清溪馆作》颔联;"清清江潭树,日夕增所思",全诗已佚。今存戣诗仅此,皆出《丹阳集》。

《嘉定镇江志》卷一七载戣"进士第,官长洲尉"。《至顺镇江志》卷一九"科目"云"开元二十年登进士第"。《登科记考》失收,可补入。

句容三人

忠王府仓曹参军殷遥

《吟窗杂录》卷二六《历代吟谱》云:"殷璠曰:'遥诗闲雅,善用声。'"《盛唐诗纪》卷一〇二引"遥"作"遥"。

《吟窗杂录》同卷引遥诗二联:"野花子成落,江燕引雏飞",为《春晚山行》句;"游鱼逐水上,宿鸟向风栖",为《友人山亭》句。

《全唐诗》收遥诗五首,《送友人下第归省》为刘得仁诗误入,《送杜十瞻楚州觐省》为李嘉祐诗误入。《塞下》疑亦非遥作,待查。《全唐诗逸》卷上收其《夏晚怀归》句。

《唐诗纪事》卷一七谓遥"天宝间终于忠王府曹参军"。后《唐才子传》《弘治句容县志》《全唐诗》《润州唐人集》皆沿之。然析计氏根据,当据《新志》引《丹阳集》,璠于天宝末辑《河岳英灵集》,则遥亦天宝年间人。实未谛。今存遥生平资料,当以储光羲《新丰作贻殷四校书》《同王十三维哭殷遥》、王维《哭殷遥》《送殷四葬》四诗,为最直接。据诸诗,知遥家贫贱,少田园,卜居许州西,与王、储二人善,亦喜禅。中年卒,疑校书郎为终官。卒时母未葬,女方十龄,后葬汝州石楼山。储哭诗收入《国秀集》,当卒于天宝三载前。光绪《丹阳县志》著录《殷遥集》,惜其诗已存无多。

硖石主簿樊光

《吟窗杂录》卷二六《历代吟谱》云:"殷璠曰:'光诗理周旋,词局妥贴。'"

同书同卷引光诗:"巧裁蝉鬓畏风吹,尽作娥眉恐人妒。"全诗已佚。《全唐诗》卷一一四收樊晃名下,传则录《新志》。晃诗仅存《南中感怀》一首,出《国秀集》卷下。

《全唐诗》将光、晃视作一人,岑仲勉先生《元和姓纂四校记》《读全唐诗札记》极力证成之,今人亦从其论。然细绎之,不能无疑。《新志》《吟窗杂录》录《丹阳集》,未必皆笔误。此其一。《国秀集》收诗讫于天宝三载,目录载诸人官爵,时间更迟。其录晃为前进士,尚未入仕,早于该集的《丹阳集》已载官职。此其二。晃于大历中为润州刺史,记其事之柳识《琴会记》,与之唱和的刘长卿、皇甫冉诗,皆未提及其以邑人为州牧。《嘉定镇江志》卷一三据当地文献考晃牧守事甚详,亦不云为州人。此其三。《元和姓纂》卷四载晃望出南阳湖城,晋时迁淮南,岑谓"晃固南人"。然同书诸郡樊氏另录"谏议大夫樊系,润州人"。是润州樊氏为另一支。此其四。以今存史料分析,当以光、晃作二人为是。

横阳主簿沈如筠

《吟窗杂录》卷二五《历代吟谱》云:"殷璠曰:'如筠早岁驰声,白首一尉。'"《盛唐诗纪》卷一〇二同。

《吟窗杂录》同卷录如筠诗三联:"绿萝无冬春,彩云竟朝夕",为《寄张征古》句;"思酸寒雁断,淅沥秋树空""洹阳燕旧都,美女花不如",全诗均佚。

《全唐诗》另收如筠诗三首,出《诗式》及《天台集》。

《嘉泰吴兴志》卷一六云:"又有沈如筠,有《正声集》诗三百首,有曰:'阴阳燕旧都,美人花不如。'吏部侍郎卢藏用常讽诵之。"藏用卒于开元初。所谓"早岁驰声",当即指此。《新唐书·艺文志》小说家类有"沈如筠《异物志》三卷",《宋史·艺文志》作三卷,已佚,《太平广记》尚存六则,其中卷一一二"李元平"条,记大历后事,似出另一书。

江宁二人

右拾遗孙处玄

殷璠诗评已佚。

《吟窗杂录》卷二五录处玄"汉家轻壮士"五绝一首,失题。另录"残花与露落,堕叶随风翻""日侧南涧幽,风凝北林暮"二联,全诗已佚。

《全唐诗》收处玄《咏黄莺》一首,出《唐诗纪事》卷二九,《文苑英华》卷三二八归郑愔,尚难定谁作。

处玄,《旧唐书》卷一四二收入《隐逸传》,长安中征为左拾遗,神龙初去官归里,以病卒。《全唐文》卷二六六收其先天二年作《重修顺祐王庙碑》,庙在润州城内,为其退归后作。《新志》"地理类"有"孙处玄《润州图注》二十卷",误收作晋人。《全唐文》卷九八七阙名《重修顺祐王庙记》引作"孙处元(玄)《润州图经》。"

处士余延寿

《吟窗杂录》卷二六《历代吟谱》云:"殷璠曰:'(余)延寿诗婉娈艳美。'"《盛唐诗纪》卷一〇二同。

《吟窗杂录》同卷录延寿诗二联:"馀花怨春尽,微月起愁阴""莫吹胡塞曲,吹杀陇头人",均《折杨柳》句。

延寿诗存三首,出《搜玉小集》《文苑英华》《乐府诗集》等书。

延寿之姓,《新志》、《四部丛刊》本《唐诗纪事》、《嘉定镇江志》、《全唐诗》、宗辑《丹阳集》、《润州唐人集》作"徐",《搜玉小集》、《文苑英华》、《岁时杂咏》、《吟窗杂录》、《乐府诗集》、汲古阁本《唐诗纪事》、《盛唐诗纪》、《唐诗归》等作"余"。今按,当作"余"为是。作"徐"诸书,均沿《新志》,作"余"诸书,则依据不同,当可从。储光羲有《贻余处士》诗,可证定。《搜玉小集》收延寿诗,知时代较早。《唐诗纪事》作开元间处士,大致不误。

丹徒二人

江都主簿马挺

殷璠诗评无考。挺诗无只言片句存世。

储光羲《秋庭贻马九》序云:"扶风马挺,余之元伯也。舍人诸昆,知己之目,挺充郑乡之赋,予乃贻此诗。"诗云:"大君幸东岳,世哲扈时巡。""哲兄盛文史,出入驰高轨。"为开元十三年玄宗东封泰山时作。扶风为马氏显望。"舍人""世哲""哲兄"均指马怀素。怀素,两《唐书》有传,为开元时著名文士,官位较高,曾建议修四部书录。卒年六十。储诗多次提到马舍人,均指怀素。挺为其弟,开元间当已入中年。其家居,似在荥阳一带。挺,一作"侹",恐非是。

武进尉申堂构

《吟窗杂录》卷二六《历代吟谱》云:"殷璠曰:'堂构善叙事状物,长于情理。'"

同书同卷录堂构诗:"霜添柏树冷,气拂桂林寒。"今存堂构诗仅此二句。

《元和姓纂》卷三申氏:"丹阳,禹八代孙堂构,唐虞部员外郎。"《全唐文》卷三二〇李华《润州天乡寺故大德云禅师碑》载其先世甚详,申氏望出魏都,晋时移居江南(参《周书·申徽传》),堂构高祖世宁("世"字据《唐摭言》卷一五补),唐考功员外郎;曾祖靖,睦州遂昌令;祖俭,不仕;父为云禅师兄弟,名不详。《嘉定镇江志》卷一七谓堂构"进士第",《登科记考》录入年代无考卷。《至顺镇江志》卷一九载为"开元二十二年进士第",徐氏失考。武进尉当为其登第后不久所除官。《金石萃编》卷九〇收天宝十三载《唐故内侍省内常侍孙府君(志廉)墓志铭》,题"朝议郎行陕郡平陆县尉申堂构撰"。云禅师卒于永泰二年(766),碑云:"长老之兄弟之子曰堂构,为当代词人,修在家梵行,与门人俾华赞德。"在《丹阳集》十八人中,当以堂构卒年为最迟。

四

本节拟根据上节辑考的资料，对《丹阳集》基本情况作一考察。

（一）《丹阳集》的结集时间。前人或云开元，或云天宝，我的结论是，当在开元二十三年至二十九年之间。根据是，《新志》所述该集收各人官职，为结集时实任官，非终官，占籍县名亦据当时实录。如前考，张晕开元二十三年登第，谈戣二十年登第，申堂构二十二年登第，而《新志》述三人分别为校书郎、长洲尉、武进尉，皆为登第后授。此其一。所载蔡希周、蔡希寂二人官职，为开元二十一年或稍后之官守，二人及申堂构天宝后尚知其仕历，而《新志》则未载及。所列诸人官职，无已入天宝之迹。此其二。《旧唐书·地理志》载，润州曲阿县，"天宝元年改为丹阳县，取汉郡名"。而《新志》仍称曲阿，当在改名前。此其三。

（二）《丹阳集》的收诗情况。今知确收入《丹阳集》之诗，共二十首又二十六句。二十首中有五古八首，五律八首，七律一首，五绝三首。三首五绝，有可能是从五古中节录出来的。二十六句中，可推知十二句为五古零句，二句为七古，十句为五律，二句为七律。据此可知，该集收诗古体多于近体，五言超过七言。

该集有诗存世的十七人中，除储光羲外，共存诗五十四首又三十二句，相信有较大一部分亦曾收入《丹阳集》。但考虑到《搜玉小集》《国秀集》与《丹阳集》编成时间相去无多，十六人中五人有集，后代集诗者当有其他来源，尚不能如宗辑本那样卤莽决定。估计《丹阳集》所收诗今已散佚而不传者，当在二十首以上。

（三）《丹阳集》的收录范围。包括作者地域和起讫时间。

《丹阳集》所收为润州所属五县作者诗作。应指出的是，开元末润州辖六县，惟金坛无人入选。金坛为垂拱中新置县，地稍僻，当无合适者入选，未必有他意。十八人中，包融晚居洛阳，殷遥卜居许汝，马挺似居荥阳，从宦各地者尤众，其共同点，似仅为占籍润州。吴融《过丹阳》注："殷文学于此集《英灵》。"《丹阳》之集，当亦在同地。诗什之搜罗裁鉴，非积以岁月不可。璠集此编,程功亦不易。

《丹阳集》收诗下限,当在开元末结集时。其上限无从确定,当不迟于开元元年。所收诸人,当以孙处玄为最年长,今仅知其开元初岁尚存,璠未必得与游。包融、沈如筠、余延寿等,大约应为璠父执辈。储光羲、丁仙芝、蔡氏兄弟、殷遥等,年岁可能与璠仿佛。而谈戭、张晕、申堂构等,开元末始入仕途,年辈或比璠为低。可以说,《丹阳集》是一部武后末年至开元末年润州人士诗作的选本。

(四)《丹阳集》的收录标准。可分两方面说。殷璠在序中推尊建安诗"气骨弥高",对晋宋诗仍许以"体调尤峻","筋骨仍在"。但对永明声律说兴起后的诗作,则斥为"规矩已失","厥道全丧"。从陈子昂力倡恢复建安风骨以后,得到不少人推重,形成以复古为号召的风气。殷璠强调以气骨为主,与这种风气是分不开的。所选诗以五言古体为多,正体现了这一标准。今有诗评虽多为残文,也可看出这一点,如张潮诗"委曲怨切,颇多悲凉",储诗"务在直置",蔡隐丘诗"殊多骨气",均予肯定。而对丁仙芝诗的"文多质少",则有所不满。虽选入一些律诗,只有在评殷遥诗时说了句"善用声",知其时对声律尚不重视。但与极端的复古派不同,他在选诗时仍十分重视"情理绵密",与词采的"婉丽清新",并未仅囿于质朴古雅,不像元结选《箧中集》那么偏激。

还应指出的是,该集入选者都是有诗名而仕途不达的作者。这不能看作仅是偶然所致。马怀素是丹徒人,开元间仕至户部侍郎、秘书监,能诗,文名极盛,可以说是开元间润州名声最著的作者。《丹阳集》不收,绝非偶然遗落。今检殷选二集诗评,均深寓着对有才名而仕宦不进者的真切同情,当与其本身经历有关。以诗名而不以官位来选诗,是殷选为世所重的主要原因之一。

(五)《丹阳集》与《河岳英灵集》的关系。《丹》编于开元末,《河》收诗终于天宝十二载,相隔约十五年。《丹》仅收润州士人诗,《河》兼取一代之作,范围有所扩大。《丹》所收作者,仅储光羲一人入《河》选。可以说,《河》是《丹》的继续和发展。二集相较,有因有革。

《河》序云:"如名不副实,才不合道,纵权压梁、窦,终无取焉。"这种精神,二集是一致的。但选诗标准,则不尽相同。《河》序强调"声律风骨"兼备,《集论》以"既闲新声,复晓古体,文质半取,风骚两挟"为入选标准,罗根泽批评说:"虽'文质半取',然实是卑薄声律。"(《中国文学批评史》第二册)为入木之论。此点与《丹》相似。《河》是《丹》的发展,《丹》是《河》的准备,研究殷氏诗论,二书均值得重视。《河》为殷氏晚年所选,各方面均显得更为精到成熟。

最后,附带考及一下殷璠的生平。《河岳英灵集》结衔"唐丹阳进士殷璠集"一行,为前人考其事迹的唯一依据。光绪《丹阳县志》卷一四"选举"列璠为天宝末进士,系误将应进士试与进士及第误作一事。今知《丹阳集》编成于开元末,可推知其生活年代约与玄宗一朝相终始。二集收诗上限相近,除与其对诗歌发展的认识有关外,也在一定程度上与其生活年代有联系。《河岳英灵集序》云:"璠不揆,窃尝好事,愿删略群才,赞圣朝之美,爰因退迹,得遂宿心。"今人已考证该集始编收诗止于天宝四载,重编止于十二载,而《丹阳集》则编于开元末,颇疑殷璠从进士试在开元中,因屡试不中,遂绝意仕途,退归乡里,以铨评天下英髦为志。《嘉定镇江志》卷一七谓璠为"处士",当得其实。又,《吟窗杂录》载殷遥作"殷瑶",《唐诗纪事》《唐才子传》又以遥为丹阳人,颇疑瑶、璠为从昆。惜无他证,俟续考。

1984 年 9 月

1996 年 1 月增订

（刊《唐代文学论丛》第八辑,陕西人民出版社 1986 年 12 月。收入《唐代文学丛考》时有所增订）

唐代与翰林学士有关的
两种诗歌总集考释

一　《翰林学士集》考释

　　日本尾张国真福寺藏唐卷子本《翰林学士集》一卷,存唐初诗 51 首,多《全唐诗》未收之作。清季由贵阳陈田影刊,始为国人所知。然陈氏采影写方式,多失原卷真貌。近年日本学者据名古屋真福寺藏原卷多次影印、校录及作索引,研究更为精详。据森立之《经籍访古志》卷六引小岛学古云,此集为壬寅年(1842)发现:"背书'《代宗朝赠司空大□正广智三藏和上表制集》卷第五,上都长安西明寺沙门释圆照□'云云,古香袭人,殆千年前物。"森立之断为延喜(901—922)以前人所写。陈田影刊本序谓"考翰林学士开元时始置,集皆初唐人诗,无缘得加其名",所云甚是。然此集究为何书,日人多有推测。森立之以为"旧题《翰林学士》,亦未详为谁。今检书中所载许敬宗诗居多,而目录每题下称同作几首,似对敬宗言,则或疑敬宗所撰欤"。推测"此必唐初诗文总集残卷",为许敬宗所编,与《文馆词林》《芳林要览》相类。服部宇之吉《佚存书目》则另拟题为《贞观间君臣唱和诗集》。福本雅一认为可称《弘文馆学士诗集》,或称《唐太宗御制及应诏诗集》(见日本大阪市立美术馆编《唐钞本》附解说)。笔者以为此集应即《旧唐书·经籍志》著录之《许敬宗集》六十卷之残帙,述所据如次。

　　首先,该集凡收初唐 18 人诗 51 首,分 13 题,其中 12 题均有许敬宗诗,3 题仅有其一人之诗,另《五言侍宴中山诗序》,敬宗作序,诗则为太宗作。可知此集收诗以敬宗为中心,其他人作品均属附收。

其次,原集前尚存目录一纸,凡 10 行,全录如下:

五言侍宴中山诗序一首奉敕制并御诗

五言辽东侍宴临秋同赋临韵应诏并同作三首并御诗

五言春日侍宴望海同赋光韵应诏合同上九首并御诗

五言奉和浅水原观平薛举旧迹应诏及同上五首并御诗

五言侍宴延庆殿同赋别题得阿阁凤应诏并同上三首并御诗

五言七夕侍宴赋韵得归衣飞机一首应诏

五言侍宴延庆殿集同赋得花间鸟一首应诏并御诗

五言侍宴莎栅宫赋得情一首应诏并御诗

五言后池侍宴回文一首应诏

五言奉和咏棋应诏并同上六首并御诗

目录缺去的 3 题,据本集正文所录也可补出如下:

四言奉陪皇太子释奠诗一首应令

四言曲池醋饮座铭并同作七首

五言奉和仪鸾殿早秋应诏同上四首并御诗

本集所收各题诗,凡有太宗所作者,皆首列太宗之作,次为群臣所作,敬宗诗也厕于诸臣间。目录则不同。如《五言春日侍宴望海同赋光韵应诏合同上九首并御诗》,御诗列后,与"同上九首"皆为附收之作。尤可注意者,一为《五言侍宴中山诗序一首奉敕制并御诗》,集中序下署"敬宗奉敕撰序",是太宗先有诗而敬宗为作序,但目录则以序列目而以"御制"为附;二是《五言侍宴延庆殿同赋别题得阿阁凤应诏并同上三首并御诗》,同作者四人,太宗赋《残花菊》,长孙无忌赋《寒丛桂》,敬宗赋《阿阁凤》,上官仪赋《凌霜雁》,但目录却作如上表述。据此可知此集目录均以许敬宗为此集的主位以编列目录,即此集只可能是后人编录的许敬宗本人的文集,才会作出如上的表述。如果是总集,则所有作者的地位均是并列的,不能以一人为中心;如果是许敬宗编次的总集,无论编成于何时,都会尊崇君主而深自贬抑,更不会张扬如此。

再次,该集卷末有"集第二,诗一"一行。前引小岛学古又云:"摄津国人喜平治家又藏是书残本一卷",为"墓志下"。唐人别集次第,一般是先赋,次诗,再为各体文章。此集称"集第二,诗一",即为全集之第二卷,诗之第一卷,均为侍宴应诏之作,列前以示尊崇。"墓志下"一卷未知存亡,如皆许敬宗之作,于此可以证定。

质疑者必云:"别集收一人之作,总集收多人之作,此为历来之通规。《翰林学士集》收18人诗,显为总集而非别集,阁下考此为《许敬宗集》之残帙,似有强立新说之嫌。"今按唐人别集原编,向有附收酬唱同作之通例。今存唐集如《张说之文集》《曲江张先生文集》《昼上人集》《权载之文集》等,均有数量可观的同唱诸人诗收入,北宋人重编之《杜工部集》《韦苏州集》《柳河东集》等,仍稍存此遗意。如《张说之文集》(龙池草堂本、结一庐刊本),前3卷附收唐玄宗诗多达33首,第四卷《扈从南出雀鼠谷》附诗10首,《将赴朔方军》附送别诗17首,《送集贤上学士》附诗15首,另二题也各有6首、8首的附诗。可以说《翰林学士集》的这一面貌,正可看出唐初别集的这一特点。

《旧唐书·经籍志》著录开元间所存初唐别集五六十种,今存原书者仅王绩集五卷一种,及《王勃集》的一些残卷。《许敬宗集》六十卷,宋以后久佚,今所存者虽仅一卷,除保存遗诗外,尚可窥见初唐名臣文集原编的大致面貌,弥足珍贵。

二　《元和三舍人集》考释

《元和三舍人集》,不见唐宋两代公私书目著录,唯南宋计有功《唐诗纪事》卷四十二云:"右王涯、令狐楚、张仲素五言七言绝句共作一集,号《三舍人集》,今尽录于此。"明清藏书家亦罕见此书,今人或谓其久已亡失。

然此集并未亡佚。复旦大学图书馆藏明钞本《唐人诗集八种》,即包括《元和三舍人集》和《高氏三宴诗集》《香山九老会集》《薛涛诗集》《澈上人诗集》《灵一诗集》《清塞诗集》《常达诗集》。《中国丛书综录》及《补正》皆不收录此集，故不为世人所知。集中"洛"或写作"雒"，有可能传钞于泰昌、天启间。各集前后收藏印有"檇李曹溶""姜实节印""彝尊私印""锡鬯""徐旭龄印""李以镏氏七略为宗"等，知自明末以来，先后为曹溶（1613—1685）、姜实节（康熙间侨居吴县，《国朝耆献类征初编》卷三有传）、朱彝尊（1629—1709）、徐旭龄（？—1687，康熙间钱塘人）等所收存。据日本京都大学市原亨吉教授《关于三舍人集》（收入《吉川博士退休纪念中国文学论集》，筑摩书房1968年）的介绍，日本静嘉堂文库亦存旧钞本《元和三舍人集》，流传经过不详，其内容与复旦藏本基本相同。

此集前有署名汉老者序一篇，全录如下：

> 《元和三舍人诗》者，盖一时倡和之作也。其曰广津则王相国涯，曰壳士则令狐相国楚，曰绘之则张学士仲素也。按壳士以元和十二年守中书舍人，广津以正元（贞元）九年正拜舍人，仲素史传未著。独《韦贯之传》有云：是时段文昌、张仲素受知宪宗，将以为学士，贯之以行止未正，不宜在内廷，尼之。未几，李逢吉进而贯之贬。则仲素之为舍人，在贯之去位后也。又按唐制，舍人及学士俱六品，而中书舍人则出纳王命，预课文武，清要兼为焉。舍人于学士之后，殆可必耳。但韦贯之以元和十一年罢相，王涯以其年拜平章事，令狐楚以十二年八月罢翰林学士，左迁中书舍人，又似不相及，不可考也。或云，仲素，建封子，而徐州自有子名贲，此又不可考耳。岁丙子，予从京邑，言首西路，息骈道傍村塾，有老书生出是书相质。予因为道所忆如此，并停一日校之而去。汉老叙。

市原亨吉认为宋人字汉老最有名者当为南宋初任相的李邴（1085—1146），但丙子取前则为绍圣三年（1096），时仅十多岁，取后则为绍兴二十六年（1156），时已去世十多年，皆不合，故难以确认。

三舍人指王涯、令狐楚、张仲素，在集中分别署"广津""壳士""绘之",即三人之字。王涯、令狐楚,两《唐书》均有传,张仲素生平可详《郎官石柱题名考》卷五、《唐才子传校笺》卷五,此不详述。汉老称其为张建封子,则属误传。汉老序仅据《唐书》考三人任舍人年月,未尽允当。唐丁居晦《重修承旨学士壁记》所叙较明确:

> 令狐楚,元和九年七月二十五日自职方员外郎、知制诰充(翰林学士)。……十二年三月,迁中书舍人。八月四日,出守本官。
>
> 王涯,元和十一年正月十八日自中书舍人充(翰林学士)承旨。……十二月十六日,守中书侍郎、平章事。
>
> 张仲素,元和十一年八月十五日自礼部郎中充(翰林学士)。……十四年三月二十八日,迁中书舍人。卒官,赠礼部侍郎。

参岑仲勉先生《翰林学士壁记注补》所考,三人任中书舍人的时间,王涯为元和九年至十一年十二月,令狐楚为十二年三月至十四年,张仲素为十四年三月至同年末去世,是三人未曾同时为舍人。据此大致可以认为,《元和三舍人集》并非原来的集名,而应为唐末至北宋时人所改题。

此集原名为何?我以为就是《新唐书·艺文志》著录的《翰林歌词》一卷。根据有四。其一,此集所载皆为歌词;其二,三人于元和十一年八月至十二月间,曾同时为翰林学士;其三,此集三人诗,一般均以王、令狐、张为序,时王涯为承旨,张仲素方入院,此集成于上述数月间,正切合三人当时的官次;其四,《遂初堂书目》有张仲素《歌词》,《宋史·艺文志》有王涯《翰林歌词》一卷,知《翰林歌词》收王涯、张仲素之作。

《元和三舍人集》明钞本目录尚完,而正编已有残缺。据目录,知全书共收诗169首,其中王涯61首、令狐楚50首、张仲素58首。此集后半"败糜不存",所缺皆《宫中行乐词》,为王涯3首、令狐楚20首、张仲素26首。存诗凡118首,即王涯58首、令狐楚29首、张仲素31首。

此集中诗,北宋中叶前似不甚流行,今仅见杨亿引过"写望临香阁,登高下础台。林间见青使,意上直钱来"一首(见《说郛》卷二十一《杨文公谈苑》)。北宋中叶后,大量引录此集中诗者,有郭茂倩《乐府诗集》(其中王涯诗皆误署王维)、计有功《唐诗纪事》、洪迈《万首唐人绝句》及宋蜀刻本《王摩诘文集》(见卷一附录,署"翰林学士知制诰王涯")。各书收诗多寡不一,有两点值得注意。一是凡明钞本所缺之诗,宋代诸书皆不载,足证此集之残缺,在北宋中叶以前,即宋人所见该集,亦即如今存本之规模。二是诸书引诗在作者、诗题及文字方面,均有较多的差异。当因此集混编三人诗,又一直以钞本流传,各家所见本不一,故易致讹。经以明钞本与诸书逐篇对校后,我以为凡作者、诗题有出入者,一般均应以明钞本原集为是。诗中文字,则互有长短,应比勘而定。清编《全唐诗》录三人诗,多与明钞本同,于宋代诸书则多有不取,知即以原集写定。兹将上述各书存诗数,列表如次:

	元和三舍人集	乐府诗集	唐诗纪事	万首唐人绝句	王摩诘文集	全唐诗
王　涯	58	19	29	57	30	58
令狐楚	29	30	29	30	0	29
张仲素	31	24	30	29	0	31
总　计	118	73	88	116	30	118

汉老序云:"《元和三舍人集》者,盖一时倡和之作也。"其实,此集与《元白继和集》《彭阳唱和集》等此唱彼和的唱和集有所不同,与一般所说的唐人选唐诗也有所区别。如前所考,此集原名《翰林歌词》,是三位作者同时任翰林学士时,用当时流行或新制诗题,共同写成的歌词总集。其编者可能为三人中的一人,也可能为三人合编,今已无从详考。此集在国内似已为孤本(仅知日本另存一本),且尚存唐时原编面貌,编例也较特殊,又多可订正宋代以来各书所收诗之讹误,似乎仍有加以整理出版的必要。

(收入《唐代诗学会探——陈允吉教授退休纪念论文集》,复旦大学出版社 2006 年 5 月)

《唐人选唐诗新编》整理前记四篇

佚名《翰林学士集》整理前记

日本尾张国真福寺存唐写卷子本《翰林学士集》一卷,清季由陈矩影写携归,后曾印行,又收入《灵峰草堂丛书》。因此集保存了大量唐初佚诗,现在已受到唐诗研究界较广泛的注意。

此卷原藏日本奈良东大寺东南大院,14世纪转藏于岐阜羽岛的真福寺。1612年,真福寺迁入尾张国(今属爱知)。1945年,寺毁于战火,此卷幸得保存。今存于名古屋真福寺。1954年,被确定为日本国宝。

此卷为纸本,长701厘米,宽27厘米。卷背钞德宗贞元间圆照编《代宗朝赠司空大辨正广智三藏和上表制集》卷第五。据日本学者研究,此卷书写的时间,当在唐德宗以前。

此集共收太宗时君臣唱和诗五十一首,分属十三题,其中许敬宗最多,凡十二首(另序一首),其次为唐太宗九首,其馀上官仪、杨师道、褚遂良、长孙无忌等十五人,各存四五首或一二首不等。这些诗的写作时间,从各诗诗题和所署官衔可以考知,大致在太宗贞观八年(634)至二十三年(649)太宗逝世前。《全唐诗》收入仅十二首(其中一首残),其馀皆为中土久已不传的佚诗。这些诗歌对研究唐初宫廷唱和的盛况,具有十分重要的意义。

原卷首缺,书名佚去,所存自目录后半起,卷末有"集卷第二,诗一"字样。旧题《翰林学士集》,不知何人所题。唐设翰林学士在玄宗开元后期,唐初无此称,绝非原集名。此卷究为何书,由何人所编,日本学者颇多猜测。森立之《经籍访古志》谓"书中所载,许敬宗诗居多,而目录每题下称同作几首,似对敬宗言",因疑为"敬宗所撰"。服部宇之吉《佚存书目》则另拟题为《贞观中君臣唱和诗集》。福本雅一认为可称《弘文馆学士诗集》,或称《唐太宗御制及应诏诗集》更为妥当(见日本大阪市立美术馆编《唐钞本》附解说)。今人甚或认为系许敬宗所编几种大型总集之一的残卷。当然还有另一种可能,即此集为许敬宗别集的残卷。森立之已注意到此卷的一些特殊情况,但他的推测却尚可商。此集每一题下皆有许敬宗诗,且目录亦皆以许诗列目。其中诗多为太宗首唱,诸臣奉和,而目录则均作"同上某首并御诗",即御诗在此集中仅处于附收的位置。如为敬宗所编总集,自应尊君抑己,断不至如此。对此种处理较恰当的解释是,以此卷为许敬宗子孙为其所编别集,敬宗自然即处于集子的中心位置。唐人别集中多有附收唱和诗作之例,如《张说之文集》《会昌一品集》皆如此。当然此仅属推测,还有待其他材料的证佐。森立之云日本尚存此集墓志一卷,如亦敬宗撰,则此点或可证定。详见本集末附拙文《〈翰林学士集〉考释》。

此次整理,以日本樱枫社出版藏中进《〈翰林学士集〉二种影印和翻刻》所附原卷影印本为底本,并参校贵阳陈氏光绪间影写刊本(简称陈刊本)、日本大阪市立美术馆编《唐钞本》中影印原卷卷首部分和日本和泉书院1992年出版的村田正博编《翰林学士集本文和索引》的录文。村田本录自真福寺所存原卷,且据诸书作了校记。以原卷影本、村田录文与陈刊本比对后,可知陈氏影写传刻此本时,未尽忠实于原卷,有原卷不缺而影写缺漏者,有原卷笔误而影写时改正者,也有原卷不误而影写时误改者。整理时,尽可能地保存了原集的次第。可认定之字,皆改为规范字,不能确定者,仍存原形。原卷钞误而陈氏所改可确定者,即从陈本,不复出校。不能确定者,仍予出校。中国文献中曾收录之诗,尽可能援据较早典籍以互校。明清著作仅引《全唐诗》,不复广征。为便于读者查阅,新编了全卷的目录,前半据该集正文列题,后半则按原卷目录残叶列题,各题下仅记作者姓名,官衔从略。原卷目录及贵阳陈氏刊本卷首陈田序,及较早考及此卷的森立之、傅云龙的两段解说,并附于后,以供参考。

殷璠《丹阳集》辑本前记

盛唐著名诗选家殷璠,今知曾编有三部诗选,即《河岳英灵集》《荆扬挺秀集》和《丹阳集》。《河岳英灵集》二卷,为研究盛唐诗歌最重要的著作之一,受到学术界广泛的重视。《荆扬挺秀集》二卷久佚,仅见《日本国见在书目录》著录,其内容可考知者仅《河岳英灵集》卷下"储光羲"条评语谓曾收储诗数百句一则而已。《丹阳集》一卷虽亦早已失传,但其所收作者均可考知,且存有部分残文。

高仲武《中兴间气集》序云:"《丹阳》止录吴人。"为《丹阳集》最早的记载。记其内容较完整的,则为《新唐书·艺文志》四《包融诗》下之长注:"融与储光羲皆延陵人,曲阿有馀杭尉丁仙芝、缑氏主簿蔡隐丘、监察御史蔡希周、渭南尉蔡希寂、处士张彦雄、张潮、校书郎张晕、吏部常选周瑀、长洲尉谈戭,句容有忠王府仓曹参军殷遥、硖石主簿樊光、横阳主簿沈如筠,江宁有右拾遗孙处玄、处士徐延寿,丹徒有江都主簿马挺、武进尉申堂构,十八人皆有诗名。殷璠汇次其诗,为《丹阳集》者。"由此可知《丹阳集》共收润州五县十八人诗作。就十八人今可考知事迹来说,包融、孙处玄、沈如筠年岁较长,于武后末至中宗时已成名;申堂构至代宗永泰间尚在世,为卒年最迟者。据《新唐书·地理志》,曲阿县于天宝元年改丹阳县,而《艺文志》仍称曲阿,知此集编成当在天宝元年(742)前。今知谈戭、申堂构、张晕分别为开元二十年、二十二年、二十三年登进士第,长洲尉、武进尉、校书郎均应为登第后所除。是此集成编当在开元二十三年(735)以后。(详拙文《殷璠〈丹阳集〉辑考》)

宋代公私书目多曾著录该集,但自南宋中叶以后,似即亡佚。此后如《增修诗话总龟》后集多引《丹阳集》,但实为葛立方《韵语阳秋》之别称;明高棅《唐诗品汇》、张之象《唐诗类苑》引用书目中,均有《丹阳集》,但通检二书,却并无直接引用此集之痕迹。胡震亨《唐音癸签》卷三〇云此集为"开元中"编次,"前各有评",皆前人所未言,但也只是据他书材料推知,未曾亲见。清季镇江人宗廷辅有感于此集之久亡,乃采《全唐诗》中诸人诗,辑为《丹阳集》一卷,后刊入《宗月锄先生遗著》。但宗辑本与殷璠原编之间,实无内在的联系。

今知曾亲见《丹阳集》,并自该集中钞撮大量佚文而得以保存至今者,为宋代《吟窗杂录》一书的作者。此书五十卷,今存明刻本,全称为《陈学士吟窗杂录》,卷首题"状元陈应行编",有绍兴五年(1135)浩然子序,收录唐五代诗格约三十种及《历代吟谱》等。《四库全书总目》以陈应行生平无考,谓诸诗格"率出依托",定为伪书,仅列入存目。近人罗根泽据《直斋书录解题》卷二二之记载,考定此书为北宋末蔡传原编,南宋时由书贾重编刊行,足可征信(见《中国文学批评史》第二册)。蔡传(1066—?),字永翁,泉州仙游人,书法家蔡襄之孙,累官通判南京留守司,大观二年(1108)年四十三致仕,事迹见《莆阳比事》卷六、《仙溪志》卷四、《莆阳文献传》卷九。《吟窗杂录》当即编录于其致仕前后。蔡传生于文献之家,又勤于采撷,时去唐未久,故是书保存资料甚丰。

《吟窗杂录》摘引《丹阳集》,分收两处。一见卷四一《杂序》,注云为"殷璠《〈丹阳集〉序》"。另一段见卷二四至卷二六《历代吟谱》,《新唐书·艺文志》所载《丹阳集》十八人中,十七人列有专条(缺马挺),其中十六人有殷璠评语(孙处玄无评),各人下又分别有摘句。这部分虽不注所出,但除储光羲下有二联("山开洪蒙色,天转招摇星""山门入松柏,无路极虚空")系摘自《河岳英灵集》外,其馀均可断定为自《丹阳集》中摘出。殷璠评语多为对诸人诗风之评价,除少数几则较详外,一般均仅存一二句,此殆因蔡传仅摘片断而致。

从现存序、评看,殷璠在此集中推尊建安诗"气骨弥高",对晋宋诗仍许以"体调尤峻","筋骨仍在",认为永明后诗"规矩已失","厥道全丧",故而称许蔡隐丘"殊多骨气"、张潮"颇多悲凉",而对丁仙芝"文多质少",则有所不满。他虽也称殷遥"善用声",但总的说来,此时论诗尚是以气骨为主,不甚重声律,与《河岳英灵集》稍有出入。

另明万历间吴琯编《唐诗纪》,也录有十二条殷璠评语,虽皆见于《吟窗杂录》,但文字上稍有出入,可资比勘。

今据上海图书馆藏明刻本《吟窗杂录》和复旦大学图书馆藏明万历

刻本《唐诗纪》，将《丹阳集》残文汇辑成编。《吟窗杂录》所引诗句而全篇尚存者，即援据较早出处，补足全诗，并校录异文。全诗不存者，皆以"句"列目。编次以《新唐书·艺文志》所载为序，分县系人，并各存官守身份。共存诗二十首，残句十二则。

　　附记：本次阅校时，所引《吟窗杂录》据《续修四库全书》影印北京大学图书馆藏明嘉靖十七年崇文书堂刻本（简称崇文本）和中华书局1997年影印台湾"中央图书馆"藏明钞本（简称明钞本）覆核一过，补充校记。

李康成《玉台后集》辑本前记

　　梁代徐陵选录汉魏至梁代吟咏妇女生活之诗，编为《玉台新咏》十卷。至唐代，李康成又将梁末至唐代的同类诗作，编为《玉台后集》十卷。

　　李康成生平资料很少，现在能看到的只有刘长卿《刘随州集》卷一〇《严陵钓台送李康成赴江东使》一诗。严陵钓台在睦州桐庐，可知此诗为刘长卿大历十三年（778）前后任睦州司马时作（参傅璇琮先生《唐代诗人丛考·刘长卿事迹考辨》）。时李康成自睦州将赴江东使幕，长卿为诗送之。康成曾任何官，今已无考。宋刘克庄《后村诗话续集》卷一谓康成与李、杜、高、岑同时，大致可从。

　　《玉台后集》一书，宋代公私书目多著录之。《新唐书·艺文志》将编者误为李康，《通志·艺文略》《宋史·艺文志》皆沿其误，目验其书而予以著录的《崇文总目》及晁公武《郡斋读书志》、陈振孙《直斋书录解题》等皆不误。此书明以后不见著录。从《永乐大典》尚多次引用来看，亡佚当在明初以后。明末吴琯编《唐诗纪》、胡震亨编《唐音统签》均曾多次引及此集，但宋人曾称及之诗，二书或有未收，宋人说此集康成自收八首诗，二书均仅存五首。吴、胡二书均为欲网罗一代诗歌之著，并非选本。上述状况，只能认为二人所见最多仅为残本，甚或根本未见该集，所引皆转录他书。清编《全唐诗》所引，则系转录胡书及以吴书为基础而成的季振宜《全唐诗》稿本。

　　《玉台后集》收诗情况,宋人略有述及。《郡斋读书志》谓系"采梁萧子范迄唐张赴二百九人所著乐府歌诗六百七十首",并云凡徐陵已收者,仅存庾信、徐陵二人,馀并不录。《后村诗话续集》则云"自陈后主、隋炀帝、江总、庾信、沈、宋、王、杨、卢、骆而下二百九人,诗六百七十首,汇为十卷,与前集同"。《玉台新咏》成书于梁武帝中大通六年(534),《玉台后集》首选者萧子范卒于梁简文帝大宝元年(550),正与徐书相接。其成书时间,刘克庄以为在天宝年间,从收有张继、张赴(当作张起)及康成己作来看,似应在天宝以后。宋本《玉台新咏》存诗六百八十九首,作者百馀人,则《后集》收诗当与之大致相若。

　　《玉台新咏》今存,为研究汉魏六朝诗歌的基本典籍之一,向为学者所宝重。其续书《玉台后集》的失传,确实很可惜。所幸宋、明典籍中,引及此书者尚多。今广事辑录,凡得作者七十一人(其中八人无诗,另二人疑有误),诗一百又六首(其中十首仅存残句,一首仅存题,另存疑二题)。虽然存人仅当原书三分之一稍强,存诗仅六分之一弱,相信对了解《玉台后集》的面貌,研究梁陈至盛唐时期的诗歌,还是有一定参考价值的。取资晏殊《类要》,曾参取唐雯《晏殊类要研究》所附辑佚,亦当鸣谢。

　　辑录时所录诗,一般以直接注云出《玉台后集》者为主,而以他书所引诗参校。有仅引残句而据他书存全诗,即据他书补足。编次仍循李康成原例,以作者列目,以作者世次先后为序,凡梁一人、陈八人、北齐一人、北周二人、隋六人、唐五十一人、时代不明二人、存疑二人。凡《全唐诗》列为世次无考者,及唐前人曾误为唐人者,其事迹略作考订,其馀一般不赘及。

褚藏言《窦氏联珠集》整理前记

　　《窦氏联珠集》一卷,唐褚藏言编。藏言自称西江逸民,宣宗大中时人。本书编录窦叔向五子窦常、窦牟、窦群、窦庠、窦巩兄弟五人诗作。集序称:"连珠之义,盖取一家之言,以偕列郎署,法五星如联珠。星,星郎也。诗一百首。"五窦均有诗名,又均曾历官郎署(指曾在尚书省六部中

担任郎中或员外郎。其中窦庠仅曾任检校户部员外郎,没有实授)。因为
郎官有星郎的别名,因取五星如联珠之意而名集。

　　窦氏是东汉以来的名族,北魏以后鲜卑纥豆陵氏亦改姓窦氏,因与李
唐联姻,在唐代地位显赫。但从《新唐书·宰相世系表》的记载来看,窦
叔向的先人是世居扶风平陵的窦氏正宗,政治地位不高,但家世传承源远
流长。窦叔向(约729—约780),字遗直,大历初年登进士第,历官国子博
士、江阴令。大历十二年(777)常衮入相,荐为左拾遗。两年后,常衮被
贬,叔向亦坐贬溧水令,不久去世。褚藏言在《窦氏联珠集》窦常传中,称
叔向"当代宗皇帝朝,善五言诗,名冠时辈",并举贞懿皇后挽诗"内考首
出,传诸人口"为证。有文集,著名文士包佶作序,可惜没有传世。南宋洪
迈偶得其诗六首,惊叹"皆奇作",均予录出。(《容斋四笔》卷六《窦叔向
诗不存》)叔向的文学造诣,对其五子的影响非常巨大。

　　五窦兄弟的生平,在两《唐书》中都有记载,但较完整的传记,还是
《窦氏联珠集》中褚藏言为五人所作的传记。此外,《韩昌黎集》卷三三有
《国子司业窦公墓志铭》记载窦牟事迹。根据这些碑传,另参《唐才子传
校笺》卷四所考,略叙五窦生平如下。

　　窦常(749—825),字中行。登大历十四年(779)进士第。元和六年
(811),自湖南判官入为侍御史,转水部员外郎,历任朗、夔、江等州刺史,
以国子祭酒致仕。窦常有文集十八卷,不传。又编《南薰集》三卷,选录
韩翃至皎然三十人诗共三百六十首,各系以赞语。其自序云:"欲勒上中
下,则近于褒贬;题一二三,则有等衰。故以西掖、南宫、外台为目,人各系
名系赞。"(《郡斋读书志》卷四下引)是一部依仿《河岳英灵集》《中兴间
气集》体例的专选大历一朝诗人的选本,可惜宋以后湮没不传。

　　窦牟(750—822),字贻周。登贞元二年(786)进士第,历任东都、昭
义、河阳幕职。元和五年(810)任虞部郎中,历洛阳令、都官郎中、泽州刺
史,终官国子司业。窦牟长于五言诗,有文集十卷,褚藏言称"未暇编
录",故亦未见流传。

　　窦群(760—814),字丹列。早年隐居常州,曾著《史记名臣疏》三十
四卷。贞元十八年(802)受征为左拾遗,改侍御史。宪宗即位,为膳部员

外郎,出为唐州刺史,改山南东道节度副使。入为吏部郎中,迁御史中丞。元和三年(808),出为黔南观察使。六年(811),以失政贬开州刺史。八年(813),任容管经略使。次年被征入朝,病卒于途中。窦群入仕甚晚,未数年即出领节镇,临终前更有将欲大用的传闻,在五窦中官位最显。褚藏言称其"文集散落,未暇编录"。

　　窦庠(约766—约828),字胄卿。曾应进士试,未及第而入商州幕为从事。后历佐鄂岳、浙西、宣歙幕府。累任泽、登、信、婺等州刺史。窦庠善于五言诗。褚藏言称其"诗笔散落,编录未遑",诗文都未经结集。

　　窦巩(772—831),字友封。元和二年(807)进士及第,历任义成、黔南、荆南、山南、平卢幕府从事。宝历元年(825)入为侍御史,转司勋员外郎、刑部郎中。元稹出镇武昌,奏为节度副使,大和五年(831)元稹去世,窦巩北归,至京病卒。窦巩不善议论,士友谈议之际,常吻动而言不出口,白居易因目为"嗫嚅翁"。但其诗名在五窦中最为杰出,所作时称"友封体",白居易曾称其绝句足以与张籍乐府、李绅歌行并传(《白氏长庆集》卷四九《与元九书》)。褚藏言亦称其"遇境必言诗,言之必破的,佳句不泯,传于人口"。本集张昭附跋也称"巩嗫嚅,诗一何神妙"。但其文集也未及编录。

　　唐人有编次一家族世代作品为一编而成家集的习惯,今知有杜氏家集(《樊川文集》卷一《冬日至寄小侄阿宜诗》)、李逢吉家集(《庐山记》卷二引)、皇甫氏家集(《唐诗纪事》卷五二皇甫松《古松感兴》),也有编录兄弟作品为一集者,《新唐书·艺文志》即著录《李氏花萼集》二十卷(收李尚一、李尚贞、李义三兄弟诗)、《韦氏兄弟集》二十卷(收韦曾、韦弼兄弟诗),但都没有留传下来。本书从五窦诗作中各选二十首以成编,并附录同时的唱和诗作,是今能得见的唐代唯一的接近家集的选本。

　　本书的价值,一是保存了五窦兄弟的诗作。虽然褚藏言在个人小传中均提到各家文集的情况,但均没有传世。《全唐诗》卷二七一收五窦诗,与本集比较,窦常增加六首,窦群增加三首,窦牟和窦庠各仅增一首,仅窦巩增加二十首(一首见卷八八三)。可知五窦诗主要靠本集得到保存。二是本集保存了唐人编选诗集的原始面貌,凡与五窦唱和诗作,均予附存,并按照原样保存了来往诗作的署名面貌,十分可贵。其中除了刘禹锡、白居易等少数几首也曾见于各自本集外,多数仅靠本集保存。如韩愈《同寻刘师不遇》的一篇,其本集即不收。三是本书为唐人今知唯一传世的家集,而五窦各收二十首诗,编者也显然做过认真的遴选。故本书从仅收五兄弟诗来说应属合集,而各家诗又显经挑选入编,可以看作唐人选唐诗中特殊的一种。褚藏言在编录本集时,为五窦各作小传,为唐人选本中仅见之例,也值得重视。

《窦氏联珠集》今存南宋淳熙间刊本,末有戊戌岁(958)张昭跋和诗、乾德二年(964)和岘记、和峤题名以及淳熙五年(1178)知蕲州王崧跋,殆即据唐五代以来传钞本原貌刊刻者。此本避讳到构字,为宋本中精刻。《密韵楼景宋本七种》《续古逸丛书》和《四部丛刊》三编都曾据此本影印。另明末汲古阁刊《唐人四集》也收此集,但漏刻窦常《杏山馆听子规》一篇。毛晋为此集写了长跋,主要介绍窦叔向的诗,并补录窦巩的作品。《四库全书》本分为五卷,人各一卷,又删去了唱和各人的官衔,已非原书面貌。

今据《四部丛刊》三编影印宋刻本点校,并据汲古阁刊本附录毛晋跋,据《四库全书》本附录进书提要。二本均自宋本出,偶有误字,不出校。

本次新编了全书目录。除在五窦结衔下括注其名,其馀一律保存原集的诗题和署名。

(收入《唐人选唐诗新编〔增订本〕》,中华书局 2014 年 10 月。另《元和三舍人集》题记,与前文重复,故不取。其中《翰林学士集》《丹阳集》《玉台后集》三种曾收入该书初版,陕西人民教育出版社 1996 年 7 月)

《才调集》编选者韦縠家世考

　　唐人选唐诗今存十来种,今人最重视殷璠《河岳英灵集》,殆据以可以了解盛唐人对盛唐诗的认识。前人研究较多的,则是韦縠《才调集》,今知清冯舒、冯班《二冯评点才调集》十卷,有清初刻本;清纪昀《删正二冯评阅才调集》二卷,辑入纪氏《镜烟堂十种》;清殷元勋笺注,清宋邦绥补注《才调集补注》十卷,有清乾隆五十八年(1793)思补堂刻本。至于清吴兆宜笺注《才调集笺注》十卷,有清吴惠叔抄本;清周桢《才调集集注》十卷,仅存稿本,均不甚为人所知。

　　韦縠生平资料很少,可以相信的是他自己所作的《才调集叙》,署“蜀监察御史韦縠集”,叙云:

　　　　余少博群言,常所得志,虽秋萤之照不远,而雕虫之见自佳。古人云:“自听之谓聪,内视之谓明也。”又安可受诮于愚卤,取讥于书厨者哉!暇日因阅李杜集、元白诗,其间大海混茫,风流挺特,遂采撷奥妙,并诸贤达章句,不可备录,各有编次。或闲窗展卷,或月榭行吟,韵高而桂魄争光,词丽而春色斗美,但贵自乐所好,岂敢垂诸后昆。今纂诸家歌诗,共一千首,每一百首成卷,分之为十,目曰《才调集》。庶几来者,不谓多言;他代有人,无嗤薄鉴云尔。

主要叙述编选的过程和原则,具体仕历、年代都没有交代。后人认为韦縠是后蜀人,一是《唐诗纪事》卷六一称为“伪蜀韦縠”,二是南宋陈振孙《直斋书录解题》卷一五载:“《才调集》十卷,后蜀韦縠集唐人诗。”大致可信。此外,郑樵《通志·艺文略》记:“《才调集》《天归集》十卷,唐韦縠集。”似乎韦縠另选有《天归集》十卷,考虑到《通志·艺文略》错讹较多,还是存疑为是。

清初吴任臣《十国春秋》卷五六有其传云:"韦縠少有文藻。梦中得软罗缬巾,由是才思益进。仕高祖父子,累迁监察御史,已又升□部尚书。縠常辑唐人诗千首为《才调集》十卷,其书盛行当世。"似乎头头是道。但其实仔细分析,"少有文藻"和辑《才调集》当然是依据其自叙,"梦中"和"已又升□部尚书"二事,均据明徐应秋《玉芝堂谈荟》卷二六《奇宝雷公琐》云:"李浚《松窗杂录》记物之异闻,有雷公琐、辟尘犀……韦縠尚书梦中所得软罗缬巾、西蜀织成《兰亭》、罽宾国黄金衣、笔管上镂卢思道《燕歌行》……"但覆按今本《松窗杂录》,此段列《物之异闻》二十一物,其一即"韦悫尚书梦中所得软罗缬巾"。韦悫,《旧唐书》卷一七七有传附其子保衡下,是大和初进士,大中四年拜礼部侍郎,后历任郑滑、鄂岳观察使(据《唐刺史考全编》卷五七、卷一六四),大约卒于宣宗后期。《松窗杂录》大约成书于懿宗咸通间,作者李浚为名臣李绅之子。无论韦悫还是李浚,其生活年代都远早于前后蜀时期,吴任臣误采传讹的文本,据以拼凑韦縠事迹,实在不足为训。至于"仕高祖父子"一句,不知是有所本,还是出于猜度。后蜀只有高祖父子两代,此句没有太多实际意义,也无法证明韦縠广政间的出处情况。

今检巴蜀书社 2005 年出版四川省文物管理局编《四川文物志》三册,其中《石刻碑志卷》第四章《五代石刻碑志》,收入近年成都市东郊出土的韦縠弟韦縠夫妇墓志,为了解韦縠家世生平提供了极其珍贵的资料。韦縠墓志题作《□□故蜀州新津县令韦府君墓志铭》,其妻墓志题作《清河郡夫人张氏墓志》,均为侄婿彭州九陇县令罗济撰。原文较长,在此仅摘录韦縠墓志中与韦縠生平有关的部分:

> 韦之氏出颛顼大彭之后……至玄孙贤为汉丞相,始居京兆之杜陵。……府君讳縠,字致文。曾祖讳式,皇任晋州洪洞县令,累赠尚书户部侍郎。祖讳宗武,皇任复州刺史,赠右谏议大夫。父讳贻范,皇任尚书户部侍郎、同中书门下平章事、诸道盐铁转运等使,判度支。

相国道在致君,才推命世,文章可以经纬天地,器局可以苞括古今,负周召之雄图,蕴房杜之远略,屡平多难,丞拯横流,方济殷周,重安汉鼎,克盟带砺,载耀旗常。相国有子六人、女二人,遭家不造,执亲之丧,四海未宁,中原多事,遂扶持先国太夫人孔氏入蜀。认鹿头之王气,出鹑首之危邦。王先主早托洪钧,曲回青眼,优容厚礼,改馆加笾。旋属正位金行,开基玉垒,盛簪裾于霸国,选名器于相门。长兄栾,皇任东川节度副使。仲兄縠①,皇任侍御史。次兄蝦,起家授简州金水县、广都县,赐绯鱼袋,训转守礼部郎中兼太常博士,赐紫金鱼袋。今朝先皇帝镇临之初,首蒙拔擢,云霄路稳,羽翮风高,践履清华,便蕃贵盛。今上弥隆倚注,迥降丝纶,乃自大仪兼领彭郡,久悬众望,即副具瞻。次弟宏,皇任源州观风判官。季弟縠,前守陵州录事参军。长姊归御史大夫刘公,封扶风郡夫人;次妹归丞相赵国张公,封燕国夫人。府君即相国第四子也。……起家授邛州蒲江县令。……嘉王太师……奏请充镇江军节度掌书记、检校尚书水部员外郎,赐绯鱼袋。……次任汉州绵竹县令,吏畏严明,民感弘恕。次任阆州南部县令。……今朝文皇帝差摄蜀州新津县令。……次任阆州阆中县令,次任录事参军……次任眉州洪雅县令,次再任新津县令。……广政十九年丙辰八月二十四日寝疾,终于绵州履善里私第,春秋七十二。……夫人清河张氏,先府君即世。有三子四女。长子令均,次曰令弼,次曰令彬。长女嫁岳池主簿王崿,次女嫁前铜山县令王延昭,并先殒逝。三女未字,四女嫁董氏。……二十一年戊午岁七月二十七日,自左绵扶护,归就华阳县星桥乡清泉里,祔于先夫人之茔,礼也。彭牧尚书以手足凋零,肝心殒裂,津济丧事,轸恤诸孤。……

此外,张氏墓志记张氏卒于广政十七年九月,年五十九,记三子述及官职

---

① 《四川文物志》此处误录作“索殳”,殆因不识或排版时一时无“縠”字,随取左右两形近字来代替。此墓志拓本未见发表,但此处为“縠”字则可确认,殆韦氏兄弟六人,四人皆以“殳”旁字为名。

及婚配,季子名作令恭,稍有不同。

墓志提到韦縠的地方虽然只有一句话,但可资考证的线索则极其丰富。

墓志述韦氏为京兆杜陵人,这是唐代最有影响的家族。韦縠为昭宗时宰相韦昭范之子,这是以前没有记载的。关于韦昭范的家世,《新唐书》卷七四上《宰相世系表》所记为(字及官职均从省):

```
宗立——式——匡范
         昭范
         昌范——用晦——縠
         贻范
```

据墓志则应为:

```
式——宗武——贻范——栾
              縠
              戢
              縠——令均
                 令弼
                 令彬(恭?)
              宏
              縠
```

虽然《新唐书》以父祖辈错置有误,以縠为昌范孙,但知贻范先人名式,又以"宗"字为名,知縠为此家族后人,知所据仍有文献为依凭。贻范先人官职不显,史书中没有留下记录。《新唐书》卷一八二以贻范传附于卢光启传后:

初,光启执政,韦贻范、苏检相继为宰相。贻范字垂宪,以龙州刺

史贬通州,检为洋州刺史,二人奔行在,贻范迁给事中。用李茂贞荐,
阅旬为工部侍郎、同中书门下平章事、判度支。倚权臣,恣骜不恭。
会母丧免,逾月夺服。不数月卒。检初拜中书舍人,贻范荐于茂贞,
即拜工部侍郎、同中书门下平章事。茂贞与朱全忠通好,乃求尚主,
取检女为景王妃以固恩。帝还京师,检长流环州,光启赐死。

《新唐书·宰相表》记录了贻范入相的具体过程:天复元年(901)正月丁
卯,以给事中为工部侍郎、同中书门下平章事,判度支。五月庚午,以母丧
罢。八月己亥,起复守户部侍郎、同中书门下平章事,依前充诸道盐铁转
运等使,判度支。十一月丙辰,薨。在相位实际只有七八个月。贻范入相
的背景,是天复元年(901)依附朱全忠的宰相崔胤谋诛宦官,宦官韩全晦
乃劫持昭宗到凤翔,投奔李茂贞。韦贻范是在投奔凤翔行在后,依靠李茂
贞的推荐,仅两个月不到,就从通州刺史拜给事中,随即拜相。他在相位
期间,因为朱全忠起兵讨逆,围困凤翔,实际上不可能有所作为。墓志极
力夸大他的能力和成就,不足信。《资治通鉴》卷二六三载韦受贿卖官,
守母丧去职后为债家所逼,乃求宦官和李茂贞进言起复,以致当值的翰林
学士韩偓拒绝草制,有"吾腕可断,此制不可草"的愤言(《通鉴》所据当为
韩《金銮密记》)。可见其为人之不堪。到天复三年(903)春,李茂贞杀诸
宦官与朱全忠和解,凤翔期间的诸权臣也分别被杀或被贬。贻范虽然此
前已经死去,估计他的家人虽然没有被诛杀,但也受到牵连,因此其六子
二女扶持其妻孔氏,合家入蜀投奔当时已经拥有全蜀的王建。韦贻范曾
先后在蜀中为官,其为相期间蜀、岐关系密切。所谓"王先主早托洪钧",
就透露了其间关系。

　　韦縠的生年不详。但从韦縠广政十九年(956)卒,年七十二,即生于
光启元年(885)来推测,韦縠的出生最迟也应在广明、中和间(880—
884),到韦贻范去世、全家奔蜀时,大约已经二十岁。其后三十来年,他应
该在前蜀的治下生活或为官。《才调集》署"监察御史",应该是编集时的
实际官守。墓志称"皇任侍御史",可能是最后的官职。《旧唐书·职官
志》载御史台下设监察御史十人,正八品上,"掌分察巡按郡县、屯田、铸

钱、岭南选补、知太府、司农出纳,监决囚徒";侍御史四人,"掌纠举百僚,推鞫狱讼"。蜀承唐制,品级和职掌大约不会有太大的变化。韦毅去世时,韦毅应该已经超过七十五岁。墓志中没有特别提到他的行为,特别是提到韦皣对于韦毅丧事的津济,但没有说及韦毅,很可能他已经不在人世。再从墓志称"今朝先皇帝镇临之初",指后蜀开国皇帝孟知祥入蜀事,前此似指前蜀事,即不能排除韦毅编选《才调集》和官至侍御史都在前蜀的可能性。

最后还应考察韦毅家族在前后蜀的发展情况。贻范六子二女入蜀后,六子都先后任官,其中长子官至东川节度副使,地位较高。三子韦皣受知于孟知祥,后主孟昶时从礼部尚书兼领彭州。后蜀都成都,彭州为成都北边的重镇,非常重要。以前其事迹只有一则记录,见宋马永易《实宾录》卷一:"伪蜀韦皣,唐相贻范之子,仕孟昶时,历御史中丞。性多依违,时号为'软饼中丞'。"《十国春秋》卷五三据以列传。今据墓志可以补其事迹甚多。韦毅先后任县令七次,入幕府两次。嘉王太师为前蜀王建义子王宗寿。据张氏墓志十六岁在镇江军幕府中嫁给韦毅,其时在前蜀永平元年(911)。韦宏、韦毂官皆不显。二女中,长女所嫁御史大夫刘公,其人不详,但大夫官至正三品,故得封扶风郡夫人;次女嫁"丞相赵国张公",前蜀任相者有张格,后蜀前期任相或使相有张业、张公铎、张虔钊,未详孰是。韦毅夫妇所葬"华阳县星桥乡清泉里",可能为韦氏入蜀后的家族墓地。韦氏为关中显族,文化传承极其丰厚。韦毅一族虽避难入蜀,但很快与前后蜀的军人政权建立密切的政治和婚姻联系,取得较稳定的社会地位。韦毅在《才调集叙》中所表达的"或闲窗展卷,或月榭行吟,韵高而桂魄争光,词丽而春色斗美"优游生活情景,并有从容的心境来遴选诗作,也是与其家族的生存状态分不开的。

(收入《罗宗强先生八十寿辰纪念文集》,中华书局 2009 年)

范摅《云溪友议》：唐诗民间传播的特殊记录

唐末五代到宋初，出现了一批特殊的谈诗著作，完整存世的有唐末范摅《云溪友议》、孟启《本事诗》和五代后蜀何光远《鉴诫录》，已佚而存较多佚文的有后梁卢瑰《抒情诗》、宋初潘若冲《郡阁雅谈》、张靓《雅言杂载》和王举《雅言系述》。这些书中，孟、卢二书内容大约都为谈诗，其他各书的主体部分也以谈诗为主，显示出在欧阳修前以记录诗歌写作本事或与诗歌有关离奇故事，成为一个时期的风气。其中宋初三书，内容相对征实一些，而范、孟、何三书则包含大量著名诗人或诗篇的新奇有趣故事，历代流传很广，但考据家穷尽文献地考证，却发现事实经常错得离谱。本人三十多年前也对此类考据抱有浓厚兴趣，发现诗人生平或诗歌真伪可以定谳的证据，即欣喜成文，得胜回营。至于这些诗事传播的真相到底如何，往往并不加以深究。近年学术兴趣有很大变化，一是因重新处理全唐诗歌的文本，希望尽可能客观准确地反映一代诗歌的面貌，二则更多关心诗歌写成后在社会各层次传播的具体实况和变化，因而获得不少新的认识。本文拟就范摅《云溪友议》略申鄙见。至于近几十年从西方浸润到本国的文学传播接受高论，虽充分尊重，但所知甚少，若有契合，则纯属偶然。

为省篇幅，本文引《云溪友议》文字，一般仅举篇名，不出书名及卷次，读者谅之。

一　范摅生平及其著书之取资

《云溪友议》署"五云溪人范摅纂"，有其自序：

近代何自然《续笑林》、刘梦得撰《嘉话录》,或偶为编次,论者称美。余少游秦、吴、楚、宋,有名山水者,无不驰驾踌躇,遂兴长往之迹。每逢寒素之士,作清苦之吟,或樽酒和酬,稍蠲于远思矣。谚云:"街谈巷议,倏有裨于王化。"野老之言,圣人采择。孔子聚万国风谣,以成其《春秋》也。江海不却细流,故能为之大。摭昔藉众多,因所闻记,虽未近于丘坟,岂可昭于雅量。或以篇翰嘲谑,率尔成文,亦非尽取华丽,因事录焉,是曰《云溪友议》。傥论交会友,庶希于一述乎!

五云溪就是若耶溪。《嘉泰会稽志》卷一○载徐浩因"曾子不居胜母之间,吾岂游耶之溪"而改。盖唐代俗语耶与父通,引起他的伤痛。可知范摅中年后长居越州,或即为越州人。何自然《续笑林》别无可考,大约是东汉邯郸淳撰《笑林》之续书,被刘知几《史通·书事》斥为"调谑小辩,嗤鄙异闻,虽为有识所讥,颇为无知所说"。《嘉话录》则为宣宗大中十年(856)韦绚整理长庆中刘禹锡谈话而成,属于轶事议论类笔记。二书性质不同,但同为范摅所"称美"或仿效。书中《中山诲》一篇主要取资于《嘉话录》,《杂嘲戏》是否取资《续笑林》,实在无从推定,若然,则《续笑林》或亦唐人著作。

范摅所谓"少游秦、吴、楚、宋",虽然年代无法确证,但路线和范围,则大致可以推测是从越州北上,经吴过宋入秦游楚,目的是游历山水,交结名流。他晚年著作此书,从序中所谈则主要是得于"樽酒和酬"之际,"街谈巷议"之间,来源的层次并不高,但他则求"近于丘坟",即以经典为自己的努力目标,甚至抬出了"孔子聚万国风谣,以成其《春秋》也"来标榜。他有这样的宏愿,有追求,当然是好事,但眼光和学识更重要。范摅似乎没有这方面的准备,在二百字左右的短序中,至少有两个错误,《嘉话录》记刘禹锡所谈,并非他所撰;孔子据鲁史而成《春秋》,何曾"聚万国风谣"? 后者尤属常识,只能用"嗤鄙异闻"来解释。

就目前所知,范摅本人没有留下写诗的记录,更无诗歌存世,与他并世的诸多诗人,包括如方干这样长期居住越州的诗人,诗中没有提到与他的交往。仅《诗话总龟》卷三四引《郡阁雅谈》云："范摅处士有子，七岁作《隐者》诗云：'扫叶随风便，浇花趁日阴。'方干曰：'此可入室。'又作《夏景》诗云：'闲云生不雨，病叶落非秋。'干曰：'必不寿。'果卒。"这是宋初的记录，能作诗的是他儿子。

范摅本人在《云溪友议》中有十来段用云溪子名义发的议论，提到一些他的行踪和交往。如卷上《梦神姥》云"亲闻范阳所述，故书之"，范阳指卢肇，所叙为"卢著作肇为华州纪干公鼎防御判官"时游华山轶事。卢肇官至歙州、吉州刺史，此前之咸通初，为华州防御判官。三年（862），为秘书省著作郎。范摅入京或即其时。《三乡略》云三乡题诗得自陆贞洞，也记录了陆的诗。《彰术士》云"自童骇之年知之，方敢备录"，所录为大中间杜胜事，可以推测范摅大约为武宗前后出生。卷下《江客仁》云"乾符己丑岁，客于霅川，值李生细述其事"，霅川在湖州。乾符为僖宗年号，仅六年，没有己丑岁。《唐诗纪事》卷五六引作辛丑，也误。今人推测或为己亥之误。我更倾向于范摅的学识未必能准确记下干支，只能据此知道他在乾符间居住霅川而已。《蜀僧喻》："云溪子昔遁西霞峰，厥气方壮，尝遇玄朗上人者，乃南泉禅宗普愿大师之嗣孙也。"西霞峰可能在华山，是范摅另一隐居地。南泉普愿（748—835）为马祖高足，中唐名僧，《祖堂集》卷一六、《宋高僧传》卷一一、《景德传灯录》卷八皆有传。不过这位嗣孙玄朗就别无事状了。以上为范摅生平和交往的全部记录。

《云溪友议》附存十来则云溪子的议论，《毗陵出》录慎氏诗为彰"女子之所能"；《襄阳杰》述于顿归崔郊妾则称"历观国朝挺特英雄，未有如襄阳公者也"；《狂巫讪》记宣宗明察韦鏖被巫者欺诳，为"亲综万机，恩覃九裔，可以农、轩比德，舜、禹同规"；《羡门远》云皇甫大夫识破黄山隐之大言为"明察之断"。这些都是很一般的议论，没有什么高明处。唯一精彩处是引刘向"传闻不如亲闻，亲闻不如亲见"，可见他知道纪事可靠，宜得于亲闻亲见之重要。这段话录自王子年《拾遗记》卷一，那也是一本喜欢编造历代帝王后妃离奇故事的志异书，可以见到范摅心仪《春秋》，其实依傍传奇之用意。

如此轻议范摅，不是鄙视他，只是要揭示他的身处基层，心怀好奇，而又缺乏清醒的本朝掌故是非的判断考订能力,恰好尽到了将唐代中后期民间流传唐诗及其相关故事记录下来的责任,因而特别可贵。

二　《云溪友议》中的可靠诗事

我曾有一判断,即唐诗留存到今日之总数大约在53 000首上下,这些诗歌得以流传到现在,主要是依凭别集和总集的收录。别集和总集虽然也有后世作伪和编刻传讹的现象,但就大端说,则直接或间接源自作者自定的诗稿,在诗歌题目和文本上均较可信任。大约五分之一的唐诗依靠各类史书、笔记、诗话、类书、方志、碑帖等文献,由后人陆续辑佚所得,情况有很大区别。如摩崖石刻所存唐诗经常是当年写作的原貌,有时比别集还原始、还完整。史书、笔记、诗话等则包含大量传闻的内容,出入相对较大。即便如此,也有许多很可靠的记录。如《本事诗》所载刘禹锡两题玄都观诗、元稹《赠黄明府》诗之类,因为直接录自作者本人诗序,叙事很可靠。有时叙事似乎很曲折离奇,但基本事实则无大误,如元白梁州梦之互念偶合,韩翃《章台柳》之悲欢聚散,皆是。《云溪友议》也是如此。我认为可以举出的有《钱歌序》载大中七年浙东幕府听盛小丛歌送侍御崔元范归京,崔作诗有"独向柏台为老吏,可怜林木响馀声"句,时以为不祥,至是年秋崔鞫狱谯中而卒。《千唐志斋藏志》1123号《雍丘县尉崔府君夫人卢氏合祔墓志铭》云:"长曰元范,由拔萃科聘诸侯府,升宪台为监察御史,不幸短折,士林痛之。"志主为其母。《名义士》录廖有方元和十年在宝鸡窆旅逝者始末,也可与《西安碑林博物馆新藏墓志汇编》268号载《唐故京兆府云阳县令廖君墓铭》印证。《思归隐》主要根据韦丹与僧灵澈唱和诗序,真实性也毋庸怀疑。

范摅说到"杨素归徐德言妻"(《襄阳杰》)、"欧阳太原亡姬"(《南海非》),都是唐代流传的诗事故事。前者叙破镜重圆事,见《两京新记》和《本事诗》,后者叙欧阳詹恋太原妓恺怨而殁,见孟简《咏欧阳行周事》(《太平广记》卷二七四引《闽川名士传》引)。二事皆叙生离死别、惊心动魄之诗事,范摅知而不录,说明他在去取方面曾有所选择。全书每篇皆以三字名篇，行文也颇用心，可见他著述态度之认真。

三　叙事局部传误举例

即所谓有其人有其事，但真中有假，假中有真，真假不分，是非杂糅。

《窥衣帷》："元丞相载妻王氏字韫秀。（注：王缙相公之女，维右丞之侄。）初，王相公镇北京，以韫秀嫁元载，岁久而见轻怠。"史述元载所娶为天宝名将王忠嗣之女，有《旧唐书》本传和石刻为证，而这里讹成了诗人王维之侄女，代宗相王缙的女儿。因为就诗事来说，王维兄弟名气比王忠嗣要大得多。其实，元载入相比王缙还要早两年，而王缙镇北京（即太原）在大历三年，时恰元载独掌朝政之时。范摅所记是元载从贫贱文士到登龙入相，其妻始终劝勉相扶的故事。其中部分为史实，即元曾为相十六年，其妻王姓，妻父曾长期担任节度使，元载祸败后王氏宁死不愿受辱。但主体情节则是虚构的，王氏诗有"相国已随麟阁贵，家风第一右丞诗"，当然本来无从谈起。但我相信这是以一位身败名裂的文士为原型，编造的落难秀才与大家闺媛恋爱故事。范摅的可贵是不假思索地将其记录下来了。

《琅琊忏》云："元公以讳秀，明经、制策入仕。（注：秀字紫芝，为鲁山令，政有能名。）颜真卿为碑文，号曰元鲁山也。"居然以为元稹是元德秀的儿子，还煞有介事地引颜真卿碑文为证（我怀疑是《元次山碑》之误传），并据以解释他明经入仕的原因。全书讲到元稹的地方很多。《艳阳词》云："安人元相国，应制科之选，历天禄、畿尉，则闻西蜀乐籍有薛涛者，能篇咏，饶词辩，常悄悒于怀抱也。及为监察，求使剑门，以御史推鞫，难得见焉。及就除拾遗，府公严司空绶，知微之之欲，每遣薛氏往焉。临途诀别，不敢挈行。"《古籍整理研究学刊》2005 年第 4 期刊周相录《〈元稹集〉辨伪与辑佚》以为"安人元相国""历天禄、畿尉"者皆为元载，与元稹仕历不合。所录元赠薛诗，卞孝萱《元稹年谱》举四证认为绝不可信，确证有二，一是元仅至东川而薛居成都，二是薛长于元近二十岁。范摅还说元到浙东仍不能忘情，薛那时已经六旬望七了。虽然范摅所引元稹对前妻之《悼悲怀》及与续弦裴淑唱和诗尚无大误,但叙事中则才女薛涛与风流才子元稹之风情故事更为人乐于称道。《唐摭言》卷一二云:"元相公在浙东时,宾府有薛书记,饮酒醉后,因争令掷注子,击伤相公犹子,遂出幕。醒来,乃作《十离诗》上献府主(诗略)。"并录元公诗:"马上同携今日杯,湖边还折旧年梅。年年只是人空老,处处何曾花不开。歌咏每添诗酒兴,醉酣还命管弦来。樽前百事皆依旧,点检唯无薛秀才。"录诗不是元稹作,而是白居易《与诸客携酒寻去年梅花有感》,诗后原注:"去年与薛景文同赏,今年长逝。"浙东幕府薛景文的诗,以后也莫名传入薛涛名下。大致名人风情故事历代都有,元稹既称才子,也就不必计较时人的编造了。

四　对本朝故实常缺乏基本认识

翻阅范书,最大的感受是他对有唐一代的基本史实缺乏基本常识,对叙述所及之名公才士的基本履历经常全无所解,经常发生成堆的讹误,让学者有目不暇接之感。话重了,举例说明吧!

如《杂嘲戏》:

> 贺秘监、顾著作,吴越人也。朝英慕其机捷,竞嘲之,乃谓南金复生中土也。每在班行,不妄言笑。贺知章曰:"钑镂银盘盛蛤蜊,镜湖莼菜乱如丝。乡曲近来佳此味,遮渠不道是胡儿。"顾况和曰:"钑镂银盘盛炒虾,镜湖莼菜乱如麻。汉儿女嫁吴儿妇,吴儿尽是汉儿爷。"

贺知章卒于天宝前期,顾况肃宗时方登第,为官更在其后。同在班行,显出误传,诗亦恐出依托。为何传误,难以究竟。

再如《南黔南》:"先柳子厚在柳州,吕衡州温嘲谑之曰:'柳州柳刺史,种柳柳江边。柳馆依然在,千株柳拂天。'至南公至黔南,又以故人嘲曰:'黔南南太守,南郡在云南。闲向南亭醉,南风变俗谈。'"吕温卒于元和六年(811),后四年而柳刺柳州,南卓镇黔更在吕卒后四十多年。没有无知者无畏的勇气，很难写下这段纪事。其实这一节，只是柳宗元《种柳戏题》的民间衍派作品。柳诗见《柳河东集》卷四二："柳州柳刺史，种柳柳江边。谈笑为故事，推移成昔年。垂阴当覆地，耸干会参天。好作思人树，惭无惠化传。"

又如《金仙指》列举"留守王仆射逢"，其人绝无可考。再如《羡门远》"纥干尚书臯苦求龙虎之丹十五馀稔"，是很珍贵的记录，有今《正统道藏》存其著《悬解录》可证。但接着说"皇甫大夫在夏口日"，有道士自称黄山隐，排衙而入，吟诗有"古者有七贤，六个今何在"句，"自谓我是一贤也"。大夫诱以名利，即"脱其道服，饰以青衿，引见谢陈，礼度甚恭"，大夫怒而斩之，判书有"黄泉六个鬼，今夜待君来"。就揭露道士之假清高，确是好段子。但鄂岳节度驻节夏口，从来没有姓皇甫之节度使，而中唐著名者如皇甫镈，则没有这段经历，故事就不知从何而来了。

再如《严黄门》：

> 武年二十三，为给事黄门侍郎，明年，拥旄西蜀，累于饮筵对客骋其笔札。杜甫拾遗乘醉而言曰："不谓严挺之有此儿也。"武恚目久之，曰："杜审言孙子，拟捋虎须？"合座皆笑，以弥缝之。武曰："与公等饮馔谋欢，何至于祖考矣！"房太尉绾亦微有所忤，忧怖成疾。武母恐害贤良，遂以小舟送甫下峡。母则可谓贤也，然二公几不免于虎口矣。李太白为《蜀道难》，乃为房、杜之危也。

且解"所守或非人，化为狼与豺"二句为"此谓武之酷暴矣"。说得头头是道。其实严武虽然少年得志，但任黄门侍郎时已经三十八岁，房琯在此前已经去世。严武拥旄西蜀前后两次，前一次在上元间，李白仍在世，但居江东已经来日无多。严、杜关系密切，存诗甚多，其中未见严母之身影。而《蜀道难》则因殷璠《河岳英灵集》收入，可以肯定作于天宝十二载以前，与安史之乱、玄宗奔蜀无关，更谈不上为房、杜忧了。《蜀道难》的后半段确实有不易解处，范摅一不留心就把唐代民间之胡乱解诗记录下来了。在同一节中还有"章仇大夫兼琼为陈拾遗雪狱""陈晃字子昂""高适侍御与王江宁昌龄申冤"、李白作歌"疑严武有刘焉之志"、章彝外家报怨严武等离奇的记录,皆经不起史实的推敲。

《衡阳遁》:"徐侍郎安贞久居中书省,常参李右丞议,恐其罪累,乃逃隐衡山岳寺,为东林掇蔬行者,诈喑哑不言者数年。"两《唐书》均有徐安贞传,他在开元二十五年(737)入中书,约卒于天宝三载(744)后不久,哪里有时间让他躲到衡山去作哑僧。

再如《巫咏难》:

> 秭归县繁知一,闻白乐天将过巫山,先于神女祠粉壁,大署之曰:"苏州刺史今才子,行到巫山必有诗。为报高唐神女道,速排云雨候清词。"白公睹题处怅然,邀知一至,曰:"历阳刘郎中禹锡,三年理白帝,欲作一诗于此,怯而不为。罢郡经过,悉去千馀首诗,但留四章而已。"此四章者,乃古今之绝唱也,而人造次不合为之。

白居易过巫山,为其元和十三年(818)任忠州刺史时事。刘禹锡理白帝,则为长庆元年(821)刺夔后事。称白为苏州刺史,称刘为历阳郎中,更在其后十多年。刘禹锡集中有《巫山神女庙》一首,何曾怯而不为? 神女庙唐人题诗,宋人欧阳修、陆游等均曾见有李吉甫、丘玄素、李贻孙、敬骞、蔡穆等诗,多在刘前,何曾有削去之事。至范摅所云独存四首,皆乐府诗,未必亲到刻石者,所录沈佺期一首则为唐初张循之作。一段叙事能错成这样,真亏范夫子之妙裁。

五　似是而非的诗事牵附

所谓诗事牵附,是指在作者原诗中并没有包含的寓意或本事,在流传中附会出意想不到的故事。如《云溪友议》卷下《和戎讽》:

> 上曰:"比闻有一卿能为诗,而姓氏稍僻,是谁?"宰相对曰:"恐是包子虚、冷朝阳。"皆不是也。上遂吟曰:"山上青松陌上尘,云泥

岂合得相亲。世路尽嫌良马瘦，唯君不弃卧龙贫。千金未必能移姓，一诺从来许杀身。莫道书生无感激，寸心还是报恩人。"侍臣对曰："此是戎昱诗也。"京兆尹李銮拟以女嫁昱，令改其姓，昱固辞焉。

戎昱的原诗见《戎昱诗集》和《文苑英华》卷二五六，题作《上湖南崔中丞》，应该是大历四、五年间赠湖南观察室崔瓘，内容只是说感激知遇、重诺轻财之意，第五句原作"千金未必能移性"，何曾有拒绝改姓之事。

《云溪友议》卷中《狂巫讪》云：

　　太仆韦卿觐，欲求夏州节度使。有巫者知其所希，忽诣韦门曰："某善祷祝星神。凡求官职者，必能应之。"韦卿不知其诳诈，令择日夜深，于中庭备酒菓香灯等。巫者乘醉而至，请韦卿自书官阶一道，虔启于醮席。既得手书官衔，仰天大叫曰："韦觐有异志，令我祭天。"韦公合族拜曰："乞山人无以此言，百口之幸也。凡所玩用财物，悉与之。"时湖上崔大夫侃充京尹，有府囚叛狱，谓巫者是其一辈。里胥诘其衣装忽异，巫情窘，乃云：'太仆韦觐曾令我祭天，我欲陈告，而以家财求我，非窃盗也。'既当申奏，宣宗皇帝召觐至其殿前，获明冤状，复召宰臣，诏曰：'韦觐城南上族，轩盖承家。昨为求官，遂招诬谤，无令酷吏加之罪愆。其师诬诳，便付京兆处死讫申。'韦则量事受责，门下议贬潘州司马。（略）察院李公明远诗："北鸟飞不到，南人谁去游？天涯浮瘴水，岭外向潘州。草木春秋暮，猿猱日夜愁。定知迁客泪，应只对君流。"

这件事在《东观奏记》载："司农卿韦廑，夜令学士为厌胜之术，御史台劾奏，贬永州司马。"《资治通鉴》则载大中十年事发："秋九月，上召廑面诘之，具知其冤，立以巫士付京兆杖死，贬廑永州司马。"似乎范摅所载韦觐当作韦廑，是文字音同致误。而在杜牧《樊川文集》卷一九有《一品孙李明远授左千牛备身等制》，大约为六年（852）作，四年后李进察院为监察御史，也在情理中。但再细究，范摅所录的原诗在《梨岳诗集》、《文苑英华》卷二八二、《唐百家诗选》卷一六、《瀛奎律髓》卷二四、《全唐诗》卷五八七均收作诗人李频作,诗题为《送孙明秀才往潘州访韦卿》,诗题的异文仅《唐百家诗选》《瀛奎律髓》"访"作"谒"。全诗为:"北鸟飞不到,北人今去游。天涯浮瘴水,岭外问潘州。草木春冬茂,猿猱日夜愁。定知迁客泪,应只对君流。"仅有少数文字不同,肯定是一首诗。再回头比较《云溪友议》与其他史籍所载之不同,则韦廑贬前所任为司农卿而非太仆卿,贬地是永州而非潘州,那年的京兆尹为韦澳,亦非崔倎。原诗肯定是李频所作,范摅得自传闻,作者既误为确有其人的李明远,传误的起点恐怕只是孙明所访者与遇巫被骗者皆可称韦卿,又根据诗句改让韦廑到更远的潘州走一次。可以看出,此一首诗的传误过程很复杂,是叠加累进而成的讹误。

六 民间诗歌与故事编造

二十多年前,李正宇《敦煌学郎题记辑注》(刊《敦煌学辑刊》1987年第一期)和徐俊《敦煌学郎诗作者问题考略》(刊《文献》1994年第四期)先后发表,从大量敦煌写本后的学郎题记中注意到这些诗歌的趋同性,徐俊特别否定了抄写的学郎即为作者的说法。其后长沙窑瓷器题诗大量刊布,其中部分诗歌居然与远在西陲的敦煌、吐鲁番写本题诗相同,我也先后撰文《八十年来的唐诗辑佚及其文学史意义》《从长沙窑瓷器题诗看唐诗在唐代下层社会的流传》,说明唐代民间流传诗歌具有的通俗、短小以及不在意作者的特点,关注到文人诗歌传入民间,以及民间诗歌附会文人的状态。举一例来说,长沙窑瓷器题诗有:"海鸟浮还没,山云断更连。棹穿波上月,船压水中天。"敦煌遗书伯2622残诗存"海鸟无还没,山云收"八字,为同一诗,知唐代流传甚广。宋人《今是堂手录》(《苕溪渔隐丛话前集》卷一九引):"高丽使过海,有诗云:'水鸟浮还没,山云断复连。'时贾岛诈为梢人,联下句云:'棹穿波底月,船压水中天。'丽使嘉叹久之,不复言诗矣。"让贾岛在过海船上诈为僧人,目的就是给高丽使意外一击,本身已够荒唐。知道当年该诗曾如此广泛地流传,真相也就很清楚了。

《云溪友议》也肯定包含大量类似的例子，我以为可以讨论的有如下数例：

> 明皇幸岷山，百官皆窜辱，积尸满中原。士族随车驾也，伶官张野狐觱篥，雷海清琵琶，李龟年唱歌，公孙大娘舞剑。初，上自击羯鼓，而不好弹琴，言其不俊也。又宁王吹箫，薛王弹琵琶，皆至精妙，共为乐焉。唯李龟年奔迫江潭。杜甫以诗赠之曰："岐王宅里寻常见，崔九堂前几度闻。正值江南好风景，落花时节又逢君。"龟年曾于湘中采访使筵上唱："红豆生南国，秋来发几枝。赠君多采撷，此物最相思。"又："清风朗月苦相思，荡子从戎十载馀。征人去日殷勤嘱，归雁来时数附书。"此词皆王右丞所制，至今梨园唱焉。歌阕，合座莫不望行幸而惨然。龟年唱罢，忽闷绝仆地，以左耳微暖，妻子未忍殡殓，经四日乃苏。(《云中命》)

在范摅的笔下，玄宗幸蜀之追随士族，居然都是歌舞艺人，有名的都在，根本不顾忌雷海清被安禄山俘系，宁王、薛王早就亡故，这就是民间思维。杜甫入湘之大历初，早已没有湘中采访使的官职。岐王李范是玄宗四弟，卒于开元十四年(726)；崔九是崔涤，也卒于同一年。杜甫那一年方十五岁，何曾有过这么阔的朋友？而李龟年因唱歌而情动五内，闷绝仆地，死四日而复苏，也分明是传奇志怪桥段。传为杜甫的这首诗流传很广，在范摅以前，郑处诲《明皇杂录》已收(《太平广记》卷二〇四引)，宋人辑录《杜工部集》时收入，题作《江南逢李龟年》，且以"崔九即殿中监涤也，中书令湜之弟也"一段录作杜甫自注。其实，《云溪友议》所录两首王维的诗，王集两种宋本都不收，后者在《乐府诗集》卷七九、《万首唐人绝句》卷五八录作《伊州歌第一》。作王维诗的最早记载就在范摅。只是因为不涉具体史实，又无他人出来申请权利，因此向无争议。就《云溪友议》此节所述，三诗情况是差不多的。

再如《题红怨》："明皇代，以杨妃、虢国宠盛，宫娥皆颇衰悴，不备掖庭。常书落叶,随御水而流云:'旧宠悲秋扇,新恩寄早春。聊题一片叶,将寄接流人。'顾况著作闻而和之。既达宸聪,遣出禁内者不少,或有五使之号焉。和曰:'愁见莺啼柳絮飞,上阳宫女断肠时。君恩不禁东流水,叶上题诗寄与谁?'"又见《本事诗》,则云顾况见诗而和之,十馀日后再得宫中回诗。内外传情,真如今日电邮般方便。《云溪友议》又增大中间卢渥红叶随流,多年后见退宫人印证其事。《北梦琐言》卷九僖宗时进士李茵曾遇宫中侍书家云芳子书红叶流出御沟,宋王铚《侍儿小名录补》则作贞元进士贾全虚与凤儿事,刘斧《青琐高议前集》卷五引张实《流红记》又作僖宗时儒士于佑和宫女韩氏事。凡此皆属一事之陆续衍传,虽为民间所喜闻,无奈事实有不可为者。

七　引诗多张冠李戴

一诗而分属不同作者,是为互见诗,在《全唐诗》中多达6 000多首,多数为宋以后传讹。今人考辨,多数以唐宋引录为依据。《云溪友议》是唐人的书,但其传误已经极其严重。如《温裴黜》录刘禹锡《杨柳枝》:"春江一曲柳千条,二十年前旧板桥。曾与美人桥上别,恨无消息至今朝。"其实是白居易《板桥路》的节写,白诗见《白氏长庆集》卷一九:"梁苑城西二十里,一渠春水柳千条。若为此路今重过,十五年前旧板桥。曾共玉颜桥上别,不知消息到今朝。"同节引滕迈《杨柳枝词》:"陶令门前罥接离,亚夫营里拂朱旗。"认为"不言杨柳二字,最为妙也",其实所引是李绅《柳二首》之一的前二句。《江客仁》录李汇征吟李涉诗:"华表千年一鹤归,丹砂为顶雪为衣。泠泠仙语人听尽,却向五云翻翅飞。"其实是刘禹锡《步虚词二首》之二,见《刘梦得文集》卷八、《乐府诗集》卷七八、《万首唐人绝句》卷五等书。《云中命》录李群玉诗:"黄陵庙前莎草春,黄陵女儿茜裙新。轻舟小楫唱歌去,水远山长愁杀人。"其实是李远《黄陵庙词》,见《李远诗集》、《唐百家诗选》卷一七、《万首唐人绝句》卷四四等书。《琅琊竹》录长孙翱《宫词》:"一道甘泉接御沟,上皇行处不曾秋。谁言水是无情物,也到宫前咽不流。"《唐诗纪事》卷二八、《能改斋漫录》卷八、《艇斋诗话》引唐顾陶《唐诗类选》等皆作孙叔向诗，长孙翱别无表见。同节录元稹《自述》："延英引对碧衣郎，红砚宣毫各别床。天子下帘亲自问，宫人手里过茶汤。"此为王建《宫词百首》中诗，《唐诗纪事》卷四四、《万首唐人绝句》卷三一所引甚可靠。造成这些讹误，虽然有乐师删节传唱的原因，更多是流传多歧，范摅又不善鉴裁，以至如此。

八　《中山悔》一节之讨论

在此特别应讨论的是《中山悔》一节之叙事。这一节范摅肯定曾参考序中提到的《刘宾客嘉话录》，原书虽已失传，今存本也有大量伪文羼入，但经过唐兰、罗联添、陶敏的陆续辑考，已经大致可读。三家对范摅所引皆持谨慎态度，存为附录。但就范摅所引各节情况来看，真伪出入也稍有不同。

第一节述刘禹锡告诫子弟不要轻率扬才露己，举自己早年轻改牛僧孺文稿事，并附二人叙旧释怀诗。牛诗题作《席上赠汝州刘中丞》："粉署为郎四十春，今来名辈更无人。休论世上升沈事，且斗樽前见在身。珠玉会应成咳唾，山川犹觉露精神。莫嫌恃酒轻言语，曾把文章谒后尘。"署"襄州节度牛僧孺"。刘诗题作《奉和牛尚书》，诗云："昔年曾忝汉朝臣，晚岁空馀老病身。初见相如成赋日，后为丞相扫门人。追思往事咨嗟久，幸喜清光语笑频。犹有当时旧冠剑，待公三日拂埃尘。"署"汝州刺史刘禹锡"。刘诗见于《刘宾客外集》卷六，题作《酬淮南牛相公述旧见贻》，异文也较多，全录如下："少年曾忝汉庭臣，晚岁空馀老病身。初见相如成赋日，寻为丞相扫门人。追思往事咨嗟久，喜奉清光笑语频。犹有登朝旧冠冕，待公三入拂埃尘。"虽仅细节出入，显是原集文本更妥当，更切身份。从牛、刘二人的宦迹来说，刘自大和八年守汝州，牛则自大和六年镇淮南，开成二年为东都留守，四年出镇山南东道，即所谓襄州节度。这里虽有细节出入，大端还属可信。

第二节刘禹锡自述因好讥评人物而致仕宦不达，在此不讨论。第三、第四节为对诸多唐诗人名句之点评，每以己作与之比较，部分也见他书，但范摅改动较多。也可不讨论。值得重点讨论的是第五节：

> 夫人游尊贵之门，常须慎酒。昔赴吴台，扬州大司马杜公鸿渐为余开宴。沉醉归驿亭，似醒，见二女子在旁，惊非我有也。乃曰："郎中席上与司空诗，特令二乐伎侍寝。"且醉中之作，都不记忆。明旦修状启陈谢，杜公亦优容之，何施面目也。余郎署州牧，轻忤三司，岂不难也。诗曰："高髻云鬟宫样妆，春风一曲《杜韦娘》。司空见惯寻常事，断尽苏州刺史肠。"

这首诗极有名，但叙事错得离谱。杜鸿渐相代宗，平生未曾在扬州任职，大历四年（769）卒，刘禹锡出生于其后三年，二人无缘会面。刘禹锡刺苏州时，镇扬州者先后为崔从、牛僧孺，二人皆未带司空衔。《本事诗》载同事另一版本：

> 刘尚书禹锡罢和州，为主客郎中、集贤学士。李司空罢镇在京，慕刘名，尝邀至第中，厚设饮馔。酒酣，命妙妓歌以送之。刘于席上赋诗曰："倭鬟梳头宫样妆，春风一曲《杜韦娘》。司空见惯浑闲事，断尽江南刺史肠。"李因以妓赠之。

地点和主人都变了，时间也改成刘罢和州入京时，但也有许多违格的地方。宋人以为苏州刺史韦应物与杜鸿渐事，近代以来岑仲勉、卞孝萱、陶敏等多有辨析，因无法找到准确的结论，皆判此诗为伪。

其实各家都认真将《云溪友议》当信史来读了。就《嘉话录》来说，是穆宗长庆二年（822）韦绚到夔州从刘禹锡受学的记录，到大中十年（856）即三十多年后，将其整理出来。从刘谈、韦记到晚年整理，其间已大有出入。如该书云："予尝为大司徒杜公之故吏。司徒冢嫡之薨于桂林也，柩过渚宫。予时在朗州，使一介具奠酹，以申门吏之礼，为一祭文（下略）。""司徒冢嫡"谓杜佑长子杜式方，《旧唐书·穆宗纪》载其长庆二年四月卒于桂管观察使任，新出墓志也可证，其时刘在夔州任，离开朗州已经七年,这是韦绚误记。从韦绚到范摅及孟启,其间书面或口头之传闻不知又经历几度变化,二人所载之不同,实为一事不同途径流传之结果。从最初的故事原型来说,我相信仅是一位低位者对于高位者奢侈生活的惊羡记录,有相见开宴,有美人歌舞,有作诗惊叹,有赠妓风流。在流传过程中,增加了某些原来没有的内容。就《云溪友议》来说,如果将显然谬误的杜鸿渐抹去,则扬州大司马杜公而曾任司空者,杜佑恰符合,刘曾任杜掌书记多年,在《上杜司徒书》也显示二人虽属主官与僚属关系,但平日亲密信任,刘率性而为,杜一切包容。大约也只有到这份交情,才会因为一首诗而以家妓相赠。我在几年前撰文《司空见惯真相之揣测》(刊《新民晚报》2009 年 2 月 15 日),即就这层立说。那么事情就该在贞元末年,刘作苏州刺史几乎还要等二十五六年。但若了解刘禹锡的出生和早年家居恰在苏州嘉兴一带,若刺史为后来附会,仅就吴台到扬州来说,也有说得过去的理由。唐雯博士近期撰《云溪友议校笺》(中华书局即出),认为吴台指扬州吴公台,《万首唐人绝句》卷六题作《赠李司空妓》或为原题,则以《本事诗》近得其实。她找出《旧唐书》敬、文二帝记载李绛宝历元年(825)四月以剑南东川节度使、检校司空为左仆射,大和元年(827)兼太常卿,以期与刘禹锡大和二年自和州入为主客郎中事相接,更举刘《祭兴元李司空文》有“公入西关,愚亦征还。削去苛礼,招邀清闲”云云,似可印证。我还可以补充二人聚会时,在座有崔群、白居易、庾承宣、杨嗣复等人,同作《杏园联句》《花下醉中联句》,崔群诗附注称“群上司空”,绛诗有“老态忽忘丝管里,衰颜顿解酒杯中”,有丝管杯酒,刘诗则感叹“二十四年流落者,故人相引到花丛”。这些都可以与“招邀清闲”印证。但就人事渊源来说,刘禹锡与李绛交往不深,李绛元和中入相时刘长期贬外,到晚年在多人聚会时诗酒相会是可能的,醉酒赠妓似乎不太可能。凡此我以为疑以存疑可也,必须承认文献有不足征,传讹很难究诘。

九　馀　说

唐五代笔记,存者以及佚而可辑者逾百种,其文献来源差别很大。如

《大唐新语》《谭宾录》等以国史实录为依据,《北梦琐言》部分取资五代实录,均较翔实;《次柳氏旧闻》录柳芳述高力士所谈,《戎幕闲谈》《嘉话录》叙李德裕、刘禹锡所谈,《尚书故实》录宾护尚书(今人考为张彦远)所谈,《贾氏谈录》记贾黄中所述,也都来源明白;赵璘《因话录》录平生见闻,李浚(李绅子)《松窗杂录》录前辈所谈,可说渊源有自。范摅似乎没有机会接触上层公卿,他的叙述主要来自道听途说。《云溪友议》喜谈名人轶事,但全书中没有他直接参与的痕迹,即便在他已经成人且发生在越州的文人聚会,他也不曾忝列。仅有的两次接触当事人的叙述,也是在多年以后。从史学征信的立场上来说,他的著作确实大可怀疑,从文学传播视角,则有特殊的价值。

　　唐诗写成后传向社会,是通过各种途径为各社会层次的人们所阅读、所诵习、所歌唱、所谈论。尽可能忠实于原貌的文本传抄和书写,当然是最重要的途径,唐诗能有五万多首存留至今,且大多能够忠实于唐时的原文,首先应归功别集与总集的编纂和写刻者。但更广泛的社会传播,所谓妇孺童稚得以理解的层面,则要复杂得多。从敦煌、吐鲁番学郎诗的抄写,和长沙窑瓷器题诗,我们看到民间对诗要求尽量通俗易懂、切合日常生活的同时,至于保留作者的归属,保持诗作的原貌,实在没有多少兴趣。甚至可以说,诗歌走向社会,文本就处于动态的不断被改写的过程中,其作者的归属也因为不断地流动而产生歧义。此外,乐工之采诗入乐,民间歌人之翻曲传唱,扩大流传的同时,也对诗歌文本作了大量的加工。在《云溪友议》中出现的李龟年、盛小丛、刘采春、周德华等,就承担了这样的责任。他们传唱当代名公的诗作,具体到哪位名公,有那么重要吗? 他们根据历来乐工的传说记下是李白、杜甫或王维的诗歌,有责任一定要推究史实保证不误? 当然没有必要。范摅所载许多张冠李戴的作品,很多也即因此沿袭下来。

　　此外,除如前述李频诗误归李明远之个别情况,文学传播中另一常见状况是无名诗作传为有名诗作,小家诗传为名家诗,到明代还有男性诗传为女性作,《云溪友议》包含许多这类的个案。诗人写诗也如同我们的日常生活一样,多数情况下是波澜不惊、风平浪静的,除非突然的变故,一般很少有大的曲折。但是在民间传播中，男女情事永远是亘古不变的主题，名人曲折风流的故事，名篇惊心动魄的本事，当然会更多地吸引读者去关心和了解。从《云溪友议》到《本事诗》到《鉴诫录》，都对此类故事抱有浓厚的兴趣。范摅的经历既如前述，《鉴诫录》作者何光远仅担任普州军事判官，又对神仙故事抱有浓厚兴趣，孟启的官职和学识层次稍高些，对诗事趣闻的记录方面有眼光的不同，兴味则是一致的。有学术考据癖者如我，总希望清除雾障廓明真相，无论诗人的生平、诗歌的文本或写作之寄意，无不如此。但从更广阔的视野来说，文学在传播中变化、讹误、派生故事、出现新解，甚至改动得面目全非，不也是很有趣的文学现象吗？只要学者有区别分层次地来说明解释这些现象，当也可获得无穷的乐趣。

　　《云溪友议》把这些文学变形中的复杂现象记录下来，我们利用各类文献追索真相，得以部分地得以恢复真相，看到衍讹的痕迹；或者还有更多的目前还无法清理的记录，只能暂时存疑，等待新证。"司空见惯"、李龟年等，不妨都搁一搁。

　　本文写作中曾参考唐雯博士待刊书稿《云溪友议校笺》，谨此鸣谢。

2014 年 2 月 25 日于复旦大学光华楼

（《文学遗产》2014 年第 4 期）

《本事诗》作者孟启家世生平考

史籍中关于《本事诗》作者孟启生平的记载不多,著名学者如余嘉锡、王梦鸥均有考证,但所得甚少。不久前出版的《全唐文补遗》第八册(陕西省古籍整理办公室、洛阳市第二文物工作队编,吴钢主编,三秦出版社 2005 年)收录了河南洛阳新出土的孟启家族四方墓志,为其家世生平研究提供了极其珍贵的记录。

一 孟启家族墓志的发现

这四方墓志分别是孟启撰其妻李琡墓志、其叔母萧威墓志、其叔父孟球撰孟璲墓志,以及孟璲子孟蔚撰其侄孙孟亚孙墓志。最后一方墓志与孟启关系不大,其他三方先全录或摘录如下。

李琡墓志题作《唐孟氏冢妇陇西李夫人墓志铭并叙》,撰写于咸通十二年(871)七月,全录如下:

> 咸通十二年辛卯五月戊申,进士孟启之妻陇西李氏讳琡,字德昭,以疾没于长安通化里之私第,享年三十有五。七月壬申,葬于河南洛阳县平阴乡,祔于先舅姑之兆次,而启为之墓志云。夫人皇族,太祖景皇帝之十一代孙,明州刺史、赠礼部尚书讳谓之孙,今宗正卿名从乂之女。宗正,余之季舅,娶兰陵萧氏,生二男三女,夫人其中女也。自免怀之岁,则歧歧然。保母不勤,训导不加,渐渍诗礼,率由典法。年二十五,归于孟氏。启读书为文,举进士,久不得第,故于道艺以不试自工,常以理乱兴亡为己任,而于夫人惭材;屈指计天下事,默

知心得,前睹成败,而于夫人惭明;顺考古道,乐天知命,不以贫贱丧志,而于夫人惭贤;不受非财,不交非类,善恶是非,外顺若一,而于夫人惭德;博爱周愍,不翦生类,而于夫人惭仁;迁善远过,亲贤容众,悔吝不作,丑声不加,而于夫人惭智;辨贤否,明是非,别亲疏,审去就,而于夫人惭识;通塞之运付之天,死生之期委诸命,而于夫人惭达。八者馀外,从事于亲戚友朋,常所励勉。时遇推引,或尝自多,入对夫人,歉然如失。呜呼!学不总九流百氏之奥,德不经师友切磨之勤,而天姿卓然,踔越异等,此始可以言人矣。三十二,丁内艰。既免丧,数月得疾,日以沉顿。凡医伎异术、祷祝禳祓(《补遗》录作妖),无不为者,确然内痼,流遁膏肓,精爽丰肤,暗然如铄。众药咸试,亟犹旬时,寒温和烈,投之若一,类以卵叩石,以莛撞钟。至于劫厉舞巫,焚符媚灶,固尽为捕影矣。呜呼!天与之贤,不与其寿,庄生变化之说,释氏轮回之谭,倘或有焉,则余知其脱屣柔随,挺为贤杰者矣。惜乎!余老而未达,俾夫人之仁,不涵濡于九族;夫人之德,不布显于天下。牛钟鲋井,踠迹而终,彤笔绝芳,青简亡纪。呜呼,其命也夫![疾]将亟之前五旬有五日,舐笔和墨,以余为避。凡衾裯之具,涂刍之列,靡不毕留其制度。俭约下逼,谦毂难遵,而眷余之情,诚诀于后,辞约意愚,所不忍视。及此之时,厌生衔恨,恨不遂从之于幽漠也。夫人唯一女,既周岁逾五月,名李七。无男。呜呼!此其尤所痛悼者也。铭曰:何为而来?以德以材,而卷诸怀。何为而去?不迟不伫,如斯其遽。满谪偿期,宁兹淹度。弃厌擢迁,逝肯留顾。君没世绝,罪祸余附。兹焉其觖,长号永慕。呜呼哀哉!

《全唐文补遗》不录原志结衔,但从小传推测,署名应为"夫孟启撰"。

　　孟启撰萧威墓志,原题为《唐故朝请大夫京兆少尹上柱国孟府君夫人兰陵郡君萧氏墓志铭》,撰于乾符二年(875)十月,晚于李琡墓志四年,结衔为"凤翔府节度使推官、前乡贡进士孟启撰"。摘录如下:

　　　　夫人讳威,字德真,兰陵人也。……高祖讳炅,皇朝刑部尚书、兼京兆尹。……曾祖讳寔，眉州刺史。……皇考讳虔古，晋州襄陵县令。……襄陵娶京兆韦氏，父孚，晋州赵城县丞。夫人即襄陵之嫡长女。……年二十四，归于孟氏。……京兆府君由进士第佐大藩府，再领郡印，三转南宫，自尚书职方郎中迁京兆少尹，未尝忧问家事。外姻枝幼，其至如归。夫人煦覆仁濡，必殚慈力。以从爵再封郡君。岁时被礼服，朝谒于皇太后，族属以为荣。京兆府君先夫人十五年即世，夫人嫠居致毁，不期延永。训导诸子，抚视稚幼，一遵礼法，咸克成人。乾符二年三月二十三日，遘疾没于洛阳德懋里之私第，享年五十七。其年十月十二日，祔于京兆府君之兆域，礼也。夫人生五子：长表微，明经擢第，方举进士。次通微，亦克负荷。中女早亡，长季皆有闺则，而未遘入。夫人妹一人，适夏州掌记、兼大理评事韦颙。弟二人：长曰丹，前阆州奉国县主簿。季曰瑑，举进士。侄启，承讣衔哀，刻于幽志，敬序族世，不敢以文。

末署："孤子表微书并篆盖。维乾符二年岁次乙未十月庚戌十二日辛酉。"

孟璲墓志题作《唐故朝请大夫守京兆少尹上柱国孟公墓志铭》，不署撰者名，但据志文所叙，应为志主之弟孟球撰。末署"侄启书并篆盖"，但孟启为何人之子不太明确，较大可能是璲、球之兄琯之子。全录如下：

公讳璲，字虞颂，平昌安丘人，宋佐命临汝公昶十一代孙也。高祖玄机，皇朝河南县丞、群书详正学士。曾祖景仁，仪凤中进士高第，历官衢州龙丘县令，赠殿中丞。祖洋，以至孝闻，明经制举，授浔阳尉，居官有能名。由监察、殿中皆带剧职，历吉、虔二州刺史，赠光禄卿。与颜鲁公善，葬常州武进原，真卿为之碑。父存性，贞肃清简，居家如在公府，懿行嘉誉，显于当时。历官至资、蜀二州刺史、抚王傅，累赠礼部尚书。有子九人，公即尚书第二子也。弱冠知名，通九经百家之言，善属文。大和初，进士擢第，累辟藩府，掌奏记。佐治仅二十年，率多善绩，略而不备。入为尚书司门员外郎，转工部郎中，邓、唐二州刺史。惠化及物，人受实惠。陟为尚书职方郎中，迁京兆少尹。性恬淡寡欲，轻财尚信，未尝言禄利，授虽抑，亦自荣之。以是搢绅之士，无不推伏其弘量也。朝廷以公当居言议之地，将授而遘疾，倾朝之士，无不日至其门。以大中十四年二月九日，终于长安善和里，享年六十七。其年四月十四日，归葬于河南府洛阳县平阴乡成村，祔龙丘府君之茔，礼也。令德之馀，克昌其嗣，凡五子。夫人兰陵萧氏，刑部尚书炅之孙，临汝尉虔古之女。生蔚、彭及三女。长子曰彬，歙州婺源尉，有材干，当官必治，吏不敢犯；次曰茝，斋郎出身；曰蔚，明经及第；隋、彭尚幼，皆恭默保家之器。五女：长曰邠，适进士柳鼎；次曰师，适岐（《补遗》作"歧"）山尉姚瑱；曰成，曰斋，曰小斋，未笄，萧氏出焉。公长兄琯，有重名于时，元和五年进士擢第；公策名于大和初，其后开成、会昌中，季弟珏、球继升进士科：至大中末皆银艾，同为尚书郎、列郡刺史，时人荣之。呜呼！生有荣禄，殁有后嗣，复何恨哉！可惜者，位不称才而已。球奉季兄珏之命，泣血搏膺，录功绪志于贞石。铭曰：君子之德，人鲜克举。挈而行之，保此贞誉。君子之道，暗然而彰。静以思之，莫德而量。诗不云乎，以燕翼子。平阴之原，芑如丰水。自此茔中正北六十步曲、正东四步，至龙丘府君墓中。自茔中正南六十四步曲、正西六十九步，至尚书府君墓。自茔中正北六十步曲、正西三十六步，至随州府君墓。

由于至今没有看到孟氏家族墓地的发掘报告，《全唐文补遗》也仅有录文，没有拓本，故以上录文，均据该书，仅作了部分标点和误字的调整。

二　《本事诗》作者可确定为孟启

《本事诗》作者之名，有启、棨、綮三种说法。作"綮"仅见于文渊阁本《四库全书》本《本事诗》提要，然浙本《四库全书总目》卷一百九十五已改作"启"，作"綮"殆属误录，可不计。作"棨"首见于五代王定保《唐摭言》

卷四《与恩地旧交》：

> 孟棨年长于小魏公。放榜日，棨出行曲谢。沆泣曰："先辈吾师也。"沆泣，棨亦泣。棨出入场籍三十馀年。

后沿其说者有《太平广记》卷一八二引《摭言》、《梦溪笔谈》卷四、《职官分纪》卷四九、《西溪丛语》卷上、《苕溪渔隐丛话前集》卷五、《通志》卷七〇《艺文略》、袁本《郡斋读书志》卷四下、《东坡诗集注》卷一九《送鲁元翰少卿知卫州》等。《四库全书总目》以为："《新唐书·艺文志》载此书，题曰孟启，毛晋《津逮秘书》因之。然诸家称引，并作棨字，疑《唐志》误也。"对此，余嘉锡《四库提要辨证》卷二四认为：

> 案考各家刻本，皆作孟启，不独毛氏以为然。《宋史·艺文志》、《书录解题》亦皆作启，独《通志·艺文略》及《读书志》作棨耳。二字形声相近，未详孰是。

余氏举证详确，结论审慎。台湾学者王梦鸥先生《本事诗校补考释》（收入《唐人小说研究三集》，台北艺文印书馆 1974 年）则认为《新唐书·艺文志》、《宋史·艺文志》、《直斋书录解题》（卷一五）、《全唐文》（卷八一七）及顾氏、毛氏刊本《本事诗》，皆署孟启，而衢本《郡斋读书志》卷二〇引五代吴处常子《续本事诗》序，"称孟启为孟初中，衡以名字相副之例，则作启者似是也"。所考颇为精当。在此可以再补充两条旁证。一是日本内山知也先生作《本事诗校勘记》（收入《隋唐小说研究》，木耳社 1978 年），遍校了《本事诗》的十四种传本，确定仅有三种版本存自序，而署名没有异文，均作"启"。二是前举咸通十二年《李琪墓志》称"举进士，久不得第"，而乾符二年《萧威墓志》署"前乡贡进士孟启"，与《登科记考》卷二三依据《唐摭言》考证其在乾符元年登第的记载若合符契。《本事诗》作者为孟启，可以定谳。

三　孟启家族先世事迹

　　孟启家族先世事迹,惟前引《孟璲墓志》记载较详。志称其为"平昌安丘人,宋佐命临汝公昶十一代孙也"。《元和姓纂》卷九孟氏有平昌安丘一望,称自孟轲"居高密,置平昌郡,即为郡人",殆指远望。孟昶,晋末为刘裕亲信,义熙四年(408)以丹阳尹为中军留府事,因与卢循战败自杀。惟《晋书》《宋书》皆无其传,事迹散见于二书纪传。《世说新语·企羡》注引《晋安帝纪》云其"字彦达,平昌人。父馥,中护军"。另《宋书》卷六六《何尚之传》载昶有弟颛,入宋官至会稽太守,有子劭尚文帝女。称平昌人,殆从郡望。《元和姓纂》卷九叙孟昶为江夏武昌人,当可信。璲为昶十一世孙,则自昶至玄机为七世。自高祖玄机至璲父存性四世,两《唐书》皆不载其事迹。玄机任"河南县丞、群书详正学士",据《旧唐书·崔行功传》载,详正学士为高宗显庆以后所置官,隶东台(即门下省),职掌为校理图书,官阶不详。曾祖景仁于仪凤中登进士第,仅历官衢州龙丘县令,亦不显。志述"祖洋,以至孝闻,明经制举,授浔阳尉,居官有能名。由监察、殿中皆带剧职,历吉、虔二州刺史,赠光禄卿。与颜鲁公善,葬常州武进原,真卿为之碑"。事迹较详。颜真卿所撰碑,不见其他记录。从其官至江南西道二州刺史,及葬常州推测,可能为颜真卿大历初任抚州刺史时所作。存性为孟启之祖,志叙其官至资、蜀二州刺史、抚王傅。抚王为顺宗第十七子李纮,《旧唐书》卷一五〇《德宗顺宗诸子传》称为贞元二十一年封,是存性有可能活到宪宗初年。存性有子九人,孟璲为第二子,志称孟琯为长兄,又称"开成、会昌中,季弟珏、球继升进士科",则珏、球当为幼子。其他诸子不详。

　　撰成于元和七年的《元和姓纂》,虽然叙及孟昶兄弟事迹,但并没有叙及孟洋、孟存性父子的事迹。虽然不能因此而认为墓志所叙先祖为依托,但此一家族至此尚未通显,则可据知。《孟璲墓志》云:"公长兄琯,有重名于时,元和五年进士擢第;公策名于大和初,其后开成、会昌中,季弟珏、球继升进士科:至大中末皆银艾,同为尚书郎、列郡刺史,时人荣之。"

元和间孟琯登第后,其家族地位迅速提高。大和初孟瑽登进士第,大中末官至京兆少尹。孟球,《唐摭言》卷三叙其在会昌三年(843)于王起第二榜登第,《旧唐书·懿宗纪》载其咸通五年(864)自晋州刺史改检校工部尚书兼徐州刺史。同书《崔慎由传》称其咸通六年(865)为徐州节度使,因南诏入侵,征调戍卒往桂林,即后酿成庞勋之变者。孟玨事迹别无表见。

就本文所考,参用四方墓志相关记载,列孟启家族世系如下:

四　孟启父孟琯生平著作考略

孟启在孟瑽夫妇墓志中均自称为侄,可以确定他是孟存性之孙。但孟存性有九子,墓志并没有提供他为谁子的确凿证据。根据以下几条理由,基本可以确定他是存性长子孟琯之子。其一,孟瑽为第二子,大中十四年(860)卒时年六十七,即生于贞元十年(794)。孟启在《本事诗》中有"开成中余罢梧州"的叙述,且其咸通十二年(871)在李琡墓志中已有"余老而未达"之叹,其生年应在元和前期,即开成中弱冠,咸通十二年约六十岁,为大致契合,因而不可能是孟瑽诸弟之子。其二,据下文所考,孟琯在大和九年被贬为梧州司户参军,与孟启开成中在梧州的经历正相吻合。其三,《李琡墓志》称"冢妇",即出长房之证。

孟琯,两《唐书》无传,事迹散见于群书之中。最早的记载是韩愈《送孟琯秀才序》(《五百家注昌黎文集》卷二〇)云:

今年秋,见孟氏子琯于郴,年甚少,礼甚度,手其文一编甚钜。退

披其编以读之,尽其书,无有不能,吾固心存而目识之矣。其十月,吾
道于衡、潭以之荆,累累见孟氏子焉。其所与,偕尽善人长者,余益以
奇之。今将去是而随举于京师,虽有不请,犹将强而授之,以就其志,
况其请之烦邪! 京师之进士以千数,其人靡所不有,吾常折肱焉,其
要在详择而固交之。善虽不吾与,吾将强而附;不善虽不吾恶,吾将
强而拒。苟如是,其于高爵,犹阶而升堂,又况其细者邪!

此文作于永贞元年(805)十月,时韩愈在阳山遇赦北上,拟取道衡州、潭
州赴任江陵,经过郴州,孟琯以文晋谒,并请序于韩愈。韩愈称其"年甚
少",估计最多长于孟璲五六岁,即其时约十六七岁。其文才既见赏于韩
愈,且年少即得解赴京就试。至于他为何从郴州赴举,原因不甚明了。

孟琯于元和五年(810)登进士第,见前书注引孙汝听曰:"元和五年,
刑部侍郎崔枢知举,试《洪钟待撞赋》,孟琯中第。"又洪兴祖《韩子年谱》:
"孟琯元和五年及第,见雁塔题名。"后徐松《登科记考》卷一八据以收入。
赴举五年而登第,在唐人是很顺利的。估计孟启大约即生于此年前后。
琯后为殿中侍御史,曾上言驳韦绶之谥,《旧唐书》卷一五八《韦绶传》列
其事于长庆二年十月以后,又叙为"二年八月"事,未能确定是三年之误,
还是大和二年而夺年号。大和三年九月,以监察御史往淮南、浙右巡察米
价,见《册府元龟》卷一六二;十月,御史台奏差其便道往洪、潭存恤,见同
书卷四七四;九年,甘露事变起,时为长安县令,因坐县捕贼官为京兆少尹
罗立言所用,贬硖州长史,见《旧唐书》卷一六九《罗立言传》。《册府元
龟》卷七〇七叙此事较详:

　　姚中立为万年县令、孟琯为长安县令。文宗大和九年十一月,两
县捕贼官领其徒,受罗立言指使,内万年县捕贼官郑洪惧而诈死,令
其家人丧服而哭。中立阴识之,虑其诈闻,不能免所累,以其状告之。
洪藏入左神策军。洪衔中立之告,返言追集所由,皆县令指挥,故贬
中立为朗州长史,琯为硖州长史;寻再贬中立为韶州司户参军,琯为
梧州司户参军。

据前引《罗立言传》,立言为郑注、李训亲信,训拟诛宦官,以立言为京兆少尹,以期借用京兆吏卒。甘露变起,立言集两县吏卒欲谋举事,事败被族,郑洪向仇士良举告姚中立,孟珰受牵连而贬硖州长史,再贬梧州司户参军。

孟珰贬梧州以后的仕历不见史传。但《新唐书·艺文志》著录有"孟珰《岭南异物志》一卷",另《崇文总目》《通志·艺文略》《玉海》皆著录,知宋代此书尚存。今见有宋、明两代十多种著作中引有此书逸文约三十则,今辑录见本文附录。从此书佚文看,内容所记遍及岭南东西两道的广州、崖州、康州、韶州、循州、容州等地,应多属闻见,未必亲至其地。《太平广记》卷四〇六所引称"梧州子城外有三四株"刺桐,当属亲见;同书卷四五八引云"开成初,沧州故将苏闰为刺史",为时间最晚的记录,苏闰所任可能就是梧州刺史。孟珰居梧州多久,无从考知,从《本事诗》语意不甚清晰的"开成中余罢梧州"一语推测,很可能即以开成间卒于贬所。

《李琡墓志》称李琡为"明州刺史、赠礼部尚书讳谓之孙,今宗正卿名从义之女",又称"宗正,余之季舅",是孟珰当娶李谓之女、李从义之姊为妻。

五　孟启的生平经历

孟启生年,没有明确记录。《唐摭言》称其年长于小魏公,小魏公指崔沆,但其生年并没有留下记录。前节推测当生于元和前期,大约不会相去太远。

《本事诗》"开成中余罢梧州"一语,颇为费解。从唐人表述习惯来说,"罢"无疑是指离职、去职,"余罢梧州"更像是梧州刺史去职的口气。《唐刺史考全编》卷二七八据此而列孟棨开成中为梧州刺史,即依据常理判断。以往仅知孟启光启二年(886)任司勋郎中,其职位与刺史相当,而两者相去竟达五十年之久,且亦与孟启乾符初方及第的经历不符,因颇疑此为移录他人文章编入《本事诗》而未及改尽之遗留。现在确定其父孟珰开成间确因贬官而居梧州,则其时孟启随父侍行至梧州,亦可得到证实。此句所述,可以断定是孟启自述经历。但其时孟琯在梧州仅是遭贬逐的司户参军,其子未必有什么职位。颇疑"余罢梧州"之"罢"为"居"之误。

孟启始应进士举的时间,《唐摭言》称"棨出入场籍三十馀年",自乾符元年前推三十年,为会昌四年。李琭墓志亦自称"启读书为文,举进士,久不得第"。大致可以认为,孟启开成间或会昌初自梧州北上后,即参加进士举,其间并没有太多的空隔。《唐摭言》卷三载孟球于会昌三年在吏部尚书王起再知贡举时登第,孟启那时应该已经进入科场了。

前列孟启撰文的两方墓志,是我们在《本事诗》以外得以见到新的作品,非常珍贵。相比较而言,《萧威墓志》是为其叔母所撰,行文比较庄重严肃,文采稍逊,而《李琭墓志》则表达对亡妻的悼惜之情,并借此表达自己怀才不遇的失落之感,以及对亡妻的愧疚,是唐人墓志中很有特色的一篇。《全唐文》所收唐人为亡妻所撰墓志,仅有柳宗元为其妻杨氏所撰的一篇,但自清中叶以来地下所出墓志中的此类作品,至今所见已经达到八十七篇之多。且开元以前仅有十四篇,开元以后多达七十三篇,可以看到唐代文学充分发展后,文人对于夫妻之情表述的重视(详见拙文《唐代的亡妻与亡妾墓志》,《中华文史论丛》2006 年第二辑)。

孟启妻李琭出身唐宗室。墓志称其是"太祖景皇帝之十一代孙,明州刺史、赠礼部尚书讳谞之孙,今宗正卿名从义之女"。"太祖景皇帝"指高祖李渊之祖李虎。《新唐书》卷七〇上《宗室世系表》在李虎子李亮开始的大郑王房中,记李琭祖李谞为明州刺史,与墓志合,其父李从义则记为太常卿,疑《新唐书》所记为其终官,或为其所据《天潢玉牒》一类书编纂时的官守,与墓志记其咸通十二年实任官有所不同。李琭一家在唐宗室中虽属旁枝,但其祖、父官职颇显,宗正卿为主管宗室事务的主要官员。孟启父子与李家两代为婚,关系极其密切。但宗正卿所掌毕竟又非朝政要枢,孟启能够得到来自李家的奥援恐很有限。

李琭咸通十二年(871)卒时年三十五,是生于开成二年(837),时孟启已经随父到梧州,估计夫妻之间的年龄差,在二十五岁以上。李琭二十五岁嫁于孟启,可以确定是咸通二年的事。此年孟启大约五十岁。此前有无婚娶,不甚明了。就李琡墓志的叙述,以及铭词中"君没世绝"一语来看,似乎并没有别的子嗣。

孟启在墓志中,除对其妻家世、才学、婚姻、病卒的叙述外,主要部分表述自己对妻子的愧疚之感。墓志中既自许"于道艺以不试自工,常以理乱兴亡为己任","屈指计天下事,默知心得,前睹成败","顺考古道,乐天知命,不以贫贱丧志","不受非财,不交非类,善恶是非,外顺若一","博爱周愍,不翦生类","迁善远过,亲贤容众,悔吝不作,丑声不加","辨贤否,明是非,别亲疏,审去就","通塞之运付之天,死生之期委诸命",可以说集众美于一身,德识才学,几乎无所欠缺,但现实却是"举进士,久不得第","老而未达",命途多舛,以致妻子同受困厄,终至病亡,其德其才皆不能为世所重,自己也未为妻带来应有的荣耀。墓志连用八句以表述自己对夫人的惭疚,所列材、明、贤、德、仁、智、识、达诸端,既无愆失,然与世乖违,迄无所成,表达了极大的愤懑。凡此数句,可以看到孟启的自负,又表达对亡妻的深切愧恶,遣句独特,属意颇深。墓志后半述其妻后事处置及妻亡后的泣血之痛,感情较真挚。

《登科记考》卷二三根据《唐摭言》的记载,考定孟启于乾符元年(874)登进士第。从其次年十月所撰叔母萧威墓志,署"凤翔府节度使推官、前乡贡进士孟启撰",大致可以认为其登第后不久,即应凤翔节度使征辟为推官。《唐刺史考全编》卷五考定咸通十三年至乾符六年间,凤翔节度使均为令狐绹。可以相信孟启即应其辟召入幕。推官在幕府的主要职责是推勾狱讼,是文职幕僚中名次稍后的职位,符合登第不久的身份。

现在能够知道孟启最后的事迹,就是《本事诗序》所述的最后几句:"光启二年十一月,大驾在褒中,前司勋郎中赐紫金鱼袋孟启序。"其时距离任凤翔推官已经十二年。孟启在此十二年间的经历不可考。在这十二年间,政治形势发生了巨大的变化:先是王仙芝、黄巢起兵席卷全国,广明间入长安,僖宗被迫避地蜀中;中和返京后不久,光启二年正月又发生朱玫拥立嗣襄王之变,僖宗再次出逃凤翔、兴元,在外逾一年。从孟启的叙述分析,其称"大驾在褒中",即指僖宗时幸兴元,而自己并未随驾任职。其称"前司勋郎中",知其在此年以前任司勋郎中,而其时已经去职而又未有他授，故仅称前职。据《旧唐书·职官志》载，司勋郎中属吏部，从五品上，"掌邦国官人之勋级"。孟启登第十年而为郎中，仕途还算顺利，尽管当时他肯定已经年逾七旬了。日本学者内山知也先生《本事诗校勘记》中释此数句云：遭朱玫之变后，"文武官僚遭戮者殆半，则知孟启既失官，又不知在何处也"。是很准确的。处此变乱之中，既已去官，当得多暇，因得编纂如《本事诗》之类的闲适之书，书中亦无悲苦愤世之语，是其处境大致尚可。在《李琭墓志》中，孟启对自己的政治抱负非常自得，最后仅靠《本事诗》留存后世，就很难说是幸还是不幸了。

附录　孟琯《岭南异物志》辑存

按孟琯《岭南异物志》撰述始末及宋元书志著录情况，前文已经考及。此书至今未有辑本，谨就宋以后文献征引，得三十则，辑录如下：

1. 风猩如猿猴而小，昼则蜷伏不能动，夜则腾跃甚疾。好食蜘蛛虫。打杀，以口向风，复活，唯破脑不复生矣。以酒浸，愈风疾。南人相传云：此兽常持一小杖，遇物则指，飞走悉不能去。人有得之者，所指必有获。夷人施罟网，既得其兽，不复见其杖。杖之数百，乃肯为人取。或云，邕州首领宁洄得之。洄资产巨万，僮伎数百，洄甚秘其事。（《太平御览》卷九〇八）

2. 南道之酋豪，多选鹅之细毛，夹以布帛，絮而为被，复纵横纳之，其温柔不下于挟纩也。俗云鹅毛柔暖而性冷，偏宜覆小儿而辟惊痫也。（《太平御览》卷九一九。《本草纲目》卷四七作"邕州蛮人选鹅腹毳毛，为衣被絮，柔暖而性冷，婴儿尤宜之，能辟惊痫"。殆有所改写。）

3. 广州洊浭县金池黄家，有养鹅鸭池。尝于鸭粪中见有麸金片，遂多收掏之，日得一两，缘此而致富，其子孙皆为使府剧职。三世后，池即无金，黄氏力殚矣。（《太平御览》卷九一九）

4. 五岭溪山深处，有大鸟，如鸬鹚，常吐蚊子，辄从口中飞去，谓之吐蚊鸟。（《太平御览》卷九二八。《本草纲目》卷四七作"吐蚊鸟大如青鹳，大嘴食鱼"。）

5. 南方尝晴望海中,二山如黛。海人云,去岸两厢各六百里,一旦暴风雷旦,雾露皆腥,杂以泥涎,七日方已。属有人从山来,说云:大鱼因鸣吼吹沫,其一鳃挂山巅七日,山为之折,不能去,鸣声为雷,气为风,涎沫为雾。(《太平御览》卷九三六。《事类赋》卷二九所引稍简。)

6. 海中所生鱼蜄,置阴处,有光,初见之,以为怪异。土人常推其义,盖咸水所生。海中水遇阴物,波如然火满海,以物击之,迸散如星火,有月即不复见。木玄虚《海赋》云:"阴火退然。"岂谓此乎!(《太平广记》卷四六六。《太平御览》卷九三六稍简,"鱼蜄"作"鱼唇","海中水"作"海水中"。)

7. 尝有行海得洲渚,林木甚茂,乃维舟登岸,爨于水傍。半炊而林没于水,遽断其缆,乃得去。详视之,大蟹也。(《太平御览》卷九四二)

8. 南海有虾,须长四五十尺。(《太平御览》卷九四三)

9. 岭表有树如冬青,实在枝间,形如枇杷子。每熟,即拆裂,蚊子群飞,唯皮壳而已,土人谓之蚊子树。(《太平御览》卷九四五,"生"作"在","土人"作"士人",均据《太平广记》卷四〇七改。)

10. 珠崖人每晴明,见海中远山罗列,皆如翠屏,而东西不定,悉吴公也。(《太平御览》卷九四六、《尔雅翼》卷二六)

11. 容州有虫如守宫,身圆而颈长,头有冠帻,一日中随时变色,青黄赤白黑,未尝定。土人不能名,呼为十二时虫,啮人不可疗。(《太平御览》卷九五〇)

12. 南方有虫,大如守宫,足长身青,肉鬣赤色。其首随十二时变,子时鼠,丑时牛,亥时猪,性不伤人,名曰避役,见者有喜庆。(《太平御览》卷九五〇。《本草纲目》卷四三所引甚简。)

13. 南方梅,繁如北杏,十二月开。(《太平御览》卷九七〇)

14. 南土无霜雪,生物不复凋枯。种茄子,十年不死,生子,人皆攀缘摘之,树高至二丈。(《太平御览》卷九七七)

15. 儋崖种瓠成实,率皆石馀。(《太平御览》卷九七九)

16. 五岭春夏率皆霪水,沾日既少,涉秋入冬方止。凡物皆易蠹败,崩胶毡屩无逾年者。尝买芥菜,置壁下,忘食数日,皆生四足,有首尾,能行走,大如螳螂,但腰身细长耳。(《太平广记》卷四一六。"尝买"句,《太平御览》卷九八〇作"唐孟琯尝于岭表买芥菜",殆经改写。)

17. 南土芥高者五六尺,子如鸡卵。广州人以巨芥为咸菹,埋地中,有三十年者。贵尚,亲宾以相饷遗。(《太平御览》卷九八〇、《尔雅翼》卷七。《太平广记》卷四一一"巨芥"作"巨菜"。)

南土芥高五六尺,子大如鸡子,芥极多心,嫩者为芥蓝。又有一种花,芥叶多刻缺,如萝卜英。冬月食者,俗呼腊菜;春月食者,俗呼春菜。(《农政全书》卷二八引刘恂《岭南异物志》。"芥心"二句,《施注苏诗》卷三六《雨后行菜》引作"芥心嫩苔谓之芥蓝"。)

18. 岭南兔,尝有郡牧得其皮,使工人削笔,醉失之,大惧,因剪己须为笔,甚善。更使为之,工者辞焉。诘其由,因实对,遂下令使一户输人须,或不能致,辄责其直。(《太平广记》卷二〇九)

19. 自广南际海十数州,多不立文宣王庙。有刺史不知礼,将释奠,即署一胥吏为文宣王、亚圣,鞠躬候于门外。或进止不如仪,即判云:"文宣、亚圣决若干下。"(《太平广记》卷二六一)

20. 苍桐,不知所谓,盖南人以桐为苍桐,因以名郡。刺桐,南海至福州皆有之,丛生繁茂,不如福建。梧州子城外有三四株,憔悴不荣,未尝见花,反用名郡,亦未喻也。(《太平广记》卷四〇六)

21. 循、海之间,每构屋,即令民踏木于江中,短长细大,唯所取,率松材也。彼俗常用,不知古之何人断截,埋泥砂中,既不朽蠹,又多如是,事可异者。(《太平广记》卷四〇七)

22. 南中花多红赤,亦彼之方色也,唯踯躅为胜。岭北时有不如南之繁多也。山谷间悉生,二月发时,照耀如火,月馀不歇。(《太平广记》卷四〇九)

23. 岭南红槿,自正月迄十二月常开,秋冬差少耳。(《太平广记》卷四〇九)

24. 昔有人泊渚登岸,忽见芦苇间有十馀昆仑偃卧,手足皆动。惊报舟人,舟人有常行海中者,识之,菌也。往视之,首皆连地,割取食之。菌但无七窍。《抱朴子》云:肉芝如人形,产于地。亦此类也,何足怪哉!

（《太平广记》卷四一三）

25. 韶州多两头蛇，为蚁封以避水。蚁封者，蚁子聚土为台也。苍梧亦多两头蛇，长不过一二尺，或云蚯蚓所化。（《太平广记》卷四五六）

26. 俗传有媪姁者，嬴秦时，常得异鱼，放于康州悦城江中，后稍大如龙。姁汲浣于江，龙辄来姁边，率为常。他日，姁治鱼，龙又来，以刀戏之，误断其尾。姁死，龙拥沙石，坟其墓上，人呼为掘尾，为立祠宇千馀年。大和末，有职祠者，欲神其事以惑人，取群小蛇，术禁之，藏祠下，目为龙子。遵令饮酒，置巾箱中，持诣城市。越人好鬼怪，争遗之。职祠者辄收其半。开成初，沧州故将苏闰为刺史，心知其非，且利其财，益神之，得金帛，用修佛寺官舍。他日，军吏为蛇啮，闰不使治，乃整簪笏，命走语姁所，啮者俄顷死，乃云慢神罚也。愚民遽唱其事，信之益坚。尝有杀其一蛇，干于火，藏之。已而祠中蛇逾多，迄今犹然。（《太平广记》卷四五八）

27. 元和初，韦执谊贬崖州司户参军。刺史李甲怜其羁旅，乃举牒云："前件官，久在相庭，颇谙公事，幸期佐理，勿惮縻贤。事须请摄军事衙推。"（《太平广记》卷四九七）

28. 广州法性寺佛殿前，有四五十株，子极小而味不涩，皆是六路。每岁州贡，只以此寺者。寺有古井，木根蘸水，水味不咸。每子熟时，有佳客至，则院僧煎汤以延之。其法用新摘诃子五枚，甘草一寸，皆碎破，汲木下井水同煎，色若新茶。今其寺谓之乾明，旧木犹有六七株，古井亦在。南海风俗，尚贵此汤，然煎之不必尽如昔时之法也。（《经史证类备急本草》卷一四、《本草纲目》卷三五下）

29. 南方多温，腊月桃李花尽坼，他物皆先时而荣，唯菊花十一月开，盖此物须寒乃发。寒晚，故发亦迟。（《百菊集谱》卷五）

30. 有人浮南海，见蛱蝶，大如蒲帆，称肉得八十斤，啖之极肥美。（《本草纲目》卷四○）

（《新国学》第六卷，巴蜀书社 2006 年）

《二十四诗品》伪书说再证
——兼答祖保泉、张少康、王步高三教授之质疑

一 《二十四诗品》真伪讨论的
回顾与我的态度

《二十四诗品》伪书说,最早是 1994 年 10 月在浙江新昌召开的唐代文学年会上,由我与汪涌豪教授共同提出,至今已经十三年。有关讨论文章,至今所见达数十篇之多,赞同、存疑、反对者均有,有关讨论的综述也已达十多篇。我也曾先后写出《〈二十四诗品〉辨伪追记答疑》(刊《中国诗学》第五辑,南京大学出版社 1997 年 7 月)、《〈二十四诗品〉作者之争评述》(1999 年 12 月在香港中文大学报告,收入《陈尚君自选集》,广西师范大学出版社 2000 年 11 月)、《〈二十四诗品〉真伪之争与唐代文献考证方法》(韩艳玲日译文刊日本大阪市立大学《中国文学学刊》2003 年 12 月盅号,中文本见《古籍研究》2004 年上半年号、上海古籍出版社 2005 年 5 月出版《王运熙教授八十诞辰论文集》)等文,表达我的进一步的意见,并酌情回应了一些质疑者的意见。

在这十三年间,传统古籍的研究手段发生了革命性的变化,即由于古籍数码化的普及,浩如烟海的古籍变得可以检索了,对于以古籍抽样分析推断出结论的伪书说,是一次严峻的检验。幸运得很,已经有许多学者利用四库全文检索系统对此作了反复的查检,虽然找到我以前没有掌握的《式古堂书画汇考》卷二五《枝指生书宋人品诗韵语卷》和《文章辨体汇选》卷四三九所收署名司空图的《二十四诗品》,但确信在宋元类书和明万历前文集中并没有称引的例证。就我的认识来说,到目前为止,这一问

题基本已经没有太大可以商榷的馀地,基本上可以作结论了;还存有再探讨必要的,主要是明末此书附会到司空图名下的过程和原因。

当然,不赞同伪书说且提出商榷意见的学者仍多。我因一直希望有机会编出一本讨论集,将各种不同意见充分汇次编录,并将主要证据和结论作进一步的分析和探讨,故十多年始终坚持不懈地收集有关文章,对所有不同意见的论文都曾认真地阅读。我的印象中,对拙文最有价值的补充,一是张健教授在《北京大学学报》1995 年第 4 期发表的《〈诗家一指〉的产生时代与作者——兼论〈二十四诗品〉作者问题》,由于充分调查元明诗格中与《二十四诗品》有关文字的存留情况,其结论足以匡正拙文之不逮。二是旅美学者方志彤研究所见的披露,使我知道在拙说以前已经有人关注于此,经过思路接近的分析,得出大致相似的结论,可惜其论著至今未见发表①。三是近期台湾淡江大学吕正惠教授的研究,认为在《诗家一指》和《虞侍书诗法》以前,可能还有一个更原始一些的文本,他并试图加以复原,并根据表达习惯的分析,认为包含《二十四品》在内的这部诗学著作,应出于同一人之手。我相信,随着新文献的发掘和研究的深入,在这一问题上,学者们有可能形成大致接近的结论。

一些长期研究《二十四诗品》的学者,感情上不能接受《二十四诗品》不是司空图所作甚至也不是唐代作品的结论,努力从各方面搜寻有可能是司空图所作的证据,这种热情很令人感动。不过,学术研究毕竟不能光凭意气相争,必须踏踏实实地搜寻证据。就此点来说,尽管一些学者再三宣布我们的意见"大都是一些怀疑和推测,而很多主要依据均已被否定"(张少康《司空图及其诗论研究》第 148 页),但认真分析他们的所谓证据和论证方法,似乎至今仍然没有找到可以为司空图辩护的令人信服的证据。这也是我长期以来很少对反驳意见作正面回应的原因。我并不专门研究文论,至今仅忝列过一次文论学会的年会,还有许多其他的工作要

---

① 方氏遗稿经暨南大学阎月珍教授努力,已经在哈佛大学图书馆发现,并翻译为中文,即将在《文学遗产》2011 年第 5 期发表,我也撰《方志彤〈诗品作者考〉阅后的一些感受》回应,一起刊出,可参看。

做,不可能一直纠缠在此一课题之中。多年前,我曾在《文学遗产》上发表过一篇笔谈(题目是《文史考据应有所阙疑》,见《文学遗产》1994年第4期),认为在书证不足的情况下,不妨先将争议搁置或存疑,以待新的更直接文献的发现。文献考据绝不是猜谜,也没有必要将历史上所有人物和作品的一切细节都弄清楚。这一意见,似乎赞成者不多。许多学者,由于编写大型通史或阐发系统思想的需要,既没有兴趣或能力仔细地阅读和分析前人已有的考证意见,又极其主观随意地举出一大堆缺乏逻辑联系的所谓证据来加以论说,结论也就可想而知了。这是我常感到很遗憾而又无可奈何的。

二　祖保泉、张少康、王步高三教授之质疑

祖保泉《司空图诗文研究》(安徽教育出版社1998年12月),全书约二十万字。其中第五章《关于〈二十四诗品〉作者问题的讨论》约二万馀字,另第七章《〈二十四诗品〉语词征信录》约二万馀字,主要证明《二十四诗品》中的语词,"皆出自晚唐以前的典籍、文章",自然也与真伪问题有关。

张少康《司空图及其诗论研究》(学苑出版社2005年1月),全书十三万多字。其中第五章《〈二十四诗品〉的真伪问题辨析》专门加以讨论,下含四篇文章,一为《关于〈二十四诗品〉真伪问题的争论》,分八点驳斥伪书说,另外三篇加了一个《我所写的三篇讨论司空图〈二十四诗品〉真伪问题的文章》的题目,分别为曾在《中国诗学》等刊物发表过的《司空图〈二十四诗品〉真伪问题之我见》《再谈司空图〈二十四诗品〉的真伪——兼论学术讨论中的学风问题》《清代学人论司空图〈诗品〉》,部分内容与前文有重复,作者称保留原文而不作改动,当然是值得尊重的处置。此外,在第二章中有一节《司空图的诗歌意象和〈二十四诗品〉的比较》,也与真伪讨论有关。

王步高《司空图评传》(南京大学出版社2006年7月),全书约四十万字,其中第六章《〈诗品〉真伪》专门加以讨论,长达九十多页,凡六万馀

字。王氏从六方面加以论述。(1)关于苏轼《书黄子思诗集后》。(2)从王官谷考察看《诗品》真伪。(3)论《诗品》之与司空图诗文用语句法之相似。(4)亦论所谓《诗品》用宋人诗文。(5)《诗品》乃《擢英集》赞语或引语之假说。(6)关于《诗品》真伪考的其他几个问题,包括虞集有无作《诗品》的可能性、从《诗品》的用韵来判断其真伪两段。此外,王书第七章《〈诗品〉探微》从正面阐发其意义,也涉及司空图系《诗品》作者的举证。

　　三位教授的著作都用很大篇幅来讨论《二十四诗品》中所见语词与司空图今存诗文在用语习惯上的一致性,以及其中所涉内容与司空图居处环境的关系。但我认为,仅举古诗文中的常见词语来讨论,并没有什么比较的价值。就如同我们选取陶渊明、李白、苏轼三位的诗歌,其中相同的词句必然占很大一部分,这种比较缺乏学术意义。再比如司空图的文章很受韩愈后学奇崛文风的影响,因此如所作《诗赋》中"涛怒霆蹴,掀鳌倒鲸。镵空擢壁,峥冰掷戟"(据影宋蜀刻本《司空表圣文集》卷八)之类句子颇多,与《二十四诗品》差别很大。论者也能看出两者必然为同一人所作,很令人诧异。

　　三位教授的一部分意见带有很大的猜想成分。如王步高怀疑《二十四诗品》可能是司空图编《擢英集》的赞或引语,其实《擢英集》仅存一篇《擢英集述》,叙述司空图编录此集的原委,其后没有任何人见过此集,其是否诗歌选本还可斟酌,今存唐选本也没有这种形式的赞或引语,因此这种推测没有讨论的必要。再如张少康怀疑《诗品》是否明人从司空图已经失传的三十卷本《一鸣集》中录出,由于无法提出明代《一鸣集》还有传本的证明,而南宋见过此集的洪迈也没有提示相关的线索,因此这一猜想也不必讨论。王步高谈到《诗品》用韵的情况,所据为张柏青氏曾发表过的两篇文章,只是所指唐代用韵的例证很少,而南宋以后凡作诗者习惯依傍唐人韵部来作诗,因此这一讨论也没有实质的意义。

　　以下,我想就张少康所述八点,以及三位教授所提质疑中比较重要的一些问题,表示我的看法。

三　对于张少康所提八点的回应

比较系统地表达对拙说反对意见的,当为张少康《关于〈二十四诗品〉真伪问题的争论》一文所列举的八点。在此谨述其大意,并略申所见。

其一,《诗品》不是明代怀悦所作。我们最初提出伪书说时,手边没有完整的元明诗格的资料,仅据所见文献,推测为怀悦所作。1995 年张健《〈诗家一指〉的产生时代与作者——兼论〈二十四诗品〉作者问题》一文发表后,我即表示尊重,并在次年所写《〈二十四诗品〉辨伪追记答疑》中表示放弃怀悦说,并指出作为《二十四诗品》前身的《二十四品》,其出现可以追溯到元中期,但尚没有证据可以推溯到 1300 年以前,且这一改变并不影响其不是司空图作的结论。有关论者在怀悦一说上穷追滥打,如同小儿打架般,完全无视我们所作的进一步表述,不是实事求是的态度。

其二,我们提出明万历末年以前没有人见过署名司空图的《二十四诗品》,祖保泉和张少康都列举《诗家一指》等明代诗格丛书中的《二十四品》的许多文本,然后严肃地质问我们,有这么多版本在,"怎么可以说明万历以前无人见过《二十四诗品》呢"? 其实我们在最初的《辨伪》一文中,就已经明确指出,在《诗家一指》中的《二十四品》一节,是《诗家一指》的一个组成部分,不称《二十四诗品》,也没有称为司空图所作。《二十四品》被单独抽出来,称为《二十四诗品》,并与司空图挂钩,是万历以后的事。这一改变的时间,目前的证据还没有早于万历末年即公元 1620 年的。

其三,是否有宋人所见的证据? 在四库全文检索系统运作后,许多学者都检索到清初卞永誉《式古堂书画汇考》卷二五所录祝允明所书的文本,题作《枝指生书宋人品诗韵语集》,内容大致与《二十四诗品》相近,末有祝跋云:"故障箬溪先生,岁丙子秋,金岭南按察事。公馀历览诸胜,纪全广风物之作,于魏晋诸家,无所不诣。日抵罗浮,盖累累联翠,穿云树钞,奇绝足为大观。及归便崇报禅院,时天空云净暮山碧,了无一点尘埃侵。有僧幻上供清茗,叩先生,解带,出新酿麻姑,先生辄秉烛谭古今兴灭事。坐久,赋诗有云:'名山昔日来司马,不到罗浮名总虚。'又云:'不妨珠玉成千言,但得挥翰笺麻传。'顷出《摘翠编》所述种种诗法,如萼萼紫芝,秀色可餐,诚词坛拱璧,世不多见者。遂为先生作行楷,以纪时事云。长洲祝允明。"张少康认为"这个材料可以说明《二十四诗品》可能早在宋代已经有了",不太准确。丙子为正德十一年(1516),箬溪先生为顾应祥,祝允明此前补广东兴宁知县,随其抵罗浮。《摘翠编》应是僧幻拿出来给顾、祝等人欣赏,祝遂为顾抄写品诗韵语部分。《摘翠编》未见流传,不知为何书,但从"《摘翠编》所述种种诗法"一句看,应该是与《名家诗法》之类书接近的诗法、诗格类汇编书。所称"宋人品诗韵语",可能是《摘翠编》中的原题,也可能是祝允明等人的猜测。不论如何,这条材料因为无法在宋人文籍中得到印证,认为宋代已有的依据尚薄弱,但确实可以证明在祝允明当时的认识中,确实没有将其视为唐代作品,也没有说是司空图所作。以此来证明当时没有司空图作《二十四诗品》的说法,倒是很过硬的书证。

其四,关于苏轼"二十四韵"一段话的解读,下节再详细考释。这里我要指出的是,苏轼"盖自列其诗之有得于文字之表者二十四韵"一段话,除了"二十四"的数字与《二十四诗品》巧合,句中字词的内涵,都与《二十四诗品》不相契合。其前后文,也与之无关。即便一些学者在设定多种可能性后,都按照自己的理解来认定,但也不能改变这样一个事实,即在已知的宋人对这段话的十五次称引中,也没有任何线索可以指向《二十四诗品》。我倾向于认为,明末人正是看到"二十四"的偶然巧合,遂认定此为司空图作,并一直沿承下来。

其五,有没有天启以前的署名司空图的《二十四诗品》文本?张少康举出陶珽重辑本《说郛》有版毁于天启元年武林大火的记载,又举出明末《续百川学海》《锦囊小史》、冯梦龙《唐人百家小说琐记家》和贺复徵《文章辨体汇选》等收录的证据。这些材料虽然并非全部由张氏首先揭出,但可以说明他对此做过搜寻,只是可惜他没有对这些文本作详尽描述和客观记录。陶辑本《说郛》的时间肯定在崇祯到顺治,已毁版本与存世版本是否一回事,也难以确定。《续百川学海》《锦囊小史》和《文章辨体汇选》的时间也不会更早。就我所知,收录《二十四诗品》的陶辑《说郛》,卷七九至卷八二所录宋诗话,即有多种伪书,郭绍虞先生未察,《宋诗话辑佚》多有据以误采者①。当然如果有更多明末文本的发现,或许可以发现最初托名司空图的一些蛛丝马迹。

其六,如何看待宋元书志没有著录《二十四诗品》? 张少康认为其本不是一本论诗专著,也不以单行本行世,也是一种解释。张氏进一步认为,明人认定是司空图所作,很可能是依据三十卷本的司空图《一鸣集》,并指出焦竑《国史经籍志》和钱谦益《绛云楼书目》都曾著录该集。其实,焦竑《国史经籍志》是一部编录前代志书而形成的书目,并非实藏书目,文献学家对此早有定评。钱谦益《绛云楼书目》待查证。就我所知明末唐诗流传情况来看,当时不可能有三十卷本文集的流传。胡震亨《唐音戊签》录司空图诗五卷(即《四部丛刊》本《司空表圣诗集》),完全辑录自宋人各种总集、类书等,没有新的增加。钱谦益开始辑录唐诗,遗稿后来由季振宜增编为《唐诗》七百十七卷,也肯定没有用到该集。张氏所云,也仍然只是推测。

其七,如何看待司空图死后到明末七百年间无人称引? 张氏断言"这其实是个不成问题的问题",因为其"只是对诗歌意境的一种生动形象的描绘,而不是论诗歌作法的","所以一般人论诗歌创作很难引用他的文句,也没有把它当作诗论或诗格类著作来看待"。这样的论证逻辑非常奇特,因为唐宋至明末存世或散逸的典籍超过万种,内容也包罗万象,并非只有"诗论或诗格类著作",用内容特殊解释显然是说不过去的。当我读到张氏的上述解释时,觉得郑重建议做理论的学者稍微学一些文献学,可能还不是完全没有必要的。

其八,如何看待胡应麟、胡震亨、许学夷肯定司空图诗论,但批评《诗家一指》或列举唐人论诗之作时都不言及《二十四诗品》? 张氏认为"毫

① 详拙文《宋诗话辑佚匡补》,刊《中国诗学》第4辑,南京大学出版社1995年12月,又收入拙著《汉唐文学与文献论考》,上海古籍出版社2008年6月。

不奇怪"的依据,还是它"没有单行本问世,而且它只是对二十四种诗歌意境的形象描绘,没有讲到具体的诗歌作法"。这在逻辑上之不能成立,显而易见,就不用解说辩驳了。

我想稍微提一提张氏在学术讨论中的一些非学术因素。三位教授的商榷意见,王步高比较平和,很少掺杂非学术因素;祖保泉较动感情,语气常显激昂。对于以研治《二十四诗品》作为一生事业的前辈来说,我可以理解他的心情。张少康的著作中,充斥着太多的非学术因素,动辄上升到学风问题,认为我们的研究是"追求所谓的轰动效应","造成一种不讲科学、不以事实说话的坏风气"(《司空图及其诗论研究》第 175 页),并断言"这既不符合百家争鸣的方针,也不利于提倡严谨的学风"(同前第 176 页),甚至认为我们"想借'炒作'来树立自己的权威,扩大影响,那就未免太可悲了"(同前第 196 页)。且因此而发现"两种不同的治学态度"(同前第 197 页)。这样的说法,总不免让人联想到距今还不太远的一个特殊时期的表达习惯。对此,我只能表示遗憾。

四 苏轼"二十四韵"一段话的再诠释

苏轼《书黄子思诗集后》(《东坡全集》卷九三)中有关司空图的一段话,是明末郑鄤和毛晋最初提到司空图作《二十四诗品》时提出的书证。这段话的原文是:

> 唐末司空图崎岖兵乱之间,而诗文高雅,犹有承平之遗风。其论诗曰:"梅止于酸,盐止于咸,饮食不可无盐梅,而其美常在咸酸之外。"盖自列其诗之有得于文字之表者二十四韵,恨当时不识其妙,予三复其言而悲之。

对此,我与汪涌豪在《辨伪》一文中已经用了近三千字的篇幅予以解说,认为苏轼所言,是指司空图在《与李生论诗书》中,列举了符合自己论诗见解的二十四例诗句。对此,驳难者提出了诸多反对意见,举其大者,有以下几点：（1）认为"二十四韵"的"韵"字也可指一首诗而言，如"短韵""因以为韵""韵脚""韵部"等，那么"二十四韵"当然是指由二十四篇四言韵语组成的《二十四诗品》。（2）司空图《与李生论诗书》有不同的文本，《唐文粹》和《司空表圣文集》所收是引二十四例诗，但《文苑英华》和《全唐文》所收则有二十三、二十五和二十六例的不同，何以知道苏轼所见到的一定就是引二十四例诗的文本呢。（3）认为"有得于文字之表"和"恨当时不识其妙"两句话涉及苏轼的诗歌鉴赏能力，他是针对世人不重司空图的诗和诗论发感叹，并由此而推出这一结论，即不能排除苏轼是为司空图《二十四诗品》不为世重而感喟的可能。对此，我想从几个方面加以说明。首先，苏轼引司空图论诗"梅止于酸"一段，是据《与李生论诗书》中"而愚以为辨于味而后可以言诗也。江岭之南，凡是资于适口者，若醯非不酸也，止于酸而已；若鹾非不咸也，止于咸而已。华之人以充饥而遽辍者，知其咸酸之外，醇美有所乏耳"一段改写而成，并非司空图的原话。同样，"盖自列其诗"一句，是上承"唐末司空图崎岖兵乱之间，而诗文高雅，犹有承平之遗风"一段而言，主句是"自列其诗二十四韵"，"有得于文字之表者"是修饰"其诗"的状语。祖保泉将此句中"其诗之有得于文字之表者"一段作为"二十四韵"的定语短语，认为简单句是"盖自列二十四韵"，显然有悖于苏轼本来的文意。"自列其诗"只能是指司空图列举自己所作的诗。而且这一句的句型也深受司空图《与李生论诗书》的影响。《与李生论诗书》云"愚幼常自负，既久而愈觉缺然，然亦有深造自得者"；又云"得于山中则有'坡暖冬生笋，松凉夏健人'"；又云"得于塞下则有'马色经寒惨，雕声带晚饥'；得于丧乱则有'骅骝思故第，鹦鹉失佳人'"。类似的句子有十多例，苏轼显然受其影响，概括为"有得于文字之表者"一句。与"咸酸"之喻一样，是读司空图文章有感而作，因此有原文句型的痕迹。其次，我们来讨论"二十四韵"的"韵"字。《辨伪》一文将此称为二十四联诗，有论者指出其中有古体诗，甚是。王运熙先生将其解读为"两句押一次韵的二十四个例子"，较为妥当。前列各家所举韵可以指一首诗的例证，"韵"字都是单独或与他词组合成名词，而"二十四韵"之韵则是量词。古诗中大量与数字相连的作为量词的"韵"，都仅指诗中两句之末押一次韵。如苏轼诗《李公择过高邮见施大夫与孙莘老赏花诗忆与仆去岁会于彭门折花馈笋故事作诗二十四韵见戏依韵奉答亦以戏公择云》(《施注苏诗》卷一七),就是一首四十八句押二十四次韵的五言诗。祖保泉举苏轼诗《伯父送先人下第归蜀诗云人稀野店休安枕路入灵关稳跨驴安节将去为诵此句因以为韵作小诗十四首送之》来证明一韵也可以称为一首。我指出过,此处"韵"仅指以二句十四字为诗韵,所作仍称"小诗十四首"。祖氏反驳云:七言两句诗分属"十四个韵部,一韵一首,清清楚楚。如果说,题中的'韵'字只指'韵脚'而不指'韵部',那么,十四首五绝的'韵脚'共计二十八字,东坡在题中为何不提另外十四个字"。我想,唐宋诗词中,无论以一字或数字为韵者,都是指用该字所属韵部字押韵作诗,此"韵"字为名词而不是量词,当然也牵扯不到一韵是否一首,更谈不到苏轼是否要提到另外十四个字的问题。

其次,再说"二十四韵"之"二十四",即司空图《与李生论诗书》自举诗作是否二十四例。这在我们最初辨伪时已经论及。《司空表圣文集》十卷现存宋蜀刻本,《唐文粹》在宋代影响很大,这两本都是举诗二十四例的文本,也是当时通行的文本。《文苑英华》编成于宋初,因为篇幅太大,到南宋中期才有刻本,北宋时并不流通。《文苑英华》卷六八一原本所收《与李生论诗书》,其实只有二十一例诗,但今本《文苑英华》经过南宋周必大等人的订补,原来的文本并没有留存下来,只能通过周必大的《文苑英华》校勘记,知道这个文本相对于集本、《唐文粹》来说,一是没有"人家寒食月,花影午时天""雨微吟足思,花落梦无聊"两例,二是没有"五更惆怅回孤枕,犹自残灯照落花""殷勤元日日,欸午又明年"两例,三是集本之"戍鼓和潮暗,船灯照岛幽"二句,《文苑英华》本作"日带潮声晚,烟和楚色秋",四是《文苑英华》本"暖景鸡声美,微风蝶影繁"二句,集本无。周必大校勘《文苑英华》时,为了尽量补全司空图文章,将《文苑英华》所缺而集本、《唐文粹》有的四例补入,因而形成了引诗二十五例的周校《文苑英华》本。清代编《全唐文》时,又将集本、《唐文粹》与《文苑英华》不同的一例也予补出,因此有了引诗二十六例的文本。澄清这一事实,是希望为司空图维护著作权的学者了解,苏轼时《与李生论诗书》只有两种文本,通行的《司空表圣文集》和《唐文粹》所引都是二十四例,《文苑英华》本则是二十一例,没有引诗二十五例、二十六例的文本。苏轼根据通行文本叙述,当然只能称"二十四韵"。

就以上分析可以认为,苏轼此段话与《二十四诗品》之间,唯一的联系点就是"二十四"的数字相同,其他并没有什么契合点。论者在许多可能性中只找于自己有利的一种可能性,将其作为苏轼见到《二十四诗品》的依据,非常勉强,缺乏说服力。再退一步说,如果苏轼所指确实是《二十四诗品》,而他又是宋代有重大影响的文学家,他的许多议论都成为时人议论或发挥的重要话题,《书黄子思诗集后》又是他极其有名的一篇文章,宋人编选的《宋文鉴》卷一三一、《国朝名臣二百家文粹》卷一九六、《经世东坡文集事略》卷六〇均收入此篇,见于宋代诗话、书志、类书等著作称引此篇者,也多达十多次。如果所指为司空图《二十四诗品》,而此书又曾存在,则在东坡身后近两个世纪的漫长岁月中,总不至于寂无所闻吧? 以下将苏轼此文为宋至元初人称引的情况略作表述:

书　名	作者和年代	原文或摘要
《苕溪渔隐丛话·前集》卷一九	南宋初胡仔	在《柳柳州》一节录东坡云:"苏、李之天成,曹、刘之自得,陶、谢之超然,固已至矣。而杜子美、李太白以英伟绝世之资,凌跨百代,古之诗人尽废。然魏、晋以来,高风绝尘,亦少衰矣。李、杜之后,诗人继出,虽有远韵,而才不逮意。独韦应物、柳子厚发纤秾于简古,寄至味于淡泊,非馀子所及也。唐末司空图崎岖兵乱之间,而得诗人高雅,犹有承平之遗风。其论诗曰:梅止于酸,盐止于咸,饮食不可无盐梅,而其美常在于咸酸之外。可以一唱而三叹也。"
《锦绣万花谷前集》卷二一	南宋前期缺名	李杜之后,诗人虽有远韵,而才不逮意。独韦应物、柳子厚发纤秾于简古,寄至味于澹泊,非馀子所及也
袁本《郡斋读书志》卷四中	南宋前期晁公武	在"司空图《一鸣集》三十卷"下,录"其论诗有曰:梅止于酸,而盐止于咸,其美常在酸咸之外"。谓其诗"棋声花院静,幡影后坛高"之句为得之,人以其言为然

书　名	作者和年代	原文或摘要
《容斋随笔》卷一〇《司空表圣诗》	南宋前期洪迈	东坡称司空表圣诗文高雅,有承平之遗风,盖尝自列其诗之有得于文字之表者二十四韵,恨当时不识其妙。又云:"表圣论其诗,以为得味外味,如'绿树连村暗,黄花入麦稀。'此句最善。又'棋声花院闭,幡影石坛高'。吾尝独入白鹤观,松阴满地,不见一人,惟闻棋声。然后知此句之工,但恨其寒俭有僧态。"予读表圣《一鸣集》有《与李生论诗》一书,乃正坡公所言者。其馀五言句云:"人家寒食月,花影午时天。""雨微吟足思,花落梦无憀。""坡暖冬生笋,松凉夏健人。""川明虹照雨,树密鸟冲人。""夜短猿悲减,风和鹊喜灵。""马色经寒惨,雕声带晚饥。""客来当意惬,花发遇歌成。"七言句云:"孤屿池痕春涨满,小栏花韵午晴初。""五更惆怅回孤枕,犹自残灯照落花。"皆可称也
《直斋书录解题》卷一六	南宋中期陈振孙撰	《一鸣集》十卷,唐兵部侍郎虞乡司空图表圣撰。图见《卓行传》,唐末高人胜士也。蜀本但有杂著,无诗。自有诗十卷别行。诗格尤非晚唐诸子所可望也。其论诗,以梅止于酸,盐止于咸,咸酸之外,醇美乏焉。东坡尝以为名言。自号知非子,又曰耐辱居士
《历代名贤确论》卷九八	宋佚名撰。《宋史・艺文志》作《名贤十七史确论》一百四卷	录东坡语至"盖自列其诗之有得于文字之表者二十有四韵,恨当时不识其妙,余三复其言而悲之"
《山堂考索续集》卷一七	南宋章如愚编	录东坡论诗,较《苕溪渔隐丛话・前集》略简
《仕学规范》卷三七引《古今总类诗话》	南宋张镃编。所引《古今总类诗话》为任舟著	引东坡居士语至"盖自列其诗之有得于文字之表者二十有四韵,恨当时不识其妙,予三复其言而悲之",未有进一步发挥
《修辞鉴衡》卷一引《古今诗话》	元王构编。所引《古今诗话》为南宋初李顺著	录东坡语至"盖自列其诗之有得于文字之表者二十有四韵,恨当时不识其妙,予三复其言而悲之",未有进一步发挥

续　表

书　名	作者和年代	原文或摘要
《毛诗李黄集解》卷一八	集宋李樗、黄櫄两家诗解	解《东山》云："古人有言,梅止于酸,盐止于咸,饮食不可以无盐梅,而味常在于盐梅之外。"诗人之意亦如是也
《深雪偶谈》（《说郛》本）	南宋人方岳	坡公独以柳子厚、韦应物发纤秾于简古,寄至味于淡泊
《诗人玉屑》卷一五	宋末魏庆之	在《东坡评柳州诗》下引录,大致同《苕溪渔隐丛话·前集》
《竹庄诗话》卷八	南宋末何汶	在《柳子厚》下引东坡语,大致同《苕溪渔隐丛话·前集》
《识遗》卷一《文繁省》	南宋末罗璧	司空图曰:辨于味而后可以言诗。江岭之南,凡资于适口者,若醢非不酸也,止于酸而已;鹾非不咸也,止于咸而已。华人以之充饥,而遽辍者,知其酸咸之外,醇矣,有所之尔。彼江岭之人,习之而不辨也。东坡约之曰:梅止于酸,盐止于咸,饮食不可无盐梅,而其美尝在酸咸外。然皆只中庸,人莫不饮食也,鲜能知味也之说
《文献通考》二三三《经籍考》	元初马端临	著录司空图《一鸣集》三十卷,引录晁、陈及《容斋随笔》三家记载,别无发挥

以上所录,虽仍可能有遗漏,但大端已备。值得注意的是,宋代编录诗话的诸家,注意此篇的重点是对于柳宗元的评价,且大多依循胡仔的经过改写的录文。晁公武、陈振孙两位文献学家,其私人藏书中包含三十卷本或十卷本的《一鸣集》及《诗集》,他们注意的只是苏轼酸咸之外的那段高论,没有注意"二十四韵"云云。如果《一鸣集》中有《二十四诗品》,而苏轼又曾特别指出,他们又注意到了苏轼此节高论,完全不予理睬总有些不通情理。《仕学规范》卷三七引《古今总类诗话》、《修辞鉴衡》卷一引《古今诗话》,录文全同,虽书名有异,渊源则一。郭绍虞先生《宋诗话辑佚》分别辑归《诗学规范》和《古今诗话》,前者出于杜撰,未必允当。但此

二书引到"二十四韵"一段,都没有进一步的发挥。《历代名贤确论》是一部编录名贤议论的类书,没有进一步讨论的必要。值得注意的是洪迈《容斋随笔》和罗璧《识遗》的叙述。罗璧注意到司空图原文和苏轼改写的差别,称"东坡约之曰",是说经过比读,证明苏轼为节述大意。洪迈的叙述其实可以分为四节,第一节引苏轼《书黄子思诗集后》,第二节引苏轼《书司空图诗》(《苏文忠公全集》卷六七,又见《东坡题跋》卷二),第三节是翻检司空图《一鸣集》后,认为苏轼所言即据《与李生论诗书》,最后摘录了他认为司空图诗句可称者。洪迈说:"予读表圣《一鸣集》有《与李生论诗》一书,乃正坡公所言者。"这里的叙述和判断非常明确,洪迈手边有司空图的《一鸣集》,而且作了认真的比读,明确认定苏轼所言的依据就是《与李生论诗书》。王步高认为洪迈这段话"应指《东坡题跋》中的那段文字,并不能概括《书黄子思诗集后》的'二十四韵'一句"。不过王氏接着又指出,出自《东坡题跋》所引的"绿树连村暗,黄花入麦稀"二句,并不在《与李生论诗书》所引诗内,这就否定了他的前一项推断。其实,从洪迈的原文看,"予读"一节是对于前两段苏轼议论的按断,而《书黄子思诗集后》"酸咸之外"的一段宏论,确实是据《与李生论诗书》改写,这已经不必讨论。洪迈引"二十四韵"一节,断定坡公所言正是《与李生论诗书》,结论如同白天一样的明朗。如果论者不是特别抱有偏见,我想不应该有什么歧解。洪迈家藏有司空图《一鸣集》,还有一个重要的书证,就是他所编《万首唐人绝句》一书,录司空图七言绝句二百三十一首、五言绝句七十五首,其来源就是《一鸣集》。这 306 首诗,多数不见于宋代他书征引,完全依靠洪迈的编录而得以保存下来。由此,可以证明,洪迈对于《一鸣集》的作品曾经认真阅读和摘录,他认为苏轼所言"二十四韵"云云,是指《与李生论诗书》,而非指其他文字。我们认为,指出这一点,特别重要。这也可以回答张少康所作《二十四诗品》原来收在《一鸣集》中,没有特别引起宋人注意,明人才据以录出的猜测。洪迈是在知道苏轼有"二十四韵"的叙述后才去检读《一鸣集》的,检读的结论中并没有提到包含敏感的"二十四"数字的《诗品》,可以证明宋代的《一鸣集》并不包含此部分内容,至少洪迈所见本是如此。

五　《二十四诗品》中的后出痕迹

《二十四诗品》中有没有唐末以后才出现的典故和词语,也值得关注。《辨伪》提出了一些,以后有不少论文陆续补充了一些。论难者对此也特别关注。如祖保泉《司空图诗文研究》中专列一章《〈二十四诗品〉语词征信录》,两万多字,声称"《二十四诗品》里所出现的每个语词(包括美学概念),都来自晚唐以前的典籍和文章(包括释子们的文章)里"。张少康在《司空图诗歌意象与〈二十四诗品〉的比较》中也罗列了司空图诗歌中相似的若干词语和意象,以此来证明《二十四诗品》为司空图所作的可能性。王步高《司空图评传》也用一节(《亦论所谓〈诗品〉用〈宋人诗文〉》)万馀字加以论列。这些论列当然是有意义的,各位所见也值得重视。但我认为,古代诗文的常用词语,比如张少康列举的"流莺""碧桃""碧空""碧云""芙蓉""高人""幽人""幽鸟""月明""晴雪""杨柳""落花""白云"等,王步高提到的多用"莺""幽人""鹦鹉""鹤""竹""碧桃"等词,充斥于唐宋时期的各种类书和总集,几乎每个诗人都用这些词语来作诗,张氏的论证缺乏说服力。举例来说,"池塘生春草"是谢灵运的名句,但在他以前"池塘""春草"二词已经见于他人诗文中,但连用这两个词来描写春天的景象,则肯定是从谢始,因此后人将"池塘""春草"写入诗文,断然是在谢灵运以后。同样道理,下文说"大河前横"出于黄庭坚诗,论者举唐人诗中用到黄河或大河的许多例子,甚至举出司空图诗里中条山与黄河有多长距离,都毫不相关。明乎此,才能讨论下列问题。以下列举《二十四诗品》中出现的宋代以后才流行的一些热点词语和特殊句型,对于确定其产生时代,无疑是很重要的。

1.《沉着》:如有佳语,大河前横

"大河前横"一句,无疑出自黄庭坚《王充道送水仙花五十枝欣然会心为之作咏》末两句:"坐对真成被花恼,出门一笑大江横。"许多注家都注意及此。如果司空图先有此句而黄袭用之,任渊最称博学,《山谷诗注》当提及司空图,但任渊注此诗云:"老杜诗:'江上被花恼不彻,无处告诉只颠狂。'山谷在荆州,与李端叔帖云:'数日来骤暖,瑞香、水仙、红梅皆开,明窗静室,花气撩人,似少年都下梦也。但多病之馀,懒作诗尔。'山谷时寓荆渚沙市,故有'大江横'之句。老杜诗:'鸡虫得失无了时,注目寒江倚秋阁。'山谷句意类此。"此书有宋本在,可以覆案。宋人特别称道此句,如《步里客谈》卷下说"古人作诗,断句辄旁入他意,最为警策",即举杜甫"鸡虫"两句和黄庭坚此诗为例。《野客丛书》卷二五赞同前说,又举了黄诗的许多类似诗例。此外如《侯鲭录》卷八、《馀师录》卷二所述大致相同。《沉着》一品,按照祖保泉的阐发,是讲诗歌"运思深沉、语言稳健而抒情愈转愈深"。在列举了一些稳健清静的语境后,最后一句正是采用山谷断句旁入他意的本义,以推进一层主旨。可以说,此处沿袭黄诗的痕迹十分清楚。

2.《缜密》:水流花开,清露未晞

刘永翔先生撰《司空图〈诗品〉伪作补证》(刊《华东师范大学学报》1999 年第 1 期)指出,"水流花开"一句用苏轼《十八大阿罗汉颂·第九尊者》(《东坡全集》卷九八):"饭食已毕,襆钵而坐。童子茗供,吹籥发火。我作佛事,渊乎妙哉。空山无人,水流花开。"并引当时人许颉《许彦周诗话》云:

> 韦苏州诗云:"落叶满空山,何处寻行迹?"东坡用其韵曰:"寄语庵中人,飞空本无迹。"此非才不逮,盖绝唱不当和也。如东坡《罗汉赞》云"空山无人,水流花开"八字,还许人再道否?

如果司空图此前已经有此语,许彦周不会作如此激评。此外,我还可以指出,许彦周此段话,以后为宋人胡仔《苕溪渔隐丛话·后集》卷九、魏庆之《诗人玉屑》卷十五、蔡正孙《诗林广记》卷四所引,并没有任何人提出非议。北宋末诗僧惠洪特别用此二句八字为韵作诗八首(见《石门文字禅》卷十四《余在制勘院昼卧念故山经行处用空山无人水流花开为韵寄山中道友八首》),并在《石门禁脔》中赞道:

　　　如"水流花开"，不假工力，此谓之天趣。(《竹庄诗话》卷二〇引)

　　此外，南宋韩淲《涧泉集》卷一九也有《鲁解元以坡语空山无人水流花开为诗和韵》一诗。凡此皆可证苏轼二句在当时的影响。《文汇报》2005年11月2日《笔会》刊李祚唐文章《"尽信书不如无书"之一例》，认为《历代赋汇》卷一〇六收唐刘乾《招隐寺赋》开篇就包含了与它极为相似的排列组合："其始穿竹田以行，崎岖诘曲十馀里而后至。草木幽异，猱猿下来，空谷无人，水流花开。"此文又见《全唐文》卷九五四，刘乾其人事迹无考。王步高《司空图评传》也举了刘乾的例子，但没有提到李祚唐的文章，不知是否参考过李文。刘乾两句与苏轼颂语只有一字之差，如果刘乾确实是唐人，那么苏轼就是一位可耻的抄袭者，宋代那些捧苏的名家也不免识见太弱。就目前的书证来说，以刘乾为唐人的最早记录，只见于康熙间成书的《历代赋汇》，嘉庆间成书的《全唐文》即据此采录。除了一些有文集流传的名家外，《全唐文》所收唐人赋，绝大多数录自《文苑英华》，刘乾此赋并不在其中。唐人史传中也无其事迹可考。今按，此赋中有句云"茅山青兮练湖平，美人不复兮我心如萦"，知所咏为茅山、练湖一带之招隐寺。《江南通志》卷四五《舆地志·寺观》三："镇江府招隐寺，在府城南七里招隐山。宋景平元年创，即戴颙隐居之地，梁昭明太子尝读书于此。"《至顺镇江志》卷九作禅隐寺。如果刘乾所咏即此招隐寺，则必然不可能是唐代人。

　　3.《冲淡》：饮之太和，独鹤与飞

　　举出这个例子，是要说明"独鹤与飞"一句是模仿韩愈《罗池庙碑》"春与猿吟而秋鹤与飞"一句而作，其可能出现的时代不会早于南宋初年。王步高举了许多六朝和唐代人诗中用"独鹤"的句子，又引徐寅《蝴蝶》"几处春风借与飞"作为"与飞"的例子，其实都是误解。鹤是古人吟咏很多的鸟类，加上状态词在古诗中在在多见。而动词加"与"的词语，也是唐诗中最常见的组词法，检《杜诗引得》可得数十例，但与此句并无关联可比性。因为我指出此点，并非认为"独鹤"的事典或语词到宋代才有,也不是说"与"或"飞"是后出字,而是说"独鹤与飞"这一句式的出现,必然在欧阳修提出此句并引起广泛讨论,成为流行句以后。就如同现实生活中,"爱你没商量"或"满城尽带黄金甲"的派生句,必然在王朔小说或张艺谋电影风靡以后,虽然这两句在此以前已经存在。

韩愈的《柳州罗池庙碑》撰写于长庆三年(823),为柳州纪念柳宗元而作。碑为沈传师所书,拓本今存,二十多年前《书法》杂志曾刊布。韩愈长于司空图约七十年,韩愈的文章他当然有机会见到。但北宋时欧阳修所见韩愈文集,此句是作"春与猿吟而秋与鹤飞",他发现碑本的异文后,即指出"而碑云'春与猿吟而秋鹤与飞',则疑碑之误也"(《集古录跋尾》卷八《唐韩退之罗池庙碑》)。据《韩集举正》卷九所载,南宋初蜀本《韩集》仍作"秋与鹤飞"。首先质疑欧阳修的,是著名学者沈括,他在《梦溪笔谈》卷一四认为"古人多用此格。如《楚词》'吉日兮辰良',又'蕙肴蒸兮兰籍,奠桂酒兮椒浆'。盖欲相错成文,则语势矫健耳"。此后董逌《广川书跋》卷九《为李文叔书罗池碑》、吴曾《能改斋漫录》卷三《秋鹤与飞》、王观国《学林》卷七、程大昌《考古编》卷八《罗池碑》、孙奕《履斋示儿编》卷一〇《春猿秋鹤》分别加以发挥,成为当时的热门话题。"独鹤与飞"的句式,是完全模拟"秋鹤与飞"的,但是很拙劣的模拟。韩愈的碑铭是设想柳州人为纪念柳宗元而建罗池庙,柳的魂灵萦绕左右,因有"侯朝出游兮暮来归,春与猿吟兮秋鹤与飞"的描写,以朝暮春秋表示时时刻刻,一年四季,柳的魂灵都与猿、鹤为侣,陪伴在柳州人的周围。后一句错综而写,更见精彩。相形之下,《冲淡》当然要写隐士的生活或情怀,"太和"语出《周易》,指冲和之气,饮啄本来就是以鹤设喻,再说"独鹤与飞",鹤所与者失去了主体,隐士也不可能与鹤同飞。在这两句中,只能看到对于韩愈名句的刻意模仿。

4.《高古》:泛彼浩劫,窅然空纵。月出东斗,好风相从

我以为源出苏轼《赤壁赋》:"清风徐来,水波不兴。举酒属客,诵明月之诗,歌窈窕之章。少焉,月出于东山之上,徘徊于斗牛之间。白露横江,水光接天,纵一苇之所如,凌万顷之茫然。浩浩乎,如冯虚御风,而不知其所止;飘飘乎,如遗世独立,羽化而登仙。"请学者仔细体会,必信此言

不诬。祖保泉引《云笈七签》有"东斗主算"的说法,遂谓东斗即指东方。按此语见《云笈七签》卷二一引《度人经》之说,只是讲一天五斗之主掌,并不涉及天域之划分。王步高又举《太平御览》卷六八引《抱朴子》,讲天河流经东斗云云。大致可以认为,道教认为天有五斗,并有东斗之称,但讲天象星图者,并没有东斗的具体星座和方位,因而很少为诗家称及。

5.《缜密》:语不欲犯,思不欲痴

周裕锴先生《司空图〈二十四诗品〉真伪刍议》云:

> 还有一个例子则只能证明《二十四诗品》是化用了司空图以后的句子,这就是《缜密》中的"语不欲犯,思不欲痴"。很显然,"语不欲犯"就是宋人任渊在《后山诗注目录序》所说的"不犯正位,切忌死语",或是惠洪在《林间录》卷上所说的"不犯正位,语忌十成"。而任渊和惠洪都称这是禅宗曹洞宗的禅法,这显然不是从《二十四诗品》化用而来。这充分说明,《二十四诗品》即使不是化用宋人的说法,也是化用了曹洞宗的语句。曹山本寂禅师释《五位君臣》云:"以君臣偏正言者,不欲犯中,故臣称君,不敢斥言是也。"曹山本寂虽与司空图同时,但一直在南方江西传法,而司空图则隐居于北方山西王屋山,迥不相接。何况即使《司空表圣文集》中的《香岩长老赞》等有关禅宗的文章来看,他接受的也是沩仰宗的影响,与曹洞宗无涉。因此,司空图不可能写出"语不欲犯"的句子,这种句子,只能是宋代"不犯正位,切忌死语"的观念移植到诗学后的产物。(刊《人民政协报》1998 年 9 月 28 日)

周氏以研究宋代禅学与诗学著名,所作论证充分有据,值得重视。

6.《形容》:风云变态,草木精神

前举周裕锴文指出"风云变态"四字见于程颢《秋日偶成二首》之一,诗见《二程全书》卷一,全诗如下:"闲来无事不从容,睡觉东窗日已红。万物静观皆自得,四时佳兴与人同。道通天地有形外,思入风云变态中。

富贵不淫贫贱乐,男儿到此是豪雄。"《上蔡语录》卷一称此诗为程颢早年任鄠县主簿时作。此诗也是南宋理学家引用很多的一首诗,如朱熹即曾引录多次,分别见《朱子语类》卷一八、卷九七,宋人从未有关于此诗抄袭的议论。

如果仅见一二处,或许可以作别的解释,现在可以见到如许多明显后出的痕迹,是值得学者正视的。我以为,只要不抱成见,客观体会,不难得出结论。记得我最初与一位朋友谈到此书后出的可能性时,朋友的反应是唐人不可能写出如此流丽的东西。拙说提出后,曾与一位前辈谈到,他认为如果最终得到证实,则《二十四诗品》显然源出东坡诗说。这些都是仅凭直感的意见,但也可能是最真切的认识。

六 《二十四诗品》判伪牵涉到的 一些学理问题

《二十四诗品》判伪最早于 1994 年在唐代文学年会上提出,虽然也有质疑的意见,但多数学者似乎能够冷静地分析我们的论证,没有太多的纷争,表示赞同的学者较多。第二年在古代文论会议上提出,会上即有论辩,讨论极其热烈,不同意者相对较多。思考形成这一差距的原因,大约对于古代文论研究来说,《二十四诗品》长期居于核心地位,是许多学者努力建构古代文学理论体系的重要环节,一旦这个环节被抽掉,原来拼出来的体系势必要重新链接。一些学者长期研究此书,根本不能承认此书是伪书的可能性,不屑分析辨伪的举证,断然加以排斥。我以为更重要的原因,是唐代文学研究在最近三十年的进程中,对于包括《全唐诗》《全唐文》在内的全部唐代作品的来源及其真伪互见的分析考证,作了极其艰苦卓绝的文献文本研究,基本厘清了绝大部分的真相和归属,并因此而形成了一些可贵的共识,即引用书证和相关史实是辨别作品真伪的重要依据,后出而来源不明的作品可疑性较大。在这些研究中,文献学家强调的依靠书目辨析古书真伪的原则,历史学家倡导的分清史料主次源流的史源学原则,得到了充分发扬光大。秉持这一理念来看待与《二十四诗品》相关的讨论,比较容易得出一致的意见。相对来说,文论研究方面对于文献考订的重视程度,特别是对于与文论没有太多关系的一般典籍的关心程度,相对要薄弱一些,有关学者对于文献考订的基本原则和内在逻辑联系,常缺乏清晰的认识。

最后,我想节引旧文《〈二十四诗品〉真伪之争与唐代文献考据方法》中的一些关于唐文献鉴别考据原则的结论性意见,作为本文的结尾:

鉴于唐代文献流传的特殊而复杂的状况,特别是明中后期以来唐诗和唐小说大量刊布而造成的文献混杂,中国学者在近二十年间作了大量艰巨而细致的基本文献清理和重建的工作,并逐渐形成了前述的全面占有文献、彰显史源意识的文献利用原则。涉及到具体的典籍或作品的鉴别考证,我认为以下几条原则是很重要的:

首先,凡今所得见的唐人著作,应根据唐宋书志的著录来检核,以确知其真伪、完残,是原书还是后人辑本。经过对核,不难发现,《大唐新语》《国史补》《因话录》等书是唐人原编,《河岳英灵集》三卷本已经后人重分卷次,现存的宋刻二卷本尚存此书原貌,《北梦琐言》和《江南野史》都已是残书,两书的后十卷都已亡失,而《朝野金载》《明皇杂录》《稽神录》等书,都是明代的辑本,许多不见著录而明末始出现的唐小说,其伪迹显而易见。

其次,唐人著作无论完残存逸,在唐宋各类著作中常有大量的引用和抄录,今本完整的可据以校订文字,残缺的可据以补辑逸文,已亡者可藉以考知大概。特别是宋人所编的类书、丛抄、地志、诗话、笔记中,常喜欢大段地辑录前人著作中的文字,有时是为具体的论述考订而引录,更多地则是在大规模地分类编纂资料时引用。以诗学文献来说,范摅《云溪友议》、孟启《本事诗》中的那些唐诗故事,被宋元人引用都不少于数百次,几乎每一则都曾被十多种著作引到,引用方式又可区别为许多类型:有就原书摘录的,如《类说》《说郛》等;有引用而加以辨说的,如各种宋人笔记;有改写而另成著作的,如《古今诗话》《唐宋名贤诗话》等;有分诗人、事类、地域甚至诗语加以分类改写编录的,如各类诗话、类书、地志等。宋代诗学昌盛,诗学著作极多,仅诗话丛编类的著作就有《苕溪渔隐丛话》《诗话总龟》《诗林广记》《竹庄诗话》《诗人玉屑》等多种,郭绍虞先生辑《宋诗话辑佚》主要就依靠这几部书。此外,宋元坊间编纂的大型类书即有二十多种,专门采集诗语的类书、总集即有《诗学大成》《联珠诗格》《韵府群玉》等许多种,所引也颇有可观。

唐人诗文留存到现代的总数超过 80 000 篇。只要追溯唐宋以来的典籍,绝大多数作品的流传史都可以弄清楚。这对于恢复唐人作品的原貌,校录异文,考察其流传过程,甄别流传中产生的种种讹误,都是很有意义的。多年前开始的《全唐五代诗》的编纂,即着眼于此而制定体例。从已完成的初盛唐部分来看,绝大部分的诗篇都能找到很早的出处,有名的诗篇在唐宋典籍中常有十多次以上的征引,由此而记录下来的各诗逸文,极其丰富,根据这些书证而确定互见诗的归属,也很有说服力。

唐代文学作品是有一定范围的,但文学作品中所涉及的社会生活范围则是极其广阔的,要深入地研究好文学作品中所涉及的包括人事、制度、事件、语词、地理、风俗在内的各种细节问题,学者必须利用一切唐代典籍,无论其与文学有关或无关。前面讲到的现代文献考据引用典籍之拓展,正是指的这一情况。

不见于唐宋书志著录,也不见于唐宋典籍征引的唐人著作和诗文,当然仍有一定数量。对其甄别的原则,主要涉及两个方面:一是应有比较可信的来源,如敦煌或日本所存的古写本,其收藏、发现及写本的年代是可以考定的,地方志有递修的传统,后出志书中常能保存一些已失传地旧志中的文献,当地石刻或私家收藏也偶有载录;二是其中所涉内容,应符合唐人的表达习惯,所涉人事、制度、事件、语词、地理诸方面,应能与唐代典籍的记载相印证。见于方志和私家谱牒中的一些后世伪托作品,在这些方面是经不起推敲的。

以上引文与《二十四诗品》讨论无关,但若有关学者明白唐代文学文献考证的一般规则,也就可以理解《二十四诗品》伪书说是唐文献系统研究后必然得出的结论。

（2007年6月台湾淡江大学中国古代文学思想研讨会会议论文）

（刊《上海大学学报》2011年第6期）

何光远的生平和著作

——以《宾仙传》为中心

后蜀何光远著《鉴诫录》十卷，谈唐五代诗事者占十之六七，向为世人所重。因嘱研究生吴晨以此书研究为学位论文。论文尚有剩义，乃草成本文，考订何光远的生平和著作，特别是其所著《宾仙传》一书的遗文和价值。

何光远，仅清初吴任臣《十国春秋》卷五六有传："何光远，字辉夫，东海人也。好学嗜古。广政初，官普州军事判官，撰《聂公真龛记》。又尝著《鉴诫录》十卷，纂辑唐以来君臣事迹可为世法者。又有《广政杂录》三卷，皆行于世。"其字里著作殆据宋元书志，官普州则据《舆地碑记目》卷四《普州碑记》："《聂公真龛记》，在灵居山，军事判官何光远撰，广政四年（942）建。"其时《鉴诫录》及《舆地纪胜》原书皆甚难见，吴氏恐皆未及睹。今本《舆地纪胜》卷一五八《普州》所载，同《舆地碑记目》，唯该卷凡涉普州沿革、景物、古迹、仙释神诸门，引录文献甚丰，于聂公事实全无所及，当时也未必亲见原石。今蜀中调查文物，检此碑存安岳圆觉洞第82龛，刘长久《中国西南石窟研究》引聂公署衔为"□□□第二指挥使、金紫光禄大夫、检校司徒、使持节普州诸军事、守刺史、河东县开国男、食邑三百户聂"，名亦未详。略引记文数语，不足以了解何光远之生平文采。巴中、广元石窟之详细记录早经发表，安岳尚未见，所存必不止刘氏所引数语。

关于《鉴诫录》，吴晨言之已多，我以为还可以补充以下两点。一是今本是否为何氏原编。此书有宋本存，近年上海图书馆从海外收归，且已影印,其流传过程颇为清晰,应即清代流行各本之所据本。然晁公武《郡斋读书后志》卷二云本书"广政中纂辑唐以来君臣事迹可为世鉴者,前有刘曦度序"。今本刘序已失,晁概述语应即援据刘序。又今本数称"孟蜀",如卷一《瑞应谶》称"长兴初孟蜀高祖顷者未临西川",《知机对》称"孟蜀高祖与东川董太尉",卷三《饵长虹》称"孟蜀侯侍中",都已经宋人改写,而非当时人口气。二是该书的成书时间。就全书言,已称及孟蜀高祖,称及明宗(卷三《妖惑众》),称及长兴年号,但没有述及清泰及后晋时事,没有称及孟昶及广政间事实,大致可以确定本书写成于广政前期,大约与广政四年的《聂公真龛记》为同时之作。

何光远的著作,今知者尚有《广政杂录》及《宾仙传》二书。

《广政杂录》,《宋史》卷二〇六著录为三卷,今仅见吴越至宋初僧赞宁《笋谱》引有一则佚文:"何光远作《广政录》,记孟氏有蜀时,翰林学士徐光溥、刘侍郎義度分直。忽睹庭中笋进出,徐因题之。刘性多讥诮,徐托土本是蜀人。徐诗曰:'进出班犀数十株,更添幽景向蓬壶。出来似有凌云势,用作丹梯得也无?'刘诗曰:'徐徐出土非人种,枝叶难投日月壶。为是因缘生此地,从他长养譬如无。'二学士从兹不睦。""刘侍郎義度"即为《鉴诫录》作序的刘曦度。《宝刻类编》卷七著录其天成四年(929)书《重修文宣王庙记》,广政四年(942)撰《修净众寺碑》,皆可证作"義度"为误。赞宁平生行迹仅至越中及汴京,知何书宋初当传入京师,唯流布极少,故司马光、刘恕修《资治通鉴》时考十国事实甚备,亦未征及此书。

《宾仙传》,《崇文总目》著录作一卷,不言作者;《通志·艺文略》作三卷,署"何光远撰";《宋史·艺文志》作"晞旸子《宾仙传》三卷",参下引《泉志》的记录,可以确证其自号晞旸子或晞阳子。后蜀时蜀中道教颇盛,较著名者如彭晓号真一子,盖自杜光庭在蜀弘传道教,追随者颇众。从此道号及所著《宾仙传》来看,何光远对于神仙道教是很认真地崇奉的。他的那篇《聂公真龛记》,所谓"真龛"即道教造像。

《宾仙传》一书久佚,今仅知宋人三种书中引及佚文。

一是洪遵《泉志》卷一四:"晞阳子《宾仙传》曰:轩辕先生取榆荚肉于袖,良久写之,皆为小钱,遂治饮之。"未详此轩辕先生是否即唐武宗时的道士轩辕集。

二是南宋初宋某(号委心子)《分门古今类事》引有四则,即卷二《太元遇仙》:

> 天复中,有李太元者,蜀人也。慕道游灵山,至一处田种紫芝,遂摘饵之。行至一门,有青童出曰:"彼何人而至此丈人洞府?"乃入报,引至阶前,礼丈人。遂令坐之阶下,饮以玉杯。俄有道士至,其状类王先主。丈人与执手上堂坐定,道士泣曰:"余之子孙,不久受祸,后唐将霸,昨告上帝。帝云已定,不可免矣。"又有大将军十馀人引一少年,衣黄衣。太元视之,乃后主也。又一女子年五十许,拜讫,道士诃责,令送天狱。丈人曰:"算犹未尽。"乃止。既去,命玉女送太元泛舟去。太元拜辞,问玉女:"前老道士与后主何事?"玉女曰:"道士为蜀先主,今见子孙不久国破,顿追魂爽归洞。子到世间,当自细知。"后一年,乃咸康乙酉,兴圣太子入蜀,后主遂降唐。乃知国主非凡人所为,国祚兴亡,必由天数。《王命论》谓神器有命,不可以智力求,其斯之谓欤!

太元应作太玄,见下引《万首唐人绝句》。《分门古今类事》各本均作太元,为清人改。所称"王先主"即前蜀高祖王建,"兴圣太子"则为同光三年也即蜀咸康乙酉(925)率军灭前蜀的庄宗太子李继岌。

同卷《杨勋吟诗》:

> 杨勋者,前蜀后主乾德中,世号杨仆射,不知何处人,变化无常。为后主召群仙于薰风殿。刑部侍郎潘峤奏其妖怪,帝命武士于西市戮之,随刃化为草人。未至行法处,仆射吟诗曰:"圣主何曾识仲都,可怜社稷在须臾。市西便是神仙窟,何必乘槎泛五湖。"其年冬,后主失国,果如其言。此亦可以知兴废之有前定也。

此则,中华书局1987年出版金心据《十万卷楼丛书》本所作点校本作出

《洞微志》，《四库全书》本作出《宾仙传》，参后引《万首唐人绝句》，以及《洞微志》作者为吴越钱氏后人，与何光远多记蜀事有很大不同，可以确定以四库本为是。

卷五《薛珏注寿》：

> 天复末，薛珏，蜀人也，性好善而不贪。尝于南斗北斗堂烧奏，后泛南海，遇风，吹抵一山，遂登之。见一宫殿，有一赤衣使者曰："非薛珏乎？"珏曰："然。"使者引入宫，见一人升堂而坐。使者曰："拜真君。"真君曰："子来何迟？"命使者引入学士院。遂至一苑，题云"选真国学士院"。珏曰："何为选真？"使者曰："子居大唐，一国耳。"珏见一案有报，命童子捡之。童子取报状云："大唐所生，益州有几，复何姓名？"命追益州护皇杜克。克曰："所生计百，居蜀者有十人，五人为宰相，二人直翰林，三人充谏臣。"既去，珏求真君取生禄簿，注珏一百岁。送珏登舟，顺风至姚州。后归蜀，珏后果得一百岁而害贫，盖不于真君前乞富贵尔。

卷一四《道昌篆书》：

> 天复初，有刘道昌，江吴人也。年九百岁，多日知唐事。至成都郫县，常祝丹名鸟顶。一日，跨鹤绕市，别相知，留诗而去。人以为妖。后又得篆书于其室，曰："八雄争天下，猪鼠先啾唧。（自庚子年黄巢见，及朱全忠等八人借号。）兔子上天床，（王建属兔，又以卯年开国。）猿猴三下失。（朱温三帝属猴也。）李子生狼藉，（昭宗也。）乃牛生叛䝙。（杨行密王于吴也。斗牛，吴之分也。）群犬厮首尾，走上中华国。（即六侵中国也。其后事皆应。）"

其三，南宋洪迈《万首唐人绝句》七言卷六八在《伤春吟》下署"何光远"，并注："四首。以下并《宾仙传》。"（此据影印嘉靖本，四库本无此注，万历增订本亦删去）此四首指属何光远者，而该卷自此首以下的四十六首诗,都从《宾仙传》中录出。这些诗应该包含多则神仙故事,可惜除了前引杨勋一则外,其本事均不见他书称引,很难加以追索,只能根据诗意推知大概。

A. 何光远与明月潭龙女的相恋故事。《万首唐人绝句》分别录何光远《伤春吟》《答龙女》《催妆二首》和明月潭龙女《赠何生》《留别何郎》六诗,按照内容推断,大约原书以第一人称叙述遇仙故事。首先是何光远《伤春吟》:"檐上檐前燕语新,柳开花发自伤神。谁能将我相思意,说与隈江解佩人?"因伤春而怀人,感动到明月潭龙女出而与他相见寻欢,作诗相赠:"坐久风吹绿绮寒,九天月照水精盘。不思却返沉潜去,为惜春光一夜欢。"何答:"淡荡春光物象饶,一枝琼艳不胜娇。若能许解相思佩,何羡星天渡鹊桥!"在欢会前有类似迎婚的仪式,何作《催妆二首》:"玉漏涓涓银汉清,鹊桥新架路初成。催妆既要裁篇咏,风吹鸾歌早会迎。""宝车辗驻彩云开,误到蓬山顶上来。琼室既登花得折,永将凡骨逐风雷。"分别时龙女作诗留别:"负妾当时瘝寐求,从兹粉面阻绸缪。宫空月苦瑶云断,寂寞巴江水自流。"由于洪迈只录绝句,两人遇合时还有没有其他的诗作,已经无从考察。《方舆胜览》卷七〇载明月潭在龙州,即今江油一带。

B. 刘道昌与邻场道人的货丹故事。《万首唐人绝句》录刘道昌《鬻丹砂醉吟》:"心田但使灵芝长,气海常教法水朝。功满自然留不住,更将何物驭丹霄?"《龟市告别》:"还丹功满气成胎,九百年来混俗埃。自此三山一归去,无因重到世间来。"以及邻场道人《货丹吟》:"寻仙何必三山上,但使神存九窍清。炼得绵绵元气定,自然不食亦长生。"刘道昌,为唐末天复初术士,已见前《分门古今类事》所引。此三诗顺序可以确定是刘道昌先作《鬻丹砂醉吟》,表述的是外丹家的求仙愿望,继而是邻场道人《货丹吟》,以内丹说指示修道的途径,最后是刘作《龟市告别》,接受了内丹见解,准备从"心田""气海"修行,以诗留别。

C.《群仙降蜀宫六首》,后土夫人:"偶引群仙到世间,熏风殿里醉华筵。等闲贪赏不归去,愁杀韦郎一觉眠。"王母:"沧海成尘几万秋,碧桃花发长春愁。不来便是数千载,周穆汉皇何处游?"麻姑:"世间何事不潸然,人得人情命不延。适向蔡家厅上饮,回头已见一千年。"上元夫人:

"思量往事一愁容，阿母曾邀到汉宫。城阙不存人不见，茂陵荒草恨无穷。"弄玉："采凤飞来到禁闱，便随王母驻瑶池。如今记得秦楼上，偷见萧郎恼妾时。"太真："春梦悠扬生下界，一堪成笑一堪悲。马嵬不是无情地，自遇蓬莱睡觉时。"除太真即杨贵妃为唐人，其他皆前代女仙。据诗意推测，很可能是写太真在马嵬遇难后，鬼魂追随入蜀，群仙降于蜀宫，度化她修仙成道。

D. 杨损《临刑赋》："圣主何曾识仲都，可嗟社稷在须臾。市东便是神仙窟，何必乘舟泛五湖！"本事已见前《分门古今类事》所引，唯"杨损"作"杨勋"。按作杨勋为是。《鉴诫录》卷三《妖惑众》亦载："王蜀有杨廷郎叔杨勋者，自号仆射，能于空中请自然还丹，其丹立降。又能召九天玄女、后土夫人，悉入帷帐，经宿而去。及折其一足，西市斩之，药亦无征，术亦无验，尸骸臭秽，观者笑焉。"《十国春秋》卷四八合并二则记载，为其立传。

E. 许学士货丹升仙复回故事。《万首唐人绝句》录许学士《东洛货丹》："三千功满去升天，一住人间数百年。华表他时却归日，沧溟应恐变桑田。"《天关回到世吟》："九霄云路奇哉险，曾抱冲身入太和。今日东归浑似梦，望崖回首隔天波。"前首写功满升天，后首写重回人世。事在东洛，与何氏多述蜀事有别。

F. 聂通志与已故宫女幽会故事。《万首唐人绝句》录聂通志《经故宫女坟有感》："家国久随狂寇没，春芜又向冢头青。如今忆得当时事，为尔伤心一涕零。""长郊烟淡月华清，因醉荒坟半夜醒。失路孤吟不胜苦，暗中应有鬼神听。"京昭仪宝仙《吟送酒》："争不逢人话此身，此身长夜不知春。自从国破家亡后，垄上惟添芳草新。"张夫人华国："休说人间恨恋多，况逢佳客此相过。堂中纵有千般乐，争及阳春一曲歌。"景才人舜英："幽谷穷花似妾身，纵怀香艳吐无因。多情公子能相访，应解回风暂借春。"《留金扼臂赠别》："恩情未足晓光催，数朵眠花未得开。却羡一双金扼臂，随君此去出泉台。"此为《游仙窟》《周秦行记》之类故事的翻版，推测大约写聂经宫人坟有感作诗，京、张、景三女鬼感而起与饮宴，风流一夜后人鬼分别，赠物赋诗。

G. 孙玄照与王仙山相恋故事。《万首唐人绝句》录孙玄照《琴中歌》："相如曾作凤兮吟,昔被文君会此音。今日孤鸾还独语,痛哉仙子不弹琴。"王仙山《答孙客》："鸳鸯相见不相随,笼里笼前整羽衣。但得他时人放去,水中长作一双飞。"王仙山,《全唐诗》卷八六三作"王仙仙"。

H. 群仙酒宴故事。《万首唐人绝句》录紫微孙处士《送青城丈人酒》："深羡青城好洞天,白龙一觉已千年。铺云枕石长松下,朝退看书尽日眠。"又《送王懿昌酒》："将知骨分到仙乡,酒饮金华玉液浆。莫道人间只如此,回头已是一年强。"青城丈人《送太一真君酒》："峨眉仙府静沉沉,玉液金华莫厌斟。凡客欲知真一洞,剑门西北五云深。"太一真君《送紫微处士酒》："此中何必羡青城,玉树云楼不记名。闷即乘龙游紫府,北辰南斗逐君行。"大约是王懿昌与紫微孙处士、青城丈人、太一真君等好道人士相聚,饮宴作诗,故事原委无从考索。

I. 李舜弦故事。《万首唐人绝句》录李舜弦夫人《蜀宫应制》："浓树禁花开后庭,饮筵中散酒醒醒。蒙蒙雨草瑶阶湿,钟晓愁吟独倚屏。"《钓鱼不得》："尽日池边钓锦鳞,芰荷香里暗销魂。依稀纵有寻香饵,知是金钩不肯吞。"《随驾游青城》："因随八马上仙山,顿隔埃尘物象闲。只恐西追王母宴,却忧难得到人间。"王衍在咸康间与徐氏姐妹游青城始末,当事人王仁裕在《王氏见闻录》(《太平广记》卷二四一引)中有详尽记载,《鉴诫录》卷五所载亦详,但均不及李舜弦事。《蜀中广记》卷四云:"《成都文类》云李珣,梓州人。其妹为蜀王衍昭仪,有词藻,即所称李舜弦夫人矣。"今检《成都文类》中并没有类似记载。《十国春秋》卷三八、卷四四之相关记载,大约为沿袭旧说,现在还找不到较早的记载。就《宾仙录》之体例看,所叙人物多出虚构,未必有其人。此所录诸诗,是否实有李舜弦所作,颇可怀疑。疑原书述其陪游青城,后应还有归道升仙故事,惜皆已无从追索了。

J. 李太玄诗事。《万首唐人绝句》录李太玄《摘紫芝》："偶游洞府到芝田,星月茫茫欲曙天。虽则似离尘世了,不知何处遇真仙?"《玉女舞霓裳》："舞势随风散复收,歌声似磬韵还幽。千回赴节填词处,娇眼如波入鬓流。"李太玄可以确定就是前文《分门古今类事》所述天复中游灵山遇道士的李太元。前文称李"至一处田种紫芝,遂摘饵之",即《摘紫芝》诗事;出山时向玉女问道士原委,则与后诗契合。大抵《分门古今类事》为节引,而《万首唐人绝句》则仅录诗,故所存各有不同,其实一事耳。

K. 卓英英、眉娘与太白山玄士故事。《万首唐人绝句》凡录卓英英四首、眉娘二首、太白山玄士一首,按照诗意推测,顺序应该是:卓英英《锦城春望》:"和风装点锦城春,细雨如丝压玉尘。漫把诗情访奇景,艳花秾酒属闲人。"眉娘《和锦城春望》:"蚕市初开处处春,九衢明艳起香尘。世间纵有浮华事,争及仙山出世人。"卓英英《理笙》:"频倚银屏理凤笙,调中幽意起春情。因思往事成惆怅,不得缑山和一声。"眉娘《和理笙》:"但于闺合熟吹笙,太白真仙自有情。他日丹霄骖白凤,何愁子晋不闻声?"卓英英《游福感寺答少年》:"牡丹未及开时节,况是秋风莫近前。留待来年二三月,一枝和露压神仙。"太白山玄士《画地吟》:"学得丹青数万年,人间几度变桑田。桑田虽变丹青在,谁向丹青合得仙。"卓英英《答玄士》:"数载幽栏种牡丹,裹香包艳待神仙。神仙既有丹青术,携取何妨入洞天。"就诸诗看,卓英英和眉娘应为姐妹或主仆关系。前二组唱和应为二女感春触情之作,再次则为卓游寺而答少年之作。最后则为太白山玄士示以修仙途径,卓受其启发而入道。后出的《庚史》卷五六、《坚瓠集》广集卷三以卓为"唐名妓",似皆无凭据。《全唐诗》卷八六三叙眉娘事迹云:"眉娘,南海人,卢姓。生而眉长,称眉娘。神针善绣。顺宗召入宫中,号神姑。宪宗度为女道士,称逍遥大师。放归后数年尸解。"卢眉娘事最早见苏鹗《杜阳杂编》卷中,并称罗浮处士李象先为其作传。卢行迹未至蜀,时代也稍早,与何光远所述非同一人。

L. 潘雍与葛氏女故事。《万首唐人绝句》录潘雍《赠葛氏小娘子》:"曾闻仙子住天台,欲结灵姻愧短才。若许随君洞中住,不同刘阮却归来。"葛氏女《和潘雍》:"九天天远瑞烟浓,驾鹤骖龙意已同。从此三山山上月,琼花开处照春风。"为潘与女仙的恋情故事,原委不详。

M. 桃花夫人故事。《万首唐人绝句》录桃花夫人《紫霄夫人席上》:"昔时训子西河土(《全唐诗》卷八六三作"上"),汉使经过问妾缘。自到仙山不知老,凡间唤作几千年。"桃花夫人为唐代民间的女仙,刘长卿有

《过桃花夫人庙》(《刘随州集》卷二)、杜牧有《题桃花夫人庙》(《樊川文集》卷四),何即据以编排其仙事。仅此一诗,原委难详。

　　根据以上所考,我们可以对何光远的生平和著作作一些大致的推定。

　　何的三种著作,《鉴诫录》缺序,原文在宋人付刊时稍有改动,大体全书完整。《广政杂录》则仅存一则佚文。《宾仙传》全书久佚,但宋人所引,尚存较多佚文,今存该书中的四十七首诗,大致可以据以推知至少十六则传文。这三种著作有一个共同特点,就是喜欢大量引用诗歌,《鉴诫录》《广政杂录》所述大致都是别人的作品,而《宾仙传》述其自作者虽然只有与明月潭龙女艳遇的一篇,其他许多仙道故事,大约很多也是他本人创作的。

　　此三种著作之关系。从写作时间来说,《鉴诫录》大体可以确认作于广政前期。《广政杂录》据其书名分析,应该是专载广政一朝事实者,很可能是接续《鉴诫录》而著。《宾仙传》成书时间无法考知,只能确知在前蜀亡后。三书之性质,《鉴诫录》所记届于事实和传闻之间,《广政杂录》有可能是偏重记录朝野逸事的著作,《宾仙传》则以传闻和虚构故事为主,小说的意味更浓重一些。

　　何光远生平可以确切定位的事迹只有广政四年撰《聂公真龛记》一事,其生卒年皆无考。根据《广政杂录》可以推想他大致活到广政中期。由于广政历时二十八年,现在无法找到他入宋的痕迹。如果他写《鉴诫录》时年四十左右,即大致出生于 10 世纪初。前蜀的建国乃至灭亡,是他曾经历过的,因而在其著作中颇多表达对前蜀灭亡的伤感、慨叹和追想。他在广政四年仅任普州军事判官,地位不高,所记录的唐末及前后蜀史实,大都只是传闻,不尽是实录,仅能据以了解在前后蜀兴废之间,蜀中社会中下层所流传的轶闻,从别一立场具有重要意义。

　　何光远在《鉴诫录》中对儒、佛、道都有所记载和批评,对三教似乎持公允之立场,如卷一《九转验》还特别揭露"九转非误一君"。但据《宾仙传》,可以确知他是一位非常坚定的道教的修行者或向往者。从唐末僖宗在蜀大兴青羊宫,到杜光庭入蜀,弘传道教,蜀中的道教信仰达到登峰造极的程度。何光远显然受到此一风气的影响。《鉴诫录》卷四有《高尚士》一篇,称颂杜光庭"学海千寻,词林万叶,凡属著述,与乐天齐肩"。杜一生除整理道藏,也热衷于编纂道教神仙小说,今传或可以考知者尚有十多种。何光远撰《宾仙传》,显然受杜影响,而且其中多数神仙故事,应属无所依傍的新创之作。可惜此书仅见于宋代也热衷道教的《分门古今类事》作者委心子和博学多闻的洪迈、洪遵兄弟称引,宋元间集神仙故事大成的《三洞群仙录》和《历世真仙体道通鉴》二书皆全未引及,这是非常遗憾的。《万首唐人绝句》曾据五代的小说集《灯下闲谈》录过一些志怪诗篇,《全唐诗》编纂的时候多数还不了解故事的端委,直到清末该书原本刊布,方得真相大白。《宾仙传》大约不会有这样的幸运了。

2009 年 5 月 28 日初稿

7 月 27 日修改

(《江西师范大学学报》2010 年第 5 期)

《祖堂集》与唐诗研究

　　我对《祖堂集》没作过专题研究,但接触这本书的时间却相当早。记得是在1983年下半年,当时正在作唐诗辑逸工作,将《大正藏》粗翻一过后,其中所存《全唐诗》未收诗数量之多,出乎预料。现在已清楚了,明末胡震亨作《唐音统签》时,曾利用当时能见到的佛典和道书,辑录释道作品编为《唐音辛签》二十四卷。康熙间编《全唐诗》时,却认为这些偈颂章咒本非诗歌,全部删去,连胡氏从《云溪友议》《梁溪漫志》等书中录出的十多首王梵志诗也一律删弃。《景德传灯录》《五灯会元》等书中的禅僧偈颂,胡氏也校录过,都被清代那十位会作诗但对唐诗研究和文献鉴别基本外行的在籍翰林删掉了。我最初所作从佛典中搜集唐诗的工作,只是重复胡氏已做的工作。偶然见到来访的日本学者赠送复旦中文系的中文出版社影印本《祖堂集》,立即与已作记录的《景德传灯录》《五灯会元》等书中的禅僧偈颂作了对校,发现许多作品是中国所存禅籍中没有的,已有的作品在文字上也有很大差异。尽管当时中国学术圈与国外的接触还很少,日本学者当时已做过的工作都没有可能利用,佛学和禅学方面的工具书也很少,不可避免地会留下一些缺憾,所幸在作者作品的归属、禅僧事迹的考订和作品文字的写定几方面,细节有出入而大端尚无误。拙著《全唐诗补编》于1985年完成初稿,1987年据出版社的意见作了退改,1992年由中华书局出版,补唐诗共6 300首。

　　很遗憾,由于我的寡陋和不通日文,到现在为止,像椎名宏雄教授《〈祖堂集〉的编成》那样的名作,至今未能通读,我只能凭多年前翻检该书的印象谈下面几点。

　　《祖堂集》的文献来源,前人已指出有智炬《宝林传》、省僜《泉州千佛新著诸祖师颂》等，这是显而易见的。唐五代禅僧事迹和语录，所据应是当时为数众多的禅僧行录和诗歌偈颂集。书中多次提到"未睹行录，不决化缘始终"（卷十四《百丈政和尚》《茗溪和尚》等）的说法，即透露了其中消息，即其他记录较详的禅僧事迹是据行录编次而成。行录，也作实录（卷十《鹅湖和尚》、卷十四《紫玉和尚》等），应该是指语录、塔铭、僧碑、僧传一类文献。比《祖堂集》稍晚成书的《宋高僧传》《景德传灯录》二书，所据也是此类资料，但稍有些区别，即《祖堂集》《景德传灯录》多据语录，《宋高僧传》则多据塔铭、僧碑、僧传等。至于禅僧的诗歌偈颂集，见于引录和著录的不少于十多种，现存的如日本存的《香严颂》（拙编《全唐诗补编》时未见）、《庞居士语录》的后二卷、《禅门诸祖师偈颂》所收诗人齐己作序的龙牙居遁偈颂，皆是。

　　只要把《祖堂集》和《宋高僧传》《景德传灯录》二书的同一僧人事迹放在一起作比较，就会发现其中许多事迹的记载是相同或相近的，只是在取舍上有繁简、轻重和改写程度的不同，此外，也因三书著作的性质稍有差异，四位编者的掌握文献不免此有彼无，三书的作者立场也导致取舍的差别。比较突出的，则是三书在编录前代行录、偈颂时，《祖堂集》多存援据文献的面貌，而成书于宋初的《宋高僧传》《景德传灯录》二书，则比较多地接受了宋初开始形成的学术规范，即对前代文献按照宋人能接受的程度，作了较大幅度的调整和改写。就像《太平广记》那样，要改得让宋人看得懂，这当然是很努力工作的结果，是应该得到肯定的。今人从保存唐时语言的原貌来评判，是从另一个角度提出问题，就像今人从古籍校勘和辑逸的角度肯定类书的价值，这些类书编纂之时，绝不会从这些方面来加以考虑。

　　《祖堂集》之于唐诗研究的意义，首先当然是保存了一些重要作家的作品和事迹。其中，李翱与药山惟俨、裴休与黄檗希运的诗事，《祖堂集》与他书的记载差别不大，应是所据文献基本相同的缘故。有很大差异或不见他书的重要诗事，我认为有韩愈、白居易和李万卷三则。韩愈与大颠禅师的书信，宋人见到后，附入韩集，但对其事实一直有争议。《祖堂集》所载，是现知韩愈与大颠交往最早的记录，且所涉内容也比他书大为丰富,且还收有大颠欲归山留别一偈:"辞君莫怪归山早,为忆松萝对月宫。台殿不将金锁闭,来时自有白云封。"(见《祖堂集》卷五)这就显得更可贵了。我赞同一些学者的意见,《祖堂集》所述,也仅是当时的传闻,并不是事实,可能只是民间流传的故事。这首所谓大颠的诗,传世典籍中有类似之作,如《诗话总龟》卷四六引《青琐集》录陈抟诗:"华山高处是吾宫,出即凌空跨晚风。台殿不将金锁闭,来时自有白云封。"后两句全同。有《祖堂集》引作大颠诗,陈抟作的可能已可排除,因《祖堂集》成书在前。那么,这两句是否可以肯定是大颠作的呢,也不见得。已有许多例证可以证明,唐人曾将民间留传的许多诗,编录成名人故事,大颠诗大约也属此例。在另一个故事中,就附会为陈抟所作的了。白居易与鸟窠和尚的来往故事,虽也见于《景德传灯录》《佛祖历代通载》《咸淳临安志》等书,《祖堂集》所录,比他书详细而通俗,且有白氏兄弟的两首诗。这一事和诗,也属附会的有趣故事。如在叙述鸟窠和尚事后,又叙一事云:

> 舍人归京,入寺游戏,见僧念经,便问:"甲子多小?"对曰:"八十五。"进曰:"念经地几年?"对曰:"六十年。"舍人云:"大奇大奇!虽然如此,出家自有本分事,作摩生是和尚本分事?"僧无对。舍人因此诗曰:"空门有路不知处,头白齿黄犹念经。何年饮著声闻酒,迄至如今醉未醒。"

其实这首诗是根据白居易《戏礼经老僧》改写的,原诗为:"香火一炉灯一盏,白头夜礼《佛名经》。何年饮著声闻酒,直到如今醉未醒。"白居易和老僧的对话,也因此而敷衍出来。第三则有关李万卷和归宗智常的故事,不见于他书记载,颇疑是根据曾任职于江州的名士李渤的事迹附益而成的。其中称李为万卷出身,不符合唐科举中的一般说法。虽然我倾向于认为三则故事都未必是真事,不能完全视为研究这些作者的可信文献,但其更重要的意义则在于,这几则故事保留了在丛林中流传的唐诗人故事,带有鲜明的通俗色彩,与禅籍所载宣宗即位前在民间游历及与黄檗希运联句,诗话中所载贾岛假扮艄公与高丽使联句之类故事一样,其意义在于另一方面。

其次是保存了一批禅僧的弘法歌行。这类作品多用七言歌行体或三三七七七体的通俗文句,阐说佛法禅理,在民间有很大的影响,其中玄觉禅师的长篇歌行《证道歌》流布尤广,文本也多。这类作品当时数量应很大,多数已失传,只有《景德传灯录》最后两卷、《禅门诸祖师偈颂》等有集中收录,他书多引片段。我在作《全唐诗补编》时,曾分别校过各书引录本。《景德传灯录》不收而靠《祖堂集》而得以留传的作品,有以下几首,并说明见于他书的引句情况:

石巩慧藏《玩珠吟》,见《祖堂集》卷十四,《宗镜录》引九句。

丹霞天然《孤寂吟》,见《祖堂集》卷四,《宗镜录》引四句。

同人《骊龙珠吟》,见《祖堂集》卷四,为仅见之作。

高成法藏歌行,见《祖堂集》卷十四,又见《禅门诸祖师偈颂》,《宗镜录》引录四则,其一作古德歌。

落浦元安《神剑歌》,见《祖堂集》卷九,又见敦煌遗书伯3591。

其中尤以丹霞天然《骊龙珠吟》一篇最堪重视。首四句云:"骊龙珠,骊龙珠,光明灿烂与人殊。十方世界无求处,纵然求得亦非珠。"其形式与白居易新乐府最为接近,可以看出禅僧与新乐府作者互通的一面。《景德传灯录》有而《祖堂集》不收的作品,也有一定数量,是因二书取舍不同所致。

其三,所收偈颂,对考察唐代禅僧偈颂诗律化的过程很有价值。我在编《全唐诗补编》时,有鉴于《全唐诗凡例》所云偈颂本非歌诗的说法,很费斟酌,就阅读所及做过些考察,基本弄清了事实。比《全唐诗》成书晚一百多年的《全唐文》,也不收偈颂,嘉庆帝的序说是这些作品无益于教化而不取,这就与《全唐诗》的说法相悖了。断代文学全书的编修原则就是不作选择,全备一代作品,判体是必需的,而说无益教化就是从内容上加以选择了。《唐音统签》的公开,可以确定说偈颂本非歌诗仅是一种借口。那么,偈颂是不是诗歌呢,我的结论是,可以说是,也可以说不是。说是,主要着眼于形式,即诗歌应句式有规律,句末有押韵,语句有节奏。说不是,则因中国古代的诗歌本身有言志缘情的传统,全述佛旨的偈颂要指为诗歌,较难为学者普遍地接受。在六朝文体论兴起后,大部分的四言韵文都已被判为文,偈颂就其文学性来说,还要逊色一些。齐己为龙牙居遁偈颂所作序中说:"虽体同于诗,厥旨非诗也。"也作如是看。然而,东晋玄言诗虽受到质木无文的讥诮,从来没有人否定其为诗。偈颂的梵文本意是缀美辞而颂佛功德之作。译经中的偈颂,虽多每句字数相当,但不押韵,语句也没有节奏的讲究。六朝到唐初僧人之作,大多仍是如此,少数也有完全具备诗歌特点的,如道世《法苑珠林》和《诸经要集》中的诸颂。其时六朝道经中的赞颂,已完全诗歌化了。唐僧的偈颂,有一个发展的过程。最初是从不押韵到押韵,再次是句式从无节奏到有节奏,中唐后的禅僧偈颂,已越来越趋诗律化,甚至严格遵循近体诗的押韵、平仄、对仗诸方面的规则,诗歌的要素基本都做到了。《祖堂集》因与《景德传灯录》《五灯会元》一系的禅宗灯录有许多独具的文献来源,共用的文献因取舍不同也有很大差异,其保存的禅僧偈颂,有不少是仅见本书的,值得珍视,例多不枚举。仅举一首仅见《祖堂集》而形式、内容与诗已无二致的偈颂如下:

> 遍周沙界圣伽蓝,触处文殊共话谈。若有门上觅消息,谁能敢道翠山岩。(《祖堂集》卷十一齐云灵照颂)

《祖堂集》所采禅僧偈颂集中之作,尤以长沙景岑、香严智闲为最。云门文偃下收《十二时偈》,也是仅见之作。

(2003 年 1 月)

洪迈《万首唐人绝句》考

南宋洪迈纂《万首唐人绝句》一百一卷,全书具存,于其成书经过,门生凌郁之撰《洪迈年谱》(上海古籍出版社 2006 年 12 月)也基本弄清楚了。就钩沉索隐为主要目标之考证来说,该书似乎并没有太多考求的馀地。然从南宋陈振孙对此书之误收提出批评以后,历代都相沿指责,似乎很少见到披阅全书、比读文献后的全面分析。而对全书之成书过程、文献取资、学术价值、误收类型与原因,实在都还有重新检讨的必要。

一 洪迈编纂《万首唐人绝句》的过程

嘉靖本《万首唐人绝句》(文学古籍刊行社 1955 年影印本。本文后文或简称《绝句》。据该书引录文献时或仅注五言或七言及卷次)卷首有洪迈自序:

> 淳熙庚子秋,迈解建安郡印归,时年五十八矣。身入老境,眼意倦罢,不复观书,惟时时教稚儿诵唐人绝句,则取诸家遗集,一切整汇,凡五七言五千四百篇,手书为六秩。起家守婺,赍以自随。逾年再还朝,侍寿皇帝清燕,偶及宫中书扇事。圣语云:"比使人集录唐诗,得数百首。"迈因以昔所编具奏,天旨惊其多,且令以元本进入,蒙寘诸复古殿书院。又四年,来守会稽间,公事馀分,又讨理向所未尽者。唐去今四百岁,考《艺文志》所载以集著录者,几五百家,今仅及半,而或失真。如王涯在翰林,同学士令狐楚、张仲素所赋宫词诸章,

乃误入于王维集。金华所刊杜牧之《续别集》，皆许浑诗也。李益"返照入闾巷，愁来与谁语"一篇，又以为耿沛。崔鲁"白首成何事，无欢可替愁"一篇，又以为张蠙。以薛能"邵平瓜地入吾庐"一篇为曹邺，以狄归昌"马嵬城下柳依依"一篇为罗隐，如是者不可胜计。今之所编，固亦不能自免，然不暇正。又取郭茂倩《乐府》与稗官小说所载仙鬼诸诗，撮其可读者，合为百卷，刻板蓬莱阁中，而识其本末于首。绍熙元年十一月戊午，焕章阁学士、宣奉大夫、知绍兴军府事、两浙东路安抚使魏郡公洪迈序。

序末录其次年十一月题记：

> 越府所刻，七言至二十六卷，五言至二十卷，而奉祠归鄱阳。惟书不可以不成，乃雇婺匠续之于容斋，旬月而毕。二年十一月戊辰，迈题。

复次录《重华宫投进札子》，称"去年守越，尝于公库镂板，未及了毕，奉祠西归。家居无事，又复搜讨文集，傍及传记小说，遂得满万首，分为百卷。辄以私钱雇工，接续雕刻，今已成书"。所进为"目录一册，七言十五册，五言五册，共二十一册"。所附贴黄更云"七言二十六卷以前，五言二十卷以前，系绍兴府所刻"。"后点检得有错误处，只用雌黄涂改，今来无由别行修换"。去年日本东京一诚堂为纪念开业110周年拍卖宋本《万首唐人绝句》，据鉴定即绍熙刻，嘉定间修版本，应即嘉靖本目录后附吴格、汪纲二跋所称嘉定辛亥、癸未在越州之拼合本。因宋本至今尚未影刊，无由讨论。不过嘉靖本除七言卷五九卷末稍有残缺外，基本忠实于宋本的面貌，仍可以作为讨论的依据。

就上举洪迈本人的叙述可知，此书初编于淳熙七年庚子（1180）秋，五十八岁的他觉得渐入老境，不能如早年那么广泛地读书，于是课儿读唐人绝句，从诸家遗集整理出5 400篇，这是他的第一次结纂。至淳熙十一年（1184）春出守婺州，乃携以自随。至次年召还入对，《容斋三笔》卷一四载孝宗问及会子(纸币)兑钱事。洪迈此次在朝约三年,君臣间多有诗歌来往,洪迈也颇得恩宠,如《玉海》卷三四有该年九月十三日孝宗赐其御书白居易诗事,并随即进任翰林学士。有关编录唐人绝句事,应为某次在朝侍宴时闲聊所及。皇上一赞赏,洪迈就认真了,先是将初编奏进,藏复古殿书院,其后更着意加以网罗。至十五年(1188)五月出守镇江府,旋改知太平州,光宗绍熙元年(1190)出知绍兴府,方加整理定稿。他在绍兴仅一年有奇,当年十一月即序刊,应该是积累十年到此时方定稿。到次年三月他为《华阳集》撰序时已自署"提举隆兴府玉隆万寿宫",即在绍兴开雕后仅两三个月即去职归乡。前此是越府公库开雕,去职后连带已刊板携带回家,复出私钱雇婺州刻工完成全书。《重华宫投进札子》云居家"复搜讨文集,傍及传记小说,遂得满万首,分为百卷",与前年序所述不合,或序有后改,或札子有所掩饰。因为有这样长达十年之屡次编次、进奏且两次分地刊刻,故全书保存了逐次编录的痕迹,有些诗人如元稹、张祜标明四见,陆龟蒙、李涉、张蠙、刘言史等标明三见,显得编次无序,但也记录了全书陆续编成的过程。

现在可以确定绍熙初版的"七言二十六卷以前,五言二十卷以前"为绍兴所刻,其与归鄱阳后所刻有何不同,要以后见到宋版方知。他在淳熙七年初编得5 400首之文本,已难以确认。我比较倾向的看法,是在七言卷五三以前,五言在卷一九以前,是他的首次结集的文本,因为在此二卷以后,方出现一诗人之诗大量"再见"之记录。但这两部分加起来,已经达到7 200首,应该是第二次递修后的结果。五七言此二卷以后,复有大量陆续增补所得,随见随录的记录。

洪迈自序所云录诗传讹之鉴别,容下文再讨论。

二　《万首唐人绝句》的文献取资及保存绝句之价值

洪迈自序所云《艺文志》所载唐集"著录者,几五百家",指《新唐书·艺文志》所著录之唐集。我多年前曾逐书清点,知此志著录别集736家,其中唐集 505 家 537 部,与洪迈所言合。我网罗文献,补录 406 家 446 部(见《新唐书艺文志补——集部别集类》,刊《唐研究》第一辑,北京大学出版社 1995 年),加上近年新知 30 多种,唐别集可知总数大约 1 000 种以上。洪迈所见 200 多种,与今所存约 200 种,不是一个等同的概念。其中部分他曾见者得以原书保存至今,更多的部分则是他所曾见者,今或不传,或仅存残本,或原集无传而明以后再辑。讨论该书保存已佚唐集中绝句之价值,应在此一立场上展开。

洪迈当年所见唐人文集,与今存本面貌大体相同者,有李白、杜甫、韦应物、孟郊、白居易、韩愈、刘禹锡诸家文集,我曾据洪书以校诸集,见其录诗顺序也大体同今见诸集宋本次第,偶有遗漏,则后或补出,殆曾复检。于各家诗之自注,多予删除,而于原题较繁者,亦有所节略。也有补足之例,如白居易《重到城七绝句》中《见元九》一首,《绝句》题作《重见元九》,其实意思有所不同。白集《初著刺史绯答友人见赠》七律后录七绝《又答贺客》,《绝句》题作《初著刺史绯答贺客》,较为妥当。白诗《有双鹤留在洛中忽见刘郎中依然鸣顾刘因为鹤叹二篇寄予予以二绝句答之》,《绝句》题作《和刘郎中鹤叹二首》;《宅西有流水墙下构小楼临玩之时颇有幽趣因命歌酒聊以自娱独醉独吟偶题五绝》,《绝句》题作《宅西流水墙下构小楼五绝》。盖《绝句》志在存诗而不泥于保存原题,体例上可以理解。因其所见毕竟为宋本,且与传本系统或异,故皆有校勘之价值。

由于今存之大量唐集皆出于明人重辑,不免使人忽略了《绝句》保存唐人诗什的价值。其实只要通校存世唐宋元典籍,对明刊唐集哪些是唐宋以来流传下来,哪些是明人拼凑而成,并不难判断。如《唐才子传》卷八云曹唐有《大游仙诗》五十篇,但明刊《曹从事集》中仅有唐宋人曾选取的十多篇,知该集为明人重新辑录。各集情况当然各有流传本末,难以一概而论,但秉此原则,我以为洪迈曾加采集绝句之唐集而今不存者,洪书具有第一手保存文献价值者,可以列表如次。作为参照,特附《直斋书录解题》卷一九所著录唐集为参考。

姓　名	七　言		五　言		所据唐集情况(据《直斋书录解题》卷一九者不注所出,其他用简称)
	卷次	首数	卷次	首数	
贾　至	3	19			贾至集十卷,右唐贾至幼几也,洛阳人,天宝十年明经擢第。(《晁志》)
戴叔伦	8、55	43	9、21	40	戴叔伦《述稿》十卷,外诗一卷。(《晁志》)
杨巨源	8	24			《杨少尹集》五卷,唐河南少尹杨巨源景山撰。
王昌龄	17、67	70	11	12	王昌龄诗六卷,右唐王昌龄少伯也。江宁人,开元十五年进士。(《晁志》)
雍　陶	19	76			雍陶诗五卷,右唐雍陶国钧,大和八年进士。大中六年,自国子毛诗博士出刺简州。唐志集十卷,今亡其半。(《晁志》)
高　蟾	19	21	19	19	高蟾集一卷,唐御史中丞高蟾撰,乾符三年进士。
熊孺登	20	23			熊孺登集一卷,唐西川从事熊孺登撰。元和中人,执易其从侄也。
陈　羽	20	29			陈羽集一卷,唐东宫卫佐陈羽撰。贞元八年陆贽下第二人。
李　涉	21	81			李涉集一卷,唐国子太学博士李涉撰。
孟　迟	22	11	19	4	孟迟诗一卷。右唐孟迟字叔之,平昌人。会昌五年陈商下及第。(《晁志》)
褚　载	28	7			褚载集一卷,唐褚载厚之撰。
殷尧藩	28	7			殷尧藩集一卷,唐侍御史殷尧藩撰。元和元年进士。
陆　畅	29	31	14	3	陆畅集。(《遂初堂书目》)
李　绅	32	21			不详。
施肩吾	33、34	151	10	31	《西山集》一卷(《晁志》五卷),唐施肩吾撰。元和十五年进士。
陈　陶	35	60	11	29	陈陶集二卷。右唐陈陶嵩伯也,鄱阳人。大中时隐洪州西山,自号三教布衣云。(《晁志》)

姓 名	七 言		五 言		所据唐集情况（据《直斋书录解题》卷一九者不注所出，其他用简称）
	卷次	首数	卷次	首数	
李 郢	36	18			《李端公集》一卷，唐侍御史李郢楚望撰。大中十年进士。
赵 嘏	37、38	117			赵嘏《渭南诗》三卷。右唐赵嘏承祐也，会昌四年进士，终渭南尉。（《晁志》）
裴夷直	38	36	15	12	裴夷直诗二卷。（《宋志》）
徐 凝	39、67	76	14	14	徐凝集。（《遂初堂书目》）
汪 遵	42、74	60			汪遵《咏史诗》一卷。（《崇文目》）
郑 畋	47	12			郑畋集五卷。右唐郑畋台文也。荥阳人，会昌二年进士。（《晁志》）
崔道融	47	38	13	40	《东浮集》九卷，唐荆南崔道融撰，自称东瓯散人。乾宁乙卯，永嘉山斋编成，盖避地于此。今缺第十卷。
高 骈	47	37	19	4	高骈集一卷，唐淮南节度使高骈撰。
来 鹄	49	18			来鹏集一卷，唐豫章来鹏撰。咸通中举进士不第。
司空图	56、57、58、71	242	18	75	司空表圣集十卷，唐兵部侍郎司空图表圣撰。咸通十年进士，别有全集，此集皆诗也。
唐彦谦	59	37	19	4	唐彦谦集一卷，唐河中节度副使襄阳唐彦谦茂业撰，号鹿门先生。
孙元晏	60	75			孙元晏《六朝咏史诗》一卷。（《宋志》）
曹 唐	61	98			曹唐集一卷，唐桂林曹唐尧宾撰。有大小游仙诗。
薛 涛	65	51	20	10	薛涛《锦江集》五卷。右唐薛涛洪度也。西川乐妓，工为诗。（《晁志》）
雍裕之	67	9	23	20	雍裕之集一卷，唐雍裕之撰，未详何时人。
成文幹	72	23			成文幹《梅岭集》五卷。（《崇文目》）
李九龄	72	23			李九龄集一卷，洛阳李九龄撰。乾德二年进士第三人。

姓　名	七　言		五　言		所据唐集情况(据《直斋书录解题》卷一九者不注所出,其他用简称)
	卷次	首数	卷次	首数	
刘言史	75	47			刘言史诗十卷。(《宋志》)
王　勃			8、23	32	王勃集二十卷,右唐王勃子安也。(略)有刘元济序。(《晁志》)
薛　莹			19	6	薛莹集一卷,唐薛莹撰。号《洞庭集》,文宗时人,集中多蜀诗。
周　濆	73	4			周濆集一卷。
蒋　吉	74	11	25	4	蒋吉集(略)未详何人。
吴仁璧	39	10			吴仁璧诗一卷。(《宋志》)

以上39家所存诗共2 122首,是赖洪迈收录而得以保存至今的,总数占了全书的五分之一还多。需要说明的是,有些诗人今尚有诗集保存,甚至有号称源出宋本者,如王勃、赵嘏、雍陶诸家皆是,其实其今集中绝句是明人复据《绝句》拼凑而成编的。前录李绅诸诗皆为其《追昔游》以外诗,当别有所据,未见著录。另陆龟蒙诗在《笠泽丛书》《松陵集》和《甫里集》之间,应还有别的文集,未检出,故未列入。其他录自总集、小说诗话者,就本书具第一手文献意义讲,大约还有200馀首。

《绝句》录自总集者,书中偶有说明。如七言卷五八录无名氏《杂诗》十五首,注"见《才调集》"。《才调集》为五代后蜀韦縠纂,十卷,收诗千首,今存南宋书棚本,再造善本已影印。又如七言卷三八收芦中《江雨望花》等八首,名下注:"八首,集名《芦中》,不载姓名。"《宋史·艺文志》著录:"《芦中诗》二卷,不知作者。"其中《读庾信集》一首:"四朝十帝尽风流,建业长安两醉游。唯有一篇杨柳曲,江南江北为君愁。"《崔涂诗集》《才调集》卷七收作崔涂诗,《全唐诗》卷六七九即以其中另七首皆收为崔涂诗,证据尚不足,因不能排除《芦中集》为总集之可能。五言卷二〇、卷二一、卷二五据《乐府诗集》录诸乐府诗,皆是唐时乐工据才士诗篇裁截而成的五言四句短诗,部分作者可考,但经剪裁后已非原貌。

其他所引,可以通过比读确认者,七言卷五五据《国秀集》录王乔、张谔、楼颖、豆卢复、褚朝阳、沈颂、樊晃等诗;卷四七据《松陵集》录李毂、张贲、郑璧、严恽等诗;七言卷一八、五言卷一二据《元和三舍人集》录王涯、令狐楚、张仲素诗。

特别要指出的是经过比读今已失传的唐诗总集。七言卷四四收温庭筠诗41首,段成式诗43首、元繇诗2首,其中部分肯定录自段成式所编收录他与温庭筠、元繇等大中末在襄阳幕府唱和诗的总集《汉上题襟集》十卷。上述诸诗,温庭筠收入该集者可能只有小部分,段则占大部分。《绝句》五言卷二二收《状江南十二月景》下录鲍防等十一人诗,可确定出自收录鲍防、吕渭、严维等人唱和诗歌的《大历年浙东联唱集》。七言卷七一沈佺期以下十馀人诗,则出自玄宗时武平一所编《景龙文馆记》(也称《景龙文馆集》,是一部专录中宗景龙二年至四年文馆学士应制唱和活动的兼具笔记与总集特点的书)。以上三集,今人贾晋华均有辑本,收入氏著《唐代集会总集与诗人群研究》(北京大学出版社2001年6月),唯多据《全唐诗》编录,未全据唐宋较早文本,是微憾耳。

据唐宋小说采录绝句,在洪迈是极其辛苦的工作,但就现在考察的结果,除了七言卷六八录自《宾仙传》的四十五首多不知本末外,其馀大多能找到更早或更完整的文献来源。其中笔记类相信有《云溪友议》《本事诗》《异闻集》《丽情集》等,但采据最多的应该是《太平广记》。此类诗多淹没在卷帙繁复的志怪传奇中,往往都有曲折离奇的叙事情节,而洪迈不录本事,仅取诗篇,拟存诗题与所托作者,都不容易。如《本事诗》载崔护郊游遇女诗事,洪迈拟题为《题都城南庄》,沿引至今。《太平广记》卷四五四引《会昌解颐录》录诗:"危冠广袖楚宫妆,独步闲庭逐夜凉。自把玉簪敲砌竹,清歌一曲月如霜。"为草场官张立本女为妖物所魅后吟诗,妖物自称高侍郎。《绝句》七言卷六六以高侍郎为作者,名下注"狐"字,拟诗题为《凭张立本女吟一首》,较为妥当,比后世或以张立本女为作者,甚至因高侍郎附会为高适,都更为稳妥。类似例子很多,足见洪迈之文献处理能力。

据小说录诗而本事不甚清楚者,除《宾仙传》外,今知尚有一些,如五言卷二三胡曾《戏妻族语不正》:"呼十却为石,唤针将作真。忽然云雨至,总道是天因。"即不详始末。另如七言卷六九刘氏妇《题明月堂二首》,亦复如此。

　　宋末刘克庄《后村集》卷九四《唐五七言绝句》谓:"野处洪公编《唐人绝句》仅万首,有一家数百首,并取而不遗者,亦有复出者,宜其但取唐人文集杂说,令人抄类而成书,非必有所去取也。"没有体会洪迈存一代文献而不加删除之意,对其于文献之仔细斟酌亦乏深切同情,不是公允的评价。

三　《万首唐人绝句》所存特殊价值文献举例

　　《万首唐人绝句》录诗大体忠实文献,虽然一般都不注明所据文献来源,但偶有一些记录,也留下极其珍贵的记录。

　　《绝句》从笔记小说中所录鬼怪绝句,均不录本事,只有诗题和被依托者之名。除出自《太平广记》诸书而今可考知者外,仍有一些故事原委不太清楚。以后《全唐诗》据以收录时,也都没有事迹。晚清发现了五代中后期人所作志怪小说集《灯下闲谈》(有《适园丛书》本和《宋人小说》本),方弄清了部分事实。《绝句》录自该书的诗有七言卷六九录桂林青萝帐女子《赠穆郎》《褰帐》《题碧花笺》,庐山女子《赠朱朴》,新林驿女子《击盘歌送欧阳训酒》,尤启中(今本作光启中,似非人名)《题二妃庙》《湘妃席上》,崔渥《题二妃庙》《湘妃席上》,湘妃《席间赋》(二首)及西施、桃源仙子,洞庭龙女《同赋》,素娥《别主人》,韦洵美《答素娥》《假僧榻闷吟》,凡十七首;五言卷二三录庐山女子《赠朱朴》、水心寺僧《赠贾松先辈》、新林驿女子《吟示欧阳训》,凡三首。二者合计共二十首,与传本相合,知当时渊源有自。七言卷六八录何光远《伤春吟》下注:"四首。以下并《宾仙传》。"《宾仙传》,《崇文总目》作一卷,不言作者;《通志·艺文略》作三卷,署"何光远撰";《宋史·艺文志》作"晞旸子《宾仙传》三卷",南宋洪遵《泉志》卷一四引及"晞阳子《宾仙传》",可知该书即后蜀何光远著,与《鉴诫录》作者为同一人。从其自号晞旸子或晞阳子,知其对神仙道教颇崇奉。《绝句》此下录诗四十六首,内容皆涉人神之恋或与玄士、女仙交往,包括十三个故事,即何光远与明月潭龙女的相恋故事、刘道昌与邻场道人的货丹故事、《群仙降蜀宫六首》、杨损临刑赋诗、许学士货丹升仙复回故事、聂通志与已故宫女幽会故事、孙玄照与王仙山相恋故事、群仙酒宴故事、李舜弦故事、李太玄诗事、卓英英及眉娘与太白山玄士故事、潘雍与葛氏女故事、桃花夫人故事。我曾撰文《何光远的生平和著作——以〈宾仙传〉为中心》(刊《江西师大学报》2010 年第 5 期)对有关事实加以追究,可略知者刘道昌为唐末天复初术士;杨损即前蜀杨廷郎叔杨勋,曾自号仆射;《蜀中广记》卷四云李舜弦为词人李珣妹,曾为前蜀王衍昭仪,但诸诗则涉仙事,未必即其本人作;李太玄为天复中灵山道士;唐末苏鹗《杜阳杂编》卷中虽载卢眉娘事,但与卓英英有涉之眉娘显属二事。虽然大多诗事已经无可考镜,但因洪迈之摘存而得保存这部仙传中的绝句,也属难得。

《绝句》七言卷七一录景龙文馆学士《长宁公主宅流杯三首》,五言卷二四录景龙文馆学士《长宁公主宅流杯》九首,这十二首诗,《唐诗纪事》卷三都录作上官婉儿作,且另有三言二首、四言五首、五律六首。从《唐诗纪事》所录源出《景龙文馆记》的各诗来说,在几十次群臣唱和中,每次每人均仅作一首,为何这次上官婉儿一次就作了二十五首呢?《全唐诗》的编者显然没有虑及于此,因此全部收在上官名下。《绝句》的记录则显示,应为诸学士分撰,但在武平一编次《景龙文馆记》时,似乎没有逐一记下作者姓名。《唐诗纪事》不加甄别,概归上官婉儿,洪迈的记录,应该更为准确。

《绝句》七言卷四四录元繇《酬段柯古不赴夜宴》《看牡丹》二首,又在段成式诗下保存了《嘲元中丞》的诗题。而在《唐诗纪事》卷五四载大中末在襄阳与温庭筠、段成式唱和者为诗人周繇。已故唐诗学者陶敏相信就是受到《绝句》上引二例的启发,撰写《晚唐诗人周繇及其作品考辨》(刊《唐代文学研究》第五辑,广西师大出版社 1994 年 10 月),认为在襄阳预游者为元繇,字为宪,河南人,淄王傅元锡子。武宗会昌间,为殿中侍御史。宣宗大中末,以检校御史中丞参襄阳徐商幕府。得以从周繇名下分离出元繇所作诗五首又一句,并认为温、段与他唱和的诗题均应改订。此组诗皆源出段成式所编记录此次唱和的专集《汉上题襟集》十卷,不知是否因为洪迈与《唐诗纪事》著者计有功所见文本有异,至少在此点上,洪迈之校录是很谨慎的。

再举一例：《绝句》七言卷三六录后朝光《越溪怨》，敦煌遗书伯二五五五不署名，北宋孔延之《会稽掇英总集》卷一三署侯朝光，明末吴琯编《唐诗纪·盛唐》卷一〇七引《玉台后集》作冷朝光，《全唐诗》卷七七三亦作冷朝光。诸证分析，我倾向认为以作后朝光最为近是。《古今姓氏书辨证》宋本三四有后姓。

另如柳公权进贺春衣诗，自《旧唐书》卷一六五本传以下所记，皆仅作"去岁虽无战，今年未得归。皇恩何以报？春日得春衣"四句，唯《绝句》五言卷二三有第二首："挟纩非真纩，分衣是假衣。从今貔武士，不惮戍金微。"前二句不易解，不知其别有所据，还是后人蛇足之附。

四　《万首唐人绝句》对收录诗歌的鉴别

洪迈自序述他所见文献之复杂多讹及具体鉴别情况：

> 如王涯在翰林，同学士令狐楚、张仲素所赋宫词诸章，乃误入于王维集。金华所刊杜牧之续别集，皆许浑诗也。李益"返照入闾巷，愁来与谁语"一篇，又以为耿沣。崔鲁"白首成何事，无欢可替愁"一篇，又以为张蠙。以薛能"邵平瓜地入吾庐"一篇为曹邺，以狄归昌"马嵬城下柳依依"一篇为罗隐，如是者不可胜计。今之所编，固亦不能自免，然不暇正。

确是心得之言。他所举六例，一是王涯、令狐楚、张仲素元和间所纂《翰林歌词》，后传为《元和三舍人集》，其中王涯诸篇在《乐府诗集》和蜀刻《王摩诘文集》中都错成了王维诗（详拙撰《元和三舍人集》整理解题，见《唐人选唐诗新编》，中华书局 2014 年 9 月）。二是金华即婺州刊署名杜牧撰之《樊川续别集》，今无传本，但《全唐诗》卷五二六收杜牧下之一卷，即源自该集，今人岑仲勉、吴企明、佟培基、吴在庆、罗时进、胡可先已举出大量内外证据，确认皆许浑诗。洪迈在淳熙十一年（1184）曾知婺州，故得此本而考订精确。其三"返照"一篇,作李益诗除洪迈所言外别无表见,而就目前所见书证言,作耿湋以姚合《极玄集》所收最早,作李端则以韦庄《又玄集》卷上为最早,是唐时已经传歧,尽管宋代多数书证皆作耿湋,洪迈可能将李端误记为李益。其四崔鲁或作崔橹,"白首"一篇,《万首唐人绝句》卷一八收崔下,但北宋王安石《唐百家诗选》卷一九作张蠙诗,很难作出决断。"邵平"一首题作《老圃堂》,在洪迈以前的书证中,《又玄集》卷中、《唐诗纪事》卷六〇作曹邺诗,《才调集》卷七、《文苑英华》卷三一四作薛能诗,大体旗鼓相当。《万首唐人绝句》卷四八收作薛能,是洪迈的判断。然诗云:"邵平瓜地接吾庐,谷雨干时偶自锄。昨日春风欺不在,就床吹落读残书。"是退官闲适生活的叙述。佟培基《全唐诗重出误收考》认为薛能一生未曾罢官归居,与诗所述不合。曹邺中岁辞官归里。《又玄集》此诗前接薛能诗,或因此致误。《广西日报》1962年4月7日载《阳朔诗人曹邺》谓阳朔读书岩石壁刻有此诗,也不知是何时所刻。似为曹作可能更大。狄归昌一篇,见《太平广记》卷二〇〇引《抒情诗》:"唐僖宗幸蜀,有词人于马嵬驿题诗云:'马嵬烟柳正依依,重见銮舆幸蜀归。泉下阿蛮应有语,这回休更泥杨妃!'不出名氏,人仰奇才。(注:此即侍郎狄归昌诗也)"《万首唐人绝句》卷五九拟题《题马嵬驿》,作狄诗。《抒情诗》为五代前期卢瑰著的一部笔记,距离僖宗幸蜀大约二三十年内成书,但作狄诗也只是传说。后蜀何光远著《鉴诫录》卷八则作罗隐《驾还京》诗,宋书棚本《甲乙集》卷一〇也收,题作《帝幸蜀》,注:"乾符岁。"微误。就诗意看,应以咏大驾归京为是。狄为朝中显宦,罗为落魄举子,且以讽刺尖刻著名,似更近为作者,何况其本人宋刊文集也有此诗。

以上几点,仅就洪序所及加以讨论,无论赞同与否,只是要说明唐诗文献之复杂,定说不易。

五　《万首唐人绝句》误收唐初以前和入宋后诗歌情况

对于此书的批评,最早见于陈振孙《直斋书录解题》卷一五:"《唐人绝句诗集》一百卷,洪迈景卢编。七言七十五卷,五言六言二十五卷,各百首,凡万。上之重华宫,可谓博矣。而多有本朝人诗在其中,如李九龄、郭震、滕白、王毂、王初之属,其尤不深考者,梁何仲言也。"所批评的都是事实。就我所知,实际情况还远不止此,以下分类述之(凡拙文《〈全唐诗〉误收诗考》已考及者,仅略述结论。该文刊《文史》24 辑,中华书局1985 年。又收入拙注《唐代文学丛考》时稍有增订)。

1. 误收唐前诗歌。今见六例,凡二十八首。

何仲言(五言卷二五),即南朝梁诗人何逊,洪迈所收十四首,多数见《何水部集》,逯钦立编《先秦汉魏晋南北朝诗·梁诗》亦收。唯《送司马长沙》一首:"独留信南浦,望别乃西浮。以今笑为别,复使夏成秋。"逯氏失收,可补入。洪迈见本与今本不同故。

范静妻沈氏(五言卷二〇),录六首。为南朝梁女子,《玉台新咏》卷一〇录《映水曲》《王昭君叹》,《乐府诗集》卷六三录《当垆曲》,卷七七收《登楼曲》《越城曲》,皆作梁人,《古诗纪》卷一〇四皆收入。《隋书·经籍志》所载"梁征西记室范靖妻沈满愿集三卷",即其人。

郭恭(五言卷二四),收《秋池一株莲》一首。《诗式》卷四、《文苑英华》卷三二二作隋弘执恭诗。作郭恭误。

唐怡(五言卷二四),收《述怀》:"万事皆零落,平生不可思。惟馀酒中趣,不减少年时。"明末吴琯《唐诗纪·初唐》五九收此诗和另一首《咏破扇》,注出《玉台后集》,《全唐诗》卷七七三据以收入。其实唐李康成《玉台后集》收梁陈至盛唐诗,唐怡不见唐文献,《北史》卷六七《唐永传》、《新唐书》卷七四《宰相世系表》、《续高僧传》卷二三载其字君长,北海平寿人。周宣帝时为内史次大夫,封汉阳公。入隋,废于家,卒。

侯夫人(五言卷二四),收五首。皆出《迷楼记》,传为隋炀帝幸扬州时之宫人,录诗八首,其中绝句皆录于此。今知隋炀帝时并没有迷楼之说,其事皆中唐以后人附会,诗则出于唐末至宋初人托写。

元氏犬(五言卷二四),录《咏元嘉中兄弟》,元嘉为南朝宋文帝年号。诗则见《汉魏丛书》本梁任昉《述异记》卷下和《艺文类聚》卷八六引《述异记》。

2. 陈振孙指出误收宋诗,凡涉五人,诗五十首。

陈振孙所举五人,具体情况如下。

李九龄,七言卷七三存诗二十三首。九龄,洛阳人。宋太祖乾德二年(964)进士第三人登第。曾为蓬州某知县。开宝六年,预修《五代史》。有集一卷,不传。其可知事迹均在入宋后,但出生确在五代后期。存诗在洪迈所录外仅有二首和一些残句,虽误录,也恰借此而存遗篇。

郭震,唐有二人,一为武后至玄宗初名臣,字元振,二为玄宗时御史。宋初蜀人郭震字希声,成都处士,淳化四年(993)曾诣阙献书。《直斋书录解题》卷一六著录其《渔舟集》一卷,不存。洪迈因二人同姓名而误采七首。

滕白,七言卷七二录二首。今知其宋太祖乾德元年(963)以户部判官为南面军前水陆转运使。开宝二年(969),自刑部员外郎知河东诸州转运使。官至工部。有《滕工部集》一卷,不存。情况与李九龄类似。《全宋诗》卷二〇收其诗六首。

王嵒,七言卷七四录其六首。今知其字隐夫,蜀人。宋太宗亲征河东,曾上诗称颂。李顺乱蜀时'欲下荆南'。后居武都山。真宗咸平三年(1100),遇益州王均兵乱,以名大被胁从,坐是流于荒服。

王初,七言卷七三录诗十二首,有《送陈校勘入宿》,校勘为宋时官名。《直斋书录解题》卷二〇著录《王初歌诗集》一卷,云"未详何人。有《延平天庆观》诗,当是祥符后人也"。其集不存。另《唐诗鼓吹》卷六也收其七律八首,《延平天庆观》赫然在列,另有《送王秀才谒池州吴都官》,吴为吴中复,《宋史》卷三二二有传,尝以都官郎中知池州,嘉靖《池州府志》卷六云"至和中任"。嘉靖《建宁府志》卷一五载瓯宁人王初,为天圣二年(1024)进士。应即其人。《全唐诗》卷四九一收王初诸诗,以作者为名臣王仲舒子,显然牵附。洪迈若据原集采诗,应不难判断其时代。而王初诸诗均借唐诗总集而存世,也属奇观。

3. 洪迈误取其他宋人诗,尚有五人九首。

(甲)刘兼,七言卷三九录诗四首。其集今存,南宋人多认其为唐人,洪迈当凭一般印象收录。明胡震亨《唐音统签》云:"云间朱氏得宋刻唐百家诗,兼集中有《长春节》诗,为宋太祖诞节,其人盖五代人而入宋者。"话是不错,但还不够具体。今知他是长安(今陕西西安)人。宋太祖乾德三年五月,自起居舍人通判泗州兼兵马都监。开宝六年,参与修纂《五代史》。七年,为盐铁判官。太宗太平兴国三年,与张洎等同知贡举。又曾官知荣州。事迹见《事物纪原》卷六引《宋朝会要》、《宋史》卷二六六《郭贽传》、《续资治通鉴长编》卷一五、《渑水燕谈录》卷六。虽生于五代后期,然可知事迹均在入宋后,存诗亦皆知荣州期间所作。

(乙)令狐挺,七言卷五一录其诗一首。挺(992—1058)字宪周,山阴人。宋仁宗天圣五年进士。历任吉州军事推官、延安通判、知彭州,官至司封员外郎。事迹见毕仲游《西台集》卷一二《令狐公墓志铭》。

(丙)李谨言,七言卷六九存诗二首。其名当作李慎言,《绝句》避孝宗讳改。沈括《梦溪笔谈》卷五称其为海州士人,录诗二首,即洪迈所取者;赵令畤《侯鲭录》卷二称"余少从李慎言希古学",录诗三首。大约为北宋中后期人。

(丁)韩浦,七言卷七〇录诗一首《寄弟洎蜀笺》:"十样蛮笺出益州,寄来新自浣溪头。老兄得此全无用,助尔添修五凤楼。"诗见《宋朝事实类苑》卷六三引《杨文公谈苑》:"韩浦、韩洎,晋公滉之后,咸有辞学。浦善声律,洎为古文,意常轻浦,语人曰:'吾兄为文,譬如绳枢草舍,聊庇风雨。予之为文,是造五凤楼手。'浦性滑稽,窃闻其言,因有亲知遗蜀笺,浦题作一篇,以其笺贻洎曰(诗略)。"这是宋初太宗、真宗间事,估计洪迈误认"晋公滉之后"即为唐人,未知此处杨亿仅说当时事。

(戊)任生,五言卷二五存诗一首,此人为张君房《丽情集》载书仙曹文姬之情郎,尽管《丽情集》多载唐时诗事,唯此节则为北宋传说。

此外,七言卷七三收周溃诗四首,《粤诗搜逸》卷一引《连州志》云五代至宋初昭州(今广西恭城)人周渭弟名溃,记载晚出,难以确定。《全宋诗》卷一一据以收入,并无别证。

七言卷六九收张仲谋诗一首,其人为唐为宋难以确定。

4. 以唐前宋后诗误作唐人诗,至少有以下二例。

　　五言卷二四录裴延诗,其人为玄宗开元间宰相裴耀卿第五子,官至通事舍人。所录二诗,皆见皎然《诗式》,也作唐人。但其中《隔壁闻妓奏乐》一首,为陈萧琳诗,见《艺文类聚》卷四二,《古诗纪》卷一〇七、《先秦汉魏晋南北朝诗·陈诗》九皆收。此为洪迈沿袭了皎然的错误。

　　七言卷七二收张颠即张旭三诗,《文学遗产》2001年第五期莫砺锋《唐诗三百首中有宋诗吗?》以为三诗皆北宋蔡襄作,即《桃花矶》:"隐隐飞桥隔墅烟,石矶西畔问渔船。桃花尽日随流水,洞在清溪何处边?"见宋刻蔡襄《莆阳居士蔡公文集》卷七,题作《度南涧》;《山行留客》:"山光物态弄春辉,莫为轻阴便拟归。纵使晴明无雨色,入云深处亦沾衣。"见蔡集同卷,题作《入天竺山留客》;《春游值雨》:"欲寻轩槛列清尊,江上烟云向晚昏。须倩东风吹散雨,明朝却待入华园。"见蔡集同卷,题作《十二日晚》。三诗很有名,也有人提出商榷,我是赞同莫说的。

六　洪迈割裂诗篇及重收互见之考察

　　《绝句》在作者姓名、作者归属方面,有一些技术性的错误。如五言卷二五录李季华《题季子庙》:"季子让社稷,又能听国风。宁知千载后,苹藻满祠宫。"《全唐诗》卷七七八收李季华下,然唐并无其人。其实是古文家李华的诗,《舆地纪胜》卷七所载不误。《咸淳毗陵志》卷一四载:"永泰中,李守栖筠郡境十二咏,以此(季子庙)居首。其族子华和云:'季子让社稷,又能听国风。'"可知姓名中的"季"字是将"季子"之"季"误入作者名。另如五言卷一九收刘采春《啰唝曲六首》,源出《云溪友议》卷下《艳阳词》,为元稹出镇浙东时,越州俳优刘采春所歌,"所唱一百二十首,皆当代才子所作"。仅知一首七言为于鹄作,另六篇作者不详,刘为歌者而非作者。但此一错误,宋以后唐诗编选皆多作刘诗,不独洪迈,似也不必深究。

　　后世对洪迈较严厉的指控,是他多割裂唐人诗篇,以古诗、律诗中的几句为绝句。这当然是很严重的学术造假。经核检,这些问题确也存在。一是割取联句中的某人诗为绝句,今见有五言卷一四收李绅《和晋公三首》："凤仪常欲附,蚊力自知微。愿假樽罍末,膺门自此依。""貂蝉公独步,鸳鹭我同群。插羽先飞酒,交锋便著文。""穷阴初莽苍,离思渐氤氲。残雪午桥岸,斜阳伊水滨。"为绅与裴度、刘禹锡、白居易合作《喜遇刘二十八偶书两韵联句》中句,见《刘宾客外集》卷四、《全唐诗》卷七九〇。前引同卷收裴度《喜遇刘二十八》《送刘》《再送》,则是此组联句中裴度的几段。但就今见刘禹锡、白居易文集中前后联句约有七八篇,洪迈仅此处有误辑,则似乎不是他直接据联句节取,或别有所据。若为贪多而节取,则其他联句皆未采据。二是以一首古诗分成多篇绝句,如《绝句》五言卷二一收萧颖士《重阳日陪元鲁山登北城留别七首》,然《古今岁时杂咏》卷三四、《唐诗纪事》卷二一皆作古诗一首,前者题作《重阳日陪元鲁山德秀登北城瞩对新霁因以赠别时元兄屡有挂冠之意》,后者题作《重阳陪鲁山登北城赠别时元有挂冠之意》。由于古诗可以随机换韵,如果恰好四句一换韵,很容易给人以多首绝句的感觉。上举三书皆宋人编,我倾向认为以作古诗一首为是。在阅读一些宋本后,我推测很可能洪迈所见为每行二十字的刊本,很容易产生为一组绝句的错觉。三是割取律诗和古诗中的四句为绝句,全书所见二十多例,部分是沿袭了前代的记载,如高适《哭单父梁九少府》仅存开始四句:"开箧泪沾襦,见君前日书。夜台何寂寞,犹见紫云车。"相信是沿袭了《集异记》、《乐府诗集》卷七九等书,为乐人割截歌唱的显例,怪不得洪迈。就如同畅诸《登观雀楼》四句,《绝句》五言卷一六延续了司马光《温公续诗话》、沈括《梦溪笔谈》卷一五的记载,如果不是敦煌遗书伯3619的发现,我们至今还不知原诗为五言八句的律诗。类似的情况还有一些,有的能够找到致误的源头,如五言卷二四收钱起《言怀》四句:"夜月霁未好,云泉堪梦归。如何建章漏,催着早朝衣。"活字本《钱考功集》卷四载全诗为五言八句,前四句为"性拙偶从宦,心闲多掩扉。虽看北堂草,不望旧山薇",题作《平昌里言怀》。洪迈的误截,相信是根据《诗式》卷三,误将后书之摘句示例视为全篇了。其他找不到来源的仍有一些。也有几组怀疑有割裂,但尚难下断论,如五言卷二一收戴叔伦《赴抚州对酬崔法曹晓灯离暗室五首》《又酬夜雨滴空阶五首》,《全唐诗》卷二七四以前五首为一首,题作《晓灯暗离室》,后五首为《夜雨滴空堵》,由于明刊本戴集误乱严重,还较难说孰是孰非。

　　同一首诗分别见两位作者名下,是为互见诗。就我所知,洪迈全书类似情况有二十多首。如七言卷三二收李绅《宿昭应》"武帝祈灵太一坛",同书卷二九又收顾况下,今人考证应为顾况诗;七言卷六收刘长卿《舟中送李十八》,卷二二又作皇甫冉诗,题作《晚望南岳寺怀普门上人》,诗意与刘诗题不合,宋本《皇甫冉诗集》卷下收入,应为皇甫冉诗;七言卷二九收顾况《宫词五首》之二:"玉楼天半起笙歌,风送宫嫔笑语和。月殿影开闻夜漏,水精帘卷近银河。"之五:"金吾持戟护新檐,天乐声传万姓瞻。楼上美人相倚看,红妆透出水精帘。"与卷三六马逢《宫词二首》全同,因马逢二首均收入元和间令狐楚编《御览诗》,作顾况误。再如五言卷二〇收皎然《浣纱女》:"清浅白沙滩,绿蒲尚堪把。家住水东西,浣纱明月下。"卷四又作王维《白石滩》,由于此诗别见宋蜀刻本《王摩诘文集》卷六和《唐诗纪事》卷一六,可断定为王维作。上举这些互见诗,是明以后唐诗作者互见歧出的源头之一,有些能鉴别,有些难以鉴别,这是由于洪迈广采文献,未能仔细审读所致。

　　有时《绝句》之作者记录与他书皆不同。如五言卷二一徐行先下收《九日进茱萸山五首》,徐行先应是阴行先之误记,而《张说之文集》卷九载此组诗为张说作,《绝句》也没有提供行先代作的记录,只能视其所载有误。

七　洪迈没有采集的唐人绝句

　　南宋三大私人藏书目录,记录了南宋前中期私家藏书的具体书目;南宋前期编撰的《秘书省新编到四库阙书目》,记录了南宋前期秘书省在全国范围内征集图书的书目。以此三部书目与洪迈已用书目比较,会发现洪迈缺采书目数量很大。其中《郡斋读书志》曾著录而洪迈未曾采集者,有陈蜕、柳郊、张登、刘绮庄、符载、程晏、王德舆等集,《遂初堂书目》曾著录而洪迈未及采录者有杨炎、程晏、李程、牛僧孺、陈黯、符载、蒋防、王贞白、任希古、孙郃、林藻、丁稜、李甘、顾云、黄璞、李琪、李公武、王毂、李殷、王藻、林嵩、李岘、冷朝阳、窦华、徐鸿、顾在镕、沈彬、严郾、僧修睦等集，《直斋书录解题》曾著录而洪迈未曾采集者，有毛钦一、林藻、林蕴、张南史、鞠信陵、长孙佐辅、李廓、朱景玄、潘咸、袁不约、庄南杰、喻坦之、张碧、窦叔向、陈光、王毂等集；见于《秘书省新编到四库阙书目》而未及采编者更多，具体详见前引拙文《新唐书艺文志补——集部别集类》。有些偶存一二首，当自其他途径所得，不是录自文集。大量缺录之原因，当然不排除这些文集中或没有绝句，甚至没有诗歌，但更重要的原因，大约因为《绝句》主体是编次于洪迈几次守外期间，既没有能够充分利用秘省藏书，也未必能广泛向私家所藏征集图书。此外，他似乎也有意识的故意不取一些体式的诗歌。前述洪迈曾采据《云溪友议》，但没有录该书中的王梵志诗。当时寒山诗很通行，全书也没有涉及，看来他对此类谕俗释理诗似乎并没有太多兴趣。此外，较大宗的缺收有周昙《咏史诗》200多首，不知当时未及见，还是因其时代未定，或鄙夷其诗而不取。更大宗的部分则是他没有按照明以后以五代为唐馀闰的习惯，将五代十国诗歌概行采揽。其中偶采及如成文幹之类，是属特例，大体下限似只到由唐入五代之初者如贯休、罗隐、卢延让等，故较大宗的五代绝句集，如和凝与花蕊夫人宫词，概未取，连带地李煜、徐铉诗也未采，当因这些人在五代十国名气较大，一般不视为唐人故。

胡曾《咏史诗》，今传本皆为150首，洪迈仅录100首（七言卷五三），不知何故。七言卷七四录汪遵《览古诗三十九首》，注云："本一百首，有前卷已见，并删去者。"然通前卷即卷四二仅录二十首，合计五十九首，不知何故不全录，未录者或疑非绝句故。

在《万首唐人绝句》编成后，洪迈又看到一些新的唐别集。庆元二年（1196）十月，洪迈为唐末黄滔《黄御史集》作序，是应滔九世孙黄沃所请。今存黄集有《天壤阁丛书》本，存留所据文本的来源，另《四部丛刊》影明本则已重新编定。黄集有绝句五言五首，七言三十三首。《郡斋读书志》卷五下载："《灵溪集》七卷。右唐王贞白之文也。""庆元中，洪文敏公迈为之序。"这时距《绝句》编成已近十年。《永乐大典》屡引《灵溪集》，知明初尚存。存世王诗有绝句十首。这些为洪迈编《绝句》时未及见。

　　明人赵宧光、黄习远对《万首唐人绝句》重作订正,将一人之诗统归于一起,删去误收 219 首,增补作者 101 人,诗 659 首,重编为四十卷。有明万历刻本。我将此本所补诗与洪书对读,所补大约有 20 多首原书已见,误采者大约亦有数十首。于前人之书稍作订补就声称足以取代旧集,这是明代书籍商业行为的特点。

　　就今所知,洪书以外之唐人绝句诗大约至少有 3 000 首,其中仅敦煌所出即近千首,皆为洪迈当年所不及见。

八　结　语

　　《万首唐人绝句》在古籍编纂史上,开创了全部收录一代某体诗歌而不加选录的总集体例。虽然他的最初动机可能因为对宋孝宗提出唐绝句之多而以编录万首为目标,但事实上开始了断代绝句全集编纂的工作。稍晚于他的赵孟奎搜及一代诗歌,录诗达 1 353 家,40 791 首,成《分门纂类唐歌诗》一书(前人一般认为该书一百卷,我推测当不少于三百卷,详《文献》2011 年第 4 期刊拙文《述国家图书馆藏〈分门纂类唐歌诗〉善本三种》)。后世全录文献的全集总汇类著作如《古诗纪》《全唐诗》《全唐文》,未始不以本书为嚆矢。

　　唐诗文本流传是极其复杂的事情。既有完整而较接近作者原著面貌的作品通过别集、总集一类著作保存,这些著作也都有各自聚散分合的过程,在这些聚散分合中不免有作品散佚,也会有伪作掺入。而钞本时代传讹多有,民间流传没有明确的作者和保存作品全貌的认识,好事者编录小说或记载名人轶事时,又常不可避免地附会夸饰,以讹传讹。这些都为一代文献编纂增添了无穷的难处,何况是涉及作者千人、作品逾万的大书编纂。批评者就一点提出批评,当然容易深入而准确,但编纂者横跨一代,有时真有些力不从心。于此,对洪迈应有理解的同情。

　　本文分析了洪迈全书的文献来源与价值,以及收录错误的致误类型,可以认为其书从汇聚绝句、保存文献的意义非常重大,各类错误当然应指出,但估计所有涉及诗 100 多首,在全书中所占比例并不大。而且在分析他可以见到的五代显而易见的大宗绝句许多都没有采录,应该也不存在故意地采据唐前宋后诗歌以滥充唐诗的恶意作伪。有一些误采,主要还是鉴别未精、据书未善、依凭前说、考订疏忽所致。从现代学术来评估,是治学欠严谨,考订未精密,而非学术不端,故意造伪。

2014 年 9 月 24 日于复旦大学光华楼

(《唐研究》二十卷,北京大学出版社 2014 年 12 月)

述国家图书馆藏《分门纂类
唐歌诗》善本三种

　　宋末赵孟奎编《分门纂类唐歌诗》是宋编唐诗集中规模最大的一部。编者将该书目标定位为"聚一代之诗而成集"，全书得"一千三百五十三家，四万七百九十一首"（引文均见书首自序），已经接近清编《全唐诗》的格局。该书当时虽曾刊刻，可惜到明末清初仅存十卷左右。康熙间编《全唐诗》时，可能是依据曹寅家藏影宋钞本，在该书卷八八二至卷八八八补遗七卷中，据以补诗一百七十九首①，此书价值始逐渐为世人所知。四库全书未收该书。阮元辑《宛委别藏》始收录，并在《四库未收书目提要》中作了介绍。20 世纪 30 年代上海商务印书馆《选印宛委别藏》已收入是书，80 年代台湾商务印书馆又印《宛委别藏》整套丛书，该书渐为学者所了解。只是至今为止，研究该书的论文，仅见张倩《赵孟奎〈分门纂类唐歌诗〉版本源流考》②一篇，未免有些遗憾。笔者近日因到北京开会的机缘，到中国国家图书馆查阅了馆藏该书的三种善本，即宋刊残本十卷、汲古阁影宋钞本和清钞本十一卷，略就所见，撰为本文。凡前引张倩文已述者则从简。

---

　　① 《全唐诗》各卷均不注文献来源。此数字为笔者追溯全书出处时，就该数卷逐一统计所得。具体各卷据《分门纂类唐歌诗》录诗的数量是：卷八八二录十五首，卷八八三录十四首，卷八八四录四十首，卷八八五录三十首，卷八八六录四十八首，卷八八七录十四首，卷八八八录十八首。
　　② 刊《中国诗歌研究》第六辑，赵敏俐主编，第 117 页，中华书局 2010 年 5 月。

一　国图三种善本的简况

宋刊本存十一卷(检索号三七三七),存十一卷,每面十行,每行十八字,白口左右双边。首有严元照嘉庆八年五月十六日题诗、题记,又五月廿六日题记,天地山川类山卷后又其题记二则,末有毛扆跋、顾广圻嘉庆壬戌跋、倪稻孙辛未跋。又附王善长致毛十相公启和唐孔明致于子荆札原件,二札所谈皆为毛扆委托寻访该书事宜。

汲古阁影宋钞本七卷(检索号八五九〇),存天地山川类晓类、川类两卷和草木虫鱼类三、五至八各卷。版式同宋本。末有毛扆跋。

以上二本所附各跋,均已收入《铁琴铜剑楼藏书题跋集录》卷四。

清钞本(检索号四七一九),存天地山川类四卷、草木虫鱼类六卷,凡十卷。末有吴骞四跋(分别写于乾隆丁未、己酉、甲寅、庚午)和唐翰己巳跋。

吴骞第一跋收入其《愚谷文集》卷四,题作《书宋赵孟奎分类唐歌诗残本后》。另骞所著《拜经楼诗集》卷七有《宋椠分类唐歌诗为严久能茂才作》,《拜经楼诗话》卷一亦有二则述此书故实。

以上三本具体内容后文再述。一般认为影宋钞本和清钞本都从宋本出,但在具体文字上稍有出入。清钞本较另二本多出一页,详后。文字之出入,试举萧颖士《□□□赵载同游焦湖夜归作》末数句,宋本作"兰□□□里,延缘蒲稗间。势随风潮远,心□□□□。□见出浦月,雄光射东关。悠然蓬壶□,□□□□颜"。但缺文处残留一些笔画痕迹。清钞本作"兰□□霭里,延缘蒲稗间。势随风潮远,心与□□□。回见出浦月,雄光射东关。悠然蓬壶事,□□□□颜"。较宋本多三字。《全唐诗》卷八八二所据可能为曹寅所藏明钞本,"霭"上一字作"烟","颜"上一字作"衰"。估计传钞之时缺字笔画保存尚多,故能据以写定。

二　《分门纂类唐歌诗》传本概述

前引张倩文略有述及,尚可稍作补充。

《分门纂类唐歌诗》一书,宋末虽曾刊刻,但流传很少,在《永乐大典》和《诗渊》二书中均不见引用痕迹。《宛委别藏》本附录有毛扆所引明叶盛《泾东稿》卷一《书唐歌诗后》一文:"《唐歌诗》残书十册,录于雷景阳侍郎。此书赵孟奎编,分门纂类,其用志勤矣。旧凡百卷,今存此三十一卷,内三十一、三十二卷见名类,诗逸;三十九、四十仅有首末二纸,所存实二十七卷,盖三不及一也。景阳云尚有一册,寻未得。"叶盛(1420—1474),昆山人,正统进士,明宪宗时官至吏部左侍郎。雷景阳,当作雷景旸,名复(?—1474),宁远人,亦正统进士,成化间曾以右副都御史巡抚山西。二人传记分别见《献征录》卷二六、卷六〇。二人皆明前期人,较毛扆约早近二百年。今仅知当时所见该书已经残损,所存仅二十七卷,且内容上与清以后传本并无交集,可能为另一部分残本。

《分门纂类唐歌诗》今存本除国图所藏三本外,《唐诗书录》著录山东藏明钞十三卷本,有曹寅跋。今见《中国古籍善本书目·集部》,此本今藏山东省博物馆,仅存七卷,即天地山川类三十二、草木虫鱼类三至八。没有超出今知传本的范围。十三卷本当属误传。《全唐诗》实编成于曹寅任江宁织造期间,当时所据本,应该就是曹寅所藏本。《中国古籍善本书目·集部》又著录中国科学院图书馆藏清钞本,存十卷,细目为十八、二十至二十二、九十一至九十六。

三　《宛委别藏》本删削部分的说明

因为《分门纂类唐歌诗》在明清之间已仅存残本,阮元奏进时显然颇存顾虑,因此对原本作了较大幅度的改动。对此,傅增湘根据所见曹寅家影写宋刊本,已经对各卷被删削内容作了说明①。原文较长,张倩文已全引,在此不重录。傅说尚有未尽,且对被删削文本未作具体引录和考释,今试述如次。

天地山川类之一卷末,《宛委别藏》本最后一首为白居易《暮立》,宋

---

① 收入《藏园群书经眼录》卷一八,第 1513 页,中华书局 1983 年。

本尚存三行,内容为:

　　黄州暮愁
　　项斯
　　凌澌冲泪眼,重叠自西来。即夜寒应合,非春暖

按此诗全诗见《全唐诗》卷五五四,后缺部分为"不开。岂无登陆计,宜弃济川材。愿寄浮天外,高风万里回"。
　　天地山川类之一卷首,尚存六行:

　　脑圆。衔来多野鹤,落处半灵泉。必共玄都柰,花
开不记年。
　　鞠侯
　　堪羡鞠侯国,碧岩千万重。烟萝为印绶,云壑是
隈封。泉遣狙公护,果教猱子供。尔徒如不死,
应得蹑玄踪。

按此为皮日休《奉和四明山九题》末二首,前一首题作《青櫺子》,前缺文字为"山风熟异果,应是供真仙。味似云腴美,形如玉"。全诗见《松陵集》卷五、《全唐诗》卷六一二。《宛委别藏》本该卷既删去六行,而以张子容《巫山》为卷首,又新加目录,每页内容皆较宋本向右移动了三行。
　　天地山川类之三卷首,宋本尚存三行:

　　皮日休
　　七相三公尽白须,腰金印重不胜趋。问来总道
扁舟去,只见渔人在五湖。

《全唐诗》不载此诗,为皮日休的佚诗,题目不存,从本卷内容和诗意来看,大致是以"五湖"为题。

　　同卷卷末,《宛委别藏》本为张九龄《经江宁览旧迹至元武湖》①,宋本下尚有李白《泛沔州城南郎官湖并序》近二页,序完整,未录诗。序见《李太白文集》卷一七、《全唐诗》卷一七九,较长不录。清钞本此卷末注:"以下元本阙一十三页。"

　　卷二二,为"天地山川类"之"山",《宛委别藏》本卷首为郭密之《永嘉经谢公石门山作》。宋本此前尚存六行:

> 前趣奇,嶔岑转相逼。升峦初亭午,入涧迓景迫。
> 丹壁烂霞晖,苍烟混松色。飞流霄间落,绝顶云
> 外匿。沓踏森易分,重溪杳难测。鲁峰昔延望,灵
> 境今已即。振策探仙都,解襟嬉逸域。五芝生碧
> 洞,晔晔正堪食。岂惟耽幽栖,实冀化羽翼、何必
> 阴马君,独览九丹力。

《全唐诗》不收此诗,为唐人佚诗,诗题与作者皆不详。从"振策探仙都"一句看,所游者为仙都山一带与道教有关之名山。

　　同卷杜甫《望岳》其二下,缺一页,其后太宗《望终南山》前有诗三行:

> 霜雪。唯惜许让王,遁时颍川滋。千乘不回虑,万金
> 宁易节。美物忌芳坚,达人讳明哲。孤高霞月
> 上,杳与氛埃绝。

《宛委别藏》本与宋本同。此为唐无名氏佚诗,拙辑《全唐诗补编》卷五六据以收录,但缺录"颍川"二字,断句有误,又轻信《宛委别藏》本卷首目录,因拟题为《望岳》。今知《宛委别藏》本卷首目录为据残本内容补加,

---

　　① 《分门纂类唐歌诗》录九龄诗,以《曲江集》卷四对校,可知实为《经江宁览旧迹至玄武湖》和《南还以诗代书赠京都旧寮》二诗拼接而成,因其中脱漏"水淀还相阅菱歌亦故酒雄图不足问唯想事风流南还以诗代书赠京都旧寮"三十一字,遂误为一首。各本皆如此,为赵孟奎编纂时之失误。

中有缺页,必非望岳诗,从内容看,应是与许由或夷齐有关之某山之题
咏诗。

同卷末,宋本尚存三行:

题从生假山
薛涛
宅相多能好自持,爱山攒石倚庭陲。铜梁公皁。

《宛委别藏》本皆删去。此为薛涛佚诗。拙辑《全唐诗续拾》卷二五当时
未见宋本,仅据张篷舟《薛涛诗笺·后记》收录,并据张说认为该诗为绝
句,于残句末加十个方框。今按此诗亦可能为律诗,仍以不补缺文为是。

清钞本紧接薛涛残诗之后,存二页,内容如下:

(前缺)横空怪石危,山花斗日禽争水。有时带月归扣船,身闲
自是渔家仙。
山上揭来采新茗,新花乱发前山顶。琼英动摇钟乳碧,丛丛高下
随崖岭。未必蓬莱有仙药,能向鼎中云漠漠。越瓯遥见裂鼻香,
欲觉身轻骑白鹤。
采药揭来药苗盛,药生只傍行人径。世人重耳不重目,指似药苗
心不足。野客住山三十载,妻儿共寄浮云外。小男学语便分别,
已辨君臣知匹配。都市广场开大铺,疾来求者多相误。见说□
康旧姓名,识之不识先相怒。
　　秋山
　　　张籍
秋山无云复无风,溪
石床静,叶间坠露
　　秋山
　　　白居易
文病旷心赏,今朝一登山。山秋云物冷,称我清羸颜。白石卧可

枕,青萝行可攀。意中如有得,尽□不欲还。人生无几何,如寄天地间。心有千载忧,身无一日闲。何时解尘网,此地来掩关。

以上内容不见于宋刊本、影宋钞本和《宛委别藏》本,应该是该卷的一页残页,前后不连属。第一则缺题三诗为李涉《春山三朅来》,全诗见《唐百家诗选》卷一四、《全唐诗》卷四七七,清钞本倒数第二句"□康"应作"韩康",其他文字差别不校。其二张籍诗,《张司业诗集》卷七存全篇云:"秋山无云复无风,溪头看月出深松。草堂不闭石床静,叶间坠露声重重。"其三白居易诗见《白氏长庆集》卷五,清钞本首句"文病"当作"久病","尽□"应作"尽日"。

卷九一为"草木虫鱼类卷第三"。其第三页 A 面存来鹏《牡丹》前半:"中国名花异国香,花开得地更芬芳。才呈冶态当春昼,却敛妖姿向夕阳。雨过阿娇慵粉黛,风(下缺)。"《全唐诗》未收此诗,孙望《全唐诗补逸》卷一三据本书收录,判断原诗为七律,补出二十个方框,近是。B 面各本皆缺失。第四页起首一诗仅存"蕊尘"二字。今检此二字即《全唐诗》卷六七二唐彦谦《牡丹》诗之末二字,全诗云:"真宰多情巧思新,固将能事送残春。为云为雨徒虚语,倾国倾城不在人。开日绮霞应失色,落时青帝合伤神。嫦娥婺女曾相送,留下鸦黄作蕊尘。"因明清各本《鹿门集》颇混入元明人伪诗,此二字对唐彦谦诗之甄别仍具价值。

卷九二卷首《木兰》诗"二月二十二"一首,各本皆缺作者。按此为李商隐诗,见《李义山诗集》卷下。

卷九四为"草木虫鱼类卷第六"。宋本、影宋钞本、清钞本均于于邺《路傍草》后,有二行:

除草
杜甫

下缺一页二面,后接唐彦谦缺题"移从杜城曲"一首。《宛委别藏》本删去杜诗之二行和缺页,将唐彦谦诗右移一行,并补题《移□》。今检《文苑英华》卷三二七,唐彦谦此诗题作《移莎》,知《宛委别藏》本曾据其他文献校补。

此卷末,《宛委别藏》本终于王周《金盘草诗》。宋本和清钞本末均有张说《冬日见牧牛人担青草归》一首:"塞上绵应折,江南草可结。欲持梅岭花,远竞榆关雪。日月无他照,山川何顿别。苟齐两地心,天问将安设。"此诗《唐文粹》卷一八、《张燕公集》卷八、《全唐诗》卷八六皆收张说作,仅末句各书作"问天",稍有不同。

卷九六为"草木虫鱼类卷第八",卷末《宛委别藏》本止于顾况《谅公洞庭孤橘歌》,宋本、影宋钞本、清钞本末均有杜甫《病橘》前半:"群橘少生意,虽多亦奚为。惜哉结实小,酸涩如棠梨。剖之尽蠹虫,采掇爽其宜。纷然不适口,岂只存其皮。萧萧半死叶,未忍别故枝。玄冬霜雪(下缺)。"此诗各本杜集皆收。《宛委别藏》本删去的目的,似乎是欲将残卷伪造成完卷。

四　《宛委别藏》本对宋本的改动

虽然比较四库所收各书对善本的随意改动来说,阮元《宛委别藏》本大体尚能保存宋本的文本面貌,但也有一些随意的改动。

因避讳而改动。《宛委别藏》本多避清讳而改宋本,如"玄武湖"改"元武湖","虎丘"改"虎邱","罗弘信"改"罗宏信",均较易理解。

因不识文字或不明文义而删改。卷九一宋本在白居易《元家花》后,紧接著录吕温《衡州岁前游合江亭见山樱蕊未拆因赋含彩吝惊春》。《宛委别藏》本似乎没有体会"含彩吝惊春"的意思,却采取了将吕温诗题左移一格,删去末五字,却在《元家花》诗后加上十个方框,以补全该页。其实,吕诗见《吕衡州文集》卷二,诗题原有"含彩吝惊春"五字,《元家花》见《白氏长庆集》卷一九,原诗就是五言六句的古体诗。此处添改纯属蛇足类的妄改。卷九三唐彦谦《紫薇花》第五句第二字,宋本作"䕶",阮氏标作□,可能因此字较少见。卷九三薛涛《朱槿花》,宋本作"红开露脸误文君,司蒡芙蓉草绿云。造化大都排比巧,衣裳色泽总薰薰"。阮氏可能觉得"司蒡"二字有误,皆以方框标出。卷九四鲍溶《见袁德师侍御说江南有仙坛花因以戏赠》末句"衣花岁岁香",阮氏"衣"字作□,或疑有误而存疑。

因涉民族忌讳而删缺。旧籍中涉及民族问题的所谓敏感语句,在《四库全书》中作了大量肆无忌惮的随意改写,这应是阮元熟悉的故事,因此他在奏进四库未收书时,对此亦作了适当的改动。以宋本与《宛委别藏》本对读,可以发现几处改动:宋本卷三二李益《盐州过胡儿饮马泉》,《宛委别藏》本作《盐州过□□饮马泉》,诗中"绿杨著水草如烟,旧是胡儿饮马泉"二句,"胡儿"二字也标作"□□"。宋本卷九二白居易《感白莲花》,有"埋殁汉父祖,孳生胡子孙"二句,《宛委别藏》本二句均用方框标为阙文。宋本卷九四王贞白《小芦》中"穿花思钓叟,吹叶小羌雏"二句,《宛委别藏》本"小羌"作"□□"。上举三例,其实并不涉及民族情绪,其中李益、白居易二篇,《全唐诗》均存原文,但阮元仍小心地加以讳避,可见清廷在四库开馆后文网已更趋深密。

傅增湘《藏园群书题记》分析阮元改动原本的原因时说:"(阮氏)意以书经奏御,断简残编,不使观览,于是篇章之缺失者则径删之,目录之不完者以意补之,甚者弥缝残失,俾充完卷,增损行幅,使接后文;其难于改饰者,则易其行格,别录成帙,徒取正气画一之观,而不惜轻改古本以就之。设非余亲见旧本,又乌知其卤莽灭裂至于如此耶?"比对国图三本与《宛委别藏》本,可以加深对清代学人改订旧本的认识。

五　《分门纂类唐歌诗》的原书
规模和残本卷次

《分门纂类唐歌诗》影宋本和《宛委别藏》本卷首均有赵孟奎之自序和全书总目。自序称"旁收佚坠,募致平生所未见者,得一千三百五十三家,四万七百九十一首,大略备矣,列为若干卷"。没有说明全书总分多少卷。由于该书不见宋元书志著录,总卷数也没有其他记载。一般学者都据总目认作一百卷。但就今存各卷收诗数来说显然颇有疑问。以下是今本各卷之存诗数（据前引三种善本补，残诗作一首统计）：

卷　　次	内　　容	存　诗　数
	天地山川类·晓	186
	天地山川类·山	61
	天地山川类·川	49
二二	天地山川类·山	179
三二	天地山川类·泉石	147
九一	草木虫鱼类三·花三	136
九二	草木虫鱼类四·花四	122
九三	草木虫鱼类五·花五	135
九四	草木虫鱼类六·花六	105
九五	草木虫鱼类七·木一	126
九六	草木虫鱼类八·木二	164

其中每卷收诗不足百首的两卷，相信只是残卷。但其馀各卷，也没有一卷收诗数超过两百首。但如果以一百卷而收诗四万首来统计，每卷收诗数都应该在四百首左右。换言之，若全书收诗超过四万首，其全书卷数则绝不止百卷。以上引各卷存诗数来推测，全书总卷数应以三百卷为合适。

残本目录显示，天地山川类占卷一至卷三二，凡三十二卷；朝会宫阙类占卷三三至卷四〇，凡八卷；经史诗集类占卷四一至卷四三，凡三卷；城郭园庐类占卷四四至卷六三，凡二十卷；仙释道观类占卷六四至卷七五，凡十二卷；服食器用类占卷七六至卷八六，凡十一卷；兵师边塞类占卷八七至卷八八，凡二卷；草木虫鱼类占卷八九至卷一〇〇，凡十二卷。但编者在自序中云："是集之编，搜罗包括，靡所不备。凡唐人所作，上自圣制，下及俚歌，郊庙军旅、宴飨道涂、感事送行、伤时吊古、庆贺哀挽、迁谪隐沦、宫怨闺情、闲居边思、风月雨雪、草木禽鱼，莫不类聚而旷分之。"虽然不是分类的具体说明，但较完整地表达了他对唐诗分类的基本看法。与存本目录比较，军旅边思有部分可能存于兵师边塞类（仅二卷无法包涵所有作品),宴飨道涂有部分可能包含在天地山川类和朝会宫阙类,草木禽鱼与草木虫鱼类虽仅一字之别,但应该另外还有鸟兽类方妥当,风月雨雪可能包含在天地山川类,但如"感事送行、伤时吊古、庆贺哀挽、迁谪隐沦、宫怨闺情、闲居边思"中的绝大部分,以及郊庙、道涂等,毕竟还都没有着落。有关部分,应该收录在百卷以后的部分。这些内容,毕竟是构成唐诗主体的最重要部分,不容或缺。

严元照嘉庆八年跋宋本《分门纂类唐歌诗》云:"宋刻残宋本,往往为书估割去卷数,甚则去其首尾两页。此书存者于全书仅十之二,犹思作伪,割去首尾,几及半部。古书经劫,良可叹也。"虽然宋本已经有所改易,所幸尚存部分原貌,以之对核《宛委别藏》本,可知改动之剧烈。

一是今存残本的次第。其中草木虫鱼类自三至八,凡六卷,为原书卷九一至卷九六,此诸本一致,可以确定。天地山川类五卷,可以确定卷次的只有卷二二山(卷首为郭密之《永嘉经谢公石门山作》)、卷三二泉石两卷。其他三卷,《宛委别藏》本以晓类为第一,以山类(卷首为张子容《巫山》)为第二,以川类(卷首为皮日休《太湖诗》)为第三。傅增湘认为"以山水门类次序论之,则巫山、石门为山类,自应列前,太湖为水,应次之,泉、石宜又次之"。今检毛氏汲古阁影宋钞本以晓类一卷为卷十八,中国科学院图书馆藏清钞本同,是该卷应补出卷次。川类一卷,毛氏汲古阁影宋钞本作二十□卷,从内容说,应在卷二十二以后。中国科学院图书馆藏清钞本著录为卷二十至卷二十二,恐不确。张子容《巫山》一卷在卷二十二前后位置较难确定。据上述诸证,大致可以认为天地山川类五卷之顺序应为:卷十八晓,卷二十二山,其次为张子容《巫山》一卷,再次为皮日休《太湖诗》一卷,卷三二泉石卷殿之。

二是宋本仅存草木虫鱼类数卷目录,天地山川类各卷目录皆为阮元根据残卷内容补编,不能反映原书的面貌。其中晓类一卷宋本目录仅存《晚步》以下六题,卷末残,但已近结束,故虽然前二页目录为阮氏臆补,大致还能反映原卷面目。张子容《巫山》和皮日休《太湖诗》二卷,首尾皆残缺颇甚,距离原卷内容相去甚远,阮氏则前为补出目录,前后皆补出书名门类,颇不足取。卷二二首尾皆有残诗,阮氏割去残诗,目录和书名名类皆其所补。唯卷三二宋本首尾完整,阮氏没有增补。卷九四、卷九六皆首存尾残,但从卷首目录来看,大约各仅残一二页,阮氏割去卷末残诗,补录尾题,似成完卷。

六　《分门纂类唐歌诗》之辑佚和校勘价值

如前所述,《全唐诗》曾据《分门纂类唐歌诗》辑诗 179 首。《全唐诗补编》据该书录佚诗十八首,除前引来鹏及佚名二首外,另录王绩《春旦直疏》(见《全唐诗补逸》卷一)、裴度《厅事之西因依墉壑为山数仞有悬水焉予理戎之暇聊以息宴此相国张公之所作也缅怀高致时濯尘缨即事寄言而赋斯什》(同书卷六)、李涉《抄春再游庐山》①、薛涛《朱槿花》、《浣花亭陪川主王播相公暨寮同赋早菊》(同书卷七)、刘得仁《泾川野居春望》(同书卷一二)、皮日休《题包山》、司空图《晚思》(同书卷一三)、罗弘信《白菊》、《柳》、卢士衡《望山》(同书卷一四)、栖白《看南山》、贯休《咏红芙蓉上宋使》②、《苔藓》二首、修睦《长安柳》(同书卷一八)等十五首。本文前节已述及在《宛委别藏》本删削掉的残文中,至少还有两首佚诗。若能依靠现代的检索手段,将该书所存唐诗逐篇检索一遍,还会有新的发现。

另卷九四收王贞白《小芦》:“高致想江湖,当庭植小芦。清风时自至,绿竹兴何殊。嫩喜日高薄,疏忧雨点粗。惊蛙跳得过,斗雀袅无馀。未识笆篱护,几抬筇竹扶。惹烟轻弱柳,蘸水软青蒲。溉灌情偏重,琴尊赏不孤。穿花思钓叟,吹叶小羌雏。寒色暮天映,秋声远籁俱。朗吟应有趣,潇洒十馀株。”《全唐诗》卷七〇一收此诗,与此有十二字不同,亦可知本书之校勘价值。四库本宋王质《雪山集》卷一三有《咏芦》一篇云:“高致想江湖,当庭植小芦。清风时自至,绿竹兴何殊。溉灌情偏重,琴尊赏

---

① 《唐才子传校笺》卷五吴汝煜、胡可先认为此诗为涉兄李渤作。
② 此诗《全唐诗补编》修订本曾加按语:“‘宋使’二字下当脱‘君’字。”今检清钞本下已补“君”字。

不孤。朗吟应有趣,潇洒十馀株。"即王贞白诗的节写本。《雪山集》为四库馆臣从《永乐大典》中辑出,估计是因王贞白之名脱误而错成王质。

2010 年 10 月 6 日于复旦大学光华楼

(《文献》2011 年第 4 期)

明铜活字本《唐五十家诗集》
印行者考

　　明铜活字本唐人诗集，今存五十种，1981 年上海古籍出版社汇集影印出版，题作《唐五十家诗集》，受到学术研究者的普遍欢迎。由于这批诗集没有印行者姓名和印书牌记，历代藏书家多以"明铜活字本"著录，未能确定其印行年代，有的还误以为宋代印本。《中国版刻图录》根据其字体和纸墨，推测为弘治、正德年间苏州地区的印本，比前人进了一步。徐鹏先生为《唐五十家诗集》影印本所作《前言》中，根据诸集的版式、编排形式及明人汇刻唐集的风气，推测"这部大型丛书的产生年代似不应早于弘治以前，而可能印行于稍后的正德年间"。并从"此书采用的字体、版式等各种特征"考察，认为应产生于"现在江苏南部的无锡、苏州、常州、南京一带"，比前说更为细密，但可惜仍未能考定印行者为何人。

　　今检明人何良俊《四友斋丛说》卷二四引杨慎（升庵）语云：

　　李端《古别离》诗云："水国叶黄时，洞庭霜落夜。行舟问商贾，宿在枫林下。此地送君还，茫茫似梦间。后期知几日，前路转多山。巫峡通湘浦，迢迢隔云雨。天晴见海峤，月落闻津鼓。人老自多秋，水深滩急流。清宵歌一曲，白首对汀洲。与君桂阳别，今君桂阳待。后事忽差池，前期日空在。木落雁嗷嗷，洞庭波浪高。远山云似盖，极浦树如毫。朝发能几里，暮来风又起。如何两处愁，皆在孤舟里。昨夜天月明，长川寒且清。菊花开欲尽，荠菜拍来生。下江帆势速，五两遥相逐。欲问去时人，知投何处宿？空令猿啸时，泣对湘潭竹。"杨升庵云：此诗端集不载，《古乐府》有之，但题曰二首，非也。其诗真景实情,婉转惆怅,求之徐、庾之间且罕,况晚唐乎? 大历已后,五言古诗可选,唯端此篇与刘禹锡《捣衣曲》、陆龟蒙"茱萸匣中镜"、温飞卿"悠悠复悠悠"耳。

所录出《升庵诗话》卷五《李端古别离诗》。紧接其后,何良俊云:

今徐崦西家印五十家唐诗活字本《李端集》,亦有此诗,仍分作二首耳。

杨慎据诗意推测李端《古别离》二首应为一首,可成一说,但追溯宋代记载,《唐文粹》卷一三、《唐诗纪事》卷三○均仅录"白首对汀洲"以上为一首,《乐府诗集》卷七一、江标《唐五十家诗小集》影宋书棚本《李端诗集》卷上均收作二首,杨说似尚可存疑。此为另一问题,在此不拟讨论。值得注意的是何良俊所云"徐崦西家印五十家唐诗活字本"一语,为确定明铜活字本《唐五十家诗集》的印行者提供了重要的线索。

今存明铜活字本《李端集》,编次卷数均不同于影宋书棚本,其卷一收《古别离》二首,分别列第三、第五首,与何良俊所言相合。就今所知,明代以活字印唐人诗集者,除无锡华坚兰雪堂正德八年印《白氏文集》《元氏长庆集》及《颜鲁公集》、仁和卓明卿万历十四年印《唐诗类苑》等外,大规模汇印则仅一次,即今存之五十种(参《史学史资料》1980 年第 1 期刊张秀民《明代的活字印刷》一文)。何良俊所云"五十家",亦与今存集数相合。因此,可以确定徐崦西所印之"五十家唐诗活字本",即今存之明铜活字本《唐五十家诗集》。

徐崦西是谁? 检明皇甫汸《皇甫司勋集》(复旦大学古籍所藏胶卷)卷四七《徐文敏公祠碑》云:

公讳缙,字子容,吴洞庭西山人也,故号崦西。

可知徐崦西即徐缙,因其所居在苏州吴县洞庭西山崦里之西,故自号崦西。

徐缙，《明史》无传。《徐文敏公祠碑》云"登乙丑上第"，乙丑为弘治十八年（1505），《明清进士题名碑录》载为此年二甲十六名。其终官，《徐文敏公祠碑》载为"吏部左侍郎兼翰林学士"，并云世宗嗣位后，曾以少宰摄铨衡，不久被权相使人诬告而被劾，罢官东归。其被劾事，《明史》卷一八六《许进传》附《许赞传》载之甚详，为嘉靖八年（1529）间事，因被诬行贿而除名。徐缙卒年，据《徐文敏公集》（复旦大学古籍所藏胶卷）卷首载皇甫汸隆庆二年（1568）序云为其卒后二十三年左右作，逆推约为嘉靖二十四年（1545）。

徐缙印行铜活字本的时间难以确考，就其生平言，当不会早于登第之年，即应在正德至嘉靖前期，而以晚年退归后的可能性为大。《徐文敏公祠碑》云："公在史馆……与何景明、徐祯卿定交。"何、徐皆列名前七子，力倡唐音，徐缙印唐集，显然受到他们的影响，而所印仅初、盛唐及中唐前期人诗集，也与前七子"诗必盛唐"的主张相合。此外，还可以举出两条旁证。其一，《四部丛刊续编》收有明刊本《宋之问集》二卷，其版心题"崦西精舍"四字，张元济跋谓"不知何人所刻"，《明代版刻综录》卷四云为正德四年（1509）刻，刻者疑为朱良育，所举证实不足为据。今考此集应亦徐缙所刻。铜活字本收初唐人诗集颇为周备，独缺宋之问集，似乎并非缺漏，而是先已刻有此集，故活字本不复重收。其二，据徐鹏先生说，明铜活字本《曹子建集》行款版式与《唐五十家诗集》十分接近，《中国版刻图录》据正德五年（1510）舒贞刻《陈思王集》田澜序，疑该书为长洲徐氏印本。此长洲徐氏很可能即是徐缙或其亲属。

综上所考，明铜活字本《唐五十家诗集》应为正德、嘉靖间苏州吴县人徐缙所印行。当时所印之总数即为五十家，与上海古籍出版社影印时从全国各大图书馆搜集所得的总集数相合，并无佚失。这一结论，与《中国版刻图录》及徐鹏先生《前言》推定的意见，是比较接近的。

1989 年 3 月

（刊《中华文史论丛》1990 年第一辑）

所谓江标影宋《唐五十家小集》质疑

　　江建霞（名标,1860—1899）,清末有才有学有识之士。因参与戊戌事遭革职,次年即郁郁以殁,年仅四十。其于宋本书曾潜心研究,所著《宋元本行格表》（光绪刻本,广陵书社 2002 年影印）,录珍本 1 100 多种,分宋、元、影宋、影元、明缮宋、明仿宋诸本,详计版式、行款、字数,允称版刻史研究之佳构。在其生前或身后,有署江标影宋《唐五十家小集》出,署题作"宋本唐人小集",扉页署"灵鹣阁影刊,章钰署检",牌记为"苏州察院场振新书社经印",第一种王勃集后有"南宋书棚本唐人小集,光绪二十一年乙未（1895）影刻于湖南使院,元和江标记"题记,各集前多有"宋睦亲坊本""元和江氏影刊"等字样,皆称据宋书棚本影印。若今人胡学彦著《浙江历代版刻书目》（浙江人民出版社 2008 年 12 月）据此书将五十种唐集一律著录为"南宋临安府陈宅书籍铺刊本",若然,诚唐诗研究之无价瑰宝也。

　　然读其书,不能无疑。

　　所收有《戴叔伦集》二卷,内容与活字本等本同,而自明季胡震亨《唐音统签》至今人蒋寅《戴叔伦诗集校注》所考戴集误采宋、元至明初诸人诗,赫然都在。若此集可信为宋本,则戴集无伪诗,诸家考证皆可废,且可揭发从宋王安石,元丁鹤年,明汪广洋、刘崧、张以宁等组成的作案长达三四百年的抄袭作伪集团。

　　对存世宋本之调查,国内以《中国善本书目录》为集大成,国外则以日本阿部隆一《宋元版所在目录》（收入《阿部隆一著作集》,汲古书院1993 年）为翔实。然此五十家集见于前书者,仅朱庆馀、鱼玄机、唐求、李建勋四种,见后书者有张籍、李咸用二种(皆藏台湾)。清末至今百馀年,宋元本之毁失似无此严重,何至五十种有四十多种已全无影踪?

经检僧诗集部分,多为分拆宋书棚本《唐僧弘秀集》而成。《唐僧弘秀集》为南宋李龏编,十卷,录唐僧人皎然以下 52 人诗 500 首。再造善本影印中国国家图书馆藏本卷首残,缺末二卷,台湾"国家图书馆"所藏则为足本,台北世界书局 2013 年 4 月影印。序末与牌记署"临安府棚北大街睦亲坊南陈解元宅书籍铺刊行"一行。五十集中僧人诗集有灵一、皎然、贯休、齐己、无可、尚颜六集。《唐僧弘秀集》卷一收皎然诗七十首,此本《唐皎然诗集》存诗数同,首题"菏泽李龏和父编",仍《弘秀集》之所题,但版式已变改,且录文多墨丁,似所据《弘秀集》非善本故。《唐灵一诗集》《唐贯休诗集》《唐齐己诗集》,皆有"菏泽李龏和父编"之题,存诗数也与《弘秀集》卷二、卷六、卷七同,齐己末附无本四首仍存。《弘秀集》卷一〇存尚颜诗十八首,此本《唐尚颜诗集》也署李龏编,但在十八首后先阑入《弘秀集》尚颜之次的栖蟾诗十首,接着不知从哪里抄来司马札、马戴等诗。唯无可集别有所据。

今存宋书棚本朱庆馀、鱼玄机、唐求、李建勋等集,近代以来屡经影印,其存本皆有许多收藏印,且多题跋,近年再造善本更按原貌影印。然此《唐五十家小集》所收,皆无收藏印,版式也稍有不同。

今有书棚本存世唐小集如杜审言、常建、周贺、李群玉、李中诸家,此套书则没有收入。

再比较今可见之明嘉靖云间朱氏刊《唐百家诗》,以及清初季振宜《全唐诗稿本》台湾影印本所收云间陆氏翻宋诸本,可以确认所谓江标影宋本《唐人五十家小集》,其实大多是根据明中期以后各种翻宋本或仿宋本的一个汇刻本,从内容到形式,与宋本基本没有太大的关系。比方唐初王勃、杨炯、卢照邻诸集,皆明嘉靖后刊本之面貌,绝非援据宋本。今人千万不能慑于江标之盛名,因次而将此本视同宋本看待。

江标于光绪二十年(1894)任湖南学政,后刊《湘学报》,组织南学会,所刊《灵鹣阁丛书》尤传誉学林。所见宋元刻本、旧校旧抄颇富,若由其主持刊印,不应如前所述之荒腔走板。我总怀疑所谓"光绪二十一年乙未影刻于湖南使院"云云,皆他身后被人托名。因我对近世文献所知甚少,述此希望听到知道内情者的赐教。

（刊《东方早报》2015 年 2 月 8 日）

隋唐五代文学的基本典籍

一　总　集

(一)《全唐诗》和《全唐文》

不作选择地网罗一代作品,尽可能全备地汇聚于一书,宋代已初见端倪,如洪迈编《万首唐人绝句》,收唐人绝句逾万首;赵孟奎编《分门纂类唐歌诗》一百卷,收诗达 40 791 首,虽不称全录,已具此种倾向。明代较早从事于此的纂辑者是嘉靖间编成《古诗纪》冯惟讷,沿其体例而纂录唐诗的黄德水和吴琯,于隆庆至万历初年编成《唐诗纪》初盛唐部分 170 卷(有万历十三年[1585]刻本,中国书店 1990 年影印)。万历、崇祯年间,胡震亨编成《唐音统签》1 033 卷,首次完成有唐一代诗歌的汇辑。《唐音统签》分十签收录唐诗,甲签录帝王诗,乙丙丁戊四签录初盛中晚四期诗,戊签后附戊签馀录五代诗,已签为闺媛诗,庚签为僧道诗,辛签为乐府、谐谑、歌谣谶谚、章咒偈颂,壬签为神仙鬼怪诗,癸签为诗话评论。后仅戊、癸二签刊印而较易见,甲、乙、丙、丁四签曾刻而传本很少,全书今存故宫博物院,近年已数有影印之议。胡氏同时人茅元仪所编的《全唐诗》1 200 卷,可能是最早以"全"字领摄一代作品的著作,可惜在战乱中失亡,仅有《凡例》存于其文集中(转引自《湖录经籍考》卷六),可略知其编例。清初钱谦益曾试图以《唐诗纪事》为基础编录唐诗,未成而稿归季振宜,季振宜复事搜辑,编成 717 卷《唐诗》进呈,今有稿本存台湾,台湾联经事业出版公司影印时题作《全唐诗稿本》;北京故宫博物院和中国国家图书馆尚有清写本存留。胡、季二书虽已规模大备,但当时并未流布。康熙四十四年(1705)清圣祖南巡时命曹寅领衔在扬州开馆编修《全唐诗》,由彭定求、沈三曾等十名在籍翰林负责编修,仅用一年多时间,这部多达900卷的大书就编修完成了。据现代学者的研究,当时几乎全靠《唐音统签》、季振宜《唐诗》二书拼接成编,所作工作大致以季书为基础,据胡书补遗,抽换了少数集子的底本,将二书校记中原说明依据的文字,一律改为"一作某",小传则删繁就简,编次作了适当调整。闺媛、僧道以下的部分,几乎全取《唐音统签》,仅删去馆臣认为不是诗歌的章咒偈颂 24 卷。《全唐诗》卷八八二至卷八八八有补遗七卷,是馆臣据新发现的《分门纂类唐歌诗》《唐百家诗选》《古今岁时杂咏》等书新补的诗篇。尽管如此,这部大书毕竟完成了总汇唐诗于一书的工作,并以其特殊的权威和普及向世人展示了唐一代诗歌的面貌,使此后的唐诗爱好者和研究者大获需益,至今不废。《全唐诗》存诗 49 403 首又 1 555 句,作者 2 576 人,有康熙扬州诗局本,字大悦目,分为 12 函 120 册。上海古籍出版社 1986 年据以影印,只是字缩印得太小了一些。中华书局于 1960 年出版排印本,1999 年又出横排简体字本,较便利用。

《全唐诗》匆遽成书,不注文献所出,缺漏讹误十分严重。其存在问题,岑仲勉作《读全唐诗札记》(《史语所集刊》第九本)指出错误数百处,陈尚君《〈全唐诗〉误收诗考》(刊《文史》第 24 辑)指出所收非唐时诗663 首又 38 句;佟培基《全唐诗重出误收考》(陕西人民教育出版社1996 年)则对 6 858 首重出误收诗作了鉴别。最早为其补遗的是日本人市河世宁据日本所存《文镜秘府论》《千载佳句》《游仙窟》等书,补录128 人诗 66 首又 279 句,编为《全唐诗逸》3 卷(有《知不足斋丛书》本,中华书局排印本《全唐诗》第 25 册附收)。我国学者王重民利用敦煌遗书编成《补全唐诗》,收诗 104 首;孙望利用石刻、《永乐大典》和新得善本编成《全唐诗补逸》二十卷,补诗 830 首又 86 句;童养年利用四部群书和石刻方志,作《全唐诗续补遗》二十一卷,得诗逾千首。三书合编为《全唐诗外编》,1982 年由中华书局出版。后陈尚君又据存世典籍作全面补辑,得诗 4 663 首又 1 199 句,作《全唐诗续拾》六十卷;并删订《全唐诗外编》,增加王重民录诗 62 首的《敦煌唐人诗集残卷》,重编为《全唐诗补编》(中华书局 1992 年),共存逸诗 6 300 多首。此外,徐俊《敦煌诗集残卷辑校》

（中华书局 2000 年）中，尚可补唐人逸诗近千首。重修《全唐诗》之议，1956 年由李嘉言提出，至 90 年代初获实际展开。新书拟广采遗佚，备征善本，剔除伪误，甄别重出，详记异文，划一体例，已初步完成初盛唐部分。

乾隆间李调元所辑《全五代诗》100 卷，光绪七年（1881）刊《函海》本较好。其主体部分已全收入《全唐诗》，略有增补，数量不大。五代仅五六十年，前后限过于短促，李氏成为一编，向晚唐、宋初任意延伸，又颇改词为诗，伪题作者，甚不足取。

《全唐文》于嘉庆间应诏编修，由董诰领衔，实际主其事的则是徐松、孙尔准、胡敬、陈鸿墀等人。其工作底本是海宁陈邦彦于雍正、乾隆间初编的所谓"内府旧本《全唐文》"，徐松等人又据得见的四部书、《永乐大典》、方志、石刻和佛道二藏，作了大量的遗文网罗和校正工作。历时六年，先后有五十多人参与编修，终成书一千卷，存文 20 025 篇，作者 3 035 人，除首列帝王外，臣工均以时代前后为序。《全唐文》成于朴学既盛时期，主事者又颇具学识，在搜罗遗佚、录文校订、小传编次诸方面，应该说均优于《全唐诗》。但不注所出则两书相同，漏收重收、录文缺误、事迹出入等问题也所在多见。清人劳格作《读全唐文札记》（收入《读书杂识》），匡谬正失的 130 则，又补遗文目于文末。岑仲勉作《续劳格读全唐文札记》（《史语所集刊》第九本），又得 310 则，偏于小传订误；今人陈尚君《再续劳格读全唐文札记》（收入《选堂文史论苑》），沿其例而重在辨伪考异，又指出 600 多处。为《全唐文》作补遗的工作，以曾参与《全唐文》编纂的阮元和陈鸿墀为最早：阮元有《全唐文补遗》一卷，录文 141 篇，多有重出误收，较草率，未刊，抄本存中国国家图书馆；陈鸿墀亦作有《全唐文补遗》，不传，在其作《全唐文纪事》中略引及一些逸文。真正有所成就的是清末吴兴藏书家陆心源，以其丰博的个人藏书编成《唐文拾遗》七十二卷、《唐文续拾》十六卷（光绪间《潜园总集》本，陈尚君校订本收入《传世藏书》），补唐文逾三千篇。近代以来，唐文献尤多新发现，尤以敦煌遗书和石刻为大宗，海外汉籍和公私散出珍籍中也颇可观，佛道二藏和地方文献中也有不少稀见材料。石刻碑志的校录是清后期至近现代唐文发掘方面最有成绩的工作。清季以来的石学专著,如陆增祥《八琼室金石补正》及其《续编》、胡聘之《山右石刻丛编》、端方《匋斋藏石记》及一批地方石刻专书中,都记录了大量石刻唐文。民国间的新发现,罗振玉编印《芒洛冢墓遗文》《昭陵碑录》等大量专书,保存了可观的唐人文字。张钫《千唐志斋藏志》收唐志达 1 200 多方,李根源《曲石藏志》亦颇具精品。最近十多年因考古发掘工作的展开和影印技术的普及,先后出版的大宗唐碑志也已有多种,大大方便了研究者参考的需要。据石刻补录唐文的著作,则有周绍良等编《唐代墓志汇编》(上海古籍出版社 1992 年),录墓志 3 676 方,十之七八为《全唐文》和陆补所未收;吴钢主编《全唐文补遗》(三秦出版社 1994 年至 2000 年)七册,均取石刻,存文约 4 200 篇。敦煌遗文亦已有多种校录,但尚无全面录补单文者。即出的陈尚君《全唐文补编》则广采四部群书而成,存文 6 000 多篇,墓志收录较少,与前二书体例不同。90 年代初陕西学者曾倡修《新编全唐五代文》,至今未见出版。周绍良主编《全唐文新编》(吉林文史出版社 2000 年)已开始出书,主要是据石刻和敦煌遗文来增补。

(二) 唐人编选的唐诗选本和合集

唐人编选的唐诗选本,习称"唐人选唐诗"。明嘉靖中有人编刊《唐人选唐诗六种》,收《箧中集》《国秀集》《河岳英灵集》《中兴间气集》《搜玉小集》《极玄集》六集。明末毛晋汲古阁增《御览诗》《才调集》为《唐人选唐诗八种》。1958 年中华书局上海编辑所的《唐人选唐诗十种》,则是新加了日本发现的《又玄集》和罗振玉所谓"唐写本唐人选唐诗"。傅璇琮编《唐人选唐诗新编》(陕西人民教育出版社 1996 年)收录十三种,即不取所谓"唐写本唐人选唐诗",增加了日本卷子本《翰林学士集》、敦煌残本《珠英学士集》和陈尚君辑录的殷璠《丹阳集》和李康成《玉台后集》。其实唐人选唐诗的情况较复杂,真出唐人原编的大约只有八种,分述如下。

《国秀集》三卷,唐芮挺章初编,楼颖续完。选录天宝三载(744)以前的初盛唐 90 家诗 220 首。传本均缺一页,故不及前数。《四部丛刊》影印明初刻本较好。

《河岳英灵集》二卷,殷璠编选。专录盛唐开元、天宝间诗作,收常建、阎防等24家诗234首,各有评语。殷璠论诗重兴象与风骨并重,又重诗艺而无取权势,后世皆许其公允而有识。《四部丛刊》影印明翻宋刻本分为三卷,非原书面貌。中国国家图书馆有宋刊二卷本,《唐人选唐诗新编》和李珍华、傅璇琮《河岳英灵集研究》(中华书局1992年)均据以校录,较好。

《中兴间气集》二卷,高仲武编选,录世称"中兴"的肃宗、代宗朝26人诗134首,体例仿《河岳英灵集》,亦各有评议,虽识弱于殷氏,在唐人选本中尚有可称处。《四部丛刊》影印明翻宋刻本错乱较多,中国国家图书馆有汲古阁影宋抄本最好,清末武进费氏影宋本亦佳。

《箧中集》一卷,元结编,录与其共倡复古的沈千运、王季友、于逖、孟云卿、张彪、赵微明、元季川七家五言古诗24首。《随庵丛书》影宋刻本较好。

《御览诗》一卷,令狐楚编选。又名《元和御览》《唐歌诗》《选进集》,盖为元和间令狐楚任学士时,录以进呈者。选录大历至元和间30家诗310首,今本略有残缺,存289首。明毛氏汲古阁本较好。

《极玄集》一卷,姚合编选。姚合推重王维一派诗风,许为"极玄",编录王维、祖咏及大历间诗人21家诗100首。《唐人选唐诗十种》据元至元刻本刊行,作二卷,每人下有简传,诗仅99首。上海图书馆藏毛晋汲古阁影宋写本,作一卷,与《新唐书·艺文志》著录同,均无小传,诗有一首不同,最近姚书原貌,也可知有传二卷本为宋元间人增改。《唐人选唐诗新编》据一卷本整理,附存二卷本小传,较稳妥。

《又玄集》三卷,唐末光化三年(900)韦庄编选。此集宋人多有征引,后中土失传。清王士禛《十种唐诗选》中有《又玄集选》一卷,为伪书。日本有享和三年(1803)江户昌平坂学问所官板本,1958年古典文学出版社影印,始重为世知。此书通选唐一代150人诗300首(今本存142家诗297首),取则较宽,以杜甫、李白为首选,颇有眼光。

《才调集》十卷,后蜀韦縠编选,录唐诸家诗一千首,为唐人选唐诗中规模最大的一种。所取偏重晚唐,以秾丽弘敞为宗,故韦庄、温庭筠、元積、李商隐均有数十首入选。《四部丛刊》影印述古堂影宋写本较好。清人评注此集者颇多。清初常熟冯舒、冯班兄弟作《二冯评点才调集》(有清初刻本),后纪昀复加批点,成《删正二冯评阅才调集》(有纪氏《镜烟堂十种》本);乾隆间殷元勋作笺注,宋邦绥作补注,成《才调集补注》(有乾隆五十八年思补堂刻本);另吴兆宜作《才调集笺注》,有稿本流传。

《搜玉小集》一卷,编者不详,选录魏徵以下初唐 37 家诗 63 首。有明毛晋汲古阁本。《新唐书·艺文志》著录有《搜玉集》十卷,小集可能是其节本,但至迟在宋代已出现。

《珠英学士集》五卷,崔融编。原书辑录武后时修《三教珠英》学士李峤、张说等 47 人诗 276 首。敦煌写本中有二残卷,即斯 2717 卷、伯3771 卷,为该集卷四、卷五的残本,存 13 人诗 55 首。《唐人选唐诗新编》收徐俊整理本。

《唐写本唐人选唐诗》,《唐人选唐诗十种》据罗振玉编《鸣沙石室佚书》影印敦煌写本收入。实即法藏敦煌遗书伯 2567 卷,与伯 2552 卷为同一写卷,断为两片。敦煌遗书中此类写卷甚多,《唐人选唐诗新编》不收,甚是。

《翰林学士集》一卷,为日本尾张真福寺藏唐卷子本,集名为后人妄题。录唐太宗时君臣唱和诗 51 首,大多为《全唐诗》失收。写本目录以许敬宗为中心,以唐太宗为附见,据说另有墓志一卷,故应为许敬宗集的残卷。清光绪十九年(1893)贵阳陈氏影刻卷子本,错写较多。日人村田正博有《翰林学士集本文和索引》(和泉书院 1992 年),较好。《唐人选唐诗新编》收陈尚君整理本,校订较多,但未及亲校原卷,仍有漏校。

《丹阳集》一卷,殷璠编,选取武后末至玄宗开元间润州十八人诗作。宋以后不传。《宗月锄先生遗著》所收辑本,仅据《全唐诗》臆编,无可取信。《唐人选唐诗新编》收陈尚君辑本,依据唐宋可靠文献录得殷璠序及评语、十八人部分诗作,可资参考。

《玉台后集》十卷,李康成编,继徐陵《玉台新咏》而作,录梁陈至盛唐诗人歌咏妇女生活之作。明以后不传。《唐人选唐诗新编》收陈尚君辑本,依据唐、宋、明可靠文献,录得 61 诗 89 首,虽去全书尚远,已可见概貌。

　　此外，有几种唐人合集留存。《高氏三宴诗集》说是高正臣编，其实是后人从《古今岁时杂咏》录出，《辋川集》《香山九老会诗》则分别录自《王右丞集》和《白氏长庆集》，都非唐时原编。可信的只有褚藏言编《窦氏联珠集》五卷和陆龟蒙编《松陵集》十卷。前者录窦常、窦牟、窦群、窦庠、窦巩兄弟五人诗各一卷，是现能看到的唯一的家集，《四部丛刊三编》影印宋淳熙刻本较好，但有错页；后者录咸通末皮日休、陆龟蒙等在苏州时唱酬诗，是现存唯一完整的唐人唱酬集。近人陶湘涉园影宋本最好，另有明弘治十五年（1502）刘济民刻本。

　　（三）宋元时期的唐诗文总集和选本

　　宋元时期距唐较近，不少唐代文献当时还能见到，这一时期的一些大型诗文总集，虽不以去取严谨著称，但因包容丰富，得以保存了大量唐人作品。

　　《文苑英华》一千卷，宋太宗时李昉等编。其收录时限和体例虽都与《文选》相接，但并不以别择见长，而是几乎不作选择地收罗了数量巨大的南北朝后期到唐五代的作品。可以毫不夸张地说，现存的唐人近半数诗文是靠它而保存下来的。历史上仅刻过两次：一是南宋周必大在吉州校勘刻印的，足以代表宋人校勘古籍的最高水平，参与工作的彭叔夏撰《文苑英华辨证》十卷，也对古书传误和校理的方法作了非常经典的论述；另一次为明末刻于闽中，校勘不精，错误很多。现有中华书局1966年影印本，很容易见到，但其中只有140卷是宋刊本，其馀860卷是明刊本。该书有近人傅增湘汇校本，最好，存中国国家图书馆。

　　《乐府诗集》一百卷，北宋郭茂倩编。录汉魏至唐五代乐府歌词。分为十二类，前九类为汉魏六朝古乐府，也包括了唐人用古乐府题所写的大量作品；后三类中，《近代曲辞》为隋唐时期配合燕乐的新乐曲，《杂歌谣辞》录民间歌谣，虽非乐府，但有一定渊源关系，《新乐府辞》录唐人因事立题、不配音乐的作品。在本书以前，曾有多种乐府专书，现仅吴兢《乐府古题要解》有存，其馀均不传，本书保存的大量文献和作品，对汉唐音乐文学研究，极为珍贵。通行有《四部丛刊》影印明汲古阁刻本和文学古籍刊行社 1955 年影印宋刊本。中华书局 1979 年出版校点本。

《万首唐人绝句》一百零一卷,南宋洪迈编,凡七绝七十五卷,五绝二十五卷,每卷各 100 首,末卷为六言绝句,仅 35 首。此书为洪迈应宋孝宗要求而编,是当时能看到的唐人绝句的总汇,许多作品赖此书而得以保存。但洪迈为刻意求万首之数,亦颇有割裂作品、误采非唐五代诗之病。明嘉靖本较好,有 1955 年文学古籍刊行社影印本。《四库全书》本仅九十一卷,不全。明赵宧光、黄习远曾作订正,删去误收 219 首,增补作者 101 人,诗 659 首,重编为四十卷,有明万历刻本。1985 年,书目文献出版社据万历本标点印行,又另出了该书的每句索引。今人霍松林主编《万首唐人绝句校注集评》(山西人民出版社 1991 年),也以万历本为底本。

《分门纂类唐歌诗》一百卷,南宋赵孟奎编。其序说共收 1 353 人诗 40 791 首,是今知宋编唐诗集中规模最大的一种。分天地山川、朝会宫阙、经史诗集、城郭园庐、仙释观寺、服食器用、兵师边塞、草木虫鱼八类。明末钱谦益绛云楼藏有此书,可惜其编唐诗时未及采用。现仅存十一卷,中国国家图书馆存曹寅影宋写本。《宛委别藏》本有所删节,有 1935 年上海商务印书馆影印本。

宋元时期的唐代诗文选本,数量不多,但影响深远。较重要的有以下几种:

《唐文粹》一百卷,北宋姚铉编。选录唐代诗文,以古雅为标准,不取近体诗、律赋和四六文。《四部丛刊》影印明嘉靖徐焴刻本。清郭麔编《唐文粹补遗》二十六卷有光绪十一年(1885)江苏书局刻本。

《唐百家诗选》二十卷。宋王安石编。二十卷。选录 104 家诗 1 200 馀首,编选标准不太清楚,可能是随得随编。又因安石编李白、杜甫、韩愈诗入《四家诗选》(不传),故亦不取三人诗。宋刊本仅存九卷,已收入《古逸丛书三编》影印。清康熙四十二年(1703)宋荦、丘迟求刻本较善,《涵芬楼秘笈》收排印本,今有黄永年、陈枫校点本,辽宁教育出版社 2000 年出版。

《古今岁时杂咏》四十六卷,南宋蒲积中编。北宋名臣宋绶编《岁时杂咏》二十卷,专取汉唐人岁时节日所作诗歌,所采颇丰富。蒲积中据以增加宋人诗而成是书,所存唐诗约占半数,且颇有他书所无的逸篇。《四库全书》本略有删节,中国国家图书馆存明抄本较好,徐敏霞据以参校标点,收入《新世纪万有文库》(辽宁教育出版社 1999 年)。

《唐三体诗》六卷,南宋周弼编,专选录唐人七绝、七律、五律三体诗,并详细分格,以虚实讲说作法,故名。通行本有元释圆至注,分为二十卷,题作《笺注唐贤三体诗法》,有元刻本和日本文政刻本。清盛传敏、王谦据以纂释,称《碛砂唐诗》,仅三卷,有清康熙刻本。高士奇补注《唐三体诗》六卷,于旧注删节甚多,有康熙朗润堂校刻本和《四库全书》本。

金元好问编《唐诗鼓吹》十卷,选录 96 家七言律诗近 600 首,偏于中晚唐,多为流丽晓畅之作。有元郝天挺注,元京兆日新堂刻本较早。明清两代评注本颇多,明廖文炳补注本《唐诗鼓吹注解大全》,有明万历七年(1579)刻本;清钱朝鼒等参校《唐诗鼓吹笺注》,有顺治十六年(1659)刻本。朱三锡等评订《东岩草堂评订唐诗鼓吹》,有康熙二十七年(1688)刻本。吴汝纶评点《评点唐诗鼓吹》分为十六卷,有 1925 年南宫邢氏刻本。

元杨士弘编《唐音》十四卷,有鉴于时人之偏重晚唐,分始音、正声、嗣响分选唐诗,正声又分为初、中、晚三期,影响很大。入选诗共 175 家,1 341 首。元刻本仅存残卷,明刻本有多种,卷数稍有出入。明人张震有《唐音辑注》,顾璘有《批点唐音》,均有明刻本。

宋元间唐宋兼选的重要选本,一是刘克庄编《分门纂类唐宋时贤千家诗选》(俗称《后村千家诗》)二十二卷,有《宛委别藏》本和康熙扬州书局刊本。二是方回编《瀛奎律髓》四十九卷,录唐宋各家律诗,分类编排。有明成化紫阳书院刻本。清纪昀为作批点,成《瀛奎律髓刊误》,有嘉庆间李光垣刻本。吴汝纶有《桐城吴先生评选瀛奎律髓》,1928 年邢之襄刻本。今人李庆甲汇聚各家评注,作成《瀛奎律髓汇评》(上海古籍出版社 1987 年),较便读者。

(四)明清时期的唐诗文选本

明代的唐诗选本,影响最大的是高棅《唐诗品汇》和李攀龙《唐诗选》。《唐诗品汇》初编九十卷,后又补十卷,收 681 家诗 6 725 首,是一部规模阔大、有独到见解的大型选本。此书明确将唐诗分为初、盛、中、晚四期,特重盛唐,每种诗体内又分为九格,以初唐为正始,盛唐为正宗、大家、名家、羽翼,中唐为接武,晚唐为正变、馀响,方外异人为旁流。其崇尚盛唐、区分流变的意见,为世人指示了学习唐诗的正确途径,选诗和论析很具识见,因而获得广泛的响应,对明代尊唐诗风影响深远。明刻本较多,上海古籍出版社 1982 年影印明汪宗尼本,是较好的一种。李攀龙《唐诗选》仅选 128 家诗 465 首,以初盛唐为主,中晚唐甚少,以精美流丽、声响洪亮者为主。问世以后,风传一时,明代注本极多,重要的有蒋一葵笺释本、凌宏宪集评本、黄家鼎评定本、钱谦益评注本、叶羲昂直解本,入清后渐遭冷落,但在日本一直影响很大。

其他有影响的明代唐诗选本,还有臧懋循《唐诗所》四十七卷,钟惺、谭元春《唐诗归》三十六卷,唐汝询《唐诗解》五十卷,周敬、周珽《唐诗选脉会通评林》六十卷,陆时雍《唐诗镜》五十四卷等,均有明刻本。

清代有影响的唐诗选本,有王夫之《唐诗评选》四卷(民国间《船山遗书》本)、黄周星《唐诗快》十六卷(康熙书带草堂刻本)、王士禛《唐贤三昧集》三卷(清康熙刻本)和《唐人万首绝句选》七卷(康熙芸香阁刻本)、徐增《而庵说唐诗》二十二卷(清乾隆文茂堂重刻本)、管世铭《读雪山房唐诗钞》三十卷(嘉庆刻本)等。影响最大的,当然是沈德潜编《唐诗别裁集》和蘅塘退士(孙洙)编选《唐诗三百首》。

《唐诗别裁集》二十卷,本温柔敦厚之旨选诗,取则较宽,录诗 1 900 馀首,分体编排,颇得学者重视,流行一时。有乾隆二十八年(1763)教忠堂重订本,中华书局 1973 年据以缩印,上海古籍出版社 1979 年出版富寿荪校点本。注本只有俞汝昌《唐诗别裁集引典备注》二十卷,有清道光十八年(1838)刻本。

《唐诗三百首》六卷(一作八卷),录诗 310 首,专取唐诗中脍炙人口、通俗晓畅的作品,以适应童蒙课读的需要,一时流布广泛,家喻户晓。批评注释本极多,以章燮《唐诗三百首注疏》为最早,有常州宛委山庄本、永言堂木刻本等,1957 年东海文艺出版社有断句校印本。陈婉俊《唐诗三百首补注》于作家小传和名物典故均有诠解,影响最大,有餐花阁本、四藤吟社刻本等,近几十年来也曾多次印行。今人注本则以喻守真《唐诗三百首详析》(中华书局 1957 年)、朱大可《新注唐诗三百首》(上海文化出版社 1957 年)、金性尧《唐诗三百首新注》(上海古籍出版社 1980 年)较通行。今人仿其例而作的新选本,有武汉大学中文系古典文学教研室《新选唐诗三百首》(人民文学出版社 1980 年),马茂元、赵昌平《唐诗三百首新编》(岳麓书社 1985 年)。

以上所述历代选本中,编选注评家对唐诗发表了大量的鉴赏批评意见,对读者了解欣赏唐诗很有帮助。今人陈伯海主编《唐诗汇评》(浙江教育出版社 1995 年),录唐诗 5 000 多首,从数百种选本和其他古籍中采辑唐诗评论,编录于每一首诗后,对研究者和爱好者都很有用。

今人唐诗文选本,选取的眼光与前人颇有不同,注释也多采新注,影响较大的可举出以下几种:马茂元《唐诗选》(人民文学出版社 1960 年)选录 116 家诗 500 多首,近年又出增订本(上海古籍出版社 1999 年);中国社会科学院文学研究所选注《唐诗选》(人民文学出版社 1978 年)选录 131 家诗 630 多首,钱锺书曾参与编选;富寿荪、刘拜山《千首唐人绝句》(上海古籍出版社 1985 年)专选绝句,葛兆光《中国古典诗歌基础文库·唐诗卷》(浙江文艺出版社 1994 年)重在阐释各家诗风特点,都很有特色。

(五) 附述几种唐诗事专著

诗话至北宋才出现,但在唐五代已出现了《云溪友议》《本事诗》《鉴诫录》三部具有论诗及事的诗话特征的著作,其中《本事诗》全部谈诗事,《云溪友议》《鉴诫录》谈诗部分也占全书的十之七八。《云溪友议》三卷,僖宗间越州隐士范摅(号五云溪人)撰,共 65 则,均以三字为题,仅 10 则未引诗。所述大都为著名诗人的逸事,且故事曲折有趣,但多得于传闻,揆以事实,出入颇大。有《四部丛刊》影印明刊本,古典文学出版社 1957 年据以排印。另有《稗海》本作十二卷,为后人重分,内容一样。《本事诗》一卷,唐末孟启撰,全录著名诗人逸事,除两则外,皆述唐事。部分据唐人文集中材料改写,也有不少得诸传闻,未尽可信,但后世影响很大。常见有《历代诗话续编》本。《鉴诫录》十卷,五代后蜀何光远撰。多记晚唐五代轶事,共 66 则,仅 20 则不谈诗,时杂恢谐谑笑,与史实稍有出入。

流传不广,影响不及前二书。上海图书馆藏南宋刊《足本重雕鉴诫录》最好,《知不足斋丛书》本较常见,有焦杰校点本,收入《唐五代笔记十五种》(辽宁教育出版社 2000 年)。

《唐诗纪事》八十一卷,南宋计有功撰。载录 1 150 位唐诗人的诗篇及有关本事和品评。有明嘉靖间洪楩刻本、张子立刻本和明末毛氏汲古阁刻本。《四部丛刊》据洪本影印,中华书局上海编辑所 1965 年校点本以洪本为底本,校以毛本和其他文献,较通行。王仲镛作《唐诗纪事校笺》(巴蜀书社 1989 年)是本书唯一的全注本,得以遍校诸善本,并依据唐宋可信文献订正原书中的大量错误,用力颇勤,发明亦多。唯不以保存计书面貌为工作原则,尽量据他书以改计书,致读者不能据以准确了解原书文本。另题名尤袤撰的《全唐诗话》六卷,旧时很受学者重视。但经仔细追核,全系抄掇《唐诗纪事》中的资料、评语而成。今人推测,可能是宋末贾似道门客廖莹中所为。

《唐才子传》十卷,元西域人辛文房撰。为 278 名唐诗人作传略,附带述及 120 人。依据史传、诗话、笔记、文集、登科记等,勾稽诗人事迹,保存了一些珍贵文献,可据以大致反映各人的生平大概,错误也较多。明清间亡逸,清修《四库全书》时从《永乐大典》中辑出,得 243 人传,编为八卷。后在日本发现足本,《佚存丛书》收入,始为国人所知,后有多种翻印本。1957 年古典文学出版社出版排印本。日本布目潮渢、中村乔作《唐才子传之研究》,颇注意对其文献来源的研究。国内周本淳《唐才子传校正》(江苏古籍出版社 1987 年)注意说明文献依凭和史实错误;孙映逵《唐才子传校注》(中国社会科学出版社 1991 年)重在校订本文,兼及传意解说;傅璇琮主编《唐才子传校笺》(中华书局 1987—1995 年)由国内数十名专家合作完成,力求全面弄清原传材料的来源,并借此书为躯壳,对书中述及的 398 位重要诗人的生平经历作系统的考索,其意义已超越了《唐才子传》本身的笺释,而给学者以准确可信的诗人传记。

《唐音癸签》三十三卷,明胡震亨撰,原为《唐音统签》第十集,专录有关唐诗的评论研究资料。胡氏为搜集、考证唐诗,投入毕生精力,此书网罗历代重要记载,系统表达作者的见解,分为《体凡》《法微》《评汇》《乐通》《诂笺》《谈丛》《集录》八类，为唐诗研究者指示途径，解说法门。有清初原刻本，1957年古典文学出版社据以标点排印，1981年上海古籍出版社出版周本淳校点本。

二　别　集

隋代别集数量较少，见于著录的仅十五种，竟无一种有原编存世，今得见的卢思道《卢武阳集》一卷、薛道衡《薛司隶集》一卷、杨广《隋炀帝集》一卷等，均为明人辑，收入张溥《汉魏六朝百三名家集》，可谈者不多。

明胡震亨《唐音癸签》卷三〇据宋元书目汇录唐五代诗集，凡得691家，其中五代十国143家。陈尚君作《新唐书艺文志补——集部别集类》（《唐研究》第一辑，北京大学出版社1995年），指出《新唐书·艺文志》著录别集736家，其中唐集505家537部，他又广稽文献，补录406家446部，另张固也《新唐书艺文志补》（吉林大学出版社1996年）补得249种，有陈补未及者10多种。加上五代十国别集，可考知的见于著录的唐五代别集约有1 200种。唐五代别集的结集情况可分以下几类：一是作者自编的，又可分为生前阶段性结集、特殊原因编集（如进士行卷）、晚年手编全集几类。二是身后由亲戚朋友编集的，这种情况较多见。三是原集散失后的一段时期，重加收辑成编者，宋代学者于此功绩甚多，大多唐五代重要别集的传世都有赖于此。四是明清以后人辑录的，由于其依据的文献现在大多仍存，学术价值因此而有所减损。存留至今的唐五代别集虽有300多家，但其中约三分之二为明清人所辑，出于唐宋人编集的可能仅100种左右。

每一种别集都有其特殊的流传和研究的轨迹，重要作家的别集情况尤为复杂，常经过结集编录、搜罗遗文、校勘辨异、编年考事、注释音解、赏析批评等工作，注本多者还有各种集注本，如千家注杜、五百家注韩柳之类。二流作家相对简单一些，注本不多，但其传本也常有几种不同的系统。再次一流的作家，其文集较为单一，甚至很少单刻本，而是收入各种丛书以留存。

以下拟分重要作家和一般作家两部分,分别介绍各家别集的流布研究情况。重要作家部分介绍相对充分一些。一般作家仅取唐宋原编有较好通行本者和今人有整理注释本者,不求全备,别集为明清人所辑而又无今人整理注释本者从略,介绍也仅限于较好易见的存本和今人整理本。明清人汇刻唐集,主要有以下几种:1. 明铜活字本《唐五十家诗集》,正德、嘉靖间苏州徐缙印行,有上海古籍出版社1981年影印本。2. 明云间朱警刻《唐百家诗》,有嘉靖刻本。3. 明末常熟毛晋汲古阁刻本,有《唐六名家集》《五唐人集》《唐人八家诗》等,1926年商务印书馆曾影印。4. 清苏州琴川席启寓《唐诗百名家全集》本,有康熙刻本和光绪刻本。5. 光绪间湖南江标影宋书棚本《唐人五十家小集》,其中颇有伪品。此外,民国间商务印书馆出版《四部丛刊》初、续、三编,中华书局排印《四部备要》,也收入了许多唐集。上海古籍出版社近二十年间出版了二十多种《唐人小集》,又影印了《宋蜀刻本唐人集丛刊》,也颇有意义。

(一)重要作家别集介绍

王绩　有《王无功集》五卷,其友吕才编。中唐陆淳删为三卷 ,称《东皋子集略》。宋以后三卷本通行,如《四库全书》本、《四部丛刊续编》影印明万历三十七年(1609)抄本都是,今人王国安注《王绩诗注》(上海古籍出版社1981年)也仅据三卷本,收诗仅50多首。五卷本仅有几种抄本留存,较好的是清同治四年(1865)陈氏晚晴轩抄本,存诗达116首,文也有增加。今人据五卷本所作有韩理洲《王无功文集(五卷本会校)》(上海古籍出版社1987年),康金声、夏连保《王绩集编年校注》(山西人民出版社1991年),金荣华《王绩诗文集校注》(新文丰出版社1998年)。

王勃　有《王子安集》三十卷,友人杨炯编。宋以后中土不传,仅日本残存《王勃集》写本四种,其中奈良正仓院藏序文一卷,兵库芦屋市上野氏藏墓志一卷,东京国立博物馆藏本,卷首题“集卷第廿九”,尾题“集卷第卅”,是三十卷本的残编,另京都神田氏藏一残片,罗振玉曾据前二本辑为《王勃集佚文》一卷,未录者颇多。明以后的王勃集均为明人辑录,以张燮辑刻十六卷本《王子安集》较通行,有《四部丛刊》影印本。清人蒋清翊作《王子安集注》二十卷,颇为赅博,有清光绪九年(1883)吴县蒋氏双唐碑馆刻本和上海古籍出版社 1996 年标点本。今人聂文郁《王勃诗解》(青海人民出版社 1980 年),较简明。何林天有《重订新校王子安集》(山西人民出版社 1990 年),补了一些,但未用全日本残本。

骆宾王　《骆宾王文集》十卷,是中宗时郗云卿奉诏编录。现有南宋蜀刻十卷本存世,有上海古籍出版社 1994 年影印本。明清刊本极多,颇有后人重辑重编者,较好的是清道光十年(1830)江都秦恩复石研斋刻《唐人三家集》本。明人陈魁士、颜文选、施凤来、陈继儒、梅之涣、王衡等先后为骆集作注释批评,影响均不大。清人陈熙晋作《骆临海集笺注》十卷,有咸丰三年(1853)松林宗祠刻本和 1961 年中华书局上海编辑所排印本。

卢照邻　原有文集二十卷,宋以后不传。传出宋刻的二卷本,仅有赋、诗。明人辑为七卷本《幽忧子集》,刊本较多,今人徐敏霞有校点本《卢照邻集》(中华书局 1980 年)。今人注释本有任国绪《卢照邻集编年笺注》(黑龙江人民出版社 1989 年)、祝尚书《卢照邻集笺注》(上海古籍出版社 1994 年)和李云逸《卢照邻集校注》(中华书局 1998 年)。

李峤　有文集五十卷,不传。明人辑有三卷本《李峤集》。其《杂咏诗》曾作为幼蒙读物在日本广泛流传,最早写本有为嵯峨天皇书宸翰本,存 21 首,二卷本古抄有建治三年(1277)抄本,《佚存丛书》据以刊入,题作《杂咏百二十首》。又有唐天宝间张庭芳作《李峤杂咏注》,是今知唐人注唐集有传本的唯一一种。日本存三个系统的八个抄本,于张注均已有所增改,以庆应义塾大学藏室町时期抄本较早,有胡志昂《日藏抄本李峤咏物诗注》影印本(上海古籍出版社 1998 年)。

陈子昂　有《陈伯玉文集》十卷,友人卢藏用编。传本较多,以明弘治四年(1491)杨澄刻本较善,《四部丛刊》据以影印,徐鹏据以校点为《陈子昂集》(中华书局上海编辑所 1960 年),于原书次第有所改动。敦煌遗书有《故陈子昂遗集》残三卷,与杨本次第相同。今人彭庆生有《陈子昂诗注》(四川人民出版社 1981 年)。

王梵志　唐五代笔记《云溪友议》《鉴诫录》中引王梵志颇多,胡应麟据以辑入《唐音庚签》,清编《全唐诗》以偈颂非诗而删去。敦煌遗书中至今已发现王梵志诗写卷逾三十种,知当时在民间流行极广。今人张锡厚《王梵志诗校辑》(中华书局 1983 年)出版较早,所收未全,校录和注释也颇有可议处。项楚《王梵志诗校注》(上海古籍出版社 1991 年)后出转精,注释也颇详密。

寒山　其诗集为会昌(841—846)前后徐灵府收集成编。旧传为贞观间台州刺史闾丘胤编录说并不可靠。刊本很多,多附丰干、拾得诗,宋刊有日本皇宫书陵部藏南宋绍定二年(1229)刻本、中国国家图书馆藏宋刊本,《四部丛刊》二次印本即据后者影印。今人徐光大《寒山子诗校注(附拾得诗)》(陕西人民出版社 1991 年)甚简略。钱学烈先作《寒山诗校注》(广东高教出版社 1991 年),后扩展为《寒山拾得诗校评》(天津古籍出版社 1998 年),注释稍详。项楚《寒山诗注》(中华书局 2000 年)会校众本,注解周详,堪称集大成之作。

孟浩然　其文集由友人王士源在他去世后不久收录成编,凡三卷,或称《孟襄阳集》。宋以后流传,稍有增改,大致保持原貌。有南宋蜀刻本《孟浩然诗集》三卷,有上海古籍出版社 1982 年影印本。明清刊本极多,但始终未有注本。较早为其作注的有游信利《孟浩然集笺注》(台湾学生书局 1975 年)。近年出版四种校注本,即李景白《孟浩然诗集校注》(巴蜀书社 1988 年)、徐鹏《孟浩然集校注》(人民文学出版社 1989 年)、赵桂藩《孟浩然集注》(旅游教育出版社 1991 年)和佟培基《孟浩然诗集笺注》(上海古籍出版社 2000 年),各有特色。

王维　其文集由其弟王缙在他去世后不久收录成编为《王右丞集》十卷,收诗笔四百多篇。今存两种宋刊本,一为中国国家图书馆藏南宋蜀刻本《王摩诘文集》十卷,有上海古籍出版社 1982 年影印本,另一为日本静嘉堂文库藏南宋麻沙本《王右丞文集》十卷。二本编次不同,内容无大差别,可信均出唐编。元以后刊本极多,宋刘辰翁评点《须溪先生校本唐王右丞集》六卷影响较大,有元刊本,《四部丛刊》即据以影印。明顾可久有《唐王右丞诗集注说》六卷,顾起经有《类笺唐王右丞诗集》十卷,均有嘉靖刻本,但影响不大。清赵殿成作《王右丞集笺注》二十八卷,用力甚勤,注释精当,为世所重,有清乾隆二年(1737)赵氏原刻本,1961 年中华书局上海编辑所据以断句印行。今人陈铁民作《王维集校注》(中华书局1997年),会校善本,广征文献,仔细考证,准确注释,足以代表当代水平。

高適　原有文集二十卷,宋以后仅存十卷本《高常侍集》,传世以明刻为最早,中国国家图书馆藏明嘉靖刻十卷本和明铜活字印八卷本较好,《四部丛刊》即据后者影印。敦煌遗书中有其诗写本多种,稍有逸诗。旧无注本,今人注本有刘开扬《高適诗集编年笺注》(中华书局1981年)和孙钦善《高適集校注》(上海古籍出版社1984年)。

岑参　岑参文集为其去世后不久由其子托杜确编成为《岑嘉州集》,唐宋著录为十卷,传世者均为八卷本,有诗无文。中国国家图书馆藏有宋刊四卷残本,为近代海源阁杨氏旧藏。明刊甚多,以正德熊相、高屿刻本、正德沈恩刻本较早,《四部丛刊》初、二次印本分别据以影印。旧无注本。今人注本有陈铁民、侯忠义《岑参集校注》(上海古籍出版社1981年)和刘开扬《岑参诗集编年笺注》(巴蜀书社1995年)。

李白　李白生前,曾托友人魏颢编《李翰林集》二卷,临终又托李阳冰编《草堂集》十卷,均不传。宋初乐史编《李翰林集》二十卷、《别集》十卷,亦失传。北宋学者宋敏求据上述诸集,又广求文献,编成《李太白文集》三十卷,包括序碑记一卷、歌行二十三卷、杂著六卷。元丰三年(1080)晏知止刻于苏州,为李集最早刻本。今存宋蜀刻本两种,均源出晏本:一为足本,今藏日本静嘉堂文库,有日本京都大学人文科学研究所影印本、台湾学生书局1967年影印本、巴蜀书社1987年影印本等;一为残本,藏中国国家图书馆,有上海古籍出版社1994年影印本。另清康熙五十六年(1717)缪曰芑刻本,称据晏本翻刻,今人考定所据即今静嘉堂文库本。后《四库全书》本等均据缪本。又宋咸淳刻三十卷本,源出乐史编本,凡诗二十卷、文十卷,有1980年江苏广陵古籍刻印社影印本。最早为李集作注的是南宋宁宗时人杨齐贤,作《李太白集注》二十五卷,原书不传,元萧士赟作《分类补注李太白诗》二十五卷,存杨注颇多。此书以元余氏勤有堂刻本为最早,明嘉靖二十二年(1543)郭云鹏宝善堂刻本有所删简,附刻文集,《四部丛刊》据以影印,较常见。明朱谏作《李诗选注》十三卷,附《辩疑》二卷,颇有创见,有明隆庆六年(1572)朱守行刻本。明胡震亨作《李诗通》二十一卷,亦多有体会,有清顺治七年(1650)刻本。清王琦《李太白诗集注》三十六卷,广取众说,注释详密,为旧注本集大成之著。有清乾隆二十四年(1759)聚锦堂刻本。后《四库全书》《四部备要》皆收入。中华书局1977年出版标点本,题作《李太白全集》。今人注本瞿蜕园、朱金城《李白集校注》(上海古籍出版社1980年)、安旗主编《李白全集编年注释》(巴蜀书社1990年)、詹锳《李白全集校注汇释集评》(百花文艺出版社1996年),均比前人注本有很大进步。

杜甫　有文集六十卷,在他去世后不久已流传于江汉间,很快即已散失。宋代虽有多种书目著录,并未亲见。最早刊刻的有晋开运二年(945)官本,卷数不详,也不传。北宋仁宗宝元二年(1039),王洙据搜集到的九种古本,编为《杜工部集》二十卷,凡诗十八卷、文二卷,存诗1405首,为后世各种杜集的祖本。嘉祐四年(1059)王琪稍作补订,刊于苏州。其后,宋人对杜集展开了多方面的研究工作:一是补遗,到南宋时增至1456首(有几首疑伪),后人再有补录,可信者不多。二是校勘,绍兴三年(1133)刻于建康府学的吴若本,广采古本逐一出校,最为有名。张元济收入《续古逸丛书》的《宋本杜工部集》所含两种宋残本,即源出王琪本和吴若本。另钱谦益《钱注杜诗》中也保存了吴若本的部分面貌。三是编年,从北宋末开始,先后有黄伯思、蔡兴宗、鲁訔等从事于此,其中鲁訔所编影响较大。四是注释,较早从事的有鲍钦止、邓忠臣、王彦辅、鲁訔、杜田、赵次公、薛梦符等,托名王洙、苏轼的伪注也出现了。这些独家注本后来都融入了集注本,只有质量较好的赵次公本有残本流传,今人林继中据以与集注本所存赵注辑出为《杜诗赵次公先后解辑校》(上海古籍出版社1994年)。五是集注,较重要的有:1.郭知达编《新刊校正集注杜诗》三十六卷(通称《九家集注杜诗》),有宝庆元年(1225)曾噩重修本,《四库全书》和《杜诗引得》皆收此本。2.《门类增广十注杜工部诗》二十五卷,有宋刻本,影响不大。3.《王状元集百家注编年杜陵诗史》三十二卷,托名王十朋等注,有宋刻本,清宣统三年(1911)贵池刘氏玉海堂据以影刻,1981年江苏广陵古籍刻印社影印时,题作《影宋编年杜陵诗史》。4.《分门集注杜工部诗》二十五卷。有宋刻本,《四部丛刊》据以影印。以上二种均为南宋书坊编刻,印制精美,但多采伪注,虚构名人,以张声势,可议处颇多。5. 蔡梦弼会笺《杜工部草堂诗笺》五十卷,外集一卷,能汇聚前说,折衷己见,所采文献亦颇富。有宋刻本多种传世,内容稍有出入,知曾多次刊刻。清光绪十年(1884)黎庶昌刻《古逸丛书》收入此书,影响很大,但所据本刻于宋末,已失蔡书原貌。6. 黄希、黄鹤父子《黄氏补千家集注杜工部诗史》三十六卷。黄氏父子终身研究杜诗,钻研很深,每有独到心得,于前说亦颇多纠正,为宋人治杜大家。有宋刻本,《四库全书》亦收。通行本又有元皇庆元年(1312)余氏勤有堂刻本《集千家注分类杜工部诗》二十五卷,明嘉靖玉几山人刻本《集千家注批点杜工部诗集》二十卷,为元刘辰翁评点、高楚芳重编本,均已非黄氏父子原著面貌。元明两代杜诗评注本颇多,但总体成就并不高,值得一提的,一是王嗣奭的《杜臆》十卷,于杜诗的解说多具创见,当时未刊,仇兆鳌采其说甚多,稿本今存上海图书馆,中华书局上海编辑所于 1962 年影印,1963 年又出校点本;二是胡震亨作《杜诗通》四十卷,重知人论世以意逆志,故能自具眼光。清人注杜,最有名的为以下五家:1. 钱谦益《杜工部集笺注》(习称《钱注杜诗》)二十卷,钱氏历经世变,尤关注于杜诗所涉史事的研究,以其博识,每多发明。有康熙间静思堂刻本,中华书局上海编辑所于1958 年据以断句排印。2. 朱鹤龄《杜工部诗集辑注》二十卷,有康熙金陵叶永茹万卷楼刻本。3. 仇兆鳌《杜少陵集详注》(习称《杜诗详注》)二十五卷,广采前人解说,又颇多个人体悟,注释用力亦甚勤,为清代注杜集大成之作。有康熙五十二年(1713)刻本,中华书局 1979 年据以校点印行。4. 浦起龙《读杜心解》六卷,多独到体会,亦时有迂曲之见,有雍正浦氏宁我斋刻本,1961 年 10 月中华书局据以校点印行。5. 杨伦《杜诗镜铨》二十卷,删取明清诸说,以简明扼要为特色,有清乾隆五十七年(1792)阳湖九柏山房刻本。1962 年 12 月中华书局上海编辑所于1962 年校点印行。近代以来,研治杜诗者至多,全注而能超越前贤的还不多。日本吉川幸次郎拟作逐句详解,仅成数册即赍志而殁,萧涤非从80 年代起在山东大学组织编年全注,只是至今尚未印行。

　　韦应物　《韦苏州集》十卷,北宋嘉祐元年(1056)王钦臣校定,共

571 篇,分为十五类。后经熙宁、绍兴、乾道间三度增订,今存乾道本的递修本,存中国国家图书馆。明清刻本甚多,均出自乾道本。旧无注本,今有陶敏、王友胜《韦应物集校注》(上海古籍出版社 1998 年)。

　　孟郊　其诗由北宋宋敏求编为《孟东野诗集》十卷,存 511 篇,分类编次,文仅有 2 篇。北宋刻本今藏北京大学图书馆,有武进陶氏涉园 1934 年影印本。今人华忱之校点本《孟东野诗集》(人民文学出版社 1959 年),即据北宋本为底本。旧无注本,今有华忱之、喻学才《孟郊诗集校注》(人民文学出版社 1995 年),邱燮友、李建昆《孟郊诗集校注》(新文丰出版公司 1997 年)。

　　韩愈　其文集四十卷,为其婿李汉所编,凡诗赋十卷、文三十卷。后宋人陆续采辑遗文,加上《顺宗实录》,编成《外集》十卷,成为宋以后各种韩集的定本。宋刻白文本今存五六种,其中中国国家图书馆存两本,其一仅存十五卷,另一存三十卷和外集十卷,南京图书馆有三十九卷,台湾故宫博物院有浙刻巾箱本,存诗十卷,日本静嘉堂文库存小字本十卷。此外,《经籍访古志》说金泽文库有吕大防校正的北宋刊本,若仍存世,可称最早。宋人治韩,首重校刊,穆修、欧阳修均曾从事,但未刊布。孝宗时方崧卿《韩集举正》十卷(有淳熙刻本和《四库全书》本),广采唐五代、北宋各本及石刻古抄汇校,一时称善。稍后朱熹撰《昌黎先生集考异》十卷(有宋绍定张洽刻本,1985 年上海古籍出版社影印),愈臻精当,加上朱氏的名声,大行而方书几废。《考异》初单行,后王伯大重编韩集时,散入各句下,称《朱文公校昌黎先生集》,有《四部丛刊》影印元刊本,较易见。宋人注本,单行的有韩醇《新刊诂训唐昌黎先生文集》(有宋刻本)、文谠注、王俦补注《新刊经进详注昌黎先生文》(有宋蜀刻本,上海古籍出版社 1994 年影印)、祝充《音注韩文公文集》(有绍熙刻本,1934 年文录堂影印)等。集注则以庆元间建安书商魏仲举辑刻《新刊五百家注音辨昌黎先生文集》(又有乾隆仿宋刻本、商务印书馆影宋本和《四库全书》本),汇聚宋各家治韩之说,逐一说明来源,保存了大量珍贵文献,虽亦有虚构夸饰处,但不失为宋代韩学的集成之著。宋末廖莹中编刻《昌黎先生集》,有廖氏世彩堂刻本,刻印精美,但内容则全据五百家注本删改而成,不存各家姓氏。影响较大，有近代蟫隐庐影印本，另《四部备要》《国学基本丛书》亦取廖本排印。明清两代治韩而可称者，有明蒋之翘《唐韩昌黎集辑注》、清顾嗣立《昌黎先生诗集注》、陈景云《韩集点勘》、方世举《韩昌黎诗集编年笺注》、沈端蒙《韩文公诗集注》、王元启《读韩记疑》、方成珪《韩集笺正》等。近人马其昶作《韩昌黎文集校注》（上海古籍出版社 1986 年），今人钱仲联作《韩昌黎诗系年集释》（古典文学出版社 1957 年、上海古籍出版社 1984 年），皆汇聚历代学者成绩，折中己见，颇称丰洽。屈守元、常思春主编《韩愈全集校注》（四川大学出版社 1996 年）网罗前说尤为全备，足以代表当代学者研治韩集的水平。童第德《韩集校诠》（中华书局 1986 年），也时有新见。

柳宗元　其友人刘禹锡遵其遗嘱编其集为三十通。宋初穆修重加编次为《河东先生集》四十五卷，凡雅诗歌曲一卷、赋一卷、文三十九卷、诗二卷及《非国语》二卷，为后世柳集祖本。宋人又辑遗文为《外集》二卷。宋刊柳集白文本存世较少，日人《经籍访古志》称赐庐文库有永州刊《唐柳先生文集》残本九卷、外集一卷，今得见有乾道间永州郡庠刊《柳先生外集》一卷，光绪间影刻本题作《柳柳州外集》。南宋人始为柳集作注，张敦颐作《柳文音释》，严有翼《柳文切正》，童宗说作《柳文音释》，潘纬作《柳文音义》，韩醇作《柳文诂训》，集注本流传后，单注本渐废，仅韩醇《新刊诂训唐柳先生文集》有传，并收入《四库全书》。宋人集释本皆为四十五卷本，存世有：1.《增广注释音辩唐柳先生集》，存童、张、潘三家注，有《四部丛刊》影印元刊本。2.《新刊增广百家详注唐柳先生文集》，是柳集较早的会注本，辑者不详，保存各家姓氏，有南宋蜀刻本，上海古籍出版社 1994 年影印，吴文治据以校点为《柳宗元集》（中华书局 1979 年）。3.《新刊五百家注音辩唐柳先生文集》，庆元间建安书商魏仲举辑，与百家本大同小异，可能援据前书，仍存各家姓氏，有宋刻残本和《四库全书》本。4.《重校添注音辩唐柳先生文集》，嘉定间郑定重校添注，残本存十一卷，分存于海峡两岸四个图书馆。5.《河东先生集》，宋末廖莹中编刻，有廖氏世彩堂刻本，刻印精美，但内容则全据五百家注本删改而成，不存各家姓氏。影响较大，有近代蟫隐庐影印本和中华书局上海编辑所

1958 年排印本。明蒋之翘作《唐柳河东集辑注》(有崇祯刻本,又辑入《四部备要》),清陈景云撰《柳集点勘》(有《邈园丛书》本),也值得一提。今人王国安有《柳宗元诗笺释》(上海古籍出版社 1993 年),于写作本事、辞章笺释及评论汇录,均颇下功夫。

元稹　白居易为元稹作墓志,称有《元氏长庆集》一百卷,另又有《小集》十卷,都不传。南宋浙、蜀刊本均仅六十卷,已非唐编面貌,今存浙刻本七卷,分存于日本几个文库,蜀刻本二十四卷,藏中国国家图书馆,后者有上海古籍出版社 1994 年影印本。明弘治元年(1488)杨循吉传抄宋本《元氏长庆集》六十卷,凡诗赋二十七卷、文三十三卷,较完善,有文学古籍刊行社 1956 年影印本。冀勤校点本《元稹集》(中华书局 1982 年)会校各善本,又补录遗篇,较为通行。

白居易　白居易生前曾几度自编文集,较重要的一是长庆间的《白氏长庆集》五十卷,一是晚年编成的分为《前集》五十卷、《后集》二十卷、《续后集》五卷,共七十五卷的文集,后者又写五本分藏各处。宋代所传,出于庐山东林寺藏本,仅有前后集完备,《续后集》仅存一卷,乃重编为七十一卷本的《白氏长庆集》,有南宋初绍兴间刻本留存,文学古籍刊行社于1955 年据以影印,顾学颉点校本亦以此为底本,补录《外集》二卷,改称《白居易集》(中华书局 1979 年)。绍兴本收诗三十七卷、文三十四卷,虽已失白氏原编的面貌,但却为存世最早的白集刊本。唐时即曾以其讽喻诗编为《白氏讽谏》二卷,宋代有刊本,现能见到的有源自宋本的清末武进费氏覆宋刻本和明刻本。明清刊白集或白诗颇多,影响最大的一是明正德十四年(1519)郭勋刻本《白乐天文集》三十六卷,二是万历三十四年(1606)云间马元调刊《白氏长庆集》七十一卷,三是清汪立名编注的《白香山诗集》四十卷,有清康熙间汪氏一隅草堂刻本。汪氏参校众本,重加编次,又采诸书相关记载笺注各诗下,虽未称精密,于白诗研究还是有益的。近代以来,敦煌遗书和日本汉籍中获得大量珍贵的白集文本。敦煌卷子伯 2492 有白氏诗集一卷,收录部分讽谕诗,其他还有一些散见诗。日本现存唐人文集古抄本最多的是《白氏文集》,除散抄诗札外,可分为三个系统:一是以神田本为中心的《新乐府》诗抄本。二是金泽文库本,今仅存三十馀卷。虽抄写于室町后期，但所据本源出于会昌四年（844）的苏州南禅院抄本，所收诗与传世白集有很大不同，又有一些佚诗。三是选抄本，有《白氏文集要文抄》《重抄文集抄》和《重抄管见抄》，也保存了一些已失传的古本面貌。和刻本白集中学术价值最高的当数那波道圆活字本《白氏文集》，刊于后水尾天皇元和四年（1618），所据覆宋本约为南宋高宗时刻本，其源出自五代东林寺本。那波本保存了白集原编的面貌：前集50卷，先诗后文，皆长庆四年春以前作品，保留了白氏作品第一次结集为《白氏长庆集》的原貌；卷五一至卷六〇、卷六一至卷七〇，分为两个单元，均先诗后文，保存了白氏《后集》前十卷和后十卷分次编辑的面貌。利用各种善本对白集的研究和笺注，日本学者花房英树有《白氏文集的批判研究》（京都朋友书店1960年），中国学者有岑仲勉《论白氏长庆集源流并评东洋本白集》（《史语所集刊》第九本）、朱金城《白居易集笺校》（上海古籍出版社1988年）、谢思炜《白居易集综论》（中国社会科学出版社1997年）。朱书以马元调本为底本，参校已见各善本古抄，尤用力于白集所涉人事史实的考证，是白集的第一个全注本，程功甚伟，缺憾是日本古抄多据转引，间有缺收。

刘禹锡　刘禹锡生前曾自编文集四十卷，宋代仅存三十卷本《刘宾客文集》，亡失十卷。北宋宋敏求据刘氏参与的唱和集《彭阳唱和集》《刘白唱和集》《吴蜀集》《汝洛集》等书，编为《外集》十卷。宋刊足本今存两种，一为绍兴八年本，有民国间徐鸿宝影印本，一为日本崇兰馆藏蜀大字本，1913年董康以珂罗版影印百部，后《四部丛刊》又据以影印，遂得通行。明清刻本颇多，较好的有光绪间朱澂《结一庐剩馀丛书》本。1975年上海人民出版社据结一庐本校点印行，更名《刘禹锡集》。中华书局1990年出版《刘禹锡集》，则以绍兴本为底本，备校各本，较好。近人瞿蜕园《刘禹锡集笺证》（上海古籍出版社1989年）为刘集第一个全注本，着重于名物典章和史实人事的诠证，引征丰富，精要不烦，颇具功力。另今人蒋维崧等有《刘禹锡诗集编年笺注》（山东大学出版社1997年）。

李贺　李贺临终前曾自编歌诗为四编，共二百三十三首，杜牧为作《李长吉歌诗序》。北宋末黄伯思得《昌谷别集》，有逸诗五十二首，但未传,南宋时所存《外集》仅存二十三首。今存宋本二种:中国国家图书馆藏宋刻本《李长吉文集》四卷,有《续古逸丛书》影印本;台湾中央图书馆藏宣城刻公牍纸印本《李贺歌诗编》四卷,有1918年诵芬室影印本和台湾中央图书馆1971年影印本。又蒙古宪宗六年(1256)赵衍刻本,以往常被视为金刻本,有《四部丛刊》影印本。历代注本颇多,以南宋吴正子注最早,元刘辰翁作评点,合称《笺注评点李长吉歌诗》,有明刻本。明代有徐渭、董懋策《昌谷诗注》、曾益《李长吉诗集注》等,清代有姚文燮《昌谷集注》、李汝栋《昌谷集注》、方世举《李长吉诗集批注》、王琦《李长吉歌诗汇解》、陈本礼《协律钩玄》等。1959年,中华书局上海编辑所将王琦、姚文燮、方世举三家书断句集印,题作《三家评注李长吉歌诗》。1977年,上海人民出版社出版校点本,改称《李贺诗歌集注》。今人叶葱奇《李贺诗集》(人民文学出版社1959年)采用新注,颇周详得要。

贾岛　其集名《长江集》,编者不详,宋时著录为十卷。明代刻本较多,十卷本多存宋时面貌,七卷本则为明人分类重编。通行有《四部丛刊》影印明翻宋本。近人陈延杰有《贾岛诗注》(商务印书馆1937年),较简略。李嘉言作《长江集新校》(上海古籍出版社1983年),颇简要得法。

杜牧　杜牧临终自焚文稿,赖其外甥裴延翰有所藏蓄,得编成《樊川文集》二十卷,凡诗四卷、文十六卷。宋人续有增补,得《外集》《别集》各一卷,但误采他人诗作的现象较严重,与许浑诗尤多互见。通行佳本有《四部丛刊》影印明翻宋刊本和光绪三十二年杨寿昌景苏园影刊日本枫山文库藏宋本。1978年9月上海古籍出版社出版陈允吉校点本即据此二本整理。南宋有《樊川文集夹注》四卷、《外集夹注》一卷,注者不详,较粗疏,但颇存珍贵文献。有正统五年(1440)朝鲜全罗道锦山刻本,中华全国图书馆文献缩微复制中心1997年据辽宁图书馆藏本影印。清冯集梧作《樊川诗集注》四卷,世称精善,有清嘉庆六年(1801)裕德堂刻本,中华书局上海编辑所1962年据以排印。

李商隐　《新唐书·艺文志》著录李商隐有《樊南甲集》二十卷、《樊南乙集》二十卷、《玉溪生诗》三卷及赋、文各一卷。宋以后,诗集三卷流传至今,较好刊本有明汲古阁刻《唐人八家诗》本和《四部丛刊》影印明嘉靖间毗陵蒋氏刊本。宋人刘克、张文亮已着手注诗,但均不传。清初朱鹤龄作《李义山诗集注》三卷,颇采明季诸家之说,为今存最早注本,有顺治十六年(1659)刻本。稍后钟定有《李义山诗删注》二卷、吴乔有《西昆发微》三卷、赵骏烈有《李义山诗解》一卷、姚培谦有《李义山诗集笺注》十六卷、屈复有《李义山诗笺注》八卷、程梦星据朱注作《重订李义山诗集笺注》三卷,虽各有心解,影响都不大。其后桐乡人冯浩广取前修时贤之说,仔细校订,潜心探赜,复经数度改修订谬,成《玉溪生诗集笺注》六卷,问世后大得声誉,有乾隆四十五年(1780)德聚堂重校本,1979 年上海古籍出版社校点印行。其后沈厚塽《李义山诗集辑评》、纪昀《玉溪生诗说》,也时有新见。近人张采田《玉溪生诗辨正》(附见《玉溪生年谱会笺》),也探究深入,多有会通。今人刘学锴、余恕诚作《李商隐诗歌集解》(中华书局 1998 年),广取善本,备采诸家笺说,并逐首作出考释,堪称当代李商隐诗研究的集大成之著。叶葱奇《李商隐诗集疏注》(人民文学出版社1985 年),采用新注,也详密有识。李商隐文集,宋以后不传,清初朱鹤龄从《文苑英华》《唐文粹》等书中辑出《李义山文集》五卷,康熙间徐树谷、徐炯兄弟作《李义山文集笺注》十卷(有康熙徐氏刻本),颇简要有法。注后冯浩据以删补改订,成《樊南文集详注》八卷。嘉庆间开修《全唐文》,馆臣复从《永乐大典》中录得大量遗文。同治间钱振伦、钱振常兄弟辑出二百又三篇,编为《樊南文集补编》十二卷,亦为之笺注。上海古籍出版社 1988 年出版《樊南文集》,将冯、钱二书汇为一编,较便读者。

(二)一般作家别集介绍

唐太宗　《唐太宗集》二卷,明人辑,有铜活字本;《唐百家诗》本《唐太宗文皇帝集》不分卷。今人吴云、冀宇辑注《唐太宗集》(陕西人民出版社 1986 年),则兼取诗文。

杨炯　《杨炯集》二卷,传出宋刻,仅有赋、诗,有江标影书棚本。明人辑为十卷本《盈川集》,有《四部丛刊》影印明刻本,今人徐敏霞有校点本《杨炯集》(中华书局 1980 年)。

武后　旧无存集。今有罗元贞点校《武则天集》(山西人民出版社1987 年)。

苏味道　旧无存集。今有徐定祥《苏味道诗注》（上海古籍出版社1995年）。

杜审言　《杜审言诗集》一卷，南宋赵彦清辑，今存宋刻本及明清刻本多种。今有徐定祥《杜审言诗注》（上海古籍出版社1982年）。

宋之问　《宋之问集》二卷，明人辑，有《四部丛刊续编》影印明崦西精舍刻本。

沈佺期　《沈云卿文集》五卷，中国国家图书馆藏清抄本。通行的《唐百家诗》本仅三卷，铜活字本分四卷，许自昌本分二卷，均有诗无文。今有连波、查洪德《沈佺期诗集校注》（中州古籍出版社1991年）。

刘希夷　《刘廷芝集》（廷芝为明人误认作其字）一卷，有《唐百家诗》本。今有陈文华《刘希夷诗注》（上海古籍出版社1997年）。

贺知章　《贺秘监集》一卷，清人辑，收入《四明丛书》第一集。今人王启兴、张虹有《贺知章　包融　张旭　张若虚诗注》（上海古籍出版社1986年），四人称吴中四士。

张说　《张说之文集》三十卷，明以后仅传二十五卷本，明龙池草堂本较早，《四部丛刊》据以影印；朱氏结一庐本校刊较精，又搜逸文补录后五卷，《嘉业堂丛书》据以翻刻；乾隆间四库馆重编为《张燕公集》二十五卷，有《武英殿聚珍版丛书》本；中国国家图书馆藏清人影宋蜀刻写本，三十卷具在，颇存逸文。另诗集单行者，有八卷本、二卷本等。

张九龄　《曲江张先生文集》二十卷，有《四部丛刊》影印明成化刻本。今有刘斯翰校注《曲江集》（广东人民出版社1986年）。

王昌龄　《王昌龄诗集》三卷，有《唐百家诗》本，铜活字本作二卷。今有黄明校编《王昌龄诗集》（百花洲文艺出版社1983年）、李云逸《王昌龄诗注》（上海古籍出版社1984年）。

李颀　《李颀诗集》三卷，有明嘉靖刻本，铜活字本和《唐百家诗》本均作一卷。今有刘宝和《李颀诗评注》（山西教育出版社1990年）。

崔颢　《崔颢集》二卷，有铜活字本，一卷本有《唐百家诗》本。今人万竞君有《崔颢诗注》（上海古籍出版社1982年）。

崔国辅　旧无集。今人万竞君有《崔国辅诗注》（上海古籍出版社

1982 年）。

　　元结　《元次山集》十卷、拾遗一卷，有《四部丛刊》影印明正德郭勋刻本。中华书局上海编辑所 1960 年出版孙望校订本。另聂文郁有《元结诗解》（陕西人民出版社 1984 年）。

　　颜真卿　《颜鲁公文集》十五卷本、补遗一卷，宋留元刚编，有《四部丛刊》影印明嘉靖安氏刻本；《文忠集》十六卷，有武英殿聚珍版书本；清黄本骥编《颜鲁公文集》三十卷，有《三长物斋丛书》本，《四部备要》据以校刊。

　　独孤及　《毗陵集》二十卷、补遗一卷，有《四部丛刊》影印清赵怀玉亦有生斋刻本。

　　张谓　旧无集。今有陈文华《张谓诗注》（上海古籍出版社 1997 年）。

　　钱起　《钱考功集》十卷，有《四部丛刊》影印明活字本，颇有唐末钱翊诗误入。今有王定璋《钱起诗集校注》（浙江古籍出版社 1992 年）、阮廷瑜《钱起诗集校注》（新文丰出版公司 1996 年）。

　　张继　《张祠部诗集》一卷，有《唐诗百名家全集》本。今有周义敢《张继诗注》（上海古籍出版社 1987 年）。

　　刘长卿　《刘随州诗集》十卷、外集一卷，有《四部丛刊》影印明正德刊本；《刘随州文集》十一卷，有明活字本和明弘治刻本；宋蜀刻本《刘文房文集》仅存残本。今有储仲君《刘长卿诗编年笺注》（中华书局 1996 年）、杨世明《刘长卿集编年校注》（人民文学出版社 1999 年）。

　　戎昱　《戎昱诗集》一卷、补遗一卷，有《唐诗百名家全集》本。今有臧维熙《戎昱诗注》（上海古籍出版社 1982 年）。

　　戴叔伦　《戴叔伦集》二卷，有明铜活字本、《唐百家诗》本、《唐诗百名家全集》本，颇多宋、元、明人诗误入。江标影宋书棚本《唐五十家诗集》也有此集，同前三本，显出伪托。胡震亨《唐音统签》已有甄别，但不为《全唐诗》所取。今人蒋寅作《戴叔伦诗集校注》（上海古籍出版社 1993 年），考辨精当，甚便学者。

　　释皎然　《昼上人集》（又名《杼山集》）十卷，有《四部丛刊》影印影宋精钞本。

卢纶　《卢户部诗集》十卷,有《唐诗百名家全集》本;《卢纶集》六卷,有明铜活字本。今有刘初棠《卢纶诗集校注》(上海古籍出版社1989年)。

顾况　《华阳集》三卷,有明万历顾端刻本;《华阳真逸诗》二卷,有《唐百家诗》本;《顾逋翁诗集》四卷,有《唐诗百名家全集》本。今有赵昌平校编《顾况诗集》(江西人民出版社1983年)。

陆贽　《陆宣公翰苑集》二十四卷,有《四部丛刊》影印影宋刊本。今人刘泽民校点《陆宣公集》(浙江古籍出版社1988年),系据清雍正元年年羹尧刊二十二卷本为底本。

李益　《李益集》二卷,有明铜活字本;《李君虞诗集》二卷,有《唐诗百名家全集》本;《李尚书诗集》一卷,有清道光张澍辑《二酉堂丛书》本。今有范之麟《李益诗注》(上海古籍出版社1984年),王亦军、裴豫敏《李益集注》(甘肃人民出版社1989年),郝润华《李益诗歌集评》(甘肃人民出版社1997年)。

权德舆　《权载之文集》五十卷,《四部丛刊》影印清嘉庆十一年(1806)大兴朱珪翻宋刻本。《四库全书》仅收十卷本的《权载之诗集》。

欧阳詹　《欧阳行周文集》十卷,有《四部丛刊》影印明正德刊本。

吕温　《吕和叔文集》十卷,有《四部丛刊》影印述古堂精抄本。

王建　《王建诗集》八卷,有汲古阁《唐六名家集》本,《四库全书》改作《王司马集》。十卷本有南宋陈解元书籍铺刻本和《唐诗百名家全集》本。1959年中华书局上海编辑所据书棚本校补断句排印。

张籍　《张司业集》八卷,有《四部丛刊》影印明刻本,1959年中华书局上海编辑所据以校补排印,更名《张籍诗集》。宋蜀刻本《张文昌文集》四卷本,上海古籍出版社1994年影印。近人陈延杰有《张籍诗注》八卷(长沙商务印书馆1938年)、今人李冬生有《张籍集注》(黄山书社1989年)。

薛涛　《薛涛诗》一卷,有《四妇人集》本;《薛涛李冶诗集》,有《四库全书》本。今人张篷舟作《薛涛诗笺》,1981年四川人民出版社出版者为简注本,人民文学出版社 1983 年出版本考录较详。另陈文华《唐女诗人集三种》(上海古籍出版社 1984 年),收薛涛、李冶、鱼玄机三家诗作。鱼玄机有《唐女郎鱼玄机诗》一卷,有宋临安府陈宅书籍铺刻本。

沈亚之　《沈下贤集》十二卷,有《四部丛刊》影明万历刊本。

李绅　《追昔游集》三卷,有明汲古阁刻《五唐人集》本。今有王旋伯《李绅诗注》(上海古籍出版社 1985 年)。

李翱　《李文公文集》十八卷,有《四部丛刊》影印明成化刊本。今有胡大浚点校本《李翱集》(甘肃人民出版社 1994 年)。

皇甫湜　《皇甫持正文集》六卷,有《四部丛刊》影印宋刊本。

卢仝　《玉川子诗集》二卷、集外诗一卷,有《四部丛刊》影印旧钞本。

李德裕　《李文饶文集》(又名《李卫公文集》《会昌一品集》)二十卷、别集十卷、外集四卷,有《四部丛刊》影印明刊本。上海图书馆有宋刊《会昌一品制集》十卷。今有傅璇琮、周建国《李德裕文集校笺》(河北教育出版社 2000 年)。

令狐楚　旧无集。今有尹占华、杨晓霭校笺《令狐楚集》(甘肃人民出版社 1998 年)。

姚合　《姚少监诗集》十卷,有《四部丛刊》影印明抄本。今有刘衍《姚合诗集校考》(岳麓书社 1997 年)。

许浑　《丁卯集》二卷,有《四部丛刊》影印影宋写本。又《许用晦文集》二卷,有宋蜀刻本,上海古籍出版社 1994 年影印。注本有明雷起剑评、清许培荣笺《丁卯集笺注》八卷,有清乾隆二十一年(1756)重刻本。今有罗时进《丁卯集笺证》(江西人民出版社 1998 年)。

雍陶　旧无集。今有周啸天、张效民《雍陶诗注》(上海古籍出版社 1988 年)。

马戴　《会昌进士诗集》一卷,补遗一卷,有《唐诗百名家全集》本。今有杨军、戈春源《马戴诗选》(上海古籍出版社 1987 年)。

朱庆馀　《朱庆馀诗集》一卷,有《四部丛刊续编》影印宋临安府陈宅铺刻本。

赵嘏　《渭南诗集》二卷,有《唐诗百名家全集》本。今有谭优学《赵碬诗注》(上海古籍出版社 1985 年)。另敦煌残卷中有其《读史编年诗》，见徐俊《敦煌诗集残卷辑考》。

曹邺　《曹祠部诗集》二卷、补遗一卷，有《唐诗百名家全集》本。今有梁超然、毛水清《曹邺诗注》(上海古籍出版社 1982 年)。

于濆　《于濆诗集》一卷，有《唐诗百名家全集》本。今有梁超然、毛水清《于濆诗注》(上海古籍出版社 1983 年)。

张祜　《张承吉文集》十卷，中国国家图书馆藏宋蜀刻本，较明清通行的张集多 150 多首，另有严寿澂校编本《张祜诗集》(江西人民出版社 1983 年)。

温庭筠　《温庭筠诗集》七卷，别集一卷，有《四部丛刊》影印清述古堂精钞本。注本有明曾益《温八叉集注》四卷。明顾予咸复加补注，清顾嗣立续注，成《温飞卿诗集笺注》九卷，有清康熙三十六年(1697)顾氏秀野草堂刻本。1980 年 7 月上海古籍出版社出版王国安校点本。

刘蜕　《刘蜕集》六卷，有《四部丛刊》影印明末吴氏问青堂刊本；《别下斋丛书》本和《四库全书》本题作《文泉子》。

李群玉　《李群玉诗集》(一名《李文山诗集》)三卷、后集五卷，有《四部丛刊》影印宋陈氏书籍铺刊本。今有羊春秋辑注本(岳麓书社 1987 年)。

李远　《李远诗集》一卷，有《唐诗百名家全集》本。今有李之亮《李远诗注》(上海古籍出版社 1989 年)。

李频　《梨岳诗集》一卷、补遗一卷，有《四部丛刊三编》影印明抄本。

方干　《玄英先生诗集》十卷，有《唐诗百名家全集》本，又八卷本有明嘉靖方廷玺刻本。

薛能　《薛许昌诗集》十卷，有明汲古阁刻《唐人八家诗》本。

李咸用　《唐李推官披沙集》六卷，有《四部丛刊》影印宋临安府陈宅书籍铺刻本。

陆龟蒙　文集《笠泽丛书》四卷，补遗一卷，有清雍正九年(1731)陆钟辉水云渔屋刻本。宋人汇其诗文为《唐甫里先生文集》二十卷，有《四部丛刊》影印清黄丕烈校明抄本。今人宋景昌、王立群有校点本(河南大学出版社 1996 年)。

皮日休　《皮子文薮》十卷,有《四部丛刊》影印明正德袁氏刊本,校点本有中华书局上海编辑所 1959 年排印本和上海古籍出版社 1981 年重校本。

曹唐　《曹从事诗集》一卷,有《唐诗百名家全集》本。今有陈继明《曹唐诗注》(上海古籍出版社 1997 年)。

孙樵　《孙可之文集》十卷,有上海古籍出版社 1979 年影印宋蜀刻本。

周贺　《周贺诗集》一卷,有《四部丛刊续编》影印宋临安书棚本。

秦韬玉　《秦韬玉诗集》一卷,有《唐诗百名家全集》本。今有李之亮《秦韬玉诗注》(上海古籍出版社 1989 年)。

聂夷中　旧无集。任三杰有《聂夷中诗注析》(山西人民出版社 1987 年)。

唐彦谦　《鹿门诗集》三卷,有《唐诗百名家全集》本,又二卷本,有明崇祯七年(1634)钱谦益抄本。其集中颇有宋元人诗误入。

司空图　《司空表圣文集》十卷,有上海古籍出版社 1994 年影印宋蜀刻本。又《司空表圣诗集》五卷,明胡震亨辑,有《四部丛刊》影印《唐音统签》本。

郑谷　《郑守愚文集》(一名《云台编》)三卷,有《四部丛刊续编》影印宋蜀刻本。今有严寿澂等《郑谷诗集笺注》(上海古籍出版社 1991 年)、傅义《郑谷诗集编年校注》(华东师范大学出版社 1993 年)。

韦庄　《浣花集》十卷,有《四部丛刊》影印明正德朱承爵刻本。近人向迪琮据以校点,附补遗诗和词集,更名《韦庄集》(人民文学出版社 1958 年)。又敦煌写本存韦庄久已失传的长诗《秦妇吟》,今人笺注研究较多,颜廷亮编为《秦妇吟研究资料汇编》(上海古籍出版社 1990 年)。今人李谊有《韦庄集校注》(四川省社会科学院出版社 1986 年)。

罗邺　《罗邺诗集》一卷,有《唐诗百名家全集》本。今人何庆善、杨应芹有《罗邺诗注》(上海古籍出版社 1990 年)。

罗隐　《罗昭谏集》八卷,清康熙九年(1670)张瓒瑞榴堂刻本,诗集

《甲乙集》十卷,有《四部丛刊》影印宋陈道人书籍铺本。今有雍文华辑校《罗隐集》(中华书局 1983 年)、潘慧惠《罗隐集校注》(浙江古籍出版社1995 年)。

杜荀鹤　《杜荀鹤文集》(一名《唐风集》)三卷,有宋蜀刻本,上海古籍出版社 1980 年影印。

崔致远　《桂苑笔耕集》二十卷,《四部丛刊》影印高丽刊本。近年韩国成均馆大学大东文化研究院与《孤云先生文集》三卷、《孤云先生续集》一卷合编为《崔文昌侯全集》。

韩偓　《韩内翰别集》一卷补遗一卷,有明汲古阁刻《唐六名家集》本和《四库全书》本;《翰林集》四卷,有清嘉庆麟后山房《王氏汇刻唐人集》本;《玉山樵人集》不分卷,有《四部丛刊》影印旧钞本。其中《香奁集》一卷曾单行,有明汲古阁刻《五唐人集》本。注本有清吴汝纶评注《韩翰林集》三卷、补遗一卷(1923 年武强贺氏刻本)、清震钧《香奁集发微》一卷(宣统三年刊巾箱本)和今人陈继龙《韩偓诗注》(学林出版社 2001 年)。

黄滔　《莆阳黄御史集》二卷,清光绪王懿荣校刊《天壤阁丛书》本存宋编原貌,又有《唐黄御史集》八卷,《四部丛刊》影印明万历曹学佺刊本。

徐夤　《钓矶文集》(一名《徐正字集》)十卷,有《四部丛刊三编》影印钱氏也是园旧抄本。

杜光庭　《广成集》十七卷,有《正统道藏》本。

释齐己　《白莲集》十卷,有《四部丛刊》影印影明嘉靖柳大中抄本。

释贯休　《禅月集》二十五卷。《四部丛刊》影印影宋抄本。

花蕊夫人　《花蕊夫人宫词》一卷,与王建、和凝《宫词》一起收入临榆田氏影宋刊《十家宫词》(中国书店 1990 年影印)和明汲古阁刊《三家宫词》。今人徐式文有《花蕊宫词笺注》(巴蜀书社 1992 年)。

徐铉　《徐公文集》三十卷(后十卷为入宋后作),有《四部丛刊》影印涵芬楼藏校抄本;《四库全书》和《四部备要》本题作《骑省集》。

三　词　集

隋唐五代属于词的初起时期,作品也多处于过渡阶段,不容易与诗严格地区分开来。晚唐五代开始出现真正意义的词集,数量不多,影响很大。近代学者致力于唐五代词集的编刻整理,如王国维作《唐五代二十一家词辑》(上海有正书局 1932 年铅印本,又收入《海宁王忠悫公遗书》)、刘毓盘作《唐五代宋辽金元名家词集六十种辑》(北京大学 1925 排印本,有唐五代词集六种八家),均据《花间》《尊前》等常见词集辑编。近代以来较有意义的工作,一是敦煌词作的发现和整理,二是试图网罗全部唐五代词作于一集的努力。以下试分别述之。

(一) 今存的唐五代词集和保存唐五代词较多的宋元词籍

《云谣集杂曲子》,是我国现存最早的词集。见于敦煌遗书,有两个写本,即斯 1441 卷和伯 2838 卷,各存半卷,适可拼成完集,存词三十首,且多为体制成熟的长篇词作,具有明显的民间风格。最初由日本狩野直喜发现斯卷,早期录本仅该卷十八首。朱祖谋始拼合成全卷,由龙榆生刻入《彊村遗书》。此后从事研究校录的学者多达数十人,后述各种唐五代词全集均收入。陈人之、颜廷亮编《云谣集研究汇录》(上海古籍出版社 1998 年)收录了大多数研究成果。

《花间集》十卷,后蜀赵崇祚编选。录晚唐五代十八家词 500 首,以前后蜀作者居多。此书是传世的第一部文人词总集,影响很大,版本亦多。现存宋本三种,即绍兴十八年(1148)刊晁谦之跋本(文学古籍刊行社影印)、淳熙鄂州刊公文册纸本(有四印斋影刻本)和开禧刻本(毛晋汲古阁刊本和《四库全书》本均出此本),后世刻本尤多。今人李一氓《花间集校》(人民文学出版社 1958 年)备校各本,较为通行。注本有李冰若《花间集评注》(开明书店 1935 年),华连圃(钟彦)《花间集注》(商务印书馆 1934 年、中州书画社 1983 年),李谊《花间集注释》(四川文艺出版社 1986 年),沈祥源、傅生文《花间集新注》(江西人民出版社 1987 年)等。

《尊前集》,宋初人编,编者不详。录唐五代至宋初 36 人词 289 首,选词范围较《花间集》为宽,保存了不少唐五代词人的作品。明代所传一卷本有吴讷《唐宋名贤百家词》本和梅禹金藏抄本,朱祖谋据后者刻入《彊村遗书》;二卷本有万历间顾梧芳刻本。今人蒋哲伦有校点本(江西人民出版社 1984 年)。

《金奁集》,从《花间集》录温、韦及欧阳炯等词 142 首,分宫调编纂,可见宋代词作歌唱情况。有《彊村遗书》本,上引蒋哲伦校点本《尊前集》将其附录。

《阳春集》一卷,南唐冯延巳的词集,宋嘉祐三年(1058)陈世修编,为今存最早词别集。收词 120 首,其中已有与《花间集》和欧阳修互见之作。有《唐宋名贤百家词》本和《四印斋所刻词》本。注本有陈秋帆《阳春集笺》(南京书店 1933 年)、孙人和《阳春集校证》(藏湖北图书馆)和曾昭岷《温韦冯词新校·阳春集》(上海古籍出版社 1988 年)。

《南唐二主词》一卷,编者不详。南宋始见著录,存中主词 4 阕、后主词 33 阕。有《唐宋名贤百家词》本和毛晋汲古阁旧抄本。注本有清刘继增《南唐二主词校笺》(无锡图书馆 1918 年)、唐圭璋《南唐二主词汇笺》(正中书局 1936 年)、王仲闻《南唐二主词校订》(人民文学出版社 1957 年)、詹安泰《李璟李煜词》(人民文学出版社 1958 年)等,均各有增补。

《唐宋诸贤绝妙词选》十卷,即《花庵词选》,仅第一卷录唐五代词,共 26 家,馀九卷皆宋词。有《四部丛刊》影印明翻宋本。

另有德诚《船子和尚拨棹歌》(有清刻本,又收入元刻《机缘集》)、易静《李卫公望江南》(有明万历辛自修刊本和几种抄本),借词体以言禅机兵要,虽时代较早,文学价值并不高。

(二)唐五代词全编的编纂

受《全唐诗》和《全唐文》的影响,许多学者致力于唐五代词全编的编纂。但唐五代是词的形成时期,存世作品具有明显的过渡色彩,并因此造成学者编录时的困难和分歧。

最早成编的是林大椿《唐五代词》(商务印书馆 1933 年、文学古籍刊行社 1956 年),收录唐五代词 1 147 首,作者 81 人,虽选择尚不甚精当,但搜罗已颇具规模。王仲闻也编有《唐五代词》,书稿亡失于"文革"中,从保存下来的前言看,文献搜求和取舍都十分讲究。

王重民《敦煌曲子词集》(商务印书馆 1956 年)三卷,上卷称长短句,中卷录《云谣集》,下卷为乐府,共 161 首。用后世定型词作的尺度收录,取径较严。

任中敏先作《敦煌曲校录》(上海文艺联合出版社 1955 年),兼取俗曲,收作品 500 多首。复经二十馀年研究增订,成《敦煌歌辞总编》(上海古籍出版社 1987 年)七卷,据其对唐曲的研究观念,将联章体佛曲全部收入,所收敦煌歌辞达 1 300 多篇,颇具规模。任氏学识渊通,时具特见,但录文不尽据原卷,且有任意改写处。

饶宗颐《敦煌曲》(法国巴黎国家科学研究中心 1971 年),分为四节,前三节是新增曲子、佛曲、歌词的校录,第四节为联章佛曲集目,并附有写本的精美图录。后又成《敦煌曲订补》,刊《史语所集刊》五十一本一分册。

张璋、黄畬《全唐五代词》(上海古籍出版社 1986 年),收词达 2 500 多篇,颇为丰富,且于各词后兼采词评,也很特殊。此书的缺憾,一是于诗词之分没有严格的取舍标准,只要有一种书作词收入者,即视为词入编;二是各词所注出处,不分主次先后,许多出处太晚,敦煌词几乎全据王、任、饶三家书转引;三是不甚注意作品真伪的辨别,于后人改唐诗或乐府为词者,不作辨析,伪作亦收入很多,仙鬼词中不少是宋、元明人所作。

曾昭岷等编《全唐五代词》(中华书局 1999 年),据唐时词乐实际,分为正、副两编,正编收录曲子词,以唐宋词集收录和唐宋典籍有明确指认者为限;副编收录属诗属词尚有争议的作品,并明确了几条标准,这就确保了全书的编纂质量。同时,又很注意尽量利用第一手的文献,讲究用书版本,以求录文可信,对有争议、互见的作品作了认真考订。尽管细节方面还有些可议之处(如仍沿袭了一些明清词籍的误说、有同题之作因出典不同而分收正、副编,小传也稍有可补处),本书在处理极难措置的问题上均较前此诸书更为精密审慎,达到了很高的学术水平。

四　隋唐五代小说文献

　　明代因文言、白话小说的兴盛,编刻唐人小说蔚为风气。受当时学风和商业利润的双重驱动,出现了一大批依托伪造的唐小说,其最常见的方式是从《太平广记》等书中抄取小说伪题书名、作者。坊刻的小说丛书,收入了大量的此类小说。直到清代,这一状况并未得到根本改变,又出现了一些新的伪品。如《五朝小说》《古今说海》《唐人说荟》《唐代丛书》《龙威秘书》以及宛委山堂本《说郛》等书中,收入了许多此类伪书。近代以来学者受到西方学术影响,重视小说在文学史上的地位,同时也十分注意清理文献,剔除伪本,追索史源,在唐代小说文献研究方面,做了大量极有意义的工作。这里应特别提到近人鲁迅、汪辟疆和今人程毅中、李剑国所作的工作。鲁迅作《中国小说史略》《唐宋传奇集》和《破〈唐人说荟〉》等文,明确提出了清理唐代小说文献的原则和方法。汪辟疆《唐人小说》(中华书局上海编辑所 1959 年、上海古籍出版社 1978 年)虽是选本,对唐重要小说的校定和考证,有严格而科学的把握,提供了学人可信的基本文本和参考资料。程毅中作《古小说简目》(中华书局 1981 年),对汉唐文言小说的真伪,作了初步而全面准确的考订,篇幅不大,影响深远。其后他又作了唐小说的一系列具体考订,多有发明。李剑国的《唐五代志怪传奇叙录》(南开大学出版社 1993 年),对现能考知的唐人志怪传奇,无论存逸,逐书逐篇地作了细致的考察,其文献发掘的广阔系统,远超前人,将唐代小说文献的研究推向了新的高度。

　　中国古代文言小说的界定很困难,隋唐五代小说的界定和分类也很难有明确的原则。如果按照时下一般的意见来说,以志怪、传奇、异闻一类作品视为小说,而将记录名臣才子遗闻逸事的笔记不列入,不难发现,这一时期的小说原书留存下来的很有限,能举出来的只有以下几种:1. 唐临《冥报记》,日本高山寺、三缘寺存唐抄本,记南北朝至唐初轮回报应故事,中华书局 1992 年出版方诗铭校点本,又据《法苑珠林》等书补录逸文;2. 牛僧孺《玄怪录》,中国国家图书馆藏存明陈应翔刻《幽怪录》四卷,存 44 则;3. 李复言《续玄怪录》,现存南宋临安府尹氏书籍铺刻本《续幽怪录》四卷,《四部丛刊续编》曾影印。以上两书,虽已略有残缺,尚能大致保持唐时面貌,程毅中点校本(中华书局 1982 年)均辑有逸文;4. 李亢《独异志》,有万历刊《稗海》本和中国国家图书馆藏明嘉靖袁表抄三卷本,有张永钦、侯志明校点本(中华书局 1983 年);5. 段成式《酉阳杂俎》前集二十卷、续集十卷,保存完好,刻本亦多,今有方南生校点本(中华书局 1981 年);6. 钟辂《前定录》,有《百川学海》本;7.《录异记》,前蜀杜光庭撰,《道藏》本和《津逮秘书》本均为八卷,已缺两卷;8.《神仙感遇传》十卷,前蜀杜光庭编,《道藏》本仅五卷,均叙唐前仙事,《云笈七签》和《太平广记》中颇存唐时仙事,有名的《虬髯客传》亦见此书;9.《续仙传》三卷,南唐沈汾撰,叙唐时仙事,有《道藏》本。10.《灯下闲谈》二卷,五代逸名撰,记唐时怪异故事,有《适园丛书》本和《宋人小说》本;11.《云仙杂记》,又名《云仙散录》,传为唐末冯贽撰,真伪颇有争议,十卷本有《四部丛刊续编》影印明锦竹堂刻本,八卷本有《随庵丛书》本,今有张力伟校点本(中华书局 1998 年)和齐仕蓉校注本(西南师范大学出版社 1990年);12.《疑仙传》二卷,作者署隐夫玉简,可能写成于五代或宋初。此外,薛用弱《集异记》和郑还古《博异志》均有明刻《顾氏文房小说》本,但去原书很远,只能说是残本;陆勋《集异记》,有《宝颜堂秘笈》本,但与宋晁公武所记对读,显已非原书。以记逸闻为主而稍有传奇色彩的著作,存留稍多,可以举到的有柳宗元《龙城录》(有《百川学海》本)、范摅《云溪友议》(有《四部丛刊续编》影印明刻本)、苏鹗《杜阳杂编》、高彦休《唐阙史》(有《知不足斋丛书》本)、皇甫枚《三水小牍》(有《云自在龛丛书》本)、康骈《剧谈录》(有《学津讨原》本)、何光远《鉴诫录》(有宋本)等。单篇小说而有原本流传者,可能只有三种:一是有名的张鷟《游仙窟》,日本有多种刻本和抄本,国内常见有川岛校点本(北新书局 1929 年)、汪辟疆《唐人小说》本和方诗铭校注本(古典文学出版社 1955 年)。二是缺名《补江总白猿传》,有明刻《顾氏文房小说》本。三是托名牛僧孺的《周秦行记》,有敦煌遗书伯 3741 卷和明刻《顾氏文房小说》本。又关于隋炀帝荒淫故事,有《南部烟花录》(有《百川学海》本)、《海山记》(有《青琐高议》和《说郛》本)、《迷楼记》、《开河记》(均有《说郛》本),均为小说而非信史,但诸书属唐还是属宋,学界还有不同意见。

今所得见的大多隋唐五代小说,主要依靠以下几部书和其他典籍的引录而得以存留。

《太平广记》五百卷,宋太宗时李昉等人奉诏编纂,所采录典籍超过400种,其中十分之七八为唐人所作,且大部分原书已亡逸,赖本书引录而得以保存逸文,称本书是汉唐小说的渊薮,是毫不夸张的。明人刻引唐小说,主要即取资本书,现能看到的许多唐五代笔记小说集,实为明清人依据本书为主的唐宋类书辑录而成。以本书引文与有传本留存的唐人著作作一比较,不难发现,宋人编纂本书是相当严肃认真的,较完整地保留了古小说的面貌,且逐篇注明出处,较便复核研究。同时也应指出,本书所录文字,一般均作过润饰改写,如逐篇加上朝代名,将原书第一人称改为第三人称,将原书中的尊称、昵称、简称改为直呼其名,语言晦涩俚俗不尽晓畅者改为当时人容易理解的表述,部分篇章还作了删节合并。这些情况,是利用这部大书时所应注意的。宋代此书流布不广,可能曾刻过一次,但无宋本留存。明中叶以前,主要靠几种抄本流传,到嘉靖四十六年(1566)无锡人谈恺刊印后,流布始广。其后曾多次翻刻,较重要的刊本有明许自昌刻本、明隆庆活字本、清乾隆间黄晟刻小字本等,大都据谈本而作过适当校订。因谈本已有残缺,刊刻时并未精校,故未可完全信从。通行的近人汪绍楹校点本(人民文学出版社1959年、中华书局1961年),据谈本为底本,参校清陈鳣校宋本、明沈氏野竹斋抄本及许、黄刻本,较可信从。

《类说》六十卷,南宋初曾慥编。全书采辑汉至北宋265种说部著作以成编,每书抄录一则至数十则不等,抄录时均作删节,并撷取新奇特异的文句标目。书中采唐五代说部书多达110种,多他书不见的珍贵文字。文学古籍刊行社1956年影印明天启乐钟秀刊本较通行,上海图书馆藏五十卷抄本源出宋建安堂刊本,较珍贵。福建人民出版社1996年出版王汝涛等校注本。

《绀珠集》十三卷,题南宋朱胜非编,但有表示怀疑者。共摘抄汉至北宋137种说部著作以成编,其体例与《类说》相似,所摘文字也颇有相同处,不同处也较多,两者肯定有因袭关系,唯孰先孰后尚不太清楚。所引唐五代说部书多达数十种,多可与他书参补辑逸。通行的只有《四库全书》本。

《说郛》一百卷,元陶宗仪摘编。原书摘抄汉至元说部书逾千种,今本仅存700多种,其中隋唐五代说部书约120种。此书虽亦摘抄以成编,但于原文均整段抄出,不作删节改写,得以部分保持古小说的真实面貌。今传明抄本多种,近人张宗祥据以校录,恢复百卷全书,有商务印书馆1927年排印本。另有明末陶珽重编本《说郛》一百二十卷,加入大量唐宋说部书和明人伪造书,收书多达1 371种,已全失陶宗仪《说郛》的本来面目。此本有清初宛委山堂刻本,《四库全书》亦收入。上海古籍出版社1988年以上述二本与《续说郛》一起影印,称《说郛三种》。凡治唐五代说部书者,应尽量利用商务印书馆印百卷本。

明清人和今人所作隋唐五代小说辑本,主要有以下各书:郎馀令《冥报拾遗》,方诗铭辑本,附见《冥报记》;戴孚《广异记》,有方诗铭辑本(中华书局1992年);李玫《纂异记》、袁郊《甘泽谣》,均有李宗为辑本(上海古籍出版社1991年);韦绚《戎幕闲谈》、卢肇《逸史》、柳珵《常侍言旨》、温庭筠《乾馔子》、柳祥《潇湘录》、薛渔思《河东记》、胡璩《谭宾录》、王仁裕《玉堂闲话》等,均有陈尚君辑本,收入《中华野史》第二册(泰山出版社2000年);张读《宣室志》,有明缺名辑本,收入万历刊《稗海》,今有张永钦、侯志明校点本(中华书局1983年);裴铏《传奇》,有周楞伽辑注本(上海古籍出版社1980年);郑处海《明皇杂录》,有缺名辑本,收入《守山阁丛书》,有田廷柱点校本;徐铉《稽神录》,有明辑本,收入《津逮秘书》《宋人小说》,今有白化文点校本(中华书局1996年)。

唐人单篇传奇,在隋唐五代小说中艺术成就最高,这些作品的得以保存,主要依靠《太平广记》,《太平广记》又大多录自唐末陈翰已亡逸的《异闻集》。程毅中作《〈异闻集〉考》(刊《文史》第七辑,收入《古小说简目》时有所增订),据《类说》卷二五所收节本,参证其他文献,考清该书所收小说44篇,并对各篇流传原委作了考索。此外,北宋张君房作《丽情集》,也多收唐人单篇传奇,程毅中作《〈丽情集〉考》(刊《文史》第十一辑),得 36 篇,也极有意义。另宋人所编文言通俗小说的三本专书《青琐高议》(上海古籍出版社 1983 年)、《绿窗新话》(古典文学出版社 1957 年)和罗烨《醉翁谈录》(古典文学出版社 1957 年),也保存了不少唐小说名篇在宋代被改写讲说的记录。

现代学者编纂全唐小说,是很有意义又极不容易做好的工作。古人对小说的界定和分类本来就很不明确,加上现代人受西方小说观念的影响,看法又很不一样,其取舍远不像诗文那样容易取得共识。较早出版的王汝涛《全唐小说》(山东文艺出版社 1993 年),汇录了数量可观的笔记小说,但未能追溯较早文献,版本不甚讲究,考订粗疏,未能称善。稍后出版的李时人《全唐五代小说》(陕西人民出版社 1998 年),在作者归属、成书考订和录文校勘方面,都有较高的学术追求,是很认真编纂的一部著作。但于小说的界定,则取现代学者何满子的意见,将辑入小说确定了一系列的标准,如"应有因果毕具的完整故事""应有超越故事的寓意""应有人物事件的较为细致宛曲的描写""应有创作主体的蓄意经营"(均见该书前言)等,这些显然不是文体取舍的标准,而是艺术成就高下的取舍原则。全书据此来区分正编和外编,对唐小说研究来说是有必要的,但就一部蓄材以备各方之用的大型全编来说,在一定程度上似更近于选本了。

(2001 年 7 月 26 日)

(收入《中国古代文学通论·隋唐五代卷》时稍有删节,辽宁人民出版社 2005 年)

隋唐五代文学与历史文献

一　正　史

记载隋唐五代时期史事的纪传体正史,共有五部。

《隋书》八十五卷,实由两部书组成,其中纪传部分五十五卷,是贞观十年(636)由魏征领衔修成,记载隋代 38 年史事;志三十卷,显庆元年(656)由长孙无忌奏进,记录梁、陈、齐、周、隋五代制度,原名《五代史志》。由于这一原因,《隋书》有单署魏征等撰和分署魏征与长孙无忌的不同方式。《隋书》撰修于唐初,相距甚近,有王劭《隋书》、王胄《大业起居注》等可为基础,预修诸人又均曾经历隋末变故,故所记大多较翔实,同时,也不免因与现实政治有关而多有讳饰。《隋书》诸志历来颇受好评,其中《经籍志》备录当时得知的秦汉以来典籍,尤为重要。《隋书》宋刻仅存两种残本,通行本有涵芬楼百衲本影印元大德饶州路刊本和中华书局1973 年校点本。岑仲勉撰《隋书求是》(商务印书馆 1958 年),对《隋书》有较多订补。此外,《北史》也记及隋代史事,于《隋书》略有增补。

《旧唐书》二百卷,署后晋刘昫等撰,其实此书从天福六年(941)始修,开运二年(945)修成,历时四年多,主要由赵莹监修,张昭远、贾纬、赵熙等编修,刘昫素无学识,仅监修七个月,适当完成奏进,就由他署名了。《旧唐书》的史料来源,主要包括两部分,一是唐历朝实录,当时从高祖到武宗的十五朝实录尚称完整,足资利用;二是唐人四次所修国史,其中韦述天宝间所修国史利用较充分。此外,如《礼仪志》用《大唐开元礼》,《经籍志》用《古今书录》,其他各志参用《通典》等书。由于编修时尚处五代乱世,编修馆臣的这些权宜办法是可以理解的。《旧唐书》的优点和缺点都非常显著：优点是较忠实于实录、国史，不少特定时代痕迹的表述也未改尽。由于唐实录、国史都已亡逸，《旧唐书》所录尤为可贵。凡唐代的诏令、奏议，《旧唐书》也都保存原貌，不作大的改动。缺点是因用实录、国史，于当时史实颇多讳饰；宣宗后实录未修，故宣宗后史事缺落甚多，重要人物未立传者亦多，宣宗后本纪堆垛朝报，十分芜杂，错误多有。重要文学家大多有传，然多据史料拼凑，如李白、杜甫等传，错误颇多。《旧唐书》宋绍兴刊本仅存六十九卷，涵芬楼百衲本配明闻人铨本影印。中华书局 1975 年校点本是以清惧盈轩本为底本，参校各本而校定。清人岑建功从《太平御览》等书中辑出《旧唐书逸文》十二卷（道光惧盈斋刊本），岑仲勉《旧唐书逸文辨》（《史语所集刊》第 12 本）认为所录为唐国史佚文，并非《旧唐书》文字。

《新唐书》二百二十五卷，北宋时官修，先后历时十七年始完成。宋祁负责列传部分，始终其事，欧阳修后期参加六年多，负责本纪、志、表部分。书成奏进时，欧阳修官高，本可一人具名，但他提出宋祁程功多，年辈高，遂一同署名，当时以为美谈，但后人推测可能的原因是欧阳修不满意宋祁的艰涩文风，故分别承担责任。《新唐书》奏进表中，自许"其事则增于前，其文则省于旧"，其实《新唐书》的利弊，也正体现在此两句中。参与修书的吕夏卿作《唐书直笔》统计，《新唐书》删去《旧唐书》的 61 篇传，增加 300 多传，新增了《诸帝公主传》《仪卫志》《选举志》《兵志》和《宰相》《方镇》《宗室世系》《宰相世系》四表。从全书来看，两人负责的部分确有很大的差异。本纪体现欧阳修的一贯修史态度，运用《春秋》笔法，简净中寓褒贬，不似《旧唐书》的繁冗。志、表部分立意较高，新增部分尤具卓识，原有各志也有很多改进，历来很得好评。列传除新增者外，其他各传也补充了许多事迹，从笔记杂史中采补事迹尤具特色。但列传行文艰涩不畅，宋祁又好改写唐人文章，不免使原文面目全失。欧阳修的本纪去取太严，也不免遗漏了许多重要的事件。对两《唐书》的优劣，历代学者争执较多，从现在来看，还是各有长短，不能偏废。至于各具体纪传的取舍，读者应在互相比对后再作选择。宋吴缜作《新唐书纠谬》（《四部丛刊三编》影明本），用本证法指正书中的缺失。清人多将两《唐书》作比较研究,如沈炳震作《新旧唐书合钞》(中国书店影印同治刊本)、赵绍祖作《新旧唐书互证》(《丛书集成初编》据广雅书局本排印),都有助于对两书的利用。《新唐书》有涵芬楼百衲本影宋本和中华书局 1975 年校点本。

　　《旧五代史》一百五十卷,北宋薛居正等撰成于宋太祖开宝七年(973)。当时南唐、吴越尚未纳土,仅用一年多时间就编成,主要原因是充分利用了五代各朝的实录。五代虽属乱世,但史官制度保存很好,除梁末帝一朝外,其他各帝实录都较完备。《旧五代史》虽文格稍弱,略显烦冗,因取资实录而于史事有所避忌,就史实丰富、史料原始来说,自有其特点。南宋金元后,欧阳修《新五代史》风靡海内,《旧五代史》渐归湮没,近代虽有原本留存的风传,并没有学者真正见过。清开四库馆时,由邵晋涵从《永乐大典》中辑出,又用《册府元龟》等书补订,仍编为一百五十卷,所存约仅原书的十之七八。清代通行的殿本《旧五代史》,删去了初辑本的引文出处,又慑于文字狱,删改了原书中涉及民族问题的贬斥文字。近人陈垣曾作《〈旧五代史〉辑本发覆》(《励耘书屋丛刻》本),指出这些删改的原因。近代初辑本流出,先后有熊罗宿影库本和嘉业堂影印本问世。熊本改动较少,最近原书,中华书局 1976 年校点本即以为底本,参校各本而刊行,是目前最佳的通行本。就今所知,散在群书而邵氏漏辑的逸文,还有一定的数量。

　　《新五代史》七十四卷,北宋欧阳修撰,是二十四史中最后的一部私修史书。欧阳修始修于三十岁前,主要利用两次外贬和守母丧期间完成,到他死后才由家属缴进,可能还未最后定稿。《新五代史》新增史料,以十国部分为多,中原五代也据实录和公私著述稍有增益。欧阳修对五代道德沦败、廉耻丧失,深怀感慨,作此书以崇直斥邪,弘扬正气。书中多用《春秋》笔法,明确表达对人物的臧否褒贬,加上他的文章才能,使此书问世后,受到广泛欢迎,盛行一时,以致《旧五代史》终至废行。客观地说,《新五代史》所长在于文章和好恶,就对五代史事反映的准确全面来说,尚无法完全取代《旧五代史》。《新五代史》有欧阳修的学生徐无党注,集中在本纪和十国世家两部分,前者多说明春秋笔法的寓意所在,后者则主要说明文献取资,表达的主要是欧阳修本人的意见。通行本有百衲本影印南宋本和中华书局 1974 年校点本。清人注释本书的,彭元瑞、刘凤诰有《五代史记注》(道光刊本)、徐炯有《五代史记注补》(有清钞本),近年均已影印。

　　顺便说到十国的史书。最早全面记录十国史事的专书,是宋太宗时路振的《九国志》五十一卷,原书久亡,清人从《永乐大典》中辑出,编为十二卷,所存恐尚不及原书五分之一。十国专史留存至今的,南唐较多,马令《南唐书》(《四部丛刊续编》影明本)记载翔实而丰富,陆游《南唐书》(《四部丛刊续编》影明抄本)重史法而有识见,另存十来种杂史笔记,也多可补充史实;吴越有钱俨《吴越备史》(《四部丛刊续编》影吴枚庵抄本),一代史事得以基本保存;前后蜀史事,只有近于说部的张唐英《蜀梼杌》(巴蜀书社 1999 年王文才等校笺本)和仅存一半的《锦里耆旧传》(《四库全书》本)稍存梗概;其他各国,都没有留下什么像样的史书。清初吴任臣撰《十国春秋》(中华书局 1983 年),广搜各类文献,用纪传体分记十国史事,为当时人物立传,虽缺误较多,其价值却非其他书可替代。

二　编　年　史

　　隋唐五代史官制度完备,各朝皆有史官修起居注,并据以编修实录。起居注现仅存温大雅《大唐创业起居注》三卷(上海古籍出版社 1983 年),记录李渊父子举兵反隋自立的经过始末,其馀都失传了。唐代实录,从高祖到武宗,历朝皆有修撰,太宗、高宗、武后、玄宗、德宗等朝还不止一种;宣宗以后,宋敏求曾补修。直到南宋,这些实录都还保存完好。宋以后只有韩愈修的《顺宗实录》五卷,因收入《韩昌黎外集》而得以保存,其馀均亡失不传。五代除梁末帝、周恭宗未修实录,其他八姓十一帝都修有实录,至今一种一卷都没有传下来。清末缪荃荪刻《烟画东堂小品》中的《周世宗实录》一卷,是从《南唐书注》中录出,后者又是辗转抄录《册府元龟》而已。已亡逸的唐五代实录,在唐宋典籍中有许多零星的摘录,引录较多的是《册府元龟》,只是至今尚无人做系统辑录。

　　由司马光主持,刘攽、刘恕、范祖禹同修,历时十九年始定稿的《资治通鉴》二百九十四卷,纪事上起三家分晋,止于五代归宋,凡 1362 年,引书逾 350 种,逐年史事均经反复比读文献后得到,取舍中又体现出作者卓越的史识,在史学史上享有崇高声誉。其隋前部分,虽亦叙述清晰,资料翔实,但因所据文献以正史为主,十之八九现在还能看到,从史料角度看,价值并不很高。隋唐五代部分,情况就完全不同了。由于当时唐五代实录还保存完整,司马光又利用了大量现已失传的珍贵文献,如隋唐之际引及杜宝《大业杂记》、赵毅《大业略记》、韩昱《壶关录》、刘仁轨《河洛行年记》、杜儒童《隋末革命记》、贾闰甫《蒲山公传》,叙安史之乱前后事用包谞《河洛春秋》、温畲《天宝乱离记》、宋巨周《玄宗幸蜀记》、平致美《蓟门纪乱》、凌准《邠志》、陈翊《汾阳王家传》、李翰《张中丞传》、李繁《邺侯家传》,叙德宗时变乱用谷况《燕南记》、徐岱《奉天记》、袁皓《兴元圣功录》,叙文武间事用李德裕《文武两朝献替记》《会昌伐叛记》、杨时《开成纪事》、李潜用《乙卯记》、刘轲《牛羊日历》、令狐澄《大中遗事》及佚名《大和摧凶记》《野史》《甘露记》等,这些史书,现在都失传或仅存少量节本了,依靠《资治通鉴》的引录,尚能得知部分面貌。司马光遇有文献记载有差异处,别撰《资治通鉴考异》三十卷以作说明,而遇记载一致者,则不复交代。有不少不见他书的史事,虽未说明书证,相信司马光是作过认真考虑而确定的,应予重视。《资治通鉴考异》引录文献极其丰富,也是辑录隋唐五代文献的重要渊薮。《资治通鉴》和《资治通鉴考异》,现均有宋刊本留存,《四部丛刊》本影印。元代胡三省为《资治通鉴》作注,详于制度、地理的解释和史事的相互联系,在传统史书的注本中也很负盛名。胡注采取全书夹注的方式,又将《资治通鉴考异》分别散于《资治通鉴》正文之下,较便利用。通行的中华书局校点本即用胡注本,并参考清代学者的校勘成果,是现在最好的文本。

三　政　书

通述历代制度沿革的著作,先有刘知几之子刘秩作《政典》三十五卷,采经史百家,依《周礼》六官,分类编述。杜佑受他影响,作《通典》二百卷,分《食货》《选举》《职官》《礼》《乐》《刑》《州郡》《边防》等类,历记秦汉以来的制度变化。书中记隋以前制度,多用正史和群经子书,唐代部分则收集格敕令式及奏议实录,保存了许多重要文献,且分类编次,线索清楚,便于利用。《政典》不传,《通典》则成为《三通》及《十通》中的第一部,历代刻本众多。以往较通行的是殿本和商务印书馆《十通》缩印本,但不是很好。近年日本影印了南宋刻本,中华书局 1992 年又出版了王文锦等点校本,可以信用。宋初宋白曾作《续通典》,记中晚唐、五代制度,但未传,日本船越泰次有辑本(汲古书院 1985 年)。

专记唐一代制度沿革的著作,先有德宗时人苏冕、苏弁兄弟作《会要》四十卷,记高祖至德宗九朝制度;宣宗时宰相崔铉又奉诏撰《续会要》四十卷,补录德宗至宣宗时制度变化。宋初宰相王溥所作《唐会要》一百卷(上海古籍出版社 1991 年),实际上只是将苏、崔二书拼合而成。后苏、崔二书不传,其内容均被王溥收入《唐会要》。《唐会要》虽成书于宋初,王溥并没有做太多的增补工作,全书中宣宗以后记事仅寥寥数则,可以说是全取苏、崔二书以成编。也正因为如此,《唐会要》保存了唐代大量有关典章制度的他书罕见的珍贵文献,值得学者重视。王溥还作有《五代会要》三十卷(上海古籍出版社 1983 年),与《唐会要》不同的是,此书是他从五代实录中采集有关典章制度的文献编录而成,有其独特的价值。

唐一代的诏令文书,北宋宋敏求编有《唐大诏令集》一百三十卷,收录颇为丰备,此书有《四库全书》本、《适园丛书》本、商务印书馆 1959 年校排本、学林出版社 1992 年校排本,但诸本所记作者稍有出入,应参互利用。日本仁井田陞著《唐令拾遗》(长春出版社 1989 年),试图全面考清唐代政令格式的内容,对了解典章制度也很重要。

此外,长孙无忌《唐律疏议》、萧嵩《大唐开元礼》、王泾《大唐郊祀录》等,也是记录唐代法律、礼制的重要史书。

四　职　官　录

记载隋唐职官设置、职守、品阶的专书,除《隋书·百官志》《旧唐书·职官志》《新唐书·百官志》外，《唐六典》（中华书局 1994 年）、《通典》等书亦有较详尽的介绍。《旧五代史》的《职官志》已不完整，《新五代史》没有设立职官志，五代各朝职官变化又极繁剧，只能从宋人编的《职官分纪》和几种政书、类书中考寻大概。唐代曾有一批官署的专书，存下来的只有李肇《翰林志》（《百川学海》本），其他如韦述《集贤注记》、韩琬《御史台记》等，都没有存留。唐时各部司台监和地方州县，多有题名壁记，记载官员的任职次第和始末年月。现在还能看到的，有右司郎官、御史台、翰林学士以及南方的越州、湖州、睦州的职官题名。有关学者依据这些题名，并根据研究工作的需要，编修了一批职官专书，分述如下。

唐代宰相，《新唐书·宰相表》记录所有宰相的任职年月和职衔，与前后史书比对，较可信从。

唐代与宰相相当或稍低一些的官员，台湾学者严耕望撰《唐仆尚丞郎表》（《史语所专刊》1956 年，中华书局 1986 年），依据存世文献，排列了仆射、尚书左右丞、六部尚书、侍郎等几类官员的任职时间，并附有考证。

九寺长官，今人郁贤皓、胡可先有《唐九卿考》（中国社会科学出版社 2003 年），作了全面考稽。

翰林学士，南宋洪遵编《翰苑群书》（《知不足斋丛书》本）中，保存了丁居晦《重修承旨学士壁记》，录开元到咸通间担任翰林学士者的迁转年月及职衔。近人岑仲勉作《翰林学士壁记注补》（《史语所集刊》第 15 本），对所记人事作了详细考证。岑氏又作《补唐代翰林两记》（《史语所集刊》第 11 本，又同时收入《郎官石柱题名新考订》），补列了僖、昭、哀三朝翰林学士的任职始末。

尚书省六部郎官，本有左右各一个七棱形石柱供郎中、员外郎题写姓名。明以后，右司郎官石柱丢失，只有左司郎官柱一直保存于西安碑林中。左司郎官柱包括礼部、吏部、户部下属十二司郎官的 3 000 多人的题名，且均以任职先后排列。清人劳格、赵钺据原石精拓重录后，又广稽文献，作《唐尚书省郎官石柱题名考》二十六卷（收入《月河精舍丛书》，又中华书局 1992 年徐敏霞校点本），对柱上人名的生平事迹作了大致勾勒。岑仲勉先后作《郎官石柱题名新著录》（收入《金石论丛》，上海古籍出版社 1982 年)《郎官石柱题名新考订》(《史语所集刊》第八本第一分,上海古籍出版社 1984 年),重定了原题名的顺序,补充了有关人物的事迹资料。

三院御史,包括侍御史、殿中侍御史和监察御史,是重要的监察官员。西安存御史台精舍碑,约有千人题名,虽不及郎官柱的规模,也可资考证。赵钺、劳格作《唐御史台精舍题名考》(中华书局 1997 年),体例同前书。

方镇节帅,玄宗时初置十道节度使,安史乱后节镇权力大增,集军、政、财权于一体,尤为显赫。清末吴廷燮作《唐方镇年表》(中华书局 1980 年),对各镇节度、观察等使的任职年月作了考订排列。今人戴伟华作《唐方镇文职僚佐考》(天津古籍出版社 1994 年),对入幕的文职辅助官员作了系统调查。朱玉龙作《五代方镇年表》(中华书局 1997 年),对五代百馀方镇的节帅作了全面稽考。

州郡牧守,州郡牧守是地方临民施治的官员,与各地文人来往密切。近人岑仲勉作《隋州郡牧守年表》(《隋书求是》附录),对隋代牧守作了罗列。今人郁贤皓作《唐刺史考》(江苏古籍出版社 1987 年),对唐代近三百年间 415 个州郡的刺史、太守作了全面考索编列,对文学研究有很大帮助。后经十多年增订,又编制了索引,重编为《唐刺史考全编》(安徽大学出版社 2000 年),可说是更臻完备了。

五 姓 氏 录

隋唐时期承魏晋南北朝馀风,世家大族在政治、文化上仍然保持着很大的影响,夸耀门第郡望仍是当时普遍的风气。唐太宗时,由高士廉、韦挺、岑文本、令狐德棻等撰《大唐氏族志》一百卷,将军功新贵提高到可与世家大族齐肩的地位,后来柳冲又作《大唐姓族系录》二百卷,也体现这一倾向。这些氏族志,后来都失传了,现在能看到的唐人同类著作只有林宝的《元和姓纂》十卷。林宝以通晓谱牒之学而有名于与中唐,他于元和七年(812)受诏编录士人世系,以作朝廷封爵授勋的依据,乃参据经籍旧史和诸家图牒,用 200 天时间编成。此书首先是一部姓氏书,援据文献考索各姓的得姓始末,并记及汉魏以来各姓的重要人物及世系传承,于世家大族记述较详,对唐初以来曾担任重要官职者,均注意记录其籍贯家世。全书记录人名逾万,远远超过两《唐书》有传或载及的人数,且切实准确,不作虚饰夸大,对考索汉唐以来缙绅谱系,特别是唐代的人物身世,极为有用。原书久逸,清人从《永乐大典》中辑出,收入《四库全书》时分作十八卷,孙星衍、洪莹重校时改为十卷,大约仅存原书的十之七八,李、王、张、崔、郑、裴、杨、卢等大姓均不存。近人岑仲勉作《元和姓纂四校记》(史语所专刊1948年),广稽文献以校订原文,为书中载及的数千人名勾勒生平事迹,其意义已可视为唐代人物的工具书。今人孙望、郁贤皓、陶敏以光绪六年(1870)刻孙、洪校本为底本,将岑氏《四校记》全部标点收入,成为现在较好的通行本(中华书局1994年)。

　　《元和姓纂》所缺诸大姓世系,在《新唐书·宰相世系表》中有部分的保存。《新唐书·宰相世系表》主要写成于北宋熟知谱牒之学的吕夏卿之手,为98姓的369位唐代宰相排列了家族世系。据岑仲勉研究,吕氏的主要根据就是《元和姓纂》,又补充了一些公私谱牒以成编。其记录的大姓世系,适可与《元和姓纂》互补。今人赵超有《新唐书宰相世系表集校》(中华书局1998年),综合前人考订,又用石刻材料作了补订。

　　此外,宋人邓名世《古今姓氏书辨正》(《守山阁丛书》本)中,也保存了一些唐人世系文字。

六　杂史笔记

　　隋唐五代时期的杂史别史、笔记琐闻类著作甚多,其中颇有据国史实录节写而成的,亦有记录重要人物亲历见闻的,常具有很高的史料价值,足补正史之缺遗。以下试列举一批最重要的著作。记初唐事者,吴兢《贞观政要》十卷(上海古籍出版社1978校点元戈直注本)专载太宗君臣治国方略,王方庆《魏郑公谏录》五卷(《四库全书》本)可作补充;张鹭《朝野佥载》(中华书局1979年)对武后至玄宗初年的政治阴暗面和士风失堕记录颇多,虽因偏激而不免有失实处,可参考者亦多。记玄宗时事者,有郭湜《高力士外传》、李德裕《次柳氏旧闻》、郑处海《明皇杂录》、郑棨《开天传信记》、王仁裕《开元天宝遗事》(均收入上海古籍出版社1985年编印《开元天宝遗事十种》)等。记安史之乱,有姚汝能《安禄山事迹》(上海古籍出版社1983年)。记德宗奉天之难有赵元一《奉天录》(《云自在龛丛书》本)。记宣宗时政事有裴廷裕《东观奏记》(中华书局1994年)。记名人逸事有刘𫗧《隋唐嘉话》(中华书局1979年)、刘肃《大唐新语》(中华书局1984年)、赵璘《因话录》(中华书局上海编辑所1957年)、封演《封氏闻见记》(辽宁教育出版社1998年)、李肇《国史补》(中华书局上海编辑所1957年)还兼记风俗制度,王定保《唐摭言》(上海古籍出版社1978年)专记科场见闻。补录五代史事的有陶岳《五代史补》(《豫章丛书》本)、王禹偁《五代史阙文》(《四库全书》本)等。记南唐逸闻的有郑文宝《南唐近事》(《四库全书》本)、《江表志》(《说郛》本)、陈彭年《江南别录》(《古今说海》本)、史温《钓矶立谈》(《知不足斋丛书》本)等。

七　地理类书籍

地理类书籍很多,又可分为三类。

总志　隋代统一全国后,很重视地理总志的编修,先后有虞茂作《区宇图志》一百二十八卷、郎蔚之作《隋图经集记》一百卷,都是气象宏大的著作,可惜早已不存。唐太宗时魏王李泰命萧德言、顾胤、蒋亚卿、谢偃、苏勖等共撰《括地志》五百五十卷,以贞观十三年(639)大簿为依据,对全国地理山川作了详尽的记录。原书不传,张守节《史记正义》引录颇多,《初学记》也引录了此书序略的总目。今人贺次君辑为《括地志辑校》(中华书局1980年),虽仅存百一,已很可贵。只是日本尚存残卷,张楚金《翰苑》(收入《辽海丛书》)亦颇引遗文,辑本未能利用。玄宗时梁载言《十道志》十六卷,德宗时贾耽作《古今郡国县道四夷记》四十卷,各记当时地理形势,都不传。宪宗时李吉甫作《元和郡县图志》四十卷,以贞观十道为纲,配以当时的四十七镇,尤其关注各州县的山川形势和攻守利害,是我国现存最早而相对完整的地理总志。今本缺六卷,有清光绪六年

（1870）金陵书局本和今人贺次君校点本（中华书局1983年）。对唐一代地理沿革，《旧唐书·地理志》《新唐书·地理志》都有较详的记载。五代地理沿革，《旧五代史·地理志》仅存几则，《新五代史·职方考》重在说明州县的归属变化，只有《五代会要》记录稍详。宋代地理总志中，对隋唐五代文学研究有用的，一是《太平寰宇记》二百卷，宋初乐史撰，记载天下地理形势，颇注意人文方面的内容。二是南宋王象之的《舆地纪胜》二百卷（中华书局1992年影印清刻本）和祝穆的《方舆胜览》七十卷，这两部书除如一般总志记载地理沿革和山川形势外，都以大量篇幅记录名胜古迹、古今人物、碑刻诗词、名言隽语等与文学关系密切的内容。《舆地纪胜》篇幅宏大，引录唐宋诗歌和典籍为数极多，加上清后期才通行，学者利用还很不充分。《方舆胜览》有宋本存世，上海古籍出版社初线装影印，1991年又出缩印精装本，附有人名地名引书索引，较便使用。另有中华书局校点本（2003年）。

　　长安与洛阳　长安与洛阳是隋唐的两京，也是文人活动的主要舞台。唐时即有多种著作记述两京的城市概况和坊里构成，如邓世隆《东都记》三十卷、韦机《东都记》二十卷等早已亡失，只有玄宗时的韦述《两京新记》五卷，还有第三卷的残本保存在日本金泽文库，所记为长安朱雀街西诸街坊的情况。收入《佚存丛书》，页次稍有颠倒。近人岑仲勉、周叔弢有校订，日本平冈武夫《唐代的长安与洛阳·资料篇》据尊经阁本重理影印，较好。另清末曹元忠辑有逸文两卷，平冈武夫又得《续拾》43则。北宋宋敏求撰《长安志》二十卷，南宋程大昌作《雍录》十卷（二书均收入《宋元方志丛刊》，中华书局1993年），元骆天骧作《类编长安志》十卷（有黄永年校点本，中华书局1990年），于长安宫城坊里及四郊记载极为详细。宋敏求亦曾撰《河南志》，不传。清代徐松从《永乐大典》中辑出元《河南志》（中华书局1994年高敏校点本），是现存洛阳最早的志书。徐松依据《长安志》和《河南志》两书，又广稽文献，作《唐两京城坊考》（道光《连筠簃丛书》本，中华书局1985年方严校本），是清代对隋唐两京研究最为严谨详密的著作，广受学界好评。近代以来，因科学考古的展开和许多新文献的发现，对隋唐两京的研究也更为科学精密。中国学者对此的考订著作,有辛德勇《隋唐两京丛考》(三秦出版社 1991 年)、阎文儒、阎万钧《两京城坊考补》(河南人民出版社 1992 年)、李健超《增订唐两京城坊考》(三秦出版社 1996 年)、杨鸿年《隋唐两京坊里谱》(上海古籍出版社 1999 年)、杨鸿年《隋唐两京考》(武汉大学出版社 2000 年),各有进一步的发明和纠订。平冈武夫也广搜文献和地图,作《唐代的长安与洛阳》的《资料篇》《地图篇》和《索引篇》(上海古籍出版社 1989 年),颇便读者。

　　方志　隋代各地始作图经,唐代职方司要求各地方每三年报一次图经,但唐图经保存下来的,只有敦煌文献中的《沙州图经》《沙州都督府图经》《沙州志》等几种,以及樊绰《蛮书》十卷(中华书局 1962 年向达校注本)、段公路《北户录》三卷(《十万卷楼丛书》收崔龟图注本)、莫休符《桂林风土记》一卷(《四库全书》本)、刘恂《岭表录异》三卷(《四库全书》本)等专记南方风物的地记。《吴地记》(江苏古籍出版社 1986 年)虽署唐陆广微撰,但已杂有宋初内容。宋元方志今存约 40 种,因去唐不久,保存了许多隋唐五代的珍贵史料。其中江南各地方志,如今南京有《景定建康志》《大德金陵续志》、镇江有《嘉定镇江志》《至顺镇江志》、常州有《咸淳毗陵志》、无锡有《元无锡县志》、苏州有《吴郡图经续记》《吴郡志》(江苏古籍出版社 1986 年)、湖州有《嘉泰吴兴志》、杭州有《咸淳临安志》、绍兴有《嘉泰会稽志》、宁波有《宋元四明六志》、建德有《严州图经》、临海有《嘉定赤城志》、福州有《淳熙三山志》(以上各书均收入中华书局 1990 年影印本《宋元方志丛刊》),都记载了各地的山川风物和人文盛事,有的还包括职官和进士名录,对研究唐代文史很有参考价值。明方志今存数百种,清方志存数千种,也有一些可资参证的文献。

八　石　刻

　　隋唐五代崇尚刻石埋铭,石刻品目繁多,较主要的,一是陵墓前的神道碑,仅限于有显赫官位者可立;二是藏于墓穴中的墓志铭,士庶皆可,形制不一,僧人塔铭为其变体;三是造像记,是净土崇拜兴盛后的产物,文字大多较简率,内容均为禳灾祈福之类,有文学价值的不多;四是刻经,儒家有开成石经,佛家有房山石经,中唐密宗兴起后,流行刻《尊胜陀罗尼经》和经幢,存下来的很多;五是诗词题名,唐代还不算极盛,但与文学多有密切联系。宋代金石学兴盛,汉唐石刻发现很多,在欧阳修《集古录》(《欧阳文忠公文集》本)、赵明诚《金石录》(上海书画出版社1985年金文明校证本)、朱长文《墨池编》(《四库全书》本)、郑樵《通志·金石略》(中华书局1995年)、阙名《宝刻类编》(《粤雅堂丛书》本)、陈思《宝刻丛编》(《十万卷楼丛书》本)、王象之《舆地纪胜·碑记》(《粤雅堂丛书》本)等书记录了数以千计的唐代碑石,只是可惜当时没有人像洪适《隶释》录汉碑文字那样录出唐石刻文字,至今宋人所见十之八九已不知所在。元明两代石学不盛,可提到的只有篇幅不大但录唐诗文颇多的陶宗仪《古刻丛钞》(《知不足斋丛书》本),以及赵崡的《石墨镌华》(《知不足斋丛书》本)。清代金石学鼎盛,研究唐石有四类著作值得重视:一是目录类,如孙星衍《寰宇访碑录》(《平津馆丛书》本)、赵之谦《补寰宇访碑录》(同治刻本)、吴式芬《攈古录》(光绪刻本)等,记录唐石数量很可观;二是题跋类,重要的有顾炎武《金石文字记》(《四库全书》本)、朱彝尊《金石文字跋尾》(《曝书亭集》本)、叶弈苞《金石录补》(《行素草堂金石丛书》本)、钱大昕《潜研堂金石文跋尾》(江苏古籍出版社1997年《嘉定钱大昕全集》本)、武亿《授堂金石跋》(中州古籍出版社1993年)等,多出名家之手,颇多特见;三是地方金石类,如阮元《山左金石志》(嘉庆小琅嬛仙馆刊本)、《两浙金石志》(文物出版社影印道光刊本)、沈涛《常山贞石志》(道光刊本)、胡聘之《山右石刻丛编》(山西人民出版社1988年影印光绪刻本)、刘喜海《金石苑》(录四川石刻,道光来凤堂刊本)等,石刻散在各地,地方的收集常有稀见的珍品;四是集大成的录文汇跋类,王昶《金石萃编》(中国书店1985年影印扫叶山房本)尽管录文未尽臻善,但在金石史上,确是划时代的著作,稍后的陆耀通《金石续编》(中国书店1985年影印扫叶山房本)、陆增祥《八琼室金石补正》(文物出版社1985年影印希古楼刻本)和《八琼室金石补正续编》(《续修四库全书》影印稿本)、端方《匋斋藏石记》(商务印书馆1911年石印本)等,所收都极其丰富。民国间,因陇海线施工,北邙古墓群多被发现,加上各地的陆续新获,隋唐碑石有许多新的发现。罗振玉在中原一带广收碑拓,所得甚丰,先后编印《芒洛冢墓遗文》五编、《东都冢墓遗文》《山左冢墓遗文》《襄阳冢墓遗文》《邺下冢墓遗文》《广陵冢墓遗文》《京畿冢墓遗文》《中州冢墓遗文》《唐三家碑录》《昭陵碑录》《海东藩阅志存》(罗氏各书均有自刊本)等大量专书,保存了可观的唐人文字。民国间张钫《千唐志斋藏志》收唐志达 1 200 多方。李根源《曲石藏志》数量虽少,颇具精品,如著名的《王之涣墓志》《泉男生墓志》皆为其所有。张、李二家藏志当时曾传拓多本,分售各大图书馆,直到 80 年代才分别由文物出版社和齐鲁书社影印出版。最近十多年因考古发掘工作的展开和影印技术的普及,先后出版的汇录大宗隋唐碑志者有《北京图书馆藏历代石刻拓本汇编》(中州古籍出版社 1989 年)、《隋唐五代墓志汇编》(天津古籍书店 1991 年)、《洛阳出土历代墓志辑绳》(中国社会科学出版社 1991 年)、《昭陵碑石》(三秦出版社 1993 年)、《新中国出土墓志(河南、陕西、重庆分册)》(文物出版社 1994—2002 年)、《洛阳新获墓志》(文物出版社 1996 年)等,大大方便了研究者参考的需要。据石刻录文的著作,则有周绍良等编《唐代墓志汇编》(上海古籍出版社 1992 年)和《唐代墓志汇编续集》(上海古籍出版社 2001 年),录墓志 5 000 多方;吴钢主编《全唐文补遗》(三秦出版社 1994—2000 年)七册,均取石刻,存文约 4 200 篇。石刻文献中记录了大量显宦名臣的事迹,保存了许多重要作家的逸文,其本身也多可考见当时的社会风俗和文风变化,对文史研究都具有极重要的意义。

九　书　目

经过了南北朝的长期战争和分裂,隋代非常重视图书文献的收集和编录。牛弘于开皇三年(583)请搜访图书,次年编成《隋开皇四年书目》四卷,后王劭又编《隋开皇二十年书目》四卷。这两种书目虽未传下来,但在隋代文献基础上,唐初编成的《隋书·经籍志》充分反映了汉唐间典籍的聚散流通情况,成为中国文化史上最重要的书目之一。清代章宗源作《隋书经籍志考证》,仅存史部十三卷;姚振宗撰《隋书经籍志考证》五十二卷,对各书原委作了详尽考察(二书均收入《二十五史补编》)。日本兴膳宏、川合康三作《隋书经籍志详考》(汲古书院 1995 年),重点在记录《隋志》著录图书在唐以后的流传情况。经唐初百年发展,玄宗时文化称盛,开元初先后由马怀素、元行冲领衔整理丽正殿图书,编成《群书四部录》二百卷,每书均写有提要。稍后毋煚据以节录为《古今书录》四十卷,共收书 51 852 卷。这两部反映盛唐藏书的大书虽不传,但五代史臣修《旧唐书》时,为求省事,将《古今书录》所收各部类图书悉数收入,编为《经籍志》。从史例来说,《旧唐书·经籍志》应反映一代典籍,截止于开元初并不妥善,但却因此而保存了开元内府书目,具有特殊的意义。北宋内府的藏书,由王尧臣、欧阳修等编为《崇文总目》六十六卷,其中隋唐五代图书占了绝大部分。《崇文总目》原书不传,清人从《永乐大典》中辑出,编为五卷(《粤雅堂丛书》本),仅有书名、卷数、作者,解题仅保留了很少的几条。二十年后欧阳修、宋敏求等编《新唐书·艺文志》,是记录唐人著作最丰富的书目。今人张固也著《新唐书艺文志补》(吉林大学出版社 1996 年),作了可观的补充。宋元公私书目记录隋唐五代图书较重要的,还有以下这些:晁公武《郡斋读书志》(上海古籍出版社 1990 年出版孙猛校笺本),录其绍兴间私藏图书,且逐书均有提要;缺名《秘书省续编到四库阙书目》(《观古堂书目丛刊》本),南宋初年的一本内容丰富而编录凌乱的书目,徐松从《永乐大典》中辑出,一般学者较少留意;尤袤《遂初堂书目》(《说郛》本),也录其私藏,大多仅有书名,间及作者;郑樵《通志·艺文略》(中华书局 1995 年),据各种书目抄撷而成,虽非实藏,但有一些他书缺载的图书,又存留了一些《崇文总目》提要的摘录;陈振孙《直斋书录解题》(上海古籍出版社 1987 年),南宋最重要的私藏书志,其提要尤着重介绍书籍的内容流变;马端临《文献通考·经籍考》(华东师范大学出版社 1985 年),以晁、陈二家书目为主,又采撷了宋代各种书志史传而成;王应麟《玉海》(江苏古籍出版社、上海书店 1987 年影印清末浙江书局本),作者读书极博杂,摘录文献很有眼光,书中保存了唐宋文献的许多珍贵片段,但分录在各卷中,寻觅不易;《宋史·艺文志》,据宋代各种公私书目拼凑而成,收录宏富,但错误百出,是宋元书志中存书最多的一种,学者不能不用,但尤应小心取舍鉴别。今人陈乐素有《宋史艺文志考证》(广东人民出版社 2002 年),可资参考。此外,日本藤原佐世编《日本国见在书目录》(《古逸丛书》影刻室生寺本),成书时间约当唐昭宗时,记录了日本国家机构收藏的汉文典籍,其中大多为隋唐著作。

十　类　书

　　类书的编纂,唐宋时期风气颇盛。当时的目的,是为文士临文秉笔之际提供辞章典故检索的方便。今日看来,其价值则在于多存古书之片段,多存古人之诗文,可资古籍的校勘,可资作品的补辑。对初学者来说,也可借此以便捷地熟知典故辞章。唐宋时期编纂的类书,对隋唐五代文学研究来说,是十分重要的典籍。隋唐之际欧阳询主编《艺文类聚》一百卷(中华书局上海编辑所 1959 年影宋本、1965 年校排本)、虞世南修《北堂书钞》一百七十三卷(中国书店 1989 年影印光绪孔广陶校刊本),所收均为唐以前作品,其意义在于可据以了解唐人诗文中许多用典的来源。玄宗为方便诸子读书而让徐坚等人编修的《初学记》三十卷(中华书局 1962 年),是一部简明得要的中型类书,书中引录初唐人作品颇多,且各类下均有事对,可见当时风气。白居易编《白氏经史事类集》三十卷(1933 年藏园影宋本),俗名《六帖》,是为其本人作诗文的素材准备,可能最初未必有成书的打算,书中大多引文都不注所出,所引也以六朝以前书为主。敦煌发现了一批唐五代民间流行的小类书,重要的有杜嗣先《兔园策府》、王伯屿《励忠节抄》、李若立《略出籝金》等。台湾学者王三庆辑有《敦煌类书》(高雄丽文公司 1993 年),汇录颇备。宋代类书,以《太平御览》《册府元龟》二书规模最大,也最为重要。《太平御览》一千卷(中华书局 1960 年年影印宋刻本),是以北齐《修文殿御览》为基础编纂而成,所引隋前文献约占十之七八,相信大多是北齐前古本,隋唐五代文献仅占十之二三。即便如此,所引隋唐五代文献也已是很大的数量。《册府元龟》(中华书局 1960 年影印明刻本、1989 年影印残宋刻本)也是一千卷,初名《历代君臣事迹》,于隋前史实,多取正史,于唐五代,则以正史与实录并用。由于当时得见的《旧唐书》和《旧五代史》均以实录为主修成,说《册府元龟》唐五代全取实录,也不为过。因唐五代实录几乎已全部失传,《册府元龟》中的这部分资料极其珍贵。宋元私修类书,较有价值的可举以下几种:1. 吴淑《事类赋注》(中华书局 1989 年),以百篇赋立目,自注出处,简明清晓,流传很广,但引隋唐五代文献不太多。2. 晏殊《类要》(《四库全书存目丛书》影印旧钞本),多为其自己读书时检出,引录了隋唐五代许多很珍僻的文献。此书流传不广,清人畏于整理而未收入《四库全书》,现仅存三分之一,近年已影印,尚有百馀万字。3. 孙逢吉《职官分纪》(中华书局 1988 年影印四库本),据历代职官为目编修的类书,引录隋唐五代文献较有特点。4. 叶廷珪《海录碎事》(上海辞书出版社 1992 年影印明万历刻本)和缺名《锦绣万花谷》(上海辞书出版社 1989 年影印明刻本),南宋初的两部引书有独特之处的中型类书。5. 陈景沂《全芳备祖》(农业出版社 1982 年影印元刻配旧抄本),编录花草果木的典故诗词的类书。6. 王应麟《玉海》(江苏古籍出版社、上海书店 1987 年影印清末浙江书局本),也属南宋讲历代事实系统的类书,但编者读书博洽,识见高迥,此书引征丰富,编次有识,远非宋元间大量辗转抄录的坊间类书得望其项背。

十一　佛　藏

佛教自东汉传入中国后,给中国社会和中国文学均造成极大的影响和变化。隋唐五代是佛教日益中国本土化的时期,有关著作的数量极其巨大。汉译佛经的兴盛发达,各宗论说的深密独造,理论思辨的精密深远,释典注解的准确周详,因明、颂读的广为世知,都在隋唐五代文学发展中产生过很大的作用。仅就史传类著作来说,也有许多重要典籍是这一时期的文史研究所不可或缺的。在此只能举其大端:1. 僧传。别传有彦悰《唐护法沙门法琳别传》(《大正藏》本),慧立、彦悰《大慈恩寺三藏法师传》(中华书局 1983 年),足以代表唐代传记文学的最高成就。总传有道宣《续高僧传》(《大正藏》本)记梁陈以来至唐高宗前期的僧人事迹,宋初赞宁撰《宋高僧传》(中华书局 1987 年),则十之九五为唐五代僧人传略。2. 灯录。禅宗谱系类著作,唐代已出现,但系统总汇的,则以南唐静、筠二禅僧合撰的《祖堂集》为最早。此书中土不传,也未入藏,韩国藏有古本,影印行世很晚(日本京都中文出版社 1972 年)。书中记曹洞、沩仰二系较详,闽中禅派较多,其他派系稍略,与作者立场有关。书中引录了大量歌偈,又保存了许多口语,对文学、语言研究极重要。宋初道原《景德传灯录》(《四部丛刊三编》影宋本)是宋修五灯中最早的一部,记南北禅门各家谱系较周备,也引用了数量可观的语录和偈颂。稍后李遵勖作《天圣广灯录》(《卍续藏经》本),增补了一些晚唐五代的禅僧事迹。南宋僧普济合此二书及另三部灯录,编为《五灯会元》(中华书局 1984 年)一书,旧时流传很广,但于各种灯录均有较多删略。3. 语录。以《六祖大师法宝坛经》最重要,记六祖慧能生平和讲论,敦煌本最近原始,后世流行的契嵩、宗宝本已多经改窜。神会、希运、义玄、义存等名僧也有语录留存。南宋赜藏主编集《古尊宿语录》(中华书局 1994 年)收录唐宋禅师语录,其中有唐五代临济、曹洞两系的多种语录。4. 行记。是记录旅行经历的作品,唐四部书中甚少见,僧人有几部留传。最有名的是玄奘弟子记其师西行经历的《大唐西域记》(中华书局 1985 年季羡林等校注本),于行历各国都有具体的记录描写。圆照的《悟空入竺记》(《大正藏》本)则记录了中唐僧人的西行遭遇。日本僧人圆仁的《入唐求法巡礼行记》(上海古籍出版社 1986 年校点本,花山文艺出版社 1992 年白化文等校注本)、圆珍的《行历抄》(《大日本佛教全书》本),新罗僧人慧超的《往五天竺传》(中华书局 1994 年张毅笺释本),所记多为在唐所见,也有重要价值。5. 目录。佛典目录区分名类,编修精审,存留下来的隋唐目录也多达十多部。较具代表性的,一是隋代费长房的《历代三宝记》(《大正藏》本),是梁、唐间最重要的内典目录。二是智昇的《开元释教录》(《大正藏》本),其对佛典的考证详悉、类例审明,被后世推为楷模。三是圆照《贞元新定释教目录》(《大正藏》本),编次较芜杂,但保存的代、德两朝史料极丰富。6. 其他。还可以举出许多,如道世《法苑珠林》(《四部丛刊》影明本)编录佛教事类,保存了许多因果报应的小说故事。感应类传记有许多种,以将佛法灵通为旨要,但也多具小说雏形。道宣《广弘明集》(《四部丛刊》影明本)、《集古今佛道论衡》(《大正藏》本)重在保存佛道论辩资料,但也包含了宫中谈论谐谑的珍贵记录。玄应、慧琳先后作《一切经音义》(玄应书有《海山仙馆丛书》本,慧琳书有上海古籍出版社影印日本狮谷本),对了解唐代佛典语意和世俗辞语都可资参考。限于篇幅,不多举了。

十二　道　藏

《道藏》在唐宋金元曾数次开修,但都没能存下来。现在得见的《道藏》是明代正统年间在北京重修刊定的。全书共5 305卷,保存了历代《道藏》的孑留部分,也有一些明人新著。万历间又修《续道藏》,存书56种。商务印书馆于1926年影印北京白云观藏《道藏》,文物出版社等于1988年与《续道藏》合印为精装36册,较便使用。《道藏》中与隋唐五代文学有关系的书很多,除了一般文人阅读较多的道书,当时流行的外丹黄白术书籍中保存了炼丹服食的具体方法和过程,科仪斋醮类书中可见修道者的日常生活,还应提到以下几类著作:一是仙传,是神仙小说和道士传记的混合物。唐前有《神仙传》(本节凡据《道藏》本者不再另注)、《列仙传》一类书,隋唐五代继作者很多,仅杜光庭即作有《仙传拾遗》《王氏神仙传》《神仙感遇传》《墉城集仙录》等多种。《道藏》中存《神仙感遇传》《墉城集仙录》的残本,另有南唐沈汾《续仙传》,多记唐代散仙的事迹。南宋道士陈葆光专录神仙故事的《三洞群仙录》、元道士赵道一总汇历代仙道传记的《历世真仙体道通鉴》,以及世称道教小百科的张君房《云笈七签》中,均保存了大量的隋唐五代仙传遗文和道徒传记。二是名山志。道士多居山修行,天下名山多留遗迹。杜光庭作《洞天福地岳渎名山记》,按照道家传说和理想,将十洲三岛、中国五岳、十大洞天、五镇海渎、三十六靖庐、三十六洞天、七十二福地及灵化二十四治等八方面内容分别展开说明,篇幅不大,影响深远。唐时道教山志,仅有李冲昭《南岳小录》、徐灵府《天台山记》(《古逸丛书》本)、杜光庭《天坛王屋山圣迹记》

等几种留存,但在后代的志书,如宋陈田夫《南岳总胜集》(《道藏》所收本不全,郋园影宋本和《大正藏》本较好)、元刘大彬《茅山志》、明查志隆《岱史》等,都保存了大量隋唐五代时期的道教资料,可资研究。三是张君房《云笈七签》,摘录汉唐以来的道教经籍,举其要以成编,可据知道教各派学术的大概,也是判定唐代道书年代的重要依凭。四是各种道书中保存的数量可观的道教歌诗赞颂,汉唐时期的此类作品当逾千数。明代胡震亨曾作过初步的辑录,收入《唐音统签》,用了一个很不准确的"章咒"来统括之,《全唐诗·凡例》以"本非歌诗"的武断理由而删去。由于道书的年代判断难度很大,至今尚无法对这些作品作彻底的清理。

（刊《社会科学战线》2002 年第 5 期,收入《中国古代文学通论·隋唐五代卷》,辽宁人民出版社 2005 年）

日本汉籍中的唐代文学文献

自古以来,我国与周边国家就有着友好交往,我国的典籍因而随之流传国外,不少国内失传的古籍在国外尚有孑存,国外流传的古籍文本与国内传本也常有较大差异。周边各国如日本、韩国、越南等在历史上曾长期用汉文写作,留下了丰富的汉文著作。19 世纪中叶以来,中外交流日益频繁,流传国外的典籍得到广泛的介绍或出版,逐渐为国人所知,成为研究我国古代文史的新史料。唐代是中外交流十分活跃的时期,域外保存了丰富的唐代文献,其中日本所存最为丰富,本文拟就所知略作介绍。

一 汉籍在日本的流传及舶归

日本在圣德太子改革和大化改新后,加强中央集权,重视文化建设,特别注重摄取中国的先进思想文化。从公元 630 年开始,其后 264 年中,日本曾 18 次任命遣唐使(其中 13 次到达长安),每次遣唐使团人数多达数百人。其中留学生最著名的有吉备真备(695—775)和阿倍仲麻吕(701—770)。吉备真备于开元间入唐,研览经史,该涉六艺,归国时携回《唐礼》等汉籍,晚年官至右大臣,在入唐学人中最为显宦。阿倍仲麻吕汉名朝衡或晁衡,仕唐官至秘书监、安南都护,与李白、王维、储光羲等交游唱和。求法僧以"入唐八僧"最著,即最澄、空海、常晓、圆行、圆仁、惠运、圆珍、宗睿八位高僧。八人均有携归图书目录传世,其中包括大量佛教典籍,也有不少文学类书籍。如空海归献图书中即有《刘希夷集》四卷、王昌龄《诗格》一卷、《杂诗集》一卷、《朱昼诗》一卷、《朱千乘诗》一卷等(均见《遍照发挥性灵集》卷四)。此外,中国也有不少僧人东渡弘法,最有名的是鉴真,他将南山律宗的大量疏记带入日本。日本现存最早的汉籍目录学专著是日人藤原佐世所撰《日本国见在书目录》。

《日本国见在书目录》原名《本朝见在书目录》,阳成、宇多天皇期间(876—898),藤原佐世(? —897)奉敕编撰,记录了9世纪后半期日本各国家机构以及天皇私人实际藏书中的汉籍。全书依四部分类法,分为40家,共录汉籍1 568部,17 209卷,约及《隋书·经籍志》和《旧唐书·经籍志》所著录的图书之半,反映出唐时东传汉籍数量之巨大。其中与唐代文学关系密切者,一是在小学家类下有诗文评著作45种,多为讨论诗文体式声病之作;二是别集家存152种1 619卷,总集家存85种2 835卷,颇多中土不传之书;三是兵家、天文、历数、五行、医方等家收书数极多,对了解唐代社会民俗极为重要。此书国内有《古逸丛书》影印卷子本,《丛书集成》据以收入。日本有影印室生寺本,最善。

日人很重视文献的保存,加上日本本土社会稳定,战争较少,藏书的寺院独立,皇室尊崇,故唐时传入的图书得以完好保存。经今人严绍璗访查,平安时代传入日本的唐写本,至少尚存32种,其中1种列为皇家御物,19种列为日本国宝,12种列为日本重要文化财产。

宋元以后,中日交往仍很频繁,有大量宋刊本东传。江户时代,日本实行锁国政策,但特许中国船只进入长崎港,并在长崎港口对中国船舶所载图书作详细的登录,留下多种《舶载书目》,其中也包括大量明清人选刊的唐人诗集。日本刊刻的汉籍始于1247年,其后愈演愈繁,蔚为大观,世称和刻本。和刻本因多据唐宋旧本,流传系统与中土所传往往有很大不同,版本校勘价值很高。直到近代,汉籍东传仍未停止,最著名的当推陆心源皕宋楼藏书为日本岩崎家族购归(今藏静嘉堂文库),其次则为陶湘涉园藏书被日本东方文化研究所收购(今存京都大学文化研究所)。此外,抗日战争时期日军在华劫夺的图书数量也不少。

汉籍东传的同时,日僧著述于宋元时期曾陆续西传入华,而在中国学人中引起广泛影响的,则始于乾隆间山井鼎《七经孟子考文》的传入以及成于乾、嘉间的《佚存丛书》和《全唐诗逸》最为世所知。《佚存丛书》为天瀑山人林衡于1799年所辑,收入日本所存而中土散佚的古籍17种,其中有关唐代的就有《臣轨》《乐书要录》《两京新记》《文馆词林》《蒙求》《唐才子传》以及李峤《杂咏》等7种。《佚存丛书》与《全唐诗逸》引起中国学者的高度重视,前者在近代曾两次翻刻,阮元选取其中7种刻入《宛委别藏》,后者则由鲍廷博刻入《知不足斋丛书》。道光以后,中、日两国学者都颇热心于日存汉籍的搜辑研究,日人森立之(1807—1885)等著《经籍访古志》,著录汉籍善本662种。服部宇之吉(1867—1933)于1933年刊《佚书目录》等,较前又有所增益。据1982年写本《本邦现存汉籍古写本类所存略目录》,所收古抄本即达751种。中国学者赴日访书而成就卓荦者,有杨守敬、黎庶昌、傅云龙、董康、傅增湘、罗振玉、孙楷第等。其中杨守敬(1839—1915)著《日本访书志》,录书240多种,黎庶昌刊《古逸丛书》,存书24种,影响较大。近20年中,中国学者利用赴日公私访学的机会访求汉籍,也有可喜的收获。

二　日本所存唐抄古写本

日本奈良(710—794)、平安(794—1192)时代传入的汉籍,大多为唐时写本。当时,日人抄写中国典籍蔚为风气,抄写者从天皇、贵族大臣到一般的经生学子,都有写卷存留。其后历镰仓(1192—1333)、室町(1333—1573)、江户(1603—1867)时代,都有可观的写本存留,后出的写本又往往保存了已失传的古书的内容。以下以唐抄本为主,介绍一些对唐代文学研究较重要的著作。

《文馆词林》　高宗时许敬宗编,宋以后国内失传,《佚存丛书》本仅收4卷。后将日本所存在国内影写或排印刊布者有《古逸丛书》本收14卷,《适园丛书》本收23卷,董康影刊本收18卷。1969年,日本古典研究会将日本所存此书残卷汇印,共得30卷,其中卷次已详者27,卷次不详残卷有3。30卷中,有23卷直接采用弘仁(810—823)抄本影印,极其珍贵。此书所存文,可补严可均《全上古三代秦汉三国六朝文》者多达197篇;诗存5卷,多为冯惟讷所未取,逯钦立《先秦汉魏晋南北朝诗》已全收入。所存唐人之作,有文无诗,可补《全唐文》者有碑8、诏17、令1、敕 1,凡 27 篇。其中李百药《窦轨碑》《刘瞻碑》《黄君汉碑》,虞世南《庞某碑》,薛收《王怀文碑》,褚亮《周孝范碑》《上官政碑》《庄元始碑》,作者皆唐初著名文臣,所记皆隋唐之际风云人物,文学、历史价值都很高。武德、贞观间诸诏敕,亦颇涉重大史事。

《翰林学士集》 编者不详,日本尾张国真福寺旧藏,今藏名古屋大须观音室生院。原卷卷首书题及目录之前半缺,尾题“集卷第二　诗一”;背面抄《代宗朝赠司空大□正广智三藏表制集》卷五,系平安时代中期以前的写本,可见其古。光绪间黎庶昌使日时发现此卷,由贵阳陈矩影写刊布,又收入《灵峰草堂丛书》,但颇有遗漏处。日本和泉书院 1992 年出版村田正博《翰林学士集本文和索引》,国内有陈尚君点校本(收入陕西人民教育出版社 1996 年出版之《唐人选唐诗新编》)。唐太宗时尚无翰林院及学士之制置,“翰林学士集”显为后人妄题。此卷收唐太宗与许敬宗、郑元璹、于志宁、沈叔安、张后胤、张文琮、陆揖、长孙无忌、杨师道、朱子奢、褚遂良、上官仪、高士廉、刘泊、岑文本、郑仁轨、刘子翼及缺名诗共 51 首,其中近 40 首未见于《全唐诗》。卷中作者前各题官衔,有裨考证。卷中唐太宗署“太宗文皇帝”,知其编定在太宗死后。诗均为应令或应制之作,同题唱和一题下多者至 9 首,少者仅 1 首,但每题均有许敬宗诗,以太宗及群臣附见,目录均以许诗立目,故陈尚君考为《许敬宗集》之残卷。

《文选集注》 编者无考,约成书于中唐时期。全书 120 卷,集录唐李善、五臣、《音决》(公孙罗《文选音决》)、《抄》、陆善经等多种注本。其中前二种虽存,但与此书文字颇有差异;后三种则世无传本,仅赖此书引存。其中陆善经为玄宗朝集贤学士,《日本国见在书目录》曾著录其注经子书 8 种,均不存,仅本书略存遗说。1935 年罗振玉《嘉草轩丛书》曾将此书残本 16 卷影印收入。1935—1942 年,日本《京都帝国大学文学部影印旧抄本丛书》据原件影印此书,共得 23 卷。2000 年上海古籍出版社《唐抄文选集注汇存》印出,增益了台湾、北京、天津、日本所存 4 种残卷,颇称完备。

《王勃集》 存写本 4 种。(甲)序一卷,末存“庆云四年(707)”题记。原卷存奈良正仓院,1983 年景刊于《正仓院展》中。卷中存《于越州永兴县李明府送萧三还齐州序》等序 41 篇,其中 20 篇为《全唐文》所未收。(乙)墓志一卷,藏兵库县芦屋市上野氏。为卷二十八"墓志下",首有卷目,凡 4 篇,今存《达奚公墓志》等 3 篇,佚其《陆□□墓志》。此三志《全唐文》均未收。(丙)东京国立博物馆藏二卷,为集卷二十九、三十。其中卷二十九存《张公行状》及祭文 5 篇,后半残,所缺当即目录中《祭高祖文》。卷三十前半缺,存《君没后彭执古孟献忠与诸弟书》《族翁承烈书》《族翁承烈致祭文》《族翁承烈领乾坤注致助书》,均为勃卒后亲友有关文字,当为此集附录。(丁)残片,仅载《过淮阴谒汉祖庙祭文奉命作》,当即卷第二十九目录中之《祭高祖文》,今藏京都神田氏。乙、丙、丁3 种,均影刊于日本大阪市立美术馆编《唐抄本》中。日藏写本不但保存了唐代 30 卷本《王勃集》的部分原貌,也存录了大量王勃的遗文,其亲友书札对了解王勃去世前后的情况也极重要。1923 年,罗振玉曾辑写本中王勃佚文 24 篇为《王子安集佚文》一卷,又《附录》一卷、《校记》一卷。1995 年上海古籍出版社出版蒋清翊《王子安集注》,将《佚文》《校记》两种作为附录收入。国内已出的几种王勃文集尚无收录日藏写本的全部内容者。

《新撰类林抄》 日本文化厅藏唐写本,草书,卷首题"《新撰类林抄》第四,第三帙上,春,闲散上"。中日书志中均未著录此书,似为大型类书中的一卷。存殷遥、王维、李白、李颀、贺知章、朱千乘等 20 多人诗 40 首,其中 15 首为《全唐诗》所遗。大阪市立美术馆《唐抄本》仅影印此件前半段,京都大学《中国文学报》1959 年第 11 期刊小川环树《〈新撰类林抄〉校勘记》曾全录此卷。

《冥报记》 唐初唐临所作冥祥小说集,唐宋书志皆作二卷,中土久佚。日本有高山寺藏唐写卷子本,首有唐临自序,共 53 则,分为 3 卷。另杨守敬《日本访书志》载有三缘山寺藏保元间(1156—1159)写本,仅有38 则。然《太平广记》《法苑珠林》诸书所引《冥报记》,多有溢出于唐写本者,杨守敬认为是日僧节抄而分为 3 卷,大致可信。卷子本曾影印收入大阪市立美术馆《唐写本》中,商务印书馆刊《涵芬楼秘笈》第 6 集、日本

《大正新修大藏经》第51册亦曾据以排印收入。

《游仙窟》　唐张鷟所撰传奇小说,中土久佚。《经籍访古志》载此书在日本有3种抄本,一是吕平学藏旧抄本,有文保三年(1319)文章生英房跋;二是容安书院藏旧抄本;三为尾张真福寺藏文和二年(1353)旧抄本。另有醍醐寺存康永三年(1344)写本,源出正安二年(1300)写本,1926年山田孝雄古典保存会曾影印。和刻本则有庆安五年(1652)刻一卷本,元禄三年(1690)刻三卷本等。清末以来,国内校刻此书者甚多,大多据和刻本,古抄本尚未充分利用。

《百二十咏诗注》　即《李峤杂咏注》,传为天宝间张庭芳注。《杂咏》共120首,每首各以一字为题,多用常典,近于小类书。宋代曾题为《单题诗》,明以后存于三卷集中,无单行本。此书在日本曾作为基本幼学书在宫廷贵族和士人中广泛流传,诵习时主要参据张庭芳注。李诗最早写本为嵯峨天皇(786—842)宸翰本,存21首。二卷本古抄有建治三年(1277)抄本,《佚存丛书》据以刊入。注本在敦煌遗书中仅存3种残片,在日本则有3个系统的8个抄本,第一个系统有庆应义塾大学和尊经阁分别收藏的室町时期抄本,后者仅存卷上。其次为阳明文库存室町抄本,存上卷之下,仅有30首诗注,但注文与前述抄本有很大不同。再次为延德二年(1490)抄本的5种再抄本,其中4种为私人收藏,另一种藏天理图书馆,抄写时代均为江户时期。据旅日学者胡志昂研究,诸本虽均出张庭芳原注,但因日人研读之需,已作了不少增补改写(见《日藏古抄李峤咏物诗注·前言》)。唐人注唐诗今所知仅存此一种,虽已非原书,也极可珍贵。上海古籍出版社1998年影印出版庆应本,题作《日藏古抄本李峤咏物诗注》。

《两京新记》　韦述撰,记长安、洛阳两京宫苑街坊及朝野逸事,于唐代文史研究关涉极大,著名的破镜重圆故事即始见本书。原书5卷,宋以后不存,但宋敏求《长安志》及《河南志》采撷较多。日本有镰仓以前抄本,为此书卷三,原藏金泽文库,后归尊经阁文库。《佚存丛书》本据此抄本刊出,但有错页和缺字。1956年平冈武夫编《唐代的长安和洛阳·资料》,始据尊经阁藏抄本将原卷重新拼接,影印收入。此卷以外的遗文,

1894 年曹元忠辑有逸文 2 卷，收入《南菁札记》；平冈武夫又辑《续拾》1 卷，亦收入《唐代的长安和洛阳·资料》）。

《镜中释灵实集》 见奈良正仓院藏 731 年写本《杂集》中，存文 30 篇，均作于越州。纪年文字有开元五年为越州都督桓臣范作《为桓都督祭禹庙文》，其馀所涉人事有越州户曹敬迥、山阴县令白知节、山阴县尉贾名慎、朱守臣等。《日本国见在书目录》有《释灵实集》一卷，即指此集。此卷另抄有《周赵王（北周宇文招）集》、隋大业主（即隋炀帝）诗等作品，多为唐前人作。

《赵志集》 藏日本奈良县天理图书馆。全卷由六纸连接而成，首题“赵志集”，存古体诗 10 首，可分四组。首为“张皓兄”“刘长史”酬赠诗，次为“郑司马”《秋日望雨见赠》及酬诗，再次为“裴草然”“张结”等《秋晚感时》酬寄诗，末为“徐司马”“司户萨照”《闲厅晚景》唱和诗。赵志及卷中诸人均无可考，诗题、编次均与唐人习惯不合。日本学者据其风格及用词习惯，定为初唐人之作。《天理图书馆善本丛书》（汉籍之部）第二册曾影印此卷，日本学者斋藤茂有校注本。国内山西人民出版社《艺文志》第一辑有周绍良录文。

《白氏文集》 白居易集的古抄本在日本留存甚多，除散抄诗札外，可分为三个系统。一是以神田本为中心的《新乐府》诗抄本，今存室町以前抄本近 20 种，其中有自日传大集中抄出者，亦有是中国单行本携至日本者。二是金泽文库本，原为镰仓武将北条实时在武藏国久良郡金泽村别业文库所藏，桃山时代散出，今仅存 30 馀卷。金泽本抄写于室町后期，但所据原本为博士家菅家传本，菅家本所据则为日僧惠萼于会昌四年（844）在苏州南禅院抄写的白居易送藏的 67 卷本文集，其时白尚在世。金泽本的价值即在于保存了久已不传的南禅寺本的面貌，所收诗与传世白集有很大不同，有一些佚诗，诗题也颇有差异，还增出一些白氏自注。花房英树《白氏文集的批判研究》（京都朋友书店 1960 年）对此本有较详介绍，近年日本已有影印本。三是选抄本，有东大寺图书馆藏 1249 年和 1275 年东大寺僧宗性抄写的《白氏文集要文抄》、斯道文库存 1250 年醍醐寺僧阿忍抄《重抄文集抄》和内阁文库藏 1295 年关中田中坊书的《重抄管见抄》,也保存了一些已失传的白集古本的面貌①。

唐诗卷　酒井宇吉藏,平安写本,纸背抄《白氏文集》卷二十二,此卷存作者有陈羽、李嘉祐、武三思、张栖贞、王渐、郎士元等 13 人,诗 27 首,中有 13 首不见于《全唐诗》。大阪市立美术馆编《唐抄本》影印收入。

《杂抄》　伏见宫旧藏平安后期写本,为该书卷十四,编者不详。录唐人诗 35 篇,文 1 篇(岑参《蜀道招北客吟》,即《招北客文》)。其中七诗仅节抄二或四句,似抄者为录以自备,常见诗即不全抄。有 18 首不见于《全唐诗》,其中李南、屈晏、郑遂、刘琼 4 人,此卷中诗外无诗传世。见《书陵部纪要》第 51 号(2000 年 3 月)刊住吉朋彦《伏见宫旧藏〈杂抄〉卷十四》。

《文笔要诀》　唐杜正伦撰,《日本国见在书目录》著录。日本五岛庆太郎藏平安末期写本,与《赋谱》同于 1943 年影印行世。写本仅存此书"句端"一篇,对"观夫""至如""乃知""况乃"等句首助词的语意和用法有较系统的归纳。

《赋谱》　唐佚名撰。日本五岛庆太郎藏平安末期写本,1943 年曾影印。此书讨论律赋的句法、结构、用韵、题目等,为惟一传世的唐人赋格类著作。以上二书,张伯伟《唐五代诗格校考》收入。

此外,今知日本所存古写本唐人著作尚有张楚金《翰苑》卷三十、魏征《群书治要》、徐灵府《天台山记》、玄奘《□□寺沙门玄奘上表记》、不空《代宗朝赠司空大辨正广智三藏和上表制集》等。

三　日本所存汉籍宋元刊本及和刻本中的相关文献

983 年,日僧奝然赴华,携来中国已失传的郑玄注《孝经》,宋太宗回赠以当时新刊的《开宝藏》,是为宋刊本传入日本之始。宋元时期,来华的日本僧人一直很留意中国典籍的收购。明清以降,这种热情始终未衰。

---

① 参见谢思炜《白居易集综论》,中国社会科学出版社 1997 年。

所以日本公私收藏的宋元刊本汉籍,不少是今知传世典籍中最好的版本,也有一些是今知惟一的海内孤本,均极堪重视。下面就宋元刊本的唐人别集及其他著作分别作简略介绍。

《李太白文集》三十卷　宋蜀刻本,为今知李白集的最好版本。初藏于太仓王敬美家,清代历经徐乾学、缪曰芑、黄丕烈、陆心源收藏,今存静嘉堂文库。清人多认为此本为元丰三年(1080)晏知止在苏州刻宋敏求所编本,平冈武夫据书中有"桓"字缺笔,定为南渡前后蜀中覆刻的晏氏苏州刊本,较可从。康熙间,缪曰芑曾据此本翻刻,但错讹较多。今有巴蜀书社 1986 年影印本和上海古籍出版社 1989 年出版平冈武夫《李白的作品》影印本。另尊经阁文库存元至大庚戌(1310)建阳余志安勤有堂刊《分类补注李太白诗》,也是这一注本的最早刊本(国内亦有存本)。

《王右丞文集》十卷　南宋麻沙本,藏静嘉堂文库,是王维文集今存的 2 种宋刊本之一(另一为中国国家图书馆藏宋蜀刻《王摩诘文集》)。

《寒山诗集》　宋刊本,今知约有 5 种,其中日本宫内省书陵部藏南宋绍定后刊本一种,源出无我慧身本,1905 年岛田翰曾据以翻印。董康《书舶庸谭》记在图书寮所见之宋本,当即此本。另陆心源旧藏汲古阁影宋本,应已归静嘉堂文库。寒山集和刻本甚多,以正中(1324—1325)刊本为最早。

《刘梦得集》三十卷、《外集》十卷　宋刊本,日本东山建仁寺旧藏,明治间归平安福井崇兰馆。清代此集宋刊国内罕传,黄丕烈仅得见宋刊残本 4 卷,陆心源藏有述古堂影宋本,其馀大多为明刻。日存宋本为大字本,书体遒丽,内容完整。1913 年董康得见后,即以珂罗版影印百部以归,后《四部丛刊》据此本影印,遂得通行。

另宋蔡梦弼《杜工部草堂诗笺》,黎庶昌《古逸丛书》收入,称前四十卷为宋刊本,后十一卷为高丽本。《丛书集成》收入时,分为三集。傅增湘以国内藏残宋本对校,谓其所据"乃坊市之陋刻"(《藏园群书题记》卷一一,上海古籍出版社 1989 年)。此书宋刊国内尚存数种残本,以黎本影响最大,附述于此。

日本所存别集以外的宋元刊本,为数也不少,其中与唐代文学研究关涉最大者首推元刊本《唐才子传》。清修《四库全书》时此书已不存,仅自《永乐大典》中辑得 243 人传,又附见 44 人。清末杨守敬在日本访得元刊足本十卷,即由黎庶昌以珂罗版影印。1924 年商务印书馆又据以影印,为目前最好的通行本。此书在日本尚有五山本、正保本、《佚存丛书》本等多种和刻本,均从元刻本衍刻。此外,北宋陈舜俞熙宁五年(1072)撰《庐山记》,记庐山名胜及文人逸事,存唐人诗歌及碑刻较丰,国内明清传本仅存三卷,且系自此书前二卷中析出。清末在日本发现高山寺有古抄本,仍有残缺,罗振玉据以影印收入《吉石庵丛书》,排印本则有《殷礼在斯堂丛书》本及《大正藏》本。日本内阁文库存宋刊本,可补古抄本处甚多,有 1957 年便利堂影印本。日藏宋元刊本尚有天理阁藏北宋末刊《通典》(残存一百六十九卷,缺三十一卷。日本古典研究会影印宫内厅书陵部藏北宋本《通典》,缺二十三卷),静嘉堂文库藏北宋仁宗时刊《白氏六帖事类集》、宋刊本《册府元龟》四百八十三卷、北宋刊本《太平御览》三百六十六卷,宫内厅书陵部藏南宋刊残本《太平寰宇记》三十一卷、南宋庆元蜀刻本《太平御览》、宋刊本《天台陈先生类编花果卉木全芳备祖》四十一卷(国内有农业出版社 1982 年配今抄影印本)等。

　　日本奈良末期,已掌握版刻术,但其后数百年中所印多为佛经。1247 年陋巷子版覆宋刻《论语集注》出现,和刻汉籍开始渐具规模。镰仓、室町时期先后形成以镰仓五山和京都五山为主的"五山版"刻书中心,因引入元刻工而在九州博多形成"博多版"刻书中心。至江户时期,官版勃兴,并先后形成以活字排版为主的近世三大官版,即后阳成天皇和后水尾天皇的"庆云-元和敕版"和德川将军家刻的"伏见版""骏河版"。同时,私刻汉籍也蔚为大观。和刻本汉籍是中国古代典籍一个重要的版本系统,数量极为巨大。1976 年日本汲古书院出版长泽规矩也编《和刻本汉籍分类目录》统计,和刻本汉籍有 5 000 馀种,医、释和"准汉籍"尚未计入。据近年王宝平主编《中国馆藏和刻本汉籍书目》就中国馆藏所作统计,亦达 3 063 种。

　　和刻本唐集为数甚多,学术价值最高的当数那波道圆活字本《白氏文集》。此本刊于后水尾天皇元和四年(1618),所据为狩谷掖斋所藏覆宋本。此覆宋本后不传，据书中讳字，约为南宋高宗时刻本，今人多认为其源出自五代东林寺本。那波本最可贵之处在于保存了白集原编的面貌：前集五十卷，先诗后文，皆长庆四年春以前作品，保留了白氏作品第一次结集《白氏长庆集》的原貌；卷五十一至卷六十，先诗后文，为一单元；卷六十一至卷七十，亦先诗后文，为另一单元。白氏《后集》在大和、开成间四次递修，会昌三年编定时，保持了前十卷和后十卷分次编辑的面貌。最后一卷《续后集》则系白氏最后几年的作品。和刻本唐集较重要的还有1675年纸屋平兵卫刻《李峤杂咏》二卷、1325年禅尼宗泽刊《寒山诗集》二册、1746年刊《寒山诗阐提记闻》三卷、1307年刊《大辨正广智三藏和上表制集》六卷、14世纪后半期活字刊《新刊五百家注音辩唐柳先生文集》四十五卷、《五百家注音辩昌黎先生文集》四十卷（此二种为元刊工俞良甫在日本刊刻，曾传为博多版刻本）、刊年不详的宋胡元质注《新版增广附音释文胡曾诗注》三卷等。

唐人选唐诗，日本所存最珍贵的是江户昌平坂学问所1803年官刊本《又玄集》。此集在我国久佚，20世纪50年代始传归，有古典文学出版社影印本和几种排印本。其馀各集亦有多种刻本，但时代较迟。后代唐诗选本，日人较重视以下两种：一为宋周弼《三体唐诗》，国内仅传六卷本，日本甚推重元僧圆至注、裴庾增注的《增注唐贤三体诗法》三卷，有1494年至1703年7种刊本，又有1821年刊《笺注唐贤绝句三体诗法》二十卷；二为李攀龙《唐诗选》，有10多种刻本，且有多种日人注本。

和刻本中的唐代子史类著作，则有1668年林和泉刻本太宗《帝范》二卷、武后《臣轨》二卷、伏见版吴兢《贞观政要》五卷、1787年尾张藩刻本魏征《群书治要》五十卷、1724年家熙刻本《大唐六典》三十卷等。李瀚《蒙求》注本，在日本也有20多种刻本。此外，日人编印的《弘教藏》《卍正藏经》《卍续藏经》及《大正藏》，汇聚了中、日、韩所存大批佛典，存书二万馀卷，远远超过国内存书最多的《径山藏》（12 600馀卷），其中包括了大批中土不传的唐五代僧人著作，应为治唐五代文史者所重视。

四　日人汉文著作中的相关文献

日本虽然有本国的语言,但奈良、平安时期,统治者高度重视摄取汉文化,汉文写作为朝野广泛掌握,所以留下了数量巨大的汉文作品,被称为"六国史"的六部敕撰国史,即《日本书纪》《续日本纪》《日本后纪》《续日本后纪》《日本文德天皇实录》《日本三代实录》,均为汉文撰写的编年兼纪传体史书。纪事始于上古传说,讫于 887 年,主干部分大致与唐相终始,其中记载有大量中、日政治、文化交流的重要事件。中华书局 1984 年出版汪向荣等编《中日关系史资料汇编》已大多摘出。日本人的汉诗作品最早结集的是 751 年成书的佚名编《怀风藻》(一说为淡海三船编,但无确据),收 64 人诗 120 首,以五言为主,作者多为贵族显宦,也包括旅唐求学僧人辩正、智藏在唐所作诗。平安前期有敕撰三集,即:814 年小野岑宇等编《凌云集》一卷,存 24 人诗 91 首;818 年藤原冬嗣编《文华秀丽集》三卷,存 26 人诗 143 首;827 年良岑安世编《经国集》二十卷,收 176 人诗文,今存六卷,尚存 96 人作品。这些汉诗集,反映了在唐文化影响下日本汉诗的创作水平,对唐诗的流布影响研究有重要的参考价值。

就唐代文学文献而言,尚有以下几部著作尤堪重视。

《唐大和尚东征传》　真人元开著。真人元开即日本奈良时代著名皇室文学家淡海三船(722—785)。本书撰成于其 58 岁时,是天宝年间渡海赴日弘法的我国高僧鉴真的传记。鉴真门人思讬曾撰《大唐传戒师僧名记大和尚鉴真传》,仅存少量残文。本书是受思讬之请而作,对鉴真七次东渡的经过和坚毅弘法的性格作了详尽描述,并附有鉴真逝世后中日僧俗的哀挽诗歌。此书日本有多种抄本流传,我国有汪向荣校注本,1979 年中华书局出版。

《文镜秘府论》六卷　日僧空海(即遍照金刚,774—835)撰。空海于贞元二十年(804)随遣唐使来华,从青龙寺惠果和尚习密宗两部大法,回国后创立真言宗。本书撰成于元和元年(806)回国后不久。空海以为历代谈四声病犯的诗格名异义同,繁秽尤甚,遂削其重复,编成此书。全书分天、地、东、西、南、北 6 卷,天卷总论撰述缘由及声韵的基本问题,以下各卷依次论述诗文作法、对属、文病等。此书保存了中唐以前大量诗格、文格类著作,所引述的隋刘善经《四声指归》、佚名《帝德录》《文笔式》、唐上官仪《笔札华梁》、元兢《诗髓脑》《古今诗人秀句》、崔融《唐朝新定诗体》等著作,国内早已失传,赖此书得窥梗概。此外,还引及国内尚存之唐殷璠《河岳英灵集序》、王昌龄《诗格》、皎然《诗式》等书。其中王昌龄《诗格》,前人以为"率皆依托",此书一出,其说不攻自破。此书日本存古抄本 20 馀种,刻本则有 1900 年、1910 年《弘法大师全集》本等。国内有1975 年人民文学出版社周维德点校本,另 1983 年中国社会科学出版社王利器《文镜秘府论校注》,注释征引甚为详备。

《入唐求法巡礼行记》四卷　日僧圆仁(794—864)撰。圆仁为日僧最澄门人,日本天台宗第四代座主。他于承和五年(838)六月从日本出发来华,七月在海陵登陆,先住扬州,后历楚、海、登、青、贝、赵、镇诸州,至五台山巡礼,又历并、汾、晋、蒲、同诸州,抵达长安。居长安五年,适逢武宗排佛,以假还俗得东归,历经两年多艰难周折,于 847 年返抵日本。本书为其在唐时日记,记录在唐十年中经历见闻,极为详备。其中记及与众多僧俗文人的交往情况,并保存了大量经行叩关及酬答文书。所记五台山佛寺盛况、长安俗讲僧文溆的宣唱、武宗朝灭佛期间的社会状况,尤为具体,向为文学研究者所重视。日本存多种抄本,集大成者是 1963 年至1969 年出版的小野胜年四卷译注本《入唐求法巡礼行记研究》。国内有1986 年上海古籍出版社顾承甫等点校本。1992 年花山文艺出版社出版白化文等《入唐求法巡礼行记校注》,则为小野本的简化整理本。

《行历抄》　日僧圆珍(814—891)撰。此书记其大中七年(853)至九年在唐巡礼求法的经历,篇幅较小,影响不及前书。

唐时日僧携归书目,《大正新修大藏经》第五十册收录近 20 种,即最澄《传教大师将来台州录》《传教大师将来越州录》、空海《御请来目录》、真然《根本大和尚真迹策子等目录》、常晓《常晓和尚请来目录》、圆行《灵岩寺和尚请来法门道具等目录》、圆仁《日本国承和五年入唐求法目录》《慈觉大师在唐送进录》《入唐新求圣教目录》、惠运《惠运禅师将来教法目录》《惠运律师书目录》、圆珍《开元寺求得经疏记等目录》《福州温州台州求得经律论疏记外书等目录》《青龙寺求法目录》《日本比丘圆珍入唐求法目录》《智证大师请来目录》、安然《诸阿阇梨真言密教部类总录》,以及缺名《新书写请来法门等目录》《录外经等目录》等。诸书所记虽以佛教典籍为主,但也多涉外典,包括各种诗文集,如圆仁所携即有徐隐秦《开元诗格》一卷、骆宾王《判一百条》一卷、《祝元膺诗集》一卷、《杭越寄和诗集并序》一卷等。至日人藤原佐世所编《日本国见在书目录》,已见前述。

《千载佳句》二卷　大江维时编述。大江维时,醍醐天皇至村上天皇间(897—966)在世,历任大学头、式部大辅及《白氏文集》侍读官。本书为专选唐代七言近体诗句的选本,共收唐诗人 153 家的七言诗句1 082 联,按内容分类编次,共分 75 部、258 门。我国在南朝至唐代曾有多种诗句选本,但全部失传。本书是今存最早的此类选本。书中白居易诗选录最多,凡 507 联,约占全书之半。其他收诗较多的有元稹、许浑、章孝标、杜荀鹤、杨巨源、方干、温庭筠等(以收诗多少为序),可知日人对唐诗的接受状况。书中多存唐人逸诗,市河世宁辑《全唐诗逸》时即据采《全唐诗》未收的逸诗 263 联,新见作者 73 人,但仍有遗漏。日本有多种抄本流传,宫内省图书寮藏 1942 年金子彦二郎校本较善。

《和汉朗咏集》　一条天皇时(986—1010)藤原公任编选,收录适宜朗咏的中、日诗句 804 则,其中唐代诗人入选者 29 人,选诗 232 首,白居易多达 142 首,以下依次为元稹、许浑、章孝标等。日本诗人 53 人入选,存诗 355 首。有《日本古典文学大系》本。

《全唐诗逸》三卷　市河世宁(1739—1820)辑。世宁字子静,号宽斋,日本上毛野国人,历官昌平黉学员长、富山藩儒。本书据日本保存的中日两国古籍,补录《全唐诗》失收的唐人诗什,共补完诗 66 首,补缺文6 首,诗句 279 题,作者 128 人(其中 82 人不见于《全唐诗》)。所据古籍有《文镜秘府论》、《游仙窟》、《千载佳句》、《鉴真和尚传》(即《唐大和上东征传》)、《性灵集》、《智证大师传》、《日本高僧传》、《东国通鉴》、李峤《杂咏》等。成书于光格天皇天明年间(1781—1788),距《全唐诗》成书仅70 多年,是对该书的第一次重大辑补。嘉庆间传入我国,鲍廷博刻入《知不足斋丛书》，引起我国学者的广泛重视。1960 年中华书局出版《全唐诗》校点本，1986 年上海古籍出版社出版影印本，皆附收此书。

五　附述日本和文著作中的相关文献

日本在引入汉字之前，有语言而无文字。8 世纪时，日本用汉文音训的表达方式即以汉文对音记录口语的方式，记录了一些文献。其中最重要的，一是 712 年太安万侣（？—723）所著《古事记》，所载包括日本古代神话、传说、歌谣、历史故事和帝王家谱等内容，可说是日本上古神话传说和民间歌谣的总汇之作；二是奈良末期成书的《万叶集》（有 1984 年湖南人民出版社杨烈译本），其编者不详（一说由大伴家持总其成），收录313—758 年间数百位作家的和歌 4 496 首，大多数作品的创作年代相当于我国的初盛唐时期，是日本现存最古的诗歌总集。9 世纪以后，日本出现将汉字省略或草体化而形成的表音文字假名，在贵族女子中尤为流行，以假名写作的诗歌、散文和小说都有突出的成就。905 年纪贯之（？—945）奉敕编就的《古今和歌集》二十卷（有 1983 年复旦大学出版社杨烈译本），收录了奈良后期到平安初期的和歌 1 000 多首，可见唐诗传入后和歌的创作面貌。散文有《土佐日记》《蜻蛉日记》等，小说则有《伊势物语》《竹取物语》《大和物语》等。其中深受唐文学影响而在世界文学史上占有重要地位的，是紫式部（978—1015）的《源氏物语》。紫式部本姓藤原，熟悉汉籍文献，尤喜白居易诗，后长期入宫供职。《源氏物语》以皇室和外戚的权力斗争为主线，通过主人公源氏的经历和爱情故事，对平安时期宫廷生活和女性命运有生动的刻画。书中大量引及汉籍中的史实和典故，受白居易诗影响尤多，日本学者已有多种比较研究著作。此书今有人民文学出版社丰子恺译本。

（刊 2000 年《唐代文学研究年鉴》，广西师范大学出版社 2001 年）

《续修四库全书提要》
分纂稿二十二篇

2011 年,受傅璇琮先生、谢思炜先生约,为《续修四库全书提要》撰稿二十篇。付梓前,称编委会委托专人划一体例,多有删削,此自是往日四库馆之惯例,可以理解。然私意所识,则提要之书法应与辞书有别,所涉各书成书过程与得失之评价,个人与群体亦应有别,乃冒昧仿四库馆臣旧例,以初稿收存文集,示分纂之粗识也。另撰旧稿二篇,也蒙刘德重先生所存而编入。谨一并致谢。戊戌元月识。

一、《朱庆馀诗集》一卷　唐朱庆馀撰

朱庆馀,名可久,以字行,越州(今浙江绍兴)人。出身寒素。入京赴试时,曾行卷于水部郎中张籍,张籍赏之,广为赞扬,遂有名。敬宗宝历二年登进士第,授秘书省校书郎。官至协律郎。庆馀尤长于五律七绝,内容多为送别酬答及题咏纪游之作。《闺意献张水部》"洞房昨夜停红烛,待晓堂前拜舅姑。收罢低声问夫婿,画眉深浅入时无"一诗,比喻新颖,广为传诵。《宫词》:"含情欲说宫中事,鹦鹉前头不敢言。"深婉含蓄,亦为世称。一时诗人如贾岛、姚合、章孝标、顾非熊等多预唱和。唐末张为《诗人主客图》将其列为"清奇雅正"类之及门者,元辛文房《唐才子传》谓其诗"得张水部诗旨,气平意绝"。生平事迹见《云溪友议》卷下、《新唐书·艺文志》四、《唐诗纪事》卷四六、《唐才子传校笺》卷六。

庆馀有诗集一卷,《崇文总目》《新唐书·艺文志》《直斋书录解题》皆著录。本集为南宋临安陈氏刻书棚本,书末有"临安府睦亲坊陈宅经籍铺印"印记一行,另有"泰兴季振宜沧苇氏珍藏"题记,知清初为季氏所藏。后归黄丕烈,跋其尾称此集"目录五叶,诗三十四叶,宋刻之极精者"。清末归常熟瞿氏铁琴铜剑楼,民国间曾借商务印书馆影印收入《四部丛刊续编》。原本今藏中国国家图书馆,本书即据以影印。

本集收诗凡一百六十七首(包括李蹉二首),不分体,亦不分类,是否保存原写作次第,则难以确定。从集内尚附李蹉(即李回)与庆馀唱和诗看,应出自唐人原编。《全唐诗》卷五一四、卷五一五收庆馀诗为二卷,自《赠凤翔柳司录》以前皆存原集次第,此后另据《文苑英华》《万首唐人绝句》等书补诗十二首。以唐宋诸书所引庆馀诗与本集相校,则差异较多,如《湖州韩使君置宴》,《文苑英华》卷二一六作《陪湖州韩中丞宴》;《上汴州令狐相公》,《文苑英华》卷二六〇于"汴州"二字下校:"集作淮南";《发凤翔后涂中怀田少府》,《文苑英华》卷二六〇作《发沂州寄田少君》;《送张景宣下第东归》,《文苑英华》卷二八四题作《送张景宣下第归扬州觐省》;《送品上人入秦》,《文苑英华》卷二二二作《送偘上人北游》;《过旧宅》,《唐诗纪事》卷四六引《主客图》作《题王侯废宅》;《孔尚书致仕》,《文苑英华》卷二六〇此题下尚有"因而有寄赠"五字;《送僧》,《文苑英华》卷二二二题作《送僧游庐山》。凡此之类甚多,诗歌本文异文更多。可知唐宋时期,庆馀诗集所传有多本,故各书有较大差异。而本书为南宋旧刻,且于原本有阙讹之处,皆予保留,绝无后世妄加增改之病,故尤为可贵。

二、《张承吉文集》十卷　　据北京图书馆藏南宋蜀刻本影印

唐张祜撰。祜字承吉,南阳(今河南邓县)人,寓居姑苏(今江苏苏州)。早年浪迹江湖,狂放不羁。穆宗长庆间至杭州,谒刺史白居易,与徐凝争解元,不胜而归。后屡举进士不第。文宗大和五年,令狐楚为天平军节度使,录张祜诗三百首表荐朝廷,为权贵抑退。后久客扬州,屡辟使府,转徙徐、许、池等州及魏博、宣城等地,所在狷介少合,故杜牧《登池州九华楼寄张祜》诗称其"谁人得似张公子,千首诗轻万户侯"。晚年卜宅丹阳,隐居以终。祜苦心为诗,早享盛名。《宫词》"故国三千里,深宫二十年。一声何满子,双泪落君前"一首传入禁中,累经谱唱,传诵极广。五律《观猎》《惠山寺》《题金山寺》《孤山寺》等篇亦堪称名作。令狐楚评其诗"研几甚苦,搜象颇深。辈流所推,风格罕及"(《进张祜诗册表》)。陆龟蒙称

其"稍窥建安风格","为才子之最"(《松陵集》卷九《和张处士诗序》)。

张祜集十卷,《新唐书·艺文志》及《郡斋读书志》皆著录,惟明清二代不甚流传,所通行者如明朱警辑《唐百家诗》本《张处士诗集》五卷、清康熙间席氏《唐诗百名家全集》本《张祜诗集》二卷等,所录均仅三百馀篇。本书十卷,为南宋蜀刻唐六十家诗集之一,开卷有"翰林国史院官书"长方印,又有"颍川刘考功藏书印""刘体仁印""祁阳□澄中藏书记"等藏记,知其为元代翰林国史院藏书,清初曾为刘体仁七松堂收藏,流传有绪。书为白口,左右双边,字近颜体,行格疏朗,为宋蜀刻之精品。

全书收诗四百六十八首,按诗体编次,卷一、卷二、卷三、卷六为五言杂题,卷四、卷五、卷七为七言杂题,卷八为杂题,卷九、卷十为五七言长韵。本书所收诗中,有一百五十首为《全唐诗》所失收,近人孙望编《全唐诗补逸》曾据以辑录逸诗为四卷。其中尤以七言律诗和五言长篇排律为大宗,足以改变前人以为张祜偏于写作绝句和五律之认识。其中如《元和直言诗》为其早年议论时事而作,《叙诗》纵论历代诗歌,于唐初以来名家皆有所评骘,《梦李白》表达对诗人李白的向往之情,《寓言》《苦旱》等篇表达对社会问题的关切,《投陈许崔尚书二十韵》《投魏博李相国三十二韵》《忆江东旧游四十韵寄宣武李尚书》《戊午年感事书怀一(原误作二)百韵谨寄献太原裴令公淮南李相公汉南李仆射宣武李尚书》表述周游各藩镇幕府时之曲折心态,均有很重要之研究价值。至于对作品归属之确定、文本异文之定夺、流传事迹之纠补等方面价值,也颇可参考。

今人严寿澂编《张祜诗集》(江西人民出版社1983年)、尹占华《张祜诗集笺注》(甘肃文化出版社1997年),皆以本书为底本,校订文本,尹书注释详赡,足资参考。

三、《周贺诗集》一卷　唐周贺撰

周贺,字南卿,东洛(今河南洛阳)人。曾客南徐三年,又隐嵩阳少室山,后居庐岳为僧,法号清塞。文宗大和末,姚合任杭州刺史,爱其诗,命还初服。其《秋宿洞庭》称"一官成白首",知曾出仕,然仕履未详。贺工诗,《唐诗纪事》卷七六以为与贾岛、无可齐名,王定保《唐摭言》卷一〇称其诗"诗格清雅",张为《诗人主客图》将其列于"清奇雅正主"之"入室"

者。《新唐书·艺文志》《崇文总目》《直斋书录解题》《宋史·艺文志》均著录《周贺诗》一卷，《郡斋读书志》著录《清塞诗》一卷。

此本为南宋临安陈氏书棚本，卷末有"临安府棚北大街睦亲坊陈宅书籍铺印"牌记，凡收诗七十六首。原书今藏中国国家图书馆（原北京图书馆），为清常熟瞿氏铁琴铜剑楼旧藏，有清初何焯手跋，曾借张元济影印收入《四部丛刊续编》。张氏为撰跋及校勘记，认为"所收视《全唐诗》为少，而比《弘秀集》为多；亦有《弘秀集》所收，而是本反阙者"。今检《全唐诗》卷五〇三收周贺诗一卷，凡九十二首，除去《送李亿东归》一首系误收温庭筠之诗外，本集以外之十五首分别见于《文苑英华》《唐诗纪事》《古今岁时杂咏》《万首唐人绝句》等书收录，《唐僧弘秀集》则稍后出。四库所收《唐四僧诗》本《清塞诗集》二卷、复旦大学图书馆藏明抄《唐人诗集八种》本《清塞诗集》二卷，均仅收五十二首，殆远不及此本。从宋人大量引及此集外诗判断，此集虽未必为唐时原编，然存诗于文本校订仍具重要价值。如《唐诗纪事》卷七六收《秋日同朱庆馀怀少室旧隐》，本书题作《同徐处士秋怀少室旧居》；《送晏上人》，本书题作《书实上人房》；《早秋至郭劲书斋》，本书题作《早秋过郭涯书堂》；《赠幻群法师》，本书题作《送幻法师》。虽不能以为本书皆是，但文本价值则可确认。再如《送庐岳僧》，因本书收录，而可确知别作朱庆馀之未当；《送李亿东归》本书不收，知《唐诗品汇》卷四五作周诗之失考。凡此之类，不胜举例，读者逐一对校，自可明晓此宋本之珍贵。

四、《唐女郎鱼玄机诗》一卷　唐鱼玄机撰

鱼玄机（844？—868），字幼微，一字蕙兰，长安（今陕西西安）人。初为补阙李亿妾。曾历游各地。懿宗咸通中出家于长安咸宜观为女道士。与诗人温庭筠、李郢等有唱和。咸通九年，因私刑笞死侍婢绿翘事发，为京兆尹温璋所杀。鱼玄机工诗，有才思。其诗属对工稳，遣词用典颇有新意，写男女之情，尤为真切细腻，坦率热情。《寄李亿员外》中"易求无价宝，难得有心郎"二句，传诵颇广。事迹见《太平广记》卷一三〇引《三水小牍》《北梦琐言》卷九、《南部新书》卷甲、《唐才子传校笺》卷八。

《鱼玄机诗》一卷，宋陈振孙《直斋书录解题》始著录，《崇文总目》

《新唐书·艺文志》不载,殆南宋始传。本书据北京图书馆藏南宋书棚本影印。此集白口,左右双边,刊刻精美,为宋刊之精品。集末有"临安府棚北睦亲坊南陈宅书籍铺印"牌记一行。前后收藏印有数十方之多,有黄丕烈、顾莼、潘奕隽题跋并诗,曹贞秀、瞿中溶、石韫玉等十四人题诗,朱承爵、王芑孙等人题款,可谓流传有绪。

此集收诗凡五十首,其中包括光、威、哀三姊妹示玄机联句诗一首,所存鱼玄机诗凡四十九首。《全唐诗》卷八〇四收鱼诗一卷,仅较本集多录自《文苑英华》卷二〇八之《折杨柳》一首,及录自《唐诗纪事》卷七八之若干残句。以诸书与本集对校,如卷首《赋得江边柳》,《又玄集》卷下、《才调集》卷一〇、《文苑英华》卷三二六、《唐诗纪事》卷七八题作《临江树》;《赠邻女》,《才调集》卷一〇题作《寄李亿员外》,颇有不同。是此集虽未必为唐时原编,但多数鱼诗则因本集而得流传。

另明清流传鱼集版本甚多,多据此集翻印。黄丕烈于嘉庆八年曾就此本影刻行世,江标、叶德辉于光绪间也曾先后影刻,另钱塘丁氏八千卷楼曾藏有汪士钟影抄本。盖唐女流诗集不多,而此宋本巍然完整,故尤为藏家所珍视。

五、《翰林集》四卷附录一卷　唐韩偓撰

韩偓(842—914?),字致尧,一作致光,小字冬郎,自号玉山樵人,京兆万年(今陕西西安)人。韩瞻子。昭宗龙纪元年登进士第。初佐河中幕府,召拜左拾遗,迁刑部员外郎。历司勋郎中兼侍御史知杂事。宰相王溥荐为翰林学士,复迁中书舍人。尝与崔胤等人定策诛宦官刘季述。天复元年冬,从昭宗避乱凤翔,以功拜兵部侍郎、翰林学士承旨。为昭宗所倚重,屡欲任其为相。三年,为朱全忠所恶,贬濮州司马,再贬荣懿尉,徙邓州司马。天祐二年,复召为翰林学士,惧不赴任。寻入闽依王审知。后寓居南安卒。偓早能诗,姨父李商隐有"雏凤清于老凤声"(《韩冬郎即席为诗相送一座皆惊》)之誉。早年作《香奁集》多涉艳情,词致婉丽,世称"香奁体"。经历世变,诗多感伤时事、慨叹身世。四库提要评其诗"忠愤之气,时时溢于语外,性情既挚,风骨自遒,慷慨激昂,迥异当时,靡靡之响,其在晚唐,亦可谓文笔之鸣凤矣"。事迹见《新唐书》卷一八三本传、

《唐诗纪事》卷六五、《十国春秋》卷九五本传、《唐才子传校笺》卷九。近人震钧著有《韩承旨年谱》。

韩偓文集宋元著录不一。《四库全书》收录其《韩内翰别集》一卷,提要云:"《唐书·艺文志》载偓集一卷、《香奁集》一卷,晁氏《读书志》云韩偓诗二卷,《香奁集》不载卷数,陈振孙《书录解题》云《香奁集》二卷、《入内廷后诗集》一卷、别集三卷。各家著录互有不同。今抄本既曰别集,又注曰'入内廷后诗',而集中所载,又不尽在内廷所作,疑是后人裒集成书,按年编次,实非偓之全集也。"本书所收为清嘉庆十五年庚午(1820)福鼎王遐春麟后山房刊《王氏汇刊唐人集》本《翰林集》四卷。与四库收《韩内翰别集》对校,正编所收篇目完全相同,所不同者,一为一卷,一拆为四卷,是其一。四库本《苑中》《锡宴日作》二首在《辛酉岁冬十一月随驾幸岐下作》后,此集卷一则《苑中》在《辛酉岁冬十一月随驾幸岐下作》前,《锡宴日作》则在《中秋禁直》后;另卷四《赠友人作》《曲江晚思》二首次第互乙。是其二。四库本末附补遗,录《寄禅师》《日高》《夕阳》《旧馆》《中春忆赠》五首,此集则无。而此集末有《翰林集附录》,据诸书录韩氏遗事,末附刊者之跋。此外,二集皆不收《香奁集》诸诗。另《大庆堂赐宴元珰而有诗呈吴越王》四首,《全唐诗》卷七八四又收吴越失姓名人,岑仲勉《读全唐诗札记》谓"偓未尝入吴越,此殆误收"。而二集皆赫然收入该组诗。此集刊刻既晚于四库,内容也别无大异,阑入《续修四库全书》,似未尽妥当。《王氏汇刊唐人集》所收黄滔《莆田黄御史集》颇存宋代结集时初貌,王棨《麟甲集》、林蕴《林邵州遗集》颇少流传,惜皆未获收录。

六、《唐秘书省正字先辈徐公钓矶文集》十卷　唐徐寅撰

本书据《四部丛刊三编》所收钱遵王精钞本影印。寅名一作夤,字昭梦,莆田(今属福建)人。昭宗乾宁元年登进士第。释褐秘书省正字。归闽,为闽王王审知辟为掌书记。早年以《游大梁赋》献朱全忠,讥及沙陀李克用。克用子后唐庄宗李存勖即位,命审知杀寅。审知不敢复用,寅遂拂衣而去,归隐延寿溪而终。事迹见《五代史补》卷二、《十国春秋》卷九五、《唐才子传校笺》卷一〇。

奫工诗赋。其《斩蛇剑赋》《御水沟赋》《人生几何赋》尤脍炙人口。著作有《雅道机要》一卷(《吟窗杂录》收入)、《温陵集》十卷、《探龙集》一卷、《钓矶集》三卷、《书》二十卷、《赋》五卷等(据《补五代史艺文志》)。其《徐正字诗赋》二卷,《四库全书》已经收录。提要云:"此本仅存赋一卷,计八首;各体诗一卷,计三百六十八首。盖其后裔从《唐音统签》《文苑英华》诸书裒辑成编。"所云未当。盖《唐音统签》有诗而无赋,《文苑英华》仅收奫赋四篇而无诗,馆臣盖凭臆推想耳。至收诗则为二百六十八首,或写定后誊写偶误。《全唐诗》卷七〇八至卷七一一编寅诗四卷,大致与此集所收数相当。《全唐文》卷八三〇编奫文一卷,收赋二十八篇,则远富于该集,当别有取资。

本集卷首有奫族孙师仁建炎三年(1129)序,称"家故有赋五卷、《探龙集》五卷,正字自序其后"。"又访于族人及好事者得五言诗并绝句,合二百五十馀首,以类相从为八卷。"此本未传。另有可珍序,称"至延祐丁酉岁,叔父于洛如金桥林必载家得诗二百六十馀首,复于己亥岁,族叔祖道真公遗赋四十首"。清钱大昕跋以为此集即"可珍所编",可从。本集前五卷为赋,凡五十题,其中卷五《汉武帝求仙赋》《星赋》《伍员知姑苏台有游鹿赋》三篇有题无文,实存四十七篇。其中卷一《玄宗御制卢征君草堂铭赋》、卷三《五王宅赋》稍有阙文,则皆空格以为标识。卷六存长律八首、五言律诗二十一首、七言绝诗二十八首;卷七至卷十,每卷各存七言律诗五十二首,五卷共存诗二百六十五首,较四库所收《徐正字诗赋》尚少《蝴蝶》《初夏戏题》《春入鲤湖》三首。

至本集之价值,则一为保存大量徐氏之赋,光绪间陆心源编《唐文拾遗》卷四五,补录其赋二十一首为一卷,殆即据此一系统文本。二为可资校勘。张元济为《四部丛刊三编》撰《徐公钓矶文集校勘记》一卷,以《唐音统签》《全唐诗》及《宛委别藏》本、铁琴铜剑楼藏旧钞本及瞿本旧校对读,指出本书与他本相异之文字甚多。三为卷十保存寅撰单题诗较集中,可知为当时系统写作,与《徐正字诗赋》混编有所不同。今人金程宇撰《韩琮单题诗考辨》(刊《谁是诗中疏凿手——中国诗学研讨会论文集》,凤凰出版社 2007 年)与韩琮诸诗比较,认为是一时之作,且用韵多同,足可参考。

七、《张象文诗集》三卷　唐张蠙撰

张蠙,字象文,族望清河(今属河北),家居江南。幼颖慧能诗,尝游塞北,赋《登单于台》诗云:"白日地中出,黄河天外来。"懿宗咸通间以累举不第,与许棠、张乔、周繇交,时号"九华四俊"。昭宗乾宁二年始登进士第,释褐为校书郎,调栎阳尉。后避乱入蜀,迁犀浦令。前蜀建,仕为膳部员外郎。后主王衍时,任金堂令。《唐诗纪事》卷七〇载徐后游大慈寺,见壁间张蠙题云:"墙头细雨垂纤草,水面回风聚落花。"乃令进诗二百首,王衍善之,欲召为知制诰,为宋光嗣阻止。据此则其享寿当在七十以上。事迹见《新唐书·艺文志》四、《唐诗纪事》卷七〇、《郡斋读书志》卷一八、《十国春秋》卷四四、《唐才子传校笺》卷一〇。

《新唐书·艺文志》著录有《张蠙诗集》二卷,《郡斋读书志》《直斋书录解题》则均载其集一卷。本书所收《张象文诗集》三卷,为北京大学图书馆藏清钞本,卷首、卷末皆有麐嘉馆印,知为民国李盛铎旧藏。首有《张象文传》,内容据宋元各书编次而成,末有赞,以为"在唐末诗人亦卓然当表出者也",当出明清人编写。卷一收五言律诗五十二首,卷二收七言律诗二十五首,末附续增《边将》一首,又五言律诗《送人尉蜀中》二首;卷三收五言排律三首,七言绝句二十一首(实收二十首)。总计全集存诗为一百三首。《全唐诗》卷七〇二收蠙诗一卷,凡一百二首,较此少《送人尉蜀中》二首之二。今检续增三首,《边将》,见《文苑英华》卷三〇〇,为罗邺诗,因接收张蠙同题诗后,而误作张诗;《送人尉蜀中》其一"故友汉中尉"一首,与唐芮挺章编《国秀集》卷下收徐晶《送友人尉蜀中》全同;"我屋与君室"一首,则见南宋周孚《蠹斋铅刀编》卷九,为《寄辛幼安二首》之一,元方回《瀛奎律髓》卷四二亦收入,确非唐诗。其馀均与《全唐诗》同。今检明朱警《唐百家诗》、清席刻《唐诗百名家全集》均有《张蠙诗集》一卷,收诗均仅八十一首。《全唐诗》合胡震亨《唐音统签》、季振宜《唐诗》搜罗之绩,据《才调集》《文苑英华》《唐诗纪事》《万首唐人绝句》补录佚诗,得成百二首之规模。本书则除误收宋人诗一首外,内容全同《全唐诗》,惟分体编排,重分卷次,为不同耳。原书无钞写年代。据此推测,则应在雍乾以后。就唐诗文献价值言,似无甚意义。

八、《唐求诗集》一卷　唐唐求撰

唐求,唐末蜀中隐士。宋初黄休复《茅亭客话》卷三云:"唐末,蜀州青城县味江山人唐求,至性纯悫,笃好雅道,放旷疏逸,几乎方外之士也。每入市,骑一青牛,至暮醺酣而归,非其类不与之交。或吟或咏,有所得则将稿撚为丸,内于大瓢中,二十馀年,莫知其数,亦不复吟咏。其赠送寄别之诗,布于人口。暮年因卧病,索瓢致于江中,曰:'斯文苟不沉没于水,后之人得者,方知我苦心耳。'漂至新渠江口,有识者云:'唐山人诗瓢也。'探得之,已遭漂润损坏,十得其二三,凡三十馀篇,行于世。"为其生平之最早记录,知其为蜀州青城(今四川都江堰)人,号味江山人,隐居方外,以吟咏为乐,至暮年方为人收得三十多篇行世。其集中有《卭州水亭夜宴送顾非熊之官》,大约为大中、咸通间所作。《唐诗纪事》卷五〇称"或云王建帅蜀,召为参谋,不就",若所云可信,应为昭宗大顺以后事。唐末诗人李洞《赠唐山人》云:"垂须长似发,七十色如鼹。醉眼青天小,吟情太华低。千年松绕屋,半夜雨连溪。卭蜀路无限,往来琴独携。"知求年逾七十,且略存其形貌及襟怀。其集至南宋《遂初堂书目》《直斋书录解题》始见著录作一卷,今存宋书棚本一卷,存诗凡三十五首,与《茅亭客话》所云有侍者编其诗三十馀篇合,殆即当时之原编。此集外唐求佚诗,则仅孙光宪《北梦琐言》(《诗话总龟》卷一四引)引《临池洗砚》"恰似有龙深处卧,被人惊起黑云生"二句。《续修四库全书》即据书棚本影印。

九、《李丞相诗集》二卷　南唐李建勋撰

建勋(约八七三—九五二),字致尧,广陵(今江苏扬州)人。南唐赵王李德诚子。初为升州巡官、金陵副使,助李昪禅吴。南唐建国,拜中书侍郎、同平章事,加左仆射、监修国史,领滑州节度使。先主升元五年,罢相归私第。未几,复入相。元宗立,出为昭武军节度使。后召拜司空。以司徒致仕,赐号钟山公。乃于山中营别墅,放意泉石。保大十年卒,谥靖。马令《南唐书》卷一〇、陆游《南唐书》卷九、《十国春秋》卷二一皆有传。

建勋少好学,遍览经史,尤工诗。所作以五七言律诗为多。宋马令《南唐书》谓其诗"少时犹浮靡,晚年颇清淡平易,见称于时",元辛文房

《唐才子传》则评其诗"琢炼颇工,调既平妥,终少惊人之句",而胡应麟《诗薮》则以为"虽晚唐卑下格,然模写情事殊工"。

《崇文总目》卷五著录《李建勋诗》二卷、《钟山公集》二十卷。后者虽《通志·艺文略》《宋史·艺文志》尚称及,未必南宋至元代尚存。此诗集二卷,为南宋临安刊本,卷末署"临安府洪桥子南河西岸陈宅书籍铺印",款式皆同书棚本。清季为常熟瞿氏铁琴铜剑楼所藏,借商务印书馆影印收入《四部丛刊续编》,流布始广。

本集收诗凡上卷四十四首,下卷四十一首,总八十五首。大致上卷以五言律诗为主,间有一二首五言古体及排律;下卷则皆七言,凡七律三十六首、七绝五首。诗则多为怀人感时、流连风物之作,性情闲雅,当多为退归山中后所作。有《殴妓》一首云:"自为专房甚,匆匆有所伤。当时心已悔,彻夜手犹香。恨枕堆云鬓,啼襟揾月黄。起来犹忍恶,剪破绣鸳鸯。"足见其时士大夫私生活之一端,可与《韩熙载夜宴图》参看。明田艺蘅《留青日札》称其"虽居极品,然惜花怜酒,解吐婉媚辞。如'预愁多日谢,翻怕十分开','空庭悄悄月如霜,独倚阑干伴花立',如'肺伤徒问药,发落不盈梳','携酒复携觞,朝朝一似忙',足见得花酒风味"。清贺裳《载酒园诗话又编》认为"李建勋诗格最弱,然情致迷离,故亦能动人"。均是较有识之归纳与评价。

《全唐诗》卷七三九收李诗一卷,除据本集外,另补十首又若干残句。今人辑《全唐诗补编》,复自《江南馀载》《吟窗杂录》《咸淳临安志》《六朝事迹编类》《舆地纪胜》等书中补诗数首。盖建勋风流自命,所作甚多,此集仅收一时之作,二十卷本《钟山公集》不传,散逸尤夥,是足可惜。

十、《碧云集》三卷　南唐李中撰

李中字有中,九江(今属江西)人。曾与刘钧共学于庐山国学。元宗时,仕于下蔡。交泰二年,以双亲老病,表请归家侍奉。后主时,任吉水县尉。乾德二年后,历任晋陵、新喻县令。开宝五年,又转淦阳县令。六年,集五七言兼六言诗二百篇为《碧云集》,孟宾于为之作序。称其诗"缘情入妙,丽则可知","可与贾岛、方干相比肩"。卒年不详。生平事迹详《碧云集》及孟宾于序、《郡斋读书志》卷一八、《唐才子传校笺》卷一〇。

李中与诗人沈彬、左偃、史虚白、匡白善,多有酬和,亦有诗涉及柴再用、乔匡舜、韩熙载、张洎、徐铉、汤悦等名臣。其诗在宋元之间流布不广,总集仅见元方回《瀛奎律髓》引及《春日野望》一首,许以"新异""淡而有味"之评。至辛文房《唐才子传》则称其诗有"惊人泣鬼之语"。

此集三卷,《崇文总目》《宋史艺文志》著录皆同,惟《郡斋读书志》作二卷,疑偶误"三"为"二"耳。此本为南宋陈氏书棚本,收藏印有季沧苇、徐健庵等,书末又有"泰兴季振宜沧苇氏珍藏"题记,知清初为泰兴季振宜、昆山徐乾学所藏。末附黄丕烈跋,称道光癸未(1823)得于昆山一书肆,殆即徐氏散出之书。至清末此书与宋刻《李群玉诗集》并归邓邦述,邓氏珍惜,命书斋为群碧楼以为纪念。商务印书馆借邓氏所藏,影印收入《四部丛刊初编》,以广其传。原本今存台湾中研院历史语言研究所傅斯年图书馆。台北"国家图书馆"藏有琴川张氏小琅嬛福地影钞本,亦据此本出。本书则据《四部丛刊》本影印。

本集收诗凡三百十首,《全唐诗》卷七四七至卷七五〇录为四卷。李中虽官职、诗名皆不甚显,然以南唐原编别集,经历千年而得巍然保存,是可珍贵。其集述其经历感受,及与当时诗人文士之交往,亦颇可资研究。

十一、《翰林学士集》

唐佚名编。本书为日本尾张国真福寺藏唐卷子本,清光绪间贵阳陈田、陈矩兄弟在日得见,据以影写一本,归而收入《灵峰草堂丛书》本行世。本书即据复旦大学图书馆所藏该本影印。

此集收录唐太宗时君臣唱和诗五十一首,分属十三题,其中许敬宗最多,凡十二题十三首,另诗序一首,其次为唐太宗八题九首,上官仪五题六首,其他十五人各一首至三四首不等。据各诗诗题及诸人署衔来推测,诸诗大致作于太宗贞观八年至二十三年太宗去世以前。其中仅十二首见于《全唐诗》,其馀皆不见于中国传世文献,可补《全唐诗》之缺落,尤称珍贵。

此集原卷首缺,书名佚失,所存自目录后半页起,卷末有"集卷第二,诗一"字样。旧题《翰林学士集》,不知始于何时。唐设翰林学士在玄宗以后,唐初无此官名,书名绝非原集名。日人森立之《经籍访古志》谓"书中所载,许敬宗诗居多,而目录每题下称同作几首,似对敬宗言",因疑为"敬宗所撰"。服部宇之吉《佚存书目》则另拟题为《贞观中君臣唱和诗集》。大阪市立美术馆编《唐钞本》附福本雅一解说,则认为可称《弘文馆学士诗集》或《唐太宗御制及应诏诗集》。今人甚或认为系许敬宗所编数种大型总集之残卷。陈尚君校订本本集(收入《唐人选唐诗新编》,陕西人民教育出版社 1994 年)认为各组诗多为太宗首唱,而目录残叶则均以许敬宗诗立目,以太宗及诸臣为附见,若敬宗自编,自应尊君抑己,断不可如此,应判定本集应为敬宗子孙或门人为其所编别集之残帙。

此集原卷尚存于日本名古屋真福寺,有影印本可见,以之与陈氏影写本对刊,如"五言奉和侍宴仪鸾殿早秋应诏并同应诏四首并御诗"下,原卷有"赋得早秋"四字,为太宗首唱之原题,影写本脱去。褚遂良《五言春日侍宴望海应诏》一首中"麾城湛卢剑,舞戟少年场"二句,影写本仅存"麾城湛"三字。至于字形因影写而致误者,如收诗第一首"流形肇分","肇"误作左石右聿,"皇灵启统","启"误作"拓",学者亦应有所注意。

十二、《唐诗鼓吹》十卷　题金元好问辑,元郝天挺注,明廖文炳解

本书据北京图书馆藏清顺治十六年刻本影印。每卷首题:"元资善大夫中书左丞郝天挺注,古冈后学廖文炳解。虞山后学钱朝鼎、王俊臣、王清臣、陆朝典参校。"书前有钱谦益序,称"里中陆子敕先、王子子澈、子籥偕余从孙次霭服习《鼓吹》,重为较雠,兼正定廖氏注解,刻成而请序于余"。知朝典字敕先,清臣字子澈、俊臣字子吁,朝鼎字次霭,校定该本成而倩谦益序行。四库全书已收《唐诗鼓吹》十卷,为郝天挺注本,称有"国朝常熟陆贻典题词",提要称"天挺之注,虽颇简略,而但释出典,尚不涉于穿凿,亦不似明廖文炳等所解,横生枝节,庸而至于妄也"。是当时曾见廖本而不取,且所据本亦出常熟陆氏,为同一渊源。本书书前有《凡例》十五条,称"廖君,新会人,举孝廉,为琼山学博。其于是编也,窜取原注,杂以荒陋鄙俗之说。茅苇盈前,率皆削去,而其每诗附以解义,往往与注同辙。然而推其志意,实切婆心。故一一更定,以附篇末,未必无小补于初学也"。其他各则亦多称于廖解"详观其解,颇近于迂,故悉改正","若廖解之谬,去者过半"。是四人于廖解删略颇多。另台湾新文丰出版公司

1979 年影印《唐诗鼓吹笺注》,卷端题识及书前《凡例》同本书,但无钱序,有陆贻典题词及王清臣、王俊臣二《小引》,或即四库本所据者。四库本仅存郝注,将廖解全部删去,故本书收录四人校定本,尚有必要。廖氏于每首诗后皆作解说。其解说甚为浅显通俗,大多据原诗敷衍成文。如卷二岑参《和贾舍人早朝大明宫》,原诗云:"鸡鸣紫陌曙光寒,莺转皇州春色阑。金阙晓钟开万户,玉阶仙仗拥千官。花迎剑佩星初落,柳拂旌旗露未干。独有凤凰池上客,阳春一曲和皆难。"廖解云:"鸡鸣紫陌,曙色犹寒,时方暮春,故莺啭皇都。而君视朝之际,玉阶仗列,共拥千官。是时也,花迎剑佩,星初落而未沉;柳拂旌旗,露尚凝而欲滴。此皆言时之早也。末谓舍人若白雪阳春,难于属和,其才思之高妙,当可想见矣。"再如卷六杜牧《登池州九华峰寄张祜》:"有感中来不自由,角声孤起夕阳楼。碧山终日思无尽,芳草何年恨始休。睫在眼前犹不见,道非身外更何求。何人得似张公子,千首诗轻万户侯。"廖解云:"此因登山触景,怀人而作也。首言百事感心,不能自主,况闻角声孤起,而怀人感事,其又何穷耶?若碧山一对,而愁思愈长,芳草一生而旅恨不息,乃所为有感中来也。以余念身世之事,睫在眼前,犹且不见,道非身外,亦又何求。是而思君之高致,以诗赋为重,以封侯为轻,忘利修道,此真能自见其睫,近求诸身者也,其谁得而及之耶?"语意浅俗,虽可为童蒙作诗意之串讲,略及诗歌之意旨,然解者于原诗之作者生平、写作原委及作品寓意,皆无所解,仅就文本敷衍成解,难免受到"荒陋鄙俗""庸妄"之讥。四库不取,是可理解。本书收入,存明人通俗讲诗之案例,于学者亦或可参考一二。至今人韩成武等点校《唐诗鼓吹评注》(河北大学出版社 2000 年),署"清钱谦益、何义门评注",据此本亦可知钱仅作序,未曾作评。

十三、《绝句衍义》四卷、《绝句辨体》八卷、《绝句附录》一卷、《唐绝增奇》五卷、《唐绝搜奇》一卷、《六言绝句》一卷、《五言绝句》一卷
(明)杨慎辑 (明)焦竑批点 许自昌校

本书据北京图书馆藏明曼山馆刻本影印。诸书多题"成都杨慎选辑,琅琊焦竑批点,茂苑许自昌校",间或校者有题"钱塘徐象樗梓""茂苑许元溥校"者,版式相同,是一书而分题七书。杨、焦二人皆明名士,《四库

全书》收其著颇多。许自昌（1578—1623），字玄佑，江苏长洲（今江苏苏州）人。擅作曲，有传奇《水浒记》《报主记》等。又好刻书，所刻有韩、柳等唐人文集及《太平广记》等。另著有《樗斋漫录》十二卷、《捧腹谈》十卷等。

书首有杨慎嘉靖丙辰序，称因禺山张子认为谢叠山注章泉、涧泉所选唐诗百绝"为之例也则可，曰尽则未也"，乃有意另选百首注之。至丙辰之夏，乃取各家全集及洪迈《万首唐人绝句》而得百首，"因笺而衍之，或阐其意，或解其引，或正其讹，或采其幽隐"。是此《绝句衍义》四卷为杨慎所选解。所收皆七言绝句，恰为一百首，卷首有梁武帝、江总、魏收、梁简文帝、萧子显五首，略存六朝绝句之面貌，馀皆唐人之作，若李白收六首，徐凝三首、韩愈三首、司空图三首、张旭四首、馀均一二首而已。且有无名氏诗多首。若以杜常为唐人，以王涣诗署王之涣，则沿洪书之误。而录何兆诗二首，则分别误收卢肇、严休复诗，与杨氏《全蜀艺文志》之误同。诗后所附评解，繁简不一，如称李郢《宿杭州虚白堂》"《唐语林》盛称此诗"，李约《观祈雨》"与聂夷中二丝五谷之诗并观，有三百篇意"。也有一些诗评语较详，不具录。其中十首有焦竑评语。

其馀各书，大致叙述如下。

《绝句辩体》八卷，各卷首有小注，分别为"四句不对""前对""后对""前后皆对""散起""四句皆韵""仄韵""换韵"。殆按照绝句之体式编选，所收以唐人七言绝句为主，有少数六朝之作。间有点评，其中署"杨评"者二十馀则，署"焦评"者不足十则，均甚简略。

《绝句附录》一卷，首有题记："此卷皆昔贤所选，世所常诵者，或转刻之讹，或妄改之谬。今以善本互证之于此。"收唐人七言绝句二十三首，多数附有今本文字异同的校订。

《唐绝增奇》五卷，所收皆七言绝句，分为神品、妙品、能品、杂品、仄体五类。偶尔有杨、焦二人之评解，每卷仅一二则。

《唐绝搜奇》一卷，所收皆七言绝句，凡一百六十多首，二十三首下附有焦评，三首有敖清江评，另有数首有考订而未云谁说。

《六言绝句》一卷，卷首录唐人所作凡二十一首，其他皆宋元明人所作,末殿杨慎十首,焦竑二十六首;六言八句则列唐人四首,末殿杨慎十一首。

《五言绝句》一卷,首列唐人自杨炯至刘采春诗凡六十七首,后收杨慎十三首,焦竑三十六首。以上二书均仅偶有校评语。

就此套书而言,大体《绝句衍义》为杨慎编选,其馀各书则偶有杨、焦二人之评解,未必皆二人选辑、批点,而全书则皆以二人领衔,殆书估求售之常伎耳。可能皆由许氏编刊。全书所收以唐人各体绝句为主,亦时人所乐诵习者,所采亦晓畅传诵之作,足见明人在崇唐风气下,研习唐诗之一斑。

十四、《唐诗选》七卷 (明)李攀龙选 (明)王穉登评 据复旦大学图书馆藏明闵氏刻朱墨套印本影印

攀龙,字于鳞,历城人。嘉靖甲辰进士。官至河南按察使。《明史》卷二八七有传。《四库全书》已收其《沧溟集》三十卷、《古今诗删》三十四卷。穉登(1535—1612),字百谷,先世江阴人,移居苏州。嘉靖末入太学为诸生,万历间曾召修国史。有《王百谷全集》。

李攀龙与王世贞为明后七子之首,论诗尤崇盛唐,有"诗必盛唐"之议。本书即为其亲选,以为学者诵读之资。其自序云:"唐无五言古诗而有其古诗,陈子昂以其古诗为古诗,弗取也。七言古诗,唯子美不失初唐气格,而纵横有之。太白纵横,往往强弩之末,间杂长语,英雄欺人耳。至如五七言绝句,实唐三百年一人,盖以不用意得之,即太白亦不自知其所至,而工者顾失焉。五言律、排律,诸家概多佳句。七言律体,诸家所难,王维、李颀颇臻其妙,即子美篇什虽众,愤焉自放矣。作者自苦,亦唯天实生才不尽,后之君子乃兹集以尽唐诗,而唐诗尽于此。"可见其对唐诗各体及各家诗之评骘,亦足见其对此选本之自负。

全书凡收一百二十八人诗,四百六十五首。卷一五言古诗,收十二人诗十四首,仅李白、杜甫各二首,馀均一首,除韦应物、柳宗元外,皆初盛唐人。卷二首七言古诗,录初盛唐十八人诗三十一首,其中杜甫独选八首,岑参三首,刘希夷、宋之问、李白、张谓各二首,馀均一首。卷三首五言律,录二十九人诗六十七首,除张祜、处默为晚唐人,馀均初盛人。其中杜甫

十二首,王维八首,李白、高适五首,杜审言四首,其馀均在三首以内。卷四收五言排律,录初盛唐二十一人诗四十首,其中杜甫录七首,宋之问、张九龄录四首,王维录三首,其馀均一二首。卷五录七言律诗,录二十九人诗七十首,其中大历后诗人有钱起、韦应物、郎士元、卢纶等八人,杜甫录十二首,王维八首,李颀七首,沈佺期、岑参各六首,苏颋、张说各三首,馀均一二首。宋之问及晚唐皆不录。卷六收五言绝句,凡取五十人诗七十三首,作者包含唐各时期,李白、王维各录五首,韦应物四首,孟浩然、储光羲各三首,馀各一二首。卷七录七言绝句,凡收七十三人诗一百六十六首,作者包含唐代各时期,中晚唐入选者超过二十人。其中李白收录十七首,王昌龄十六首,岑参十二首,贾至六首,王维、杜甫各五首,常建、高适、李益、刘禹锡、张仲素各四首,其馀均在三首以内。

以上详列各体选诗情况,可见李攀龙坚持其以盛唐为主之原则,于各体则以其标举之原则遴选。大家如白居易、李贺、杜牧至一首不选,七律名世者如晚唐李商隐及刘沧、许浑、罗邺诸家,亦全付阙如,故本书为专家之选,见一人之喜好。自此书行,风靡一时,注评者尤多。传至日本,亦广传不衰。而批评者亦颇多讥弹。如清吴乔《围炉诗话》卷六以为“全唐诗何可胜计,于麟抽取几篇,以为唐诗尽于此矣,何异太仓之粟陈陈相因,而盗择升斗,以为尽王家之蓄积哉!”李重华《贞一斋诗说》以为“李于麟天分极好,但学力未至,所选唐诗数百首,俱冠冕整齐、声响宏亮者,未尽各家精髓”。皆颇有见。本书盛于明而衰于清,晚近隆于日而衰于华,虽风会有变使然,亦与其本身局促有关。

今人孙琴安《唐诗选本提要》(上海书店出版社 2005 年)录明人批校笺注李攀龙《唐诗选》者逾十家。本书收录此王穉登评本,原书为朱墨套印本,颇有特色,惜影印本无法显示墨色。书首有焦竑序,认为李氏“精心妙会,自具别解,非唐诗之果尽,要亦选唐诗者之心尽矣”,称赞王氏批评“点次安详,位置如故,则于麟一段苦心,庶几不磨云尔”。王氏之参评,一是于入选诗篇施加圈点,以提示警句,揭示妙处,亦有全诗加圈者。二是各诗多有眉批,语多简略,如称魏征《述怀》有“大雅之音”,张九龄《和许给事直夜简诸公》“不拘不滞,此唐律之高者”,王昌龄《答武陵田太守》

批"侠气",《出塞行》批"末句出人不意",李白《清平调》批"画出媚态",王翰《凉州词》批"语意远乃得隽永"。大体如是,于读者理解诗意或可参酌。

十五、《唐诗归》三十六卷　（明）钟惺　（明）谭元春辑　据辽宁省图书馆藏明刻本影印

钟、谭二人皆竟陵（今湖北天门）人,论诗一反前后七子"诗必盛唐"之说,标举性灵,或转为幽深孤峭,世称竟陵派。惺字伯敬,万历三十八年进士。授行人,稍迁工部主事,寻改南京礼部进郎中,擢福建提学佥事。以父忧归,卒于家。元春字友夏,年辈后于惺,至天启七年始举乡试第一,时惺已卒。《明史》卷二八八《袁宏道传》末附二人事迹。

本书三十六卷,收诗约二千馀首。首五卷为初唐诗,选张九龄五十一首,宋之问诗四十九首,张说二十八首,刘希夷二十一首,沈佺期二十首,陈子昂十八首,杜审言十六首,王勃十一首,馀均不足十首。卷六至卷二十四收盛唐诗,其中杜甫独占六卷,选诗约三百五十首;王维约占二卷,储光羲、孟浩然独占一卷,其他李白、高适、岑参、王昌龄均不足一卷。卷二十五至卷三十二收中唐诗,无人能独占一卷,其中刘长卿五十一首、张籍四十一首、孟郊四十首、韦应物三十一首、卢纶二十五首、皎然十九首,为录诗较多者,如李益录八首,柳宗元、元稹各录六首,白居易录七首,姚合录八首,与其他选本有很大不同。最后四卷录晚唐诗,其中曹邺录三十二首,马戴二十一首,朱庆馀十四首,齐己、李商隐各十三首,其他各家都在十首以内,如杜牧六首、温庭筠四首、许浑三首、韩偓六首、韦庄二首,似皆有意与世违拗。

此书无笺注,有圈点与评语。其评语分列钟、谭二人名,作者总评系于作者名下,各诗评语或列于诗题之下,或于诗后列专段议论,较多者则以双行夹注之方式列于诗篇当句之下。其评语多即兴而发,随意而不拘体式,感兴而时多妙语。评人如卷七评储光羲:"钟云:储诗清骨灵心,不减王孟,一片深淳之气,装裹不觉,人不得直以清灵之品目之。所谓诗文妙用,有隐有秀,储盖兼之矣。"卷三十评张籍:"钟云:张文昌妙情秀质,而别有温夷之气,思绪清密,读之无深苦之迹,在中唐最为蕴借。""谭云:

司业诗,少陵所谓'冰雪净聪明',足以当之。"尚大体妥帖有见。夹评如卷十评孟浩然《岁暮归南山》首句"北阙休上书":"钟云:五字恕。""谭云:自言自语,妙。"皆率意而无新解。"多病故人殊"句评:"钟云:浩然于明皇前诵此二句自是山人草野气。然真怜才之主,自能容保之。"于旧说中翻出新解,如此之类甚多。卷十一于王昌龄《出塞》后评:"诗但求其佳,不比问某首第一也。""李于麟乃以此首为唐七言绝压卷,固矣哉!无论其品第当否,何如茫茫一代,绝句不啻万首,乃必欲求一首作第一,则其胸中亦梦然矣。"持说甚为通达。

本书印行后,风靡一时,影响巨大。同时王嗣奭《管天笔记外编》卷下即以为"古来选诗者最多最佳者,前则《品汇》,后则《诗归》"。然后世批评者亦多。如李重华《贞一斋诗说》即斥其"专取寒瘦生涩,遂至零星不成章法"。吴乔《围炉诗话》卷四批评"钟、谭选之,唯取似钟、谭者,涂污唐人而已"。毛奇龄《诗辨坻》卷四则为其归纳出"指义浅率,展卷即通","矜巧片字,不规闳整","但趣新隽,不原风格"等六项缺憾。《四库全书》列合古诗与唐诗为一编之五十一卷本《诗归》于存目,提要云:"大旨以纤诡幽渺为宗,点逗一二新隽字句,矜为元(玄)妙,又力排选诗惜群之说,于连篇之诗随意割裂。古来诗法,于是尽亡。"又摘其一二谬误,叱为"小人而无忌惮者"。虽贬斥稍显偏失,然所见尚属有据。

大致清康熙后朴学渐盛,此书遂不复为世人所重。较平允之评价,当以贺贻孙《诗筏》为有识:"今人贬剥《诗归》,寻毛锻骨,不遗馀力。以余平心而论之,诸家评诗皆取声响,唯钟、谭所选特标性灵。其眼光所射,能令不学诗者诵之勃然乌可已,又能令老作诗者诵之爽然自失。扫荡腐秽,其功自不可诬。但未免专任己见,强以木樨子换人眼睛,增长狂慧,流入空疏,是其疵病。然瑕瑜功过,自不相掩,何至如时论之苛也。"

十六、《唐音统签》一千三十三卷　明胡震亨辑。本书据故宫博物院图书馆藏范希仁抄补本影印

胡震亨(1569—1645?),字孝辕,浙江海盐人。万历二十五年(1597)举人。历任故城教谕、合肥知县、定州知州,擢兵部职方司员外郎。所著有《李诗通》《杜诗通》《赤城山人稿》等,而以本书汇聚唐一代全诗而最为世

所重。《四库全书》已收其《唐音癸签》三十三卷,所据为康熙戊戌江宁书肆刻本,即本书之第十签。

据震亨子胡夏客为《李杜诗通》题识云:"先大父孝辕府君搜集唐音,结习自少。至乙丑岁(1625)始克发凡定例,撰《统签》一千卷。阅十年书成。"全书以天干为序,分为十签:《甲签》七卷,收帝王诗;《乙签》七十九卷,收初唐诗;《丙签》一百二十五卷,收盛唐诗;《丁签》三百四十一卷,收中唐诗;《戊签》二百一卷,收晚唐诗,附《戊签馀》六十四卷,收五代十国诗;《己签》五十四卷,收五唐杂诗及世次无考诗;《庚签》五十五卷,收僧诗、道士诗、宫闱诗及外夷诗;《辛签》六十六卷,收乐章、杂曲、填词、歌谣谚语、谐谑、谜语、酒令、题语、判语、谶记、占辞、蒙求、章咒、偈颂;《壬签》八卷,收仙诗、神诗、鬼诗、梦诗、物怪;《癸签》三十三卷,汇录唐诗研究文献,包括《体凡》《法微》《评汇》《乐通》《诂笺》《谈丛》《集录》诸门。

全汇唐一代诗歌而不作选择,宋洪迈编《万首唐人绝句》、赵孟奎编《分门纂类唐歌诗》已初见端倪。明隆庆至万历初黄德水、吴琯仿效冯惟讷《古诗纪》编《唐诗纪》,尤致力于此,惜仅成初盛唐部分一百七十卷(有万历十三年[1585]刻本,中国书店 1990 年影印)即中辍。胡震亨毕生致力于此,首次完成唐一代全部诗歌的汇编,建立甚伟。

就全书言,凡唐人有残篇一句以上存世者,皆予登录。于明末可以收集之唐五代诗文集,均曾努力汇聚。诗集不存而存诗较多者,则据可靠文献加以辑录。如司空图,明以后仅存文集十卷,录诗甚少,震亨乃广稽群书,录成五卷。于所见唐集录诗有疑问者,亦曾认真加以辨析,如指出戴叔伦集多录宋元明诗,乃将可靠者录出,存疑者附录;指出王周、刘兼集或出宋人,虽存而质疑;指出钱起集附《江行》百首绝句为其裔孙钱珝作,举证颇为有力。于唐人集外残逸诗篇,胡氏尤致力于网罗搜辑,凡韵文近诗者亦加采录,故所得甚丰。于各诗家小传,亦采据可信文献,勾稽事迹,得以大备。其所据文献,今人统计凡六百多种,其中如《贵池志》《金华志》《封川志》《通江志》《宜阳集》《淡岩集》《曾能始诗话》等今皆不存。稍晚季振宜编《唐诗》七百十七卷,仅录完诗而不存零残,于各家集外诗亦未广加采辑,故虽后出,所收反不及胡书丰备。

至本书之可议者，一是本书循时行之四唐说分列诸签，于帝王、僧道、闺媛另列，存诗无多者又皆入《己签》，编次甚显芜乱；二是凡据集所录诗，皆分古今体五七言编列，不存原集面貌；三是记录文献出处者，仅占全书十之一二，未能贯彻始终；四是虽强调唐诗真伪鉴别之重要，但仍多误收，如殷尧藩、唐彦谦诸集颇多伪诗。

清康熙帝在扬州委托江宁织造曹寅主持编修《全唐诗》，所据底本即本书与季振宜《唐诗》。据今人刘兆祐、周勋初研究，《全唐诗》所收有别集流传诸大家，一般多据季书，抽换若干底本而成编。无别集流传者、各集诗之补遗，以及卷七六八以下之事迹无考者、无名氏诗、僧道闺媛诗、神仙鬼怪诗、歌谣谚语之类，全部据胡书编录，但如歌谣谚语之拟题，则多曾重新拟写。其中《辛签》所录章咒四卷，偈颂二十四卷，则以为"本非歌诗"(《全唐诗·凡例》)仅保留寒山、拾得七卷，馀均不取，以致胡书已收之王梵志诗亦皆不存。《全唐诗》新辑补之诗歌，主要为卷八八二至卷八八八，凡七卷。《全唐诗》得以在年馀时间迅速成书，原因即在充分利用胡、季二书，当时因政治原因贬抑胡书之成就，故特为表出之。

本书编成后，因部帙巨大，仅《癸签》《戊签》曾刊刻流行，全书则以抄本存于内府，至近年方得影印流传，除本书收入外，又曾收入《故宫善本丛书》，上海古籍出版社 2003 年亦曾单独印行。

十七、《删订唐诗解》二十四卷　（明）唐汝询选释　（清）吴昌祺评定。据浙江图书馆藏清康熙四十年刻本影印

唐汝询，字仲言，华亭人。少丧目，闻人诵书，遂极博洽。有《编蓬集》十卷，《千顷堂书目》卷二六著录，事迹亦据该书。所编《唐诗解》五十卷，存世版本甚多。其《选目》云：唐诗选本"正法眼藏无逾高、李二家，然高之《正声》体格綦正而稍入于卑，李之《诗选》风骨綦正而微伤于刻，余欲收其二美哉！"以"令观者架格于高而标奇于李"。知其推崇高棅《唐诗品汇》、李攀龙《唐诗选》二书，又遗憾于二书各有偏失，乃取二书之长而为本书，故除少数篇目外，多数篇目皆取自二书。全书入选唐诗人一百八十四家，诗约一千馀首，分八体编次：卷一至卷十为五言古诗，卷十一至卷十八为五言古诗，卷十九至卷二十为长篇歌行，卷二十一至卷二十四为

五言绝句,卷二十五至卷三十为七言绝句,卷三一至卷三十八为五言律诗,卷三十九至卷四十四为七言律诗,最后六卷为五言排律。所选最重盛唐李白、杜甫、王维、储光羲、王昌龄、孟浩然诸家,取径原则略同于高、李二选。其长处则在注释赅详,《凡例》称"属辞比事则博引群书,遵李善注《文选》之法,揣意募情则自发议论,遵朱氏传《诗》之例",于引注之法则列举正注、互注、训注三法,可见其立意之高识,注解之详密。本书篇幅介于高、李二书之间,详注细解又契合一般阅读之需求,故得流行于明末清初之际。

　　吴昌祺,字绥眉,康熙间在世,与唐汝询为同乡,后徙居朱泾(今上海金山)。其自序云唐书长处为"句考字征,分疏详密",然而"注则繁而复,解或凿而支,善读者借为津梁,不善读者且犹河汉而无极",因而有意删其繁复枝蔓之注释与穿凿未妥之解说,以方便一般之读者。卷首有《例言》,交代删订之细节。篇目基本仍存唐书之旧,唯增目录有而正编所无之谭用之诗。于注解删略殆半,自称"旧作五十卷,今节而合之,不及十之六,故总为二十四卷云"。而于原书未安挂漏者,吴氏自称"家无赐书,腹无经笥,加以健忘,不敢妄补,但于触景所得,确然不惑者,识一二于简端"。今所见其解说评语,皆列于书眉,以与唐解区别。几乎每首均有数十字至数百字之所见,其内容涉及文本之校订、诗意之解读、唐解之商榷等,亦足成一家之说。本书选收吴氏删定本而不取唐书原编,大约也考虑因一书而得存二家诗解。

　　十八、《才调集补注》十卷　(蜀)韦縠辑　(清)殷元勋注(清)宋邦绥补注。据清乾隆五十八年宋思仁思补堂刻本影印

　　《才调集》十卷,《四库全书》已收录。原集仅题縠为蜀监察御史,馀不详。今巴蜀书社 2005 年出版四川省文物管理局编《四川文物志》收韦縠夫妇墓志,知其为唐末宰相韦贻范子,后蜀官至侍御史。该集收诗一千首,为唐人选唐诗中存诗最多之一种。选诗则以"风流挺特""韵高""词丽"为标榜,故历代颇受重视。清初以来先后有冯舒、冯班评阅本,又有吴兆宜笺注本、赵执信批校本(山东博物馆藏康熙重云堂刻本)、纪昀《删正二冯先生评阅才调集》(收入《镜烟堂十种》)。

本书首三序,一为乾隆二十九年宋邦绥序,称以二冯本"尚昧津梁",因得殷注残钞本数卷,乃"广搜博采,补其残缺,正其舛讹"。二为乾隆五十九年宋思仁序,称其先人遗稿历二十多年而未付梓,至此方付梨枣。三为乾隆三十九年吴玉纶序,殆应思仁所请而作。知此书初稿于殷元勋,宋邦绥补注,成书虽在纪昀以前,刊布则在纪昀以后。元勋,字于上,长洲(今江苏苏州)人。经历不详。宋邦绥,字逸才,号况梅,于元勋为同乡。乾隆二年进士,选庶吉士。历任四川川东道、河南按察使、广东、山西布政使、湖北巡抚、陕西布政使、广东巡抚、兵部侍郎,乾隆三十五年卒,事迹见《同治苏州府志》卷八九。

本书各卷署衔:"虞山冯默庵、钝吟先生评阅,古吴殷元勋于上笺注,长洲宋邦绥况梅补注。"殆以二冯评阅本为依据,于二冯评阅原文概予保留。至殷、宋二人之注,则不加区别,无以判明。其中凡涉作者事迹,多据两《唐书》《唐诗纪事》《全唐诗话》等书所载传记略存本末。于各诗题下,也颇于解说,多涉诗歌写作本事、所咏事实原委等。于各诗中所涉辞章典故,多在诗后将词语录出,加注说明。所引原原本本,沿旧注之惯例,多致力于语源之所出,引征多妥帖简净,对阅读此集,颇有助益。稍可议者,喜引唐人类似诗句以作比证,未必为语源所自。如崔仲容《赠歌妓》"水剪双眸"引白居易诗"双眸剪秋水,十指剥春葱"为注,然崔未必晚于白。刘瑶《暗别离》题解全录白居易《潜别离》,亦全无必要。然就全书言,在清人唐总集注本中,尚属中上之著。

十九、《钦定全唐文》一千卷《总目》三卷 (清)董诰等辑

董诰(1740—1818),字蔗林,浙江富阳人。乾隆二十八年进士。乾隆末官至军机大臣、户部尚书。嘉庆亲政后,授文华殿大学士。二十三年卒,谥文恭。本书为嘉庆十三年(1808)清仁宗诏令编修,董诰以文华殿大学士领衔,实际主持编修者则为总纂官徐松、孙尔准、胡敬、陈鸿墀等。历时六年,先后参与编修达五十馀人,于嘉庆十九年(1814)编成,存录唐五代人文章 20 025 篇,作者 3 035 人。

《全唐文》卷帙浩繁,其体例仿《全唐诗》,以文从人,各家名下再按照《文苑英华》文体分类编排。其总体编次为:首诸帝,次后妃,次宗室诸

王,次公主,次臣工,次释道,次闺秀,以宦官、四裔各文附编卷末。各部分又略以作者世次先后编次,每人之下均有作者小传,略叙字里、科第及历官始末。

《全唐文》成于乾嘉朴学既盛时期,主事者徐松等学识博洽,谙熟唐宋史事及文献,在搜罗遗佚、录文校订、小传编次诸方面,均优于《全唐诗》。其工作底本,为清内府所藏海宁陈邦彦于雍正、乾隆间所编《唐文》抄本160册,徐松等又据四部群书、《永乐大典》、碑帖方志及佛道二藏,广事网罗遗文,加以校正。其中四部群书充分利用了《四库全书》编修成果。《文苑英华》用影宋钞本,较陈辑据明闽刻本为优。清仁宗特许将《永乐大典》全部调入《全唐文》馆,得以充分利用,仅李商隐一人即据以补出逸文二百馀篇。地方志书和石刻碑帖则得利用内府藏本。佛藏所据为万善殿西配房所藏《乾隆版大藏经》,道藏则利用了大高殿和白云观所存《正统道藏》。是书《凡例》称"唐人之文,悉行甄录","单篇断简,搜辑无遗"。就其时来说,编修诸人的确恪尽责任,于前人讹误亦颇予纠订。如曾误编入庾信集中之杨炯《彭城公夫人尔朱氏墓志铭》《伯母东平郡夫人墓志铭》,刊正改入杨炯名下。《邕州马退山茅亭记》,既见柳宗元《河东集》,又见独孤及《毗陵集》;卢坦之、杨烈妇二传,既见李翱《文公集》,又见李华《退叔集》,都加以订正,归于一是。陈辑《唐文》误辑之唐前宇文逌《庾信集序》、尹义尚《与齐仆射书》,及宋王珪《除郝质制》、元冯志亨《普天黄篆大醮碑》等文,亦均予删去。《全唐文》搜罗宏富,编次规范,于唐五代文网罗大备。

为当时条件所限,加上成于众手,迫于时限,《全唐文》亦难免大型官修书之常见谬误。举其大端有四。一为漏辑。如《永乐大典》引皇甫松《醉乡日月序》,《全唐文》漏收,至《全唐文纪事》始予补出。亦有因不符合"屏斥邪言,昌明正学,咸归正道,共登古文盛世"(《全唐文序》)之宗旨而删去之文,如唐人小说《会真记》《柳毅传》《霍小玉传》《周秦行记》《韦安道传》,即因"事关风化""猥琐""诞妄"而"遵旨削去"(《全唐文凡例》)。二是与《全唐诗》一样,一律不注文本所据,出校异文也不作来源说明,使读者无从覆按文献。三是重收误收仍颇多见。如高适名下收《皇甫冉集序》，乃高仲武《中兴间气集》评语，非高适所作；皮日休名下收《论白居易荐徐凝屈张祜》，为宋人计有功《唐诗纪事》中一节，亦非日休所作，二篇题目亦《全唐文》编修者所拟。至于唐代学士、舍人起草之诏制，在诸帝和起草者名下重收者也颇多见。四是录文颇多缺误。如李邕《云麾李秀碑》，今存宋拓本碑文大致完整，而《全唐文》所录不足二百字，残缺过甚，无从阅读。所录昭陵诸碑，也存文无多，远逊近人罗振玉《昭陵碑录》之录文。考订《全唐文》之作，清人劳格作《读全唐文札记》，匡谬正失130则，又补遗文目于文末；近人岑仲勉作《续劳格读全唐文札记》，又得310则，偏于小传订误；陈尚君《再续劳格读全唐文札记》，沿其例而重在辨伪考异，又指出600馀处。本书据嘉庆间扬州内府刻本影印。

二十、《唐文拾遗》七十二卷　《目录》八卷　《唐文续拾》十六卷　（清）陆心源辑

陆心源，生平见本丛书收《李氏易传校》提要。心源为清末四大藏书家之一，其皕宋楼、十万卷楼藏书之富，为世称羡。陆氏乃利用其藏书，于光绪十四年辑成《唐文拾遗》七十二卷，得文2 652篇。（从日本平冈武夫《唐代的散文作品》统计。下同。）其后续加搜求，至临终前又完成《唐文续拾》十六卷，得文353篇。合计二书，共补录唐五代遗文3 005篇，相当《全唐文》收文总数七分之一。

二书大致仍沿《全唐文》体例，以人系文，人以类分，然后再以时为序。不同者则于逐篇下皆标明文献所自，于学者最为称便。其所据典籍达数百种。其中有《全唐文》编纂时曾检用者，如《册府元龟》《唐会要》《五代会要》诸书，经仔细对检，补录颇富。尤以嘉庆后新见之四部典籍和日韩舶归文献为大宗，若日藏《文馆词林》、高丽刊《桂苑笔耕集》、旧钞《钓矶集》等所存遗文皆颇可观。另据金石碑帖、地方总集及方志，采录亦为不少。嘉道以后地方金石研究成绩显著，陆氏得以充分参考。《全唐文》已收诸文，或因所据拓本未尽善而缺漏较多，或因所据文本有误脱而作者归属有误，陆氏或据善本精拓重新校录，或据可靠文献逐次考订。凡《全唐文》已见作者，则注明在《全唐文》之卷次，于新见作者则备列小传。凡此皆凭借其丰硕藏书，作翔实可信之校订，原原本本，足可信据，堪称清

编断代全集中之上乘之著。俞樾《唐文续拾序》称唐文"几于无一字一句之或遗矣"。就当时而言,并非过誉。

唯此书多靠门人故交之佐助而成编,校勘粗疏、录文脱讹处仍时有所见,作者误植、文章重收亦在所不免。又收日、韩人文章五百多篇,除崔致远诸文在唐所作外,多数作者则未曾入唐,所收稍显宽滥。今人陈尚君有二书校订本,收入《传世藏书》,可参看。

本书据《潜园总集》所收二书影印,为二书唯一刻本。

二十一、《主客图》一卷　（唐）张为撰　附图考一卷　（清）袁宁珍撰

张为,袁州宜春（今属江西）人。曾累举进士不第,或谓于懿宗咸通间登进士第。宣宗大中十二年（858）往游长沙,落魄数载,以诗酒自得。后复入钓台山访道,不知所终。工诗,善品评,与周朴、贯休、方干等为诗友。作有《张为诗》一卷,编有《前辈咏题诗》二卷,皆不传。生平事迹见《唐诗纪事》卷八一、《唐才子传》卷一〇。袁宁珍,《诗人主客图考》跋署"宜春袁宁珍",辑有《袁州诗集》等。

此书受当时摘句、诗图等评骘方式影响,分中晚唐诗人为六门,各设主客:以白居易为广大教化主,孟云卿为高古奥逸主,李益为清奇雅正主,孟郊为清奇僻苦主,鲍溶为博解宏拔主,武元衡为瑰奇美丽主;各主下复分列上入室、入室、升堂、及门者,即所谓客。共录主客八十四人,各人名下分别摘录诗句或全篇。吴融《禅月集序》称"张为作诗图五层",知原书主客编为诗图,今已不可详考。

此书体例独特,分主客而仅摘句,流派区分亦不同于常,故后世颇多讥评。如胡应麟《诗薮》即讥其"义例迂僻,良堪喷饭",胡震亨《唐音癸签》亦指其"妄分流派,谬僻尤甚"。然张为所见虽有不恰,其着意区分唐诗流派,亦属难能可贵。吕本中《江西诗社宗派图》,即颇受其影响。

原书不传。今存清刊一卷本有《函海》本、《榕园丛书》本,三卷本有《镜烟堂十种》本和《谈艺珠丛》本。内容大抵相同,皆辑自《唐诗纪事》。《唐诗纪事》未引者如沈亚之、费冠卿、李观、薛寿等十一人名下,皆注云"诗阙"。

此本据浙江图书馆藏民国九年刻《豫章丛书》本影印。该本附袁宁珍《图考》一卷,对《主客图》所收诸人之爵里、著作详加考证,间摭拾佳篇隽句,补张图之缺。虽援引史传,不详出处,然尚称博洽,不失为张氏功臣。

二十二、《莲堂诗话》二卷　（元）祝诚撰　校讹一卷　（清）胡珽撰　续校一卷　（清）董金鉴撰

祝诚,海昌(今浙江海盐)人。生平事迹不详。此书卷下"题卖坟墙壁"条云:"至元丁丑(1277)以来十数年间,富豪零落殆尽。"知为元世祖至元间人,书当成于至元二十四年(1287)后。其馀不可考。

此书采录历代诗事,上卷凡一百零八题,下卷凡七十八题,多为一题一事,间有一题下录数事者,如"戏谑"一题下所录多达十八则。所记以诗事为主,以宋代为多,唐五代及金元次之,亦间及词事、文事。内容多采自唐宋诗话及说部诸事,间载出处,其中见于正文者有《闽中记》《北梦琐言》《青箱杂记》《泊宅编》《雍洛灵异小录》等,注于文末者有《艇斋诗话》、《石林诗话》、《温公诗话》、《道山清话》、《竹坡诗话》、曾慥《诗选》等。但多数未注明出处。所载诗事,多半可见于今存唐、宋、元诸书,但亦有不少他书所未见者。如载唐贞元间合江人先汪《题安乐山》诗,为今知最早出处。记金海陵王完颜亮哀宋将姚兴诗,亦不见他书。故于考存唐宋诗事遗篇,颇有参考价值。

此书元明间流传不广,未见著录。清初钱曾《读书敏求记》始据嘉靖间连阳精舍抄本著录。后经劳格、胡珽、董金鉴校订,清光绪十四年会稽董氏取斯堂木活字印入《琳琅秘室丛书》。今据该本影印。

图书在版编目(CIP)数据

唐诗求是 / 陈尚君著. —上海:上海古籍出版社,
2018.7(2023.12 重印)
(复旦大学古代文学研究书系)
ISBN 978-7-5325-8846-6

Ⅰ.①唐… Ⅱ.①陈… Ⅲ.①唐诗-诗歌研究 Ⅳ.
①I207.227.42

中国版本图书馆 CIP 数据核字(2018)第 100903 号

封面题签:徐 俊

复旦大学古代文学研究书系

唐 诗 求 是

陈尚君 著

上海古籍出版社出版发行

(上海瑞金二路 272 号 邮政编码 200020)

(1) 网址:www.guji.com.cn

(2) E-mail:guji1@guji.com.cn

(3) 易文网网址:www.ewen.co

苏州市越洋印刷有限公司印刷

开本 635×965 1/16 印张 59.25 插页 10 字数 853,000

2018 年 7 月第 1 版 2023 年 12 月第 5 次印刷

印数:6,451—7,050

ISBN 978-7-5325-8846-6

I·3281 定价:218.00 元

如有质量问题,请与承印公司联系